中国古典小说普及文库

红楼梦

【清】曹雪芹

岳麓书社·长沙

图书在版编目(CIP)数据

红楼梦/(清)曹雪芹著.—长沙:岳麓书社,2012.11(2022.10重印)
(中国古典小说普及文库)
ISBN 978-7-80761-950-5

Ⅰ.①红… Ⅱ.①曹… Ⅲ.①章回小说—中国—清代 Ⅳ.①I242.4

中国版本图书馆CIP数据核字(2012)第146467号

HONG LOU MENG
红 楼 梦
作　　者:(清)曹雪芹
责任编辑:彭卫才
封面设计:吴颖辉
责任校对:舒　舍

岳麓书社出版发行
地址:湖南省长沙市爱民路47号
直销电话:0731-88804152　0731-88885616
邮编:410006

版次:2012年11月第1版
印次:2022年10月第6次印刷
开本:890mm×1240mm　1/32
印张:23.375
字数:674千字
印数:70 001—73 000
ISBN 978-7-80761-950-5
定价:75.80元

承印:廊坊市博林印务有限公司

如有印装质量问题,请与本社印务部联系
电话:0731-88884129

出版说明

《红楼梦》成书于清代乾隆年间，被认为是中国最具文学成就的古典小说及章回小说的巅峰之作。其书名除了《石头记》外，还有《情僧录》《风月宝鉴》《金陵十二钗》等，清乾隆四十九年甲辰(1784)梦觉主人序本正式题为《红楼梦》，此后，《红楼梦》便取代《石头记》而成为通行的书名。《红楼梦》是一部中国封建社会末期的百科全书，小说以上层贵族社会为中心图画，极其真实、生动地描写了18世纪上半叶中国封建社会末期的全部生活，是这段历史的一面镜子和缩影，是中国古老封建社会无可挽回地走向崩溃的真实写照。《红楼梦》之所以成为"中国小说文学难以征服的顶峰"，不仅仅是因为它具有很高的思想价值，还在于它非凡的艺术成就。全书规模宏伟，结构严谨，人物生动，语言优美，值得后人品味、鉴赏。

我社出版《中国古典小说普及文库》收入的《红楼梦》，是八十回本，文字以清乾隆甲戌(1754)《脂砚斋重评石头记甲戌本》为底本，同时参校"程甲本""程乙本""己卯本""庚辰本"以及列宁格勒藏抄本，因体例需要，删去脂砚斋批语，以满足广大读者的需要。

目 录

第一回　甄士隐梦幻识通灵　贾雨村风尘怀闺秀

列位看官:你道此书从何而来？说起根由,虽近荒唐,细谙则深有趣味。待在下将此来历注明,方使阅者了然不惑。

原来女娲氏炼石补天之时,于大荒山无稽崖炼成高经十二丈、方经二十四丈,顽石三万六千五百零一块。娲皇氏只用了三万六千五百块,只单单的剩了一块未用,便弃在此山青埂峰下。谁知此石自经锻炼之后,灵性已通。因见众石俱得补天,独自己无材,不堪入选。遂自怨自叹,日夜悲号惭愧。

一日,正当嗟悼之际,俄见一僧一道远远而来,生得骨格不凡,丰神迥别,说说笑笑来至峰下,坐于石边,高谈快论。先是说些云山雾海、神仙玄幻之事,后便说到红尘中荣华富贵。此石听了,不觉打动凡心,也想要到人间去享一享这荣华富贵。但自恨粗蠢,不得已,便口吐人言,向那僧道说道:"大师！弟子蠢物,不能见礼了！适闻二位谈那人世间荣耀繁华,心切慕之。弟子质虽粗蠢,性却稍通。况见二师仙形道体,定非凡品,必有补天济世之材,利物济人之德。如蒙发一点慈心,携带弟子得入红尘,在那富贵场中、温柔乡里,受享几年,自当永佩洪恩,万劫不忘也。"二仙师听毕,齐憨笑道:"善哉！善哉！那红尘中有却有些乐事,但不能永远依恃。况又有'美中不足、好事多魔'八个字紧相连属;瞬息间则又乐极悲生、人非物换,究竟是到头一梦,万境归空。到不如不去的好!"

这石凡心已炽,那里听得进这话去,乃复苦求再四。二仙知不可强制,乃叹道:"此亦静极思动,无中生有之数也。既如此,我们便携你去受享受享。只是到不得意时,切莫后悔。"石道:"自然,自然。"那僧又道:"若说你性灵,却又如此质蠢,并更无奇贵之处。如此也只好踮脚而已。也罢！我如今大施佛法,助你助。待劫终之日,复还本质,以了此案。你道好否?"石头听了,感谢不尽。那僧便念咒书符，大展幻术，将一块大石，登时变成一块鲜明莹洁的美玉，且又缩成扇坠大小的可佩可拿。那僧托于掌上，笑道："形体到也是个宝物了。还只没有实在的好处，须得再镌上数字，使人一见，便知是奇物方妙。然后好携你到那昌明隆盛之邦，诗礼簪缨之族，花柳繁华地，温柔富贵乡，去安身乐业。"石头听了，喜不能禁，乃问："不知赐了弟子那几件奇处？又不知携了弟子到何地方？望乞明示，使弟子不惑。"那僧笑道："你且莫问，日后自然明白的。"说着，便袖了这石，同那道人飘然而去，竟不知投奔何方何舍。

后来，不知又过了几世几劫，因有个空空道人访道求仙，忽从这大荒山无稽崖青埂峰下经过。忽见一大石上字迹分明，编述历历。空空道人乃从头一看，原来就是无材补天，幻形入世，蒙茫茫大士、渺渺真人携入红尘，历尽离合悲欢、炎凉世态的一段故事。后面又有一首偈云：

> 无材可去补苍天，枉入红尘若许年。此系身前身后事，倩谁记去作奇传？

诗后便是此石堕落之乡、投胎之处，亲自经历的一段陈迹故事。其中家庭闺阁琐事，以及闲情诗词到还全备，或可适趣解闷。然朝代年纪、地舆邦国，却反失落无考。空空道人遂向石头说道："石兄，你这一段故事，据你自己说有些趣味，故编写在此，意欲问世传奇。据我看来，第一件，无朝代年纪可考；第二件，并无大贤大忠、理朝廷、治风俗的善政。其中只不过几个异样的女子，或情或痴、或小才微善，亦无班姑、蔡女之德能。我纵抄去，恐世人不爱看呢！"石头笑答道："我师何太痴也！若云无朝代可考，今我师竟假借汉唐等年纪添缀，又有何难？但我想：历来野史皆蹈一辙，莫如我这不借此套者，反到新奇别致。不过只取其事体情理罢了，又何必拘拘于朝代年纪哉？再者：世井俗人喜看理治之书者甚少，爱看适趣闲文者特多。历代野史，或讪谤君相，或贬人妻女，奸淫凶恶，不可胜数；更有一种风月笔墨，其淫秽污臭，涂毒笔墨，坏人子弟，又不可胜数。至若佳人才子等书，则又千部共出一套，且其中终不能不涉于淫滥，以致满纸潘安、子建、西子、文君。不过作者要写出自己的那两首情诗艳赋来，故假拟出男女二人名姓，又必傍出一小人，其间拨乱，亦如剧中之小丑然。且环婢开口即者也之乎，非文即理。故逐一看去，悉皆自相矛盾、大不近情理之话。竟不如我半世亲睹亲闻的这几个女子，虽不敢说强似前代书中所有之人，但事迹原委，亦可以消愁破闷；也有几首歪诗熟话，可以喷饭供酒。至若离合悲欢，兴衰际遇，则又追踪蹑迹，不敢稍加穿凿，徒为供人之目，而反失其真传者。今之人，贫者日为衣食所累；富者又怀不足之心。纵一时稍闲，又有贪淫、恋色、好货、寻愁之事。那里去有工夫看那理治之书？所以，我这一段故事，也不愿世人称奇道妙，也不定要世人喜悦检读，只愿他们当那醉馀饱卧之时，或避世去愁之际，把此一玩，岂不省了些寿命筋力？就比那谋虚逐妄去，也省了口舌是非之害，腿脚奔忙之苦。再者，亦令世人换新眼目，不比那些胡牵乱扯，忽离忽遇；满纸才人淑女，子建文君，红娘小玉等通共熟套之旧稿。我师意为何如？”

空空道人听如此说，思忖半晌，将这《石头记》再检阅一遍。因见上面虽有些指奸责佞、贬恶诛邪之语，亦非伤时骂世之旨；及至君仁、臣良、父慈、子孝，凡伦常所关之处，皆是称功颂德，眷眷无穷，实非别书之可比。虽其中大旨谈情，亦不过实录其事，又非假拟妄称，一味淫邀艳约、私订偷盟之可比。因毫不干涉时世，方从头至尾，抄录回来，问世传奇。因空见色，由色生情，传情入色，自色悟空，遂易名为“情僧”，改《石头记》为《情僧录》。至吴玉峰，题曰《红楼梦》。东鲁孔梅溪则题曰《风月宝鉴》。后因曹雪芹于“悼红轩”中，披阅十载，增删五次，纂成目录，分出章回，则题曰《金陵十二钗》。并题一绝云：

满纸荒唐言，一把辛酸泪。都云作者痴，谁解其中味。

至脂砚斋甲戌抄阅再评，仍用《石头记》。

出则既明，且看石上是何故事。按那石上书云：当日地陷东南，这东南一隅，有处曰姑苏；有城曰阊门者，最是红尘中一二等富贵风流之地。这阊门外有个十里街，街内有个仁清巷，巷内有个古庙。因地方窄狭，人皆呼作“葫芦庙”。庙傍住着一家乡宦，姓甄，名费，字士隐。嫡妻封氏，情性贤淑，深明礼义。家中虽无甚富贵，然本地便也推他为望族了。只因这甄士隐禀性恬淡,不以功名为念,每日只以观花修竹、酌酒吟诗为乐,到是神仙一流人品。只是一件不足,如今年已半百,膝下无儿,只有一女,乳名英莲,年方三岁。

一日,炎夏永昼。士隐于书房闲坐。至手倦抛书,伏几少憩,不觉朦胧睡去。梦至一处,不辨是何地方。忽见那厢来了一僧一道,且行且谈。只听道人问道:"你携了这蠢物,意欲何往?"那僧笑道:"你放心!如今现有一段风流公案正该了结。这一干风流冤家尚未投胎入世,趁此机会,就将此蠢物夹带于中,使他去经历经历。"那道人道:"原来近日风流冤孽又将造劫历世去不成?但不知落于何方何处?"那僧笑道:"此事说来好笑,竟是千古未闻的罕事。只因西方灵河岸上三生石畔,有绛珠草一株。时有赤瑕宫神瑛侍者,日以甘露灌溉,这绛珠草便得久延岁月。后来既受天地精华,复得雨露滋养,遂得脱却草胎木质,得换人形,仅修成个女体。终日游于离恨天外,饥则食密青果为膳,渴则饮灌愁海水为汤。只因尚未酬报灌溉之德,故其五衷便郁结着一段缠绵不尽之意。恰近日神瑛侍者凡心偶炽,乘此昌明太平朝世,意欲下凡造历幻缘,已在警幻仙子案前挂了号。警幻亦曾问及:'灌溉之情未偿,趁此到可了结的?'那绛珠仙子道:'他是甘露之惠,我并无此水可还。他既下世为人,我也去下世为人。但把我一生所有的眼泪还他,也偿还得过他了。'因此一事,就勾出多少风流冤家,来陪他们去了结此案。"

那道人道:"果是罕闻。实未闻有还泪之说。想来这一段故事比历来风月故事,更加琐碎、细腻了。"那僧道:"历来几个风流人物,不过传其大概,以及诗词篇章而已;至家庭闺阁中一饮一食,总未述记。再者,大半风月故事,不过偷香窃玉、暗约私奔而已,并不曾将儿女真情发泄一二。想这一干人入世,其情痴色鬼、贤愚不肖者,悉与前人传述不同矣。"那道人道:"趁此,你我何不也去下世度脱几个。岂不是一场功德?"那僧道:"正合吾意!你且同我到警幻仙子宫中,将这蠢物交割清楚。待这一干风流孽鬼下世已完,你我再去。如今虽已有一半落尘,然犹未全集。"道人道:"既如此,便随你去来。"

却说甄士隐俱听得明白,但不知所云"蠢物"系何东西。遂不禁上前施礼,笑问道:“二仙师请了。”那僧道也忙答礼相问。士隐因说道:“适闻仙师所谈因果,实人世罕闻者。但弟子愚浊,不能洞悉明白。若蒙大开痴顽,备细一闻,弟子则洗耳谛听,稍能警省,亦可免沉沦之苦。”二仙笑道:“此乃玄机,不可预泄者。到那时,只不要忘了我二人,便可跳出火坑矣。”士隐听了,不便再问,因笑道:“玄机不可预泄,但适云‘蠢物’,不知为何。或可一见否?”那僧道:“若问此物,到有一面之缘。”说着,取出递与士隐。士隐接了看时,原来是块鲜明美玉,上面字迹分明,镌着“通灵宝玉”四字,后面还有几行小字。正欲细看时,那僧便说:“已到幻境”,便强从手中夺了去,与道人竟过一大石牌坊。那牌坊上大书四字,乃是“太虚幻境”。两边又有一副对联,道是:

　　假作真时真亦假,无为有处有还无。

士隐意欲也跟了过去,方举步时,忽听一声霹雳,有若山崩地陷。士隐大叫一声,定睛一看,只见烈日炎炎,芭蕉冉冉,梦中之事便忘了对半。又见奶姆正抱了英莲走来,士隐见女儿越发生得粉妆玉琢,乖觉可喜。便伸手接来,抱在怀中,斗他顽耍一回;又带至街前,看那过会的热闹。方欲进来时,只见从那边来了一僧一道。那僧则癞头跣足,那道跛足蓬头,疯疯颠颠,挥霍谈笑而至。

及到了他门前,看见士隐抱着英莲,那僧便哭起来,又向士隐道:“施主,你把这有命无运、累及爹娘之物,抱在怀内作甚?”士隐听了,知是疯话,也不去采他。那僧还说:“舍我罢!舍我罢!”士隐不奈烦,便抱着女儿撤身进去。那僧乃指着他大笑,口内念了四句言词,道是:

　　惯养娇生笑你痴,菱花空对雪澌澌。好防佳节元宵后,便是烟消火灭时。

士隐听得明白,心下犹豫,意欲问他们来历。只听道人说道:“你我不必同行,就此分手,各干营生去罢。三劫后,我在北邙山等你。会齐了,同往太虚幻境销号。”那僧道:“妙!妙!妙!”说毕,二人一去,再不见个踪影了。士隐心中此时自忖:“这两个人必有来历,该试一问。如今悔却晚也。”

这士隐正痴想,忽见隔壁葫芦庙内寄居的一个穷儒,姓贾名化、表字时飞、别号雨村者,走了出来。这贾雨村原系胡州人氏,原系诗书仕宦之族。因他出于末世,父母祖宗根基已尽,人口衰丧,只剩得他一身一口,在家乡无益,因进京求取功名,再整基业。自前岁来此,又淹蹇住了,暂寄庙中安身。每日卖字作文为生,故士隐常与他交接。当下雨村见了士隐,施礼陪笑道:“老先生倚门伫望,敢街市上有甚新闻否?”士隐笑道:“非也!适因小女啼哭,引他出来作耍,正是无聊之甚。兄来得正妙,请入小斋一谈,彼此皆可消此永昼。”说着,便令人送女儿进去。自携了雨村,来至书房中。小童献茶。方谈得三五句话,忽家人飞报“严老爷来拜”!士隐忙的起身谢罪道:“恕诳驾之罪!略坐即来陪。”雨村忙起身,亦让道:“老先生请便。晚生乃常造之客,稍候何妨!”说着,士隐已出前厅去了。

这里雨村且翻弄书籍解闷。忽听得窗外有女子嗽声。雨村遂起身往窗外一看,原来是一个丫嬛在那里撷花。生得仪容不俗,眉目清朗,虽无十分姿色,却亦有动人之处。雨村不觉看得呆了。那甄家丫嬛撷了花,方欲走时,猛抬头见窗内有人,敝巾旧服,虽是穷贫,然生得腰圆背厚,面阔口方,更兼剑眉星眼,直鼻权腮。这丫嬛忙转身回避,心下乃想:“这人生得这样雄壮,却又这样蓝缕,想他定是我家主人常说的什么贾雨村了。每有意帮助周济,只是没甚机会。我家并无这样贫穷亲友,想定系此人无疑了。怪道又说他必非久困之人。”如此想,不免又回头两次。雨村见他回了头,便自为这女子心中有意于他,便狂喜不禁,自为此女子必是个巨眼英豪、风尘中之知己也。一时小童进来,雨村打听得前面留饭,不可久待,遂从夹道中自便出门去了。士隐待客既散,雨村自便,也不去再邀。

一日,早又中秋佳节。士隐家宴已毕,乃又另具一席于书房,却自己步月至庙中,来邀雨村。原来雨村自那日见了甄家之婢曾回头顾他两次,自为是个知己,便时刻放在心上。今又正值中秋,不免对月有怀,因而口占五言一律云:

未卜三生愿,频添一段愁。闷来时敛额,行去几回头。自顾风前影,谁堪月下俦?蟾光如有意,先上玉人楼。

雨村吟罢，因又思及平生抱负，苦未逢时，乃又搔首对天长叹，复高吟一联云：

玉在匮中求善价，钗于奁内待时飞。

恰至士隐走来听见，笑道："雨村兄，真抱负不浅也！"雨村忙笑道："岂敢！不过偶吟前人之句，何敢狂诞至此。"因问："老先生何兴至此？"士隐笑道："今夜中秋，俗谓'团圆之节'。想尊兄旅寄僧房，不无寂寞之感。故特具小酌，邀兄到敝斋一饮。不知可纳芹意否？"雨村听了，并不推辞，便笑道："既蒙谬爱，何敢拂此盛情。"说着，便同了士隐，复过这边书院中来。

须臾茶毕，早已设下杯盘，那美酒佳肴自不必说。二人归坐，先是款斟漫饮，次渐谈至兴浓，不觉飞觥限斝起来。当时街坊上，家家箫管，户户弦歌，当头一轮明月，飞彩凝辉，二人愈添豪兴，酒到杯干。雨村此时已有七八分酒意，狂兴不禁，乃对月寓怀，口号一绝云：

时逢三五便团圆，满把晴光护玉栏。天上一轮才捧出，人间万姓仰头看。

士隐听了，大叫："妙哉！吾每谓兄必非久居人下者。今所吟之句，飞腾之兆已见，不日可接履于云霓之上矣。可贺！可贺！"乃亲斟一斗为贺。雨村因干过，叹道："非晚生酒后狂言，若论时尚之学，晚生也或可去充数沽名。只是目今行囊路费一概无措，神京路远，非赖卖字撰文可能到者。"士隐不待说完，便道："兄何不早言。愚每有此心，但每遇兄时，兄并未谈及，愚故未敢唐突。今既及此，愚虽不才，'义利'二字却还识得。且喜明岁正当大比，兄宜作速入都，春闱一战，方不负兄之所学也。其盘费馀事，弟自代为处置尔。不枉兄之谬识矣。"当下即命小童进去，速封五十两白银，并两套冬衣。又云："十九日乃黄道之期，兄可即买舟西上，待雄飞高举，明冬再晤，岂非大快之事耶！"雨村收了银衣，不过略谢一语，并不介意，仍是吃酒谈笑。那天已交三鼓，二人方散。

士隐送雨村去后，回房一觉，直至红日三竿方醒。因思昨日之事，意欲再写两封荐书与雨村带至神京，使雨村投谒个仕宦之家为寄足之地。因使人过去请时，那家人去了回来说："和尚说，贾爷今日五鼓已进京去了。也曾留下话与和尚转达老爷,说‘读书人不在黄道黑道,总以事理为要,不及面辞了’。”士隐听了,也只得罢了。

真是闲处光阴易过,倏忽又是元宵佳节矣。因士隐命家人霍启抱了英莲,去看社火花灯。半夜中,霍启因要小解,便将英莲放在一家门槛上坐着。待他小解完了来抱时,那有英莲的踪影?急得霍启直寻了半夜,至天明不见。那霍启也就不敢回来见主人,便逃往他乡去了。那士隐夫妇见女儿一夜不归,便知有些不妥。再使几个人去寻找,回来皆云连音响皆无。夫妻二人半世只生此女,一旦失落,岂不思想?因此昼夜啼哭,几乎不曾寻死。看看一月,士隐先就得了一病。当时封氏孺人也因思女构疾,日日请医疗病。

不想这日三月十五,葫芦庙中炸供,那些和尚不加小心,致使油锅火逸,便烧着窗纸。此方人家多用竹篱、木壁者多,大抵也因劫数,于是接二连三、牵五挂四,将一条街烧得如火焰山一般。彼时虽有军民来救,那火已成了势,如何救得下去?直烧了一夜,方渐渐熄去。也不知烧了几家。只可怜甄家在隔壁,早已烧成一片瓦砾场了。只有他夫妇并几个家人的性命不曾伤了,急得士隐惟跌足长叹而已。只得与妻子商议,且到田庄上去安身。偏值近年水旱不收,鼠盗蜂起,无非抢粮夺食,鼠窃狗偷,民不安生。因此官兵剿捕,难以安身。士隐只得将田庄都折变了,便携了妻子与两个丫嬛,投他岳丈家去。

他岳丈名唤封肃,本贯大如州人氏。虽是务农,家中都还殷实。今见女婿这等狼狈而来,心中便有些不乐。幸而士隐还有折变地的银子未曾用完,拿出来托他随分就价,薄置些须房地,为后日衣食之计。那封肃便半哄半赚,些须与他些薄田朽屋。士隐乃读书之人,不惯生理稼穑等事,勉强支持了一二年,越觉穷了下去。封肃每见面时,便说些现成话,且人前人后又怨他们不善过活,只一味好吃懒做等语。士隐知投人不着,心中未免悔恨;再兼上年惊唬,急忿悲痛已伤,暮年之人,贫病交攻,竟渐渐露出那下世的光景来。

可巧这日拄了拐,挣挫在街前散散心时,忽见那边来了一个跛足道人,疯狂落脱,麻屣鹑衣,口内念着几句言词,道是:

世人都晓神仙好,惟有功名忘不了!古今将相在何方,荒冢一堆草没了！世人都晓神仙好，只有金银忘不了！终朝只恨聚无多，及到多时眼闭了！世人都晓神仙好，只有娇妻忘不了！君生日日说恩情，君死又随人去了！世人都晓神仙好，只有儿孙忘不了！痴心父母古来多，孝顺儿孙谁见了？

士隐听了，便迎上来道："你满口说些什么？只听见些'好''了''好了'。"那道人笑道："你若果听见'好了'二字，还算你明白。可知世上万般，好便是了，了便是好；若不了，便不好；若要好，须是了。我这歌儿，便名《好了歌》。"

士隐本是有宿慧的，一闻此言，心中早已彻悟。因笑道："且住！待我将你这'好了歌'解注出来，何如？"道人笑道："你解，你解。"士隐乃说道：

陋室空堂，当年笏满床。衰草枯杨，曾为歌舞场。蛛丝儿结满雕梁，绿纱今又糊在蓬窗上。说什么脂正浓、粉正香，如何两鬓又成霜？昨日黄土陇头堆白骨，今宵红灯帐底卧鸳鸯。金满箱，银满箱，展眼乞丐人皆谤。正叹他人命不长，那知自己归来丧。训有方，保不定日后作强梁。择膏粱，谁承望流落在烟花巷。因嫌纱帽小，致使锁枷扛。昨怜破袄寒，今嫌紫蟒长。乱烘烘，你方唱罢我登场，反认他乡是故乡。甚荒唐，到头来，都是为他人作嫁衣裳！

那疯跛道人听了，拍掌笑道："解得切，解得切！"士隐便笑一声："走罢！"将道人肩上搭连抢了过来背着，竟不回家，同了疯道人飘飘而去。当下烘动街坊，众人当作一件新闻传说。封氏闻得此信，哭个死去活来，只得与父亲商议，遣人各处访寻，那讨音信？无奈何，少不得依靠着他父母度日。幸而身边还有两个旧日的丫嬛伏侍，主仆三人日夜做些个针线发卖，帮着父亲用度。那封肃虽然日日抱怨，也无可奈何了。

这日，那甄家的大丫嬛在门前买线，忽听得街上喝道之声。众人都说："新太爷到任。"丫嬛于是隐在门内看时，只见军牢快手一对一对的过去，俄而大轿内抬着一个乌帽猩袍的官府过去。丫嬛到发个怔，自思：这官好面善，到像在那里见过的。于是进入房中，也就丢过不在心上。至晚间,正该歇息之时,忽听一片声打的门响,许多人乱嚷,说:“本府太爷差人来传人问话。”封肃听了,唬得目瞪口呆,不知有何祸事。

第二回　贾夫人仙逝扬州城　冷子兴演说荣国府

却说封肃因听见公差传唤，忙出来陪笑启问。那些人只嚷："快请出甄爷来！"封肃忙陪笑道："小人姓封，并不姓甄。只有当日小婿姓甄，今已出家一二年了。不知可是问他？"那些公人道："我们也不知什么'真'、'假'，因奉太爷之命来问。他既是你女婿，便带了你去亲见太爷面禀，省得乱跑。"说着，不容封肃多言，大家推拥他去了。封家人各各惊慌，不知何兆。

那天约有二更时分，只见封肃方回来，欢天喜地。众人忙问端的。他乃说道："原来本府新升的太爷，姓贾名化，本湖州人氏，曾与女婿旧日相交。方才在咱门前过去，因看见娇杏那丫头买线，所以他只当女婿移住于此。我一一将原故回明，那太爷到伤感叹息了一回。又问外孙女儿，我说看灯丢了。太爷说：'不妨，我自使番役务必采访回来。'说了一回话，临走到送了我二两银子。"甄家娘子听了，不免心中伤感。一宿无语。

至次日，早有雨村遣人送两封银子、四匹锦缎，答谢甄家娘子；又寄一封密书与封肃，转托他向甄家娘子要那娇杏作二房。封肃喜的屁滚尿流，巴不得去奉承，便在女儿前一力撺掇成了，乘夜只用一乘小轿，便把娇杏送进去了。雨村欢喜，自不必说，乃封百金赠封肃，外又谢甄家娘子许多物事，令其好生养赡，以待寻访女儿下落。封肃回家无话。

却说娇杏这丫嬛，便是那年回顾雨村者。因偶然一顾，便弄出这段事来，亦是自己意料不到之奇缘。谁想他命运两济，不承望自到雨村身边，只一年，便生了一子；又半载，雨村嫡妻忽染疾下世。雨村便将他扶册作正室夫人了。正是：

偶因一着错，便为人上人。

原来，雨村因那年士隐赠银之后，他于十六日便起身入都，至大比之期，不料他十分得意，已会了进士，选入外班，今已升了本府知府。虽才干优长，未免有些贪酷之弊，且又恃才侮上，那些官员皆侧目而视。不上一年，便被上司寻了一个空隙，作成一本，参他“生情狡滑，擅改礼仪，外沽清正之名，暗结虎狼之势，致使地方多事，民命不堪”等语。龙颜大怒，即批革职。该部文书一到，本府官员无不喜悦。那雨村心中虽十分惭恨，却面上全无一点怨色，仍是喜悦自若，交代过公事，将历年做官积的些资本并家小人属送至原籍，安插妥协；却又自己担风袖月，游览天下胜迹。

那日，偶又游至维扬地面，因闻得今岁鹾政点的是林如海。这林如海，姓林名海，表字如海，乃是前科的探花，今已升至兰台寺大夫，本贯姑苏人氏，今钦点出为巡盐御史，到任方一月有馀。

原来这林如海之祖，曾袭过列侯，今到如海，业经五世。起初时只封袭三世，因当今隆恩盛德，远迈前代，额外加恩，至如海之父，又袭了一代；至如海，便从科第出身。虽系钟鼎之家，却亦是书香之族。只可惜这林家支庶不盛，子孙有限，虽有几门，却与如海俱是堂族而已，没甚亲枝嫡派的。今如海年已四十，只有一个三岁之子，偏又于去岁死了。虽有几房姬妾，奈他命中无子，亦无可如何之事。今只有嫡妻贾氏，生得一女，乳名黛玉，年方五岁。夫妻无子，故爱女如珍。且又见他聪明清秀，便也欲使他读书，识得几个字，不过假充养子之意，聊解膝下荒凉之叹。

雨村正值偶感风寒，病在旅店，将一月光景方渐愈。一因身体劳倦，二因盘费不继，也正欲寻个合式之处，暂且歇下。幸有两个旧友，亦在此境居住，因闻得鹾政欲聘一西宾，雨村便相托友力，谋了进去，且作安身之计。妙在只一个女学生，并两个伴读丫嬛，这女学生年又极小，身体又极怯弱，工课不限多寡，故十分省力。

堪堪又是一载的光阴，谁知女学生之母贾氏夫人一疾而终。女学生侍汤奉药，守丧尽哀，遂又将要辞馆别图。林如海意欲令女守制读书，故又将他留下。近因女学生哀痛过伤，本自怯弱多病的，触犯旧症，遂连日不曾上学。

雨村闲居无聊，每当风日晴和，饭后便出来闲步。这日，偶至郭外,意欲赏鉴那村野风光。忽信步至一山环水旋、茂林深竹之处,隐隐有座庙宇,门巷倾颓,墙垣朽败,门前有额,题着“智通寺”三字。门傍又有一副旧破的对联,曰:

身后有馀忘缩手,眼前无路想回头。

雨村看了,因想到:“这两句话,文虽浅,其意则深。也曾游过些名山大刹,到不曾见过这话头,其中想必有个翻过筋斗来的,也未可知。何不进去试试!”想着,走入看时,只有一个聋肿老僧,在那里煮粥。雨村见了,便不在意。及至问他两句话,那老僧既聋且昏,齿落舌钝,所答非所问。雨村不耐烦,便仍出来,意欲到那村肆中沽酒三杯,以助野趣。

于是款步行来。刚入肆门,只见座上吃酒之客有一人起身大笑,接了出来,口内说:“奇遇,奇遇!”雨村忙看时,此人是都中古董行中贸易的,号冷子兴者。旧日在都相识,雨村最赞这冷子兴是个有作为大本领的人,这子兴又借雨村斯文之名,故二人说话投机,最相契合。雨村忙亦笑问:“老兄何日到此?弟竟不知。今日偶遇,真奇缘也。”子兴道:“去年岁底到家,今因还要入都,从此顺路找个敝友说一句话,承他之情,留我多住两日。我也无甚紧事,且盘桓两日,待月半时也就起身了。今日敝友有事,我因闲步至此,且歇歇脚,不期这样巧遇。”一面说,一面让雨村同席坐了,另整上酒肴来。

二人闲谈慢饮,叙些别后之事。雨村因问:“近日都中可有新闻没有?”子兴道:“到没有什么新闻,到是老先生你贵同宗家出了一件小小的异事。”雨村笑道:“弟族中无人在都,何谈及此?”子兴笑道:“你们同姓,岂非同宗一族?”雨村问是谁家,子兴道:“荣国府贾府中,可也不玷辱了先生的门楣了。”雨村笑道:“原来是他家。若论起来,寒族人丁却不少。自东汉贾复以来,支派繁盛,各省皆有,谁能逐细考查。若论荣国一支,却是同谱。但他那等荣耀,我们不便去攀扯,至今越发生疏难认了。”

子兴叹道:“老先生休如此说。如今这荣国两门也都消疏了,不比先时的光景。”雨村道:“当日宁、荣两宅的人口极多,如何就消疏了?”冷子兴道:“正是,说来也话长。”雨村道:“去岁我到金陵地界,因欲游览六朝遗迹,那日进了石头城,从他老宅门前经过,街东是宁国府,街西是荣国府,二宅相连,竟将大半条街占了。大门前虽冷落无人,隔着围墙一望,里面厅殿楼阁,也还都峥嵘轩峻;就是后一带花园子里,树木山石也都还有蓊蔚洇润之气,那里像个衰败之家?”冷子兴笑道:“亏你是个进士出身,原来不通!古人有云:‘百足之虫,死而不僵。’如今虽说不似先年那样兴盛,较之平常仕宦之家,到底气象不同。如今生齿日繁,事物日盛,主仆上下,安富尊荣者尽多,运筹谋画者无一;其日用排场费用又不能将就省俭,如今外面的架子虽未甚倒,内囊却也尽上来了。这还是小事,更有一件大事。谁知这样钟鸣鼎食之家,翰墨诗书之族,如今的儿孙竟一代不如一代了!”雨村听了也纳罕道:“这样诗书之家,岂有不善教育之理?别家不知,只说这宁、荣两宅,是最教子有方的。”

子兴叹道:“正说的是这两门呢。待我告诉你:当日宁国公与荣国公是一母同胞弟兄两个。宁公居长,生了四个儿子。宁公死后,长子贾代化袭了官,也养了两个儿子。长子贾敷,至八九岁上便死了。只剩了次子贾敬袭了官,如今一味好道,只爱烧丹炼汞,馀者一概不在心上。幸而早年留下一子,名唤贾珍,因他父亲一心想作神仙,把官到让他袭了。他父亲又不肯回原籍来,只在都中城外和道士们胡羼。这位珍爷也到生了一个儿子,今年才十六岁,名叫贾蓉。如今敬老爹一概不管,这珍爷那肯读书,只是一味高乐不已,把宁国府竟翻了过来,也没有人敢来管他。再说荣府你听,方才所说异事就出在这里。自荣公死后,长子贾代善袭了官,娶的金陵世勋史侯家的小姐为妻,生了两个儿子。长子贾赦,次子贾政。如今代善早已去世,太夫人尚在。长子贾赦袭着官。次子贾政自幼酷喜读书,祖父最疼,原欲以科甲出身的;不料代善临终时遗本一上,皇上因恤先臣,即时令长子袭官外,问还有几子,立刻引见,遂额外赐了这政老爹一个主事之衔,令其入部习学,如今现已升了员外郎了。这政老爹的夫人王氏,头胎生的公子名唤贾珠,十四岁进学,不到二十岁就娶了妻生了子,一病死了。第二胎生了一位小姐,生在大年初一。这就奇了;不想次年又生了一位公子,说来更奇,一落胎胞,嘴里便衔下一块五彩晶莹的玉来,上面还有许多字迹,就取名叫作宝玉。你道是新奇异事不是?"雨村笑道:"果然奇异!只怕这人来历不小。"

子兴冷笑道:"万人皆如此说,因而乃祖母便先爱如珍宝。那年周岁时,政老爹便要试他将来的志向,便将那世上所有之物摆了无数,与他抓取。谁知他一概不取,伸手只把些脂粉钗环抓来。政老爹便大怒了,说:'将来酒色之徒耳!'因此便大不喜悦。独那史老太君还是命根一样。说来又奇,如今长了七八岁,虽然淘气异常,但其聪明乖觉处,百个不及他一个。说起孩子话来也奇怪,他说:'女儿是水作的骨肉,男人是泥作的骨肉。我见个女儿,我便清爽;见了男人,便觉浊臭逼人。'你道好笑不好笑?将来色鬼无疑了!"雨村罕然厉色忙止道:"非也!可惜你们不知道这人来历。大约政老前辈也错以淫魔色鬼看待了。若非多读书识事,加以致知格物之功、悟道参玄之力者,不能知也。"

子兴见他说得这样重大,忙请教其端。雨村道:"天地生人,除大仁、大恶两种,馀者皆无大异。若大仁者,则应运而生;大恶者,则应劫而生。运生世治,劫生世危。尧、舜、禹、汤、文、武、周、召、孔、孟、董、韩、周、程、张、朱,皆应运而生者。蚩尤、共工、桀、纣、始皇、王莽、曹操、桓温、安禄山、秦桧等,皆应劫而生者。大仁者,修治天下;大恶者,扰乱天下。清明灵秀,天地之正气,仁者之所秉也;残忍乖僻,天地之邪气,恶者之所秉也。今当运隆祚永之朝,太平无为之世,清明灵秀之气所秉者,上至朝廷,下至草野,比比皆是。所馀之秀气,漫无所归,遂为甘露,为和风,洽然溉及四海。彼残忍乖僻之邪气,不能荡溢于光天化日之中,遂凝结充塞于深沟大壑之内,偶因风荡或被云摧,略有摇动感发之意,一丝半缕误而泄出者,偶值灵秀之气适过,正不容邪,邪复妒正,两不相下,亦如风水雷电,地中既遇,既不能消,又不能让,必致搏击掀发后始尽。故其气亦必赋人,发泄一尽始散。使男女偶秉此气而生者,上则不能成仁人君子,下亦不能为大凶大恶。置之于万万人之中,其聪俊灵秀之气则在万万人之上,其乖僻邪谬、不近人情之态,又在万万人之下。若生于公侯富贵之家,则为情痴情种;若生于诗书清贫之族,则为逸士高人;纵再偶生于薄祚寒门,断不能为走卒健仆、甘遭庸人驱制驾驭，亦必为奇优名娼。如前代之许由、陶潜、阮籍、嵇康、刘伶、王谢二族、顾虎头、陈后主、唐明皇、宋徽宗、刘庭芝、温飞卿、米南宫、石曼卿、柳耆卿、秦少游，近日之倪云林、唐伯虎、祝枝山，再如李龟年、黄旛绰、敬新磨、卓文君、红拂、薛涛、崔莺、朝云之流，此皆易地相同之人也。”

子兴道：“依你说，‘成则王侯败则贼’了？”雨村道：“正是这意。你还不知，我自革职以来，这两年遍游各省，也曾遇见两个异样孩子。所以，方才你一说这宝玉，我就猜着了八九，亦是这一派人物。不用远说，只金陵城内，钦差金陵省体仁院总裁甄家，你可知么？”子兴道：“谁人不知！这甄府和贾府就是老亲，又系世交。两家来往，极其亲热的。便在下也和他家来往非止一日了。”

雨村笑道：“去年我在金陵，也曾有人荐我到甄家处馆。我进去看其光景，谁知他家那等显贵，却是富而好礼之家，到是个难得之馆。但这一个学生，虽是启蒙，却比一个举业的还劳神。说起来更可笑，他说：‘必得两个女儿伴着我读书，我方能认得字，心里也明；不然，我自己心里糊涂。’又常对跟他的小厮们说：‘这女儿两个字极尊贵、极清净的，比那阿弥陀佛、元始天尊的这两个宝号还更尊荣无对的呢！你们这浊口臭舌，万不可唐突了这两个字要紧；但凡要说时，必须先用清水香茶漱了口才可；设若失错，便要凿牙穿腮等事。’其暴虐浮躁、顽劣憨痴，种种异常。只一放了学，进去见了那些女儿们，其温厚和平、聪敏文雅，竟又变了一个人。因此，他令尊也曾下死笞楚过几次，无奈竟不能改。每打的吃疼不过时，他便‘姐姐’、‘妹妹’乱叫起来。后来听得里面女儿们拿他取笑：‘因何打急了只管唤姐妹作甚？莫不是求姐妹去讨情讨饶？你岂不愧些？’他回答的最妙。他说：‘急疼之时，只叫“姐姐”“妹妹”字样，或可解疼也未可知，因叫了一声，便果觉不疼了，遂得了秘方，每疼痛之极，便连叫姊妹起来了。’你说可笑不可笑？也因祖母溺爱不明，每因孙辱师责子，因此我就辞了馆出来。如今在巡盐御史林家坐馆了。你看，这等子弟，必不能守祖父之根基，从师友之规谏的。只可惜他家几个好姊妹，都是少有的。”

子兴道:“便是贾府中,现有三个亦不错。政老爹之长女,名元春,现因贤孝才德,选入宫中作女史去了。二小姐乃赦老爹前妻所出,名迎春。三小姐乃政老爹之庶出,名探春。四小姐乃宁府珍爷之胞妹,名唤惜春。因史老夫人极爱孙女,都跟在祖母这边一处读书,听得个个不错。”雨村道:“更妙在甄家之风俗,女儿之名,亦皆从男子之名命字,不似别家,另外用这些‘春’‘红’‘香’‘玉’等艳字的。何得贾府亦落此俗套?”子兴道:“不然。只因现今大小姐是正月初一日所生,故名元春;馀者方从了‘春’字。上一辈的,却也是从弟兄而来的。现有对证:目今你贵东家林公之夫人,即荣府中赦、政二公之胞妹,在家时名唤贾敏。不信时,你回去细访可知。”

雨村拍案笑道:“怪道这女学生读凡书中有‘敏’字,他皆念作‘密’字,每每如是;写字时,遇着‘敏’字,又减一二笔,我心中就有些疑惑。今听你说,是为此无疑矣。怪道我这女学生言语举止另是一样,不与近日女子相同。度其母必不凡,方得其女。今知为荣府之孙,又不足罕矣。可伤上月竟亡故了。”子兴叹道:“老姊妹四个,这一个是极小的,又没了。长一辈的姊妹,一个也没了。只看这少一辈的,将来之东床如何呢?”

雨村道:“正是。方才说这政公,已有了一个衔玉之儿,又有长子所遗一个弱孙。这赦老竟无一个不成?”子兴道:“政公既有玉儿之后,其妾后又生了一个,到不知其好歹。只眼前现有二子一孙,却不知将来如何。若问那赦公,也有二子,长名贾琏,今已二十来往了,亲上作亲,娶的就是政老爹夫人王氏之内侄女,今已娶了二年。这位琏爷身上现捐的是个同知,也是不喜读书,于世路上好机变、言谈去的,所以如今只在乃叔政老爷家住着,帮着料理些家务。谁知自娶了他令夫人之后,到上下无一人不称颂他夫人的,琏爷到退了一射之地。说模样又极标致,言谈又爽利,心机又极深细,竟是个男人万不及一的。”

雨村听了,笑道:“可知我前言不谬!你方才所说的这几个人,都只怕是那正邪两赋而来一路之人,未可知也!”子兴道:“邪也罢,正也罢,只顾算别人家的账,你也吃一杯酒才好。”雨村道:“正是。

只顾说话,竟多吃了几杯。”子兴笑道:“说着别人家的闲话,正好下酒,即多几杯何妨。”

雨村向窗外看道:“天也晚了,仔细关了城。我们慢慢进城再谈,未为不可。”于是二人起身,算还酒账。方欲走时,又听得后面有人叫道:“雨村兄,恭喜了!特来报个喜信的。”雨村忙回头看时——

第三回　金陵城起复贾雨村　荣国府收养林黛玉

却说雨村忙回头看时,不是别人,乃是当日同僚一案参革的号张如圭者。他本系此地人,革职后家居,今打听都中奏准起复旧员之信,他便四下里寻情找门路,忽遇见雨村,故忙道喜。二人见了礼,张如圭便将此信告诉雨村。雨村自是欢喜,忙忙的叙了两句,遂作别各自回家。冷子兴听得此言,便忙献计,令雨村央烦林如海,转向都中去央烦贾政。雨村领其意,作别回至馆中,忙寻邸报看真确了。

次日,面谋之如海。如海道:"天缘凑巧!因贱荆去世,都中家岳母念及小女无人依傍教育,前已遣了男女船只来接,因小女未曾大痊,故未及行。此刻正思向蒙训教之恩,未经酬报;遇此机会,岂有不尽心图报之理!但请放心!弟已预为筹画至此,已修下荐书一封,转托内兄务为周全协佐,方可稍尽弟之鄙诚。即有所费用之例,弟于内兄信中已注明白,亦不劳尊兄多虑矣。"雨村一面打躬,谢不释口,一面又问:"不知令亲大人现居何职?只怕晚生草率,不敢骤然入都干渎。"如海笑道:"若论舍亲,与尊兄犹系同谱,乃荣公之孙。大内兄现袭一等将军之职,名赦,字恩侯;二内兄名政,字存周,现任工部员外郎,其为人谦恭厚道,大有祖父遗风,非膏粱轻薄仕宦之流,故弟方致书烦托。否则不但有污尊兄之清操,即弟亦不屑为矣。"雨村听了,心中方信了昨日子兴之言。于是又谢林如海。如海乃说:"已择了出月初二日小女入都,尊兄即同路而往,岂不两便?"雨村唯唯听命,心中十分得意。如海遂打点礼物并饯行之事,雨村一一领了。

那女学生黛玉,身体大愈,原不忍弃父而往;无奈他外祖母致意教去,且兼如海说:"汝父年将半百,再无续室之意;且汝多病,年又极小,上无亲母教养,下无姊妹兄弟扶持,今依傍外祖母及舅氏姊妹去,正好减我顾盼之忧,何云不往?"黛玉听了,方洒泪拜别,遂同奶娘及荣府中几个老妇人登舟而去。雨村另有一只船,带两个小童,依附黛玉而行。

有日到了都中，进入神京，雨村先整了衣冠，带了小童，拿着“宗侄”的名帖，至荣府门前投了。彼时贾政已看了妹丈之书，即忙请入会见。雨村相貌魁伟，言谈不俗，且这贾政最喜读书人，礼贤下士，拯溺济危，大有祖风；况又系妹丈致意，因此优待雨村，更又不同。便竭力内中协助，题奏之日，轻轻谋了一个复职候缺。不上两个月，金陵应天府缺出，便谋补了此缺，拜辞了贾政，择日到任去了。不在话下。

且说黛玉自那日弃舟登岸时，便有荣国府打发了轿子并拉行李的车辆久候了。这黛玉常听得母亲说过，他外祖母家与别家不同。他近日所见的这几个三等的仆妇，已是不凡了，何况今至其家。因此步步留心，时时在意，不肯轻意多说一句话，多行一步路，生恐被人耻笑了他去。自上了轿，进入城中，便从纱窗向外瞧了一瞧，其街市之繁华，人烟之阜盛，自与别处不同。

又行半日，忽见街北蹲着两个大石狮子，三间兽头大门，门前列坐着十来个华冠丽服之人。正门却不开，只有东西两角门有人出入。正门之上有一匾，匾上大书“敕造宁国府”五个大字。黛玉想到：“这是外祖母之长房了。”想着，又往西行。不多远，照样也是三间大门，方是荣国府了。却不进正门，只进了西边角门。那轿夫抬进去，走了一射之地，将转弯时，便歇下退出去了。后面婆子们已都下了轿，赶上前来，另换了三四个衣帽周全的十七八岁的小厮上来，复抬起轿子。众婆子步下围随，至一垂花门前落下。众小厮退出，众婆子上来打起轿帘，扶黛玉下轿。林黛玉扶着婆子的手，进了垂花门，两边是超手游廊，当中是穿堂，当地放着一个紫檀架子大理石的大插屏。转过插屏，小小三间内厅，厅后就是后面的正房大院。正面五间上房，皆是雕梁画栋，两边穿山游廊厢房，挂着各色鹦鹉、画眉等鸟雀。台矶之上，坐着几个穿红着绿的丫嬛，一见他们来了，便忙都笑迎上来说：“才刚老太太还念呢，可巧就来了。”于是三四人争着打起帘栊，一面听得人回话：“林姑娘到了！”

黛玉方进入房时，只见两个人搀着一位鬓发如银的老母迎上来，黛玉便知是他外祖母。方欲拜见时,早被他外祖母一把搂入怀中,“心肝儿肉”叫着大哭起来。当下地下侍立之人,无不掩面涕泣,黛玉也哭个不住。一时众人慢慢的解劝住了,黛玉方拜见外祖母。——此即冷子兴所云之史氏太君也,贾赦、贾政之母。当下贾母一一指与黛玉:“这是你大舅母,这是你二舅母,这是你先珠大哥的媳妇珠大嫂。”黛玉一一拜见过。贾母又说:“请姑娘们来。今日远客才来,可以不必上学去了。”众人答应了一声,便去了两个。

不一时,只见三个奶嬷嬷并五六丫嬛,簇拥着三个姊妹来了。第一个肌肤微丰,合中身材,腮凝新荔,鼻腻鹅脂,温柔沉默,观之可亲。第二个削肩细腰,长挑身材,鸭蛋脸面,俊眼修眉,顾盼神飞,文彩精华,见之忘俗。第三个身量未足,形容尚小。其钗环裙袄,三人皆是一样的妆饰。黛玉忙起身迎上来见礼,互相厮认过,大家归坐。丫嬛们斟上茶来,不过说些黛玉之母如何得病,如何请医服药,如何送死发丧,不免贾母又伤感起来,因说:“我这些儿女,所疼者,惟有你母。今日一旦先舍我去了,连面不能一见。今见了你,我怎么不伤心!”说着,搂了黛玉在怀,又呜咽起来。众人忙都宽慰解释,方略略止住。众人见黛玉年纪虽小,其举止言谈不俗,身体面庞虽怯弱不胜,却有一段自然风流态度,便知他有不足之症。因问:“常服何药?如何不急为疗治?”黛玉笑道:“我自来是如此。从会吃饮食时便吃药,到今未断。请了多少名医,修方配药,皆不见效。那一年我才三岁时,听得说来了一个癞头和尚,说要化我去出家,我父母固是不从。他又说:‘既舍不得他,只怕他的病一生也不能好的;若要好时,除非从此已后,总不许见哭声,除父母之外,凡有外姓亲友之人,一概不见方可平安了此一世。’疯疯颠颠,说了这些不经之谈,也没人理他。如今还是吃人参养荣丸。”贾母道:“这正好,我这里正配丸药呢。叫他们多配一料就是了。”

一语未了,只听得后院中有人笑声,说:“我来迟了,不曾迎接远客!”黛玉纳罕道:“这些人个个皆敛声屏气,恭肃严整如此,这来者系谁,这样放诞无礼?”心下想时,只见一群媳妇丫嬛围拥着一个人,从后房门进来。这个人打扮与众姊妹不同:彩绣辉煌,恍如神妃仙子。头上带着金丝八宝攒珠髻,绾着朝阳五凤挂珠钗;项上带着赤金盘螭璎珞圈;裙边系着豆绿宫绦双衡比目玫瑰珮;身上穿着缕金百蝶穿花大红洋缎窄褃袄,外罩五彩刻丝石青银鼠褂;下着翡翠撒花洋绉裙。一双丹凤三角眼,两湾柳叶吊稍眉;身量苗条,体格风骚;粉面含春威不露,丹唇未启笑先闻。

黛玉连忙起身接见。贾母笑道:“你不认得他,他是我们这里有名的一个泼皮破落户儿,南省俗谓作‘辣子’,你只叫他‘凤辣子’就是。”黛玉正不知以何称呼,只见众姊妹都忙告诉他道:“这是琏嫂子。”黛玉虽不识,亦曾听见母亲说过,大舅贾赦之子贾琏,娶的就是二舅母王氏之内侄女,自幼假充男儿教养的,学名叫王熙凤。黛玉忙陪笑见礼,以“嫂”呼之。

这熙凤携着黛玉的手,上下细细的打谅了一回,便仍送至贾母身边坐下,因笑道:“天下真有这样标致人物,我今才算见了。况且这通身的气派,竟不像老祖宗的外孙女儿,竟是个嫡亲的孙女。怨不得老祖宗天天口头心头一时不忘。只可怜我这妹妹这样命苦,怎么姑妈偏就去世了!”说着,便用帕拭泪。贾母笑道:“我才好了,你到来招我。你妹妹远路才来,身子又弱,也才劝住了,快再休提前话。”这熙凤听了,忙转悲为喜道:“正是呢!我一见了妹妹,一心都在他身上了,又是欢喜,又是伤心,竟忘记了老祖宗。该打,该打!”又忙携黛玉之手,问:“妹妹几岁了?可也上过学?现吃什么药?在这里不要想家。想要什么吃的、什么顽的,只管告诉我。丫头、老婆们不好了,也只管告诉我。”一面又问婆子们:“林姑娘的行李东西可搬进来了?带了几个人来?你们赶早打扫两间下房,让他们去歇歇。”

说话时,已摆了茶果上来。熙凤亲为捧茶捧果,又见二舅母问他:“月钱放完了不曾?”熙凤道:“月钱也放完了。才刚带着人到后楼上找缎子,找了这半日,也并没有见昨日太太说的那样,想是太太记错了。”王夫人道:“有没有,什么要紧!”因又说道:“该随手拿出两个来,给你这妹妹去裁衣裳的。等晚上想着,叫人再去拿罢,可别忘了!”熙凤道:“到是我先料着了。知道妹妹不过这两日到的,我已预备下了,等太太回去过了目,好送来。”王夫人一笑,点头不语。

当下茶果已撤,贾母命两个老嬷嬷带了黛玉去见两个母舅。时贾赦之妻邢氏忙亦起身,笑道:“我带了外甥女过去,到也便宜。”贾母笑道:“正是呢,你也去罢,不必过来了。”邢夫人答应一个“是”字,遂带了黛玉,与王夫人作辞。大家送至穿堂前。

出了垂花门,早有众小厮们拉过一辆翠幄青绸车来。邢夫人携了黛玉坐上,众婆娘放下车帘,方命小厮们抬起,拉至宽处,方驾上驯骡,亦出了西角门,往东过了荣府正门,便入一黑油大门中,至仪门前方下来。众小厮退出,方打起车帘,邢夫人搀了黛玉的手,进入院中。黛玉度其房屋院宇,必是荣府中之花园隔断过来的。进入三层仪门,果见正房厢庑游廊,悉皆小巧别致,不似方才那边轩峻壮丽,且院中随处之树木山石皆有。一时进入正室,早有许多盛妆丽服之姬妾丫嬛迎着。邢夫人让黛玉坐了,一面命人到外面书房中请贾赦。一时人来回说:“老爷说了,‘连日身上不好,见了姑娘彼此到伤心,暂且不忍相见。劝姑娘不要伤心、想家,跟着老太太和舅母,是同家里一样。姊妹们虽拙,大家一处伴着亦可以解些烦闷。或有委屈之处,只管说得,不要外道才是。’”黛玉忙站起来,一一听了。再坐一刻,便告辞。那邢夫人苦留吃过晚饭去,黛玉笑回道:“舅母爱恤赐饭,原不应辞;只是还要过去拜见二舅舅,恐领赐去不恭,异日再领,未为不可。望舅母容谅。”邢夫人听说,笑道:“这到是了。”遂命两三个嬷嬷用方才的车好生送了过去。于是黛玉告辞。邢夫人送至仪门前,又嘱咐众人几句,眼看着车去了,方回来。

一时黛玉进入荣府,下了车。众嬷嬷引着便往东转弯,穿过一个东西的穿堂,向南大厅之后,仪门内大院落,上面五间大正房,两边厢房鹿顶耳房钻山,四通八达,轩昂壮丽,比贾母处不同。黛玉便知这方是正紧正内室,一条大甬路直接出大门的。进入堂屋中,抬头迎面先看见一个赤金九龙青地大匾,匾上写着斗大三个字,是“荣禧堂”,后有一行小字:“某年月日书赐荣国公贾源”,又有“万几宸翰之宝”。大紫檀雕螭案上,设着三尺来高青绿古铜鼎,悬着待漏随朝墨龙大画,一边是金蜼彝,一边是玻璃盒。地下两溜十六张楠木交椅。又有一副对联,乃是乌木联牌,镶着錾银的字迹,道是:

座上珠玑昭日月,堂前黼黻焕烟霞。

下面一行小字,道是:"同乡世教弟勋袭东安郡王穆莳拜手书。"

原来王夫人时常居坐宴息,亦不在这正室,只在这正室东边的三间耳房内。于是老嬷嬷引黛玉进东房门来。临窗大炕上铺着猩红洋罽,正面设着大红金钱蟒靠背,石青金钱蟒引枕,秋香色金钱蟒大条褥。两边设一对梅花式洋漆小几。左边几上文王鼎、匙箸、香盒;右边几上汝窑美人觚内插着时鲜花卉,并茗碗唾壶等物。地下面西一溜四张椅上,都搭着银红撒花椅搭,底下四副脚踏。椅子两边也有一对高几,几上茗碗花瓶俱备。其馀陈设自不必细说。

老嬷嬷们让黛玉炕上坐。炕沿上却也有两个锦褥对设。黛玉度其位次,便不上炕,只向东边椅子上坐了。本房内的丫嬛忙捧上茶来。黛玉一面吃茶,一面打量那些丫嬛们,妆饰衣裙、举止行动果亦与别家不同。

茶未吃了,只见穿红绫袄青缎掐牙背心的一个丫嬛走来,笑说道:"太太说,请姑娘到那边坐罢!"老嬷嬷听了,于是又引黛玉出来,到了东廊三间小正房内。正面炕上横设一张炕棹,棹上磊着书籍、茶具,靠东壁面西设着半旧青缎靠背引枕。王夫人却坐在西边下首,亦是半旧青缎靠背坐褥。见黛玉来了,便往东让。黛玉心中料定这是贾政之位。因见挨炕一溜三张椅子上也搭着半旧的弹墨椅袱,黛玉便向椅上坐了。王夫人再四携他上炕,他方挨王夫人坐了。王夫人因说:"你舅舅今日斋戒去了,再见罢。只是有一句话嘱咐你:你三个姊妹到都极好,以后一处念书认字学针线,或是偶一顽笑,都有尽让的。但我不放心的最是一件:我有一个孽根祸胎,是这家里的混世魔王,今日因庙里还愿去了,尚未回来,晚间你看见便知。你只以后不用采他,你这些姊妹都不敢沾惹他的。"

黛玉亦常听见母亲说过,二舅母生的有个表兄,乃衔玉而诞,顽劣异常,极恶读书,最喜在内帏厮混;外祖母又极溺爱,无人敢管。今见王夫人如此说,便知说的是这表兄了。因陪笑道:"舅母说的可是衔玉所生的这位哥哥?在家时,亦曾听见母亲常说,这位哥哥比我大一岁,小名就唤宝玉,虽极憨顽,说在姊妹情中极好的。况我来了,自然和姊妹同处，兄弟们自是别院另室的，岂得去沾惹之理？”王夫人笑道：“你不知原故！他与别人不同，自幼老太太疼爱，原系同姊妹一处，娇养惯了的。若姊妹们有日不理他，他到还安静些，纵然他没趣，不过出了二门，背地里拿着他的两三个小么儿出气，咕唧一会子就完了。若这一日姊妹们和他多说一句话，他心里一乐，便生出多少事来。所以嘱咐你别采他。他嘴里一时甜言蜜语，一时有天无日，一时疯疯傻傻，只休信他。”

黛玉一一的都答应着。只见一个丫嬛来回：“老太太那里传晚饭了！”王夫人忙携了黛玉，从后房门由后廊往西，出了角门，是一条南北宽夹道。南边是倒座三间小小抱厦厅，北边立着一个粉油大影壁，后有一半大门，小小一所房宇。王夫人笑指向黛玉道：“这是你凤姐姐的屋宇。回来你好往这里找他来。少什么东西，你只管和他说就是了。”这院门上也有四五个才总角的小厮，都垂手侍立。王夫人遂携黛玉穿过一个东西穿堂，便是贾母的后院了。于是进入后房门，已有多人在此伺候。见王夫人来了，方安设桌椅。贾珠之妻李氏捧饭，熙凤安箸，王夫人进羹。贾母正面榻上独坐，两傍四张空椅。熙凤忙拉了黛玉在左边第一张椅上坐了，黛玉十分推让。贾母笑道：“你舅母和嫂子们不在这里吃饭。你是客，原应如此坐的。”黛玉方告了座，坐了。贾母命王夫人坐了，迎春姊妹三个告了座，方上来。迎春便坐右手第一，探春左第二，惜春右第二。傍边丫嬛执着拂尘、漱盂、巾帕。李、凤二人立于案傍布让。外间伺候之媳妇丫嬛虽多，却连一声咳嗽不闻。寂然饭毕，各有丫嬛用小茶盘捧上茶来。

当日林如海教女以惜福养身，云饭后务待饭粒咽尽，过一时再吃茶，方不伤脾胃。今黛玉见了这里许多事情不合家中之式，不得不随的，少不得一一的改过来，因而接了茶，早有人捧过漱盂来，黛玉也照样漱了口。然后盥手毕，又捧上茶来，方是吃的茶。贾母便说：“你们去罢！让我们自在说话儿。”王夫人听了，忙起身，又说了两句闲话，方引李、凤二人去了。贾母因问黛玉念何书。黛玉道：“只刚念了《四书》。”黛玉又问姊妹们读何书。贾母道：“读的是什么书，不过是认得两个字，不是睁眼的瞎子罢了。”

一语未了，只听院外一阵脚步响。丫嬛进来笑道："宝玉来了。"黛玉心中正疑惑着：这个宝玉不知是怎生个惫懒人物、懵懂顽劣之童？——到不见那蠢物也罢了！心中正想着，忽见丫嬛话未报完，已进来了一个轻年公子。头上带着束发嵌宝紫金冠，齐眉勒着二龙抢珠金抹额，穿一件二色金百蝶穿花大红箭袖，束着五彩丝攒花结长穗宫绦，外罩石青起花八团倭缎排穗褂，登着青缎粉底小朝靴。面若中秋之月，色如春晓之花，鬓若刀裁，眉如墨画，眼似桃瓣，睛若秋波。虽怒时而若笑，即瞋视而有情。项上金螭璎珞，又有一根五色丝绦系着一块美玉。黛玉一见，便吃一大惊，心下想道："好生奇怪，到像在那里见过的一般。何等眼熟到如此！"只见这宝玉向贾母请了安，贾母便命："去见你娘来！"宝玉即转身去了。

一时回来，再看已换了冠带：头上周围一转的短发，都结成了小辫，红丝结束，共攒至顶中胎发，总编一根大辫，黑亮如漆。从顶至稍，一串四颗大珠，用金八宝坠角。上穿着银红撒花半旧大袄，仍就带着项圈、宝玉、寄名锁、护身符等物；下面半露松花撒花绫裤腿、锦边弹墨袜、厚底大红鞋。越显得面如敷粉，唇似施脂，转盼多情，语言常笑。天然一段风骚，全在眉稍；平生万种情思，悉堆眼角。看其外貌最是极好，却难知其底细。后人有《西江月》二词，批这宝玉极恰。其词曰：

无故寻愁觅恨，有时似傻如狂。纵然生得好皮囊，腹内原来草莽。 潦倒不通世务，愚顽怕读文章。行为偏僻性乖张，那管世人诽谤！

富贵不知乐业，贫穷难耐凄凉。可怜辜负好韶光，于国于家无望。 天下无能第一，古今不肖无双。寄言纨绔与膏粱：莫效此儿形状！

贾母因笑道："外客未见，就脱了衣裳。还不去见你妹妹！"宝玉早已看见多了一个姊妹，便料定是林姑母之女，忙来作揖。厮见毕，归坐细看形容，与众各别：两湾似蹙非蹙罥烟眉，一双似喜非喜含情目。态生两靥之愁，娇袭一身之病。泪光点点，娇喘微微。闲静时如娇花照水，行动处似弱柳扶风。心较比干多一窍，病如西子胜三分。

宝玉看罢，因笑道："这个妹妹我曾见过的。"贾母笑道："可又是胡说，你又何曾见过他。”宝玉笑道：“虽然未曾见过他，然我看着面善，心里就算是旧相识，今日只作远别重逢，未为不可。”贾母笑道：“更好，更好！若如此，更相和睦了。”宝玉便走近黛玉身边坐下，又细细打谅一番，因问：“妹妹可曾读书？”黛玉道：“不曾读书，只上了一年学，些须认得几个字。”宝玉又道：“妹妹尊名是那两个字？”黛玉便说了名字。宝玉又问表字。黛玉道：“无字。”宝玉笑道：“我送妹妹一个妙字，莫若‘颦颦’，二字极好。”探春便问何出。宝玉道：“《古今人物通考》上说：‘西方有石名黛，可代画眉之墨。’况这林妹妹眉尖若蹙，用取这两个字，岂不两妙！”探春笑道：“只恐又是你的杜撰。”宝玉笑道：“除《四书》外杜撰的太多，偏只我是杜撰不成？”又问黛玉：“可也有玉没有？”众人不解其语。黛玉便忖度着：“因他有玉，故问我也有无。”因答道：“我没有那个。想来那玉亦是一件罕物，岂能人人有的。”

宝玉听了，登时发作起痴狂病来，摘下那玉，就狠命摔去，骂道：“什么罕物！连人之高低不择，还说通灵不通灵呢！我也不要这劳什子了！”吓的地下众人一拥争去拾玉。贾母急的搂了宝玉道：“孽障！你生气，要打骂人容易，何苦摔那个命根子！”宝玉满面泪痕，泣道：“家里姐姐妹妹都没有，单我有，我就没趣。如今来了这么一个神仙似的妹妹也没有，可知这不是个好东西。”贾母忙哄他道：“你这妹妹原有这个来的。因你姑妈去世时，舍不得你妹妹，无法可处，遂将他的玉带了去了：一则全殉葬之礼，尽你妹妹之孝心；二则你姑妈之灵，亦可权作见了女儿之意。因此他只说没有这个，不便自己夸张之意。你如今怎比得他？还不好生慎重带上，仔细你娘知道了。”说着，便向丫嬛手中接来，亲与他带上。宝玉听如此说，想一想，竟大有情理，也就不生别论了。

当下，奶娘来请问黛玉之房舍。贾母便说：“今将宝玉挪出来，同我在套间暖阁里面，把你林姑娘暂安置碧纱幮里。等过了残冬，春天再与他们收拾房屋，另作一番安置罢。”宝玉道：“好祖宗，我就在碧纱幮外的床上很妥当，何必又出来，闹的老祖宗不得安静。”贾母想了一想，说：“也罢了。每人一个奶娘并一个丫头照管，馀者在外间上夜听唤。”一面早有熙凤命人送了一顶藕合色花帐并几件锦被、缎褥之类。黛玉只带了两个人来，一个是自幼奶娘王嬷嬷，一个是十岁的丫头，亦是自幼随身的，名唤雪雁。贾母见雪雁甚小，一团孩气；王嬷嬷又极老，料黛玉皆不遂心省力的，便将自己身边一个二等的丫头名唤鹦哥者，与了黛玉。外亦如迎春等例，每人除自幼乳母外，另有四个教引嬷嬷；除贴身掌管钗钏盥沐两个丫嬛外，另有五六个洒扫房屋、来往使役的小丫头。当下，王嬷嬷与鹦哥陪侍黛玉在碧纱橱内。宝玉之乳母李嬷嬷并大丫嬛名唤袭人者，陪侍在外面大床上。

原来这袭人亦是贾母之婢，本名珍珠。贾母因溺爱宝玉，生恐宝玉之婢无竭力尽忠之人，素喜袭人心地纯良，克尽职任，遂与了宝玉。宝玉因知他本姓花，又曾见旧人诗句上有“花气袭人”之句，遂回明贾母，即便名袭人。这袭人亦有些痴处：伏侍贾母时，心中眼中只有一个贾母；今与宝玉，心中眼中又只有个宝玉。只因宝玉性情乖僻，每每规谏，宝玉不听，心中着实忧郁。

是晚，宝玉、李嬷嬷已睡了，他见里面黛玉和鹦哥犹未安歇，他自卸毕妆，悄悄进来，笑问：“姑娘怎还不安歇?”黛玉忙笑让：“姐姐请坐。”袭人在床沿上坐了。鹦哥笑道：“林姑娘正在这里伤心，自己淌眼抹泪的，说，‘今儿才来了，就惹出你家哥儿的狂病来。倘或摔坏那玉，岂不是因我之过。’因此便伤心。我好容易劝好了。”袭人道：“姑娘快休如此！将来只怕比这个更奇怪的笑话儿还有呢！若为他这种行止，你多心伤感，只怕你伤感不了呢。快别多心！”黛玉道：“姐姐们说的，我记着就是了。究竟不知那玉是怎么个来历？上头还有字迹?”袭人道：“连一家子也不知来历。听得说，落草时从他口里掏出，上头有现成的穿眼。让我拿来，你看便知。”黛玉忙止道：“罢了！此刻夜深，明日再看不迟。”大家又叙了一回，方才安歇。

次日起来，省过贾母，因往王夫人处来。正值王夫人与熙凤在一处拆金陵来的书信看，又有王夫人之兄嫂处遣了两个媳妇来说话的。黛玉虽不知原委，探春等却都晓得，是议论金陵中所居的薛家姨母之子姨表兄薛蟠，倚财仗势，打死人命，现在应天府案下审理。如今母舅王子腾得了信息，故遣人来告诉这边，意欲唤取进京之意。

第四回　薄命女偏逢薄命郎　葫芦僧乱判葫芦案

却说黛玉同姊妹们至王夫人处,见王夫人与兄嫂处的来使计议家务,又说姨母家遭人命官司等语。因见王夫人事情冗杂,姊妹们遂出来,至寡嫂李氏房中来了。

原来这李氏,即贾珠之妻。珠虽夭亡,幸存一子,取名贾兰,今已五岁,已入学攻书。这李氏亦系金陵名宦之女,父名李守中,曾为国子监祭酒。族中男女,无有不诵诗读书者,至李守中承继以来,便说"女儿无才便有德",故生李氏时,便不十分令其读书。只不过将些《女四书》《烈女传》《贤媛集》等三四种书,使他认得几个字,记得这前朝几个贤女便罢了,却只以纺绩井臼为要,因取名为李纨,字宫裁。因此,这李纨虽青春丧偶,且居处于膏粱锦绣之中,竟如槁木死灰一般。一概无见无闻,惟知侍亲养子,外则陪侍小姑等针黹诵读而已。今黛玉虽客寄于斯,日有这般姐妹相伴,除老父外,馀者也就无庸虑及了。

如今且说贾雨村。因补授了应天府,一下马就有一件人命官司详至案下。乃是两家争买一婢,各不相让,以致殴伤人命。彼时雨村即问原告。那原告道:"彼殴死者,乃小人之主人。因那日买了一个丫头,不想系拐子所拐来卖的。这拐子先已得了我家银子,我家小爷原说第三日方是好日子,再接入门。这拐子便又悄悄的卖与了薛家。被我们知道了,去找那卖主夺取丫头。无奈薛家原系金陵一霸,倚财仗势,众豪奴将我主人竟打死了。凶身主仆已皆逃走,无影无踪,只剩了几个局外之人。小人告了一年的状,竟无人作主。望太老爷拘拿凶犯,剪恶除凶,以救孤寡,死者感戴天恩不尽。"

雨村听了,大怒道:"岂有这样放屁的事！打死人命就白白的走了,再拿不来!"因发签差公人立刻将凶犯族中人拿来拷问,令他们实供藏在何处,一面再动海捕文书。未发签时,只见案边立着一个门子使眼色儿，不令他发签之意。雨村心中甚是疑怪，只得停了手，即时退堂至密室，使从皆退去，只留下门子一人伏侍。这门子忙上来请安，笑问："老爷一向加官进禄，八九年来就忘了我了？"雨村道："却十分面善得紧，只是一时想不起来。"那门子笑道："老爷真是贵人多忘事，把出身之地竟忘了，不记当年葫芦庙里之事了？"雨村听了，如雷震一惊，方想起往事。

原来这门子本是葫芦庙内一个小沙弥，因被火之后，无处安身，欲投别庙去修行，又耐不得清凉景况，因想这件生意到还轻省热闹，遂趁年纪蓄了发，充了门子。雨村那里料得是他，便忙携手笑道："原来是故人。"又让了坐好谈。这门子不敢坐。雨村笑道："贫贱之交不可忘。你我故人也；二则此系私室，既欲长谈，岂有不坐之理？"这门子听说，方告了座，斜签着坐了。

雨村因问方才何故不令发签。这门子道："老爷既荣任到这一省，难道就没抄一张'护官符'来不成？"雨村忙问："何为'护官符'？我竟不知。"门子道："这还了得！连这个不知，怎能作得长远！如今凡作地方官者，皆有一个私单，上面写的是本省最有权有势、极富极贵的大乡绅名姓，各省皆然；倘若不知，一时触犯了这样的人家，不但官爵，只怕连性命还保不成呢！所以绰号叫作'护官符'，方才所说的这薛家，老爷如何惹得他！他这一件官司并无难断之处，皆因都碍着情分脸面，所以如此。"一面说，一面从顺袋中取出一张抄写的"护官符"来，递与雨村。

看时，上面皆是本地大族名宦之家的谚俗口碑，其口碑排写得明白，下面皆注着始祖官爵并房次。石头亦曾照样抄写一张，今据石上所抄云：

> 贾不假，白玉为堂金作马。阿房宫，三百里，住不下金陵一个史。丰年好大雪，珍珠如土金如铁。东海缺少白玉床，龙王来请金陵王。

雨村犹未看完，忽闻传点，人报："王老爷来拜。"雨村听说，忙具衣冠出去迎接。有顿饭工夫方回来细问。这门子道："这四家皆连络有亲，一损皆损，一荣皆荣，扶持遮饰，皆有照应的。今告打死人之薛，就系‘丰年大雪’之薛。也不单靠这三家，他的世交亲友在都在外者，本亦不少。老爷如今拿谁去？”雨村听如此说，便笑问门子道：“如你这样说来，却怎么了结此案？你大约也深知这凶犯躲的方向了？”

门子笑道：“不瞒老爷说，不但这凶犯躲的方向我知道，一并这拐卖之人我也知道，死鬼买主也深知道。待我细说与老爷听。这个被打之死鬼，乃是本地一个小乡宦之子，名唤冯渊，自幼父母早亡，又无兄弟，只他一个人守着些薄产过日。长到十八九岁上，酷爱男风，最厌女子。这也是前生冤孽，可巧遇见这拐子卖丫头，他便一眼看上了这丫头，立意买来作妾，立誓再不交接男子，也再不娶第二个了，所以三日后方过门。谁晓这拐子又偷卖与了薛家，他意欲卷了两家银子，再逃往他省。谁知道又不曾走脱，两家拿住，打了个臭死，都不肯收银，只要领人。那薛家公子岂是让人的，便喝着手下人一打，将冯公子打了个稀烂，抬回家去，三日死了。薛家原是早已择定日子上京去的，头起身两日前，就偶然遇见了这丫头，意欲买了就进京的，谁知闹出这事来。既打了冯公子，夺了丫头，他便没事人一般，只管带了家眷走他的路。他这里自有兄弟奴仆在此料理，并不为此些些小事值得他一逃走的。这且别说，老爷你当被卖之丫头是谁？”

雨村道：“我如何得知？”门子冷笑道：“这人算来还是老爷的大恩人呢！他就是葫芦庙傍住的甄老爷的小姐，名唤英莲的。”雨村罕然道：“原来就是他！闻得养至五岁被人拐去，却如今才来卖呢？”门子道：“这一种拐子，单管偷拐五六岁的儿女，养在一个僻静之处，到十一二岁时，度其容貌，带至他乡转卖。当日这英莲，我们天天哄他顽耍，虽隔了七八年，如今十二三岁的光景，其模样虽然出脱得齐整好些，然大概相貌自是不改，熟人易认。况且他眉心中原有米粒大小的一点胭脂痦，从胎里带来的，所以我却认得。偏生这拐子又租了我的房舍居住。那日拐子不在家，我也曾问他。他是被拐子打怕了的，万不敢说，只说拐子系他亲爹，因无钱偿债故卖他。我又哄之再四，他又哭了，只说：‘我原不记得小时之事。’这可无疑了。那日冯公子相看了，兑了银子，拐子醉了，他自叹道：‘我今日罪孽可满了。’后又听得冯公子三日后才娶过门,他又转有忧愁之态。我又不忍其形,等拐子出去,又命内人去解释他:‘这冯公子必待好日期来接,可知必不以丫嬛相看。况他是个绝风流人品,家里颇过得,素习最又厌恶堂客,今竟破价买你,后事不言可知。只耐得三两日,何必忧闷?’他听如此说,方才略解忧闷,自为从此得所。谁料天下竟有这等不如意事?第二日他偏又卖与了薛家。若卖与第二个人还好,这薛公子的混名人称‘呆霸王’,最是天下第一个弄性尚气的人,而且使钱如土,遂打了个落花流水,生拖死拽,把个英莲拖去。如今也不知死活。这冯公子空喜一场,一念未遂,反花了钱,送了命,岂不可叹!”

雨村听了,亦叹道:“这也是他们的孽障遭遇,亦非偶然。不然,冯渊如何偏只看准了这英莲?这英莲受了拐子这几年折磨,才得了个头路,且又是个多情的,若能聚合了,到是一件美事,偏又生出这段事来。这薛家总比冯家富贵,想其为人,自然姬妾众多,淫佚无度,未必及冯渊定情于一人者。这正是梦幻情缘,恰遇见一对薄命儿女。且不要议论他,只目今这官司,如何剖断才好?”门子笑道:“老爷当年何等明决,今日何翻成个没主意的人了?小的闻得老爷补升此任,亦系贾府、王府之力。此薛蟠即贾府之老亲。老爷何不顺水行舟,做个整人情,将此案了结,日后也好见贾、王二公的。”雨村道:“你说的何尝不是!但事关人命,蒙皇上隆恩,起复委用,实是重生再造。正当殚心竭力,图报之时,岂可因私而废法,我实不能忍为者。”门子听了,冷笑道:“老爷说的何尝不是大道理,但只是如今世上是行不去的。岂不闻古人有云:‘大丈夫相时而动’,又曰,‘趋吉避凶者为君子’,依老爷这一说,不但不能报效朝廷,亦且自身不保,还要三思为妥。”

雨村低了半日头,方说道:“依你怎么样?”门子道:“小人已想了个极好的主意在此。老爷明日坐堂,只管虚张声势,动文书,发签拿人,原凶自然是拿不来的,原告固是定要将薛家族中及奴仆人等拿几个来拷问,小的在暗中调停,令他们报个暴病身亡,合族中及地方上共递一张保呈,老爷只说善能扶鸾请仙,堂上设了乩坛,令军民人等只管来看。老爷就说:‘乩仙批了,死者冯渊与薛蟠原因夙孽相逢,今狭路既遇,原应了结。薛蟠今已得无名之症,被冯魂追索已死。其祸皆由拐子某人而起,拐之人原系某乡某姓人氏,按法处治,馀不略及'等语。小人暗中嘱托拐子,令其实招。众人见乩仙批语与拐子相符,馀者自然也都不虚了。薛家有的是钱,老爷断一千也可,五百也可,与冯家作烧埋之费。那冯家也无甚要紧的人,不过为的是钱,见了这个银子,想也就无话了。老爷细想:此计如何?”雨村笑道:“不妥,不妥!等我再斟酌斟酌,或可压服口声。”二人计议,天色已晚,别无说话。

至次日坐堂,勾取一应有名人犯,雨村详加审问,果见冯家人口稀疏,不过赖此欲多得些烧埋之费;薛家仗势倚情,偏不相让,故致颠倒未决。雨村便徇情罔法,胡乱判断了此案。冯家得了许多烧埋银子,也就无甚话说了。

雨村断了此案,急忙作书信二封,与贾政并京营节度使王子腾,不过说“令甥之事已完,不必过虑”等语。此事皆由葫芦庙内之沙弥新门子所出,雨村又恐他对人说出当日贫贱时的事来,因此心中大不乐业,后来到底寻了个不是,远远的充发了才罢。

当下言不着雨村。且说那买了英莲、打死冯渊的那薛公子,亦系金陵人氏,本是书香继世之家。只是如今这薛公子幼年丧父,寡母又怜他是个独根孤种,未免溺爱纵容些,遂致老大无成;且家中有百万之富,现领着内帑钱粮,采办杂料。

这薛公子学名薛蟠,表字文龙,今年方十有五岁,性情奢侈,言语傲慢。虽也上过学,不过略识几字,终日惟有斗鸡走马、游山玩景而已。虽是皇商,一应经纪世事全然不知,不过赖祖父旧日的情分,户部挂虚名支领钱粮,其馀事体,自有伙计、老家人等措办。寡母王氏,乃现任京营节度王子腾之妹,与荣国府贾政的夫人王氏是一母所生的姊妹,今年方四十上下年纪,只有薛蟠一子,还有一女比薛蟠小两岁,乳名宝钗,生得肌骨莹润,举止娴雅。当日有他父亲在日,酷爱此女,令其读书识字,较之乃兄,竟高过十倍。自父亲死后,见哥哥不能体贴母怀,他便不以书字为事,只留心针黹家计等事,好为母亲分忧解劳。近因今上崇诗尚礼,征采才能,降不世出之隆恩,除聘选妃嫔外，凡世宦名家之女皆报名达部，以备选择，为宫主、郡主入学陪侍，充为才人赞善之职。二则自薛蟠父亲死后，各省中所有的买卖承局、总管、伙计人等，见薛蟠年轻不识世事，便趁时拐骗起来，京都中几处生意，渐亦消耗。

薛蟠素闻得都中乃第一繁华之地，正思一游，便趁此机会，一为送妹待选，二为望亲，三因亲自入部销算旧账目、再计新支。其实则为游览上国风景之意。因此早已打点下行装细软，以及馈送亲友各色土物人情等类，正择日已定，不想偏遇见了那拐子重卖英莲。薛蟠见英莲生得不俗，立意买了。又遇冯家来夺人，因恃强喝令手下豪奴将冯渊打死。他便将家中事务嘱托了族中人并几个老家人，他便同了母妹等竟自起身长行去了。人命官司一事，他却视为儿戏，自为花上几个臭钱没有不了的。在路不计其日。

那日已将入都时，却又闻得母舅王子腾升了九省统制，奉旨出都查边。薛蟠心中暗喜道："我正愁进京去有个嫡亲的母舅管辖着，不能任意挥霍挥霍，偏如今又升出去了，可知天从人愿。"因和母亲商议道："咱们京中虽有几处房舍，只是这十来年没人进京居住，那看守的人未免偷着租赁与人，须得先着几人去打扫收拾才好。"他母亲道："何必如此招摇。咱们这一进京，原是先拜望亲友，或是在你舅舅家，或是你姨爹家。他两家的房舍极是方便的，咱们先能着住下，再慢慢的着人去收拾，岂不消停些？"薛蟠道："如今舅舅正升了外省去，家里自然忙乱起身，咱们这工夫反一窝一拖的奔了去，岂不没眼色些。"他母亲道："你舅舅家虽升了去，还有你姨爹家。况这几年来你舅舅、姨娘两处每每带信稍书接咱们来。如今既来了，你舅舅虽忙着起身，你贾家的姨娘未必不苦留我们。咱们且忙忙收拾房舍，岂不使人见怪？你的意思我却知道，守着舅舅、姨爹住着，未免拘紧了你，不如你各自住着，好任意施为的。你既如此，你自己去挑所宅子去住，我和你姨娘——姊妹们分别了这几年，却要厮守几日，我带了你妹子去投你姨娘家去。你道好不好？"薛蟠见母亲如此说，情知扭不过的，只得分付人夫，一路奔荣国府来。

那时，王夫人已知薛蟠官司一事，亏贾雨村就中维持了结，才放了心。又见哥哥升了边缺，正愁又少了娘家亲戚来往，略加寂寞。过了几日，忽家人传报："姨太太带了哥儿、姐儿合家进京，正在门外下车。"喜的王夫人忙带了媳妇女儿人等接出大厅，将薛姨妈等接了进来。姊妹们暮年相见，自不必说悲喜交集、泣笑叙阔一番。忙又引了拜见贾母，将人情土物各种酬献了。合家俱厮见了，忙又治席接风。

薛蟠已拜见过贾政，贾琏又引着拜见了贾赦、贾珍等。贾政便使人上来对王夫人说："姨太太已有了春秋，外甥年轻不知世路，在外住着恐有人生事。咱们东北角上梨香院一所十来间白空闲，赶着打扫了，请姨太太和哥儿、姐儿住了甚好。"王夫人未及留，贾母也就遣人来说"请姨太太就在这里住下，大家亲密些"等语。薛姨妈正欲同居一处，方可拘紧些儿；若另住在外，又恐纵性惹祸，遂忙道谢应允。又私与王夫人说明："一应日费供给，一概免却，方是处常之法。"王夫人知他家不难于此，遂任从其愿。从此后，薛家母子就在梨香院中住了。

原来这梨香院，乃当日荣公暮年养静之所。小小巧巧，约有十馀间房舍，前厅后舍俱全。另有一门通街，薛蟠、家人就走此门出入。西南有一角门，通一夹道。出了夹道，便是王夫人正房的东院了。每日或饭后、或晚间，薛姨妈便过来，或与贾母闲谈，或和王夫人相叙。宝钗日与黛玉、迎春姊妹等一处，或看书着棋，或做针黹，到也十分乐业。只是薛蟠起初之心，原不欲在贾宅中居住者，生恐姨父管约拘禁，料必不自在的。无奈母亲执意在此，且贾宅中又十分殷勤苦留，只得暂且住下，一面使人打扫出自家的房屋，再移居过去的。谁知自在此间住了不上一月的日期，贾宅族中凡有的子侄俱已认熟了一半。凡是那些纨绔气习者，莫不喜与他来往。今日会酒，明日观花，甚至聚赌嫖娼，渐渐无所不至，引诱着薛蟠比当日更坏了十倍。虽说贾政训子有方，治家有法，一则族大人多，照管不到这些；二则现任族长乃是贾珍，彼乃宁府长孙，又现袭职，凡族中事，自有他掌管；三则公私冗杂，且素性潇洒，不以俗务为要，每公暇之时，不过看书着棋而已，馀事多不介意。况且这梨香院相隔两层房舍，又有街门另开，任意可以出入，所以这些子弟们竟可以放意畅怀的闹，因此遂将移居之念渐渐打灭了。

第五回 开生面梦演红楼梦 立新场情传幻境情

却说薛家母子在荣府中寄居等事略已表明,此回则暂不能写矣。

如今且说林黛玉。自在荣府以来,贾母万般怜爱,寝食起居,一如宝玉。迎春、探春、惜春三个亲孙女到且靠后;便是宝玉和黛玉二人之亲密友爱,亦自较别个不同。日则同行同坐,夜则同息同止。真是言和意顺,略无参商。不想如今忽然来了一个薛宝钗,年岁虽大不多,然品格端方,容貌丰美,人多谓黛玉所不及。而且宝钗行为豁达,随分从时,不比黛玉孤高自许,目无下尘。故比黛玉大得下人之心,便是那些小丫头子们,亦多喜与宝钗去顽笑。因此黛玉心中便有些悒郁不忿之意,宝钗却浑然不觉。那宝玉亦在孩提之间,况自天性所禀来的一片愚拙、偏僻,视姊妹、弟兄皆出一体,并无亲疏、远近之别。其中因与黛玉同随贾母一处坐卧,故略与别个姊妹熟惯些;既熟惯,则更觉亲密;既亲密,则不免一时有求全之毁,不虞之隙。这日,不知为何,他二人言语有些不合起来。黛玉又气的独在房中垂泪,宝玉又自悔语言冒撞,前去俯就,那黛玉方渐渐的回转来。

因东边宁府中花园内梅花盛开,贾珍之妻尤氏乃治酒请贾母、邢夫人、王夫人等赏花。是日,先携了贾蓉之妻,二人来面请。贾母等于早饭后过来,就在会芳园游玩。先茶后酒,不过皆是宁、荣二府女眷家宴小集,并无别样新文、趣事可记。

一时宝玉倦怠,欲睡中觉。贾母命人好生哄着,歇息一回再来。贾蓉之妻秦氏便忙笑回道:“我们这里有给宝叔收拾下的屋子,老祖宗放心,只管交与我就是了。”又向宝玉的奶娘、丫嬛等道:“嬷嬷、姐姐们请宝叔随我这里来。”贾母素知秦氏是个极妥当的人,生得袅娜纤巧,行事又温柔和平,乃重孙媳中第一个得意之人。见他去安置宝玉,自是安稳的。

当下,秦氏引了一簇人来至上房内间。宝玉抬头先看一幅画贴在上面，画的人物固好，其故事乃是《燃藜图》，也不看系何人所画，心中便有些不快；又有一副对联，写的是：

世事洞明皆学问，人情练达即文章。

既看了这两句，纵然室宇精美，铺陈华丽，亦断断不肯在这里了，忙说："快出去，快出去！"秦氏听了，笑道："这里还不好，可往那里去呢？不然，往我屋里去罢！"宝玉点头微笑。有一嬷嬷说道："那里有个叔叔往侄儿的房里睡觉的理？"秦氏笑道："嗳哟哟！不怕他恼，他能多大了，就忌讳这些个？上月你没看见我那个兄弟来了，虽然和宝叔同年，两个人若站在一处，只怕那一个还高些呢！"宝玉道："我怎么没见过？你带他来我瞧瞧。"众人笑道："隔着二三十里，那里带去？见的日子有呢。"说着，大家来至秦氏房中。刚至房门，便有一股细细的甜香袭了人来。宝玉便愈觉得眼饧骨软，连说"好香"！入房向壁上看时，有唐伯虎画的《海棠春睡图》，两边有宋学士秦太虚写的一对联，其联云：

嫩寒锁梦因春冷，芳气袭人是酒香。

案上设着武则天当日镜室中设着的宝镜，一边摆着飞燕立着舞过的金盘，盘内盛着安禄山掷过、伤了太真乳的木瓜，上面设着寿昌公主于含章殿下卧的榻，悬的是同昌公主制的连珠帐。宝玉含笑连说："这里好！"秦氏笑道："我这屋子，大约神仙也可以住得了。"说着，亲自展开了西子浣过的纱衾，移了红娘抱过的鸳枕，于是，众奶母伏侍宝玉卧好，款款散去，只留下袭人、媚人、晴雯、麝月四个丫嬛为伴。秦氏便分付小丫嬛们："好生在廊檐下，看着猫儿狗儿打架。"

那宝玉刚合上眼，便惚惚睡去，犹似秦氏在前，遂悠悠荡荡随了秦氏，至一所在。但见朱栏白石，绿树清溪，真是人迹希逢，飞尘不到。宝玉在梦中欢喜，想道："这个去处有趣，我就在这里过一生，纵然失了家也愿意。强如天天被父母、师傅打去。"正胡思之间，忽听山后有人作歌曰：

春梦随云散，飞花逐水流。寄言众儿女，何必觅闲愁。

宝玉听了，是女子的声音。歌音未息，早见那边走出一个人来，蹁跹袅娜，端的与人不同。有赋为证：

方离柳坞，乍出花房。但行处，鸟惊庭树；将到时，影度回廊。仙袂乍飘兮，闻麝兰之馥郁；荷衣欲动兮，听环佩之铿锵。靥笑春桃兮，云堆翠髻；唇绽樱颗兮，榴齿含香。纤腰之楚楚兮，回风舞雪；珠翠之辉辉兮，满额鹅黄。出没花间兮，宜嗔宜喜；徘徊池上兮，若飞若扬。蛾眉颦笑兮，将言而未语。莲步乍移兮，欲止而欲行。羡彼之良质兮，冰清玉润；慕彼之华服兮，闪灼文章。爱彼之貌容兮，香培玉琢；美彼之态度兮，凤翥龙翔。其素若何？春梅绽雪。其洁若何？秋菊披霜。其静若何？松生空谷。其艳若何？霞映澄塘。其文若何？龙游曲沼。其神若何？月射寒江。应惭西子，实愧王嫱。吁，奇矣哉！生于孰地？来自何方？信矣乎，瑶池不二，紫府无双。果何人哉？如斯之美也！

宝玉见是一个仙姑，喜的忙上来作揖，笑问道："神仙姐姐，不知从那里来？如今要往那里去？我也不知这里是何处，望乞携带携带。"那仙姑笑道："吾居离恨天之上，灌愁海之中，乃放春山遣香洞太虚幻境警幻仙姑是也。司人间之风情月债，掌尘世之女怨男痴。因近来风流冤孽绵缠于此处，是以前来访察机会，布散相思。今忽与尔相逢，亦非偶然。此离吾境不远，别无他物，仅有自采仙茗一盏，亲酿美酒一瓮，素练魔舞歌姬数人，新填《红楼梦》仙曲十二支，试随吾一游否?"宝玉听了，喜跃非常，便忘了秦氏在何处，竟随了仙姑至一所在，有石牌横建，上书"太虚幻境"四个大字，两边一副对联，乃是：

假作真时真亦假，无为有处有还无。

转过牌坊，便是一座宫门。也横书四个大字道是"孽海情天"，又有一副对联，大书云：

厚地高天，堪叹古今情不尽；
痴男怨女，可怜风月债难偿。

宝玉看了，心下自思道："原来如此。但不知何为'古今之情'？又何为'风月之债'？从今到要领略领略。"宝玉只顾如此一想，不料早把些邪魔招入膏肓了。当下，随了仙姑进入二层门内，只见两边配殿皆有匾额、对联，一时看不尽许多。惟见有处写的是"痴情司"、"结怨司"、"朝啼司"、"夜哭司"、"春感司"、"秋悲司"。看了，因向仙姑道："敢烦仙姑，引我到那各司中游玩游玩，不知可使得？"仙姑道："此各司中皆贮的是普天之下所有的女子过去未来的簿册。尔凡眼尘躯未便先知的。"宝玉听了，那里肯依，复央之再四。仙姑无奈，说："也罢！就在此司内略随喜随喜罢了。"宝玉喜不自胜，抬头看这司的匾上乃是"薄命司"三字，两边对联写道是：

春恨秋悲皆自惹，花容月貌为谁妍。

宝玉看了，便知感叹。进入门来，只见有十数个大厨，皆用封条封着。看那封条上，皆是各省地名。宝玉一心只拣自己的家乡封条看，遂无心看别省的了。只见那边厨上封条上大书七字云："金陵十二钗"正册。宝玉因问："何为'金陵十二钗正册'？"警幻道："即贵省中十二冠首女子之册，故为正册。"宝玉道："常听人说，金陵极大，怎么只十二个女子？如今单我们家里，上上下下，就有几百女孩儿呢。"警幻冷笑道："贵省女子固多，不过择其紧要者录之；下边二厨则又次之；馀者庸常之辈，则无册可录矣。"宝玉听说，再看下首二厨上，果然一个写着"金陵十二钗副册"，又一个写着"金陵十二钗又副册"。宝玉便伸手先将"又副册"厨门开了，拿出一本册来，揭开一看，只见这首页上画着一幅画，又非人物，亦非山水，不过水墨滃染的满纸乌云浊雾而矣。后有几行字迹，写道是：

霁月难逢，彩云易散；心比天高，身为下贱。风流灵巧招人怨。寿夭多因诽谤生，多情公子空牵念。

宝玉看了，又见后面画着一簇鲜花，一床破席，也有几句言词。写道是：

枉自温柔和顺，空云似桂如兰；堪羡优伶有福，谁知公子无缘。

宝玉看了，不解。遂掷下这个，又去开了"副册"厨门，拿起一本册来，揭开看时，只见画着一株桂花，下面有一池沼，其中水涸、泥干，莲枯、藕败。后面书云：

根并荷花一茎香，平生遭际实堪伤。自从两地生孤木，致使香魂返故乡。

宝玉看了，仍不解。便又掷下，再去取"正册"看。只见头一页上便画着两株枯木，木上悬着一围玉带；又有一堆雪，雪下一股金簪。也有四句言词，道是：

可叹停机德，堪怜咏絮才。玉带林中挂，金簪雪里埋。

宝玉看了，仍不解，待要问时，情知他必不肯泄漏；待要丢下，又不舍。遂又往后看时，只见画着一张弓，弓上挂一香橼。也有一首歌词云：

二十年来辨是非，榴花开处照宫闱。三春争及初春景，虎兔相逢大梦归。

后面又画着两人放风筝，一片大海，一只大船，船中有一女子掩面泣涕之状。也有四句，写云：

才自精明志自高，生于末世运偏消。

清明涕送江边望，千里东风一梦遥。

后面又画几缕飞云，一湾逝水。其词曰：

富贵又何为？襁褓之间父母违。

展眼吊斜晖，湘江水逝楚云飞。

后面又画着一块美玉，落在泥垢之中。其断语云：

欲洁何曾洁？云空未必空！

可怜金玉质，终陷淖泥中。

后面忽画一恶狼追扑一美女，欲啖之意。其书云：

子系中山狼，得志便猖狂。

金闺花柳质，一载赴黄粱。

后面便是一所古庙，里面有一美人在内看经独坐。其判云：

勘破三春景不长，缁衣顿改昔年妆。

可怜绣户侯门女，独卧青灯古佛傍。

后面便是一片冰山上，有一只雌凤。其判曰：

凡鸟偏从末世来，都知爱慕此身才。

一从二令三人木，哭向金陵事更哀。

后面又有一座荒村野店，有一美人在那里纺绩。其判曰：

势败休云贵，家亡莫论亲。偶因济刘氏，巧得遇恩人。

诗后又画一盆茂兰，傍有一位凤冠霞帔的美人。也有判云：

桃李春风结子完，到头谁似一盆兰？

如冰水好空相妒，枉与他人作笑谈！

后面又画着高楼大厦，有一美人悬梁自缢。其判云：

情天情海幻情身，情既相逢必主淫。

漫言不肖皆荣出，造衅开端实在宁。

宝玉还欲看时，那仙姑知他天分高明，性情颖慧，恐把仙机泄漏，遂掩了卷册，笑向宝玉道："且随我去游玩奇景，何必在此打这闷葫芦！"

宝玉恍恍惚惚，不觉弃了卷册，又随了警幻来至后面。但见珠帘绣幕，画栋雕檐，说不尽那光摇朱户金铺地，雪照琼窗玉作宫。更见仙花馥郁，异草芬芳，真好个所在。又听警幻笑道："你们快出来迎接贵客！"一语未了，只见房中又走出几个仙子来，皆是荷袂蹁跹，羽衣飘舞，姣若春花，媚如秋月。一见了宝玉，都怨谤警幻道："我们不知系何贵客，忙的接了出来。姐姐曾说今日今时必有绛珠妹子的生魂前来游玩，故我等久待。何故反引这浊物来，污染这清净女儿之境？"宝玉听如此说，便唬得欲退不能退，果觉自形污秽不堪。警幻忙携住宝玉的手向众姊妹笑道："你等不知原委。今日原欲往荣府去接绛珠，适从宁府所过，偶遇宁、荣二公之灵，嘱吾云：'吾家自国朝定鼎以来，功名奕世，富贵传流，虽历百年，奈运终数尽，不可挽回者，故近之于子孙虽多，竟无一可以继业。其中惟嫡孙宝玉一人，禀性乖张，生情诡谲，虽聪明灵慧，略可望成，无奈吾家运数合终，恐无人规引入正。幸仙姑偶来，万望先以情欲声色等事警其痴顽，或能使彼跳出迷人圈子，然后入于正路，亦吾弟兄之幸矣。'如此嘱吾，故发慈心，引彼至此。先以彼家上中下三等女子之终身册籍，令彼熟玩，尚未觉悟；故引彼再至此处，令其再历饮馔声色之幻，或冀将来一悟，亦未可知也。"

说毕，携了宝玉入室。但闻一缕幽香，竟不知所焚何物。宝玉遂不禁相问，警幻冷笑道："此香尘世中既无，尔何能知！此香乃系诸名山胜境内初生异卉之精，合各种宝林珠树之油所制，名为'群芳髓'。"宝玉听了，自是羡慕。已而大家入座，小嬛捧上茶来。宝玉自觉清香味异，纯美非常。因又问何名。警幻道："此茶出在放春山遣香洞,又以仙花、灵叶上所带宿露而烹。此茶名曰‘千红一窟’。”宝玉听了,点头称赏。因看房内,瑶琴、宝鼎、古画、新诗,无所不有;更喜窗下亦有唾绒,奁间时渍粉污。壁上亦有一副对联,书云:

幽微灵秀地,无可奈何天。

宝玉看毕,无不羡慕。因又请问众仙姑姓名。一名痴梦仙姑,一名钟情大士,一名引愁金女,一名度恨菩提,各各道号不一。少刻,有小嬛上来,调桌、安椅,设摆酒馔。真是琼浆满泛玻璃盏,玉液浓斟琥珀杯。更不用再说那肴馔之盛。宝玉因闻得此酒清香甘冽,异乎寻常,又不禁相问。警幻道:“此酒乃是百花之蕊,万木之汁,加以麟髓之醅、凤乳之曲酿成,因名为‘万艳同杯’。”宝玉称赏不迭。

饮酒间又有十二个舞女上来,请问演何词曲。警幻道:“就将新制《红楼梦》十二支演上来。”舞女们答应了,便轻敲檀板,款按银筝,听他歌道是:

开辟鸿濛,

方歌了一句,警幻便说道:“此曲不比尘世中所填传奇之曲,必有生旦净末之别,又有南北九宫之限。此或咏叹一人,或感怀一事,偶成一曲,即可谱入管弦。若非个中人,不知其中之妙。料尔亦未必深明此调,若不先阅其稿,后听其歌,翻成嚼蜡矣。”说毕,回头命小嬛取了《红楼梦》的原稿来,递与宝玉。宝玉揭开,一面目视其文,一面耳聆其歌。曰:

〔第一支:红楼梦引子〕

开辟鸿濛,谁为情种?都只为风月情浓。趁着这奈何天、伤怀日、寂寞时,试遣愚衷。因此上,演出这怀金悼玉的《红楼梦》。

〔第二支:终身误〕

都道是金玉良姻,俺只念木石前盟。空对着,山中高士晶莹雪,终不忘,世外仙姝寂寞林。叹人间,美中不足今方信。纵然是齐眉举案,到底意难平。

〔第三支:枉凝眉〕

一个是阆苑仙葩,一个是美玉无瑕。若说没奇缘,今生偏又遇着他；若说有奇缘，如何心事终虚化？一个枉自嗟呀，一个空劳牵挂。一个是水中月，一个是镜中花。想眼中能有多少泪珠儿，怎经得秋流到冬，春流到夏。

宝玉听了此曲，散漫无稽，不见得好处；但其声韵凄惋，竟能消魂醉魄。因此也不察其原委、问其来历，就暂以此释闷而已。因又看下面道：

〔第四支：恨无常〕

喜荣华正好，恨无常又到。眼睁睁把万事全抛，荡悠悠芳魂消耗。望家乡，路远山遥；故向爹娘梦里相寻告：儿命已入黄泉，天伦呵，须要退步抽身早！

〔第五支：分骨肉〕

一帆风雨路三千，把骨肉家园齐来抛闪。恐哭损残年，告爹娘，休把儿悬念。自古穷通皆有定，离合岂无缘？从今分两地，各自保平安。奴去也，莫牵连。

〔第六支：乐中悲〕

襁褓中，父母叹双亡。纵居那绮罗丛，谁知娇养？幸生来英豪阔大宽宏量，从未将儿女私情略萦心上。好一似，霁月光风耀玉堂。厮配得才貌仙郎，博得个地久天长，准折得幼年时坎坷形状。终久是云散高唐，水涸湘江。这是尘寰中消长数应当，何必枉悲伤！

〔第七支：世难容〕

气质美如兰，才华复比仙。天生成孤僻人皆罕。你道是，啖肉食腥膻，视绮罗俗厌；却不知，太高人愈妒，过洁世同嫌。可叹这，青灯古殿人将老，辜负了，红粉朱楼春色阑。到头来，依旧是风尘肮脏违心愿。好一似，无瑕白玉遭泥陷；又何须，王孙公子叹无缘。

〔第八支：喜冤家〕

中山狼，无情兽，全不念当日根由。一味的骄奢淫荡贪还构，觑着那侯门艳质同蒲柳，作践的公府千金似下流。叹芳魂艳魄，一载荡悠悠。

〔第九支:虚花悟〕

将那三春看破,桃红柳绿待如何?把这韶华打灭,觅那清淡天和。说什么天上夭桃盛,云中杏蕊多,到头来,谁见把秋捱过?则看那,白杨村里人呜咽,青枫林下鬼吟哦。更兼着,连天衰草遮坟墓,这的是,昨贫今富人劳碌,春荣秋谢花折磨。似这般,生关死劫谁能躲?闻说道,西方宝树唤婆娑,上结着长生果。

〔第十支:聪明累〕

机关算尽太聪明,反算了卿卿性命。生前心已碎,死后性空灵。家富人宁,终有个家亡人散各奔腾。枉费了意悬悬半世心,好一似荡悠悠三更梦。忽喇喇似大厦倾,昏惨惨似灯将尽。呀!一场欢喜忽悲辛。叹人世,终难定。

〔第十一支:留馀庆〕

留馀庆,留馀庆,忽遇恩人。幸娘亲,幸娘亲,积得阴功。劝人生,济困扶穷,休似俺那爱银钱、忘骨肉的狠舅、奸兄!正是乘除加减,上有苍穹。

〔第十二支:晚韶华〕

镜里恩情,更那堪梦里功名!那美韶华去之何迅!再休提绣帐鸳衾,只这带珠冠,披凤袄,也抵不了无常性命。虽说是,人生莫受老来贫,也须要阴骘积儿孙。气昂昂头带簪缨,光灿灿胸悬金印。威赫赫爵位高登,昏惨惨黄泉路近。问古来将相可还存?也只是虚名儿与后人钦敬。

〔第十三支:好事终〕

画梁春尽落香尘。擅风情,秉月貌,便是败家的根本。箕裘颓堕皆从敬,家事消亡首罪宁。宿孽总因情。

〔第十四支:飞鸟各投林〕

为官的,家业凋零;富贵的,金银散尽;有恩的,死里逃生;无情的,分明报应;欠命的,命已还;欠泪的,泪已尽。冤冤相报岂非轻,分离聚合皆前定。欲知命短问前生,老来富贵也真侥幸。看破的,遁入空门;痴迷的,枉送了性命。好一似食尽鸟投林,落了片白茫茫大地真干净!

歌毕,还又歌副曲。警幻见宝玉甚无趣味,因叹:“痴儿竟尚未悟!”那宝玉忙止歌姬,不必再唱。自觉朦胧恍惚,告醉求卧。警幻便命撤去残席,送宝玉至一香闺绣阁之中。其间铺陈之盛,乃素所未见之物。更可骇者,早有一位女子在内。其鲜艳妩媚,有似乎宝钗;风流袅娜,则又如黛玉。正不知何意,忽警幻道:“尘世中多少富贵之家,那些绿窗风月,绣阁烟霞,皆被淫污纨绔与那些流荡女子悉皆玷辱,更可恨者,自古来多少轻薄浪子,皆以‘好色不淫’为饰,又以‘情而不淫’作案,此皆饰非、掩丑之语也。好色即淫,知情更淫,是以巫山之会、云雨之欢,皆由既悦其色,复恋其情所致也。吾所爱汝者,乃天下古今第一淫人也。”

宝玉听了,唬的忙答道:“仙姑错了！我因懒于读书,家父母尚每垂训饬,岂敢再冒‘淫’字？况且年纪尚小,不知‘淫’字为何物?”警幻道:“非也！淫虽一理,意则有别。如世之好淫者,不过悦容貌,喜歌舞,调笑无厌,云雨无时,恨不能尽天下之美女供我片时之趣兴,此皆皮肤滥淫之蠢物耳。如尔则天分中生成一段痴情,吾辈推之为‘意淫’。惟‘意淫’二字,惟心会而不可言传,可神通而不能语达。汝今独得此二字,在闺阁中,固可为良友;然于世道中,未免迂阔怪诡,百口嘲谤,万目睚眦。今既遇令祖宁、荣二公剖腹深嘱,吾不忍君独为我闺阁增光,见弃于世道,故特引前来,醉以灵酒,沁以仙茗,警以妙曲,再将吾妹一人,乳名兼美字可卿者,许配与汝。今夕良时,即可成姻。不过令汝领略此仙闺幻境之风光尚然如此,何况尘世之情景哉？而今后万万解释,改悟前情,将谨勤有用的工夫,置身于经济之道。”说毕,便秘授以云雨之事,推宝玉入帐。

那宝玉恍恍惚惚,依警幻所嘱之言,未免有阳台巫峡之会。数日来,柔情缱绻,软语温存,与可卿难解难分。那日警幻携宝玉、可卿闲游至一个所在。但见荆榛遍地,狼虎同群,忽尔大河阻路,黑水淌洋,又无桥梁可通。宝玉正自彷徨,只听警幻道:“宝玉,再休前进,作速回头要紧!”宝玉忙止步,问道:“此系何处?”警幻道:“此即迷津也。深有万丈,遥亘千里,中无舟楫可通,只有一个木筏,乃木居士掌舵,灰侍者撑篙,不受金银之谢,但遇有缘者度之。尔今偶游至此,如堕落其中，则深负我从前一番以情悟道、守理衷情之言。”宝玉方欲回言，只听迷津内水响如雷，竟有一夜叉般怪物撺出，直扑而来。唬得宝玉汗下如雨，一面失声喊叫：“可卿救我！可卿救我！”慌得袭人、媚人等上来扶起，拉手说：“宝玉别怕！我们在这里。”

秦氏在外听见，连忙进来，一面说：“丫嬛们，好生看着猫儿狗儿打架！”又闻宝玉口中连叫“可卿救我”，因纳闷道：“我的小名，这里没人知道，他如何从梦里叫出来？”

第六回　贾宝玉初试雨云情　刘姥姥一进荣国府

却说秦氏因听见宝玉从梦中唤他的乳名,心中自是纳闷,又不好细问。彼时宝玉迷迷惑惑,若有所失。众人忙端上桂圆汤来。呷了两口,遂起身整衣。袭人伸手与他系裤带时,不觉伸手至大腿处,只觉冰凉一片粘湿,唬的忙退出手来,问是怎么了。宝玉红涨了脸,把他手一捻。袭人本是个聪明女子,年纪本又比宝玉大两岁,近来也渐通人事,今见宝玉如此光景,心中便觉察了一半,不觉也羞的红涨了脸面。遂不敢再问,仍旧理好衣裳,随至贾母处来,胡乱吃毕晚饭,过来这边。

袭人忙趁众奶娘、丫嬛不在傍时,另取出一件中衣来,与宝玉换上。宝玉含羞央告道:“好姐姐,千万别告诉别人要紧!”袭人亦含羞笑问道:“你梦见什么故事了？是那里流出来的些脏东西?”宝玉道:“一言难尽。”说着,便把梦中之事细说与袭人听了。然后说至警幻所授云雨之情,羞的袭人掩面伏身而笑。宝玉亦素喜袭人柔媚姣俏,遂强袭人同领警幻所训云雨之事。袭人素知贾母已将自己与了宝玉的,今便如此亦不为越礼,遂和宝玉偷试一番,幸得无人撞见。自此宝玉视袭人更与别个不同,袭人侍宝玉更为尽职。暂且别无话说。

按荣府中一宅中合算起来,人口虽不多,从上至下也有三四百丁。事虽不多,一天也有一二十件,竟如乱麻一般,并没个头绪可作纲领。正寻思从那一件事,自那一个人写起方妙,恰好忽从千里之外,芥豆之微,小小一个人家,因与荣府略有些瓜葛,这日正往荣府中来。因此便就此一家说来,到还是头绪。你道这一家姓甚名谁？又与荣府有甚瓜葛？诸公若嫌琐碎、粗鄙呢,则快掷下此书,另觅好书去醒目;若谓聊可破闷时,待蠢物逐细言来。

方才所说这小小一家,姓王,乃本地人氏,祖上曾作过小小的一个京官。昔年曾与凤姐之祖、王夫人之父识认。因贪王家的势利,便连了宗,认作侄子。那时只有王夫人之大兄凤姐之父与王夫人随在京中的,知有此一门远族,馀者皆不识认。目今其祖已故,只有一个儿子,名唤王成,因家业萧条,仍搬出城外原乡中住去了。王成新近亦因病故,只有其子,小名狗儿,狗儿亦生一子,小名板儿,嫡妻刘氏,又生一女,名唤青儿。一家四口,仍以务农为业。因狗儿白日间又作些生计,刘氏又操井臼等事,青、板姊弟两个无人看管,狗儿遂将岳母刘姥姥接来一处过活。这刘姥姥乃是个久经世代的老寡妇,膝下又无儿女,只靠两亩薄田地度日。如今女婿接来养活,岂不愿意?遂一心一计,帮趁着女儿、女婿过活起来。

因这年秋尽冬初,天气冷将上来。家中冬事未办,狗儿未免心中烦虑,吃了几杯闷酒,在家闲寻气恼,刘氏不敢顶撞。因此刘姥姥看不过,乃劝道:"姑爷,你别嗔着我多嘴。咱们村庄人那一个不是老老诚诚的,多大碗吃多大的饭。你皆因年小时托着你那老的福,吃喝惯了;如今所以把持不住。有了钱,就顾头不顾尾;没了钱,就瞎生气,成个什么男子汉大丈夫了!如今咱们虽离城住着,终是天子脚下,这长安城中遍地都是钱,只可惜没人会拿去罢了。在家跳蹋也没中用的。"狗儿听说,便急道:"你老只会炕头儿上混说,难道叫我打劫偷去不成?"刘姥姥道:"谁叫你偷去呢?到底大家想方法儿裁度,不然那银子钱自己跑到咱家来不成?"狗儿冷笑道:"有法儿还等到这会子呢!我又没有收税的亲戚,作官的朋友,有什么法子可想的?便有,也只怕他们未必来理我们呢!"

刘姥姥道:"这到不然。谋事在人,成事在天。咱们谋到了,靠菩萨的保佑,有些机会也未可知。我到替你们想出一个机会来。当日你们原是和金陵王家连过宗的。二十年前,他们看承你们还好;如今自然是你们拉硬屎,不肯去俯就他,故疏远起来。想当初我和女儿还去过一遭,他家的二小姐着实响快,会待人的,到不拿大。如今现是荣国府贾二老爷的夫人。听得说,如今上了年纪,越发怜贫恤老,最爱斋僧敬道、舍米舍钱的。如今王府虽升了边任,只怕这二姑太太还认得咱们。你何不去走动走动?或者他念旧,有些好处也未可定。只要他发一点好心,拔一根寒毛比咱们的腰还粗呢!"刘氏一傍接口道："你老虽说得是，但只你我这样个嘴脸，怎么好到他门上去的。先不先，他们那些门上人也未必肯去通报。没的去打嘴现世。"

谁知狗儿名利心甚重，听如此一说，心下便有些活动起来。又听他妻子这番话，便笑接道："姥姥既如此说，况且当年你又见过这姑太太一次，何不你老人家明日就走一趟，先试试风头再说。"刘姥姥道："嗳哟哟！可是说的'侯门似海'，我是个什么东西？他家人又不认得我，我去了也是白去的。"狗儿笑道："不妨！我教你老一个法子。你竟带了外孙子小板儿，先去找陪房周瑞。若见了他，就有些意思了。这周瑞先时曾和我父亲交过一桩事，我们极好的。"刘姥姥道："我也知道他的。只是许多时不走，知道他如今是怎么样？这也说不得了。你又是个男人，又这样个嘴脸，自然去不得；我们姑娘，年轻媳妇子，也难卖头卖脚去。到还是舍着我这付老脸，去碰一碰。果然有些好处，大家都有益；便是没银子来，我也到那公府侯门见一见世面，也不枉我一生。"说毕，大家笑了一回。当晚计议已定。

次日，天未明，刘姥姥便起来梳洗了，又将板儿教训几句。那板儿才亦五六岁的孩子，一无所知。听见带他进城逛去，便喜的无不应承。于是，刘姥姥带他进城，找至宁荣街。来至荣府大门石狮子前，只见簇簇的轿马。刘姥姥便不敢过去，且弹弹衣服，又教了板儿几句话，然后徜到角门前。只见几个挺胸叠肚、指手画脚的人，坐在大凳上说东谈西呢！刘姥姥只得徜上来，问："太爷们纳福！"众人打谅了他一会，便问："是那里来的？"刘姥姥陪笑道："我找太太的陪房周大爷的，烦那位太爷替我请他出来。"那些人听了，都不揪采，半日方说道："你远远的那墙角下等着，一会子他们家有人就出来的。"内中有一年老的说道："不要误他的事，何苦耍他？"因向刘姥姥道："那周大爷已往南边去了；他在后一带住着，他娘子却在家。你要找时，从这边绕到后街上，后门上问就是了。"

刘姥姥听了，谢过，遂携了板儿，绕到后门上。只见门前歇着些生意担子。也有卖吃的，也有卖顽意、物件的，闹烘烘三二十个孩子在那里厮闹。刘姥姥便拉住了一个道："我问哥儿一声，有个周大娘可在家么？"孩子道："那个周大娘？我们这里周大娘有三个呢！还有两个周奶奶。不知是那一行当上的。"刘姥姥道:"是太太的陪房,周瑞。"孩子道:"这个容易。你跟我来。"说着,跳跳蹿蹿,引着刘姥姥进了后门,至一院墙边,指与刘姥姥道:"这就是他家。"又叫道:"周大妈,有个老奶奶来找你呢!"

周瑞家的在内听说,忙迎了出来,问是那位。刘姥姥忙迎上来,问道:"好呀!周嫂子。"周瑞家的认了半日,方笑道:"刘姥姥,你好呀!你说说,能几年,我就忘了。请家里来坐罢!"刘姥姥一壁走,一壁笑,说道:"你老是贵人多忘事,那里还记得我们了。"说着,来至房中。周瑞家的命雇的小丫头到上茶来,吃着。周瑞家的又问:"板儿长的这么大了?"又问些别后闲语,再问刘姥姥"今日还是路过,还是特来的?"刘姥姥便说:"原是特来瞧瞧你嫂子;二则也请请姑太太的安。若可以领我见一见更好,若不能便借重嫂子转致意罢了。"周瑞家的听了,便猜着几分意思。只因昔年他丈夫周瑞争买田地一事,其中多得狗儿之力。今见刘姥姥如此而来,心中难却其意;二则也要显弄自己体面。听如此说,便笑说:"姥姥你放心!大远的诚心诚意的来了,岂有个不教你见个真佛去的!论理,人来客至回话却不与我们相干,我们这里都是各占一枝儿。我们男的只管春秋两季地租子,闲时只带着小爷们出门就完了。我只管跟太太、奶奶们出门的事。皆因你原是太太的亲戚,又拿我当个人,投奔了我来,我竟破个例,给你通个信去。但只一件,姥姥有所不知,我们这里又比不得五年前了。如今太太竟不大管事了,都是琏二奶奶当家。你道这琏二奶奶是谁?就是太太的内侄女,当日大舅爷的女儿,小名凤哥的。"刘姥姥听了,罕问道:"原来是他?怪道呢,我当日就说他不错呢。这等说来,我今儿还得见他了?"周瑞家的道:"这个自然的。如今太太事多心烦,有客来了,略可推得去的,也就推过去了。都是这凤姑娘周旋、迎待。今儿宁可不见太太,到要见他一面,才不枉这里来一遭。"刘姥姥道:"阿弥陀佛!这全仗嫂子方便了。"周瑞家的道:"说那里话。俗语说的:'与人方便,自己方便。'不过用我说一句话罢了,害着我什么。"说着,便唤小丫头子到倒厅上悄悄的打听打听,老太太屋里摆了饭了没有。小丫头去了。这里二人又说些闲话。

刘姥姥因说："这位凤姑娘今年大不过二十岁罢了，就这等有本事，当这样的家，可是难得的。"周瑞家的听了，道："嗐！我的姥姥，告诉不得你呢！这位凤姑娘年纪虽小，行事却比世人都大呢。如今出挑的美人一样的模样儿，少说些有一万个心眼子，再要赌口齿，十个会说话的男人，也说他不过。回来你见了，就信了。就只一件，待下人未免太严了些。"说着，只见小丫头回来说："老太太屋里已摆完了饭，二奶奶在太太屋里呢。"周瑞家的听了，连忙起身，催着刘姥姥说："快走！快走！这一下来，他吃饭是一个空子，咱们先等着去。若迟一步，回事的人也多了，难说话。再歇了中觉，越发没了时候了。"说着，一齐下了炕，打扫打扫衣服，又教了板儿几句话，随着周瑞家的，逶迤往贾琏的住宅来。

先到了倒厅，周瑞家的将刘姥姥安插在那里略等一等。自己先过影壁，进了院门，知凤姐未下来，先找着了凤姐的一个心腹通房大丫头，名唤平儿的。周瑞家的先将刘姥姥起初来历说明，又说："今日大远的特来请安。当日太太是长会的，今儿不可不见。所以我带了他进来了，等奶奶下来，我细细回明奶奶，想也不责备我莽撞的。"平儿听了，便作了主意，"叫他们进来，先在这里坐着就是了"。周瑞家的听了，忙出去领他两个进入院来，上了正房台矶，小丫头子打起了猩红毡帘。才入堂屋，只闻一阵香扑了脸来，竟不辨是何香味，身子如在云端里一般。满屋里之物都是耀眼争光，使人头悬目眩。刘姥姥斯时惟点头、咂嘴、念佛而已。

于是来至东边这间屋内，乃是贾琏的女儿大姐儿睡觉之所。平儿站在炕沿边，打量了刘姥姥两眼，只得问个好，让坐。刘姥姥见平儿遍身绫罗，插金带银，花容玉貌的，便当是凤姐儿了，才要称姑奶奶，忽听周瑞家的称他是"平姑娘"，又见平儿赶着周瑞家的称"周大嫂"，方知不过是个有些体面的丫头。于是让刘姥姥和板儿上了炕，平儿和周瑞家的对面坐在炕沿上，小丫头子斟上茶来吃茶。

刘姥姥只听见咯当咯当的响声，大有似乎打箩柜筛面的一般，不免东瞧西望的。忽见堂屋中柱子上挂着一个匣子，底下又坠着一个秤砣般的一物，却不住的乱恍，刘姥姥心中想着："这是个什么爱物儿？有煞用呢？”正呆时，陡听得“当”的一声，又若金钟铜磬一般，不妨到唬的一展眼。接着又是一连八九下，方欲问时，只见小丫头子们一齐乱跑，说：“奶奶下来了！”平儿与周瑞家的忙起身，命刘姥姥：“只管坐着等，是时候我们来请你呢。”说着，都迎出去了。

刘姥姥屏声侧耳默候。只听远远有人笑声，约有一二十妇人，衣裙窸窣，渐入堂屋，往那边屋内去了。又见两三个妇人，都捧着大漆捧盒，进这东边来等候。听见那边说了一声：“摆饭”，渐渐人才都散出，只有伺候端菜的几人。半日鸦雀不闻。之后，忽见两个人抬了一张炕桌来，放在这边炕上，桌上碗盘森列，仍是满满的鱼肉在内，不过略动了几样。板儿一见了，便吵着要肉吃，刘姥姥一巴掌打下他去。忽见周瑞家的笑嘻嘻走过来，招手儿叫他。刘姥姥会意，于是携了板儿下炕，至堂屋中。周瑞家的又和他唧唧了一会，方徜到这边屋内来。

只见门外錾铜钩上悬着大红撒花软帘，南窗下是炕，炕上大红毡条，靠东边板壁立着一个锁子锦靠背与一个引枕，铺着金心绿闪缎大坐褥，傍边有银唾沫盒。那凤姐儿家常带着紫貂昭君套，围着攒珠勒子，穿着桃红撒花袄，石青刻丝灰鼠披风，大红洋绉银鼠皮裙，粉光脂艳，端端正正坐在那里。手内拿着小铜火炷儿拨手炉内的灰。平儿站在炕沿边，捧着一个小小的填漆茶盘。盘内一小盖钟。凤姐儿也不接茶，也不抬头，只管拨手炉内的灰，慢慢的问道：“怎么还不请进来？”一面说，一面抬身要茶时，只见周瑞家的已带了两个人在地下站着了。这才忙欲起身犹未起身，满面春风的问好，又嗔周瑞家的不早说。刘姥姥在地下已是拜了数拜，问姑奶奶安。凤姐忙说：“周姐姐快搀住，不拜罢！请坐。我年轻，不大认得。可也不知是什么辈数，不敢称呼。”周瑞家的忙回道：“这就是我才回的那个姥姥了。”凤姐点头，刘姥姥已在炕沿上坐下，板儿便躲在背后，百端的哄他出来作揖，他死也不肯。

凤姐笑道：“亲戚们不大走动，都疏远了。知道的呢，说你们弃厌我们，不肯常来；不知道的那起小人，还只当我们眼里没人似的。”刘姥姥忙念佛道：“我们家道艰难，走不起，来了这里，没的给姑奶奶打嘴。就是管家爷们看着也不像。”凤姐笑道:“这话叫人没的恶心!不过借赖着祖父虚名,作个穷官儿罢了。谁家有什么?不过是个旧日的空架子。俗语说‘朝廷还有三门子穷亲呢’!何况你我。”说着,又问周瑞家的:“回了太太了没有?”周瑞家的道:“如今等奶奶的示下。”凤姐儿道:“你去瞧瞧,要是有人有事,就罢;得闲呢,就回,看怎么说。”周瑞家的答应着去了。

这里凤姐叫人抓些果子与板儿吃。刚问些闲话时,就有家下许多媳妇、管事的来回话。平儿回了,凤姐道:“我这里陪客呢,晚上再回;若有很要紧的,你就带进来现办。”平儿出去一会,进来说:“我都问了,没有什么紧事,我就叫他们散了。”凤姐儿点头。只见周瑞家的回来,向凤姐道:“太太说了,‘今日不得闲,二奶奶陪着便是一样。多谢费心想着,白来逛逛呢便罢;若有甚说的,只管告诉二奶奶,都是一样。’”刘姥姥道:“也没甚说的。不过是来瞧姑太太、姑奶奶,也是亲戚们的情分。”周瑞家的道:“没甚说的便罢;若有话,回二奶奶是和太太一样的。”一面说,一面递眼色儿与刘姥姥。刘姥姥会意,未语先飞红的脸,欲待不说,今日又所为何来?只得忍耻说道:“论理,今儿初次见姑奶奶,却不该说的,只是大远的奔了你老这里来,也少不的说了……”

刚说到这里,只听得二门上小厮们回说:“东府里小大爷进来了。”凤姐忙止刘姥姥不必说了,一面便问:“你蓉大爷在那里呢?”只听一路靴子脚响,进来了一个十七八岁的少年,面目清秀,身材夭娇,轻裘宝带,美服华冠。刘姥姥此时坐不是,立不是,藏没处藏。凤姐笑道:“你只管坐着。这是我侄儿。”刘姥姥方扭扭捏捏在炕沿上坐了。贾蓉笑道:“我父亲打发我来求婶子,说上回老舅太太给婶子的那架玻璃炕屏,明日请一个要紧的客,借了略摆一摆,就送过来的。”凤姐儿道:“说迟了一日,昨儿已经给了人了。”贾蓉听说,嘻嘻的笑着,在炕沿下半跪道:“婶子若不借,又说我不会说话了。又挨了一顿好打呢。婶子只当可怜侄儿罢!”凤姐笑道:“也没见我们王家的东西都是好的不成?一般你们那里放着那些东西,只是看不见!我的才好罢!”贾蓉笑道:“那里如这个好呢!只求开恩罢。”凤姐道:

"磞一点儿,你可仔细你的皮。"因命平儿拿了楼门钥匙,传几个妥当人来抬去。贾蓉喜的眉开眼笑,忙说:"我亲自带了人拿去,别由他们乱磞。"说着,便起身出去了。

这里凤姐忽又想起一事来,便向窗外叫:"蓉儿回来!"外面几个人接声说:"蓉大爷快回来。"贾蓉忙复身转来,垂手侍立,听何指示。那凤姐只管慢慢的吃茶,出了半日神,方笑道:"罢了,你且去罢。晚饭后你来再说罢。这会子有人,我也没精神了。"贾蓉应了,方慢慢的退去。

这里刘姥姥心身方安,方又说道:"今日我带了你侄儿来,也不为别的,只因为他老子娘在家里连吃的都没有,如今天又冷了,越想没个派头儿。只得带了你侄儿奔了你老来。"说着,又推板儿道:"你那爹在家怎么教你了!打发咱们作煞事来?只顾吃果子咧。"凤姐早已明白了,听他不会说话,因笑止道:"不必说了,我知道了。"因问周瑞家的道:"这刘姥姥不知可用过饭没有呢?"刘姥姥忙道:"一早就往这里赶咧,那里还有吃饭的工夫咧。"凤姐听说,忙命快传饭来。一时周瑞家的传了一桌客馔来,摆在东边屋内,过来带了刘姥姥和板儿过去吃饭。凤姐说道:"周姐姐好生让着些儿,我不能陪了。"

于是过东边房里来。凤姐又叫过周瑞家的去,问他方才回了太太,说了些什么?周瑞家的道:"太太说,他们家原不是一家子,不过因出一姓,当年又与太老爷在一处做官,偶然连了宗的。这几年来也不大走动。当时他们来一遭,却也没空儿他们。今儿既来了,瞧瞧我们,是他的好意思,也不可简慢了。他便是有什么说的,叫二奶奶裁度着就是了。"凤姐听了说道:"我说呢,既是一家子,我如何连影儿也不知道。"

说话时,刘姥姥已吃毕饭,拉了板儿过来,舔唇抹嘴的道谢。凤姐笑道:"且请坐下,听我告诉你老人家。方才意思,我已知道了。若论亲戚之间,原该不待上门来就该有照应才是。但如今家里杂事太烦,太太渐上了年纪,一时想不到也是有的;况是我近来接着管些事,都不大知道这些个亲戚们。二则外头看着这里烈烈轰轰的,殊不知大有大的艰难去处,说与人,也未必信罢了。今儿你既老远的来了,又是头一次见我张口,怎好叫你空回去的。可巧昨儿太太给我的丫头们作衣裳的二十两银子,我还没动呢,你们不嫌少,就暂且拿了去罢。”

那刘姥姥先听见告艰难,只当是没有,心里便突突的;后来听见给他二十两,喜的浑身发痒起来,说道:“嗳,我也是知道艰难的。但俗语说‘瘦死的骆驼比马还大’,凭的怎么样,你老拔根寒毛比我们的腰还粗呢。”周瑞家的在傍听他说的粗鄙,只管使眼色止他。凤姐听了,笑而不采,只命平儿:“把昨儿那包银子拿来,再拿一串钱来。”都送至刘姥姥跟前。凤姐乃道:“这是二十两银子,暂且给这孩子做件冬衣罢。若不拿着,可真是怪我了。这串钱,雇了车子坐罢。改日无事,只管来逛逛,方是亲戚间的意思。天也晚了,也不虚留你们了,到家里该问好的问个好儿罢。”一面说,一面就站起来了。

刘姥姥只管千恩万谢,拿了银钱,随周瑞家的出来。至外厢房,周瑞家的方道:“我的娘!你见了他怎么到不会说话了。开口就是你侄儿。我说句不怕你恼的话,便是亲侄儿也要说和柔些。那蓉大爷才是他的正经侄儿呢。他怎么又跑出这么个侄儿来了。”刘姥姥笑道:“我的嫂子,我见了他,心眼里爱还爱不过来,那里还说上话了。”二人说着,又至周瑞家坐了片时。刘姥姥便要留下一块银与周瑞家的儿女买果子吃。周瑞家的如何放在眼里,执意不肯。刘姥姥感谢不尽,仍从后门去了。正是:

得意浓时易接济,受恩深处胜亲朋。

第七回 送宫花周瑞叹英莲 谈肄业秦钟结宝玉

题曰:

十二花容色最新,不知谁是惜花人?
相逢若问名何氏,家住江南姓本秦。

话说周瑞家的送了刘姥姥去后,便上来回王夫人话。谁知王夫人不在上房,问丫嬛们时,方知往薛姨妈那边闲话去了。周瑞家的听说,便转东角门出至东院,往梨香院来。刚至院门前,只见王夫人的丫嬛名金钏儿者,和一个才留了头的小女孩儿站立台矶上顽。见周瑞家的来了,便知有话回,因向内掀嘴儿。

周瑞家的轻轻掀帘进去,只见王夫人和薛姨妈长篇大套的说些家务人情等语。周瑞家的不敢惊动,遂进里间来。只见薛宝钗穿着家常衣服,头上只挽着鬏儿,坐在炕里边,伏在小炕几上,同丫嬛莺儿正描花样子呢。见他进来,宝钗便放下笔,转过身来,满面堆笑,让:"周姐姐坐。"周瑞家的也忙陪笑,问:"姑娘好!"一面炕沿边坐了,因说:"这有两三天也没见姑娘到那边逛逛去,只怕是你宝玉兄弟冲撞了你不成?"宝钗笑道:"那里的话!只因我那种病又发了两天,所以且静养两日。"周瑞家的道:"正是呢!姑娘到底有什么病根儿,也该趁早儿请了大夫来,好生开个方子,认真吃几剂药,一势除了根才好。小小的年纪,到坐下个病根,也不是顽的。"宝钗听说,便笑道:"再不要提吃药!为这病请大夫、吃药,也不知白花了多少银子钱呢。凭你什么名医、仙药,总不见一点儿效。后来还亏了一个秃头和尚,说专治无名之症,因请他看了。他说我这是从胎里带来的一股热毒,幸而我先天结壮,还不相干。若吃凡药是不中用的,他就说了一个海上方,又给了一包药末作引,异香异气的,不知是那里弄来的。他说发了时,吃一丸就好。到也奇怪,这到效验些。"

周瑞家的因问道:"不知是个什么海上方儿?姑娘说了,我们也记着说与人知道。倘遇见这样的病,也是行好的事。”宝钗见问,乃笑道:“不问这方儿还好;若问起这方儿,真真把人琐碎坏了。东西药料一概都有现易得的,只难得‘可巧’二字。要春天开的白牡丹花蕊十二两,夏天开的白荷花蕊十二两,秋天开的白芙蓉花蕊十二两,冬天开的白梅花蕊十二两。将这四样花蕊,于次年春分这日晒干,和在末药一处,一齐研好;又要雨水这日的雨水十二钱……”周瑞家的忙道:“嗳哟,这样说来,这就得一二年的工夫。倘或雨水这日不下雨水,又怎处呢?”宝钗笑道:“所以了,那里有这样可巧的雨?便没雨,也只好再等罢了。白露这日的露水十二钱,霜降这日的霜十二钱,小雪这日的雪十二钱,把这四样水调匀,和了丸药,再加蜂蜜十二钱,白糖十二钱,丸了龙眼大的丸子,盛在旧磁罐内,埋在花根底下。若发了病时,拿出来吃一丸,用十二分黄柏煎汤送下。”周瑞家的听了笑道:“阿弥陀佛!真巧死了人!等十年未必都这样巧呢。”宝钗道:“竟好,自他说了去后,一二年间可巧都得了。好容易配成一料,如今从南带至北,现就埋在梨花树下。”周瑞家的又道:“这药可有名子没有呢?”宝钗道:“有。这也是癞和尚说下的,叫作‘冷香丸’。”周瑞家的听了,点头儿。因又说:“这病发了时,到底觉怎样?”宝钗道:“也不觉什么,只不过喘嗽些。吃一丸也就罢了。”

周瑞家的还欲说话时,忽听王夫人问:“是谁在里头?”周瑞家的忙出去答应了,趁便回了刘姥姥之事。略待半刻,见王夫人无话,方欲退出。薛姨妈忽又笑道:“你且站住,我有一宗东西,你带了去罢。”说着,便叫香菱。帘栊响处,方才和金钏儿顽的那个小女孩子进来了,问:“奶奶叫我做什么?”薛姨妈道:“把那匣子里的花儿拿来。”香菱答应了,向那边捧了个小锦匣来。薛姨妈乃道:“这是宫里头作的新鲜样法,堆纱花十二支。昨儿我想起来,白放着可惜旧了,何不给他们姊妹们带去。昨儿要送去,偏又忘了。你今儿来的巧,就带了去罢。你家的三位姑娘,每人两支;下剩六支,送林姑娘两支,那四支给了凤哥儿罢。”王夫人道:“留着给宝丫头带罢了,又想着他们。”薛姨妈道:“姨妈不知道宝丫头古怪呢。他从来不爱这些花儿、粉儿的。”

说着,周瑞家的拿了匣子,走出房门,见金钏儿仍在那里晒日阳。周瑞家的因问他道:“那香菱小丫头子,可就是时常说临上京时买的,为他打人命官司的那个小丫头子?”金钏道:“可不就是。”正说着,只见香菱笑嘻嘻的走来。周瑞家的便拉了他的手,细细的看了一回,因向金钏儿笑道:“到好个模样儿!竟有些像咱们东府里蓉大奶奶的品格。”金钏儿笑道:“我也是这么说呢。”周瑞家的又问香菱:“你几岁投身到这里?”又问:“你父母今在何处?今年十几岁了?本处是那里人?”香菱听问,摇头说“不记得了”。周瑞家的和金钏听了,到反为他叹息、伤感一回。

一时,周瑞家的携花至王夫人正房后来。原来,近日贾母说孙女们太多了,一处挤着到不便,只留宝玉、黛玉二人在这边解闷,却将迎、探、惜三人移到王夫人这边房后三间小抱厦内居住。令李纨陪伴照管。如今,周瑞家的故顺路先往这里来。只见几个小丫头子都在抱厦内听呼唤,默坐。迎春的丫头司棋与探春的丫嬛侍书二人正掀帘出来,手里都捧着茶盘、茶钟。周瑞家的便知他姊妹在一处坐着,遂进入内房。只见迎春、探春二人正在窗下围棋。周瑞家的将花送上,说明原故,他二人忙住了棋,都欠身道谢,命丫嬛们收了。周瑞家的答应了,因说:“四姑娘不在房里,只怕在老太太那边呢?”丫嬛们道:“在这屋里不是?”周瑞家的听了,便往这边屋内来。

只见惜春正同水月庵的小姑子智能儿两个一处顽笑。见周瑞家的进来,惜春便问他何事,周瑞家的便将花匣打开,说明原故。惜春笑道:“我这里正和智能儿说,我明儿也剃了头,同他作姑子去呢。可巧又送了花儿来。若剃了头,把这花可带在那里?”说着大家取笑一回。惜春命丫嬛入画来收了。周瑞家的因问智能儿:“你是什么时候来的?你师傅那秃歪剌往那里去了?”智能儿道:“我们一早就来了。我师傅见过太太就往于老爷府里去了。叫我在这里等他呢。”周瑞家的又道:“十五的月例香供银子可得了没有?”智能儿摇头儿说:“不知道。”惜春听了,便问周瑞家的:“如今各庙月例银子是谁管着?”周瑞家的道:“是余信管着。”惜春听了,笑道:“这就是了。他师傅一来了,余信家的就赶上来,和他师傅咕唧了半日。想是就为这事了。"

那周瑞家的又和智能儿劳叨了一回,便往凤姐处来。穿夹道从李纨后窗下过,越西花墙,出西角门,进入凤姐院中。走至堂屋,只见小丫头丰儿坐在凤姐房门槛上,见周瑞家的来了,连忙摆手儿,叫他往东屋里去。周瑞家的会意,慌的蹑手蹑脚的往东边房里来。只见奶子正拍着大姐儿睡觉呢。周瑞家的悄问奶子道:"奶奶睡中觉呢?也该请醒了。"奶子摇头儿。正问着,只听那边一阵笑声,却有贾琏的声音。接着房门响处,平儿拿着大铜盆出来,叫丰儿舀水进去。平儿便进这边来。一见了周瑞家的,便问:"你老人家又跑了来作什么?"周瑞家的忙起身,拿匣子与他,说送花一事。平儿听了,便打开匣子,拿出四支,转身去了。半刻工夫,手里又拿出两支来,先叫彩明来,付他送到那边府里,给小蓉大奶奶带去。次后,方命周瑞家的回去道谢。

周瑞家的这才往贾母这边来。穿过了穿堂,顶头忽见他女儿打扮着才从他婆家来。周瑞家的忙问:"你这会子跑来作什么?"他女儿笑道:"妈一向身上好?我在家里等了这半日,妈竟不出去。什么事情这样忙的不回家?我等烦了,自己先到了老太太跟前请了安了,这会子请太太安去。妈还有什么不了的差事?手里是什么东西?"周瑞家的笑道:"嗳!今儿偏偏的来了个刘姥姥。我自己多事,为他跑了半日。这会子又被姨太太看见了,送这几支花儿与姑娘、奶奶们,这会子还没送清白呢。你这会子跑来,一定有什么事情的。"他女儿笑道:"你老人家到会猜。实对你老人家说,你女婿前儿因多吃了两杯酒,和人分争起来,不知怎的被人放了一把邪火,说他来历不明,告到衙门里,要递解还乡。所以,我来和你老人家商议商议:这个情分求那一个可了事?"周瑞家的听了道:"我就知道的,这有什么大不了的?你且家去等我,我送林姑娘的花儿,去了就回家来。此时太太、二奶奶都不得闲儿,你回去等我。这没有什么忙的。"他女儿听如此说,便回去了。还说:"妈,你好歹快来!"周瑞家的道:"是了!小人家,没经过什么事情,就急的你这样子。"说着,便到黛玉房中去了。

谁知此时黛玉不在自己房中,却在宝玉房中,大家解九连环作戏。周瑞家的进来笑道:"林姑娘!姨太太着我送花来与姑娘带。"宝玉听说,先便说:"什么花?拿来给我!"一面早伸手接过来了,开匣看时,原来是两支宫制堆纱、新巧的假花。黛玉只就宝玉手中看了一看,便问道:"还是单送我一个人的?还是别的姑娘们都有?"周瑞家的道:"各位都有了,这两支是姑娘的了。"黛玉再看了一看,冷笑道:"我就知道,别人不挑剩下的也不给我。替我道谢罢。"周瑞家的听了,一声儿不言语。

宝玉便问道:"周姐姐,你作什么到那边去了?"周瑞家的因说:"太太在那里,因回话去了,姨太太就顺便叫我带来了。"宝玉道:"宝姐姐在家作什么呢?怎么这几日也不过来?"周瑞家的道:"身上不大好呢!"宝玉听了,便和丫头们说:"谁去瞧瞧?就说我和林姑娘打发来问姨娘、姐姐安,问姐姐是什么病?吃什么药?论理我该亲自来的,就说才从学里来的,也着了些凉,异日再亲来。"说着,茜雪便答应去了。周瑞家的自去无话。

原来这周瑞家的女婿,便是雨村的好友冷子兴。近因卖古董和人打官司,故遣女人来讨情分。周瑞家的仗着主子的势利,把这些事也不放在心上,晚间只求求凤姐儿便完了。

至掌灯时分,凤姐已卸了妆,来见王夫人,回说:"今儿甄家送了来的东西我已收了,咱们送他的,趁着他家有年下进鲜的船去,一并都交给他们带去了。"王夫人点头。凤姐又道:"临安伯老太太千秋的礼,已经打点了。太太派谁送去?"王夫人道:"你瞧谁闲着,不管打发哪两个女人去就完了。又来当什么正经事问我。"凤姐又笑道:"今儿珍大嫂子来请我明儿过去逛逛,明儿到没有什么事。"王夫人道:"有事没事都害不着什么,每常他来请,有我们,你自然不便意。他既不请我们,单请你,可知是他诚心叫你散淡散淡。别辜负了他的心。便是有事也该过去才是。"凤姐答应了,当下李纨、迎春等姊妹们亦曾定省毕,各自归房,无话。

次日,凤姐儿梳洗了,先回王夫人毕,方来辞贾母。宝玉听了,也要逛去。凤姐只得答应着,立等换了衣服,姐儿两个坐了车,一时进入宁府。早有贾珍之妻尤氏与贾蓉之妻秦氏婆媳两个,引了多少姬妾、丫嬛、媳妇等接出仪门。那尤氏一见了凤姐必先笑嘲一阵,一手携了宝玉,入上房来归坐。秦氏献茶毕,凤姐因说:"你们请我来作什么?有什么东西来孝敬就献上来,我还有事呢。"尤氏、秦氏未及答话,地下几个姬妾先就笑说:"二奶奶今儿不来就罢;既来了,就依不得二奶奶了。"正说着,只见贾蓉进来请安。宝玉因问:"大哥哥今日不在家?"尤氏道:"出城请老爷安去了。"又道:"可是你怪闷的,也坐在这里作什么?何不去逛逛!"秦氏笑道:"今日巧,上回宝叔立刻要见见我兄弟,他今儿也在这里,想在书房里。宝叔何不去瞧一瞧。"宝玉听了,即便下炕要走。尤氏、凤姐都忙说:"好生着!忙什么?"一面便分付人:"好生小心跟着,别委屈着他!到比不得跟了老太太来就罢了。"凤姐儿道:"既这么着,何不请进这秦小爷来,我也瞧瞧。难道我就见不得他不成?"尤氏笑道:"罢!罢!可以不必见。他比不得咱们家的孩子们,胡打海摔的惯了;人家的孩子,都是斯斯文文惯了的,乍见了你这破落户,还被人笑话死了呢。"凤姐笑道:"普天下的人,我不笑话就罢,竟叫这小孩子笑话我不成?"贾蓉笑道:"不是这话。他生的腼腆,没见过大阵仗儿。婶子见了,没的生气。"凤姐啐道:"他是哪吒,我也要见一见。别放你娘的屁了。再不带去,看给你一顿好嘴巴子!"贾蓉笑嘻嘻的说:"我不敢强,就带他来。"

说着,果然出去带进一个小后生来。较宝玉略瘦巧些,清眉秀目,粉面朱唇,身材俊俏,举止风流,似在宝玉之上。只是怯怯羞羞,有女儿之态,腼腆含糊的向凤姐作揖问好。凤姐喜的先推宝玉,笑道:"比下去了。"便探身一把携了这孩子的手,就命他身傍坐下,慢慢问他年纪、读书等事。方知他学名唤秦钟。早有凤姐的丫嬛、媳妇们见凤姐初会秦钟,并未备得表礼来,遂忙过那边去告诉平儿。平儿素知凤姐与秦氏厚密,虽是小后生家,亦不可太俭。遂自作了主意:拿了一匹尺头,两个状元及第的小金锞子,交付与来人送过去。凤姐犹笑说"太简薄"等语。秦氏等谢毕。一时吃过饭,尤氏、凤姐、秦氏等抹骨牌,不在话下。

宝玉、秦钟二人随便起坐，说话。那宝玉只一见秦钟人品，心中便有所失，痴了半日，自己心中又起了呆意，乃自思道："天下竟有这等人物！如今看来我竟成了泥猪癞狗了。可恨我为什么生在这侯门公府之家？若也生在寒儒薄宦之家，早得与他交结，也不枉生了一世。我虽如此，比他尊贵，可知绫锦纱罗，也不过裹了我这根死木；美酒羊羔，也只不过填了我这粪窟泥沟。'富贵'二字，不料遭我涂毒了。"秦钟自见了宝玉形容出众，举止不浮，更兼金冠绣服，骄婢侈童，秦钟心中亦自思道："果然这宝玉怨不得人人溺爱他，可恨我偏生于清寒之家，不能与他耳鬓交结。可知'贫富'二字限人，亦世间之大不快事。"二人一样的胡思乱想。忽又有宝玉问他读什么书，秦钟见问，便因实而答。二人你言我语，十来句后，越觉亲密起来。一时，摆上茶果吃茶，宝玉便说："我们两个又不吃酒，把果子摆在里间小炕上，我们那里坐去，省得闹你们。"

于是二人进里间来吃茶。秦氏一面张罗与凤姐摆酒果，一面忙进来嘱宝玉道："宝叔，你侄儿年小，倘或言语不防头，你千万看着我，不要理他。他虽腼腆，却性子左强，不大随和些是有的。"宝玉笑道："你去罢！我知道了。"秦氏又嘱了他兄弟一回，方去陪凤姐。

一时，凤姐、尤氏又打发人来问宝玉要吃什么，外面有，只管要去。宝玉只答应着，也无心在饮食。只问秦钟近日家务等事。秦钟因说："业师于去岁病故，家父又年纪老迈，贱疾在身，公务繁冗，因此尚未议及再延师一事。目下不过在家温习旧课而已。再读书一事，也必须有一二知己为伴，时常大家讨论才能进益。"宝玉不待说完，便答道："正是呢。我们家却有个家塾，合族中有不能延师的，便可入塾读书。子弟们中亦有亲戚在内，可以附读。我因上年业师回家去了，也现荒废着。家父之意，亦欲暂送我去，且温习着旧书，待明年业师上来，再各自在家亦可。家祖母因说：一则家学里子弟太多，生恐大家淘气，反不好；二则也因我病了几天，遂暂且担搁着。如此说来，尊翁如今也为此事悬心？今日回去，何不禀明，就在我们这敝塾中来，我亦相伴，彼此有益，岂不是好事？"秦钟笑道："家父前日在家提起延师一事，也曾提起这里的义学到好，原要来和这里的亲翁商议引荐。因这里事忙,不便为这点小事来聒絮的。宝叔果然度小侄或可磨墨涤砚,何不速速作成?又彼此不致荒废,又可以常相谈聚,又可以慰父母之心,又可以得朋友之乐,岂不是美事?”宝玉笑道:“放心,放心!咱们回来先告诉你姐夫、姐姐和琏二嫂子。你今日回家就禀明令尊,我回去再回明家祖母,再无不速成之理的。”二人计议一定,那天气已是掌灯时候,出来又看他们顽了一回牌。算账时,却又是秦氏、尤氏二人输了戏酒的东道,言定后日吃这东道。一面又说了回话。

晚饭毕。因天黑了,尤氏因说:“先派两个小子,送了这秦相公去。”媳妇们传出去半日,秦钟告辞起身。尤氏问:“派了谁送去?”媳妇们回说:“外头派了焦大。谁知焦大醉了,又骂呢!”尤氏、秦氏都道:“偏又派他作什么?放着这些小子们,那一个派不得,偏要惹他去?”凤姐道:“我成日家说你太软弱了,纵的家里人这样还了得呢。”尤氏叹道:“你难道不知这焦大的?连太爷都不理他的,你珍哥哥也不理他。只因他从小儿跟着太爷们出过三四回兵,从死人堆里把太爷背了出来,得了命;自己挨着饿,却偷了东西来给主子吃;两日没得水,得了半碗水,给主子吃,他自喝马溺。不过仗着这些功劳、情分,有祖宗时,都另眼相待;如今谁肯难为他去。他自己又老了,又不顾体面,一味的睐酒。一吃醉了,无人不骂。我常说给管事的,不要派他事,全当一个死的就完了。今儿又派了他。”凤姐道:“我何曾不知这焦大?到是你们没主意,有这样,何不打发他远远的庄子上去就完了。”说着,因问:“我们的车可齐备了?”地下众人都应:“伺候齐了!”

凤姐亦起身告辞,和宝玉携手同行。尤氏等送至大厅。只见灯烛辉煌,众小厮都在丹墀侍立。那焦大又恃贾珍不在家,即在家亦不好怎样,更可以恣意的洒落洒落。因趁着酒兴,先骂大总管赖二,说他“不公道,欺软怕硬,有了好差事,就派别人;像这样黑更半夜送人的事,就派我。没良心的忘八羔子,瞎充管家。你也不想想,焦大太爷跷起一支脚,比你的头还高呢!二十年头里的焦大太爷眼里有谁?别说你们这把子的杂种、忘八羔子们。”

正骂的兴头上,贾蓉送凤姐的车出去。众人喝他不听,贾蓉忍不得便骂了他两句,使人捆起来,等明日醒了酒,问他"还寻死不寻死了"?那焦大那里把贾蓉放在眼里,反大叫起来,赶着贾蓉叫:"蓉哥儿,你别在焦大跟前使主子性儿。别说你这样儿的,就是你爹、你爷爷,也不敢和焦大挺腰子呢!不是焦大一个人,你们作官儿,享荣华,受富贵?你祖宗九死一生挣下这个家业,到如今不报我的恩,反和我充起主子来了。不和我说别的还可,若再说别的,咱们白刀子进去,红刀子出来。"凤姐在车上说与贾蓉:"以后还不早打发了这没王法的东西,留在这里岂不是祸害?倘或亲友知道了,岂不笑话咱们这样的人家连个王法规矩都没有?"贾蓉答应"是"。

众小厮见他太撒野不堪了,只得上来几个,揪翻、捆倒,拖往马圈里去。焦大益发连贾珍都说出来,乱嚷乱叫:"我要往祠堂里哭太爷去,那里承望到如今生下这些畜生来,每日家偷狗戏鸡,爬灰的爬灰,养小叔子的养小叔子,我什么不知道?咱们胳膊折了往袖子里藏。"众小厮听他说出这些没天日的话来,唬的魂飞魄丧,也不雇别的了,便把他捆起来,用土和马粪满满的填了他一嘴。

凤姐和贾蓉等也遥遥的闻得,便都妆作听不见。宝玉在车上见这般醉闹,到也有趣,因问凤姐儿道:"姐姐,你听他'爬灰的爬灰',什么是'爬灰'?"凤姐听了,连忙立眉嗔目,断喝道:"少胡说!那是醉汉嘴里混唚。你是什么样的人,不说不听见,还到细问?等我回去回了太太,仔细捶你不捶你!"唬的宝玉连忙央告:"好姐姐,我再不敢说这话了。"凤姐亦忙回色哄道:"好兄弟,这才是。等回去,咱们回了老太太,打发人往家学里说明白了,请了秦钟家学里念书去要紧。"说着,自回荣府而来。要知端的,且听下回分解。正是:

不因俊俏难为友,正为风流始读书。

第八回　薛宝钗小恙梨香院　贾宝玉大醉绛芸轩

题曰：

古鼎新烹凤髓香，那堪翠斝贮琼浆。
莫言绮縠无风韵，试看金娃对玉郎。

话说凤姐和宝玉回家，见过众人。宝玉先便回明贾母秦钟要上家塾之事，自己也有了个伴读的朋友，正好发奋；又着实的称赞秦钟的人品、行事最使人怜爱。凤姐又在一傍帮着说"过日他还来拜老祖宗"等语。说的贾母喜悦起来。凤姐又趁势请贾母后日过去看戏，贾母虽年高却极有兴头。至后日，又有尤氏来请，遂携了王夫人、林黛玉、宝玉等过来看戏。至晌午，贾母便回来歇息了。王夫人本是好清静的，见贾母回来，也就回来了。然后凤姐坐了首席，尽欢至晚，无话。

却说宝玉因送贾母回来，待贾母歇了中觉，意欲还去看戏取乐，又恐扰的秦氏等人不便，因想起近日薛宝钗在家养病，未去亲候，意欲去望他一望。若从上房后角门过去，又恐遇见别事缠绕，再或可巧遇见他父亲，更为不妥，宁可绕远路罢了。当下众嬷嬷、丫嬛伺候他换衣服，见他不换，仍出二门去了。众嬷嬷、丫嬛只得跟随出来，还只当他去那府中看戏。谁知到了穿堂，便往东、向北，绕厅后而去。偏顶头遇见了门下清客相公詹光、单聘仁二人走来，一见了宝玉，便都笑着赶上来，一个抱住腰，一个携着手，都道："我的菩萨哥儿，我说作了好梦呢！好容易得遇见了你。"说着，请了安，又问好，劳叨了半日，方才走开。老嬷叫住，因问："你二位爷是从老爷跟前来的不是？"他二人点头道："老爷在梦坡斋小书房里歇中觉呢。不妨事的。"一面说，一面走了。说的宝玉也笑了。

于是转弯向北，奔梨香院来。可巧银库房的总领名唤吴新登与仓上的头目，名唤戴良，还有几个管事的头目，共有七个人，从账房里出来。一见了宝玉走来，都一齐垂手站住。独有一个买办，名唤钱华的,因他多日未见宝玉,忙上来打千儿请安。宝玉忙含笑携他起来。众人都笑说:“前儿在一处看见二爷写的斗方,字法越发好了,多早晚赏我们几张贴贴。”宝玉笑道:“在那里看见了?”众人道:“好几处都有。都称赞的了不得。还和我们寻呢!”宝玉笑道:“不值什么!你们说给我的小么儿们就是了。”一面说,一面前走。众人待他过来,方都各自散了。

闲言少述。且说宝玉来至梨香院中,先入薛姨妈室中来。正见薛姨妈打点针黹与丫嬛们。宝玉忙请了安。薛姨妈忙一把拉了他,抱入怀内,笑说:“这么冷天,我的儿,难为你想着我。快上炕来坐着罢!”命人到滚滚的茶来。宝玉因问:“哥哥不在家?”薛姨妈叹道:“他是没笼头的马,天天逛不了,那里肯在家一日。”宝玉道:“姐姐可大安了?”薛姨妈道:“可是呢!你前儿又想着打发人来瞧他。他在里间不是!你去瞧他!里间比这里暖和。那里坐着,我收拾收拾就进去,和你说话儿。”

宝玉听说,忙下了炕,来至里间门前,只见吊着半旧的红绸软帘。宝玉掀帘,一迈步进去,先就看见薛宝钗坐在炕上做针线。头上挽着漆黑油光的鬟儿,蜜合色绵袄,玫瑰紫二色金银鼠比肩褂,葱黄绫绵裙,一色半新不旧,看来不觉奢华。唇不点而红,眉不画而翠,脸若银盆,眼如水杏。罕言寡语,人谓藏愚;安分随时,自云守拙。

宝玉一面看,一面口内问:“姐姐可大愈了?”宝钗抬头,只见宝玉进来,连忙起来,含笑答说:“已经大好了。到多谢记挂着。”说着,让他在炕沿上坐了,即命莺儿斟茶来。一面又问老太太、姨妈安!别的姊妹们都好!一面看宝玉,头上带着累丝嵌宝紫金冠,额上勒着二龙抢珠金抹额,身上穿着秋香色立蟒白狐腋箭袖,系着五色蝴蝶銮绦,项上挂着长命锁、记名符,另外有那一块落草时衔下来的宝玉。

宝钗因笑说道:“成日家说你的这玉,究竟未曾细细的赏鉴。我今儿到要瞧瞧。”说着,便挪近前来。宝玉亦凑了上去,从项上摘了下来,递与宝钗手内。宝钗托于掌上,只见大如雀卵,灿若明霞,莹润如酥,五色花纹缠护。这就是大荒山中青埂峰下的那块顽石的幻相。后人曾有诗嘲云:

女娲炼石已荒唐，又向荒唐演大荒。失去幽灵真境界，幻来亲就臭皮囊。好知运败金无彩，堪叹时乖玉不光。白骨如山忘姓氏，无非公子与红妆。

那顽石亦曾记下他这幻相，并癞僧所镌的篆文。今亦按图画于后，但其真体最小，方能从胎中小儿口中衔下。今若按其体画，恐字迹过于微细，使观者大废眼光，亦非畅事。故今按其形式，无非略展放些规矩，使观者便于灯下、醉中可阅。今注明此故，方无"胎中之儿，口有多大？怎得衔此狼犺蠢大之物"等语之谤。

通灵宝玉正面图式　　通灵宝玉反面图式

音注云：莫失莫忘　仙寿恒昌　　音注云：一除邪祟　二疗冤疾　三知祸福

宝钗看毕，又从翻过正面来细看，口内念道："莫失莫忘，仙寿恒昌。"念了两遍，乃回头向莺儿笑道："你不去倒茶，也在这里发呆作什么？"莺儿嘻嘻笑道："我听这两句话，到像和姑娘的项圈上的两句话是一对儿。"宝玉听了，忙笑说道："原来姐姐那项圈上也有八个字？我也赏鉴赏鉴。"宝钗道："你别听他的话，没有什么字。"宝玉笑央："好姐姐，你怎么瞧我的呢？"宝钗被他缠不过，因说道："是个人给了两句吉利话儿，所以錾上了，叫天天带着；不然沉甸甸的，有什么趣儿。"一面说，一面解排扣，从里面大红袄上，将那珠宝晶莹、黄金灿烂的璎珞掏将出来。宝玉忙托了锁，看时，果然一面有四个篆字，两面八个，共成两句吉谶。亦曾按式画下形相。

璎珞正面式　　璎珞反面式

音注云:不离不弃　　音注云:芳龄永继

宝玉看了也念两遍,又念自己的两遍,因笑问:“姐姐这八个字到真与我的是一对。”莺儿笑道:“是个癞头和尚送的。他说必须錾在金器上。”宝钗不待说完,便嗔他不去倒茶,一面又问宝玉:“从那里来?”宝玉与宝钗相近,只闻一阵阵凉森森、甜丝丝的幽香,竟不知系何香气。遂问:“姐姐熏的是什么香? 我竟从未闻见过这味儿。”宝钗笑道:“我最怕熏香。好好的衣服,熏的烟燎火气的。”宝玉道:“既如此,这是什么香?”宝钗想了一想,笑道:“是了。是我早起吃了丸药的香气。”宝玉笑道:“什么丸药这么好闻? 好姐姐,给我一丸尝尝。”宝钗笑道:“又混闹了,一个药也是混吃的。”

一语未了,忽听外面人说:“林姑娘来了!”话犹未了,林黛玉已摇摇的走了进来。一见了宝玉,便笑道:“嗳哟! 我来的不巧了。”宝玉等忙起身,笑让坐。宝钗因笑道:“这话怎么说?”黛玉笑道:“早知他来,我就不来了。”宝钗道:“我更不解这意。”黛玉笑道:“要来时,一群都来;要不来,一个也不来。今儿他来了,明儿我再来,如此间错开了来着,岂不天天有人来了。也不至于太冷落,也不至于太热闹了。姐姐如何反不解这意思?”宝玉因见他外面罩着大红羽缎对衿褂子,因问:“下雪了么?”地下婆娘们道:“下了这半日雪珠儿了。”宝玉道:“取了我的斗篷来了不曾?”黛玉便道:“是不是? 我来了,你就该去了。”宝玉笑道:“我多早晚说要去了? 不过是拿来预备着。”宝玉的奶母李嬷嬷因说道:“天又下雪,也好早晚的了,就在这里同姐姐、妹妹一处顽顽罢。姨妈那里摆茶果子呢。我叫丫头去取了斗篷来,说给小么儿们散了罢。”宝玉应允。李嬷出去,命小厮们都各散去,不提。

这里薛姨妈已摆了几样细巧茶果,留他们吃茶。宝玉因夸前日在那府里珍大嫂子的好鹅掌鸭信。薛姨妈听了,忙也把自己糟的取了些来与他尝。宝玉笑道:“这个须得就酒才好。”薛姨妈便命人去灌了些上等的酒来。李嬷嬷便上来道:“姨太太,酒到罢了!”宝玉笑央道:“好妈妈,我只吃一钟!”李嬷嬷道:“不中用!当着老太太、太太,那怕你吃一坛呢。想那日,我眼错不见一会,不知是那一个没调教的,只图讨你的好儿,不管别人死活,给了你一口酒吃,葬送的我挨了两日骂。姨太太不知道他性子,又可恶;吃了酒,更弄性。有一日老太太高兴了,又尽着他吃;什么日子又不许他吃。何苦我白赔在里面。”薛姨妈笑道:“老货!你只放心吃你的去,我也不许他吃多了;便是老太太问,有我呢。”一面命小丫嬛来,“让你奶奶们去,也吃杯搪搪雪气!”那李嬷嬷听如此说,只得和众人且去吃些酒水。

这里宝玉又说:“不必烫热了,我只要爱吃冷的。”薛姨妈忙道:“这可使不得。吃了冷酒,写字手打飐儿。”宝钗笑道:“宝兄弟,亏你每日家杂学傍收的,难道就不知道酒性最热?若热吃下去,发散的就快;若冷吃下去,便凝结在内。以五脏去暖他,岂不受害?从此还不快不要吃那冷的呢!”宝玉听这话有情理,便放下冷的,命人暖来方饮。黛玉磕着瓜子儿,只抿着嘴笑。可巧黛玉的小丫嬛雪雁走来,与黛玉送小手炉来。黛玉因含笑问他说:“谁叫你送来的?难为他费心!那里就冷死了我。”雪雁道:“紫鹃姐姐。怕姑娘冷,使我送来的。”黛玉一面接了,抱在怀中,笑道:“也亏你到听他的话,我平日和你说的全当耳傍风。怎么他说了,你就依?比圣旨还快呢!”宝玉听这话,知黛玉借此奚落他,也无回覆之词,只嘻嘻的笑了两阵罢了;宝钗素知黛玉是如此惯了的,也不去采他。薛姨妈因道:“你素日身子弱,禁不得冷的,他们记挂着你到不好?”黛玉笑道:“姨妈不知道,幸亏是姨妈这里,倘或在别人家,人家岂不恼?好说就看的人家连个手炉也没有,巴巴的从家里送个来?不说丫头们太小心过馀,还只当我素日是这等轻狂惯了呢。”薛姨妈道:“你是个多心的,有这样想。我就没这样之心。”

说话时,宝玉已是三杯过去了。李嬷嬷又上来拦阻。宝玉正在心甜意洽之时,和宝、黛姊妹说说笑笑的,那肯不吃?宝玉只得屈意央告:“好妈妈,我再吃两钟就不吃了。”李嬷嬷道:“你可仔细老爷今儿在家,提防问你的书!”宝玉听了此话,便心中大不自在,慢慢的放下酒,垂了头。黛玉先忙的说:“别扫大家的兴,舅舅若叫你,只说姨妈留着呢。这个妈妈他吃了酒,又拿我们来醒脾了。”一面悄推宝玉,使他赌气;一面悄悄的咕哝说:“别理那老货,咱们只管乐咱们的。”那李嬷也素知黛玉的,因说道:“林姐儿,你不要助着他了。你到劝劝他,只怕他还听些。”林黛玉冷笑道:“我为什么助着他?我也犯不着劝他。你这个妈妈太小心了,往常老太太又给他酒吃;如今在姨妈这里多吃一杯,料也不妨事。必定姨妈这里是外人,不当在这里的,也未可知!”李嬷嬷听了,又是急,又是笑,说道:“真真这林姑娘说出一句话来,比刀子还尖。这算了什么呢?”宝钗也忍不住,笑着把黛玉腮上一拧,说道:“真真这个颦丫头的一张嘴,叫人恨又不是,喜欢又不是。”薛姨妈一面又说:“别怕,别怕,我的儿!来了这里,没好的你吃,别把这点子东西吓的存在心里,到叫我不安。只管放心吃,都有我呢。越发吃了晚饭去,便醉了,便跟着我睡罢。”因命:“再热酒来,姨妈陪你吃两杯,可就吃饭罢。”宝玉听了,方又鼓起兴来。

李嬷嬷因分付小丫头子们:“你们在这里小心着,我家去换了衣服就来。悄悄的回姨太太:别任他的性,多给他吃。”说着,便家去了。这里虽还有三四个婆子,都是不关痛痒的,见李嬷嬷走了,也都悄悄的自寻方便去了;只剩了两个小丫头子,乐得讨宝玉的欢喜。幸而薛姨妈千哄万哄的,只容他吃了两杯,就忙收过了,做了酸笋鸡皮汤。宝玉痛喝了两碗,吃了半碗碧粳粥。一时,薛、林二人也吃完了饭。又酽酽的滗上茶来,每人吃了两碗。薛姨妈方放下心。雪雁等三四个丫头已吃了饭来伺候,黛玉因问宝玉道:“你走不走?”宝玉乜斜倦眼道:“你要走,我和你一同走。”黛玉听说,遂起身道:“咱们来了这一日,也该回去了。还不知那边怎么找咱们呢!”说着,二人便告辞。小丫头忙捧过斗笠来,宝玉便把头略低一低,命他带上。那丫头便将这大红猩毡斗笠一抖,才往宝玉头上一合。宝玉便说:“罢,罢,好蠢东西!你也轻些儿!难道没见过别人带过的?让我自己带罢。”黛玉站在炕沿上,道:“啰唆什么?过来我瞧瞧罢。”宝玉忙就近前来,黛玉用手整理,轻轻笼住束发冠,将笠沿拽在抹额之上,将那一颗核桃大的绛绒簪缨扶起,颤巍巍露于笠外。整理已毕,端相了端相,说道:“好了,披上斗篷罢!”宝玉听了,方接了斗篷披上。薛姨妈忙道:“跟你们的妈妈都还没来呢！且略等等不是?”宝玉道:“我们到去等他们？有丫头们跟着也勾了。”薛姨妈不放心,便命两个妇女跟随他兄妹方罢。他二人道了扰,一径回至贾母房中。

贾母尚未用晚饭。知是薛姨妈处来,更加欢喜。因见宝玉吃了酒,遂命他自回房去歇着,不许再出来了。因命人好生看侍着,忽想起跟宝玉的人来,遂问众人:“李奶子怎么不见?”众人不敢直说家去了,只说:“才进来的,想有事才去了。”宝玉踉跄回头道:“他比老太太还受用呢！问他作什么？没有他,只怕我还多活两日!”一面说,一面来至自己卧室。只见笔墨在案,晴雯先接出来,笑说道:“好,好,要我研了那些墨！早起高兴只写了三个字,丢下笔就走了。哄的我们等了一日。快来！给我写完这些墨才罢!”宝玉忽然想起早起的事来,因笑道:“我写的那三个字在那里呢?”晴雯笑道:“这个人可醉了！你头过那府里去,嘱咐我贴在这门斗上的。这会子又这么问！我生怕别人贴坏了,我亲自爬高上梯的贴上,这会子还冻的手僵冷的呢。”宝玉听了,笑道:“我忘了。你的手冷,我替你渥着。”说着,便伸手携了晴雯的手,同仰首看门斗上新书的三个字。

一时,黛玉来了。宝玉便笑道:“好妹妹,你别撒谎。你看这三个字,那一个字好?”黛玉仰头看里间门斗上新贴了三个字,写“绛芸轩”。黛玉笑道:“个个都好！怎么写的这么好了？明儿也替我写一个匾。”宝玉嘻嘻的笑道:“又哄我呢。”说着,又问:“袭人姐姐呢?”晴雯向里间炕上掀嘴。宝玉一看,只见袭人合衣睡着在那里。宝玉笑道:“好,太渥早了些。”因又问晴雯道:“今儿我那府里吃早饭,有一碟子豆腐皮的包子,我想着你爱吃,和珍大奶奶说了,只说我留着晚上吃。叫人送过来的,你可吃了?”晴雯道:“快别提！一送了来,我知道是我的,偏我才吃了饭,就搁在那里。后来李奶奶来了,看见说:‘宝玉未必吃了,拿来给我孙子吃去罢!’他就叫人拿了家去了。”接着,茜雪捧上茶来。宝玉让:“林妹妹吃茶。”众人笑说:“林妹妹早走了。还让呢。”

宝玉吃了半碗茶,忽又想起早起茶来。因问茜雪道:“早起潗了一碗枫露茶,我说过,那茶是三四次后才出色的。这会子怎么又滗了这个来?”茜雪道:“我原是留着的。那会子李奶奶来了,他要尝尝,就给他吃了。”宝玉听了,将手中的茶杯只顺手往地下一掷,豁琅一声,打个齑粉,泼了茜雪一裙子的茶;又跳起来,问着茜雪道:“他是你那一门子的奶奶?你们这么孝敬他?不过是仗着我小时候吃过他几日奶罢了!如今逞的他比祖宗还大了。如今我又吃不着奶了,白白的养着祖宗作什么!撵了出去!大家干净!”说着,立刻便要去回贾母,撵他乳母。

原来袭人实未睡着,不过故意妆睡,引宝玉来怄他顽耍。先闻得说字、问包子等事,也还可不必起来;后来摔了茶钟,动了气,遂连忙起来,解释、劝阻。早有贾母遣人来问“是怎么了”?袭人忙道:“我才到茶来被雪滑倒了,失了手砸了钟子。”一面又安慰宝玉道:“你立意要撵他,也好,我们也都愿意出去。不如趁势连我们一齐撵了。我们也好,你也不愁再有好的来伏侍你。”宝玉听了这话,方无了言语,被袭人等扶至炕上,脱换了衣服,不知宝玉口内还说些什么,只觉口齿绵缠,眼眉愈加饧涩,忙伏侍他睡下。袭人伸手从他项上摘下那通灵玉来,用自己的手帕包好,塞在褥下,次日带时便冰不着脖子。那宝玉就枕就睡着了。彼时,李嬷嬷等已进来了,听见醉了,不敢前来再加触犯,只悄悄的打听睡了,方放心散去。

次日醒来,就有人回:“那边小蓉大爷带了秦相公来拜。”宝玉忙接了出来,领了拜见贾母。贾母见秦钟形容标致,举止温柔,堪陪宝玉读书,心中十分欢喜,便留茶留饭,又命人带去见王夫人等。众人因素爱秦氏,今见了秦钟是这般的人品,也都欢喜。临去时,都有表礼。贾母又与了一个荷包,并一个金魁星——取文星和合之意。又嘱咐他道:“你家住的远,一时寒热、饥饱不便,只管住在我这里,不必限定了。只和你宝叔在一处,别跟着那起不长进的东西学。”秦钟一一答应,回去禀知他父亲秦业。

这秦业现任营缮郎,年近七十,夫人早亡。因当年无儿女,便向养生堂抱了一个儿子,并一个女儿。谁知儿子又死了,只剩女儿,小名唤可儿。长大时,生得形容袅娜,性格风流。因素与贾家有些瓜葛,故结了亲,许与贾蓉为妻。那秦业五旬之上方得了秦钟。因去岁业师亡故,未暇延请高明之士,只暂在家温习旧课。正思要和亲家去商议,送往他家塾中去,暂且不致荒废,可巧遇见了宝玉这个机会。又知贾家塾中现今司塾的是贾代儒,乃当今之老儒,秦钟此去,学业料必进益,成名可望。因此十分欢喜。只是宦囊羞涩,那贾府上上下下都是一双富贵眼睛,容易拿不出来;又恐误了儿子的终身大事,说不得东并西凑的,恭恭敬敬封了二十四两贽见礼。亲自带了秦钟来代儒家拜见了,然后听宝玉上学之日,好一同入塾。正是:

早知日后闲争气,岂肯今朝错读书。

第九回　恋风流情友入家塾　起嫌疑顽童闹学堂

话说秦业父子专候贾家的人来送上学择日之信。原来宝玉急于要和秦钟相遇，却顾不得别的，遂择了后日一定上学。“后日一早请秦相公到我这里会齐了，一同前去。”打发了人送了信。

至是日一早，宝玉起来时，袭人早已把书笔文物包好，收什的停停妥妥，坐在床沿上发闷。见宝玉醒来，只得伏侍他梳洗。宝玉见他闷闷的，因笑问道：“好姐姐，你怎么又不自在了？难道怪我上学去，丢的你们冷清了不成？”袭人笑道：“这是那里话！读书是极好的事。不然，就潦到一辈子，终久怎么样呢？但只一件：只是念书的时节想着书，不念的时节想着家些。别和他们一处顽闹，碰见老爷不是顽的。虽说是奋志要强，那工课宁可少些，一则贪多嚼不烂，二则身子也要保重。这就是我的意思，你可要体量。”袭人说一句，宝玉应一句。袭人又道：“大毛衣服我也包好了，交出给小子们去了。学里冷，好歹想着添换，比不得家里有人照顾。脚炉手炉的炭也交出去了，你可着他们添。那一起懒贼，你不说，他们乐得不动，白冻坏了你。”宝玉道：“你放心！出外头我自己都会调停的。你们也别闷死在这屋里，常和林妹妹一处去顽笑着才好。”说着，俱已穿戴齐备，袭人催他去见贾母、贾政、王夫人等。宝玉又去嘱咐了晴雯、麝月等几句，方出来见贾母。贾母也未免有几句嘱咐的话。然后去见王夫人，又出来书房中见贾政。

偏生这日贾政回家早些，正在书房中与相公清客们闲谈。忽见宝玉进来请安，回说上学里去。贾政冷笑道：“你如果再提‘上学’两个字，连我也羞死了。依我的话，你竟顽你的去是正理。仔细站赃了我的地，靠赃了我的门！”众清客相公们都早起身笑道：“老世翁何必又如此？今日世兄一去，三二年就可显身成名的了，断不似往年仍作小儿之态了。天也将饭时了，世兄竟快请罢。”说着，便有两个年老的携了宝玉出去。

贾政因问:“跟宝玉的是谁?”只听外面答应了两声,早进来三四个大汉,打千儿请安。贾政看时,认得是宝玉的奶母之子,名唤李贵。因向他道:“你们成日家跟他上学,他到底念了些什么书!到念了些流言混语在肚子里,学了些精致的淘气。等我闲一闲,先揭了你的皮,再和那不长进的算账!”吓的李贵忙双膝跪下,摘了帽子,磞头有声,连连答应“是”。又回说:“哥儿已念到第三本《诗经》,什么‘呦呦鹿鸣,荷叶浮萍’,小的不敢撒谎。”说的满座哄然大笑起来,贾政也撑不住笑了。因说道:“那怕再念三十本《诗经》,也都是掩耳偷铃,哄人而已。你去请学里太爷的安,就说我说了:什么《诗经》古文,一概不用虚应故事,只是先把《四书》一气讲明背熟,是最要紧的。”李贵忙答应“是”,见贾政无话,方退出去。

此时宝玉独站在院外,屏声静候,待他们出来,便忙忙的走了。李贵等一面掸衣服,一面说道:“哥儿听见了没有?先要揭我们的皮呢!人家的奴才跟主子赚些好体面。我们这等奴才,白陪着挨打受骂的。从此后也可怜见些才好。”宝玉笑道:“好哥哥,你别委曲,我明儿请你。”李贵道:“小祖宗,谁敢望你请!只求听一句半句话就有了。”说着,又至贾母这边。秦钟已早来候着了,贾母正和他说话儿呢。于是二人见过,辞了贾母。宝玉忽想起未辞黛玉,因又忙至黛玉房中来作辞。彼时黛玉才在窗下对镜理妆,听宝玉说上学去,因笑道:“好!这一去可定是要‘蟾宫折桂’去了。我不能送你了。”宝玉道:“好妹妹,等我下了学再吃饭。和胭脂膏子也等我来再制。”唠叨了半日,方撤身去了。黛玉忙又叫住,问道:“你怎么不去辞辞你宝姐姐呢!”宝玉笑而不答,一径同秦钟上学去了。

原来这贾家之义学,离此也不甚远,不过一里之遥。原系始祖所立,恐族中子弟有贫穷不能请师者,即入此中肄业。凡族中有官爵之人,皆供给银两,按俸之多寡帮助,为学中之费。特共举年高有德之人为塾掌,专为训课子弟。如今宝、秦二人来了,一一的都互相拜见过,读起书来。自此以后,他二人同来同往,同坐同起,愈加亲密。又兼贾母爱惜,也时常的留下秦钟住上三天五日,与自己的重孙一般疼爱。因见秦钟不甚宽裕,更又助他些衣履等物。不上一月的工夫,秦钟在荣府便熟了。宝玉终是不安本分之人,竟一味的随心所欲,因此又发了癖性,又特向秦钟悄说道:“咱们两个人一样的年纪,况又是同窗,以后不必论叔侄,只论弟兄朋友就是了。”先是秦钟不肯,当不得宝玉不依,只叫他“兄弟”,或叫他的表字“鲸卿”,秦钟也只得混着乱叫起来。

原来这学中虽都是本族人丁与些亲戚的子弟,俗语说的好:“一龙生九种,种种各别。”未免人多了,就有龙蛇混杂、下流人物在内。自宝、秦二人来了,都生的花朵儿一般的模样,又见秦钟腼腆温柔,未语面先红,怯怯羞羞,有女儿之风;宝玉又是天生成惯能作小服低,赔身下气,情性体贴,话语绵缠,因此二人更加亲厚,也怨不得那起同窗人起了疑,背地里你言我语,诟谇淫议,布满书房内外。

原来薛蟠自来王夫人处住后,便知有一家学,学中广有青年子弟,不免偶动了龙阳之兴,因此也假来上学读书,不过是三日打鱼,两日晒网,白送些束脩礼物与贾代儒,却不曾有一些儿进益,只图结交些契弟。谁想这学内就有好几个小学生,图了薛蟠的银钱吃穿,被他哄上手的,也不消多记。更又有两个多情的小学生,亦不知是那一房的亲眷,亦未考其名姓,只因生得妩媚风流,满学中都送了他两个外号,一号“香怜”,一号“玉爱”。虽都有窃慕之意,将不利于孺子之心,只是都惧薛蟠的威势,不敢来沾惹。如今宝、秦二人一来,见了他两个,也不免缱绻羡慕,亦因知系薛蟠相知,故未敢轻举妄动。香、玉二人心中也一般的留情与宝、秦。因此,四人心中虽有情意,只未发迹。每日一入学中,四处各坐,却八目勾留,或设言托意,或咏桑寓柳,遥以心照,却外面自为避人眼目。不意偏又有几个滑贼看出形景来,都背后挤眉弄眼,或咳嗽扬声,这也非止一日。

可巧这日代儒有事,早已回家去了。又留下一句七言对联,命学生对了,明日再来上书;将学中之事,又命贾瑞暂且管理。妙在薛蟠如今不大来学中应卯了,因此秦钟趁此和香怜挤眉弄眼,递暗号儿,二人假妆出小恭,走至后院说梯己话。秦钟先问他:“家里的大人可管你交朋友不管?”一语未了,只听背后咳嗽了一声,二人唬的忙回头看时,原来是窗友名金荣者。香怜有些性急,羞怒相激,问他道:“你咳嗽什么?难道不许我两个说话不成?”金荣笑道:“许你们说话,难道不许我咳嗽不成?我只问你们:有话不明说,许你们这样鬼鬼祟祟的干什么故事?我可也拿住了,还赖什么!先得让我抽个头儿,咱们一声儿不言语;不然,大家就奋起来。”秦、香二人急的飞红的脸,便问道:“你拿住什么了?”金荣笑道:“我现拿住了是真的。”说着,又拍着手笑嚷道:“贴的好烧饼!你们都不买一个吃去?”秦钟、香怜二人又气又急,忙进去向贾瑞前告金荣,说金荣无故欺负他两个。

原来这贾瑞最是个图便宜、没行止的人,每在学中以公报私,勒索子弟们请他;后又附助着薛蟠,图些银钱酒肉,一任薛蟠横行霸道,他不但不去管约,反助纣为虐讨好儿。偏那薛蟠本是浮萍心性,今日爱东,明日爱西。近来又有了新朋友,把香、玉二人又丢开一边。就连金荣亦是当日的好朋友,自有了香、玉二人,便弃了金荣。近日连香、玉亦已见弃。故贾瑞也无了提携帮衬之人,不说薛蟠得新弃旧,只怨香、玉二人不在薛蟠前提携帮补他。因此,贾瑞、金荣等一干人也正在醋妒他两个。今见秦、香二人来告金荣,贾瑞心中便更不自在起来,虽不好呵叱秦钟,却拿着香怜作法,反说他多事,着实抢白了几句。香怜反讨了没趣,连秦钟也讪讪的,各归坐位去了。金荣越发得了意,摇头咂嘴的,口内还说许多闲话。玉爱偏又听了不忿,两个人隔座咕咕唧唧的角起口来。金荣只一口咬定,说:“方才明明的撞见他两个在后院子里,亲嘴摸屁股。两个商议定了,一对一肏,撅草棍儿抽长短,谁长谁先干。”金荣只顾得意乱说,却不防还有别人。谁知早又触怒了一个。

你道这个是谁?原来这一个名唤贾蔷,亦系宁府中之正派玄孙,父母早亡,从小儿跟着贾珍过活。如今长了十六岁,比贾蓉生的还风流俊俏。他弟兄二人最相亲厚,常相共处。宁府人多口杂,那些不得志的奴仆们,专能造言诽谤主人,因此不知又有什么小人诟谇谣诼之词。贾珍想亦风闻得些口声不大好,自己也要避些嫌疑,如今竟分与房舍,命贾蔷搬出宁府,自去立门户过活去了。这贾蔷外相既美,内性又聪明，虽然应名来上学，亦不过虚掩眼目而已。仍是斗鸡走狗，赏花顽柳。总恃着上有贾珍溺爱，下有贾蓉匡助，因此族人谁敢来触逆于他。他既和贾蓉最好，今见有人欺负秦钟，如何肯依？如今自己要挺身出来报不平，心中且忖度一番，想道："金荣、贾瑞一干人都是薛大叔的相知，向日我又与薛大叔相好，倘或我一出头，他们告诉了老薛，我们岂不伤和气？待要不管，如此谣言，说的大家没趣。如今何不用计制伏，又止息口声，又伤不了脸面。"想毕，也妆作出小恭，走至外面，悄悄的把跟宝玉的书童名唤茗烟者唤到身边，如此这般，调拨他几句。

这茗烟乃是宝玉第一个得用的，且又年轻不谙世事，如今听贾蔷说金荣如此欺负秦钟，连他爷宝玉都干连在内，不给他个利害，下次越发狂纵难制了。这茗烟无故就要欺压人的，如今得了这个信，又有贾蔷助着，便一头进来找金荣。也不叫金相公了，只说："姓金的，你是什么东西！"贾蔷遂跺一跺靴子，故意整整衣服，看看日影儿说："是时候了。"遂先向贾瑞说有事要早走一步。贾瑞不敢强他，只得随他去了。这里茗烟先一把揪住金荣，问道："我们肏屁股不肏屁股管你𣰥毸相干？横竖没肏你爹去就罢了！你是好小子，出来动一动你茗大爷！"唬的满屋中子弟都怔怔的痴望。贾瑞忙吆喝："茗烟不得撒野！"金荣气黄了脸，说："反了！奴才小子都敢如此，我只和你主子说。"便夺手要去抓打宝玉、秦钟二人去。尚未去时，从脑后飕的一声，早见一方砚瓦飞来，并不知系何人打来的，幸未打着，却又打了傍人的座上，这座上乃是贾兰、贾菌。

这贾菌亦系荣国府近派的重孙，其母亦少寡，独守着贾菌。这贾菌与贾兰最好，所以二人同桌而坐。谁知贾菌年纪虽小，志气最大，极是淘气不怕人的。他在座上冷眼看见金荣的朋友暗助金荣，飞砚来打茗烟，偏没打着茗烟，便落在他桌上，正打在面前，将一个磁砚水壶打了个粉碎，溅了一书黑水。贾菌如何依得，便骂："好囚攮的们，这不都动了手了么！"骂着也便抓起砚砖来，要打回去。贾兰是个省事的，忙按住砚，极口劝道："好兄弟，不与咱们相干！"贾菌如何忍得住，便两手抱起书匣子来，照那边抡了去。终是身小力薄，却抡不到那里，刚到宝玉秦钟桌案上，就落了下来，只听“哗啷啷”一声，砸在桌上，书本纸片等至于笔砚之物撒了一桌，又把宝玉的一碗茶也砸得碗碎茶流。

贾菌便跳出来，要揪打那一个飞砚的。金荣此时随手抓了一根毛竹大板在手，地狭人多，那里经得舞动长板。茗烟早吃了一下，乱嚷：“你们还不来动手！”宝玉还有三个小厮：一名锄药，一名扫红，一名墨雨。这三个岂有不淘气的？一齐乱嚷：“小妇养的！动了兵器了！”墨雨遂掇起一根门闩，扫红、锄药手中都是马鞭子，蜂拥而上。

贾瑞急的拦一回这个，劝一回那个，谁听他的话，肆行大闹。众顽童也有趁势帮着打太平拳助乐的，也有胆小藏在一边的，也有直立在桌上拍着手儿乱笑，喝着声儿叫打的。登时间鼎沸起来。

外边李贵等几个大仆人听见里边作起反来，忙都进来一齐喝住。问是何原故。众声不一，这一个如此说，那一个又如彼说。李贵且喝骂了茗烟四个一顿，撵了出去。秦钟的头早撞在金荣的板上，打起一层油皮，宝玉正拿褂襟子替他揉呢，见喝住了众人，便命：“李贵，收书！拉马来，我去回太爷去！我们被人欺负了，不敢说别的，守礼来告诉瑞大爷，大爷反倒派我们的不是，听着人家骂我们，还调唆他们打我们茗烟，连秦钟的头也打破，这还在这里念什么书！茗烟他也是为有人欺负我的，不如散了罢！”李贵劝道：“哥儿不要性急！太爷既有事回家去了，这会子为这点子事去聒噪他老人家，倒显的咱们没理。依我的主意，那里的事情那里了结好，何必去惊动他老人家。这都是瑞大爷的不是，太爷不在这里，你老人家就是这学里的头脑了，众人看着你行事。众人有了不是，该打的打，该罚的罚，如何等闹到这步田地还不管！”贾瑞道：“我吆喝着都不听。”李贵笑道：“不怕你老人家恼我，素日你老人家到底有些不正经，所以这些兄弟才不听。就闹到太爷跟前去，连你老人家也是脱不过的。还不快作主意撕罗开了罢。”宝玉道：“撕罗什么？我必是回去的！”秦钟哭道：“有金荣，我是不在这里念书的。”宝玉道：“这是为什么？难道有人家来的，咱们到来不得？我必回明白众人，撵了金荣去。”又问李贵：“金荣是那一房的亲戚？”李贵想了一想道：“也不用问了。若问起那一房的亲戚,更伤了兄弟们的和气。”

茗烟在窗外道:“他是东胡同子里璜大奶奶的侄儿。那是什么硬正仗腰子的,也来唬我们。璜大奶奶是他姑娘。你那姑妈只会打旋磨子,给我们琏二奶奶跪着借当头。我眼里就看不起他那样的主子奶奶!”李贵忙断喝不止,说:“偏你这小肏的知道有这些蛆嚼!”宝玉冷笑道:“我只当是谁的亲戚,原来是璜嫂子的侄儿,我就去问问他来!”说着便要走,叫茗烟进来包书。茗烟包着书,又得意道:“爷也不用自己去见,等我到他家,就说老太太有说的话问他呢,雇上一辆车拉进去,当着老太太问他,岂不省事?”李贵忙喝道:“你要死!仔细回去我好不好先捶了你!然后再回老爷太太,就说宝玉全是你调唆的。我这里好容易劝哄好了一半了,你又来生个新法子。你闹了学堂,不说变法儿压息了才是,到要往大里闹。”茗烟方不敢作声儿了。

此时贾瑞也怕闹大了,自己也不干净,只得委曲着来央告秦钟,又央告宝玉。先是他二人不肯,后来宝玉说:“不回去也罢了。只叫金荣赔不是便罢!”金荣先是不肯,后来禁不得贾瑞也来逼他去赔不是,李贵等只得好劝金荣说:“原是你起的端,你不这样,怎得了局?”金荣强不得,只得与秦钟作了揖。宝玉还不依,偏定要磕头。贾瑞只要暂息此事,又悄悄的劝金荣说:“俗语说的好,‘杀人不过头点地’,你既惹出事来,少不得下点气儿,磕个头就完事了。”金荣无奈,只得进前来与秦钟磕头。且听下回分解。

第十回　金寡妇贪利权受辱　张太医论病细穷源

话说金荣因人多势众,又兼贾瑞勒令,陪了不是,给秦钟磕了头,宝玉方才不吵闹了。大家散了学。金荣回到家中,越想越气,说:"秦钟不过是贾蓉的小舅子,又不是贾家的子孙,附学读书,也不过和我一样。他因仗着宝玉和他好,他就目中无人。他既是这样,就该行些正经事,人也没的说。他素日又和宝玉鬼鬼祟祟的,只当人都是瞎子,看不见。今日他又去勾搭人,偏偏的撞在我眼睛里,就是闹出事来,我还怕什么不成?"

他母亲胡氏听见他咕咕嘟嘟的说,因问道:"你又要做什么闹事?好容易我望你姑妈说了,你姑妈千方百计的才向他们西府里的琏二奶奶跟前说了,你才得了这个念书的地方。若不是仗着人家,咱们家里还有力量请的起先生?况且人家学里,茶也是现成的,饭也是现成的,你这二年在那里念书,家里也省好大的嚼用呢。省出来的,你又爱穿件鲜明衣服。再者,不是因你在那里念书,你就认得什么薛大爷了?那薛大爷,一年不给不给,这二年也帮了咱们有七八十两银子。你如今要闹出了这个学房,再要找这么个地方,我告诉你说罢,比登天的还难呢!你给我老老实实的顽一会子,睡你的觉去,好多着呢!"于是金荣忍气吞声,不多一时,他自去睡了。次日仍旧上学去了,不在话下。

且说他姑娘,原聘给的是贾家玉字辈的嫡派,名唤贾璜。但其族人那里皆能像宁荣二府的富势,原不用细说。这贾璜夫妻守着些小的产业,又时常到宁荣二府里去请请安,又会奉承凤姐儿并尤氏。所以凤姐儿尤氏也时常资助资助他,方能如此度日。

今日正遇天气晴明,又值家中无事,遂带了一个婆子,坐上车,来家里走走,瞧瞧寡嫂并侄儿。闲话之间,金荣的母亲偏提起昨日贾家学房里的那事,从头至尾,一五一十都向他小姑子说了。这璜大奶奶不听则已,听了,一时怒从心上起,说道:“这秦钟小崽子是贾门的亲戚,难道荣儿不是贾门的亲戚？人都别特势利了,况且都作的是什么有脸的好事！就是宝玉,也犯不上向着他到这个样。等我去到东府瞧瞧我们珍大奶奶,再向秦钟他姐姐说说,叫他评评这个理。”这金荣的母亲听了这话,急的了不得,忙说道:“这都是我的嘴快,告诉了姑奶奶了。求姑奶奶别去,别管他们谁是谁非。倘或闹起来,怎么在那里站得住。若是站不住,家里不但不能请先生,反到在他身上添出许多嚼用来呢。”璜大奶奶听了,说道:“那里管得许多,你等我说了,看是怎么样!”也不容他嫂子劝,一面叫老婆子瞧了车,就坐上往宁府里来。

到了宁府,进了车门,到了东边小角门前下了车,进去见了贾珍之妻尤氏。也未敢气高,殷殷勤勤叙过寒温,说了些闲话,方问道:“今日怎么没见蓉大奶奶?”尤氏说道:“他这些日子不知是怎么着,经期有两个多月没来。叫大夫瞧了,又说并不是喜。那两日,到了下半天就懒待动,话也懒待说,眼神也发眩。我说他:‘你且不必拘礼,早晚不必照例上来,你就好生养养罢。就是有亲戚一家儿来,有我呢。就有长辈们怪你,等我替你告诉。’连蓉哥我都嘱咐了,我说:‘你不许勒措他,不许招他生气,叫他静静的养养就好了。他要想什么吃,只管到我这里取来;倘或我这里没有,只管望你琏二婶子那里要去。倘或他有个好和歹,你再要娶这么一个媳妇,这么个模样儿,这么个性情的人儿,打着灯笼也没地方找去。’他这为人行事,那个亲戚,那个一家的长辈不喜欢他？所以我这两日好不烦心,焦的我了不得。偏偏今日早晨他兄弟来瞧他,谁知那小孩子家不知好歹,看见他姐姐身上不大爽快,就有事也不当告诉他,别说是这么一点子小事,就是你受了一万分的委曲,也不该向他说才是。谁知他们昨儿学房里打架,不知是那里附学来的一个人欺负了他了。里头还有些不干不净的话,都告诉了他姐姐。婶子,你是知道那媳妇的:虽则见了人有说有笑,会行事儿;他可心细,心又重,不拘听见个什么话儿,都要度量个三日五夜才罢。这病就是打这个秉性上头思虑出来的。今儿听见有人欺负了他兄弟,又是恼,又是气。恼的是那群混账狐朋狗友的扯是搬非、调三惑四的那些人；气的是他兄弟不学好，不上心念书，以致如此学里吵闹。他听了这事，今日索性连早饭也没吃。我听见了，我方到他那边安慰了他一会子，又劝解了他兄弟一会子。我叫他兄弟到那边府里找宝玉去了，我才看着他吃了半盏燕窝汤，我才过来了。婶子，你说我心焦不心焦？况且，如今又没个好大夫。我想到他这病上，我心里到像针扎了似的。你们知道有什么好大夫没有？"

金氏听了这半日话，把方才在他嫂子家的那一团要向秦氏理论的盛气，早吓的都丢在瓜洼国去了。听见尤氏问他有知道的好大夫的话，连忙答道："我们这么听着，实在也没见人说有个好大夫。如今听起大奶奶这个来，定不得还是喜呢。嫂子到别教人混治。倘或认错了，这可是了不得的。"尤氏道："可不是呢。"正是说话间，贾珍从外进来，见了金氏，便向尤氏问道："这不是璜大奶奶么？"金氏向前给贾珍请了安。贾珍向尤氏说道："让这大妹妹吃了饭去。"贾珍说着话，就过那屋里去了。

金氏此来，原要向秦氏说说秦钟欺负了他侄儿之事，听见秦氏病，不但不能说，亦且不敢提了。况且贾珍、尤氏又待的很好，反转怒为喜，又说了一会子话儿，方家去了。

金氏去后，贾珍方过来坐下，问尤氏道："今日他来有什么说的事情么？"尤氏答道："到没说什么。一进来的时候，脸上到像有些着了恼的气色似的。及说了半天话，又提起媳妇这病，他到渐渐的气色平定了。你又叫让他吃饭，他听见媳妇这么病，也不好意思只管坐着，又说了几句闲话儿就去了，到没求什么事。如今且说媳妇这病，你到那里寻一个好大夫来，与他瞧瞧要紧，可别耽误了。现今咱们家走的这一群大夫，那里要得？一个个都是听着人的口气儿，人怎么说，他也添几句文话儿说一遍。可到殷勤的很，三四个人一日轮流着到有四五遍来看脉。他们大家商量着立个方子，吃了也不见效，到弄得一日换四五遍衣裳，坐起来见大夫，其实于病人无益。"贾珍说道："可是。这孩子也糊涂，何必脱脱换换的。倘再着了凉，更添一层病，那还了得。衣裳任凭是什么好的，可又值什么，孩子的身子要紧，就是一天穿一套新的，也不值什么。我正进来要告诉你，方才冯紫英来看我,他见我有些抑郁之色,问我是怎么了。我才告诉他说,媳妇忽然身子有好大的不爽快,因为不得个好太医,断不透是喜是病,又不知有妨碍无妨碍,所以我这两日心里着实着急。冯紫英因说起他有一个幼时从学的先生,姓张名友士,学问最渊博的,更兼医理极深,且能断人的生死。今年是上京给他儿子来捐官,现在他家住着呢。这么看来,正是合该媳妇的病在他手里除灾亦未可知。我即刻差人拿我的名帖请去了。今日倘或天晚了若不能来,明日想来一定来。况且冯紫英又即刻回家亲自去求他,务必叫他来瞧瞧。等这个张先生来瞧了再说罢。"

尤氏听了,心中甚喜,因说道:"后日是太爷的寿日,到底怎么办?"贾珍说道:"我方才到了太爷那里去请安,兼请太爷来家来受一受一家子的礼。太爷因说道:'我是清净惯了的,我不愿意往你们那是非场中去闹去。你们必定说是我的生日,要叫我去受众人些头,莫过你把我从前注的《阴骘文》给我令人好好的写出来刻了,比叫我无故受众人的头还强百倍呢。倘或后日这两日一家子要来,你就在家里好好的款待他们就是了。也不必给我送什么东西来,连你后日也不必来。你要心中不安,你今日就给我磕了头去。倘或后日你要来,又跟随多少人闹我,我必和你不依。'如此说了又说,后日我是再不敢去的了。且叫来升来,分付他预备两日的筵席。"尤氏因叫人叫了贾蓉来:"分付来升照旧例预备两日的筵席,要丰丰富富的;你再亲自到西府里去请老太太、大太太、二太太和你琏二婶子来逛逛。你父亲今日又听见一个好大夫,业已打发人请去了,想必明日必来,你可将他这些日子的病症细细的告诉他。"

贾蓉一一的答应着出去了,正遇着方才去冯紫英家请那张先生的小子回来了。因回道:"奴才方才到了冯大爷家,拿了老爷的名帖请那先生去。那先生说道:'方才这里大爷也向我说了,但是今日拜了一天的客,才回到家,此时精神实在不能支持,就是去到府上也不能看脉。'他说等调息一夜,明日务必到府。他又说他'医学浅薄,本不敢当此重荐。因我们冯大爷和府上的大人既已如此说了,又不得不去。你先替我回明大人就是了,大人的名帖实不敢当'。仍叫奴才拿回来了。哥儿替奴才回一声儿罢。”贾蓉转身复进去，回了贾珍、尤氏的话，方出来叫了来升来，分付他预备两日的筵席的话。来升听毕，自去照例料理。不在话下。

且说次日午间，人回道：“请的那张先生来了。”贾珍遂延入大厅坐下。茶毕，方开言：“昨承冯大爷示知老先生人品学问，又兼深通医学，小弟不胜欣仰之至。”张先生道：“晚生粗鄙下士，本知见浅陋。昨因冯大爷示知大人家第谦恭下士，又承呼唤，敢不奉命？但毫无实学，倍增颜汗。”贾珍道：“先生何必过谦！就请先生进去看看儿妇，仰仗高明，以释下怀。”于是，贾蓉同了进去。

到了贾蓉居室，见了秦氏，向贾蓉说道：“这就是尊夫人了。”贾蓉道：“正是。请先生坐下，让我把贱内的病说一说，再看脉如何？”那先生道：“依小弟的意思，竟先看过脉再说的为是。我是初造尊府的，本也不晓得什么。但是我们冯大爷务必叫小弟过来看看，小弟所以不得不来。如今看了脉息，看小弟说的是不是，再将这些日子的病势讲一讲，大家斟酌一个方儿，可用不可用，那时大爷再定夺。”贾蓉道：“先生实在高明！如今恨相见之晚。就请先生看一看脉息，可治不可治，以便使家父母放心。”于是家下媳妇们捧过大迎枕来，一面给秦氏拉着袖口，露出脉来。先生方伸手按在右手脉上，调息了至数，宁神细诊了有半刻的工夫；方换过左手，亦复如是。诊毕脉息，说道：“我们外边坐罢！”

贾蓉于是同先生到外间房里床上坐下。一个婆子端了茶来。贾蓉道：“先生请茶。”于是陪先生吃了茶，遂问道：“先生看这脉息还治得治不得？”先生道：“看得尊夫人这脉息：左寸沉数，左关沉伏；右寸细而无力，右关虚而无神。其左寸沉数者，乃心气虚而生火；左关沉伏者，乃肝家气滞血亏；右寸细而无力者，乃肺经气分太虚；右关虚而无神者，乃脾土被肝水克制。心气虚而生火者，应现经期不调，夜间不寐。肝家血亏气滞者，必然肋下疼胀，月信过期，心中发热。肺经气分太虚者，头目不时眩晕，寅卯间必然自汗，如坐舟中。脾土被肝水克制者，必然不思饮食，精神倦怠，四肢酸软。据我看这脉息，应当有这些症候才对。或以这个脉为喜脉，则小弟不敢从其教也。”傍边一个贴身扶侍的婆子道:“何尝不是这样呢!真正先生说的如神,到不用我们告诉了。如今我们家里现有好几位太医老爷瞧着呢,都不能的当真切的这么说。有一位说是喜,有一位说是病;这位说不相干,那位说怕冬至。总没有个准话儿。求老爷明白指示指示。”

那先生笑道:“大奶奶这个症候,可是那众位耽搁了。要在初次行经的日期就用药治起来,不但断无今日之患,而且此时已全愈了。如今既是把病耽误到这个地位,也是应有此灾。依我看来,这病尚有三分治得。吃了我的药看,若是夜里睡的着觉,那时又添了二分拿手了。据我看这脉息:大奶奶是个心性高强、聪明不过的人。聪明特过,则不如意事常有;不如意事常有,则思虑太过。此病是忧虑伤脾,肝木特旺,经血所以不能按时而至。大奶奶从前的行经的日子问一问,断不是常缩,必是常长的,是不是?”这婆子答道:“可不是!从没有缩过。或是长两日、三日,以至十日,都长过。”先生听了道:“妙啊!这就是病源了。从前若能毂以养心调经之药服之,何至于此?这如今明显出一个水亏木旺的症候来。待用药看看。”于是写了方子,递与贾蓉。上写的是:

益气养荣补脾和肝汤

人参(二钱) 白术(二钱土炒) 云苓(三钱) 熟地(四钱) 归身(二钱酒洗) 白芍(二钱炒) 川芎(钱半) 黄芪(三钱) 香附米(二钱制) 醋柴胡(八分) 怀山药(二钱炒) 真阿胶(二钱蛤粉炒) 延胡索(钱半酒炒) 炙甘草(八分)

引用建莲子七粒 去心红枣二枚

贾蓉看了,说:“高明的很。还要请教先生,这病与性命终久有妨无妨?”先生笑道:“大爷是最高明的人。人病到这个地位,非一朝一夕的症候,吃了这药也要看医缘了。依小弟看来,今年一冬是不相干的。总是过了春分,就可望全愈了。”贾蓉也是个聪明人,也不往下细问了。

于是贾蓉送了先生去了,方将这药方子并脉案都给贾珍看了,说的话也都回了贾珍并尤氏了。尤氏向贾珍说道:“从来大夫不像他说的这么痛快，想必用的药也不错。”贾珍道：“人家原不是混饭吃久惯行医的人。因为冯紫英我们好，他好容易求了他来了。既有这个人，媳妇的病或者就能好了。他那方子上有人参，就用前日买的那一斤好的罢。”贾蓉听毕话，方出来叫人打药去煎给秦氏吃。不知秦氏服了此药，病势如何。下回分解。

第十一回 庆寿辰宁府排家宴 见熙凤贾瑞起淫心

话说是日贾敬的寿辰。贾珍先将上等可吃的东西、稀奇些的果品，装了十六大捧盒，着贾蓉带领家下人等与贾敬送去，向贾蓉说道："你留神看太爷喜欢不喜欢，你就行了礼来。你说：'我父亲遵太爷的话未敢来，在家里率领合家都朝上行了礼了。'"贾蓉听罢，即率领家人去了。

这里渐渐的就有人来了。先是贾琏、贾蔷到来，先看了各处的座位，并问："有什么顽意儿没有？"家人答道："我们爷原算计请太爷今日来家来，所以并未敢预备顽意儿。前日听见太爷又不来了，现叫奴才们找了一班小戏儿并一档子打十番的，都在园子里戏台上预备着呢。"

次后邢夫人、王夫人、凤姐儿、宝玉都来了。贾珍并尤氏接了进去。尤氏的母亲已先在这里呢。大家见过了，彼此让了坐。贾珍、尤氏二人亲自递了茶，因说道："老太太原是老祖宗，我父亲又是侄儿，这样日子，原不敢请他老人家。但是这个时候天气正凉爽，满园的菊花又盛开，请老祖宗过来散散闷，看着众儿孙热闹热闹，是这个意思。谁知老祖宗又不肯赏脸。"凤姐儿未等王夫人开口，先说道："老太太昨日还说要来着呢！因为晚上看着宝兄弟他们吃桃儿，老人家又嘴馋，吃了有大半个。五更天的时候就一连起来了两次，今日早晨略觉身子倦些。因叫我回大爷，今日断不能来了，说有好吃的要几样，还要很烂的。"贾珍听了，笑道："我说老祖宗是爱热闹的，今日不来，必定有个原故。若是这么着就是了。"王夫人道："前日听见你大妹妹说，蓉哥儿媳妇儿身上有些不大好，到底是怎么样？"尤氏道："他这个病的也奇。上月中秋还跟着老太太、太太们顽了半夜，回家来好好的。到了二十后，一日比一日觉懒，也懒待吃东西。这将近有半个多月了。经期又有两个月没来。"邢夫人接着说道："别是喜罢！"

正说着,外头人回道:“大老爷、二老爷并一家子的爷们都来了,在厅上呢。”贾珍连忙出去了。这里尤氏方说道:“从前大夫也有说是喜的。昨日冯紫英荐了他从学过的一个先生,医道很好,瞧了说不是喜。竟是很大的一个症候。昨日开了方子,吃了一剂药,今日头眩的略好些,别的仍不见怎么样大见效。”凤姐儿道:“我说他不是十分支持不住,今日这样的日子,再也不肯不扎挣着上来。”尤氏道:“你是初三日在这里见他的,他强扎挣了半天,也是因你们娘儿两个好的上头,他才恋恋的舍不得去。”凤姐儿听了,眼圈儿红了半天。半日方说道:“真是‘天有不测风云,人有旦夕祸福’。这个年纪,倘或就因这个病上怎么样了,人还活着有甚么趣儿!”

正说话间,贾蓉进来,给邢夫人、王夫人、凤姐儿前都请了安,方回尤氏道:“方才我去给太爷送吃食去,并回说我父亲在家中伺候老爷们,款待一家子的爷们,遵太爷的话,并未敢来。太爷听了甚喜欢,说:‘这才是!’叫告诉父亲、母亲,好生伺候太爷太太们;叫我好生伺候叔叔、婶子们并哥哥们。还说那《阴骘文》叫急急的刻出来,印一万张散人。我将此话都回了我父亲了。我这会子得快出去打发太爷们并合家爷们吃饭。”凤姐儿说:“蓉哥儿,你且站住!你媳妇今日到底是怎么着?”贾蓉皱皱眉,说道:“不好么!婶子回来瞧瞧去就知道了。”于是贾蓉出去了。

这里尤氏向邢夫人、王夫人道:“太太们在这里吃饭啊,还是在园子里吃去好?小戏儿现预备在园子里呢。”王夫人向邢夫人道:“我们索性吃了饭再过去罢,也省好些事。”邢夫人道:“很好。”于是尤氏就分付媳妇、婆子们:“快送饭来。”门外一齐答应了一声,都各人端各人的去了。不多一时,摆上了饭。尤氏让邢夫人、王夫人并他母亲都上了坐,他与凤姐儿、宝玉侧席坐了。邢夫人、王夫人道:“我们来原为给大老爷拜寿,这不竟是我们来过生日来了么!”凤姐儿说道:“大老爷原是好养静的,已经修炼成了,也算得是神仙了。太太们这么一说,这就叫作心到神知了。”一句话说的满屋里的人都笑起来了。于是尤氏的母亲并邢夫人、王夫人、凤姐儿都吃毕饭,漱了口,净了手,才说要往园子里去。

贾蓉进来向尤氏说道:“老爷们并众位叔叔、哥哥兄弟们也都吃了饭了。大老爷说家里有事,二老爷是不爱听戏,又怕人闹的慌,都才去了。别的一家子爷们都被琏二叔并蔷兄弟都让过去听戏去了。方才南安郡王、东平郡王、西宁郡王、北静郡王四家王爷,并镇国公牛府等六家,忠靖侯史府等八家,都差人持了名帖送寿礼来,俱回了我父亲,先收在账房里了,礼单都上上档子了。老爷的领谢的名帖都交给各来人了,各来人也都照旧例赏了,众来人都让吃了饭才去。母亲该请二位太太、老娘、婶子都过园子里坐着去罢。”尤氏道:“也是才吃完了饭就要过去了。”凤姐儿说:“我回太太,我先瞧瞧蓉哥儿媳妇,我再过去。”王夫人道:“很是。我们都要去瞧瞧他,到怕他嫌闹的慌。说我们问他好罢!”尤氏道:“好妹妹,媳妇听你的话,你去开导开导他,我也放心。你就快些过园子里来。”宝玉也要跟了凤姐儿去瞧秦氏去。王夫人道:“你看看就过去罢,那是侄儿媳妇。”于是尤氏请了邢夫人、王夫人、并他母亲都过会芳园去了。

凤姐儿、宝玉方和贾蓉到秦氏这边来了。进了房门,悄悄的走到里间房门口,秦氏见了,就要站起来。凤姐儿说:“快别起来!看起猛了头晕。”于是凤姐儿就紧走了两步,拉住秦氏的手,说道:“我的奶奶,怎么几日不见,就瘦的这么着了。”于是就坐在秦氏坐的褥子上。宝玉也问了好,坐在对面椅子上。贾蓉叫:“快到茶来!婶子和二叔在上房还未喝茶呢。”秦氏拉着凤姐儿的手,强笑道:“这都是我没福。这样人家,公公婆婆当自己的女孩儿似的待,婶娘的侄儿虽说年轻,却也是他敬我、我敬他,从来没有红过脸儿。就是一家子的长辈、同辈之中,除了婶子到不用说了,别人也从无不疼我的,也无不和我好的。这如今得了这个病,把我那要强的心一分也没了。公婆跟前未得孝顺一天;就是婶娘这样疼我,我就有十分孝顺的心,如今也不能彀了。我自想着,未必熬的过年去呢。”

宝玉正眼瞅着那《海棠春睡图》并那秦太虚写的“嫩寒锁梦因春冷,芳气笼人是酒香”的对联,不觉想起在这里睡晌觉,梦到“太虚幻境”的事来。正自出神,听得秦氏说了这些话,如万箭攒心,那眼泪不知不觉就流下来了。凤姐儿心中虽十分难过,但恐怕病人见了众人这个样儿反添心酸,到不是来开导劝解的意思了。见宝玉这个样子,因说道:“宝兄弟,你特婆婆妈妈的了。他病人不过是这么说,那里就到得这个田地了?况且能多大年纪的人,略病一病儿,就这么想、那么想的,这不是自己到给自己添病了么!”贾蓉道:“他这病,也不用别的,只是吃得些饮食就不怕了。”凤姐儿道:“宝兄弟,太太叫你快过去呢!你别在这里只管这么着,到招的媳妇也心里不好。太太那里又掂着你。”因向贾蓉说道:“你先同你宝叔叔过去罢。我还略坐一坐儿。”贾蓉听说,即同宝玉过会芳园来了。

这里凤姐儿又劝解了秦氏一番,又低低的说了许多衷肠话儿。尤氏打发人请了两三遍,凤姐儿才向秦氏说道:“你好生养着罢!我再来看你。合该你这病要好,所以前日就有人荐了这个好大夫来,再也是不怕的了。”秦氏笑道:“任凭神仙也罢,治得病,治不得命。婶子,我知道我这病不过是挨日子。”凤姐儿说道:“你只管这么想着,病那里能好呢?总要想开了才是。况且听得大夫说:若是不治,怕的是春天不好。如今才九月半,还有四五个月的工夫,什么病治不好呢。咱们若是不能吃人参的人家,这也难说了。你公公婆婆听见治得好你,别说一日二钱人参,就是二斤也能彀吃的起。好生养着罢!我过园子里去了。”秦氏又道:“婶子,恕我不能跟过去了。闲了时候,还求婶子常过来瞧瞧我。咱们娘儿们坐坐,多说几遭话儿。”凤姐儿听了,不觉得又眼圈儿一红,遂说道:“我得了闲儿必常来看你。”

于是凤姐儿带领跟来的婆子、丫头并宁府的媳妇、婆子们,从里头绕进园子的便门来。但只见:

> 黄花满地,白柳横坡。小桥通若耶之溪,曲径接天台之路。石中清流激湍,篱落飘香;树头红叶翩翩,疏林如画。西风乍紧,初罢莺啼。暖日当暄,又添蛩语。遥望东南,建几处依山之榭;纵观西北,结三间临水之轩。笙簧盈耳,则有幽情;罗绮穿林,倍添韵致。

凤姐儿正自看园中的景致,一步步行来赞赏。猛然从假山石后走过一个人来,向前对凤姐儿说道:“请嫂子安!”凤姐儿猛然见了,将身子望后一退，说道：“这是瑞大爷不是？”贾瑞说道：“嫂子连我也不认得了？不是我是谁！”凤姐儿道：“不是不认得，猛然一见不想到是大爷到这里来。”贾瑞道：“也是合该我与嫂子有缘。我方才偷出了席，在这个清净地方略散一散，不想就遇见嫂子也从这里来。这不是有缘么？”一面说着，一面拿眼睛不住的觑着凤姐儿。

凤姐儿是个聪明人，见他这个光景，如何不猜透八九分呢。因向贾瑞假意含笑道：“怨不得你哥哥时常提你，说你很好。今日见了，听你说这几句话儿，就知道你是个聪明、和气的人了。这会子我要到太太们那里去，不得和你说话儿，等闲了咱们再说话儿罢。”贾瑞道：“我要到嫂子家里去请安，又恐怕嫂子年轻，不肯轻易见人。”凤姐儿假意笑道：“一家子骨肉，说什么年轻不年轻的话。”贾瑞听了这话，再不想到今日得这个奇遇，那神情光景亦发不堪难看了。凤姐儿说道：“你快入席去罢！仔细他们拿住罚你酒。”贾瑞听了，身上已木了半边，慢慢的一面走着，一面回过头来看。凤姐儿故意的把脚步放迟了些儿，见他去远了，心里暗忖道：“这才是‘知人知面不知心’呢！那里有这样禽兽的人呢。他如果如此，几时叫他死在我的手里，他才知道我的手段。”

于是凤姐儿方移步前来。将转过了一重山坡，见两三个婆子慌慌张张的走来，见了凤姐儿，笑说道：“我们奶奶见二奶奶只是不来，急的了不得，叫奴才们又来请奶奶来了。”凤姐儿说道：“你们奶奶就是这么急脚鬼是的。”凤姐儿慢慢的走着，问戏唱了几出了。那婆子回道：“有八九出了。”说话之间，已来到了天香楼的后门，见宝玉和一群丫头们在那里顽呢。凤姐儿说道：“宝兄弟，别特淘气了。”有一个丫头说道：“太太们都在楼上坐着呢。请奶奶就从这边上去罢！”凤姐儿听了，款步提衣上了楼。见尤氏已在楼梯口等着呢。尤氏笑说道：“你们娘儿两个特好了，见了面总舍不得来了。你明日搬来合他住着罢。你坐下，我先敬你一钟。”于是凤姐儿在邢、王二夫人前告了坐，尤氏的母亲前周旋了一遍，仍同尤氏坐在一桌上吃酒听戏。

尤氏叫拿戏单来让凤姐儿点戏。凤姐儿说道：“亲家太太和太太们在这里，我如何敢点。”邢夫人、王夫人说道：“我们和亲家太太都点了好几出了。你点两出好的我们听。”凤姐儿立起身来，答应了一声，方接过戏单，从头一看，点了一出《还魂》，一出《弹词》，递过戏单去，说：“现在唱的这《双官诰》唱完了，再唱这两出，也就是时候了。”王夫人道：“可不是呢，也该趁早叫你哥哥、嫂子歇歇，他们又心里不静。”尤氏说道：“太太们又不常过来，娘儿们多坐一会子去，才有趣儿。天还早呢。”凤姐儿立起身来，望楼下一看，说：“爷们都往那里去了？”旁边一个婆子道：“爷们才到凝曦轩，带了打十番的那里吃酒去了。”凤姐儿说道：“在这里不便易，背地里又不知干什么去了。”尤氏笑道：“那里都像你这么正经人呢。”

于是说说笑笑，点的戏都唱完了，方才撤下酒席，摆上饭来。吃毕，大家才出园子来，到上房坐下，吃了茶，方才叫预备车，向尤氏的母亲告了辞。尤氏率同众姬妾并家下婆子、媳妇们方送出来。贾珍率领众子侄都在车傍侍立，等候着呢。见了邢夫人、王夫人道：“二位婶子明日还过来逛逛。”王夫人道：“罢了，我们今日整坐了一日，也乏了，明日歇歇罢。”于是都上车去了。贾瑞犹不时拿眼睛觑着凤姐儿。贾珍等进去后，李贵才拉过马来，宝玉骑上，随了王夫人去了。这里贾珍同一家子的弟兄、子侄吃过了晚饭，方大家散了。

次日，仍是众族人等闹了一日，不必细说。此后凤姐儿不时亲自来看秦氏。秦氏也有几日好些，也有几日仍是那样。贾珍、尤氏、贾蓉好不焦心。

且说贾瑞到荣府来了几次，偏都遇见凤姐儿往宁府那边去了。这年正是十一月三十日冬至。到交节的那几日，贾母、王夫人、凤姐儿日日差人去看秦氏。回来的人都说：“这几日也没见添病，也不见甚好。”王夫人向贾母说：“这个症候遇着这样大节不添病，就有好大的指望了。”贾母说：“可是呢。好个孩子。要是有些原故，可不叫人疼死。”说着，一阵心酸，叫凤姐儿说道：“你们娘儿两个也好了一场，明日大初一，过了明日，你后日你再去看一看他去。你细细的瞧瞧他那光景，倘或好些儿，你回来告诉我。我也喜欢喜欢。那孩子素日爱吃的，你也常叫人做些给他送过去。”凤姐儿一一的答应了。

到了初二日，吃了早饭，来到宁府，看见秦氏的光景，虽未甚添病,但是那脸上、身上的肉全瘦干了。于是和秦氏坐了半日,说了些闲话儿,又将这病无妨的话开导了一遍。秦氏说道:“好不好春天就知道了。如今现过了冬至,又没怎么样,或者好的了,也未可知。婶子回老太太、太太放心罢。昨日老太太赏的那枣泥馅的山药糕,我到吃了两块,到像克化的动似的。”凤姐儿说道:“明日再给你送来。我到你婆婆那里瞧瞧,就要赶着回去回老太太的话去。”秦氏道:“婶子替我请老太太、太太安罢。”凤姐儿答应着就出来了。

到了尤氏上房坐下。尤氏道:“你冷眼瞧媳妇是怎么样?”凤姐儿低了半日头,说道:“这实在没法儿了。你也该将一应的后事用的东西也该料理料理,冲一冲也好。”尤氏道:“我也叫人暗暗的预备了。就是那件东西不得好木头,暂且慢慢的办罢。”于是凤姐儿吃了茶,说了一会子话儿,说道:“我要回去回老太太的话去呢。”尤氏道:“你可缓缓的说,别吓着老太太。”凤姐儿道:“我知道。”于是凤姐儿就回来了。

到了家中,见了贾母说:“蓉哥儿媳妇请老太太安,给老太太磕头,说他好些了,求老祖宗放心罢。他再略好些,还要给老祖宗磕头请安来呢。”贾母道:“你看他是怎么样?”凤姐儿说:“暂且无妨。精神还好呢。”贾母听了,沉吟了半日,因向凤姐儿说:“你换换衣服,歇歇去罢。”

凤姐儿答应着出来,见过了王夫人。到了家中,平儿将烘的家常的衣服给凤姐儿换了。凤姐儿方坐下,问道:“家里没有什么事么?”平儿方端了茶来,递了过去,说道:“没有什么事。就是那三百银子的利银,旺儿媳妇送进来,我收了。再有瑞大爷使人来打听奶奶在家没有,他要来请安说话。”凤姐儿听了,哼了一声,说道:“这畜生合该作死,看他来了怎么样。”平儿因问道:“这瑞大爷是因什么只管来?”凤姐儿遂将九月里宁府园子里遇见他的光景、他说的话都告诉了平儿。平儿说道:“癞蛤蟆想天鹅肉吃,没人伦的混账东西,起这个念头叫他不得好死。”凤姐儿道:“等他来了,我自有道理。”不知贾瑞来时作何光景,且听下回分解。

第十二回 王熙凤毒设相思局 贾天祥正照风月鉴

话说凤姐正与平儿说话,只见有人回说:“瑞大爷来了。”凤姐急命“快请进来”!贾瑞见往里让,心中喜出望外,急忙进来,见了凤姐,满面陪笑,连连问好。凤姐儿也假意殷勤,让茶让坐。

贾瑞见凤姐如此打扮,亦发酥到,因饧了眼,问道:“二哥哥怎么还不回来?”凤姐道:“不知什么原故。”贾瑞笑道:“别是路上有人绊住了脚了,舍不得回来也未可知。”凤姐道:“也未可知。男人家见一个爱一个也是有的。”贾瑞笑道:“嫂子这话说错了,我就不这样。”凤姐笑道:“像你这样的人能有几个呢?十个里也挑不出一个来。”贾瑞听了,喜的抓耳挠腮,又道:“嫂子天天也闷的很。”凤姐道:“正是呢,只盼个人来说话解解闷儿。”贾瑞笑道:“我到天天闲着,天天过来替嫂子解解闲闷可好不好?”凤姐笑道:“你哄我呢!你那里肯往我这里来。”贾瑞道:“我在嫂子跟前若有一点谎话,天打雷劈。只因素日闻得人说嫂子是个利害人,在你跟前一点也错不得,所以唬住了。我如今见嫂子最是个有说有笑极疼人的,我怎么不来?死了也愿意。”凤姐笑道:“果然你是个明白人,比贾蓉两个强远了。我看他那样清秀,只当他们心里明白,谁知竟是两个糊涂虫,一点不知人心。”

贾瑞听了这话,越发撞在心坎儿上,由不得又往前凑了一凑,觑着眼看凤姐带的荷包,然后又问带着什么戒指。凤姐悄悄道:“放尊重着,别叫丫头们看了笑话。”贾瑞如听纶音佛语一般,忙往后退。凤姐笑道:“你该走了。”贾瑞说:“我再坐一坐儿,好狠心的嫂子。”凤姐又悄悄的道:“大天白日,人来人往,你就在这里也不方便。你且去,等着晚上起了更你来,悄悄的在西边穿堂儿等我。”贾瑞听了,如得珍宝,忙问道:“你别哄我。但只那里人过的多,怎么好躲的?”凤姐道:“你只放心。我把上夜的小厮们都放了假,两边门一关,再没别人了。”贾瑞听了，喜之不尽，忙忙的告辞而去，心内以为得手。

盼到晚上，果然黑地里摸入荣府。趁掩门时，钻入穿堂。果见漆黑无一人，往贾母那边去的门户已锁倒，只有向东的门未关。贾瑞侧耳听着，半日不见人来，忽听咯噔一声，东边的门也倒关了。贾瑞急的也不敢则声，只得悄悄的出来，将门撼了撼，关的铁桶一般。此时要求出去亦不能勾，南北皆是大房墙，要跳亦无攀援。这屋内又是过堂儿，风又大，空落落。现是腊月天气，夜又长，朔风凛凛，侵肌裂骨，一夜几乎不曾冻死。好容易盼到早辰，只见一个老婆子先将东门开了，进去又开西门。贾瑞瞅他背着脸，一溜烟抱着肩跑了出来。幸而天气尚早，人都未起，从后门一径跑回家去。

原来贾瑞父母早亡，只有他祖父代儒教养。那代儒素日教训最严，不许贾瑞多走一步，生怕他在外吃酒赌钱，有误学业。今忽见他一夜不归，只料定他在外非饮即赌，嫖娼宿妓，。那里想到这段公案，因此气了一夜。贾瑞也捻着一把汗，少不得回来撒谎，只说：“往舅舅家去了，天黑了，留我住了一夜。”代儒道：“自来出门，非禀我不敢擅出，如何昨日私自去了？据此亦该打，何况是撒谎。”因此，发狠到底打了三四十板，不许吃饭，令他跪在院内读文章，定要补出十天的工课来方罢。贾瑞直冻了一夜，今又遭了苦打，且饿着肚子，跪着在风地里读文章，其苦万状。

此时贾瑞前心犹是未改，再想不到是凤姐捉弄他。过后两日，得了空，便仍来找凤姐。凤姐故意抱怨他失信，贾瑞急的赌身发誓。凤姐因见他自投罗网，少不得再寻别计，令他知改。故又约他道：“今日晚上你别在那里了，你在我这房后小过道子里那间空屋里等我，可别冒撞了。”贾瑞道：“果真?”凤姐道：“谁可哄你，你不信就别来。”贾瑞道：“来，来，来！死也要来。”凤姐道：“这会子你先去罢！”贾瑞料定晚间必妥，此时先去了。凤姐在这里便点兵派将，设下圈套。

那贾瑞只盼不到晚上，偏生家里亲戚又来了。直吃了晚饭才去。那天已有掌灯时候。又等他祖父安歇了，方溜进荣府，直往那夹道中屋子里来等着，热锅上的蚂蚁一般，只是干转。左等不见人影，右听也没声响，心下自思：“别是又不来了，又冻我一夜不成?”正自胡猜，只见黑魆魆的来了一个人,贾瑞便意定是凤姐,不管皂白,饿虎一般,等那人刚至门前,便如猫捕鼠的一般,抱住叫道:“亲嫂子,等死我了。”说着抱到屋里炕上,就亲嘴扯裤子,满口里“亲娘”、“亲爹”的乱叫起来。那人只不作声。贾瑞拉了自己裤子,硬帮帮的就想顶入。忽见灯光一闪,只见贾蔷举着个拈子照道:“谁在屋里?”只见炕上那人笑道:“瑞大叔要臊我呢。”贾瑞一见,却是贾蓉,真燥的无地可入,不知要怎么样才好,回身就要跑,被贾蔷一把揪住,道:“别走!如今琏二婶已经告到太太跟前,说你无故调戏他。他暂用了个脱身计,哄你在那边等着。太太气死过去,因此叫我来拿你。刚才你又拦住他,没的说,跟我去见太太。”

贾瑞听了,魂不附体,只说:“好侄儿,只说没有见我,明日我重重的谢你!”贾蔷道:“你若谢我,放你不值什么,只不知你谢我多少?况且口说无凭,写一文契来!”贾瑞道:“如何落纸呢?”贾蔷道:“这也不妨,写一个赌钱输了外人账目,借头家银若干两便罢。”贾瑞道:“这也容易。只是此时无纸笔。”贾蔷道:“这也容易。”说罢,翻身出来,纸笔现成,拿来贾瑞写。他俩作好作歹,只写了五十两,然后画了押,贾蔷收起来。然后撕逻贾蓉。贾蓉先咬定牙不依,只说:“明日告诉族中的人评评理。”贾瑞急的至于叩头,贾蔷作好作歹的,也写了一张五十两欠契才罢。贾蔷又道:“如今要放你,我就担着不是。老太太那边的门早已关了,老爷正在厅上看南京的东西,那一条路定难过去;如今只好走后门。若这一走,倘或遇见了人,连我也完了。等我们先去哨探探,再来领你。这屋子你还藏不得,少时就来堆东西。等我寻个地方。”说毕,拉着贾瑞,仍息了灯,出至院外,摸着大台矶底下,说道:“这窝儿里好,你只蹲着,别哼一声,我们来再动。”说毕,二人去了。

贾瑞此时身不由己,只得蹲在那里。心下正盘算,只听头顶上一声响,嗗拉拉一净桶尿粪从上面直泼下来,可巧浇了他一身一头。贾瑞掌不住嗳哟了一声,忙又掩住口。不敢声张。满头满脸浑身皆是尿屎,冰冷打战。只见贾蔷跑来叫:“快走!快走!”贾瑞如得了命,三步两步从后门跑到家里,天已三更,只得叫门。开门人见他这般景况,问是怎的。少不得扯谎说:“黑了,失脚掉在茅厮里了。”一面到了自己房中更衣洗濯,心下方想到是凤姐顽他,因此发一回恨;再想想凤姐的模样儿,又恨不得一时搂在怀内,一夜竟不曾合眼。

自此满心想凤姐,只不敢往荣府去了。贾蓉两个又常常的来索银子,他又怕祖父知道。正是相思尚且难禁,更又添了债务;日间工课又紧,他二十来岁人尚未娶亲,迩来想着凤姐,未免有那指头告了消乏等事。更兼两回冻恼奔波,因此三五下里夹攻,不觉就得了一病:心内发膨胀,口中无滋味,脚下如绵,眼中似醋,黑夜作烧,白昼常倦,下溺连精,嗽痰带血。诸如此症,不上一年,都添全了。于是不能支持,一头睡倒,合上眼还只梦魂颠倒,满口乱说胡话,惊悸异常,百般请医疗治,诸如肉桂、附子、鳖甲、麦冬、玉竹等药,吃了有几十斤下去,也不见个动静。。

倏又腊尽春回,这病更又沉重。代儒也着了忙,各处请医疗治,皆不见效。因后来吃“独参汤”,代儒如何有这力量,只得往荣府来寻。王夫人命凤姐秤二两给他,凤姐回说:“前儿新近都替老太太配了药,那整的太太又说留着送杨提督的太太配药,偏生昨儿我已送了去了。”王夫人道:“就是咱们这边没了,你打发个人往你婆婆那边问问,或是你珍大哥哥那府里再寻些来,凑着给人家。吃好了,救人一命,也是你的好处。”凤姐听了,也不遣人去寻,只得将些渣末泡须凑了几钱,命人送去,只说:“太太送来的,再也没了。”然后回王夫人,只说:“都寻了来,共凑了有二两送去。”

那贾瑞此时要命心甚切,无药不吃,只是白花钱,不见效。忽然这日有个跛足道人来化斋,口称专治冤业之症。贾瑞偏生在内就听见了,直着声叫喊,说:“快请进那位菩萨来救我!”一面在枕上叩首。众人只得带了那道士进来,贾瑞一把拉住,连叫“菩萨救我!”那道士叹道:“你这病非药可医,我有个宝贝与你,你天天看时,此命可保矣。”说毕,从搭裢中取出一面镜子来。两面皆可照人,镜把上面錾着“风月宝鉴”四字。递与贾瑞道:“这物出自太虚幻境空灵殿上,警幻仙子所制,专治邪思妄动之症,有济世保生之功。所以带他到世上,单与那些聪明杰俊、风雅王孙等看照。千万不可照正面,只照他的背面,要紧,要紧!三日后,吾来收取,管叫你好了。”说毕,佯常而去,众人苦留不住。

贾瑞收了镜子,想道:“这道士到有意思,我何不照一照试试!”想毕,拿起“风月鉴”来,向反面一照,只见一个骷髅立在里面,唬得贾瑞连忙掩了,骂道士:“混账!如何吓我!我到再照照正面是什么。”想着,又将正面一照,只见凤姐站在里面招手叫他。贾瑞心中一喜,荡悠悠的觉得进了镜子,与凤姐云雨一番,凤姐仍送他出来。到了床上,“嗳哟”了一声,一睁眼,镜子从手里吊过来,仍是反面,立着一个骷髅。贾瑞自觉汗津津的,底下已遗了一滩精。心中到底不足,又翻过正面来,只见凤姐还招手叫他,他又进去。如此三四次,到了这次,刚要出镜子来,只见两个人走来,拿铁锁把他套住,拉了就走。贾瑞叫道:“让我拿了镜子再走!”只说了这句,就再不能说话了。

傍边伏侍贾瑞的众人,只见他先还拿着镜子照,落下来,仍睁开眼,拾在手内,末后镜子落下来,便不动了。众人上来看看,已没了气,身子底下水渍渍一大滩精,这才忙着穿衣抬床。代儒夫妇哭的死去活来,大骂道士:“是何妖镜!若不早毁此物,遗害于世不小。”遂命驾火来烧。只听镜内哭道:“谁叫你们瞧正面了,你们自己以假为真,何苦来烧我!”正哭着,只见那跛足道人从外面跑来,喊道:“谁毁‘风月鉴’,吾来救也!”说着,直入中堂,抢入手内,飘然去了。

当下代儒料理丧事,各处去报丧。三日起经,七日发引,寄灵于铁槛寺,日后带回原籍。当下贾家众人齐来吊问,荣国府贾赦赠银二十两,贾政亦是二十两,宁国府贾珍亦有二十两,别者族中贫富不等,或三两五两,不可胜数。另有各同窗家分资,也凑了二三十两。代儒家道虽然淡薄,到也丰丰富富完了此事。

谁知这年冬底,林如海的书信寄来,却为身染重疾,写书特来接林黛玉回去。贾母听了,未免又加忧闷,只得忙忙的打点黛玉起身。宝玉大不自在,争奈父女之情,也不好拦劝。于是贾母定要贾琏送他去,仍叫带回来。一应土仪盘缠,不消烦说,自然要妥贴。作速择了日期,贾琏与林黛玉辞别了贾母等,带领仆从,登舟往扬州去了。要知端的,且听下回分解。

第十三回 秦可卿死封龙禁尉 王熙凤协理宁国府

话说凤姐自贾琏送黛玉往扬州去后,心中实在无趣。每到晚间,不过和平儿说笑一回,就胡乱睡了。

这日夜间,正和平儿灯下拥炉倦绣,早命浓薰绣被,二人睡下,屈指算行程该到何处,不知不觉已交三鼓。平儿已睡熟了。凤姐方觉星眼微朦,恍惚只见秦氏从外走了进来,含笑说道:“婶婶好睡!我今儿回去,你也不送我一程?因娘儿们素日相好,我舍不得婶婶,故来别你一别。还有一件心愿未了,非告诉婶子,别人未必中用。”

凤姐听了,恍惚问道:“有何心愿?你只管托我就是了。”秦氏道:“婶婶,你是个脂粉队内的英雄!连那些束带顶冠的男子也不能过你。你如何连两句俗语也不晓得?常言‘月满则亏,水满则溢’;又道是‘登高必跌重’。如今我们家赫赫扬扬,已将百载。一日倘或乐极悲生,若应了那句‘树倒猢狲散’的俗语,岂不虚称了一世的诗书旧族了?”凤姐听了此话,心胸大快,十分敬畏,忙问道:“这话虑的极是!但有何法可以永保无虞?”秦氏冷笑道:“婶婶好痴也!否极泰来,荣辱自古周而复始,岂是人力能可保常的?但如今能于荣时筹画下将来衰时的世业,亦可谓常保永全了。即如今日诸事都妥,只有两件事未妥,若把此事如此一行,则日后可保永全。”

凤姐便问何事。秦氏道:“目今祖茔虽四时祭祀,只是无一定的钱粮;第二,家塾虽立,无一定的供给。依我想来,如今盛时,固不缺祭祀、供给,但将来败落之时,此二项有何出处?莫若依我定见,趁今日富贵,将祖茔附近多置田庄、房舍、地亩,以备祭祀供给之费,皆出自此处。将家塾亦设于此。合同族中长幼,大家定了则例,日后按房拿管这一年的地亩、钱粮、祭祀、供给之事。如此周流,又无争竞,亦不有典卖诸弊。便是有了罪,凡物可入官,这祭祀产业,连官也不入的。便败落下来,子孙回家读书务农,也有个退步;祭祀又可永继。

若目今以为荣华不绝,不思日后,终非长策。眼见不日又有一件非常喜事,真是烈火烹油,鲜花着锦之盛,要知道也不过是瞬息的繁华,一时的欢乐,万不可忘了那'盛筵不散'的俗语。此时若不早为虑后,临期只恐后悔无益矣。"凤姐忙问:"有何喜事?"秦氏道:"天机不可泄漏。只是我与婶子好了一场,临别赠你两句话,须要记着。"因念道:"三春去后诸芳尽,各自须寻各自门。"凤姐还欲问时,只听得二门上传事云牌连叩四下,正是丧音,将凤姐惊醒。人回:"东府蓉大奶奶没了。"凤姐闻听,吓了一身冷汗,出了一回神,只得忙忙的穿衣服,往王夫人处来。

彼时合家皆知,无不纳罕,都有些疑心。那长一辈的,想他素日孝顺;平一辈的,想他素日和睦亲密;下一辈的,想他素日慈爱;以及家中仆从老小,想他素日怜贫、惜贱、慈老、爱幼之恩,莫不悲嚎痛哭之人。

闲言少叙。却说宝玉因近日林黛玉回去,剩得自己孤恓,也不和人顽耍,每到晚间便索然睡了。如今从梦中听见说秦氏死了,连忙翻身爬起来。只觉心中似戳了一刀的不忍,"哇"的一声,喷出一口血来。袭人等慌慌忙忙来搀扶,问是怎么样,又要回贾母,来请大夫。宝玉笑道:"不用忙,不相干！这是急火攻心,血不归经。"说着,便爬起来,要衣服换了,来见贾母,即时要过去。袭人见他如此,心中虽放不下,又不敢拦。只是由他罢了。贾母见他要去,因说:"才咽气的人,那里不干净;二则夜里风大,明早再去不迟。"宝玉那里肯依?贾母命人备车,多派跟从人役,拥护前来。

一直到了宁国府前,只见府门洞开,两边灯笼照如白昼,乱烘烘人来人往,里面哭声摇山振岳。宝玉下了车,忙忙奔至停灵之室,痛哭一番,然后见过尤氏。谁知尤氏正犯了胃疼旧疾,睡在床上。然后又出来见贾珍。彼时贾代儒带领贾敕、贾效、贾敦、贾赦、贾政、贾琮、贾㻞、贾珩、贾珖、贾琛、贾琼、贾璘、贾蔷、贾菖、贾菱、贾芸、贾芹、贾蓁、贾萍、贾藻、贾蘅、贾芬、贾芳、贾兰、贾菌、贾芝等都来了。贾珍哭的泪人一般,正合贾代儒等说道:"合家大小,远亲近友,谁不知我这媳妇比儿子还强十倍?如今伸腿去了,可见这长房内绝灭无人了。"

说着,又哭起来。众人忙劝道:“人已辞世,哭也无益。且商议如何料理要紧。”贾珍拍手道:“如何料理,不过尽我所有罢了。”

正说着,只见秦业、秦钟并尤氏的几个眷属——尤氏姊妹也都来了。贾珍便命贾琼、贾琛、贾璘、贾蔷四个人去陪客。一面分付去请钦天监阴阳司来择日,推准停灵七七四十九日,三日后,开丧送讣闻。这四十九日,单请一百单八众禅僧在大厅上拜大悲谶,超度前亡后化诸魂,以免亡者之罪。另设一坛于天香楼上,是九十九位全真道士,打四十九日解冤洗业醮。然后停灵于会芳园中。灵前另有五十众高僧,五十众高道对坛按七作好事。那贾敬闻得长孙媳妇死了,因自为早晚就要飞升,如何肯又回家染了红尘,将前功尽弃呢!因此并不在意,只凭贾珍料理。

贾珍见父亲不管,亦发恣意奢华。看板时,几副杉木板皆不中用。可巧薛蟠来吊问,因见贾珍寻好板,便说道:“我们木店里有一副叫作什么‘樯木’,出在潢海铁网山上,作了棺材,万年不坏。这还是当年先父带来,原系义忠亲王老千岁要的。因他坏了事,就不曾拿去。现今还封在店里,也没人出价敢买。你若要,就抬来罢了。”贾珍听了,喜之不禁,即命人抬来。大家看时,只见帮底皆厚八寸,纹若槟榔,味若檀麝;以手扣之,玎珰如金玉。大家都奇异称赏。贾珍笑道:“价值几何?”薛蟠笑道:“拿一千两银子来,只怕也没处买去!什么价不价,赏他们几两工银就是了。”贾珍听说,忙谢不尽,即命解锯、糊漆。贾政因劝道:“此物恐非常人可享者,殓以上等杉木也就是了。”此时贾珍恨不能代秦氏之死,这话如何肯听?

因忽又听得秦氏之丫嬛名唤瑞珠者,见秦氏死了,他也触柱而亡。此事可罕,合族中人也都称赞。贾珍遂以孙女之礼殡殓。一并停灵于会芳园之登仙阁。小丫嬛名宝珠者,因见秦氏身无所出,乃甘心愿为义女,誓任摔丧驾灵之任。贾珍喜之不禁,即时传下:“从此皆呼宝珠为小姐。”那宝珠按未嫁女之丧,在灵前哀哀欲绝。于是合族人丁并家下诸人都各遵旧制行事,自不敢紊乱。

贾珍因想着贾蓉不过是个黉门监,灵幡经榜上写时不好看,便是执事也不多。因此心下甚不自在。可巧,这日正是首七第四日,早有大明宫掌宫内相戴权先备了祭礼,遣人抬来;次后坐了大轿,打伞鸣锣,亲来上祭。贾珍忙接着,让至逗蜂轩献茶。贾珍心中打算定了主意,因而趁便就说要与贾蓉蠲个前程的话。戴权会意,因笑道:“想是为丧礼上风光些?”贾珍忙笑道:“老内相所见不差!”戴权道:“事道凑巧,正有个美缺。如今三百员龙禁尉短了两员。昨儿襄阳侯的兄弟老三来求我,现拿了一千五百两银子送到我家里。你知道,咱们都是老相遇,不拘怎么样,看着他爷爷的分上,胡乱应了。还剩了一个缺,谁知永兴节度使冯胖子来求,要与他孩子蠲。我就没工夫应他。既是咱们的孩子要蠲,快写个履历来。”贾珍听说,忙分付:“快命书房里人恭敬写了大爷的履历来!”小厮不敢怠慢,去了一刻,便拿了一张红纸来与贾珍。贾珍看了,忙送与戴权。戴权看时,上面写道:江南江宁府江宁县监生贾蓉,年二十岁。曾祖,原任京营节度使世袭一等神威将军贾代化;祖,乙卯科进士贾敬;父,世袭三品爵威烈将军贾珍。戴权看了,回手便递与一个贴身的小厮收了,说道:“回来送与户部堂官老赵,说我拜上他,起一张五品龙禁尉的票,再给个执照,就把那履历填上。明儿我来兑银子送去。”小厮答应了。戴权也就告辞了。贾珍十分款留不住,只得送出府门。临上轿,贾珍因问:“银子还是我到部兑,还是一并送入老内相府中?”戴权道:“若到部里,你又吃亏了。不如平准一千二百银子,送到我家里就完了。”贾珍感谢不尽,只说“待服满后,亲带小犬到府中叩谢”,于是作别。

接着,又听喝道之声。原来是忠靖侯史鼎的夫人来了。王夫人、邢夫人、凤姐等刚迎至上房,又见锦乡侯、川宁侯、寿山伯三家祭礼摆在灵前。少时,三家下轿。贾政等忙接上大厅。如此,亲朋你来我去,也不能胜数。只这四十九日,宁国府街上,一条白漫漫人来人往,花簇簇宦去官来。

贾珍命贾蓉次日换了吉服,领凭回来,灵前供用执事等物,俱按五品职例。灵牌疏上皆写:天朝诰授贾门秦氏恭人之灵位。会芳园的临街大门洞开,现在两边起了鼓乐厅,两般青衣按时奏乐,一对对执事摆的刀斩斧齐,更有四面朱红销金大字牌,对竖在门外。上面大书:

防护内庭紫禁道御前侍卫龙禁尉。

对面高起着宣坛，僧道对坛榜文，榜上大书："世袭宁国公冢孙媳防护内庭御前侍卫龙禁尉贾门秦氏恭人之丧。四大部州至中之地，奉天永运太平之国，总理虚无寂静教门僧录司正堂万虚，总理元始三一教门道录司正堂叶生等，敬谨修斋朝天叩佛！"以及"恭请诸伽蓝、揭谛、功曹等神，圣恩普锡，神威远镇"，"四十九日消灾洗孽平安水陆道场"，诸如等语，馀者亦不消烦记。

只是贾珍虽然心意满足，但里头尤氏又犯了旧疾，不能料理事务，惟恐各诰命来往，亏了礼数，怕人笑话。因此心中不自在。当下正忧虑时，因宝玉在侧问道："事事都算安贴了，大哥哥还愁什么？"贾珍见问，忙将里面无人的话说了出来。宝玉听说，笑道："这有何难？我荐一个人与你，权理这一个月的事，管必妥当。"贾珍忙问是谁，宝玉见座间还有许多亲友，不便明言，走至贾珍耳边说了两句；贾珍听了，喜不自禁，连忙起身，笑道："果然安贴！如今就去。"说着，拉了宝玉，辞了众人，便往上房里来。

可巧这日非正经日期，亲友来的少，里面不过几位近亲堂客。邢夫人、王夫人、凤姐并合族中的内眷陪坐。有人报说："大爷进来了！"吓的众婆娘嗯的一声，往后藏之不迭，独凤姐款款站了起来。贾珍此时也有些病症在身，二则过于悲痛了，因拄了拐踱了进来。邢夫人等因说道："你身上不好，又连日事多，该歇歇才是。又进来做什么？"贾珍一面扶拐，扎挣着要蹲身跪下，请安道乏。邢夫人等忙叫宝玉搀住，命人挪椅子来与他坐。贾珍断不肯坐，因勉强陪笑道："侄儿进来，有一件事要恳求二位婶婶并大妹妹。"邢夫人等忙问什么事。贾珍忙笑道："婶婶自然知道，如今孙子媳妇没了，侄儿媳妇偏又病倒。我看里头着实不成个体统。怎么屈尊大妹妹一个月，在这里料理料理，我就放心了。"邢夫人笑道："原来为这个？你大妹妹现在你二婶子家，只合你二婶子说就是了。"王夫人忙道："他一个小孩子家，何曾经过这样事？倘或料理不清，反叫人笑话。到是再烦别人好。"贾珍笑道："婶子的意思，侄儿猜着了，是怕大妹妹劳苦了。若说料理不开，我包管必料理的开。便是错一点儿，别人看着还是不错的。从小儿大妹妹顽笑着就有杀伐决断；如今出了阁，又在那府里办事，越发历练老成了。我想了这几日，除了大妹妹，再无人了。婶婶不看侄儿、侄儿媳妇的分上，只看死了的分上罢。”说着，滚下泪来。

王夫人心中怕的是凤姐儿未经过丧事，怕他料理不清，惹人笑话。今见贾珍苦苦的说到这步田地，心中已活了几分，却又眼看着凤姐出神。那凤姐素日最喜揽办，好卖弄才干。虽然当家妥当，也因未办过婚丧大事，恐人还不服，巴不得遇见这事。今日见贾珍如此一来，他心中早已欢喜。先见王夫人不允，后见贾珍说的情真，王夫人有活动之意，便向王夫人道：“大哥哥说的这么恳切，太太就依了罢。”王夫人悄悄的道：“你可能么？”凤姐道：“有什么不能的？外面的大事，大哥哥已经料理清了，不过是里头照管照管。便是我有不知道的，问问太太就是了。”王夫人见说的有理，便不则声。贾珍见凤姐允了，又陪笑道：“也管不得许多了，横竖要求大妹妹辛苦辛苦。我这里先与妹妹行礼。等事完了，我再到那府里去谢。”说着，就作揖下去，凤姐儿还礼不迭。

贾珍便向袖中取了宁国府对牌出来，命宝玉送与凤姐。又说：“妹妹爱怎么样就怎么样，要什么只管拿这个取去，也不必问我。只别存心替我省钱，只要好看为上；二则也要与那府里一样待人才好，不要存心怕人抱怨。只这两件外，我再没不放心的了。”凤姐不敢就接牌，只看着王夫人。王夫人道：“你哥哥既这么说，你就照看照看罢了。只是别自作主意，有了事，打发人问你哥哥、嫂子要紧。”宝玉早向贾珍手里接过对牌来，强递与凤姐了。贾珍又问：“妹妹还是住在这里？还是天天来呢？若是天天来，越发辛苦了。不如我这里赶着收拾出一个院落来。妹妹住过这几日到安稳。”凤姐笑道：“不用。那边也离不得我。到是天天来的好。”贾珍听说，只得罢了。然后又说了一回闲话，方才出去。一时，女眷散后，王夫人因问凤姐：“你今儿怎么样？”凤姐儿道：“太太只管请回去。我须得先理出一个头绪来才回去得呢。”王夫人听说，先同邢夫人等回去。不在话下。

这里凤姐来至三间一所抱厦内坐了，因想：“头一件是人口混杂，遗失东西；第二件，事无专执，临期推委；第三件，需用过废，滥支冒领；第四件，任无大小，苦乐不均；第五件，家人豪纵，有脸者不服钤束，无脸者不能上进。此五件，实是宁国府中风俗。”不知凤姐如何处治，且听下回分解。正是：

金紫万千谁治国，裙钗一二可齐家。

第十四回　林如海捐馆扬州城　贾宝玉路谒北静王

话说宁国府中都总管来升，闻得里面委请了凤姐，因传齐同事人等，说道："如今请了西府里琏二奶奶管理内事。倘或他来支取东西或是说话，我们须要比往日小心些。每日大家早来晚散，宁可辛苦这一个月，过后再歇着，不要把老脸面丢了。那是个有名的烈货，脸酸心硬，一时恼了不认人的。"众人都道："有理。"又有一个笑道："论理我们里面也须得他来整治整治，都特不像了。"正说着，只见来旺媳妇拿了对牌，来领取呈文、京榜纸札，票上批着数目。众人连忙让坐、到茶，一面命人按数取纸来抱着，同来旺媳妇一路行来，至仪门口，方交与来旺媳妇自己抱进去了。

凤姐即命彩明定造簿册，即时传来升媳妇兼要家口花名册来查看。又限于明日一早，传齐家人媳妇进来听差等话。大概点了一点数目单册，问了来升媳妇几句话，便坐了车回家。一宿无话。

至次日，卯正二刻便过来了。那宁国府中婆娘、媳妇闻得到齐，只见凤姐正与来升媳妇分派，众人不敢擅入，只在窗外听觑。只听凤姐与来升媳妇道："既托了我，我就说不得要讨你们嫌了。我可比不得你们奶奶好性儿，由着你们去，再不要说你们这府里'原是这样的'，这如今可要依着我行，错我半点儿，管不得谁是有脸的，谁是没脸的，一例现清白处治！"说着，便分付彩明念花名册，按名一个一个的唤进来看视。

一时看完了，便又分付道："这二十个分作两班，一班十个，每日在里头单管人来客往到茶，别的事不用他们管。这二十个也分两班，每日单管本家亲戚茶饭，别的事也不用他们管。这四十个人，也分作两班，单在灵前上香添油、挂幔守灵、供饭供茶、随起举哀，别的事也不与他们相干。这四个人单在内茶坊，收管杯碟茶器，若少一件，便叫他四个描陪。这四个人，单管酒饭器皿，少一件便叫他四个描陪。

这八个人,单管监收祭礼。这八个人单管各处灯油、蜡烛、纸札。我总支了来交与你八个,然后按我的定数,再往各处去分派。这三十个,每日轮流各处上夜,照管门户,监察火烛,打扫地方。这下剩的,按着房屋分开,某人守某处,某处所有棹椅、古董起至于痰盒担帚,一草一苗,或丢或坏,就合守这处的人算账描陪;来升家的每日揽总查看。或有偷懒的,赌钱吃酒的,打架办嘴的,立刻来回我。你要徇情,经我查出,三四辈子的老脸就顾不成了。如今都有了定规,以后那一行乱了,只合那一行说话。素日跟我的随身,自有钟表,不论大小事,我是皆有一定的时辰,横竖你们上房里也有时辰钟,卯正二刻我来点卯,巳正吃早饭。凡有领牌回事者,只在午初刻。戌初烧过黄昏纸,我亲到各处查一遍,回来上夜的交明钥匙。第二日还是卯正二刻过来。说不得咱们大家辛苦这几日。事完,你们家大爷自然赏你们。"

说毕,又分付按数发与茶叶、油烛,鸡毛担子、笤帚等物,一面又搬取家伙——棹围、椅搭、坐褥、毡席、痰盒、脚踏之类。一面交发,一面提笔登记:某人管某处,某人领某物,开得十分清楚。众人领了去,也都有了投奔,不似先时只拣便宜的做,剩下苦差没个招揽。各房中也不能趁乱失迷东西,便是人来客往也都安静了。不比先前正摆茶,又去端饭;正陪举哀,又顾接客。如这些无头绪、荒乱、推托、偷闲、窃取等弊,次日一概独蠲了。

凤姐儿见自己威重令行,心中十分得意。因见尤氏犯病,贾珍又过于悲哀,不大进饮食,自己每日从那府里煎了各色细粥,精致小菜,命人送来劝食。贾珍也另外分付每日送上等菜到抱厦内,单与凤姐。那凤姐不畏勤劳,天天于卯正二刻就过来点卯、理事,独在抱厦内起坐,不与众妯娌合群,便有堂客来往也不迎会。

这日正五七正五日上,那应佛僧正开方破狱,传灯照亡,参阎君,拘都鬼,筵请地藏王,开金桥,引幢幡;那道士们正伏章伸表,朝三清,叩玉帝;禅僧们行香,放焰口,拜水忏;又有十三众青年尼僧,搭绣衣,靸红鞋,在灵前默诵接引诸咒,十分热闹。那凤姐必知今日人客不少,在家中歇宿一夜,至寅正,平儿便请起来梳洗,及收拾完备,更衣盥手,喝了两口奶子糖粳粥,漱口已毕,已是卯正二刻了。来旺媳妇率领诸人伺候已久。凤姐出至厅前,上了车,前面打了一对明角灯,大书"荣国府"三个大字,款款来至宁府。大门上门灯朗挂,两边一色戳灯,照如白昼,白茫茫穿孝仆从两边侍立。请车至正门上,小厮等退去,众媳妇上来揭起车帘,凤姐下了车,一手扶着丰儿,两个媳妇执着手把灯罩,撮拥着凤姐进来。宁府诸媳妇迎来请安,接待。凤姐缓缓走入会芳园中登仙阁灵前,一见了棺材,那眼泪恰似断线珍珠滚将下来。院中许多小厮垂手伺候烧纸。凤姐分付得一声:"供茶!烧纸!"只听得一棒锣鸣,诸乐齐奏,早有人端过一张大圈椅来,放在灵前。凤姐坐下,放声大哭。于是里外男女上下,见凤姐出声,都忙接声嚎哭。一时,贾珍、尤氏遣人来劝,凤姐方才止住。

来旺媳妇献茶漱口毕,凤姐方起身,别过族中诸人,自入抱厦内来。按名查点,各项人数都已到齐,只有迎送客上的一人未到。即命传到。那人已张惶愧惧。凤姐冷笑道:"我说是谁误了,原来是你?你原比他们有体面,所以才不听我的话。"那人道:"小的天天来的早,只有今日醒了,觉得早些,因又睡迷了,来迟了一步。求奶奶饶过这次。"正说着,只见荣国府中的王兴的媳妇来了,在前面探头。凤姐且不发放这人,却先问王兴媳妇作什么。王兴媳妇爬不得先问他,完了事。连忙进来说:"领牌取线,打车轿网络。"说着,将个帖儿递上去。凤姐命彩明念道:"大轿两顶,小轿四顶,车四辆,共用大小络子若干根,用珠儿线若干斤。"凤姐听了数目相合,便命彩明登记,取荣府对牌掷下。王兴家的去了。凤姐方欲说话时,只见荣府四个执事人进来,都是要支取东西领牌来的。凤姐命彩明要了帖儿,念过听了,共四件。凤姐因指两件说道:"这两件开销错了,再算清来取。"说着,掷下帖子来。那二人扫兴而去。凤姐因见张材家的在傍,因问道:"你有什么事?"张材家的忙取帖儿回说道:"就是方才车轿围做成,领取裁缝工银若干两。"凤姐听了,便收了帖子,命彩明登记,待王兴交过牌,得了买办的回押,相符,然后方与张材家的去领。一面又命念那一个,是为宝玉外书房完竣,支买纸料糊裱。凤姐听了,即命收帖儿、登记,待张材家的缴清,又发与这人去了。

凤姐便说道:"明儿他也睡迷了,后儿我也睡迷了,将来都没有人了。本来要饶你,只是我头一次宽了,下次人就难管,不如开发的好。”登时放下脸来,喝命:“带出打二十大板!”一面又掷下宁府对牌:“出去说与来升,革他一月银米。”众人听了,又见凤姐眉立,知是恼了,不敢怠慢,拖人的出去拖人,执牌传谕的忙去传谕。那人身不由己,已拖出去挨了二十大板,还要进来叩谢。凤姐道:“明儿再有误的,打四十;后日的,六十。有不怕打的,只管误。”说着,分付:“散了罢!”窗外众人听说,方各自执事去了。彼时荣国、宁国二处执事领牌交牌的人来往不绝。那抱愧被打之人,含羞去了。这才知道凤姐的利害。众人不敢偷安,自此兢兢业业,执事保守,不在话下。

如今且说宝玉,因见今日人众,恐秦钟受了委曲。因默与他商议,要同他往凤姐处来坐。秦钟道:“他的事多,况且不喜人去,咱们去了,他岂不烦腻?”宝玉道:“他怎好腻我们?不相干,只管跟我来。”说着,便拉了秦钟,直至抱厦。凤姐才吃饭,见他们来了,便笑道:“好长腿子,快上来罢。”宝玉道:“我们偏了。”凤姐道:“在这边外头吃的,还是那边吃的?”宝玉道:“这边同那些浑人吃什么!原是那边。我们两个同老太太吃了来的。”一面归座。凤姐吃毕饭,就有宁国府中的一个媳妇来领牌,支取香灯事。凤姐笑道:“我算着你今日该来支取,总不见来,想是忘了?这会子到底来取。要忘了,自然是你们包出来,都便宜了我。”那媳妇笑道:“何尝不是忘了?方才想起来,再迟一步也领不成了。”说毕,领牌而去。

一时,登记、交牌。秦钟因笑道:“你们两府里都是这牌,倘或别人私弄一个,支了银子跑了,怎样?”凤姐笑道:“依你说都没王法了!”宝玉因道:“怎么咱们家没人来领牌子,做东西?”凤姐道:“人家来领的时候,你还做梦呢!我且问你,你们这夜书多早晚才念呢?”宝玉道:“爬不得这如今就念才好。他们只是不快收拾出书房来,这也没法。”凤姐笑道:“你请我一请,包管就快了。”宝玉道:“你要快,也不中用。他们该作到那里的,自然就有了。”凤姐笑道:“便是他们作,也得要东西去,搁不住我不给对牌是难的。”宝玉听说,便猴向凤姐身上要牌,立刻说:“好姐姐!给出牌子来,叫他们要东西去。”凤姐道:“我乏的身上生疼,还搁的住你揉搓?你放心罢,今儿才领了纸裱糊去了。他们该要的,还等叫去呢?可不傻了!"宝玉不信,凤姐便叫彩明查册子与宝玉看了。

正闹着,人〔回〕"苏州去的人昭儿来了"。凤姐急命唤进来。昭儿打千请安。凤姐儿便问:"回来作什么?"昭儿道:"二爷打发回来的。林姑老爷是九月初三日巳时没的。二爷带了林姑娘,同送林姑老爷的灵到苏州,大约赶年底就回来了。二爷打发小的来报个信,请安,讨老太太示下,还瞧瞧奶奶家里好;叫把大毛衣服带几件去。"凤姐道:"你见过别人了没有?"昭儿道:"都见过了。"说毕,连忙退出。

凤姐向宝玉笑道:"你林妹妹可在咱们家住长了。"宝玉道:"了不得!想来这几日,他不知哭的怎么样呢?"说着,蹙眉长叹。

凤姐见昭儿回来,当着人未及细问贾琏。心中自是记挂,待要回去,争奈事情繁杂,一时去了,恐有延迟失误,惹人笑话,少不得奈到晚上回来。复命昭儿进来,细问一路平安信息;连夜打点大毛衣服。合平儿亲自捡点包裹,再细细追想所需何物,一并包藏交付。又细细分付昭儿:"在外好生小心伏侍,不要惹你二爷生气,时时劝他少吃酒,别勾引他认得混账女人,回来打折你的腿。"等语。赶乱完了,天已四更将尽,总睡下又走了困,不觉又是天明鸡唱,忙梳洗,过宁府中来。

那贾珍因见发引日近,亲自坐了车,带了阴阳司吏往铁槛寺来踏看寄灵所在。又一一嘱咐住持色空:"好生预备新鲜陈设,多请名僧以备接灵使用。"色空看晚斋,贾珍也无心茶饭。因天晚,不得进城,就在净空处胡乱歇了一夜。次日早,便进城料理出殡之事。一面又派人先往铁槛寺,连夜另外修饰停灵之处,并厨茶等项接灵人。

里面凤姐见日期在限,也预先逐细分派料理。一面又派荣府中车轿人从跟王夫人送殡,又顾自己送殡去占下处。目今正值缮国公诰命亡故,王、邢二夫人又去打祭、送殡;西安郡王妃华诞送寿礼;镇国公诰命生了长男,预备贺礼;又有胞兄王仁连家眷回南,一面写家信禀叩父母并带往之物;又有迎春染疾,每日请医服药,看医生启帖、症源、药案等事,亦难尽述。又兼发引在迩,因此忙的凤姐茶饭也没工夫吃得,坐卧不能清净。刚到了荣府,宁府的人又跟到荣府;既回到宁府,荣府的人又找到宁府。凤姐见如此,心中到十分欢喜,并不偷安推托,恐落人褒贬。因此日夜不暇,筹画得十分的整肃。于是合族上下,无不称赞者。

这日伴宿之夕,里面两班小戏并耍百戏的,与亲朋堂客伴宿。尤氏犹卧于内寝。一应张罗款待,都是凤姐一人周全承应。合族中虽有许多妯娌,但或有羞口的,或有羞脚的,或有不惯见人的,或有惧贵怯官的,种种之类,都不及凤姐举止舒徐,言语慷慨,珍贵宽大。因此,也不把众人放在眼内,挥霍指示,任其所为,目若无人。一夜中灯明火彩,客送官迎,那百般热闹自不用说的。至天明,吉时已到,一般六十四名青衣请灵,前面铭旌上大书:

奉天洪建兆年不易之朝,诰封一等宁国公冢孙妇防护内庭紫禁道御前侍值龙禁尉享强寿贾门秦氏恭人之灵柩。

一应执事陈设,皆系现赶着新做出来的,一色光艳夺目。宝珠自行未嫁女之礼外,摔丧驾灵,十分哀苦。

那时官客送殡的,有镇国公牛清之孙,现袭一等伯牛继宗;理国公柳彪之孙,现袭一等子柳芳;齐国公陈翼之孙,世袭三品威镇将军陈瑞文;治国公马魁之孙,世袭三品威远将军马尚;修国公侯晓明之孙,世袭一等子侯孝康;缮国公诰命亡故,其孙石光珠守孝不曾来得。这六家与宁、荣二家,当日所称“八公”的便是。馀者更有:南安郡王之孙,西宁郡王之孙,忠靖侯史鼎,平原侯之孙世袭二等男蒋子宁,定城侯之孙世袭二等男兼京营游击谢鲸,襄阳侯之孙世袭二等男戚建辉,景田侯之孙五城兵马司裘良。馀者,锦乡伯公子韩奇,神武将军公子冯紫英,陈也俊、卫若兰等诸王孙公子,不可枚数。堂客算来亦共有十来顶大轿,三四十顶小轿,连家下大小轿、车辆不下百十馀乘。连前面各色执事、陈设、百耍,浩浩荡荡,一带摆三四里远。

走不多时,路傍彩棚高搭,设席张筵,和音奏乐,俱是各家路祭。第一座是东平王府祭棚,第二座是南安郡王祭棚,第三座是西宁郡王祭棚,第四座是北静郡王祭棚。原来这四王当日惟北静王功高,及今子孙犹袭王爵。现今北静王水溶,年未弱冠,生得形容秀美,情性谦和。近闻宁国府冢孙妇告殂,因想当日彼此祖父相遇之情,同难同荣,未以异姓相视,因此不以王位自居,上日也曾探丧、上祭,如今又设路奠,命麾下各官在此伺候。自己五更入朝,公事已毕,便换了素服,坐大轿鸣锣张伞而来。至棚前落轿,手下各官两傍拥侍,军民人众不得往还。一时,只见宁府大殡浩浩荡荡,压地银山一般,从北而至。

早有宁府开路传事人看见,连忙回去报与贾珍。贾珍急命前面驻扎,同贾赦、贾政三人,连忙迎来,以国礼相见。水溶在轿内欠身含笑答礼。仍以世交称呼、接待,并不妄自尊大。贾珍道:“犬妇之丧,累蒙驾下临,荫生辈何以克当?”水溶笑道:“世交之谊,何出此言?”遂回头命长府官主祭、代奠。贾赦等一傍还礼毕,复身又来谢恩。水溶十分谦逊,因问贾政道:“那一位是衔玉而诞者?几次要见一见,都为杂冗所阻。想今日是来的,何不请来一会?”贾政听说,忙回去,急命宝玉脱去孝服,领他前来。那宝玉素日就曾听得父兄、亲友人等说闲话,时常赞水溶是个贤王,且生得才貌双全,风流潇洒。每不以官俗国体所缚,每思相会,只是父亲拘束严密,无由得会。今见反来叫他,自是欢喜。一面走,一面早瞥见那水溶坐在轿内,好个仪表人材。不知近看时,又是怎样。下回便知。

第十五回 王熙凤弄权铁槛寺 秦鲸卿得趣馒头庵

话说宝玉举目见北静郡王水溶，头上带着洁白簪缨银翅王帽，穿着江牙海水五爪坐龙白蟒袍，系着碧玉红鞓带，面如美玉，目似明星，真好秀丽人物。宝玉忙抢上来参见，水溶连忙从轿内伸出手来挽住。见宝玉带着束发银冠，勒着双龙出海抹额，穿着白蟒箭袖，围着攒珠银带，面若春花，目如点漆。水溶笑道："名不虚传，果然如宝似玉。"因问："衔的那宝贝在那里？"宝玉见问，连忙从衣内取了，递与过去。水溶细细看了，又念了那上头的字，因问："果灵验否？"贾政忙道："虽如此说，只是未曾试过。"水溶一面极口称奇道异，一面理好彩绦，亲自与宝玉带上。又携手问宝玉几岁，读何书？宝玉一一答应。

水溶见他言语清楚，谈吐有致，一面又向贾政笑道："令郎真乃龙驹凤雏！非小王在世翁前唐突，将来'雏凤清于老凤声'，未可谅也。"贾政忙陪笑道："犬子岂敢谬承金奖。赖藩郡馀祯，果如是言，亦荫生辈之幸矣。"水溶又道："只是一件，令郎如是资致，想老太夫人、夫人辈自然钟爱极矣。但吾辈后生，甚不宜钟溺；钟溺则未免荒失学业。昔小王曾陷此辙，想令郎亦未必不如是也。若令郎在家难以用功，不妨常到寒第。小王虽不才，却多蒙海上众名士凡至都者，未有不另垂青目，是以寒第高人颇聚。令郎常去谈会谈会，则学问可以日进矣。"贾政忙躬身答应。水溶又将腕上一串念珠卸了下来，递与宝玉道："今日初会，伧促竟无敬贺之物，此系前日圣上亲赐鹡鸰香念珠一串，权为贺敬之礼。"宝玉连忙接了，回身奉与贾政。贾政与宝玉一齐谢过。于是贾赦、贾珍等一齐上来请回舆。水溶道："逝者已登仙界，非碌碌你我尘寰中之人也。小王虽上叩天恩，虚邀郡袭，岂可越仙辆而进也。"贾赦等见执意不从，只得告辞。谢恩回来，命手下掩乐、停音，滔滔然将殡过完，方让水溶回舆去了，不在话下。

且说宁府送殡，一路热闹非常。刚至城门前，又有贾赦、贾政、贾珍等诸同僚、属下各家祭棚接祭，一一的谢过，然后出城，竟奔铁槛寺大路行来。彼时贾珍带贾蓉来到诸长辈前，让坐轿、上马，因而贾赦一辈的各自上了车、轿；贾珍一辈的也将要上马，凤姐因记挂着宝玉，怕他在郊外纵性逞强，不服家人的话，贾政管不着这些小事，惟恐有个闪失，难见贾母。因此，便命小厮来唤他。宝玉只得来到他的车前。凤姐笑道："好兄弟，你是个尊贵人，女孩儿一样的人品，别学他们猴在马上。下来，咱们姐儿两个坐车，岂不好？"宝玉听说，便忙下了马，爬入凤姐车上，二人说笑前进。

不一时，只见从那边两骑马压地飞来，离凤姐车不远，一齐蹿下来，扶车回说："这里有下处，奶奶请歇更衣。"凤姐急命请邢夫人、王夫人的示下。那人回来说："太太们说不用歇了，叫奶奶自便罢。"凤姐听了，便命歇歇再走。众小厮听了，一带辕马，岔出人群，往北飞走。宝玉在车内急命："请秦相公！"那时，秦钟正骑马随着他父亲的轿，忽见宝玉的小厮跑来，请他去打尖。秦钟看时，只见凤姐的车往北而去，后面拉着宝玉的马，搭着鞍笼，便知宝玉同凤姐坐车。自己也便带马赶上来，同入一庄门内。早有家人将众庄汉撵尽。那时庄人家无多房舍，婆娘们无处回避，只得由他们去了。那些村姑庄妇，见了凤姐、宝玉、秦钟的人品衣服，礼数款段，岂有不爱看的？

一时凤姐进入茅堂，因命宝玉等先出去顽顽。宝玉等会意，因同秦钟出来，带着小厮们各处游玩。凡庄农动用之物，皆不曾见过。宝玉一见了锹、镢、锄、犁等物，皆以为奇，不知何向所使，其名为何。小厮在傍，一一的告诉了名色，说明原委。宝玉听了，因点头叹道："怪道古人诗上说，'谁知盘中餐，粒粒皆辛苦'。正为此也。"一面说，一面又至一间房前，只见炕上有个纺车。宝玉又问小厮们："这又是什么？"小厮们又告诉他原委。宝玉听说，便上来拧转作耍，自为有趣。只见一个约有十七八岁的村庄丫头跑了来，乱嚷："别动坏了！"众小厮忙断喝、搁阻；宝玉忙丢开手，陪笑说道："我因为无见过这个，所以试他一试。"那丫头道："你们那里会弄这个？站开了，我纺与你瞧。"秦钟暗拉宝玉笑道："此卿大有意趣。"宝玉一把推开，笑道："该死的！再胡说，我就打了。"说着，只见那丫头纺起线来。宝玉正要说话时，只听那边老婆子叫道：“二丫头，快过来！”那丫头听见，丢下纺车，一径去了。宝玉怅然无趣。

只见凤姐打发人来，叫他两个进去。凤姐洗了手，换衣服抖灰土，问他们换不换。宝玉不换，只得罢了。家下仆妇们将带着行路的茶壶、茶杯、十锦屉盒、各样小食端来。凤姐等吃过茶，待他们收拾完备，便起身上车。外面旺儿预备下赏封，赏了本村主人，庄妇等来叩赏。凤姐并不在意，宝玉却留心看时，内中并无二丫头。一时上了车出来，走不多远，只见迎头二丫头怀里抱着他小兄弟，同着几个小女孩子说笑而来。宝玉恨不得下车跟了他去，料是众人不依的，少不得以目相送。争奈车轻马快，一时展眼无踪。

走不多时，仍又跟上了大殡。早有前面法鼓、金铙、幢幡、宝盖，铁槛寺接灵众僧齐至。少时，到入寺中，另演佛事，重设香坛，安灵于内殿。偏室之中，宝珠安理寝室相伴。外面贾珍款待一应亲友。也有扰饭的，也有不吃饭而辞的，一应谢过乏，从公、侯、伯、子、男，一起一起的散去，至未末时分，方散尽了。里面的堂客，皆是凤姐张罗接待，先从显官诰命散起，也到晌午大错时，方散尽了。只有几个亲戚，是至近的，等做过三日安灵道场方去。那时邢、王二夫人知凤姐必不能回家，也便就要进城。王夫人要带宝玉去。宝玉乍到郊外，那里肯回去？只要跟凤姐住着。王夫人无法，只得交与凤姐，便回来了。

原来这铁槛寺，原是宁、荣二公当日修造，现今还是有香火、地亩、布施，以备京中老了人口，在此便宜寄放。其中阴阳两宅，俱已预备妥贴，好为送灵人口寄居。不想如今后辈人口繁盛，其中贫富不一，或性情参商。有那家业艰难安分的，便住在这里了；有那上排场有钱势的，只说这里不方便，一定另外或村庄、或尼庵，寻个下处为事毕晏退之所。即今秦氏之丧，族中诸人皆权在铁槛寺下榻，独有凤姐嫌不方便，因而早遣人来和馒头庵的姑子净虚说了，腾出两间房子来作下处。

原来这馒头庵就是水月寺。因他庙里做的馒头好，就起了这个混号，离铁槛寺不远。当下和尚工课已完，奠过晚茶，贾珍便命贾蓉请凤姐歇息。凤姐见还有几个妯娌陪着女亲，自己便辞了众人，带了宝玉、秦钟，往水月庵来。原来秦业年迈多病，不能在此，只命秦钟等待安灵罢了。那秦钟便只跟着凤姐、宝玉。一时到了水月庵，净虚带领智善、智能两个徒弟出来迎接，大家见过。凤姐等来至净室，更衣净手毕，因见智能儿越发长高了，模样儿越发出息了，因说道："你们师徒怎么这些日子也不往我们那里去？"净虚道："可是这几天都无工夫。因胡老爷府里产了公子，太太送了十两银子来这里，叫请几位师傅念三日《血盆经》。忙的无个空儿，就无来请太太的安。"

不言老尼陪着凤姐。且说秦钟、宝玉二人正在殿上顽耍，因见智能过来，宝玉笑道："能儿来了。"秦钟道："理那个东西作什么？"宝玉笑道："你别弄鬼！那一日在老太太屋里，一个人无有，你搂着他作什么？这会子还哄我。"秦钟笑道："这可是没有的话。"宝玉笑道："有无有也不管你。你只叫住他，到碗茶来我吃，就丢开手。"秦钟笑道："这又奇了！你叫他到去还怕他不到？何必要我说呢！"宝玉道："我叫他到的是无情意的，不及你叫他到的是有情意的。"秦钟只得说道："能儿，到碗茶来给我。"那智能儿自幼在荣府走动，无人不识，因常与宝玉、秦钟顽耍。他如今大了，渐知风月，便看上了秦钟人物风流。那秦钟也极爱他妍媚。二人虽未上手，却已情投意合了。今能儿见了秦钟，心眼俱开，走去到了茶来。秦钟笑说："给我！"宝玉叫："给我！"智能儿抿嘴笑道："一碗茶也来争，我难道手里有蜜？"宝玉先抢得了，吃着，方要问话，只见智善来叫智能去摆茶碟子。一时，来请他两个去吃茶果点心。他两个那里吃这些东西，坐一坐，仍出来顽笑。

凤姐也略坐片时，便回至净室歇息。老尼相送。此时，众婆娘媳妇见无事，皆陆续散了，自去歇息。跟前不过几个心腹常侍小婢。老尼便趁机说道："我正有一事要到府里求太太，先请奶奶一个示下。"凤姐因问何事。老尼道："阿弥陀佛！只因当日我先在长安县内善才庵内出家的时节，那时有个施主姓张，是大财主，他有个女儿，小名金哥。那年都往我庙里来进香，不想遇见了长安府府太爷的小舅子李衙内。那李衙内一心看上，要娶金哥，打发人来求亲。不想金哥已受了原任长安守备的公子的聘礼。张家若退亲，又怕守备不依，因此说有了人家。谁知李公子执意不依,定要娶他女儿。张家正无计策,两处为难。不想守备家听了此信,也不管青红皂白,便来作践辱骂,说:‘一个女儿许几家,偏不许退定礼!’就要打官司告状起来。那张家急了,只得着人上京求寻门路,赌气偏要退定礼。我想,如今长安节度云老爷与府上最契,可以求太太与老爷说声,打发一封书去求云老爷和那守备说一声,不怕那守备不依。若是肯行,张家连家孝敬也都情愿。”凤姐听了,笑道:“这事到不大。只是太太再不管这样的事。”老尼道:“太太不管,奶奶也可以主张了。”凤姐听说,笑道:“我也不等银子使,也不作这样的事。”净虚听了,打去妄想,半晌叹道:“虽如此说,只是张家已知我来求府里,如今不管这事,张家不知道没工夫管这事,不稀罕他的谢礼,到像府里连这点子手段也无有的一般。”

凤姐听了这话,便发了兴头,说道:“你是素日知道我的,从来不信什么阴司、地狱、报应的。凭是什么事,我说要行就行。你叫他拿三千两银子来,我就替他出这口气。”老尼听说,喜之不尽,忙说:“有有有,这个不难!”凤姐又道:“我比不得他们,拉蓬扯牵的图银子。这三千银子,不过是给打发说去的小厮作盘缠,使他赚几个辛苦钱,我一个钱也不要他的。便是三万两,我此刻还拿得出来。”老尼连忙答应,又说道:“既如此,奶奶明日就开恩也罢了。”凤姐道:“你瞧瞧我忙的,那一处少了我?既应了你,自然快快的了结。”老尼道:“这点子事在别人跟前,就忙的不知怎么样;若是奶奶跟前,再添上些,也不彀奶奶一发挥的。只是俗语说的‘能者多劳’,太太因大小事见奶奶妥贴,越性都推给奶奶了。奶奶也要保重金体才是。”一路话奉承的凤姐越发受用了,也不顾劳乏,更攀谈起来。

谁想秦钟趁黑无人,来寻智能。刚到后面房中,只见智能独在房中洗茶碗,秦钟跑来便搂着亲嘴。智能急的跺脚说:“这算什么呢?再这么,我就叫唤了。”秦钟求道:“好人!我已急死了!你今儿再不依,我就死在这里。”智能道:“你想怎么样?除非等我出了这个牢坑,离了这些人,才依你。”秦钟道:“这也容易,只是远水救不得近渴。”说着,一口吹了灯,满屋漆黑,将智能抱在炕上,就云雨起来。

那智能百般挣挫不起，又不好叫的，少不得依他了。正在得趣，只见一人进来，将他二人按住，也不则声。二人不知是谁，唬的不敢动一动。只听那人嗤的一声，掌不住笑了。二人听声，方知是宝玉，秦钟连忙起身，抱怨道："这算什么！"宝玉笑道："你到不依？咱们就叫喊起来！"羞的智能趁黑地跑了。宝玉拉了秦钟出来道："你可还和我强？"秦钟笑道："好人！你只别嚷的众人知道。你要怎么样，我都依你。"宝玉笑道："这会子也不用说，等一会睡下，再细细的算账。"一时宽衣安歇的时节，凤姐在里间，秦钟、宝玉在外间，满地下皆是家下婆子打铺、坐更。凤姐因怕通灵玉失落，便等宝玉睡下，命人拿来塞在自己枕边。宝玉不知与秦钟算何账目，未见真切，未曾记得，此系疑案，不敢纂创。

一宿无话，至次日一早，便有贾母、王夫人打发人来看宝玉。又命多穿两件衣服，无事宁可回去。宝玉那里肯回去，又有秦钟恋着智能，调唆宝玉求凤姐再住一天。凤姐想了一想，凡丧仪大事虽妥，还有一半点小事未曾安插，可以指此再住一天，岂不又在贾珍跟前送了满情？二则又可以完净虚的那事；三则顺了宝玉的心，贾母听见，岂不欢喜？因有此三益，便向宝玉道："我的事都完了，你要在这里逛，少不得越性辛苦一日罢了。明日可是定要走的了。"宝玉听说，千姐姐、万姐姐的央求："只住一天，明日必回去的。"于是又住了一夜。凤姐便命悄悄将昨日老尼姑之事说与来旺儿。来旺儿心中俱已明白，急忙进城，找着主文的相公，假托贾琏所嘱，修书一封，连夜往长安县来。不过百里路程，两日工夫俱已妥协。那节度使名唤云光，久欠贾府之情，这一点小事，岂有不允之理？给了回书，旺儿回来，且不在话下。

却说凤姐等又过了一日。次日，方别了老尼，着他三日后往府里去讨信。那秦钟与智能百般不忍分离，背地里多少幽情密约，俱不用细述，只得含泪而别。凤姐又至铁槛寺中照望一番，宝珠致意不肯回家。贾珍只得派妇女相伴，后文再见。

第十六回 贾元春才选凤藻宫 秦鲸卿夭逝黄泉路

却说宝玉见收拾了外书房,约定与秦钟读夜书。偏那秦钟秉性最弱,因在郊外受了些风霜,又与智能儿偷期绻缱,未免失于调养,回来时便咳嗽伤风,懒进饮食,大有不胜之态,遂不敢出门,只在家中养息。宝玉便扫了兴头,只得付于无可奈何,且自静候大愈时再约。

那凤姐儿已是得了云光的回信,俱已妥协。老尼达知张家,果然那守备忍气吞声的收了前聘之物。谁知那个张财主虽如此爱势贪财,却养了一个知义多情的女儿,闻得父母退了亲事,他便一条绳索悄悄的自缢了。那守备之子闻得金哥自缢,他也是个极多情的,遂也投河而死。只落得张、李两家没趣,真是人财两空。这里凤姐却坐享了三千两。王夫人等连一点消息也不知道。自此凤姐胆识愈壮,以后有了这样的事,便恣意的作为起来,也不消多记。

一日,正是贾政的生辰。宁、荣二处人丁都齐集庆贺,闹热非常。忽有门吏忙忙进来,至席前报说:“有六宫都太监夏老爷降旨!”吓得贾赦、贾政等一干人不知是何消息,忙止了戏文,撤去酒席,摆香案,启中门跪接。早见六宫都监夏守忠乘马而至,前后左右又有许多内监跟从。那夏守忠也不曾负诏、捧敕,至檐前下马,满面笑容,走至厅上,南面而立,口内说:“特旨,立刻宣贾政入朝,在临敬殿陛见。”说毕,也不及吃茶,便乘马去了。贾赦等不知是何兆头。只得急忙更衣入朝。

贾母等合家人等心中皆惶惶不定,不住的使人飞马来往报信。有两个时辰工夫,忽见赖大等三四个管家,喘吁吁跑进仪门报喜。又说“奉老爷命,速请老太太带领太太等进朝谢恩”等语。那时贾母正心神不定,在大堂廊下伫立。邢夫人、王夫人、尤氏、李纨、凤姐、迎春姊妹,以及薛姨妈等皆在一处。听如此信至,贾母便唤进赖大来,细问端的。赖大禀道:“小的们只在临敬门外伺候,里头的信息一概不能得知。后来还是夏太监出来道喜说,咱家大小姐晋封为凤藻宫尚书,加封贤德妃。后来老爷出来,亦如此分付小的。如今老爷又往东宫去了,速请老太太领着太太们去谢恩。”贾母等听了方心神安定,不免又都洋洋喜气盈腮。于是都按品大妆起来。贾母带领邢夫人、王夫人、尤氏,一共四乘大轿入朝。贾赦、贾珍亦换了朝服,带领贾蓉、贾蔷奉侍贾母大轿前往。于是宁、荣二处,上下里外莫不欣然踊跃,个个面上皆有得意之状,言笑鼎沸不绝。

谁知近日水月庵的智能私逃进城,找至秦钟家下,看视秦钟。不意被秦业知觉,将智能逐出,将秦钟打了一顿,自己气的老病发作,三五日的光景,呜呼死了。秦钟本自怯弱,又值带病未愈受了笞打,今见老父气死,此时悔痛无及,更又添了许多症候。因此宝玉心中怅然如有所失。虽闻得元春晋封之事,亦未解得愁闷。贾母等如何谢恩,如何回家,亲朋如何来庆贺,宁、荣两处近日如何热闹,众人如何得意,独他一个皆视有如无,毫不曾介意。因此众人嘲他越发呆了。

且喜贾琏与黛玉回来,先遣人来报信:明日就可到家。宝玉听了,方略有些喜意。细问原由,方知贾雨村亦进京陛见,皆由王子腾累上保本,此来候补京缺,与贾琏是同宗弟兄,又与黛玉有师徒之谊,故同路作伴而来。林如海已葬入祖坟了,诸事停妥,贾琏方进京的。本该出月到家,因闻得元春喜信,遂昼夜兼程而进,一路俱各平安。宝玉只问得黛玉“平安”二字,馀者也就不在意了。好容易盼至明日午错,果然琏二爷和林姑娘进府了!见面时,彼此悲喜交接,未免又大哭一阵,后又致喜庆之词。宝玉心中品度黛玉,越发出落的超逸了。黛玉又带了许多书籍来,忙着打扫卧室、安插器具;又将些纸笔等物分送宝钗、迎春、宝玉等人。宝玉又将北静王所赠鹡鸰香串珍重取出来,转赠黛玉。黛玉说:“什么臭男人拿过的!我不要他!”遂掷而不取。宝玉只得收回,暂且无话。

且说贾琏自回家参见过众人,回至房中。正值凤姐近日多事之时,无片刻闲暇之工,见贾琏远路归来,少不得拨冗接待。房内无外人,便笑道:“国舅老爷大喜!国舅老爷一路风尘辛苦。小的听见昨日的头起报马来报,说今日大驾归府,略预备了一杯水酒掸尘,不知可赐光谬领?”贾琏笑道:“岂敢,岂敢!多承,多承!”一面平儿与众丫嬛参拜毕,献茶。贾琏遂问别后家中的事,又谢凤姐操持劳碌。

凤姐道:“我那里照管得这些事?见识又浅,口角又夯,心肠又直率,人家给个棒捶我就认做针;脸又软,搁不住人给两句好话,心里就慈悲了。况且又无经历过大事,胆子又小,太太略有些不自在,就吓得我连觉也睡不着了。我苦辞了几回,太太又不容辞,到反说我图受用了,不肯习学了。殊不知,我是捻着一把汗儿呢!一句也不敢多说,一步也不敢多走。你是知道的,咱们家所有的这些管家奶奶们,那一位是好缠的?错一点儿,他们就笑话、打趣;偏一点儿,他们就指桑说槐的抱怨;坐山观虎,借剑杀人,引风吹火,站干岸儿,推倒油瓶不扶,都是全挂子的武艺。况且,年纪轻,头等不压众,怨不得不放我在眼里。更可笑那府里忽然蓉儿媳妇死了,珍大哥又再三再四的在太太跟前跪着讨情,只要请我帮他几日。我是再四推辞,太太断不依,只得从命,依旧被我闹了个马仰人番,更不成个体统。至今珍大哥还抱怨、后悔呢。你这一来了,明儿你见了他,好歹描补描补。就说我年纪小,原没见过世面,谁叫大爷错委他的。”

正说着,只听外间有人说话。凤姐便问:“是谁?”平儿进来回道:“姨太太打发香菱妹子来问我一句话,我已经说了,打发他回去了。”贾琏笑道:“正是呢!方才我见姨妈去,不防和一个年轻的小媳妇子撞了个对面。生的好齐整模样,我疑惑咱家并无此人。说话时因问姨妈,谁知就是上京来买的那小丫头,名叫香菱的,竟与薛大傻子作了房里人,开了脸,越发出挑的标致了。那薛大傻子真玷辱了他。”凤姐道:“嗳!往苏杭走了一趟,回来也该见些世面了,还是这么眼馋肚饱的。你要爱他,不值什么,我去拿平儿换了他来,如何?那薛老大也是吃着碗里望着锅里,这一年来的光景,他为要香菱不能到手,和姨妈打了多少饥荒。也因姨妈看着香菱的模样儿好还是末则,其为人行事却又比别的女孩儿不同,温柔安静,差不多的主子姑娘也跟他不上呢。故此摆酒请客的费事,明堂正道的与他作了妾。过了没半月,也看的马棚风的一般了。我到心里可惜了的。”

一语未了,二门上小厮传报:“老爷在大书房等二爷呢。”贾琏听了,忙忙整衣出去。这里凤姐乃问平儿:“方才姨妈有什么事?巴巴的打发香菱来。”平儿笑道:“那里来的香菱?我借他暂撒个慌。奶奶说说,旺儿嫂子越发连个承算也没了。”说着,又走至凤姐身边,悄悄说道:“奶奶的那利钱银子,迟不送来,早不送来,这会子二爷在家,他且送这个来了。幸亏我在堂屋里撞见,不然时,走了来回奶奶,二爷倘或问奶奶是什么利钱,奶奶自然不肯瞒二爷的,少不得照实告诉二爷。我们二爷那脾气,油锅里的钱还要找出来花呢。听见奶奶有了这个梯己,他还不放心的花了呢。所以我赶着接了过来,叫我说了他两句。谁知奶奶偏听见了问,我就撒谎说香菱了。”凤姐听了,笑道:“我说呢!姨妈知道你二爷来了,忽喇八的反打发个房里人来了。原来你这蹄子肏鬼。”

说话时,贾琏已进来。凤姐便命摆上酒馔来,夫妻对坐。凤姐虽善饮,却不敢任性,只陪着贾琏。一时,贾琏的乳母赵妈妈走来,贾琏与凤姐忙让他一同吃酒,令其上炕去。赵嬷致意不肯。平儿等早已炕沿下设下一杌子,又有一小脚踏。赵嬷嬷在脚踏上坐了。贾琏向棹上拣两盘肴馔与他放在杌上自吃。凤姐又道:“妈妈狠咬不动那个,到没的矼了他的牙。”因向平儿道:“早起我说那一碗火腿炖肘子狠烂,正好给妈妈吃。你怎么不取去,赶着叫他们热来。”又道:“妈妈,你尝一尝你儿子带来的惠泉酒。”赵嬷嬷道:“我喝呢。奶奶也喝一钟,怕什么?只不要过多了就是了。我这会子跑来到也不为酒饭,到有一件正紧事,奶奶好歹记在心里,疼顾我些罢。我们的爷,只是嘴里说的好,到了跟前就忘了我们。幸亏我从小儿奶了你这么大。我也老了,有的是那两个儿子,你就另眼照看他们些,别人也不敢跐牙儿的。我还再四的求了你几遍,你答应的到好,到如今还是燥屎。这如今又从天上跑出这样一件大喜事来,那里用不着人?所以到是来求奶奶是正紧,靠着我们爷,只怕我还饿死了呢。”

凤姐笑道:“妈妈你放心!两个奶哥哥都交给我。你从小儿奶的,你还有什么不知道他那脾气的?拿着皮肉到往那不相干的外人身上贴,可是现放着奶哥哥,那一个不比人强?你疼顾照看他们,谁敢说个‘不’字儿?没的白便宜了外人——我这话也说错了,我们看着是外人,你却看着是内人一样呢。"说的满屋里人都笑了。赵妈妈也笑个不住,又念佛道:"可是屋子里跑出青天来了!若说'内人'、'外人'这些混账事,我们爷是没有。不过是脸软心慈,搁不住人求两句罢了。"凤姐笑道:"可不是呢。有'内人'求的,他才慈软呢;他在咱们娘儿们跟前,才是刚硬呢。"赵妈妈笑道:"奶奶说的太尽情了,我也乐了,再吃一杯好酒。从此我们奶奶做了主,我就没的愁了。"

贾琏此时没好意思,只是讪笑吃酒,说"胡说"二字,"快盛饭来吃碗子,还要往珍大爷那边去商议事呢!"凤姐道:"可是别误了正事。才刚老爷叫你说什么?"贾琏道:"就为省亲。"凤姐忙问道:"省亲的事竟准了不成?"贾琏笑道:"虽不十分准,也有八分准了。"凤姐笑道:"可见当今的隆恩。历来听书看戏,古时从来未有的。"赵妈妈又接口道:"可是呢!我也老胡涂了。我听见上上下下吵嚷了这些日子,什么'省亲'不'省亲'?我也不理论他去;如今又说'省亲',到底是怎么个原故?"贾琏道:"如今当今体贴万人之心:世上至大,莫如'孝'字。想来父母儿女之性,皆是一理,不是贵贱上分别的。当今自为日夜侍奉太上皇、皇太后,尚不能略尽孝意,因见宫里嫔妃、才人等皆是入宫多年,以致抛离父母音容,岂有不思想之理?在儿女,思想父母是分所应当;想父母在家,若只管思念儿女,竟不能一见,倘因此成疾致病甚至死亡,皆由朕躬禁锢不能使其遂天伦之愿,亦大伤天和之事。故启奏上皇、太后,每月逢二六日期,准其椒房眷属入宫请候看视。于是太上皇、皇太后大喜,深赞当今至孝纯仁,体天格物。因此二位老圣人又下旨意,说:'椒房眷属入宫,未免有国体仪制,母女尚不能惬怀。'大开方便之恩,特降谕诸椒房贵戚,除二六日入宫之恩外,凡有重宇别院之家,可以驻跸关防之处,不防启请内廷銮舆入其私第,庶可略尽骨肉私情,天伦中之至性。此旨一下,谁不踊跃感戴?现今周贵人的父亲已在家里动了工了,修盖省亲别院呢。又有吴贵妃的父亲吴天佑家,也往城外踏看地方去了。这岂不有八九分了?"赵嬷嬷道:"阿弥陀佛!原来如此!这样说咱们家也要预备接咱们大小姐了?"贾琏道:"这何用说呢?不然这会子忙的是什么?”

凤姐笑道:“若果如此,我可也见个大世面了。可恨我小几岁年纪,若早生二三十年,如今这些老人家也不薄我没见世面了。说起当年太祖皇帝访舜巡的故事,比一部书还热闹。我偏没造化赶上。”赵嬷嬷道:“嗳哟哟!那可是千载希逢的。那时候我才记事儿,咱们贾府正在姑苏、扬州一带监造海舫,修理海塘,只预备接驾一次,把银子都花的淌海水似的。说起来——”凤姐忙接道:“我们王府也预备过一次。那时我爷爷单管各国进贡朝贺的事。凡有的外国人来,都是我们家养活。粤、闽、滇、浙,所有的洋船、货物,都是我们家的。”赵妈妈道:“那是谁不知道的?如今还有个口号儿呢,说:‘东海少了白玉床,龙王来请江南王’,这说的就是奶奶府上了。还有如今现在江南的甄家。嗳哟哟!好势派!独他家接驾四次。若不是我们亲眼看见,告诉谁,谁也不信的。别讲银子成了土泥,凭是世上所有的,没有不是堆山塞海的。‘罪过、可惜’四个字,竟顾不得了。”凤姐道:“我常听见我们太爷们也这样说,岂有不信的?只纳罕他家怎么就这么富贵呢?”赵嬷嬷道:“告诉奶奶一句话,也不过是拿着皇帝家的银子往皇帝身上使罢了。谁家有那些钱买这个虚热闹去?”

正说的热闹,王夫人又打发人来瞧凤姐吃了饭不曾。凤姐便知有事等他,忙忙的吃了半碗饭,漱口要走。又有二门上小厮们回:“东府里蓉、蔷二位哥儿来了。”贾琏才漱了口,平儿捧着盆盥手,见他二人来了,便问:“什么话?快说。”凤姐止步稍候,听他二人回些什么。贾蓉先回说:“我父亲打发我来回叔叔:老爷们已经议定了,从东边一带,借着东府里的花园起,转至北边,一共丈量准了三里半大,可以盖造省亲别院了。已经传人画图样去了,明日就得。叔叔才回家,未免劳乏,不用过我们那边去。有话明日一早再请过去面议。”贾琏笑着说道:“多谢大爷费心体量,我就从命不过去了。正紧是这个主意才省事,盖的也容易;若采置别处地方去,那更费事,且到不成体统。你回去说,这样很好。若老爷们再要改时,全仗大爷谏阻,万不可另寻地方。明日一早,我给大爷请安去,再议细话。”贾蓉忙应几个“是”。

贾蔷又近前回说："下姑苏割聘教习，采买女孩子，置办乐器、行头等事，大爷派了侄儿，带领着来管家两个儿子，还有单聘仁、卜固修两个清客相公一同前往。所以命我来见叔叔。"贾琏听了，将贾蔷打谅了打谅，笑道："你能在这一行么？这个事虽不甚大，里头大有藏掖的。"贾蔷笑道："只好学习着办罢了。"贾蓉在身傍灯影下，悄拉凤姐的衣襟，凤姐会意，因笑道："你也太操心了！难道珍大哥比你还不会用人？偏你又怕他不在行了。谁都是在行的？孩子们已长的这么大了，'没吃过猪肉也看见过猪跑'，大爷派他去，原不过是个坐纛旗儿，难道认真的叫他去讲价钱、会经纪去呢！依我说就很好。"贾琏道："自然是这样。并不是我驳回，少不得替他筹算筹算。"因问："这项银子动那一处的？"贾蔷道："才也议到这里。赖爷爷说，竟不用从京里带下去，江南甄家还收着我们五万银子。明日写一封书信，会票我们带去，先支三万，下剩二万存着，等置办花烛、彩灯并各色帘栊帐幔的使费。"贾琏点头道："这个主意好。"凤姐便向贾蔷道："既这样，我有两个在行妥当人，你就带他们去办这个，便宜了你呢。"贾蔷忙陪笑道："正要和婶子讨两个人呢！这可巧了。"因问名字。凤姐便问赵妈妈。彼时赵妈妈已听呆了话，平儿忙笑推他，他才醒悟过来，忙说："一个叫赵天梁，一个叫赵天栋。"凤姐道："可别忘了。我可干我的去了。"说着，便出去了。

贾蓉忙赶出来，又悄悄向凤姐道："婶子要带什么东西？"凤姐笑道："别放你娘的屁！我的东西还没处撂呢，希罕你们鬼鬼祟祟的。"说着，已经去了。这里贾蔷也悄问贾琏："要什么东西，顺便织来孝敬叔叔。"贾琏笑道："你别兴头，才学着办事，到先学会这把戏。我短了什么，少不得写信去告诉。你且不要论到这里。"说毕，打发他二人去了。接着回事的人来，不止三四次。贾琏害乏，便传与二门上，一应不许传报，俱等明日料理。凤姐至三更时分方下来安歇。一宿无话。

次日早，贾琏起来，见过贾赦、贾政，便往宁府中来。合同老管事人等，并几位世交门下、清客相公，审察两府地方，缮画省亲殿宇，一面参度办理人丁。自此后，各行匠役齐集，金银铜锡以及土木砖瓦之物,搬运移送不歇。先令匠役拆宁府会芳园墙垣楼阁,直接入荣府东大院中。荣府东边所有下人一带群房,尽已拆去。当日宁、荣二宅,虽有一小巷界断不通,然这小巷亦系私地,并非官道,故可以连属。会芳园本是从北角墙下引来一股活水,今亦无烦再引。其山石树木,虽不敷用,贾赦住的乃是荣府旧园。其中竹、树、山石,以及亭、榭、栏杆等物,皆可挪就前来;如此两处又甚近,凑来一处,省得许多财力,纵亦不敷,所添亦有限,全亏一个老明公,号山子野者,一一筹画起造。

贾政不惯于俗务,只凭贾赦、贾珍、贾琏、赖大、来升、林之孝、吴新登、詹光、程日兴等几人安插摆布。凡推山凿池,起楼竖阁、种竹栽花,一应点景之事,又有山子野制度。下朝闲暇,不过各处看望看望,最要紧处合贾赦商议商议,便罢了。贾赦只在家高卧,有芥豆之事,贾珍等或自去回明,或写略节;或有话说,便传呼贾琏、赖大等来领命。贾蓉单管打造金银器皿,贾蔷已起身往姑苏去了。贾珍、赖大等又点人丁、开册籍、监工等事,一笔不能写到,不过是喧阗热闹非常而已。暂且无话。

且说宝玉近因家中有这等大事,贾政不来问他的书,心中是件畅事;无奈秦钟之病,一日重似一日,也着实悬心,不能乐业。这日一早起来,才梳洗完毕,意欲回了贾母去望候秦钟。忽见茗烟在二门照壁前探头缩脑,宝玉忙出来问他:“作什么?”茗烟道:“秦相公不中用了。”宝玉听说,唬了一跳,忙问道:“我昨儿才瞧了他来了,还明明白白的,怎么就不中用了?”茗烟道:“我也不知道。才刚是他家的老头子特来告诉我的。”宝玉听了,忙转身回明贾母。贾母分付:“好生派妥当人跟去,到那里尽一尽同窗之情就回来,不许多耽搁了。”宝玉听了,忙忙的更衣出来,车犹未备,急的满厅乱转,一时催促的车到,忙上了车。李贵、茗烟等跟随来至秦钟门首,悄无一人,遂蜂拥至内室,唬的秦钟的两个远房婶子并几个弟兄都藏之不迭。

此时秦钟已发过两三次昏了,移床易箦多时矣。宝玉一见,便不禁失声。李贵忙劝道:“不可,不可。秦相公是弱症,未免炕上挺扛的骨头不受用。所以暂且挪下来松散些。哥儿如此,岂不反添了他的病?"宝玉听了,方忍住。近前见秦钟面如白腊,宝玉叫道:"鲸兄,宝玉来了。"连叫三声,秦钟不采。宝玉又道:"宝玉来了!"那秦钟早已魂魄离身,只剩得一口悠悠馀气在胸,正见许多鬼判持牌提索来捉他,那秦钟魂魄,那里就肯去?又记念着家中无人掌管家务,又记挂着父母还有留积下的三四千两银子,又记挂着智能尚无下落,因此百般求告鬼判。无奈这些鬼判都不肯徇私,反叱咤秦钟道:"亏你还是读过书的人,岂不知俗语说的,'阎王叫你三更死,谁敢留你到五更?'我们阴间,上下都是铁面无私的;不比你们阳间,瞻情顾意,有许多的关碍处。"

正闹着,那秦钟的魂魄忽听见"宝玉来了"四字,又央求道:"列位神差,略发慈悲,让我回去,合这一个好朋友说一句话就来的。"众鬼道:"又是什么好朋友?"秦钟道:"不瞒列位,就是荣国公孙子,小名宝玉的。"都判官听了,先就唬慌起来,忙喝骂鬼使道:"我说你们放回了他去走走罢,你们断不依我的话;如今只等他请出个运旺时盛的人来才罢。"众鬼见都判如此,也都忙了手脚,一面又报怨道:"你老人家先是那等雷霆电雹,原来见不得'宝玉'二字。依我们愚见,他是阳间,我们是阴间,怕他也无益于我们。"都判道:"放屁!俗语说的好,'天下的官,管天下的事'。阴阳本无二理,别管他阴也罢,阳也罢,敬着点没错了的。"众鬼听说,只得将秦魂放回,"哼——"了一声,微开双目。见宝玉在侧,乃勉强叹道:"怎么不肯早来?再迟一步,也不能见了。"宝玉忙携手,垂泪道:"有什么话,留下两句。"秦钟道:"并无别话。以前你我见识自为高过世人,我今日才知自误。以后还该立志功名,以荣耀显达为是。"说毕,便长叹一声,萧然长逝。下回分解。

第十七至十八回　大观园试才题对额　荣国府归省庆元宵

话说秦钟既死,宝玉痛哭不已,李贵等好容易劝解半日方住,归时犹是凄恻哀痛。贾母帮了几十两银子,外又另备奠仪,宝玉去吊纸。七日后便送殡掩埋了,别无述记。只有宝玉日日思慕感悼,然亦无可如何了。

又不知历几何时,这日贾珍等来回贾政:“园内工程俱已告竣,大老爷已瞧过了,只等老爷瞧了,或有不妥之处,再行改造,好题匾额对联的。”贾政听了,沉思一回,说道:“这匾额对联到是一件难事。论理该请贵妃赐题才是,然贵妃若不亲睹其景,大约亦必不肯妄拟;若直待贵妃游幸过再请题,偌大景致,若干亭榭,无字标题,也觉寥落无趣。任有花柳山水,也断不能生色。”众清客在傍笑答道:“老世翁所见极是!如今我们有个愚见:各处匾额对联,断不可少,亦断不可定名。如今且按其景致,或两字、三字、四字,虚合其意拟了出来,暂且做灯匾联悬了;待贵妃游幸时,再请定名,岂不两全?”贾政等听了,都道:“所见不差!我们今日且看看去。只管题了,若妥当,便用;不妥时,然后将雨村请来,令他再拟。”众人笑道:“老爷今日一拟定佳,何必又待雨村?”贾政笑道:“你们不知,我自幼于花鸟山水题咏上就平平;如今上了年纪,且案牍劳烦,于这怡情悦性文章上更生疏了。纵拟了出来,不免迂腐古板,反不能使花柳园亭生色,似不妥协,反没意思。”众清客笑道:“这也无妨!我们大家看了公拟,各举其长,优则存之,劣则删之,未为不可。”贾政道:“此论极是。且喜今日天气和暖,大家去逛逛。”说着起身,引众人前往。

贾珍先去园中知会众人。可巧近日宝玉因思念秦钟,忧戚不尽,贾母常命人带到园中来戏耍。此时亦才进去,忽见贾珍走来向他笑道:“你还不出去!老爷就来了。”宝玉听了,带着奶娘、小厮们一溜烟就出园来。方转过湾,顶头贾政引众客来了,躲之不及,只得一边站了。贾政近因闻得塾掌称赞宝玉专能对对联,虽不喜读书,偏到有些歪才情似的。今日偶然撞见这机会,便命他跟来。宝玉只得随往,尚不知何意。

贾政刚至园门前,只见贾珍带领许多执事人来一傍侍立。贾政道:“你且把园门都关上,我们先瞧了外面,再进去。”贾珍听说,命人将门关了。贾政先秉正看门。只见正门五间,上面捅瓦泥鳅脊;那门栏窗隔,皆是细雕新鲜花样,并无朱粉涂饰。一色水磨群墙,下面白石台矶,凿成西番草花样。左右一望,皆雪白粉墙。下面虎皮石,随势砌去,果然不落富丽俗套。自是欢喜。遂命开门,只见迎面一带翠嶂挡在前面,众清客都道:“好山!好山!”贾政道:“非此一山,一进来园中所有之景悉入目中,则有何趣?”众人道:“极是!非胸中大有丘壑,焉想及此!”说毕,往前一望,见白石崚嶒,或如鬼怪,或如猛兽。纵横拱立。上面苔藓成斑,藤萝掩映,其中微露羊肠小径。贾政道:“我们就从此小径游去,回来由那一边出去,方可遍览。”说毕,命贾珍前引导,自己扶了宝玉,逶迤进入山口。

抬头忽见山上有镜面白石一块,正是迎面留题处。贾政回头笑道:“诸公请看此处,题以何名方妙?”众人听说,也有说该题“叠翠”二字;也有说该题“锦嶂”的;又有说“赛香炉”的;又有说“小终南”的。种种名色,不止几十个。

原来众客心中早知贾政试宝玉的功业进益如何,只将些俗套来敷演。宝玉亦料定此意。贾政听了,便回头命宝玉拟来。宝玉道:“尝闻古人有云,‘编新不如述旧,刻古终胜调今。’况此处并非主山正景,原无可题之处,不过是探景之一进步耳。莫若直书‘曲径通幽处’这句旧诗在上,到还大方气派。”众人听了,都赞道:“是极!二世兄天分高,才情远,不似我们读腐了书的。”贾政笑道:“不可谬奖!他年小,不过以一知充十用,取笑罢了,再从选拟。”说着,进入石洞来。

只见佳木茏葱,奇花烔灼,一带清流,从花木深处曲折泻于石隙之中。再进数步,渐向北边,平坦宽豁,两边飞楼插空,雕檐绣槛,皆隐于山坳树杪之间。俯而视之,则清溪泻雪,石磴穿云,白石为栏,环抱池沿，石桥跨港，兽面衔吐。桥上有亭。贾政与诸人上了亭子，倚栏坐了，因问："诸公以何题此？"诸人都道："当日欧阳公《醉翁亭记》有云，'有亭翼然'，就名'翼然'。"贾政笑道："'翼然'虽佳，但此亭压水而成，还须偏于水题方称。依我拙裁，欧阳公之'泻出于两峰之间'，竟用他这一个'泻'字。"有一客道："是极！是极！竟是'泻玉'二字妙。"

贾政拈髯寻思，因抬头见宝玉侍侧，便笑命他也拟一个来。宝玉听说，连忙回道："老爷方才所议已是。但是如今追究了去，似乎当日欧阳公题酿泉用一'泻'字则妥，今日此泉若亦用'泻'字则觉不妥。况此处虽云省亲驻跸别墅，亦当入于应制之例，用此等字眼，亦觉粗陋不雅，求再拟较此蕴藉含蓄者。"贾政笑道："诸公听此论若何？方才众人编新，你又说不如述古；如今我们述古，你又说粗陋不妥。你且说你的来我听。"宝玉道："有用'泻玉'二字，则莫若'沁芳'二字。岂不新雅？"贾政拈髯点头不语。众人都忙迎合，赞宝玉才情不凡。贾政道："匾上二字容易，再作一付七言对联来。"宝玉听说，立于亭上，四顾一望，便机上心来，乃念道：

绕堤柳借三篙翠，隔岸花分一脉香。

贾政听了，点头微笑。众人先称赞不已。于是出亭过池，一山一石，一花一木，莫不着意观览。忽抬头看见前一带粉垣，里面数楹修舍，有千百竿翠竹遮映。众人都道："好个所在！"于是大家进入，只见入门便是曲折游廊，阶下石子漫成甬路，上面小小两三间房舍，一明两暗，里面都是合着地步打就的床几、椅案。从里间房内又得一小门，出去则是后院，有大株梨花兼着芭蕉。又有两间小小退步。后院墙下忽开一隙，得泉一派，开沟仅尺许，灌入墙内，绕阶缘屋至前院，盘旋竹下而出。

贾政笑道："这一处还罢了。若能月夜坐此窗下读书，不枉虚生一世。"说毕，看着宝玉。唬的宝玉忙垂了头。众客忙用话开释，又说道："此处的匾该题四个字。"贾政笑问："那四字？"一个道是"淇水遗风"，贾政道："俗！"又一个是"睢园雅迹"，贾政道："也俗。"贾珍笑道："还是宝兄弟拟一个来。"贾政道："他未曾作先要议论人家的好歹,可见就是个轻薄人。”众客道:“议论的极是!其奈他何!”贾政忙道:“休如此纵了他。”因命他道:“今日任你狂为乱道。先设议论来,然后方许你作。方才众人可有使得的?”宝玉见问,答道:“都似不妥。”贾政冷笑道:“怎么不妥?”宝玉道:“这是第一处行幸之处,必须颂圣方可。若用四字的匾,又有古人现成的,何必再作?”贾政道:“难道‘淇水睢园’不是古人的?”宝玉道:“这太板腐了!莫若‘有凤来仪’四字。”众人都哄然叫妙。贾政点头道:“畜生,畜生,可谓‘管窥蠡测’矣。”因命再题一联来。宝玉便念道:

宝鼎茶闲烟尚绿,幽窗棋罢指犹凉。

贾政摇头说道:“也未见长。”说毕,引人出来。

方欲走时,忽又想起一事来,因问贾珍道:“这些院落房宇并几案桌椅都算有了,还有那些帐幔帘子,并陈设玩器古董,可也都是一处一处合式配就的?”贾珍回道:“那陈设的东西早已添了许多,自然临期合式陈设。帐幔帘子,昨日听见琏兄弟说还不全。那原是一起工程之时,就画了各处的图样,量准尺寸,就打发人办去的。想必昨日得了一半。”贾政听了,便知此事不是贾珍的首尾,便命人去唤贾琏赶来。贾政问他共有几种,现今得了几种,尚欠几种。贾琏见问,向靴桶内取靴掖内装的一个纸折略节来,看了一看,回道:“妆蟒绣堆、刻丝弹墨并各色绸绫大小幔子一百二十架,昨日得了八十架;下欠四十架。帘子二百挂,昨日俱得了。外有猩猩毡帘二百挂,金丝藤红漆竹帘二百挂,墨漆竹帘二百挂,五彩线络盘花帘二百挂,每样得了一半,也不过秋天都全了。椅搭、桌围、床裙、桌套,每分一千二百件,也有了。”

一面走,一面说,倏尔青山斜阻,转过山怀中,隐隐露出一带黄泥筑就矮墙,墙头皆用稻茎掩护。有几百株杏花,如喷火蒸霞一般。里面数楹茅屋,外面却是桑、榆、槿、柘,各色树稚新条,随其曲折,编就两溜青篱。篱外山坡之下,有一土井,傍有桔槔辘轳之属。下面分畦列亩,佳蔬菜花,漫然无际。贾政笑道:“到是此处有些道理。固然系人力穿凿,此时一见,未免勾引起我归农之意。我们且进去歇息歇息。”

说毕，方欲进篱门去，忽见路傍有一石碣亦为留题之备。众人笑道："更妙！更妙！此处若悬匾待题，则田舍家风一洗尽矣。立此一碣，又觉生色许多。非范石湖田家之咏不足以尽其妙。"贾政道："诸公请题。"众人道："方才世兄有云，'新编不如述旧'，此处古人已道尽矣。莫若直书'杏花村'妙极。"贾政听了，笑向贾珍道："正亏提醒了我，此处都妙极。只是还少一个酒幌，明日竟作一个，不必华丽，就依外面村庄的式样作来，用竹竿挑在树稍。"贾珍答应了，又回道："此处竟还不可养别的雀鸟，只是买些鹅鸭鸡之类，才都相称了。"贾政与众人都道："更妙！"贾政又向众人道："'杏花村'固佳，只是犯了正名，村名直待请名方可。"众客都道："是呀！如今虚的，便是什么字样好？"

大家想着，宝玉却等不得了。也不等贾政的命，便说道："旧诗有云，'红杏稍头挂酒旗。'如今莫若'杏帘在望'四字。"众人都道："好个'在望'！又暗合'杏花村'意。"宝玉冷笑道："村名若用'杏花'二字，则俗陋不堪了。又有古人诗云：'柴门临水稻花香'，何不就用'稻香村'的妙？"众人听了，亦发哄声拍手道："妙！"贾政一声断喝："无知的业障！你能记得几个古人？能记得几首熟诗？也敢在老先生前卖弄！你方才那些胡说的，不过是试你的清浊，取笑而已，你就认真了！"

说着，引人步入苑堂。里面纸窗木榻，富贵气象一洗皆尽。贾政心中自是欢喜，却瞅宝玉道："此处如何？"众人见问，都忙悄悄的推宝玉，教他说好。宝玉不听人言，便应声道："不及'有凤来仪'多矣！"贾政听了道："无知的蠢物！你只知朱楼画栋、恶赖富丽为佳，那里知道这清幽气象！终是不读书之过！"宝玉忙答道："老爷教训的固是，但古人常云'天然'二字，不知何意？"众人见宝玉牛心，都怪他呆痴不改。今见问"天然"二字，众人忙道："别的都明白，为何连'天然'不知？'天然'者，天之自然而有，非人力之所成也。"宝玉道："却又来！此处置一田庄，分明见得人力穿凿、扭捏而成：远无邻村，近不负郭；背山山无脉，临水水无源；高无隐寺之塔，下无通市之桥，峭然孤出，似非大观。争似先处有自然之理，得自然之气，虽种竹引泉,亦不伤于穿凿。古人云:'天然图画'四字,正畏非其地而强为地,非其山而强为山,虽百般精而终不相宜……"

未及说完,贾政气的喝命:"叉出去!"刚出去,又喝命:"回来!"命再题一联,"若不通,一并打嘴!"宝玉只得念道:

新涨绿添浣葛处,好云香护采芹人。

贾政听了摇头说:"更不好!"一面引人出来,转过山坡,穿花度柳,抚石依泉,过了荼蘼架,再入木香棚,越牡丹亭,度芍药圃,入蔷薇院,出芭蕉坞,盘旋曲折。忽闻水声潺湲,泻出石洞;上则萝薜倒垂,下则落花浮荡。众人都道:"好景!好景!"贾政道:"诸公题以何名?"众人道:"再不必拟了,恰恰乎是'武陵源'三个字。"贾政笑道:"又落实了,而且陈旧。"众人笑道:"不然就用'秦人旧舍'四字也罢了。"宝玉道:"这越发过露了。'秦人旧舍'说避乱之意,如何使得!莫若'蓼汀花溆'四字。"贾政听了,更批胡说。

于是要进港洞时,又想起有船无船。贾珍道:"采莲船共四只,座船一只,如今尚未造成。"贾政笑道:"可惜不得入了。"贾珍道:"从上盘道亦可以进去。"说毕,在前导引。大家攀藤抚树过去。只见水上落花愈多,其水愈清,溶溶荡荡,曲折萦迂。池边两行垂柳,杂着桃杏,遮天蔽日,真无一些尘土。忽见柳阴中又露出一个折带朱栏板桥来。度过桥去,诸路可通。便见一所清凉瓦舍,一色水磨砖墙,清瓦花堵。那大主山所分之脉,皆穿墙而过。

贾政道:"此处这所房子无味的很。"因而步入门时,忽迎面突出插天的大玲珑山石来,四面群绕各式石块,竟把里面所有房屋悉皆遮住。并且一株花木也无,只见许多异草,或有牵藤的,或有引蔓的,或垂山巅,或穿石隙,甚至垂檐绕柱,萦砌盘阶;或如翠带飘摇,或如金绳盘屈,或实若丹砂,或花如金桂,味芬气馥,非花香之可比。贾政不禁道:"有趣!只是不大认识。"有的说是薜荔、藤萝。贾政道:"薜荔、藤萝不得如此异香。"宝玉道:"果然不是。这些之中也有藤萝、薜荔。那香的是杜若、蘅芜。那一种大约是茝兰,这一种大约是清葛;那一种是金簦草,这一种是玉蕗藤;红的自然是紫芸,绿的定是青芷。想来《离骚》、《文选》等书上所有的那些异草,也有叫作什么藿葝、姜荨的；也有叫作什么纶组、紫绛的，还有石帆、水松、扶留等样，又有叫什么绿荑的，还有什么丹椒、蘼芜、风连。如今年深岁改，人不能识，故皆像形夺名，渐渐的唤差了也是有的。”未及说完，贾政喝道：“谁问你来！”唬的宝玉到退，不敢再说。

贾政因见两边俱是超手游廊，便顺着游廊步入。只见上面五间清厦连着卷棚，四面出廊，绿窗油壁，更比前几处清雅不同。贾政叹道：“此轩中煮茶操琴，亦不必再焚名香矣。此造已出意外，诸公必有佳作新题，以颜其额，方不负此。”众人笑道：“再莫若‘兰风蕙露’贴切了。”贾政道：“也只好用这四字。其联若何？”一人道：“我到想了一对，大家批削改正。”念道是：

麝兰芳霭斜阳院，杜若香飘明月洲。

众人道：“妙则妙矣，只是‘斜阳’二字不妥。”那人道：“古人诗云，‘蘼芜满手泣斜晖。’”众人道：“颓丧！颓丧！”又一人道：“我也有一联，诸公评阅评阅。”因念道：

三径香风飘玉蕙，一庭明月照金兰。

贾政拈髯沉吟，意欲也题一联，忽抬头见宝玉在傍不敢则声，因喝道：“怎么你应说话时又不说了？还要等人请教你不成！”宝玉听说，便回道：“此处并没有什么兰麝、明月、洲渚之类，若要这样着迹说起来，就题二百联也不能完。”贾政道：“谁按着你的头叫你必定说这些字样呢！”宝玉道：“如此说，匾上则莫若‘蘅芷清芬’四字。”对联则是：

吟成豆蔻诗犹艳，睡足酴醾梦也香。

贾政笑道：“这是套的‘书成蕉叶文犹绿’，不足为奇。”众客道：“李太白‘凤凰台’之作，全套‘黄鹤楼’。只要套得妙。如今细评起来，方才这一联竟比‘书成蕉叶’犹觉幽娴活泼。视‘书成’之句，竟似套此而来。”贾政笑说：“岂有此理！”说着，大家出来。

行不多远，则见崇阁巍峨，层楼高起，面面琳宫合抱，迢迢复道萦纡；青松拂檐，玉栏绕砌，金辉兽面，彩焕螭头。贾政道：“这是正殿了。只是太富丽了些。”众人都道：“要如此方是。虽然贵妃崇节尚俭，天性恶繁悦朴。然今日之尊，礼仪如此，不为过也。”一面说，一面走。只见正面现出一座玉石牌坊来,上面龙蟠螭护,玲珑凿就。贾政道:“此处书以何文?”众人道:“必是‘蓬莱仙境’方妙!”贾政摇头不语。

宝玉见了这个所在,心中忽有所动,寻思起来,到像那里曾见过的一般,却一时想不起那年月日的事了。贾政又命他作题。宝玉只顾细思前景,全无心于此了。众人不知其意,只当他受了这半日的折磨,精神耗散,才尽词穷了。再要考难逼迫,着了急或生出事来到不便。遂忙都劝贾政“罢,罢,明日再题罢了”。贾政心中也怕贾母不放心,遂冷笑道:“你这畜生,也竟有不能之时了。也罢!限你一日,明日若再不能,我定不饶!这是要紧一处,更要好生作来。”

说着,引人出来,再一观望,原来自进门起,所行至此,才游了十之五六。又值人来回,有雨村处遣人回话。贾政笑道:“此数处不能游了。虽如此,到底从那一边出去?纵不能细观,也可稍览。”说着,引客行来。至一大桥前,见水如晶帘一般奔入。原来这桥便是通外河之闸,引泉而入者。贾政因问:“此闸何名?”宝玉道:“此乃‘沁芳泉’之正源,就名‘沁芳闸’。”贾政道:“胡说!偏不用‘沁芳’二字。”

于是一路行来,或清堂茅舍,或堆石为垣,或编花为牖,或山下得幽尼佛寺,或林中藏女道丹房,或长廊曲洞,或方厦圆亭,贾政皆不及进去。因说半日腿酸,未尝歇息。忽又见前面又露出一所院落了来,贾政笑道:“到此可要进去歇息歇息了!”说着,一径引人绕着碧桃花,穿过一层竹篱花障编就的月洞门,俄见粉墙环护,绿柳周垂。贾政与众人进去。

一入门,两边都是游廊相接,院中点衬几块山石,一边种着数本芭蕉;那一边乃是一棵西府海棠,其势若伞,丝垂翠缕,葩吐丹砂。众人赞道:“好花,好花!从来也见过许多海棠,那里有这样妙的!”贾政道:“这叫作‘女儿棠’。乃是外国之种。俗传系出‘女儿国’中,云彼国此种最盛。亦荒唐不经之说罢了。”众人笑道:“然虽不经,如何此名传久了?”宝玉道:“大约骚人咏士,以此花之色红晕若施脂,轻弱似扶病,大近乎闺阁风度,所以以女儿命名。想因被世间俗恶听了,他便以野史纂入为证,以俗传俗,以讹传讹,都认真了。”众人都摇身赞妙。

一面说话，一面都在廊外抱厦下打就的榻上坐了。贾政因问："想几个什么新鲜字来题此？"一客道："'蕉鹤'二字最妙！"又一个道："'崇光泛彩'方妙！"贾政与众人都道："好个'崇光泛彩'！"宝玉也道："妙极！"又叹："只是可惜了！"众人问如何可惜。宝玉道："此处蕉棠两植，其意暗蓄'红、绿'二字在内。若只说'蕉'，则'棠'无着落；若只说'棠'，'蕉'亦无着落。固有'蕉'无'棠'不可，有'棠'无'蕉'更不可。"贾政道："依你如何？"宝玉道："依我，题'红香绿玉'四字，方两全其妙。"贾政摇头道："不好，不好。"

说着，引人进入房内。只见这几间房内收拾的与别处不同，竟分不出间隔来的。原来四面皆是雕空玲珑木板，或"流云百蝠"，或"岁寒三友"；或山水人物，或翎毛花卉；或集锦，或博古，或卍福卍寿，各种花样，皆是名手雕镂五彩销金嵌宝的。一槅一槅，或有贮书处，或有设鼎处，或安置笔砚处，或供花设瓶、安放盆景处；其隔各式各样，或天圆地方，或葵花蕉叶，或连环半壁，真是花团锦簇，剔透玲珑。倏尔五色纱糊就，竟系小窗；倏尔彩绫轻覆，竟系幽户。且满墙满壁，皆系随依古董玩器之形抠成的槽子，诸如琴、剑、悬瓶、桌屏之类，虽悬于壁，却都是与壁相平的。众人都赞："好精致想头！难为怎么想来！"

原来贾政等走了进来，未进两层，便都迷了旧路。左瞧也有门可通，右瞧又有窗暂隔，及到了跟前，又被一架书挡住；回头再走，又有窗纱明透，门径可行；及至门前，忽见迎面也进来了一群人，都与自己形相一样，却是玻璃大镜相照。及转过镜去，一发见门子多了。贾珍笑道："老爷随我来！从这门出去，便是后院；从后院出去，到比先近了。"说着，又转了两层纱厨锦槅，果得一门出去。院中满架蔷薇芬馥。转过花障，则见青溪前阻。众人咤异："这股水又是从何而来？"贾珍遥指道："原从那闸起，流至那洞口，从东北山坳里引到那村庄里，又开一道岔口，引到西南上，共总流到这里，仍旧合在一处，从那墙下出去。"众人听了，都道："神妙之极！"说着，忽见大山阻路。众人都道："迷了路了。"贾珍笑道："随我来！"仍在前导引，众人随他。

直由山脚边急一转,便是平坦宽阔大路,豁然大门前见。众人都道:"有趣!有趣!真搜神夺巧之至!"于是大家出来。

那宝玉一心只记挂着里边,又不见贾政分付,少不得跟到书房。贾政忽想起他来,方喝道:"你还不去?难道还逛不足!也不想逛了这半日,老太太必悬挂着。快进去!疼你也白疼了!"宝玉听说,方退了出来。

至院外就有跟贾政的几个小厮上来拦腰抱住,都说:"今儿亏我们,老爷才喜欢。老太太打发人出来问了几遍,都亏我们回说喜欢;不然,若老太太叫你进去,就不得展才了。人人都说你才那些诗比世人的都强。今儿得了这样的彩头,该赏我们了。"宝玉笑道:"每人一吊钱。"众人道:"谁没见那一吊钱!把这荷包赏了罢!"说着,一个上来解荷包,那一个就解扇囊。不容分说,将宝玉所佩之物尽行解去。又道:"好生送上去罢!"一个抱了起来,几个围绕,送至贾母二门前。那时贾母已命人看了几次,众奶娘、丫嬛跟上来,见过贾母,知不曾难为着他,心中自是欢喜。

少时,袭人倒了茶来,见身边佩物一件无存,因笑道:"带的东西又是那起没脸的东西们解了去了?"林黛玉听说,走来瞧瞧,果然一件无存。因向宝玉道:"我给的那个荷包也给他们了?你明儿再想我的东西,可不能勾了!"说毕,赌气回房,将前日宝玉所烦他作的那个香袋儿——才做了一半,赌气拿过来就铰。宝玉见他生气,便知不妥,忙赶过来,早剪破了。

宝玉已见过这香囊,虽尚未完,却十分精巧,费了许多工夫。今见无故剪了,却也可气。因忙把衣领解了,从里面红袄襟上将黛玉所给的那荷包解了下来,递与黛玉瞧道:"你瞧瞧!这是什么?我那一回把你的东西给人了?"林黛玉见他如此珍重,带在里面,可知是怕人拿去之意。因此又自悔莽撞,未见皂白就绞了香袋。因此又愧又气,低头一言不发。宝玉道:"你也不用绞。我知道你是懒待给我东西。我连这荷包奉还,何如?"说着,掷向他怀中便走。黛玉见如此,越发气起来,声咽气堵,又汪汪的滚下泪来。拿起荷包来又要铰。宝玉见他如此,忙回身抢住,笑道:"好妹妹,饶了他罢!"黛玉将剪子一摔，拭泪说道："你不用同我好一阵、歹一阵的。要恼，就撂开手。这当了什么！"说着，赌气上床，面向里倒下拭泪。禁不住宝玉上来"妹妹"长、"妹妹"短赔不是。

前面贾母一片声找宝玉。众奶娘、丫嬛们忙回说："在林姑娘房里呢。"贾母听说道："好，好，好！让他姊妹们一处顽顽罢。才他老子拘了他这半天，让他开心一会子罢。只别叫他们办嘴，不许扭着他。"众人答应着。黛玉被宝玉缠不过，只得起来道："你的意思不叫我安生，我就离了你！"说着，往外就走。宝玉笑道："你到那里，我跟到那里。"一面仍拿起荷包来带上。黛玉伸手抢道："你说不要了，这会子又带上，我也替你怪臊的！"说着，嗤的一声又笑了。宝玉道："好妹妹，明儿另替我作个香袋儿罢！"黛玉道："那也只瞧我高兴罢了。"一面说，一面二人出房到王夫人上房中去了，可巧宝钗亦在那里。

此时王夫人那边热闹非常，原来贾蔷已从姑苏采买了十二个女孩子，并聘了教习，以及行头等事来了。那时，薛姨妈另迁于东北上一所幽净房舍居住，将梨香院早已腾挪出来，另行修理了，就令教习在此教演女戏。又另派家中旧有曾演学过歌唱的女人们——如今皆已皤然老妪了，着他们带领管理。就令贾蔷总理其日用出入银钱等事，以及诸凡大小所需之物料账目。

又有林之孝来回："采访聘买得十个小尼姑、小道姑都有了，连新作的二十分道袍也有了。外有一个带发修行的，本是苏州人氏，祖上也是读书仕宦之家。因生了这位姑娘自小多病，买了许多替生儿，皆不中用；到底这位姑娘亲自入了空门，方才好了。所以带发修行，今年才十八岁，法名妙玉。如今父母俱已亡故，身边只有两个老嬷嬷、一个小丫头伏侍。文墨也极通，经文也不用学了，模样儿又极好。因听见长安都中有观音遗迹并贝叶遗文，去岁随了师父上来。现在西门外牟尼院住着。他师父极精演先天神数，于去冬圆寂了。妙玉本欲扶灵回乡的，他师父临寂遗言，说他'衣食起居不宜回乡，在此净居，后来自然有你的结果'。所以他竟未回乡。"王夫人不等回完，便说："既这样，我们何不接了他来？"林之孝家的回道："请他，他说

‘侯门公府，必以贵势压人，我再不去的’。”王夫人笑道：“他既是官宦小姐，自然骄傲些，就下个帖子请他何妨。”林之孝家的答应了出去，命书启相公写请帖，去请妙玉。次日，遣人备车轿去接等后话，暂且搁过，此时不能表白。

当下又有人回工程上等着糊东西的纱绫，请凤姐去开楼拣纱绫；又有人来回请凤姐开库，收金银器皿。连王夫人并上房丫环等众，皆一时不得闲的。宝钗便说：“咱们别在这里碍手碍脚，找探丫头去。”说着，同宝玉、黛玉往迎春等房中来闲顽，无话。

王夫人等日日忙乱，直到十月将尽，幸皆全备。各处监管都写清账目；各处古董文玩，皆已陈设齐备；採办鸟雀的，自仙鹤、孔雀，以及鹿、兔、鸡、鹅等类，悉已买全，交于园中各处像景饲养；贾蔷那边也演出二十出杂戏来；小尼姑、道姑也都学会了几卷经咒。贾政方略心意宽畅，又请贾母等进园，色色斟酌，点缀妥当，再无一些遗漏不妥之处了。于是贾政方择日题本。本上之日，奉朱批准奏：次年正月十五上元之日，恩准贾妃省亲。贾府领了此恩旨，亦发昼夜不闲、年也不曾好生过的。

展眼元宵在迩。自正月初八日，就有太监出来先看方向，何处更衣，何处燕坐，何处受礼，何处开宴，何处退息。又有巡察地方总理关防太监等，带了许多小太监出来，各处关防，挡围幕；指示贾宅人员何处退，何处跪，何处进膳，何处启事，种种仪注不一。外面又有工部官员并五城兵备道打扫街道，撵逐闲人。贾赦等督率匠人扎花灯、烟火之类，至十四日，俱已停妥。这一夜上下通不曾睡。

至十五日五鼓，自贾母等有爵者，皆按品服大妆。园内各处帐舞蟠龙，帘飞彩凤，金银焕彩，珠宝争辉，鼎焚百合之香，瓶插长春之蕊，静悄无人咳嗽。贾赦等在西街门外，贾母等在荣府大门外。街头、巷口，俱系围幕挡严。正等的不奈烦，忽一太监坐大马而来。贾母忙接入，问其消息。太监道：“早多着呢！未初用过晚膳，未正二刻还到宝灵宫拜佛，酉初刻进大明宫领宴看灯方请旨。只怕戌初才起身呢！”凤姐听了道：“既这么着，老太太、太太且请回房。等是时候再来也不迟。”于是贾母等暂且自便。园中悉赖凤姐照理。又命执事人带领太监们去吃酒饭。

一时传人一担一担的挑进腊烛来,各处点灯。方点完时,忽听外边马跑之声。一时有十来个太监都喘吁吁跑来拍手儿。这些太监会意,都知道是"来了,来了",各按方向站住。贾赦领合族子侄在西街门外,贾母领合族女眷在大门外迎接。

半日静悄悄的。忽见一对红衣太监骑马缓缓的走来,至西街门下了马,将马赶出围幕之外,便垂手面西站住。半日又是一对,亦是如此。少时便来了十来对,方闻得隐隐细乐之声,一对对龙旌、凤翣、雉羽、夔头,又有销金提炉焚着御香;然后一把曲柄七凤黄金伞过来,便是冠袍带履。又有值事太监捧着香珠、绣帕、漱盂、拂尘等类。一队队过完,后面方是八个太监抬着一顶金顶金黄绣凤版舆,缓缓行来。贾母等连忙路傍跪下。早飞跑过几个太监来,扶起贾母、邢夫人、王夫人来。那版舆抬进大门,入仪门往东,去到一所院落门前,有执拂太监跪请下舆更衣。于是抬舆入门,太监等散去,只有昭容、彩嫔等引领元春下舆。只见院内各色花灯烂灼,皆系纱绫扎成,精致非常;上面有一匾灯,写着"体仁沐德"四字。元春入室更衣毕,复出、上舆、进园。只见园中香烟缭绕,花彩缤纷,处处灯光相映,时时细乐声喧。说不尽这太平气象,富贵风流。

此时自已回想当初在大荒山中、青埂峰下那等凄凉寂寞;若不亏癞僧、跛道二人携来到此,又安能得见这般世面?本欲作一篇《灯月赋》《省亲颂》,以志今日之事,但又恐入了别书的俗套。按此时之景,即作一赋、一赞也不能形容得尽其妙;即不作赋、赞,其豪华富丽,观者诸公亦可想而知矣。所以到是省了这工夫纸墨,且说正经的为是。

且说贾妃在轿内看此园内外如此豪华,因默默叹息奢华过费。忽又见执拂太监跪请登舟,贾妃乃下舆。只见清流一带,势如游龙,两边石栏上皆系水晶玻璃各色风灯,点的如银光雪浪;上面柳杏诸树,虽无花叶,然皆用通草、绸绫、纸绢依势作成,粘于枝上的,每一株悬灯数盏;更兼池中荷荇凫鹭之属,亦皆丝螺蚌羽毛之类作就的。诸灯上下争辉,真系玻璃世界,珠宝乾坤。船上亦系各种精致盆景诸灯,珠帘绣幕,桂楫兰桡,自不必说。已而入一石港,港上一面匾灯,明现着“蓼汀花溆”四字。

按此四字,并“有凤来仪”等处,皆系上回贾政偶然一试宝玉之课艺才情耳,何今日认真用此匾联?况贾政世代诗书,来往诸客屏侍座陪者,悉皆才技之流,岂无一名手题撰?竟用小儿一戏之辞苟且唐塞?真似暴发新荣之家,滥使银钱,一味抹油涂朱,毕则大书“前门绿柳垂金锁,后户青山列锦屏”之类,则以为大雅可观,岂《石头记》中通部所表之宁、荣贾府所为哉?据此论之,竟大相矛盾了。诸公不知,待蠢物将原委说明,大家方知。

当日这贾妃未入宫时,自幼亦系贾母教养。后来添了宝玉。贾妃乃长姊,宝玉为弱弟,贾妃之心上念母亲年岁将迈,始得此弟。是以怜爱宝玉,与诸弟待之不同;且同随祖母,刻未暂离。那宝玉未入学堂之先,三四岁时,已得贾妃手引口传教授了几本书数千字在腹内了。其名分虽系姊弟,其情状有如母子。自入宫后,时时带信出来与父母说:“千万好生扶养,不严不能成器,过严恐生不虞,且致父母之忧。”眷念切爱之心,刻未能忘。

前日,贾政闻塾师背后赞宝玉偏才尽有,贾政未信,适巧遇园已落成,令其题撰聊一试其情思之清浊。其所拟之匾联,虽非妙句;在幼童为之,亦或可取。即另使名公大笔为之,固不费难,然想来到不如这本家风味有趣,更使贾妃见之,知系其爱弟所为,亦或不负其素日切望之意。因有这段原委,故此竟用了宝玉所题之联额。那日虽未曾题完,后来亦曾补拟。闲文少述。

且说贾妃看了四字笑道:“‘花溆’二字便妥,何必‘蓼汀’?”侍座太监听了,忙下小舟登岸,飞传与贾政。贾政听了,即忙移换。

一时舟临内岸,复弃舟上舆,便见琳宫绰约,桂殿巍峨。石牌坊上明显“天仙宝镜”四字。贾妃忙命换“省亲别墅”四字。于是进入行宫。但见庭燎烧空,香屑布地,火树琪花,金窗玉槛;说不尽帘卷虾须,毯铺鱼獭,鼎飘麝脑之香,屏列雉尾之扇。真是:“金门玉户神仙府,桂殿兰宫妃子家。”贾妃乃问:“此殿何无匾额?”随侍太监跪启曰:“此系正殿,外臣未敢擅拟。”贾妃点头不语。礼仪太监跪请升座受礼。两阶乐起，礼仪太监二人引贾赦、贾政等于月台下排班，殿上昭容传谕曰："免！"太监引贾赦等退出。又有太监引荣国太君及女眷等自东阶升月台上排班，昭容再谕曰："免！"于是引退。茶已三献，贾妃降座，乐止。退入侧殿更衣，方备省亲车驾出园。

至贾母正室，欲行家礼，贾母等俱跪止不迭。贾妃满眼垂泪，方彼此上前厮见。一手搀贾母，一手搀王夫人，三个人满心里皆有许多话，只是俱说不出，只管呜咽对泣。邢夫人、李纨、王熙凤、迎、探、惜三姊妹等，俱在傍围绕，垂泪无言。半日贾妃方忍悲强笑，安慰贾母、王夫人道："当日既送我到那不得见人的去处，好容易今日回家，娘儿们一会，不说说笑笑，反到哭起来。一会子我去了，又不知多早晚才来！"说到这句，不禁又哽咽起来。邢夫人等忙上来解劝。贾母等让贾妃归座，又逐次一一见过。又不免哭泣一番。然后，东西两府掌家执事人丁在厅外行礼，及两府掌家事媳妇领丫环等行礼毕。

贾妃因问："薛姨妈、宝钗、黛玉因何不见？"王夫人启曰："外眷无职，未敢擅入。"贾妃听了，忙命"快请"！一时薛姨妈等进来，欲行国礼，亦命免过，上前各叙阔别寒温。又有贾妃原带进宫去的丫环抱琴等，上来叩见，贾母等连忙扶起，命人别室款待；执事太监及彩嫔、昭容各侍从人等，宁国府及贾赦那宅两处自有人款待，只留三四个小太监答应。母女姊妹深叙些离别情景及家务私情。

又有贾政至帘外问安，贾妃垂帘行参等事。又隔帘含泪谓其父曰："田舍之家，虽齑盐布帛，终能聚天伦之乐；今虽富贵已极，骨肉各方，然终无意趣。"贾政亦含泪启道："臣草莽寒门，鸠群鸦属之中，岂意得征凤鸾之瑞。今贵人上锡天恩，下昭祖德，此皆山川日月之精奇、祖宗之远德钟于一人，幸及政夫妇。且今上启天地生物之大德，垂古今未有之旷恩。虽肝脑涂地，臣子岂能得报于万一！惟朝乾夕惕，忠于厥职外，愿我君万寿千秋，乃天下苍生之同幸也！贵妃窃勿以政夫妇残年为念，懑愤金怀，更祈自加珍爱。惟业业兢兢，勤慎恭肃以侍上，方不负上体贴眷爱如此之隆恩也。"贾妃亦嘱"只以国事为重，暇时保养，切勿记念"等语。贾政又启："园中所有亭台轩馆，皆系宝玉所题。如果有一二稍可寓目者，请别赐名为幸。"元妃听了宝玉能题，便含笑说："果进益了。"贾政退出。

贾妃见宝、林二人亦发比别姊妹不同，真是姣花软玉一般。因问："宝玉为何不进见？"贾母乃启："无谕，外男不敢擅入！"元妃命："快引进来！"小太监出去，引宝玉进来。先行国礼毕，元妃命他进前，携手拦于怀内，又抚其头颈，笑道："比先竟长了好些……"一语未终，泪如雨下。

尤氏、凤姐等上来启道："筵宴齐备，请贵妃游幸！"元妃等起身，命宝玉导引，遂同诸人步至园门前，早见灯光火树之中，诸般罗列非常。进园来，先从"有凤来仪"、"红香绿玉"、"杏帘在望"、"蘅芷清芬"等处，登楼、步阁、涉水、缘山，百般眺览徘徊。一处处铺陈不一，一桩桩点缀新奇。贾妃极加奖赞，又劝以后不可太奢，此皆过分之极。已而至正殿，谕免礼，归座，大开筵宴。贾母等在下相陪，尤氏、李纨、凤姐等亲捧羹把盏。

元妃乃命传笔砚伺候，亲搦湘管，择其几处最喜者赐名。按其书云：

顾恩思义

天地启宏慈，赤子苍头同感戴；古今垂旷典，九州万国被恩荣。

"大观园" "有凤来仪" "红香绿玉"改作"怡红快绿" "蘅芷清芬" "杏帘在望"

正楼曰"大观楼"，东面飞楼曰"缀锦阁"，西面斜楼曰："含芳阁"；更有"蓼风轩""藕香榭""紫菱洲""荇叶渚"等名。又有四字的匾额十数个，诸如"梨花春雨""桐剪秋风""荻芦夜雪"等名。此时悉难全记。又命旧有匾联俱不必摘去。于是先题一绝云：

衔山抱水建来精，多少工夫筑始成。天上人间诸景备，芳园应锡大观名。

写毕，向诸姊妹笑道："我素乏捷才，且不长于吟咏，妹辈素所深知。今夜聊以塞责，不负斯景而已。异日少暇，必补撰《大观园记》并《省亲颂》等文，以记今日之事。妹辈亦各题一匾一诗，随才之长短，亦暂吟成；不可因我微才所缚。且喜宝玉竟知题咏，是我意外之想。此中‘潇湘馆’‘蘅芜苑’二处我所极爱；次之‘怡红院’‘浣葛山庄’，此四大处必得别有章句题咏方妙。前所题之联虽佳，如今再各赋五言律一首，使我当面试过，方不负我自幼教授之苦心。”

宝玉只得答应了下来，自去构思。迎、探、惜三人之中，要算探春又出于姊妹之上，然自忖亦难与薛、林争衡，只得勉强随众塞责而已。李纨也勉强凑成一律。贾妃先挨次看姊妹们的。写道是：

旷性怡情　迎　春

园成景备特精奇，奉命羞题额旷怡。
谁信世间有此境，游来宁不畅神思？

万象争辉　探　春

名园筑出势巍巍，奉命何惭学浅微。
精妙一时言不出，果然万物生光辉。

文章造化　惜　春

山水横拖千里外，楼台高起五云中。园修日月光辉里，景夺文章造化功。

文采风流　李　纨

秀水明山抱复回，风流文采胜蓬莱。绿裁歌扇迷芳草，红衬湘裙舞落梅。珠玉自应传盛世，神仙何早下瑶台。名园一自邀游幸，未许凡人到此来。

凝晖钟瑞　薛宝钗

芳园筑向帝城西，华日祥云笼罩奇。高柳喜迁莺出谷，修篁时待风来仪。文风已著宸游夕，孝化应隆归省时。睿藻仙才盈彩笔，自惭何敢再为辞。

世外仙源　林黛玉

名园筑何处，仙境别红尘。借得山川秀，添来景物新。香融金谷酒，花媚玉堂人。何幸邀恩宠，宫车过往频。

贾妃看毕，称赏一番。又笑道：“终是薛、林二妹之作与众不同，非愚姊妹可同列者。”原来林黛玉安心今夜大展奇才，将众人压倒。不想贾妃只命一匾一咏，到不好违谕多作，只胡乱作一首五言律应景罢了。

彼时宝玉尚未作完,只刚作了“潇湘馆”与“蘅芜苑”二首,正作“怡红院”一首。起草内有“绿玉春犹卷”一句。宝钗转眼瞥见,便趁众人不理论,急忙回身悄推他道:“他因不喜‘红香绿玉’四字,改了‘怡红快绿’。你这会子偏用‘绿玉’二字,岂不是有意和他争驰了?况且蕉叶之说也颇多,再想一个字改了罢!”宝玉见宝钗如此说,便拭汗道:“我这会子总想不起什么典故出处来。”宝钗笑道:“你只把‘绿玉’的‘玉’字改作‘腊’字就是了。”宝玉道:“‘绿腊’可有出处?”宝钗见问,悄悄的咂嘴、点头,笑道:“亏你!今夜不过如此,将来金殿对策,你大约连‘赵钱孙李’都忘了呢!唐钱翊咏芭蕉诗头一句:‘冷烛无烟绿腊干’,你都忘了不成?”宝玉听了,不觉洞开心臆,笑道:“该死!该死!现成眼前之物,偏到想不起来了。真可谓‘一字师’了。从此后我只叫你师父,再不叫姐姐了。”宝钗亦悄悄的笑道:“还不快作上去。只管姐姐、妹妹的。谁是你姐姐?那上头穿黄袍的才是你姐姐。你又认我这姐姐来了。”一面说笑,因说笑又怕他耽延工夫,遂抽身走开了。宝玉只得续成,共有了三首。

此时林黛玉未得展其抱负,自是不快。因见宝玉独作四律,大废神思,何不代他作两首,也省他些精神不到之处。想着,便也走至宝玉案傍,悄问:“可都有了?”宝玉道:“才有了三首,只少‘杏帘在望’一首了。”黛玉道:“既如此,你只抄录前三首罢!赶你写完那三首,我也替你作出这首了。”说毕,低头一想,早已吟成一律,便写在纸条上搓成个团子,掷在他跟前。宝玉打开一看,只觉此首比自己所作的三首高过十倍。真是喜出望外,遂忙恭楷呈上。贾妃看道:

有凤来仪　宝玉谨题

秀玉初成实,堪宜待凤凰。竿竿青欲滴,个个绿生凉。迸砌防阶水,穿帘碍鼎香。莫摇清碎影,好梦昼初长。

蘅芷清芬

蘅芜满净苑,萝薜助芬芳。软衬三春草,柔拖一缕香。轻烟迷曲径,冷翠滴回廊。谁谓池塘曲,谢家幽梦长。

怡红快绿

深庭长日净,两两出婵娟。绿蜡春犹卷,红妆夜未眠。凭栏垂绛袖，倚石护青烟。对立东风里，主人应解怜。

杏帘在望

杏帘招客饮，在望有山庄。菱荇鹅儿水，桑榆燕子梁。一畦春韭绿，十里稻花香。盛世无饥馁，何须耕织忙？

贾妃看毕，喜之不尽，说："果然进益了！"又指"杏帘"一首为前三首之冠，遂将"浣葛山庄"改为"稻香村"；又命探春另以彩笺誊录出方才一共十数首诗，出令太监传与外厢。贾政等看了，都称颂不已。贾政又进《归省颂》。元春又命以琼酥、金脍等物赐与宝玉并贾兰。此时贾兰极幼，未达诸事，只不过随母依叔行礼，故无别传。贾环从年内染病未痊，自有闲处调养，故亦无传。

那时贾蔷带领十二个女戏，在楼下正等的不耐烦，只见一太监飞来说："作完了诗。快拿戏单来！"贾蔷急将锦册呈上，并十二个花名单子。少时，太监出来，只点了四出戏：

第一出，《豪宴》；　第二出，《乞巧》；　第三出，《仙缘》；第四出，《离魂》。

贾蔷忙张逻扮演起来。一个个歌欺裂石之音，舞有天魔之态。虽是妆演的形容，却作尽悲欢情状。刚演完了，一太监执一金盘糕点之属，进来问："谁是龄官？"贾蔷便知是赐龄官之物，喜的忙接了。命龄官叩头。太监又道："贵妃有谕，说，'龄官极好！再作两出戏，不拘那两出就是了。'"贾蔷忙答应了，因命龄官作《游园》《惊梦》二出。龄官自为此二出原非本角之戏，执意不作，定要作《相约》、《相骂》二出。贾蔷扭他不过，只得依他作了。贾妃甚喜，命"不可难为了这女孩子，好生教习"，额外赏了两匹宫缎、两个荷包并金银锞子、食物之类。然后撤筵。将未到之处，复又游玩。忽见山环佛寺，忙另盥手，进去焚香、拜佛，又题一匾云："苦海慈航"，又额外加恩与一般幽尼、女道。

少时，太监跪启："赐物俱齐，请验等例。"乃呈上略节。贾妃从头看了，俱甚妥协，即命照此遵行。太监听了，下来一一发放。原来贾母的是金玉如意各一柄，沉香拐杖一根，伽楠念珠一串，"富贵长春"宫缎四匹，"福寿绵长"宫绸四匹，紫金"笔锭如意"锞十锭，"吉庆有鱼”银锞十锭。邢夫人、王夫人二分,只减了如意、拐杖、念珠四样。贾敬、贾赦、贾政等,每分御制新书二部,宝墨二匣,金、银爵各二只,表礼按前。宝钗、黛玉诸姊妹等,每人新书一部,宝砚一方,新样格式金银锞二对。宝玉亦同此。贾兰则是金银项圈二个,金银锞二对。尤氏、李纨、凤姐等,皆金银锞四锭,表礼四端。外表礼二十四端,清钱一百串,是赐与贾母、王夫人及诸姊妹房中奶娘、众丫嬛的。贾珍、贾琏、贾环、贾蓉等,皆是表礼一分,金锞一双。其馀彩缎百端,金银千两,御酒华筵,是赐东西两府凡园中管理工程、陈设、答应及司戏掌灯诸人的。外有清钱五百串,是赐厨役、优伶、百戏、杂行人丁的。众人谢恩已毕。

执事太监启道:“时已丑正三刻,请驾回銮。”贾妃听了,不由的满眼又滚下泪来。却又勉强堆笑,拉住贾母、王夫人的手紧紧的不忍释放再四叮咛:“不须挂念!好生自养!如今天恩浩荡,一月许进内省视一次,见面是尽有的,何必伤惨?倘明岁天恩仍许归省,万不可如此奢华靡费了。”贾母等已哭的哽噎难言了。贾妃虽不忍别,怎奈皇家规范违错不得,只得忍心上舆去了。这里诸人好容易将贾母、王夫人安慰解劝,搀扶出园去了。正是——

第十九回　情切切良宵花解语　意绵绵静日玉生香

话说贾妃回宫,次日见驾谢恩,并回奏归省之事。龙颜甚悦,又发内帑、彩缎、金银等物,以赐贾政及各椒房等员。不必细说。

且说荣、宁二府中,因连日用尽心力,真是人人力倦,各各神疲,又将园中一应陈设动用之物收拾了两三天方完。第一个凤姐事多任重,别人或可偷安、躲静,独他是不能脱得的;二则本性要强,不肯落人褒贬,只扎挣着与无事的人一样。第一个宝玉是极无事、最闲暇的。偏这日一早,袭人的母亲又亲来回过贾母,接袭人家去吃年茶,晚间才得回来。因此宝玉只和众丫头们掷骰子、赶围棋作戏。正在房内顽的没兴头,忽见丫头们来回说:“东府珍大爷来请过去看戏、放花灯。”宝玉听了,便命换衣裳。才要去时,忽又有贾妃赐出“糖蒸酥酪”来。宝玉想上次袭人喜吃此物,便命留与袭人了。自己回过贾母,过去看戏。

谁想贾珍这边唱的是《丁郎认父》《黄伯央大摆阴魂阵》,更有《孙行者大闹天宫》《姜子牙斩将封神》等类的戏文。倏尔神鬼乱出,忽又妖魔毕露,甚至于扬幡过会、号佛行香,锣鼓喊叫之声,远闻巷外。满街之人,个个都赞:“好热闹戏!别人家断不能有的。”宝玉见繁华热闹到如此不堪的田地,只略坐了一坐,便走开,各处闲耍。先是进内去,和尤氏、和丫环、姬妾说笑了一回;便出二门来。尤氏等仍料他出来看戏,遂也不曾照管;贾珍、贾琏、薛蟠等,只雇猜枚行令,百般作乐,也不理论,纵一时不见他在座,只道在里边去了,故也不问;至于跟宝玉的小厮们,那年纪大些的,知宝玉这一来了,必是晚间才散,因此偷空也有去会赌的,也有往亲友家去吃年茶的,更有或嫖或饮的,都私散了,待晚间再来;那小些的,都钻进戏房里瞧热闹去了。

宝玉见一个人没有,因想:“这里素日有个小书房,内曾挂着一轴美人,极画的得神。今日这般热闹,想那里那美人也自然是寂寞的,得我去望慰他一回。”想着,便往书房里来。刚到窗前,闻得房内有呻吟之韵。宝玉到唬了一跳:敢是美人活了不成?乃乍着胆子,舐破窗纸,向内一看:那轴美人却不曾活,却是茗烟按着一个女孩子,也干那警幻所训之事。宝玉禁不住大叫:“了不得!”一脚踹进门去,将那两个唬开了,抖衣而颤。

茗烟见是宝玉,忙跪求不迭。宝玉道:“青天白日,这是怎么说!珍大爷知道,你是死是活!”一面看那丫头,虽不标致,到还白净,些微亦有动人处,羞的脸红耳赤、低首无言。宝玉跺脚道:“还不快跑!”一语提醒了那丫头,飞也似去了。

宝玉又赶出去叫道:“你别怕!我是不告诉人的!”急的茗烟在后叫:“祖宗!这是分明告诉人了!”宝玉因问:“那丫头十几岁了?”茗烟道:“大不过十六七岁了。”宝玉道:“连他的岁属也不问问,别的自然越发不知了,可见他白认得你了。可怜,可怜!”又问名字叫什么,茗烟大笑道:“若说出名字来话长,真真新鲜奇文,竟是写不出来的。据他说,‘他母亲养他的时节,做了个梦,梦见得了一匹锦,上面是五色富贵不断头卍字的花样,所以他的名字叫作卍儿’。”宝玉听了,笑道:“真也新奇!想必他将来有些造化。”说着,沉思一会。

茗烟因问:“二爷为何不看这样的好戏?”宝玉道:“看了半日,怪烦的。出来逛逛,就遇见你们了。这会子作什么呢?”茗烟嗤嗤笑道:“这会子没人知道,我悄悄的引二爷往城外逛逛去。一会子再往这里来,他们就不知道了。”宝玉道:“不好!仔细花子拐了去;便是他们知道了,又闹大了。不如往熟近些的地方去,还可就来。”茗烟道:“熟近地方?谁家可去?这却难了。”宝玉笑道:“依我的主意,咱们竟找你花大姐姐去,瞧他在家作什么呢?”茗烟笑道:“好,好!到忘了他家。”又道:“若他们知道了,说我引着二爷胡走,要打我呢?”宝玉道:“有我呢!”茗烟听说,拉了马,二人从后门就走了。

幸而袭人家不远,不过一半里路程。展眼已到门前,茗烟先进去叫袭人之兄花自芳。彼时袭人之母接了袭人与几个外甥女儿、几个侄女儿来家正吃果茶。听见外面有人叫“花大哥”,花自芳慌出去看时,见是他主仆两个,唬的惊疑不止。连忙抱下宝玉来,在院内嚷道:

"宝二爷来了！"别人听见还可；袭人听了，也不知为何，忙跑出来，迎着宝玉，一把拉着问："你怎么来了？"宝玉笑道："我怪闷的，来瞧瞧你作什么呢。"袭人听了才放下心来。"嗐"了一声笑道："你也特胡闹了！可作什么来呢！"一面又问茗烟："还有谁跟来？"茗烟笑道："别人都不知，就只我们两个。"袭人听了，复又惊慌，说道："这还了得！倘或碰见了人，或是遇见了老爷，街上人挤车碰、马轿纷纷的，若有个闪失，也是顽得的？你们的胆子比斗还大！都是茗烟调唆的，回去我定告诉嬷嬷们打你。"茗烟撅了嘴道："二爷骂着、打着，叫我引了来。这会子推到我身上。我说别来罢；不然，我们还去罢！"花自芳忙劝："罢了！已是来了，也不用多说了。只是茅檐草舍，又窄又赃，爷怎么坐呢？"袭人之母也早迎了出来。袭人拉了宝玉进去。

宝玉见房中三五个女孩儿，见他进来，都低了头，羞惭惭的。花自芳母子两个百般怕宝玉冷，又让他上炕，又忙另摆果桌，又忙倒好茶。袭人笑道："你们不用白忙！我自然知道。果子也不用摆，也不敢乱给东西吃。"一面说，一面将自己的坐褥拿了，铺在一个炕上，宝玉坐了。用自己的脚炉垫了脚。向荷包内取出两个梅花香饼儿来，又将自己的手炉掀开、焚上、仍盖好，放与宝玉怀内。然后将自己的茶杯斟了茶，送与宝玉。彼时他母兄已是忙另齐齐整整摆上一桌子果品来。袭人见总无可吃之物，因笑道："既来了，没有空去之理。好歹尝一点儿，也是来我家一趟。"说着便拈了几个松子穰，吹去细皮，用手帕托着，送与宝玉。

宝玉看见袭人两眼微红、粉光融滑。因悄问袭人："好好的哭什么？"袭人笑道："何尝哭！才迷了眼，揉的。"因此便遮掩过了。当下宝玉穿着大红金蟒狐腋箭袖，外罩石青貂裘排穗褂。袭人道："你特为往这里来又换新衣服？他们就不问你往那去的？"宝玉笑道："珍大爷那里去看戏换的。"袭人点头又道："坐一坐就回去罢！这个地方不是你来的。"宝玉笑道："你就家去才好呢！我还替你留着好东西呢。"袭人悄笑道："悄悄的，叫他们听着，什么意思！"一面又伸手从宝玉项上将通灵玉摘了下来，向他姊妹们笑道："你们见识见识。时常说起来都当希罕，恨不能一见。今儿可尽力瞧了再瞧。什么希罕物儿,也不过是这么个东西!"说毕递与他们传看了一遍,仍与宝玉挂好。又命他哥哥去,或雇一乘小轿,或雇一辆小车,送宝玉回去。花自芳道:"有我送去,骑马也不妨了。"袭人道:"不为不妨,为的是碰见人。"

花自芳忙去雇了一顶小轿来,众人也不敢相留,只得送宝玉出去。袭人又抓果子与茗烟,又把些钱与他买花炮放,教他"不可告诉人,连你也有不是"。一直送宝玉至门前,看着上轿,放下轿帘。花、茗二人,牵马跟随。来至宁府街,茗烟命住轿,向花自芳道:"须等我同二爷还到东府里混一混,才好过去的,不然人家就疑惑了。"花自芳听说有理,忙将宝玉抱出轿来,送上马去。宝玉笑说:"到难为你了。"于是,仍进后门来,俱不在话下。

却说宝玉自出了门,他房中这些丫环们都越性恣意的顽笑。也有赶围棋的,也有掷骰抹牌的,磕了一地瓜子皮。偏奶母李嬷拄拐进来请安,瞧瞧宝玉。见宝玉不在家,丫头们只顾顽闹,十分看不过,因叹道:"只从我出去了,不大进来,你们越发没个样儿了。别的妈妈们越不敢说你们了。那宝玉是个丈八的灯台——照见人家,照不见自家的。只知嫌人家赃,这是他的屋子,由着你们遭塌,越不成体统了。"这些丫头们明知宝玉不讲究这些,二则李嬷嬷已是告老解事出去的了,如今管他们不着,因此只顾顽,并不理他。那李嬷嬷还只管问"宝玉如今一顿吃多少饭"、"什么时辰睡觉"等语。丫头们总胡乱答应。有的说:"好一个讨厌的老货!"

李嬷嬷又问道:"这盖碗里是酥酪,怎不送与我去?我就吃了罢。"说毕,拿匙就吃。一个丫头道:"快别动!那是说了给袭人留着的。回来又惹气了。你老人家自己承认,别带累我们受气。"李嬷嬷听了,又气又愧,便说道:"我不信他这样坏了。别说我吃了一碗牛奶,就是再比这个值钱的,也是应该的。难道待袭人比我还重?难道他不想想怎么长大了?我的血变的奶,吃的长这么大;如今我吃他一碗牛奶,他就生气了?我偏吃了,看怎么样!你们看袭人不知怎样,那是我手里调理出来的毛丫头,什么阿物儿!"一面说,一面赌气将酥酪吃尽。又一丫头笑道:"他们不会说话,怨不得你老人家生气。

宝玉还时常送东西孝敬你老去,岂有为这个不自在的?”李嬷嬷道:“你们也不必妆狐媚子哄我,打量上次为茶撵茜雪的事我不知道呢!明儿有了不是,我再来领。”说着,赌气去了。

少时,宝玉回来,命人去接袭人。只见晴雯躺在床上不动。宝玉因问:“敢是病了?再不然输了?”秋纹道:“他到是赢的。谁知李老太太来了,混输了。他气的睡去了。”宝玉笑道:“你别和他一般见识,由他去就是了。”说着,袭人已来,彼此相见。袭人又问宝玉:“何处吃饭?多早晚回来?”又代母、妹问诸同伴姊妹好。一时换衣、卸妆。宝玉命取酥酪来,丫环们回说:“李奶奶吃了。”宝玉才要说话,袭人便忙笑道:“原来是留的这个,多谢费心!前儿我吃的时候好吃,吃过了好肚子疼,足闹的吐了才好了。吃了到好,搁在这里到白遭塌了。我只想风干栗子吃,你替我剥栗子,我去铺床。”

宝玉听了,信以为真,方把酥酪丢开,取栗子来,自向灯前检剥。一面见众人不在房中,乃笑问袭人道:“今儿那个穿红的是你什么人?”袭人道:“那是我两姨妹子。”宝玉听了,赞叹了两声。袭人道:“叹什么?我知道你心里的缘故,想是说他那里配红的。”宝玉笑道:“不是,不是!那样的不配穿红的,谁还敢穿?我因为见他实在好的很,怎么也得他在咱们家就好了。”袭人冷笑道:“我一个人是奴才命罢了,难道连我的亲戚都是奴才命不成?定还要拣实在好的丫头,才往你家来?”宝玉听了,忙笑道:“你又多心了!我说往咱们家来,必定是奴才不成?说亲戚就使不得?”袭人道:“那也搬配不上。”宝玉便不肯再说,只是剥栗子。袭人笑道:“怎么不言语了?想是我才冒撞冲犯了你,明儿赌气花几两银子买他们进来就是了。”宝玉笑道:“你说的话怎么叫我答言呢!我不过是赞他好,正配生在这深堂大院里,没的我们这种浊物到生在这里。袭人道:“他虽没这造化,到也是娇生惯养的呢,我姨爹姨娘的宝贝。如今十七岁,各样的嫁妆都齐备了,明年就出嫁。”

宝玉听了“出嫁”二字,不禁又“嗐”了两声。正是不自在,又听袭人叹道:“只从我来了这几年,姊妹们都不得在一处。如今我要回去了,他们又都去了。”宝玉听这话内有文章,不觉吃一惊,忙丢下栗子，问道："怎么！你如今要回去了！"袭人道："我今儿听见我妈和哥哥商议，教我再耐烦一年，明年他们上来就赎我出去的呢。"宝玉听了这话，越发怔了，因问："为什么要赎你？"袭人道："这话奇了，我又比不得是你这里的家生子儿，一家子都在别处，独我一个人在这里，怎么是个了局？"宝玉道："我不叫你去也难。"袭人道："从来没这道理！便是朝廷宫里，也有个定例，或几年一选，几年一入，也没有个长远留下人的理，别说你了！"宝玉想一想，果然有理。又道："老太太不放你也难！"袭人道："为什么不放我？果然是个最难得的，或者感动了老太太、太太，必不放我出去的，设或多给我们家几两银子，留下我，然或有之；其实我也不过是个平常的人，比我强的多而且多。自我从小儿来了，跟着老太太。先伏侍了史大姑娘几年，如今又伏侍了你几年。如今我们家来赎，正是该叫去的，只怕连身价也不要，就开恩叫我去呢。若说为伏侍的你好，不叫我去，断然没有的事。那伏侍的好是分内应当的，不是什么奇功。我去了，仍旧有好的来了，不是没了我就不成事。"

宝玉听了这些话，竟是有去的理，无留的理，心内越发急了，因又道："虽然如此说，我只一心留下你，不怕老太太不和你母亲说。多多给你母亲些银子，他也不好意思接你了。"袭人道："我妈自然不敢强。且漫说和他好说，又多给银子；就便不好和他说，一个钱也不给，安心要强留下我，他也不敢不依。但只是咱们家从没干过这倚势仗贵霸道的事。这比不得别的什么好东西，因为你喜欢，加十倍利弄了来给你，那卖的人不得吃亏，可以行得。如今无故平空留下我，于你又无益，反叫我们骨肉分离。这件事老太太、太太断不肯行的。"宝玉听了，思忖半晌，乃说道："依你说，你是去定了？"袭人道："去定了！"宝玉听了，自思道："谁知这样一个人，这样薄情无义！"乃叹道："早知道都是要去的，我就不该弄了来，临了剩我一个孤鬼儿。"说着，便赌气上床睡去了。

原来，袭人在家听见他母、兄要赎他回去，他就说至死也不回去的。又说："当日原是你们没饭吃，就剩我还值几两银子，若不叫你们卖，没有个看着老子娘饿死的理。如今幸而卖到这个地方，吃穿和主子一样，又不朝打暮骂。况且如今爹虽没了，你们却又整理的家成业就，复了元气。若果然还艰难，把我赎出来，再多掏澄几个钱，也还罢了。其实又不难了。这会子又赎我作什么？权当我死了，再不必起这个赎我的念头！”因此哭闹了一阵。

他母、兄见他这般坚执，自然必不出来的了；况且原是卖倒的死契，明仗着贾宅是慈善宽厚之家，不过求一求，只怕身价银一并赏了，这是有的事呢；二则贾府中从不曾作贱下人，只有恩多威少的，且凡老少房中所有亲侍的女孩子们，更比待家下众人不同，平常寒薄人家的小姐也不能那样尊重的。因此他母子两个也就死心不赎了。次后忽然宝玉去了，他二人又是那般景况，他母子二人心下更明白了，越发石头落了地，而且是意外之想，彼此放心，再无赎念了。

如今且说袭人，自幼见宝玉性格异常，其淘气憨顽自是出于众小儿之外，更有几件千奇百怪、口不能言的毛病儿。近来仗着祖母溺爱，父母亦不能十分严紧拘管，更觉放荡弛纵、任性恣情，最不喜务正。每欲劝时，料不能听。今日可巧有赎身之论，故先用骗词以探其情，以压其气，然后好下箴规。今见他默默睡去了，知其情有不忍，气已馁堕。自己原不想栗子吃的，只因怕为酥酪又生事故，亦如茜雪之茶等事，是以假以栗子为由混过，宝玉不提就完了。于是命小丫头子们将栗子拿去吃了，自己来推宝玉。

只见宝玉泪痕满面，袭人便笑道：“这有什么伤心的。你果然留我，我自然不出去了。”宝玉见这话有文章，便说道：“你到说说，我还要怎么留你？我自己也难说了。”袭人笑道：“咱们素日好处再不用说，但今日你安心留我，不在这上头。我另说出两三件事来，你果然依了我，就是你真心留我了。刀搁在脖子上，我也是不出去的了。”

宝玉忙笑道：“你说那几件？我都依你！好姐姐！好亲姐姐！别说两三件，就是两三百件，我也依。只求你们同看着我，守着我，等我有一日化成了飞灰，飞灰还不好，灰还有形有迹，还有知识；等我化成一股轻烟，风一吹便散了的时候，你们也管不得我，我也顾不得你们了。那时凭我去，我也凭你们爱那里去就去了。”急的袭人忙握他的嘴，说：“好好的，正为劝你这些，更说的狠了！”宝玉忙说道：“再不说这话了。”袭人道:“这是头一件要改的。”宝玉道:“改了！再要说,你就拧嘴。还有什么?”

袭人道:“第二件,你真喜读书也罢,假喜也罢,只是在老爷跟前,或在别人跟前,你别只管批驳诮谤,只作出个喜读书的样子来。也教老爷少生些气,在人前也好说嘴。他心里想着,我家代代读书,只从有了你,不承望你不喜读书,已经他心里有气又愧;而且背前背后乱说那些混话:凡读书上进的人,你就起个名字叫作‘禄蠹’,又说,‘只除明明德外无书,都是前人自己不能解圣人之书,便另出己意,混编纂出来的’。这些话怎么怨得老爷不气,不时时打你?叫别人怎么想你!”宝玉笑道:“再不说了。那原是那小时不知天高地厚,信口胡说,如今再不敢说了。还有什么?”

袭人道:“再不可毁僧谤道,调脂弄粉,还有更要紧的一件,再不许吃人嘴上擦的胭脂了,与那爱红的毛病儿。”宝玉道:“都改,都改。再有什么,快说!”袭人笑道:“再也没有了。只是百事检点些,不任意任情的就是了。你若果都依了,便拿八人轿也抬不出我去了。”宝玉笑道:“你在这里长远了,不怕没八人轿你坐。”袭人冷笑道:“这我可不希罕的。有那个福气,没有那个道理。总坐了,也没甚趣。”

二人正说着,只见秋纹走进来说:“快三更了,该睡了。方才老太太打发嬷嬷来问,我答应睡了。”宝玉命取表来,看时,果然针已指到亥正。方从新盥漱,宽衣安歇,不在话下。

至次日清辰,袭人起来,便觉身体发重,头疼目胀,四肢火热。先时还挣挣的住,次后捱不住,只要睡着,因而和衣躺在炕上。宝玉忙回了贾母,传医看视,说道:“不过偶感风寒。吃一两剂药,疏散疏散就好了。”开方去后,令人取药来煎好。刚服下去,命他盖上被渥汗,宝玉自去黛玉房中来看视。

彼时黛玉自在床上歇午,丫环们皆出去自便,满屋内静悄悄的。宝玉揭起绣线软帘,进入里间,只见黛玉睡在那里。忙去上来推他道:“好妹妹！才吃了饭,又睡觉。”将黛玉唤醒。黛玉见是宝玉,因说道:“你且出去逛逛,我前儿闹了一夜,今儿还没有歇过来,浑身酸疼。”宝玉道:“酸疼事小,睡出来的病大。我替你解闷儿,混过困去就好了。”黛玉只合着眼说道：“我不困，只略歇歇儿。你且别处去闹会子再来。”宝玉推他道：“我往那去呢？见了别人就怪腻的。”黛玉听了，“嗤”的一声笑道：“你既要在这里，那边去老老实实的坐着。咱们说话儿。”宝玉道：“我也歪着。”黛玉道：“你就歪着。”宝玉道：“没有枕头，咱们在一个枕头上。”黛玉道：“放屁！外头不是枕头？拿一个来枕着。”宝玉出至外间，看了一看，回来笑道：“那个我不要，也不知是那一个赃老婆子的。”黛玉听了，睁开眼，起身，笑道：“真真你就是我命中的‘天魔星’！请枕这一个！”说着，将自己枕的推与宝玉，又起身将自己的再拿了一个来，自己枕了，二人对面倒下。

黛玉因看宝玉左边腮上有钮扣大小的一块血渍，便欠身凑近前来，以手抚之细看，又道：“这又是谁的指甲刮破了？”宝玉侧身，一面躲，一面笑道：“不是刮的，只怕是才刚替他们淘漉胭脂膏子，搧上了一点儿。”说着，便找手帕子要揩拭。黛玉便用自己的帕子替他揩拭了。口内说道：“你又干这些事了。干也罢了，必定还要带出幌子来。便是舅舅看不见，别人看见了，又当奇事新鲜话儿去学舌讨好儿，吹到舅舅耳朵里，又该大家不干净惹气。”

宝玉总未听见这些话。只闻得一股幽香，却是从黛玉袖中发出。闻之令人醉魂酥骨。宝玉一把便将黛玉的袖子拉住，要瞧笼着何物。黛玉笑道：“冬寒十月，谁带什么香呢？”宝玉笑道：“既然如此，这香是那里来的？”黛玉道：“连我也不知道。想必是柜子里头的香气，衣服上熏染的，也未可知。”宝玉摇头道：“未必。这香的气味奇怪，不是那些香饼子、香球子、香袋子的香。”黛玉冷笑道：“难道我也有什么罗汉、真人给我些香不成？便是得了奇香，也没有亲哥哥、亲兄弟弄了花儿、朵儿、霜儿、雪儿替我炮制。我有的是那些俗香罢了。”宝玉笑道：“凡我说一句，你就拉上这么些。不给你个利害，也不知道，从今儿可不饶你了！”说着，番身起来，将两支手呵了两口，便伸手向黛玉膈肢窝内两胁下乱挠。黛玉素性触痒不禁，宝玉两手伸来乱挠，便笑的喘不过气来。口里说：“宝玉，你再闹，我就恼了！”宝玉方住了手，笑问道：“你还说这些不说了？”黛玉笑道：“再不敢了。”一面理鬓笑道：“我有‘奇香’，你有‘暖香’没有？”

宝玉见问,一时解不来,因问:“什么‘暖香’?”黛玉点头叹笑道:“蠢才,蠢才!你有‘玉’,人家就有‘金’配你;人家有‘冷香’,你就没有‘暖香’去配?”宝玉方听出来。宝玉笑道:“方才求饶,如今更说狠了!”说着,又去伸手。黛玉忙笑道:“好哥哥!我可不敢了!”宝玉笑道:“饶便饶你,只把袖子我闻一闻。”说着,便拉了袖子,笼在面上,闻个不住。黛玉夺了手道:“这可该去了!”宝玉笑道:“去?不能!咱们斯斯文文的躺着说话儿。”说着,复又倒下。黛玉也倒下,用手帕子盖上脸。宝玉有一搭没一搭的说些鬼话,黛玉只不理。宝玉问他几岁上京,路上见何景致古迹,扬州有何遗迹故事、土俗民风。黛玉只不答。

宝玉只怕他睡出病来,便哄他道:“嗳哟!你们扬州衙门里有一件大故事,你可知道?”黛玉见他说的郑重,且又正言厉色,只当是真事,因问:“什么事?”宝玉见问,便忍着笑,顺口诌道:“扬州有一座黛山,山上有个林子洞。”黛玉笑道:“就是扯谎,自来也没听见这山。”宝玉道:“天下山水多着呢!你那里知道这些不成。等我说完了,你再批评。”黛玉道:“你且说。”

宝玉又诌:“林子洞里原来有群耗子精。那一年腊月初七日,老耗子升座议事,因说:‘明日乃是腊八,世上人都熬腊八粥。如今我们洞中果品短少,须得趁此打劫些来方妙。’乃拔令箭一枝,遣一能干的小耗,前去打听。一时小耗回报:‘各处察访打听已毕,惟有山下庙里果米最多。’老耗问:‘米有几样?果有几品?’小耗道:‘米豆成仓,不可胜记。果品有五种,一红枣,二栗子,三落花生,四菱角,五香玉。’老耗听了大喜,即时点耗前去。乃拔令箭问:‘谁去偷米?’一耗便接令去偷米;又拔令箭问:‘谁去偷豆?’又一耗接令去偷豆;然后一一的都各领令去了。只剩了‘香玉’一种,因又拔令箭问:‘谁去偷香玉?’只见一个极小、极弱的小耗应道:‘我愿去偷香玉。’老耗并众耗见他这样,恐不谙练,且怯懦无力,都不准他去。小耗道:‘我虽年小身弱,却是法术无边,口齿伶俐,机谋深远。此去管比他们偷的还巧呢!’众耗忙问:‘如何比他们巧呢?’小耗道:‘我不学他们直偷,我只摇身一变,也变成个香玉,滚在香玉堆里,使人看不出、听不见,却暗暗的用分身法搬运。渐渐的就搬运尽了。岂不比直偷硬取的巧些?’众耗听了,都道:‘妙却妙,只是不知怎么个变法。你先变个我们瞧瞧!’小耗听了,笑道:‘这个不难,等我变来。’说毕,摇身说‘变’!竟变了一个最标致美貌的一位小姐。众耗忙笑道:‘变错了!变错了!原说变果子的,如何变出小姐来?’小耗现形笑道:‘我说你们没见识面,只认得这果子是香玉,却不知盐课林老爷的小姐才是真正香玉呢!’”

黛玉听了,番身爬起来,按着宝玉笑道:“我把你烂了嘴的,我就知道你是编我呢!”说着,便拧的宝玉连连央告,说:“好妹妹,饶我罢!再不敢了。我因为闻你香,忽然想起这个故典来。”黛玉笑道:“饶骂了人,还说是故典呢。”

一语未了,只见宝钗走来,笑问:“谁说故典呢?我也听听。”黛玉忙让坐,笑道:“你瞧瞧有谁!他饶骂了人,还说是故典。”宝钗笑道:“原来是宝兄弟,怨不得他。他肚子里的故典原多,只是可惜一件,凡该用故典之时,他偏就忘了。有今日记得的,前儿夜里的‘芭蕉诗’,就该记得。眼面前的到想不起来,别人冷的那样,你急的只出汗。这会子偏又有记性了。”黛玉听了,笑道:“阿弥陀佛!到底是我的好姐姐。你一般也遇见对子了?可知一还一报,不爽不错的。”刚说到这里,只听宝玉房中一片声嚷,吵闹起来。正是……

第二十回　王熙凤正言弹妒意　林黛玉俏语谑娇音

话说宝玉在林黛玉房中说“耗子精”，宝钗撞来，讽刺宝玉元宵不知“绿蜡”之典。三人正在房中互相讥刺取笑。那宝玉正恐黛玉饭后贪眠，一时存了食，或夜间走了困，皆非保养身体之法。幸而宝钗走来，大家谈笑，那林黛玉方不欲睡，自己才放了心。

忽听他房中嚷起来，大家侧耳听了一听，林黛玉先笑道：“这是你妈妈和袭人叫喊呢。那袭人也算罢了，你妈妈再要认真排场他，可见老背晦了。”宝玉忙要赶过来，宝钗忙一把拉住道：“你别和你妈妈吵才是。他老糊涂了，到要让他一步为是。”宝玉道：“我知道了。”说毕，走来。

只见李嬷嬷拄着拐棍在当地骂袭人：“忘了本的小娼妇！我抬举起你来。这会子我来了，你大模大样的躺在炕上，见我来也不理一理。一心只想妆狐媚子哄宝玉，哄的宝玉不理我，听你们的话。你不过是几两臭银子买来的毛丫头，这屋里你就作耗，如何使得！好不好，拉出去配一个小子，看你还妖精似的哄宝玉不哄！”袭人先只道李嬷嬷不过为他躺着生气，少不得分辨说“病了，才出汗，蒙着头，原没看见你老人家”等语，后来只管听他说“哄宝玉”“妆狐媚”，又说“配小子”等，由不得又愧又委曲，禁不住哭起来。

宝玉虽听了这些话，也不好怎样，少不得替袭人分辨病了吃药等话，又说：“你不信，只问别的丫头们。”李嬷嬷听了这话，益发气起来了，说道：“你只护着那起狐狸，那里认得我了，叫我问谁去？谁不帮着你呢？谁不是袭人拿下马来的？我都知道那些事。我只和你在老太太、太太跟前去讲。我把你奶了这么大，到如今吃不着奶了，把我丢在一傍。逞着丫头们要我的强。”一面说，一面也哭起来。彼时黛玉、宝钗等也走过来劝说：“妈妈，你老人家担待他们一点子就完了。”李嬷嬷见他二人来了，便拉住诉委屈，将当日吃茶，茜雪出去，与昨日酥酪等事，捞捞叨叨，说个不清。

可巧凤姐正在上房算完输赢账，听得后面声嚷，便知是李嬷嬷老病发了，排揎宝玉的人。正值他今儿输了钱，迁怒于人。便连忙赶过来，拉了李嬷嬷，笑道："好妈妈，别生气！大节下，老太太才喜欢了一日。你是个老人家，别人高声，你还要管他们呢！难道反不知道规矩，在这里嚷起来，叫老太太生气不成？你只说谁不好，我替你打他。我家里烧的滚热的野鸡，快来跟我吃酒去。"一面说，一面拉着走，又叫："丰儿，替你李奶奶拿着拐棍子、擦眼泪的手帕子。"那李嬷嬷脚不沾地跟了凤姐走了，一面还说："我也不要这老命了，越性今儿没了规矩，闹一场子，讨个没脸，强如受那娼妇蹄子的气。"后面宝钗、黛玉随着，见凤姐儿这般，都拍手笑道："亏这一阵风来，把个老婆子撮了去了。"宝玉点头叹道："这又不知是那里的账，只拣软的排揎。昨儿又不知是那个姑娘得罪了，上在他账上了。"

一句未了，晴雯在傍笑道："谁又不疯了，得罪他作什么？便得罪了他，就有本事承任，不犯带累别人。"袭人一面哭，一面拉宝玉道："为我得罪了一个老奶奶，你这会子又为我得罪这些人，这还不彀我受的，还只是拉别人。"宝玉见他这般病势，又添了这些烦恼，连忙忍气吞声，安慰他仍旧睡下出汗。又见他汤烧火热，自己守着他，歪在傍边，劝他只养着病，别想着这些没要紧的事生气。袭人冷笑道："要为这些事生气，这屋里一刻还站不得了。但只是天长日久，只管这样，可叫人怎么样才好呢！时常我劝你别为我们得罪人，你只顾一时为我们那样，他们都记在心里，遇着坎儿，说的好说不好听，大家什么意思。"一面说，一面禁不住流泪，又怕宝玉烦恼，只得又勉强忍着。

一时，杂使的老婆子煎了二和药来。宝玉见他才有汗意，不肯叫他起来，自己便端着就枕与他吃了，即命小丫头子们铺炕。袭人道："你吃饭不吃饭，到底老太太、太太跟前坐一会子，和姑娘们顽一会子再回来。我就静静的躺一躺也好。"

宝玉听说，只得替他去了簪环，看他躺下。自往上房来，同贾母吃毕饭，贾母犹欲同那几个老管家嬷嬷斗牌解闷。宝玉记着袭人，便回至房中,见袭人朦朦睡去。自己要睡,天气尚早。彼时晴雯、绮霰、秋纹、碧痕都寻热闹找鸳鸯、琥珀等要戏去了,独见麝月一个人在外间房里灯下抹骨牌。宝玉笑问道:"你怎不同他们顽去?"麝月道:"没有钱。"宝玉道:"床底下堆着那么些,还不彀你输的?"麝月道:"都顽去了,这屋里交给谁呢?那一个又病了,满屋里上头是灯,地下是火,那些老妈妈子们老天拔地伏侍一天,也该叫他们歇歇;小丫头子们也是伏侍了一天,这会子还不叫他们顽顽去。所以让他们都去罢,我在这里看着。"宝玉听了这话,公然又是一个袭人,因笑道:"我在这里坐着,你放心去罢。"麝月道:"你既在这里,越发不用去了。咱们两个说话、顽笑,岂不好?"宝玉笑道:"咱两个作什么呢?怪没意思的。也罢了,早上你说头上痒痒,这会子没什么事,我替你篦头罢。"麝月听见,便道:"就是这样。"说着,将文具、镜匣搬来,卸去钗钏,打开头发。宝玉拿了篦子,替他一一的梳篦。

只篦了三五下,只见晴雯忙忙走进来,原为取钱。一见了他两个,便冷笑道:"哦!交杯盏还没吃,到上头了!"宝玉笑道:"你来!我也替你篦一篦。"晴雯道:"我没那么大福!"说着,拿了钱,便摔帘子出去了。

宝玉在麝月身后,麝月对镜,二人在镜内相视。宝玉便向镜内笑道:"满屋里就只是他磨牙。"麝月听说,忙向镜中摆手,宝玉会意。忽听"唿"一声帘子响,晴雯又跑进来问道:"我怎么磨牙了?咱们到得说说!"麝月道:"你去你的罢!又来问人了。"晴雯笑道:"你又护着!你们那瞒神弄鬼的,我都知道。等我捞回本儿来再说话。"说着,一径出去了。这里宝玉通了头,命麝月悄悄的伏侍他睡下,不肯惊动袭人。一宿无话。

至次日清晨起来,袭人已是夜间发了汗,觉得轻省了些,只吃些米汤静养。宝玉放了心,因饭后走到薛姨妈这边来闲逛。彼时正月内,学房中放年学,闺阁中忌针,却都是闲时。贾环也过来顽,正遇见宝钗、香菱、莺儿三个赶围棋作耍。贾环见了,也要顽。宝钗素习看他亦如宝玉,并没他意,今儿听他要顽,让他上来,坐了一处。一磊十个钱,头一回自己赢了,心中十分欢喜;后来接连输了几盘,便有些着急。赶着这盘正该自己掷骰子。若掷个七点，便赢；若掷个六点，下该莺儿，掷三点就赢了。因拿起骰子来，狠命一掷，一个作定了五，那一个乱转。莺儿拍着手只叫“么”，贾环便瞪着眼，“六、七、八”混叫。那骰子偏生转出“么”来。贾环急了，伸手便抓起骰子来，然后就拿钱，说是个六点。莺儿便说：“分明是个么！”宝钗见贾环急了，便瞅莺儿说道：“越大越没规矩！难道爷们还赖你？还不放下钱来呢！”莺儿满心委曲，见宝钗说，不敢则声，只得放下钱来，口内嘟囔说：“一个作爷的，还赖我们这几个钱，连我也不在眼里。前儿我和宝爷顽，他输了那些，也没着急；下剩的钱，还是几个小丫头子们一抢，他一笑就罢了。”宝钗不等说完，连忙断喝。贾环道：“我拿什么比宝玉呢？你们怕他，都和他好，都欺负我不是太太养的。”说着，便哭了。宝钗忙劝他：“好兄弟，快别说这话，人家笑话你！”又骂莺儿。

正值宝玉走来，见了这般形况，问是怎么了。贾环不敢则声，宝钗素知他家规矩，凡作兄弟的，都怕哥哥。却不知那宝玉是不要人怕他的。他想着：“弟兄们一并都有父母教训，何必我多事？反生疏了。况且我是正出，他是庶出，饶这样，还有人背后谈论，还禁得辖治他了？”更有个呆意思存在心里。你道是何呆意？因他自幼姊妹丛中长大，亲姊妹有元春、探春，伯叔的有迎春、惜春，亲戚中又有史湘云、林黛玉、宝钗等诸人。他便料定：原来天生人为万物之灵，凡山川日月之精秀，只钟于女儿，须眉男子不过是些渣滓浊沫而已。因有这个呆念在心，把一切男子都看成混沌浊物，可有可无。只是父亲、叔伯、兄弟中，因孔子是亘古第一人说下的，不可忤慢，只得要听他这句话。所以弟兄之间，不过尽其大概的情理就罢了，并不想自己是丈夫，须要为子弟之表率，是以贾环等都不怕他；却怕贾母，才让他三分。如今宝钗恐怕宝玉教训他，到没意思，便连忙替贾环掩饰。

宝玉道：“大正月里哭什么！这里不好你别处顽去！你天天念书，到念糊涂了？比如这件东西不好，横竖那一件好。就弃了这件，取那个。难道你守着这个东西哭一会子就好了不成？你原是来取乐顽的，既不能取乐，就往别处去，再寻乐顽去。哭一会子，难道这算取乐顽了不成？到招自己烦恼，不如快去为是！”贾环听了，只得回来。

赵姨娘见他这般,因问:“又是那里垫了踹窝来了!”一问不答;再问时,贾环便说:“同宝姐姐顽的。莺儿欺负我,赖我的钱。宝玉哥哥撵我来了。”赵姨娘啐道:“谁叫你上高台攀去了!下流没脸的东西,那里顽不得,谁叫你跑了去,讨没意思。”

正说着,可巧凤姐在窗外过,都听在耳内,便隔窗说道:“大正月又怎么了?环兄弟小孩子家,一半点儿错了,你只教导他,说这些淡话作什么?凭他怎么去,还有太太、老爷管他呢!就大口啐他?他现是主子,不好了,横竖有教导他的人,与你什么相干!环兄弟,出来!跟我顽去!”贾环素日怕凤姐比怕王夫人更甚,听见叫他,忙唯唯的出来。赵姨娘也不敢则声。

凤姐向贾环道:“你也是个没气性的!时常说给你:要吃、要喝、要顽、要笑,只爱同那一个姐姐、妹妹、哥哥、嫂子顽,就同那个顽。你不听我的话,反叫这些人教的歪心邪意、狐媚子霸道的,自己不尊重,要往下流走,安着坏心,还只管怨人家偏心。输了几个钱?就这么个样儿。”贾环见问,只得诺诺的回说:“输了一二百。”凤姐道:“亏你还是爷!输了一二百钱,就这样!”回头叫丰儿:“去取一吊钱来!姑娘们都在后头顽呢,把他送了顽去。你明儿再这么下流狐媚子,我先打了你;打发人告诉学里,皮不揭了你的。为你这个不尊重,恨的你哥哥牙根痒。不是我拦着,窝心脚把你的肠子窝出来了。”喝命去罢。贾环喏喏的跟了丰儿,得了钱,自己和迎春等顽去。不在话下。

且说宝玉正和宝钗顽笑,忽见人说“史大姑娘来了”!宝玉听了,抬身就走。宝钗笑道:“等着!咱们两个一齐走,瞧瞧他去。”说着,下了炕,同宝玉一齐来至贾母这边。只见史湘云大笑大说的,见他两个来,忙问好厮见。正值林黛玉在傍,因问宝玉在那里的,宝玉便说:“在宝姐姐家的。”黛玉冷笑道:“我说呢!亏在那里伴住,不然早就飞了来了。”宝玉笑道:“只许同你顽,替你解闷儿;不过偶然去他那里一趟,就说这话!”林黛玉道:“好没意思的话。去不去,管我什么事!我又没叫你替我解闷儿。还许你从此不理我呢!”说着,便赌气回房去了。

宝玉忙跟了来,问道:“好好的,又生气了?就是我说错了,你到底也还坐在那里，和别人说笑一会子。又来自己纳闷。”林黛玉道：“你管我呢！”宝玉笑道：“我自然不敢管你。只没有个看着你自己作贱了身子呢。”林黛玉道：“我作贱坏了身子，我死，与你何干？”宝玉道：“何苦来，大正月里，死了活了的。”林黛玉道：“偏说死！我这会子就死。你怕死，你长命百岁的如何？”宝玉笑道：“要像只管这样闹，我还怕死呢，到不如死了干净。”黛玉忙道：“正是了。要是这样闹，不如死了干净。”宝玉道：“我说我自己死了干净，别听错了话赖人。”正说着，宝钗走来道：“史大妹妹等你呢。”说着，便推宝玉走了。

这里黛玉越发气闷，只向窗前流泪。没两盏茶的工夫，宝玉仍来了。林黛玉见了，越发抽抽噎噎的哭个不住。宝玉见了这样，知难挽回，打叠起千百样的款语温言来劝慰。不料自己未张口，只见黛玉先说道：“你又来作什么？横竖如今有人和你顽，比我又会念，又会作，又会写，又会说笑，又怕你生气、拉了你去。你又作什么来？死活凭我去罢了。”

宝玉听了，忙上来悄悄的说道：“你这么个明白人，难道连‘亲不间疏、先不僭后’也不知道？我虽糊涂，却明白这两句话。头一件，咱们是姑舅姊妹，宝姐姐是两姨姊妹。论亲戚，他比你疏；第二件，你先来，咱们两个一桌吃，一床睡，长的这么大了，他是才来的，岂有个为他疏你的？”林黛玉啐道：“我难道为叫你疏他？我成了个什么人了呢！我为的是我的心！”宝玉道：“我也为的是我的心。难道你就知你的心，不知我的心不成？”林黛玉听了，低头一语不发。半日说道：“你只怨人行动嗔怪了你，你再不知道你自己沤人难受。就拿今日天气比，分明今儿冷的这样，你怎么到反把个青肷披风脱了呢？”宝玉笑道：“何常不穿着？见你一恼，我一炮燥，就脱了。”林黛玉叹道：“回来伤了风，又该饿着吵吃的了。”

二人正说着，只见湘云走来，笑道：“二哥哥、林姐姐，你们天天一处顽，我好容易来了，也不理我一理儿。”黛玉笑道：“偏是咬舌子爱说话，连个‘二’哥哥也叫不出来，只是‘爱’哥哥、‘爱’哥哥的。回来赶围棋儿，又该你闹‘么爱三四五’了。”宝玉笑道：“你学惯了他，明儿连你还咬起来呢。”然史湘云道：“他再不放人一点儿，专挑人的不好。你自己便比世人好,也不犯着见一个打趣一个。指出一个人来,你敢挑他,我就伏你。"黛玉忙问:"是谁?"湘云道:"你敢挑宝姐姐的短处,就算你是好的。我算不如你,他怎么不及你呢?"黛玉听了冷笑道:"我当是谁!原来是他。我那里敢挑他呢!"宝玉不等说完,忙用话分开。湘云笑道:"这一辈子我自然比不上你,我只保佑着明儿得一个咬舌的林姐夫,时时刻刻你可听'爱'、'厄'去。阿弥陀佛!那才现在我眼里!"说的众人一笑,湘云忙回身跑了。要知端详,下回分解。

第二十一回　贤袭人娇嗔箴宝玉　俏平儿软语救贾琏

话说史湘云跑了出来，怕林黛玉赶上。宝玉在后忙说："仔细绊跌了！那里就赶上了。"林黛玉赶到门前，被宝玉叉手在门框上拦住，笑劝道："饶他这一遭罢！"林黛玉搬着手，说道："我若饶过云儿，再不活着。"湘云见宝玉拦住门，料黛玉不能出来，便立住脚，笑道："好姐姐！饶我这一遭罢！"恰至宝钗来在湘云身后，也笑道："我劝你两个看宝兄弟分上，却丢开手罢！"黛玉道："我不依！你们是一气的，都戏弄我，不成！"宝玉劝道："谁敢戏弄你！你不打趣他，他焉敢说你！"四人正难分解，有人来请吃饭，方往前边来。那天早又掌灯时分，王夫人、李纨、凤姐、迎、探、惜等都往贾母这边来，大家闲话了一回，各自归寝。湘云仍往黛玉房中安歇。

宝玉送他二人到房，那天已二更多时，袭人来催了几次方回自己房中来睡。次日天明时，便披衣、靸鞋，往黛玉房中来。不见紫鹃、翠缕二人，只见他姊妹两个尚卧在衾内。那林黛玉严严密密裹着一幅杏子红绫被，安稳合目而睡。那湘云却一把青丝拖于枕畔，被只齐胸，一湾雪白的膀子掠于被外，又带着两个金镯子。宝玉见了叹道："睡觉还是不老实。回来风吹了，又嚷肩窝疼了。"一面说，一面轻轻的替他盖上。林黛玉早已醒了，觉得有人，就猜着定是宝玉，因翻身一看，果中其料。因说道："这么早晚就跑过来作什么！"宝玉笑道："这天还早呢！你起来瞧瞧。"黛玉道："你先出去！让我们起来。"宝玉听了，转身出至外边。

黛玉起来，叫醒湘云，二人都穿了衣服。宝玉复又进来，坐在镜台傍边，只见紫鹃、雪雁进来伏侍梳洗。湘云洗了面，翠缕便拿残水要泼。宝玉道："站着！我趁势洗了就完了，省得又过去费事。"说着，便走过来，弯腰洗了两把。紫鹃递过香皂去，宝玉道："这盆里的就不少，不用搓了。"再洗了两把，便要手巾。翠缕道："还是这个毛病儿。多早晚才改。”宝玉也不理，忙忙的要过青盐，擦了牙，漱了口，完毕。见湘云已梳完了头，便走过来，笑道：“好妹妹，替我梳上头罢。”湘云道：“这可不能了。”宝玉笑道：“好妹妹！你先时怎么替我梳了呢？”湘云道：“如今我忘了，怎么梳呢！”宝玉道：“横竖我不出门，又不带冠子、勒子，不过打几根散辫子就完了。”说着，又千妹妹万妹妹的央告。湘云只得扶过他的头来，一一梳篦。在家不带冠，并不总角，只将四围短发编成小辫，往顶心发上归了总，编一根大辫，红绦结住。自发顶至辫稍一路四颗珍珠，下面有金坠脚。湘云一面编着，一面说道：“这珠子只三颗了。这一颗不是的，我记得是一样的，怎么少了一颗？”宝玉道：“丢了一颗。”湘云道：“必定是外头去掉下来，不妨被人拣了去，到便宜他。”黛玉一傍盥手，冷笑道：“也不知是真丢了，也不知是给了人，镶什么带去了。”宝玉不答。

因镜台两边俱是妆奁等物，顺手拿起来赏玩，不觉又顺手拈了胭脂，意欲要往口边送。因又怕史湘云说，正犹豫间，湘云果在身后看见，一手掠着辫子，便伸手来，“拍”的一下，从手中将胭脂打落，说道：“这不长进的毛病儿，多早晚才改过。”一语未了，只见袭人进来，看见这般光景，已是梳洗过了。只得回来，自己梳洗。忽见宝钗走来，因问：“宝兄弟那去了？”袭人含笑道：“宝兄弟那里还有在家里的工夫！”宝钗听说，心中明白；又听袭人叹道：“姊妹们和气，也有个分寸、礼节，也没个黑家白日闹的。凭人怎么劝，都是耳傍风。”宝钗听了，心中暗忖道：“到别看错了这个丫头，听他说话，到有些识见。”宝钗便在炕上坐了，慢慢的闲言中套问他年纪、家乡等语，留神窥察其言语、志量深可敬爱。

一时，宝玉来了，宝钗方出去。宝玉便问袭人道：“怎么宝姐姐和你说的这么热闹，见我进来就跑了？”问一声，不答；再问时，袭人方道：“你问我么？我那里知道你们的原故？”宝玉听了这话，见他脸上气色非往日可比，便笑道：“怎么了？动了真气！”袭人冷笑道：“我那里敢动气！只是从今已后，别进这屋子了。横竖有人伏侍你，再别来支使我。我仍旧还伏侍老太太去。”一面说，一面便在炕上合眼倒下。宝玉见了这般景况，深为骇异，禁不住赶来劝慰。那袭人只管合了眼不管。宝玉无了主意,因见麝月进来,便问道:“你姐姐怎么了?”麝月道:“我知道么?问你自己便明白了。”宝玉听说,呆了一回,自觉无趣,便起身叹道:“不理我罢,我也睡去。”说着,便起身下炕,到自己床上歪下。袭人听他半日无动静,微微的打齁,料他睡着,便起身拿一领斗蓬来。替他刚压上,只听忽的一声,宝玉便掀过去,也仍合目妆睡。袭人明知其意,便点头冷笑道:“你也不用生气,从此后我只妆哑巴,再不说你一声儿,如何?”宝玉禁不住起身问道:“我又怎么了?你又劝我!你劝我也罢了;才刚又没见你劝我,一进来,你就不理我,赌气睡了,我还摸不着是什么。这会子你又说我恼了,我何尝听见你劝我什么话了?”袭人道:“你心里还不明白,还等我说呢!”

正闹着,贾母遣人来,叫他吃饭。方往前边来。胡乱吃了半碗,仍回自己房中。只见袭人睡在外头炕上,麝月在傍边抹骨牌。宝玉素知麝月与袭人亲厚,一并连麝月也不理,揭起软帘,自往里间来。麝月只得跟进来,宝玉便推他出去,说:“不敢惊动你们!”麝月只得笑着出来,唤了两个小丫头进来。宝玉拿一本书,歪着看了半天,因要茶,抬头只见两个小丫头在地下站着。一个大些儿的,生得十分水秀。宝玉便问:“你叫什么名字?”那丫头便说叫“蕙香”。宝玉便问:“是谁起的?”蕙香道:“我原叫芸香的,是花大姐姐改了叫蕙香。”宝玉道:“正经该叫晦气罢了。什么蕙香呢!”又问:“你姊妹几个?”蕙香道:“四个。”宝玉道:“你是第几个的?”蕙香道:“我是第四个的。”宝玉道:“明儿就叫四儿,不必什么蕙香兰气的,那一个配比这些花,没的玷辱了好名好姓。”一面说,一面命他到了茶来吃。袭人和麝月在外闻听了,抿嘴而笑。

这一日,宝玉也不大出房,也不和姊妹、丫头等厮闹,自己闷闷的,只不过拿着书解闷,或弄笔墨,也不使唤众人,只叫四儿答应。谁知四儿是个聪敏乖巧不过的丫头,见宝玉用他,他变尽方法笼络宝玉。至晚饭后,宝玉因吃了两杯酒,眼饧耳热之际,若往日,则有袭人等大家喜笑有兴,今日却冷清清的,一人对灯,好没兴趣。待要赶了他们去,又怕他们得了意,以后越发来劝;若拿出做上的规矩来镇唬,似乎无情太甚。说不得横心只当他们死了，横竖自然也要过的，便权当他们死了，毫无牵挂，反能怡然自悦。因命四儿剪灯烹茶，自己看了一回《南华经》。正看至《外篇·胠箧》一则，其文曰：

故绝圣弃知，大盗乃止；擿玉毁珠，小盗不起；焚符破玺，而民朴鄙；掊斗折衡，而民不争；殚残天下之圣法，而民始可与论议。擢乱六律，铄绝竽瑟，塞瞽旷之耳，而天下始人含其聪矣；灭文章，散五采，胶离朱之目，而天下始人含其明矣。毁绝钩绳而弃规矩，掘工倕之指，而天下始人有其巧矣。

看至此，意趣洋洋，趁着酒兴，不禁提笔续曰：

焚花散麝，而闺阁始人含其劝矣；戕宝钗之仙姿，灰黛玉之灵窍，丧减情意，而闺阁之美恶始相类矣。彼含其劝，则无参商之虞矣；戕其仙姿，无恋爱之心矣；灰其灵窍，无才思之情矣。彼钗、玉、花、麝者，皆张其罗而穴其隧，所以迷眩缠陷天下者也。

续毕，掷笔就寝。头刚着枕，便就睡去。一夜竟不知所之，直至天明方醒。翻身看时，只见袭人和衣睡在衾上。宝玉将昨日的事已付与度外，便推他说道："起来好生睡！看冻着了！"

原来袭人见他无晓夜和姊妹们厮闹，若直劝他，料不能改；故用柔情以惊之，料他不过半日片刻，仍复好了。不想宝玉一日一夜竟不回转，自己反不得主意，直一夜没好生睡得。今忽见宝玉如此，料他心意回转，便越性不采他。宝玉见他不应，便伸手替他解衣，刚解开了钮子，被袭人将手推开，又自扣了。宝玉无法，只得拉住他的手，笑道："你到底怎么了？"连问几声。袭人睁眼说道："我也不怎么，你睡醒了，你自过那边房里去梳洗；再迟了，就赶不上。"宝玉道："我过那里去？"袭人冷笑道："你问我，我知道？你爱往那里去，就往那里去。从今咱们两个丢开手，省得鸡声鹅斗，叫别人笑。横竖那边腻了，过来这边，又有个什么'四儿'、'五儿'伏侍。我们这起东西，可是白玷辱了好名好姓的。"宝玉笑道："你今还记着呢！"袭人道："一百年还记着呢。比不得你！拿着我的话，当耳傍风。夜里说了，早起就忘了。"宝玉见他娇嗔满面，情不可禁，便向枕边拿起一根玉簪来，一跌两段，说道："我再不听你说，就同这个一样。"袭人忙的拾了簪子，说道："大清早起，这是何苦来！听不听，什么要紧！也值得这种样子。"宝玉道："你心里那里知道我心里急！"袭人笑道："你也知道着急么？可知我心里怎么样？快起来，洗脸去罢！"说着，二人方起来梳洗。

宝玉往上房去后，谁知黛玉走来，见宝玉不在房中，因翻弄案上书看。可巧翻出昨儿的《庄子》来，看至所续之处，不觉又气又笑，不禁也题笔续书一绝云：

> 无端弄笔是何人？作践南华庄子因。不悔自己无见识，却将丑语怪他人！

写毕，也往上房来见贾母，后往王夫人处来。

谁知凤姐之女大姐病了，正乱着请大夫来诊脉。大夫便说："替夫人、奶奶们道喜，姐儿发热是见喜了，并非别病。"王夫人、凤姐听了，忙遣人问："可好不好？"医生回道："病虽险，却顺，到还不妨。预备桑虫、猪尾要紧。"凤姐听了，登时忙将起来，一面打扫房屋，供奉痘疹娘娘；一面传与家人，忌煎炒等物；一面命平儿，打点铺盖衣服与贾琏隔房；一面又拿大红尺头与奶子、丫头亲近人等裁衣，外面又打扫净室款留两个医生，轮流斟酌诊脉、下药，十二日不放家去。贾琏只得搬出外书房来斋戒。凤姐与平儿都随着王夫人日日供奉娘娘。

那个贾琏，只离了凤姐，便要寻事。独寝了两夜，便十分难熬，便暂将小厮们内有清俊的选来出火。不想荣国府内有一个极不成器破烂酒头厨子，名唤多官。人见他懦弱无能，都唤他作"多浑虫"因他自小父母替他在外娶了一个媳妇，今年方二十来往年纪，生得有几分人才，见者无不羡爱。他生性轻浮，最喜拈花惹草，多浑虫又不理论，只是有酒、有肉、有钱，便诸事不管了。所以荣、宁二府之人，都得入手。因这个媳妇美貌异常，轻浮无比，众人都呼他作"多姑娘儿"。

如今贾琏在外熬煎。往日也曾见过这媳妇，失过魂魄。只是内惧娇妻，外惧娈宠，不曾下得手。那多姑娘儿也曾有意于琏，只恨没空。今闻贾琏挪在外书房来，他便没事走两趟，去招惹。惹的贾琏似饥鼠一般，少不得和心腹的小厮们计议，合同遮掩谋求，多以金帛相许。小厮们焉有不允之理，况都和这媳妇是好友，一说便成。是夜二鼓人定,多浑虫醉昏在炕,贾琏便溜了来相会。进门一见其态,早已魄飞魂散,也不用情谈款叙,便宽衣动作起来。谁知这媳妇有天生的奇趣,一经男子挨身,便觉遍身筋骨瘫软,使男子如卧棉上。更兼淫态、浪言,压倒娼妓,诸男子至此,岂有惜命者哉?那贾琏恨不得连身子化在他身上,那媳妇故作浪语,在下说道:“你家女儿出花儿,供着娘娘,你也该忌两日,到为我赃了身子,快离了我这里罢。”贾琏一面大动,一面喘吁吁答道:“你就是娘娘!我那里管什么娘娘!”那媳妇越浪,贾琏越丑态毕露。一时事毕,两个又海誓山盟,难分难舍,此后遂成相契。

一日大姐儿毒尽瘢回。十二日后,送了娘娘,合家祭天祀祖,还愿焚香,庆贺放赏已毕。贾琏仍复搬进卧室。见了凤姐,正是俗语云:“新婚不如远别”,更有无限恩爱,自不必烦絮。次日早起,凤姐往上屋去后,平儿收拾贾琏在外的衣服铺盖,不承望枕套中抖出一绺青丝来。平儿会意,忙拽在袖内,便走至这边房内来,拿出头发来向贾琏笑道:“这是什么?”贾琏看见,着了忙,抢上来要夺。平儿便跑,被贾琏一把揪住,按在炕上,掰手要夺,口内笑道:“小蹄子,你不趁早拿出来,我把你膀子撅了。”平儿笑道:“你就是没良心的。我好意瞒着他来问,你到赌狠!你只赌狠,等他回来我告诉他。看你又怎么着。”贾琏听说,忙陪笑道:“好人,赏我罢!我再不赌狠了。”

一语未了,只听凤姐的声音远远的来了!贾琏听见,松了手不是,还要抢又不是,只叫:“好人,别叫。”平儿刚起身,凤姐已走进来,命平儿快开匣子,替太太找样子。平儿忙答应了找时,凤姐见了贾琏,忽然想起来,便问平儿:“拿出去的东西都收进来了么?”平儿道:“收进来了。”凤姐道:“可少什么没有?”平儿道:“我也怕丢了一两件,细细的查了查,也不少。”凤姐道:“不少就好。只是别多出来罢。”平儿笑道:“不丢万幸,谁还添出来呢!”凤姐冷笑道:“这半个月,难保干净。或者有相厚的丢下的东西:戒指、汗巾、香袋儿,再至于头发、指甲,都是东西。”一席话,说的贾琏脸都黄了,贾琏在凤姐身后,只望着平儿杀鸡抹脖使眼色儿。平儿只妆着看不见,因笑道:“怎么我的心就和奶奶的心一样!我就怕有这些个,留神搜了一搜,竟一点破绽也没有。奶奶不信时,那些东西我还没收呢,奶奶亲自查点一遍去。”凤姐笑道:“傻丫头,他便有这些东西,那里就叫咱们翻着了?”说着,寻了样子,又上去了。

平儿指着鼻子,恍着头笑道:“这件事怎么回谢我呢?”喜的个贾琏身痒难挠,跑上来搂着心肝肠子肉乱叫乱谢。平儿仍拿了头发,笑道:“这是我一生的把柄了。好就好,不好就抖漏出这事来。”贾琏笑道:“你只好生收着罢,千万别叫他知道。”口里说着,瞅他不防,便抢了过来,笑道:“你拿着终是祸患,不如我烧了他完事。”一面说着,一面便塞于靴掖内。平儿咬牙道:“没良心的东西!过了河就拆桥。明儿还想我替你撒谎!”贾琏见他姣俏动情,便搂着求欢,被平儿夺手跑了,急的贾琏弯着腰恨道:“死促狭小淫妇!一定浪上人的火来,他又跑了。”平儿在窗外笑道:“我浪我的,谁叫你动火了。难道图你受用一回,叫他知道了,又不待见我?”贾琏道:“你不用怕他,等我性子上来,把这醋罐子打个稀烂,他才认得我呢。他防我像防贼的,只许他同男人说话,不许我和女人说话。我和女人略近些,他就疑惑;他不论小叔子、侄儿,大的、小的,说说笑笑,就不怕我吃醋了?以后我也不许他见人。”平儿道:“他醋你使得,你醋他使不得。他原行的正,走的正,你行动便有个坏心,连我也不放心,别说他了。”贾琏道:“你两个本是一路神祇。都是你们行的是,我凡行动都存坏心!多早晚都死在我手里。”

一句未了,凤姐走进院来,因见平儿在窗外,就问道:“要说话,两个人不在屋里说,怎么跑出一个来?隔着窗子是什么意思?”贾琏在窗内接道:“你可问他!到像屋里有老虎吃他呢!”平儿道:“屋里一个人没有,我在他跟前作什么?”凤姐儿笑道:“正是没人才好呢。”平儿听说,便说道:“这话是说我呢?”凤姐笑道:“不说你说谁?”平儿道:“别叫我说出好话来了。”说着,也不打帘子让凤姐,自己先摔帘子进来,往那边去了。凤姐自掀帘子进来,说道:“平儿疯魔了。这蹄子认真要降伏我。仔细你的皮要紧。”贾琏听了,已绝到炕上,拍手笑道:“我竟不知平儿这么利害!从此到伏他了。”凤姐道:“都是你惯的他!我只和你说。”贾琏听说,忙道:“你两个不卯,又拿我来作人。我躲开你们!”凤姐道:“我看你躲到那里去?”贾琏道:“我就来!”凤姐道:“我有话和你商量。”不知商量何事。且听下回分解。正是:

淑女从来多抱怨,娇妻自古便含酸。

第二十二回　听曲文宝玉悟禅机　制灯谜贾政悲谶语

话说贾琏听凤姐儿说“有话商量”，因止步问：“是何话？”凤姐道：“二十一是薛妹妹的生日。你到底怎么样呢？”贾琏道：“我知道怎么样！你连多少大生日都料理过了，这会子到没了主意。”凤姐道：“大生日料理，不过是有一定的则例在那里；如今他这生日，大又不是，小又不是，所以和你商量。”贾琏听了，低头想了半日，道：“你今儿糊涂了！有比例呀！那林妹妹就是比例。往年怎么给林妹妹过的，如今也照依给薛妹妹过就是了。”凤姐听了，冷笑道：“我难道连这个也不知道？我原也这么想定了。但昨儿听见老太太说，问起大家的年纪生日来，听见薛大妹妹今年十五岁。虽不是整生日，也算得将笄之年。老太太说要替他作生日。想来若果真替他作，自然比往年与林妹妹的不同了。”贾琏道：“既如此，比林妹妹的多增些。”凤姐道：“我也这们想着，所以讨你的口气。我若私自添了东西，你又怪我不告诉明白你了。”贾琏笑道：“罢！罢！这空头情，我不领。你不盘察我就彀了，我还怪你？”说着，一径去了。不在话下。

且说史湘云住了两日，因要回去。贾母因说：“等过了你宝姐姐的生日，看了戏，再回去。”史湘云听了，只得住下。又一面遣人回去，将自己旧日作的两色针线活计取来，为宝钗生辰之仪。谁想贾母自见宝钗来了，喜他稳重和平，正值他才过第一个生辰，便自己蠲资二十两，唤了凤姐来交与他置酒戏。凤姐凑趣笑道：“一个老祖宗给孩子们作生日，不拘怎样，谁还敢争？又办什么酒戏？既高兴要热闹，就说不得自己花上几两。巴巴的找出这霉烂了的二十两银子来作东道。这意思还叫我陪上。果然拿不出来也罢了，金的、银的，园的、匾的，压塌了箱子底，只是勒掯我们。举眼看看，谁不是儿女？难道将来只有宝兄弟顶了你老人家上五台山不成？那些梯己，只留于他；我们如今虽不配使，别苦了我们。这个彀酒的？彀戏的？”说的满屋里都笑起来。贾母亦笑道:“你们听听这嘴!我也算会说话的,怎么说不过这猴儿?你婆婆也不敢强嘴,你和我啷啷的!”凤姐笑道:“我婆婆也是一样的疼宝玉。我也没处去诉冤,到说我强嘴。”说着,又引着贾母笑了一回。贾母十分喜悦。到晚间,众人都在贾母前,定省之馀,大家娘儿、姊妹等说笑时,贾母因问“宝钗爱听何戏?爱吃何物”等语。宝钗深知贾母年老人,喜热闹戏文,爱吃甜烂之食,便总依贾母往日素喜者说了出来。贾母更加欢悦。次日,便先送过衣服、玩物礼去,王夫人、凤姐、黛玉等诸人,皆有随分不一,不须多记。

至二十一日,就贾母内院中搭了家常小巧戏台,定了一班新出小戏,昆弋两腔皆有。就在贾母上房排了几席家晏酒席,并无一个外客,只有薛姨妈、史湘云、宝钗是客,馀者皆是自己人。这日早起,宝玉因不见林黛玉,便到他房中来寻,只见林黛玉歪在炕上。宝玉笑道:“起来吃饭去,就开戏了。你爱看那一出,我好点。”林黛玉冷笑道:“你既这样说,你特叫一班戏来,拣我爱听的唱给我看。这会子犯不上跐着人借光儿问我。”宝玉笑道:“这有什么难的!明儿就这样行,也叫他们借咱们的光儿。”一面说,一面拉起他来,携手出去,吃了饭。

点戏时,贾母一定先叫宝钗点,宝钗推让一遍,无法,只得点了一折《西游记》。贾母自是欢喜,然后便命凤姐点。凤姐亦知贾母喜热闹,更喜谑笑、科诨,便点了一出《刘二当衣》。贾母果真更又喜欢。然后便命黛玉点。黛玉因让薛姨妈、王夫人等。贾母道:“今日原是我特带着你们取笑,咱们只管咱们的,别理他们。我巴巴的唱戏、摆酒,为他们不成?他们在这里白听、白吃,已经便宜了。还让他们点呢!”说着,大家都笑了。黛玉方点了一出。然后宝玉、史湘云、迎、探、惜、李纨等俱各点了,按出扮演。

至上酒席时,贾母又命宝钗点。宝钗点了一出《鲁智深醉闹五台山》。宝玉道:“只好点这些戏。”宝钗道:“你白听了这几年的戏,那里知道这出戏的好处:排场又好,词藻更妙。”宝玉道:“我从来怕这些热闹。”宝钗笑道:“要说这一出热闹,你还算不知戏呢!你过来，我告诉你这一出戏热闹不热闹。是一套北《点绛唇》，铿锵顿挫，音律不用说是好的了，只那词藻中有一枝《寄生草》填的极妙。你何曾知道！”宝玉见说的这般好，便凑进来央告：“好姐姐，念与我听听。”宝钗便念道：

漫揾英雄泪，相离处士家。谢慈悲剃度在莲台下。没缘法，转眼分离乍。赤条条来去无牵挂。那里讨烟蓑雨笠卷单行？一任俺芒鞋破钵随缘化！

宝玉听了，喜的拍膝、画圈，称之不已；又赞宝钗无书不知。林黛玉道：“安静看戏罢！还没唱《山门》，你到《妆疯》了。”说的湘云也笑了。于是，大家看戏。

至晚席散时，贾母深爱那作小旦的与一个作小丑的，因命人带进来。细看时，亦发可怜见，因问年纪。那小旦才十一岁，小丑才九岁。大家叹息一回。贾母令人另拿些肉果与他两个，又另外赏钱两串。凤姐笑道：“这个孩子扮上，活像一个人，你们再看不出来。”宝钗心里也知道，便只一笑，不肯说。宝玉也猜着了，亦不敢说。史湘云接着笑道：“到像林妹妹的模样儿。”宝玉听了忙把湘云瞅了一眼，使个眼色。众人却都听了这话，留神细看，都笑起来了，说：“果然不错！”一时散了。

晚间湘云更衣时，便命翠缕把衣包打开收拾，都包了起来。翠缕道：“忙什么？等去的日子，再包不迟。”湘云道：“明儿一早就走！在这里作什么看人家的鼻子眼睛，什么意思！”宝玉听了这话，忙赶近前，拉他说道：“好妹妹，你错怪了我。林妹妹是个多心的人，别人分明知道，不肯说出来，也皆因怕他恼。谁知你不防头就说了出来，他岂不恼你？我是怕你得罪了他，所以才使眼色。你这会子恼我，不但辜负了我，而且反到委曲了我。若是别人，那怕他得罪了十个人，与我何干呢！”湘云摔手道：“你那花言巧语别哄我，我也原不如你林妹妹。别人说他，拿他取笑都使得；只我说了，就有不是。我原不配说他，他是小姐、主子，我是奴才、丫头。得罪了他，使不得。”宝玉急的说道：“我到是为你，反为出不是来了。我要有外心，立刻就化成灰，叫万人践踹。”湘云道：“大正月里，少信嘴胡说！这些没要紧的恶誓、散话、歪话,说给那些小性儿、行动爱恼的人,会辖治你的人听去。别叫我啐你。”说着,一径至贾母里间,忿忿的躺着去了。

宝玉没趣,只得又来寻黛玉。刚到门槛前,黛玉便推出来,将门关上。宝玉又不解何意,在窗外只是吞声叫“好妹妹”。黛玉总不理他。宝玉闷闷的垂头自审。袭人早知端的,当此时断不能劝。那宝玉只是呆呆的站在那里。黛玉只当他回房去了,便起来开门,只见宝玉还站在那里,黛玉反不好意思,不好再关,只得抽身上床躺着。宝玉随进来,问道:“凡事都有个原故,说出来,人也不委曲。好好的就恼了,终是什么原故起的?”林黛玉冷笑道:“问的我到好!我也不知为什么原故,我原是给你们取笑的?拿我比戏子取笑。”宝玉道:“我并没有比你,我并没笑,为什么恼我呢!”黛玉道:“你还要比,你还要笑!你不比、不笑,比人比了、笑了的还利害呢!”宝玉听说,无可分辩,不则一声。黛玉又道:“这一节还恕得。再你为什么又和云儿使眼色?这安的是什么心?莫不是他和我顽,他就自轻自贱了?他原是公侯的小姐,我原是贫民的丫头;他和我顽,设若我回了口,岂不他自惹人轻贱呢?是这主意不是?这却也是你的好心,只是那一个偏又不领你这好情,一般也恼了。你又拿我作情,到说我小性儿,行动肯恼;你又怕他得罪了我,我恼他。我恼他,与你何干?他得罪了我,又与你何干?”宝玉见说,方才与湘云私谈,他也听见了。细想自己原为他二人,怕生隙恼,方在其中调和,不想并未调停成功,反已落了两处的贬谤,正与前日所看《南华经》上有“巧者劳而智者忧,无能者无所求。饱食而遨游,泛若不系之舟”。又曰“山木自冠”、“源泉自盗”等语。因此,越想越无趣。再细想来,目下不过这两个人,尚未应酬妥协,将来犹欲何为?想到其间,也无庸分辩、回答,自己转身回房来。林黛玉见他去了,便知回思无趣,赌气去了,一言也不曾发,不禁自己越发添了气,便说道:“这一去,一辈子也别来!也别说话!”

宝玉不理,回房躺在床上,只是瞪瞪的。袭人深知原委,不敢就说,只得以他事来解释,因说道:“今儿看了戏,又勾出几天戏来。宝姑娘一定要还席的。”宝玉冷笑道:“他还不还,管谁什么相干?”袭人见这话,不是往日的口吻,因又笑道:“这是怎么说?好好的,大正月里，娘儿们、姊妹们都喜喜欢欢的，你又怎么这个行景了？”宝玉冷笑道：“他们娘儿们、姊妹们欢喜不欢喜，也与我无干。”袭人笑道：“他们既随和，你也随和，岂不大家彼此有趣？”宝玉道：“什么是大家彼此？他们有大家彼此，我是赤条条来去无牵挂。”谈及此句，不觉泪下。袭人见此光景，不肯再说。宝玉细想这句趣味，不禁大哭起来。翻身起来，至案，遂提笔，立占一偈云：

你证我证，心证意证。是无有证，斯可云证。无可云证，是立足境。

写毕，自虽解悟，又恐人看此不解。因此亦填了一支《寄生草》，也写在偈后。自己又念一遍，自觉无挂碍，中心自得，便上床睡了。

谁想黛玉见宝玉此番果断而去，故以寻袭人为由来视动静。袭人笑回已经睡了。黛玉听说，便要回去。袭人笑道：“姑娘请站住。有一个字帖儿，瞧瞧是什么话？”说着，便将方才那曲子与偈语，悄悄拿来，递与黛玉看。黛玉看了，知是宝玉一时感忿而作，不觉可笑可叹。便向袭人道：“作的是顽意儿，无甚关系。”说毕，便携了回房，去与湘云同看。次日，又与宝钗看。宝钗看其词：“无我原非你，从他不解伊。肆行无碍凭来去，茫茫着甚悲愁喜，纷纷说甚亲疏密。从前碌碌却因何？回头试想真无趣。”看毕，又看那偈语，又笑道：“这个人悟了，都是我的不是，都是我昨儿一支曲子惹出来的。这些道书禅机，最能移性。明儿认真说起这些疯话来，存了这个意思，都是从我这一只曲子上来，我成了个罪魁了。”说着，便撕了个粉碎，递与丫头们，说：“快烧了罢！”黛玉笑道：“不该撕！等我问他，你们跟我来，包管叫他收了这个痴心、邪话。”

三人果然都往宝玉屋里来。一进来，黛玉便笑道：“宝玉，我问你：至贵者是宝，至坚者是玉。你有何贵？尔有何坚？”宝玉竟不能答。三人拍手笑道：“这样愚钝还参禅呢！”黛玉又道：“你那偈子末句云‘无可云证，是立足境’，固然好了，只是据我看还未尽善。我再续两句在后。”因念云：“无立足境，是方干净。”宝钗道：“实在这方悟彻。当日南宗六祖惠能，初寻师至韶州，闻五祖弘忍在黄梅，他便充役火头僧。五祖欲求法嗣，令徒弟诸僧各出一偈。上座神秀说道：

‘身是菩提树，心如明镜台。时时勤拂拭，莫使有尘埃。’彼时惠能在厨房碓米，听了这偈，说道：‘美则美矣，了则未了。’因自念一偈曰：‘菩提本非树，明镜亦非台。本来无一物，何处染尘埃？’五祖便将衣钵传他。今儿这偈语，亦同此意了。只是方才这句讥讽尚未完全了结，这便丢开手不成？”黛玉笑道：“彼时不能答，就算输了。这会子答上了，也不为出奇。只是以后再不许谈禅了。连我们两个所知、所能的，你还不知、不能呢！还去参禅呢。”宝玉自以为觉悟，不想忽被黛玉一问，便不能答；宝钗又比出语录来，此皆素日不见他们能者。自己想了一想，原来他们比我的知觉在先，尚未解悟，我如今自寻苦恼。想毕，便笑道：“谁又参禅？不过一时顽话罢了。”说着，四人仍复如旧。

忽然人报：“娘娘差人送出一个灯谜儿，命你们大家去猜。猜着了，每人也作一个进去。”四人听说忙出去，至贾母上房。只见一个小太监，拿了一盏四角平头白纱灯，专为灯谜而制。上面已有一个。众人都争看乱猜。小太监又下谕道：“众小姐猜着了，不要说出来。每人只暗暗的写在纸上，一齐封进宫去，娘娘自验是否。”宝钗等听了，近前一看，是一首七言绝句，并无甚新奇，口中少不得称赞，只说难猜，故意寻思，其实一见就猜着了。宝玉、黛玉、湘云、探春四个人也都解了，各自暗暗的写了半日，一并将贾环、贾兰等传来，一齐各出心机都猜了，写在纸上，然后各人拈一物作成一谜，恭楷写了，挂在灯上。

太监拿了去，至晚出来传谕：“前娘娘所制俱已猜着，惟二小姐与三爷猜的不是。小姐们作的也有猜着了，不知是否？”说着，也将写的拿出来，也有猜着的，也有猜不着的，都胡乱说猜着了。太监又将颁赐之物送与猜着之人：每人一个宫制诗筒一柄茶筅。独迎春、贾环二人未得。迎春自为顽笑小事，并不介意；贾环便觉得没趣，且又听太监说：“三爷说的这个不通。娘娘也没猜，叫我带回问三爷是个什么？”众人听了，都来看他作的什么。写道是：

大哥有角只八个，二哥有角只两根；大哥只在床上坐，二哥爱在房上蹲。

众人看了,大发一笑。贾环只得告诉太监说:"一个枕头,一个兽头。"太监记了,领茶而去。

贾母见元春这般有兴,自己越发喜乐,便命速作一架小巧精致围屏灯来,设于当屋,命他姊妹各自暗暗的作了,写出来粘于屏上;然后预备下香茶、细果,以及各色玩物,为猜着之贺。贾政朝罢,见贾母高兴,况在节间,晚上也来承欢取乐。设了酒果,备了玩物。上房悬了彩灯,请贾母赏灯取乐。上面贾母、贾政、宝玉一席;下面王夫人、宝钗、黛玉、湘云又一席;迎、探、惜三个又一席。地下婆娘、丫环站满,李宫裁、王熙凤二人在里间又一席。贾政因不见贾兰,便问:"怎么不见兰哥?"地下婆娘忙进里间问李氏。李氏起身,笑着回道:"他说方才老爷并没去叫他,他不肯来。"婆娘回覆了贾政。众人都笑说:"天生的牛心古怪。"贾政忙遣贾环与两个婆娘将贾兰唤来。贾母命他在身傍坐了,抓果品与他吃。大家说笑取乐。

往常间,只有宝玉高谈阔论,今日贾政在这里,便惟唯唯而已。馀者,湘云虽系闺阁弱女,却素喜谈论;今日贾政在席,也自缄口禁言。黛玉本性懒与人共,原不肯多语。宝钗原不妄言轻动,便此时,亦是坦然自若。故此一席虽是家常取乐,反见拘束不乐。贾母亦知因贾政一人在此所致之故。酒过三巡,便撵贾政去歇息。贾政亦知贾母之意:撵了自己去后,好让他们姊妹兄弟取乐的。贾政忙陪笑道:"今日原听见老太太这里大设春灯雅谜,故也备了彩礼、酒席,特来入会。何疼孙子、孙女之心,便不略赐以儿子半点?"贾母笑道:"你在这里,他们都不敢说笑,没的到叫我闷。你要猜谜时,我便说一个你猜。猜不着是要罚的。"贾政忙笑道:"自然要罚。若猜着了,也是要领赏的。"贾母道:"这个自然。"说着,便念道:

猴子身轻站树稍。——打一果名。

贾政已知是荔枝,便故意乱猜别的,罚了许多东西;然后方猜着,也得了贾母的东西。然后也念一个与贾母猜,念道:

身自端方,体自坚硬。虽不能言,有言必应。——打一用物。

说毕,便悄悄的说与宝玉。宝玉会意,又悄悄的告诉了贾母。贾母想了想,果然不差,便说:“是砚台。”贾政笑道:“到底是老太太,一猜就是。”回头说:“快把贺彩送来。”地下妇女答应一声,大盘、小盘一齐捧上。贾母逐件看去,都是灯节下所用、所顽新巧之物,甚喜,遂命:“给你老爷斟酒。”宝玉执壶,迎春送酒。贾母因说:“你瞧瞧那屏上,都是他姊妹们做的,再猜一猜我听。”贾政答应,起身走至屏前,只见头一个写道是:

能使妖魔胆尽摧,身如束帛气如雷。一声震得人方恐,回首相看已化灰。

贾政道:“这是炮竹嗄。”宝玉答道:“是。”贾政又看道:

天运人功理不穷,有功无运也难逢。因何镇日纷纷乱,只为阴阳数不同。

贾政道:“是算盘。”迎春笑道:“是。”又往下看是:

阶下儿童仰面时,清明妆点最堪宜。游丝一断浑无力,莫向东风怨别离。

贾政道:“这是风筝。”探春笑道:“是。”又看道是:

前身色相总无成,不听菱歌听佛经。莫道此生沉黑海,性中自有大光明。

贾政道:“这是佛前海灯嗄。”惜春笑答道:“是海灯。”

贾政心内沉思道:“娘娘所作爆竹,此乃一响而散之物,迎春所作算盘,是打动乱如麻。探春所作风筝,乃飘飘浮荡之物。惜春所作海灯,一发清净孤独。今乃上元佳节,如何皆作此不祥之物为戏耶?”心内愈思愈闷,因在贾母之前,不敢形于色,只得仍勉强往下看去。只见后面写着七言律诗一首,却是宝钗所作,随念道:

朝罢谁携两袖烟,琴边衾里总无缘。晓筹不用人鸡报,五夜无烦侍女添。焦首朝朝还暮暮,煎心日日复年年。光阴荏苒须当惜,风雨阴晴任变迁。

贾政看完,心内自忖道:“此物倒还有限。只是小小之人,作此词句,更觉不详,皆非永远福寿之辈。”想到此处,愈觉烦闷,大有悲戚之状,因而将适才的精神减去十分之八九,只垂头沉思。

贾母见贾政如此光景,想到或是他身体劳乏亦未可定,又兼之恐拘束了众姐妹,不得高兴玩耍,即对贾政云:“你竟不必猜了,去安歇吧。让我们再坐一会,也好散了。”贾政一闻此言,连忙答应几个“是”字,又勉强劝了贾母一回酒,方才退去了。回至房中,只是思索,翻来覆去,竟难成寐。不由伤悲感慨,不在话下。

且说贾母见贾政去后,便道:“你们可自在乐一乐罢。”一言未了,早见宝玉跑至围屏灯前,指手画脚,满口批评,这个这一句不好,那一个破的不恰当,如同开了锁的猴子一般。宝钗便道:“还像适才坐着,大家说说笑笑,岂不斯文些儿。”凤姐自里间忙出来插口道:“你这个人,就该老爷每日令你寸步不离方好。适才我忘了,为什么不当着老爷,撺掇叫你也作诗谜儿。若果如此,怕不得这会子正出汗呢!”说的宝玉急了,扯着凤姐儿,扭股儿糖似的只是厮磨。贾母又与李宫裁并众姐妹说笑了一会,也觉有些困倦起来。听了听已是漏下四鼓,命将食物撤去,赏散与众人,随起身道:“我们安歇罢。明日还是节下,该当早起。明日晚间再玩罢。”且听下回分解。

第二十三回 西厢记妙词通戏语 牡丹亭艳曲警芳心

话说贾元春自那日幸大观园回宫去后,便命将那日所有的题咏,命探春依次抄录妥协,自己编次,叙其优劣;又命在大观园勒石为千古风流雅事。因此贾政命人各处选拔精工名匠,在大观园磨石镌字,贾珍率领蓉、蔷等监工。因贾蔷又管理着文官等十二个女戏并行头等事,不大得闲,因此贾珍又将贾菖、贾菱唤来监工。一日,汤蜡、钉朱,动起手来。这也不在话下。

且说那个玉皇庙并达摩庵两处,一班的十二个小沙弥并十二个小道士,如今挪出大观园来。贾政正想着要打发到各庙去分住。不想后街上住的贾芹之母周氏,正盘算着也要到贾政这边谋一个大小事务与儿子管管,也好弄些银钱使用。可巧听见有这件事出来,便坐轿子来求凤姐。凤姐因见他素日不大拿班作势的,便依允了。想了几句话,便回王夫人说:“这些小和尚、道士,万不可打发到别处去。一时娘娘出来就要承应。倘或散了花,若再用时,可是又费事。依我的主意,不如将他们竟送到咱们家庙里铁槛寺养着去,月间不过派一个人拿几两银子去买些柴米送去,就完了。说声用,走去就叫来了。一点儿不费事。”王夫人听了,便商之于贾政。贾政听了,笑道:“到是提醒了我,就是这样。”即时唤贾琏来。

当下贾琏正同凤姐吃饭,一闻呼唤,不知何事,放下饭便走。凤姐一把拉住,笑道:“你且站住!听我说话。若是别的事,我不管;若是为小和尚们的事,好歹依我这么着。”如此这般教了一套话。贾琏笑道:“我不知道。你有本事,你说去。”凤姐听了,把头一梗,把筷子一放,腮上似笑不笑的瞅着贾琏道:“你当真的,是顽话?”贾琏笑道:“西廊下五嫂子的儿子芸儿,来求了我两三遭,要个事情管管。我依了,叫他等着。好容易出来这件事,你又夺了去。”凤姐儿笑道:“你放心!园子东北角子上,娘娘说了,还叫多多的种松柏树,楼底下还叫种些花草。等这件事出来,我管保叫芸儿管这件工程。”贾琏道:“果这样,也罢了。只是昨儿晚上,我不过是要改个样儿,你就扭手扭脚的。”凤姐儿听了,嗤的一声笑了,向贾琏啐了一口,低下头便吃饭。

贾琏已经笑着去了。到了前面,见了贾政,果然是小和尚一事。贾琏便依了凤姐主意,说道:“如今看来,芹儿到大大的出息了。这件事竟交与他去管办,横竖照在里头的规矩,每月叫芹儿支领就是了。”贾政原不理论这些事,听贾琏如此说,便如此依了。贾琏回到房中,告诉凤姐儿。凤姐即命人去告诉了周氏。贾芹便来见贾琏夫妻两个,感谢不尽。凤姐又作情,央贾琏先支三个月的,叫他写“领”字。贾琏批票,画了押,登时发了对牌出去。银库上按数发出三个月的供给来,白花花二三百两。贾芹随手拈一块,撂与掌平的人,叫他们吃茶罢。于是命小厮拿回家,与母亲商议。登时雇了大脚驴,自己骑上;又雇了几辆车,至荣国府角门,唤出二十四个人来,坐上车,一径往城外铁槛寺去了。当下无话。

如今早说贾元春因在宫中自编大观园题咏之后,忽想起那大观园中景致,自己幸过之后,贾政必定敬谨封锁,不敢使人进去搔扰,岂不冷落?况家中现有几个能诗会赋的姊妹,何不命他们进去居住,也不使佳人落魄,花柳无颜;却又想到宝玉,自幼在姊妹丛中长大,不比别的兄弟。若不命他进去,只怕他冷清了,一时不大畅快,未免贾母、王夫人愁虑。须得也命他进园居住方妙。想毕,遂命太监夏守忠,到荣国府来,下一道谕:“命宝钗等只管在园中居住,不可禁约、封锢;命宝玉仍随进去读书。”贾政、王夫人接了这谕,待夏守忠去后,便来回明贾母,遣人进去,各处收拾打扫,安设帘幔、床帐。别人听了,还自犹可;惟宝玉听了这谕,喜的无可无不可。正和贾母盘算要这个,弄那个,忽见丫环来说:“老爷叫宝玉。”宝玉听了,好似打了个焦雷,登时扫去兴头,脸上转了颜色,便拉着贾母,扭的好似扭股儿糖,杀死不敢去。贾母只得安慰他道:“好宝贝,你只管去!有我呢!他不敢委曲了你。况且你又作了那篇好文章,想是娘娘叫你进去住,他分付你几句话。不过不教你在里头淘气。他说什么,你只好生答应着就是了。”一面安慰，一面唤了两个老嬷嬷来分付：“好生带了宝玉去，别叫他老子唬着他。”老嬷嬷答应了。

宝玉只得前去，一步挪不了三寸，蹭到这边来。可巧贾政在王夫人房中商议事情，金钏儿、彩云、彩霞、绣鸾、绣凤等众丫环都在廊檐底下站着呢。一见宝玉来，抿着嘴笑。金钏一把拉住宝玉，悄悄的笑道：“我这嘴上是才擦的香浸胭脂，你这会子可吃不吃了？”彩云一把推开金钏，笑道：“人家正心里不自在，你还奚落他。趁这会子喜欢，快进去罢！”宝玉只得挨进门去。

原来贾政和王夫人都在里间呢。赵姨娘打起帘子，宝玉躬身进去，只见贾政和王夫人对面坐在炕上说话，地下一溜椅子，迎春、探春、惜春、贾环，四个人都坐在那里，一见他进来，惟有探春和惜春、贾环站了起来。贾政一举目，见宝玉站在跟前，神彩飘逸，秀色夺人；看看贾环，人物委锁，举止荒疏。忽又想起贾珠来。又看看王夫人只有这一个亲生的儿子，素爱如珍；自己的胡须将已苍白。因这几件上，把素日嫌恶、处分宝玉之心，不觉减了八九。半晌说道：“娘娘分付说，你日日外头嬉游，渐次疏懒；如今叫禁管，同你姊妹在园里读书、写字。你可好生用心习学，再如不守分安常，你可仔细。”宝玉连连的答应了几个“是”。王夫人便拉他在身傍坐下。他姊弟三人依旧坐下。王夫人摸娑着宝玉的脖项说道：“前儿的丸药都吃完了？”宝玉答道：“还有一丸。”王夫人道：“明儿再取十丸来，天天临睡的时候，叫袭人伏侍你，吃了再睡。”宝玉道：“只从太太分付了，袭人天天晚上想着打发我吃。”贾政问道：“袭人是何人？”王夫人道：“是个丫头。”贾政道：“丫头不管叫个什么罢了，是谁这样刁钻，起这样的名字？”王夫人见贾政不自在了，便替宝玉掩饰道：“是老太太起的。”贾政道：“老太太如何知道这话？一定是宝玉。”宝玉见瞒不过，只得起身回道：“因素日读诗，曾记得古人有一句诗云：‘花气袭人知昼暖’，因这个丫头姓花，便随口起了这个。”王夫人忙又道：“宝玉，你回去改了罢。老爷也不用为这小事动气。”贾政道：“究竟也无碍，又何用改？只是可见宝玉不务正，专在这些浓词艳赋上作工夫。”说毕，断喝一声：“作业的畜生，还不出去！”王夫人也忙道：“去罢！只怕老太太等你吃饭呢。”宝玉答应了，慢慢的出去，向金钏儿笑着伸伸舌头，带着两个嬷嬷一溜烟去了。

刚至穿堂门前，只见袭人倚门立在那里，一见宝玉平安回来，堆下笑来问道：“叫你作什么？”宝玉告诉他：“没有什么！不过怕我进园去淘气，分付分付。”一面说，一面回至贾母跟前，回明原委。只见林黛玉正在那里，宝玉便问他：“你住那一处好？”林黛玉正心里盘算这事，忽见宝玉问他，便笑道：“我心里想着潇湘馆好，爱那几竿竹子，隐着一道曲栏，比别处更觉幽静。”宝玉听了，拍手笑道：“正和我的主意一样。我也要叫你住这里呢。我就住怡红院，咱们两个又近，又都清幽。”二人正计较，就有贾政遣人来回贾母，说：“二月二十二日子好。哥儿、姐儿们好搬进去的。这几日内遣人进去，分派收拾。”薛宝钗住了蘅芜苑，林黛玉住了潇湘馆，贾迎春住了缀锦楼，探春住了秋爽斋，惜春住了蓼风轩，李氏住了稻香村，宝玉住了怡红院。每一处添两个老嬷嬷、四个丫头，除各人奶娘、亲随丫环不算外，另有专管收拾、打扫的。至二十二日，一齐进去。登时园内花招绣带，柳拂香风，不似前番那等寂寞了。

闲言少叙，且说宝玉自进花园以来，心满意足，再无别项可生贪求之心，每日只和姊妹、丫头们一处，或读书，或写字，或弹琴、下棋、作画、吟诗，以及描鸾刺凤，斗草簪花，低吟悄唱，拆字猜枚，无所不至，到也十分快乐。他曾有几首即事诗，虽不算好，却到是真情、真景，略记几首。云：

春夜即事云：

霞绡云幄任铺陈，隔巷蟆更听未真。枕上轻寒窗外雨，眼前春色梦中人。盈盈烛泪因谁泣，点点花愁为我嗔。自是小鬟娇懒惯，拥衾不耐笑言频。

夏夜即事云：

倦绣佳人幽梦长，金笼鹦鹉唤茶汤。窗明麝月开宫镜，室霭檀云品御香。琥珀杯倾荷露滑，玻璃槛纳柳风凉。水亭处处齐纨动，帘卷朱楼罢晚妆。

秋夜即事云：

绛芸轩里绝喧哗，桂魄流光浸茜纱。苔锁石纹容睡鹤，井飘桐露湿栖鸦。抱衾婢至舒金凤，倚槛人归落翠花。静夜不眠因酒渴，沉烟重拨索烹茶。

冬夜即事云：

梅魂竹梦已三更，锦罽鹴衾睡未成。松影一庭惟见鹤，梨花满地不闻莺。女儿翠袖诗怀冷，公子金貂酒力轻。却喜侍儿知试茗，扫将新雪及时烹。

因这几首诗，当时有一等势利人，见荣国府十二三岁的公子作的，抄录出来，各处称颂。再有一等轻浮子弟，爱上那风骚妖艳之句，也写在扇头壁上，不时吟哦赏赞，因此竟有人来寻诗觅字，倩画求题的。宝玉亦发得了意，镇日家作这些外务。

谁想静中生烦恼。忽一日，不自在起来，这也不好，那也不好；出来进去，只是闷闷的。园中那些人，多半是女孩儿，正在混沌世界，天真烂漫之时，坐卧不避，嬉笑无心，那里知宝玉此时的心事？那宝玉心内不自在，便懒待在园内，只在外头鬼混，却又痴痴的。茗烟见他这样，因想与他开心，左思右想，皆是宝玉顽烦了的，不能开心。惟有这件宝玉不曾看见过，想毕，便走去到书铺子里，把那古今小说并那飞燕、合德、武则天、杨贵妃的外传，与那传奇角本买了许多来，引宝玉看。宝玉何曾见过这些书？一看见了，便如得了珍宝。茗烟又嘱咐他："不可拿进园去。若叫人知道了，我就吃不了兜着走呢。"宝玉那里舍的不拿进去？踟蹰再三，单把那文理细密的，拣了几套进去，放在床顶上，无人时自己密看；那粗俗过露的，都藏在外面书房里。

那一日，正当三月中浣，早饭后，宝玉携了一套《会真记》走到沁芳闸桥边桃花底下一块石上坐着，展开《会真记》，从头细玩。正看到"落红成阵"，只见一阵风过，把树头上桃花吹下一大半来，落的满身、满书、满地皆是。宝玉要抖将下来，恐怕脚步践踏了，只得兜了那花瓣，来至池边，抖在池内。那花瓣浮在水面，飘飘荡荡，竟流出沁芳闸去了。回来，只见地下还有许多，宝玉正踟蹰，只听背后有人说道："你在这里作什么？"宝玉一回头，却是林黛玉来了。肩上担着花锄，上挂着花囊，手内拿着花帚。宝玉笑道："好，好，来把这个花扫起来,撂在那水里,我才撂了好些在那里呢。"林黛玉道:"撂在水里不好。你看这里的水干净,只一流出去,有人家的地方,赃的、臭的混倒,仍旧把花遭塌了。那畸角上我有一个花冢。如今把他扫了,装在这绢袋里,拿土埋上,日久不过随土化了,岂不干净?"

宝玉听了,喜不自禁,笑道:"待我放下书,帮你来收拾。"黛玉道:"什么书?"宝玉见问,慌的藏之不迭,便说道:"不过是《中庸》《大学》。"黛玉笑道:"你又在我跟前弄鬼,趁早儿给我瞧,好多着呢。"宝玉道:"好妹妹!若论你我是不怕的,你看了,好歹别告诉别人去。真真这是好书。你要看了,连饭也不想吃呢。"一面说,一面递了过去。

林黛玉把花具且都放下,接书来瞧。从头看去,越看越爱看。不到一顿饭工夫,将十六出俱已看完。自觉词藻警人,馀香满口。虽看完了书,却只管出神,心内还默默记诵。宝玉笑道:"妹妹,你说好不好?"林黛玉笑道:"果然有趣。"宝玉笑道:"我就是'多愁多病身',你就是那'倾国倾城貌'。"林黛玉听了,不觉带腮连耳通红,登时直竖起两道似蹙非蹙的眉,瞪两支似睁非睁的眼,微腮带怒,薄面含嗔,指宝玉道:"你这该死的胡说!好好的把这淫词艳曲弄了来,述说这些混话来欺负我,我告诉舅舅、舅母去。"说到"欺负"两个字上,早又把眼睛圈儿红了,转身就走。宝玉着了急,向前拦住说道:"好妹妹,千万饶我这一遭。原是我说错了。若有心欺负你,明儿我掉在池子里,教个癞头元吞了去,变个大忘八。等你明儿做了'一品夫人',病老归西的时候,我往你坟上,替你驮一辈子的碑去。"说的林黛玉嗤的一声笑了,揉着眼睛,一面笑道:"一般也唬的这个调儿,还只管胡说。呸!'原来是苗而不秀,是个银样蜡枪头'。"宝玉听了,笑道:"你这个呢!我也告诉去。"林黛玉笑道:"你说你会过目成诵,难道我就不能一目十行么?"

宝玉一面收书,一面笑道:"正经快把花埋了罢。别提那个了。"二人便收拾落花。正才掩埋妥协,只见袭人走来,说道:"那里没找到,摸在这里来。那边大老爷身上不好,姑娘们都过去请安,老太太叫打发你去呢。快回去,换衣裳去罢。"宝玉听了,忙拿了书,别了黛玉，同袭人回房、换衣不提。

这里林黛玉见宝玉去了，又听见众姊妹也不在房，自己闷闷的，正欲回房，刚走到梨香院墙角上，只听墙内笛韵悠扬，歌声婉转，林黛玉便知是那十二个女孩子演习戏文呢。只是林黛玉素习不大喜看戏文，便不留心，只管往前走。偶然两句吹到耳内，明明白白，一字不落，唱道是："原来姹紫嫣红开遍，似这般都付与断井颓垣。"林黛玉听了，到也十分感慨、缠绵，便止住步，侧耳细听。又听唱道是："良辰美景奈何天，赏心乐事谁家院。"听了这两句，不觉点头自叹，心下自思道："原来戏上也有好文章，可惜世人只知看戏，未必能领略这其中的趣味。"想毕，又后悔不该胡想，耽误了听曲子。又侧耳时，只听唱道："则为你如花美眷，似水流年"，林黛玉听了这两句上，不觉心动神摇，又听道"你在幽闺自怜"等句，亦发如醉如痴，站立不住，便一蹲身，坐在一块山子石上，细嚼"如花美眷"、"似水流年"八个字的滋味。忽又想起前日见古人诗中，有"水流花谢两无情"之句，再又有词中有"流水落花春去也，天上人间"之句，又兼方才所见《西厢记》中"花落水流红，闲愁万种"之句，都一时想起来，凑聚在一处，仔细忖度，不觉心痛神痴，眼中落泪。正没个开交，忽觉背上击了一下，及回头看时，原来是……且听下回分解。正是：

妆晨绣夜心无矣，对月临风恨有之。

第二十四回　醉金刚轻财尚义侠　痴女儿遗帕惹相思

话说林黛玉正自情思萦逗、缠绵固结之时,忽有人从背后击了一掌,说道:“你作什么一个人在这里?”林黛玉到唬了一跳,回头看时,不是别人,却是香菱。林黛玉道:“你这个傻丫头!唬了我这么一跳好的。你这会子打那里来?”香菱嘻嘻的笑道:“我来寻我们的姑娘的,找他总找不着。你们紫鹃也找你呢,说琏二奶奶送了什么茶叶来给你的,走罢,回家去。”一面说着,一面拉着黛玉的手,回潇湘馆来了。果然凤姐儿送了两小瓶上用新茶来。林黛玉和香菱坐了,况他们有甚正事谈讲,不过说些这一个绣的好,那一个刺的精;又下一回棋,看两句书,香菱便走了。不在话下。

如今且说宝玉因被袭人找回房,果见鸳鸯歪在床上看袭人的针线呢,见宝玉来了,便说道:“你往那里去了?老太太等着你呢。叫你过那边,请大老爷的安去。还不快换了衣服走呢。”袭人便进房去取衣服。宝玉坐在床沿上,脱了鞋等靴子的工夫,回头见鸳鸯穿着水红绫子袄儿,青缎子背心,束着白绉绸汗巾儿,脸向那边,低着头看针线,脖子上带着花领子。宝玉便把脸凑在脖项闻那香气儿,不住用手摩娑,其白腻不在袭人之下,便猴上身去,涎皮笑脸的道:“好姐姐,把你嘴上的胭脂赏我吃了罢。”一面说着,一面扭股糖似的粘在身上。鸳鸯便叫道:“袭人你出来瞧瞧!你跟他一辈子,也不劝劝,还是这么着。”袭人抱了衣服出来,向宝玉道:“左劝也不改,右劝也不改。你到底是怎么样?你再这么着,这个地方可就难住了。”一边说,一边催他穿了衣服,同鸳鸯往前面来见贾母。

见过贾母,出至外面,人马俱已齐备。刚欲上马,只见贾琏请安回来了,正下马,二人对面,彼此问了两句话。只见傍边转出一个人来,“请宝叔安!”宝玉看时,只见这人容长脸,长挑身材,年纪只好十八九岁,生得着实斯文清秀,到也十分面善,只是想不起是那一房的,叫什么名字。贾琏笑道:“你怎么发呆,连他也不认得？他是后廊上住的五嫂子的儿子芸儿。”宝玉笑道:“是了,是了,我怎么就忘了!”因问他母亲好,这会子什么勾当。贾芸指贾琏道:“我合二叔说句话。”宝玉笑道:“你到比先越发出条了,到像我的儿子。”贾琏笑道:“好不害燥！人家比你大四五岁呢！就替你作儿子了?”宝玉笑道:“你今年十几岁?”贾芸道:“十八岁。”原来这贾芸最伶俐乖觉,听宝玉这样说,便笑道:“俗语说的,‘摇车里的爷爷,拄拐杖的孙子。’虽然岁数大,山高高不过太阳。只从我父亲没了,这几年也无人照管教导;如若宝叔不嫌侄儿蠢笨,认作儿子,就是我的造化了。”贾琏笑道:“你听见了,认儿子不是好开交的呢。”说着,就进去了。宝玉笑道:“明儿你闲了,只管来找我。别和他们鬼鬼祟祟的。这会子我不得闲儿,明儿你在书房里来,和你说天话儿。我带你园里顽要去。”说着,扳鞍上马,众小厮围随,往贾赦这边来。

见了贾赦,不过是偶感些风寒,先述了贾母问的话,然后自己请了安。贾赦先站起来,回了贾母话;次后便唤人来,“带哥儿进去太太屋里坐着”。宝玉退出,来至后面,进入上房。邢夫人见了他来,先到站了起来,请过贾母安;宝玉方请安;邢夫人拉他上炕坐了,方问别人。又命人倒茶来。一钟茶未吃完,只见那贾琮来问宝玉好。邢夫人道:“那里找活猴儿去！你那奶妈子死绝了,也不收拾收拾你,弄的黑眉乌嘴的,那里像大家子念书的孩子!”正说着,只见贾环、贾兰小叔侄两个也来了,请过安,邢夫人便叫他两个椅子上坐了。贾环见宝玉同邢夫人坐在一个坐褥上,邢夫人又百般摸娑抚弄他,早已心中不自在了,坐不多时,便和贾兰使眼色儿,要走。贾兰只得依他,一同回身告辞。宝玉见他们要走,自己也就起身要同回去。邢夫人笑道:“你且坐着,我还和你说话呢!”宝玉只得坐了,邢夫人向他两个道:“你们回去各人替我问你们各人母亲好！你们姑娘、姐姐、妹妹都在这里呢,闹的我头晕。今儿不留你们吃饭了。”贾环等答应着,便出来回家去了。宝玉笑道:“可是姐姐们都过来了,怎么不见?”邢夫人道:“他们坐了一会子,都往后头不知那屋里去了。”宝玉道:“大娘方才说有话说,不知是什么话?”邢夫人笑道:“那里什么话？不过是叫你等着同你姊妹们吃了饭去。还有一个好顽的东西给你带回去顽。”娘儿两个说话，不觉早又晚饭时节，调开棹椅，罗列杯盘，母女、姊妹们吃毕了饭。宝玉又去辞了贾赦，同姊妹一同回家，见过贾母、王夫人等，各自回房安息。不在话下。

且说贾芸进去见了贾琏，因打听可有什么事情。贾琏告诉他："前儿到有一件事情出来，偏生你婶子再三求了我，给了贾芹了。他许了我，说明儿园里还有几处要栽花木的地方，等这个工程出来，一定给你就是了。"贾芸听了，半晌说道："既是这样，我就等着罢。叔叔也不必先在婶子跟前提我今儿来打听的话，到跟前再说也不迟。"贾琏道："提他作什么？我那里有这些工夫说闲话儿呢。明儿一个五更，还要到兴邑去走一趟，须得当日赶回来才好。你先去等着，后日起更以后，你来讨信，早了我不得闲。"说着，便回后面换衣服去了。

贾芸出了荣国府回家，一路思量出一个主意来，便一径往他母舅卜世仁家来。原来卜世仁现开香料铺，方才从铺子里来，忽见贾芸进来，彼此见过了，因问他："这早晚什么事跑了来？"贾芸道："有件事求舅舅帮衬、帮衬，我有一件事用些冰片、麝香使用，好歹舅舅每样赊四两给我，八月里按数送了银子来。"卜世仁冷笑道："再休提赊欠一事。前儿也是我们铺子里一个伙计，替他的亲戚赊几两银子的货，至今总未还上。因此我们大家赔上，立了合同，再不许替亲友赊欠。谁要赊欠，就要罚他二十两银子的东道。况且，如今这个货也短，你说拿现银子到我们这不三不四的铺子里来买，也还没有这些。只好倒辨儿去，这是一；二则你那里有正经事，不过赊了去，又是胡闹。你只说舅舅见你一遭儿，就派你一遭儿不是。你小人家很不知好歹，也到底立个主意，赚几个钱，弄得穿是穿的，吃是吃的，我看着也喜欢。"贾芸笑道："舅舅说的到干净。我父亲没的时候，我年纪又小，不知事。后来听见我母亲说，都还亏舅舅们在我们家去做主意，料理的丧事。难道舅舅就不知道的？还是有一亩地、两间房子？如今在我手里花了不成？'巧媳妇做不出没米的粥来'，叫我怎么样呢？还亏是我呢，要是别的，涎皮赖脸，三日两头儿来缠着舅舅要三升米、二升豆子的，舅舅也就没有法呢。”

卜世仁道：“我的儿！舅舅要有，还不是该的？我天天和你舅母说，‘只愁你没算计儿，你但凡立的起来，到你大房里，就是他们爷儿们见不着，便下个气，和他们的管家或者管事的人们嬉和嬉和，也弄个事儿管管’。前日我出城去，撞见了你们三房里的老四，骑着大叫驴，带着五辆车，有四五十和尚道士，往家庙去了。他那不亏能干，这事就到他了？”贾芸听他韶刀的不堪，便起身告辞。卜世仁道：“怎么急的这样？吃了饭再去罢。”一句未完，只见他娘子说道：“你又糊涂了。说着没有米，这里买了半斤面来下给你吃，这会子还妆胖呢。留下外甥挨饿不成？”卜世仁说：“再买半斤来添上就是了。”他娘子便叫女孩儿：“银姐，往对门王奶奶家去问有钱借二三十个。明儿就送过来。”夫妻两个说话，那贾芸早说了几个“不用费事”，去的无影无踪了。

不言卜家夫妇。且说贾芸，赌气离了母舅家门，一径回归旧路。心下正自烦恼，一边想，一边低头只管走。不想一头就碰在一个醉汉身上，把贾芸唬了一跳。听那醉汉骂道：“臊你娘的！瞎了眼睛，碰起我来了！”贾芸忙要躲身，早被那醉汉一把抓住，对面一看，不是别人，却是紧邻倪二。原来这倪二是个泼皮，专放重利债，在赌博场乞闲钱，专管打降吃酒。如今正从欠钱人家索了利钱，吃醉回来，不想被贾芸碰了一头，正没好气，抡拳就要打。只听那人叫道：“老二住手！是我冲撞了你。”倪二听见是熟人的语音，将醉眼睁开看时，见是贾芸，忙把手松了，趔趄着笑道：“原来是贾二爷。我该死，我该死。这会子往那里去？”贾芸道：“告诉不得你！平白的又讨了个没趣儿。”倪二道：“不妨，不妨！有什么不平的事，告诉我，替你出气。这三街六巷，凭他是谁，有人得罪了我醉金刚倪二的街坊，管叫他人离家散。”贾芸道：“老二，你且别气，听我告诉你这原故。”说着，便把卜世仁一段事告诉了倪二。倪二听了大怒：“要不是令舅，便骂不出好话来。真真气死我倪二。也罢！你也不用愁烦，我这里现有几两银子，你若用什么，只管拿去买办。但只一件，你我作了这些年的街坊，我在外头有名放账，你却从没有和我张过口，也不知你厌恶我是个泼皮,怕低了你的身份;也不知是你怕我难缠,利钱重?若说怕利钱,这银子我是不要利钱的,也不用写文约;若说怕低了你的身份,我就不敢借给你了。各自走开。”一面说,一面果然从搭包里掏出一卷银子来。

贾芸心下自思:素日倪二虽然是泼皮无赖,却因人而使,颇颇的有义侠之名。若今日不领他这情,怕他燥了,到恐生事,不如借了他的,改日加倍还他,也到罢了。想毕,笑道:“老二你果然是个好汉!我何曾不想着你,和你张口。但只是我见你所相遇交结的都是些有胆量的、有作为的人。似我们这等无能无为的,你到不理。我若和你张口,你岂肯借给我?今日既蒙高情,我怎敢不领?回家按例写了文约过来便是了。”倪二大笑道:“好会说话的人!我却听不上这话。既说‘相与交结’四个字,如何放账给他,使他的利钱,既把银子借与他,图他的利钱,便不是‘相与交结’了。闲话也不必讲,既肯青目,这是十五两三钱有零的银子,便拿去治买东西。你要写什么文契,趁早把银子还我,让我放给那些有指望的人使去。”贾芸听了,一面接了银子,一面笑道:“我便不写罢了,有何着急的?”倪二笑道:“这不是话?天气黑了,也不让茶、让酒,我还到那边有点事情去。你竟请回去。我还求你带个信儿与舍下,叫他们早些关门睡罢,我不回家去了。倘或有什么要紧的事,叫我们女儿明儿一早,到马贩子王短腿家来找我。”一面说,一面趔趄着脚儿去了。不在话下。

且说贾芸偶然碰了这件事,心中也十分罕希。想那倪二到果然有些意思,只是还怕他一时醉中慷慨,到明日加倍的要起来,便怎处?心内犹豫不决,忽又想道:“不妨!等那件事成了,也可加倍还他。”想毕,一直走到个钱铺里,将那银子称一称,十五两三钱四分二厘。贾芸见倪二不撒谎,心下越发欢喜,收了银子,来至家门。先到隔壁,将倪二的信捎了与他娘子知道,方回家来。见他母亲自在炕上拈线,见他进来,便问“那去了一日”?贾芸恐他母亲生气,便不说起卜世仁的事来,只说在西府里等琏二叔的。问他母亲吃了饭不曾,他母亲已吃过了,说留的饭在那里。小丫头子拿过来与他吃。那天已是掌灯时候,贾芸吃了饭,收拾歇息,一宿无语。

次日一早起来，洗了脸，便出南门。大香铺里买了冰、麝，便往荣国府来。打听贾琏出了门，贾芸便往后面来。到贾琏院门前，只见几个小厮，拿着大高笤帚在那里扫院子呢。忽见周瑞家的从门里出来叫小厮们："先别扫！奶奶出来了。"贾芸忙上前笑问："二婶婶那去？"周瑞家的道："老太太叫！想必是裁什么尺头。"

正说着，只见一群人撮着凤姐出来了。贾芸深知凤姐是喜奉承、尚排场的，忙把手逼着，恭恭敬敬抢上来请安。凤姐连正眼也不看，仍往前走着，只问他母亲好，"怎么不来我们这里逛逛？"贾芸道："只是身上不大好，到时常记挂着婶子。要来瞧瞧，又不能来。"凤姐笑道："可是会撒谎？不是我提起他来，你就不说他想我了。"贾芸笑道："侄儿不怕雷打了，就敢在长辈前撒谎？昨儿晚上，还提起婶子来，说婶子身子生的单弱，事情又多，亏婶子好大精神，竟料理的周周全全。要是差一个儿的，累的不知怎么样呢！"

凤姐听了，满脸是笑，不由的便止了步，问道："怎么好好的，你娘儿们在背地里嚼起我来？"贾芸道："有个原故。只因我有个朋友家里有几个钱，现开香铺。只因他身上斶着个通判，前儿选了云南不知那一处，连家眷一齐去，把这香铺也不在这里开了，便把账物攒了一攒，该给人的给人，该贱发的贱发了，像这细贵的货，都分着送与亲朋。他就一共送了我些冰片、麝香，我就和我母亲商量：若要转卖，不但卖不出原价来，而且谁家拿这些银子，买这个作什么？便是很有钱的大家子，也不过使个几分几钱，就挺折腰了。若说送人，也没个人配使这些，到叫他一文不值半文转卖了。因此我就想起婶子来。往年间我还见婶子大包的银子买这些东西呢。别说今年贵妃宫中，就是这个端阳节下，不用说这些香料自然是比往常加上十倍要用的。因此，想来想去，只孝顺婶子一个人才合式，方不算遭塌这东西。"一边说，一边将一个锦匣举起来。凤姐正是要办端阳的节礼，采买香料、药饵的时节，忽见贾芸如此一来，听这一篇话，心下又是得意，又是欢喜，便命丰儿："接过芸哥儿的来，送了家去，交给平儿。"因又说道："看着你这样到很知好歹，怪道你叔叔常提你，说你说话儿也明白，心里有见识。"贾芸听这话入了港，便打进一步来，故意问道："原来叔叔也曾提我的?”凤姐见问,才要告诉他与他管的事情的那话,便忙又止住,心下想到:“我如今要告诉他那话,到叫他看着我见不得东西似的,为得了这点子香,就混许他管事了。今儿先别提起这事。”想毕,便把派他监种花木工程的事都隐瞒的一字不提,随口说了两句没要紧的话,便往贾母那里去了。贾芸也不好提的,只得回来。

因昨日见了宝玉,叫他到外书房等着。贾芸吃了饭,便又进来,到贾母那边仪门外绮霰斋书房里来。只见焙茗、锄药两个小厮,下象棋为夺“车”正办嘴;还有引泉、扫花、挑云、伴鹤四五个,又在房檐上掏小雀儿顽。贾芸进入院内,把脚一跺,说道:“猴头们淘气,我来了。”众小厮看见贾芸进来,都才散了。贾芸进入房内,便坐在椅子上,问:“宝二爷没下来?”焙茗道:“今儿总没下来。二爷说什么?替你哨探哨探去!”说着,便出去了。这里贾芸便看字画古玩。有一顿饭工夫,还不见来。再看看别的小厮,都躲去了。正是烦闷,只听门前娇声嫩语的叫了一声“哥哥”。贾芸往外瞧时,看是一个十六七岁的丫头,生的到也细巧、干净。那丫头见了贾芸,便抽身躲了过去。恰至焙茗走来,见那丫头在门前,便说道:“好,好,正抓不着个信儿。”贾芸见了焙茗,也就赶了出来,问:“怎么样?”焙茗道:“等了这一日,也没个人儿过来。这就是宝二爷房里的人。好姑娘,你进去带个信儿,就说廊下的二爷来了。”那丫头听说,方知是本家的爷们,便不似先前那等回避,下死眼把贾芸钉了两眼。听那贾芸说道:“什么是廊上廊下的,你只说是芸儿就是了。”半晌,那丫头冷笑了一笑:“依我说,二爷竟请回家去。有什么话,明儿再来。今儿晚上得空儿,我回了他。”焙茗道:“这是怎么说?”那丫头道:“他今儿也没睡中觉,自然吃的晚饭早。晚上他又不下来,难道只是要的二爷在这里等着挨饿不成?不如家去,明儿来是正经。便是回来有人带信,那都是不中用。他不过口里应着,他到给带呢。”贾芸听这丫头说话简便、俏丽,待要问他的名字,因是宝玉房里的,又不便问,只得说道:“这话到是!我明儿再来。”说着,便往外走。焙茗道:“我到茶去,二爷吃茶再去。”贾芸一面走,一面回头说:“不吃茶,我还有事呢。”口里说话,眼睛瞧那丫头还站在那里呢。

那贾芸一径回家。至次日,来至大门前。可巧遇见凤姐往那边去请安。才上了车,见贾芸来,便命人唤住,隔窗子笑道:"芸儿,你竟有胆子在我的跟前弄鬼。怪道你给我东西,原来你有事求我。昨儿你叔叔才告诉我说,你求他。"贾芸笑道:"求叔叔这事,婶子休提。我昨儿正后悔呢。早知这样,我竟一起头求婶子,这会子也早完了。谁成望叔叔竟不能的。"凤姐笑道:"怪道你那里没成儿,昨儿又来寻我。"贾芸道:"婶子辜负了我的孝心,我并没有这个意思。若有这个意思,昨儿还不求婶子?如今婶子既知道了,我到要把叔叔丢下,少不得求婶子,好歹疼我一点儿。"凤姐冷笑道:"你们要拣远路儿走,叫我也难说。早告诉我一声儿,什么不成的?多大点子事,耽误到这会子。那园子里还要种花,我只想不出一个人来。早来不早完了?"贾芸笑道:"既这样,婶子明儿就派了我罢。"凤姐半晌道:"这个我看着不大好,等明年正月里烟火灯烛那个大宗儿下来,再派你罢。"贾芸道:"好婶子!先把这个派了我罢,果然这个办的好,再派我那个。"凤姐笑道:"你到会拉长干儿!要不是你叔叔说,我不管你的事。我也不过吃了饭就过来。你到午错的时候,来领银子,后儿就进去种树。"说毕,令人驾起香车,一径去了。

贾芸喜不自禁,来至绮霰斋打听宝玉。谁知宝玉一早便往北静王府里去了。贾芸便呆呆的坐到晌午,打听凤姐回来,便写个领票来领对牌。至院外,命人通报了。彩明走了出来,单要了领票进去,批了银数、年月,一并连对牌交与了贾芸。贾芸接了,看那批上银数,批了二百两,心中喜不自禁,番身走到银库,上交与收牌票的,领了银子回家,告诉母亲,自是母子俱个欢喜。次日一个五鼓,贾芸先找了倪二,将前银按数还他。那倪二见贾芸有了银子,他便按数收回。不在话下。这里贾芸又拿了五十两,出西门找到花儿匠方椿家里去买树,不在话下。

如今且说宝玉自那日见了贾芸,曾说明日着他进来说话儿,如此说了之后,他原是富贵公子的口角,那里还把这个放在心上。因而便忘了。这日晚上,从北静王府里回来,见过贾母、王夫人等,回至园内,换了衣服,正要洗澡,袭人因被薛宝钗烦了去打结子;秋纹、碧痕两个去催水;檀云又因他母亲的生日,接了出去;麝月又现在家中养病,虽还有几个作粗活听唤的丫头,估着叫不着,他们都出去寻伙觅伴的顽去了。不想这一刻的工夫,只剩了宝玉在房内,偏生的宝玉要吃茶,一连叫了两三声,方见两三个老嬷嬷走进来。宝玉见了他们,连忙摇手儿说:"罢,罢,不用你们。"老婆子们只得退出。宝玉见没丫头们,只得自己下来,拿了碗向茶壶去到茶。只听背后说道:"二爷仔细烫了手,让我们来到。"一面说,一面走上来,早接了过去。宝玉到唬了一跳,问:"你在那里的?忽然来了,唬我一跳。"那丫头一面递茶,一面回说:"我在后院子里,才从里间的后门进来,难道二爷就没听见脚步响?"宝玉一面吃茶,一面仔细打量那丫头,穿着几件半新不旧的衣裳,到是一头黑真真的头发,挽着个纂,容常脸面,细巧身材,却十分俏丽、干净。宝玉看了,便笑问道:"你也是我这屋里的人么?"那丫头道:"是的。"宝玉道:"既是这屋里的,我怎么不认得?"那丫头听说,便冷笑了一声道:"认不得的也多,岂只我一个?从来我又不递茶、递水,拿东拿西,眼面前的事,一点儿不作,那里认得呢?"宝玉道:"你为什么不作那眼面前的事?"那丫头道:"这话我也难说。只是有一句话回二爷:昨儿有个什么芸儿来找二爷。我想二爷不得空儿,便叫焙茗回他,叫他今日早起来。不想二爷又往北府里去了。"

刚说到这句话,只见秋纹、碧痕唏唏哈哈的说笑着进来。两个人共提着一桶水,一手撩着衣裳,趔趔趄趄、泼泼撒撒的。那丫头便忙迎去接。那秋纹、碧痕正对着抱怨,"你湿了我的裙子",那个又说:"你踹了我的鞋。"忽见走出一个人来接水,二人看时,不是别人,原来是小红。二人便都咤异,将水放下,忙进房来,东瞧西望,并没个别人,只有宝玉,便心中大不自在,只得预备下洗澡之物,待宝玉脱了衣裳,二人便带上门出来。走到那边房内,便找小红,问他方才在屋里说什么。小红道:"我何曾在屋里的?只因我的手帕子不见了,往后头找手帕子去,不想二爷要茶吃,叫姐姐们,一个没有,是我进去了,才到了茶,姐姐们便来了。"秋纹听了,兜脸啐了一口,骂道:"没脸的下流东西,正经叫你催水去,你说有事故,到叫我们去;你可等着做这个巧宗儿。一里一里的,这不上来了? 难道我们到跟不上你了? 你也拿镜子照照,配递茶递水不配?”碧痕道:“明儿我说给他们,凡要茶要水,送东送西的事,咱们都别动,只叫他去便是了。”秋纹道:“这么说,不如我们散了,单让他在这屋里呢。”二人你一句,我一句,正闹着,只见有个老嬷嬷进来传凤姐的话,说:“明日有人带花儿匠来种树,叫你们严禁些,衣服裙子,别混晒晾的。那土山上一溜都拦着帏幕呢,可别混跑。”秋纹便问:“明儿不知是谁带进匠人来监工?”那婆子道:“说什么后廊下的芸哥儿。”秋纹、碧痕听了,都不知道,只管混问别的话。那小红听见了,心内却明白,就知是昨儿外书房所见那人了。

原来这小红本姓林,小名红玉,只因“玉”字犯了林黛玉、宝玉,便都把这个字隐起来,便都叫他小红。原是荣国府中世代的旧仆,他父母现在收管各处房田事务。这红玉年方十六岁,因分人在大观园的时节,把他便分在怡红院中,到也清幽雅静。不想后来命人进来居住,偏生这一所儿又被宝玉占了。这红玉虽然是个不谙事的丫头,却因他原有三分容貌,心内着实妄想痴心的向上攀高,每每的要在宝玉面前现弄现弄。只是宝玉身边一干人都是伶牙俐爪的,那里插的下手去。不想今儿才有些消息,又遭秋纹等一场恶意,心内早灰了一半。正闷闷的,忽然听见老嬷嬷说起贾芸来,不觉心中一动,便闷闷的回至房中,睡在床上,黯黯盘算,番来复去,正没个抓寻。忽听窗外低低的叫道:“红玉! 你的手帕子我拾在这里呢。”红玉听了,忙走出来一看,不是别人,正是贾芸。红玉不觉的粉面含羞,问道:“二爷在那里拾着的?”贾芸笑道:“你过来,我告诉你。”一面说,一面就上来拉他。那红玉急回身一跑,却被门槛绊倒。要知端的,下回分解。

第二十五回　魇魔法叔嫂逢五鬼　通灵玉蒙敝遇双真

话说红玉心神恍惚，情思缠绵，忽朦胧睡去，遇见贾芸要拉他，却回身一跑，被门槛子绊了一跤，唬醒过来，方知是梦。因此翻来复去，一夜无眠。至次日天明，方才起来，就有几个丫头来会他打扫屋子地，提洗脸水。这红玉也不梳洗，向镜中胡乱挽了一挽头发，洗了洗手，腰内束了一条汗巾子，便来扫地。

谁知宝玉昨儿见了红玉，也就留了心。若要直点名唤他来使用，一则怕袭人等寒心；二则又不知红玉是何等行为，若好，还罢了，若不好起来，那时到不好退送的。因此心中闷闷的。早起来也不梳洗，只坐着出神。一时下来，隔着纱屉子向外看的真切，只见好几个丫头在那里扫地，都擦胭抹粉，簪花插柳的，独不见昨儿那一个。宝玉便靸了鞋，恍出了房门，只妆着看花儿，这里瞧瞧，那里望望。一抬头，只见西南角上游廊底下栏杆外，似有一个人在那里倚着。却恨面前有一株海棠花遮着，看不真切。只得又转了一步，仔细一看，可不是昨儿的那个丫头在那里出神！待要迎上去，又不好去的。正想着，忽见碧痕来催他洗脸，只得进去了。不在话下。

却说红玉正自出神，忽见袭人招手叫他，只得走来。袭人道："你到林姑娘那里去，把他们的喷壶借来使使。我们的还没有收拾了来呢。"红玉答应了，便往潇湘馆去。正走上翠烟桥，抬头一望，只见山坡上高处都拦着帏幕，方想起今儿有匠人在里头种树。因转身一望，只见那边远远的一簇人在那里掘土，贾芸正坐在山子石上。红玉待要过去，又不敢过去，只得闷闷的向潇湘馆取了喷壶回来，无精打彩自向房内倒着去。众人只说他一时身上不快，都不理论。

展眼过了一日，原来次日就是王子腾夫人的寿诞。那里原打发人来请贾母、王夫人的，王夫人见贾母不去，自己也便不去了。到是薛姨妈同凤姐儿并贾家几个姊妹、宝钗、宝玉，一齐都去了。至晚方回。

且说王夫人见贾环下了学,便命他来抄个《金刚咒》唪诵。那贾环在王夫人炕上坐了,命人点上灯,拿腔作势的抄写。一时叫彩云到茶来;一时又叫玉钏儿来剪剪灯花;一时又叫金钏儿挡了灯影。众丫头们素日厌恶他,都不答理。只有彩霞还和他合的来,到了一钟茶,递与他。见王夫人和人说话儿,便悄悄的向贾环说道:"你安些分罢!何苦讨这个厌呢!"贾环道:"我也知道了,你别哄我。如今你和宝玉好,把我不答理,我也看出来了。"彩霞咬着嘴唇,向贾环头上戳了一指头,说道:"没良心的,才是'狗咬吕洞宾,不识好人心'。"

二人正说着,只见凤姐来了,拜见过王夫人。王夫人便一长一短的问他"今儿是那位堂客在那里""戏文如何""酒席好歹"等话。说了不多几句,宝玉也来了,进门见了王夫人,不过规规矩矩说了几句话,便命人除去抹额,脱了袍服,拉了靴子,便一头滚在王夫人怀内。王夫人便用手满身满脸摩挲抚弄他,宝玉也搬着王夫人的脖子说长说短的。王夫人道:"我的儿,你又吃多了酒,脸上滚热。你还只是揉搓,一会闹上酒来。还不在那里静静的倒一会子呢。"说着,便叫人拿个枕头来。宝玉听了,便下来,在王夫人身后倒下,又叫彩霞来替他拍着。宝玉便和彩霞说笑。只见彩霞淡淡的不大答理,两眼睛只向贾环处看。宝玉便拉他的手,笑道:"好姐姐,你也理我一理儿呢。"彩霞夺了手,道:"再闹,我就嚷了。"

二人正说,原来贾环听的见,素日原恨宝玉;如今又见他和彩霞厮闹,心中越发按不下这口毒气。虽不敢明言,却每每暗中算计,只是不得下手。今儿相离甚近,便要用蜡灯里的滚油烫他一下,因而故意妆作失手,把那一盏油汪汪的蜡灯向宝玉脸上只一推,只听宝玉"嗳哟"了一声,满屋人都唬一跳,连忙把地下的戳灯挪过来,又将里外屋拿了三四盏。看时,只见宝玉满脸满头都是蜡油。王夫人又急又气,一面命人来给宝玉擦洗,一面又骂贾环。凤姐三步两步跑上炕去,给宝玉收拾着。一面笑道:"老三还是这样荒脚鸡似的,我说你上不得高台板。赵姨娘时常也该教道教道他才是。"一句话提醒了王夫人。王夫人便不骂贾环,便叫过赵姨娘来骂道:"养出这样不知道理、下流黑心种子来,也不管管。几翻几次我都不理论,你们到得了意了?这不亦发上来了!"

那赵姨娘素日虽然也常怀嫉妒之心,不忿凤姐、宝玉两个,也不敢露出来。如今贾环又生了事,受这场恶气,不但吞声承受,而且还要替宝玉来收拾。只见宝玉左边脸上烫了一溜燎炮,幸而眼睛没动。王夫人看了,又是心疼,又怕贾母明日问怎么回答,急的又把赵姨娘数落一顿;然后又安慰了宝玉一回,又命取败毒消肿药来敷上。宝玉道:"有些疼,还不妨事。明儿老太太问,就说是我自己烫的罢了。"凤姐笑道:"便说自己烫的,也要骂人为什么不小心看着,叫你烫了!横竖有一场气生,到明儿凭你怎么说去罢。"王夫人命人好生送了宝玉回房。袭人等见了,都慌的了不得。

林黛玉见宝玉出了一天门,就觉得闷闷的,没个可说话的人。至晚正打发人来问了两三遍回来没有,这遍方才说回来,偏生又烫了脸。林黛玉便赶着来瞧,只见宝玉正拿镜子照呢。左边脸上满满的敷着一脸药。黛玉只当烫的十分利害,忙上来问:"怎么烫了?"要瞧瞧。宝玉见他来了,忙把脸遮着,摇手不肯叫他看,知道他的癖性喜洁,见不得这东西。林黛玉自己也知道有这件癖性,知道宝玉的心内怕他嫌脏,因笑道:"我瞧瞧烫了那里了,有什么遮着、藏着的。"一面说,一面就凑上来,强搬着脖子瞧了一瞧,问:"疼的怎么样?"宝玉道:"也不很疼,养一两日就好了。"黛玉坐了一会,闷闷的回房去了。一宿无话。

次日,宝玉见了贾母,虽然自己承认是自己烫的,不与别人相干,免不得贾母又把跟从的人骂一顿。过了一日,就有宝玉寄名的干娘马道婆进荣国府来请安,见了宝玉,唬了一跳,问起原故,说是烫的,便点头叹惜一回。又向宝玉脸上用指头画了几画,又口内嘟嘟囔囔的持诵了一回,就说道:"管保你好了。这不过是一时飞灾。"又向贾母道:"祖宗老菩萨,那里知道那经典佛法上说的利害。大凡那王公卿相人家的子弟,只一生下来,暗中就有许多促狭鬼跟着他,得空便拧他一下,掐他一下。或吃饭时打下他的饭碗来,或走着推他一跤。所以往往的那大家子的子孙,多有长不大的。"

贾母听见如此说,便赶着问道:“这可有什么佛法解释没有呢?”马道婆道:“这个容易,只是替他多多做些因果善事,也就罢了。再那经上还说,西方有位大光明普照菩萨,专管照耀阴暗邪祟,若有那善男子、善女人虔心供奉者,可以永佑儿孙康宁、安静,再无惊恐、邪祟、撞客之灾。”贾母道:“到不知怎么供奉这位菩萨呢?”马道婆道:“也不值什么。除香烛供养之外,一天多使几斤香油,添在大海灯里,这海灯,就是菩萨的现身法像,昼夜是不敢息的。”贾母道:“一天一夜也得多少油?明白告诉我,我好做这件功德。”马道婆听说,便笑道:“这也不拘,随施主们心愿舍罢了。像我们庙里,就有好几处的王妃诰命供奉。南安郡王太妃有许多愿,心大,一天是四十八斤油,一斤灯草,那海灯也只比缸小些;锦田侯的诰命次一等,一天不过二十四斤;再还有几家,也有五斤的,三斤的,一斤的,都不拘数;那小家子,舍不起这些,就是四两半斤,也少不得替他点。”贾母听了,点头思忖。

马道婆又道:“还有一件,若是为父母尊亲长上点,多舍些,不妨;像老祖宗如今为宝玉,若舍多了,到不好,还怕他禁不起,到折了福,也不当家花花的。要舍,大则七斤,小则五斤,也就是了。”贾母道:“既这样,你就一日五斤,合准了,每月来打趸关了去。”马道婆念了一声“阿弥陀佛慈悲大菩萨”。贾母又命人来分付道:“以后大凡宝玉出门的日子,拿几串钱交给他小子们带着,遇见僧道、穷苦之人,好施舍的。”

说毕,那马道婆又闲话了一回,便又往各院、各房问安、闲逛了一回。一时来至赵姨娘房内。二人见过,赵姨娘叫小丫头到了茶来与他吃。马道婆因见炕上堆着些零碎绸缎湾角,赵姨娘正粘鞋呢。马道婆道:“可是我正没有鞋面子,赵奶奶你有零碎缎子,不拘什么颜色,弄一双给我。”赵姨娘听说,叹口气道:“你瞧瞧,那里头还有那一块是成样的?成样的东西,也到不了我手里来。有的没的都在那里,你不嫌,就挑两块子去。”那马道婆见说果真挑了两块袖起来。

赵姨娘问道:“可是前儿我送了五百钱去,在药王跟前上供,你可收了没有?”马道婆道:“早已替你上了供了。”赵姨娘叹口气,道:

“阿弥陀佛！我手里但凡从容些，也时常的上个供。只是心有馀力量不足。”马道婆道：“你只放心！将来熬的环哥儿大了，得个一官半职，那时你要做多大的功德不能？”赵姨娘听了，鼻子里笑了一声，道：“罢，罢，再别说起。如今就是个样儿。我们娘儿们跟的上那一个？也不是有了宝玉，竟是得了个活龙！他还是小孩子家，长的得人意儿，大人偏疼他些也还罢了；我只不服这个主儿。”一面说，一面又伸出俩指头来。马道婆会意，便问道：“可是琏二奶奶么？”

赵姨娘唬的忙摇手儿，走到门前，掀帘子向外看看无人，方进来，向马道婆悄悄的说道：“了不得，了不得！提起这个主儿，这一分家私要不教他搬送了娘家去，我就不是个人！”马道婆道：“我还用你说？难道都看不出来？也亏你们心里都不理论，只凭他去，到也妙。”赵姨娘道：“我的娘！不凭他去，难道谁还敢把他怎么样？”马道婆听说，鼻子里一笑，半晌说道：“不是我说句造孽的话，你们没本事，也难怪。明不敢怎么样，暗里也就算计了。还等到这时候。”

赵姨娘听这话有道理，心里暗暗的欢喜，便问道：“怎么暗里算计？我到有这心，只是没这样的能干人。你若交给我这法子，我大大的谢你。”马道婆听说这话，打拢了一处。他便又故意说道：“阿弥陀佛！你快休来问我。我那里知道这些事，罪过，罪过。”赵姨娘道：“又来了，你是最肯济困扶危的人，难道就眼睁睁的看着人家来摆布死了我们娘儿两个不成？还是怕我不谢你？”马道婆听如此说，便笑道：“若说我不忍叫你娘儿们受了委屈，还犹可；若说谢的这个字，可是你错打了法马了。就便是我希图你的谢，靠你又有什么东西能打动了我？”赵姨娘听这话，口气松了些，便说道：“你这么个明白人，怎么也糊涂起来了？你若果然法子灵验，把他两个绝了，明日这家私不怕不是我环儿的。那时你要什么不得？”马道婆听说，低了头，半晌说道：“那时候，事情妥当了，又无凭据，你还理我呢。”赵姨娘道：“这有何难？如今我虽手里没什么，也零零碎碎，攒了几两梯己，还有几件衣服、簪子，你先拿了去。下剩的我写个欠银子的文契给你。你要什么保人也有，到那时我照数给你。”马道婆道：“果然这样？”赵姨娘道：“这如何撒得谎？”说着，便叫过一个心腹婆子来，在耳根底下嘁嘁喳喳说了几句话。

那婆子出去了。一时回来，果然写了个五百两的欠契来，赵姨娘便印了手模，走到厨柜里，将梯己拿了出来，与马道婆看看，道："这个，你先拿了去，做香烛供奉使费，可好不好？"马道婆看看白花花的一堆银子，又有欠契，并不顾青红皂白，满口里应着，伸手先去接了银子，掖起来；然后收了欠契；又向裤腰里掏了半晌，掏出十几个纸铰的青脸红发的鬼来，并两个纸人递与赵姨娘，又悄悄的道："把他两个的年庚八字写在这两个纸人身上，一并五个鬼，都掖在他们各人的床上，就完了。我只在家里作法，自有效验。千万小心，不要害怕。"正才说完，只见王夫人的丫环进来找道："奶奶可在这里，太太等你呢。"二人方散了。不在话下。

却说黛玉因见宝玉近日烫了脸，总不出门，到时常在一处说说话儿。这日饭后，看了二三篇书，自觉无味；便同紫鹃、雪雁做了一回针线，更觉得烦闷。便倚着房门出了一回神，信步出来，看阶下新迸出的稚笋，不觉出了院门。一望园中，回顾无人，惟见花光柳影，鸟语溪声。林黛玉信步便往怡红院来，只见几个丫头舀水，都在回廊上围着看画眉洗澡呢。听见房内有笑声，林黛玉便入房中看时，原来是李宫裁、凤姐、宝钗，都在这里呢。一见他进来，都笑道："这不，又来了一个。"林黛玉笑道："今日齐全，到像谁下帖子请来的。"凤姐道："前儿我打发人送了两瓶茶叶去，你往那去了？"黛玉笑道："可是我到忘了。多谢，多谢。"凤姐又道："你尝了可还好不好？"没有说完，宝玉便道："论理可到罢了，只是我说不大甚好，可也不知别人尝着怎么样？"宝钗道："味到轻，只是颜色不大很好。"凤姐道："那是暹罗进贡来的。我尝着也没什么趣儿，还不如我每日吃的呢。"黛玉道："我吃着好！"宝玉道："你果然吃着好，把我这个也拿了去罢。"凤姐道："你真爱吃，我那里还有呢。"林黛玉道："果真的，我就打发人取去了。"凤姐道："不用取去，我叫人送来就是了。我明日还有一件事求你，一同打发人送来。"黛玉听了，笑道："你们听听，这是吃了他一点子茶叶，就来使唤我来了。"凤姐笑道："到求你！你到说这些闲话。你既吃了我们家的茶，怎么还不给我们家作媳妇？"众人听了，都一齐笑起来。黛玉便红了脸，一声儿也不言语，回过头去了。宫裁笑向宝钗道："真真我们二婶子的诙谐是好的。"林黛玉含羞笑道："什么诙谐！不过是贫嘴贱舌讨人厌恶罢了。"说着，便啐了一口。凤姐笑道："你别做梦！给我们家做了媳妇，你想想，——"便指宝玉道："你瞧，人物儿、门第配不上，还是根基配不上？模样儿配不上，是家私配不上？那一点玷辱了谁呢？"林黛玉便起身要走，宝钗便叫道："颦儿急了！还不回来坐着，走了到没意思。"说着，便站起来拉住。

只见赵姨娘和周姨娘两个人进来瞧宝玉。李宫裁、宝钗、宝玉等都让他两个，独凤姐只和黛玉说笑，正眼也不看他。宝钗方欲说话时，只见王夫人房内的丫头来说："舅太太来了。请姑娘、奶奶们出去呢。"李宫裁听了，忙叫着凤姐等要走，周赵两个也忙辞了宝玉出去。宝玉道："我也不能出去，你们好歹别叫舅母进来。"又道："林妹妹，你先站一站，我和你说一句话。"凤姐听了，回头向黛玉笑道："有人叫你说话呢。"说着，便把林黛玉往里一推，和李纨一同去了。

这里宝玉拉着黛玉的袖子，只是嘻嘻的笑，心里有话，只是口里说不出来。此时林黛玉只是禁不住把脸红涨起来了，挣着要走。宝玉忽然"嗳哟"了一声，说："好头疼。"林黛玉道："该！阿弥陀佛。"只见宝玉大叫一声，"我要死"！将身一纵，离地跳有三四尺高。嘴里乱嚷、乱叫，说起胡话来了。林黛玉并丫头们都唬慌了，忙去报知贾母、王夫人等。此时王子腾的夫人也在这里。都一齐来时，宝玉越发拿刀弄杖，寻死觅活的。贾母、王夫人见了，唬的抖衣乱颤，且"儿一声""肉一声"恸哭起来。于是惊动众人，连贾赦、邢夫人、贾珍、贾政、贾琏、贾蓉、贾芸、贾萍、薛姨妈、薛蟠、并家中一干家人，上上下下，里里外外，众媳妇、丫嬛等，都来园内看视。登时乱麻一般。

正都没个主见，只见凤姐儿手持一把明晃晃刚刀，砍进园来，见鸡杀鸡，见狗杀狗，见人就要杀人。众人亦发慌了。周瑞媳妇忙带着几个有力量的、胆壮的婆娘，上去抱着，夺下刀来，抬回房去。平儿、丰儿等哭的泪天泪地；贾政等心中也有些烦难，顾了这里，丢不下那里。别人慌张自不必讲，独有薛蟠比诸人忙到十分去：又恐薛姨妈被人挤倒，又恐薛宝钗被人瞧见，又恐香菱被人臊皮——知道贾珍等是在女人身上做工夫的,因此忙的不堪。忽一眼瞥见了林黛玉风流婉转,已酥倒在那里。

当下众人七言八语,有的说请端公送祟的,有的说请巫婆跳神的,有的又荐什么玉皇阁的张真人,种种喧腾不一。也曾百般的医治祈祷,问卜求神,总无效验。

堪堪的日落。王子腾的夫人告辞去后,次日王子腾自己亲来瞧问。接着,小史侯家、邢夫人兄弟辈,并各亲眷,都来瞧看。也有送符水的,也有荐僧道的,也都不见效。他叔嫂二人越发糊涂,不醒人事,睡在床上,浑身火炭一般,口内无般不说。到夜时,那些婆娘、媳妇、丫头们,都不敢上前。因此,把他二人都抬到王夫人的上房内,夜间派了贾芸等带着小子们挨次轮班看守。贾母、王夫人、邢夫人、薛姨妈等寸地不离,只围着干哭。

此时贾赦、贾政又恐哭坏了贾母,日夜熬油费火,闹的人口不安,也都没有主意。贾赦还是各处去寻僧觅道,贾政见都不灵效,着实懊恼,因阻贾赦道:“儿女之数,皆由天命,非人力可强者。他二人之病,出于不意。百般医治不效,想天意该当如此。也只好由他们去罢。”贾赦也不理此话,仍是百般忙乱。那里见些效验。看看三日光阴,那凤姐和宝玉躺在床上,一发连气都将没了。和家人口无不惊慌,都说没了指望,忙着将他二人的后世衣履都治备下了。贾母、王夫人、贾琏、平儿、袭人这几个人,更比诸人哭的忘餐废寝,觅死寻活。赵姨娘、贾环等心中欢喜趁愿。

到了第四日早辰,贾母等正围着他两个哭时,只见宝玉睁开眼说道:“从今以后,我可不在你家了。快些收拾,打发我走罢。”贾母听了这话,就如同摘去心肝一般。赵姨娘在傍劝道:“老太太也不必过于悲痛了,哥儿已是不中用了。不如把哥儿的衣裳穿好,让他早些回去罢,也免些苦。只管舍不得他,这口气不断,他在那世里也受罪不安生。”这些话还没说完,被贾母照脸啐了一口唾沫,骂道:“烂了舌根的混账老婆!谁叫你来多嘴多舌的!你怎么知道他在那世受罪不安生?怎么见得不中用了!你愿他死了,有什么好处?你别作梦!他死了,我只和你们要命!素日都是你们调唆着,逼他写字、念书,把胆子唬破了,见了他老子还不像个避猫鼠儿！都不是你们这起淫妇调唆的？这会子逼死了他,你们遂了心了！我饶那一个!”一面骂,一面哭。贾政在傍听见这些话,心中越发难过,便喝退赵姨娘,自己上来委婉解劝。一时,又有人来回说:“两口棺材都作齐备了。请老爷出去看。”贾母听了,如火上浇油一般,便骂道:“是谁做了棺材?”一叠连声,只叫把做棺材的拉来打死。

正闹的天翻地覆,没个开交。只闻得隐隐的木鱼声响,念了一句“南无解冤孽菩萨”！又听说道:“有那人口不安,家宅颠倒,或逢凶险,或中邪祟不利者,我们善能医治。”贾母、王夫人等听见这些话,那里还耐得住,便命人去快请来。贾政虽不自在,耐贾母之言,如何违拗？又想,如此深宅,何得听的如此真切？心中亦是希罕。便命人请了进来。众人举目看时,原来是一个癞头和尚与一个跛足道人。只见那和尚是怎生模样？

鼻如悬胆两眉长,目似明星蓄宝光。
破衲芒鞋无住迹,腌臜更有满头疮。

看那道人,又是怎生模样？但见:

一足高来一足低,浑身带水又拖泥。
相逢若问家何处,却在蓬莱弱水西。

贾政问道:“你道友二人,在那庙焚修?”那僧笑道:“长官不须多言。因闻得尊府人口不利,故特来医治。”贾政道:“到有两个人中邪。不知二位有何符水?”那道笑道:“你家现放着希世奇珍,如何到还问我们有符水?”贾政听这话有意思,心中便动了,因说道:“小儿落草时,虽带了一块宝玉下来,上面说能除邪祟,谁知竟不灵验。”那僧笑道:“长官你那里知道那物的妙用！只因如今被声色货利所迷,故此不灵验了。你今且取他出来,待我们持诵持诵,只怕就好了。”

贾政听说,便向宝玉项上取下那玉来,递与他二人。那和尚接了过来,擎在掌上,长叹一声,道:青埂峰一别,展眼已过十三载矣。人世光阴,如此迅速,尘缘满日,若似弹指！可羡你当时的那段好处:

天不拘兮地不羁,心头无喜亦无悲;却因锻炼通灵后,便向人间觅是非。

可叹你今朝这番经历：

粉渍脂痕污宝光，绮栊昼夜困鸳鸯。沉酣一梦终须醒，冤孽偿清好散场。

念毕，又摩弄一回，说了些疯话，递与贾政道：“此物已灵，不可亵渎，悬于卧室上槛。将他二人安在一室之内，除亲身妻母外，不可使外人冲犯。三十三天之后，包管身安病退，复旧如初。”说着，回头便走了。贾政赶着，还说让他二人坐了吃茶，要送谢礼，他二人早已出去了。贾母等还只管使人去赶，那里有个踪影？少不得依言将他二人就安在王夫人卧室之内，将玉悬在门上。王夫人亲自守着，不许别个人进来。

至晚间，他二人竟渐渐的醒来，说腹中饥饿。贾母、王夫人等如得了珍宝一般，旋熬了米汤来与他二人吃了，精神渐长，邪祟少退，一家子才把心放下来。李宫裁并贾府三艳、薛宝钗、林黛玉、平儿、袭人等在外间听信。闻得吃了米汤，醒了人事，别人未开口，林黛玉先就念了声“阿弥陀佛”。宝钗便回头看了他半日，嗤的一笑。众人都不会意，惜春问道：“宝姐姐，好好的笑什么？”宝钗笑道：“我笑如来佛比人还忙：又要讲经说法，又要普度众生；这如今宝玉与二姐姐病，又是烧香还愿，赐福消灾；今儿才好些，又要管林姑娘的姻缘了。你说忙的可笑不可笑？”黛玉不觉红了脸，啐了一口，道：“你们这起人不是好人！不知怎么死！再不跟着好人学，只跟那些贫嘴恶舌的人学。”一面说，一面摔帘子出去了。

第二十六回　蜂腰桥设言传蜜意　潇湘馆春困发幽情

话说宝玉养过了三十三天之后,不但身体强壮,亦且连脸上疮痕平服,仍回大观园内去。这也不在话下。

且说近日宝玉病的时节,贾芸带着家下小厮坐更看守,昼夜在这里。那红玉同众丫嬛也在这里守着宝玉,彼此相见多日,都渐渐的混熟了。那红玉见贾芸手里拿的手帕子,到像是自己从前掉的,待要问他,又不好问的。不料那和尚、道士来过,用不着一切男人,贾芸仍种树去了。这件事待要放下,心内又放不下;待要问去,又怕人猜疑。正是犹豫不决,神魂不定之际,忽听窗外问道:"姐姐在屋里没有?"红玉闻听,在窗眼内望外一看,原来是本院的小丫头,叫佳蕙的。因答说:"在家里。你进来罢。"佳蕙听了,跑进来就坐在床上,笑道:"我好造化!才刚在院子里洗东西,宝玉叫往林姑娘那里送茶叶,花大姐姐交给我送去。可巧老太太那里给林姑娘送钱来,正分给他们的丫头们呢。见我去了,林姑娘就抓了两把给我,也不知多少。你替我收着。"便把手帕子打开,把钱倒了出来。红玉替他一五一十的数了,收起。佳蕙道:"你这一程子,心里到底觉怎么样?依我说,你竟家去住两日,请一个大夫来瞧瞧,吃两剂药,就好了。"红玉道:"那里的话!好好的,家去作什么?"佳蕙道:"我想起来了。林姑娘生的弱,时常他吃药,你就和他要些来吃,也是一样。"红玉道:"胡说!药也是混吃的?"佳蕙道:"你这也不是个长法儿,又懒吃懒喝的,终久怎么样?"红玉道:"怕什么?还不如早些死了,到干净!"佳蕙道:"好好的,怎么说这些话!"红玉道:"你那里知道我心里的事!"

佳蕙点头,想了一会道:"可也怨不得,这个地方难站。就像昨儿老太太因宝玉病了这些日子,说跟着服侍的这些人都辛苦了,如今身上好了,各处还完了愿,叫把跟着的人都按着等儿赏他们。我算年纪小,上不去,不得我也不怨;像你,怎么也不算在里头?我心里就不服。袭人那怕他得十个分儿,也不恼他,原该的。说良心话,谁还敢比他呢!别说他素日殷勤小心,便是不殷勤小心,也拚不得。可气晴雯、绮霰他们这几个,都算在上等里去,仗着老子娘的脸面,众人到捧着他去。你说可气不可气?”红玉道:“也不犯着气他们。俗语说的,‘千里搭长棚,没有个不散的筵席’。谁守谁一辈子呢?不过三年五载,各人干各人的去了。那时,谁还管谁呢?”这两句话,不觉感动了佳蕙的心肠,由不得眼睛红了,又不好意思好端端的哭,只得勉强笑道:“你这话说的却是。昨儿宝玉还说:明儿怎么样收拾房子,怎么样做衣裳。到像有几百年的熬煎。”红玉听了,冷笑了两声,方要说话,只见一个未留头的小丫头子走进来,手里拿着些花样子并两张纸,说道:“这是两个样子,叫你描出来呢。”说着,向红玉掷下,回身就跑了。红玉向外问道:“到底是谁的,也等不的说完就跑。谁蒸下馒头等着你,怕冷了不成?”那小丫头在窗外,只说得一声“是绮大姐姐的”。抬起脚来,咕咚、咕咚又跑了。红玉便赌气把那样子掷在一边,向抽屉内找笔。找了半天,都是秃了的,因说道:“前儿一支新笔放在那里了,怎么一时想不起来?”一面说,一面出神。想了一会,方笑道:“是了,前儿晚上莺儿拿了去了。”便向佳蕙道:“你替我取了来。”佳蕙道:“花大姐姐还等着我替他抬箱子呢,你自取去罢。”红玉道:“他等着你,你还坐着闲打牙儿?我不叫你取去,他也不等着你了。坏透了的小蹄子!”说着,自己便出房来,出了怡红院,一径往宝钗院内来。

刚至沁芳亭畔,只见宝玉的奶娘李嬷嬷从那边走来。红玉立住,问道:“李奶奶,你老人家那去了?怎打这里来?”李嬷嬷站住,将手一拍,道:“你说说,好好的,又看上了那个种树的什么芸哥儿、雨哥儿的,这会子逼着我叫了他来。明儿叫上房里听见,可又是不好。”红玉笑道:“你老人家当真的就依着他去叫了?”李嬷嬷道:“可怎么样呢?”红玉笑道:“那一个要是知道好歹,就回不进来才是。”李嬷嬷道:“他又不痴,为什么不进来?”红玉道:“既是来了,你老人家该同他一齐来。回来叫他一个人乱磞,可是不好呢!”李嬷嬷道:“我有那样工夫和他走?不过告诉了他,回来打发个小丫头子,或是老婆子带进他来就完了。”说着,拄着拐,一径去了。红玉听说,便站着出神,且不去取笔。一时,只见一个小丫头子跑来,见红玉站在那里,便问道:“林姐姐,你在这里作什么呢?”红玉抬头见是小丫头子坠儿。红玉道:“那去?”坠儿道:“叫我带进芸二爷来。”说着,一径跑了。这里红玉刚走至蜂腰桥门前,只见那边坠儿引着贾芸来了。那贾芸一面走,一面拿眼把红玉一溜;那红玉只妆作和坠儿说话,也把眼去一溜贾芸。四目恰相对时,红玉不觉脸红了。一扭身,往蘅芜院去了。不在话下。

这里贾芸随着坠儿,逶迤来至怡红院中。坠儿先进去回明了,然后方领贾芸进来。贾芸看时,只见院内略略的有几点山石,种着芭蕉;那边有两只仙鹤,在松树下剔翎。一溜回廊上,吊着各色笼子,各色仙禽异鸟。上面小小五间抱厦,一色雕镂新鲜花样隔扇。上面悬着一个匾额,四个大字,题道是:“怡红快绿。”贾芸想道:“怪道叫‘怡红院’,可知原来匾上是恁样四个字。”

正想着,只听里面隔着纱窗子笑道:“快进来罢!我怎么就忘了你两三个月?”贾芸听的是宝玉的声音,连忙进入房内。抬头一看,只见金碧辉煌,文章闪灼,却看不见宝玉在那里。一回头,只见左边立着一架大穿衣镜,从镜后转出两个一般大的十五六岁的丫头来,说:“请二爷里头屋里坐。”贾芸连正眼也不敢看,连忙答应了。又进一道碧纱厨,只见一张小小填漆床上,悬着大红销金撒花帐子。宝玉穿着家常衣服,靸着鞋,倚在床上,拿着本书。看见他进来,将书掷下,早堆着笑,立起身来。贾芸忙上前请了安。宝玉让坐,便在下面一张椅子上坐了。宝玉笑道:“只从那日见了你,我叫你往书房里来,谁知接接连连许多事情,就把你忘了。”贾芸笑道:“总是我无福。偏偏又遇着叔叔身上欠安。叔叔如今可大安了?”宝玉道:“大好了。我到听见说,你辛苦了好几天?”贾芸道:“辛苦也是该当的。叔叔大安了,也是我们一家子的造化。”

说着,只见有个丫嬛端了茶来与他。那贾芸口里和宝玉说着话,眼睛却溜瞅那丫嬛:细条身材,容长脸面,穿着银红袄子,青缎背心,白绫细折裙。不是别人,却是袭人。那贾芸自从宝玉病了,他在里头混了两天,他却把那有名人口认记了一半。他也知道袭人在宝玉房中比别个不同。今见他端了茶来,宝玉又在傍边坐着,便忙站起来,笑道:“姐姐怎么替我到起茶来?我来到叔叔这里,又不是客,让我自己到罢了。”宝玉道:“你只管坐着罢。丫头们跟前也是这样!”贾芸笑道:“虽如此说,叔叔房里姐姐们,我怎么敢放肆呢。”一面说,一面坐下吃茶。

那宝玉便和他说些没要紧的散话。又说道谁家的戏子好,谁家的花园好;又告诉他谁家的丫头标致,谁家酒席丰盛;又是谁家有奇货,又是谁家有异物。那贾芸口里,只得顺着他说。说了一回,见宝玉有些懒懒的了,便起身告辞。宝玉也不甚留,只说“你明儿闲了,只管来”。仍命小丫头子坠儿送他出去。

出了怡红院,贾芸见四顾无人,便把脚慢慢的停着些走,口里一长一短和坠儿说话。先问他“几岁了?”“名字叫什么?”“你父母在那一行?”“在宝叔房内几年了?”“一个月多少钱?”“共总宝叔房内有几个女孩子?”那坠儿见问,一桩桩都告诉他了。贾芸又道:“刚才那个与你说话的,他可是叫小红?”坠儿笑道:“他到叫小红。你问他作什么?”贾芸道:“方才他问你什么手帕子。我到拣了一块。”坠儿听了,笑道:“他问了我好几遍,可有看见他的帕子。我有那们大工夫管这些事。今儿他又问我,他说,我替他找着了,他还谢我呢!才在蘅芜院门口说的,二爷也听见了,不是我撒谎。好二爷,你既拣着了,给我罢。我看他拿什么谢我。”

原来上月贾芸进来种树之时,便拣了一块罗帕,便知是所在园内的人失落的,但不知是那一个人的,故不敢造次。今儿听见红玉问坠儿,便知是红玉的。心内不胜喜幸。又见坠儿追索,心中早已得了主意,便向袖内将自己的一块取了出来,向坠儿笑道:“我给是给你,你若得了他的谢礼,可不许瞒着我。”坠儿满口里答应了,接了手帕子,送出贾芸。回来找红玉。不在话下。

如今且说宝玉打发了贾芸去后,意思懒懒的歪在床上,似有朦胧之态。袭人便走上来,坐在床沿上推他,说道:“怎么又要睡觉?闷的很,你出去逛逛不是?”宝玉见说,便拉他的手,笑道:“我要去,只是舍不得你。”袭人笑道：“快起来罢！”一面说，一面拉了宝玉起来。宝玉道：“可往那里去呢？怪腻腻烦烦的。”袭人道：“你出去了，就好了。只管这么葳蕤，越发心里烦腻。”

宝玉无精打彩的，只得依他，恍出了房门。在回廊上，调弄了一回雀儿；出至院外，顺着沁芳溪，看了一回金鱼；只见那边山坡上，两只小鹿箭也似的跑来，宝玉不解何意，正自纳闷，只见贾兰在后面拿着一张小弓儿，追了下来。一见宝玉在前面，便站住了，笑道：“二叔叔在家里呢。我只当出门去了。”宝玉道：“你又淘气了！好好的，射他作什么？”贾兰笑道：“这会子不念书，闲着作什么？所以演习演习骑射。”宝玉道：“把牙栽了，那时才不演呢。”

说着，顺着脚一径来至一个院门前，只见凤尾森森，龙吟细细。举目望门上一看，只见匾上写着“潇湘馆”三字。宝玉信步走入，只见湘帘垂地，悄无人声。走至窗前，觉得一缕幽香从碧纱窗中暗暗透出。宝玉便将脸贴在纱窗上，往里看时，耳内忽听得细细的长叹了一声道：“每日家情思睡昏昏。”宝玉听了，不觉心内痒将起来。再看时，只见黛玉在床上伸懒腰。宝玉在窗外笑道：“为什么‘每日家情思睡昏昏’？”一面说，一面掀帘进来了。

林黛玉自觉忘情，不觉红了脸，拿袖子遮了脸，翻身向里妆睡着了。宝玉才走上来，要搬他的身子。只见黛玉的奶娘并两个婆子都跟了进来，说：“妹妹睡觉呢，等醒了再请来。”刚说着，黛玉便翻身向外坐起来，笑道：“谁睡觉呢？”那两三个婆子见黛玉起来，便笑道：“我们只当姑娘睡着了。”说着，便叫紫鹃说：“姑娘醒了，进来伺候。”一面说，一面都去了。黛玉坐在床上，一面抬手整理鬓发，一面笑向宝玉道：“人家睡觉你进来作什么？”宝玉见他星眼微饧，香腮带赤，不觉神魂早荡，一歪身坐在椅子上，笑道：“你才说什么？”黛玉道：“我没说什么！”宝玉笑道：“给你个榧子呢！我都听见了。”

二人正说话，只见紫鹃进来。宝玉笑道：“紫鹃，把你们的好茶到碗我吃。”紫鹃道：“那里是好的呢？要好的，只是等袭人来。”黛玉道：“别理他！你先给我舀水去罢。”紫鹃笑道：“他是客，自然先到了茶来，再舀水去。”说着，到茶去了。宝玉笑道：“好丫头，‘若共你多情小姐同鸳帐,怎舍得叠被铺床'?"林黛玉登时撂下脸来,说道:"二哥哥,你说什么?"宝玉笑道:"我何尝说什么?"黛玉便哭道:"如今新兴的外头听了村话来,也说给我听;看了混账书,也来拿我取笑儿。我成了替爷们解闷的。"一面哭着,一面下床来,往外就走。宝玉不知要怎样,心下慌了,忙赶上来:"好妹妹,我一时该死!你别告诉去!我再要敢,我嘴上就长个疔,烂了舌头。"

正说着,只见袭人走来,说道:"快回去穿衣服,老爷叫你呢。"宝玉听了,不觉的打了个焦雷一般,也顾不得别的,急忙回来,穿衣服出园来。只见焙茗在二门前等着。宝玉便问道:"是作什么?"焙茗道:"爷快出来罢,横竖是见去的。到那里就知道了。"一面说,一面催着宝玉。

转过大厅,宝玉心里还自狐疑,只听墙角边一阵呵呵大笑,回头看时,见是薛蟠拍着手跳了出来,笑道:"要不说姨父叫你,你那里出来的这么快!"焙茗也笑着跪下了。宝玉怔了半天,方解过来,是薛蟠哄他出来。薛蟠连忙打躬作揖陪不是,又求:"不要难为了小子,都是我逼他去的。"宝玉也无法了,只好笑,因说道:"你哄我也罢了,怎么说我父亲呢?我告诉姨娘去评评这个理,可使得么?"薛蟠忙道:"好兄弟!我原为求你快些出来,就忘了忌讳这句话。改日你也哄我,说我的父亲就完了。"宝玉道:"嗳,嗳,越发该死了。"又向焙茗道:"反叛肏的,还跪着作什么!"焙茗连忙叩头起来。

薛蟠道:"要不是我也不敢惊动。只因明儿五月初三日是我的生日。谁知古董行的程日兴,他不知那里寻了来的,这么粗、这么长,粉脆的鲜藕;这么大的大西瓜,这么长的一尾新鲜的鲟鱼,这么大的一个暹罗国进贡的灵柏香熏的暹猪。你说他这四样礼,可难得不难得?那鱼、猪,不过贵而难得,这藕和瓜,亏他怎么种出来的?我连忙孝敬了母亲,赶着给你们老太太、姨父、姨母送了些去。如今留了些,我要自己吃,恐怕折福。左思右想,除我之外,惟有你还配吃。所以特请你来。可巧唱曲儿的一个小子又才来了。我同你乐一日,何如?"一面说,一面来至他书房里。只见詹光、程日兴、胡斯来、单聘仁等,并唱曲儿的,都在这里。见他进来,请安的,问好的,都彼此见过了,吃了茶。薛蟠即命人摆酒来。

话犹未了,众小厮七手八脚,摆了半天,才停当归坐。宝玉果见瓜藕新异,因笑道:“我的寿礼还未送来,到先扰了!”薛蟠道:“可是呢,明儿你送我什么?”宝玉道:“我可有什么可送的?若论银钱吃穿等类的东西,究竟还不是我的;惟有或写一张字、画一张画,才算是我的。”薛蟠笑道:“你提画儿,我想起来了。昨儿我看人家一张春宫,画的着实好,上面还有许多的字,我也没细看,只看落的款,原来是‘庚黄’画的。真真好的了不得!”宝玉听说,心下猜疑道:“古今字画也都见过些,那里有个‘庚黄’?”想了半天,不觉笑将起来,命人取过笔来,在手心里写了两个字,又问薛蟠道:“你看真了是‘庚黄’?”薛蟠道:“怎么看不真?”宝玉将手一撒,与他看道:“别是这两个字罢?其实与庚黄相去不远。”众人都看时,原来是“唐寅”两个字,都笑道:“想必是这两字。大爷一时眼花了,也未可知。”薛蟠自觉没意思,笑道:“谁知他‘糖银’、‘果银’的。”

正说着,小厮来回:“冯大爷来了!”宝玉便知是神武将军冯唐之子冯紫英来了。薛蟠等一齐都叫:“快请!”话犹未了,只见冯紫英一路说笑,已进来。众人忙起席让坐。冯紫英笑道:“好呀!也不出门了,在家里高乐罢。”宝玉、薛蟠都笑道:“一向少会,老世伯身上康健?”紫英答道:“家父到也托庇康健,近来家母偶着了些风寒,不好了两天。”薛蟠见他面上有些青伤,便笑道:“这脸上又和谁挥拳的?挂了幌子了?”冯紫英笑道:“从那一遭把仇都尉的儿子打伤了,我就记了,再不怄气,如何又挥拳?这个脸上,是前日打围,在铁网山教兔鹘捎一翅膀。”宝玉道:“几时的话?”紫英道:“三月二十八日去的,前儿也就回来了。”宝玉道:“怪道前儿初三四儿,我在世兄家赴席不见你呢。我要问,不知怎么就忘了。单你去了,还是老世伯也去了?”紫英道:“可不是家父去,我无法儿,去罢了。难道我闲疯了,咱们几个人,吃酒听唱不乐,寻那个苦恼去?这一次,大不幸之中又大幸。”

薛蟠众人见他吃完了茶,都说道:“且入席,有话慢慢的说。”冯紫英听说,便立起身来,说道:“论理,我该陪饮几杯才是。只是今儿有一件大大要紧事,回去还要见家父面回,实不敢领。”薛蟠、宝玉众人那里肯依,死拉着不放。冯紫英笑道:“这又奇了。你我这些年,那一回有这个道理的?果然不能遵命。若必定叫我领,拿大杯来,我领两杯就是了。”众人听说,只得罢了。薛蟠执壶,宝玉把盏,斟了两大海。那冯紫英站着,一气而尽。宝玉道:“你到底把这个‘不幸之幸’说完了再走。”冯紫英笑道:“今儿说的也不尽兴。我为这个还要特治一东,请你们去,细谈一谈;二则还有所恳之处。”说着,执手就走。薛蟠道:“越发说的人热剌剌的,丢不下。多早晚才请我们?告诉了,也免的人犹疑。”冯紫英道:“多者十日,少则八天。”一面说,一面出门上马去了。众人回来,依席又饮了一回方散。

宝玉回至园中,袭人正记挂他去见贾政,不知是祸是福。只见宝玉醉醺醺的回来。问其原故,宝玉一一向他说了。袭人道:“人家牵肠挂肚的等着,你且高乐去!也到底打发人来给个信儿!”宝玉道:“我何尝不要送信儿,只因冯世兄来了,就混忘了。”正说着,只见宝钗走进来,笑道:“偏了我们新鲜东西了!”宝玉笑道:“姐姐家的东西,自然先偏了我们了。”宝钗摇头笑道:“昨儿哥哥到特特的请我吃,我不吃他,叫他留着送人、请人罢。我知道我的命小福薄,不配吃那个。”说着,丫嬛到了茶来吃茶,说闲话儿。不在话下。

却说那林黛玉听见贾政叫了宝玉去了,一日不回来,心中也替他忧虑。至晚饭后,闻得宝玉来了,心里要找他问是怎么样了。一步步行来,见宝钗进宝玉的院内去了,自己也便随后走了来。刚到了沁芳桥,只见各色水禽都在池中浴水,也认不出名色来,但见一个个文彩炫耀,好看异常,因而站住看了一回。再往怡红院来。只见院门关着,黛玉便以手扣门。

谁知晴雯和碧痕正拌了嘴,没好气,忽见宝钗来了,那晴雯正把气移在宝钗身上,正在院内抱怨说:“有事没事跑了来坐着,叫我们三更半夜不得睡觉。”忽听又有人叫门。晴雯越发动了气,也并不问是谁,便说道:“都睡下了,明儿再来罢!”林黛玉素知丫头们的情性,他们彼此顽耍惯了,恐怕院内的丫头没听真是他的声音,只当是别的丫头们了,所以不开门。因而又高声说道:“是我还不开么?”晴雯偏生还没听出来,便使性子说道:“凭你是谁!二爷分付的,一概不准放人进来呢。”

林黛玉听了，不觉气怔在门外，待要高声问他，斗起气来；自己又回思一番，虽说是舅母家如同自己家一样，到底是客边，如今父母双亡，无依无靠，现在他家依栖。如今认真淘气，也觉没趣。一面想，一面又滚下泪珠来。正是回去不是，站着不是，正没主意，只听里面一阵笑语之声。细听了一听，竟是宝玉、宝钗二人。林黛玉心中亦发动了气，左思右想。忽然想起早起的事来：必定是宝玉恼我告他的原故。但只我何尝告你去了，你也不打听打听，就恼我到这步田地。你今儿不叫我进来，难道明儿就不见面了？越想越伤感，也不顾苍苔露冷，花径风寒，独立墙角边、花阴之下，悲悲戚戚，呜咽起来。原来这林黛玉秉绝代姿容，具希世俊美，不期这一哭，那附近柳枝花朵上的宿鸟栖鸦，一闻此声，俱忒楞楞飞起远避，不忍再听。真是花魂默默无情绪，鸟梦痴痴何处惊。因有一首诗道：

颦儿才貌世应希，独抱幽芳出绣闺；
呜咽一声犹未了，落花满地鸟惊飞。

那林黛玉正自啼哭，忽听“吱喽”一声，院门开处，不知是那一个来。且看下回。

第二十七回 滴翠亭杨妃戏彩蝶 埋香冢飞燕泣残红

话说林黛玉正自悲泣，忽听院门响处，只见宝钗出来了，宝玉、袭人一群人送了出来。待要上去问着宝玉，又恐当着众人问羞了他，到不便。因而闪过一傍，让宝钗去了，宝玉等进去，关了门，方转过来。犹望着门洒了几点泪，自觉无味，便转身回来，无精打彩的卸了残妆。

紫鹃、雪雁素日知道他的情性，无事闷坐，不是愁眉，便是长叹，且好端端的不知为了什么，便常常的就自泪自干。先时还解劝，怕他思父母、想家乡、受了委屈，用话来宽慰、解劝。谁知后来一年一月竟常常的如此，把这个样儿看惯，也都不理论了。所以没人去理，由他去闷坐，只管睡觉去了。那林黛玉倚着床栏杆，两手抱着膝，眼睛含着泪，好似木雕泥塑的一般，直坐到三更多天，方才睡了。一宿无话。

至次日，乃是四月二十六日。原来这日未时交芒种节。尚古风俗，凡交芒种节的这日，都要设摆各色礼物，祭饯花神。言芒种一过，便是夏日了。众花皆谢，花神退位，须要饯行。然闺中更兴这件风俗。所以，大观园中之人，都早起来了。那些女孩子，或用花瓣、柳枝编成轿马的，或用绫锦、纱罗叠成杆旄旌幢的，都用彩线系了，每一颗树、每一枝花上都系上了这些事物。满园中，绣带飘飘，花枝招展。更又兼这些人打扮的桃羞杏让，燕妒莺惭，一时也道不尽。

且说宝钗、迎春、探春、惜春、李纨、凤姐等，并巧姐、大姐、香菱与众丫嬛们，都在园内顽耍，独不见林黛玉。迎春因说道："林妹妹怎么不见？好个懒丫头！这会子还睡觉不成？"宝钗道："你们等着，我去闹了他来。"说着，便丢下众人，一直的往潇湘馆来。正走着，只见文官等十二个女孩子也来了。见宝钗问了好，说了一回闲话。宝钗回身指道："他们都在那里呢，你们找去罢。我叫林姑娘去就来。"说着，便往潇湘馆来。忽见宝玉进去了，宝钗便站住，低头想了一想，宝玉和黛玉是从小一处长大，他二人间多有不避嫌疑之处，嘲笑喜怒无常;况且黛玉素习猜忌,好弄小性儿,此刻自己也进去,一则宝玉不便,二则黛玉嫌疑,到是回来的妙。

想毕,抽身要寻别的姊妹去。忽见面前一双玉色蝴蝶,大如团扇,一上一下的迎风翩跹,十分有趣。宝钗意欲扑了来顽耍,遂向袖中取出扇子来,向草地下来扑。只见那一双蝴蝶,忽起忽落,来来往往,穿花渡柳,将欲过河。到引的宝钗蹑手蹑脚的,一直跟到池中的滴翠亭。香汗淋漓,娇喘细细,也无心扑了。刚欲回来,只听亭子里面嘁嘁喳喳有人说话。

原来这亭子四面俱是游廊曲桥,盖在池中,周围都是雕镂隔子糊着纸。宝钗在亭外听见说话,便站住往里听。只听说道:“你瞧瞧这手帕子,果然是你丢的那块,你就拿着;要不是,就还芸二爷去。”又有一人道:“可不是那块！拿来给我罢。”又听说道:“你拿什么谢我呢？难道白寻了来不成?”又答道:“我既许了谢你,自然不哄你。”又听说道:“我寻了来给你,自然谢我;但只是拣的人,你就不拿什么谢他?”又回道:“你别胡说！他是个爷们家,拣了我们的东西,自然该还的,叫我拿什么给他呢!”又听说道:“你不谢他,我怎么回他呢?况且他再三再四的和我说了:若没谢的,不许给你呢。”半晌,又听答道:“也罢！拿我这个给他,就算谢他的罢。你要告诉别人呢？须说个誓来。”又听道:“我要告诉一个人,就长一个疔,日后不得好死!”又听说道:“嗳哟！咱们只顾说话,看有人来悄悄的在外头听见,不如把这隔子都推开了,便是有人见咱们在这里,他们只当我们说顽话呢。若走到跟前,咱们也看的见,就别说了。”

宝钗在外面听见这话,心中吃惊,想道:“怪道从古至今,那些奸淫狗盗之人,心机都不错。这一开了,见我在这里,他们岂不臊了?况才说话的语音儿,大似宝玉房里的红儿。他素习眼空心大,最是个头等刁钻古怪的东西。今儿我听了他的短儿,一时人急造反、狗急跳墙,不但生事,而且我还没趣。如今,便赶着躲了,料也躲不及。少不得要使个‘金蝉脱壳’的法子。”犹未想完,只听“咯吱”一声,宝钗便故意放重了脚步,笑着叫道:“颦儿！我看你往那里藏。”一面说,一面故意往前赶。

那亭子里的红玉、坠儿,刚一推窗,只见宝钗如此说着往前赶。两个人都唬怔了。宝钗反向他二人笑道:“你们把林姑娘藏在那里了?”坠儿道:“何曾见林姑娘了?”宝钗道:“我才在河边看着他在这里蹲着弄水儿的。我要悄悄的唬他一跳,还没走到跟前,他到看见我了,朝东一绕,就不见了。必是藏在这里头了。”一面说,一面故意进去,寻了一寻,抽身就走,口里说道:“一定又是在那山子洞里去。遇见蛇咬一口,也罢了。”一面说,一面走。心里又好笑,这件事算遮过去了,不知他二人是怎么样。

谁知红玉见了宝钗的话,便信以为真。让宝钗去远,便拉坠儿道:“了不得了!林姑娘蹲在这里,一定听了话去了。”坠儿听说,也半日不言语。红玉又道:“这可怎么样呢?”坠儿道:“便听见了,管谁筋疼?各人干各人的,就完了。”红玉道:“若是宝姑娘听见,还到罢了;林姑娘嘴里又爱克薄人,心里又细,他一听见了,倘或走露了,怎么样呢?”二人正说着,只见文官、香菱、司棋、侍书等上亭子来了。二人只得掩住这话,且和他们顽笑。

只见凤姐站在山坡上招手,叫红玉。红玉连忙弃了众人,跑至凤姐前,笑问:“奶奶使唤作什么?”凤姐打谅了一打谅,见他生的干净、俏丽,说话知趣,因说道:“我的丫头今儿没跟进来,我这会子想起一件事来,使唤个人出去。可不知你能干不能干?说的齐全不齐全?”红玉道:“奶奶有什么话,只管分付我说去。若说不齐全,误了奶奶的事,凭奶奶责罚罢了。”凤姐笑道:“你是谁房里的?我使出去,他回来找你,我好替你答应。”红玉道:“我是宝二爷房里的。”凤姐听了,笑道:“嗳哟!你原来是宝玉房里的?怪道呢!也罢了。你到我家告诉你平姐姐,外头屋里桌子上汝窑盘子架儿底下,放着一卷银子,那是一百二十两,给绣匠的工价,等张材家的来要,当面称给他瞧了,再给他拿去;再,里头屋里床上,有个小荷包,拿了来给我。”红玉听了,彻身去了。

回来,只见凤姐不在这山坡上了。因见司棋从山洞里出来,站着系裙子,便上来问道:“姐姐,不知道二奶奶往那去了?”司棋道:“没理论!”红玉听了,又往四下里看。只见那边探春、宝钗在池边看鱼。

红玉便走来，陪笑问道："姑娘们，可看见二奶奶没有？"探春道："往大奶奶院里找去。"红玉听了，才往稻香村来。顶头只见晴雯、绮霰、碧痕、紫绡、麝月、侍书、入画、莺儿等一群人来了。晴雯一见了红玉，便说道："你只是疯罢！花儿也不浇，雀儿也不喂，茶炉子也不笼，就在外头逛。"红玉道："昨儿二爷说了，今儿不用浇花，过一日再浇罢；我喂雀儿的时候，姐姐还睡觉呢。"碧痕道："茶炉子呢？"红玉道："今儿不是我笼的班儿。有茶没茶别问我！"绮霰道："你听听他的嘴！你们别说了，让他逛去罢！"红玉道："你们再问问！我逛了没有？二奶奶才使唤我说话、取东西去的。"说着，将荷包举给他们看，方没言语了。大家分路走开，晴雯冷笑道："怪道呢！原来爬上高枝儿去了，把我们不放在眼里。不知说了一句、半句话，名儿、姓儿知道了不曾呢？就把他兴的这样！这一遭儿半遭儿的算不得什么，过了后儿还得听'呵'。有本事的从今儿出了这园子，长长远远的在高枝儿上，才算得！"一面说着，走了。

这里红玉听说，也不便分证，只得忍着气，来找凤姐。到了李氏房中，果见凤姐在那里说话儿呢。红玉便上来回道："平姐姐说，奶奶刚出来了，他就把银子收起来了。才张材家的来取，当面称了，给他拿去了。"说着，说着，将荷包递了上来，又道："平姐姐叫回奶奶说：旺儿进来讨奶奶的示下，好往那家子去的。平姐姐就把这话，按着奶奶的主意，打发他去了。"凤姐笑道："他怎么按我的主意打发去了？"红玉道："平姐姐说，我们奶奶问这里奶奶好！原是我们二爷不在家，虽然迟了两天，只管请奶奶放心。等五奶奶好些，我们奶奶还会了五奶奶来瞧奶奶呢！五奶奶前儿打发人来，说舅奶奶带了信来了，问奶奶好，还要和这里的姑奶奶寻两丸'延年神验万全丹'。若有了，奶奶打发人来，只管送在我们奶奶这里，明儿有人去，就顺路给那边舅奶奶带去的。"话未说完，李纨笑道："嗳哟哟！这话我就不懂了。什么'奶奶'、'爷爷'的一大堆。"凤姐笑道："怨不得你不懂。这是四五门子的话呢！"说着，又向红玉笑道："好孩子！到难为你说的齐全。别像他们，扭扭捏捏，蚊子似的。嫂子不知道，如今除了我随手使的这几个人之外，我就怕和别人说话。他们必定把一句话拉长了,作两三截儿,咬文咬字,拿着腔,哼哼吸吸的,急的我冒火。先时,我们平儿也是这么着,我就问着他:‘必定妆蚊子哼哼,难道就是美人了?’说了几遭,才好些了。”李宫裁笑道:“都像你破落户才好!”凤姐又道:“这个丫头就好。方才说话虽不多,听那口气就简断。”说着,又向红玉笑道:“你明儿伏侍我去罢!我认你作女儿,我再调理、调理,你就出息了。”

红玉听了,扑嗤一笑。凤姐道:“你怎么笑?你说我年轻,比你能大几岁,就作你的妈了?你别做春梦呢!你打听打听,这些人都比你大的大的,赶着我叫妈,我还不理呢!”红玉笑道:“我不是笑这个,我笑奶奶认错了辈数了。我妈是奶奶的女儿,这会子又认我作女儿。”凤姐道:“谁是你妈?”李宫裁道:“你原来不认得他?他就是林之孝之女。”凤姐听了,十分诧异,因笑问道:“哦,原来是他的丫头!”又笑道:“林之孝两口子,都是锥子扎不出一声儿来的,我成日家说,他们到是配就了的一对夫妻,一双天聋地哑。那里承望养出这么个伶俐丫头来。你十几岁了?”红玉道:“十七了。”又问名字,红玉道:“原叫红玉的,因为重了宝二爷,如今叫红儿了。”凤姐听了,将眉一皱,把头一回,说:“讨人嫌的很!得了玉的宜似的,你也‘玉’,我也‘玉’”。因说道:“既这么着,上月我还和他妈说:‘赖大家的如今事多,也不知这府里谁是谁,你替我好好的挑两个丫头我使。’他一般的答应。他饶不挑,到把他这女孩子送了别处去。难道跟我必定不好?”李纨笑道:“你可是又多心了。他进来在先,你说话在后,怎么怨得他妈呢?”凤姐道:“既这么着,明儿我和宝玉说,叫他再要人,叫这丫头跟我去。可不知本人愿意不愿意?”红玉笑道:“愿意不愿意,我们不敢说。只是跟着奶奶,我们也学些眉眼高低,出入上下,大小的事也得见识见识。”刚说着,只见王夫人的丫头来请,凤姐便辞了李宫裁去了。红玉回怡红院,不在话下。

如今且说林黛玉因夜间失寐,次日起迟了,闻得众姊妹都在园中作饯花会,恐人笑他痴懒,连忙梳洗了出来。刚到了院中,只见宝玉进门来了,笑道:“好妹妹,昨儿可告我不曾?叫我悬了一夜心。”林黛玉便回头叫紫鹃道:“把屋子收拾了,下一扇纱屉子,看那大燕子回来，把帘子放下来，拿狮子倚住。烧了香，就把炉罩上。”一面说，一面仍往外走。宝玉见他这样，还认作是昨日中晌的事，那知晚间的这段公案，还打恭、作揖的。黛玉正眼也不看，各自出了院门，一直找别的姊妹去了。宝玉心中纳闷，自己猜疑：“看起这个光景来，不像昨日的事；但只昨日我回来的晚了，又没见他，再没有冲撞了他的去处。”一面想，一面走，又由不得从后面追了来。

只见宝钗、探春正在那边看仙鹤，见黛玉来了，三个一仝站着说话儿。又见宝玉来了，探春便笑道：“宝哥哥身上好！整整三天没见了。”宝玉笑道：“妹妹身上好？我前儿还在大嫂子跟前问你呢。”探春道：“哥哥往这里来，我和你说话。”宝玉听说，便跟了他，来到一棵石榴树下。探春因说道：“这几天，老爷可叫你没有？”宝玉道：“没有叫。”探春道：“昨儿我恍惚听见，说老爷叫你出去的？”宝玉笑道：“那想是别人听错了，并没叫的。”探春又笑道：“这几个月，我又攒下有十来吊钱了。你还拿去，明儿逛去的时候，或是好字画、书籍、卷册，轻巧顽意儿，给我带些来。”宝玉道：“我这么城里城外、大廊小庙的逛，也没见个新奇、精致东西。左不过是金玉铜器，没处撂的古董，再就是绸缎、吃食、衣服了。”探春道：“谁要那些！像你上回买的那柳条儿编的小篮子，整竹子根枢的香盒子，胶泥垛的风炉儿，这就好，把我喜欢的什么似的。谁知他们都爱上了，都当宝贝似的抢了去了。”宝玉笑道：“原来要这个！这不值什么，拿五百钱出去给小子们，管拉两车来。”探春道：“小厮们知道什么！你拣那朴而不俗，直而不作者，这些东西，你多多的替我带了来。我还像上回的鞋，作一双你穿，比那双还加工夫，如何呢？”

宝玉笑道：“你提起鞋来，我想起故事来。那一回我穿着，可巧遇见了老爷，就不受用，问是谁做的。我那里敢提‘三妹妹’三个字！我就回说：‘是前儿我的生日，是舅母给的。’老爷听了是舅母给的，才不好说什么。半日还说：‘何苦来！虚耗人力，作践绫罗，作这样的东西。’因而我回来告诉袭人，袭人说：‘这还罢了。赵姨娘气的抱怨的了不得，正经兄弟，鞋搭拉、袜搭拉的，没人看见，且作这些东西！’”探春听说，登时沉下脸来，道：“你说这话糊涂到什么田地！怎么我是该做鞋的人么？环儿难道没有分例的？没有人的？衣裳是衣裳，鞋袜是鞋袜，丫头一屋子，怎么抱怨这些话给谁听呢？我不过闲着，没有事做一只半双的，爱给那个哥哥、兄弟，随我的心。谁敢管我不成？这也是他气的？”宝玉听了点头，笑道：“你不知道，他心里自然又有个想头了。”探春听说，一发动了气，把头一扭，说道：“连你也糊涂了？他那想头自然有的，不过是那阴微、鄙贱的见识。他只管这么想，我只管认得老爷、太太两个人，别人我一概不管。就是姊妹、兄弟跟前，谁和我好，我就和谁好。什么偏的，庶的，我也不知道理论他。我不该说他，但他特昏愦的不像了。还有笑话儿呢。就是上回我给你那钱，替我带那顽的东西。过了两天，他见了我，也是说没钱使，怎么难，我也不理论。谁知后来丫头们出去了，他就抱怨起我来，说我攒了钱，为什么给你使，到不给环儿使了？我听见这话，又好笑，又好气。我就出来往太太屋里去了。”正说着，只见宝钗那边笑道：“说完了？来罢！显见的是哥哥、妹妹了，丢下别人，且说梯已去。我们听一句儿，就使不得了？”说着，探春、宝玉二人方笑着来了。

宝玉因不见林黛玉，便知他是躲了别处去了。想了一想，越性迟两日，等他的气消一消再去也罢了。因低头看见许多凤仙、石榴等各色落花，锦重重落了一地，因叹道：“这是他心里生了气，也不收拾这花儿了。待我送了去，明儿再问他。”说着，只见宝钗约着他们往外头去。宝玉道：“我就来。”说毕，等他二人去远了，便把那花兜了起来，登山渡水，过柳穿花，一直奔了那日同林黛玉葬桃花的去处。犹未转过山坡，只听山坡那边有呜咽之声，一行数落着，哭的好不伤感。宝玉心中想道：“这不知是那房里的丫头，受了委屈，跑到这个地方来哭。”一面想，一面煞住脚步，听他哭道是：

花谢花飞飞满天，红消香断有谁怜？游丝软系飘春榭，落絮轻沾扑绣帘。闺中女儿惜春暮，愁绪满怀无释处。手把花锄出绣帘，忍踏落花来复去。柳丝榆荚自芳菲，不管桃飘与李飞。桃李明年能再发，明年闺中知有谁？三月香巢已垒成，梁间燕子太无情！明年花发虽可啄，却不道人去梁空巢也倾。一年三百六十日，风刀霜剑严相逼。明媚鲜妍能几时？一朝飘泊难寻觅。

花开易见落难寻，阶前闷死葬花人。独倚花锄泪暗洒，洒上空枝见血痕。杜鹃无语正黄昏，荷锄归去掩重门。青灯照壁人初睡，冷雨敲窗被未温。怪奴底事倍伤神，半为怜春半恼春：怜春忽至恼忽去，至又无言去不闻。昨宵庭外悲歌发，知是花魂与鸟魂？花魂鸟魂总难留，鸟自无言花自羞。愿奴胁下生双翼，随花飞到天尽头。天尽头何处有香丘？未若锦囊收艳骨，一抔净土掩风流！质本洁来还洁去，强于污淖陷渠沟。尔今死去侬收葬，未卜侬身何日丧？侬今葬花人笑痴，他年葬侬知有谁？试看春残花渐落，便是红颜老死时。一朝春尽红颜老，花落人亡两不知！

宝玉听了，不觉痴倒。要知端底，再看下回。

第二十八回　蒋玉菡情赠茜香罗　薛宝钗羞笼红麝串

话说林黛玉只因昨夜晴雯不开门一事,错疑在宝玉身上。至次日,又可巧遇见饯花之期,正是一腔无明,正未发泄;又勾起伤春愁思,因把些残花、落瓣去掩埋,由不得感花伤己,哭了几声,便随口念了几句。不想宝玉在山坡上,听见是黛玉之声,先不过是点头感叹,听到"侬今葬花人笑痴,他年葬侬知是谁""一朝春尽红颜老,花落人亡两不知"等句,不觉恸倒山坡之上,怀里兜的落花撒了一地。试想:林黛玉的花颜月貌,将来亦到无可寻觅之时,宁不心碎肠断?既黛玉终归无可寻觅之时,推之于他人,如宝钗、香菱、袭人等,亦可以到无可寻觅之时矣。宝钗等终归无可寻觅之时,则自己又安在哉?且自身尚不知何在何往,则斯处、斯园、斯花、斯柳,又不知当属谁姓矣!因此一而二、二而三,反复推求了去,真不知此时此际,欲为何等蠢物,杳无所知,逃大造,出尘网,始可解释这段悲伤。正是:花影不离身左右,鸟声只在耳东西。

那黛玉正自悲伤,忽听山坡上也有悲声,心下想道:"人人都笑我有些痴病,难道还有一个痴子不成?"想着抬头一看,见是宝玉。林黛玉看见,便道:"啐!我当是谁?原来是这个狠心短命的。"刚说着"短命"二字上,又把口掩住,长叹了一声,自己抽身便走了。这里宝玉悲恸了一回,见黛玉去了,便知黛玉看见他躲开了。自己也觉无味,抖抖土起来,下山,寻归旧路,往怡红院来。

可巧看见林黛玉在前头走,连忙赶上去,说道:"你且站住!我知道你不理我,我只说一句话,从今以后撂开手。"林黛玉回头,见是宝玉,待要不理他,听他说"只说一句话,从今撂开手",这话里有文章,少不得站住,说道:"有一句话,请说来。"宝玉笑道:"两句话说了,你听不听?"黛玉听说,回头就走。宝玉在身后面叹道:"既有今日,何必当初!"林黛玉听见这话,由不得站住,回头道:"当初怎么样？今日怎么样？”宝玉叹道：“当初姑娘来了，那不是我陪着顽笑？凭我心爱的，姑娘要，就拿去；我爱吃的，听见姑娘也爱吃，连忙干干净净收着，等姑娘吃。一桌子吃饭，一床上睡觉。丫头们想不到的，我怕姑娘生气，我替丫头们想的到。我心里想着：姊妹们从小儿长大，亲也罢，热也罢，和气到了头，才见得比人好。如今谁承望，姑娘人大心大，不把我放在眼里，到把外四路的什么宝姐姐、凤姐姐的放在心坎儿上，到把我三日不理，四日不见的。我又没个亲兄弟、亲姊妹。虽然有两个，你难道不知道是和我隔母的？我也和你是独出，只怕同我的心一样。谁知我是白操了这个心，弄的我有冤无处诉。”说着，不觉滴下泪来。

林黛玉耳内听了这话，眼内见了这形景，心内不觉灰了大半，也不觉滴下泪来，低头不语。宝玉见他这般形景，遂又说道：“我也知道，我如今不好了。但只凭着怎么不好，万不敢在妹妹跟前有错处。便有一二分错处，你到是或教导我，戒我下次；或骂我两句、打我两下，我都不灰心。谁知你总不理我，叫我摸不着头脑，少魂失魄，不知怎么样才是。就便死了，也是个屈死鬼。任凭高僧、高道忏悔，也不能超升；还得你伸明了缘故，我才得托生呢！”黛玉听了这话，不觉将昨晚的事都忘在九霄云外了。便说道：“你既这么说，昨儿为什么我去了，你不叫丫头开门？”宝玉诧异道：“这话从那里说起？我要是这么样，立刻就死了！”黛玉啐道：“大清早，死呀活的，也不忌讳！你说有呢就有，没有就没有，起什么誓呢！”宝玉道：“实在没有见你去，就是宝姐姐坐了一坐，就出来了。”林黛玉想了一想，笑道：“想必是你丫头懒怠动，丧声歪气的也是有的。”宝玉道：“想必是这个原故。等我问去，问了是谁，教训教训他们就好了。”林黛玉道：“你的那些姑娘们，也该教训教训。只是论理，我不该说。今儿得罪了我的事小，明儿宝姑娘来，什么贝姑娘来，也得罪了，事情岂不大了？”说着，抿着嘴笑。宝玉听了，又是咬牙，又是笑。

二人正说话，只见丫头来请吃饭，遂都往前头来了。王夫人见了林黛玉，因问道：“大姑娘，你吃那鲍太医的药可好些？”林黛玉道：“也不过这么着。老太太还叫我吃王大夫的药呢。”宝玉道：“太太不知道,林妹妹是内症,先天生的弱,所以禁不住一点风寒,不过吃两济煎药,疏散了风寒,还是吃丸药的好。”王夫人道:“前儿大夫说了个丸药的名字,我也忘了。”宝玉道:“我知道那些丸药,不过叫他吃什么‘人参养荣丸’。”王夫人道:“不是。”宝玉又道:“‘八珍益母丸’?‘左归右归’?再不就是‘麦味地黄丸’。”王夫人道:“都不是。我只记得有个‘金刚’两个字的。”宝玉扎手笑道:“从来也没听见有个什么‘金刚丸’。若有了‘金刚丸’,也自然有‘菩萨散’了。”说的满屋里人都笑了。宝钗笑道:“想是‘天王补心丹’。”王夫人道:“是这个名儿。如今我也糊涂了。”宝玉道:“太太到不糊涂,都是叫‘金刚’、‘菩萨’支使糊涂了。”王夫人道:“扯你娘的臊!又欠你老子捶你了。”宝玉笑道:“我老子再不为这个捶我的。”王夫人又道:“既有了这个名儿,明日就叫人买些来。”

宝玉道:“这些药都是不中用的。太太给我三百六十两银子,我给妹妹配一料丸药,包管一料不完,就好了。”王夫人道:“放屁!什么药就这么贵?”宝玉道:“当真的呢!我这方子,比别个不同。这个药名儿也古怪。一时也说不清。只讲那头胎紫河车,人形带叶参,三百六十两也不足。龟大何首乌,千年松根茯苓胆,诸如此类的药,都不算为奇。只在群药里算那为君的药,说起来吓人一跳。前儿薛大哥求了我有一二年,我才给了他这个方子。他拿了方子去,又寻了二三年,花了有上千的银子,才配成了。太太不信,只问宝姐姐。”宝钗听说,笑着摇手儿道:“我不知道,也没听见。你别叫姨娘问我。”王夫人笑道:“到底是宝丫头,好孩子,不撒谎。”宝玉站在当地,听见如此说,一回身,把手一拍,说道:“我说的到是真话呢!倒说我撒谎!”说着,一回身,只见黛玉坐在宝钗身后,抿着嘴笑,用手指在脸上画着羞他。

凤姐因在里间屋里,看着人放桌子,听如此说,便走来,笑道:“宝兄弟不是撒谎,到是有的。上月薛大哥亲自和我寻珍珠。我问他作什么,他说是配药。他还抱怨说:‘不配也罢了,如今那里知道这么费事。’我问他什么药,他说是宝兄弟的方子,说了多少药,我也没工夫听。他说:‘不然我就买几颗珍珠了,只是定要头上带过的。

所以来和你寻。’他说：‘妹妹若没散的，花儿上也得掐下来。过后儿我拣好的再给妹妹穿了来。’我没法儿，把两枝珠花现拆了给他，还要了一块三尺大红库纱去，乳钵乳了，隔面子呢。”凤姐说一句，宝玉念一句佛，说：“太阳在屋里呢！”凤姐说完了，宝玉又道：“太太想，这不过是将就呢。正经按那方子：这珍珠、宝石，定要古坟里的，有那古时富贵人家妆裹的头面拿了来，才好。如今那里为这个去偷坟、掘墓？所以只要活人带过的，也可以使得。”王夫人随念：“阿弥陀佛！不当家花花的！就是坟里有这个，人家死了几百年，如今翻尸盗骨的，作了药也不灵。”

宝玉向黛玉说道：“你听见了没有？难道二姐姐也跟着我撒谎不成？”脸望着黛玉说，却拿眼睛飘着宝钗。黛玉便拉王夫人道：“舅母听听，宝姐姐不替他圆谎，他直问着我。”王夫人也道：“宝玉很会欺负你妹妹。”宝玉笑道：“太太不知道原故，宝姐姐先在家里住着，那薛大哥的事，他就不知道。何况如今在里头住着呢？自然是越发不知道了。林妹妹才在背后以为是我撒谎，就羞我。”

说着，只见贾母房里的丫头找宝玉、黛玉吃饭。林黛玉也不见宝玉走，便起身拉了那丫头就走。那丫头说等着宝玉一块走，林黛玉道：“他不吃饭了。咱们走！我先走了。”说着，便出去了。宝玉道：“我今儿还跟着太太吃罢。”王夫人道：“罢，罢。我今儿吃斋，你正经吃去罢。”宝玉道：“我也跟着吃斋。”说着，便叫那丫头：“去罢！”自己先跑到炕上坐了。王夫人向宝钗道：“你们只管吃你们的去，由他罢。”宝钗因笑道：“你正经去罢！吃不吃，陪着林妹妹走一趟。他心里打紧的不自在呢。”宝玉道：“理他呢！过一会子就好了。”

一时吃过饭，宝玉一则怕贾母记挂，二则也记挂着黛玉，忙忙的要茶漱口。探春、惜春都笑道：“二哥哥，你成日家忙些什么？吃饭、吃茶也是这么忙碌碌的。”宝钗笑道：“你叫他快吃了瞧林妹妹去罢。叫他在这里胡羼些什么？”宝玉吃了茶，便出来，直往西院走。可巧走到凤姐院前，只见凤姐蹬着门槛子，拿耳挖子剔牙，看着小子们挪花盆呢。见宝玉来了，笑道：“你来的正好！进来替我写几个字儿。”宝玉只得跟了进来，到房里，凤姐命人取过笔砚来，向宝玉道：“大红妆缎四十匹，蟒缎四十匹，上用纱各色一百匹，金项圈四个。”宝玉道：“这算什么？又不是账，又不是礼物。怎么个写法？”凤姐道：“你只管写上。横竖我自己明白就罢了。”宝玉听说，只得写了。凤姐收起来，笑道：“还有句话告诉你，不知你依不依？你屋里有个丫头，叫红玉，我和你说说，要叫了来使唤。也总没得说，今儿见你，才想起来。”宝玉道：“我屋里的人也多的很，姐姐喜欢谁，只管叫了来，何必问我？”凤姐笑道：“既这么着，我就叫人带他去了。”宝玉道：“只管带去。”说着，便要走。凤姐道：“你回来。我还有句话说。”宝玉道：“老太太叫我呢。有话等我回来罢。”

说着，便来至贾母这边。已经都吃完了饭。贾母因问他：“跟着你母亲吃什么好的了？”宝玉笑道：“也没什么好的，我到多吃了一碗饭。”因问：“林妹妹在那里呢？”贾母道：“里头屋里呢。”宝玉进来，只见地下一个丫头吹熨斗，炕上二个丫头打粉线，黛玉弯着腰，拿着剪子裁什么呢。宝玉走进来，笑道：“哦！这是作什么呢？才吃了饭，这么空着头，一会子又头疼了。”黛玉并不理，只管裁他的。有一个丫头道：“这块绸子角儿还不好呢，再熨他一熨。”黛玉把剪子一撂，说道：“理他呢，过一会子就好了。”宝玉听了，只是纳闷。

只见宝钗、探春也来了，和贾母说了一会话。宝钗也进来，问：“林妹妹作什么呢？”见黛玉裁剪，因笑道：“越发能干了。连裁都会了。”黛玉笑道：“这也不过撒谎哄人罢了。”宝钗笑道：“我告诉个笑话儿。才刚为那个药，我说了个不知道，宝玉心里不受用了。”林黛玉道：“理他呢，过一会子就好了。”宝玉又向宝钗道：“老太太要抹骨牌，正没人，你抹骨牌去。”宝钗听说，便笑道：“我是为抹骨牌才来了？”说着，便走了。林黛玉道：“你到是去罢！这里有老虎，看吃了你。”说着，又裁。宝玉见他不理，只得还陪笑说道：“你也去逛逛，再裁不迟。”黛玉总不理。宝玉便问丫头们：“这是谁叫裁的？”黛玉见问丫头们，便说道：“凭他谁叫裁，不管二爷的事！”宝玉听了，方欲说话，只见有人进来说：“外头有人请你呢！”宝玉听说，忙彻身出来。黛玉向外说道：“阿弥陀佛！赶你回来，我死了也罢了。”

宝玉出来到外头，只见焙茗说道：“冯大爷家请。”宝玉听了，知道是昨日的话,便说要衣裳去,自己便往书房里来。焙茗一直到了二门前等人,只见出来个老婆子。焙茗上去说道:"宝二爷在书房里,等出门的衣裳。你老人家进去带个信儿。"那婆子道:"你妈的毬。到好,宝二爷如今在园子里住着,跟他的人都在园子里,你又跑了这里来带信儿!"焙茗听了,笑道:"骂的是!我也糊涂了。"说着,一径往东边二门上来。可巧门上小厮在甬路底下踢球。焙茗将原故说了,有个小厮跑了进去。半日才抱了一个包袱出来,递与焙茗,回到书房里。

宝玉换了,命人备马,只带着焙茗、锄药、双瑞、双寿四个小厮,一径来到冯紫英门口。有人报与冯紫英,出来迎接进去。只见薛蟠早已在那里久候,还有许多唱曲儿的小厮,并唱小旦的蒋玉菡,锦香院的妓女云儿。大家都见过了,然后吃茶。宝玉擎茶笑道:"前儿所言'幸与不幸'之事,我昼悬夜想,今日一闻呼唤即至。"冯紫英笑道:"你们令姑表弟兄到都心实,前日不过是我的设辞,诚心请你们一饮,恐又推托。故说下这句话,今日一邀即至。谁知都信真了。"说毕,大家一笑。然后摆上酒来,依次坐定。冯紫英先命唱曲儿的小厮过来让酒,然后命云儿也来敬。

那薛蟠三杯下肚,不觉忘了情,拉着云儿的手,笑道:"你把那梯已新样儿的曲子唱个我听。我吃一坛,如何?"云儿听说,只得拿起琵琶来唱道:

> 两个冤家都难丢下,想着你来又记挂着他。两个人形容俊俏都难描画,想昨宵,幽期私订在荼蘼架。一个偷情,一个寻拿。拿住了,三曹对案,我也无回话。

唱毕,笑道:"你喝一坛子罢了。"薛蟠听说,笑道:"不值一坛,再唱好的来。"

宝玉笑道:"听我说来。如此滥饮,易醉而无味。我先吃一大海,发一新令。有不遵者,连罚十大海,逐出席外,与人斟酒。"冯紫英、蒋玉菡等都道:"有理,有理。"宝玉拿起海来,一气饮尽,说道:"如今要说'悲、愁、喜、乐'四字,都要说出'女儿'来,还要注明这四字的原故。说完了,饮门杯。酒面要唱一个新鲜时样的曲子。酒底要席上生风一样东西,或古诗、旧对,《四书》《五经》,成语。”薛蟠未等说完,先站起来,拦住道:“我不来!别算我!这竟是捉弄我呢。”云儿便站起来,推他坐下,笑道:“怕什么!这还亏你天天吃酒呢!难道连我也不如?我回来还说呢。说是了,罢;不是了,不过罚上几杯酒,那里就醉死了。你如今一乱令,到喝十大杯,下去给人斟酒不成?”众人都拍手道:“妙!”薛蟠听说,无法可治,只得坐下,听宝玉先说。宝玉便道:

女儿悲,青春已大守空闺。女儿愁,悔教夫婿觅封侯。女儿喜,对镜晨妆颜色美。女儿乐,秋千架上春衫薄。

众人听了都道:“说得有理。”薛蟠独扬着脸,摇头说:“不好!该罚。”众人问道:“如何该罚?”薛蟠道:“他说的我都不懂,怎么不该罚?”云儿便拧他一把,笑道:“你悄悄的想你的罢;回来说不出,才是该罚呢。”于是拿琵琶听宝玉唱道:

滴不尽相思血泪抛红豆,开不完春柳春花满画楼,睡不稳纱窗风雨黄昏后,忘不了新愁与旧愁,咽不下玉粒金莼噎满喉,照不见菱花镜里形容瘦,展不开的眉头,捱不明的更漏,恰便是遮不住的青山隐隐,流不断的绿水悠悠。

唱完,大家齐声喝彩,独薛蟠说无板。宝玉饮了门杯,便拈起一片梨来说道:

雨打梨花深闭门。

完了令。下该冯紫英。听冯紫英说道:

女儿悲,儿夫染病在垂危,女儿愁,大风吹倒梳妆楼。女儿喜,头胎养了双生子。女儿乐,私向花园掏蟋蟀。

说毕,端起酒来,唱道:

你是个可人,你是个多情,你是个刁钻古怪鬼灵精,你是个神仙也不灵。我说的话儿你全不信,只叫你去背地里细打听,才知道我疼你不疼!

唱完,饮了门杯,说道:“鸡鸣茅店月”令完。下该云儿。云儿便说道:

女儿悲,将来终身指靠谁?

薛蟠叹道："我的儿,有你薛大爷呢,你怕什么?"众人都道："别混他,别混他。"云儿又道:

女儿愁,妈妈打骂何时休?

薛蟠道:"前儿我见了你妈,还分付他,不叫他打你呢!"众人都道:"再多言者罚酒十杯。"薛蟠连忙自己打了一个嘴巴子,说道:"没耳性!再不许多说了。"云儿又道:

女儿喜,情郎不舍还家里。

女儿乐,住了箫管弄弦索。

说完了,又唱道:

豆蔻开花三月三,一个虫儿往里钻。钻了半日不得进去,爬到花上打秋千。"肉儿小心肝,我不开了你怎么钻?"

唱毕,饮了门杯,说道:"桃之夭夭。"令完了。下该薛蟠。薛蟠道:"我可要说了!"

女儿悲,——

说了半日,不见说底下的。冯紫英笑道:"悲什么?快说来!"薛蟠登时急的眼睛铃铛一般,瞪了半日,才说道:

女儿悲,——

又咳嗽了两声,说道:

女儿悲,嫁了个男人是乌龟。

众人听了,都大笑起来。薛蟠道:"笑什么?难道我说的不是?一个女儿嫁了,汉子要当忘八,他怎么不伤心呢?"众人笑的弯腰,说道:"你说的很是。快说底下的。"薛蟠瞪了瞪眼,说道:

女儿愁,——

说了这句,又不言语了。众人道:"怎么愁?"薛蟠道:

女儿愁,绣房撺出个大马猴。

众人呵呵笑道:"该罚!该罚!这句更不通。先还可恕。"说着,便要斟酒。宝玉笑道:"押韵就好。"薛蟠道:"令官都准了。你们闹什么?"众人听说,方罢了。云儿笑道:"下两句越发难说了。我替你说罢。"薛蟠道:"胡说!当真的我就没好的了?听我说罢!"

女儿喜,洞房花烛朝慵起。

众人听了,都诧异道:“这句何其太韵。”薛蟠又道:

女儿乐,一根毛毛往里戳。

众人听了,都扭着脸,说道:“该死!该死!快唱了罢。”薛蟠便唱道:

一个蚊子哼哼哼。

众人都怔了,说道“这是个什么曲儿?”薛蟠还唱道:

两个苍蝇嗡嗡嗡。

众人都道:“罢!罢!罢!”薛蟠道:“爱听不听。这个新鲜曲儿,叫做‘哼哼韵’,你们要懒待听,连酒底都免了。我就不唱。”众人都道:“免了罢!到别耽误了别人家。”于是,蒋玉菡说道:

女儿悲,丈夫一去不回归。女儿愁,无钱去打桂花油。女儿喜,灯花并头结双蕊。女儿乐,夫唱妇随真和合。

说毕,唱道:

可喜你天生成百媚娇,恰便似活神仙离云霄。度青春,年正小;配鸾凤,真也巧。看天河正高,听樵楼鼓敲,剔银灯同入鸳帏悄。

唱毕,饮了门杯,笑道:“这诗词上我到有限。幸儿昨日见了一幅对子,可巧只记得这句。幸而席上还有这件东西。“说毕,便饮干了酒,拿起一朵木樨来,念道:

花气袭人知昼暖。

众人到都依了,完令。

薛蟠又跳了起来,喧嚷道:“了不得!了不得!该罚!该罚!这席上并没有宝贝,你怎么念起宝贝来?”蒋玉菡怔了,说道:“何曾有宝贝?”薛蟠道:“你还赖呢!你再念来。”蒋玉菡只得又念了一遍。薛蟠道:“袭人可不是宝贝是什么?你们不信,只问他。”说着,指着宝玉。宝玉没有意思起来,说道:“薛大哥,你该罚多少?”薛蟠道:“该罚!该罚!”说着,端起酒来,一饮而尽。冯紫英与蒋玉菡等不知原故,犹问原故。云儿便告诉了出来。蒋玉菡忙起身陪罪。众人都道:“不知者,不作罪。”

少刻,宝玉席外解手,蒋玉菡便随了出来。二人站在廊檐底下,蒋玉菡又陪不是。宝玉见他妩媚温柔,心中十分留恋,便紧紧的搭着他的手,叫他:“闲了,往我们这里来。还有一句话借问:也是你们贵班中,有一个叫琪官的,他在那里?如今名驰天下,我独无缘一见。”蒋玉菡笑道:“就是我的小名儿。”宝玉听说,不觉欣然跌足,笑道:“有幸!有幸!果然名不虚传。今儿初会,便怎么样呢?”想了一想,向袖中取出扇子,将一个玉玦扇坠解下来,递与琪官道:“微物不堪,略表初见之谊。”琪官接了,笑道:“无功受禄,何以克当。也罢,我这里也得了一件奇物,今日早起方系上,还是簇新,聊可表我一点亲热之意。”说着,将系小衣儿一条大红汗巾子解下来,递与宝玉道:“这汗巾是茜香国女国王进贡来的,夏天系着,肌肤生香,不生汗渍。昨日北静王给我的,今日才上身。若是别人,我断不肯相赠。二爷请把自己系的给我系着。”宝玉听说,喜不自禁,连忙接了,将自己一条松花汗巾解了下来,递与琪官。二人方束好,只听一声大叫:“我可拿住了。”只见薛蟠跳了出来,拉着二人道:“放着酒不吃,俩人逃席出来干什么?快拿出来!我瞧瞧!”二人都道:“没什么!”薛蟠那里肯依,还是冯紫英出来,才解开了。于是复又归座,饮酒至晚,方散。

宝玉回至园中,宽衣吃茶。袭人见扇子上的扇坠儿没了,便问他那里去了。宝玉道:“马上丢了。”睡觉时,只见腰里一条血点似的大红汗巾子,袭人便猜了八九分,因说道:“你有了好的系裤子,把我那条还我罢。”宝玉听说,方想起那条汗巾子原是袭人的,不该给人才是。心里后悔,口里说不出来。只得笑道:“我赔你一条罢。”袭人听了,点头叹道:“我就知道,又干这些事,也不该拿着我的东西给那起混账人去。也难为你心里没个算计儿。”再要说上几句,又恐怕怄上他的酒来,少不得睡了,一宿无话。

至次日,天明起来,只见宝玉笑道:“夜里失了盗,也不晓得。你瞧瞧裤子上。”袭人低头一看,只见昨日宝玉系的那条汗巾子,系在自己腰里,便知是宝玉夜间换了。忙一顿把解下来,说道:“我不希罕这行子,趁早儿拿了去。”宝玉见他如此,只得委婉解劝了一回。袭人无法,只得系上。过后,宝玉出去,终久解下来,掷在个空箱子里。自己又换了一条系着。宝玉并不理论。因问起昨日可有什么事情。袭人便回说道:“二奶奶打发了人,叫了红儿去了。他原要等你来,我想什么要紧,我就作了主,打发他去了。”宝玉道:“很是。我已知道了。不必等我罢了。”袭人又道:“昨儿贵妃差了夏太监出来,送了一百二十两银子,叫在清虚观初一到初三打三天平安醮,唱戏献供。叫珍大爷领着众位爷们等跪香、拜佛呢。还有,端午儿的节礼也赏了。”说着,命小丫头来,将昨日的所赐之物取了出来。只见上等宫扇两柄,红麝香珠二串,凤尾罗二端,芙蓉簟一领。宝玉见了,喜不自胜,问道:“别人的也都是这个么?”袭人道:“老太太的多着一柄香如意,一个玛瑙枕;老爷、太太、姨太太的,只多着一柄如意;你的同宝姑娘的一样;林姑娘同二姑娘、三姑娘、四姑娘,只单有扇同数珠儿。别人都没了。大奶奶、二奶奶他两个,每人两匹纱、两匹罗、两个香袋儿、两个定子药。”宝玉听了,笑道:“这是怎么个原故?怎么林姑娘的到不同我的一样,到是宝姐姐的同我一样?别是传错了罢。”袭人道:“昨儿拿出来,都是一分一分的写着签子,怎么就错了?你的是在老太太屋里来着,我去拿了来了。老太太说,明儿叫你一个五更天进去谢恩呢。”宝玉道:“自然要走一趟。”说着,便叫紫绡来,“拿了这个,到林姑娘那里去,就说是昨儿我得的,爱什么,留下什么”。紫绡答应了,便拿了去。不一时,回来说:“林姑娘说了,昨儿也得了,二爷留着罢。”宝玉听说,便命人收了。

刚洗了脸出来,要往贾母那边请安去。只见林黛玉顶头来了,宝玉赶上去,笑道:“我的东西叫你拣,你怎么不拣?”林黛玉昨日所恼宝玉的心事早又丢开,只顾今日的事了。因说道:“我没这么大福禁受,比不得宝姑娘,什么‘金’,什么‘玉’的,我们不过是草木之人。”宝玉听他提出“金玉”二字来,不觉心动疑猜,便说道:“除了别人说什么‘金’、什么‘玉’,我心里要有这个想头,天诛地灭,万世不得人身!”林黛玉听他这话,便知他心里动了疑,忙又笑道:“好没意思,白白的说什么誓!管你什么‘金’什么‘玉’的呢。”宝玉道:“我心里的事也难对你们说,日后自然明白。除了老太太、老爷、太太这三个人,第四个就是妹妹了。要有第五个人,我就说个誓。”黛玉道:“你也不用说誓,我很知道你心里有妹妹,但只是见了姐姐,就把妹妹忘了。”

宝玉道："那是你多心。我再不的。"黛玉道："昨儿宝丫头不替你圆谎，为什么问着我呢？那要是我，你又不知怎么样了。"

正说着，只见宝钗从那边来了，二人便走开了。宝钗分明看见，只妆看不见，低着头过去了。到了王夫人那里，坐了一回，然后到了贾母这边。只见宝玉在这里呢。宝钗因往日母亲对王夫人等曾提过，"金锁是个和尚给的，等日后有玉的方可结为婚姻"等语，所以，总远着宝玉。昨日见了元春所赐的东西，独他与宝玉一样，心里越发没意思起来。幸亏宝玉被一个黛玉缠绵住了，心心念念只记挂着黛玉，并不理论这事。此刻忽见宝玉笑问道："宝姐姐，我瞧瞧你的那红麝串子。"可巧宝钗左腕上笼着串，见宝玉问他，少不得褪了下来。宝钗原生的肌肤丰泽，容易褪不下来。宝玉在傍边，看着雪白一段酥臂，不觉动了羡慕之心，暗暗想道："这个膀子要长在林妹妹身上，或者还得摸一摸。偏生长在他身上。"正是恨没福得摸，忽然想起"金玉"一事来。再看看宝钗形容：只见脸若银盆，眼似水杏，唇不点而红，眉不画而翠，比黛玉另具一种妩媚风流，不觉就呆了。宝钗褪下串子来，递与他，也忘了接。宝钗见他怔了，自己到不好意思的丢下串子，回身才要走。只见黛玉蹬着门槛子，嘴里咬着手帕子笑呢。宝钗道："你又禁不得风儿吹，怎么又站在那风口里呢？"黛玉笑道："何曾不是在屋里呢？只因听见天上一声叫，出来瞧了一瞧，原来是个呆雁。"宝钗道："呆雁在那里呢？我也瞧瞧。"黛玉道："我才出来，他就忒儿一声飞了。"口里说着，将手里的帕子一甩，向宝玉脸上甩来，不防正打在眼上，"嗳哟"了一声，再看下回分明。

第二十九回 享福人福深还祷福 斟情女情重愈斟情

话说宝玉正自发怔。不想黛玉将手帕子甩了来,正碰在眼睛上,到唬了一跳,问是谁。林黛玉摇着头儿笑道:“不敢!是我失了手。因为宝姐姐要看呆雁,我比给他看,不想失了手。”宝玉揉着眼睛,待要说什么,又不好说的。

一时,凤姐儿来了。因说起初一日在清虚观打醮的事来,约着宝钗、宝玉、黛玉等看戏去。宝钗笑道:“罢!罢,怪热的!什么没看过的戏,我可不去。”凤姐儿道:“他们那里凉快,两边又有楼。咱们要去,我头几天打发人去,把那些道士都赶出去,把楼打扫干净,挂起帘子来,一个闲人不许放进庙去。才是好呢!我已经回了太太了。你们不去,我去!这些日子也闷的很了,家里唱动戏,我又不得舒舒服服的看。”

贾母听说,笑道:“既这么着,我同你去。”凤姐听说,笑道:“老祖宗也去,敢情好了!就只是我又不得受用了。”贾母道:“到明儿我在正面楼上,你在傍边楼上,你也不用到我这边来立规矩,可好不好?”凤姐儿笑道:“这就是老祖宗疼我了。”贾母因而向宝钗道:“你也去,连你母亲我合他说也去。长天老日的,在家里也是睡觉。”宝钗只得答应着。

贾母又打发人去请了薛姨妈,顺路告诉王夫人,要带了他们姊妹去。王夫人因一则身上不好,二则预备着元春有人出来,早已回了不去的;听贾母如今这样说,笑道:“还是这么高兴!”因打发人去到园里,告诉:“有要逛的,只管初一跟了老太太逛去。”这个话一传开了,别人都还可已,只是那些丫头们,天天不得出门槛子,听了这话,谁不要去!便是各人的主子懒怠去,他也百般撺掇了去。因此李宫裁等都说去。贾母越发心中喜欢,早已分付人去打扫、安置,都不必细说。

单表到了初一这一日,荣国府门前车辆纷纷,人马簇簇。那底下凡执事人等闻得是贵妃作好事，贾母亲去拈香，正是初一日，乃月之首日，况是端阳节间，因此凡动用的什物，一色都是齐全的，不同往日。少时，贾母等出来。贾母坐一乘八人大轿，李氏、凤姐儿、薛姨妈，每人一乘四人轿，宝钗黛玉二人共坐一辆翠盖珠缨八宝车，迎春、探春、惜春三人共坐一辆朱轮华盖车。然后贾母的丫头鸳鸯、鹦鹉、琥珀、珍珠，林黛玉的丫头紫鹃、雪雁、春纤，宝钗的丫头莺儿、文杏，迎春的丫头司棋、绣橘，探春的丫头待书、翠墨，惜春的丫头入画、彩屏，薛姨妈的丫头同喜、同贵，外带着香菱，香菱的丫头臻儿，李氏的丫头素云、碧月，凤姐儿的丫头平儿、丰儿、小红，并王夫人两个丫头也要跟了凤姐儿来的金钏、彩云，奶子抱着大姐儿，带着巧姐儿，另在一车。还有两个丫头，一共又连上各房的老嬷嬷、奶娘并跟出门的家人媳妇子，乌压压的占了一街的车。

贾母等已经坐轿去了多远，这门前尚未坐完。这个说："我不同你在一处"；那个说："你压了我们奶奶的包袱！"那边车上又说："蹭了我的花儿"，这边又说："碰折了我的扇子"，咭咭呱呱，说笑不了。周瑞家的走来过去的说道："姑娘们！这是街上，看人笑话！"说了两遍，方觉好了。前头的全副执事摆开，早已到了清虚观了。宝玉骑着马，在贾母轿前。街上人都站在两边。

将至观前，只听钟鸣鼓响。早有张法官执香披衣，带领众道士在路傍迎接。贾母的轿刚至山门以内，贾母在轿内因看见有守门大帅，并千里眼、顺风耳、当方土地、本境城隍各位泥胎圣像，便命住轿。贾珍带领各子弟上来迎接。凤姐儿知道鸳鸯等在后面，赶不上来搀贾母，自己下了轿，忙要上来搀。可巧有个十二三岁的小道士儿拿着剪筒，照管剪各处蜡花，正欲得便且藏出去。不想一头撞在凤姐儿怀里。凤姐便一扬手，照脸一下，把那小孩子打了一个筋斗，骂道："野牛肏的！胡朝那里跑！"那小道士也不顾拾烛剪，爬起来往外还要跑。正值宝钗等下车，众婆娘媳妇正围随的风雨不透，但见一个小道士滚了出来，都喝声叫："拿，拿，拿！打，打，打！"

贾母听了，忙问："是怎么了？"贾珍忙出来问。凤姐上去搀住贾母，就回说："一个小道士儿剪灯花的，没躲出去。这会子混钻呢。"

贾母听说,忙道:“快带了那孩子来,别唬着他。小门小户的孩子,都是娇生惯养的,那里见的这个势派。倘或唬着他,到怪可怜见的,他老子娘岂不疼的荒?”说着,便叫贾珍去好生带了来。贾珍只得去拉了那孩子来。那孩子还一手拿着蜡剪,跪在地下乱战。贾母命贾珍拉起来,叫他别怕,问他:“几岁了?”那孩子通说不出话来。贾母还说:“可怜见的!”又向贾珍道:“珍哥儿,带他去罢!给他些钱买果子吃,别叫人难为了他。”贾珍答应,领他去了。

这里贾母带着众人一层一层的瞻拜观玩。外面小厮们见贾母等进入二层山门,忽见贾珍领了一个小道士出来,叫人来带去,“给他几百钱,不要难为了他”。家人听说,忙上来领了下去。贾珍站在台阶上,因问:“管家在那里?”底下站的小厮们见问,都一齐喝声说:“叫管家!”登时,林之孝一手整理着帽子跑了来,到贾珍跟前。贾珍道:“虽说这里地方大,今儿不承望来这么些人。你使的人,你就带了往你的那院里去;使不着的,打发到那院里去。把小么儿们多挑几个在这二层门上同两边的角门上,伺候着要东西、传话。你可知道不知道,今儿小姐、奶奶们都出来,一个闲人也到不了这里。”林之孝忙答应晓得,又说了几个“是”。贾珍道:“去罢!”又问:“怎么不见蓉儿?”

一声未了,只见贾蓉从钟楼里跑了出来。贾珍道:“你瞧瞧他,我这里也还没敢说热,他到乘凉去了。”喝命家人啐他。那小厮们都知道贾珍素日的性子,违拗不得,有个小厮便上来向贾蓉脸上啐了一口。贾珍又道:“问着他!”那小厮便问贾蓉道:“爷还不怕热,哥儿怎么先乘凉去了?”贾蓉垂着手,一声不敢说。那贾芸、贾萍、贾芹等听见了,不但他们慌了;亦且连贾璜、贾𪨊、贾琼等也都忙了,一个一个从墙根下慢慢的溜下来。贾珍又向贾蓉道:“你站着作什么?还不骑了马,跑到家里,告诉你娘母子去!老太太同姑娘们都来了,叫他们快来伺候!”贾蓉听说,忙跑了出来,一叠声要马,一面抱怨道:“早都不知作什么的,这会子寻嗔我。”一面又骂小子:“捆着手呢!马也拉不来!”要打发小子去,又恐后来对出来,说不得亲自走一趟,骑马去了。不在话下。

且说贾珍方要抽身进来，只见张道士站在傍边陪笑说道："论理我不比别人，应该里头伺候。只因天气炎热，众位千金都出来了，法官不敢擅入，请爷的示下。恐老太太问，或要随喜那里，我只在这里伺候罢了。"贾珍知道这张道士虽然是当日荣国府国公的替身，曾经先皇御口亲呼为"大幻仙人"；如今现掌"道录司"印，又是当今封为"终了真人"，现今王公藩镇都称他为"神仙"，所以不敢轻慢；二则他又常往两个府里去，凡夫人小姐都是见的。今见他如此说，便笑道："咱们自己，你又说起这话来！再多说，我把你这胡子还挦了呢！还不跟我进来。"那张道士呵呵大笑，跟了贾珍进来。

贾珍到贾母跟前，控身陪笑说："这张爷爷进来请安。"贾母听了，忙道："搀他来！"贾珍忙去搀了过来。那张道士先哈哈笑道："无量寿佛！老祖宗一向福寿安康？众位奶奶、小姐纳福！一向没到府里请安，老太太气色越发好了。"贾母笑道："老神仙，你好！"张道士笑道："托老太太万福万寿，小道也还康健。别的到罢了，只记挂着哥儿，一向身上好？前日四月二十六日，我这里做遮天大王的圣诞，人也来的少，东西也很干净，我说请哥儿来逛逛，怎么说不在家？"贾母说道："果真不在家。"一面回头叫宝玉。谁知宝玉解手去了才来，忙上前问："张爷爷好"！张道士忙抱住问了好，又向贾母笑道："哥儿越发发福了。"贾母道："他外头好，里头弱；又搭着他老子逼着他念书，生生的把个孩子逼出病来了。"张道士道："前日我在好几处看见哥儿写的字，作的诗，都好的了不得。怎么老爷还抱怨说哥儿不大喜欢念书呢？依小道看来也就罢了。"又叹道："我看见哥儿的这个形容身段，言谈举动，怎么就同当日国公爷一个稿子。"说着，两眼流下泪来。

贾母听说，也由不得满脸泪痕，说道："正是呢！我养这些儿子、孙子，也没一个像他爷爷的，就只这玉儿像他爷爷。"那张道士又向贾珍道："当日国公爷的模样儿，爷们一辈的不用说，自然没赶上；大约连大老爷、二老爷，也记不清楚了。"说毕，呵呵又一大笑道："前日在一个人家，看见一位小姐，今年十五岁了，生的到也好个模样儿。我想着哥儿也该寻亲事了。若论这个小姐，模样儿、聪明智慧、根基家当,到也配的过。但不知老太太怎么样?小道也不敢造次,等请了老太太的示下,才敢向人去说。”贾母道:“上回有和尚说了,这孩子命里不该早定亲,等再大一大儿再定罢!你可如今打听着,不管他根基富贵,只要模样配的上就好,来告诉我。便是那家子穷,不过给他几两银子罢了。只是模样、性格儿难得好的。”

说毕,只见凤姐儿笑道:“张爷爷,我们丫头的寄名符儿你也不换去。前儿亏你还有那么大脸,打发人和我要鹅黄缎子去。要不给你,又恐怕你那老脸上过不去。”张道士呵呵大笑道:“你瞧,我眼花了,也没看见奶奶在这里,也没道多谢。符早已有了,前日原要送去的,不指望娘娘来作好事,就混忘了。还在佛前镇着,待我取来。”说着,跑到大殿上去。

一时,拿了一个茶盘,搭着大红蟒缎经袱子,托出符来。大姐儿的奶子接了符。张道士方欲抱过大姐儿来,只见凤姐笑道:“你就手里拿出来罢了,又用个盘子托着。”张道士道:“手里不干不净的,怎么拿?用盘子洁净些。”凤姐儿笑道:“你只顾拿出盘子来,到唬我一跳。我不说你是为送符,到像是和我们化布施来了。”众人听说,哄然一笑,连贾珍也掌不住笑了。贾母回头道:“猴儿,猴儿,你不怕割舌头下地狱?”凤姐儿笑道:“我们爷儿们不相干,他怎么常常的说我该积阴骘,迟了就短命呢!”

张道士也笑道:“我拿出盘子来,一举两用。却不为化布施,到要将哥儿的这玉请了下来,托出去给那些远来的道友并徒子徒孙们见识见识。”贾母道:“既这们着,你老人家老天拔地的跑什么,就带他去瞧了,叫他进来,岂不省事?”张道士道:“老太太不知道,看着小道是八十多岁的人,托老太太的福,到也健壮;二则外面的人多,气味难闻,况是个暑热的天,哥儿受不惯。倘或哥儿受了腌臜气味,到值多的!”贾母听说,便命宝玉摘下通灵玉来,放在盘内。那张道士兢兢业业的用蟒袱子垫着,捧了出去。

这里贾母与众人各处游玩了一回,方去上楼。只见贾珍回说:“张爷爷送了玉来。”刚说着,只见张道士捧了盘子走到跟前,笑道:“众人托小道的福,见了哥儿的玉,实在可罕。都没什么敬贺之物,这是他们各人传道的法器,都愿意为敬贺之礼。哥儿便不希罕,只留着在房里顽耍赏人罢!"贾母听说,向盘内看时,只见也有金璜,也有玉玦,或有事事如意,或有岁岁平安,皆是珠穿宝贯,玉琢金镂,共有三五十件。因说道:"你也胡闹!他们出家人,是那里来的?何必这样,这断不可收。"张道士笑道:"这是他们一点敬心。小道也不能阻挡。老太太若不留下,岂不叫他们看着小道微薄,不像是门下出身了?"贾母听如此说,方命人接了。

宝玉笑道:"老太太、张爷爷既这么说,又推辞不得。我要这个也无用,不如叫小子们捧了这个,跟着我出去,散给穷人罢。"贾母笑道:"这到说的是。"张道士又忙拦道:"哥儿虽要行好,但这些东西虽说不甚希奇,到底也是几件器皿。若给了乞丐,一则与他们无益,二则反到遭塌了这些东西。要舍给穷人,何不就散钱与他们。"宝玉听说,便命收下,"等晚间拿钱施舍罢了。"说毕,张道士方退出去。

这里贾母与众人上了楼,在正面楼上归坐;凤姐等占了东楼;众丫头等在西楼,轮流伺候。贾珍一时来回:"神前拈了戏,头一本《白蛇记》。"贾母问:"《白蛇记》是什么故事?"贾珍道:"是汉高祖斩蛇方起首的故事。第二本是《满床笏》。"贾母笑道:"这到是第二本上?也罢了,神佛要这样,也只得罢了。"又问第三本。贾珍道:"第三本是《南柯梦》。"贾母听了,便不言语。贾珍退了下来,至外边预备着申表、焚钱粮、开戏,不在话下。

且说宝玉在楼上,坐在贾母傍边,因叫个小丫头子捧着方才那一盘子贺物,将自己的玉带上,用手番弄寻拨,一件一件的挑与贾母看。贾母因看见有个赤金点翠的麒麟,便伸手番弄,拿了起来,笑道:"这件东西好像我看见谁家的孩子也带着这么一个的?"宝钗笑道:"史大妹妹有一个,比这个小些。"贾母道:"是云儿有这个。"宝玉道:"他这么往我们家去住着,我也没看见。"探春笑道:"宝姐姐有心,不管什么他都记得。"林黛玉冷笑道:"他在别的上还有限,惟有这些人带的东西上,越发留心。"宝钗听说,便回头妆没听见。宝玉听见史湘云有这件东西,自己便将那麒麟忙拿起来,揣在怀里。一面心里又想到怕人看见他听见史湘云有了他就留这件,因此手里揣着却拿眼睛瞟人。只见众人都到不大理论,惟有林黛玉瞅着他点头儿,似有赞叹之意。宝玉不觉心里没好意思起来,又掏了出来,向黛玉笑道:“这个东西到好顽,我替你留着,到了家穿上你带。”林黛玉将头一扭,说道:“我不希罕!”宝玉笑道:“你果然不希罕?我少不得就拿着。”说着,又揣了起来。

刚要说话,只见贾珍、贾蓉的妻子婆媳两个来了。彼此见过,贾母方说:“你们又来做什么?我不过没事来逛逛!”一句话没说了,只见人报:“冯将军家有人来了!”原来冯紫英家听见贾府在庙里打醮,连忙预备了猪羊香烛茶银之类的东西送礼。凤姐儿听了,忙赶过正楼来,拍手笑道:“嗳呀!我就不防这个。只说咱们娘儿们来闲逛逛,人家只当咱们大摆斋坛的来送礼。都是老太太闹的。这又不得不预备赏封儿。”刚说了,只见冯家的两个管家娘子上楼来了。冯家两个未去,接着赵侍郎家也有礼来了。于是接二连三,都听见贾府打醮,女眷都在庙里。凡一应远亲近友、世家相遇都来送礼。

贾母才后悔起来,说:“又不是什么正经斋事,我们不过闲逛逛,就想不到这礼上,没的惊动了人。”因此,虽看了一天戏,至下午便回来了,次日便懒怠去。凤姐又说:“打墙也是动土。已经惊动了人,今儿乐得还去逛逛。”那贾母因昨日张道士提起宝玉说亲的事来,谁知宝玉一日心中不自在,回家来生气,嗔着张道士与他说了亲,口口声声说从今以后再不见张道士了。别人也并不知为什么原故;二则林黛玉昨日回家又中了暑。因此二事,贾母便执意不去了。凤姐见不去,自己带了人去,也不在话下。

且说宝玉因见林黛玉又病了,心里放不下,饭也懒待吃,不时来问。林黛玉又怕他有个好歹,因说道:“你只管看你的戏去,在家里作什么?”宝玉因昨日张道士提亲,心中大不受用,今听见林黛玉如此说,心里因想道:“别人不知道我的心还可恕,连他也奚落起我来。”因此,心中更比往日的烦恼加了百倍。若是别人跟前断不能动这肝火,只是林黛玉说了这话,到比往日别人说这话不同,由不得立刻沉下脸来,说道:“我白认得了你。罢了!罢了!”林黛玉听说,便冷笑了两声,“我也知道白认得了我,那里像人家有什么配的上呢。”

宝玉听了，便向前来直问到脸上："你这么说，是安心咒我天诛地灭？"林黛玉一时解不过这个话来。宝玉又道："昨儿还为这个赌了几回咒，今儿你到底又准我一句。我便天诛地灭，你又有什么益处？"林黛玉一闻此言，方想起上日的话来。今日原自己说错了，又是着急，又是羞愧，便颤颤兢兢的说道："我要安心咒你，我也天诛地灭！何苦来！我知道：昨日张道士说亲，你怕阻了你的好姻缘，你心里生气，来拿我煞性子！"

原来那宝玉自幼生成有一种下流痴病，况从幼时和黛玉耳鬓厮磨，心情相对；及如今稍明时事，又看了那些邪书僻传；凡远亲近友之家所见的那些闺英闱秀皆不能稍有及林黛玉者。所以早存了一段心事，只不好说出来。故每每或喜或怒，变尽法子暗中试探。那林黛玉偏生也是个有些痴病的，也每用假情试探。因你既将真心真意瞒了起来，只用假意；我也将真心真意瞒了起来，只用假意。如此两假相逢，终有一真。其间琐琐碎碎，难保不有口角之争。

即如此刻，宝玉的心内想的是："别人不知我的心还有可恕，难道你就不想我的心里、眼里只有你？你不能为我烦恼，反来以这话奚落堵我。可见我心里一时一刻白有你，你竟心里没我。"心里这意思，只是口里说不出来。那林黛玉心里想着："你心里自然有我，虽有'金玉相对'之说，你岂是重这邪说不重我的。我便时常提这'金玉'，你只管了然自若无闻的，方见得是待我重，而毫无此心了。如何我只一提'金玉'的事，你就着急？可知你心里时时有'金玉'，见我一提，你又怕我多心，故意着急，安心哄我。"看来，两个人原本是一个心，但都多生了枝叶，反弄成两个心了。那宝玉心中又想着："我不管怎么样都好，只要你随意，我便立刻因你死了，也情愿。你知也罢，不知也罢，只由我的心。可见你方和我近，不和我远。"那林黛玉心里又想着："你只管你。你好，我自好。你何必为我而自失？殊不知，你失我自失，可见是你不叫我近你，有意叫我远你了。"如此看来，却都是求近之心，反弄成疏远之意。如此之话，皆他二人素习所存私心，也难备述。

如今只述他们外面的形容。那宝玉又听见他说"好姻缘"三个字,越发逆了己意,心里干噎,口里说不出话来,便赌气向颈上抓下通灵宝玉,咬牙恨命往地下一摔,道:“什么捞什骨子! 我砸了你完事!”偏生那玉坚硬非常,摔了一下,竟文风没动。宝玉见没摔碎,便回身找东西来砸。林黛玉见他如此,早已哭起来,说道:“何苦来!你摔砸那哑吧物件。有砸他的,不如来砸我!”二人闹着。紫鹃、雪雁等忙来解劝。后来见宝玉下死力砸玉,忙上来夺,又夺不下来,见比往日闹的大了,少不得去叫袭人。袭人忙赶了来,才夺了下来。宝玉冷笑道:“我砸我的东西,与你们什么相干!”

袭人见他脸都气黄了,眼眉都变了,从来没气的这样,便拉着他的手,笑道:“你同妹妹辩嘴,不犯着砸他;倘或砸坏了,叫他心里、脸上怎么过的去?”林黛玉一行哭着,一行听了这话,说到自己心坎儿上来,可见宝玉连袭人不如,越发伤心大哭起来。心里一烦恼,方才吃的香薷饮解暑汤便受不住,“哇”的一声都吐了出来。紫鹃忙上来用手帕子接住,登时一口一口的把一块手帕子吐湿;雪雁忙上来捶。紫鹃道:“虽然生气,姑娘到底也该保重着些。才吃了药好些,这会子因和宝二爷辩嘴,又吐出来。倘或犯了病,宝二爷怎么过的去呢?”宝玉听了这话,说到自己心坎儿上来,可见黛玉不如一紫鹃。

又见林黛玉脸红头胀,一行啼哭,一行气凑;一行是泪,一行是汗,不胜怯弱。宝玉见了这般,又自己后悔方才不该同他较证:这会子他这样光景,我又替不了他。心里想着,也由不的滴下泪来了。袭人见他两个哭,由不得守着宝玉也心酸起来,又摸着宝玉的手冰凉,待要劝宝玉不哭罢,一则又恐宝玉有什么委曲闷在心里,二则又恐薄了林黛玉。不如大家一哭,就丢开手了。因此也流下泪来。紫鹃一面收拾了吐的药,一面拿扇子替林黛玉轻轻的搧着,见三个人都鸦雀无声,各人哭各人的,也由不得伤心起来,也拿手帕子擦泪。四个人都无言对泣。

一时袭人勉强笑向宝玉道:“你不看别的,你看看这玉上穿的穗子,也不该同林姑娘辩嘴。”林黛玉听了,也不顾病,赶来夺过去,顺手抓起一把剪子来要剪。袭人、紫鹃刚要夺,已经剪了几段。林黛玉哭道:“我也是白效力。他也不希罕,自有别人替他再穿好的去。”袭人忙接了,说道:"何苦来!这是我才多嘴的不是了。"宝玉向林黛玉道:"你只管剪,我横竖不带他,也没什么。"只顾里头闹。

谁知那些老婆子们见林黛玉大哭大吐,宝玉又砸玉。不知道要闹到什么田地,倘或连累了他们,便一齐往前头回贾母、王夫人知道,好不干连了他们。那王夫人、贾母见他们忙忙的作一件正经事来告诉,也都不知有了什么大祸,便一齐进园来瞧他兄妹。急的袭人抱怨紫鹃为什么惊动了老太太、太太;紫鹃又只当是袭人去告诉的,也抱怨袭人。那贾母、王夫人进来,见宝玉也无言,林黛玉也无话,问起来又没为什么事,便将这祸移到袭人、紫鹃两个人身上,说:"为什么你们不小心伏侍?这会子闹起来都不管了?"因此将他二人连骂带说,教训了一顿。二人都没话,只得听着。还是贾母带出宝玉去了,方才平服。

过一日,至初三日,乃是薛蟠生日。家里摆酒唱戏来请贾府诸人。宝玉因得罪了林黛玉,二人总未见面,心中正自后悔,无精打彩的,那里还有心肠去看戏,因而推病不去。林黛玉不过前日中了些暑溽之气,本无甚大病,听见他不去,心里想:"他是好吃酒看戏的,今日反不去,自然是因为昨儿气着了;再不然,他见我不去,他也没心肠去。只是昨儿千不该、万不该剪了那玉上的穗子。管定他再不带了,还得我穿了他才带。"因而心中十分后悔。

那贾母见他两个都生了气,只说趁今儿那边看戏,他两个见了也就完了。不想又都不去,老人家急的抱怨说:"我这老冤家,是那世里孽障,偏生遇见了这么两个不省事的小冤家,没有一天不叫我操心。真是俗语说的'不是冤家不聚头'。几时我闭了这眼、断了这口气,凭着这两个冤家闹上天去,我眼不见、心不烦,也就罢了。偏又不咽这口气。"自己抱怨着,也哭了。这话传入宝、林二人耳内。原来他二人竟是从未听见过"不是冤家不聚头"的这句俗语。如今忽然得了这句话,好似参禅的一般,都低头细嚼这句的滋味,都不觉潸然泣下。虽不曾会面,然一个在潇湘馆临风洒泪,一个在怡红院对月长吁,却不是人居两地,情发一心!

袭人因劝宝玉道:"千万不是,都是你的不是!往日家里小厮们和他们的姊妹辩嘴，或是两口子分争，你听见了，你还骂小厮们蠢，不能体贴女孩儿们的心。今儿你也这么着了。明儿初五，大节下，你们两个再这么仇人似的，老太太越发要生气，一定弄的不安生。依我劝你，正经下个气，陪个不是。大家还是照常一样，这么也好，那么也好。”那宝玉听见了，不知依与不依。要知端详，且听下回分解。

第三十回 宝钗借扇机带双敲 龄官划蔷痴及局外

话说林黛玉与宝玉角口后,也自后悔,但又无去就他之理。因此日夜闷闷,如有所失。紫鹃度其意,乃劝道:“若论前日之事,竟是姑娘太浮躁了些。别人不知宝玉那脾气,难道咱们也不知道的?为那玉,也不是闹了一遭两遭了。”黛玉啐道:“你到来替人派我的不是!我怎么浮燥了?”紫鹃笑道:“好好的,为什么又剪了那穗子?岂不是宝玉只有三分不是,姑娘到有七分不是。我看他素日在姑娘身上就好,皆因姑娘小性儿,常要歪派他,才这么样。”

林黛玉正欲答话,只听院外叫门。紫鹃听了一听,笑道:“这是宝玉的声音,想必是来赔不是来了。”林黛玉听了,道:“不许开门!”紫鹃道:“姑娘又不是了。这么热天,毒日头地下,晒坏了他,如何使得呢!”口里说着,便出去开门。果然是宝玉。一面让他进来,一面笑道:“我只当是宝二爷再不上我们这门了,谁知这会子又来了。”宝玉笑道:“你们把极小的事到说大了。好好的,为什么不来?我便死了,魂也要一日来一百遭。妹妹可大好了?”紫鹃道:“身上病好了,只是心里气不大好。”宝玉笑道:“我晓得有什么气。”一面说着,一面进来。只见林黛玉又在床上哭。

那林黛玉本不曾哭,听见宝玉来,由不得伤了心,止不住滚下泪来。宝玉笑着走近床来,道:“妹妹身上可大好了?”林黛玉只顾拭泪,并不答应。宝玉因便挨在床沿上坐了,一面笑道:“我知道妹妹不恼我;但只是我不来,叫傍人看着到像是咱们又辩了嘴的似的。若等他们来劝咱们,那时节岂不咱们到觉生分了?不如这会子你要打、要骂,凭着你怎么样,千万别不理我。”说着,又把“好妹妹”叫了几万声。

林黛玉心里原是再不理宝玉的。这会子见宝玉说别叫人知道他们辩了嘴就生分了似的这一句话,又可见得比人原亲近,因又掌不住哭道:“你也不用哄我！从今以后,我也不敢亲近二爷;二爷也全当我去了。”宝玉听了,笑道:“你往那去呢?”林黛玉道:“我回家去。”宝玉笑道:“我跟了你去。”林黛玉道:“我死了。”宝玉道:“你死了,我做和尚。”林黛玉一闻此言,登时将脸放下来,问道:“想是你要死了,胡说的是什么！你家到有几个亲姐姐、亲妹妹呢,明儿都死了,你几个身子去作和尚?明儿我到把这话告诉别人去评评。”

宝玉自知这说的造次了,后悔不来,登时脸上红胀起来,低着头,不敢则一声。幸而屋里没人,林黛玉直瞪瞪的瞅了他半天,气的一声儿也说不出来。见宝玉鳖的脸上紫胀,便咬着牙用指头狠命的在他额颅上戳了一下,哼了一声,咬牙说道:“你这——”刚说了两个字,便又叹了一口气,仍拿起手帕子来擦眼泪。

宝玉心里原有无限的心事,又兼说错了话,正自后悔;又见黛玉戳他一下,要说又说不出来,自叹自泣。因此自己也有所感,不觉滚下泪来。要用帕子揩拭,不想又忘了带来,便用衫袖去擦。林黛玉虽然哭着,却一眼看见了。见他穿着簇新藕合纱衫,竟去拭泪,便一面自己拭着泪,一面回身将枕边搭的一方绡帕子拿起来,向宝玉怀里一摔,一语不发,仍掩面自泣。宝玉见他摔了帕子来,忙接住,拭了泪。又挨近前些,伸手拉了林黛玉一只手,笑道:“我的五脏都碎了,你还只是哭。走罢！我同你往老太太跟前去。”林黛玉将手一摔,道:“谁同你拉拉扯扯的。一天大似一天的,还这么涎皮赖脸的,连个道理也不知道。”

一句没说完,只听喊道:“好了!”宝、林二人不妨,都唬了一跳。回头看是,凤姐儿跳了进来,笑道:“老太太在那里抱怨天、抱怨地,只叫我来瞧瞧你们好了没有。我说不用瞧,过不了三天,他们自己就好了。老太太骂我,说我懒;我来了,果然应了我的话了。也没见你们两个人有些什么可辩的,三日好了,两日恼了,越大越成了孩子了。有这会子拉着手哭的,昨儿为什么又成了乌眼鸡呢?还不跟我走到老太太跟前,叫老人家也放些心。”说着,拉了林黛玉就走。林黛玉回头叫丫头们,一个也没有。凤姐道:“又叫他们作什么?有我伏侍你呢!”一面说,一面拉了就走。宝玉在后面跟着出了园门。

到了贾母跟前,凤姐笑道:“我说他们不用人费心,自己就会好的。老祖宗不信,一定叫我去说合。我及至到那里要说合,谁知两个人到在一处对赔不是了。对笑对诉,到像‘黄鹰抓住了鹞子的脚’,两个都扣了环了。那里还要人去说合!”说的满屋里都笑起来。

此时宝钗正在这里。那林黛玉只一言不发,挨着贾母坐下。宝玉没甚说的,便向宝钗笑道:“大哥哥好日子,偏生我又不好了,没别的礼送,连个头也不得磕去。大哥哥不知我病,到像我懒,推故不去的。倘或明儿恼了,姐姐替我分辩分辩。”宝钗笑道:“这也多事,你便要去也不敢惊动,何况身上不好。弟兄们日日一处,要存这个心,到生分了。”宝玉又笑道:“姐姐知道体谅我就好了。”又道:“姐姐怎么不看戏去?”宝钗道:“我怕热,看了两出,热的很。要走,客又不散。我少不得推身上不好,就来了。”宝玉听说,自己由不得脸上没意思,只得又搭讪笑道:“怪不得他们拿姐姐比杨妃,原来也体丰怯热。”宝钗听说,不由的大怒。待要怎样,又不好怎样。回思了一回,脸红起来,便冷笑了两声,说道:“我到像杨妃,只是没一个好哥哥、好兄弟可以作得杨国忠的!”二人正说着,可巧小丫头靛儿因不见了扇子,和宝钗笑道:“必是宝姑娘藏了我的,好姑娘,赏我罢!”宝钗指他道:“你要仔细!我合你顽过,你再疑我。和你素日嘻皮笑脸的那些姑娘们跟前,你该问他们去。”说的个靛儿跑了。宝玉自知又把话说造次了,当着许多人,更比才在林黛玉跟前更不好意思,便急回身又同别人搭讪去了。

林黛玉听见宝玉奚落宝钗,心中着实得意,才要搭言也趁势儿取个笑,不想靛儿因找扇子,宝钗又发了两句话,他便改口笑道:“宝姐姐,你听两出什么戏?”宝钗因见林黛玉面上有得意之态,一定是听了宝玉方才奚落之言,遂了他的心愿。忽又见问他这话,便笑道:“我看的是李逵骂了宋江,后来又赔不是。”宝玉便笑道:“姐姐通今博古,色色都知道,怎么连这一出戏的名子也不知道,就说了这么一串子。这叫《负荆请罪》。”宝钗笑道:“原来这叫作《负荆请罪》!你们通今博古,才知道‘负荆请罪’,我不知道什么是‘负荆请罪’。”一句话还未说完,宝玉、林黛玉二人心里有病,听了这话,早把脸羞红了。

凤姐于这些上虽不通达,但只看他三人形景,便知其意。便也笑着问人道:“你们大暑天,谁还吃生姜呢?”众人不解其意,便说道:“没有吃生姜。”凤姐故意用手摸着腮,咤异道:“既没人吃生姜,怎么这么辣辣的?”宝玉、黛玉二人听见这话,越发不好过了。宝钗再要说话,见宝玉十分讨愧,形景改变,也就不好再说,只得一笑收住;别人总未解得他四个人的言语,因此付之流水。

一时宝钗、凤姐去了。林黛玉笑向宝玉道:“你也试着比我利害的人了。谁都像我心拙口笨的,由着人说呢。”宝玉正因宝钗多了心,自己没趣;又见林黛玉来问着他,越发没好气起来。待要说两句,又恐林黛玉多心,说不得忍着气,无精打彩一直出来。

谁知目今盛暑之时,又当早饭已过、各处主仆人等多半都因日长神倦之时。宝玉背着手,到一处,一处鸦雀无闻。从贾母这里出来,往西走过了穿堂,便是凤姐的院落。到他们院门前,只见院门掩着,知道凤姐素日的规矩:每到天热,午间要歇一个时辰的。进去不便,遂进角门,来到王夫人上房内。只见几个丫头子手里拿着针线,却打盹儿呢。王夫人在里间凉榻上睡着,金钏儿坐在傍边捶腿,也乜斜着眼乱恍。宝玉轻轻的走到跟前,把他耳上带的坠子一摘。金钏儿睁开眼,见是宝玉。宝玉悄悄的笑道:“就困的这么着?”金钏抿嘴一笑,摆手令他出去,仍合上眼。宝玉见了他,就有些恋恋不舍的。悄悄的探头瞧瞧王夫人合着眼,便自己向身边荷包里带的香雪润津丹掏了出来,便向金钏儿口里一送。金钏儿并不睁眼,只管噙了。宝玉上来便拉着手,悄悄的笑道:“我明日和太太讨你,咱们在一处罢。”金钏儿不答。宝玉又道:“不然,等太太醒了,我就讨。”金钏儿睁开眼,将宝玉一推,笑道:“你忙什么!‘金簪子吊在井里头,有你的只是有你的’,连这句话语难道也不明白?我到告诉你个巧宗儿,你往东小院子里拿环哥儿、彩云去。”宝玉笑道:“凭他怎么去罢。我只守着你。”

只见王夫人翻身起来,照金钏儿脸上就打了个嘴巴子,指着骂道:“下作小娼妇!好好的爷们都叫你教坏了。”宝玉见王夫人起来,早一溜烟去了。这里金钏儿半边脸火热，一声不敢言语。登时众丫头听见王夫人醒了，都忙进来。王夫人便叫玉钏儿，“把你妈叫来！带出你姐姐去”！金钏儿听说，忙跪下哭道：“我再不敢了。太太要打要骂，只管发落，别叫我出去就是天恩了。我跟了太太十来年，这会子撵出去，我还见人不见人呢！”王夫人固然是个宽仁慈厚的人，从来不曾打过丫头们一下。今忽见金钏儿行此无耻之事，此乃平生最恨者，故气忿不过，打了一下，骂了几句。虽金钏儿苦求，亦不肯收留，到底唤了金钏儿之母白老媳妇来领了下去。那金钏儿含羞忍辱的出去，不在话下。

且说那宝玉见王夫人醒来，自己没趣，忙进大观园来。只见赤日当空，树阴合地，满耳蝉声，静无人语。刚到了蔷薇花架，只听有人哽噎之声。宝玉心中疑惑，便站住细听，果然架下那边有人。如今五月之际，那蔷薇正是花叶茂盛之际，宝玉便悄悄的隔着篱笆洞儿一看，只见一个女孩子蹲在花下，手里拿着根绾头的簪子在地下抠土，一面悄悄的流泪。宝玉心中想到：“难道这也是个痴子，又像颦儿来葬花不成？”因又自叹道：“若真也葬花，可谓‘东施效颦’，不但不为新特，且更可厌了。”想毕，便要叫那女子，说：“你不用跟着那林姑娘学了。”话未出口，幸而再看时，这女孩子面生，不是个侍儿，到像是那十二个学戏的女孩子之内的。却辩不出他是生旦净丑那一个角色来。宝玉忙把舌头一伸，将口掩住，自己想道：“幸而不曾造次。上两次皆因造次了，颦儿也生气，宝儿也多心。如今再得罪了他们，越发没意思了。”一面想，一面又恨认不得这个是谁。再留神细看，只见这女孩子眉蹙春山，眼颦秋水，面薄腰纤，袅袅婷婷，大有林黛玉之态。宝玉早又不忍弃他回去，只管痴看。只见他虽然用金簪划地，并不是掘土埋花，竟是向土上画字。宝玉用眼随着簪子的起落，一直一画一点一勾的看了去，数一数，十八笔。自己又在手心里用指头按着他方才下笔的规矩写了，猜是个什么字。写成一想，原来就是个蔷薇花的“蔷”字。

宝玉想到：“必定是他也要作诗填词。这会子见了这花，因有所感，或者偶成了两句，一时兴至恐忘，在地下画着推敲，也未可知。且看他底下再写什么。”一面想，一面又看。只见那女孩子还在那里画呢。画来画去，还是个“蔷”字，再看还是个“蔷”字。里面的原是早已痴了，画完一个，又画一个，已经画了有几千个“蔷”。外面的不觉也看痴了，两个眼睛珠儿只管随着簪子动，心里却想：“这女孩子一定有什么话说不出来的大心事，才这样个形景。外面既是这个形景，心里不知怎么熬煎。看他的模样儿这般单薄，心里那里还搁的住熬煎。可恨我不能替他分些过来。”

伏中阴晴不定，扇云可以致雨。忽一阵凉风过了，唰唰的落下一阵雨来。宝玉看着那女子头上滴下水来，纱衣裳登时湿了。宝玉想道：“这时下雨，他这个身子如何禁得骤雨一激。”因此，禁不住便说道：“不用写了。你看下大雨，身上都湿了。”那女孩子听说，到唬了一跳，抬头一看，只见花外一个人叫他不要写了，下大雨了。一则宝玉脸面俊秀，二则花叶繁茂，上下俱被枝叶隐住，刚露着半边脸。那女孩子只当是个丫头，再不想是宝玉，因笑道：“多谢姐姐提醒了我。难道姐姐在外头有什么遮雨的？”一句提醒了宝玉，“嗳哟”了一声，才觉得浑身冰凉。低头一看，自己身上也都湿了。说声“不好”，只得一气跑回怡红院去了，心里却还记挂着那女孩子没处避雨。

原来明日是端阳节，那文官等十二个女孩子都放了假，进园来各处顽要。可巧小生宝官、正旦玉官两个女孩子正在怡红院和袭人顽笑，被大雨阻住。大家把沟堵了，水积在院内，把些绿头鸭、花鸂鶒、彩鸳鸯，捉的捉，赶的赶，缝了翅膀，放在院内顽耍，将院门关了。袭人等都在游廊上嘻笑。

宝玉见关着门，便以手扣门。里面诸人只顾笑，那里听见。叫了半日，拍的门山响，里面方听见了。估谅着宝玉这会子再不回来的。袭人笑道：“谁这会子叫门，没人开去。”宝玉道：“是我！”麝月道：“是宝姑娘的声音。”晴雯道：“胡说！宝姑娘这会子做什么来？”袭人道：“让我隔着门缝儿瞧瞧，可开就开，要不可开，叫他淋着去。”说着，便顺着游廊到门前，往外一瞧，只见宝玉淋的雨打鸡一般。袭人见了，又是着忙，又是可笑，忙开了门，笑的弯着腰拍手道：“这么大雨地里跑什么？那里知道爷回来了。”

宝玉一肚子没好气,满心里要把开门的踢几脚;及开了门,并不看真是谁,还只当是那些小丫头子们,便抬腿踢在肋上。袭人"嗳哟"了一声,宝玉还骂道:"下流东西们!我素日担待你们,得了益,一点儿也不怕,越发拿我取笑儿了。"口里说着,一低头,见是袭人哭了,方知踢错了,忙笑道:"嗳哟,是你来了!踢在那里了?"袭人从来不曾受过大话的,今儿忽见宝玉生气踢他一下,又当着许多人,又是羞,又是气,又是疼,真一时置身无地。待要怎么样,料着宝玉未必是安心踢他,少不得忍着说道:"没有踢着,还不换衣裳去。"宝玉一面进房来解衣,一面笑道:"我长了这么大,今是头一遭儿生气打人,不想就偏遇见了你。"袭人一面忍痛换衣,一面笑道:"我是个起头儿的人,不论事大事小、事好事歹,自然也该从我起。但只是别说打了我,明儿顺了手也打起别人来。"宝玉道:"我才也不是安心。"袭人道:"谁说你是安心了!素日开门、关门,都是那起小丫头子们的事。他们是顽皮惯了的,早已恨的人牙根儿痒痒,他们也没个怕惧儿。你当是他们,踢一下子,唬唬他们也好些。才刚是我淘气,不叫开门的。"

说着,那雨已住了。宝官、玉官也早去了。袭人只觉肋下疼的心里发闹,晚饭也不曾好生吃。至晚间洗澡时,脱了衣服,只见肋上青了碗大一块,自己到唬了一跳,又不好声张。

一时睡下,梦中作痛,由不得"嗳哟"之声从睡中哼出。宝玉虽说不是安心,因见袭人懒懒的,也不安稳。忽夜间听得"嗳哟",便知踢重了,自己下床悄悄的秉灯来照。刚到床前,只见袭人嗽了两声,吐出一口痰来,"嗳哟"一声,睁开眼见了宝玉,到唬了一跳,道:"作什么?"宝玉道:"你梦里'嗳哟',必定踢重了。我瞧瞧。"袭人道:"我头上发晕,嗓子里又腥又甜,你到照一照地下罢!"宝玉听说,果然持灯向地下一照,只见一口鲜血在地。宝玉慌了,只说"了不得了"!袭人见了,也就心冷了半截。要知端的,且听下回分解。

第三十一回 撕扇子作千金一笑 因麒麟伏白首双星

话说袭人见了自己吐的鲜血在地,心里也就冷了半截,想着往日常听人说“少年吐血,年月不保;纵然命长,终是废人了”。想起此言,不觉将素日想着后来争荣夸耀之心尽皆灰了,眼中不觉滴下泪来。宝玉见他哭了,也不觉心酸起来,因问道:“你心里觉得怎么样?”袭人勉强笑道:“好好的,不觉怎么。”宝玉的意思,即刻便要叫人荡黄酒,要山羊血黎洞丸来。袭人拉了他的手,笑道:“你这一闹不打紧,闹多少人来,到抱怨我轻狂。分明人不知道,到闹的人知道了。你也不好,我也不好。正经明儿你打发小子问问王太医去,弄点子药,吃吃就好了。人不知、鬼不觉的,可不好?”宝玉听了有理,也只得罢了。向案上斟了茶来,给袭人漱了口。袭人知宝玉心内是不安稳的,待要不叫他伏侍,他又未必依;二则定要惊动别人,不如由他去罢:因此只在榻上由宝玉去伏侍。一交五更,宝玉也顾不的梳洗,忙穿衣出来,将王济仁叫来,亲自确问。王济仁问其原故,不过是伤损,便说了个丸药的名字,怎么服,怎么敷。宝玉记了回园,依方调治,不在话下。

这日正是端阳佳节,蒲艾簪门,虎符系臂。午间,王夫人治了酒席,请薛家母女等赏午。宝玉见宝钗淡淡的,也不和他说话,自知是昨儿的原故。王夫人见宝玉没精打彩,也只当是为金钏儿昨日之事,他没意思的,越发不理他。林黛玉见宝玉懒懒的,只当是他因为得罪了宝钗的原故,心中不自在,形容也就懒懒的。凤姐昨日晚间王夫人就告诉了他宝玉、金钏的事,知道王夫人不自在,自己如何敢说笑,也就随着王夫人的气色行事,便觉淡淡的。贾迎春姊妹见众人无意思,也都无意思了。因此,大家坐了一坐,就散了。

林黛玉天性喜散不喜聚。他想的也有个道理,他说:“人有聚就有散,聚时欢喜,到散时岂不清冷?既清冷则生伤感,所以不如到是不聚的好。比如那花开时令人爱慕,谢时则增惆怅,所以到是不开的好。”故此,人以为喜之时,他反以为悲。那宝玉的情性,只愿常聚,生怕一时散了添悲;那花只愿常开,生怕一时谢了没趣;只到筵散花谢,虽有万种悲伤,也就无可如何了。因此,今日之筵,大家无兴散了,林黛玉到不觉得,到是宝玉心中闷闷不乐,回至自己房中长吁短叹。

偏生晴雯上来换衣服,不防又把扇子失了手跌在地上,将股子跌折。宝玉因叹道:“蠢才,蠢才!将来怎么样?明日你自己当家立事,难道也是这么顾前不顾后的?”晴雯冷笑道:“二爷近来气大的很,行动就给脸子瞧。前儿连袭人都打了,今儿又来寻我们的不是。要踢要打凭爷去,就是跌了扇子,也是平常的事。先时连那么样的玻璃缸、玛瑙碗不知弄坏了多少,也没见个大气儿,这会子一把扇子就这么着了。何苦来!要嫌我们,就打发我们,再挑好的使。好离好散的,到不好?”宝玉听了这些话,气的浑身乱战,因说道:“你不用忙,将来有散的日子。”

袭人在那边早已听见,忙赶过来向宝玉道:“好好的,又怎么了?可是我说的,‘一时我不到,就有事故儿’。”晴雯听了冷叹道:“姐姐既会说,就该早来,也省了爷生气。自古以来就是你一个人伏侍爷的,我们原没伏侍过。因为你伏侍的好,昨日才挨窝心脚;我们不会伏侍的,到明儿还不知是个什么罪呢!”袭人听了这话,又是恼,又是愧,待要说几句话,又见宝玉已经气的黄了脸,少不得自己忍了性子,推晴雯道:“好妹妹,你出去逛逛!原是我们的不是。”

晴雯听他说“我们”两个字,自然是他和宝玉了。不觉又添了酸意,冷笑几声,道:“我到不知道你们是谁,别教我替你们害臊了。便是你们鬼鬼祟祟干的那事儿,也瞒不过我去。那里就称起‘我们’来了?明公正道,连个姑娘还没挣上去呢,也不过和我似的,那里就称上‘我们’了!”袭人羞的脸紫胀起来,想一想,原来是自己把话说错了。宝玉一面说:“你们气不忿,我明儿偏抬举他。”袭人忙拉了宝玉的手:“他一个糊涂人,你和他分证什么?况且你素日又是有担待的,比这大的事过去了多少?今儿是怎么了?”晴雯冷笑道:“我原是糊涂人，那里配和我说话呢！”袭人听说道：“姑娘到是和我辩嘴呢，是和二爷辩嘴呢？要是心里恼我，你只和我说，不犯着当着二爷吵；要是恼二爷，不该这们吵的万人知道。我才也不过为了事，进来劝开了，大家安静。姑娘到寻上我的晦气。又不像是恼我，又不像是恼二爷，夹枪带棒，终久是个什么主意？我就不多说，让你说去！”说着，便往外走。

宝玉向晴雯道：“你也不用生气，我也猜着你的心事了。我回太太去，你也大了，打发你出去好不好？”晴雯听见了这话，不觉又伤起心来，含泪说道：“为什么我出去？要嫌我，变着法儿打发我出去也不能彀！”宝玉道：“我何曾经过这个吵闹！一定是你要出去了。不如回太太，打发你去罢！”说着，站起来就要走。袭人忙回身拦住，笑道：“往那里去？”宝玉道：“回太太去。”袭人笑道：“好没意思！真个的去回，你也不怕臊了？便是他认真的要去，也等把这气下去了，等无事中说话儿回了太太也不迟。这会子急急的当作一件正经事去回，岂不叫太太犯疑？”宝玉道：“太太必不犯疑，我只明说是他闹着要去的。”晴雯哭道：“我多早晚闹着要去了！饶生了气，还拿话压派我。只管去回，我一头碰死了也不出这门儿。”宝玉道：“这也奇了！你又不去，你又闹些什么？我禁不起这么吵，不如去了到干净。”说着，一定要去回。袭人见拦不住，只得跪下了。碧痕、秋纹、麝月等众丫嬛见如此吵闹，都鸦雀无闻的在外头听消息，这会子听见袭人跪下央求，便一齐进来都跪下了。宝玉忙把袭人扶起来，叹了一声，在床上坐下，叫众人起去，向袭人道：“叫我怎么样才好！把这个心使碎了，也没人知道。”说着，不觉滴下泪来。袭人见宝玉流下泪来，自己也就哭了。

晴雯在傍哭着，方欲说话，只见林黛玉进来，晴雯便出去了。林黛玉笑道：“大节下，怎么好好的哭起来了？难道是为争粽子吃争恼了不成？”宝玉和袭人嗤的一笑。黛玉道：“二哥哥不告诉我，我问你就知道了。”一面说，一面拍着袭人的肩，笑道：“好嫂子，你告诉我。必定是你两个辩嘴了。告诉妹妹，替你们和劝和劝。”袭人推他道：“林姑娘你闹什么？我们一个丫头，姑娘只是混说。”黛玉笑道：“你说你是丫头,我只拿你当嫂子待。”宝玉道:“你何苦来替他招骂名儿。饶这么着,还有人说闲话,还搁的住你来说他。”袭人笑道:“林姑娘,你不知道我的心事,除非一口气不来死了到也罢了。”林黛玉笑道:“你死了,别人不知怎么样,我就先哭死了。”宝玉笑道:“你死了,我作和尚去!”袭人笑道:“你老实些罢!何苦还说这些话。”林黛玉把两个指头一伸,抿嘴笑道:“作了两个和尚了!我从今已后,都记着你作和尚的遭数儿。”宝玉听得,知道是他点前儿的话,自己一笑也就罢了。

一时,黛玉去后,就有人说:“薛大爷请。”宝玉只得去了。原来是吃酒,不能推辞,只得尽席而散。晚间回来,已带了几分酒,踉跄来至自己院内,只见院中早把乘凉枕榻设下,榻上有个人睡着。宝玉只当是袭人,一面在榻沿上坐下,一面推他,问道:“疼的好些了?”只见那人翻身起来,说:“何苦来,又招我!”宝玉一看,原来不是袭人,却是晴雯。宝玉将他一拉,拉在身傍坐下,笑道:“你的性子越发惯娇了。早起就是跌了扇子,我不过说了那么两句,你就说上那些话。说我也罢了,袭人好意来劝你,又拉上他。你自己想想,该不该?”晴雯道:“怪热的!拉拉扯扯作什么?叫人来看见像什么!我这身子也不配坐在这里。”宝玉笑道:“你既知道不配,为什么睡着呢?”晴雯没的话,嗤的又笑了,说:“你不来,便使得;你来了,就不配了。起来,让我洗澡去。袭人、麝月都洗了澡了,我叫了他们来。”宝玉笑道:“我才又吃了好些酒,还得洗一洗。你既没有洗,拿了水来,咱们两个洗。”晴雯摇手笑道:“罢,罢!我不敢惹爷。还记得碧痕打发你洗澡,足有两三个时辰,也不知道作什么呢。我们也不好进去的。后来洗完了,进去瞧瞧,地下的水淹着床腿,连席子上都汪着水,也不知是怎么洗了,笑了几天。我也没那工夫收拾,也不用同我洗去。今儿也凉快,那会子洗了,可以不用再洗。我到舀一盆水来,你洗洗脸、通通头。才刚鸳鸯送了好些果子,都湃在那水晶缸里呢,叫他们打发你吃。”宝玉笑道:“既这么着,你也不许洗去,只洗洗手来,拿果子来吃罢。”晴雯笑道:“我慌张的很,连扇子还跌折了,那里还配打发吃果子。倘或再打破了盘子,还更了不得呢。”宝玉笑道:“你爱打就打。

这些东西,原不过是借人所用,你爱这样,我爱那样,各自性情不同。比如那扇子,原是搧的,你要撕着顽,也可以使的,只是不可生气时拿他出气。就如杯盘,原是盛东西的,你喜听那响的声儿,就故意的摔了,也可以使得,只是别在生气时拿他出气。这就是爱物了。”晴雯听了,笑道:“既这么说,你就拿了扇子来我撕,我最喜欢撕的。”宝玉听了,便笑着递与他。晴雯果然接过来,嗤的一声,撕了两半,接着嗤嗤又是几声。宝玉在傍笑着说:“响的好!再撕响些。”

正说着,只见麝月走过来,笑道:“少作些孽罢!”宝玉赶上来,一把将他手里的扇子也夺了,递与晴雯。晴雯接了,也撕了几半子,二人都大笑。麝月道:“这是怎么说?拿我的东西开心儿。”宝玉笑道:“打开扇子匣子,你拣去!什么好东西。”麝月道:“既这么说,就把匣子搬了出来,让他尽力的撕,岂不好?”宝玉笑道:“你就搬去。”麝月道:“我可不造这孽。他又没折了手,叫他自己搬去。”晴雯笑着,倚在床上说道:“我也乏了。明儿再撕罢。”宝玉笑道:“古人云,‘千金难买一笑’,几把扇子能值几何?”一面说着,一面叫袭人。袭人才换了衣服走出来,丫头佳蕙过来拾去破扇。大家乘凉,不消细说。

至次日午间,王夫人、薛宝钗、林黛玉众姊妹正在贾母房内坐着,就有人回史大姑娘来了。一时,果见史湘云带领众多丫嬛、媳妇走进院来。宝钗、黛玉等忙迎至阶下相见。青年姊妹间经月不见,一旦相逢,其亲密自不必细说。一时进入房中,请安问好,都见过了。贾母因说:“天热,把外头的衣服脱脱罢。”史湘云忙起来宽衣。王夫人因笑道:“也没见穿上这些作什么?”史湘云笑道:“都是二婶子叫穿的,谁愿意穿这些!”宝钗一傍笑道:“姨娘不知,他穿衣裳还更爱穿别人的衣裳。可记得旧年三月里,他在这里住着,把宝兄弟的袍子穿上,靴子也穿上,额子也勒上。猛一瞧,到像是宝兄弟,就是多两个坠子。他站在那椅子后边,哄的老太太只是叫‘宝玉!你过来!仔细那上头挂的灯穗子,招下灰来,迷了眼’。他只是笑,也不过去,后来大家掌不住笑了,老太太才笑了,说:‘到扮上男人好看了。’”林黛玉道:“这算什么?惟有前年正月里接了他来住,来了没两日,就下起雪来。老太太和舅母那日想是才拜了影回来,老太太的一个新新的大红猩猩毡斗篷放在那里,谁知眼错不见他就披了,又大又长,他就拿了个汗巾子拦腰系上,和丫头们在后院子扑雪人儿去,一跤栽到沟跟前,弄了一身泥水。”说着大家想着前情,都笑了。

宝钗笑向那周奶妈道:“周妈,你们姑娘还是那么淘气不淘气了?”周奶娘也笑了。迎春笑道:“淘气也罢了,我就嫌他爱说话。也没见睡在那里还是咭咭呱呱,笑一阵,说一阵,也不知那里来的那些话。”王夫人道:“只怕如今好了。前日有人家来相看,眼见有婆婆家了,还是那们着?”贾母因问:“今儿还是住着,还是家去呢?”周奶娘笑道:“老太太没有看见衣服都带了来!可不住两天。”史湘云问道:“宝玉哥哥不在家么?”宝钗笑道:“他再不想着别人,只想宝兄弟。两个人癖性好顽都合式。这可见还没改了淘气。”贾母道:“如今你们大了,别提小名儿了。”

刚只说着,只见宝玉来了,笑道:“云妹妹来了。怎么前儿打发人接你去,怎么不来?”王夫人道:“这里老太太才说这一个,他又来提名道姓的了。”林黛玉道:“你哥哥得了好东西,等着你呢!”史湘云道:“什么好东西?”宝玉笑道:“你信他呢!几日不见,越发高了。”湘云笑道:“袭人姐姐好?”宝玉道:“多谢你记挂!”湘云道:“我给他带了好东西来了。”说着,拿出手帕子来,挽着一个疙瘩。宝玉道:“什么好的?你到不如把前儿送来的那种绛纹石的戒指儿带两个给他。”湘云笑道:“这是什么?”说着,便打开,众人看时,果然就是上年送来的那绛纹戒指,一包四个。林黛玉笑道:“你们瞧瞧他这主意。前儿一般的打发人给我们送了来,你就把他的也就带来,岂不省事?今儿巴巴的自己带了来。我当又是什么新奇东西,原来还是他。真真你是糊涂人。”史湘云笑道:“你才糊涂呢!我把这理说出来,大家评一评,谁糊涂。给你们送东西,就是使来的人不用说话,拿进来一看,自然就知是送姑娘们的了;若带他们的东西,这得我先告诉来人,这是那一个丫头的,那是那一个丫头的。那使来的人明白还好;再糊涂些,丫头的名字他也不记得,混闹胡说的,反连你们的东西都搅糊涂了。若是打发个女人,素日知道的还罢了;偏生前儿又打发小子来,可怎么说丫头们的名字呢?横竖我来给他们带来,岂不清白?”

说着,把四个戒指放下,说道:“袭人姐姐一个,鸳鸯姐姐一个,金钏儿姐姐一个,平儿姐姐一个。这到是四个人的,难道小子们也记得这们清白?”众人听了,都笑道:“果然明白!”宝玉笑道:“还是这么会说话,不让人。”林黛玉听了,冷笑道:“他不会说话,他的金麒麟会说话。”一面说着,便起身走了。幸而诸人都不曾听见,只有薛宝钗抿嘴一笑。宝玉听见了,到自己后悔又说错了话,忽见宝钗一笑,由不得也笑了。宝钗见宝玉笑了,忙起身走开,找了林黛玉去说话。

贾母向湘云道:“吃了茶,歇一歇,瞧瞧你的嫂子们去。园里也凉快,同你姐姐们去逛逛。”湘云答应了,将三个戒指儿包上,歇了一歇,便起身要瞧凤姐等人去。众奶娘、丫头跟着,到了凤姐那里,说笑了一回出来,便往大观园来。见过了李宫裁,少坐片时,便往怡红院来找袭人。因回头说道:“你们不必跟着,只管瞧你们的朋友、亲戚去,留下翠缕伏侍就是了。”众人听了,自去寻姑觅嫂,早剩下湘云、翠缕两个人。

翠缕道:“这荷花怎么还不开?”史湘云道:“时候没到。”翠缕道:“这也合咱们家池子里的一样,也是楼子花吗?”湘云道:“他们这个,还不如咱们的。”翠缕道:“他们那边有棵石榴,接连四五枝,真是楼子上起楼子,这也难为他长。”史湘云道:“花草也是同人一样,气脉充足,长的就好。”翠缕把脸一扭,说道:“我不信这话。若说同人一样,我怎么不见头上又长出一个头来的人?”湘云听了,由不得一笑,说道:“我说你不用说话,你偏好说。这叫人怎么好答言!天地间都赋阴阳二气所生,或正或邪,或奇或怪,千变万化,都是阴阳顺逆。多少一生出来,人罕见的,就奇,究竟理还是一样。”翠缕道:“这么说起来,从古至今,开天辟地都是些阴阳了?”湘云笑道:“糊涂东西,越说越放屁。什么‘都是些阴阳’,难道还有个阴阳不成?‘阴’、‘阳’两个字,还只是一字,阳尽了就成阴,阴尽了就成阳;不是阴尽了,又有个阳生出来,阳尽了又有个阴生出来。”翠缕道:“这糊涂死了我!什么是个阴阳?没影没形的,我只问姑娘,这阴阳是怎么个样儿?”湘云道:“阴阳有什么样儿!不过是个气。器物赋了成形。比如天是阳,地就是阴;水是阴,火就是阳;日是阳,月就是阴。”

翠缕听了,笑道:“是了,是了,我今儿可明白了,怪道人都管着日头叫‘太阳’呢,算命的管着月亮叫什么‘太阴星’,就是这个理了。”湘云笑道:“阿弥陀佛!刚刚的明白了。”翠缕道:“这些大东西有阴阳也罢了,难道那些蚊子、虼蚤、蠓虫儿、花儿、草儿、瓦片儿、砖头儿,也有阴阳不成?”湘云道:“怎么没有阴阳的呢?比如那一个树叶儿,还分阴阳呢!那边向上朝阳的,便是阳;这边背阴、覆下的,便是阴。”翠缕听了,点头笑道:“原来这样,我可明白了!只是咱们这手里的扇子,怎么是阳?怎么是阴呢?”湘云道:“这边正面就是阳,那边反面就为阴。”翠缕又点头笑了,还要找几件东西问,因想不起来什么来,猛低头就看见湘云宫绦上系的金麒麟,便提起来,笑道:“姑娘这个难道也有阴阳?”湘云道:“走兽飞禽,雄为阳,雌为阴;牝为阴,牡为阳。怎么没有呢?”翠缕道:“这是公的,到底是母的呢?”湘云道:“这连我也不知道。”翠缕道:“这也罢了,怎么东西都有阴阳,咱们人到没有阴阳呢?”湘云照脸啐了一口,道:“下流东西,好生走罢!越问越问出好的来了!”翠缕笑道:“这有什么不告诉我的呢!我也知道了,不用难我。”湘云笑道:“你知道什么?”翠缕道:“姑娘是阳,我就是阴。”说着,湘云拿手帕子握着嘴,呵呵的笑起来。翠缕道:“说是了,就笑的这样了!”湘云道:“很是,很是。”翠缕道:“人规矩主子为阳,奴才为阴。我连这大道理也不懂的?”湘云笑道:“你很懂得。”

一面说,一面走,刚到蔷薇架下,湘云道:“你瞧那是谁掉的首饰,金晃晃在那里。”翠缕听了,忙赶上,拾在手里攥着,笑道:“可分出阴阳来了。”说着,先拿史湘云的麒麟瞧。湘云要他拣的瞧,翠缕只管不放手,笑道:“是件宝贝,姑娘瞧不得。这是从那里来的?好奇怪!我从来在这里没见有人有这个。”湘云道:“拿来我看。”翠缕将手一撒,笑道:“请看!”湘云举目一验,却是文彩辉煌的一个金麒麟,比自己佩的又大又有文彩。湘云伸手擎在掌上,只是默默不语。

正自出神,忽见宝玉从那边来了,笑问道:“你两个在这日头底下作什么呢?怎么不找袭人去?”湘云连忙将那麒麟藏起,道:“正要去呢!咱们一处走。”说着,大家进入怡红院来。袭人正在阶下倚槛追风,忽见湘云来了,连忙迎下来,携手笑说一向别情。一时进来归坐,宝玉因笑道:"你该早来,我得了一件好东西,专等你呢。"说着,一面在身上摸掏,掏了半天,呵呀了一声,便问袭人:"那个东西你收起来了么?"袭人道:"什么东西?"宝玉道:"前儿得的麒麟。"袭人道:"你天天带在身上的,怎么问我?"宝玉听了,将手一拍,说道:"这可丢了!往那里找去?"就要起身自己寻去。湘云听了,方知是他遗落的,便笑问道:"你几时又有了麒麟了?"宝玉道:"前儿好容易得的呢。不知多早晚丢了,我也糊涂了。"湘云笑道:"幸而是顽的东西,还是这么慌张。"说着,将手一撒:"你瞧瞧,是这个不是?"宝玉一见,犹不得欢喜非常,因说道……不知是如何,且听下回分解。

第三十二回　诉肺腑心迷活宝玉　含耻辱情烈死金钏

话说宝玉见了那麒麟,心中甚是欢喜,便伸手来拿,笑道:“亏你拣着了。你是那里拣的?”史湘云笑道:“幸而是这个,明儿倘或把印也丢了,难道也就罢了不成?”宝玉笑道:“到是丢了印平常。若丢了这个,我就该死了。”袭人斟了茶来与史湘云吃,一面笑道:“大姑娘,听见前儿你大喜了。”史湘云红了脸,吃茶不答。袭人道:“这会子又害臊了。你还记得十年前,咱们在西边暖阁住着,晚上你同我说的话儿?那会子不害臊,这会子怎么又害臊了?”史湘云笑道:“你还说呢!那会子咱们那么好,后来我们太太没了,我家去住了一程子,怎么就把你派了跟二哥哥。我来了,你就不像先待我了。”袭人笑道:“你还说呢!先姐姐长、姐姐短,哄着我替你梳头、洗脸,作这个、弄那个;如今大了,就拿出小姐的款儿来了。你既拿出小姐的款来,我怎敢亲近呢?”史湘云道:“阿弥陀佛!冤枉,冤哉!我要这样,就立刻死了。你瞧瞧,这么大热天,我来了,必定赶着来先瞧瞧你。不信,你问问缕儿,我在家时时刻刻那一回不念你几声?”话未说了,忙的袭人和宝玉都劝道:“顽话,你又认真了。还是这么性急。”史湘云道:“你不说你的话噎人,到说人性急。”一面说,一面打开手帕子,将戒指递与袭人。

袭人感谢不尽,因笑道:“你前儿送姑娘们的我已得了。今儿你亲自又送来,可见是没忘了我。只这个就试出你来了。戒指儿能值多少,可见你的心真。”史湘云道:“是谁给你的?”袭人道:“是宝姑娘给我的。”湘云笑道:“我只当是林姐姐给你的,原来是宝姐姐给了你。我天天在家里想着,这些姐姐们,再没一个比宝姐姐好的。可惜我们不是一个娘养的。我但凡有这么个亲姐姐,就是没了父母也是无妨碍的。”说着,眼睛圈儿就红了。宝玉道:“罢,罢,罢!不用提这个话。”史湘云道:“提了便怎么?我知道你的心病,恐怕你的林妹妹听见，又嗔怪我赞了宝姐姐。可是为这个不是?”袭人在傍，嗤的一笑，说道:“云姑娘，你如今大了，越发心直口快了。”宝玉笑道:“我说你们这几个人难说话，果然不错。”史湘云道:“好哥哥，你不必说话叫我恶心。只会在我们跟前说话，见了你林妹妹，又不知怎么了。”

袭人道:“且别说顽话。正有一件事还要求你呢!”史湘云便问:“什么事?”袭人道:“有一双鞋，抠了垫心子，我这两日身上不好，不得做。你可有工夫替我做做?”史湘云笑道:“这又奇了，你家放着这些巧人不算，还有什么针线上的、裁剪上的，怎么教我做起来了? 你的活计，叫谁做谁好意思不做呢?”袭人笑道:“你又糊涂了! 你难道不知道，我们这屋里的针线，是不要那些针线上的人做的。”史湘云听了，便知是宝玉的鞋了。因笑道:“既这么说，我就替你做了罢。只是一件，你的我才作，别人的我可不能。”袭人笑道:“又来了。我是个什么，就烦你做鞋了。实告诉你，可不是我的，你别管是谁的，横竖我领情就是了。”史湘云道:“论理，你的东西也不知烦我做了多少了。今儿我到不做了的原故，你必定也知道。”袭人道:“到也不知道。”史湘云冷笑道:“前儿我听见把我做的扇套子拿着和人家比，赌气又铰了。我早就听见了，你还瞒我。这会子又叫我做，我成了你们的奴才了。”宝玉忙笑道:“前儿的那事，本不知是你做的。”袭人也笑道:“他本不知是你做的，是我哄他的话，说是新近外头有个会做活的女孩子，说扎的出奇的花，我叫他拿了一个扇套子试试看好不好。他就信了，拿出去给这个瞧、给那个看的。不知怎么又惹恼了林姑娘，铰了两段。回来他还叫再做去。我才说了是你作的。他后悔的什么似的。”史湘云道:“越发奇了! 林姑娘他也犯不上生气。他既会铰，就叫他做。”袭人道:“他可不作呢! 饶这么着，老太太还怕他劳碌着了。大夫又说好生静养才好。谁还烦他做? 旧年好一年的工夫，做了个香袋儿;今年半年，还没见拿针线呢。”

正说着，有人来回说:“兴隆街的大爷来了，老爷叫二爷出去见呢。”宝玉听了，便知是贾雨村来了，心中好不自在。袭人忙去拿衣服。宝玉一面蹬着靴子，一面抱怨道:“有老爷和他坐着就罢了，回回定要见我。”史湘云一边摇着扇子，笑道:“自然你能会宾接客，老爷才叫你出去呢。”宝玉道:“那里是老爷,都是他自己要请我去见的。”湘云笑道:“主雅客来勤。自然你有些警他的好处,他才只要会你。”宝玉道:“罢,罢!我也不敢称雅,俗中又俗的一个人,并不愿意同这些人往来。”

湘云笑道:“还是这个情性不改。如今大了,你就不愿读书去考举人进士,也该常常的会会这些为官做宰的人们,谈谈讲讲些仕途经济的学问也好,将来应酬世务,日后也有个朋友。没见你成年家只在我们队里搅些什么!”宝玉听了道:“姑娘请别的姊妹屋里坐坐。我这里仔细污了你知经济学问的。”袭人道:“云姑娘,快别说这话。上回也是宝姑娘也说过一回。他也不管人脸上过的去、过不去,他就‘咳’了一声,拿起脚来走了。这里宝姑娘的话也没说完,见他走了,登时羞的脸通红,说又不是,不说又不是。幸而是宝姑娘,那要是林姑娘,不知又闹到怎么样,哭的怎么样呢。提起这个话来,真真的宝姑娘叫人敬重,自己趔了一会子去了。我到过不去,只当他恼了。谁知过后还是照旧一样,真真有涵养,心地宽大。谁知这一个反到同他生分了。那林姑娘见你赌气不理他,你得赔多少不是呢!”宝玉道:“林姑娘从来说过这些混账话不曾?若他也说过这些混账话,我早合他生分了。”袭人和湘云都点头笑道:“这原是‘混账话’。”

原来林黛玉知道史湘云在这里,宝玉又赶来,一定说麒麟的原故。因此心下忖度着:近日宝玉弄来的外传野史,多半才子佳人都因小巧玩物上撮合,或有鸳鸯,或有凤凰,或玉环金珮,或鲛帕鸾绦,皆由小物而遂终身。今忽见宝玉亦有麒麟,便恐由此生隙,同史湘云也做出那些风流佳事来。因而悄悄走来,见机行事,以察二人之意。不想刚走来,正听见史湘云说“经济”事,宝玉又说:“林妹妹不说这样混账话。若说这话,我也和他生分了。”

林黛玉听了这话,不觉又喜又惊又悲又叹。所喜者,果然自己眼力不错,素日认他是个知己,果然是个知己。所惊者,他在人前一片私心称扬于我,其亲热厚密不避嫌疑。所叹者,你既为我之知己,自然我亦可为你之知己矣;既你我相为知己,则又何必有“金玉”之论哉!既有“金玉”之论,亦该你我有之,则又何必来一宝钗哉!所悲者,父母早逝,虽有铭心刻骨之言,无人为我主张;况近日每觉神思恍惚,病已渐成,医者更云气弱血亏,恐致劳怯之症。你我虽为知己,但恐自不能久待;你纵为知己,奈我薄命何!想到此间,不禁滚下泪来。待要进去相见,自觉无味。便一面拭泪,一面抽身回去了。

这里宝玉忙忙的穿了衣裳出来,忽见林黛玉在前面慢慢的走着,似有拭泪之状,便忙赶上来,笑道:“妹妹往那里去?怎么又哭了?又是谁得罪了你?”林黛玉回头见是宝玉,便勉强笑道:“好好的,我何曾哭了?”宝玉笑道:“你瞧瞧眼睛上的泪珠儿未干,还撒谎呢。”一面说,一面禁不住抬起手来替他拭泪。林黛玉忙向后退了几步,说道:“你又要死了,作什么这么动手动脚的!”宝玉笑道:“说话忘了情,不觉的动了手,也就顾不的死活。”林黛玉道:“你死了到不值什么,只是丢下了什么金,又是什么麒麟,可怎么样呢?”一句话又把宝玉说急了,赶上来问道:“你还说这样话,到底是咒我,还是气我呢?”林黛玉见问,方又想起前日的事来,遂自悔自己又说造次了,忙笑道:“你别着急!我原说错了,这有什么的,筋都暴起来,急的一脸汗。”一面说,一面禁不住近前伸手替他拭面上的汗。

宝玉瞅了半天,方说道:“你放心!”三个字。林黛玉听了,怔了半天,方说道:“我有什么不放心的?我不明白这话,你到说说怎么放心不放心。”宝玉叹了一口气,问道:“你果不明白这话?难道我素日在你身上的心都用错了?连你的意思若体贴不着,就难怪你天天为我生气了。”林黛玉道:“果然我不明白放心不放心的话。”宝玉点头叹道:“好妹妹,你别哄我!果然不明白这话,不但我素日之意白用了,且连你素日待我之意也都辜负了。你皆因总是不放心的原故,才弄了一身病;但凡宽慰些,这病也不得一日重似一日。”林黛玉听了这话,如轰雷掣电,细细思之,竟比自己肺腑中掏出来的还觉恳切,竟有万句言语满心要说,却是半个字也不能吐,却怔怔的望着他。此时宝玉心中也有万句言语,不知从那一句上说起,却也怔怔的望着黛玉。两个人怔了半天,林黛玉只“咳”了一声,两眼不觉滚下泪来,回身便要走。宝玉忙上前说道:“好妹妹,且略站住,我说一句话再走。”林黛玉一面拭泪,一面将手推开,说道:“有什么可说的,你的话我早知道了。”口里说着，却头也不回竟去了。

宝玉站着，只管发起呆来。原来方才出来慌忙，不曾带得扇子。袭人怕他热，忙拿了扇子赶来送与他。忽抬头见了林黛玉和他站着，一时黛玉走了，他还站着不动，因而赶上来，说道：“你也不带了扇子去，亏我看见赶了送来。”宝玉出了神，见袭人和他说话，并未看出是何人来，便一把拉住，说道：“好妹妹，我的这心事，从来也不敢说。今儿我大胆说出来，死也甘心！我为你也弄了一身的病了，又不敢告诉人，只好掩着。只等你的病好了，只怕我的病才得好呢。睡里梦里也忘不了你。”袭人听了这话，唬得魄消魂散，只叫“神天菩萨，坑死我了”！便推他道：“这是那里的话！敢是中了邪？还不快去！”宝玉一时醒过，方知是袭人送扇子来，羞的满面紫涨，夺了扇子，便忙忙的抽身跑了。

这里袭人见他去了，自思方才之言，一定是因黛玉而起；如此看来，将来难免不才之事，令人可惊可畏。想到此间，也不觉怔怔的滴下泪来，心下暗想如何处置方免此丑祸。正裁度间，忽有宝钗从那边走来，笑道：“大毒日头地下，出什么神呢？”袭人见问，忙笑道：“那边两个雀儿打架，到也好顽，我就看住了。”宝钗道：“宝兄弟这会子穿了衣服，忙忙的那去了？我才看见走过去，到要叫住问他呢。他如今说话越发没了经纬，我故此没叫他，由他过去了。”袭人道：“老爷叫他出去。”宝钗听了，忙道：“嗳哟！这么黄天暑热的，叫他做什么！别是想起什么来，生了气，叫出去教训一场。”袭人笑道：“不是这个，想是有客要会。”宝钗笑道：“这个客也没意思，这么热天不在家里凉快，还跑些什么！”袭人笑道：“可不是，这们说说罢。”

宝钗因而问道：“云丫头在你们家做什么呢？”袭人笑道：“才合史大姑娘说了一会子闲话。你瞧，我前儿粘的那双鞋，明儿烦他做去。”宝钗听见这话，便两边回头，看无人来往，便笑道：“你这么个明白人，怎么一时半刻的就不会体谅人情？我近来看着云丫头神情，再风里言、风里语的听起来，那云丫头在家里竟一点儿作不得主。他们家嫌费用大，竟不用那些针线上的人，差不多的东西多是他们娘儿们动手。为什么这几次他来了，他和我说话儿，见没人在跟前，他就说家里累的很。我再问他两句家常过日子话，他就连眼圈都红了，口里含含糊糊，待说不说的。想其形景来，自然从小儿没爹娘的苦。我看着他，也不觉的伤起心来。”袭人见说这话，将手一拍，说：“是了，是了，怪道上月我烦他打十根蝴蝶结子，过了那些日子，才打发人送来，还说‘打的粗，且在别处能着使罢！要匀净的，等着明儿来住着再好生打罢’。如今听宝姑娘这话，想来我们烦他，他不好推辞，不知他在家里怎么三更半夜的做呢。可是我也糊涂了，早知是这样，我也不烦他了。”宝钗道：“上次他就告诉我，在家里做活做到三更天，若是替别人做一点半点，他家的那些奶奶、太太们还不受用呢。”

袭人道：“偏偏我们那牛心的小爷，凭着小的、大的活计，一概不要家里这些活计上的人作。我又弄不开这些。”宝钗笑道：“你理他呢！只管叫人做去，只说是你做的就是了。”袭人道：“那里哄的信他！他才是认得出来呢。说不得我只好慢慢的累去罢了。”宝钗笑道：“你不必忙，我替你作些如何？”袭人笑道：“当真的这样，就是我的福了。晚上我亲自送过来。”

一句话未了，忽见一个老婆子忙忙走来，说道：“这是那里说起，金钏儿姑娘好好的投井死了！”袭人唬了一跳，忙问：“那个金钏儿？”那老婆子道：“那里还有两个金钏儿呢？就是太太屋里的。前儿不知为什么撵他出去，在家里哭天哭地的，也都不理会他。谁知找他不见了。刚才打水的人在那东南角上井里打水，见一个尸首，赶着叫人打捞起来，才知是他。他们家里还只管乱着要救活，那里中用了。”宝钗道：“这也奇了。”袭人听说，点头赞叹，想素日同气之情，不觉流下泪来。宝钗听见这话，忙向王夫人处来道安慰。这里袭人回去不提。

却说宝钗来至王夫人处，只见鸦雀无闻，独有王夫人在里间房内坐着垂泪。宝钗便不好提这事，只得一傍坐了。王夫人便问：“你从那里来？”宝钗道：“从园里来。”王夫人道：“你从园里来，可见你宝兄弟？”宝钗道：“才到看见了。他穿了衣服出去了，不知那里去。”王夫人点头哭道：“你可知道一桩奇事？金钏儿忽然投井死了。”宝钗见说，道：“怎么好好的投井？这也奇了。”王夫人道：“原是前儿他把我一件东西弄坏了，我一时生气，打了他几下，撵了他下去。我只说气他两天，还叫他上来。谁知他这么气性大，就投井死了。岂不是我的罪过？"宝钗叹道："姨娘是慈善人，故然这么想。据我看来，他并不是赌气投井，多半他下去住着，或是在井跟前贪顽，失了脚掉下去的。他在上头拘束惯了，这一出去，自然要到各处去顽顽、逛逛。岂有这样大气的理？总然有这样大气，也不过是个糊涂人，也不为可惜。"

王夫人点头叹道："这话虽然如此说，到底我心里不安。"宝钗叹道："姨娘也不必念念于兹，十分过不去。不过多赏他几两银子发送他，也就尽主仆的情了。"王夫人道："刚才我赏了他娘五十两银子，原要还把你妹妹们的新衣服拿两套给他妆裹。谁知凤丫头说可巧都没什么新做的衣服，只有你林妹妹作生日的两套。我想你林妹妹那个孩子素日是个有心的，况且他也三灾八难的；既说了给他过生日，这会子又给人妆裹去，他岂不忌讳？因为这么样，我现叫裁缝赶两套给他。要是别的丫头，赏他几两银子也就完了。只是金钏儿虽然是个丫头，素日在我跟前，比我的女儿也差不多。"口里说着，不觉泪下。宝钗忙道："姨娘这会子又何用叫裁缝赶去，我前儿到做了两套，拿来给他，岂不省事？况且，他活着的时候，也穿过我的旧衣服，身量又相对。"王夫人道："虽然这样，难道你不忌讳？"宝钗笑道："姨娘放心，我从来不计较这些。"一面说，一面起身就走。王夫人忙叫了两个人来跟宝姑娘去。

一时宝钗取了衣服回来，只见宝玉在王夫人傍边坐着垂泪。王夫人正才说他，因宝钗来了，却掩了口不说了。宝钗见此光景，察言观色早知觉了八分。于是将衣服交割明白。王夫人将他母亲叫来拿了去。再看下回便知。

第三十三回 手足耽耽小动唇舌 不肖种种大承答挞

却说王夫人唤他母亲上来，拿几件簪环当面赏与他，又分付请几众僧人念经超度。他母亲磕头谢了，出去。

原来宝玉会过雨村回来听见了，便知金钏儿含羞赌气自尽，心中早又五内伤感，进来被王夫人数落教训，也无可回答。见宝钗进来，方得便出来，茫然不知何往。背着手，低着头，一面感叹，一面慢慢的走着。信步来至厅上。刚转过屏门，不想对面来了一人，正往里走，可巧儿撞了个满怀。只听那一人喝了一声："站住!"宝玉唬了一跳，抬头一看，不是别人，却是他父亲，不觉的倒抽了一口气，只得垂手一傍站了。贾政道："好端端的，你垂头丧气咳些什么？方才雨村来了要见你，那半天你才出来；既出来了，全无一点慷慨挥洒谈吐，仍是葳葳蕤蕤。我看你脸上一团思欲愁闷气色，这会子又咳声叹气。你那些还不足？还不自在？无故这样，却是为何?"宝玉素日虽是口角伶俐，只是此时一心总为金钏儿感伤，恨不得此时也身亡命殒，跟了金钏儿去。如今见了他父亲说这些话，究竟不曾听见，只是怔呵呵的站着。

贾政见他惶悚，应对不似往日，原本无气的，这一来生了三分气。方欲说话，忽有回事人来回："忠顺亲王府里有人来，要见老爷。"贾政听了，心下疑惑，暗暗思忖道："素日并不和忠顺府来往，为什么今日打发人来?"一面想，一面令快请。急走出来看时，却是忠顺府长史官，忙接进厅上坐了献茶。未及叙谈，那长史官先就说道："下官此来，并非擅造潭府，皆因奉王命而来，有一件事相求。看王爷面上，敢烦老大人作主，不但王爷知情，且连下官辈亦感谢不尽。"贾政听了这话，抓不住头脑，忙陪笑起身问道："大人既奉王命而来，不知有何见谕，望大人宣明，学生好遵谕承办。"那长史官便冷笑道："也不必承办，只用大人一句话就完了。我们府里有一个做小旦的琪官，一向好好在府里,如今竟三五日不见回去。各处去找,又摸不着他的道路,因此各处访察。这一城内,十停人到有八停人都说,他近日和衔玉的那位令郎相与甚厚。下官辈等听了,尊府不比别家,可以擅入索取,因此启明王爷。王爷亦云:'若是别的戏子呢,一百个也罢了;只是这琪官,随机应达,谨慎老诚,甚合我老人家的心,竟断断少不得此人。'故此求老大人转谕令郎,请将琪官放回。一则可慰王爷谆谆奉恳,二则下官辈也可免操劳求觅之苦。"说毕,忙打一躬。

贾政听了这话,又惊又气,即命唤宝玉来。宝玉也不知是何原故,忙赶来时,贾政便问:"该死的奴才!你在家不读书也罢了,怎么又做出这些无法无天的事来!那琪官现是忠顺王爷驾前承奉的人,你是何等草芥,无故引逗他出来,如今祸及于我。"宝玉听了,唬了一跳,忙回道:"实在不知此事,究竟连'琪官'两个字不知为何物,岂更又加'引逗'二字!"说着,便哭了。贾政未及开言,只见那长史官冷笑道:"公子也不必掩饰。或隐藏在家,或知其下落,早说了出来,我们也少受些辛苦,岂不念公子之德?"宝玉连说"不知","恐是讹传,也未见得"。那长史官冷笑道:"现有据证,何必还赖!必定当着老大人说了出来,公子岂不吃亏?既云不知此人,那红汗巾子怎么到了公子腰里?"宝玉听了这话,不觉轰去魂魄,目瞪口呆,心下自思:"这话他如何得知?他既连这样机密事都知道了,大约别的瞒他不过。不如打发他去了,免的再说出别的事来。"因说道:"大人既知他的底细,如何连他置买房舍这样大事到不晓得了?听得说,他如今在东郊离城二十里有个什么紫檀堡,他在那里置了几亩田地、几间房舍。想是在那里,也未可知。"那长史官听了,笑道:"这样说,一定是在那里!我且去找一回。若有了,便罢;若没有,还要来请教。"说着,便忙忙走了。

贾政此时气的目瞪口歪,一面送那长史官,一面回头命宝玉:"不许动!回来有话问你!"一直送那官员去了。才回身,忽见贾环带着几个小厮一阵乱跑。贾政喝令小厮:"快打!快打!"贾环见了他父亲,唬的骨软筋酥,忙低头站住。贾政便问:"你跑什么!带着你的那些人都不管你,不知往那里逛去,由你野马一般!"喝令叫跟上学的人来。贾环见他父亲盛怒,便乘机说道:“方才原不曾跑,只因从那井边一过,那井里淹死了一个丫头,我看人头这样大,身子这样粗,泡的实在可怕,所以才赶着跑了过来。”贾政听了惊疑,问道:“好端端的,谁去跳井?我家从无这样事情。自祖宗以来,皆是宽柔以待下人。大约我近年于家务疏赖,自然执事人操克夺之权,致使生出这暴殄轻生的祸患。若外人知道,祖宗颜面何在!”喝令“快叫贾琏、赖大、来兴”!小厮们答应了一声,方欲叫去;贾环忙上前拉住贾政的袍襟,贴膝跪下道:“父亲不用生气。此事除太太房里的人,别人一点也不知道。我听见我母亲说了……”到这里,便回头四顾一看。贾政会意,将眼一看众小厮。小厮们明白,都往两边后面退去。贾环便悄悄说道:“我母亲告诉我说,宝玉哥哥前日在太太屋里,拉着太太的丫头金钏儿强奸不遂,打了一顿。那金钏儿便赌气投井死了。”

话未说完,把个贾政气的面如金纸,大喝:“快拿宝玉来!”一面说,一面便往里边书房里去。喝令:“今日再有人劝我,我把这冠带家私一应交与他与宝玉过去!我免不得做个罪人,把这几根烦恼鬓毛剃去,寻个干净去处自了,也免得上辱先人、下生逆子之罪。”众门客、仆从见贾政这个形景,便知又是为宝玉了。一个个都是啖指咬舌,连忙退出。那贾政喘吁吁、直挺挺坐在椅子上,满面泪痕,一叠声“拿宝玉!拿大棍!拿索子捆上!把各门都关上!有人传信往里头去,立刻打死”!众小厮们只得齐声答应,有几个来找宝玉。

那宝玉听见贾政分付他“不许动”,早知多凶少吉,那里承望贾环又添了许多的话。正在厅上乱转,怎得个人来往里头去捎信,偏生没个人,连焙茗也不知在那里。正盼望时,只见一个老姆姆出来。宝玉如得了珍宝,便赶上来拉他说道:“快进去告诉:老爷要打我呢!快去!快去!要紧!要紧!”宝玉一则急了,说话不明;二则老婆子偏生又聋,竟不曾听见是什么话,把“要紧”二字,只听见“跳井”二字,便笑道:“跳井让他跳去,二爷怕什么?”宝玉见是个聋子,便着急道:“你出去叫我的小厮来罢!”那婆子道:“有什么不了的事?老早的完了。太太又赏了衣服,又赏了银子,怎么有不了事的?”

宝玉急的跺脚,正没抓寻处。只见贾政的小厮走来,逼着他出去了。贾政一见,眼都红紫了,也不暇问他在外流荡优伶,表赠私物;在家荒疏学业,淫辱母婢等语,只喝令:“堵起嘴来!着实打死!”小厮们不敢违拗,只得将宝玉按在凳上,举起大板,打了十来下。贾政犹嫌打轻了,一脚踢开掌板的,自己夺过来,咬着牙,狠命盖了三四十下。众门客见打的不祥了,忙上前夺劝。贾政那里肯听,说道:“你们问问他干的勾当可饶不可饶!素日皆是你们这些人把他酿坏了,到这步田地还来解劝!明日酿到他弑君杀父,你们才不劝不成!”众人听这话不好听,知道气急了,忙又退出,只得觅人进去给信。

王夫人不敢先回贾母,只得忙穿衣出来,也不顾有人没人,忙忙赶往书房中来。慌的众门客、小厮等避之不及。王夫人一进房来,贾政更如火上浇油一般,那板子越发下去的又狠又快。按宝玉的两个小厮忙松了手走开,宝玉早已动弹不得了。贾政还欲打时,早被王夫人抱住板子。贾政道:“罢了!罢了!今日必定要气死我才罢!”王夫人哭道:“宝玉虽然该打,老爷也要自重!况且炎天暑日的,老太太身上也不大好。打死宝玉事小,倘或老太太一时不自在了,岂不事大?”贾政冷笑道:“到休提这话!我养了这不肖的孽障,已经不孝;教训他一番,又有众人护持;不如趁今日一发勒死了,亦绝将来之患!”说着,便要绳索来勒死。王夫人连忙抱住,哭道:“老爷虽然应当管教儿子,也要看夫妻分上。我如今已将五十岁的人,只有这个孽障,必定苦苦的以他为法,我也不敢深劝。今日越发要他死,岂不是有意绝我?既要勒死他,快拿绳子来,先勒死我,再勒死他。我们娘儿们不敢含怨,到底在阴司里也得个依靠。”说毕,爬在宝玉身上,大哭起来。

贾政听了此话,不觉长叹一声,向椅上坐了,泪如雨下。王夫人抱着宝玉,只见他面白气弱,底下穿着一条绿纱小衣皆是血渍,禁不住解下汗巾看,由臀至胫,或青或紫,或整或破,竟无一点好处。不觉失声大哭起来,“苦命的儿吓”!因哭出“苦命儿”来,又想起贾珠来,便叫着贾珠哭道:“若有你活着,便死一百个,我也不管了。”此时,里面的人闻得王夫人出来,那李宫裁、王熙凤与迎春姊妹早已出来了。

王夫人哭着贾珠的名字，别人还可，惟有宫裁禁不住也放声哭了。贾政听了，那泪珠更似滚瓜一般滚了下来。

正没开交处，忽听丫嬛来说："老太太来了！"一句话未了，只听窗外颤巍巍的声气说道："先打死我，再打死他，岂不干净了！"贾政见他母亲来了，又急又痛，连忙迎接出来。只见贾母扶着丫头，喘吁吁的走来。贾政上前躬身陪笑道："大暑热天，母亲有何生气，亲自走来？有话只该叫了儿子进去分付。"贾母听说，便止住步，喘息一回，厉声说道："你原来是和我说话！我到有话分付，只是可怜我一生没养个好儿子，却教我和谁说去！"贾政听这话不像，忙跪下含泪说道："为儿的教训儿子，也为的是光宗耀祖。母亲这话，我做儿的如何禁得起？"贾母听说，便啐了一口，说道："我说一句话，你就禁不起；你那样下死手的板子，难道宝玉就禁得起了？你说教训儿子是光宗耀祖，当初你父亲怎么教训你来？"说着，不觉就滚下泪来。贾政又陪笑道："母亲也不必伤感，皆是作儿的一时性起，从此以后再不打他了。"贾母便冷笑道："你也不必和我使性子赌气的。你的儿子，我也不该管你打不打。我猜着，你也厌烦我们娘儿们，不如我们赶早儿离了你，大家干净！"说着，便令人去看轿马，"我和你太太、宝玉立刻回南京去"！家下人只得干答应着。贾母又叫王夫人道："你也不必哭了！如今宝玉年纪小，你疼他；他将来长大成人，为官作宰的，也未必想着你是他母亲了。你如今到不要疼他，只怕将来还少生一口气呢。"贾政听说，忙叩头哭道："母亲如此说，贾政无立足之地。"贾母冷笑道："你分明使我无立足之地，你反说起我来！只是我们回去了，你心里干净，看有谁来许你打！"一面说，一面只令快打点行李、车轿回去。贾政苦苦叩求认罪。

贾母一面说话，一面又记挂宝玉，忙进前来看时，只见今日这顿打不比往日，又是心疼，又是生气，也抱着哭个不了。王夫人与凤姐等解劝了一会，方渐渐的止住。早有丫嬛、媳妇等上来要搀宝玉，凤姐便骂道："糊涂东西！也不睁开眼瞧瞧！打的这么个样儿，还要搀着走！还不快进去把那籐屉子春凳抬出来呢。"众人听说，连忙进去，果然抬出春凳来，将宝玉抬放凳上，随着贾母、王夫人等进去，送至贾母房中。彼时贾政见贾母气未全消，不敢自便，也跟了进去，看看宝玉果然打重了。再看看王夫人，"儿"一声，"肉"一声，"你替珠儿早死了，留着珠儿免你父亲生气，我也不白操这半世的心了。这会子你倘或有个好歹，丢下我，叫我靠那一个？"数落一场，又哭"不争气的儿"。贾政听了，也就灰心，自悔不该下毒手，打到如此地步。先劝贾母，贾母含泪说道："你不出去，还在这里做什么？难道于心不足，还要眼看着他死了才去不成！"贾政听说，方退了出来。

此时薛姨妈同宝钗、香菱、袭人、史湘云也都在这里。袭人满心委屈，只不好十分使出，见众人围着，灌水的灌水，打扇的打扇，自己插不下手去，便越性走出来，到二门前，令小厮们找了焙茗来细问："方才好端端的，为什么打起来？你也不早来透个信儿！"焙茗急的说："偏生我没在跟前，打到半中间，我才听见了。忙打听原故，却是为琪官、金钏姐姐的事。"袭人道："老爷怎么得知道的？"焙茗道："那琪官的事，多半是薛大爷素日吃醋，没法儿出气，不知在外头唆挑了谁来，在老爷跟前下的火；那金钏儿的事，是三爷说的。我也是听见老爷的人说的。"袭人听了这两件事都对景，心中也就信了八九分。然后回来，只见众人都替宝玉疗治。调停完备，贾母令"好生抬到他房内去"。众人答应，七手八脚，忙把宝玉送入怡红院内自己床上卧好。又乱了半日，众人渐渐散去，袭人方进前来经心扶侍，问他端的。且听下回分解。

第三十四回　情中情因情感妹妹　错里错以错劝哥哥

话说袭人见贾母、王夫人等去后，便走来宝玉身边坐下，含泪问他：“怎么就打到这步田地？”宝玉叹气说道：“不过为那些事，问他做什么？只是下半截疼的很，你瞧瞧打坏了那里？”袭人听说，便轻轻伸手进去，将中衣褪下。宝玉略动一动，便咬着牙叫“嗳哟”，袭人连忙停住手。如此三四次才褪了下来。袭人看时，只见腿上半段青紫，都有四指宽的僵痕高了起来。袭人咬着牙说道：“我的娘，怎么下的这么狠手！你但凡听我一句话，也不得到这步田地。幸而没动筋骨，倘或打出个残疾来，可叫人怎么样呢！”

正说着，只听丫环们说：“宝姑娘来了。”袭人听见，知道穿不及中衣，便拿了一床袷纱被替宝玉盖了。只见宝钗手里托着一丸药走进来，向袭人说道：“晚上把这药用酒研开，替他敷上，把那淤血的热毒散开，可以就好了。”说毕，递与袭人。又问道：“这会子可好些？”宝玉一面道谢，说：“好了！”又让坐。宝钗见他睁开眼说话，不像先时，心中也宽慰了好些，便点头叹道：“早听人一句话，也不至今日。别说老太太、太太心疼，就是我们看着，心里也疼。”刚说了半句，又忙咽住，自悔说的话急了，不觉的就红了脸，低下头来。宝玉听得这话如此亲切稠密，大有深意，忽见他又咽住不往下说，红了脸，低下头，只管弄衣带，那一种娇羞怯怯，非可形容得出者，不觉心中大畅，将疼痛早丢在九霄云外。心中自思：“我不过捱了几下打，他们一个个就有这些怜惜悲感之态露出，令人可玩可观，可怜可敬。假若我一时竟遭殃横死，他们还不知是何等悲感呢！既是他们这样，我便一时死了，得他们如此，一生事业纵然尽付东流，亦无足叹息。冥冥之中，若不怡然自得，亦可谓糊涂鬼祟矣。”想着，只听宝钗问袭人道：“怎么好好的动了气，就打起来了？”袭人便把焙茗的话说了出来。宝玉原来还不知道贾环的话，见袭人说出，方才知道；因又拉上薛蟠，惟恐宝钗沉心,忙又止住袭人道:“薛大哥哥从来不这样的,你们不可混裁度。”

宝钗听说,便知道是怕他多心,用话相拦袭人,因心中暗暗想道:“打的这个形像,疼还顾不过来,还是这样细心,怕得罪了人,可见在我们身上也算是用心了。你既这样心,何不在外头大事上做工夫,老爷也欢喜了,也不能吃这样亏。但你固然怕我沉心,所以拦袭人的话,难道我就不知我的哥哥素日恣心纵欲,毫无防犯的那种心性?当日为一个秦钟还闹的天翻地覆,自然如今比先又更利害了。”想毕,因笑道:“你们也不必怨这个、怨那个。据我想,到底宝兄弟素日不正,肯和那些人来往,老爷才生气。就是我哥哥说话不防头,一时说出宝兄弟来,也不是有心调唆:一则也是本来的实话,二则他原不理论这些防嫌小事。袭姑娘从小儿只见宝兄弟这么样细心的人,你何尝见过天不怕、地不怕,心里有什么,口里就说的人!”

袭人因说出薛蟠来,见宝玉拦他的话,早已明白自己说造次了,恐宝钗没意思,听宝钗如此说,更觉羞愧无言。宝玉又听宝钗这番话,一半堂皇正大,一半是去己疑心,更觉比先畅快了。方欲说话时,只见宝钗起身说道:“明儿再来看你!你好生养着罢。方才我拿了药来,交给袭人,晚上敷上管就好了。”说着,便走出门去,袭人赶着送出院外,说:“姑娘到费心了。改日宝二爷好了,亲自来谢。”宝钗回头笑道:“有什么谢处。你只劝他好生静养,别胡思乱想的就好了。不必惊动老太太、太太众人,倘或吹到老爷耳朵里,虽然彼时不怎么样,将来对景,终是要吃亏的。”说着,一面去了。

袭人抽身回来,心内着实感激宝钗。进来见宝玉沉思默默,似睡非睡的模样,因而退出房外,自去栉沐。宝玉默默的躺在床上,无奈臀上作痛,如针挑刀挖一般,更又热如火炙,略展转时,禁不住“嗳哟”之声。那时天色将晚,因见袭人去了,却有三两个丫环伺候,此时并无呼唤之事,因说道:“你们且去梳洗,等我叫时再来。”众人听了,也都退出。

这里宝玉昏昏默默,只见蒋玉菡走了进来,诉说忠顺府拿他之事;又见金钏儿进来,哭说为他投井之事。宝玉半梦半醒,都不在意。

忽又觉有人推他，恍恍忽忽听得有人悲戚之声。宝玉从梦中惊醒，睁眼一看，不是别人，却是林黛玉。宝玉犹恐是梦，忙又将身子欠起来，向脸上细细一认，只见两个眼睛肿的桃儿一般，满面泪光，不是黛玉，却是那个？宝玉还欲看时，怎奈下半截疼痛难忍，支持不住，便“嗳哟”一声，仍就倒下，叹了一声，说道：“你又做什么跑来！虽说太阳落下去，那地上的馀热未散，走两趟又要受了暑。我虽然捱了打，并不觉疼痛。我这个样儿，只妆出来哄他们，好在外头布散与老爷听。其实是假的，你不可认真。”此时，林黛玉虽不是嚎啕大哭，然越是这等无声之泣，气噎喉堵，更觉利害。听了宝玉这番话，心中虽然有万句言词，只是不能说得。半日，方抽抽噎噎的说道：“你从此可都改了罢！”宝玉听说，便长叹一声道：“你放心！别说这样话，就便为这些人死了，也是情愿的！”

一句话未了，只见院外人说：“二奶奶来了。”林黛玉便知是凤姐来了，连忙立起身，说道：“我从后院子去罢，回来再来。”宝玉一把拉住道：“这可奇了！好好的，怎么怕起他来？”林黛玉急的跺脚，悄悄的说道：“你瞧瞧我的眼，又该他取笑开心呢。”宝玉听说，赶忙的放手。黛玉三步两步转过床后，出后院而去。凤姐从前头已进来了。问宝玉：“可好些了？想什么吃，叫人往我那里取去。”接着，薛姨妈又来了。一时贾母又打发了人来。

至掌灯时分，宝玉只喝了两口汤，便昏昏沉沉的睡去。接着周瑞媳妇、吴新登媳妇、郑好时媳妇，这几个有年纪、常往来的，听见宝玉捱了打，也都进来。袭人忙迎出来，悄悄的笑道：“婶子们来迟了一步，二爷才睡着了。”说着，一面带他们到那边房里坐了，倒茶与他们吃。那几个媳妇子都悄悄的坐了一回，向袭人说：“等二爷醒了，你替我们说罢。”袭人答应了，送他们出去。刚要回来，只见王夫人使个婆子来，口称“太太叫一个跟二爷的人呢！”袭人见说，想了一想，便回身悄悄告诉晴雯、麝月、檀云、秋纹等说：“太太叫人，你们好生在房里。我去了就来。”说毕，同那婆子一径出了园子，来至上房。

王夫人正坐在凉榻上摇着巴焦扇子，见他来了，说：“不管叫了谁来也罢了，你又丢下他来了。谁扶侍他呢？”袭人见说，连忙陪笑说道："二爷才睡安稳了。那里有四五个丫头，如今也好了，会扶侍二爷了。太太请放心！恐怕太太有什么话分付，打发他们来，一时听不明白，到耽误了。"王夫人道："也没甚话，白问问他这会子疼的怎么样？"袭人道："宝姑娘送去的药，我给二爷敷上了，比先好些了。先疼的躺不稳；这会子都睡沉了，可见好些了。"王夫人又问："吃了什么没有？"袭人道："老太太给的一碗汤，喝了两口，只嚷干渴，要吃酸梅汤。我想着酸梅是个收敛的东西，才刚捱了打，又不许叫喊，自然急的那热毒、热血未免不存在心里；倘或吃下这个去，激在心里，再弄出大病来，可怎么样呢？因此，我劝了半天，才没吃。只拿那糖腌的玫瑰卤子和了吃，吃了半碗，又嫌吃絮了，不香甜。"王夫人道："嗳哟！你不该早来和我说！前儿有人送了两瓶子香露来，原要给他点子的，我怕他胡遭塌了就没给。既是他嫌那些玫瑰膏子絮烦，把这个拿两瓶子去。一碗水里只用挑一茶匙儿，就香的了不得呢。"说着，就唤彩云来，"把前儿的那几瓶香露拿了来"。袭人道："只拿两瓶来罢，多了也白遭塌。等不彀再要，再来取也是一样。"彩云听说，去了半日，果然拿了两瓶来，付与袭人。袭人看时，只见两个玻璃小瓶却有三寸大小，上面螺丝银盖，鹅黄笺上写着"木樨清露"，那一个写着"玫瑰清露"。袭人笑道："好金贵东西！这么个小瓶儿能有多少？"王夫人道："那是进上的。你没看见鹅黄笺子？你好生替他收着，别遭塌了。"

袭人答应着，方要走时，王夫人又叫："站着，我想起一句话来问你。"袭人忙又回来。王夫人见房内无人，便问道："我恍惚听见宝玉今儿捱打，是环儿在老爷跟前说了什么话。你可听见这个了？你要听见，告诉我听了，我也不吵出来教人知道是你说的。"袭人道："我到没听见这个话。听说为二爷霸占着戏子，人家来和老爷要，为这个打的。"王夫人摇头说道："也为这个，还有别的原故。"袭人道："别的原故实在不知道了。我今儿在太太跟前大胆说句不知好歹的话。论理——"说了半截，忙又咽住。王夫人道："你只管说！"袭人笑道："太太别生气，我就说了。"王夫人道："我有什么生气的！你只管说来。"袭人道："若论理，我们二爷也须得老爷教训两顿。若老爷再不管,将来不知做出什么事来呢。”王夫人一闻此言,便合掌念声“阿弥陀佛”,由不的赶着袭人叫了一声:“我的儿!亏了你也明白!这话和我的心一样。我何曾不知道管儿子。先时你珠大爷在,我是怎么样管他,难道我如今到不知管儿子了?只是有个原故:如今我想我已经快五十岁的人,通共剩了他一个;他又长的单弱;况且老太太宝贝似的。若管紧了他,倘或再有个好歹,或是老太太气坏了,那时上下不安,岂不到不好了。所以就纵坏了他。我常常掰着口儿劝一阵,说一阵;气的骂一阵,哭一阵,彼时他好,过后儿还是不相干,端的吃了亏才罢了。若打坏了,将来我靠谁呢?”说着,由不得滚下泪来。

袭人见王夫人这般悲感,自己也不觉伤了心,陪着落泪。又道:“二爷是太太养的,岂不心疼?便是我们做下人的,扶侍一场,大家落个平安,也算是造化了。要这样起来,连平安都不能了。那一日那一时我不劝二爷?只是再劝不醒。偏生那些人又肯亲近他,也怨不得他这样。总是我们劝的到不好了。今儿太太提起这话来,我还记挂着一件事,每每要来回太太,讨太太个主意。只是我怕太太疑心,不但我的话白说了,且连葬身之地都没了。”王夫人听了这话内有因,忙问道:“我的儿,你有话只管说。近来我因听见众人背前背后都夸你,我只说你不过是在宝玉身上留心,或是诸人跟前和气这些小意上好,所以,将你合老姨娘一体行事。谁知你方才和我说的话全是大道理,正和我的想头一样。有什么只管说什么,只别教别人知道就是了。”袭人道:“我也没什么别的说。我想着讨太太一个示下,怎么变了法儿,以后竟还教二爷搬出园外来住就好了。”王夫人听了,吃一大惊,忙拉了袭人的手,问道:“宝玉难到和谁作怪了不成?”

袭人连忙回道:“太太别多心!并没有这话。这不过是我的小见识。如今二爷也大了,里头姑娘们也大了;况且,林姑娘、宝姑娘又是两姨姑表姊妹。虽说是姊妹们,到底是男女之分,日夜一处起坐不方便,由不得叫人悬心;便是外人看着,也不像一家子的事。俗语说的:‘没事常思有事’,世上多少无头恼的事,多半因为无心中做出,有心人看见,当作有心事,反说坏了。只是预先不防着,断然不好。二爷素日性格,太太是知道的。他又偏好在我们队里闹。倘或不防,前后错了一点半点，不论真假，人多口杂，那起小人的嘴有什么避讳？心顺了呢，说的比菩萨还好；心不顺，就贬的连畜牲不如。二爷将来倘或有人说好，不过大家直过没事；若要叫人说出一个不好字来，我们不用说粉身碎骨、罪有万重，都是平常小事，但后来二爷一生的声名、品行，岂不完了？二则太太也难见老爷。俗语又说：'君子防不然'，不如这会子防避的为是。太太事情多，一时固然想不到。我们想不到则可；既想到了，若不回明太太，罪越重了。近来我为这事日夜悬心，又不好说与人，惟有灯知道罢了。"

王夫人听了这话，如雷轰电掣的一般，正触了金钏儿之事，心内越发感爱袭人不尽，忙笑道："我的儿，你竟有这个心胸，想的这样周全！我何曾又不想到这里？只是这几次有事就忘了。你今儿这一番话提醒了我，难为你成全我娘儿两个声名体面，真真我竟不知道你这样好。罢了，你且去罢！我自有道理。只是还有一句话：你今日既说了这样的话，我就把他交给你了，好歹留心，保全了他，就是保全了我。我自然不辜负了你。"袭人连连答应着去了。

回来正值宝玉睡醒，袭人回明香露之事。宝玉喜不自禁，即令调来尝试，果然香妙非常。因心下记挂着黛玉，满心里要打发人去，只是怕袭人，便设一法，先使袭人往宝钗那里去借书。袭人去了，宝玉便命晴雯来，分付道："你到林姑娘那里，看看他做什么呢。他要问我，只说我好了。"晴雯道："白眉赤眼，做什么去呢？到底说句话儿，也像一件事。"宝玉道："没有什么可说的。"晴雯道："若不然，或是送件东西，或是取件东西。不然，我去了怎么搭赸呢？"宝玉想了一想，便伸手拿了两条手帕子，撂与晴雯，笑道："也罢！就说我叫你送这个给他去了。"晴雯道："这又奇了！他要这半新不旧的两条手帕子！他又要恼了，说你打趣他。"宝玉笑道："你放心！他自然知道。"

晴雯听了，只得拿了帕子往潇湘馆来。只见春纤正在栏杆上晾手帕子，见他进来，忙摆手儿，说："睡下了。"晴雯走进来，满屋魆黑，并未点灯。黛玉已睡在床上，问是谁。晴雯忙答道："晴雯。"黛玉道："做什么！"晴雯道："二爷叫我送手帕子来给姑娘。"黛玉听了，心中发闷，"做什么送手帕子来给我？"因问："这帕子是谁送他的？必是上好的，叫他留着送别人罢，我这会子不用这个。”晴雯笑道：“不是新的，就是家常旧的。”林黛玉听见，越发闷住，着实细心搜求，思忖一时，方大悟过来，连忙说：“放下去罢！”晴雯听了，只得放下，抽身回去。一路盘算，不解何意。

这里林黛玉体贴出手帕子的意思来，不觉神魂驰荡：“宝玉这番苦心，能领会我这番苦意，又令我可喜；我这番意思，不知将来如何，又令我可悲；忽然好好的送两块旧手帕子来，若不是领我深意，单看了这手帕子，又令我可笑；再想令人私相传递与我，又令我可惧；我自己每每好哭，想来也无味，又令我可愧。”如此左思右想，一时五内沸然炙起。黛玉由不得馀意绵缠，令掌灯，也想不起嫌疑、避讳等事，便向案上研墨蘸笔，便向那两块旧帕上题笔写道：

其一

眼空蓄泪泪空垂，暗洒闲抛却为谁？
尺幅鲛绡劳解赠，叫人焉得不伤悲！

其二

抛珠滚玉只偷潸，镇日无心镇日闲；
枕上袖边难拂拭，任他点点与斑斑！

其三

彩线难收面上珠，湘江旧迹已模糊；
窗前亦有千竿竹，不识香痕渍也无？

林黛玉还要往下写时，觉得浑身火热，面上作烧，走至镜台揭起锦袱一照，只见腮上通红，自羡压倒桃花，却不知病由此萌起。一时，方上床睡去。犹拿着那帕子思索，不在话下。

却说袭人来见宝钗，谁知宝钗不在园内，往他母亲那里去了。袭人便空手回来。等至二更，宝钗方回来。

原来宝钗素知薛蟠情性，心中已有一半疑惑薛蟠调唆了人来告宝玉的，谁知又听袭人说出来，越发信了。究竟袭人是听焙茗说的，那焙茗也是私心窥度，并未据实，竟认准是他说的。那薛蟠都因素日有这个名声，其实这一次却不是他干的，被人生生的一口咬定是他，有口难分诉。这日正从外头吃了酒回来。见过母亲，只见宝钗在这里,说了几句闲话,因问:“听见宝兄弟吃了亏?是为什么?”薛姨妈正为这个不自在,见他问时,便咬着牙道:“不知好歹的东西,都是你闹的!你还有脸来问!”薛蟠见说,便怔了,忙问道:“我何尝闹什么?”薛姨妈道:“你还妆憨呢!人人都知道是你说的,还赖呢!”薛蟠道:“人人说我杀了人,妈也就信了罢?”薛姨妈道:“连你妹妹都知道是你说的。难道他也赖你不成?”宝钗忙劝道:“妈和哥哥且别叫喊,消消停停的就有个青红皂白了。”因向薛蟠道:“是你说的也罢,不是你说的也罢,事情也过去了,不必较证,到把小事儿弄大了。我只劝你,从此以后在外头少去胡闹,少管别人的事。天天大家一处胡逛,你是个不防头的人,过后儿没事就罢了。倘或有事,不是你干的,人人都也疑惑是你干的。不用说别人,我就先疑惑你。”

薛蟠本是个心直口快的人,一生见不得这样藏头露尾的事。又见宝钗劝他不要逛去,他母亲又说他犯舌,宝玉之打是他治的,早已急的乱跳,赌身发誓的分辩。又骂众人:“谁这样赃派我?我把那囚攮的牙敲了才罢!分明是为打了宝玉没的献勤儿,拿我来作幌子。难道宝玉是天王?他父亲打他一顿,一家子定要闹几天?那一回为他不好,姨爹打了他两下子。过后老太太不知怎么知道了,说是珍大哥哥治的,好好的叫了去骂了一顿。今儿越发拉上我了。既拉上,我也不怕,索性进去把宝玉打死了,我替他偿了命,大家干净。”一面嚷,一面抓起一根门闩来就跑。慌的薛姨妈一把抓住,骂道:“作死的孽障,你打谁去?你先打我来!”薛蟠急的眼似铜铃一般,嚷道:“何苦来!又不叫我去,又好好的赖我。将来宝玉活一日,我担一日的口舌,不如大家死了清静。”宝钗忙也上前劝道:“你忍耐些儿罢!妈急的这个样儿,你不说来劝妈,你还反闹的这样。别说是妈,便是傍人来劝你,也为你好,到把你的性子劝上来了。”薛蟠道:“这会子又说这话。都是你说的。”宝钗道:“你只怨我说,再不怨你顾前不顾后的形景。”薛蟠道:“你只会怨我顾前不顾后,你怎么不怨宝玉外头招风惹草的那个样子?别说多的,只拿前儿琪官的事比给你们听:那琪官,我们见过十来次的,我并未和他说一句亲热话;怎么前儿他才见了,连姓名还不知道,就把汗巾子给他了。难道这也是我说的不成?”薛姨妈和宝钗急的说道:“还提这个!可不是为这个打他呢!可见是你说的了。”薛蟠道:“真真的气人了!赖我说的我不恼,我只恼为一个宝玉闹的这样天翻地覆的。”宝钗道:“谁闹了?你先拿刀动杖的闹起来,到说别人闹。”薛蟠见宝钗说的话句句有理,难以驳正,比母亲的话反难回答,因此便要设法拿话堵回他去,就无人敢拦自己的话了;也因正在气头上,未曾想话之轻重。便说道:“好妹妹,你不用和我闹,我早知道你的心了。从先妈和我说,你这金要拣有玉的才可正配,你留了心,见宝玉有那捞什骨子,你自然如今行动护着他。”话未说了,把个宝钗气怔了,拉着薛姨妈哭道:“妈妈,你听哥哥说的是什么话!”薛蟠见妹妹哭了,便知自己冒撞了,便堵气走到自己房里安歇,不提。

这里薛姨妈气的乱战,一面又劝宝钗道:“你素日知道那孽障说话没道理,明儿我叫他给你陪不是。”宝钗满心的委屈气忿,待要怎样,又怕他母亲不安,少不得含泪别了母亲,各自回来,到房里整哭了一夜。

次日一早起来,也无心梳洗,胡乱整理整理,便出来瞧母亲。可巧遇见林黛玉独立在花阴之下,问他那里去。薛宝钗因说“家去”,口里说着,便只管走。黛玉见他无精打彩的去了,又见他眼上有哭泣之状,大非往日可比。便在后面笑道:“姐姐也得自保重些儿,就是哭出两缸眼泪来,也医不好棒疮!”不知宝钗如何答对,且听下回分解。

第三十五回　白玉钏亲尝莲叶羹　黄金莺巧结梅花络

话说宝钗分明听见林黛玉克薄他,因记挂着母亲、哥哥,并不回头,一径去了。这里林黛玉还自立于花阴之下,远远的却向怡红院内望着。只见李宫裁、迎春、探春、惜春并各项人等都向怡红院内去过之后,一起一起的散净了。只不见凤姐儿来。心里自己盘算道:"如何他不来瞧宝玉?便是有事缠住了,他必定也是要来打个花胡哨,讨老太太和太太的好儿才是!今儿这早晚不来,必有原故。"一面猜疑,一面抬头再看时,只见花花簇簇一群人又向怡红院内来了。定睛看时,只见贾母搭着凤姐儿的手,后头邢夫人、王夫人跟着,周姨娘并丫嬛、媳妇等人都进院去了。黛玉看了,不觉点头,想起有父母的人的好处来。早又泪珠满面。少顷,只见宝钗、薛姨娘等也进入去了。忽见紫鹃从背后走来,说道:"姑娘吃药去罢!开水又冷了。"黛玉道:"你到底要怎么样?只是催!我吃不吃,管你什么相干。"紫鹃笑道:"咳嗽的才好了些,又不吃药了。如今虽然是五月里,天气热,到底也该还小心些。大清早起,在这个潮地方站了半日,也该回去歇息歇息了。"一句话提醒了黛玉,方觉得有点腿酸,呆了半日,方慢慢的扶着紫鹃回潇湘馆来。

一进院门,只见满地下竹影参差、苔痕浓淡,不觉又想起《西厢记》中所云:"幽僻处可有人行?点苍苔白露泠泠"二句来,因暗暗的叹道:"双文,双文,诚为命薄人矣。然你虽命薄,尚有孀母、弱弟,今日林黛玉之命薄,一并连孀母、弱弟俱无。古人云:'佳人命薄',然我又非佳人,何命薄胜于双文哉!"一面想,一面只管走,不防廊上的鹦哥见林黛玉来了,"嘎"的一声,扑了下来,到吓了一跳,因说道:"作死的,又搧了我一头灰。"那鹦哥仍飞上架去,便叫:"雪雁,快掀帘子!姑娘来了。"黛玉便止住脚步,以手扣架道:"添了食水不曾?"那鹦哥便长叹一声,竟大似林黛玉素日吁嗟音韵,接着念道:"侬今葬花人笑痴,他年葬侬知是谁?试看春残花渐落,便是红颜老死时。一朝春尽红颜老,花落人亡两不知。”黛玉、紫鹃听了,都笑起来。紫鹃笑道:“这都是素日姑娘念的,难为他怎么记得了。”黛玉便令将架子摘下来,另挂在月洞窗户外的钩子上。于是进了屋子,在月洞窗户内坐了,吃毕药,只见窗户外竹影映入纱窗,满屋内阴阴翠润,几簟生凉。黛玉无可释闷,便隔着纱窗调逗鹦哥作戏,又将素日所喜的诗词也教与他念。这且不在话下。

且说薛宝钗来至家中,只见母亲正在梳头呢。一见他来了,便说道:“你大清早起跑来作什么?”宝钗道:“我瞧瞧妈身上好不好。昨儿我去了,不知他可又过来闹了没有?”一面说,一面在他母亲身傍坐了,由不得哭将起来。薛姨妈见他一哭,自己掌不住也就哭了。一面伤心,一面又劝他:“我的儿,你别委曲了!你等我处分他。你要有个好歹,我指望那一个呢!”

薛蟠在外边听见,连忙跑了进来,对着宝钗,左一个揖,右一个揖,只说:“好妹妹,恕我这一次罢!原是我昨儿吃了酒,回来的晚了,路上撞客着了,来家酒还没醒,不知胡说了些什么,连自己也不知道;怨不得你生气。”宝钗原是掩面哭的,听如此说,由不得又好笑了。遂抬头向地下啐了一口,说道:“你不用做这些像生儿,我知道你的心里多嫌我们娘儿两个。是要变着法儿叫我们离了你,你就心净了。”薛蟠听说,连忙笑道:“妹妹这话从那里说起来的?这样我连立足之地都没了。妹妹从来不是这样多心、说歪话的人。”薛姨妈忙又接着道:“你只会听见你妹妹的歪话,难道昨儿晚上你说的那话就应该的不成?当真是你发昏了。”薛蟠道:“妈也不必生气,妹妹也不用烦恼,从今以后我再不同他们一处吃酒闲逛,如何?”宝钗笑道:“这不明白过来了!”薛姨妈道:“你要有这个恒劲,那龙也下蛋了。”薛蟠道:“我若再和他们一处逛,妹妹听见了,只管啐我,再叫我畜生,不是人。如何?何苦来!为一个人,娘儿两个天天操心!妈为我生气,还有可恕;若只管叫妹妹为我操心,我更不是人了!如今父亲没了,我不能多孝顺妈、多疼妹妹,反教妈生气、妹妹烦恼,真连个畜生也不如了。”口里说着,眼睛里禁不起也滚下泪来。

薛姨妈本不哭了，听他一说，又勾起伤心来。宝钗勉强笑道："你闹勾了，这会子又招着妈哭起来了。"薛蟠听说，忙收了泪，笑道："我何曾招妈哭来！罢，罢，罢！丢下这个别提了。叫香菱来到茶妹妹吃。"宝钗道："我也不吃茶，等妈洗了手，我们就过去了。"薛蟠道："妹妹的项圈我瞧瞧，只怕该炸一炸去了。"宝钗道："黄澄澄的，又炸他作什么？"薛蟠又道："妹妹如今也该添补些衣裳了。要什么颜色、花样，告诉我！"宝钗道："连那些衣服我还没穿遍了，又做什么！"一时，薛姨妈换了衣裳，拉着宝钗进去，薛蟠方出去了。

这里薛姨妈和宝钗进园来瞧宝玉。到了怡红院中，只见抱厦里外、回廊上许多丫环、老婆站着，便知贾母等都在这里。母女两个进来，大家见过了。只见宝玉躺在榻上，薛姨妈问他"可好些了"？宝玉忙欲欠身，口里答应着"好些"，又说："只管姨娘、姐姐来瞧，我禁不起。"薛姨娘忙扶他睡下，又问他："想什么吃？只管告诉我！"宝玉笑道："我想起来，自然和姨娘要去的。"王夫人又问："你想什么吃？回来好给你送来的。"宝玉笑道："也到不想什么吃。到是那一回做的那小荷叶儿、小莲蓬儿的汤，还好些。"凤姐一傍笑道："听听，味道不算高贵，只是太磨牙了。巴巴的想这个吃了。"贾母便一叠声的叫人做去。凤姐儿笑道："老祖宗别急！等我想一想：这模子谁收着呢？"因回头分付个婆子去问管厨房的要去。那婆子去了半天，来回说："管厨房的说，'四付汤模子都交上来了'。"凤姐儿听说，想了一想道："我记得交给谁了，多半在茶房里。"一面又遣人去问管茶房的，也不曾收。次后还是管金银器皿的送了来。

薛姨娘先接过来。瞧时，原来是个小匣子，里面装着四付银模子，都有一尺多长，一寸见方，上面凿着有豆子大小，也有菊花的，也有梅花的，也有莲蓬的，也有菱角的，共有三四十样，打的十分精巧。因笑向贾母、王夫人道："你们府上也都想绝了，吃碗汤还有这些样子！若不说出来，我见了这个，也不认得这是作什么用的。"凤姐儿也不等人说话，便笑道："姑妈那里晓得，这是旧年备膳，他们想的法儿，不知弄些什么面印出来，借点新荷叶的清香。全仗着好汤，究竟没意思，谁家常吃他了？那一回呈样的作了一回，他今日怎么想起来了。”说着,接了过来,递与个妇人,分付厨房里立刻拿几支鸡,另外添了东西做出十来碗来。王夫人道:“要这些做什么?”凤姐儿笑道:“有个原故:这一宗东西,家常不大作。今儿宝兄弟提起来了,单做给他吃,老太太、姑妈、太太都不吃,似乎不大好;不如借势儿弄些大家吃,托赖连我也尝个新儿。”贾母听了,笑道:“猴儿,把你乖的!拿着官中的钱,你做人!”说的大家笑了。凤姐也忙笑道:“这不相干!这个小东道我还孝敬的起。”便回头分付妇人说:“给厨房里只管好生添补着做了,在我的账上来领银子。”妇人答应着去了。

宝钗一傍笑道:“我来了这么几年,留神看起来,凤丫头凭他怎么巧,巧不过老太太去。”贾母听说,便答道:“我如今老了,那里还巧什么!当日我像凤姐儿这么大年纪,比他还来得呢。他如今虽说不如我们,也就算好了,比你姨娘强远了。你姨娘可怜见的,不大说话,和木头是的,在公婆跟前就不大显好。凤儿嘴乖,怎么怨得人疼他。”宝玉笑道:“若这么说,不大说话的就不疼了?”贾母道:“不大说话的,又有不大说话的可疼之处;嘴乖的,也有一宗可嫌的,到不如不说话的好。”宝玉笑道:“这就是了。我说大嫂子到不大说话呢,老太太也是和凤姐姐的一样看待。若是单是会说话的可疼,这些姊妹里头,也只是凤姐姐和林妹妹可疼了。”贾母道:“提起姊妹,不是我当着姨太太的面奉承,千真万真,从我们家四个女孩儿算起,全不如宝丫头。”薛姨妈听说,忙笑道:“这话是老太太说偏了。”王夫人忙又笑道:“老太太时常背地里和我说宝丫头好,这到不是假话。”宝玉勾看贾母,原为赞林黛玉的,不想反赞起宝钗来,到也喜出望外,便看着宝钗一笑。宝钗早扭过头去,和袭人说话去了。

忽有人来请吃饭。贾母方立起身来,命宝玉好生养着,又把丫头们嘱咐了一回,方扶着凤姐儿,让着薛姨妈,大家出房去了。因问汤做好了不曾,又问薛姨妈等:“想什么吃,只管告诉我,我有本事叫凤丫头弄了来咱们吃。”薛姨妈笑道:“老太太也会沤他的。时常他弄了东西孝敬,究竟又吃不了多少。”凤姐儿笑道:“姑妈到别这样说!我们老祖宗只是嫌人肉酸,若不嫌人肉酸,早已把我还吃了呢。”一句话没说了,引的贾母众人都哈哈的笑起来。宝玉在房里也掌不住笑了。袭人笑道："真真的二奶奶的这个嘴怕死人!"宝玉伸手拉着袭人,笑道:"你站了这半日,可乏了?"一面说,一面拉他身傍坐了。袭人笑道:"可是又忘了,趁宝姑娘在院子里,你和他说,烦他莺儿来打上几根绦子。"宝玉笑道:"亏你提起来。"说着,便仰头向窗外道:"宝姐姐!吃过饭叫莺儿来,烦他打几根绦子,可得闲儿?"宝钗听见,回头道:"怎么不得闲儿,一会儿叫他来就是了。"贾母等尚未听真,都止步问宝钗。宝钗说明了,大家方明白。贾母又说道:"好孩子,叫他来替你兄弟打几根。你要无人使唤,我那里闲着的丫头多呢,你喜欢谁,只管叫了去使唤。"薛姨妈、宝钗等都笑道:"只管叫他来作就是了,有什么使唤的去处。他天天也是闲着淘气。"

大家说着,往前迈步正走。忽见史湘云、平儿、香菱等在山石边掐凤仙花呢。见了他们走来,都迎上来了。少顷至园外,王夫人恐贾母乏了,便欲让至上房内坐。贾母也觉腿酸,便点头依允。王夫人便令丫头忙先去铺设坐位。那时赵姨娘推病,只有周姨娘与众婆娘丫头们忙着打帘子、立靠背、铺褥子。贾母扶着凤姐儿进来,与薛姨妈分宾主坐了。薛宝钗、史湘云坐在下面,王夫人亲捧了茶,奉与贾母,李宫裁奉与薛姨妈。贾母向王夫人道:"让他们小妯娌伏侍,你在那里坐了,好说话儿。"王夫人方向一张小杌子上坐下,便分付凤姐儿道:"老太太的饭在这里放,添了东西来。"凤姐儿答应出去,便令人去贾母那边告诉,那边的婆娘忙往外传了,丫头们忙都赶过来。王夫人便令"请姑娘们去"。请了半天,只有探春、惜春两个来了。迎春身上不奈烦,不吃饭;林黛玉自不消说,平素十顿饭,只好吃五顿,众人也不着意了。

少顷,饭至。众人调放了桌子。凤姐儿用手巾裹着一把牙箸,站在地下,笑道:"老祖宗和姑妈不用让,还听我说就是了。"贾母笑向薛姨妈道:"我们就是这样。"薛姨妈笑着应了。于是凤姐放了四双:上面两双是贾母、薛姨妈;两边是薛宝钗、史湘云的。王夫人、李宫裁等都站在地下看着放菜。凤姐先忙着要干净家伙来,替宝玉拣菜。

少顷,荷叶汤来,贾母看过了。王夫人回头见玉钏儿在那边,便令玉钏与宝玉送去。凤姐道:"他一个人拿不了。"可巧莺儿和喜儿都来了。宝钗知道他们已吃了饭,便向莺儿道:“宝兄弟正叫你去打络子。你们两个一同去罢。”莺儿答应,同着玉钏儿出来。莺儿道:“这么远,怪热的,怎么端了去?”玉钏笑道:“你放心!我自有道理。”说着,便令一个婆子来,将汤、饭等物放在一个捧盒里,令他端了跟着,他两个却空着手儿走。一直到了怡红院门内,玉钏儿方接了过来,同莺儿进入宝玉房中。袭人、麝月、秋纹三个人正和宝玉顽笑呢,见他两个来了,都忙起来,笑道:“你两个怎么来的这么碰巧,一齐来了。”一面说,一面接了下来。玉钏便向一张杌子上坐了,莺儿不敢坐下。袭人便忙端了个脚踏来,莺儿还不敢坐。宝玉见莺儿来了,却到十分欢喜;忽见了玉钏儿,便想到他姐姐金钏儿身上。又是伤心,又是惭愧,便把莺儿丢下,且和玉钏儿说话。袭人见把莺儿不理,恐莺儿不好意思的;又见莺儿不肯坐,便拉了莺儿出来到那边房里去吃茶、说话儿去了。这里麝月等预备了碗箸,来伺候吃饭。宝玉只是不吃。问玉钏儿道:“你母亲身子好?”玉钏儿满脸怒色,正眼也不看宝玉。半日方说了一个“好”字。宝玉便觉没趣,半日,只得又陪笑问道:“谁叫你给我送来的?”玉钏儿道:“不过是奶奶、太太们。”宝玉见他还是这样哭丧,便知他是为金钏儿的原故;待要虚心下气说转他,又见人多,不好下气的;因而变尽方法将人都支出去,然后又陪笑问长问短。那玉钏儿先虽不喜,只管见宝玉一些性子没有,凭他怎么丧谤他,还是温存和气,自己到不好意思的了,脸上方有几分喜色。宝玉便笑求他:“好姐姐,你把那汤拿了来,我尝尝。”玉钏儿道:“我从不会喂人东西,等他们来了再吃。”宝玉笑道:“我不是要你喂我,我因为走不动,你递给我吃了,你好赶早儿回去交代了,你好吃饭的;我只管耽误时候,你岂不饿坏了?你要懒待动,我少不了我忍了疼下去取来。”说着,便要下床来,扎挣起来,禁不住“嗳哟”之声。玉钏儿见他这般,忍不住起身,说道:“躺下罢!那世里造了来的孽!这会子现世现报,教我那一个眼睛看的上!”一面说,一面哧的一声又笑了,端过汤来。

宝玉笑道:“姐姐,你要生气,只管在这里坐罢!见了老太太、太太,可放和气些;若还这样,你就又要捱骂了。”玉钏儿道:“吃罢,吃罢！不用和我甜嘴蜜舌的！我可不信这样话。”说着催宝玉喝了两口汤。宝玉故意说：“不好吃！不吃了！”玉钏儿道：“阿弥陀佛！这还不好吃？什么好吃呢！”宝玉道：“一点味儿也没有。你不信，尝一尝就知道了。”玉钏儿真就赌气尝了一尝。宝玉笑道：“这可好吃了。”玉钏儿听说，方解过意来，原是宝玉哄他吃一口，便说道：“你既说不好吃，这会子说好吃也不给你吃了。”宝玉只管央求陪笑要吃，玉钏儿又不给他，一面又叫人打发吃饭。

丫头方进来时，忽有人来回话：“傅二爷家的两个嬷嬷来请安来了。要见二爷。”宝玉听说，便知是通判傅试家的嬷嬷来了。那傅试原是贾政的门生，历年来都赖贾家的名势得意；贾政也着实看待，故与别个门生不同，他那里常遣人来走动。宝玉素习最厌愚男蠢女的，今日却如何又令两个婆子进来？其中原来有个原故。只因那宝玉闻得傅试有个妹子，名唤傅秋芳，也是个琼闺秀女。常有人传说才貌俱全。虽自己未能亲睹，然遐思遥爱之心十分诚敬。不命他们进来，恐薄了傅秋芳，因此，连忙命让进来。那傅试原是暴发的，因傅秋芳有几分姿色，聪明过人。那傅试安心仗着妹妹要与豪门贵族结姻，不肯轻意许人，所以耽误到如今。目今傅秋芳年已二十三岁，尚未许人。争奈那些豪门贵族又嫌他穷酸，根基浅薄，不肯求配。那傅试与贾家亲密，也自有一段心事。今日遣来的两个婆子，偏生是极无知识的。闻得宝玉要见，进来只刚问了好，说了没两句话。那玉钏见生人来，也不和宝玉厮闹了，手里端着汤，只顾听话。宝玉又只顾和婆子说话，一面吃饭，一面伸手去要汤。两个人的眼睛都看着人，不想伸猛了手，便将碗撞落，将汤泼了宝玉手上。玉钏儿到不曾烫着，唬了一跳，忙笑了：“这是怎么说！”慌的丫头们忙上来接碗。宝玉自己烫了手，到不觉的；却只管问玉钏儿，“烫了那里了？疼不疼”？玉钏儿和众人都笑了。玉钏儿道：“你自己烫了，只管问我！”宝玉听说，方觉自己烫了。众人上来，连忙收拾。宝玉也不吃饭了，洗手吃茶。又和那两个婆子说了两句话。然后两个婆子告辞出去，晴雯等送至桥边方回。

那两个婆子见没人了，一行走，一行谈论。这一个笑道：“怪道有人说他家宝玉是外像好,里头糊涂,中看不中吃的,果然有些呆气。他自己烫了手,到问人疼不疼。这可不是个呆子?”那一个又笑道:“我前一回来,听见他家里许多人抱怨,千真万真的有些呆气。大雨淋的水鸡似的,他反告诉别人‘下雨了,快避雨去罢’!你说可笑不可笑?时常没人在跟前,就自哭自笑的。看见燕子,就和燕子说话;河里看见了鱼,就和鱼说话;见了星星、月亮,不是长吁短叹,就是咕咕哝哝的。且是连一点刚性也没有,连那些毛丫头的气都受的。爱惜东西,连个线头儿都是好的;遭塌起来,那怕值千值万的,都不管了。”两个人一面说,一面走出园来,辞别众人回去,不在话下。

如今且说袭人见人去了,便携了莺儿过来,问宝玉打什么络子。宝玉笑向莺儿道:“才只顾说话,就忘了你。烦你不为别的,却为替我打几根络子。”莺儿道:“装什么的络子?”宝玉见问,便笑道:“不管装什么的,你将各样的都打几个罢!”莺儿拍手笑道:“这还了得!要这样,十年也打不完了。”宝玉笑道:“好姐姐,你闲着也没事,都替我打了罢。”袭人笑道:“那里一时都打得完?如今先拣要紧的打两个罢!”莺儿道:“什么要紧?不过是扇子、香坠儿、汗巾子。”宝玉道:“汗巾子就好。”莺儿道:“汗巾子是什么颜色的?”宝玉道:“大红的。”莺儿道:“大红的须是黑络子才好看的,或是石青的才压的住颜色。”宝玉道:“松花色配什么?”莺儿道:“松花配桃红。”宝玉笑道:“这才姣艳。再要雅淡之中带些姣艳。”莺儿道:“葱绿、柳黄是我最爱的。”宝玉道:“也罢了,也打一条桃红,再打一条葱绿。”莺儿道:“什么花样呢?”宝玉道:“共有几样花样?”莺儿道:“一柱香、朝天凳、象眼块、方胜、连环、梅花、柳叶。”宝玉道:“前儿你替三姑娘打的那花样是什么?”莺儿道:“那是攒心梅花。”宝玉道:“就是那样儿好。”一面说,一面叫袭人。刚拿了线来,窗外婆子说:“姑娘们的饭都有了。”宝玉道:“你们吃饭去,快吃了来罢。”袭人笑道:“有客在这里,我们怎好去的。”莺儿一面理线,一面笑道:“这话又打那里说起,正经快吃了来罢。”袭人听说,方去了,只留下两个小丫头听呼唤。

宝玉一面看莺儿打络子,一面说闲话。因问他“十几岁了”。莺儿手里打着,一面答话,说:“十六岁了。”宝玉道:“你本姓什么?”莺儿道："姓黄。"宝玉笑道："这个名姓到对了。果然是个黄莺儿。"莺儿笑道："我的名字本来是两个字，叫作'金莺'，姑娘嫌拗口，就单叫'莺儿'，如今就叫开了。"宝玉道："宝姐姐也算疼你了。明儿宝姐姐出阁，少不得是你跟去了。"莺儿抿嘴一笑。宝玉笑道："我常常和袭人说，明儿不知那一个有福的消受你们主子、奴才两个呢！"莺儿笑道："你还不知道我们姑娘有几样世人都没有的好处呢，模样儿还在其次。"宝玉见莺儿姣憨婉转，语笑如痴，早不胜其情了；那更提起宝钗来！便问他道："好处在那里？好姐姐，细细告诉我听。"莺儿笑道："我告诉你，你可不许又告诉他去。"宝玉笑道："这个自然的。"正说着，只听外头说道："怎么这样静悄悄的！"二人回头看时，不是别人，正是宝钗来了。宝玉忙让坐，宝钗坐了，因问莺儿："打什么呢？"一面问，一面向他手里去瞧，才打了半截。宝钗笑道："这有什么趣儿，到不如打了络子把那个玉络上呢。"一句话提醒了宝玉，便拍手笑道："到是姐姐说得是，我就忘了。只是配个什么颜色才好？"宝钗道："若用杂色的，断然使不得；大红又犯了色；黄的又不起眼；黑的又过暗。等我想个法儿：把那金线拿来，配着黑珠儿线，一根一根的拈上，打成络子，这才好看！"宝玉听说，喜之不尽，一叠声便叫袭人来取金线。

正值袭人端了两碗菜走进来，告诉宝玉道："今儿奇怪！才刚太太打发人给我送了两碗菜来。"宝玉笑道："必定是今儿的菜多，为送来给你们大家吃的。"袭人道："不是，指名给我送来的，还不叫我过去磕头。这可是奇了。"宝钗笑道："给你的，你就吃了。这有什么可猜疑的！"袭人笑道："从来没有的事，到叫我不好意思的。"宝钗抿嘴一笑，说道："这就不好意思了？明儿比这个更叫你不好意思的地方还有呢！"袭人听了话内有因，素日知宝钗不是轻嘴薄舌奚落人的，自己方想起上日王夫人的意思来，便不再提，将菜与宝玉看了，说："洗了手来拿线。"说毕，便一直的出去了。吃过饭，洗了手，进来拿金线与莺儿打络子。此时宝钗早被薛蟠遣人来请出去了。这里宝玉正看着打络子，忽见邢夫人遣了两个丫环送了两样果子来与他吃，问他："可走得了？若走得动，叫哥儿明儿过来散散心，太太着实记挂着呢。”宝玉忙道:“若走得了,必请太太的安去。疼的比先好些,请太太放心罢。”一面叫他两个坐下,一面又叫秋纹来,把才拿来的那果子拿一盘送与林姑娘去。秋纹答应了,刚欲去时,只听黛玉在院内说话。宝玉忙叫:“快请!”要知端的,且听下回分解。

第三十六回　绣鸳鸯梦兆绛芸轩　识分定情语梨香院

话说贾母自王夫人处回来,见宝玉一日好似一日,心中自是欢喜,因怕将来贾政又叫他,遂命人将贾政的亲随小厮头儿唤来,分付他:“以后倘有会人待客诸样的事,你老爷要叫宝玉,你不用上来传话,就回他说我说了:一则打重了,得着实将养几个月才走得;二则他的星宿不利,祭了星,不见外人,过了八月才许出二门呢。”那小厮头儿听了,领命而去。贾母又命李嬷嬷、袭人等来,将此话说与宝玉,使他放心。

那宝玉本就懒与士大夫诸男人接谈,又最厌峨冠礼服、贺吊往还等事。今日得了这句话,越发得了意,不但将亲戚、朋友一概杜绝了,而且连家庭中晨昏定省益发都随他的便了。日日只在园中游卧,不过每日一清早到贾母王夫人处走走就回来了;却每每甘心为诸丫环充役,竟也得十分闲消日月。或如宝钗辈有时见机导劝,反生起气来,只说:“好好的一个清净洁白女儿,也学的钓名沽誉,入了国贼禄儿之流。这总是前人无故生事,立言竖辞,原为导后世的须眉浊物。不想我生不幸,亦且琼闺绣阁中亦染此风,真真有负天地钟灵毓秀之德!”因此祸延古人,除《四书》外竟将别的书焚了。众人见他如此风颠,也都不向他说这些正经话了。独有林黛玉自幼不曾劝他去立身扬名等语,所以深敬黛玉。

闲言少述。如今且说凤姐自见金钏死后,忽见几家仆人常来孝敬他些东西,又不时的来请安奉承,自己到生了疑惑,不知何意。这日又见人来孝敬他东西,因晚间无人时,笑问平儿道:“这几家人不大管我的事,为什么忽然这么和我贴近?”平儿冷笑道:“奶奶连这个都想不起来了?我猜他们的女儿都必是太太房里的丫头。如今太太房里有四个大的,一个月一两银子的分例;下剩的都是一个月儿百钱。如今金钏儿死了,必定他们要弄这一两银子的巧宗儿呢。”凤姐听了,笑道:“是了,是了,到是你提醒了。我看这些人也太不知足,钱也赚彀了,苦事情又派不着,弄个丫头子搪塞身子也就罢了,又还想这个!也罢了,他们几家的钱,容易也不能花到我跟前,这是他们自寻的。送什么来,我就收什么,横竖我有主意。”凤姐儿安下这个心,所以自管迁延着,等那些人把东西送足了,然后乘空方回王夫人。

这日午间,薛姨妈母女两个与林黛玉等正在王夫人房里,大家吃东西呢。凤姐儿得便回王夫人道:“自从金钏儿姐姐死了,太太跟前少着一个人。太太或看准了那个丫头好,就分付下月好发放月钱的。”王夫人听了,想了一想道:“依我说什么是例?必定四个五个的?彀使就罢了。竟可以免了罢。”凤姐笑道:“论理太太说的也是。这原是旧例。别人屋里还有两个呢!太太到不按例了?况且省下一两银子,也有限的。”王夫人听了,又想一想道:“也罢!这个分例只管关了来,不用补人,就把这一两银子给他妹妹玉钏儿罢。他姐姐伏侍了我一场,没个好结果,剩下他妹妹,跟着我吃个双分子也不为之过。”凤姐答应着回头找玉钏儿,笑道:“大喜,大喜。”玉钏儿过来磕了头。

王夫人问道:“正要问你。如今赵姨娘、周姨娘的月例多少?”凤姐道:“那是定例,每人二两。赵姨娘有环兄弟的二两,共是四两。另外四串钱。”王夫人道:“可都按数给他们?”凤姐见问的奇怪,忙道:“怎么不按数给?”王夫人道:“前儿我恍惚听见有人抱怨说短了一吊钱,是什么原故?”凤姐忙笑道:“姨娘们的丫头月例,原是人各一吊。从旧年他们外头商议的,姨娘们每位的丫头分例减半,人各五百钱,每位两个丫头,所以短了一吊钱。这也抱怨不着我,我到乐得给他们呢!他们外头又扣着,难道我添上不成?这个事我不过是接手儿,怎么来,怎么去,由不得我作主。我到说了两三回,仍旧添上这两分的。他们说只有这个项数,叫我也难再说了。如今在我手里,每月连日子都不错给他们呢。先时在外头关,那个月不打饥荒?何曾顺顺溜溜的得过一遭儿呢!”

王夫人听说,也就罢了。半日又问:“老太太屋里几个一两的?”凤姐道:“八个。如今只有七个。那一个是袭人。”王夫人道:“这就是了。你宝兄弟也并没有一两的丫头，袭人还算是老太太房里的人。"凤姐笑道："袭人原是老太太的人，不过给了宝兄弟使。他这一两银子还在老太太的丫头分例上领。如今说因为袭人是宝玉的人，裁了这一两子，断然使不得。若说再添一个人给老太太，这个还可以裁他的；若不裁他的，须得环兄弟屋里也添上一个才公道均匀了。就是晴雯、麝月等七个大丫头，每月人各月钱一吊；佳蕙等八个小丫头，每月人各月钱五百，还是老太太的话，别人如何恼得、气得呢？"薛姨妈笑道："只听凤丫头的嘴，到像倒了核桃车子的。只听他的账也清楚，理也公道。"凤姐笑道："姑妈，难道我说错了不成？"薛姨妈笑道："说的何尝错！只是你慢些说，岂不省力？"凤姐才要笑，忙又忍住了，听王夫人示下。

王夫人想了半日，向凤姐儿道："明儿挑一个好丫头送去给老太太使，补袭人的数儿，把袭人的一分子裁了。把我每月的月例二十两银子里拿出二两银子、一吊钱来给袭人。已后凡事有赵姨娘、周姨娘的，也有袭人的。只是袭人的这一分都从我的分例上匀出来，不必动官中的就是了。"凤姐一一的答应了，笑推薛姨妈道："姑妈听见了？我素日说的话如何？今儿果然应了我的话。"薛姨妈道："早就该如此。模样儿自然不用说的，他的那一种行事大方，说话见人和气里头带着刚硬要强，这个实在难得。"王夫人含泪说道："你们那里知道袭人那孩子的好处！比我的宝玉强十倍。宝玉果然是有造化的，能彀得他长长远远的伏侍他一辈子，也就罢了。"凤姐道："既这么样，就开了脸，明放他在屋里，岂不好？"王夫人道："那就不好了。一则都年轻，二则老爷也不许，三则那宝玉见袭人是个丫头，总有放纵的事，到能听他的劝；如今作了他跟前人，那袭人该劝的也不敢十分劝了。如今且浑着，等再过二三年再说。"说毕半日，凤姐见无话，便转身出来。

刚至廊檐上，只见有几个执事的媳妇子正等着他回事呢。见他出来，都笑道："奶奶今儿回什么事？这半天，可是要热着了。"凤姐把袖子挽了几挽，跐着那角门的门槛子，笑道："这里过堂风到凉快，吹一吹再走。"又告诉众人道："你们说我回了这半日的话，太太把二百年头里的事都想起来问我,难道我不说罢。"又冷笑道:"我从今已后到要干几样克毒事了!抱怨给太太听,我也不怕。糊涂油蒙了心,烂了舌头,不得好死的下作东西,别作娘的春梦!明儿一裹脑子扣的日子还有呢。如今裁了丫头的钱,就抱怨了咱们?也不想一想自己是奴几,也配使两三个丫头!"一面骂,一面方走了。自去挑人回贾母话去,不在话下。

却说王夫人等这里吃毕西瓜,又说了一回闲话,各自方散去。宝钗与黛玉等回至园中,宝钗因约了黛玉往藕香榭去,黛玉回说立刻要洗澡,便各自散了。宝钗独自行来,顺路进了怡红院,意欲寻宝玉说话儿以解午倦。不想一入院来,鸦雀无闻,一并两只仙鹤在芭蕉下都睡着了。宝钗便顺着游廊来至房中,只见外间床上横三竖四都是丫头们睡觉。转过十锦槅子,来至宝玉的房内,宝玉在床上睡觉呢,袭人坐在身傍,手里做针线,傍边放着一柄白犀拂尘。宝钗走近前来,悄悄的笑道:"你也过于小心了!这个屋里,那里还有苍蝇、蚊子,还拿蝇帚子赶什么?"袭人不防,猛抬头见是宝钗,忙放下针线,起身悄悄笑道:"姑娘来了!我到也不防,唬了一跳。姑娘不知道,虽然没有苍蝇、蚊子,谁知有一种小虫子,从这纱眼里钻进来,人也看不见,只睡着了咬一口,就像蚂蚁咬的。"宝钗道:"怨不得。这屋子离后头又近,又都是香花儿,这屋子里头又香,这种虫子都是花心里长的,闻香就扑。"说着,一面又瞧他手里的针线。原来是个白绫红里的兜肚,上扎着鸳鸯戏莲的花样,红莲绿叶,五色鸳鸯。宝钗道:"嗳哟!好鲜亮活计!这是谁的?也值的费这么大工夫?"袭人向床上努嘴儿。宝钗笑道:"这么大了,还带这个?"袭人笑道:"他原是不带的。所以特特的做的好了,叫他看见由不得不带。如今天气热,睡觉都不留神,哄他带上了,便是夜里总盖不严些儿,也就不怕了。你说这一个就用了工夫,还没看见他身上现带的那一个呢。"宝钗笑道:"也亏你奈烦。"袭人道:"今儿做的工夫大了,脖子低的怪酸的。"又笑道:"好姑娘,你略坐一坐,我出去走走就来。"说着,便走了。宝钗只顾看着活计,便不留心,一蹲身,刚刚的也坐在袭人方才坐的所在;因又见那活计实在可爱,不由的拿起针来替他代刺。

不想林黛玉因遇见史湘云约他来与袭人道喜,二人来至院中,见静悄悄的,湘云便转身先到厢房里去找袭人。林黛玉却来至窗外,隔着纱窗往里一看,只见宝玉穿着银红纱衫子,随便睡着在床上;宝钗坐在身傍做针线,傍边放着蝇帚子。林黛玉见了这个光景儿,连忙把身子一藏,用手握着嘴,不敢笑出来,招手儿叫湘云。湘云一见他这般景况,只当有什么新闻,忙也来一看,也要笑时,忽然想起宝钗素日待他甚厚,便忙掩住口;知道林黛玉不让人,怕他言语之中取笑,便忙拉过他来,道:"走罢,我想起袭人来,他说午间要到池子里去洗衣裳,想必去了。咱们那里找他去。"林黛玉心下明白,冷笑了两声,只得随他走了。

这里宝钗只刚做了两三个花瓣,忽见宝玉在梦中喊骂,说:"和尚、道士的话如何信得!什么是'金玉姻缘',我偏说是'木石姻缘'!"薛宝钗听了这话,不觉怔了。忽见袭人走过来,笑道:"还没有醒呢?"宝钗摇头。袭人又笑道:"我才磞见林大姑娘、史大姑娘,他们可曾进来?"宝钗道:"没见他们进来。"因向袭人笑道:"他们没告诉你什么话?"袭人笑道:"左不过是他们那些顽话,有什么正经说的。"宝钗笑道:"他们说的可不是顽话,我正要告诉你呢,你又忙忙出去了。"一句话未说完,只见凤姐儿打发人来叫袭人。宝钗笑道:"就是为那话了。"

袭人只得唤起两个丫环来,一同宝钗出怡红院,自往凤姐这里来。果然是告诉他这话,又叫他与王夫人叩头,且不必去见贾母,到把袭人不好意思的了不得。见过王夫人,急忙回来,宝玉已醒了。问起缘故,袭人且含糊答应。至夜间人静,袭人方告诉。宝玉喜不自禁,又向他笑道:"我可看你回家去不去了!那一回往家里走了一趟,回来就说你哥哥要赎你,又说在这里没着落,终久算什么?说了那么些无情无义的生分话唬我。从今已后,我可看谁来敢叫你去!"袭人听了,便冷笑道:"你到别这么说,从此已后,我是太太的人了。我要走,连你也不必告诉,只回了太太就走。"宝玉笑道:"就便算我不好,你回了太太,竟去了。叫别人听见,说我不好,你去了,你也没意思。"袭人笑道:"有什么没意思!难道作了强盗贼,我也跟着你罢？再不然，还有一个死呢。人活百岁，横竖要死的。这一口气没了，也听不见、看不见，就罢了。”宝玉听见这话，便忙握他的嘴，说道：“罢，罢，罢！不用说这些话了。”

袭人深知宝玉性情古怪，听见奉承吉利话，又厌虚而不实；听了尽情实话，又生悲感。便悔自己说冒撞了，连忙笑着用话截开，只拣那宝玉素喜谈者问之。先问他春风秋月，再谈及彩淡脂莹，然后谈到女儿如何好，又谈到女儿死，袭人忙掩住口。

宝玉谈至浓快时，见他不说了，便笑道：“人谁不死？只要死的好。那些个须眉浊物，只知道文死谏，武死战，这二死是大丈夫死名死节，竟何如不死的好！必定有昏君，他方谏；他只顾邀名，猛拚一死，将来弃君于何地？必定有刀兵，他方战；猛拚一死，他只顾图汗马之名，将来弃国于何地？所以，这皆非正死。”袭人道：“忠臣良将出于不得已，他才死。”宝玉道：“那武将不过仗血气之勇，疏谋少略，他自己无能，送了性命，这难道也是不得已？那文官更不可比武官了，他念两句书污在心里，若朝廷少有疵瑕，他就胡谈乱劝，只顾他邀忠烈之心，浊气一涌，即时拚死，这难道也是不得已？还要知道，那朝廷是受命于天，他不圣不仁，那天地断不把这万几重任与他了。可知那些死的，都是沽名，并不知大义！比如我此时若果有造化，该死于此时的，趁你们在，我就死了，再能彀你们哭我的眼泪流成大河，把我的尸首漂起来，送到那鸦雀不到的幽僻之处，随风化了。自此，再不要托生为人，就是我死的得时了。”袭人忽见说出这些疯话来，忙说困了，不理他。那宝玉方合眼睡着。至次日，也就丢开了。

一日，宝玉因各处游的烦腻，便想起《牡丹亭》曲子来，自己看了两遍。犹不惬怀，因闻得梨香院的十二个女孩子中有作小旦的龄官，最是唱的好，因特意出角门来找他。只见宝官、玉官都在院内，见宝玉来了，都笑嘻嘻的让坐。宝玉因问：“龄官独在那里？”众人都告诉他说：“在他房里呢。”宝玉忙至他房内，只见龄官独自倒在炕上，见他进来，文风不动。宝玉素习与别的女孩子顽惯了的，只当龄官也同别人一样，因进前来身傍坐下，又陪笑央他起来唱“袅晴丝”一套。不想龄官见他坐下，忙抬身起来躲避，正色说道：“嗓子哑了，前儿娘娘传进我们去,我还没有唱呢!”宝玉见他坐正了,再一细看,原来就是那日蔷微花下划“蔷”字那一个。又见如此景况,从来未经过这番被人弃厌,自己便讪讪的红了脸,只得出来了。宝官等不解何故,因问其所以。宝玉便说了,遂出来。宝官便说道:“只略等一等,蔷二爷来了,叫他唱是必唱的。”宝玉听了,心下纳闷。因问:“蔷哥儿那去了?”宝官道:“才出去了。一定还是龄官要什么,他去变弄去了。”宝玉听了,以为奇特。不一时,便见贾蔷从外头来了。手里又提着个雀儿笼子,上面扎着个小戏台,并一个雀儿,兴兴头头的往里走着找龄官。见了宝玉,只得站住。宝玉问他:“是个什么雀儿,会衔旗串戏台?”贾蔷笑道:“是个玉顶金豆。”宝玉道:“多少钱买的?”贾蔷道:“一两八钱银子。”一面说,一面让宝玉坐,自己往龄官房里来。

宝玉此刻把听曲子的心都没了,且要看他和龄官是怎样。只见贾蔷进去,笑道:“你起来瞧这个顽意儿。”龄官起身,问是什么。贾蔷道:“买了雀儿你顽,省得天天闷闷的无个开心的。我先顽个你看。”说着,便拿些谷子,哄的那个雀儿在戏台上乱串,衔鬼脸旗帜。众女孩子都笑道:“有趣!”独龄官冷笑了两声,赌气仍睡去了。贾蔷还只管陪笑问他:“好不好?”龄官道:“你们家把好好的人弄了来,关在这牢坑里,学这个牢什子还不算;你这会子又弄个雀儿来也偏生干这个。你分明是弄了他来打趣形容我们,还问我好不好!”贾蔷听了,不觉慌起来,连忙赌身立誓,又道:“今儿我那里的香脂油蒙了心,费一二两银子买他来,原说解闷,就没有想道这上头。罢!罢!放了生,免免你的灾病。”说着,果然将雀儿放了,一顷把将笼子拆了。龄官还说:“那雀儿虽不如人,他也有个老雀儿在窝里。你拿了他来弄这个劳什子,也忍得!今儿我咳嗽出两口血来,太太叫大夫来瞧,不说替我细问问,你且弄这个来取笑儿。偏生我这没人管、没人理的,又偏病。”说着,又哭起来。贾蔷忙道:“昨儿晚上我问了大夫,他说不相干,他说吃两剂药,后儿再瞧。谁知今儿又吐了。这会子请他去。”说着,便要请去。龄官又叫:“站住!这会子大毒日头地下,你赌气子去请了来,我也不瞧。”贾蔷听如此说,只得又站住。宝玉见了这般景况,不觉痴了。这才领会了划蔷深意。自己站不住,也抽身走了。贾蔷一心都在龄官身上,也不顾送,到是别的女孩子送了出来。

那宝玉一心裁夺盘算,痴痴的回至怡红院中。正值林黛玉和袭人坐着说话儿呢。宝玉一进来就和袭人长叹,说道:"我昨日晚上的话竟说错了,怪道老爷说我是'管窥蠡测'。昨儿说你们的眼泪单葬我,这就错了。我竟不能全得了。从此后,只是各人得各人眼泪罢了。"袭人昨夜不过是些顽话,已竟忘了,不想宝玉今又提起来,便笑道:"你可真真有些疯了!"宝玉默默不对,自此深悟人生情缘,各有分定,只是每每暗伤,"不知将来葬我洒泪者为谁"?此皆宝玉心中所怀,也不可十分忘拟。

且说林黛玉当下见了宝玉如此形像,便知是又从那里着了魔来,也不便多问,因向他说道:"我才在舅母跟前听说,明儿是薛姨妈的生日,叫我顺便来问你出去不出去。你打发人前头说一声去。"宝玉道:"上回连大老爷的生日我也没去,这会子我又去,倘或碰见了人呢?我一概都不去。这么怪热的,又穿衣裳,我不去姨妈也未必恼。"袭人忙道:"这是什么话?他比不得大老爷。这里又住的近,又是亲戚,你不去岂不叫他思量。你怕热,只清早起到那里磕个头,吃钟茶就来,岂不好看?"宝玉未说话,黛玉便先笑道:"你看着人家赶蚊子分上,也该去走走。"宝玉不解,忙问:"怎么赶蚊子?"袭人便将昨日睡觉,无人作伴,宝姑娘坐了一坐的话说了出来。宝玉听了忙说:"不该。我怎么睡着了?亵渎了他。"一面又说:"明日必去。"

正说着,忽见史湘云穿的齐齐整整的走来辞说家里打发人来接他。宝玉、林黛玉听说,忙站起来让坐。史湘云也不坐,宝、林两个只得送他至前面。那史湘云只是眼泪汪汪的,见有他家人在跟前,又不敢十分委曲。少时薛宝钗赶来,愈觉缱绻难舍。还是宝钗心内明白,他家人若回去告诉了他婶娘,待他家去,又恐受气。因此到催他走了。众人送至二门前,宝玉还要往外送。到是湘云拦住了。一时,回身又叫宝玉到跟前,悄悄的嘱道:"便是老太太想不起我来,你时常提着打发人接我去。"宝玉连连答应了,眼看着他上车去了,大家方才进来。要知端的,且听下回分解。

第三十七回　秋爽斋偶结海棠社　蘅芜苑夜拟菊花题

这年贾政又点了学差，择于八月二十日起身。是日，拜过宗祠及贾母起身诸事，宝玉诸子弟等送至洒泪亭。

却说贾政出门去后，外面诸事不能多记。单表宝玉每日在园中任意纵性的旷荡，真把光阴虚度，岁月空添。这日正无聊之际，只见翠墨进来，手里拿着一付花笺送与他。宝玉因道："可是我忘了，才说要瞧瞧三妹妹去的，可好些了？你偏走来。"翠墨道："姑娘好了，今儿也不吃药了。不过是凉着一点儿。"宝玉听说，便展开花笺看时，上面写道：

　　娣探谨奉二兄文几：前夕新霁，月色如洗。因惜清景难逢，讵忍就卧。时漏已三转，犹徘徊于桐槛之下。未妨风露所欺，致获采薪之患。昨蒙亲劳抚嘱，复又数遣侍儿问切，兼以鲜荔并真卿墨迹见赐，何瘝痌惠爱之深哉！今因伏几凭床处默之时，因思及历来古人中处名攻利敌之场，犹置一些山滴水之区，远招近揖，投辖攀辕，务结二三同志，盘桓于其中，或竖词坛，或开吟社，虽一时之偶兴，遂成千古之佳谈。娣虽不才，窃同叨栖处于泉石之间，而兼慕薛、林之技。风庭月榭，惜未宴集诗人；帘杏溪桃，或可醉飞吟盏。孰谓连社之雄才，独许须眉；直以东山之雅会，让余脂粉。若蒙掉雪而来，娣则扫花以待。此谨奉。

宝玉看了，不觉喜的拍手笑道："到是三妹妹的高雅，我如今就去商议。"一面说，一面就走。翠墨跟在后面。

刚到了沁芳亭，只见园中后门上值日的婆子，手里拿着一个字帖走来，见了宝玉，便迎上去，口内说道："芸哥儿请安。在后门只等着叫我送来的。"宝玉打开看时，写道是：

　　不肖男芸恭请父亲大人万福金安。男思自蒙天恩，认于膝下，日夜思一孝顺，竟无可孝顺之处。前因买办花草，上托大人金福,竟认得许多花儿匠,并认得许多名园。因忽见有白海棠一种,不可多得。故变尽方法,只弄得两盆。大人若视男是亲男一般,便留下赏玩。因天气暑热,恐园中姑娘们不便,故不敢面见。奉书恭启,并叩台安。男芸跪书。

宝玉看了,笑道:“独他来了,还有什么人?”婆子道:“还有两盆花儿。”宝玉道:“你出去说,我知道了,难为他想着。你便把花儿送到我屋里去就是了。”一面说,一面同翠墨往秋爽斋来。只见宝钗、黛玉、迎春、惜春已都在那里了。众人见他进来,都笑说:“又来了一个!”探春笑道:“我不算俗,偶然起个念头,写了几个帖儿试一试,谁知一招皆到。”宝玉笑道:“可惜迟了,早该起个社的。”黛玉道:“你们只管起社,可别算上我,我是不敢的。”迎春笑道:“你不敢谁还敢呢?”宝玉道:“这是一件正紧大事,大家鼓舞起来,不要你谦我让的。各有主意自管说出来,大家平章。宝姐姐也出个主意,林妹妹也说个话儿。”宝钗道:“你忙什么?人还不全呢。”一语未了,李纨也来了,进门笑道:“雅的紧!要起诗社,我自荐我掌坛。前儿春天我原有这个意思的。我想了一想,我又不会作诗,瞎乱些什么,因而也忘了,就没有说得。既是三妹妹高兴,我就帮你作兴起来。”

黛玉道:“既然定要起诗社,咱们都是诗翁子。先把这些姐妹叔嫂的字样改了才不俗。”李纨道:“极是!何不大家起个别号,彼此称呼则雅。我是定了稻香老农,再无人占的。”探春笑道:“我就是秋爽居士罢!”宝玉道:“居士主人到底不恰,且又累赘,这里梧桐、芭蕉尽有,或指梧桐、芭蕉起个到好。”探春笑道:“有了!我最喜芭蕉,就称蕉下客罢。”众人都道:“别致有趣。”黛玉笑道:“你们快牵了他去,顿了脯子吃酒。”众人不解。黛玉笑道:“古人曾云:‘蕉叶覆鹿’,他自称‘蕉下客’,可不是一只鹿了?快做了鹿脯来。”众人听了,都笑起来。探春因笑道:“你别忙中使巧话来骂人,我已替你想了个极当的美号了。”又向众人道:“当日娥皇女英洒泪在竹上成斑,故今斑竹又名湘妃竹。如今他住的是潇湘馆,他又爱哭,将来他想林姐夫,那些竹子也是要变成斑竹的。以后都叫他作‘潇湘妃子’就完了。”大家听说,都拍手叫妙。林黛玉抵了头,方不言语。李纨笑道:“我替薛大妹妹也早已想了个好的,也只三个字。”惜春、迎春都问是什么。李纨道:“我是封他‘蘅芜君’了。不知你们如何?”探春笑道:“这个封号极好!”宝玉道:“我呢?你们也替我想一个?”宝钗笑道:“你的号早有了,‘无事忙’三字恰当的很。”李纨道:“你还是你的旧号绛洞花王,就好。”宝玉笑道:“小时候干的营生,还提他作什么?”探春道:“你的号多的很,又起什么?我们爱叫你什么,你就答应着就是了。”宝钗道:“还得我送你个号罢!有最俗的一个号,却于你最当。天下难得的是富贵,又难得的是闲散,这两样再不兼有,不想你兼有了,就叫你‘富贵闲人’也罢了。”宝玉笑道:“当不起,当不起。到是随你们混叫去罢。”李纨道:“二姑娘、四姑娘起个什么号?”迎春道:“我们又不大会作诗,白起个号作什么?”探春道:“虽如此,也起个才是。”宝钗道:“他住的是紫菱洲,就叫他‘菱洲’;四丫头在藕香榭,就叫他‘藕榭’就完了。”

李纨道:“就是这样好。但序齿我大,你们都要依我的主意,管情说了大家合意。我们七个人起社,我和二姑娘、四姑娘都不会作诗,须得让出我们三个人去。我们三个各分一件事。”探春笑道:“已有了号,还只管这样称呼,不如不有了。以后错了,也要立个罚约才好。”李纨道:“立定了社,再定罚约。我那里地方大,竟在我那里作社。我虽不能作诗,这些诗人竟不厌俗客,我作个东道主人,我自然也清雅起来了,于是要推我作社长,我一个社长自然不彀,必要再请两位副社长,就请菱洲、藕榭二位学究来,一位出题限韵,一位誊录监场。亦不可拘定了我们三个人不作,若遇见容易些的题目韵脚,我们也随便作一首。你们四个却是要限定的。若如此便起,若不依我,我也不敢附骥了。”迎春、惜春本性懒于诗词,又有薛、林在前,听了这话便合己意,二人皆说“极是”。探春等也知此意,见他二人悦服,也不好强,只得依了。因笑道:“这话也罢了,只是自想好笑,好好的我起了个主意,反叫你们三个来管起我来了。”宝玉道:“既这样,咱们就往稻香村去。”李纨道:“都是你忙,今日不过商议了,等我再请。”宝钗道:“也要议定几日一会才好。”探春道:“若只管会的多,又没趣了。一月之中,只可两三次才好。”宝钗点头道:“一月只要两次就彀了。拟定日期,风雨无阻。除这两日外,倘有高兴的,他情愿加一社的，或情愿到他那里去，或附就了来，亦可使得，岂不活泼有趣?”众人都道：“这个主意更好。”

探春道：“只是原系我起的意，我须得先作个东道主人方不负我这兴。”李纨道：“既这样说，明日你就先开一社，如何?”探春道：“明日不如今日，此刻就很好，你就出题，菱洲限韵，藕榭监场。”迎春道：“依我说，也不必随一人出题限韵，竟是拈阄公道。”李纨道：“方才我来时，看见他们抬进两盆白海棠来，到是好花。你们何不就咏起他来。”迎春道：“都还未赏，先到作诗。”宝钗道：“不过是白海棠，又何必定要见了才作? 古人的诗赋，也不过都是寄兴写情耳。若都是等见了作，如今也没这些诗了。”迎春道：“既如此，待我限韵。”说着，走到书架前，抽出一本诗来，随手一揭，这首竟是一首七言律，递与众人看了，都该作七言律。迎春掩了诗，又向一个小丫头道：“你随口说一个字来。”那丫头正倚门立着，便说了个“门”字。迎春笑道：“就是门字韵，‘十三元’了。头一个韵定要这‘门’字。”说着，又要了韵牌匣子过来，抽出“十三元”一屉，又命那小丫头随手拿四块。那丫头便拿了“盆”“魂”“痕”“昏”四块来。宝玉道：“这‘盆’‘门’两个字不大好作呢。”

侍书一样预备下四分纸笔，便都悄然各自思索起来。独黛玉或抚梧桐，或看秋色，或又和丫环们嘲笑。迎春又令丫环炷了一支“梦甜香”。原来这“梦甜香”只有三寸来长，有灯草粗细，以其易烬，故以此烬为限，如香烬未成便要罚。一时，探春便先有了。自提笔写出，又改抹了一回，递与迎春。因问宝钗：“蘅芜君，你可有了?”宝钗道：“有却有了，只是不好。”宝玉背着手在回廊上踱来踱去。因向黛玉说道：“你听他们都有了。”黛玉道：“你别管我!”宝玉又见宝钗已誊写出来，因说道：“了不得! 香只剩了一寸了。我才有了四句。”又向黛玉道：“香就完了，只管蹲在那潮地下作什么?”黛玉也不理。宝玉道：“可顾不得你了，好歹也写出来罢。”说着，也走在案前写了。

李纨道：“我们要看诗了。若看完了，还不交卷，是必罚的。”宝玉道：“稻香老农虽不善作，却善看，又最公道。你就评阅优劣，我们都服的。”众人都道：“自然。”于是，先看探春的。稿上写道是：

咏白海棠限门盆魂痕昏

斜阳寒草带重门，苔翠盈铺雨后盆。玉是精神难比洁，雪为肌骨易销魂。芳心一点娇无力，倩影三更月有痕。莫谓缟仙能羽化，多情伴我咏黄昏。

次看宝钗的是：

珍重芳姿昼掩门，自携手瓮灌苔盆。胭脂洗出秋阶影，冰雪招来露砌魂。淡极始知花更艳，愁多焉得玉无痕。欲偿白帝凭清洁，不语婷婷日又昏。

李纨笑道："到底是蘅芜君。"说着又看宝玉的，道是：

秋容浅淡映重门，七节攒成雪满盆。出浴太真冰作影，捧心西子玉为魂。晓风不散愁千点，宿雨还添泪一痕。独倚画栏如有意，清砧怨笛送黄昏。

大家看了，宝玉说探春的好，李纨才要推宝钗这诗有身分，因又催黛玉。黛玉道："你们都有了？"说着提笔一挥而就，掷与众人。李纨等看他写道是：

半卷湘帘半掩门，碾冰为土玉为盆。

看了这句，宝玉先喝起彩来，只说："从何处想来！"又看下面道：

偷来梨蕊三分白，借得梅花一缕魂。

众人看了，也都不禁叫好，说："果然比别人又是一样心肠。"又看下面道是：

月窟仙人缝缟袂，秋闺怨女试啼痕。娇羞默默同谁诉，倦倚西风夜已昏。

众人看了，都道是这首为上。李纨道："若论风流别致，自是这首；若论含蓄浑厚，终让蘅稿。"探春道："这评的有理。潇湘妃子当居第二。"李纨道："怡红公子是压尾，你服不服？"宝玉道："我的那首原不好了，这评的最公。"又笑道："只是蘅潇二首，还要斟酌。"李纨道："原是依我评论，不与你们相干。再有多说者必罚！"宝玉听说，只得罢了。

李纨道："从此后，我定于每月初二、十六这两日开社，出题、限韵都要依我。这其间你们有高兴的，你们只管另择日子补开，那怕一个月每天都开社,我只不管。只是到了初二、十六这两日,是必往我那里去。”宝玉道:“到底要起个社名才是。”探春道:“俗了又不好,特新了,刁钻古怪也不好。可巧才是海棠诗开端,就叫个海棠社罢。虽然俗些,因真有此事,也就不碍了。”说毕,大家又商议了一回,略用些酒果,方各自散去。也有回家的,也有往贾母、王夫人处去的。当下别人无话。

且说袭人因见宝玉看了字帖儿,便慌慌张张的同翠墨去了,也不知是何事。后来又见后门上婆子送了两盆海棠花来。袭人问是那里来的。婆子便将宝玉前一番缘故说了。袭人听说,便命摆好,让他们在下房里坐了,自己走到自己房内,秤了六钱银子封好,又拿了三百钱走来,都递与那两个婆子道:“这银子赏那抬花儿来的小子们,这钱你们打酒吃罢。”那婆子们站起来,眉开眼笑,千恩万谢的不肯受,见袭人执意不收,方领了。袭人又道:“后门上外头可有该班的小子们?”婆子忙应道:“天天有四个,原预备里面差使的。姑娘有什么差使,我们分付去。”袭人笑道:“有什么差使?今儿宝二爷要打发人到小侯爷家与史大姑娘送东西去,可巧你们来了,顺便出去叫后门小子们雇辆车来。回来你们就往这里拿钱,不用叫他们又往前头混碰去。”婆子答应着去了。

袭人回至房中拿碟子盛东西与史湘云送去。却见槅子上碟槽空着。因回头见晴雯、秋纹、麝月等都在一处做针黹,袭人问道:“这一个缠丝白玛瑙碟子那去了?”众人见问,都你看我,我看你,都想不起来。半日,晴雯笑道:“给三姑娘送荔枝去的,还没送来呢。”袭人道:“家常送东西的家伙也多,巴巴的拿这个去。”晴雯道:“我何尝不也这样说?他说:‘这个碟子,配上鲜荔枝才好看。’我送去,三姑娘见了,也说好看,叫连碟子放着,就没带来。你再瞧那槅子尽上头的一对联珠瓶,还没收来呢。”

秋纹笑道:“提起瓶来,我又想起笑话。我们宝二爷说声孝心一动,也孝敬到二十分。因那日见园子里花,折了两枝,原是自己要插瓶的。忽然想起来,说这是自己园里的才开的新鲜花,不敢自己先顽,巴巴的把那一对瓶拿下来,亲自灌水、插好了,叫个人拿着,亲自送一瓶进老太太,又进一瓶与太太。谁知他孝心一动,连跟的都得了福了。可巧那日是我拿去的,老太太见了这样,喜的无可无不可,见人就说:'到底是我的宝玉孝顺我,连一枝花儿也想的到,别人还只抱怨我疼他。'你们知道,老太太素日不大同我说话的,有些不入他老人家的眼的。那日竟叫人拿几百钱给我,说我可怜见的,生的单弱。这可是再想不到的福气。几百钱是小事,难得这个脸面。及至到了太太那里,太太正和二奶奶、赵姨奶奶、周姨奶奶好些人翻箱子,找太太当日年轻穿的有颜色的衣裳,不知给那一个。一见了,连衣裳也不找了,且看花儿。又有二奶奶在傍边凑趣儿,夸宝玉又是怎么孝顺,又是怎样知好歹,有的没的说了两车话。当着众人,太太自为又增了光,堵了众人的嘴。太太越发喜欢了,现成的衣裳就赏了我两件。衣裳也是小事,年年横竖也得,却不像这个彩头。"

晴雯笑道:"呸!没见世面的小蹄子!那是把好的给了人,挑剩下的才给你,你还充有脸呢!"秋纹道:"凭他给谁剩的,到底是太太的恩典。"晴雯道:"要是我,我就不要。若是给别人剩下的给我,也罢了。一样这屋里的人,难道谁又比谁高贵些?把好的给他,剩下的才给我,我宁可不要,冲撞了太太,我也不受这口软气。"秋纹忙问:"给这屋里谁的?我因为前儿病了几天,家去了,不知是给谁的。好姐姐,你告诉我知道知道。"晴雯道:"我告诉了你,难道你这会子退还太太去不成?"秋纹笑道:"胡说!我白听了喜欢喜欢。那怕给这屋里的狗剩下的,我只领太太的恩典,也不犯管别的事。"众人听了,都笑道:"骂的巧!可不是给了那西洋花点子哈吧儿了。"袭人笑道:"你们这起烂了嘴的,得了空就拿我取笑打牙儿。一个个不知怎么死呢!"秋纹笑道:"原来姐姐得了,我实在不知道。我陪个不是罢!"

袭人笑道:"少轻狂罢!你们谁取了碟子来是正经。"麝月道:"那瓶得空儿也该收来了。老太太屋里还罢了,太太屋里人多手杂,别人还可以,赵姨奶奶一伙的人,见是这屋里的东西,又该使黑心弄坏了才罢。太太也不大管这些,不如早些收来正经。"晴雯听说,便掷下针黹,道:"这话到是。等我取去。"秋纹道:"还是我取去罢。你取你的碟子去。"晴雯笑道:"我偏取一遭儿去!是巧踪儿,你们都得了，难道不许我得一遭儿。”麝月笑道：“通共秋丫头得了一遭儿衣裳，那里今儿又巧，你也遇见找衣裳不成？”晴雯冷笑道：“虽然碰不见找衣裳，或者太太看见我勤谨，一个月也把太太的公费里分出二两银子来给我，也定不得。”说着，又笑道：“你们别和我妆神弄鬼的，什么事儿我不知道！”一面说，一面往外跑了。秋纹也同他出来，自去探春那里取了碟子来。

袭人打点齐备东西，叫过本处的一个老宋妈妈来，向他说道：“你先好生梳洗了，换了出门的衣裳来，如今打发你与史姑娘送东西去。”那宋嬷嬷道：“姑娘只管交给我，有话说与我，我收拾了就好一顺去的。”袭人听说，便端过两个小掐丝盒子来。先揭开一个，里面装的是红菱和鸡头米两样鲜果子；又那一个，是一碟子桂花糖蒸新栗粉糕。又说道：“这都是今年咱们这里园里新结的果子。宝二爷送来与姑娘尝尝。再前日姑娘说这玛瑙碟子好，姑娘就留下顽罢。这绢包儿里头，是姑娘上日叫我作的活计，姑娘别嫌粗糙。能着罢，替我们请安，替二爷问好就是了。”宋嬷嬷道：“宝二爷不知还有什么说的？姑娘再问问去，回来又别说忘了。”袭人因问秋纹：“方才可见在三姑娘那里？”秋纹道：“他们都在那里，商议起什么诗社呢。又都作诗，想来没话。你只去罢。”宋嬷嬷听了，便拿了东西出去。另外穿带了。袭人又嘱咐他：“从后门出去，有小子和车等着呢。”宋妈去后，不在话下。

宝玉回来，先忙着看了一回海棠，至房内告诉袭人起诗社的事。袭人也把打发宋妈妈与史湘云送东西去的话告诉了宝玉。宝玉听了，拍手道：“偏忘了他！我自觉心里有件事，只是想不起来。亏你提起来，正要请他去。这诗社里若少了他，还有什么意思！”袭人劝道：“什么要紧，不过顽意儿。他比不得你们自在，家里又作不得主儿。告诉他，他要来又不得来，他不来他又牵肠挂肚的，没的叫他不受用。”宝玉道：“不妨事！我回老太太打发人接他去。”正说着，宋妈妈已经回来。回复道生受，与袭人道乏，又说：“问二爷作什么呢？我说和姑娘们起什么诗社作诗呢。史姑娘说，他们作诗也不告诉他去，急的了不的。”宝玉听了，立身便往贾母处来，立逼着叫人接去。

贾母因说："今儿天晚了,明日一早再去。"宝玉只得罢了,回来闷闷的。

次日一早,便又往贾母处来,催逼人接去。直到午后,史湘云才来。宝玉方放了心,见面时就把始末原由告诉他,又要与他诗看。李纨等因说道："且别给他诗看,先说与他韵。他后来,先罚他和了诗。若好,便请入社;若不好,还要罚他一个东道再说。"史湘云道："你们忘了请我,我还要罚你们呢！就拿韵来,我虽不能,只得勉强出丑。容我入社,扫地、焚香我也情愿。"众人见他这般有趣,越发喜欢,都埋怨"昨日怎么忘了他?"遂忙告诉他韵。史湘云一心兴头,等不得推敲删改,一面只管和人说着话,心内早已和成,即用随便的纸笔录出,先笑说道："我却依韵和了两首,好歹我却不知。不过应命而已。"说着,递与众人。众人道："我们四首也算想绝了,再一首也不能了。你到弄了两首,那里有许多话说。必要重了我们。"一面说,一面看时,只见那两首诗写道：

其　一

神仙昨日降都门,种得蓝田玉一盆。自是霜娥偏爱冷,非关倩女亦离魂。秋阴捧出何方雪,雨渍添来隔宿痕。却喜诗人吟不倦,岂令寂寞度朝昏。

其　二

蘅芷阶通萝薜门,也宜墙角也宜盆。花因喜洁难寻偶,人为悲秋易断魂。玉烛滴干风里泪,晶帘隔破月中痕。幽情欲向嫦娥诉,无奈虚廊夜色昏。

众人看一句,惊讶一句,看到了,赞到了,都说："这个不枉作了海棠诗,真该要起海棠社了。"史湘云道："明日先罚我个东道,就让我先邀一社可使得?"众人道："这更妙了！"因又将昨日的诗与他评论了一回。

至晚,宝钗将湘云邀往蘅芜苑安歇去。湘云灯下计议如何设东拟题。宝钗听他说了半日,皆不妥当。因向他说道："既开社,便要作东。虽然是顽意儿,也要瞻前顾后,又要自己便宜,又要不得罪了人,然后方大家有趣。你家里你又作不得主,一个月通共那几串钱,你还不勾盘缠呢。这会子又干这没要紧的事,你婶子听见了,越发抱怨你了。况且,你就都拿出来做这个东道,也是不勾。难道为这个家去要不成?还是往这里要呢?”一夕话,提醒了湘云,到踌躕起来。宝钗道:“这个我已经有个主意。我们当铺里有个伙计,他家田上出的很好的肥螃蟹,前儿送了几斤来。现在这里的人,从老太太起,连上园里的人有多一半都是爱吃螃蟹的。前日姨娘还说,要请老太太在园里赏桂花吃螃蟹。因为有事,还没有请呢。你如今且把诗社别题起,只管普通一请。等他们散了,咱们有多少诗作不得的?我和我哥哥说,要几篓极肥、极大的螃蟹来,再往铺子里取上几坛好酒,再备上四五棹果碟子,岂不又省事、又大家热闹了?”湘云听了,心中自是感服,极赞他想的周到。宝钗又笑道:“我是一片真心为你的话。你千万别多心,想着我小看了你,咱们两个就白好了。你若不多心,我就好叫他们办去的。”湘云忙笑道:“好姐姐!你这样说,到多心待我了。凭他怎么糊涂,连个好歹也不知,还成个人了?我若不把姐姐当作亲姐姐一样看,上回那些家常话、烦难事也不肯尽情告诉你了。”宝钗听说,便叫一个婆子来:“出去和大爷说,依前日的大螃蟹要几篓来,明日饭后请老太太、姨娘赏桂花。你说大爷好歹别忘了,我今儿已请下人了。”那婆子出去说明,回来无话。

这里宝钗又向湘云道:“诗题也不要过于新巧了。你看古人诗中那些刁钻古怪的题目和那极险的韵了,若题过于新巧,韵过于险,再不得有好诗,终是小家子气。诗固然怕说熟话,更不可过于求生。只要头一件,立意清新、自然,措词就不俗了。究竟这也算不得什么,还是纺绩针凿是你我的本等。一时闲了,到是于你我深有益的书看几章是正经。”湘云只答应着,因笑道:“我如今心里想着,昨日作了海棠诗,我如今要作个菊花诗,如何?”宝钗道:“菊花到也合景,只是前人太多了。”湘云道:“我也是如此想着,恐怕落套。”宝钗想了一想,说道:“有了。如今以‘菊花’为宾,以人为主。竟拟出几个题目来,都是两个字。一个虚字,一个实字。实字便用菊字,虚字就用人事双关的。如此,又是咏菊,又是赋事。前人也没作过,也不能落套。赋景、咏物,两关着。又新鲜、又大方。”湘云笑道:“这却很好。只是不知用何等虚字才好？你先想一个我听听。”宝钗想了一想，笑道：“‘菊梦’就好。”湘云笑道：“果然好！我也有一个，‘菊影’可使得？”宝钗道：“也罢了。只是也有人作过。若题目多，这个也算的上。我又有了一个。”湘云道：“快说出来！”宝钗道：“‘问菊’如何？”湘云拍案叫妙，因接说道：“我也有了一个，‘访菊’如何？”宝钗也赞有趣，因说道：“越性拟出十个来，写上再来。”说着，二人研墨蘸笔，湘云便写，宝钗便念，一时凑了十个。

湘云看了一遍，又笑道：“十个还不成幅，越性凑成十二个，便全了。也如人家的字画册页一样。”宝钗听说，又想了两个，一共凑成十二个。又说道：“既这样，越性编出他个次序先后来。”湘云道：“如此更妙！竟弄成个菊谱了。”宝钗道：“起首是‘忆菊’；忆之不得，故访，第二是‘访菊’；访之既得，便种，第三是‘种菊’；种既盛开，故相对而赏，第四是‘对菊’；相对而兴有馀，故折来供瓶为玩，第五是‘供菊’；既供而不吟，亦觉菊无彩色，第六便是‘咏菊’；既入词章，不可不供笔墨，第七便是‘画菊’；既为菊如是碌碌，究竟不知菊有何妙处，不禁有所问，第八便是‘问菊’；菊如解语，使人狂喜不禁，第九便是‘簪菊’；如此人事虽尽，犹有菊之可咏者，‘菊影’‘菊梦’二首，续在第十、第十一；末卷便以‘残菊’总收前题之盛。这便是三秋的妙景、妙事都有了。”

湘云依说，将题目录出，又看了一回，又问：“该限何韵？”宝钗道：“我平生最不喜限韵的，分明有好诗，何苦为韵所缚。咱们别学那小家子派头，只出题，不拘韵。原为大家偶得了好句取乐，并不为奈邦难人。”湘云道：“这话很是。这样，大家的诗还进一层。但只咱们五个人，这十二个题目，难道每人作十二首不成？”宝钗道：“那也太难人了。将这题目誊好，都要七言律，明日贴在墙上。他们看了，谁作那一个，就作那一个；有力量者，十二首都作，也可；不能的，一首不成，也可。高才捷足者为尊。若十二首已全，便不许他后赶着又作，罚他就完了。”湘云道：“这到也罢了。”二人商议妥贴，方才息灯安寝。要知端的，且听下回分解。

第三十八回 林潇湘魁夺菊花诗 薛蘅芜讽和螃蟹咏

话说宝钗、湘云二人计议已妥，一宿无话。湘云次日便请贾母等赏桂花。贾母等都说道："是他有兴头，须要领他这雅兴。"至午，果然贾母带了王夫人、凤姐兼请薛姨妈等进园来。贾母因问："那一处地方好？"王夫人道："凭老太太爱在那一处就在那一处。"凤姐道："藕香榭已经摆下了。那山坡下两棵桂花开的又好，河里的水又碧清，坐在河当中亭子上，岂不厂亮？看着水眼也清亮。"？贾母听了说："这话很是。"说着，就引了众人往藕香榭来。

原来这藕香榭盖在池中，四面有窗，左右有曲廊可通，亦是跨水接岸，后面又有曲折竹桥暗接。众人上了竹桥，凤姐忙上来搀着贾母，口里说："老祖宗只管迈大步走，不相干的，这竹子桥规矩是咯吱咯喳的。"一时进入榭中。只见栏杆外另放着两张竹案，一个上面设着杯箸酒具，一个上头设着茶筅茶盂各色茶具。那边有两三个丫头煽风炉煮茶，这一边另外几个丫头也煽风炉烫酒呢。贾母喜的忙问："这茶想的到，且是地方，东西都干净。"湘云笑道："这是宝姐姐帮着我预备的。"贾母道："我说这个孩子细致，凡事想的妥当。"一面说，一面又看见柱上挂的黑漆嵌蚌的对子，命人念。湘云念道：

芙蓉影破归兰桨，菱藕香深写竹桥。

贾母听了，又抬头看匾，因回头向薛姨妈道："我先小时，家里也有这么一个亭子，叫做什么'枕霞阁'。我那时也只像他们这么大年纪时，同姊妹们天天顽去。那日谁知我失了脚掉下去，几乎没淹死！好容易救了上来，到底被那木钉把头磞破了。如今这鬓角上那指头顶大一块窝儿，就是那会儿残破了。众人都怕经了水，又怕冒了风，都说活不得了，谁知竟好了。"

凤姐不等人说，先笑道："那时要活不得，如今这大福可叫谁享呢？可知老祖宗从小儿的福寿就不小，神差鬼使磞出那个窝儿来，好盛福寿的。寿星老儿头上原是一个窝儿,因为万福万寿盛满了,所以到凸高出些来了。"未及说完,贾母与众人都笑软了。贾母笑道:"这猴儿惯的了不得了,只管拿我取笑儿起来,恨的我撕你那油嘴。"凤姐笑道:"回来吃螃蟹,恐积了冷在心里。讨老祖宗笑一笑,开开心,一高兴多吃两个就无妨了。"贾母笑道:"明儿叫你日夜跟着我,我到常笑笑,觉的开心。不许回家去。"王夫人笑道:"老太太因为喜欢他,才惯的他这样。还这样说,他明儿越发无礼了。"贾母笑道:"我喜欢他这样。况且他又不是那不知高低的孩子。家常没人,娘儿们原该这样,横竖礼体不错就罢,没的到叫他从神儿似的作什么。"

说着,一齐进入亭子。献过茶。凤姐忙着搭棹子,要杯箸。上面一棹:贾母、薛姨妈、宝钗、黛玉、宝玉。东边一棹:史湘云、王夫人、迎、探、惜。西边靠门一棹:李纨和凤姐的,虚设坐位,二人皆不敢坐,只在贾母、王夫人两棹上伺候。凤姐分付:"螃蟹不可多拿来,仍旧放在蒸笼里,拿十个来,吃了再拿。"一面又要水洗了手,站在贾母跟前剥蟹肉,头次让薛姨妈。薛姨妈道:"我自己剥着吃香甜,不用人让。"凤姐便奉与贾母。二次的便与宝玉,又说:"把酒烫的滚热的拿来。"又命小丫头们去取菊花叶儿桂花蕊薰的绿豆面子来,预备洗手。史湘云陪着吃了一个,就下坐来让人,又出至外头,令人盛两盘子与赵姨娘、周姨娘送去。又见凤姐走来道:"你不惯张罗,你吃你的去。我先替你张罗,等散了我再吃。"湘云不肯,又令人在那边廊上摆了两棹,让鸳鸯、琥珀、彩霞、彩云、平儿去坐。鸳鸯因向凤姐笑道:"二奶奶在这里伺候,我们可吃去了!"凤姐儿道:"你们只管去,都交给我就是了。"说着史湘云仍入了席。凤姐和李纨也胡乱应个景儿。

凤姐仍是下来张罗。一时出至廊上。鸳鸯等正吃的高兴,见他来了,鸳鸯等站起来道:"二奶奶又出来作什么?让我们也受用一会子。"凤姐笑道:"鸳鸯小蹄子越发坏了,我替你当差,到不领情,还抱怨我。还不快斟一钟酒来我喝呢。"鸳鸯笑着,忙斟了一杯酒,送至凤姐唇边,凤姐一扬脖子吃了。琥珀、彩霞二人也斟上一杯,送至凤姐唇边,那凤姐也吃了。平儿早剥了一壳黄子送来,凤姐道:"多到些姜醋。"一面也吃了,笑道:"你们坐着吃罢,我可去了。"鸳鸯笑道:"好没脸,吃我们的东西。"凤姐儿笑道:"你和我少作怪。你知道你琏二爷爱上了你,要和老太太讨了你作小老婆呢。"鸳鸯道:"呸!这也是作奶奶说出来的话?我不拿腥手抹你一脸,算不得!"说着,赶来就要抹。凤姐儿央道:"好姐姐,饶我这一遭儿罢。"琥珀笑道:"鸳丫头要去了,平丫头还饶他?你们看看他,没有吃了两个螃蟹,到喝了一碟子醋,他也算不会揽酸了。"平儿手里正剥了个满黄的螃蟹,听如此奚落他,便拿着螃蟹照着琥珀脸上抹来,口内笑骂:"我把你这嚼舌根的小蹄子!"琥珀也笑着往傍边一躲,平儿使空了,往前一撞,正恰恰的抹在凤姐儿腮上。凤姐儿正和鸳鸯嘲笑,不妨唬了一跳,嗳哟了一声。众人掌不住都哈哈的大笑起来。凤姐也禁不住笑骂道:"死娼妇!吃离了眼了,混抹你娘的。"平儿忙赶过来替他擦了,亲自去端水,鸳鸯道:"阿弥陀佛!这是个报应!"

贾母那边听见,一叠声问:"见了什么?这样乐!告诉我们也笑笑。"鸳鸯等忙高声笑回道:"二奶奶来抢螃蟹吃,平儿恼了,抹了他主子一脸的螃蟹黄子。主子、奴才打架呢!"贾母和王夫人等听了,也笑起来。贾母笑道:"你们看他可怜见的,把那小腿子、脐子给他点子吃也就完了。"鸳鸯等笑着答应了,高声又说道:"这满棹子的腿子,二奶奶只管吃就是了。"凤姐洗了脸走来,又伏侍贾母吃了一回。黛玉独不敢多吃,只吃了一点儿夹子肉就下来了。

贾母一时不吃了,大家方散,都洗了手,也有看花的,也有弄水看鱼的,游玩了一回。王夫人因回贾母说:"这里风大,才又吃了螃蟹,老太太还是回房去歇歇罢了;若高兴,明日再来逛逛。"贾母听了,笑道:"正是呢。我怕你们高兴,我走了又怕扫了你们的兴。既这么说,咱们就都去罢。"回头又嘱咐湘云:"别让你宝哥哥、林姐姐多吃了。"湘云答应着;又嘱咐湘云、宝钗二人说:"你两个也别多吃。那东西虽好吃,不是什么好的,吃多了肚子疼。"二人忙应着,送出园外,仍旧回来,令将残席收什了另摆。宝玉道:"也不用摆罢,咱们且作诗。把那大团圆棹就放在当中,酒菜都放着。也不必拘定坐位,有爱吃的,大家去吃;不爱的,散坐。岂不便宜?"宝钗道:"这话极是。"

湘云道："虽如此说，还有别人。"因又命另摆一棹，拣了热螃蟹来，请袭人、紫鹃、司棋、侍书、入画、莺儿、翠墨等一处共坐。山坡桂树底下铺下两条花毡，命答应的婆子并小丫头等也都坐了，只管随意吃喝，等使唤再来。

湘云便取了诗题，用针绾在墙上。众人看了，都说："新奇固新奇，只怕作不出来。"湘云又把不限韵的原故说了一番。宝玉道："这才是正理。我也最不喜限韵。"林黛玉因不大吃酒，又不吃螃蟹，自令人掇了一个绣墩倚栏杆坐着，拿着钓杆钓鱼。宝钗手里拿着一枝桂花，玩了一回，俯在窗槛上，掐了桂蕊，掷向水面，引的游鱼浮上来唼喋。湘云出一回神，又让一回袭人等，又招呼山坡下的众人只管放量吃。探春和李纨、惜春立在垂柳中看鸥鹭。迎春又独在花阴下拿着花针穿茉莉花。宝玉又看了一回黛玉钓鱼；一回又俯在宝钗傍边说笑两句；一回又看袭人等吃螃蟹，自己也陪他饮两口酒，袭人又剥了一壳肉给他吃。黛玉放下钓杆，走至座间，拿起那乌银梅花自斟壶来，拣了一个小小的海棠冻石蕉叶杯。丫环看见，知他要饮酒，忙着走上来斟。黛玉道："你们只管吃去，让我自斟，这才有趣儿。"说着，便斟了半盏。看时，却是黄酒，因说道："我吃了一点子螃蟹，觉得心口微微的疼，须得热热的喝口烧酒。"宝玉忙道："有烧酒。"便令将那合欢花浸的酒烫一壶来，黛玉也只吃了一口，便放下了。宝钗也走过来，另拿了一只杯来，也饮了一口，便蘸笔至墙上，把头一个"忆菊"勾了，底下又赘了一个"蘅"字。宝玉忙道："好姐姐，第二个我已经有了四句了，你让我作罢！"宝钗笑道："我好容易有了一首，你就忙的这样。"黛玉也不说话，接过笔来，把第八个"问菊"勾了，接着把第十一个"菊梦"也勾了，也赘一个"潇"字。宝玉也拿起笔来，将第二个"访菊"也勾了，也赘上一个"绛"字。探春走来看看道："竟没有人作'簪菊'，让我作这'簪菊'。"又指着宝玉笑道："才宣过总不许带出闺阁字样来，你可要留神。"说着，只见史湘云走来，将第四、第五"对菊"、"供菊"一连两个都勾了，也赘上一个"湘"字。探春道："你也该起个号。"湘云笑道："我们家里如今虽有几处轩馆，我又不住着，借了来也没趣。"宝钗笑道："方才老太太说你们家也有这个水亭，叫‘枕霞阁’，难道不是你的？如今虽没了，你到底是旧主人。”众人都道有理，宝玉不待湘云动手，便代将“湘”字抹了，改了一个“霞”字。

又有顿饭工夫，十二题已全，各自誊出来，都交与迎春，另拿了一张雪浪笺过来，一并誊录出来。某人作的底下赘明某人的号。李纨等从头看到：

忆 菊 蘅芜君

怅望西风抱闷思，蓼红苇白断肠时。空篱旧圃秋无迹，瘦月清霜梦有知。念念心随归雁远，寥寥坐听晚砧痴。谁怜为我黄花病？慰语重阳会有期。

访 菊 怡红公子

闲趁霜晴试一游，酒杯药盏莫淹留。霜前月下谁家种？槛外篱边何处秋。蜡屐远来情得得，冷吟不尽兴悠悠。黄花若解怜诗客，休负今朝挂杖头。

种 菊 怡红公子

携锄秋圃自移来，篱畔庭前故故栽。昨夜不期经雨活，今朝犹喜带霜开。冷吟秋色诗千首，醉酹寒香酒一杯。泉溉泥封勤护惜，好知井径绝尘埃。

对 菊 枕霞旧友

别圃移来贵比金，一丛浅淡一丛深。萧疏篱畔科头坐，清冷香中抱膝吟。数去更无君傲世，看来惟有我知音。秋光荏苒休辜负，相对原宜惜寸阴。

供 菊 枕霞旧友

弹琴酌酒喜堪俦，几案婷婷点缀幽。隔座香分三径露，抛书人对一枝秋。霜清纸帐来新梦，圃冷斜阳忆旧游。傲世也因同气味，春风桃李未淹留。

咏 菊 潇湘妃子

无赖诗魔昏晓侵，绕篱欹石自沉音。毫端运秀临霜写，口齿噙香对月吟。满纸自怜题素怨，片言谁解诉秋心。一从陶令平章后，千古高风说到今。

画　菊　　蘅芜君

诗馀戏笔不知狂，岂是丹青费较量。聚叶泼成千点墨，攒花染出几痕霜。淡浓神会风前影，跳脱秋生晚底香。莫认东篱闲采掇，粘屏聊以慰重阳。

问　菊　　潇湘妃子

欲讯秋情众莫知，喃喃负手叩东篱。孤标傲世偕谁隐，一样花开为底迟？圃露庭霜何寂寞，鸿归蛩病可相思？休言举世无谈者，解语何妨话片时。

簪　菊　　蕉下客

瓶供篱栽日日忙，折来休认镜中妆。长安公子因花癖，彭泽先生是酒狂。短鬓冷沾三径露，葛巾香染九秋霜。高情不入时人眼，拍手凭他笑路傍。

菊　影　　枕霞旧友

秋光叠叠复重重，潜度偷移三径中。窗隔疏灯描远近，篱筛破月锁玲珑。寒芳留照魂应驻，霜印传神梦也空。珍重暗香休踏碎，凭谁醉眼认朦胧。

菊　梦　　潇湘妃子

篱畔秋酣一觉清，和云伴月不分明。登仙非慕庄生蝶，忆旧还寻陶令盟。睡去依依随雁断，惊回故故恼蛩鸣。醒时幽怨同谁诉，衰草寒烟无限情。

残　菊　　蕉下客

露凝霜重渐倾欹，宴赏才过小雪时。蒂有馀香金淡泊，枝无全叶翠离披。半床落月蛩声病，万里寒云雁阵迟。明岁秋风知再会，暂时分手莫相思。

众人看一首，赞一首，彼此称扬不已。李纨笑道：“等我从公评来。通篇看来，各有各人的警句。今日公评：《咏菊》第一，《问菊》第二，《菊梦》第三，题目新，诗也新，立意更新。恼不得要推潇湘妃子为魁了。然后《簪菊》《对菊》《供菊》《画菊》《忆菊》次之。”宝玉听说，喜的拍手叫：“极是，极公道！”黛玉道：“我那首也不好，到底伤于纤巧些。”李纨道：“巧的却好，不露堆砌生硬。”黛玉道：“据我看来，头一句好的是,‘圃冷斜阳忆旧游。’这句背面傅粉;‘抛书人对一枝秋’,已经妙绝,将供菊说完,没处再说,故翻回来想到未折未供之先,意思深透。”李纨笑道:“固如此说。你的‘口齿噙香’句也敌的过了。”探春又道:“到底要算蘅芜君沉着,‘秋无迹’,‘梦有知’,把个‘忆’字竟烘染出来了。”宝钗笑道:“你的‘短鬓冷沾’‘葛巾香染’也就把簪菊形容的一个缝儿也没了。”湘云道:“‘偕谁隐’‘为底迟’真个把个菊花问的无言可对。”李纨笑道:“你的‘科头坐’‘抱膝吟’竟一时也不能别开,菊花有知,也必腻烦了。”说的大家都笑了。宝玉笑道:“我又落第。难道‘谁家种’‘何处秋’‘蜡屐远来’‘冷吟不尽’都不是‘访’,‘昨夜雨’‘今朝霜’都不是‘种’不成?但恨敌不上‘口齿噙香对月吟’‘清冷香中抱膝吟’‘短鬓’‘葛巾’‘金淡泊’‘翠离披’‘秋无迹’‘梦有知’这几句就是了。”又道:“明儿闲了,我一个人作出十二首来。”李纨道:“你的也好,只是不及这几句新巧就是了。”大家又评了一回,复又要了热蟹来,就在大圆棹子上吃了一回。

宝玉笑道:“今日持螯赏桂,亦不可无诗。我已吟成,谁还敢作呢?”说着,便忙洗了手,提笔写出。众人看道:

持螯更喜桂阴凉,泼醋擂姜兴欲狂。饕餮王孙应有酒,横行公子却无肠。脐间积冷馋忘忌,脂上沾腥洗尚香。原为世人美口腹,坡仙曾笑一生忙。

黛玉笑道:“这样的诗要一百首也有。”宝玉笑道:“你这会子才力已尽,不能作了,还贬人家。”黛玉听了,并不答言,也不思索,提起笔来一挥,已有了一首。众人看道:

铁甲长戈死未忘,堆盘色相喜先尝。螯封嫩玉双双满,壳凸红脂块块香。多肉更怜卿八足,助情谁劝我千觞?对斟佳品酬佳节,桂拂清风菊带霜。

宝玉看了,正喝彩。黛玉便一把撕了,命人烧去,因笑道:“我的不及你的,我烧了他。你那个很好,比方才的菊花诗还好,你留着他给人看。”宝钗接着笑道:“我也勉强了一首,未必好,写出来取笑儿罢。”说着,也写了出来。大家看时,写道是:

桂霭桐阴坐举觞,长安涎口盼重阳。

眼前道路无经纬，皮里春秋空黑黄。

看到这里，众人不禁叫绝。宝玉道："写得痛快！我的诗也该烧了。"又看底下道：

酒未敌腥还用菊，性妨积冷定须姜。

于今落釜成何益，月浦空馀禾黍香。

众人看毕，都说这是食螃蟹绝唱。这些小题目，原要寓大意才算是大才。只是讽刺世人太毒了些。说着，只见平儿复进园来。不知作什么，且听下回分解。

第三十九回 村姥姥是信口开合 情哥哥偏寻根究底

话说众人见平儿来了,都说:“你们奶奶作什么呢?怎么不来了?”平儿笑道:“他那里得空儿来。因为说没有好生吃得,又不得来,所以叫我来问还有没有,叫我要几个拿了家去吃罢。”湘云道:“有多着呢!”忙令人拿了十个极大的,平儿道:“多拿几个团脐的。”众人又拉平儿坐。平儿不肯。李纨拉着他笑道:“偏要你坐。”拉着他身傍坐下,端了一杯酒送到他嘴边,平儿忙喝了一口就要走。李纨道:“偏不许你去。显见得只有凤丫头,就不听我的话了。”说着,又命嬷嬷们:“先送了盒子去,就说我留下平儿了。”那婆子一时拿了盒子回来,说:“二奶奶说,叫奶奶和姑娘们别笑话说要嘴吃。这个盒子里是方才舅太太那里送来的菱粉糕和鸡油卷儿,给奶奶、姑娘们吃的。”又向平儿道:“说使你来你就贪住顽不去了。劝你少喝一杯儿罢。”平儿笑道:“多喝了又把我怎么样?”一面说,一面只管喝,又吃螃蟹。李纨揽着他笑道:“可惜这么个好体面模样儿,命却平常,只落得屋里使唤。不知道的人,谁不拿你当作奶奶、太太看。”平儿一面和宝钗、湘云等吃喝,一面回头笑道:“奶奶别只摸的我怪痒痒的。”李氏道:“嗳哟,这硬的是什么?”平儿道:“钥匙。”李氏道:“什么钥匙?要紧梯己东西怕人偷了去,却带在身上。我成日家和人说笑,有个唐僧取经,就有个白马来驼他;刘智远打天下,就有个瓜精来送盔甲;有个凤丫头,就有个你。你就是你奶奶的一把总钥匙,还要这钥匙作什么?”平儿笑道:“奶奶吃了酒,又拿了我来打趣着取笑儿了。”

宝钗笑道:“这到是真话!我们没事评论起人来,你们这几个都是百个里头挑不出一个来的。妙在各人有各人的好处。”李纨道:“大小都有个天理。比如老太太屋里,要没那个鸳鸯,如何使得?从太太起,那一个敢驳老太太的回,现在他敢驳回。偏老太太只听他一个人的话。老太太那些穿的、带的,别人不记得,他都记得。要不是他经管着,不知叫人诓骗了多少去呢!那孩子心也公道,虽然这样,到常替人说好话儿,还到不依势欺人的。”惜春笑道:“老太太昨儿还说呢,他比我们还强呢。”平儿道:“那原是个好的。我们那里比的上他!”宝玉道:“太太屋里的彩霞是个老实人。”探春道:“可不是,外头老实,心里有数儿。太太是那么佛爷似的,事情上不留心,他都知道。几百一应事,他提着太太行。连老爷在家出外去的一应大小事,他都知道。太太忘了,他背地里告诉太太。”李纨道:“那也罢了。”指着宝玉道:“这一个小爷屋里要不是袭人,你们估量着到个什么田地!凤丫头就是楚霸王,也得这两支膀子好举千斤鼎。他不是这丫头,就得这么周到了?”平儿笑道:“先时陪了四个丫头,死的死,去的去,只剩下我一个孤鬼了。”李纨道:“你到是有造化的。凤丫头也是有造化的。想当初你大爷在日,何曾也没两个人?你们看我还是那容不下人的?天天只见他两个不自在,所以你珠大爷一没了,趁年轻我都打发了。若有一个守得住,我到有个膀背。”说着,滴下泪来。众人都道:“又何必伤心,不如散了到好。”说着,便都洗了手,大家约往贾母、王夫人处问安。

众婆子、丫头打扫亭子,收拾杯盘。袭人和平儿同往前去,让平儿到房里坐坐,便问道:“这个月的月钱为什么还不放?”平儿见问,忙悄悄说道:“迟两天就放了。这个月的月钱,我们奶奶早已支了放给人使了,等利钱收齐了才放呢。你可不许告诉一个人去。”袭人笑道:“难道他还短钱使?何苦还操这个心。”平儿笑道:“这几年拿着这一项银子,他的月例公费放出去,利钱一年不到,上千的银子呢!”袭人笑道:“拿着我们的钱,你们主子、奴才赚利钱,哄的我们呆呆的等着。”平儿道:“你又说没良心的话。你难道还少钱使?”袭人道:“我虽不少,只是我也没地方使去,就只预备我们那一个。”平儿道:“你倘若有要紧的事用钱使时,我那里还有几两银子,你先拿来使,明儿我扣下你的就是了。”袭人道:“此时也用不着,怕一时要用起来不彀了,我打发人去取就是了。”

平儿答应着,一径出了园门,来至家内。只见凤姐儿不在房里。

忽见上回来打抽丰的那刘姥姥和板儿又来了。坐在那边屋里，还有张材家的、周瑞家的陪着，又有两三个丫头在地下倒口袋里的枣子、倭瓜并些野菜。众人见他进来，都忙站起来了。刘姥姥因上次来过，知道平儿的身分，忙跳下地来问"姑娘好！"又说："家里都问好。早要来请姑奶奶的安，看姑娘来的，因为庄家忙，好容易今年多打了两石粮食，瓜果菜蔬也丰盛，这是头一起摘下来的，并没敢卖呢，留的尖儿，孝敬姑奶奶、姑娘们尝尝。姑娘们天天山珍海味的也吃腻了，这个吃个野意儿，也算是我们的穷心。"平儿忙道："多谢费心！"又让坐。自己也坐了。又让张婶子、周大娘坐着。又令小丫头子到茶去。

周瑞、张材两家的因笑道："姑娘今儿脸上有些春色，眼圈儿都红了。"平儿笑道："可不是！我原是不吃的，大奶奶和姑娘们只是拉着死灌，不得已喝了两钟，脸就红了。"张材家的笑道："我到想着要吃呢，又没人让我。明儿再有人请姑娘，可待了我去罢。"说着，大家都笑了。周瑞家的道："早起我就看见那螃蟹了，一斤只好秤两个三个。这么三大篓，想是有七八十斤呢。"周瑞家的道："若是上上下下，只怕还不勾罢！"平儿道："那里勾。不过都是有名儿的吃两个子。那些散众的，也有摸着吃的，也有摸不着的。"刘姥姥道："这样螃蟹，今年就值五分一斤，十斤五钱，五五二两五，三五一十五，再搭上酒菜，一共到有二十多两银子。阿弥陀佛！这一顿的钱，勾我们庄家人过一年了。"平儿因问："想是见过奶奶了？"刘姥姥道："见过了。叫我们等着呢。"说着，又往窗外看天气。说道："天好早晚了，我们也去罢。别出不去城，才是饥荒呢。"周瑞家的道："这话到是。我替你瞧瞧去。"说着，一径去了。半日方来，笑道："可是你老的福来了，竟投了这两个人的缘了。"平儿等问："怎么样？"周瑞家的笑道："二奶奶在老太太的跟前呢。我原是悄悄的告诉二奶奶：'刘姥姥要家去呢，怕晚了赶不出城去。'二奶奶说：'大远的，难为他扛了那些沉东西来，晚了就住一夜，明儿再去。'这可不是投上二奶奶的缘了？这也罢了，偏生老太太听见了，又问：'刘姥姥是谁？'二奶奶便回明白了。老太太说：'我正想个积古的老人家说话儿，请了来我见一见。'这可不是想不到投上缘分了？"说着，催刘姥姥下来前去。刘姥姥道："我这生像儿，怎好见的？好嫂子，你就说我去了罢。"平儿道："你快去罢！不相干的。我们老太太最是惜老怜贫的，比不得那个狂三诈四的那些人。想是你怯上，我和周大娘送你去。"说着，同周瑞家的引了刘姥姥往贾母这边来。

二门口该班的小厮们见了平儿出来，都站起来了。又有两个跑上来，赶着平儿叫"姑娘"。平儿问："又说什么？"那小厮笑道："这会子也好早晚了，我妈病了，等着我去请大夫。好姑娘，我讨半日假可使得？"平儿道："你们到好，都商议定了，一天一个告假，又不回奶奶，只和我胡缠。前儿住儿去了，二爷偏生叫他叫不着，我应起来了，还说我作了情。你今儿又来了。"周瑞家的道："当真的他妈病了。姑娘也替他应着，放了他罢。"平儿道："明儿一早来听着，我还要使你呢。再睡的日头晒着屁股再来！你这一去，带个信儿给旺儿，就说奶奶的话，问着他，那剩的利钱明儿若不交上来，奶奶也不要了，就索性送他使罢。"那小厮欢天喜地答应着去了。

平儿等来至贾母房中。彼时大观园中姊妹们都在贾母前承奉。刘姥姥进去，只见满屋里珠围翠绕，花枝招展，并不知都系何人。只见一张榻上歪着一位老婆婆，身后坐着一个纱罗裹的美人一般的一个丫嬛在那里捶腿，凤姐儿站着正说笑，刘姥姥便知是贾母了，忙上来陪着笑，道了万福，口里说："请老寿星安。"贾母亦欠身问好，又命周瑞家的："端过椅子来，坐着。"那板儿仍是怯人，不知问候。贾母道："老亲家，你今年多大年纪了？"刘姥姥忙立身答道："我今年七十五了。"贾母向众人道："这么大年纪了，还这么健壮。比我大好几岁呢！我要到这么大年纪，还不知怎么动不得呢。"刘姥姥笑道："我们生来是受苦的人，老太太生来是享福的。若我们也这样，那些庄家活也没人作了。"贾母道："眼睛、牙齿都还好？"刘姥姥道："都还好。就是今年左边的槽牙活动了。"贾母道："我老了，都不中用了。眼也花，耳也聋，记性也没了。你们这些老亲戚，我都不记得了。亲戚们来了，我怕人笑我，我都不会。不过嚼的动的吃两口，睡一觉。闷了时，和这些孙子孙女儿顽笑一回，就完了。"刘姥姥笑道："这正是老太太的福了。我们想这么着，也不能。"贾母道："什么福？不过是个老废物罢了。”说的大家都笑了。

贾母又笑道：“我才听见凤哥儿说，你带了好些瓜菜来，叫他快着收拾去了，我正想个地里现撷的瓜儿、菜儿吃。外头买的，不像你们田地里的好吃。”刘姥姥笑道：“这是野意儿，不过吃个新鲜。依我们想鱼肉吃，就只吃不起。”贾母又道：“今儿既认着了亲，别空空儿的就去。不嫌我这里，就住一两天再去。我们也有个园子，园子里头也有果子，你明日也尝尝，带些家去。你也算看亲戚一趟。”凤姐儿见贾母喜欢，也忙留道：“我们这里虽不比你们的场院大，空屋子还有两间。你住两天罢，把你们那里的新闻故事儿说些与我们老太太听听。”贾母笑道：“凤丫头，别合他取笑儿。他是乡屯里的人，老实，那里搁的住你打趣他。”说着，又命人去先抓果子与板儿吃。板儿见人多了，又不敢吃。贾母又命拿些钱给他，叫小么儿们带他外头顽去。刘姥姥吃了茶，便把些乡村中所见所闻的事情说与贾母，贾母亦发得了趣味。正说着，凤姐儿便令人来请刘姥姥吃晚饭。贾母又将自己的菜拣了几样，命人送过去与刘姥姥吃。

凤姐知道合了贾母的心，吃了饭，便又打发过来。鸳鸯忙令老婆子带了刘姥姥去洗了澡，自己挑了两件随常的衣服，令给刘姥姥换上。那刘姥姥那里见过这般行事，忙换了衣裳出来，坐在贾母榻上，又搜寻些话出来说，彼时，宝玉、姊妹们也都在这里坐着，他们何曾听见过这些话，自觉比那些瞽目先生说的书还好听。

那刘姥姥虽是个村野人，却生来的有些见识。况且年纪老了，世情上经历过的，见头一个贾母高兴，第二见这些哥儿、姐儿们都爱听，便没了说的，也编出些话来讲。因说道：“我们村庄上种地种菜，每年每日，春夏秋冬，风里雨里，那有个坐着的空儿？天天都是在那地头子上作‘歇马凉亭’，什么奇奇怪怪的事不见呢？就像去年冬天，接连下了几天雪。地下压了三四尺深，我那日起的早，还没出房门，只听外头柴草响。我想着必定是有人偷柴草来了，我爬着窗户眼儿一瞧，却不是我们村庄上的人。”贾母道：“必定是过路的客人们冷了，见现成的柴，抽些烤火去，也是有的。”刘姥姥笑道：“也并不是客人，所以说来奇怪。老寿星当个什么人？原来是一个十七八岁的、极标致的一个小姑娘，梳着溜油光的头，穿着大红袄儿，白绫子裙子……”

刚说到这里，忽听外面人吵嚷起来，又说：“不相干的，别唬着老太太。”贾母等听了，忙问：“怎么了？”丫嬛回说：“南院马棚里走了水，不相干，已经救下去了。”贾母最胆小的，听了这个话，忙起身，扶了人，出至廊上来瞧。只见东南上火光犹亮。贾母唬的口内念佛，忙命人去火神跟前烧香。王夫人等也忙都过来请安，又回说：“已经下去了，老太太请进房去罢。”贾母直等的看着火光息了，方领众人进来。宝玉且忙着问刘姥姥：“那女孩儿大雪地作什么？抽柴草倘或冻出病来呢？”贾母道：“都是才说抽柴草，惹出火来了，你还问呢！别说这个了。再说别的罢。”宝玉听说，心内虽不乐，也只得罢了。刘姥姥便又想了一篇，说道：“我们庄子东边庄上，有个老奶奶子，今年九十多岁了。他天天吃斋念佛。谁知就感动了观音菩萨。夜里来托梦说：‘你这样虔心，原来你该绝后的，如今奏了玉皇，给你个孙子。’原来这老奶奶只有一个儿子，这儿子也只一个儿子，好容易养到十七八岁上死了，哭的什么似的。后果然又养了一个，今年才十三四岁，生的雪团儿一般，聪明伶俐非常。可见这些神佛是有的。”这一夕话，实合了贾母、王夫人的心事，连王夫人也都听住了。

宝玉心中只记挂着抽柴的故事，因闷的心中筹画。探春因问他：“昨日扰了史大妹妹，咱们回去商议着邀一社，又还了席，也请老太太赏菊花，何如？”宝玉笑道：“老太太说了，还要摆酒还史妹妹的席，叫咱们坐陪呢。等着吃了老太太的，咱们再请不迟。”探春道：“越往前去越冷了，老太太未必高兴。”宝玉道：“老太太又喜欢下雨、下雪的。不如咱们等下头场雪，请老太太赏雪岂不好？咱们雪下吟诗，也更有趣了。”林黛玉忙笑道：“咱们雪下吟诗？依我说，还不如弄一捆柴火，雪下抽柴，还更有趣儿呢！”说着，宝钗等都笑了。宝玉瞅了他一眼，也不答话。

一时散了，背地里宝玉到底拉了刘姥姥细问：“那女孩儿是谁？”刘姥姥只得编了告诉他道：“那原是我们庄北沿地埂子上有一个小祠堂里供的，不是神佛，当先有个什么老爷。”说着，又想名姓。宝玉道："不拘什么名姓，你不必想了。只说原故就是了。"刘姥姥道："这老爷没有儿子，只有一位小姐，名叫茗玉。小姐知书识字，老爷、太太爱如珍宝。可惜这茗玉小姐生到十七岁，一病死了。"宝玉听了，跌足叹惜，又问："后来怎么样?"刘姥姥道："因为老爷、太太思念不尽，便盖了这祠堂，塑了这茗玉小姐的像，派了人烧香拨火。如今日久年深的，人也没了，庙也烂了，那个像就成了精。"宝玉忙道："不是成精，规矩这样人是虽死不死的。"刘姥姥道："阿弥陀佛！原来如此。不是哥儿说，我们都当他成精。他时常变了人，出来各村庄店道上闲逛，我才说这抽柴火的就是他了。我们村庄上的人还商议着要打了这塑像，平了庙呢!"宝玉忙道："快别如此。若平了庙，罪过不小。"刘姥姥道："幸亏哥儿告诉我，我明儿回去告诉他们就是了。"宝玉道："我们老太太，太太都是善人，合家大小也都好善、喜舍，最爱修庙塑神的。我明儿做一个疏头，替你化些布施，你就做香头，攒了钱，把这庙修盖，再妆潢了泥像，每月给你香火钱烧香，岂不好?"刘姥姥道："若这样，我托那小姐的福，也有几个钱使了。"宝玉又问他地名、庄名，来往远近，坐落何方。刘姥姥便顺口胡诌了出来。

宝玉信以为真，回至房中，盘算了一夜。次日一早，便出来给了茗烟几百钱，按着刘姥姥说的方向、地名，着茗烟去先踏看明白，回来再做主意。那茗烟去后，宝玉左等也不来，又等也不来，急的热锅上的蚂蚁一般。

好容易等到日落，方见茗烟兴兴头头的回来。宝玉忙问："可有庙了?"茗烟笑道："爷听的不明白，叫我好找。那地名、坐落，不似爷说的一样，所以找了一日。我到东北上田埂子上才有一个破庙。"宝玉听说，喜的眉开眼笑，忙说道："刘姥姥有年纪的人，一时错记了也是有的。你且说你见的!"茗烟道："那庙门却道是朝南开的，也是稀破的。我找的正没好气，一见这个，我说可好了，连忙进去，一看泥胎，唬的我跑出来了，活似真的一般。"宝玉喜的笑道："他能变化人了，自然有些生气。"茗烟拍手道："那里有什么女孩儿，竟是一位青脸红发的瘟神爷。"宝玉听了，啐了一口，骂道："真是一个无用的杀才！这点子事也干不来!"茗烟道："二爷又不知看了什么书，或者听了谁的混话，信真了，把这件没头脑的事派我去磞头，怎么说我没用呢？”宝玉见他急了，忙安慰他道：“你别急！改日闲了你再找去。若是他哄我们呢，自然没了；若真是有的，你岂不也积了阴骘？我必重重的赏你。”正说着，只见二门上的小厮来说：“老太太房里的姑娘们站在二门口找二爷呢！”

第四十回 史太君两宴大观园 金鸳鸯三宣牙牌令

话说宝玉听了，忙进来看时，只见琥珀站在屏风跟前说：“快去罢！立等你说话呢。”宝玉来至上房，只见贾母正和王夫人、家姊妹商议给史湘云还席。宝玉因说道：“我有个主意。既没有外客，吃的东西也别定了样数，谁素日爱吃的拣样儿做几样，也不要按棹坐席，每人跟前摆一张高棹，各人爱吃的东西一两样，再一个什锦攒心盒子，自斟壶，岂不别致？”贾母听了说很是。忙命传与厨房：“明日就拣我们爱吃的东西作了，按着人数再装了盒子来。早饭也摆在园里吃。”商议之间，早又掌灯，一夕无话。

次日清早起来，可喜这日天气清朗。李纨侵晨先起来看着老婆子、丫头们扫那些落叶，并擦抹棹椅，预备茶酒器皿。只见丰儿带了刘姥姥、板儿进来说：“大奶奶到忙的紧。”李纨笑道：“我说你昨儿去不成，只忙着要去。”刘姥姥笑道：“老太太留下我，叫我也热闹一天去。”丰儿拿了几把大小钥匙，说道：“我们奶奶说了，外头的高儿恐不彀使，不如开了楼，把那收着的拿下来使一天罢。奶奶原该亲自来的，因和太太说话呢，请大奶奶开了，带着人搬罢。”李氏便令素云接了钥匙，又令婆子：“出去把二门上的小厮叫几个来！”李氏站在大观楼下往上看，令人上去开了缀锦阁，一张一张往下抬。小厮、老婆子、丫头一齐动手，抬了二十多张下来。李纨道：“好生着，别慌慌张张鬼赶来似的，仔细碰了牙子。”又回头向刘姥姥笑道：“姥姥，你也上去瞧瞧！”刘姥姥听说，巴不得一声儿，便拉了板儿，橙梯上去，进里面，只见乌压压的堆着些围屏、棹椅、大小花灯之类，虽不大认得，只见五彩炫耀，各有奇妙。念了几声佛，便下来了。然后锁上门，一齐才下来。李纨道：“恐怕老太太高兴，越性把舡上划子、槁桨、遮阳幔子都搬了下来预备着。”众人答应，复又开了，色色的搬了下来。令小厮传驾娘们到舡坞里撑出两支船来。

正乱着安排，只见贾母已带了一群人进来了。李纨忙迎上去，笑道："老太太高兴，到进来了。我只当还没梳头呢。才撷了菊花要送去。"一面说，一面碧月早捧过一个大荷叶式的翡翠盘子来，里面盛着各色的折枝菊花。贾母便拣了一朵大红的簪于鬓上，因回头看见了刘姥姥，忙笑道："过来带花儿。"一语未完，凤姐便拉过刘姥姥来，笑道："让我打扮你。"说着，将一盘子花，横三竖四的给他插了一头。贾母和众人笑的了不得。刘姥姥笑道："我这头也不知修了什么福！今儿这样体面起来。"众人笑道："你还不拔下来，摔到他脸上呢。把你打扮的成了个老妖精了。"刘姥姥笑道："我虽老了，年轻时也风流，爱个花儿、粉儿的。今儿老风流才好。"

说笑之间，已来至沁芳亭子上。丫嬛们抱了一个大锦褥子来，铺在栏干榻板上。贾母倚柱坐下，命刘姥姥也坐在傍边，因问他："这园子好不好？"刘姥姥念佛说道："我们乡下人到了年下，都上城来买画儿贴。时常闲了，大家都说，'怎么得也到画儿上去逛逛。'想着那个画儿也不过是假的，那里有这个真地方呢！谁知我今儿进这园里一瞧，竟比那画儿还强十倍。怎么得有人也照着这个园子画一张，我带了家去给他们见见，死了也得好处。"贾母听说，便指着惜春笑道："你瞧我这个小孙女儿，他就会画。等明儿叫他画一张，如何？"刘姥姥听了，喜的忙跑过来，拉着惜春，说道："我的姑娘！你这么大年纪儿，又这么个好模样，还有这个能干，别是个神仙托生的罢。"

贾母少歇一回，自然领着刘姥姥都见识见识。先到了潇湘馆。一进门，只见两边翠竹夹路，土地下苍苔布满，中间羊肠一条石子漫的路。刘姥姥让出路来与贾母众人走，自己却赿走土地。琥珀拉着他说道："姥姥！你上来走，仔细苍苔滑了。"刘姥姥道："不相干的。我们走熟了的，姑娘们只管走罢。可惜你们的那绣鞋，别沾赃了他。"只顾上头和人说话，不防底下果踩滑了，"咕咚"一跤跌倒。众人拍手都哈哈的笑起来。贾母笑骂道："小蹄子们，还不搀起他来，只站着笑。"说话时，刘姥姥已爬了起来了，自己也笑了，说道："才说嘴就打了嘴。"贾母问他："可扭了腰了不曾？叫丫头们捶一捶？"刘姥姥道："那里说的我这么姣嫩了！那一天不跌两下子，都要捶起来还了得呢!"

紫鹃早打起湘帘。贾母等进来坐下。林黛玉亲自用小茶盘捧了一盖碗茶来,奉与贾母。王夫人道:"我们不吃茶,姑娘不用倒了。"林黛玉听说,便命一个丫头把自己窗下常坐的一张椅子挪到下首,请王夫人坐了。刘姥姥因见窗下案上设着笔砚,又见书架上落着满满的书。刘姥姥道:"这必定是那位哥儿的书房了。"贾母笑指黛玉道:"这是我这外孙女儿住的屋子。"刘姥姥留神打量了黛玉一番,方笑道:"这那像个小姐的绣房,竟比那上等的书房还好。"贾母因问:"宝玉怎么不见?"众丫头们答说:"在池子里舡上呢。"贾母道:"谁又预备下舡了?"李纨忙回说:"才开楼拿儿,我恐怕老太太高兴,就预备下了。"

贾母听了,方欲说话时,有人回说:"姨太太来了!"贾母等刚站起来,只见薛姨妈早进来了。一面归坐,笑道:"今儿老太太高兴,这早晚就来了!"贾母笑道:"我才说来迟了的要罚他,不想姨太太就来迟了。"说笑一会,贾母因见窗上纱的颜色旧了,便和王夫人说道:"这个纱新糊上好看,过了后来就不翠了。这个院子里头又没有个桃杏树,这竹子已是绿的,再拿这绿纱糊上,反不配。我记得咱们先有四五样颜色糊窗户的纱呢,明儿给他把这窗户上的换了。"凤姐儿忙道:"昨儿我开库房,看见大板箱里还有些匹银红蝉翼纱,也有各样折枝花样的,也有流云卍福花样的,也有百蝶穿花花样的,颜色又鲜,纱又轻软,我竟没见过这样的。拿了两匹出来,作两床绵纱被,想来一定是好的。"贾母听了,笑道:"呸。人人都说你没有不经过、不见过,连这个纱还不认得呢!明儿还说嘴。"薛姨妈等都笑说:"凭他怎么经过、见过,如何敢比老太太呢?老太太何不教导了他,我们也听听。"凤姐儿也笑说:"好祖宗,教给我罢!"贾母笑向薛姨妈、众人道:"那个纱比你们的年纪还大呢!怪不得他认作蝉翼纱。原也有些像,不知道的都认作蝉翼纱。正经名字叫作'软烟罗'。"凤姐儿道:"这个名儿也好听。只是我这么大了,纱罗也见过几百样,从没听见过这个名色。"贾母笑道:"你能彀活了多大,见过几样没处放的东西,就说嘴来听。那个软烟罗只有四样颜色:一样'雨过天晴',一样秋香色,一样松绿的,一样就是银红的。若是做了帐子,糊了窗屉,远远的看着,就似烟雾一样。所以叫作'软烟罗'。那银红的又叫作'霞影纱'。如今上用的府纱也没有这样软厚轻密的了。"薛姨妈笑道:"别说凤丫头没见,连我也没听见过。"凤姐儿一面说,早命人取了一匹来了。贾母说:"可不是这个!先时原不过是糊窗屉,后来我们拿这个作被作帐子,试试也竟好。明儿就找出几匹来,拿银红的替他糊窗子。"凤姐答应着,众人都看了,称赞不已。刘姥姥也觑着眼,看个不了,念佛说道:"我们想他作衣裳也不能,拿着糊窗子,岂不可惜!"贾母道:"倒是做衣裳不好看。"凤姐忙把自己身上穿的一件大红绵纱袄子襟儿拉了出来,向贾母、薛姨妈道:"看我的这袄儿。"贾母、薛姨娘都说:"这也是上好的了。这是如今的上用内造的,竟比不上这个。"凤姐儿道:"这个薄片子,还说是上用内造呢!竟连官用的也比不上了。"贾母道:"再找一找,只怕还有青的。若有时拿出来,送这刘亲家两匹。再做一个帐子我挂,剩的添上里子,做些夹背心子给丫头们穿。白收着,霉坏了。"凤姐忙答应了,仍令人送去。

贾母起身笑道:"这屋里窄,再往别处逛去。"刘姥姥念佛道:"人人都说大家子住大房,昨儿见了老太太正房,配上大箱、大柜、大棹子、大床,果然威武。那柜子比我们那一间房子还大,还高,怪道后院子里有个梯子。我想并不上房晒东西,预备个梯子作什么?后来,我想起来定是为开顶柜收放东西,非离了那梯子怎么得上去呢?如今又见了这小屋子,更比大的越发齐整了。满屋里的东西,都只好看,都不知叫什么,我越看越舍不得离了这里。"凤姐道:"还有好的呢。我都带你去瞧瞧。"说着,一径离了潇湘馆。

远远望见池中一群人在那里撑舡。贾母道:"他们既预备下船,咱们就坐。"一面说着,便向紫菱洲蓼溆一带走来。未至池前,只见几个婆子,手里都捧着一色捏丝戗金五彩大盒子走来。凤姐忙问王夫人:"早饭在那里摆?"王夫人道:"问老太太说在那里就在那里摆罢。"贾母听说,便回头说:"你三妹妹那里就好,你就带了人摆去;我们从这里坐了舡去。"凤姐听说,便回身同了探春、李纨、鸳鸯、琥珀带着端饭的人等,超着近路到了秋爽斋,就在晓翠堂上调开棹椅,鸳鸯笑道:“天天咱们说外头老爷们吃酒吃饭都有一个篾片相公,拿他取笑儿。咱们今儿也得了一个女篾片了。”李纨是个厚道人,听了不解。凤姐儿却知是说的是刘姥姥了,也笑说道:“咱们今儿就拿他取个笑儿。”二人便如此这般的商议。李纨笑劝道:“你们一点好事也不做,又不是个小孩儿,还这么淘气。仔细老太太说。”鸳鸯笑道:“恨不与你相干,有我呢。”

正说着,只见贾母等来了,各自随便坐下。先着丫嬛端过两盘茶来,大家吃毕。凤姐手里拿着西洋布手巾裹着一把乌木三厢银箸,敁敠人位,按席摆下。贾母因说:“把那一张小楠木棹子抬过来,让刘亲家近我这边坐着。”众人听说,忙抬了过来。凤姐一面递眼色与鸳鸯,鸳鸯便拉了刘姥姥出去,悄悄的嘱咐了刘姥姥一席话,又说:“这是我们家的规矩,若错了,我们就笑话呢。”调停已毕,然后归坐。薛姨妈是吃过饭来的,不吃,只坐在一边吃茶。贾母带着宝玉、湘云、黛玉、宝钗一棹,王夫人带着迎春姊妹三个人一棹,刘姥姥傍着贾母一棹。贾母素日吃饭,皆有小丫嬛在傍边拿着漱盂、尘尾、巾幅之物,如今鸳鸯是不当这个差使的了,今日鸳鸯偏接过尘尾来拂着。丫嬛们知道他要捉弄刘姥姥,便躲开让他。鸳鸯一面侍立,一面悄问刘姥姥说道:“别忘了!”刘姥姥道:“姑娘放心!”那刘姥姥入了坐,拿起箸来,沉甸甸的,不伏手。原是凤姐和鸳鸯商议定了,单拿一双老年四楞子象牙厢金的快子与刘姥姥。刘姥姥见了说道:“这叉爬子比俺们那里铁掀还沉,那里犟的过他!”说的众人都笑起来。

只见一个媳妇端了一个盒子,站在当地。一个丫嬛上来揭去盒盖,里面盛着两碗菜。李纨端了一碗放在贾母棹上,凤姐儿偏拣了一碗鸽子蛋放在刘姥姥棹上。贾母这边说声“请”,刘姥姥便站起身来,高声说道:“老刘,老刘,食量大似牛,吃一个老母猪不抬头。”自己却鼓着腮不语。

众人先是发怔,后来一听,上上下下都哈哈大笑起来。史湘云掌不住,一口饭都喷了出来;林黛玉笑岔了气,伏着棹子嗳哟;宝玉早滚到了贾母怀里,贾母笑的搂着宝玉叫“心肝”;王夫人笑的用手指着凤姐儿,只说不出话来;薛姨妈也掌不住,口里茶喷了探春一裙子;探春手里的饭碗,都合在迎春身上;惜春离了坐位,拉着他奶母叫揉一揉肠子。地下的人无一个不弯腰屈背,也有躲出去,蹲着笑去的;也有忍着笑,上来替他姊妹换衣裳的;独有凤姐、鸳鸯二人掌着还只管让刘姥姥。

刘姥姥拿起箸来,只觉不听使,又说道:“这里的鸡儿也俊,下的这蛋也小巧,怪俊的。我且肏攮一个。”众人方住了笑,听见这话,又笑起来。贾母笑的眼泪出来,琥珀在后捶着。贾母笑道:“这定是凤丫头促侠鬼儿闹的,快别信他的话了。”那刘姥姥正夸鸡蛋小巧,要肏攮一个。凤姐儿笑道:“一两银子一个呢,你快尝尝罢,那冷了就不好吃了。”刘姥姥便伸箸子要夹,那里夹的起来?满碗里闹了一阵好的,好容易撮起一个来,才伸着脖子要吃,偏又滑下来,滚在地下,忙放下箸子,要亲自去拣,早有地下的人拣了出去了。刘姥姥叹道:“一两银子,也没听见响声儿,就没了。”众人已没心吃饭,都看着他笑。贾母又说:“这会子又把那个快子拿了出来,又不请客摆大筵席。都是凤丫头支使的,还不换了呢。”地下的人原不曾预备这牙箸,本是凤姐和鸳鸯拿了来的。听如此说,忙收了过去,也照样换上一双乌木厢银的。刘姥姥道:“去了金的,又是银的,到底不及俺们那个伏手。”凤姐儿道:“菜里若有毒,这银子下去了,就试的出来。”刘姥姥道:“这个菜里若有毒,俺们那菜都成了砒霜了。那怕毒死了,也要吃尽了。”贾母见他如此有趣,吃的又香甜,把自己的也都端过来与他吃;又命一个老嬷嬷来,将各样的菜给板儿夹在碗上。

一时吃毕,贾母等都往探春卧室中去说闲话。这里收拾过残棹,又放了一棹。刘姥姥看着李纨与凤姐儿对坐着吃饭,叹道:“别的罢了,我只爱你们家这行事。怪道说‘礼出大家’。”凤姐儿忙笑道:“你可别多心,才刚不过大家取笑儿。”一言未了,鸳鸯也进来笑道:“姥姥别恼!我给你老人家赔个不是。”刘姥姥笑道:“姑娘说那里话?咱们哄着老太太开个心儿,可有什么恼的。你先嘱咐我,我就明白了。不过大家取个笑儿;我要心里恼,也就不说了。”鸳鸯便骂人:“为什么不倒茶给姥姥吃?”刘姥姥道:“刚才那个嫂子倒了茶来,我吃过了。姑娘也该用饭了。”凤姐儿便拉鸳鸯:“你坐下,和我们吃了罢。省的回来又闹。”鸳鸯便坐下了。婆子们添上碗箸来,三人吃毕。刘姥姥笑道:“我看你们这些人,都只吃这一点儿就完了。亏你们也不饿,怪道风儿都吹的倒。”鸳鸯便问:“今儿剩的菜不少,都那去了?”婆子们道:“都还没散呢。在这里等着一齐散与他们吃。”鸳鸯道:“他们吃不了这些,挑两碗给二奶奶屋里平丫头送去。”凤姐儿道:“他早吃了饭了,不用给他。”鸳鸯道:“他不吃了,喂你们的猫。”婆子听了,忙拣了两样,拿盒子送去。鸳鸯道:“素云那去了?”李纨道:“他们都在这里一处吃,又找他作什么?”鸳鸯道:“这就罢了。”凤姐儿道:“袭人不在这里,你到是叫人送两样给他去。”鸳鸯听说,便命人也送两样去后,鸳鸯又问婆子们:“回来吃酒的攒盒可装上了没有?”婆子道:“想必还得一会子。”鸳鸯道:“催着些儿。”婆子应喏了。

凤姐儿等来至探春房中。只见他娘儿们正说笑。探春素喜阔朗,这三间屋子并不曾隔断。当地放着一张花梨大理石大案,案上磊着各种名人法帖,并数十方宝砚,各色笔筒,笔海内插的笔如树林一般。那一边设着斗大的一个汝窑花囊,插着满满的一囊水晶球儿的白菊,西墙上当中挂着一大幅米襄阳《烟雨图》,左右挂着一付对联,乃是颜鲁公墨迹,其词云:

烟霞闲骨格　　泉石野生涯

案上设着大鼎,左边紫檀架上放着一个大观窑的大盘,盘内盛着数十个娇黄玲珑大佛手,右边洋漆架上悬着一个白玉比目磬,傍边挂着小锤。那板儿略熟了些,便要摘那锤子,要击。丫嬛们忙拦住他,他又要佛手吃。探春拣了一个与他说:“顽罢!吃不得的东西。”东边便设着卧榻,拔步床上悬着葱绿双绣花卉草虫纱帐。板儿又跑过来看,说:“这是蝈蝈,这是蚂蚱。”刘姥姥忙打了他一巴掌,骂道:“下作黄子,没干没净的乱闹。到叫你进来瞧瞧,就上脸了。”打的板儿哭起来,众人忙劝解方罢。贾母因隔着纱窗往后院内看了一回,说道:“后廊檐下的梧桐也好了,就只细些。”

正说话,忽一阵风过,隐隐听得鼓乐之声。贾母问:“是谁家娶亲呢?这里临街到近。”王夫人等笑回道:“街上的那里听的见!这是咱们的那十几个女孩子们演习吹打呢。”贾母便笑道:“既是他们演,何不叫他们进来演习?他们也逛一逛,咱们可又乐了。”凤姐听说,忙命人出去叫来。又一面分付摆下条桌,铺上红毡子。贾母道:“就铺排在藕香榭的水亭子上,借着水音更好听。回来咱们就在缀锦阁底下吃酒,又宽阔,又听的见。”众人都说:“那里好!”贾母向薛姨妈笑道:“咱们走罢,他们姊妹们都不大喜欢人来坐着,怕赃了屋子。咱们别没眼色正经。坐一回子船,喝酒去。”说着,大家起身便走。探春笑道:“这是那里的话?求着老太太、姨太太来坐坐还不能呢!”贾母笑道:“我的这三丫头却好,只有两个玉儿可恶。”因说:“回来吃醉了,咱们偏往他们屋里闹去。”说着,众人都笑了,一齐出来。

走不多远,已到了荇叶渚。那姑苏选来的几个驾娘,早把两支棠木舫撑来,众人扶了贾母、王夫人、薛姨妈、刘姥姥、鸳鸯、玉钏儿上了这一支,落后李纨也跟上去,凤姐儿也上去,立在舡头上,也要撑舡。贾母在舱内道:“不是顽的,虽不是大河,也有好深的。你快着给我进来。”凤姐儿笑道:“怕什么?老祖宗只管放心。”说着,便一篙点开。到了池当中,舡小人多,凤姐只觉乱恍,忙把篙子递与驾娘,方蹲下了。然后迎春姊妹等并宝玉上了那支,随后跟来。其馀老嬷嬷、散众丫嬛俱沿河随行。宝玉道:“这些破荷叶可恨,怎么还不叫人来拔去?”宝钗笑道:“今年这几个月,何曾饶了这园子?闲了天天逛,那里还有叫人来收拾的工夫。”林黛玉道:“我最不喜欢李义山的诗,只喜他这一句,‘留得残荷听雨声’,偏你们又不留着残荷了。”宝玉道:“果然好句,已后咱们就别叫人拔去了。”

说着,已到了花溆的萝港之下,觉得阴森透骨,两滩上衰草残菱,更助秋情。贾母因见岸上的清厦旷朗,便问:“这是薛姑娘的屋子不是?”众人道:“是。”贾母忙命拢岸,顺着云步石梯上去,一同进了蘅芜苑。只觉异香扑鼻,那些奇草仙藤,愈冷愈苍翠,都结了实,似珊瑚豆子一般,累垂可爱。及进了房屋,雪洞一般,一色顽器全无。案上只有一个土定瓶中供着数支菊花,并两部书、茶瓯、茶杯而已。床上只挂着青纱帐幔,衾褥也十分朴素。贾母叹道:“这孩子太老实了。你没有陈设,何妨和你姨娘要些?我也不理论,也没想到,你们的东西自然在家里,没带了来。”说着命鸳鸯去取些古董来;又嗔着凤姐儿“不送些玩器来与你妹妹,这样小器”。王夫人、凤姐儿等都笑回说:“他自己不要的。我们原送了来,他都退回去了。”薛姨妈也笑说:“他在家里也不大弄这些东西的。”贾母摇头道:“使不得!虽然他省事,倘或来一个亲戚看着不像;二则年轻的姑娘们,房里这样素净,也忌讳。我们这老婆子,越发该住马圈去了。你们听那些书上、戏上说的,小姐们的绣房精致的还了得呢!他们姊妹们虽不敢比那些小姐们,也不要很离了格儿。有现成的东西为什么不摆?若很爱素净,少几样到使得。我最会收拾屋子的,如今老了,没有这些闲心了,他们姊妹们也还学着收拾的好。只怕俗气,有好东西也摆坏了。我看他们还不俗。如今让我替你收拾,包管又大方又素净。我的梯己两件,收到如今,没给宝玉看见过;若经了他的眼,也没了。”说着,叫过鸳鸯来,亲分付道:“你把那石头盆景儿和那架纱棹屏,还有个墨烟冻石鼎,这三样摆在这案上就勾了。再把水墨字画、白菱帐子拿来,把这帐子也换了。”鸳鸯答应着笑道:“这个东西都搁在东楼上的不知那个箱子里,还得慢慢找去。明儿再拿去也罢了。”贾母道:“明日、后日都使得,只别忘了。”说着,坐了一回,方出来,一径来至缀锦阁下。文官等上来请过安,因问演习何曲。贾母道:“只拣你们生的演习几套罢!”文官等下来,往藕香榭去,不提。

这里凤姐儿已带着人摆设整齐:上面左右两张榻,榻上都铺着锦裀蓉簟,每一榻前有两张雕漆几,也有海棠式的,也有梅花式的,也有荷叶式的,也有葵花式的,也有方的,也有圆的,其式不一。一个上面放着炉瓶,一分攒盒;一个上面空设着,预备放人所喜食物。上面二榻四几是贾母、薛姨妈。下面一椅、两几是王夫人的,馀者都是一椅、一几。东边是刘姥姥。刘姥姥之下便是王夫人。西边便是史湘云,第二便是宝钗,第三便是黛玉,第四迎春,探春、惜春挨次下去,宝玉在末。李纨、凤姐二人之几,设于三层槛内、二层纱厨之外。攒盒式样,亦随几之式样。每人一把乌银洋錾自斟壶,一个十锦珐琅杯。

大家坐定,贾母先笑道:“咱们先吃两杯,今日也行一个令才有意思。”薛姨妈等笑道:“老太太自然有好酒令,我们如何会呢?安心要我们醉了,我们多吃两杯就有了。”贾母笑道:“姨太太今儿也过谦起来,想是厌我老了。”薛姨妈笑道:“不是谦,只怕行不上来,到是笑话了。”王夫人忙笑道:“便说不上来,就便多吃一杯酒,醉了睡觉去,还有谁笑话咱们不成?”薛姨妈点头笑道:“依令。老太太到底吃一杯令酒才是。”贾母笑道:“这个自然。”说着,便吃了一杯。

凤姐儿忙走至当地,笑道:“既行令,还叫鸳鸯姐姐来行更好。”众人都知贾母所行之令,必得鸳鸯提着,故听了这话,都说:“很是。”凤姐儿便拉了鸳鸯过来。王夫人笑道:“既在令内,没有站着的理。”回头命小丫头子端一张椅子,“放在你二位奶奶的席上。”鸳鸯也半推半就,谢了坐,便坐下,也吃了一钟酒,笑道:“酒令大如军令,不论尊卑,惟我是主。违了我的话,是要受罚的。”王夫人等都笑道:“一定如此,快些说来。”鸳鸯未开口,刘姥姥便下了席,摆手道:“别这样捉弄人家,我家去了。”众人都笑道:“这却使不得。”鸳鸯喝令小丫头子们:“拉上席去!”小丫头子们也笑着,果然拉入席中。刘姥姥只叫:“饶了我罢!”鸳鸯道:“再多言的,罚一壶。”刘姥姥方住了声。

鸳鸯道:“如今我说骨牌付儿,从太太起,顺领说下去,至刘姥姥止。比如我说一付儿,将这三张牌折开,先说头一张,次说第二张,再说第三张,说完了,合成这一付儿的名字。无论诗词歌赋、成语俗话,比上一句,都要叶韵。错了的,罚一杯。”众人笑道:“这个令好,就说出来。”

鸳鸯道:“有了一付了。左边是张‘天’。”贾母道:“头上有青天。”众人道:“好!”鸳鸯道:“当中是个‘五与六’。”贾母道:“六桥梅花香彻骨。”鸳鸯道:“剩得一张‘六与么’。”贾母道:“一轮红日出云霄。”鸳鸯道:“凑成便是个‘蓬头鬼’。”贾母道:“这鬼抱住钟馗腿。”说完,大家笑说:“极妙!”贾母饮了一杯。

鸳鸯又道:“有了一付。左边是个‘大长五’。”薛姨妈道:“梅花朵朵风前舞。”鸳鸯道:“右边还是个‘大五长’。”薛姨妈道:“十月梅花岭上香。”鸳鸯道:“当中‘二五’是杂七。”薛姨妈道:“织女牛郎会七夕。”鸳鸯道:“凑成‘二郎游五岳’。”薛姨妈道:“世人不及神仙乐。”说完,大家称赏,饮了酒。

鸳鸯又道:“有了一付。左边‘长么’两点明。”湘云道:“双悬日月照乾坤。”鸳鸯道:“右边‘长么’两点明。”湘云道:“闲花落地听无声。”鸳鸯道:“中间还得‘么四’来。”湘云道:“日边红杏倚云栽。”鸳鸯道:“凑成‘樱桃九熟’。”湘云道:“御园却被鸟衔出。”说完,饮了一杯。

鸳鸯道:“有了一付。左边是‘长三’。”宝钗道:“双双燕子语梁间。”鸳鸯道:“右边是‘三长’。”宝钗道:“水荇牵风翠带长。”鸳鸯道:“当中‘三六’九点在。”宝钗道:“三山半落青天外。”鸳鸯道:“凑成‘铁锁练孤舟’。”宝钗道:“处处风波处处愁。”说完,饮毕。

鸳鸯又道:“左边一个‘天’。”黛玉道:“良辰美景奈何天。”宝钗听了,回头看着他。黛玉只顾怕罚,也不理论。鸳鸯道:“中间锦屏颜色俏。”黛玉道:“纱窗也没有红娘报。”鸳鸯道:“剩了‘二六’八点齐。”黛玉道:“双瞻玉座饮朝仪。”鸳鸯道:“凑成‘蓝子’好采花。”黛玉道:“仙仗香挑芍药花。”说完,饮了一口。

鸳鸯道:“左边‘四五’成花九。”迎春道:“桃花带雨浓。”众人道:“该罚,错了韵,而且又不像。”迎春笑着,饮了一口。原是凤姐儿和鸳鸯都要听刘姥姥的笑话,故意都令说错,都罚了。至王夫人,鸳鸯代说了个,下便该刘姥姥。刘姥姥道:“我们庄家人,闲了也常会几个人弄这个,但不如说的这么好听。少不得我也试一试。”众人都笑道:“容易说的,不相干。只管说。”鸳鸯笑道:“左边‘四四’是个人。”刘姥姥听了,想了半日,说道:“是个庄家人罢?”众人哄堂笑了,贾母笑道:“说的好,就是这样说。”刘姥姥也笑道:“我们庄家人,不过是现成的本色。众位别笑。”鸳鸯道:“中间‘三四’绿配红。”刘姥姥道:“大火烧了毛毛虫。”众人笑道:“这是有的。还说你的本色。”鸳鸯道:“右边‘么四’真好看。”刘姥姥道:“一个萝卜一头蒜。”众人又笑了。鸳鸯笑道:“凑成便是‘一枝花’。”刘姥姥两只手比着,说道:“花儿落了结了大倭瓜。”众人大笑起来,只听外面乱嚷——

第四十一回　栊翠庵茶品梅花雪　怡红院劫遇母蝗虫

话说刘姥姥两只手比着说道："花儿落了结个大倭瓜。"众人听了，哄堂大笑起来。于是，吃过门杯。因又逗趣笑道："实告诉说罢，我的手脚子粗笨，又喝了酒，仔细失手打了这磁杯。有木头的杯取个子来，我便失了手，掉了地下，也无碍。"众人听了，又笑起来。凤姐儿听如此说，便忙笑道："果真要木头的？我就取了来。可有一句先说下：这木头的可比不得磁的，他都是一套，定要吃遍一套，方使得。"刘姥姥听了，心下战敠道："我方才不过是趣话取笑儿，谁知他果真竟有。我时常在村庄乡绅大家也赴过席，金杯、银杯到都也见过，从来没见有木头杯之说。哦，是了，想必是小孩子们使的木碗儿。不过诓我多喝两碗。别管他，横竖这酒蜜水儿似的，多喝点子也无妨。"。想毕，便说："取来再商量。"

凤姐乃命丰儿："到前面里间屋里，书架子上，有十个竹根套杯取来。"丰儿听了，答应才然要去。鸳鸯笑道："我知道你这十个杯，还小；况且你才说是木头的，这会子又拿了竹根子的来，到不好看。不如把我们那里的黄杨根整抠的十个大套杯拿来，灌他十下子。"凤姐儿笑道："更好了。"鸳鸯果命人取来。刘姥姥一看，又惊又喜：惊的是，一连十个，挨次大小分下来，那大的足似个小盆子，第十个极小的，还有手里的杯子两个大；喜的是，雕镂奇绝，一色山水、树木、人物，并有草字以及图印。因忙说道："拿了那小的来就是了。怎么这样多？"凤姐儿笑道："这个杯没有喝一个的理。我们家因没有这大酒量的人，所以没人敢使他。姥姥既要，好容易寻了出来，必定要挨次吃一遍才使得。"刘姥姥唬的忙道："这个不敢！好姑奶奶，饶了我罢。"

贾母、薛姨妈、王夫人知道他上了年纪的人，禁不起，忙笑道："说是说，笑是笑，不可多吃了。只吃这头一杯罢。"刘姥姥道："阿弥陀佛！我还是小杯吃罢。把这大杯收着，我带了家去，慢慢的吃罢。”说的众人又笑起来。鸳鸯无法，只得命人满斟了一大杯。刘姥姥两手捧着喝。贾母、薛姨妈都道：“慢些，不要呛了。”薛姨妈又命凤姐儿布了菜来。凤姐笑道：“姥姥要吃什么？说出名儿来，我搛了喂你。”刘姥姥道：“我知道什么名儿？样样都是好的。”贾母笑道：“你把茄鲞搛些喂他。”凤姐儿听说，依言搛些茄鲞，送入刘姥姥口中。因笑道：“你们天天吃茄子，也尝尝我们的茄子弄的可口不可口。”刘姥姥笑道：“别哄我了。茄子跑出这个味儿来了？我们也不用种粮食，只种茄子了。”众人笑道：“真是茄子。我们再不哄你。”刘姥姥诧异道：“真是茄子？我白吃了半日。姑奶奶，再喂我些。这一口细嚼嚼。”凤姐儿来，又搛了些放入口内。刘姥姥细嚼了半日，笑道：“虽有一点茄子香，只是还不像是茄子。告诉我，是个什么法子弄的，我也弄着吃去。”凤姐儿笑道：“这也不难。你把才下来的茄子，把皮削了，只要净肉，切成碎钉子，用鸡油炸了；再用鸡脯子肉，并香菌、新笋、蘑菇、五香腐干、各色干果子，俱切成钉子，用鸡汤煨干，将香油一收，外加糟油一拌，盛在磁罐子里封严。要吃时，拿出来，用炒的鸡爪一拌就是。”刘姥姥听了，摇头吐舌，说道：“我的佛祖，到得十来支鸡来配他。怪道这个味儿。”

一面说笑，一面慢慢的吃完了酒，还只管细玩那杯。凤姐笑道：“还是不足兴，再吃一杯罢。”刘姥姥忙道：“了不得！那就醉死了。我因为爱这样范，亏他怎么作了？”鸳鸯笑道：“酒吃完了，到底这杯子是什么木头的？”刘姥姥笑道：“怨不得姑娘不认得。你们在这金门绣户的，如何认得木头？我们成日家和树林子作街坊，困了，枕着他睡；乏了，靠着他坐；荒年间饿了，还吃他。眼睛里天天见他，耳朵里天天听他，口儿里天天讲他，所以好歹真假，我是认得的。让我认一认。”一面说，一面细细端详了半日，道：“你们这样人家，断没有那贱东西，那容易得的木头，你们也不收着了。我掂着这杯体重，断乎不是杨木，这一定是黄松的。”众人听了，哄堂大笑起来。

只见一个婆子走来请问贾母说：“姑娘们都到了藕香榭。请示下就演罢，还是再等一会子。”贾母忙笑道：“可是倒忘了他们，就叫他们演罢。"那个婆子答应去了。不一时,只听得箫管悠扬,笙笛并发。正值风清气爽之时,那乐声穿林度水而来,自然使人神移心旷。宝玉先禁不住拿起壶来,斟了一杯,一口饮尽。复又斟上,才要饮,只见王夫人也要饮,命人换暖酒。宝玉连忙将自己的杯捧了过来,送到王夫人口边。王夫人便就他手内吃了两口。一时暖酒来了,宝玉仍归旧坐。王夫人提了暖壶。下席来,众人皆都出了席,薛姨妈也立起身来。贾母忙命李、凤二人接过壶来:"让你姨妈坐了,大家才两便。"王夫人见如此说,方将壶递与凤姐,自己归坐。贾母笑道:"大家吃上两杯。今日着实有趣。"说着,擎杯让薛姨妈,又向湘云、宝钗道:"你姐妹两个也吃一杯。你妹妹虽不大会吃,也别饶他。"说着,自己已干了。湘云、宝钗、黛玉也都干了。当下刘姥姥听见这般音乐,且又有了酒,越发喜的手舞足蹈起来。宝玉因下席过来,向黛玉笑道:"你瞧刘姥姥的样子。"黛玉笑道:"当日圣乐一奏,百兽率舞。如今才一牛耳。"众姐妹都笑了。

须臾乐止。薛姨妈出席,笑道:"大家的酒想也都有了。且出去散散再坐罢。"贾母也正要散散,于是大家出席,都随着贾母游玩。贾母因要带着刘姥姥散闷,遂携了刘姥姥,至山前树下,盘桓了半晌。又说与他这是什么树,这是什么石,这是什么花。刘姥姥一一的领会。又向贾母道:"谁知城里,不但人尊贵,连雀儿也是尊贵的。偏这雀儿到了你们这里,他也变俊了,也会说话了。"众人不解,因问什么雀儿变俊了、会讲话?刘姥姥道:"那廊下金架子上站的绿毛红嘴是鹦哥儿,我是认得的;那笼子里黑老鸹子,怎么又长出凤头来,也会说话呢?"众人听了,都笑将起来。

一时,只见丫环们来请用点心。贾母道:"吃了两杯酒,到也不饿。也罢,就拿了这里来。大家随便吃些罢。"丫环便去抬了两张几来,又端了两个小捧盒。揭开看时,每个盒内两样。这盒内,一样是藕粉桂糖糕,一样是松穰鹅油卷;那盒内,一样是一寸来大的小饺儿,贾母因问:"什么馅儿?"婆子们忙回是螃蟹的。贾母听了,皱眉说:"这油腻腻的,谁吃这个?"那一样是奶油炸的各色小面果儿,也不喜欢,因让薛姨妈吃。薛姨妈只拣了一块糕。贾母拣了一个卷子,只尝了一尝,剩的半个,递与丫环了。刘姥姥因见那小面果子都玲珑剔透,便拣了一朵牡丹花样的,笑道:“我们那里最巧的姐儿们,也不能铰出这么个纸的来。我又爱吃,又舍不得吃。包些家去给他们做花样子去到好。”众人都笑了。贾母道:“家去我送你一盒子。你先趁热吃这个罢。”别人不过拣各人爱吃的一两点就罢了。刘姥姥原不曾吃过这些东西,且都作的小巧不显盘堆的,他和板儿每样吃了些,就去了半盘子。剩的,凤姐又命攒了两盘并一个攒盒,与文官等吃去。

忽见奶子抱了大姐儿来。大家哄他顽了一会。那大姐儿因抱着一个大柚子顽的,忽见板儿抱着一个佛手,便也要佛手。丫环哄他取去,大姐儿等不得,便哭了。众人忙把柚子与了板儿,将板儿的佛手哄过来与他才罢。那板儿因顽了半日佛手,此刻又两手抓着些果子吃,又忽见这柚子又香又圆,更觉好顽,且当球踢着顽去,也就不要佛手了。

当下贾母等吃过茶,又带了刘姥姥至拢翠庵来。妙玉忙接了进去。至院中,见花木繁盛。贾母笑道:“到底是他们修行的人,没事常常修理,比别处越发好看。”一面说,一面便往东禅堂来。妙玉笑往里让。贾母道:“我们才都吃了酒肉,你这里头有菩萨,冲了罪过。我们这里坐坐,把你的好茶拿来,我们吃一杯就去了。”妙玉听了,忙去烹了茶来。宝玉留神看他是怎么行事。只见妙玉亲自捧了一个海棠花式、雕漆填金、云龙献寿的小茶盘,里面放一个成窑五彩小盖钟,捧与贾母。贾母道:“我不吃六安茶。”妙玉笑说:“知道。这是老君眉。”贾母接了,又问:“是什么水?”妙玉笑回:“是旧年蠲的雨水。”贾母便吃了半盏,便笑着递与刘姥姥,说:“你尝尝这个茶。”刘姥姥便一口吃尽,笑道:“好是好,就是淡些,再熬浓些更好了。”贾母众人都笑起来。然后众人都是一色官窑脱胎填白盖碗。

那妙玉便把宝钗和黛玉的衣襟一拉,二人随他出去。宝玉悄悄的随后跟了来。只见妙玉让他二人在耳房内,宝钗坐在榻上,黛玉便坐在妙玉的蒲团上。妙玉自向风炉上煽滚了水,另泡一壶茶。宝玉便走了进来,笑道:“偏你们吃梯己茶。”二人都笑道:“你又赶了来餮茶吃。这里并没你的。”妙玉刚要去取杯，只见道婆收了上面的茶盏来。妙玉忙命：“将那成窑的茶杯别收了，搁在外头去罢。”宝玉会意，知为刘姥姥吃了，他嫌赃不要了。

又见妙玉另拿出两支杯来，一个傍边有一耳，杯上镌着“𬮱瓟斝”三个隶字，后有一行小真字，是“晋王恺珍玩”，又有“宋元丰五年四月眉山苏轼见于秘府”一行小字。妙玉便斟了一斝，递与宝钗。那一支形似钵而小，也有三个垂珠篆字，镌着“杏犀𥑮”，妙玉斟了一𥑮与黛玉。仍将前番自己素日吃茶的那支绿玉斗来斟与宝玉。宝玉笑道：“常言‘世法平等’，他两个就用那样古玩奇珍，我就是个俗器了。”妙玉道：“这是俗器？不是我说句狂话，只怕你家里未必找的出这么一个俗器来呢。”宝玉笑道：“俗说‘随乡入乡’。到了你这里，自然把那金玉珠宝，一概贬为俗器了。”妙玉听如此说，十分欢喜，遂又寻出一支九曲十环一百二十节蟠虬整雕竹根的一个大盒出来，笑道：“就剩了这一个，你可吃的了这一海？”宝玉喜的忙道：“吃的了。”妙玉笑道：“你虽吃的了，也没这些茶遭塌。岂不闻：‘一杯为品，二杯即是解渴的蠢物，三杯便是饮牛饮骡了。’你吃的了这一海，便成什么呢？”说的宝钗、黛玉、宝玉都笑了。

妙玉执壶，只向海内斟了约有一杯。宝玉细细吃了，果觉轻浮无比，赏赞不绝。妙玉正色道：“你这遭吃的茶，是托他两个福。独你来了，我是不给你吃的。”宝玉笑道：“我深知道的。我也不领你的情，只谢他二人便是了。”妙玉听了，方说这话明白。黛玉因问：“这也是旧年的雨水么？”妙玉冷笑道：“你这么个人，竟是大俗人。连水也尝不出来。这是五年前，我在玄墓蟠香寺住着，收的梅花上的雪。共得了那一鬼胎青的花瓮一瓮。总舍不得吃，埋在地下。今年夏天才开了，我只吃过一回，这是第二回了。你怎么尝不出来？隔年蠲的雨水，那有这样轻浮？如何吃得？”黛玉知他天性怪僻，不好多话，亦不好多坐。吃完茶，便约着宝钗走了出来。

宝玉和妙玉陪笑道：“那茶杯虽然赃了，白撂了，岂不可惜？依我说，不如就给那贫婆子罢。他卖了，也可以度日。你道可使得？”妙玉听了，想了一想，点头说道：“这也罢了。幸而那杯子是我没吃过的。若我使过,我就砸碎了也不能给他。你要给他,我也不管你,只交给你,快拿了去罢。”宝玉笑道:“自然如此。你那里和他说话、授受去,越发连你也赃了。只交与我就是了。”妙玉便命人拿来递与宝玉,宝玉接了,又道:“等我们出去了,我叫几个小么儿来,河里打几桶水来洗地,如何?”妙玉笑道:“这更好了。只是你嘱咐他们:抬了水,只搁在山门外头墙根那里,别进门来。”宝玉道:“这是自然的。”说着,便袖着那杯,递与贾母房中小丫头拿着,说:“明日刘姥姥家去,给他带去罢。”交代明白。贾母已经出来要回去。妙玉亦不甚留,送出山门。回身便将门闭了。不在话下。

且说贾母因觉身上乏倦,便命王夫人和迎春姊妹陪了薛姨妈去吃酒,自己便往稻香村来歇息。凤姐忙命人将小竹椅子抬来,贾母坐上,两个婆子抬起,凤姐、李纨和众丫环、婆子围随着去了。不在话下。这里薛姨妈也就辞出。王夫人打发文官等出去,将攒盒散与众丫环们吃去,自己便也来空歇着,随便歪在方才贾母坐的榻上,命一个小丫头放下帘子来,又命他捶着腿,分付他:“老太太那里有信儿,你就叫我。”说着,也歪着睡着了。

宝玉、湘云等看着丫环们将攒盒搁在山石上,也有坐在山石上的,也有坐在草地下的,也有靠着树的,也有傍着水的,到也十分热闹。一时,又见鸳鸯来了,要带着刘姥姥各处去逛,众人也都赶着取笑。一时来至“省亲别墅”的牌坊底下,刘姥姥道:“嗳呀! 这里还有个大庙呢!”说着,便爬下磕头。众人笑弯了腰。刘姥姥道:“笑什么? 这牌楼上字我都认得,我们那里像这样的庙宇最多,都是这样的牌坊。那字就是庙的名字。”众人笑道:“你认得这是什么庙?”刘姥姥便抬头指那字道:“这不是‘玉皇宝殿’四字?”众人笑的拍手、打脚,还要拿他取笑。刘姥姥觉得腹内一阵乱响,忙的拉着一个小丫头,要了两张纸,就解衣。众人又是笑,又忙喝他:“这里使不得!”忙命一个婆子,带了东北上去了。那婆子指与地方,便乐得走开去歇息。

那刘姥姥因喝了些酒,他脾气不与黄酒相宜;且吃了许多油腻饮食;发渴多喝了几碗茶,不免通泻起来,蹲了半日方完。及出厕来,酒被风禁,且年迈之人,蹲了半天,忽一起身,只觉得眼花头眩,辨不出路径。四顾一望,皆是树木山石,楼台房舍,却不知那一处是往那里去的了。只得认着一条石子路,慢慢的走来。及至到了房舍跟前,又找不着门。再找了半日,忽见一带竹篱。刘姥姥心中自忖道:“这里也有扁豆架子。”一面想,一面顺着花障儿走了来。得了一个月洞门进去,只见迎面忽有一带水池,只有七八尺宽,石头砌岸,里面碧浏清水流往那边去了。上面有一块白石,横架在上面。刘姥姥便度石过去,顺着石子甬路走去。

转了两个弯子,只见有一房门。于是进了房门,只见迎面一个女孩儿满面是笑,迎了出来。刘姥姥忙笑道:“姑娘们把我丢下来了,要我磞头磞到这里来。”说了,只觉那女孩儿不答。刘姥姥便赶来拉他的手,“咕咚”一声,便撞到板壁上,把头磞的生疼。细瞧了一瞧,原来是幅画儿。刘姥姥自忖道:“原来画儿有这样活凸出来的。”一面想,一面看,一面又用手摸去,却是一色平的。点头叹了两声,一转身,方得了一个小门,门上挂着葱绿撒花软帘。刘姥姥掀帘进去,抬头一看,只见四面墙壁,玲珑剔透,琴剑瓶炉皆贴在墙上,锦笼纱罩,金彩珠光,连地下踩的砖皆是碧绿凿花,竟越发把眼花了。找门出去,那里有门?左一架书,右一架屏,刚从屏后得了一门转去,只见他亲家母也从外面迎了进来。刘姥姥诧异,忙问道:“你想是见我这几日没家去,亏你找我来。那一位姑娘带你进来的?”他亲家只是笑不还言。刘姥姥笑道:“你好没见识面,见这园里的花好,你就没死活带了一头。”他亲家也不答。便心下忽然想起,“常听见说,大富贵人家,有一种穿衣镜。这别是我的影儿在镜子里头呢罢!”说毕,伸手一摸,再细一看,可不是?四面雕空紫檀板壁,将镜子嵌在中间。因说:“这已经拦住,如何走出去呢?”一面说,一面只管用手摸。这镜子原是西洋机括,可以开合。不意刘姥姥乱摸之间,其力巧合,便撞开消息。掩过镜子,露出门来。刘姥姥又惊又喜,迈步出来。忽见有一副最精致的床帐。他此时又带了七八分醉,又走乏了,便一屁股坐在床上,只说歇歇,不承望身不由己,前仰后合的朦胧着两眼,一歪身就睡熟在床上。

且说众人等他不见,板儿见没了他姥姥,急的哭了。众人都笑道:“别是掉在茅厕里了。快叫人去瞧瞧。”因命两个婆子去找,回来说没有。众人各处搜寻不见;袭人敠其道路,“是他醉了,迷了路,顺着这一条路往我们后院子里去了。若进了花障子,到后房门进去,虽然磞头,还有小丫头们知道;若不进花障子去,再往西南上去,若绕出去还好,若绕不出去,可彀他绕回子好的。我且瞧瞧去。”一面想,一面回来。

进了怡红院便叫人,谁知那几个房子里小丫头已偷空顽去了。袭人一直进了房门,转过集锦槅子,就听的鼾齁如雷,忙进来,只闻见酒屁臭气,满屋一瞧,只见刘姥姥扎手舞脚的仰卧在床上。袭人这一惊不小,慌忙赶上来,将他没死活的推醒。那刘姥姥惊醒,睁眼见了袭人,连忙爬起来道:“姑娘我失错了,并没弄脏了床帐。”一面说,一面用手去掸。袭人恐惊动了人,被宝玉知道了,只向他摇手,不叫他说话。忙将鼎内贮了三四把百合香,仍用罩子罩上。些须收拾收拾,所喜不曾呕吐。忙悄悄的笑道:“不相干,有我呢。你随我出来。”刘姥姥跟了袭人,出至小丫头们房中。命他坐了,向他说道:“你就说醉倒在山子石上,打了个盹儿。”刘姥姥答应知道。又与他两碗茶吃,方觉酒醒了。因问道:“这是那个小姐的绣房?这样精致。我就像到了天宫里的一样。”袭人微微笑道:“这个么,是宝二爷的卧室。”那刘姥姥吓的不敢作声。袭人带他从前面出去。见了众人,只说他在草地下睡着了,带了他来的。众人都不理会,也就罢了。

一时,贾母醒了,就在稻香村摆晚饭。贾母因觉懒懒的,也不吃饭,便坐了竹椅小敞轿,回至房中歇息,命凤姐儿等去吃饭。他姊妹方复进园来。要知端的——

第四十二回　蘅芜君兰言解疑癖　潇湘子雅谑补馀香

话说他姊妹复进园来，吃过饭，大家散出，都无别话。

且说刘姥姥带着板儿，先来见凤姐儿说："明日一早，定要家去了。虽住了两三天，日子却不多，把古往今来没见过的，没吃过的，没听见过的，都经验了。难得老太太和姑奶奶并那些小姐们，连各房里的姑娘们，都这样怜贫惜老，照看我。我这一回去后，没别的报答，惟有请些高香，天天给你们烧了，念佛保佑你们长命百岁的。就算我的心了。"凤姐儿笑道："你别喜欢，都是为你，老太太也被风吹病了，睡着说不舒服。我们大姐儿也着了凉，在那里发烧呢。"刘姥姥听了，忙叹道："老太太有年纪的人，不惯十分劳乏的。"凤姐儿道："从来没像昨儿高兴。往常也进园子逛去，不过到一二处，坐坐就来了。昨儿因为你在这里，要叫你逛逛，一个园子到走了多半个；大姐儿因为找我去，太太递了一块糕给他。谁知风地里吃了，就发起热来。"刘姥姥道："小大姐儿只怕不大进园子，生地方儿，小人儿家原不该去。比不得我们的孩子，会走了，那个坟圈子里不跑去。一则风扑了也是有的，二则只怕他身上干净，眼睛又净，或是遇见什么神了。依我说，给他瞧瞧祟书本子，仔细撞客着了。"一语提醒了凤姐儿，便叫平儿拿出《玉匣记》，叫彩明来念。彩明翻了一回，念道："八月二十五日病者，在东南方得遇花神。用五色纸钱四十张，向东南方四十步送之，大吉。"凤姐儿笑道："果然不错。园子里头可不是花神？只怕老太太也是遇见了。"一面命人请两分纸钱来，叫两个人来。一个与贾母送祟，一个与大姐儿送祟。果见大姐儿安稳些睡着了。

凤姐儿笑道："到底是你们有年纪的人，经历的多。我这大姐儿，时常肯病，也不知是个什么原故。"刘姥姥道："这也有的事。富贵人家养的孩子，多有太娇嫩的。自然禁不得一些儿委曲。再他小人儿家，过于尊贵了，也禁不起。已后姑奶奶少疼他些就好了。"凤姐儿道:“这也有理。我想起来,他还没个名字,你就给他起个名字。一则借借你的寿;二则你们是庄家人,不怕你恼,到底比我们贫苦些。你贫苦人起个名字,只怕压的住他。”刘姥姥听说,便想了一想,笑道:“不知他几时生的?”凤姐儿道:“正是生日的日子不好呢。可巧是七月初七日。”刘姥姥忙笑道:“这个正好,就叫他是巧哥儿。这叫做以毒攻毒,以火攻火的法子。姑奶奶定要依我这名字,他必长命百岁。日后大了,各人成家立业,或一时有不遂心的事,必然是遇难成祥,逢凶化吉,却从这‘巧’字上来。”凤姐儿听了,自是欢喜,忙道谢。又笑道:“只保佑他应了你的话就好了。”说着,叫平儿来分付道:“明儿咱们有事,恐怕不得闲儿。你这个空儿,把送这姥姥的东西打点下。他明儿一早就好走的便宜了。”刘姥姥忙说:“不敢多破费了。已经遭扰了几日,又拿着走,越发心里不安了。”凤姐儿道:“也没有什么。不过是随常的东西。好也罢,歹也罢,带了去,你们街坊邻舍看着也热闹些,也是上城一次。”

只见平儿走来说:“姥姥过这边瞧瞧!”刘姥姥忙跟了平儿,到那边屋里。只见堆着半炕东西。平儿一一的拿与他瞧着,说道:“这是昨日你要的青纱一匹,奶奶另外送你一个实地子月白纱作里子。这是两个茧绸,作袄儿、裙子都好。这包袱里是两匹绸子,年下做件衣裳穿。这是一盒子各样内造点心,也有你吃过的,也有你没吃过的,拿去摆碟子,请客,比你们买的强些。这两条口袋,是你昨日装瓜果子来的,如今这一个里头,装了两斗御田粳米,熬粥是难得的;这一条里头,是园子里果子和各样干果子。这一包是八两银子。这都是我们奶奶给你的。这两包,每包里头五十两,共是一百两。是太太给你的,叫你拿去,或者作个小本儿买卖,或者置几亩地。以后再别求亲靠友的。”说着,又悄悄笑道:“这两件袄儿和两条裙子,还有四块包头,一包绒线,可是我送姥姥的。衣裳虽是旧的,我也没大很穿过。你要弃嫌,我就不敢说了。”平儿说一样,刘姥姥就念一句佛,已经念了几千声佛了。又见平儿也送他这些东西,又如此谦逊,忙念佛道:“姑娘说那里话?这样好东西,我还弃嫌!我便有银子,也没处去买这样的呢。只是我怪臊的:收了又不好,不收又辜负了姑娘的心。”

平儿笑道："休说外道话。咱们都是自己，我才这样。你放心收了罢。我还和你要东西呢。到年下，你只把你们晒的那个灰条菜干子和豇豆、扁豆、葫子、葫芦条儿，各样干菜带些来就是了。我们这里，上上下下都爱吃这些个。别的一概不要，别罔费了心。"刘姥姥千恩万谢，答应了。平儿道："你只管睡你的去。我替你收拾妥当了，就放在这里。明儿一早，打发小厮们雇辆车装上。不用你费一点心的。"刘姥姥越发感激不尽，过来又千恩万谢的辞了凤姐儿，过贾母这一边睡了一夜。次早梳洗了，就要告辞。

因贾母欠安，众人都过来请安，出去传请大夫。一时，婆子回："大夫来了。"老妈妈请贾母进幔子去坐。贾母道："不用这们着，我也老了，那里养不出那阿物儿来。我还怕他不成？不要放幔子，就这样瞧罢。"众婆子听了，便拿过一张小桌儿来，放下一个小枕头，便命人请。

一时，只见贾珍、贾琏、贾蓉三个人将王太医领来。王太医不敢走甬路，只走傍边，跟着贾珍到了台阶儿上。早有两个婆子在两边打起帘子，两个婆子在前导引进去。又见宝玉迎了出来。只见贾母穿着青绉绸一斗珠的羊皮褂子，端坐在榻上。两边四个未留头的小丫环，都拿着蝇帚、漱盂等物；又有五六个老嬷嬷雁翅摆在两傍；碧纱橱后隐隐约约有许多穿红着绿、戴宝簪珠的人。王太医便不敢抬头，忙上来请了安。贾母见他穿着六品服色，便知御医了，也便含笑问："供奉好！"因问贾珍："这位供奉贵姓？"贾珍等忙回："姓王。"贾母道："当日太医院正堂王君效，好脉息。"王太医忙躬身低头，含笑回说："那是晚晚生家叔祖。"贾母听了，笑道："原来这样。也是世交了。"一面说，一面慢慢的伸手放在小枕头上。老嬷嬷端着一张小杌，连忙放在小桌儿前，略偏些。王太医便屈一膝坐下，歪着头诊了半日，又诊了那只手，忙欠身低头退出。贾母笑说："劳动了。珍儿让出去好生看茶。"贾珍、贾琏等忙答了几个"是"。复领王太医出到外书房中。王太医说："太夫人并无别症，偶感一点风凉，究竟不用吃药，不过略清淡些，暖着一点儿，就好了。如今写个方子在这里，若老人家爱吃，便按方煎一剂吃；若懒待吃，也就罢了。"说着，吃过茶，写了方子。

刚要告辞，只见奶子抱了大姐儿出来，笑说："王老爷也瞧瞧我们。"王太医听说，忙起身，就奶子怀中左手抱着大姐儿的手，右手诊了一诊，又摸了一摸头，又叫叫伸出舌头来瞧瞧，笑道："我说姐儿又骂我了。只是要清清净净的饿两顿就好了。不必吃煎药，我送丸药来，临睡时用姜汤研开，吃下去就是了。"说毕，作辞而去。

贾珍等拿了药方，来回明贾母原故，将药方放在桌上出去，不在话下。这里王夫人和李纨、凤姐儿、宝钗姊妹等，见大夫出去，方从橱后出来。王夫人略坐一坐，也回房去了。

刘姥姥见无事，方上来和贾母告辞。贾母说："闲了再来。"又命鸳鸯来好生打发刘姥姥出去，"我身上不好，不能送你了。"刘姥姥道了谢，又作辞。方同鸳鸯出来。到了下房，鸳鸯指炕上一个包袱说道："这是老太太的几件衣服，都是往年间生日节下众人孝敬的。老太太从不穿人家做的，收着也可惜，却是一次也没穿过的。昨日叫我拿出两套儿送你带去，或是送人，或是自己家里穿罢。别见笑！这盒子里是你要的面果子，这包子里是你前儿要的药：梅花点舌丹也有，紫金锭也有，活络丹也有，催生保命丹也有，每一样是一张方子包着，总包在里头了。这是两个荷包，带着顽罢。"说着，便抽系子，掏出两个笔锭如意的金锞子来给他瞧。又笑道："荷包拿去，这个留下给我罢。"刘姥姥已喜出望外，早又念了几千声佛，听鸳鸯如此说，便说道："姑娘只管留下罢。"鸳鸯见他信以为真，仍与他装上，笑道："哄你顽呢！我有好些呢，留着年下给小孩子们罢。"说着，只见一个小丫头拿了个成窑钟子来，递与刘姥姥："这是宝二爷给你的。"刘姥姥道："这是那里说起，我那一世修了来的今儿这样！"说着，便接了过来。鸳鸯道："前儿我叫你洗澡换的衣裳是我的，你不弃嫌，我还有几件也送你罢。"刘姥姥又忙道谢。鸳鸯果然又拿出两件来，与他包好。刘姥姥又要到园中辞谢宝玉和众姊妹、王夫人等去。鸳鸯道："不用去了。他们这会子也不见人了，回来我替你说罢。闲了再来。"又命一个老婆子，分付他："二门上叫两个小厮来，帮着姥姥拿了东西，送出去。"婆子答应了；又和刘姥姥到了凤姐儿那边，一并拿了东西,在角门上命小厮们搬了出去,直送刘姥姥上车去了。不在话下。

且说宝钗等吃过早饭,又往贾母处问过安,回园至分路之处,宝钗便叫黛玉道:"颦儿跟我来,有一句话要问你。"黛玉便同了宝钗,来至蘅芜院中。进了屋子,宝钗便坐下,笑道:"你跪下!我要审你!"黛玉不解何故,因笑道:"你瞧这宝丫头,可疯了?审问我什么?"宝钗冷笑道:"好个千金小姐!好个不出闺门的女孩儿!满嘴说的是什么?你只实说便罢。"黛玉不解,只管发笑,心里也不免疑惑起来,口里只说:"我何曾说什么?你不过要捏我的错儿罢了。你到说出来我听听。"宝钗笑道:"你还装憨儿!昨儿行酒令,你说的是什么?我竟不知是那个上头的?"黛玉一想,方想起来,昨儿失于检点,那《牡丹亭》《西厢记》说了两句,不觉红了脸,便上来搂着宝钗,笑道:"好姐姐,原是我不知道,随口说的,你交给我,再不说了。"宝钗笑道:"我也不知道,听你说的怪生的。所以请教你。"黛玉道:"好姐姐,你别说与别人,我以后再不说了。"

宝钗见他羞得满脸飞红,满口央告,便不肯再往下追问。因拉他坐下吃茶。款款的告诉他道:"你当我是谁,我也是个淘气的。从小七八岁上,也勾个人缠的。我们家也算是个读书人家,祖父手里也爱藏书。先时人口多,姊妹、弟兄都在一处,都怕看正经书。弟兄们也有爱诗的,也有爱词的,诸如这些《西厢》《琵琶》以及《元人百种》,无所不有。他们是偷偷的背着我们看,我们却也偷偷儿的背着他们看。后来大人知道了,打的打,骂的骂,烧的烧,才丢开了。所以,咱们女孩儿家,不认得字的倒好;男人们读书不明理,尚且不如不读书的好,何况你我?就连作诗、写字等事,原不是你我分内之事,究竟也不是男人分内之事,男人们读书明理,辅国治民,这便好了。只是如今并不听见有这样的人,读了书,倒更坏了。这是书误了他,可惜他也把书遭塌了。所以竟不如耕种买卖,倒没有什么大害处。你我只该做些针凿、纺绩的事才是,偏又认得了字。既认得了字,不过拣那正经的看看也罢了,最怕见了这些个杂书,移了性情,就不可救了。"一席话,说的黛玉垂头吃茶,心下暗伏,只有答应"是"的一字。

忽见素云进来说:“我们奶奶请二位姑娘商议要紧的事呢。二姑娘、三姑娘、四姑娘、史姑娘、宝二爷都在那里等着呢。”宝钗道:“又是什么事?”黛玉道:“咱们到了那里就知道了。”说着,便和宝钗往稻香村来,果见众人都在那里。李纨见了他两个,笑道:“社还没起,就有脱滑儿的了。四丫头要告一年的假呢。”黛玉笑道:“都是老太太昨儿一句话,又叫他画什么园子图儿,惹得他乐得告假呢!”探春笑道:“也别要怪老太太,都是那个刘姥姥一句话。”林黛玉忙笑道:“可是呢!都是他一句话。他是那一门子的姥姥,直叫他是个‘母蝗虫’就是了。”说着,大家都笑起来。

宝钗笑道:“世上的话,到了凤丫头嘴里,也就尽情了。幸而凤丫头不认得字,不大通,不过一概是市俗取笑;更有颦儿这促侠嘴,他用春秋的笔法,将市俗的粗话,撮其要,删其繁,再加润色,比方出来,一句是一句。这‘母蝗虫’三字,把昨儿那些形景都现出来了。亏他想的到也快。”众人听了,都笑道:“你这一注解,也就不在他两个以下。”

李纨道:“我请你们大家商议,给他多少日子呢?我给了他一个月,他嫌少。你们怎么说?”黛玉道:“论理,一年也不多。这园子盖才盖了一年,如今要画,自然也得二年的工夫呢!又要研墨,又要蘸笔,又要铺纸,又要着颜色,又要……”刚说到这里,众人知道他是取笑惜春,便都笑问说:“还要怎样?”黛玉也自己掌不住,笑道:“又要照着这个样儿,慢慢的画,可不得二年的工夫么。”众人听了,都拍手笑个不住。宝钗笑道:“‘又要照着这个,慢慢的画。’这落后一句最妙。所以昨儿那些笑话儿,虽然可笑,回想是没味的;你们细想颦儿这几句话,虽是淡的,回想却有滋味,我倒笑的动不得了。”惜春道:“都是宝姐姐赞的他越发逞强,这会子拿我也取笑儿。”

黛玉忙拉他笑道:“我且问,你还是单画这园子呢?还是连我们众人都画在上头呢?”惜春道:“原说只画这园子的,昨儿老太太又说,‘单画了园子,成个房样子了。’叫连人都画上,‘就像行乐似的才好。’我又不会这工细楼台,又不会画人物,又不好驳回,正为这个为难呢!”黛玉道:“人物还容易,你草虫上不能。”李纨道:“你又说不通的话了,这个上头那里又用的着草虫？或者翎毛倒要点缀一两样。”黛玉笑道:“别的草虫不画罢了,昨儿‘母蝗虫’不画上,岂不缺典?”众人听了,又都笑起来。黛玉一面笑的两手捧着胸口,一面说道:“你快画罢,我连题跋都有了,起个名字就叫作‘携蝗大嚼图’。”众人听了,越发哄然大笑,前仰后合。只听“咕咚“一声响,不知什么倒了,急忙看时,原来是湘云伏在椅子背后来着,那椅子原不曾放稳,被他全身伏着背子大笑,他又不提防,两下里错用了力,向东一歪,连人带椅子,都歪倒了。幸有板壁挡住,不曾落地。众人一见,越发笑个不住。宝玉忙赶上去,扶了起来。方渐渐止了笑。

宝玉和黛玉使个眼色儿,黛玉会意,便走至里间,将镜袱揭起,照了一照。只见两鬓略松了些,忙开了李纨的妆奁,拿出抿子来对镜抿了。仍就收拾好了方出来,指着李纨道:“这是叫你带着我们作针线、教道班呢,你反招我们来大顽大笑的。”李纨笑道:“你们听他这刁话！他领着头儿闹,引着人笑了,倒赖我的不是。真真的恨的我！只保佑着明儿你得一个利害婆婆,再得几个千刁万恶的大姑子、小姑子,试试你那会子还这么刁不刁了。”

林黛玉早红了脸,拉着宝钗说:“咱们放他一年的假罢。”宝钗道:“我有一句公道话,你们听听,藕丫头虽会画,不过是几笔写意。如今画这园子,非离了肚子里头有几副丘壑的才能成画。这园子却是像画儿一般,山石树木,楼阁房屋,远近疏密,也不多,也不少,恰恰的是这样,你及照样儿往纸上一画,是必不能讨好的。这要看纸的地步、远近,该多、该少,分主、分宾,该添的要添,该减的要减,该藏的要藏,该露的要露,这一起了稿子,再端详斟酌,方成一幅图样。第二件,这些楼台房舍,是必要用界划的。一点不留神,栏杆也歪了,柱子也塌了,门窗也到竖过来,阶矶也离了缝。甚至于桌子挤到墙里去,花盆放在帘子上来,岂不到成了一张笑话儿了？第三,要插人物,也要有疏密,有高低,衣摺裙带,手指足步,最是要紧的。一笔不细,不是肿了手,就是跏了腿,染脸、撕发,到是小事。依我看来,竟难的很。如今一年的假也太多,一个月的假也太少,竟给他半年的假,再派了宝兄弟帮着他。——并不是为宝兄弟知道,教着他画,那就更误事。——为的是有不知道的,或难安插的,宝兄弟好拿出去,问问那会画的相公,就容易了。"

宝玉听了,先喜的说:"这话极是。詹子亮的工细楼台就极好;程日兴的美人是绝技。如今就问他们去。"宝钗道:"我说你是无事忙。说了一声,你就问去?等着商议定了再去。如今且拿什么画?"宝玉道:"家里有雪浪纸,又大,又托墨。"宝钗冷笑道:"我说你不中用。那雪浪纸写字、画写意画儿,或是会山水的画南宋山水,托墨,禁得皴搜。拿了画这个,又不托色,又难烘染。画也不好,纸也可惜。我交你一个法子,原先盖这园子就有一张细致图样。虽是近人描的,那地步方向是不错的。你和太太要了出来,也比着那纸的大小,和凤丫头要一块重绢,叫相公们矾了,叫他照着这图样删补着,立了稿子,添了人物就是了。就是配这些青绿颜色,并泥金、泥银,也得他们配去。你们也得另炷上风炉子,预备化胶、出胶、洗笔。还得一张粉油大案,铺上毡子。你们那些碟子也不全,笔也不全,都得从新再置一分才好。"惜春道:"我何曾有这些画器?不过随手写字的笔,画画罢了。就是颜色,只有赭石、广花、藤黄、烟脂这四样。再有的不过是两支着色笔就完了。"宝钗道:"你不该早说!我这些东西,我却还有。只是你也用不着,给你也白放着。如今我且替你收着,等你用着这个时候,我送你些,也只可留着画扇子。若画这大幅的,也就可惜了的。今儿替你开个单子,照着单子和老太太要去。你们也未必知道的全,我说着,宝兄弟写。"

宝玉早已预备下笔砚了,原怕记不清白,要写了记着。听宝钗如此说,喜的提起笔来静听。宝钗说道:"头号排笔四支,二号排笔四支,三号排笔四支,大染四支,中染四支,小染四支,大南蟹爪十支,小蟹爪十支,须眉十支,大著色二十支,小著色二十支,开面十支,柳条二十支,箭头硃四两,南赭四两,石黄四两,石青四两,石绿四两,管黄四两,广花八两,蛤粉四匣,胭脂十片,大赤飞金二百帖,青金二百帖,广匀胶四两,净矾四两,矾绢的胶矾在外,别管他们。你只把绢交出去,叫他们矾去。这些颜色,咱们淘澄飞跌着,又顽了,又使了,包你一辈子都勾使了。再要顶细绢萝四个,粗绢萝四个,担笔四支,大小乳钵四个，大粗碗二十个，五寸粗碟十个，三寸粗白碟二十个，风炉两个，沙锅大小四个，新磁罐二口，新水桶四支，一尺长白布口袋四条，浮炭二十斤，柳木炭一斤，三屉木箱一个，直地纱一丈，生姜二两，酱半斤。”黛玉忙道：“铁锅一口，锅铲一个。”宝钗道：“这作什么？”黛玉笑道：“你要生姜和酱这些作料，我替你要铁锅来好炒颜色吃的。”众人都笑起来。宝钗笑道：“你那里知道？那粗色碟子保不住不上火烤，不拿姜汁子和酱预先抹在底子上烤过了，一经了火，是要炸的。”众人听说，都道：“原来如此。”

黛玉又看了一回单子，笑着拉探春，悄悄的道：“你瞧瞧，画个画儿，又要这些水缸、箱子来了，想必他糊涂了，把他的嫁妆单子也写上了。”探春“嗳”了一声，笑个不住，说道：“宝姐姐，你还不拧他的嘴！你问问他编排你的话！”宝钗笑道：“不用问，‘狗嘴里还有象牙不成’？”一面说，一面走上来，把黛玉按在炕上，便要拧他的脸。黛玉笑着，忙央告：“好姐姐！饶了我罢！颦儿年纪小，只知说，不知道轻重。作姐姐的教导我，姐姐不饶我，还求谁去？”众人不知话内有因，都笑道：“说的好可怜见的，连我们也软了，饶了他罢。”宝钗原是和他顽，忽听他又拉扯前番说他胡看杂书的话，便不好再和他厮闹，放起他来。黛玉笑道：“到底是姐姐，要是我，再不饶人的。”宝钗笑指他道：“怪不得老太太疼你，众人爱你伶俐，今儿我也怪疼你的了。过来！我替你把头发笼一笼。”黛玉果然转过身来，宝钗用手笼上去。宝玉在傍看着，只觉更好，不觉后悔头里不该令他抿上鬓去，也该留着此时叫他替他抿去。正自胡思，只见宝钗说道：“写完了，明儿回老太太去。若家里有的，就罢；若没有的，就拿些钱去买了来。我帮着你们配。”宝玉忙收了单子。大家又说了一回闲话。

至晚饭后，又往贾母处来请安。贾母原没有大病，不过是劳乏了，兼着了些凉，温存了一日，又吃了一剂药，疏散一疏散，至晚也就好了。不知次日又有何话，且听下回分解。

第四十三回 闲取乐偶攒金庆寿 不了情暂撮土为香

话说王夫人因见贾母那日在大观园不过着了些风寒,不是什么大病,请医生吃了两剂药也就好了,便放了心,因命凤姐来,分付他预备给贾政带去的东西。正商议着,只见贾母打发人来请,王夫人忙引着凤姐儿过来。王夫人又请问:"这会子可又觉大安些?"贾母道:"今日可大好了。方才你们送来的野鸡崽子汤,我尝了一尝,到有味儿。又吃了两块肉,心里很受用。"王夫人笑道:"这是凤丫头孝敬老太太的。算他的孝心虔,不枉了素日老太太疼他。"贾母点头笑道:"难为他想着。若是还有生的,再炸上两块,咸浸浸的,吃粥有味儿。那汤虽好,就只不对稀饭。"凤姐听了,连忙答应,命人去厨房传话。

这里贾母又向王夫人笑道:"我打发人请你来,不为别的。初二是凤丫头的生日,上两年我原早想替他做生日,偏到跟前有大事,就混过去了。今年人又齐全,料着又没事,咱们大家好生乐一日。王夫人笑道:"我也想着呢。既是老太太高兴,何不就商议定了?"贾母笑道:"我想往年不拘谁作生日,都是各自送各自的礼。这个也俗了,也觉生分似的。今儿我出个新法子,又不生分,又可取笑。"王夫人忙道:"老太太怎么想着好,就是怎么样行。"贾母笑道:"我想着咱们也学那小家子,大家凑分子,多少尽着这钱去办。你道好顽不好顽?"王夫人笑道:"这个很好。但不知怎么凑法?"贾母听说,益发高兴起来,忙遣人去请薛姨妈、邢夫人等,又叫请姑娘们并宝玉;那府里珍儿媳妇并赖大家的等有头脸、管事的媳妇也都叫了来。众丫头、婆子见贾母十分高兴,也都高兴,忙忙的各自分头去,请的请,传的传,没一顿饭的工夫,老的、少的,上的、下的,乌压压挤了一屋子。只薛姨妈和贾母对坐,邢夫人、王夫人只坐在房门前两张椅子上,宝钗姊妹等五六个人坐在炕上,宝玉坐在贾母怀前,地下满满的站了一地。贾母忙命拿几个小杌子来,给赖大母亲等几个高年有体面的妈妈坐了。贾府风俗:年高伏侍过父母的家人,比年轻的主子还有体面。所以,尤氏、凤姐儿等只管地下站着。那赖大的母亲等三四个老妈妈,告个罪,都坐在小杌子上了。

贾母笑着把方才一夕话说与众人听了。众人谁不凑这趣儿?再也有和凤姐儿好的,有情愿这样的;有畏惧凤姐儿的,巴不得来奉承的:况且都是拿的出来的。所以一闻此言,都欣然应诺。贾母先道:"我出二十两。"薛姨妈笑道:"我随着老太太,也是二十两了。"邢夫人、王夫人道:"我们不敢和老太太并肩,自然矮一等,每人十六两罢了。"尤氏、李纨也笑道:"我们自然又矮一等,每人十二两罢。"贾母忙和李纨道:"你寡妇失业的,那里还拉着你出这个钱。我替你出了罢。"凤姐忙笑道:"老太太别高兴,且算一算账再揽事。老太太身上已有两分子了。这会子又替大嫂子出十二两,说着高兴,一会子回想,又心疼了。过后儿又说,都是为凤丫头花了钱,使个巧法子,哄着我拿出三四分子来,暗里补上,我还做梦呢。"说的众人都笑了。贾母笑道:"依你怎么样呢?"凤姐笑道:"生日没到,我这会子已经折受的不受用了。我一个钱饶不出,惊动这些人,实在不安。不如大嫂这一分,我替他出了罢。我到了那一日,多吃些东西,就享了福了。"邢夫人等听了,都说很是。贾母方允了。凤姐儿又笑道:"我还有一句话呢。我想老祖宗自己二十两,又有林妹妹、宝兄弟的两分子,姨妈自己二十两,又有宝妹妹的一分子。这到也公道。只是二位太太,每位十六两,自己又少,又不替人出,这有些不公道。老祖宗吃了亏了。"贾母听了,忙笑道:"到底是我的凤姐儿向着我。这说的很是。要不是你,我叫他们又哄了去了。"凤姐笑道:"老祖宗只把他姐儿两个交给两位太太。一位占一个,派多派少,每位替出一分就是了。"贾母忙说:"这很公道,就是这样。"赖大的母亲忙站起来,笑说道:"这可反了!我替二位太太生气。在那边是儿子媳妇,在这边是内侄女儿,到不向着婆婆姑姑,到向着别人。这儿子媳妇成了陌路人,内侄女儿竟成了个外侄女儿了。"说的贾母与众人都大笑起来了。

赖大之母因又问道:"少奶奶们十二两,我们自然也该矮一等了?"贾母听说,道:"这使不得!你们虽该矮一等,我知道你们这儿个都是财主,分位虽低,钱却比他们要多。你们和他们一例才使得。”众妈妈听了,连忙答应。贾母又道:“姑娘们不过应个景儿,每人照一个月的月例就是了。”又回头叫鸳鸯:“来!你们也凑几个人,商议凑了来。”鸳鸯答应着,去不多时,会了平儿、袭人、彩霞等,还有几个小丫环来,也有二两的,也有一两的。贾母因问:“平儿,你难道不替你主子作生日,还入在这里头?”平儿笑道:“我那个私自另外有了,这是官中的,也该出一分。”贾母笑道:“这才是好孩子。”凤姐又笑道:“上下都全了。还有二位姨奶奶,他出不出,也问一声儿,尽到他们是理。不然,他们又该说小看了他们了。贾母听了,忙说:“可是呢!怎么到忘了他们?只怕他们不得闲儿,叫一个丫头问问去。”说着,早有丫头去了。半日回来,说道:“每位也出二两。”贾母喜道:“拿笔砚来,算明共计多少?”尤氏因悄骂凤姐道:“我把你你这没足厌的小蹄子,这么些婆婆、婶子来凑银子给你过生日,你还不足!又拉上两个苦瓠子作什么?”凤姐也悄笑道:“你少胡说!一会子离了这里,我才和你算账。他们两个为什么苦呢?有了钱,也是白填送别人。不如拘来,咱们乐。”

说着,早已合算了,共凑了一百五十两有馀。贾母道:“一日戏酒用不了。”尤氏道:“既不请客,酒席又不多,两三日的用度都彀了。头等,戏不用钱。省在这上头。”贾母道:“凤丫头说那一班好,就传那一班。”凤姐儿道:“咱们家的班子都听熟了,到是花几个钱叫一班来听听罢。”贾母道:“这件事,我交给珍哥媳妇了。越性叫凤丫头别操一点心,受用一日才算。”尤氏答应着,又说了一回话,都知贾母乏了,才渐渐的都散出来。

尤氏等送邢夫人、王夫人二人散去,便往凤姐房里来,商议怎么办生日的话。凤姐儿道:“你不用问我,你只看老太太的眼色行事就完了。”尤氏笑道:“你这阿物儿,也特行了大运了。我当有什么事叫我们去,原来单为这个!出了钱不算,还要我来操心。你怎么谢我?”凤姐笑道:“你别拉臊!我又没叫你来,谢你什么?你怕操心,你这会子就回老太太去。再派一个就是了。”尤氏笑道:“你瞧他兴的这个样儿。我劝你收着些儿好,太满了就要泼出来了。”二人又说了一回,方散。

次日,将银子送到宁国府来。尤氏方才起来梳洗,因问是谁送过来的。丫环们回说,"是林大娘"。尤氏便命"叫了他来"。丫环走至下房,叫了林之孝家的过来。尤氏命他脚踏上坐了。一面忙着梳洗,一面问他:"这一包银子共多少?"林之孝家的回说:"这是我们底下人的银子,凑了先送过来。老太太和太太们的还没有呢。"正说着,丫环们回说:"那府里太太和姨太太打发人送分子来了。"尤氏笑骂道:"小蹄子们,专会记得这些没要紧的话。昨儿不过老太太一时高兴,故意的要学那小家子凑分子,你们就记得了,嘴里当正经的说。还不快接了进来,好生待茶,再打发他们去。"丫环应着,忙接了进来,一共两封,连宝钗、黛玉的都有了。尤氏问:"还少谁的?"林之孝家的道:"还少老太太、二太太、姑娘们的和底下姑娘们的。"尤氏道:"还有你们大奶奶的呢?"林之孝家的道:"奶奶过去,这银子都从二奶奶手里发,一共都有了。"说着,尤氏已梳洗了,命人伺候车辆。

一时,来至荣府,先来见凤姐。只见凤姐已将银子封好,正要送去。尤氏问:"都齐了?"凤姐儿笑道:"都有了。快拿了去罢。丢了我不管。"尤氏笑道:"我有些信不及,到要当面点一点。"说着,果然按数一点,只没有李纨的一分。尤氏笑道:"我说你肏鬼呢!怎么你大嫂子的没有?"凤姐儿笑道:"那么些还不勾使?短一分儿也罢了。等不勾了,我再给你。"尤氏道:"昨儿你在人跟前作人,今儿又来和我赖。这个断不依你。我只和老太太要去。"凤姐儿笑道:"我看你利害!明儿有了事,我也丁是丁,卯是卯的,你也别抱怨。"尤氏笑道:"你一般的也怕。不看你素日孝敬我,我才是不依你呢。"说着,把平儿的一分拿了出来,说道:"平儿,来!把你的收起去。等不勾了,我替你添上。"平儿会意,因说道:"奶奶先使着,若剩下了,再赏我一样。"尤氏笑道:"只许你那主子作弊,就不许我作情儿。"平儿只得收了。尤氏又道:"我看着你主子这么细致弄这些钱,那里使去?使不了,明儿带了棺材里使去!"

一面说着,一面又往贾母处来。先请了安,大概说了两句话,便走到鸳鸯房中,和鸳鸯商议,只听鸳鸯的主意行事,何以讨贾母的喜欢。二人计议妥当。尤氏临走时,也把鸳鸯二两银子还他,说:“这还使不了呢。”说着,一径出来,又至王夫人跟前,说了一回话。因王夫人进了佛堂,把彩云的一分也还了他。见凤姐不在跟前,一时把周、赵二人的也还了。他两个还不敢收。尤氏道:“你们可怜见的,那里有这些闲钱。凤丫头便知道了,有我应着呢。”二人听说,千恩万谢的方收了。

展眼已是九月初二日,园中人都打听得尤氏办得十分热闹,不但有戏,连耍百戏并说书的男女先儿全有,都打点取乐顽耍。李纨又向众姊妹道:“今儿是正经社日,可别忘了。宝玉也不来,想必他只图热闹,把清雅就丢开了。”说着,便命丫环去瞧作什么呢,快请了来。丫环去了半日,回说:“花大姐姐说,今儿一早就出门去了。”众人听了,都诧异说:“再没有出门之理。这丫头糊涂,不知说话。”因又命翠墨去。一时翠墨回来说:“可不真出了门了。说有个朋友死了,出去探丧去了。”探春道:“断然没有的事!凭他什么,再没今日出门之理。你叫袭人来,我问他。”刚说着,只见袭人走来。李纨等都说道:“今儿凭他有什么事,也不该出门。头一件,你二奶奶的生日,老太太都这等高兴,两府上下众人来凑热闹,他倒走了;第二件,又是头一社的正日子。他也不告假,就私自去了。”袭人叹道:“昨儿晚上就说了,今儿一早起有要紧的事到北静王府里去,就赶回来的。劝他不要去,他必不依。今儿一早起来,又要素衣裳穿,想必是北静王府里的要紧姬妾没了,也未可知。”李纨等道:“若果如此,也该去走走。只是也该回来了。”说着,大家又商议:“咱们只管作诗,等他回来罚他。”刚说着,只见贾母已打发人来请,便都往前头来了。袭人回明宝玉的事,贾母不乐,便命人去接。

原来宝玉心里有件私事,于头一日就分付茗烟:“明日一早要出门,备下两匹马在后门口等着,不要别一个跟着。说给李贵:我往北府里去了。倘或要有人找我,叫他拦住,不用找。只说北府里留下了,横竖就来的。”茗烟也摸不着头脑,只得依言说了。今儿一早,果然备了两匹马,在园子后门等着。天亮了,只见宝玉遍体纯素,从角门出来。一语不发,跨上马,一弯腰,顺着街就趟下去了。茗烟也只得跨马加鞭赶上,在后面忙问:“往那里去?”宝玉道:“这条路是往那里去的?”茗烟道:“这是出北门的大道,出去了,冷清清,没有可顽的地方。”宝玉听说,点头道:“正要冷清清的地方好。”说着,越性加了鞭,那马早已转了两个弯子,出了城门。茗烟越发不得主意,只得紧紧跟着。

一气跑了七八里路出来,人烟渐渐稀少。宝玉方勒住马,回头问茗烟道:“这里可有卖香的?”茗烟道:“香到有,不知是那一样?”宝玉想道:“别的香不好,须得檀芸降三样。”茗烟笑道:“这三样可难得。”宝玉为难。茗烟见他为难,因问道:“要香作什么使?我见二爷时常小荷包有散香,何不找一找?”一句提醒了宝玉,便回手向衣襟上拉出一个荷包来,摸了一摸,竟有两星沉素,心内欢喜,只是不恭些。再想,自已亲身带的,到比买的又好些。于是又问炉炭。茗烟道:“这可罢了!荒郊野外,那里有用这些?何不早说,带了来,岂不便宜?”宝玉道:“糊涂东西,若可以带了来,又不这样没命的跑了。”

茗烟想了半日,笑道:“我得了个主意,不知二爷心下如何?我想二爷不止于用这个呢。只怕还要用别的。这也不是事。如今我们往前再走二里地,就是水仙庵了。”宝玉听了,忙问:“水仙庵就在这里?更好了。我们就去。”说着,就加鞭前行,一面回头向茗烟道:“这水仙庵的姑子,长往咱们家去。咱们这一去到那里,和他借香炉使使,他自然是肯的。”茗烟道:“别说他是咱们家的香火,就是平白不认识的庙里,和他借,他也不敢驳回。只是一件,我常见二爷最厌这水仙庵的,何如今儿又这样喜欢了?”宝玉道:“我素日很恨俗人不知原故混供神,混盖庙。这都是当日有钱的老公们和那些有钱的愚妇们,听见有个神,就盖起庙来供着。也不知那神是何人,因听些野史小说便信真了。比如这水仙庵里面,因供的是洛神,故名水仙庵。殊不知自古来并没有个洛神。那原是曹子建的谎话,谁知这起愚人就塑了像供着。今儿却合我的心事,故借他一用。”

说着,早已来至门前。那老姑子见宝玉来了,事出意外,竟像天上掉下个活龙来的一般,忙上来问好,命老道来接马。宝玉进去,也不拜洛神之像,却只管赏鉴。虽是泥塑的,却真有“翩若惊鸿,婉若游龙”之态,“荷出绿波,日映朝霞”之姿。宝玉不觉滴下泪来。老姑子献了茶。宝玉因和他借香炉。那姑子去了半日,连香供、纸马都预备了来。宝玉道:“一概不用。”说着,命茗烟捧着炉,出至后院中,拣一块干净地方儿竟拣不出。茗烟道:“那井台儿上如何?”宝玉点头。一齐来至井台上,将炉放下。茗烟站过一傍。宝玉掏出香来焚上,含泪施了半礼,回身命收了去。

茗烟答应,且不收,忙爬下磕了几个头,口内祝道:“我茗烟跟二爷这几年,二爷的心事,我没有不知道的。只有今儿这一祭祀,没有告诉我,我也不敢问。只是这受祭的阴魂,虽不知名姓,想来自然是那人间有一、天上无双、极聪明、极俊雅的一位姐姐妹妹了。二爷心事不能出口,让我待祝:若芳魂有灵,香魄多情,虽然阴阳间隔,既是知己之间,时常来望候二爷,未尝不可。你在阴间,保佑二爷来生也变个女孩儿,和你们一处相伴,再不可又托生这须眉浊物了。”说毕,又磕几个头,才爬起来。

宝玉没听他说完,便掌不住笑了。因踢他道:“休胡说!看人听见笑话。”茗烟起来,收过香炉,和宝玉走着,因道:“我已经和姑子说了,二爷还没用饭,叫他随便收拾了些东西,二爷勉强吃些。我知道,今儿咱们里头大排筵宴,热闹非常。二爷为此才躲了出来的。横竖在这里清净一天,也就尽到礼了;若不吃东西,断使不得。”宝玉道:“戏酒既不吃,这随便素的吃些何妨?”茗烟道:“这便才是。还有一说。咱们来了,还有人不放心。若没有人不放心,便晚了进城何妨?若有人不放心,二爷须得进城回家去才是。第一,老太太、太太也放了心;第二,礼也尽了,不过如此,就是家去了看戏、吃酒,也并不是二爷有意,原不过陪着父母尽孝道。二爷若单为了这个,不顾老太太、太太悬心,就是方才那受祭的阴魂也不安生。二爷想我这话如何?”宝玉笑道:“你的意思我猜着了。你想着,只你一个跟了我出来,回来你怕担不是。所以拿这大题目来劝我。我才来了,不过为尽个礼,再去吃酒看戏。并没说一日不进城。这已完了心愿,赶着进城,大家放心,岂不两尽其道?”茗烟道:“这更好了。”说着,二人来至禅堂。果然那姑子收拾了一桌素菜。宝玉胡乱吃了些,茗烟也吃了。二人便上马仍回旧路。茗烟在后面，只嘱咐："二爷好生骑着，这马总没大骑的，手里提紧着。"

一面说着，早已进了城，仍从后门进去，忙忙来至怡红院中。袭人等都不在房里，只有几个老婆子看屋子。见他来了，都喜的眉开眼笑道说："阿弥陀佛！可来了！把花姑娘急疯了。上头正坐席呢，二爷快去罢。"宝玉听说，忙将素服脱了，自去寻了华服换上，问在什么地方坐席。老婆子回说："在新盖的大花厅上。"

宝玉听说，一径往花厅来。耳内早已隐隐闻得歌管之声。刚至穿堂那边，只见玉钏儿独坐在廊檐下垂泪。一见他来，便收泪说道："凤凰来了，快进去罢！再一会子不来，都反了。"宝玉陪笑道："你猜我往那里去了？"玉钏儿不答，只管擦泪。宝玉忙进厅里，见了贾母、王夫人等，众人真如得了凤凰一般。宝玉忙赶着与凤姐儿行礼。贾母、王夫人都说他："不知道好歹！怎么也不说声就私自跑了。这还了得！明儿再这样，等老爷回家来，必告诉他打你！"说着，又骂跟的小厮们都偏听他的话，说那里去，就去，也不回一声儿。一面又问他："到底那去了？可吃了什么？可唬着了？"宝玉只回说："北静王的一个爱妾昨日没了，给他道恼去。他哭的那样，不好抛下就回来。所以多等了一会子。"贾母道："已后再私自出门，不先告诉我们，一定叫你老子打你！"宝玉答应着。因又要打跟的小子们。众人又忙说情，又劝道："老太太也不必过虑了。他已经回来，大家该放心乐一回了。"贾母先不放心，自然发狠。如今见他来了，喜且有馀，那里还恨？也就不提了，还怕他不受用，或者别处没吃饱，路上着了惊怕，反百般的哄他。袭人早过来伏侍。大家仍旧看戏。当日演的是《荆钗记》。贾母、薛姨妈等，都看的心酸落泪。也有叹的，也有骂的，要知端的，下回分解。

第四十四回 变生不测凤姐泼醋 喜出望外平儿理妆

话说众人看演《荆钗记》,宝玉和姐妹一处坐着。林黛玉因看到《男祭》这一出上,便和宝钗说道:“这王十朋也不通的狠,不管在那里祭一祭罢了,必定跑到江边子上来作什么?俗语说‘睹物思人’,天下的水总归一源,不拘那里的水,舀一碗看着哭,也就尽情了。”宝钗不答。宝玉回头要热酒,敬凤姐酒儿。

原来贾母说今日不比往日,定要叫凤姐痛乐一日。本来自己懒待坐席,只在里间屋里榻上歪着,和薛姨妈看戏,随心爱吃的拣几样,放在小几上,随意吃着说话儿;将自己两桌席面,赏那没有席面的大小丫头,并那应差、听差的妇人等,命他们在窗外廊檐下,也只管坐着随意吃喝,不必拘礼。王夫人和邢夫人在地下高桌上坐着,外面几席是他姊妹们坐。

贾母不时分付尤氏等:“让凤丫头坐在上面,你们好生替我待东。难为他一年到头辛苦。”尤氏答应了,又笑回说道:“他坐不惯首席,坐在上头,横不是竖不是的,酒也不肯吃。”贾母听了笑道:“你不会!等我亲自让他去。”凤姐儿忙也进来,笑说:“老祖宗,别信他们的话。我吃了好几钟了。”贾母笑着命尤氏:“快拉他出去!按在椅子上,你们都轮流着敬他。他再不吃,我当真的就亲自去了。”尤氏听说,忙笑着又拉他出来坐下,命人拿了台盏,斟了酒,笑道:“一年到头,难为你孝顺老太太、太太和我。我今儿没什么疼你的,亲自斟杯酒,乖乖儿的在我手里喝一口。”凤姐儿笑道:“你要安心孝敬我,跪下我就喝。”尤氏笑道:“说的你不知是谁!我告诉你说,好容易今儿这一遭。过了后儿,知道还得像今儿这样不得了?趁着今儿又体面,尽力灌丧两钟子罢!”凤姐儿见推不过,只得喝了两钟。接着,众姊妹也来。凤姐也只得每人的喝一口。赖大妈妈见贾母尚这等高兴,也少不得来凑个趣儿,领着些嬷嬷们也来敬酒;凤姐儿也难推脱,只得喝了两口。鸳鸯等也来敬,凤姐儿真不能了,忙央告道:“好姐姐们,饶了我罢!我明儿再喝罢!”鸳鸯笑道:“真个的我们是没脸的了?就是我们在太太跟前,太太还赏个脸儿呢!往常到有些体面,今儿当着这些人,到拿起主子的款儿来了?我原不该来。不喝我们就走。”说着,真个回去了。凤姐儿忙赶上,拉住笑道:“好姐姐,我喝就是了。”说着,拿过酒来,满满的斟了一杯喝干。鸳鸯方笑了散去。然后又入席。

凤姐儿自觉酒沉了,心里突突的似往上撞,要往家去歇歇。只见那耍百戏的上来,便和尤氏说:“预备赏钱,我要洗洗脸去。”尤氏点头,凤姐儿瞅人不防,便出了席,往房门后檐下走来。平儿留心,也忙跟了来。凤姐儿便扶着他走。才至穿廊下,只见他房里的一个小丫头正在那里站着,见他两个来了,回身就跑。凤姐儿便疑心,忙叫,那丫头先只妆听不见,无奈后面连平儿也叫,只得回来。凤姐儿越发起了疑心,忙和平儿进了穿堂,叫那小丫头子也进来,把槅扇关了。凤姐儿坐在小院子的台矶上,命那丫头子跪下,喝命平儿:“叫两个二门上的小厮来,拿了绳子、鞭子来,把那眼睛里没主子的小蹄子打烂了。”那小丫头子已经唬的魂飞魄散,哭着只管磞头求饶。凤姐儿问道:“我又不是鬼,你见了我,不说规规矩矩站住,怎么到往前跑?”小丫头子哭道:“我原没看见奶奶来,我又记挂着房里无人。所以跑了。”凤姐儿道:“房里既没人,谁叫你来的?你便没看见我,我和平儿在后头扯着脖子叫了你十来声,越叫越跑。分明又不远,你聋了不成?你还和我犟嘴!”说着,便扬手一掌,打在脸上,打的那小丫头一栽,这边脸上又一下,登时小丫头子两腮紫胀起来。平儿忙劝:“奶奶仔细手疼。”凤姐便说:“你再打着问他跑什么?他再不说,把嘴撕烂了他的。”那小丫头子先还犟嘴,后来听见凤姐儿要烧了红烙铁来烙嘴,方哭道:“二爷在家里,打发我来这里瞧着奶奶的。若见奶奶散了,先叫我送信儿去的。不承望奶奶这会子就来了。”凤姐儿见话中有文章:“叫你瞧着我作什么?难道怕我家去不成?必有别的原故。快告诉我!我从此以后疼你。你若不细说,立刻拿刀子来割你的肉!”说着,回头向平儿头上拔下一根簪子来,向那丫头嘴上乱戳。

唬的那丫头一行躲，一行哭，求道："我告诉奶奶，可别说我说的。"平儿一傍劝，一傍摧他，叫他快说。丫头便说道："二爷也是才来房里的。睡了一会子醒了，打发人来瞧瞧奶奶。说才坐席，还得好一会子才来呢。二爷就开了箱子，拿了两块银子，还有两根簪子，两匹缎子，叫我悄悄的送与鲍二的老婆去，叫他进来。他收了东西，就往咱们屋里来了。二爷叫我来瞧着奶奶。底下的事，我就不知道了。"

凤姐听了，已气的浑身发软，忙立起来，一径来家。刚至院门，只见又有一个小丫头在门前探头儿，一见了凤姐，也缩头就跑。凤姐儿提着名字喝住。那丫头本来伶俐，见躲不过了，索性跑了出来，笑道："我正要告诉奶奶去呢。可巧奶奶来了。"凤姐儿道："告诉我什么？"那小丫头便说二爷在家这般，如此如此。将方才的话也说了一遍。凤姐啐道："你早作什么来着？这会子我看见你了，你来推干净儿！"说着，也扬手，一下打的那丫头一个趔趄，便摄手摄脚的走至窗前。往里听时，只听里头说笑。那妇人笑道："多早晚你那阎王老婆死了就好了。"贾琏道："他死了，再娶一个也是这样，又怎么样呢？"那妇人道："他死了，你到是把平儿扶了正，只怕还好些。"贾琏道："如今连平儿他也不叫我沾一沾了。平儿也是一肚子委曲不敢说。我命里怎么就该犯了夜叉星？"

凤姐听了，气的浑身乱战。又听见他俩都赞平儿，便疑平儿素日背地里自然也有愤怨语了。那酒越发涌了上来，也并不忖度，回身把平儿先打了两下，一脚踢开门进去，也不容分说，抓着鲍二家的撕打一顿；又怕贾琏走出去，便堵着门站着，骂道："好娼妇！你偷主子汉子，还要治死主子老婆！平儿过来！你们淫妇、忘八一条藤儿，多嫌着我，外面儿你哄我！"说着，又把平儿打几下。打的平儿有冤无处诉，只气得干哭，骂道："你们做这些没脸的事，好好的又拉上我做什么！"说着，也把鲍二家的撕打起来。

贾琏也因吃多了酒，进来高兴，未曾作的机密。一见凤姐来了，已没了主意。又见平儿也闹起来，把酒也气上来了。凤姐儿打鲍二家的，他已又气又愧，只不好说的；今见平儿也打，便上来踢骂道："好娼妇！你也动手打人！"平儿怯打，忙住了手，哭道："你们背地里说话，为什么拉我呢？”凤姐见平儿怕贾琏，越发气了，又赶上来打着平儿，偏叫打鲍二家的。平儿急了，便跑出来，找刀子要寻死。外面众婆子、丫头忙拦住解劝。这里凤姐见平儿寻死去，便一头撞在贾琏怀里，叫道：“你们一条藤儿害我，被我听见了，到都唬起我来！你也勒死我！”贾琏气的墙上拔出剑来，说道：“不用寻死！我也急了，一齐杀了！我偿了命，大家干净。”

正闹的不开交，只见尤氏等一群人来了，说：“这是怎么说，才好好的，就闹起来？”贾琏见了人，越发倚酒三分醉，逞起威风来。故意要杀凤姐儿。凤姐儿见人来了，便不似先前那般泼了。丢下众人，便哭着往贾母那边跑。

此时戏已散出，凤姐跑到贾母跟前，爬在贾母怀里，只说：“老祖宗救我，琏二爷要杀我呢！”贾母、邢夫人、王夫人等忙问怎么了。凤姐儿哭道：“我才家去换衣裳，不防琏二爷在家和人说话。我只当是有客来了，唬的我不敢进去。在窗户外头听了一听。原来是和鲍二家的媳妇商议，说我利害，要拿毒药给我吃了，治死我，把平儿扶了正。我原气了，又不敢和他吵。原打了平儿两下子，问他为什么要害我？他臊了，就要杀我。”贾母听了，都信以为真，说：“这还了得！快拿了那下流种子来！”一语未完，只见贾琏拿着剑赶来，后面许多人跟着。贾琏明仗着贾母素习疼他们，连母亲、婶母也无碍，故逞强闹了来。邢夫人、王夫人见了，气的忙拦住，骂道：“这下流种子！你越发反了！老太太在这里呢！”贾琏乜斜着眼道：“都是老太太惯的他。他才这样连我也骂起来了。”邢夫人气的夺下剑来，只管喝他：“快出去！”那贾琏撒娇撒痴，涎言涎语的，还只乱说。贾母气的说道：“我知道不把我们放在眼睛里，叫人把他老子叫来。”贾琏听见这话，方趔趄着脚儿出去了。赌气也不往家去，便往外书房来。

这里邢夫人王夫人也说凤姐儿。贾母笑道：“什么要紧的事！小孩子们年轻，馋嘴猫儿似的，那里保的不这么着。从小儿世人都打这么过的。都是我的不是，他多吃了两口酒，又吃起醋来。”说的众人都笑了。贾母又道：“你放心！等明儿我叫他来替你赔不是。你今儿别要过去燥着他。”因又骂平儿：“那蹄子素日我到看他好，怎么暗地里这么坏!”尤氏等笑道:“平儿没有不是。是凤丫头拿着人家出气。两口子不好对打,都拿着平儿煞性子。平儿委曲的什么是的呢!老太太还骂人家!”贾母道:“原来这样!我说那孩子到不像那狐媚魇道的。既这么着,可怜见的,白受他们的气!”因叫琥珀来:“你出去告诉平儿,就说我的话,‘我知道他受了委曲,明儿我叫凤姐儿给他赔不是。今儿是他主子的好日子,不许他胡闹。’”

原来平儿早被李纨拉入大观园去了。平儿哭的哽咽难抬。宝钗劝道:“你是个明白人,素日凤丫头何等待你?今儿不过他多吃一口酒,他可不拿你出气?难道到拿别人出气不成?别人又笑话他吃醉了。你只管这会子委曲,素日你的好处岂不都是假的了?”正说着,只见琥珀走来,说了贾母的话,平儿自觉面上有了光辉,方才渐渐的好了。也不往前头来。宝钗等歇息了一回,方来看贾母、凤姐。

宝玉便让平儿到怡红院中来。袭人忙接着,笑道:“我先原要让你的,只因大奶奶和姑娘们都让你,我就不好让的了。”平儿也陪笑说:“多谢!”因又说道:“好好儿的,从那里说起?无缘无故白受了一场气。”袭人笑道:“二奶奶素日待你好,这不过是一时气急了。”平儿道:“二奶奶到没说的。只是那淫妇治了我,他又偏拿我凑趣儿。还有我们那糊涂爷,到打我。”说着,便又委曲,禁不住落泪。宝玉忙劝道:“好姐姐!别伤心。我替他两个赔不是罢。”平儿笑道:“与你什么相干?”宝玉笑道:“我们弟兄姊妹都一样。他们得罪了人,我替他赔个不是,也是应该的。”又道:“可惜这新衣裳也沾了。这里有你花妹妹的衣裳,何不换了下来,拿些烧酒喷了,熨一熨。把头也另梳一梳。一面说,一面便分付了小丫头子们舀洗脸水,烧熨斗来。

平儿素习只闻人说宝玉专能和女孩儿们接交。宝玉素日因平儿是贾琏的爱妾,又是凤姐儿的心腹,故不肯和他厮近,因不能尽心,也常为恨事。平儿今见他这般,心中也暗暗的敁敪:果然话不虚传,件件想的周到。又见袭人特特的开了箱子,拿出两件不大穿的衣裳来与他换,便赶忙的脱下自己的衣服,忙去洗了脸。宝玉一傍笑劝道:“姐姐还该擦上些脂粉,不然,到像是你和凤姐姐赌气子似的。况且又是他的好日子,而且老太太又打发了人来安慰你。”平儿听了有理，便去找粉，只不见粉。宝玉忙走至妆台前，将一个宣窑磁盒揭开，里面盛着一排十根玉簪花棒儿，拈了一根，递与平儿。又笑向他道："这不是铅粉，这是紫茉莉花种研碎了，兑上香料制的。"平儿倒在掌上看时，果见轻白红香，四样俱美。摊在面上也容易匀净，且能润泽肌肤；不像别的粉，青重涩滞。然后看见胭脂也不是成张的，却是一个小小的白玉盒子，里面盛着一盒，如玫瑰膏子一样。宝玉笑道："那市卖的胭脂都不干净，颜色也薄。这是上好的胭脂拧出汁子来，淘澄净了渣滓，配了花露蒸叠成的。只用细簪子挑一点儿，抹在手心里，用一点水化开，抹在唇上；手心里就彀打结腮了。"平儿依言妆饰，果见鲜艳异常，且又甜香满颊。宝玉又将盆内的一枝并蒂秋蕙，用竹剪刀撷了下来，与他簪在鬓上。忽见李纨打发丫头来唤他，方忙忙的去了。

宝玉因自来从未在平儿前尽过心，且平儿又是个极聪明、极清俊的上等女孩儿，比不得那起俗蠢拙物，深为恨怨。今日是金钏儿的生日，故一日不乐。不想落后闹出这件事来，竟得在平儿前稍尽片心，亦今生意中不想之乐也。因歪在床上，心内怡然自得。忽又思及贾琏惟知以淫乐悦己，并不知作养脂粉；又思平儿并无父母、兄弟、姊妹，独自一人供应贾琏夫妇二人。贾琏之俗，凤姐之威，他竟能周全妥贴，今儿还遭涂毒。想来此人薄命比黛玉犹甚。想到此间，便又伤感起来，不觉凄然泪下。因见袭人等不在房内，尽力落了几点痛泪。复起身，又见方才的衣裳上喷的酒已半干，便拿熨斗熨了，叠好；见他的手帕子忘拿去，上面犹有泪渍，又拿至脸盆中洗了，晾上。又喜又悲，闷了一回，也往稻香村来。说一回闲话，掌灯后方散。

平儿就在李纨处歇了一夜，凤姐儿只跟着贾母。贾琏晚间归房，冷清清的，又不好去叫，只得胡乱睡了一夜。次日醒了，想昨日之事，大没意思，后悔不来。

邢夫人记挂着昨日贾琏醉了，忙一早过来，叫了贾琏，过贾母这边来。贾琏只得忍愧前来，在贾母面前跪下。贾母问他怎么了，贾琏忙陪笑说："昨儿原是吃了酒，惊了老太太的驾了。今儿来领罪。"贾母啐道："下流东西，灌了黄汤，不说安分守已的挺尸去，到打起老婆来了。凤丫头成日家说嘴,霸王似的一个人,昨儿唬得可怜。要不是我,你要伤了他的命,这会子怎么样?”贾琏一肚子的委屈,不敢分辩,只认不是。贾母又道:“那凤丫头和平儿还不是个美人胎子,你还不足?成日家偷鸡摸狗,脏的、臭的都拉了你屋里去。为这起淫妇打老婆,又打屋里的人,你还亏是大家子的公子出身,活打了嘴了。若你眼睛里有我,你起来,我饶了你,乖乖的给你媳妇陪个不是,拉了他家去,我就喜欢了。要不然,你只管出去,我也不敢受你的跪。”贾琏听如此说,又见凤姐儿站在那边,也不盛妆,哭的眼睛肿着,也不施脂粉,黄黄的脸儿,比往常更觉可怜、可爱。想着:“不如赔了不是,彼此也好了,又讨老太太的喜欢了。”想毕,便笑道:“老太太的话,我不敢不依。只是越发纵了他了。”贾母笑道:“胡说!我知道他最有礼的,再不会冲撞人。他日后得罪了你,我自然也作主叫你降伏就是了。”贾琏听说,爬起来,便与凤姐儿作了一个揖,笑道:“原来是我的不是,二奶奶饶过我罢!”满屋里的人都笑了。贾母笑道:“凤丫头,不许恼了!再恼,我就恼了。”

说着,又命人去叫了平儿来。命凤姐儿和贾琏两个安慰平儿。贾琏见了平儿,越发图不得了。所谓妻不如妾,妾不如偷。听贾母一说,便赶上来,说道:“姑娘昨日受了委屈了,都是我的不是;奶奶得罪了你,也是因我而起。我陪了不是不算外,还替你奶奶赔个不是。”说着,也作了一个揖。引的贾母也笑了。凤姐儿也笑了。贾母又命凤姐儿来安慰他。平儿忙走上来,给凤姐儿磕头,说:“奶奶的千秋,我惹了奶奶生气,是我该死。”凤姐儿正自愧悔昨日酒吃多了,不念素日之情浮躁起来,为听了傍人的话无故给平儿没脸。今反见他如此,又是惭愧又是心酸,忙一把拉起来,落下泪来。平儿道:“我伏侍了奶奶这么几年,也没弹我一指甲;就是昨儿打我,我也不怨奶奶,都是那淫妇治的,怨不得奶奶生气。”说着,也滴下泪来了。贾母便命人将他三人送回房去:“有一个再提此事,即刻来回我。我不管是谁,拿拐棍子给他一顿。”三个人从新给贾母、邢、王二位夫人磕了头,老嬷嬷答应了,送他三人回去。

至房中,凤姐儿见无人,方说道:“我怎么样个阎王,又像夜叉?

那淫妇咒我死,你也帮着咒？我千日不好,也有一日好,可怜我熬的连个淫妇也不如了。我还有什么脸来过这个日子。"说着,又哭了。贾琏道:"你还不足！你细想想,昨儿谁的不是多？今儿当着人,还是我跪了一跪,又赔不是。你也争足了光了。这会子还叨叨,难道还叫我替你跪下才罢？太要足了强,也不是好事。"说的凤姐儿无言可对。平儿嗤的一声又笑了。贾琏也笑道:"又好了。真真我也没法了。"

正说着,只见一个媳妇来回说:"鲍二的媳妇吊死了。"贾琏、凤姐儿都吃了一惊。凤姐忙收了怯色,反喝道:"死了罢了！有什么大惊小怪的?"一时只见林之孝家的进来,悄回凤姐道:"鲍二媳妇吊死了。他娘家的亲戚要告呢。"凤姐儿笑道:"这倒好了,我正想要打个官司呢!"林之孝家的道:"我才和众人劝了他们,又威吓了一阵,又许了他几个钱,也就依了。"凤姐儿道:"我没一个钱。有钱也不给。只管叫他告去,也不许劝他,也不用震吓他,只管让他告去。告不成到问他个以尸讹诈!"林之孝家的正在为难,见贾琏和他使眼色儿,心下明白,便出来等着。贾琏道:"我出去瞧瞧,看是怎么样。"凤姐儿道:"不许你给他钱!"贾琏一径出来,和林之孝家的来商议。着人去作好作歹,许了二百两发送才罢。贾琏生恐有变,又命人去和王子腾说,将番役仵作人等叫了几名来,帮着办丧事。那些人见了如此,纵要复辨,亦不敢辨,只得忍气吞声罢了。贾琏又命林之孝将那二百银子入在流年账上,分别添补,开消过去。又梯己给鲍二些银两,安慰他说:"另日再挑个好媳妇给你。"鲍二又有体面,又有银子,有何不依？便仍然奉承贾琏。不在话下。

里面凤姐心中虽不安,面上只管佯不理论。因房中无人,便拉平儿笑道:"我昨儿灌丧了酒了,你别愤怨。打了那里,让我瞧瞧。"平儿道:"也没打重。"只听得说:"奶奶、姑娘们都进来了。"要知端的,下回分解。

第四十五回 金兰契互剖金兰语 风雨夕闷制风雨词

话说凤姐儿正抚恤平儿,忽见众姊妹进来,忙让坐了。平儿斟上茶来。凤姐儿笑道:“今儿来的这么齐!到像下帖子请了来的。”探春笑道:“我们有两件事,一件是我的,一件是四妹妹的,还夹着老太太的话。”凤姐儿笑道:“有什么事?这么要紧!”探春笑道:“我们起了个诗社,头一社就不齐全。众人脸软,所以就乱了。我想必得你去作个监社御史,铁面无私才好。再四妹妹为画园子,用的东西,这般那般不全,回了老太太。老太太说,‘只怕后头楼底下还有当年剩下的,找一找。若有呢,拿出来;若没有,叫人买去。’”凤姐笑道:“我又不会作什么湿的、干的,要我吃东西去不成?”探春道:“你虽不会作,也不要你作。你只监察着我们里头有偷安怠惰的,该怎么样罚他就是了。”凤姐儿笑道:“你们哄我,我也猜着了,那里是请我作监社御史,分明是叫我作个进钱的铜商。你们弄什么社,必是要轮流作东道的。你们的月钱不彀花了,想出这个法子来,拉了我去,好和我要钱。可是这个主意?”一席话,说的众人都笑起来了。李纨笑道:“真真你是个水晶心肝玻璃人!”凤姐儿笑道:“亏你是个大嫂子呢!把姑娘们原教给你带着念书、学规矩、针线的,他们不好,你要劝。这会子他们起诗社,能用几个钱?你就不管了。老太太、太太罢了,原是老封君。你一个月十两银子的月钱,比我们多两倍银子。老太太、太太还说你寡妇失业的可怜,不彀用,又拉着个小子,足的又添了十两,和老太太、太太平等。又给你园子地,各人取租子;年中分年例,你又是上上分儿。你娘儿们,主子、奴才共总没十个人。吃的、穿的仍旧是官中的。一年通共算起来,也有四五百银子。这会子你就每年拿出一二百两银子来,陪着他们顽顽,能几年的限期?他们各人出了阁,难道还要你陪不成?这会子你怕花钱,调唆他们来闹我,我乐得去吃一个河涸海干,我还通不知道呢!”

李纨笑道:"你们听听！我说了一句,他就疯了,说了两车的无赖泥腿市俗专会打细算盘、分斤拨两的话出来。这东西亏他托生在诗书大宦名门之家做小姐;出了嫁,又是这样,他还是这么着。若是生在贫寒小户人家,作个小子,还不知怎么下作,贫嘴恶舌的呢！天下人都被你算记了去。昨儿还打平儿呢。亏你伸的出手来。那黄汤难道灌丧了狗肚子里去了？气的我只要给平儿打抱不平儿。忖夺了半日,好容易狗长尾巴尖儿的好日子,又怕老太太心里不受用,因此没来。究竟气还未平,你今儿又招我来了,给平儿拾鞋也不要。你们两个只该换一个过子才是。"说的众人都笑了。凤姐儿忙笑道:"竟不是为诗、为画来找我,这样子,竟是为平儿来报仇的。竟不承望平儿有你这一位仗腰子的人,早知道,便有鬼拉着我的手打他,我也不打了。平姑娘,过来！我当着大奶奶、姑娘们,替你赔个不是。担待我酒后无德罢。"说着,众人又都笑起来了。李纨笑问平儿道:"如何？我说必定要给你争争气才罢。"平儿笑道:"虽如此,奶奶们取笑,我禁不起。"李纨道:"什么禁不起？有我呢！快拿了钥匙,叫你主子开了楼房找东西去。"

凤姐儿笑道:"好嫂子！你且同他们回园子里去。才要把这米账和他们算一算,那边大太太又打发人来叫,不知有什么话说,须得过去走一趟。还有年下你们添补的衣服,还没打点给他们做去。"李纨笑道:"这些事我都不管。你只把我的事完了,我好歇着去。省得这些姑娘、小姐闹我。"凤姐忙笑道:"好嫂子！赏我一点空儿。你是最疼我的,怎么今儿为平儿就不疼我了？往常你还劝我说,事情虽多,也该保养身子,捡点着,偷空儿歇歇。你今儿反到逼我的命了。况且,误了别人的年下衣裳无碍,他姊妹们的若误了,却是你的责任。老太太岂不怪你不管闲事,这一句现成的话也不说？我宁可自己陪不是,岂敢带累你呢？"李纨笑道:"你们听听,说的好不好？把他会说话的！我且问你:这诗社你到底管不管？"凤姐儿笑道:"这是什么话？我不入社花几个钱,不成了大观园的反叛了？还想在这里吃饭不成？明儿一早,就到任下马,拜了印,先放下五十两银子给你们慢慢作会社东道,过些日子。我又不会作诗作文,只不过是个俗人罢了。监察也罢、不监察也罢,有了钱了,你们还要撵出我来?”说的众人又都笑起来。凤姐儿道:“过会子我开了楼房,凡有这些东西都叫人搬出来。你们看,若使得,留着使;若少什么,照你们单子我叫人替你们买去就是了。画绢我就裁出来。那图样没有在太太跟前,还在那边珍大爷那里呢。说给你们,别碰钉子去。我打发人取了来,一并叫人连绢交给相公们矾去,如何?”李纨点首笑道:“这难为你。果然这样还罢了。既如此,咱们家去罢。等着他不送了去,再来闹他。”说着,便带了他姊妹就走。凤姐儿道:“这些事,再没两个人。都是宝玉生出来的。”李纨听了,忙回身笑道:“正是为宝玉来,反忘了他。头一社是他误了。我们脸软,你说该怎么罚他?”凤姐想了一想,说道:“没有别的法子,只叫他把你们各人屋子里的地,罚他扫一遍才好。”众人都笑道:“这话不差。”

说着,才要回去,只见一个小丫头扶了赖嬷嬷进来。凤姐儿等忙站起来,笑道:“大娘坐。”又都向他道喜。赖嬷嬷向炕沿上坐了,笑道:“我也喜,主子们也喜。若不是主子们的恩典,我们这喜从何来?昨儿奶奶又打发彩哥儿赏东西,我孙子在大门上朝上磕了头了。”李纨笑道:“多早晚上任去?”赖嬷嬷叹道:“我那里管他们。由他们去罢。前儿在家里给我磕头,我没好话。我说:‘哥哥儿,你别说你是官儿了,横行霸道的。你今年活了三十岁,虽然是人家的奴才,一落娘胎胞,主子的恩典,就放你出来。上托着主子的洪福,下托着你老子娘,也是公子哥儿似的读书认字;也是丫头、老婆、奶子捧凤凰似的长了这么大。你那里知道那“奴才”两字是怎么写的?只知道享福,也不知道你爷爷和你老子受的那苦恼,熬了两三辈子,好容易熬出你这么个东西来。从小儿三灾八难,花的银子也照样打出你这么个银人儿来了。到二十岁上,又蒙主子的恩典,许你蠲个前程在身上。你看那正根正苗的,忍饥挨饿的要多少?你一个奴才秧子,仔细折了福!如今乐了十年,不知怎么弄神弄鬼的,求了主子,又选了出来。州县官儿虽小,事情却大,为那一州的州官,就是那一方的父母。你不安分守己、尽忠报国、孝敬主子,只怕天也不容你。’”李纨、凤姐儿都笑道:“你也多虑!我们看他也就好了。先那几年还进来了两次,这有好几年没来了。年下生日,只见他的名字就罢了。前儿给老太太、太太磕头来,在老太太那院里,见他又穿着新官的服色,到发的威武了,比先时也胖了。他这一得了官,正该你乐呢,反到愁起这些来?他不好,还有他父亲呢。你只受用你的就完了。闲了,坐个轿子,进来和老太太斗一日牌,说一天话儿,谁好意思的委屈了你?家去一般也是楼房厦所,谁不敬你?自然也是老封君似的了。”

平儿斟上茶来,赖嬷嬷忙站起来接了,笑道:“姑娘不管叫那个孩子到来罢了,又折受我。”说着,一面吃茶,一面又道:“奶奶不知道。这些小孩子们全要管的严。饶这么严,他们还偷空儿闹个乱子来,叫大人操心。知道的,说小孩子们淘气;不知道的,人家就要说仗着财势欺人,连主子名声也不好。恨的我没法儿,常把他老子叫来,骂一顿才好些。”因又指宝玉道:“不怕你嫌我,如今老爷不过这么管你一管,老太太护在头里。当日老爷小时挨你爷爷的打,谁没看见的?老爷小时,何曾像你这么天不怕、地不怕的了?还有那大老爷,虽然淘气,也没像你这扎窝子的样儿,也是天天打。还有东府里你珍哥儿的爷爷,那才是火上浇油的性子,说声恼了,什么儿子,竟是审贼!如今我眼里看着,耳朵里听着,那珍大爷管儿子,到也像当日老祖宗的规矩,只是管的到三不着两的。他自己也不管一管自己!这些兄弟、侄儿怎么怨的不怕他?你心里要明白,就喜欢我说这个话;要不明白,嘴里不好意思,心里不知怎么骂我呢。”

正说着,只见赖大家的来了。接着,周瑞家的、张材家的都进来回事情。凤姐儿笑道:“媳妇来接婆婆来了。”赖大家的笑道:“不是接他老人家,到是打听打听,奶奶、姑娘们赏脸不赏脸?”赖嬷嬷听了,笑道:“可是我糊涂了!正经特来说的话且不说,且说陈谷子烂芝麻的混捣熟。因为我们小子选了出来,众亲友要给他贺喜,少不得家里摆个酒。我想摆一日酒,请这个也不是,请那个也不是。又想了一想,托主子洪福,想不到的这样荣耀,就倾了家,我也是愿意的。因此分付他老子连摆三日酒。头一日,在我们破花园子里,摆几席酒,一台戏,请老太太、太太们、奶奶、姑娘们去散一日闷;外头大厅上,一台戏,摆几席酒,请老爷们、爷们去争争光。第二日,再请亲友。第三日,再把我们两府里的伴儿们请一请。热闹三天,也是托着主子的洪福一场,光辉光辉。”李纨、凤姐儿都笑道:“多早晚的日子,我们必去。只怕老太太高兴要去,也定不得。”赖大家的忙道:“择了十四的日子。只看我们奶奶的老脸罢了。”凤姐笑道:“别人不知道,我是一定去的。先说下,我是没有贺礼的,也不知道放赏,吃完了一走,可别笑话。”赖大家的笑道:“奶奶说那里话?奶奶要赏,赏我们三二万银子就有了。”赖嬷嬷笑道:“我才去请老太太,老太太也说去。可算我这脸还好。”说毕,又叮咛了一回,方起身要走。

因看见周瑞家的,便想起一事来,因说道:“可是还有一句话问奶奶,这周嫂子的儿子,犯了什么不是,撵了他不用?”凤姐儿听了,笑道:“正是我要告诉你媳妇,事情多,也忘了。赖嫂子,回去说给你老头子,两府里不许收留他小子,叫他各人去罢。”赖大家的只得答应着。周瑞家的忙跪下央求。赖嬷嬷忙道:“什么事?说给我评评?”凤姐儿道:“前日我生日,里头还没吃酒,他小子先醉了。老娘那边送了礼来,他不说在外头张罗,他到坐着骂人,礼也不送进来。两个女人进来了,他才带着小么们往里抬。小么们到好,他拿的一盒子到失了手,撒了一院子馒头。人去了,打发彩明去说他,他到骂了彩明一顿。这样无法无天的忘八羔子,不撵了作什么!”赖嬷嬷笑道:“我当什么事情!原来为这个!奶奶听我说,他有不是,打他、骂他、使他改过;撵了去,断乎使不得。他又比不得是咱们家的家生子儿,他现是太太的陪房。奶奶只雇撵了他,太太脸上不好看。依我说,奶奶教导他几板子,以戒下次,仍旧留着他才是。不看他娘,也看看太太。”凤姐儿听说,便向赖大家的说道:“既这样,打他四十棍,以后不许他吃酒了。”赖大家的答应了。周瑞家的磕头起来,又要与赖嬷嬷磕头,赖大家的拉着方罢。然后他三人去了。李纨等也就回园中来。

至晚,果然凤姐命人找了许多旧收的画具出来,送至园中。宝钗等选了一回,各色东西可用的,只有一半。将那一半又开了单子,与凤姐儿去照样置买,不必细说。

一日外面矾了绢,起了稿子进来。宝玉每日便在惜春这里帮忙。探春、李纨、迎春、宝钗等也常往那里闲坐。一则观画,二则便于会面。宝钗因见天气凉爽，夜复渐长，遂至母亲房中商议打点些针线来。日间至贾母处、王夫人处定省两次，不免又承欢陪坐闲话半时；园中姊妹处，也要量时闲话一回，故日间不大得闲，每夜灯下女工，必至三更方寝。

黛玉每岁至春分、秋分之后，必犯嗽疾。今岁又遇贾母高兴，多游玩了两次，未免过劳了神。近日又复嗽起来，觉得比往常又重，所以总不出门，只在自己房中将养。有时闷了，又盼个姊妹来，说些闲话排遣；及至宝钗等来望候他，说不得三五句话，又厌烦了。众人都体谅他病中，且素日形体太弱，禁不得一些委屈。所以他接待不周，礼数粗忽，也都不苛责。

这日宝钗来看他，因说起这病症来。宝钗道："这里走的几个太医，虽都还好，只是你吃他们的药，总不见效。不如再请一个高明的人，来瞧一瞧，治好了，岂不好？每年间闹一春一夏，又不老又不小，成什么？不是个常法。"黛玉道："不中用！我知道我这样病是不能好的了。且别说病，只论好的日子，我是怎么形景就可知了。"宝钗点头道："可正是这话！古人说，'食谷者生'。你素日吃的，竟不能添养精神、气血，也不是好事。"黛玉叹道："死生有命，富贵在天，也不是人力可强的。今年比往年反觉又重了些似的。"说话之间，已咳嗽了两三次。宝钗道："昨儿我看你那药方上，人参肉桂觉得太多了。虽说益气补神，也不宜太热。依我说先以平肝健胃为要。肝火一平，不能克土，胃气无病，饮食就可以养人了。每日早起，拿上等燕窝一两，冰糖五钱，用银铫子熬出粥来。若吃惯了，比药还强，最是滋阴补气的。"黛玉叹道："你素日待人，固然是极好的。然我最是个多心的人，只当你心里藏奸。从前日你说看杂书不好，又劝我那些好话，竟大感激你。往日竟是我错了。实在误到如今。细细算来，我母亲去世的早，又无姊妹、兄弟，我长了今年十五岁，竟没一个人像你前日的话教导我。怨不得云丫头说你好，我往日见他赞你，我还不受用。昨儿我亲自经过，才知道了。比如若是你说了那个，我再不轻放过你的，你竟不介意，反劝我那些话。可知我竟自误了。若不是从前日看出来，今日这话，再不对你说。你方才说叫我吃燕窝粥的话，虽然燕窝易得，但只我因身上不好了，每年犯这个病也没什么要紧的去处，请大夫、熬药、人参、肉桂，已经闹了个天翻地覆。这会子我又兴出新文来，熬什么燕窝粥，老太太、太太、凤姐姐这三个人便没话说，那些底下的老婆子、丫头们，未免不嫌我太多事了。你看这里这些人，因见老太太多疼了宝玉和凤丫头两个，他们尚虎视眈眈，背地里言三语四的。何况于我？况我又不是他们这里正经主子，原是无依无靠，投奔了来的，他们已经多嫌着我了。如今我还不知进退，何苦叫他们咒我？”

宝钗道：“这样说，我也是和你一样。”黛玉道：“你如何比我？你又有母亲，又有哥哥；这里又有买卖地土，家里又仍旧有房、有地，你不过是亲戚的情分，白住了这里，一应大小事情，又不沾他们一文半个。要走就走了。我是一无所有，吃、穿、用度，一草一纸，皆是和他们家的姑娘一样。那起小人岂有不多嫌的？”宝钗笑道：“将来也不过多费得一付嫁妆罢了。如今也愁不到这里。”

黛玉听了，不觉红了脸，笑道：“人家才拿你当个正经人，把心里的烦难告诉你听，你反拿我取笑儿。”宝钗笑道：“虽是取笑儿，却也是真话！你放心，我在这里一日，我与你消遣一日。你有什么委屈、烦难，只管告诉我。我能解的，自然替你解一日。我虽有个哥哥，你也是知道的；只有个母亲，比你略强些。咱们也算得同病相怜。你也是个明白人，何必作‘司马牛之叹’？你才说的也是，多一事不如省一事。我明日家去和妈妈说了，只怕我们家里还有，与你送几两。每日叫丫头们就熬了，又便宜，又不惊师动众的。”黛玉忙笑道：“东西事小，难得你多情如此。”宝钗道：“这有什么放在口里的。只愁我人人跟前失于应候罢了。只怕你烦了，我且去罢。”黛玉道：“晚上再来和我说句话儿。”宝钗答应着便去了。不在话下。

这里黛玉喝了两口稀粥，仍歪在床上。不想日未落时，天就变了，淅淅沥沥下起雨来。秋霖脉脉，阴晴不定，那天渐渐的黄昏，且阴的沉黑。兼着那雨滴竹稍，更觉凄凉。知宝钗不能来，便在灯下随便拿了一本书，却是《乐府杂稿》，有《秋闺怨》《别离怨》等词。黛玉不觉心有所感，亦不禁发于章句，遂成《代别离》一首，拟《春江花月夜》

之格,乃名其词曰《秋窗风雨夕》。其词曰:

秋花惨淡秋草黄,耿耿秋灯秋夜长。已觉秋窗秋不尽,那堪风雨助秋凉!助秋风雨来何速,惊破秋窗秋梦绿。抱得秋情不忍眠,自向秋屏移泪烛。泪烛摇摇爇短檠,牵愁照恨动离情。谁家秋院无风入,何处秋窗无雨声!罗衾不奈秋风力,残漏声催秋雨急。连宵脉脉复飕飕,灯前似伴离人泣。寒烟小院转萧条,疏竹虚窗时滴沥。不知风雨几时休?已教泪洒窗纱湿。

吟罢搁笔,方要安寝,丫嬛报说:"宝二爷来了。"一语未完,只见宝玉头上带着大斗笠,身上披着蓑衣。黛玉不觉笑了:"那里来的渔翁?"宝玉忙问:"今儿好些?吃了药没有?今儿一日吃了多少饭?"一面说,一面摘了笠、脱了蓑衣,忙一手举起灯来,用手遮住灯光,向黛玉脸上照了一照,觑着眼细瞧了一瞧,笑道:"今儿气色好了些。"

黛玉看脱了蓑衣,里面只穿半旧红绫短袄,系着绿汗巾子,膝上露出绿绸撒花裤子,底下是掐金满绣的绵纱袜子,靸著蝴蝶落花鞋。黛玉问道:"上头怕雨,底下这鞋、袜子是不怕雨的?也到干净。"宝玉笑道:"我这一套是全的。有一双棠木屐。才穿了来,脱在廊檐上了。"黛玉又看那蓑衣、斗笠,不是寻常市上卖的,十分细致轻巧。因说道:"是什么草编的?怪道穿上不像那刺猬似的。"宝玉道:"这三样都是北静王送的。他闲了,下雨时,在家里也是这样。你喜欢这个,我也弄一套来送你。别的都罢了。惟有这斗笠有趣,竟是活的。头上的这顶儿是活的,冬天下雪,带上帽子,就把竹信子抽了,去下顶子来,只剩了这圈子。下雪时,男女都带得。我送你一顶,冬天下雪带。"黛玉笑道:"我不要他。带上那个就成了画儿上画的和戏上扮的渔婆儿了。"及说了出来,方想起话未忖度,与方才说宝玉的话相连。后悔不及,羞的脸飞红,便伏在桌子上嗽个不住。

宝玉却不留心。因见案上有诗,遂拿起来,看了一遍。又不禁叫好。黛玉听了,忙起来,夺在手内,向灯上烧了。宝玉笑道:"我已背熟了。烧也无碍。"黛玉道:"我也好了许多,谢你一天来几次瞧我。下雨还来。这会子夜深了,我也要歇着。你且请回去。明儿再来。"宝玉听说,回手向怀中掏出一个核桃大小的一个金表来,瞧了一瞧,那针已指到戌末亥初之间，忙又揣了，说道：“原该歇了。又闹的你劳了半日神。”说着，披蓑带笠出去了。又番身进来问道：“你想什么吃？告诉我。我明儿一早回老太太，岂不比老婆子们说的明白。”黛玉笑道：“等我夜里想着了，明儿早起告诉你。你听，雨越发紧了，快去罢！可有人跟着没有？”有两个婆子答应：“有人！外面拿着伞，点着灯笼呢。”黛玉笑道：“这个天，点灯笼？”宝玉道：“不相干，是明瓦的，不怕雨。”黛玉听说，回手向书架上，把个玻璃绣球灯拿了下来，命点一支小蜡来，递与宝玉道：“这个又比那个亮。正是雨地里点的。”宝玉道：“我也有这么一个。怕他们失脚滑到了，打破了，所以没点来。”黛玉道：“跌了灯值钱，跌了人值钱？你又穿不惯木屐子。那灯笼命他们前头照着，这个又轻巧、又亮，原是雨地里自己拿着的。你自己手里拿着这个，岂不好？明儿再送来。就是失了手，也很有限的。怎么忽然又变出这个‘剖腹藏珠’的脾气来。”宝玉听说，连忙接了过来。前头两个婆子打着伞，提着明瓦灯；后头还有两个小丫嬛打着伞，宝玉便将这个灯递与一个小丫头捧着，宝玉扶着他的肩，一径去了。

就有蘅芜苑的一个婆子，也打着伞，提着灯，送了一大包上等燕窝来，还有一包子洁粉梅片雪花洋糖，说：“这比买的强。姑娘说了，‘姑娘先吃着，吃完了再送了来’。”黛玉道：“回去说费心。”命他外头坐坐吃茶。婆子笑道：“不吃茶了。我还有事呢。”黛玉笑道：“我也知道你们忙。如今天又凉，夜又长，越发该会个夜局儿，痛赌两场子了。”婆子笑道：“不瞒姑娘说，今年我就大沾了光儿了，横竖每夜各处有几个上夜的人，误了更也是不好；不如会个夜局，又坐了更，又解闷儿。今儿又是我的头家。如今园门关了，就该上场了。”黛玉听说，笑道：“难为你，误了你发财，冒雨送来。”命人给他几百钱，打些酒吃，避避雨气。那婆子笑道：“又破费姑娘赏酒吃。”说着，磕了一个头，外面接了钱，打伞去了。

紫鹃收起燕窝，然后移灯、下帘，伏侍黛玉睡下。黛玉自在枕上感念宝钗。一时又羡他有母兄，一面又想宝玉虽素习和睦，终有嫌疑，又听见窗外竹稍蕉叶之上，雨声淅沥，清寒透幕。不觉又滴下泪来，直到四更将阑，方渐渐的睡了。暂且无话。要知端的。

第四十六回　尴尬人难免尴尬事　鸳鸯女誓绝鸳鸯偶

话说林黛玉直到四更将阑，方渐渐的睡去，暂且无话。

如今且说凤姐儿因见邢夫人叫他，不知何事，忙另穿带了一番，坐车过来。邢夫人将房内人遣出，悄向凤姐儿道："叫你来，不为别事。有一件为难的事：老爷托我，我不得主意，先和你商议。老爷因看上了老太太使的鸳鸯，要他在房里，叫我和老太太讨去。我想这倒平常有的事，只是怕老太太不给，你可有法子？"凤姐儿听了，忙道："依我说，竟别碰这个钉子去。老太太离了鸳鸯，饭也吃不下去的，那里就舍得了？况且平日说起闲话来，老太太常说，'老爷如今上了年纪，作什么左一个小老婆，右一个小老婆，放在屋里，没的耽误了人家。放着身子不保养，官儿也不好生作去，成日家和小老婆喝酒。'太太听这话，很喜欢老爷呢？这会子回避还恐回避不及，到拿草棍儿戳老虎的鼻子眼儿去了？太太别恼，我是不敢去的。明放着不中用，而且反招出没意思来。老爷如今上了年纪，行事不妥，太太该劝才是。比不得年轻，作这些事无碍；如今兄弟、侄儿、儿子、孙子一大群，还这么闹起来，怎样见人呢？"

邢夫人冷笑道："大家子三房四妾的也多，偏咱们就使不得？我劝了，也未必依。就是老太太心爱的丫头，这么胡子苍白了，又作了官的一个大儿子，要了作房里人，也未必好驳回的。我叫了你来，不过商议商议，你先派上我一篇不是。也有叫你要去的理？自然是我说去。你到说我不劝。你还不知道那性子的？劝不成，先和我恼了。"

凤姐儿知道邢夫人禀性愚犟，只知承顺贾赦以自保；次则婪取财货为自得。家下一应大小事务，俱由贾赦摆布。凡出入银钱事务，一经他手，便啬克异常，以贾赦浪费为名，"须得我就中俭省，方可偿补"。儿女、奴仆，一人不靠，一言不听的。如今又听邢夫人如此的话，便知他又弄左性子，劝了不中用，连忙陪笑说道："太太这话说的极是。我能活了多大，知道什么轻重？想来父母跟前，别说一个丫头，就是那么大的活宝贝，不给老爷给谁？背地里的话，那里信得。我竟是个呆子。琏二爷或有日得了不是，老爷、太太恨的那样，恨不得立刻拿来，一下子打死；及至见了面，也罢了。依旧拿着老爷、太太心爱的东西赏他。如今老太太待老爷，自然也是那样了。依我说，老太太今儿喜欢，要讨，今儿就讨去。我先过去哄着老太太发笑，等太太过去了，我搭赸着走开，把屋子里的人我也带开。太太好和老太太说的。给了，更好；不给，也没妨碍。众人也不知道。"

邢夫人见他这般说，便又喜欢起来。又告诉他道："我的主意，先不和老太太要。老太太要说不给，这事便作死了。我心里想着，先悄悄的和鸳鸯说。他虽害臊，我细细的告诉了他，他自然不言语，就妥了。那时再和老太太说。老太太虽不依，搁不住他愿意。常言'人去不中留'，自然这就妥了。"凤姐儿笑道："到底是太太有智谋，这是千妥万妥的。别说是鸳鸯，凭他是谁，那一个不想巴高望上、不想出头的？这半个主子不做，倒愿意做个丫头，将来配个小子就完了？"邢夫人笑道："正是这个话了。别说鸳鸯，就是那些执事的大丫头，谁不愿意这样呢？你先过去，别露一点风声，我吃了晚饭就过来。"

凤姐儿暗想："鸳鸯素习是个可恶的，虽如此说，保不严他就愿意。我先过去了，太太后过去，若他依了，便没话说；倘或不依，太太是多疑的人，只怕就疑我走了风声，使他拿腔作势的。那时太太又见应了我的话，羞恼变成怒，拿我出起气来，到没意思。不如同着一齐过去了，他依也罢，不依也罢，就疑不到我身上了。"想毕，因笑道："方才临来的时候，舅母那边送了两笼子鹌鹑，我分付他们炸了，原要赶太太晚饭上送过来的。我才进大门时，见小子们抬车，说：'太太的车拔了缝，拿去收拾去了。'不如这会子坐了我的车，一齐过去到好。"邢夫人听了，便命人来换衣服。凤姐忙着伏侍了一回，娘儿两个坐车过来。

凤姐儿又说道："太太过老太太那里去，我若跟了去，老太太若问起我过去作什么的,到不好。不如太太先去,我脱了衣裳再来。”邢夫人听了有理,便自往贾母处,和贾母说了一回闲话。便出来,假托往王夫人房里去,从后门出去,打鸳鸯的卧房前过。只见鸳鸯正然坐在那里做针线,见了邢夫人,忙站起来。邢夫人笑道:“做什么呢?我瞧瞧!你扎的花儿越发好了。”一面说,一面便接他手内的针线,瞧了一瞧,只管赞好;放下针线,又浑身打量他。只见他穿着半新的藕合色的绫子袄儿,青缎子掐牙子背心,下面水绿裙子;蜂腰削背,鸭蛋脸面,乌油头发,高高的鼻子,两边腮上,微微的几点雀斑。

鸳鸯见这般看他,自己到不好意思起来。心里便觉咤异。因笑问道:“太太这回子不早不晚的过来做什么?”邢夫人使个眼色儿,跟的人退出去。邢夫人便坐下,拉着鸳鸯的手笑道:“我特来给你道喜来了。”鸳鸯听了,心中已猜着三分,不觉脸红,低了头,不发一言。听邢夫人道:“你知道,你老爷跟前,竟没有个可靠的人。心里再要买一个,又怕那些人牙子家出来的不干不净,也不知道毛病儿。买了来家,三日两日,又要肏鬼吊猴的。因满府里要挑一个家生女儿收了,又没个好的。不是模样儿不好,就是性子不好;有了这个好处,没了那个好处。因此冷眼选了半年,这些女孩子里头就只你是个尖儿。模样儿、行事作人,温柔可靠,一概是齐全的。意思要和老太太讨了你去,收在屋里。你比不得外头新买的,你这一进去了,进门就开了脸,就封你姨娘。又体面,又尊贵。你又是个要强的人。俗语说的:‘金子终得金子换。’谁知竟被老爷看重了你!如今这一来,你可遂了素日志大心高的愿了,也堵一堵那些嫌你的人的嘴。跟了我回老太太去。”说着,拉了他的手就要走。鸳鸯红了脸,夺手不行。

邢夫人知他害臊,因又说道:“这有什么臊处,你又不用说话,只跟着我就是了。”鸳鸯只低了头,不动身。邢夫人见他这般,便又说道:“难道你不愿意不成?若果然不愿意,可真是个傻丫头了。放着主子奶奶不作,到愿意作丫头?三年二年,不过配上一个小子,还是奴才。你跟了我们去,你知道我的性子又好,又不是那不容人的人。老爷待你们又好,过一年半载,生下个一男半女,你就和我并肩了。家里人你要使唤谁,谁还不动?现成主子不做去,错过这个机会,后悔就迟了。”鸳鸯只管低了头,仍是不语。邢夫人又道:“你这么个响快人,怎么又这样积粘起来?有什么不称心之处,只管说与我,我管你遂心如意就是了。”鸳鸯仍不语。邢夫人又笑道:“想必你有老子娘,你自己不肯说话,怕臊。你等他们问你。这也是理。让我问他们去,叫他们来问你,有话只管告诉他们。”说毕,便往凤姐儿房中来。

凤姐儿早换了衣服,因房内无人,便将此话告诉了平儿。平儿也摇头,笑道:“据我看,此事未必妥当。平常我们背着人说起话来,听他那主意,未必是肯的。也只说着瞧罢了。”凤姐儿道:“太太必来这屋里商议。依了,还可;若不依,白讨个臊。当着你们,岂不脸上不好看?你说给他们,炸鹌鹑,再有什么配几样,预备吃饭。你且别处逛逛去。估量着去了,再来。”平儿听说,照样传给婆子们,便逍遥自在的往园子里来。

这里鸳鸯见邢夫人去了,必在凤姐儿房里商议去了,必定有人来问他的,不如躲了这里。因找了琥珀说道:“老太太要问我,只说我病了,没吃早饭。往园子里逛逛就来。”琥珀答应了。鸳鸯也往园子里来,各处游玩。不想正遇见平儿。平儿因见无人,便笑道:“新姨娘来了。”鸳鸯听了,便红了脸,说道:“怪道你们串通一气来算计我,等着我和你主子闹去就是了。”平儿听了,自悔失言,便拉他到枫树底下,坐在一块石上,越性把方才凤姐过去、回来所有的形景、言词,始末、原由,告诉于他。鸳鸯红了脸,向平儿冷笑道:“这是咱们好,比如袭人、琥珀、素云、紫娟、彩霞、玉钏儿、麝月、翠墨、跟了史姑娘去的翠缕、死了的可人和金钏、去了的茜雪,连上你、我,这十来个人,从小儿什么话儿不说,什么事儿不作?这如今,因都大了,各自干各自的去了。然我心里仍是照旧。有话、有事,并不瞒你们。这话我且放在你心里,且别和二奶奶说。别说大老爷要我做小老婆,就是太太这会子死了,他三媒六聘的娶我去作大老婆,我也不能去。”

平儿方欲答话,只听山石背后哈哈的笑道:“好个没脸的丫头,亏你不怕牙碜。”二人听了,不免吃了一惊,忙起身向山子石背后找寻,不是别个,却是袭人笑着走了出来,问:“什么事情?告诉我!”说着,三人坐在石上,平儿又把方才的话说与袭人听。袭人道:“真真这话论理不该我们说。这个大老爷太好色了。略平头正脸的,他就不放手了。”

平儿道:“你既不愿意,我教你个法子,不用费事就完了。”鸳鸯道:“什么法子?你说来我听。”平儿笑道:“你只和老太太说,就说已经给了琏二爷了。大老爷就不好要了。”鸳鸯啐道:“什么东西!你还说呢!前儿你主子不是这么混说的?谁知应到今儿了。”袭人笑道:“他们两个都不愿意,我就和老太太说,叫老太太说把你已经许了宝玉了。大老爷也就死了心了。”鸳鸯又是气,又是臊,又是急,因骂道:“两个蹄子,不得好死的!人家有为难的事,拿着你们当正经人,告诉你们,与我排解排解。你们到替换着取笑儿。你们自为都有了结果了,将来都是做姨娘的?据我看,天下的事,未必都遂心如意。你们且收着些儿,别特乐过了头儿。”

二人见他急了,忙陪笑央告道:“好姐姐!别多心!咱们从小儿都是亲姊妹一般,不过无人处偶然取个笑儿。你的主意告诉我们知道,也好放心。”鸳鸯道:“什么主意?我只不去就完了。”平儿摇头道:“你不去未必得干休!大老爷的性子,你是知道的。虽然你是老太太房里的人,此刻不敢把你怎么样。将来难道你跟老太太一辈子不成?也要出去的那时,落了他的手,到不好了。”鸳鸯冷笑道:“老太太在一日,我一日不离这里。若是老太太归西去了,他横竖还有三年的孝呢。没个娘才死了,他先放小老婆的。等过三年,知道又是怎么个光景。那时再说。总到了至急为难,我剪了头发作姑子去;不然,还有一死。一辈子不嫁男人,又怎么样?乐得干净呢!”平儿、袭人笑道:“真这蹄子没了脸,越发信着嘴儿都说出来了。”鸳鸯道:“事到如此,臊一会怎么样?你们不信,慢慢的看着就是了。太太才说了,找我老子娘去。我看他南京找去!”平儿道:“你的父母都在南京看房子,没上来。终久也寻的着。现在还有你哥哥、嫂子在这里。可惜你是这里的家生女儿,不如我们两个人是单在这里。”鸳鸯道:“家生女儿怎么样?‘牛不吃水强按头?’我不愿意,难道杀我的老子娘不成?”

正说着,只见他嫂子从那边走来。袭人道:“你瞧,大概是此时找不着你的爹娘，一定和你嫂子说了来了。”鸳鸯道：“这个娼妇，专管是个九国贩骆驼的。听了这话，他有个不奉承去的？”说话之间，已来到跟前。他嫂子笑道：“那里没找到？姑娘跑了这里来。你跟了我来，我和你说话。”平儿、袭人都忙让他坐着。他嫂子说：“姑娘们请坐。我找我们姑娘说句话。”袭人、平儿都装不知道，笑道：“什么话这样忙？我们这里猜谜儿，赢手刮子打呢。等猜了这一个再去。”鸳鸯道：“什么话？你说罢！”他嫂子笑道：“你跟我来，到那里我告诉你。横竖有好话儿。”鸳鸯道：“可是大太太和你说的那话？”他嫂子笑道：“姑娘既知道，还奈何我！快来，我细细的告诉你，可是天大的喜事。”鸳鸯听说，立起身来，照他嫂子脸上下死劲啐了一口，指着他骂道：“你快夹着你那毴嘴离了这里，好多着呢！什么‘好话’！宋徽宗的鹰，赵子昂的马，都是好画儿；什么‘喜事’，状元痘儿灌的浆儿又足，是喜事。怪道成日家羡慕人家女儿作了小老婆，一家子都仗着他横行霸道的，一家子都成了小老婆了。看的眼热了，也把我送在火坑里去。我若得脸呢，你们在外头横行霸道，自己就封自己是舅爷了；我若不得脸，败了时，你们把忘八脖子一缩，生死由我。”一面说，一面哭。平儿、袭人拦着劝。

他嫂子脸上下不来，因说道：“愿意不愿意，你也好说，不犯着牵三挂四的。俗语说，‘当着矮人，别说短话’。姑奶奶骂我，我不敢还言；这二位姑娘并没惹着你，小老婆长、小老婆短，人家脸上怎么过得去！”袭人、平儿忙道：“你到别这么说。他也并不是说我们。你到别牵三挂四的。你听见那位太太、太爷们封了我们做小老婆了？况且，我们两个也没有爹娘、哥哥、兄弟在这门子里，仗着我们横行霸道的。他骂的人自有他骂的，我们犯不着多心。”鸳鸯道：“他见我骂了他，他臊了，没的盖脸，又拿话挑唆你们两个。幸亏你们两个明白，原是我急了，也没分别出来。他就挑出这个空儿来。”他嫂子自觉没趣，赌气去了。鸳鸯气得还骂。平儿、袭人劝他一回，方才罢了。

平儿因问袭人道：“你在那里藏着做甚么的？我们竟没看见你。”袭人道：“我因为往四姑娘房里瞧我们宝二爷去的，谁知去迟了一步，说是来家里来了。我疑惑怎么不遇见呢？想要往林姑娘家里找去,又遇见他的人说也没去,我这里正疑惑是出园子去了。可巧你从那里来了,我一闪,你也没看见;后来他又来了,我从这树后头走到山子石后,我却见你两个说话来了。谁知你们四个眼睛全没见我。”

一语未了,又听身后笑道:“四个眼睛没见你,你们六个眼睛竟没有瞧见我?”三人唬了一跳,回身一看,不是别个,正是宝玉走来。袭人先笑道:“叫我好找!你往那里去来?”宝玉笑道:“我从四妹妹那里出来,迎头看见你来了。我就知道是找我来了。我就藏起来要哄你,看你低着头过去了。进了院子就出来了。逢人就问,我在那里好笑。只等你到了跟前唬你一跳的。后来见你也藏藏躲躲的,我就知道也是要哄人了。我探头往前看了一看,却是他两个。所以我就绕到你身后,你出去,我就躲在你躲的那里了。”平儿笑道:“咱们再往后找找去,只怕还找出两个人来,也未可知。”宝玉笑道:“这可再没了。”鸳鸯已知话俱被宝玉听了,只伏在石头上妆睡。宝玉推他笑道:“这石头上冷,咱们回房里去睡,岂不好?”说着,拉起鸳鸯来,又忙让平儿来家坐,吃茶。平儿和袭人都劝鸳鸯走,鸳鸯方立起身来,四人竟往怡红院来。宝玉将方才的话俱已听见,心中自然不快,只默默的歪在床上,任他三人在外间说笑。

那边邢夫人因问凤姐儿鸳鸯的父母,凤姐因回说:“他爹的名字叫金彩,两口子都在南京看房子,从不大上京。他哥哥名叫金文翔,现在是老太太那边的买办。他嫂子也是老太太那边浆洗的头儿。邢夫人便令人叫了他嫂子金文翔媳妇来,细细说与他。金家媳妇自是喜欢,兴兴头头找鸳鸯,只望一说必妥。不想被鸳鸯抢白一顿,又被袭人、平儿说了几句,羞恼回来,便对邢夫人说:“不中用。他到骂了我一场。”因凤姐儿在傍,不敢提平儿,说了“袭人也帮着他抢白我,也说了许多不知好歹的话,回不得主子的。太太和老爷商议,再买罢。谅那小蹄子也没有这么大福。我们也没有这么大造化。”邢夫人听了,因说道:“又与袭人什么相干?他们如何知道的?”又问:“还有谁在跟前?”金家的道:“还有平姑娘。”凤姐儿忙道:“你不该拿嘴巴子打他回来!我一出了门,他就逛去了,回家来连一个影儿也摸不着他。他必定也帮着说什么呢!”金家的道:“平姑娘没在跟前,远远的看着到像是他，可也不真切。不过是我白忖度。”凤姐便命人：“去！快打了他来。告诉他我来家了，太太也在这里，请他来帮个忙儿。”丰儿忙上来回道：“林姑娘打发了人下‘请’字，请了三四次，他才去了。奶奶一进门我就叫他去的。林姑娘说，‘告诉你奶奶，我烦他有事呢。’”凤姐儿听了方罢，故意的还说：“天天烦他，有些什么事？”

邢夫人无计，吃了饭回家，晚间告诉了贾赦。贾赦想了一想，即刻叫贾琏来说：“南京的房子还有人看着，不止一家，即刻叫上金彩来。”贾琏回道：“上次南京信来，金彩已经得了痰迷心壳。那边连棺材银子都赏了，不知如今是死是活。便是活着，人事不知，叫来也无用。他老婆子又是个聋子。”贾赦听了，喝了一声，又骂，“下流囚攮的！偏你这么知道！还不离了我这里。”唬得贾琏退出。一时，又叫传金文翔。贾琏在外书房伺候着，又不敢家去，又不敢见他父亲，只得听着。一时金文翔来了，小么儿们直带入二门里去。隔了五六顿饭的工夫，才出来去了。贾琏暂且不敢打听。隔了一会，又打听贾赦睡了，方才过来。至晚间，凤姐儿告诉他，方才明白。

鸳鸯一夜没睡。至次日，他哥哥回贾母，接他家去逛逛。贾母允了，命他出去。鸳鸯意欲不去，又怕贾母疑心，只得勉强出来。他哥哥只得将贾赦的话说与他，又许他怎么体面，又怎么当家作姨娘。鸳鸯只咬定牙不愿意。他哥哥无法，少不得去回覆了贾赦。贾赦怒起来，因说道：“我这话告诉你，叫你女人向他说去。就说我的话，‘自古嫦娥爱少年’。他必定嫌我老了，大约他恋着少爷们，多半是看上了宝玉，只怕也有贾琏。果有此心，叫他早早歇了心。我要他不来，此后谁还敢收？此是一件；第二件，想着老太太疼他，将来自然往外聘，作正头夫妻去。叫他细想，凭他嫁到谁家去，也难出我的手心。除非他死了，或是终身不嫁男人，我就伏了他。若不然时，叫他趁早回心转意，有多少好处。”贾赦说一句，金文翔应一声“是”。贾赦道：“你别哄我，我明儿还打发你太太过去问鸳鸯。你们说了，他不依便没你们的不是；若问他，他再依了，仔细你的脑袋。”金文翔忙应了又应，退出回家，也不等得告诉他女人转说，竟自己对面说了这些话。

把个鸳鸯气的无话可回,想了一想,便说道:“便愿意去,也须得你们带了我回声老太太去。”他哥嫂听了,只当回想过来,都喜之不胜。他嫂子即刻带了他上来见贾母。

可巧王夫人、薛姨妈、李纨、凤姐儿、宝钗等姊妹,并外头的几个执事有头脸的媳妇,都在贾母跟前凑趣儿呢。鸳鸯喜之不尽,拉了他嫂子,到贾母跟前跪下。一行哭,一行说。把邢夫人怎么来说,园子里他嫂子又如何说,今儿他哥哥又如何说,“因为不依,方才大老爷越性说我恋着宝玉,不然要等着往外聘。我到天上,这一辈子也跳不出他的手心去,终久要报仇。我是横了心的,当着众人在这里,我这一辈子,莫说是‘宝玉’,便是‘宝金’‘宝银’‘宝天王’‘宝皇帝’,我横竖不嫁人就完了。就是老太太逼着我,我一刀抹死了,也不能从命。若有造化,我死在老太太之先;若没造化,是该讨吃的命,伏侍老太太归了西,我也不跟着我老子娘、哥哥去,我或是寻死,或是铰了头发当尼姑去。若说我不是真心,暂且拿话来支吾,日后再图别的,天地鬼神、日头月亮照着嗓子,从嗓子里头长疔,烂了出来,烂化成酱在这里!”

原来他一进来时,便袖了一把剪子。一面说着,一面左手打开头发,右手便铰。众婆娘、丫嬛忙来拉住,已剪下半绺来了。众人看时,幸而他的头发极多,铰的不透,连忙替他挽上。

贾母听了,气的浑身乱战,口内只说:“我通共剩了这么一个可靠的人,他们还要来算计。”因见王夫人在傍,便向王夫人道:“你们原来都是哄我的!外头孝敬,暗地里盘算我。有好东西,也来要;有好人,也要。剩了这么个毛丫头,见我待他好了,你们自然气不过,弄开了他,好摆弄我!”王夫人忙站起来,不敢还一言。薛姨妈见连王夫人怪上,反不好劝的了。李纨一听见鸳鸯的话,早带了姊妹们出去。探春是有心的人,想王夫人虽有委曲,如何敢辩?薛姨妈也是亲姊妹,自然也不好辩的。宝钗也不便为姨母辩。李纨、凤姐、宝玉,一概不敢辩。这正用着女孩儿之时,迎春老实,惜春小,因此窗外听了一听,便走进来,陪笑向贾母道:“这事与太太什么相干!老太太想一想,也有大伯子要收屋里的人,小婶儿如何知道?便知道也推不知道。”犹未说完,贾母笑道:“可是我老糊涂了。姨太太别笑话我。你这个姐姐,他极孝顺我,不像我那大太太,一味怕老爷。婆婆跟前不过应景儿。可是委屈了他。”薛姨妈只答应“是”,又说:“老太太偏心,多疼小儿子媳妇,也是有的。”贾母道:“不是偏心。”因又说道:“宝玉,我错怪了你娘,你怎么也不提我!看着你娘受委屈。”宝玉笑道:“我偏着娘,说大爷、大娘不成?通共一个不是,我娘在这里不认,却推谁去?我到要认是我的不是,老太太又不信。”贾母笑道:“这也有理。你快给你娘跪下,你说太太别委屈了。老太太有年纪了,看着宝玉罢。”宝玉听了,忙走过去,便跪下要说,王夫人忙笑着拉他起来,说:“快起来!快起来!断乎使不得!终不成你替老太太给我赔不是不成?”宝玉听说,忙站起来。贾母又笑道:“凤姐儿也不提我。”凤姐儿笑道:“我到不派老太太的不是,老太太到寻上我了。”贾母听了,与众人都笑道:“这又奇了!到要听听这不是。”凤姐儿道:“谁教老太太会调理人,调理的水葱儿似的。怎么怨得人要?我幸亏是孙子媳妇,若是孙子,我早要了,还等到这会子呢!”贾母笑道:“这到是我的不是了。”凤姐儿笑道:“自然是老太太的不是了。”贾母笑道:“这样,我也不要了。你带了去罢。”凤姐儿道:“等着修了这辈子,来生托生男人,我再要罢。”贾母笑道:“你带了去,给琏儿放在屋里。看你那没脸的公公还要不要了。”凤姐儿道:“琏儿不配。就只配我和平儿这一对烧胡了的卷子和他混罢。”说的众人都笑起来了。丫嬛回说:“大太太来了!”王夫人忙迎了出去。要知端的。

第四十七回　呆霸王调情遭苦打　冷郎君惧祸走他乡

话说王夫人听见邢夫人来了,连忙迎了出去。邢夫人犹不知贾母已知鸳鸯之事,正还要来打听信息。进了院门,早有几个婆子悄悄的回了他,他方知道。待要回去,里面已经知道是来了,又见王夫人接了出来,少不得进来。先与贾母请安,见贾母一声儿不言语,自己也觉得愧悔。凤姐儿早指一事回避了。鸳鸯也自回房去生气。薛姨妈、王夫人等恐碍着邢夫人的脸面也都渐渐的退了。邢夫人且不敢出去。

贾母见无人,方说道:"我听见你替你老爷说媒来了。你到也三从四德,只是这贤慧也太过了!你们如今也是孙子、儿子满眼了,你还怕他?劝两句都使不得?还由着你老爷性儿闹!"邢夫人满面通红,回道:"我劝过几次不依,老太太还有什么不知道呢,我也是不得已儿。"贾母道:"他逼着你杀人,你也杀去?如今你也想想,你兄弟媳妇本来老实,又生得多病多痛,上上下下,那不是他操心?你一个媳妇虽然帮着,也是天天丢下笆儿弄扫帚;凡百事情,我如今都自己减了。他们两个就有一些不到的去处,有鸳鸯。那孩子还心细些,我的事情他还想着一点子,该要去的,他就要了来;该添什么的,他就瞅空儿告诉他们添了。鸳鸯再不这样,他娘儿两个,里头、外头,大的、小的,那里不忽略一件半件?我如今反到自己操心去不成?还是天天盘算和你们要东西去?我这屋里有的没的,剩了他一个年纪也大些,我凡百的脾气性格儿,他还知道些;二则他还投主子们的缘法,也并不指着我和这位太太要衣裳去,又和那位奶奶要银子去。所以,这几年,一应事情,他说什么,从你小婶儿和你媳妇起,以至家下大大小小,没有不信的。所以不但我得靠,连你小婶儿、媳妇也都省心。我有了这么个人,便是媳妇和孙子媳妇有想不到的,我也不得缺了,也没气可生了。这会子要他去,你们弄个什么人来我使?你们就弄他那么一个珍珠的人来,不会说话也无用。我正要打发人和你老爷说去,他要什么人,我这里有钱,叫他只管一万八千的买。就只这个丫头不能,留下他伏侍我几年,就比他日夜伏侍我,尽了孝的一般。你来的也巧,你就去说,更妥当了。”

说毕,命人来:“请了姨太太、你姑娘们来说个话儿,才高兴,怎么又都散了。”丫头们忙答应着去了。众人忙赶的又来,只有薛姨妈向丫嬛道:“我才来了,又作什么去呢!你就说我睡了觉了。”那丫头道:“好亲亲的姨太太,姨祖宗!我们老太太生气呢。你老人家不去,没个开交了。只当疼我们罢。你老人家嫌乏,我背了你老人家去。”薛姨妈道:“小鬼头儿,你怕些什么?不过骂几句完了。”说着,只得和这小丫头子走来。贾母忙让坐,又笑道:“咱们斗牌呀!姨太太的牌也生,咱们一处坐着,别叫凤姐儿混了我们去。”薛姨妈笑道:“正是呢。老太太替我看着些儿。就是咱们娘儿四个斗呢,还是再添那个呢?”王夫人笑道:“可不只四个。”凤姐儿道:“再添一个人热闹些。”贾母道:“叫鸳鸯来!叫他在这下手里坐着。姨太太眼花了,咱们两个的牌都叫他瞧着些儿。”凤姐儿叹了一声,向探春道:“你们白知书识字的,到不会算命。”探春道:“这又奇了!这会子你到不打点精神,赢老太太几个钱,又想算命!”凤姐儿道:“我正要算算命。今儿该输多少呢?我还想赢呢!你瞧瞧场子没上,左右都埋伏下了。”说的贾母、薛姨妈都笑起来。

一时鸳鸯来了,便坐在贾母下手。鸳鸯之下便是凤姐儿。铺下红毡,洗牌告么,五人起牌。斗了一回,鸳鸯见贾母的牌已十严,只等一张二饼,便递了暗号与凤姐儿。凤姐儿正该发牌,便故意踌躇了半响,笑道:“我这一张牌,定在姨妈手里扣着呢。我若不发这一张,再顶不下来的。”薛姨妈道:“我手里并没有你的牌。”凤姐儿道:“我回来是要察的。”薛姨妈道:“你只管察,你且发下来,我瞧瞧是张什么?”凤姐儿便送在薛姨妈跟前,薛姨妈一看是个二饼,便笑道:“我倒不稀罕他,只怕老太太满了。”凤姐儿听了,忙笑道:“我发错了。”贾母笑的已掷下牌来,说:“你敢拿回去!谁叫你错的?不成!”凤姐儿道:“可是我要算一算命呢。这是自己发的,也怨别人。”贾母笑道："可是呢。你自己该打着你那嘴，问着你自己才是。"又向薛姨妈笑道："我不是小器爱赢钱，原是个彩头儿。"薛姨妈笑道："可不是这样，那里有那样糊涂人，说老太太爱钱呢？"凤姐儿正数着钱，听了这话，忙又把钱穿上了，向众人笑道："彀了我的了。竟不为赢钱，单为赢彩头儿。我到底小器，输了就数钱。快收起来罢。"贾母规矩是鸳鸯代洗牌，因和薛姨妈说笑，不见鸳鸯动手。贾母道："你怎么恼了连牌也不替我洗？"鸳鸯拿起牌来，笑道："二奶奶不给钱。"贾母道："他不给钱，那是他交运了。"便命小丫头子把他那一吊钱都拿过来。小丫头子真就拿了搁在贾母傍边。凤姐儿笑道："赏我罢！我照数儿给就是了。"薛姨妈笑道："果然是凤丫头小器，不过是顽儿罢了。"凤姐听说，便站起来，拉着薛姨妈，回头指着贾母素日放钱的一个木匣子，笑道："姨妈瞧瞧！那个里头不知顽了我多少去了。这一吊钱，顽不了半个时辰，那里头的钱就招手儿叫他了。只等把这一吊也叫进去了，牌也不用斗了，老祖宗的气也平了。又有正经事差我办去了。"话说未完，引的贾母众人笑个不住。偏有平儿怕钱不彀，又送了一吊来。凤姐儿道："不用放在我跟前，也放在老太太的那一处罢。一齐叫进去，到省事，不用做两次开箱子装钱，费事。"贾母笑的手里的牌撒了一桌子，推着鸳鸯叫："快撕他的嘴。"

平儿依言放下钱，也笑了一回，方回来。至院门前遇见贾琏问他："太太在那里呢？老爷叫我请过去呢。"平儿忙笑道："在老太太跟前呢。站了这半日，还没动呢。趁早儿丢开手罢。老太太生了半日气，这会子亏二奶奶凑了半日趣儿，才略好了些。"贾琏道："我过去只说讨老太太的示下，十四往赖大家去不去，好预备轿子的。又请了太太，又凑了趣儿，岂不好？"平儿笑道："依我说，你竟不去罢！合家子连太太、宝玉都有了不是，这会子你又填限去了。"贾琏道："已经完了，难道还找补不成？况且与我又无干；二则老爷亲自分付我请太太的，这会子我打发了人去，倘或知道了，正没好气呢。指着这个拿我出气罢。"说着就走。平儿见他说得有理，也便跟了过来。贾琏到了堂屋里，便把脚步放轻了，往里间探头。只见邢夫人站在那里，凤姐儿眼尖，先瞧见了，使眼色儿不教他进来；又使眼色与邢夫人。

邢夫人不便就走,只得倒了一碗茶来,放在贾母跟前。贾母一回身,贾琏不防,便没躲伶俐。贾母便问:“外头是谁?到像个小子一伸头儿。”凤姐儿忙起身说:“我也恍惚看见一个人影儿,让我瞧瞧去。”一面说,一面起身出来。贾琏忙进去,陪笑道:“打听老太太十四可出门?好预备轿子。”贾母道:“既这么样,怎么不进来,又作鬼作神的。”贾琏陪笑道:“见老太太顽牌,不敢惊动。不过叫媳妇出来问问。”贾母忙道:“那在这一时?等他家去,你问多少问不得?那一遭儿你这么小心来着?又不知是来作耳报神的,也不知是来作探子的,鬼鬼祟祟的,到唬了我一跳。什么好下流种子!你媳妇和我顽牌呢,还有半日的空儿,你家去再和那赵二家的商量治你媳妇去罢。”说着,众人都笑了。鸳鸯笑道:“鲍二家的,老祖宗又拉上赵二家的。”贾母也笑道:“可是,我那里记得什么抱着背着的,提起这些事来,不由我不生气。我进了这门子作重孙子媳妇起,到如今,我也有了重孙子媳妇了,连头带尾五十四年,凭着大惊大险、千奇百怪的事,也经了些,从没经过这些事。还不离了我这里呢!”

贾琏一声儿不敢说,忙退了出来。平儿站在窗外,悄悄的笑道:“我说着你不听,到底磞在网里了。”

正说着,只见邢夫人也出来。贾琏道:“都是老爷闹的,如今都搬在我和太太身上。”邢夫人道:“我把你没孝心、雷打的下流种子!人家还替老子死呢!白说了你几句话,你就抱怨了?你还没遇见他生气的时候呢。这几日生气,仔细他捶你。”贾琏道:“太太快过去罢,叫我来请了好半日了。”说着,送他母亲出来,过那边去。

邢夫人将方才的话,只略说了几句,贾赦又无法,又含愧,自此便告病,且不敢见贾母,只打发邢夫人及贾琏每日过去请安。只得又各处遣人构求寻觅,终久费了八百两银子买了一个十七岁的女孩子来,名唤嫣红,收在屋内。不在话下。这里斗了半日牌,吃晚饭才罢。此一二日间无话。

展眼到了十四日,黑早,赖大的媳妇又进来请。贾母高兴,便带了王夫人、薛姨妈及宝玉姊妹等,到赖大花园中坐了半日。那花园虽不及大观园,却也十分齐整宽阔,泉石林木,楼阁亭轩,也有好几处惊人骇目的地方。外面厅上，薛蟠、贾珍、贾琏、贾蓉并几个近族的，很远的也没来，贾赦也没来。赖大家内也请了几个现任的官长，并几个世家子弟作陪。因其中有柳湘莲者，薛蟠自上次会过一次，已念念不忘。又打听他最喜串戏，且串的都是生旦风月戏文，不免错会了意，误认他作了风月子弟，正要与他相交，恨没有个引进。这日可巧遇见，竟觉无可无不可。且贾珍等也慕他的名，酒又盖住了脸，就求他串了两出戏。下来，移席和他一处坐着，问长问短，说此说彼。

那柳湘莲原是世家子弟，读书不成，父母早丧，素性爽侠，不拘细事，酷好耍枪舞剑，赌博吃酒，以至眠花卧柳，丝竹管弦，无所不为。因他年纪又轻，生得又美，不知他身分的人，却误认作优伶一类。那赖大之子赖尚荣，与他素习交好，故他今日请来作陪。不想酒后别人犹可，独薛蟠又犯了旧病。他心中早已不快，得便意欲走开完事。无奈赖尚荣死也不放。赖尚荣又说："方才宝二爷又嘱咐我，'才一进门虽见了，只是人多不好说话'。叫我嘱咐你，散的时候别走，他还有话说呢。你既一定要去，等我叫出他来，你两个见了再走，与我无干。"说着，便命小厮们到里头找一个老婆子，悄悄告诉，请出宝二爷来。那小厮去了没一盏茶时，果见宝玉出来了。赖尚荣向宝玉笑道："好叔叔，把他交给你，我张罗人去了。"说着，一径去了。

宝玉便拉了柳湘莲到厅侧小书房中坐下，问他这几日可到秦钟的坟上去了。湘莲道："怎么不去？前日我们几个人放鹰去，离他坟上还有二里，我想今年夏天的雨水勤，恐怕他的坟站不住。我背着众人走去瞧了一瞧，果然又动了一点子。回家来，就便弄了几百钱。第三日一早，出去雇了两个人收拾好了。"宝玉道："怪道呢！上月我们大观园的池子里头结了莲蓬，我摘了十个，叫茗烟出去到坟上供他去，回来我也问，'他的坟可被雨冲坏了没有？'他说：'不但不冲，且比上回又新了些。'我想着，不过是这几个朋友新筑了。我只恨我天天圈在家里，一点儿做不得主，行动就有人知道。不是这个拦，就是那个劝的，能说不能行，虽然有钱，又不由我使。"湘莲道："这个事也用不着你操心，外头有我呢。你只心里有就好了。就是眼前十月一，我已经打点下上坟的花消。你知道我一贫如洗，家里是没有积聚，总有几个钱来,随手就光的。不如趁空儿留下这一分,省得到了跟前干扎撒着手。”宝玉道:“我也正为这个要打发茗烟找你,你又不大在家。知道你天天萍踪浪迹,没个一定的去处。”湘莲道:“这也不用找我。这个事,不过各尽其道。眼前我还要出门去走走,外头逛个三年五载再回来。”宝玉听了,忙问道:“这是为何?”柳湘莲冷笑道:“你不知道我的心事,等到跟前你自然知道。我如今要先走了。”宝玉道:“好容易会着,晚上同散,岂不好?”湘莲道:“你那令姨表兄还是那样。再坐着,未免有事。不如我回避了到好。”宝玉想了一想,道:“既是这样,到是回避他为是。只是你要果真远行,必须先告诉我一声,千万别悄悄的去了。”说着,便滴下泪来。柳湘莲道:“自然要辞的。你只别和别人说就是了。”说着,便站起来要走,又道:“你们进去,不必送我。”一面说,一面出了书房。

刚至大门前,早遇见薛蟠在那里乱嚷乱叫,说:“谁放了小柳儿走了!”柳湘莲听了,火星乱迸,恨不得一拳打死。复思酒后挥拳,又碍着赖尚荣的脸面,只得忍了又忍。薛蟠忽见他走出来,如得了珍宝,忙趔趄着,上来一把拉住,笑道:“我的兄弟!你往那里去了?”湘莲道:“走走就来。”薛蟠笑道:“好兄弟!你一去都没兴了,好歹坐一坐,你就疼我了。凭你有什么要紧的事,交给哥哥!你只别忙。有你这个哥哥,你要做官、发财,都容易。”湘莲见他如此不堪,心中又恨又愧,早生一计,便拉他到无人之处,笑道:“你真心和我好,假心和我好呢?”薛蟠听这话,喜的心痒难挠,乜斜着眼,忙笑道:“好兄弟!你怎么问起我这话来!我要是假心,立刻死在你跟前!”湘莲道:“既如此,这里不便。等坐一坐,我先走,你随后出来,跟到我下处,咱们替另喝一夜酒。我那里还有两个绝好的孩子,从没出过门呢。你可连一个跟的人也不用带,到了那里,伏侍的人都是现成的。”薛蟠听如此说,喜得酒醒了一半,说:“果然如此?”湘莲道:“如何人拿真心待你,你到不信了。”薛蟠忙笑道:“我又不是呆子,怎么有个不信的呢?既如此,我又不认得,你先去了,我在那里找你?”湘莲道:“我这下处,在北门外头。你可舍得家,城外住一夜去?”薛蟠笑道:“有了你,我还要家做什么?”湘莲道:“既如此,我在北门外头桥上等你。

咱们席上且吃酒去,你看我走了之后,你再走。他们就不留心了。”薛蟠听了,连忙答应。于是二人复又入席,饮了一回。那薛蟠难熬,只拿眼看湘莲,心内越发欢乐,左一壶、右一壶,并不用人让,自己便吃了又吃,不觉酒已八九分了。

湘莲便起身出来,瞅人不防去了。至门外,命小厮杏奴:“先家去罢。我到城外就来。”说毕,已跨马直出北门,桥上等候薛蟠。没顿饭时工夫,只见薛蟠骑着一匹大马,远远的赶了来。张着嘴,瞪着眼,头似拨浪鼓子一般不住左右乱瞧。及至从湘莲马前过去,只顾望远处瞧,不曾留心近处,反踩过去了。湘莲又是笑,又是恨,便也撒马随后赶来。薛蟠往前看时,渐渐人烟稀少,便又圈马回来再找,不想一回头见了湘莲,如获奇珍,忙笑道:“我说你是个再不失信的。”湘莲笑道:“快往前走,仔细人看见,跟了来就不便了。”说着,先就撒马前去。薛蟠也紧紧的跟来。

湘莲见前面人迹已稀,且有一带苇塘。便下马,将马拴在树上。向薛蟠笑道:“你下来!咱们先设个誓,日后要变了心,告诉人去的,便应了誓。”薛蟠笑道:“这话有理!”连忙下了马,也拴在树上,便跪下说道:“我要日久变心,告诉人去的,天诛地灭。”一语未了,只听嘡的一声,颈后好似铁捶砸下来,只觉得一阵黑,满眼金星乱迸,身不由己便倒下来。湘莲走上来瞧瞧。知道他是个笨家,不惯捱打,只使了三分气力,向他脸上拍了几下,登时便开了果子铺。

薛蟠先还要挣挫起来,又被湘莲用脚尖点了两点,仍旧跌倒,口内说道:“原是两家情愿,你不依,只好说,为什么哄出我来打我?”一面说,一面乱骂。湘莲道:“我把你瞎了眼的!你认认柳大爷是谁!你不说哀求,你还伤我!我打死你也无益,只给你个利害罢!”说着,便取了马鞭过来,从背至胫,打了三四十下。

薛蟠酒已醒了大半,觉得疼痛难禁,不禁有“嗳哟”之声。湘莲冷笑道:“也只如此!我只当你是不怕打的。”一面说,一面又把薛蟠的左腿拉起来,朝苇中泞泥处拉了几步,滚的满身泥水。又问道:“你可认得我了?”薛蟠不应,只伏着哼哼。湘莲又掷下鞭子,用拳头向他身上擂了几下。薛蟠便乱滚乱叫,说:“肋条折了。我知道你是正经人,因为我错听了傍人的话了。”湘莲道:“不用拉别人!你只说现在的。”薛蟠道:“现在没什么说的。不过你是个正经人。我错了。”湘莲道:“还要说软些,才饶你!”薛蟠哼哼着道:“好兄弟!”湘莲便又一拳。薛蟠“嗳哟”了一声,道:“好哥哥!”湘莲又连两拳。薛蟠忙“嗳哟”,叫道:“好老爷,饶了我这没眼睛的瞎子罢。从今以后,我敬你怕你了。”湘莲道:“你把那水喝两口。”薛蟠一面听了,一面皱眉道:“那水脏得很,怎么喝得下去?”湘莲举拳就打。薛蟠忙道:“我喝,喝。”说着,说着,只得俯头向苇根下喝了一口,犹未咽下去,只听哇的一声,把方才吃的东西都吐了出来。湘莲道:“好赃东西,你快吃尽了,饶你!”薛蟠听了,叩头不迭道:“好歹积阴功,饶我罢!这至死不能吃的。”湘莲道:“这样气瘾到熏坏了我。”说着,丢下薛蟠,便牵马认镫去了。这里薛蟠见他已去,心内方放下心来,后悔自己不该误认了人,待要挣挫起来,无奈遍身疼痛难禁。

谁知贾珍等席上忽不见了他两个,各处寻找不见。有人说,恍惚出北门去了。薛蟠的小厮们素日是惧他的,他分付不许跟去,谁还敢找去。后来,还是贾珍不放心,命贾蓉带着小厮们寻踪问迹的,直找出北门下桥二里多路,忽见苇坑边薛蟠的马拴在那里。众人都道:“可好了!有马必有人。”一齐来至马前,只听苇中有人呻吟。大家忙走来一看,只见薛蟠衣衫零碎,面目肿破,没头没脸,遍身内外,滚的似个泥猪一般。贾蓉心内已猜着九分了,忙下马,令人搀了出来,笑道:“薛大叔天天调情,今儿调到苇子坑里来了。必定是龙王爷也爱上你风流,要招驸马去。你就碰到龙犄角上了。”薛蟠羞的恨没地缝儿躜不进去,那里爬的上马去。贾蓉只得命人赶到关厢里,雇了一乘小轿子。薛蟠坐了,一齐进城。贾蓉还要抬往赖家去赴席。薛蟠百般央告,又命他不要告诉人,贾蓉方依允了,让他各自回家。贾蓉仍往赖家,回覆贾珍,并说方才的形景。贾珍也知为湘莲所打,也笑道:“他须得吃一遭亏才好。”至晚散了,便来问候。薛蟠自在外房将养,推病不见。

贾母等回来,各自归家时,薛姨妈与宝钗见香菱哭得眼睛肿了,问其原故,忙赶来瞧薛蟠时,脸上身上虽有伤痕,并未伤筋动骨。薛姨妈又是心疼,又是发恨,骂一回薛蟠,又骂一回柳湘莲,意欲告诉王夫人,遣人寻拿柳湘莲。宝钗忙劝道:“这不是什么大事,不过他们一处吃酒,酒后反脸常情。谁醉了,多挨几下子打,也是有的。况且咱们家无法无天,也是人所共知的。妈不过是心疼的缘故。要出气,也容易。等三五天,哥哥养好了,出的去时,那边珍大爷、琏二爷这干人也未必白丢开手,自然备个东道,叫了那个人来,当着众人给哥哥赔不是、认罪就是了。如今妈先当一件大事告诉众人,到显得妈偏心溺爱,纵容他生事招人。今儿偶然吃了一遭亏,妈就这样兴师动众,仗着亲戚之势,欺压常人。”薛姨妈听了,道:“我的儿!到底是你想的到。我一时气糊涂了。”宝钗笑道:“这才好呢。他又不怕妈,又不听人劝,一天纵似一天,吃两三遭亏,他到改悔些也好。”

薛蟠睡在炕上,痛骂柳湘莲。又命小厮们去拆他的房子,打死他,和他打官司。薛姨妈禁住小厮们,只说柳湘莲一时酒后放肆,如今酒醒后悔不及,惧罪逃走了。薛蟠听见如此说了,要知端的。

第四十八回　滥情人情误思游艺　慕雅女雅集苦吟诗

且说薛蟠听见如此说了，气方渐平。三五日后，疼痛虽愈，伤痕未平，只妆病在家，愧见亲友。

展眼已到十月，因有各铺面伙计内有算年账要回家的，少不得家内治酒饯行。内有一个张德辉，年过六十，自幼在薛家当铺内揽总。家内也有二三千金的过活，今岁也要回家，明春方来。因说起："今年纸札、香料短少，明年必是贵的。明年先打发大小儿上来当铺内照管，自己赶端阳前，顺路贩些纸札、香扇来卖。除去关税花销，亦可以剩得几倍利息。"薛蟠听了，心中忖度："我如今捱了打，正难见人，想着要躲他个一年半载，又没处去躲。天天妆病，也不是事。况且我长了这么大，文又不文，武又不武。虽说做买卖，究竟戥子、算盘，从没拿过；地土风俗，远近道路又不知道。不如也打点些本钱，和张德辉逛一年来。赚钱也罢，不赚钱也罢，且躲躲羞去。二则逛逛山水也是好的。"心内主意已定。至酒席散后，便和张德辉说知，命他等一二日，一同前往。

晚间，薛蟠告诉了他母亲。薛姨妈听了，虽是欢喜，但又恐他在外生事，花了本钱到是末事，因此不命他去。只说："好歹你守着我，我还能放心些。况且也不用做这买卖，也不等着这几百银子来用。你在家里安分守己的，就强似这几百银子了。"薛蟠主意已定，那里肯依，只说："天天又说我不知世事，这个也不知，那个也不学。如今我发狠把那些没要紧的都断了，如今要成人立事业，学着做买卖，又不准我了。叫我怎么样呢？我又不是个丫头，把我关在家里，何日是个了呢？况且那张德辉，又是个年高有德的。咱们和他世交，我同他去，怎么得有舛错？我就一时半刻有不好的去处，他自然说我、劝我；就是东西贵贱行情，他是知道的，自然色色问他，何等顺利！到不叫我去。过两日，我不告诉家里，私自打点了一走，明年发了财回家，那时才知道我呢。”说毕，赌气睡觉去了。

薛姨妈听他如此说，因和宝钗商议。宝钗笑道：“哥哥果然要经历正事，正是好的了。只是他在家时说着好听，到了外头，旧病复犯，越发难拘束了。但也愁不得许多。他若是真改了，是他一生的福；若不改，妈也不能又有别的法子。一半尽人力，一半听天命罢了。这么大人了，若只管怕他不知世路，出不得门，干不得事，今年关在家里，明年还是这个样儿。他既说的名正言顺，妈就打谅着丢了八百一千银子，竟交与他试一试。横竖有伙计们帮着，也未必好意思哄骗他的。二则他出去了，左右没有助兴的人，又没了倚仗的人，到了外头，谁还怕谁？有了的吃，没了的饿着，举眼无靠，他见这样，只怕比在家里省好些了事，也未可知。”薛姨妈听了，思忖半晌，说道：“到是你说的是，花两个钱叫他学些乖来，也值了。”商议已定，一宿无语。

至次日，薛姨妈命人请了张德辉来，在书房中，命薛蟠款待酒饭。自己在后廊下，隔着窗子，向里千言万语嘱托张德辉照管薛蟠。张德辉满口应承，吃过饭告辞，又回说：“十四日是上好出行日期，大世兄即刻打点行李，雇下骡子，十四一早就长行了。”薛蟠喜之不尽，将此话告诉了薛姨妈。薛姨妈便和宝钗、香菱，并两个老年的嬷嬷，连日打点行装，派下薛蟠之乳父老苍头一名，当年谙事旧仆二名，外有薛蟠随身常使小厮二人。主仆一共六人，雇了三辆大车，车上拉行李使物，又雇了四个长行骡子。薛蟠自骑一匹家内养的铁青大走骡，外备一匹坐马。诸事完毕，薛姨妈、宝钗等连夜劝戒之言，自不必备说。至十三日，薛蟠先去辞了他舅舅，然后过来，辞了贾宅诸人。贾珍等未免又有饯行之说，也不必细述。

至十四日一早，薛姨妈、宝钗等直同薛蟠出了仪门，母女两个，四只泪眼，看他去了方回来。

薛姨妈上京带来的家人，不过四五房，并两三个老嬷嬷、小丫头，今跟了薛蟠一去，外面只剩了一两个男子。因此，薛姨妈即日到书房，将一应陈设玩器并帘幔等物，尽行搬了进来收贮。命那两个跟去的男子之妻，一并也进来睡觉。又命香菱将他屋里也收拾严紧，“将门锁了，晚间和我去睡。”宝钗道：“妈既有这些作伴，不如叫菱姐姐和我作伴去。我们园里又空,夜长了,我每夜作活,越多一个人,岂不越好?”薛姨妈听了,笑道:“正是,我忘了,原该叫他同你去才是。我前日还同你哥哥说,‘文杏又小,道三不着两;莺儿一个人不彀伏侍的。还要买一个丫头来使使。’”宝钗道:“买的不知底里,倘或走了眼,花了钱小事,没的淘气。到是慢慢的打听着,知道来历的,买个还罢了。”一面说,一面命香菱收拾了衾褥、妆奁;命一个老嬷嬷并臻儿,送至蘅芜苑去。然后宝钗和香菱才同回园中来。

香菱道:“我久要和姑娘作伴儿去,又恐怕奶奶多心,说我贪着园里来逛。谁知你竟说了。”宝钗笑道:“我知道你心里羡慕这园子不是一日两日了,只是没个空儿。就每日来一趟,慌慌张张的也没趣儿。所以趁着有这机会,索性住上一年。我也多个作伴的,你也遂了心。”香菱笑道:“好姑娘!你趁着这个工夫,教给我作诗罢。”宝钗笑道:“我说你得陇望蜀呢!我劝你今儿头一日进来,先出园东角门,从老太太起,各处各人你都瞧瞧,问候一声儿,也不必特意告诉他们说搬进园来。若有提起因由,你只带口说我带了你进来作伴儿就完了。回来进了园,再到各姑娘房里走走。”

香菱应着,才要走时,只见平儿忙忙的走来,香菱忙问了好。平儿只得陪笑相问。宝钗因向平儿笑道:“我今儿带了他来作伴儿,正要去回你奶奶一声儿。”平儿笑道:“姑娘说的是那里话?我竟没话答言了。”宝钗道:“这才是正理。店房也有个主人,庙里也有个住持。虽不是大事,到底告诉一声,便是园里坐更上夜的人,知道添了他两个,也好关门候户的了。你回去告诉一声罢。我不打发人去了。”平儿答应着,因又向香菱笑道:“你既来了,也不拜一拜街坊邻舍去?”宝钗笑道:“我正要叫他去呢!”平儿道:“你且不必往我们家去,二爷病了,在家里呢。”香菱答应着去了。先从贾母处来。不在话下。

且说平儿见香菱去了,便拉宝钗忙说道:“姑娘听见我们的新闻了没有?”宝钗道:“我没听见什么新闻。因连日打发我哥哥出门,所以你们这里的事一概也不知道,连姊妹们这两日也没见。”平儿笑道:“老爷把二爷打了个动不得,难道姑娘就没听见?”宝钗道:“早起恍惚听见了一句,也信不真。我也正要瞧你奶奶去呢。不想你来了。又是为了什么打他?”平儿咬牙骂道:“都是那贾雨村什么风村,半路途中那里来的饿不死的野杂种!认了不到十年,生了多少事出来!今年春天老爷不知在那个地方看见了几把旧扇子,回家看家里所有收着的这些好扇子都不中用了,立刻叫人各处搜求。谁知就有一个不知死的冤家,姓石,混号儿世人叫他作‘石呆子’。穷的连饭也没吃的,偏他家就有二十把旧扇子,死也不肯拿出大门来。二爷好容易烦了多少人情,见了这个人,说之再三,把二爷请到他家里坐着,拿出这扇子,略瞧了一瞧。据二爷说,原是不能再有的,全是湘妃、棕竹、麋鹿、玉竹的,皆是古人写画真迹。因来告诉了老爷。老爷便叫买他的,要多少银子给他多少。偏那石呆子说:‘我饿死、冻死,一千两银子一把,我也不卖!’老爷没法子,天天骂二爷没能为。已经许了他五百两,先兑银子,后拿扇子,他只是不卖。只说:‘要扇子,先要我的命。’姑娘想想,这有什么法子?谁知雨村那没天理的听见了,便设了个法子,讹他拖欠了官银,拿他到衙门里去,说所欠官银,变卖家产赔补,把这扇子抄了来,作了官价,送了来。那石呆子如今不知是死是活。老爷拿着扇子,问着二爷说:‘人家怎么弄了来?’二爷只说了一句:‘为这点子小事,弄得人坑家败业,也不算什么能为!’老爷听了,就生了气,说二爷拿话堵老爷。因此这是第一件大的。这几日还有几件小的,我也记不清。所以都凑在一处,就打起来了。也没拉倒用板子、棍子,就站着,不知拿什么混打一顿,脸上打破了两处。我们听见姨太太这里有一种丸药上棒疮的,姑娘快寻一丸子给我。”宝钗听了,忙命莺儿去要了一丸来与平儿。宝钗道:“既这样,替我问候罢!我就不去了。”平儿答应着去了。不在话下。

且说香菱见过众人之后,吃过晚饭,宝钗等都往贾母处去了,自己便往潇湘馆中来。此时黛玉已好了大半,见香菱也进园来住,自是欢喜。香菱因笑道:“我这一进来了,也得了空儿,好歹教给我作诗,就是我的造化了。”黛玉笑道:“既要作诗,你就拜我作师。我虽不通,大约也还教得起你。”香菱笑道:“果然这样,我就拜你作师。你可不许腻烦的!”黛玉道:“什么难事,也值得去学!不过是起承转合,当中承转是两付对子,平声对仄声,虚的对实的,实的对虚的,若是果有了奇句,连平仄、虚实不对都使得的。”香菱笑道:“怪道我常弄一本旧诗,偷空儿看一两首,又有对的极工的,又有不对的。又听见说‘一三五不论,二四六分明。’看古人的诗上,亦有顺的,亦有二四六上错了的。所以天天疑惑,如今听你这一说,原来这些格调规矩竟是末事,只要词句新奇为上。”黛玉道:“正是这个道理。词句究竟还是末事,第一主意要紧;若意趣真了,连词句不用修饰,自是好的,这叫做‘不可以词害意。’”

香菱笑道:“我只爱陆放翁的诗,‘重帘不卷留香久,古砚微凹聚墨多。’说的真有趣。”黛玉道:“断不可学这样的诗。你们因不知诗,所以见了这浅近的就爱,一入了这个格局,再学不出来的。你只听我说,你若真心要学,我这里有《王摩诘全集》,你且把他的五言律读一百首。细心揣磨透熟了,然后再读一二百首老杜的七言律,再把李青莲的七言绝句读一二百首。肚子里先有了这三个人作了底子,然后再把陶渊明、应玚、谢、阮、庾、鲍等人的一看。你又是一个极聪敏伶俐的人,不用一年的工夫,不愁不是诗翁了。”香菱听了笑道:“既这样,好姑娘,你就把这书给我拿出来,我带回去,夜里念几首也是好的。”黛玉听说,便命紫鹃将王右丞的五言律拿来,递与香菱,又道:“你只看有红圈的,都是我选的,有一首念一首,不明白的问你姑娘,或者遇见我,我讲与你就是了。”香菱拿了诗回至蘅芜院中,诸事不顾,只向灯下一首一首的读起来。宝钗连催他数次睡觉,他也不睡。宝钗见他这般苦心,只得随他去了。

一日黛玉方梳洗完了,只见香菱笑吟吟的送了书来,又要换杜律。黛玉笑道:“共记得多少首?”香菱笑道:“凡红圈选的,我尽读了。”黛玉道:“可领略了些滋味没有?”香菱笑道:“领略了些滋味,不知可是不是,说与你听听。”黛玉笑道:“正要讲究、讨论,方能长进。你且说来我听。”香菱笑道:“据我看来,诗的好处,有口里说不出来的意思,想去却是逼真的;有似乎无理的,想去竟是有理有情的。”黛玉笑道:“这话有了些意思,但不知你从何处见得?”香菱笑道:“我看他《塞上》一首,那一联云,‘大漠孤烟直,长河落日圆。’想来烟如何直？日自然是圆的，这个‘直’字似无理，‘圆’字似太俗。合上书一想，到像是见了这景的。若说再找两个字换这两个，竟再找不出两个字来。再还有‘日落江湖白，潮来天地青。’这‘白、青’两个字也似无理。想来必得这两个字才形容得尽，念在嘴里，到像有几千斤重的一个橄榄。还有‘渡头馀落日，墟里上孤烟。’这‘馀’字和‘上’字难为他怎么想来？我们那年上京来，那日下晚，便湾住船，岸上又没有人家，只有几棵树，远远的几家人家作晚饭，那个烟竟是碧青，连云直上。谁知我昨日晚上读了这两句，到像我又到了那个地方去了。”

正说着，宝玉和探春也来了，也都入坐听他讲诗。宝玉笑道：“既是这样，也不用着念诗，会心处不在多，听你说了这两句，可知三昧你已得了。”黛玉笑道：“你说他这‘上孤烟’好，你还不知，他这一句还是套了前人来的。我给你这一句瞧瞧，更比这个淡而现成。”说着，便把陶渊明的“暧暧远人村，依依墟里烟。”翻了出来，递与香菱。香菱瞧了，点头叹赏，笑道：“原来‘上’字是从‘依依’两个字上化出来的。”宝玉大笑道：“你已得了，不用再读，越发倒学杂了。你就作起来，必是好的。”探春笑道：“明儿我补一个柬来，请你入社。”香菱笑道：“姑娘何苦打趣我。我不过是心里羡慕，才学着顽罢了。”探春、黛玉都笑道：“谁不是顽？难道我们是认真作诗呢？若说我们认真成了诗，出了这园子，把人的牙还笑倒了呢。”宝玉道：“这也算自暴自弃了。前日我在外头和相公们商议话儿，他们听见咱们起诗社，求我把稿子给他们瞧瞧。我就写了几首给他们看看，谁不真心叹服。他们都抄了刻去了。”探春、黛玉忙问道：“这是真话么？”宝玉笑道：“说谎的是那架上的鹦哥。”黛玉、探春听说，都道：“你真真胡闹！且别说那不成诗；便是成诗，我们的笔墨也不该传到外头去。”宝玉道：“这怕什么！古来闺阁中的笔墨，不要传出去，如今也没有人知道了。”

说着，只见惜春打发了入画来请宝玉。宝玉方去了。香菱又逼着黛玉换出杜律来，又央黛玉、探春二人：“出个题目，让我谄去。谄了来，替我改正。”黛玉道：“昨夜的月最好，我正要谄一首，竟未谄成。你竟作一首来。十四寒的韵，由你爱用那几个字去。”

香菱听了,喜的拿回诗来,又苦思一回,作两句诗;又舍不得杜诗,又读两首。如此茶饭无心,坐卧不定。宝钗道:“何苦自寻烦恼!都是颦儿引的你,我和他算账去。你本来呆头呆脑的,再添上这个,越发弄成个呆子了。”香菱笑道:“好姑娘!别混我。”一面说,一面作了一首。先与宝钗看。宝钗看了笑道:“这个不好,不是这个作法。你别怕臊,只管拿了给他瞧去。看他是怎么说。”香菱听了,便拿了诗找黛玉。黛玉看时,只见写道是:

月挂中天夜色寒,清光皎皎影团团。诗人助兴常思玩,野客添愁不忍观。翡翠楼边悬玉镜,珍珠帘外挂冰盘。良宵何用烧银烛,晴彩辉煌映画栏。

黛玉笑道:“意思却有,只是措词不雅。皆因你看的诗少,被他缚住了。把这首丢开,再作一首。只管放开胆子去作。”

香菱听了,默默的回来。越性连房也不入,只在池边、树下,或坐在山石上出神,或蹲在地下抠土。来往的人都诧异,李纨、宝钗、探春、宝玉等听得此信,都远远的站在山坡上瞧看他。只见他皱一回眉,又自己含笑一回。宝钗笑道:“这个人定要疯了。昨夜嘟嘟哝哝,直闹到五更天才睡下,没一顿饭的工夫,天就亮了。我就听见他起来了,忙忙碌碌梳了头,就找颦儿去。一回来了,呆了一日,作了一首,又不好。这会子自然另作呢。”宝玉笑道:“这正是地灵人杰,老天生人,再不虚赋情性的。我们成日叹说,可惜他这么个人,竟俗了,谁知到底有今日。可见天地至公。”宝钗笑道:“你能够像他这苦心就好了。学什么有个不成的?”宝玉不答。

只见香菱兴兴头头的又往黛玉那边去了。探春笑道:“咱们跟了去,看他有些意思没有。”说着,一齐都往潇湘馆来。只见黛玉正拿着诗和他讲究。众人因问黛玉:“作的如何?”黛玉道:“自然算难着他了。只是还不好。这一首过于穿凿了。还得另作。”众人因要诗看时,只见作道:

非银非水映窗寒,试看晴空护玉盘。淡淡梅花香欲染,丝丝柳带露初干。只疑残粉涂金砌,恍若轻霜抹玉栏。梦醒西楼人迹绝,馀容犹可隔帘看。

宝钗笑道:“不像吟月了,月字底下添一个色字,到还使得。你看句句到是月色。这也罢了,原来诗从胡说来,再迟几天就好了。”香菱自为这首妙绝,听如此说,自己扫了兴,不肯丢开手,便要思索起来。因见他姊妹们说笑,便自己走至阶前竹下闲步,挖心搜胆,耳不傍听,目不别视。一时探春隔窗笑说道:“菱姑娘,你闲闲罢!”香菱怔怔答道:“闲字是十五删的,你错了韵了。”众人听了,不觉大笑起来。宝钗道:“可真是诗魔了。都是颦儿引的他。”黛玉道:“圣人说,‘诲人不倦’。他又来问我,我岂有不说之理?”李纨笑道:“咱们拉了他往四姑娘房里去,引他瞧瞧画儿,叫他醒一醒才好。”说着,真个出来,拉了他过藕香榭,至暖香坞中。惜春正乏倦,在床上歪着睡午觉,画缯立在壁间,用纱罩着。众人唤醒了惜春,揭纱看时,十停方有了三停。香菱见画上有几个美人,因指着笑道:“这一个是我们姑娘,那一个是林姑娘。”探春笑道:“凡会作诗的,都画在上头。快学罢!”说着,顽笑了一回。

各自散坐着。香菱满心中还是想诗。至晚间,对灯出了一回神,至三更以后,上床卧下,两眼鳏鳏,直到五更,方才朦胧睡去了。一时天亮,宝钗醒了,听了一听,他安稳睡了,心下想:“他翻腾了一夜,不知可作成了?这会子乏了,且别叫他。”正想着,只听香菱从梦中笑道:“可是有了。难道这一首还不好?”宝钗听了,又是可叹,又是可笑。连忙唤醒了他,问他:“得了什么?你这诚心,都通了仙了。学不成诗,还弄出病来呢!”一面说,一面梳洗了。会同姊妹往贾母处来。

原来香菱苦志学诗,精血诚聚,日间做不出,忽于梦中得了八句。梳洗已毕,便忙录出来,自己并不知好歹,便拿来又找黛玉。刚到沁芳亭,只见李纨与众姊妹方从王夫人处回来,宝钗正告诉他们说他梦中作诗说梦话。众人正笑,抬头见他来了,便都争着要诗看。且听下回分解。

第四十九回　琉璃世界白雪红梅　脂粉香娃割腥啖膻

话说香菱见众人正说笑，他便迎上去笑道："你们看这一首若使得，我便还学；若还不好，我就死了这作诗的心了。"说着，把诗递与黛玉及众人看时，只见写道是：

精华欲掩料应难，影自娟娟魄自寒。一片砧敲千里白，半轮鸡唱五更残。绿蓑江上秋闻笛，红袖楼头夜倚栏。博得嫦娥应借问，缘何不使永团圆？

众人看了，笑道："这首不但好，而且新巧有意趣。可知俗语说'天下无难事，只怕有心人'。社里一定请你了。"香菱听了，心下不信，料着是他们瞒哄自己的话，还只管问黛玉、宝钗等。

正说之间，只见几个小丫头并老婆子忙忙的走来，都笑道："来了好些姑娘、奶奶们，我们都不认得。奶奶、姑娘们快认亲去。"李纨笑道："这是那里的话？你到底说明白了，是谁的亲戚？"那婆子、丫头都笑道："奶奶的两位妹子都来了；还有一位姑娘，说是薛大姑娘的妹妹，还有一位爷说是薛大爷的兄弟。我这会子请姨太太去呢。奶奶和姑娘们先上去罢。"说着，一径去了。宝钗笑道："我们薛蝌和他妹妹来了不成？"李纨也笑道："我们婶子又上京来了不成？他们也不能凑在一处，这可是奇事。"大家纳闷，来至王夫人上房，只见乌压压一地的人。

原来邢夫人之兄嫂带了女儿邢岫烟进京来投邢夫人的。可巧凤姐之兄王仁也正进京，两亲家一处打帮来了。走至半路泊船时，正遇见李纨之寡婶带着两个女儿，大名李纹，次名李绮，也上京。大家叙起来，又是亲戚。因此三家一路同行。后有薛蟠之从弟薛蝌，因当年父亲在京时，已将胞妹薛宝琴许配都中梅翰林之子为婚，正欲进京发嫁，闻得王仁进京，他也带了妹子随后赶来。所以今日会齐了，来访投各人亲戚。

于是大家见礼叙过。贾母、王夫人都欢喜非常。贾母因笑道："怪道昨日晚上灯花儿爆了又爆，结了又结，原来应到今日。"一面叙些家常，一面收看带来的礼物，一面命留酒饭。凤姐儿自不必说，忙上加忙。李纨、宝钗自然和婶母、姊妹叙离别之情。黛玉见了，先是欢喜，次后想起众人皆有亲眷，独自己孤单，无个亲眷，不免又去垂泪。宝玉深知其情，十分劝慰了一番方罢。然后宝玉忙忙来至怡红院中，向袭人、麝月、晴雯等笑道："你们还不快看人去！谁知宝姐姐的亲哥哥是那个样子，他这叔伯兄弟，形容举止另是一样了。到像是宝姐姐的同胞弟兄似的。更奇在你们成日家只说宝姐姐是绝色的人物，你们如今瞧瞧他这妹子，更有大嫂嫂这两个妹子，我竟形容不出了。老天！老天！你有多少精华灵秀，生出这些人上之人来。可知我井底之蛙，成日家自说现在的这几个人是有一无二的，谁知不必远寻，就是本地风光，一个赛似一个。如今我又长了一层学问了，除了这几个，难道还有几个不成？"一面说，一面自笑自叹。袭人见他又有了魔意，便不肯去瞧。晴雯等早去瞧了一遍回来，嘎嘎笑着向袭人道："你快瞧瞧去！大太太的一个侄女儿，宝姑娘一个妹妹，大奶奶两个妹妹，到像一把子四根水葱儿。"

一语未了，只见探春也笑着进来找宝玉，因说道："咱们的诗社可兴旺了。"宝玉笑道："正是呢。这是你一高兴起诗社，所以鬼使神差来了这些人。但只一件，不知他们可学过作诗不曾？"探春道："我才都问了问他们，虽是他们自谦，看其光景没有不会的。便是不会，也没难处。你看香菱就知道了。"袭人笑道："他们说薛大姑娘的妹妹更好。三姑娘看着怎么样？"探春道："果然的话。据我看，连他姐姐并这些人总不及他。"袭人听了，又是咤异，又笑道："这也奇了。还从那里再好的去呢？我到要瞧瞧去！"探春道："老太太一见了，喜欢的无可不可。已经逼着太太认了干女儿了。老太太要养活，才刚已经定了。"宝玉喜的忙问："这话果然么？"探春道："我几时说过谎？"又笑道："有了这个好孙女儿，就忘了这孙子了。"宝玉笑道："这到不妨！原该多疼女儿些才是正理。明儿十六，咱们可该起社了。"探春道："林丫头刚起来了，二姐姐又病了，终是七上八下的。"宝玉道:“二姐姐又不大作诗,没有他又何妨?”探春道:“越性等几天,他们新来的混熟了,咱们邀上他们,岂不好?这会子大嫂子、宝姐姐心里自然没有诗兴的。况且湘云没来,颦儿刚好了,人人不合式。不如等着云丫头来了,这几个新的也熟了,颦儿也大好了,大嫂子和宝姐姐心也闲了,香菱诗也长进了,如此邀一满社,岂不好?咱们两个如今且往老太太那里去听听,除宝姐姐的妹妹不算外,——他一定是在咱们家住定了的。倘或那三个要不在咱们这里住,咱们央告老太太留下他们,在园子里住下,咱们岂不多添几个人?越发有趣了。”宝玉听了,喜的眉开眼笑,忙说道:“到是你明白。我终久是个糊涂心肠,空喜欢一会子,却想不到这上头来。”说着,兄妹两个一齐往贾母处来。果然,王夫人已认了宝琴作干女儿,贾母欢喜非常,连园中也不命住;晚上跟着贾母一处安寝。薛蝌自向薛蟠书房中住下。贾母便和邢夫人说:“你侄女儿也不必家去了,园里住几天,逛逛再去。”邢夫人兄嫂家中原艰难,这一上京,原仗的是邢夫人与他们治房舍,帮盘缠,听如此说,岂不愿意?邢夫人便将岫烟交与凤姐儿。凤姐儿筹算得园中姊妹多,性情不一,且又不便另设一处,莫若送到迎春一处去,倘日后邢岫烟有些不遂意的事,纵然邢夫人知道了,与自已无干。从此后邢岫烟家去住的日期不算,若在大观园住到一个月上,凤姐儿亦照迎春的月例送一分与岫烟。凤姐儿冷眼战敠,岫烟心性为人,竟不像邢夫人及他的父母一样,却是温厚可疼的人。因此凤姐儿又怜他家贫命苦,比别的姊妹多疼他些。邢夫人到不大理论了。贾母、王夫人因素喜李纨贤惠,且轻年守节,令人敬服。今见他寡婶来了,便不肯令他外头去住。那李婶虽十分不肯,无奈贾母执意不从,只得带着李纹、李绮在稻香村住下来。当下安插既定。

谁知保龄侯史鼐又迁委了外省大员,不日要带了家眷去上任。贾母因舍不得湘云,便留下他了,接到家中。原要命凤姐儿另设一处与他住。史湘云执意不肯,只要与宝钗一处住。因此,就罢了。此时大观园中比先更热闹了多少。李纨为首,馀者迎春、探春、惜春、宝钗、黛玉、湘云、李纹、李绮、宝琴、邢岫烟,再添上凤姐儿和宝玉,一共十三个。叙起年庚,除李纨与凤姐儿年纪最长,他十一个人皆不过十五六七岁。或有这三个同年,或有那五个共岁,或有这两个同月同日,那两个同刻同时。所差者,大半是时刻、月分而已。连他们自己也不能细细分晰,不过是弟兄姊妹四个字随便乱叫。

如今香菱正满心满意只想作诗,又不敢十分啰唣宝钗。可巧来了个史湘云。那史湘云又是极爱说话的,那里禁得起香菱又请教他谈诗?越发高了兴,没昼夜高谈阔论起来。宝钗因笑道:"我实在聒噪的受不得了。一个女孩儿家,只管拿着诗作正经事讲起来,叫有学问的人听了反笑话,说不守本分的。一个香菱没闹清,偏又添了你这么个话口袋子。满嘴里说的是什么?怎么是杜工部之沉郁,韦苏州之淡雅;又怎么是温八之绮靡,李义山之隐僻。放着两个现成的诗家不知道,提那些死人做什么?"湘云听了,忙笑问道:"是那两个?好姐姐,你告诉我!"宝钗笑道:"呆香菱之心苦,疯湘云之话多。"湘云、香菱听了,都笑起来。

正说着,只见宝琴来了。披着一领斗篷,金翠辉煌,不知何物。宝钗忙问:"这是那里的?"宝琴笑道:"因下雪珠儿,老太太找了这一件给我的。"香菱上来瞧道:"怪道这么好看!原来是孔雀毛织的。"湘云道:"那里是孔雀毛,就是野鸭子头上的毛作的。可见老太太疼你了,这样疼宝玉,也没给他穿。"宝钗道:"真俗语说,'各人带来的缘法',他也再想不到他这会子来。既来了,又有老太太这么疼他。"湘云道:"你除了在老太太跟前,就在园里来,这两处只管顽笑吃喝。到了太太屋里,若太太在屋里,只管和太太说笑,多坐一回无妨;若太太不在屋里,你别进去。那屋里人多心坏,都是要害咱们的。"说的宝钗、宝琴、香菱、莺儿等都笑了。宝钗笑道:"说你没心,却又有心。虽然有心,到底嘴太直了。我们这琴儿就有些像你。你天天说要我作亲姐姐,我今儿竟叫你认他作亲妹妹罢了。"湘云又瞅了宝琴半日,笑道:"这一件衣裳也只配他穿,别人穿了,实在不配。"正说着,只见琥珀走来笑道:"老太太说了,叫宝姑娘别管紧了琴姑娘,他还小呢。让他爱怎么样就怎么样,要什么东西只管要去,别多心。"宝钗忙起身答应了。又推宝琴笑道:"你也不知是那里来的福气。你到去罢!仔细我们委屈着你。我就不信,我那些儿不如你?"

说话之间，宝玉、黛玉都进来了。宝钗犹自嘲笑。湘云因笑道："宝姐姐，你这话虽是顽话，恰有人真心是这样想呢。"琥珀笑道："真心恼的，再没别人，就只是他。"口里说，手里指着宝玉。宝钗、湘云都笑道："他到不是这样人。"琥珀又笑道："不是他，就是他！"说着，又指着黛玉。湘云便不则声，宝钗忙笑道："更不是了。我的妹妹和他的妹妹一样，他喜欢的比我还疼呢。那里还恼？你信口儿混说，他的那嘴有什么实据。"宝玉素习深知黛玉有些小性儿，且尚不知近日黛玉和宝钗之事，正恐贾母疼宝琴，他心中不自在；今见湘云如此说了，宝钗又如此答，再审度黛玉声色，亦不似往时，果然与宝钗之说相符，心中闷闷不乐。因想："他两个素日不是这样的好，今看来，竟更比他人好十倍。"一时，林黛玉又赶着宝琴叫妹妹，并不提名道姓，直是亲姊妹一般。那宝琴年轻心热，且本性聪敏，自幼读书识字，今在贾府住了两日，大概人物已知；又见诸姊妹都不是轻薄脂粉，且又和姐姐皆和契，故也不肯怠慢；其中又见林黛玉是个出类拔萃的，便更与黛玉亲近异常。宝玉看着，只是暗暗的纳罕。一时，宝钗姊妹往薛姨妈房内去后，湘云往贾母处来，林黛玉回房歇着。

宝玉便找了黛玉来，笑道："我虽看了《西厢记》，也曾有明白的几回，说了取笑，你曾恼过；如今想来竟有一句不解，我念出来你讲讲我听。"黛玉听了，便知有文章，因笑道："你念出来我听听。"宝玉笑道："那《闹简》上有一句说得最好，'是几时孟光接了梁鸿案'这句最妙！'孟光接了梁鸿案'，这五个字不过是现成的典，难为他这'是几时'三个虚字问的有趣。'是几时'接了？你说说我听听。"黛玉听了，禁不住也笑起来，因笑道："这原问的好。他也问的好，你也问的好。"宝玉道："先时，你只疑我，如今你也没的说。我反落了摸不着头绪。"黛玉笑道："谁知他竟真是个好人。我素日只当他藏奸。"因把说错了酒令起，连燕窝、病中所谈之事，细细告诉了宝玉。宝玉方知缘故。因笑道："我说呢。正纳闷'是几时孟光接了梁鸿案'，原来是从'小孩儿口没遮拦'就接了案了。"黛玉因又说起宝琴来，想起自己没有姊妹，不免又哭了。宝玉忙劝道："你又自寻烦恼了。你瞧瞧，今年比旧年越发瘦了。你还不保养。每天好好的，你必是自寻烦恼哭一会子,才算完了这一天的事。”黛玉拭泪道:“近来我只觉心酸,眼泪恰像比旧年少了些的,心里只管酸痛,眼泪却不多。”宝玉道:“这是你哭惯了,心里起疑,岂有眼泪会少的?”

正说着,只见他屋里的小丫头子送了猩猩毡斗篷来,又说:“大奶奶才打发人来说,‘下了雪,要商议明日请人作诗呢。’”一语未了,只见李纨的丫头走来请黛玉。宝玉便邀着黛玉同往稻香村来。黛玉换上掐金挖云红香羊皮小靴,罩了一件大红羽纱面白狐狸里的鹤氅,束一条金心闪绿双环四合如意绦,头上罩了雪帽。二人一齐踏雪行来。只见众姊妹都在那边,都是一色大红猩猩毡与羽毛缎斗篷,独李纨穿一件青哆啰呢对襟褂子,薛宝钗穿一件莲青斗纹锦上添花洋线番羓丝的鹤氅,邢岫烟仍是家常旧衣,并无避雪之衣。一时史湘云来了,穿着贾母与他的一件貂鼠脑袋面子、大毛黑灰鼠里子、里外发烧大褂子,头上带着一顶挖云子鹅黄片金里大红猩猩毡昭君套,又围着大貂鼠风领。黛玉先笑道:“你们瞧瞧孙行者来了。他一般的也拿着雪褂子,故意妆出个小骚达子来。”湘云笑道:“你们瞧我里头打扮的。”一面说,一面脱了褂子。只见他里头穿着一件半新的靠色三镶领袖秋香色盘金五色绣龙窄褙小袖掩衿银鼠短袄,里面短短的一件水红妆缎狐肷褶子,腰里紧紧束着一条蝴蝶结子长穗五色宫绦,脚下也穿着鹿皮小靴,越显的蜂腰猿背、鹤势螂形。众人都笑道:“偏他只爱打扮成个小子的样儿。原比他打扮女儿更俏丽了些。”

湘云道:“快商议作诗。我听听是谁的东家?”李纨道:“我的主意。想来昨儿的正日已过了,再等正日又太远。可巧又下雪,不如大家凑个社。又替他们接风,又可以作诗。你们意思怎么样?”宝玉先道:“这话很是。只是今日晚了;若到明儿晴了,又无趣。”众人看道:“这雪未必晴。纵晴了,这一夜下的也勾赏了。”李纨道:“我这里虽好,又不如芦雪庵好。我已经打发人笼地炕去了。咱们大家拥炉作诗。老太太想来未必高兴,况且咱们小顽意儿。单给凤丫头个信儿就是了。你们每人一两银子就彀了,送到我这里来。”指着香菱、宝琴、李纹、李绮、岫烟,“五个不算外,咱们里头二丫头病了,不算;四丫头告了假,也不算。你们四分子送了来,我再总拿出五六两银子来，也尽彀了。”宝钗等一齐应诺。因又拟题、限韵。李纨笑道：“我心里自己定了，等到了明日，临期横竖知道。”说毕，大家又闲话了一回，方往贾母处来。本日无话。

到了次日一早，宝玉因心里记挂着这事，一夜没好生得睡。天亮了，就爬起来。掀开帐子一看，虽门窗尚掩，只见窗上光辉夺目，心内早踌躇起来，埋怨定是晴了，日光已出。一面忙起来，揭起窗屉，从玻璃窗内往外一看，原来不是日光，竟是一夜大雪，下将有一尺多厚，天上仍是搓绵扯絮一般。宝玉此时欢喜非常，忙唤人起来，盥漱已毕，只穿一件茄色哆啰呢狐皮袄子，罩一件海龙皮小小鹰膀褂，束了腰，披了玉针蓑，戴上金藤笠，登上沙棠屐，忙忙的往芦雪庵来。

出了院门，四顾一望，并无二色。远远的是青松翠竹，自己却如装在玻璃盒内一般。于是走至山坡之下，顺着山脚，刚转过去，已闻得一股寒香拂鼻。回头一看，恰是妙玉门前栊翠庵中，有十数株红梅花开的如胭脂一般，映着雪色，分外显得精神，好不有趣！宝玉便立住，细细的赏玩一回方走。只见蜂腰板桥上，一个人打着伞走来，是李纨打发了请凤姐儿去的人。

宝玉来至芦雪庵，只见丫嬛、婆子正在那里扫雪开径。原来这芦雪庵，盖在傍山临水河滩之上，一带几间，茅檐土壁，草篱竹牖，推窗便可垂钓，四面都是芦苇掩覆。一条去径，逶迤穿芦度苇过去，便是藕香榭的竹桥了。众丫嬛、婆子见他披蓑戴笠而来，却笑道：“我们才说正少一个渔翁，如今都全了。姑娘们吃了饭才来呢，你也太性急了。”宝玉听了，只得回来。刚至沁芳亭，见探春正从秋爽斋来，围着大红猩猩毡斗篷，戴着观音兜，扶着小丫头，后面一个妇人打着青绸油伞。宝玉知他往贾母处去，便立在亭边，等他来到，二人一同出园前去。宝琴正在里间房内梳洗、更衣。

一时，众姊妹来齐。宝玉只嚷饿了，连连催饭。好容易等摆上来，头一样菜便是牛乳蒸羊羔。贾母便说：“这是我们有年纪的人的药，没见天日的东西，可惜你们小孩子们吃不得。今儿另外有新鲜鹿肉，你们等着吃。”众人答应了。宝玉却等不得，只拿茶泡了一碗饭，就着野鸡爪儿齑忙忙的咽完了。贾母道：“我知道你们今儿又有事情,连饭也不顾吃了。"便叫"留着鹿肉与他们晚上吃"。凤姐忙说:"还有呢。方才已经分付了留着呢。"史湘云便悄和宝玉计较道:"有新鲜鹿肉,不如咱们要一块,自己拿了园里弄着,又顽又吃。"宝玉听了,巴不得一声儿,便真和凤姐要了一块,命婆子送入园去。

一时,大家散后,进园齐往芦雪庵来,听李纨出题限韵,独不见湘云、宝玉二人。黛玉道:"他两个再到不了一处。若到一处,生出多少故事来。这会子一定算计那块鹿肉去了。"正说着,只见李婶也走来看热闹。因问李纨道:"怎么一个带玉的哥儿和那一个挂金麒麟的姐儿,那样干净清秀,又不少吃的,他两个在那里商议着要吃生肉呢。说的有来有去的,我只不信,肉也生吃得的?"众人听了,都笑道:"了不得!快拿了他两个来。"黛玉笑道:"这可是云丫头闹的,我的卦再不错。"李纨等忙出来,找着他两个,说道:"你们两个要吃生的,我送你们到老太太那里吃去。那怕吃一只生鹿,撑病了,不与我相干。这么大雪,怪冷的,替我作祸呢?"宝玉笑道:"没有的事!我们烧着吃呢。"李纨道:"这还罢了。"只见老婆们拿了铁炉、铁叉、铁丝蒙来,李纨道:"仔细割了手,不许哭!"说着,同探春进去了。

凤姐打发了平儿来回覆,"不能来。为发放年例正忙。"湘云见了平儿,那里肯放?平儿也是个好顽的,素日跟着凤姐儿无所不至,见如此有趣,乐得顽笑,因而褪去手上的镯子,三个围着火炉儿便要先烧三块吃。那边宝钗、黛玉平素看惯了,不以为异。宝琴等及李婶深为罕事。探春与李纨等已议定了题韵。探春笑道:"你闻闻香气,这里都闻见了。我也吃去。"说着,也找了他们来。李纨也随来说,"客已齐了你们还吃不彀?"湘云一面吃,一面说道:"我吃这个方爱吃酒,吃了酒才有诗,若不是这鹿肉,今儿断不能作诗。"说着,只见宝琴披着凫靥裘站在那里笑。湘云笑道:"傻子!过来尝尝!"宝琴笑说:"怪脏的。"宝钗道:"你尝尝去,好吃的。你林姐姐弱,吃了不消化,不然他也爱吃。"宝琴听了,便过去吃了一块,果然好吃,觉好吃便也吃起来。

一时凤姐儿打发小丫头来叫平儿。平儿说:"史姑娘拉着我呢。你先走罢!"小丫头去了。一时只见凤姐也披了斗篷走来,笑道:"吃这样好东西,也不告诉我。”说着,也凑着一处吃起来。黛玉笑道:“那里找这一群花子去。罢了!罢了!今日芦雪庵遭劫,生生被云丫头作践了。我为芦雪庵一大哭。”湘云冷笑道:“你知道什么?是真名士自风流。你们都是假清高,最可厌的。我们这会子腥膻大吃大嚼,回来却是锦心绣口。”宝钗笑道:“你回来若作的不好了,把那肉挖了出来,就把这雪压的芦苇子揌上些,以完此劫。”

说着,吃毕,洗漱了一回。平儿带镯子时,却少了一个。左右前后乱找了一番,踪迹全无。众人都诧异。凤姐儿笑道:“我知道这镯子的去向。你们只管作诗去,我们也不用找,只管前头去。不出三日,包管就有了。”说着,又问:“你们今儿作什么诗?老太太说了,‘离年又近了,正月里还该作些灯谜儿,大家顽笑。’”众人听了,都笑道:“可是呢!到忘了。如今赶着作几个好的,预备正月里顽。”说着,一齐来至地炕屋内。只见杯盘果菜,俱已摆齐。墙上已贴出诗题、韵脚、格式来了。宝玉、湘云二人忙看时,只见题目是即景联句,五言排律一首,限二萧韵。后面尚未列次序。李纨道:“我不大会作诗,我只起三句罢,然后谁先得了,谁先联。”宝钗道:“到底分个次序。”要知端的,且听下回分解。

第五十回　芦雪庵争联即景诗　暖香坞创制春灯谜

话说薛宝钗道："到底分个次序，让我写出来。"说着，便令众人拈阄为序。起首恰是李氏。然后按次各各开出。凤姐儿说道："既是这样说，我也说一句在上头。"众人都笑说道："更妙了！"宝钗便将"稻香老农"之上补了一个"凤"字，李纨又将题目讲与他听。凤姐儿想了半日，笑道："你们别笑话我。我只有一句粗话，下剩的我就不知道了。"众人都笑道："越是粗话越好。你说了，只管干正事去罢。"凤姐儿笑道："我想下雪必刮北风。昨夜听见了一夜的北风，我有了一句就是：'一夜北风紧'，可使得？"众人听了，都相视笑道："这句虽粗，不见底下的，这正是会作诗的起法。不但好，以下留了多少地步与后人。就是这句为首，稻香老农快写上续下去。"凤姐和李婶、平儿又吃了两杯酒，自去了。这里李纨便写了：

一夜北风紧，

自己联道：

开门雪尚飘。入泥怜洁白，

香菱道：

匝地惜琼瑶。有意荣枯草，

探春道：

无心饰萎苕。价高村酿熟，

李绮道：

年稔府粱饶。葭动灰飞管，

李纹道：

阳回斗转杓。寒山已失翠，

岫烟道：

冻浦不闻潮。易挂疏枝柳，

湘云道：

难堆破叶蕉。麝煤融宝鼎，

宝琴道：

绮袖笼金貂。光夺窗前镜，

黛玉道：

香粘壁上椒。斜风仍故故，

宝玉道：

清梦转聊聊。何处梅花笛？

宝钗道：

谁家碧玉箫？鳌愁坤轴限，

李纨笑道："我替你们看热酒去罢。"宝钗命宝琴续联，只见湘云起来道：

龙斗阵云销。野岸回孤棹，

宝琴也站起道：

吟鞭指灞桥。赐裘怜抚戍，

湘云那里肯让人，且别人也不如他敏捷，都看他扬眉挺身的说道：

加絮念征徭。坳垤审夷险，

宝钗连声赞好，也便联道：

枝柯怕动摇。皑皑轻趁步，

黛玉忙联道：

翦翦舞随腰。煮芋成新赏，

一面说，一面推宝玉，命他联。宝玉正看宝钗、宝琴、黛玉三人共战湘云，十分有趣，那里还顾得联诗？今见黛玉推他，方联道：

撒盐是旧谣。苇蓑犹泊钓，

湘云笑道："你快下去！你不中用！到耽搁了我。"一面只听宝琴联道：

林斧不闻樵。伏象千峰凸，

湘云忙联道：

盘蛇一径遥。花缘经冷绪，

宝钗与众人又忙赞好，探春又联道：

色岂畏霜凋。深院惊寒雀，

湘云正渴了,忙忙的吃茶,已被岫烟道:

空山泣老鸮。阶墀随上下,

湘云忙丢了茶杯,忙联道:

池水任浮漂。照耀临清晓,

黛玉联道:

缤纷入永宵。诚忘三尺冷,

湘云忙笑联道:

瑞释九重焦。僵卧谁相问,

宝琴也忙笑联道:

狂游客喜招。天机断缟带,

湘云又忙道:

海市失鲛绡。

林黛玉不容他再说,接着便道:

寂寞对台榭,

湘云忙联道:

清贫怀箪瓢。

宝琴也不容情,也忙道:

烹茶冰渐沸,

湘云见这般,自为得趣,又是笑,又忙联道:

煮酒叶难烧。

黛玉也笑道:

没帚山僧扫,

宝琴也笑道:

埋琴稚子挑。

湘云笑的弯了腰,忙念了一句。众人问:"到底说的什么?"湘云喊道:

石楼闲睡鹤,

黛玉笑的握着胸口,高声嚷道:

锦罽暖亲猫。

宝琴也忙笑道:

月窟翻银浪，

湘云忙联道：

霞城隐赤标。

黛玉忙笑道：

沁梅香可嚼，

宝钗笑称好，也忙联道：

淋竹醉堪调。

宝琴也忙道：

或湿鸳鸯带，

湘云忙联道：

时凝翡翠翘。

黛玉又忙道：

无风仍脉脉，

宝琴又忙笑联道：

不雨亦潇潇。

湘云伏着已笑软了。众人看他三人对抢，也都不顾作诗，看着也只是笑。黛玉还推他往下联，又道："你也有才尽之时？我听听还有什么舌根嚼了？"湘云只伏在宝钗怀里，笑个不住。宝钗推他起来，道："你有本事，把二萧的韵全用完了，我才伏你。"湘云起身笑道："我也不是作诗，竟是抢命呢。"众人笑道："到是你说罢。"探春早已料定没有自己联的了，便早写出来，因说："还没收住呢。"李纨听了，接过来便联了一句道：

欲志今朝乐，

李绮收了一句道：

凭诗祝舜尧。

李纨道："彀了，彀了。虽没作完了韵脚的字，若生扭用了，到不好了。"说着大家来细细评论一回，独湘云的多，都笑道："这都是那块鹿肉的功劳。"

李纨笑道："逐句评去都还一气，只是宝玉又落了第了。"宝玉笑道："我原不会联句，只好担待我罢。"李纨笑道："也没有社社担待你的。又说韵险了,又整误了,又不会联句了。今日必得罚你。我才看见栊翠庵的红梅花有趣,我要折一枝来插瓶,可厌妙玉为人,我不理他。如今罚你去取一枝来。”众人都道:“这罚的又雅又有趣。”宝玉也乐为,答应着就要走。湘云、黛玉一齐说道:“外头冷得很,你且吃杯热酒再去。”湘云早执起壶来,黛玉递了一个大杯,满斟了一杯。湘云笑道:“你吃了我们的酒,你要取不来,加倍罚你。”宝玉忙吃一杯,冒雪而去。

李纨命人好好跟着。黛玉忙拦说:“不必。有了人,反不得了。”李纨点头说“是”。一面命丫嬛将一个美女耸肩瓶拿来,贮了水,准备插梅花。因又笑道:“回来该咏红梅了。”湘云忙道:“我先作一首。”宝钗忙道:“今日断乎不容你再作了。你都抢了去,别人都闲着,也没趣。回来还罚宝玉。他说不会联句,如今就叫他自己作去。”黛玉笑道:“这话很是。我还有个主意。方才联句不够,莫若拣着联的少的人作红梅。”宝钗笑道:“这话是极。方才邢、李三位屈才,且又是客。琴儿和颦儿、云儿三个人也抢了许多。我们一概都别作,只让他三个作才是。”李纨因说:“绮儿也不大会作,还是让琴妹妹作罢。”宝钗只得依允。又道:“就用‘红梅花’三个字作韵。每人一首七律。邢大妹妹作‘红’字,你们李大妹妹作‘梅’字,琴儿作‘花’字。”李纨道:“饶过宝玉去,我不服。”湘云忙道:“有个好题目,命他作。”众人问何题目。湘云道:“命他就作‘访妙玉乞红梅’。岂不有趣?”众人听了,都说有趣。

一语未了,只见宝玉笑欰欰擿了一枝红梅进来。众丫嬛忙已接过,插入瓶内。众人都笑称谢。宝玉笑道:“你们如今赏罢,也不知费了我多少精神呢。”说着,探春早又递过一钟暖酒来。众丫嬛走上来,接了蓑笠掸雪。各人房中丫嬛都添送衣服来。袭人也遣人送了半旧的狐腋褂来。李纨命人将那蒸的大芋头盛了一盘,又将朱橘、黄橙、橄榄等物盛了两盘,命人带与袭人去。湘云且告诉宝玉方才的诗题,又催宝玉快作。宝玉道:“姐姐妹妹们!让我自己用韵罢。别限韵了。”众人都说:“随你作去罢。”一面说,一面大家看梅花。

原来这枝梅花只有二尺来高,傍有一横枝纵横而出,约有五六尺长,其间小枝分岐,或如蟠螭,或如僵蚓,或孤削如笔,或密聚如林。花吐胭脂,香欺兰蕙,各各称赏。谁知邢岫烟、李纹、薛宝琴三人都已吟成,各自写了出来。众人便依“红梅花”三字之序看去,写道是:

咏红梅花　邢岫烟

桃未芳菲杏未红,冲寒先已笑东风。魂飞庾岭春难辨,霞隔浮罗梦未通。绿萼添妆融宝炬,缟仙扶醉跨残虹。看来岂是寻常色,浓淡由他冰雪中。

咏红梅花　李　纹

白梅懒赋赋红梅,逞艳先迎醉眼开。冻脸有痕皆是血,酸心无恨亦成灰。误吞丹药移真骨,偷下瑶池脱旧胎。江北江南春灿烂,寄言蜂蝶漫疑猜。

咏红梅花　薛宝琴

疏是枝条艳是花,春妆儿女竞奢华。闲庭曲槛无馀雪,流水空山有落霞。幽梦冷随红袖笛,游仙香泛绛河槎。前身定是瑶台种,无复相疑色相差。

众人看了,都笑,称赏了一番。又指末一首说更好。宝玉见宝琴年纪最小,才又敏捷,深为奇异。黛玉、湘云二人,斟了一小杯酒,齐和宝琴。宝钗笑道:“三首各有各好。你们两个天天捉弄厌了我,如今捉弄他来了。”李纨又问宝玉:“你可有了?”宝玉忙道:“我到有了,才一看见那三首,又吓忘了。等我再想。”湘云听了,便拿了一支铜火箸击着手炉,笑道:“我击鼓了!若鼓绝不成,又要罚的。”宝玉笑道:“我已有了。”黛玉提起笔来,说道:“你念我写。”湘云便击了一下,笑道:“一鼓绝。”宝玉笑道:“有了,你写罢。”众人听他念道:

酒未开罇句未裁,

黛玉写了,摇头笑道:“起的平平。”湘云又道:“快着!”宝玉笑道:

寻春问腊到蓬莱。

黛玉、湘云都点头笑道:“有些意思了。”宝玉又道:

不求大士瓶中露,为乞嫦娥槛外梅。

黛玉写了,又摇头道:“凑巧而已。”湘云忙催二鼓,宝玉又笑道:

入世冷挑红雪去,离尘香割紫云来。

槎枒谁惜诗肩瘦，衣上犹沾佛院苔。

黛玉写毕，湘云大家才评论时，只见几个丫嬛跑进来道："老太太来了。"众人忙迎出来，大家又笑道："怎么这等高兴！"说着，远远见贾母围了大斗篷，带着灰鼠暖兜，坐着小竹轿，打着青绸油伞，鸳鸯、琥珀等五六个丫嬛，每人都是打着伞，拥轿而来。李纨等忙往上迎，贾母命人止住，说："只在那里就是了。"来至跟前，贾母笑道："我瞒着你太太和凤丫头来了。大雪地下，坐着这个无妨。没的叫他们来踩雪。"众人连忙一面上前接斗篷，搀扶着，一面答应着。贾母来至室中，先笑道："好俊梅花！你们也会乐，我来着了。"说着，李纨早自己拿了一个大狼皮褥来铺在当中。贾母坐了，因笑道："你们只管顽笑、吃喝，我因为天短了，不敢睡中觉，抹了一回牌，想起你们来了。我也来凑个趣儿。"李纨早又捧过手炉来，探春另拿了一付杯箸来，亲自斟了暖酒，奉与贾母。贾母便饮了一口，问："那个盘子里是什么东西？"众人忙捧了过来，回说："是糟鹌鹑。"贾母道："这倒罢了，撕一两点腿子来。"李纨忙答应了，要水洗手，亲自来撕。贾母又道："你们仍旧坐下说笑我听。"又命李纨："你也坐下，就如同我没来的一样才好。不然我就去了。"

众人听了，方依次坐下，这李纨便挪到尽下边。贾母因问作何事来着。众人便说作诗来。贾母道："有作诗的，不如作些灯谜。大家正月里好顽的。"众人答应了。说笑了一回，贾母便说："这里潮湿，你们别久坐，仔细受了潮湿。"因说："你四妹妹那里暖和，我们到那里瞧瞧他的画儿，赶年可完不完。"众人笑道："那里能年下就有了？只怕明年端阳有了，还算早呢。"贾母道："这还了得！他竟比盖这园子还费工夫了。"

说着，仍坐了小竹轿子，大家围随着，过了藕香榭，穿入一条夹道，东西两边皆有过街门，门楼上里外皆嵌着石头匾。如今进的是西门，向外的匾上凿着"穿云"二字，向里的凿着"度月"两个字。来至当中，进了向南的正门，贾母下了轿，惜春已接了出来。从里边游廊过去，便是惜春卧房，门斗上有"暖香坞"三个字。早有几个人打起猩红毡帘，已觉温香拂脸。大家进入房中，贾母并不归坐，只问："画儿在那里?”惜春因笑回:“天气寒冷了,胶性皆凝涩不润,画了恐不好看,故此收起来了。”贾母笑道:“我年下就要的。你别托懒儿,快拿出来给我快画。”

一语未了,忽见凤姐儿披着紫羯褂笑吹吹的来了,口内说道:“老祖宗今儿也不告诉人,私自就来了。叫我好找。”贾母见他来了,心中自是喜悦,道:“我怕你们冷着了,所以不许人告诉你们去。你真是个鬼灵精儿,到底找了我来。以论理,孝敬也不在这上头。”凤姐儿笑道:“我那里是孝敬的心找了来?我因为到了老祖宗那里,鸦没雀静的,问小丫头子们,他又不肯说,叫我找到园里来。我正疑惑,忽然来了两三个姑子。我心里才明白,我想姑子必是来送年疏,或要年例、香例银子。老祖宗年下的事也多,一定是躲债来了。我赶忙问了那姑子,果然不错。我连忙把年例给了,他们去了。如今来回老祖宗,债主儿已去了,不用躲着了。已预备下希嫩的野鸡,请用晚饭去。再迟一回,就老了。”他一行说,众人一行笑。

凤姐儿也不等贾母说话,便命人抬过轿子来。贾母笑着,搀了凤姐的手,仍旧上轿,带着众人说笑出了夹道东门。一看四面粉妆银砌,忽见宝琴披着凫靥裘站在山坡上遥等,身后一个丫嬛抱着一瓶红梅。众人都笑道:“怪道少了两个人,他却在这里等着,也弄梅花去了。”贾母喜的忙笑道:“你们瞧这山坡上,配上他的这个人品,又是这件衣裳,后头又是这样梅花,像个什么?”众人都笑道:“就像老太太屋里挂的仇十洲画的《双艳图》。”贾母摇头笑道:“那画的那里有这件衣裳,人也不能这样好。”一语未了,只见宝琴背后转出一个披大红猩毡的人来。贾母道:“那又是那个女孩儿?”凤姐笑道:“我们姊妹们都在这里,那是宝玉。”贾母笑道:“我的眼越发花了。”说话之间,来至跟前,可不是宝玉和宝琴!宝玉笑向宝钗、黛玉等道:“我才又到了栊翠庵。妙玉每人送你们一枝梅花,我已经打发人送去了。”众人都笑说:“多谢你费心。”

说话之间,已出了园门,来至贾母房中,吃毕饭,大家又说笑了一回。忽见薛姨妈也来了,说:“好大雪,一日也没过来望候老太太。今日老太太到不高兴?正该赏雪才是。”贾母笑道:“何曾不高兴?

我找了他们姊妹们去顽了一会子。"薛姨妈笑道:"昨日晚上,我原想着今日要和我们姨太太借一日园子,摆两桌粗酒,请老太太赏雪的。又见老太太安息的早,我闻得女儿说,老太太心下不大爽快。因此今日也没敢惊动,早知如此,我正该请。"贾母笑道:"这才是十月里头场雪,往后下雪的日子多呢,再破费不迟。"薛姨妈笑道:"果然如此,算我的孝心虔了。"凤姐儿笑道:"姨妈看仔细忘了,如今竟先秤五十两银子来,交给我收着。一下雪,我就预备下酒。姨妈也不用操心,也不得忘了。"贾母笑道:"既这么说,姨太太给他五十两银子收着。我和他每人分二十五两。到下雪的日子,我妆心里不爽快,混过去了。姨太太更不用操心,我和凤丫头到得了实惠。"凤姐将手一拍,笑道:"妙极了!这和我的主意一样。"众人都笑了。贾母笑道:"呸!没脸的!就顺着竿子爬上去了。你不该说姨太太是客,在咱们家受屈,我们该请姨太太才是。那里有破费姨太太的理?不这样说呢,还有脸先要五十两子。真不害臊!"凤姐儿笑道:"我们老祖宗最是有眼色的。试一试姨妈的口气。若松呢,拿出五十两来,就和我分;这会子估量着不中用了,翻过来拿我作筏子,说出这些大方话来。如今我也不和姨妈要银子,竟替姨妈出银子,治了酒,请老祖宗吃了;我另外再封五十两银子孝敬老祖宗,算是罚我个包揽闲事,这可好不好?"话未说完,众人已笑倒在炕上。

贾母因又说及宝琴雪下折梅比画儿上还好,因又细问他的年庚八字并家内景况。薛姨妈度其意思,大约是要与宝玉求配。薛姨妈心中固也遂意,只是已许过梅家了。因贾母尚未明说,自己也不好拟定,遂半吐半露告贾母道:"可惜这孩子没福,前年他父亲就没了。他从小儿见的世面到多,跟他父母四山五岳都走遍了。他父亲是个好乐的,各处因有买卖,带着家眷,这一省逛一年,明年又往那一省逛半年,所以天下十停走了有五六停了。那年在这里把他就许了梅翰林的儿子,偏第二年他父亲就辞世了。他母亲又是痰症。"凤姐也不等说完,便嗐声跺脚的说:"偏不巧!我正要作个媒呢。又已经许了人家。"贾母笑道:"你要给谁说媒?"凤姐儿说道:"老祖宗别管!我心里看准了他们两个是一对。如今已许了人,说也无益,不如不说罢了。”贾母也知凤姐儿之意,听见已有了人家也就不提了。大家又闲话了一会,方散。一宿无话。

次日雪晴。饭后,贾母又亲嘱惜春,“不管冷暖,你只画去,赶到年下,十分不能便罢了。第一要紧,把昨日琴儿和丫头、梅花照模照样,一笔别错,快快添上。”惜春听了,虽是为难,只得应了。一时众人都来看他如何画。惜春只是出神。李纨因笑向众人道:“让他自己想去,咱们且说话儿。昨儿老太太只叫作灯谜,回家和绮儿、纹儿睡不着,我就编了两个《四书》的,他两个每人也编了两个。”众人听了,都笑道:“这到该作的。先说了,我们猜猜。”李纨笑道:“‘观音未有世家传’,打《四书》一句。”湘云接着就说:“在止于至善。”宝钗笑道:“你也想一想‘世家传’三个字的意思再猜。”李纨笑道:“再想。”黛玉笑道:“哦,是了。是‘虽善无征。’”众人都笑道:“这句是了。”李纨又道:“一池青草草何名?”湘云忙道:“这一定是‘蒲芦也’,再不是不成?”李纨笑道:“这难为你猜!纹儿的是‘水向池边流去冷’。打一古人名。”探春笑问道:“可是山涛?”李纹笑道:“是。”李纨又道:“绮儿的是个‘萤’字,打一个字。”众人猜了半日,宝琴笑道:“这个意思却深,不知可是花草的‘花’字。”李绮笑道:“恰是了。”众人道:“萤与花何干?”黛玉笑道:“妙得很!萤可不是草化的?”众人会意,都笑了,说:“好!”

宝钗道:“这些虽好,不合老太太的意思。不如作些浅近的物儿,大家雅俗共赏才好。”众人都道:“也要作些浅近的俗物才是。”湘云笑道:“我编了一枝《点绛唇》,恰是俗物。你们猜猜。”说着,便念道:“溪壑分离,红尘游戏,真何趣?名利犹虚,后事终难继!”众人不解,想了半日,也有猜是和尚的,也有猜是道士的,也有猜是偶戏人的。宝玉笑了半日,道:“都不是。我猜着了,一定是耍的猴儿。”湘云笑道:“正是这个了。”众人道:“前头都好,末后一句怎么解?”湘云道:“那一个耍的猴子,不是剁了尾巴去的?”众人听了,都笑起来,说他编个谜儿,也是刁钻古怪的。李纨道:“昨日姨妈说,琴妹妹见的世面多,走的道路也多,你正该编几个谜儿,正用着了。你的诗且又好,何不编几个,我们猜一猜。”宝琴听了,点头含笑,自去寻思。宝

钗也有了一个,念道:

镂檀锲梓一层层,岂系良工堆砌成?虽是半天风雨过,何曾闻得梵铃声。——打一物

众人猜时,宝玉也有了一个,念道:

天上人间两渺茫,琅玕节过谨堤防。

鸾音鹤信须凝睇,好把唏嘘答上苍。

黛玉也有了一个,念道是:

騄駬何劳缚紫绳?驰城逐堑势狰狞。

主人指示风雷动,鳌背三山独立名。

探春也有了一个,方欲念时,宝琴走过来笑道:“我从小儿所走的地方的古迹不少,我今拣了十个地方的古迹,作了十首怀古的诗。诗虽粗鄙,却怀往事,又暗隐俗物十件。姐姐们请猜一猜。”众人听了,都说:“这到巧!何不写出来,大家一看。”要知端的。

第五十一回 薛小妹新编怀古诗 胡庸医乱用虎狼药

众人闻得宝琴将素习所经过各省内的古迹为题，作了十首怀古绝句，内隐十物，皆说这自然新巧，都争着看时，只见写道是：

赤壁怀古 其一

赤壁沉埋水不流，徒留名姓载空舟。
喧阗一炬悲风冷，无限英魂在内游。

交趾怀古 其二

铜铸金镛振纪纲，声传海外播戎羌。
马援自是功劳大，铁笛无烦说子房。

钟山怀古 其三

名利何曾伴汝身？无端被诏出凡尘。
牵连大抵难休绝，莫怨他人嘲笑频。

淮阴怀古 其四

壮士须防恶犬欺，三齐位定盖棺时。
寄言世俗休轻鄙，一饭之恩死也知。

广陵怀古 其五

蝉噪鸦栖转眼过，隋堤风景近如何？
只缘占得风流号，惹得纷纷口舌多。

桃叶渡怀古 其六

衰草闲花映浅池，桃枝桃叶总分离。
六朝梁栋多如许，小照空悬壁上题。

青冢怀古 其七

黑水茫茫咽不流，冰弦拨尽曲中愁。
汉家制度诚堪叹，樗栎应惭万古羞。

马嵬怀古 其八

寂寞脂痕渍汗光，温柔一旦付东洋。

只因遗得风流迹，此日衣衾尚有香。

蒲东寺怀古　其九

小红骨贱最身轻，私掖偷携强撮成。
虽被夫人时吊起，已经勾引彼同行。

梅花观怀古　其十

不在梅边在柳边，个中谁拾画婵娟。
团圆莫忆春香到，一别西风又一年。

众人看了，都称奇道妙。宝钗先说道："前八首都是史鉴上有据的，后二首却无考。我们也不大懂得，不如另作两首为是。"黛玉忙拦道："这宝姐姐也忒胶柱鼓瑟、矫揉造作了。这两首虽是史鉴上无考，咱们虽不曾看这些外传，不知底理，难道咱们连两本戏也没有见过不成？那三岁孩子也知道，何况咱们？"探春便道："这话正是了。"李纨又道："况且他原是到过这个地方的，这两件事虽无考，古往今来，以讹传讹，好事者竟故意的弄出这些古迹来以惑愚人。比如那年上京的时候，单是关夫子的坟，到见了三四处。关夫子一生事业皆是有据的，如何又有许多的坟？自然是后来人敬爱他生前为人，只怕从这敬爱上穿凿出来，也是有的。及至看《广舆记》上，不止关夫子的坟多，自古来有些名望的，坟就不少，无考的古迹更多。如今这两首，虽无考，凡说书、唱戏，甚至于求的签上，皆有注批，老小男女，俗语口头，人人皆知皆说的。况且又并不是看了《西厢》《牡丹》的词曲，怕看了邪书。这竟无妨，只管留着。"宝钗听说，方罢了。大家猜了一回，皆不是。

冬日天短，不觉又是前头吃晚饭之时。一齐前来吃饭。因有人回王夫人说："袭人的哥哥花自芳进来说，他母亲病重了，想他女儿。他来求恩典，接袭人家去走走。"王夫人听了，便道："人家母女一场，岂有不许他去的？"一面就叫了凤姐儿来，告诉了凤姐儿，命酌量去办理。凤姐儿答应了，回至房中，便命周瑞家的去告诉袭人原故。又分付周瑞家的："再将跟着出门的媳妇传一个，你两个人再带两个小丫头子，跟了袭人去。外头派四个有年纪跟车的，要一辆大车，你们带着坐。要一辆小车，给丫头们坐。"周瑞家的答应了，才要去。凤姐儿又道："那袭人是个省事的，你告诉他，说我的话，叫他穿几件颜色好衣裳，大大的包一包袱衣裳拿着。包袱也要好好的，手炉也要拿好的。临走时，叫他先来我瞧瞧。"周瑞家的答应去了。

半日，果见袭人穿带来了，两个丫头与周瑞家的拿着手炉与衣包。凤姐儿看袭人：头上带着几枝金钗珠钏，到华丽；又看身上穿着桃红百子刻丝银鼠袄儿，葱绿盘金彩绣绵裙，外面穿着青缎灰鼠褂。凤姐儿笑道："这三件衣裳都是太太的，赏了你，到是好的。但只这褂子太素了些，如今穿着也冷。你该穿一件大毛的。"袭人笑道："太太就只给了这灰鼠的，还有一件银鼠的。说赶年下再给大毛的，还没有得呢。"凤姐儿笑道："我到有一件大毛的，我嫌风毛儿出不好了，正要改去；也罢，先给你穿去罢。等年下太太给作的时节，我再作罢。只算你还我一样。"众人都笑道："奶奶惯会说这话。成年家大手大脚的，替太太不知背地里赔垫了多少东西，真真的赔的是说不出来，那里又和太太算去？偏这会子又说这小气话取笑儿。"凤姐儿笑道："太太那里想的到这些？究竟这又不是正经事。再不照管，也是大家的体面。说不得我自已吃些亏，把众人打扮体统了，宁可我得个好名也罢了。一个一个像烧糊了的卷子似的，人先笑话我当家到把人弄出了花子来。"众人听了，都叹说："谁像奶奶这样圣明。在上体贴太太，在下又疼顾下人。"一面说，一面只见凤姐儿命平儿将昨日那件石青刻丝八团天马皮褂子拿出来，与了袭人。又看包袱只得一个弹墨花绫水红绸里的夹包袱，里面只包着两件半旧棉袄与皮褂。凤姐儿又命平儿把一个玉色绸子里儿哆啰呢的包袱拿出来，又命包上一件雪褂子。

平儿走去拿了出来：一件是半旧大红猩猩毡的，一件是大红羽纱的。袭人道："一件就当不起了。"平儿笑道："你拿这猩猩毡的去。这件我顺手拿了出来，叫人给邢大姑娘送去。昨儿那么大雪，人人都是有的，不是猩猩毡，就是羽缎、羽纱的，十来件大红衣裳，映着大雪，好不齐整！就只他穿着那件旧毡子斗篷，越发显的拱肩缩背，好不可怜儿的。如今把这件给他罢！"凤姐儿笑道："我的东西他私自就要给人。我一个还花不勾，再添上你提着，更好了。"众人笑道："这都是奶奶素日孝敬太太,疼爱下人。若是奶奶素日是小气的,只以东西为事,不顾下人的,姑娘那里还敢这样了?”凤姐儿笑道:“所有知道我的心的,也就是他还知三分罢了。”说着,又嘱咐袭人道:“你妈若好了就罢;若不中用了,只管住下,打发人来回我,我再另打发人给你送铺盖去。可别使人家的铺盖和梳头的家伙。”又分付周瑞家的道:“你们自然也知道这里的,也不用我嘱咐了。”周瑞家的答应:“都知道。我们这去到那里,总叫他们的人回避。若住下,必是另要一两间内房的。”说着,跟了袭人出去。又分付预备灯笼,遂坐车往花自芳家来。不在话下。

这里凤姐又将怡红院的嬷嬷唤了两个来,分付道:“袭人只怕不来家。你们素日知道那大丫头们,那两个知好歹,派出来在宝玉屋里上夜。你们也好生照管着,别由着宝玉胡闹。”两个嬷嬷去了。一时来回说:“派了晴雯和麝月在屋里。我们四个人原是轮流着带管上夜的。”凤姐儿听了,点头道:“晚上催他早睡,早上催他早起。”老嬷嬷们答应了,自回园去。一时果有周瑞家的带了信,回凤姐儿说:“袭人之母业已停床,不能回来。”凤姐儿回明了王夫人,一面着人往大观园去取他的铺盖、妆奁。

宝玉看着晴雯、麝月二人打点妥当,送去之后,晴雯、麝月皆卸罢残妆,脱换过裙袄。晴雯只在薰笼上围坐。麝月笑道:“你今儿别妆小姐了,我劝你也动一动儿。”晴雯道:“等你们都去尽了,我再动不迟。有你们一日,我且受用一日。”麝月笑道:“好姐姐,我铺床,你把那穿衣镜的套子放下来,上头的划子划上,你的身量比我高些。”说着便去与宝玉铺床。晴雯嗐了一声,笑道:“人家才坐暖和了,你就来闹。”此时宝玉正坐着纳闷,想袭人之母不知是死是活。忽听见晴雯如此说,便自己起身出去,放下镜套,划上消息,进来笑道:“你们暖和罢。都完了。”晴雯笑道:“终久暖和不成的。我又想起来,汤婆子还没拿来呢。”麝月道:“这难为你想着!他素日又不要汤婆子,咱们那薰笼上暖和,比不得那屋里炕冷。今儿可以不用。”宝玉笑道:“这个话,你们两个都在上头睡了,我这外边没个人,我怪怕的。一夜也睡不着。”晴雯道:“我是在这里,叫麝月在你外边睡去。”说话之间，天色二更，麝月早已放下帘幔，移灯炷香，服侍宝玉卧下，二人方睡。晴雯自在薰栊上，麝月便在暖阁的外边。

至三更以后，宝玉睡梦之中，便叫“袭人”，叫了两声，无人答应，自己醒了，方想起袭人不在家，自己也好笑起来。晴雯已醒，因笑唤麝月道：“连我都醒了，他守在傍边还不知道，真是个挺死尸的。”麝月翻身打个哈气，笑道：“他叫袭人，与我什么相干。”因问：“作什么？”宝玉要吃茶。麝月忙起来，单穿红绸小棉袄儿。宝玉道：“披上我的袄儿再去！仔细冷着。”麝月听说，回手便把宝玉披着起夜的一件貂颏满襟暖袄披上，下去向盆内洗手。先到了一钟温水，拿了大漱盂，宝玉漱了一口，然后才向茶槅上取了茶碗，先用温水盥了一盥，向暖壶中倒了半碗茶，递与宝玉吃了。自己也漱了一漱，吃了半碗。晴雯笑道：“好妹子，也赏我一口儿。”麝月笑道：“越发上脸儿了。”晴雯道：“好妹妹！明儿晚上你别动，我伏侍你一夜，如何？”麝月听说，只得也伏侍他漱了口，倒了半碗茶与他吃过。麝月笑道：“你们两个别睡，说着话儿，我出去走走回来。”晴雯笑道：“外头有个鬼等着你呢！”宝玉道：“外头自然有大月亮的，我们说话，你只管去。”一面说，一面便嗽了两声。

麝月便开了后门，揭起毡帘一看，果然好月色。晴雯等他出去，便欲唬他顽耍。仗着素日比别人气壮，不畏寒冷。也不披衣，只穿着小袄，便蹑手蹑脚的下了薰栊，随后出来。宝玉笑劝道：“看冻着，不是顽的！”晴雯只摆手，随后出了房门。只见月光如水，忽然一阵微风，只觉侵肌透骨，不禁毛骨森然，心下自思道：“怪道人说热身子不可被风吹。这一冷果然利害。”一面正要唬麝月，只听宝玉高声在内说道：“晴雯出去了。”晴雯忙回身进来，笑道：“那里就唬死了他！偏你惯会这蝎蝎螫螫老婆汉像的！”宝玉笑道：“到不为唬坏了他。一则冻着你也不好，二则他不防，不免一喊，倘或唬醒了别人，不说咱们是顽意儿，到反说袭人才去了一夜，你们就见神见鬼的。你来把我的这边被掖一掖。”晴雯听说，便上来掖了掖，伸手进去渥一渥时，宝玉笑道：“好冷手！我说看冻着。”一面又见晴雯两腮如胭脂一般，用手摸了一摸，也觉冰冷。宝玉道：“快进被来渥渥罢！”一语未了，只听咯噔的一声门响，麝月慌慌张张的笑了进来，说道："吓了我一跳好的！黑影子里，山子石后头，只见一个人蹲着。我才要叫喊，原来是那个大锦鸡，见了人一飞，飞到亮处来，我才看真了。若冒冒失失一嚷，到闹起人来。"一面说，一面洗手，又笑道："晴雯出去，我怎么不见？一定是要唬我去了。"宝玉笑道："这不是他在这里渥呢！我若不叫他来，可是到唬你一跳。"晴雯笑道："也不用我唬去，这小蹄子已经自怪自惊的了。"一面说，一面仍回自己被中去了。麝月道："你就这么跑解马是的，打扮得伶伶俐俐的出去了不成？"宝玉笑道："可不就这么样子。"麝月道："你要死也不拣个好日子！你出去站一站，把皮不冻破了你的。"说着，又将火盆上的铜罩揭起，拿灰锹重将熟炭埋了一埋，拈了两块素香放上，仍旧罩了；至屏后重剔了灯，方才睡下。

晴雯因方才一冷，如今又一暖，不觉打了两个喷嚏。宝玉说道："如何？到底伤了风了。"麝月笑道："他早起就嚷不受用，一日也没吃饭。他这会还不保养些，还要捉弄人。明儿病了，叫他自作自受。"宝玉问："头上热不热？"晴雯嗽了两声，说道："不相干，哪里这么娇嫩起来了？"说着，只听外间房中十锦隔上的自鸣钟当当打了两声。外间值宿的老嬷嬷嗽了两声，因说道："姑娘们睡罢！明儿再说罢！"宝玉方悄悄的笑道："咱们别说话了。又惹他们说话。"说着，方大家睡了。

至次日起来，晴雯果觉有些鼻塞声重，懒怠动弹。宝玉道："快不要声张！太太知道，又叫你搬了家去养息。家去虽好，到底冷些，不如在这里。你就在里间屋里躺着。我叫人请了大夫，悄悄的从后门来瞧瞧就是了。"晴雯道："虽如此说，你到底要告诉大奶奶一声儿。不然，一时大夫来了，有人问起来，怎么说呢？"宝玉听了有理，便唤一个老嬷嬷分付道："你回大奶奶去。就说晴雯白冷着了些，不是什么大病。袭人又不在家，他若家去养病，这里更没有人了。传一个大夫悄悄的从后门进来瞧瞧，别回太太罢了。"老嬷嬷去了半日，来回说："大奶奶知道了。说一两剂药吃好了，便罢；若不好时，还是出去为是。如今时气不好，恐沾染了别人事小，姑娘们的身子要紧的。”晴雯睡在暖阁里，只管咳嗽，听了这话，气的喊道：“我那里就害瘟病了？只怕过了人！我离了这里，看你们这一辈子别都头疼脑热的。”说着，便真要起来。宝玉忙按他，笑道：“别生气，这原是他的责任。惟恐太太知道了，说他不是，白说一句。你素习就好生气，如今肝火自然更盛了。”正说时，人回大夫来了。宝玉便走过来，避在书架之后。只见两三个后门口的老嬷嬷带了一个大夫进来，这里的丫嬛都回避了，有三四个老嬷嬷，放下暖阁上的大红绣幔。晴雯从幔中单伸出手去。那大夫见这只手上有两根指甲，足有三寸长，尚有金凤花染的通红的痕迹，便忙回过头来。有一个老嬷嬷忙拿了一块手帕掩了。那大夫方诊了一回脉，起身到外间，向嬷嬷们说道：“小姐的症是外感内滞。近日时气不好，还算是个小伤寒。幸亏是小姐素日饮食有限，风寒也不大，不过是血气原弱，偶然沾染了些，吃两剂药，疏散疏散就好了。”说着，便又随婆子们出去。

彼时，李纨已遣人知会过后门上的人及各处丫嬛回避。那大夫只见了园中的景致，并不曾见一个女子。一时出了园门，就在守园门的小厮们的班房内坐了，开了药方。老嬷嬷道：“你老且别去！我们小爷啰唆，恐怕还有话说。”大夫忙道：“方才不是小姐，是位爷不成？那屋子竟是绣房一样；又是放下幔子来的。如何是位爷呢？”老嬷嬷悄悄笑道：“我的老爷！怪道小厮们才说今儿请了一位新大夫来了。真不知我们家的事。那屋子是我们小哥儿的，那人是他屋里的丫头，到是个大姐，那里的小姐？若是小姐的绣房，小姐病了，你那么容易就进去了？”说着，拿了药方进去。

宝玉看时，上面有紫苏、桔梗、防风、荆芥、芍药，后面又有枳实、麻黄，宝玉道：“该死！该死！他拿着女孩儿们也像我们一样的治，如何使得？凭他有什么内滞，这枳实麻黄如何禁得！谁请了来的，快打发他去罢！再请一个熟的来。”老婆子道：“用药好不好，我们不知道这个理。如今再叫小厮去请王太医去到容易。只是这大夫，又不是告诉总管房里请来的，这轿马钱是要给他的。”宝玉道：“给他多少？”婆子道：“少了不好看，也得一两银子，才是我们这门户的礼。”宝玉道：“王太医来了，给他多少？”婆子笑道：“王太医和张太医每常来了,也并没个给钱的。不过每年四节,大趸送礼。那是一定的年例。这人新来了一次,须得给他一两银子去。”宝玉听说,便命麝月去取银子。麝月道:“花大奶奶还不知搁在那里呢!”宝玉道:“我常见他在螺甸小柜子里取钱。我和你找去。”说着,二人来至宝玉堆东西的房子,开了螺甸柜子,上一搁子都是笔墨、扇子、香饼,各色荷包、汗巾等物;下一槅却是几串钱。于是开了抽屉,才看见一个小簸箩内放着几块银子,到也有一把戥子。麝月便拿了一块银子,提起戥子来,问宝玉:“那是一两的星儿?”宝玉笑道:“你问我?有趣!你到成了才来的了。”麝月也笑了,又要去问人,宝玉道:“拣那大的给他一块就是了。又不作买卖,弄这些做什么?”麝月听了,便放下戥子,拣了一块,掂了一掂,笑道:“这一块只怕是一两了。宁可多些好,别少了,叫那穷小子笑话。不说咱们不识戥子,到说咱们有心小器是的。”那婆子站在外头台矶上笑道:“那是五两的锭子夹了半边,这一块至少还有二两呢。这会子又没夹剪。姑娘收了这块,再拣一块小些的罢。”麝月早掩了柜子出来,笑道:“谁又找去!多了些,你拿了去罢”宝玉道:“你只快叫茗烟再请王大夫去就是了。”婆子接了银子,自去料理。

一时茗烟果请了王太医来,诊了脉后,说的病症与前相仿,只是方上果没有枳实、麻黄、芍药,到有当归、陈皮、白芍等药之类;分量较先也减了些。宝玉喜道:“这才是女孩儿们的药。虽然疏散,也不可太过。旧年我病了,却是伤寒内里饮食停滞,他瞧了,还说我禁不起麻黄、石膏、枳实等狼虎药。我和你们一比,我就如那野坟圈子里长的几十年的一棵老杨树,你们就如秋天芸儿进我的那才开的白海棠。连我禁不起的药,你们如何禁得起?”麝月等笑道:“野坟只有杨树不成?难道就没有松柏?我最嫌的是杨树,那么大笨树,叶子只一点子,没一丝风,他也是乱响。你偏比他,也太下流了。”宝玉笑道:“松柏不敢比。连孔子都说,‘岁寒然后知松柏之后凋也’。可知这两件东西高雅,不怕羞臊的才拿他混比呢。”说着,只见老婆子取了药来。宝玉命把煎药的银吊子找了出来,就命在火盆上煎。晴雯因说:“正经给他们茶房里煎去,弄得这屋里药气,如何使得?”宝玉道:“药气比一切的花香、果子香都雅。神仙采药烧药，再者高人、逸士采药治药，最妙的一件东西。这屋里，我正想各色都齐了，就只少药香。如今恰好全了。”一面说，一面早命人煨上。又嘱咐麝月打点东西，遣老嬷嬷去看袭人，劝他少哭。一一妥当，方过前边，来贾母、王夫人处问安、吃饭。

正值凤姐儿和贾母、王夫人商议说：“天又短又冷，不如以后大嫂子带着姑娘们在园子里吃饭一样。等天长暖和了，再来回的跑，也不妨。”王夫人笑道：“这也是好主意。刮风、下雪到便宜。吃些东西，受了冷气，也不好；空心走来，一肚子冷风，压上些东西也不好。不如后园门里头的五间大房子，横竖有女人们上夜的，挑两个厨子女人在那里，单给他姊妹们弄饭。新鲜菜蔬是有分例的，在总管房里支去。或要钱，或要东西，那些野鸡、獐麅，各样野味，分些给他们就是了。”贾母道：“我也正想着呢。就怕又添一个厨房多事些。”凤姐道：“并不多事。一样的分例，这里添了，那里减了，就便多费些事，小姑娘们冷风朔气的，别人还可，第一林妹妹如何禁得住？就连宝兄弟也禁不住，何况众位姑娘？”贾母道：“正是这话了。上次我要说这话，我见你们的大事太多了，如今又添出这些事来……”要知端的——

第五十二回　俏平儿情掩虾须镯　勇晴雯病补雀金裘

贾母道:“正是这话了。上次我要说这话,我见你们的大事多,如今又添出这些事来,你们固然不敢抱怨,未免想着我只顾疼这些小孙子孙女儿们,就不体贴你们这当家人了。你既这么说出来,更好了。”因此时薛姨妈、李婶都在座,邢夫人及尤氏婆媳也都过来请安,还未过去,贾母向王夫人等说道:“今儿我才说这话,素日我不说。一则怕逞了凤丫头的脸,二则众人不伏。今日你们都在这里,都是经过妯娌姑嫂的,还有他这样想的到的没有?”薛姨妈、李婶、尤氏等齐笑说:“真个少有。别人不过是礼上、面子情儿,实在他是真疼小叔子、小姑子。就是老太太跟前,也是真孝顺。”贾母点头叹道:“我虽疼他,我又怕他太伶俐也不是好事。”凤姐儿忙笑道:“这话老祖宗说差了。世人都说太伶俐聪明怕活不长,世人都说,人人都信。独老祖宗不当说,不当信。老祖宗只有伶俐聪明过我十倍的,怎么如今这样福寿双全的?只怕我明儿还胜老祖宗一倍呢!我活一千岁后,等老祖宗归了西,我才死呢。”贾母笑道:“众人都死了,单剩下咱们两个老妖精,有什么意思!”说的众人都笑了。

宝玉因记挂着晴雯、袭人等事,便先回园里来。到房中,药香满屋,一人不见。只见晴雯独卧于炕上,脸面烧的飞红;又摸了一摸,只觉烫手。忙又向炉上将手烘暖,伸进被去,摸了一摸,身上也是火烧。因说道:“别人去了,也罢;麝月、秋纹也这样无情,各自去了?”晴雯道:“秋纹是我撵了他去吃饭的,麝月是方才平儿来找他出去了。两人鬼鬼祟祟的,不知说什么。必是说我病了不出去。”宝玉道:“平儿不是那样人;况且,他并不知你病,特来瞧你。想来一定是和麝月来说话。偶然见你病了,随口说特瞧你的病,这也是人情乖觉取和的常事。便不出去,有不是,与他何干?你们素日又好,断不肯为这无干的事伤和气。”晴雯道:“这话也是。我只是疑心他为什么忽然间瞒起我来?”宝玉笑道:“让我从后门出去,在那窗根下听听他们说些什么,来告诉你。”说着,果然从后门出去,至窗下潜听。

只闻麝月悄问道:“你怎么就得了的?”平儿道:“那日洗手时不见了,二奶奶就不许吵嚷,出了园子,即刻就传给园里各处的妈妈们小心查访。我们只疑惑邢姑娘的丫头。本来又穷,只怕小孩子家没见过,拿了起来也是有的。再不料定是你们这里的。幸而二奶奶没有在屋里,你们这里的宋妈妈去了,拿着这支镯子,说是小丫头子坠儿偷起来的,被他看见,来回二奶奶的。我赶着忙接了镯子,想了一想:宝玉是偏在你们身上留心用意,争胜要强的。那一年有一个良儿偷玉,刚冷了一二年间,还有人提起来趁愿;这会子又跑出一个偷金子的来了,而且更偷到街房家去了。偏是他这样,偏是他的人打嘴。所以我连忙叮咛宋妈,千万别告诉宝玉,只当没有这事,别和一个人题起;第二件,老太太、太太听了,也生气;三则袭人和你们也不好看。所以我回二奶奶,只说:‘我往大奶奶那里去的。谁知镯子褪了口,掉在草根底下。雪深了,没看见。今儿雪化尽了,黄澄澄的映着日头,还在那里呢。我就拣了起来。’二奶奶也就信了。所以我来告诉你们。你们以后防着他些,别使唤他到别处去;等袭人回来,你们商议着,变个法子打发他出去就完了。”麝月道:“这小娼妇,也见过些东西,怎么这么眼皮子浅!”平儿道:“究竟这镯子能多少重?原是二奶奶说的,这叫做‘虾须镯’,到是这颗珠子还罢了。晴雯那蹄子是块爆炭,要告诉了他,他是忍不住的。一时他生了气,或打或骂,依旧嚷出来不好。所以单告诉你,留心就是了。”说着,便作辞而去。

宝玉听了,又喜又气又叹。喜的是,平儿竟能体贴自己;气的是,坠儿爱小窃;叹的是,坠儿那样一个伶俐人,作出这丑事来。因而回至房中,把平儿之话,一长一短告诉了晴雯。又说:“他说你是个要强的,如今病着,听了这话越发要添病。等你好了再告诉你。”晴雯听了,果然气的蛾眉倒蹙,凤眼圆睁,即时就叫坠儿。宝玉忙劝道:“你这一喊出来,岂不辜负了平儿待你我之心了?不如领他这个情,过后打发他就完了。”晴雯道:“虽如此说,只是这口气如何忍得?”宝玉道:“这有什么生气的?你只养病就是了。”晴雯服了药。至晚间,又服二和。夜间虽有些汗,还未见效,仍是发烧、头疼、鼻塞、声重。

次日,王太医又来诊视,另加减汤剂。虽然稍减了烧,仍是头疼。宝玉便命麝月取鼻烟来,"给他嗅些,痛打几个嚏喷就通了关窍。"麝月果真去取了一个金厢双扣金星玻璃的一个扁盒来,递与宝玉。宝玉便揭开盒盖,里面有西洋珐琅的黄发赤身女子,两肋又有肉翅。盒里面盛着些真正汪恰洋烟晴雯只顾看画儿。宝玉道:"嗅些罢!走了气,就不好了。"晴雯听说,忙用指甲挑了些嗅入鼻中,不怎样;便又多多挑了些嗅入,忽觉鼻中一股酸辣透入脑门,接连打了五六个嚏喷,眼泪、鼻涕登时齐流。晴雯忙收了盒子,笑道:"了不得!好爽!快拿纸来!"早有小丫头子递过一搭子细纸。晴雯便一张一张的拿来醒鼻子,宝玉笑问:"如何?"晴雯笑道:"果觉通快些。只是太阳还疼。"宝玉笑道:"越性尽用西洋药治一治,只怕就好了。"说着,便命麝月:"和二奶奶要去。就说我说了,'姐姐那里常有那西洋贴头疼的膏子药,叫作依弗哪,找寻一点儿。'"麝月答应了,去了半日,果拿了半节来。便去找了一块红缎子角儿,铰了两块指顶大的圆式,将那药烤化了,用簪挺摊上。晴雯自拿着一面靶儿镜子,贴在两太阳上。麝月笑道:"病的蓬头鬼一样。如今贴了这个,到俏皮了。二奶奶贴惯了,到不大显。"说毕,又向宝玉道:"二奶奶说了,明日是老爷生日,太太说了叫你去呢。明儿穿什么衣裳?今儿晚上好打点齐备了,省得明儿早起费手。"宝玉道:"什么顺手就是什么罢。一年闹生日,也闹不清。"说着,便起身出房,往惜春房中去看画。

刚到院门外边,忽见宝琴的小丫嬛名小螺者,从那边过去。宝玉忙赶上问:"那去?"小螺笑道:"我们二位姑娘都在林姑娘房里呢,我如今也往那里去。"宝玉听了,转步也便同他往潇湘馆来。不但宝钗姊妹在此,且连邢岫烟也在那里。四人围坐在薰栊上叙家常。紫鹃到坐在暖阁里,临窗作针黹。一见他来,都笑说:"又来了一个。可没了你的坐处了。"宝玉笑道:"好一幅'冬闺集艳图'!可惜我迟来了一步。横竖这屋子比各屋子暖,这椅子坐着并不冷。"说着,便坐在黛玉常坐的搭着灰鼠椅搭的一张椅上。因见暖阁之中,有一玉石条盆,里面攒三聚五栽着一盆单瓣水仙,点着宣石,便极口赞:"好花！这屋子越发暖,这花香的越清香。昨日未见?”黛玉因说道:“这是你家的大总管赖大嫂子给这薛二姑娘的,两盆腊梅,两盆水仙。他送了我一盆水仙,他送了蕉丫头一盆腊梅。我原不要的,又恐辜负了他的心。你若要,我转送你如何?”宝玉道:“我屋里却有两盆,只是不及这个。琴妹妹送的,如何又转送人？这个断使不得。”黛玉道:“我一日药盄子不离火,我竟是药培着呢。那里还搁的住花香来熏,越发弱了。况且,这屋子里一股药香,反把这花香搅坏了。不如你抬了去,这花也清净了,没杂味来搅他。”宝玉笑道:“我屋里今儿也有病人煎药呢。你怎么知道的?”黛玉笑道:“这话奇了！我原是无心的话,谁知你屋里的事？你不早来听说古迹,这会子来了,自惊自怪的。”

宝玉笑道:“咱们明儿约下一社,又有了题目了。就咏水仙、腊梅。”黛玉听了,笑道:“罢,罢。我再不敢作诗了。作一回,罚一回,没的怪羞的。”说着,便两手握起脸来。宝玉笑道:“何苦来！又奚落我作什么！我还不怕臊呢,你倒握起脸来了。”宝钗因笑道:“下次我邀一社,四个诗题,四个词题。每人四首诗,四阕词。头一个诗题‘咏《太极图》’,限一先的韵,五言律,要把一先的韵都用尽了,一个不许剩。”宝琴笑道:“这一说,可知是姐姐不是真心起社了,这分明难人。若论起来,也强扭的出来。不过颠来倒去,弄些《易经》上的话。生填,究竟有何趣味,我八岁时节,跟我父亲到西海沿子上买洋货,谁知有个真真国的女孩子,才十五岁,那脸面就和那西洋画上的美人一样,也披着黄头发,打着联垂,满头带的都是珊瑚、猫儿眼、祖母绿这些宝石;身上穿着金丝织的锁子甲洋锦袄袖;带着倭刀,也是镶金嵌宝的,实在画儿上的也没他好看。有人说他通中国的诗书,会讲五经,能作诗填词。因此我父亲央烦了一位通事官,烦他写了一张字,就写的是他作的诗。”众人都称奇道异,宝玉忙笑道:“好妹妹！你拿出来我瞧瞧。”宝琴笑道:“在南京收着呢,此时那里去取来?”宝玉听了,大失所望,便说:“没福得见这世面。”黛玉笑拉宝琴道:“你别哄我们。我知道你这一来,你的这些东西未必放在家里,自然都是要带了来的。这会子又扯谎,说没带来。他们虽信,我是不信的。”

宝琴便红了脸,低头微笑不语。宝钗笑道:“偏这个颦儿惯说这些白话,把你就伶俐的!”黛玉道:“若带了来,就给我们见识见识,也罢了。”宝钗笑道:“箱子、笼子一大堆,还没理清,知道在那个里头呢。等过日收什清了,找出来,大家再看就是了。”又向宝琴道:“你若记得,何不念念我们听听。”宝琴方答道:“记得是首五言律。外国的女子,也就难为他了。”宝钗道:“你且别念,等把云儿叫了来,也叫他听听。”说着,便叫小螺来,分付道:“你到我那里去,就说我们这里有一个外国美人来了,作的好诗,请你这诗疯子来瞧去!再把我们诗呆子也带来。”小螺笑着去了。半日,只听湘云笑问:“那一个外国美人来了?”一头说,一头果和香菱来了。众人笑道:“人未见形,先已闻声。”宝琴等忙让坐,遂把方才的话重叙了一遍。湘云笑道:“快念来听听。”宝琴因念道:

昨夜朱楼梦,今宵水国吟。岛云蒸大海,岚气接丛林。月本无今古,情缘自浅深。汉南春历历,焉得不关心。

众人听了,都道:“难为他,竟比我们中国人还强。”一语未了,只见麝月走来,说:“太太打发人来告诉二爷,明儿一早往舅舅那里去。就说太太身上不大好,不得亲自来。”宝玉忙站起来答应道:“是”,因问宝钗、宝琴可去,宝钗道:“我们不去,昨儿单送了礼去了。”大家说了一回方散。

宝玉因让诸姊妹先行,自己落后。黛玉便又叫住他,问道:“袭人到底多早晚回来?”宝玉道:“自然等送了殡才来呢。”黛玉还有话说,又不曾出口,出了一回神,便说道:“你去罢!”宝玉也觉心里有许多话,只是口里不知要说什么,想了一想,也笑道:“明日再说罢。”一面下了阶矶,低头正欲迈步,复又忙回身问道:“如今的夜越发长了,你一夜咳嗽几遍?醒几次?”黛玉道:“昨儿夜里好些儿,只咳嗽了两遍,却只睡了四更一个更次,就再不能睡了。”宝玉又笑道:“正是有句要紧的话,这会子才想起来。”一面说,一面便挨过身来,悄悄道:“我想宝姐姐送你的燕窝……”一语未了,只见赵姨娘走了进来瞧黛玉,问:“姑娘这两天好些了?”黛玉便知他是从探春处来,从门前过,顺路的人情。黛玉忙陪笑让坐,说:“难为姨娘想着,怪冷的,亲身走来。”又忙命倒茶，一面又使眼色与宝玉。宝玉会意，便走了出来。

正值吃晚饭时，见了王夫人。王夫人又嘱他早去。宝玉回来，看晴雯吃了药，此夕宝玉便不命晴雯挪出暖阁来，自己便在晴雯外边。又命将薰笼抬至暖阁前，麝月便在薰笼上。一宿无话。

至次日，天未明时，晴雯便叫醒麝月道：“你也该醒了，只是睡不彀！你出去叫人给他预备茶水，我叫醒他就是了。”麝月忙披衣起来，道：“咱们叫起他来，穿好衣裳，抬过这大箱去，再叫他们进来。老嬷嬷们已经说过，不叫他在这屋里，怕过了病气。如今他们见咱们挤在一处，又该唠叨了。”晴雯道：“我也是这么说呢。”二人才叫时，宝玉已醒了，忙起身披衣。麝月先叫进小丫头子来，收什妥当了，才命秋纹、檀云等进来，一同伏侍宝玉，梳洗毕。麝月道：“天又阴阴的，只怕有雪，穿那一套毡子的罢。”宝玉点头，即时换了衣裳。小丫头便用小茶盘捧了一盖碗建莲红枣儿汤来，宝玉喝了两口。麝月又捧过一小碟法制紫姜来，宝玉噙了一块，又嘱咐了晴雯一回，便往贾母处来。

贾母犹未起来，知道宝玉出门，便开了房门，命宝玉进去。宝玉见贾母身后，宝琴面向里，也睡着未醒。贾母见宝玉身上穿着荔色哆罗呢的天马箭袖，大红猩毡盘金彩绣石青妆缎沿边的排穗褂子。贾母道：“下雪呢么？”宝玉道：“天阴着，还没下呢。”贾母便命鸳鸯来，“把昨儿那一件乌云豹的氅衣给他罢”。鸳鸯答应了走去，果取了一件来。

宝玉看时，金翠辉煌，碧彩闪灼，又不似宝琴所披之凫靥裘。只听贾母笑道：“这叫作雀金呢！这是哦啰斯国拿孔雀毛拈了线织的。前儿把那一件野鸭子的给了你小妹妹，这件给你罢。”宝玉磕了一个头，便披在身上。贾母笑道：“你先给你娘瞧瞧去再去！”宝玉答应了，便出来。只见鸳鸯站在地下揉眼睛。因自那日鸳鸯发誓决绝之后，他总不和宝玉讲话。宝玉正自日夜不安，此时见他又要回避，宝玉便上来笑道：“好姐姐！你瞧瞧我穿着这个好不好？”鸳鸯一摔手，便进贾母房中来了。宝玉只得到了王夫人房中，与王夫人看了，然后又回至于房中，与晴雯、麝月看过后，至贾母房中，回说：“太太看了，只说可惜了的。叫我仔细穿,别遭蹋了他。”贾母道:“就剩下了这一件。你遭蹋了,也再没了。这会子特给你做这个,也是没有的事。”说着,又嘱咐他不许多吃酒,早些回来。宝玉应了几个“是”。

老嬷嬷跟至厅上,只见宝玉的奶兄李贵和王荣、张若锦、赵亦华、钱启、周瑞六个人,带着茗烟、伴鹤、锄药、扫红四个小厮,背着衣包,抱着坐褥,笼着一匹雕鞍彩辔的白马,早已伺候多时了。老嬷嬷又分付了他六人些话,六个人忙答应了几个“是”,忙捧鞭坠镫,宝玉慢慢的上了马,李贵和王荣笼着嚼环,钱启、周瑞二人在前引导,张若锦、赵亦华在两边紧贴宝玉后身。宝玉在马上笑道:“周哥、钱哥,咱们打这角门走罢!省得到了老爷的书房门口又下来。”周瑞侧身笑道:“老爷不在家,书房天天锁着的。爷可以不用下来罢了。”宝玉笑道:“虽锁着,要下来的。”钱启、李贵都笑道:“爷说的是。便托懒不下来,倘或遇见赖大爷、林二爷,虽不好说爷,也劝两句,有的不是都派在我们身上。又说我们不教爷礼了。”周瑞、钱启便一直出角门来。正说话时,顶头果见赖大走来。宝玉忙笼住马,意欲下来。赖大忙上来抱住腿。宝玉便在镫上站起来,笑携他的手,说了几句话,接着又见一个小厮带着二十个拿扫帚、簸箕的人进来,见了宝玉,都顺墙垂手立住。独那为首的小厮,打千儿请了一个安。宝玉不识名姓,只微笑点了点头儿,马已过去。那人方带人去了。于是出了角门,门外又有李贵等六人的小厮,并几个马夫,早预备下十来匹马专候。一出了角门,李贵等都各上了马,前引傍围的,一阵烟去了。不在话下。

这里晴雯吃了药,仍不见病退,急的乱骂大夫,说:“只会骗人的钱!一剂好药也不给人吃。”麝月笑劝他道:“你太性急了。俗语说:‘病来如山倒,病去如抽丝’。又不是老君的仙丹,那有这样灵药。你只净养几天,自然好了。你越急越着手。”晴雯又骂小丫头子们:“那里钻沙去了!瞅我病了,都大胆子走了。明儿我好了,一个一个的才揭你们的皮呢。”唬的小丫头子篆儿忙进来问:“姑娘作什么?”晴雯道:“别人都死绝了,就剩了你不成?”说着,只见坠儿也蹭了进来。晴雯道:“你瞧瞧这小蹄子!不问,他还不来呢!这里又放月钱了,又散果子了,你该跑在头里了。你往前些,我不是老虎,吃了你!”坠儿只得前凑。晴雯便冷不防欠身一把将他的手抓住,向枕边取了一丈青,向他手上乱戳,口内骂道:“要这爪子作什么!拈不得针,拿不动线,只会偷嘴吃。眼皮子又浅,爪子又轻,打嘴现世的,不如戳烂了。”坠儿疼的乱哭乱喊。麝月忙拉开坠儿,按晴雯睡下,笑道:“才出了汗,又作死!等你好了,要打多少打不得的?这会子闹什么!”晴雯便命人叫宋嬷嬷进来,说道:“宝二爷才告诉了我,叫我告诉你们:坠儿很懒,宝二爷当面使他,他拨嘴儿不动;连袭人使他,他背后骂他。今儿务必打发他出去,明儿宝二爷亲自回太太就是了。”宋嬷嬷听了,心下便知镯子事发。因笑道:“虽如此说,也等花姑娘回来知道了,再打发他。”晴雯道:“宝二爷今儿千叮咛、万嘱咐的。什么花姑娘、草姑娘,我们自然有道理,你只依我的话,快叫他家的人来,领他出去。”麝月道:“这也罢了!早也去,晚也去,带了去早清净一日。”宋嬷嬷听了,只得出去唤了他母亲来,打点了他的东西,又来见晴雯等,说道:“姑娘们怎么了?你侄女儿不好,你们教导他,怎么撵出去?也到底给我们留个脸儿!”晴雯道:“你这话只等宝玉来问他,与我们无干。”那媳妇冷笑道:“我有胆子问他去?他那一件事不是听姑娘们的调停?他总依了,姑娘们不依,也未必中用。比如方才说话,虽是背地里,姑娘就直叫他的名字,在姑娘们就使得,在我们就成了野人了。”晴雯听说,亦发急红了脸,说道:“我叫了他的名字了,你在老太太跟前告我去,说我撒野,也撵出我去。”麝月忙道:“嫂子,你只管带了人出去,有话再说。这个地方岂有你叫喊讲礼的?你见谁和我们讲过礼?别说嫂子你,就是赖奶奶、林大娘,也得担待我们三分。便是叫名字,从小儿直到如今,都是老太太分付过的。你们也知道的,恐怕难养活,巴巴的写了他的小名儿,各处贴着,叫万人叫去,为的是好养活,连挑水、挑粪、花子都叫得,何况我们!连昨儿林大娘叫了一声爷,老太太还说他呢。此是一件;二则,我们这些人常回老太太的话去,可不叫着名字回话,难道也称爷?那一日不把‘宝玉’两个字念二百遍!偏嫂子又来挑这个了。过一日嫂子闲了,在老太太、太太跟前听听,我们当着面儿叫他就知道了。嫂子原也不得在老太太、太太跟前当些体统差事,成年家只在三门外头混，怪不得不知我们里头的规矩。这里不是嫂子久站的，再一会不用我们说话，就有人来问你了。有什么分证话，且带了他去，你回了林大娘，叫他来找二爷说话。家里上千的人，你也跑来，我也跑来，我们认人问姓还认不清呢！”说着，便叫小丫头子：“拿了擦地的布来擦地！”那媳妇听了，无言可对，亦不敢久立，堵气带了坠儿就走。宋妈妈忙道：“怪道你这嫂子不知规矩，你女儿在这屋里一场，临去时也给姑娘们磕个头。没有别的谢礼，——便有谢礼，他们也不希罕——不过磕个头，尽了心。怎么说走就走？”坠儿听了，只得翻身进来，给他两个磕了两个头，又找秋纹等。他们也不采他。那媳妇嗐声叹气，不敢多言，抱恨而去。

晴雯方才又闪了风，着了气，反觉更不好了。翻腾至掌灯，刚安静了些。只见宝玉回来，进门就嗐声跺脚。麝月忙问原故。宝玉道：“今儿老太太喜喜欢欢的给了这个褂子，谁知不妨后襟子上烧了一块。幸而天晚了，老太太、太太都不理论。”一面说，一面脱下来。麝月瞧时，果见有脂头大的烧眼，说：“这必定是手炉里的火迸上了。这不值什么，赶着叫人悄悄的拿出去，叫个能干织补匠人织上就是了。”说着，便用包袱包了，交与一个妈妈送出去，说：“赶天亮就有才好。千万别给老太太、太太知道。”婆子去了半日，仍旧拿回来，说：“不但能干织补匠人，就连裁缝、绣匠并作女工的，问了，都不认得这是什么，都不敢揽。”麝月道：“这怎么样呢？明儿不穿也罢了。”宝玉道：“明儿是正日子。老太太、太太说了，还叫穿这个去呢。偏头一日烧了，岂不扫兴！”

晴雯听了半日，忍不住翻身说道：“拿来我瞧瞧罢！没这个福气穿，就罢了，这会子又着急！”宝玉笑道：“这话到说的是。”说着，便递与晴雯，又移过灯来细看了一会。晴雯道：“这是孔雀金线织的。如今咱们也拿孔雀金线，就像界线似的界密了，只怕还可混得过去。”麝月笑道：“孔雀线现成的，但这里除了你，还有谁会界线。”晴雯道：“说不得我挣命罢了！”宝玉笑道：“这如何使得？才好了些，如何做得活？”晴雯道：“不用你蝎蝎螫螫的！我自知道。”一面说，一面坐起来，挽了一挽头发，披了衣裳，只觉头重身轻，满眼金星乱迸，实实撑不住。若不做,又怕宝玉着急,少不得狠命咬牙挫着。便命麝月帮着拈线。晴雯先拿了一根比一比,笑道:“这虽不很像,若补上,也不很显。”宝玉道:“这就很好。那里又找哦啰斯国的裁缝去。”晴雯先将里子拆开,用茶杯口大的一个竹弓钉牢在背面,再将破口四边用金刀刮的散松松的,然后把针纫了两条,分出经纬,亦如界线之法,先界出地子,后依本衣之纹,来回织补。补两针,又看看;织补两针,又端详端详。无奈头晕眼黑,气喘神虚,补不上三五针,伏在枕上歇一会。

宝玉在傍,一时又问:“吃些滚水不吃?”一时又命:“歇一歇。”一时又拿一件灰鼠斗蓬替他披在背上,一时又命拿个拐枕与他靠着。急的晴雯央道:“小祖宗,你只管睡罢!再熬上半夜,明儿把眼睛抠搂了,怎么处!”宝玉见他着急,只得胡乱睡下,仍睡不着。一时只听自鸣钟已敲了四下,刚刚补完,又用小牙刷慢慢的剔出绒毛来。麝月道:“这就很好,若不留心,再看不出的。”宝玉忙要了瞧瞧,说道:“真真一样了。”晴雯已嗽了几阵,好容易补完了,说了一声:“补虽补了,到底不像!我也再不能了。”“嗳哟”了一声,便身不由主,倒下了。要知端的,且听下回分解。

第五十三回　宁国府除夕祭宗祠　荣国府元宵开夜宴

话说宝玉见晴雯将雀裘补完,已使的力尽神危,忙命小丫头子来替他捶着,彼此捶打了一会歇下。没一顿饭的工夫,天已大亮,且不出门,只叫快传大夫。一时王太医来了,诊了脉,疑惑说道:"昨日已好了些,今日如何反虚微浮缩起来?敢是吃多了饮食?不然,就是劳了神思。外感却到清了,这汗后失于调养,非同小可。"一面说,一面出去开了药方进来。

宝玉看时,已将疏散驱邪诸药减去了,到添了茯苓、地黄、当归等益神养血之剂。宝玉忙命人煎去。一面叹说:"这怎么处?倘或有个好歹,都是我的罪孽!"晴雯睡在枕上,嗐道:"好太爷!你干你的去罢!那里就得劳病了。"宝玉无奈,只得去了。至下半天,说身上不好,就回来了。晴雯此症虽重,幸亏他素习是个使力不使心的;再素习饮食清淡,饥饱无伤。这贾宅中的风俗秘法,无论上下,只一略有些伤风咳嗽,总以净饿为主,次则服药、调养,故于前日一病时,净饿了两三日,又谨慎服药、调治,如今劳碌了些,又加倍培养了几日,便渐渐的好了。近日园中姊妹皆各在房中吃饭,炊爨饮食亦便,宝玉自亦便于要汤要羹调停,不必细说。

袭人送母殡后,业已回来。麝月便将平儿所说宋妈、坠儿一事,并晴雯撵逐出去等话,一一也曾回过宝玉。袭人也没别说,只说太性急了些。只因李纨亦因时气感冒,邢夫人又正害火眼,迎春、岫烟皆过去朝夕侍药,李婶之弟又接了李婶和李纹、李绮家去住几日,宝玉又见袭人常常思母含悲,晴雯犹未大愈,因此诗社之日,皆未有人作兴,便空了几社。当下已是腊月,离年日近。王夫人与凤姐治办年事。王子腾升了九省都检点。贾雨村补授了大司马,协理军机,参赞朝政,不题。

且说贾珍那边开了宗祠,着人打扫,收什供器,请神主,又打扫上房，以备悬供遗真影像。此时荣、宁二府，内外上下，皆是忙忙碌碌。这日，宁府中尤氏正起来，同贾蓉之妻打点送贾母这边针线礼物，正值丫头捧了一茶盘押岁锞子进来，回说："兴儿回奶奶：前儿那一包碎金子，共是一百五十三两六钱七分，里头成色不等，共总倾了二百二十个锞子。"说着，递上去。尤氏看了看，只见也有梅花式的，也有海棠式的，也有必锭如意的，也有八宝联春的。尤氏命："收起这个来！叫他把银锞子快快交了进来。"丫嬛答应去了。一时，贾珍进来吃饭，贾蓉之妻回避了。贾珍因问尤氏："咱们春祭的恩赏可领了不曾？"尤氏道："今儿我打发蓉儿关去了。"贾珍道："咱们家虽不等这几两银子使，多少是皇上天恩。早关了来，给那边老太太见过，买了祖宗的供物，上领皇上的恩，下则是托祖宗的福。咱们那怕用一万银子供祖宗，到底不如这个又体面，又是沾恩锡福的。除咱们这样一二家之外，那些世袭穷官儿家，若不仗着这银子，拿什么上供、过年？真正皇恩浩大，想的周到！"尤氏道："正是这话。"二人正说着，只见人回："哥儿来了。"贾珍便命叫他进来。只见贾蓉捧了一个小黄布口袋进来。贾珍道："怎么去了这一日？"贾蓉陪笑回说："今儿不在礼部关领，又分在光禄寺库上。因又到了光禄寺，才领了下来。光禄寺的官儿们都说，问父亲好！多日不见，都着实想念。"贾珍笑道："他们那是想我！这又到了年下了，不是想我的东西，就是想我的戏酒了。"一面说，一面瞧那黄布口袋上有印，就是"皇恩永锡"四个大字。那一边又有"礼部祠祭司"的印记；又写着一行小字，道是："宁国公贾演荣国公贾源，恩赐永远春祭赏共二分，净折银若干两。某年月日，龙禁尉候补侍卫贾蓉当堂领讫，值年寺丞某人。"下面一个朱笔花押。

贾珍吃过饭，盥漱毕，换了靴帽，命贾蓉捧着银子跟了来，回过贾母、王夫人；又至这边，回过贾赦、邢夫人，方回家去。取出银子，命将口袋向宗祠大炉内焚了。又命贾蓉道："你去问问你琏二婶子，正月里请吃年酒的日子拟了没有？若拟定了，叫书房里明白开了单子来，咱们再请时，就不能重复了。旧年不留心，重了几家。不说咱们不留神，到像两宅商议定了，送虚情、怕费事一样。"贾蓉忙答应了过去。

一时,拿了请人吃年酒的日期单子来了。贾珍看了,命交与赖昇去看了,请人别重这上头日子。

因在厅上看着小厮们抬围屏,擦抹几案、金银供器。只见小厮手里拿着个禀帖并一篇账目,回说:"黑山村的乌庄头来了。"贾珍道:"这个老砍头的! 今儿才来!"说着,贾蓉接过禀帖和账目,忙展开捧着,贾珍倒背着两手,向贾蓉手内只看红禀帖上写着:"门下庄头乌进孝叩请爷、奶奶万福金安,并公子小姐金安。新春大喜、大福,荣贵平安,加官进禄,万事如意!"贾珍笑道:"庄家人有些意思。"贾蓉也忙笑说:"别看文法,只取个吉利罢了。"一面忙展开单子看时,只见上面写着:"大鹿三十只,獐子五十只,麅子五十只,暹猪二十个,汤猪二十个,龙猪二十个,野猪二十个,家腊猪二十个,野羊二十个,青羊二十个,家汤羊二十个,家风羊二十个,鲟鳇鱼二个,各色杂鱼二百斤,活鸡、鸭、鹅,各二百只,风鸡、鸭、鹅二百只,野鸡、兔子,各二百对,熊掌二十对,鹿筋二十斤,海参五十斤,鹿舌五十条,牛舌五十条,蛏干二十斤,榛、松、桃、杏穰,各二口袋,大对虾五十对,干虾二百斤,银霜炭上等选用一千斤,中等二千斤,柴炭三万斤,御田胭脂米二石,碧糯五十斛,白糯五十斛,粉粳五十斛,杂色粱谷各五十斛,下用常米一千石,各色干菜一车,外卖粱谷、牲口各项之银,共折银二千五百两。外门下孝敬哥儿、姐儿顽意:活鹿两对,活白兔四对,黑兔四对,活锦鸡两对,西洋鸭两对。"

贾珍便命带进他来。一时,只见乌进孝进来,只在院内磕头请安。贾珍命人拉他起来,笑说:"你还硬朗!"乌进孝笑回:"托爷的福! 还能走得动。"贾珍道:"你儿子也大了,该叫他走走也罢了。"乌进孝笑道:"不瞒爷说,小的们走惯了,不来也闷的慌。他们可不是都愿意来,见见天子脚下世面? 他们到底年轻,怕路上有闪失;再过几年就可放心了。"贾珍道:"你走了几日?"乌进孝道:"回爷的话,今年雪大,外头都是四五尺深的雪。前日忽然一暖一化,路上竟难走的很,耽搁了几日。虽走了一个月零两日,因日子有限了,怕爷心焦,可不赶着来了。"贾珍道:"我说呢! 怎么今儿才来。我才看那单子上,今年你这老货又来打擂台来了。"乌进孝忙进前了两步,回道:"回爷说，今年年成实在不好，从三月下雨起，接接连连，直到八月竟没有一连晴过五日。九月里一场碗大的雹子，方近一千三百里地，连人带房、并牲口、粮食，打伤了上千上万的，所以才这样。小的并不敢说谎。”贾珍皱眉道：“我算定了你至少也该有五千两银子来，这够作什么的？如今你们一共只剩了八九个庄子，今年到有两处报了旱涝。你们又打擂台，真真是又教别过年了。”乌进孝道：“爷的这地方还算好呢。我兄弟离我那里只一百多里，谁知竟大差了。他现管着那府里八处庄地，比爷这边多着几倍，今年也只这些东西。不过多二三千两银子，也是有饥荒打呢。”贾珍道：“正是呢，我这边都可以，没有什么外项大事，不过是一年的费用。我受用些，就费些；我受些委屈，就省些。再者，年例送人请人，我把脸皮子厚些儿，就可以省下些，也就完了。比不得那府里，这几年添了许多花钱的事，一定不可免是要花的，却又不添些银子产业。这一二年到赔了许多，不和你们要，找谁去！”乌进孝笑道：“那府里如今虽添了事，有去有来，娘娘和万岁爷岂不赏的？”贾珍听了，笑向贾蓉道：“你们听他这话，可笑不可笑？”贾蓉等忙笑道：“你们山坳海沿子上的人，那里知道这道理。娘娘难道把皇上的库给了我们不成？他心里纵有这心，他也不敢作主。岂有不赏之理？按时到节，不过是些彩缎、古董、顽意儿。总赏金子，不过一百两金子，才值了一千两银子，够一年的什么？这二年，那一年不多赔出几千银子来？头一年省亲，连盖花园子，你算算那一注共花了多少，就知道了。再两年再一回省亲，只怕就净穷了。”贾珍笑道：“所以，他们庄家老实人，外头不知内里的事。黄柏木作磬搥子——外头体面里头苦。”贾蓉又笑向贾珍道：“果真那府里穷了。前儿我听见凤姑娘和鸳鸯悄悄商议，要偷出老太太的东西去当银子呢。”贾珍笑道：“那又是你凤姑娘的鬼！那里就穷到如此？他必定是见去路太多了，实在赔的很了，不知又要省那一项的钱，先设此法，使人知道，说穷到如此了。我心里却有一个算盘，还不至如此田地。”说着，命人带了乌进孝出去，好生待他。不在话下。

这里贾珍分付，将方才各物留出供祖的来，将各样取了些，命贾蓉送过荣府里，然后自己留了家中所用的，馀者派出等例来，一分一分的堆在月台下,命人将族中的子侄唤来,分与他们。接着,荣国府也送了许多供祖宗之物,及与贾珍之物。贾珍看着收拾完备供器,靸着鞋,披着猞猁狲大裘,命人在厅柱下石矶上太阳中铺了一个大狼皮褥子,负暄闲看各子弟们来领取年物。因见贾芹亦来领物,贾珍叫他过来,说道:“你作什么也来了?谁叫你来的?”贾芹垂手回说:“听见大爷这里叫我们领东西,我没等人去就来了。”贾珍道:“我这东西,原是给你那些闲着无事的无进益的小叔叔、兄弟们的。那二年你闲着,我也给过你的;你如今在那府里管事,家庙里管和尚、道士们,一月又有你的分例外,这些和尚的分例银子都从你手里过,你还来取这个?太也贪了。你自己瞧瞧,你穿的像个手里使钱办事的?先前说你没进益,如今又怎么了?比先倒不像了。”贾芹道:“我家里原人口多,费用大。”贾珍冷笑道:“你还支吾我!你在家庙里干的事,打谅我不知道呢!你到了那里,自然是爷了,没人敢违拗你。你手里又有了钱,离着我们又远,你就为王称霸起来,夜夜招聚匪类赌钱,养老婆、小子,这会子花的这个形像,你还敢领东西来?领不成东西,领一顿驮水棍去才罢!等过了年,我必和你琏二叔说,换回你来。”贾芹红了脸,不敢答应。人回:“北府水王爷送了字联、荷包来了。”贾珍听说,忙命贾蓉出去款待,“只说我不在家。”贾蓉去了。这里,贾珍看着领完东西,回房与尤氏吃毕晚饭,一宿无话。至此日,更比往日更忙,都不必细说。

已到了腊月二十九日了,各色齐备,两府中都换了门神、联对、挂牌,新油了桃符,焕然一新。宁国府从大门、仪门、大厅、暖阁、内厅、内三门、内仪门,并内塞门,直到正堂,一路正门大开,两边阶下一色朱红大高照灯,点的两条金龙一般。次日,由贾母有诰封者,皆按品级着朝服,先坐八人大轿,带领着众人进宫朝贺行礼,领宴毕。回来便到宁国府暖阁下轿。诸子弟有未随入朝者,皆在宁府门前,排班伺候,然后引入宗祠。

且说宝琴是初次,一面细细留神打谅这宗祠。原来宁府西边另一个院子,黑油栅栏内五间大门,上悬一块匾,写着是“贾氏宗祠”四个字,傍书“衍圣公孔继宗书”。两傍有一付长联,写道是:

肝脑涂地,兆姓赖保育之恩;

功名贯天,百代仰蒸尝之盛。

亦衍圣公所书。进入院中,白石甬路,两边皆是苍松翠柏;月台上设着青绿古铜鼎、彝等器。抱厦前,上面悬一九龙金匾。写道是:“星辉辅弼。”乃先皇御笔。两边一付对联,写道是:

勋业有光照日月;功名无间及儿孙。

亦是御笔。五间正殿前,悬一闹龙填青匾,写道是:“慎终追远”。傍边一付对联,写道是:

已后儿孙承福德;至今黎庶念荣宁。

俱是御笔。里边香烛辉煌,锦幛绣幕,虽列着神主,却看不真切。只见贾府人分昭穆排班立定。贾敬主祭,贾赦陪祭,贾珍献爵,贾琏、贾琮献帛,宝玉捧香,贾菖、贾菱展拜毯,守焚池。青衣乐奏,三献爵,拜典毕,焚帛奠酒,礼毕,乐止,退出。

众人围随着贾母,至正堂上。影前锦幔高挂,彩屏张护,香烛辉煌。上面正居中悬着宁、荣二祖遗像,皆是披蟒腰玉;两边还有几轴列祖遗影。贾荇、贾芷等从内仪门挨次列站,直到正堂廊下。槛外方是贾敬、贾赦,槛内是各女眷,众家人、小厮皆在仪门之外。每一道菜至,传至仪门,贾荇、贾芷等便接了,按次传至阶上贾敬手中;贾蓉系长房长孙,独他随女眷在槛内。每贾敬捧菜至,传于贾蓉;贾蓉便传于他妻子;又传于凤姐、尤氏诸人;直传至供桌前,方传于王夫人;王夫人传于贾母,贾母方捧放在桌上。邢夫人在供桌之西,东向立,同贾母供放。直至将菜饭、汤点、酒茶传完,贾蓉方退出下阶,归入贾芹阶位之首。凡从文傍之名者,贾敬为首;下则从玉者,贾珍为首;在下从草头者,贾蓉为首。左昭右穆,男东女西。俟贾母拈香下拜,众人方一齐跪下,将五间大厅、三间抱厦、内外廊檐、阶上阶下、两丹墀内,花团锦簇,塞的无一隙空地。鸦雀无闻,只听铿锵叮当,金铃玉珮微微摇曳之声,并起跪靴履飒沓之响。一时礼毕。贾敬、贾赦等便忙退出,至荣府专候与贾母行礼。

尤氏上房,早已袭地铺满红毡,当地放着象鼻三足鳅沿流金珐琅大火盆,正面炕上铺新猩红毡,设着大红彩绣云龙卷寿的靠背、引枕,外另有黑狐皮的袱子搭在上面,大白狐皮坐褥,请贾母上去坐了。两边又铺皮褥,让贾母一辈的两三个妯娌坐了。这边横头排插之后小炕上也铺了皮褥,让邢夫人等坐了。地下两面相对十二张雕漆椅上,都是一色灰鼠椅搭小褥,每一张椅下,一个大铜脚炉,让宝琴等姊妹坐了。尤氏用茶盘亲捧茶与贾母,蓉妻捧与众老祖母;然后尤氏又捧与邢夫人等,蓉妻又捧与众姊妹。凤姐、李纨等只在地下伺候。茶毕,邢夫人等便先起身来侍贾母。贾母吃茶。与老妯娌闲话了两三句,便命看轿。凤姐儿忙上去搀起来。尤氏笑回说:“已经预备下老太太的晚饭。每年都不肯赏些体面,用过晚饭过去。果然我们就不济凤丫头不成?”凤姐儿搀着贾母,笑道:“老祖宗快走!咱们家去吃饭。别理他。”贾母笑道:“你这里供着祖宗,忙的什么似的,那里搁得住我闹!况且每年我不吃,你们也要送去的。不如还送了去,我吃不了,留着明儿再吃,岂不多吃些?”说的众人都笑了。又分付他:“好生派妥当人,夜里照看香火不是大意得的。尤氏答应了。一面走出来,至暖阁前上了轿。尤氏等闪过屏风后,小厮们才领轿夫,请了轿,出大门。尤氏亦随邢夫人等同至荣府。

这里轿出大门。这一条街上,东一边,整一面设列着宁国公的仪仗执事乐器,西一面整一面设列着荣国公的仪仗执事乐器。来往行人,皆屏退不从此过。一时来至荣府,也是大门正厅直开到底。如今便不在暖阁下轿了,过了大厅,便转弯向西至贾母这边正厅上下轿。众人围随,同至贾母正室之中,亦是锦裀绣屏,焕然一新。当地火盆内焚着松柏香、百合草。贾母归了坐。老嬷嬷来回:“老太太们行礼来了。”贾母忙又起身要迎,只见两三个老妯娌已进来了。大家挽手,笑了一回,让了一回,吃茶去后,贾母只送至内仪门,便回来归正坐。贾敬、贾赦等领诸子弟进来。贾母笑道:“一年价难为你们,不行礼罢!”一面说着,一面男一起,女一起,一起一起俱行过了礼。左右两傍设下交椅,然后又按长幼挨次归坐受礼。两府男妇、小厮、丫嬛亦按差役,上中下行礼毕,散押岁钱、荷包、金银锞,摆上合欢宴来。男东女西归坐,献屠苏酒、合欢汤、吉祥果、如意糕毕,贾母起身进内间更衣,众人方各散出。

那晚各处佛堂、灶王前焚香上供；王夫人正房院内设着天地纸马、香供；大观园正门上，也挑着大明角灯，两溜高照，各处皆有路灯。上下人等，皆打扮的花团锦簇。一夜人声嘈杂，语笑喧阗，爆竹起火，络绎不绝。

至次日五鼓，贾母等又按品级妆饰，摆全副执事，进宫朝贺，并祝元春千秋。领宴回来，又至宁府祭过列祖，方回来。受礼毕，便换衣歇息。所有贺节来的亲友，一概不会。只和薛姨妈、李婶二人说话取便，或者同宝玉、宝琴、钗、玉等姊妹赶围棋、抹牌作戏。王夫人与凤姐是天天忙着请人吃年酒。那边厅上、院内，皆设着戏酒，亲友络绎不绝。一连忙了七八日才完了。早又元宵将近。宁、荣二府皆张灯结彩，十一日是贾赦请贾母等，次日贾珍又请贾母，皆去随便领了半日。王夫人和凤姐儿连日被人请去吃年酒，不能全记。

至十五日之夕，贾母便在大花厅上命摆几席酒，定一班小戏，满挂各色佳灯，带领荣、宁二府各子侄、孙男、孙媳等家宴。贾敬素不茹酒，也不去请他，于后十七日祖祀已完，他便仍出城去修养。便这几日在家内，亦是净室默处，一概不见不闻。不在话下。贾赦略领了贾母之赐，也便告退。贾母知他在此，彼此不便，也就随他去了。贾赦自到家中，与众门客赏灯、吃酒，自然是笙歌聒耳，锦绣盈眸，其取便快乐，另与这边不同的。这边贾母花厅之上，共摆了十来席。每一席傍边设一几，几上设炉瓶三事焚着御赐百合宫香。又有八寸来长、四五寸宽、二三寸高的点着山石、布满青苔的小盆景，俱是新鲜花卉。又有小洋漆茶盘，内放着旧窑茶杯并十锦小茶盅，里面泡着上等名茶。一色皆是紫檀透雕，嵌着大红沙透绣花卉并草字诗词的璎珞。

原来绣这璎珞的也是个姑苏女子，名唤慧娘。因他亦是书香宦门之家，他原精于书画，不过偶然绣一两件针线作耍，并非市卖之物。凡这屏上所绣之花卉皆仿的是唐、宋、元、明各名家的折枝花卉。故其格式、配色皆从雅，本来非一味浓艳匠工可比。每一枝花侧，皆用古人题此花之旧句，或诗词歌赋不一，皆用黑绒绣出草字来，且字迹勾踢、转折、轻重、连断皆与笔草无异，亦不比市绣字迹，扳强可恨。他不仗此技获利，所以天下虽知，得者甚少。凡世宦富贵之家，无此物者甚多。当今便称为“慧绣”。竟有世俗射利者,近日仿其针迹,愚人获利。偏这慧娘命夭,十八岁便死了。如今竟不能再得一件的了。凡所有之家,总有一两件,皆珍藏不用。有那一干翰林文魔先生们,因深惜慧绣之佳,便说:“这‘绣’字不能尽其妙,这样笔迹,说一‘绣’字,反似乎唐突了。”便大家商议了,将“绣”字便隐去,换了一个“纹”字。所以,如今都称为“慧纹”。若有一件真“慧纹”之物,价则无限。贾府之荣,也只有两三件。上年将那两件已进了上,目下只剩这一付璎珞,一共十六扇。贾母爱如珍宝,不入在请客各色陈设之内。只留在自己这边,高兴摆酒时,赏玩。又有各色旧窑小瓶中都点缀着“岁寒三友”、“玉堂富贵”等鲜花草。

上面两席是李婶、薛姨妈二位。贾母于东边设一绣雕夔龙护屏矮足短榻,靠背、引枕、皮褥俱全。榻之上,一头又设一个极轻巧洋漆描金小几。几上放着茶盅、茶碗、漱盂、洋巾之类。又有一个眼镜匣子,贾母歪在榻上,与众人说笑一回,又自取眼镜向戏台上照一回,又向薛姨妈、李婶笑说:“恕我老了,骨头疼,放肆,容我歪着相陪罢。”因又命琥珀坐在榻上,拿着美人拳捶腿。榻下并不摆席面,只有一张高几,却设着璎珞花瓶、香炉等物。外另设一精致小高棹,设着酒杯、箸。将自己这一席设于榻傍,命宝琴、湘云、黛玉、宝玉四人坐着。每一馔、一果来,先捧与贾母看了,喜则留在小棹上尝一尝,仍撤了放在他四人席上,只算他四人是跟着贾母坐。故下面方是邢夫人、王夫人之位,在下便是尤氏、李纨、凤姐、贾蓉之妻,西边一路便是宝钗、李纹、李绮、岫烟、迎春姊妹等。两边大梁上,挂着一对联三聚五玻璃芙蓉彩穗灯。每一席前竖一柄漆干倒垂荷叶,叶上有烛信,插着彩烛。这荷叶乃是錾珐琅的活信,可以扭转。如今皆将荷叶扭转向外,将灯影逼住,全向外照,看戏分外真切。窗隔、门户,一齐摘下,全挂彩穗各种宫灯。廊檐内外及两边游廊、罩棚,将各色羊角、玻璃、戳纱、料丝,或绣或画,或堆或抠,或绢或纸诸灯挂满。廊上几席,便是贾珍、贾琏、贾环、贾琮、贾蓉、贾芹、贾芸、贾菱、贾菖等。

贾母也曾差人去请众族中男女,奈他们或有年迈,懒于热闹的;或有家内没有人,不便来的;或有患病淹缠,欲来竟不能来的;或又有一等妒富愧贫，不来的；甚至于有一等憎畏凤姐之为人而赌气不来的；或有羞口羞脚，不惯见人，不敢来的。因此族众虽多，女客来者，只不过贾菌之母娄氏，带了贾菌来了；男子只有贾芹、贾芸、贾菖、贾菱四个，现是在凤姐麾下办事的，来了。当下人虽不全，在家庭间小宴中，数来也算是闹热的了。

当下又有林之孝之妻带了六个媳妇，抬了三张炕桌。每一张上搭着一条毡，毡上放着选净一般大、新出局的铜钱，用大红彩绳串着，每二人搭一张，共三张。林之孝家的指示，将那两张摆至薛姨妈、李婶的席下，将一张送至贾母塌下来。贾母便说："放在当地罢。"这媳妇们都素知规矩的，放下桌子，一并将钱都打开，将彩绳抽去，散堆在桌上。

正唱《西楼楼会》这出将终，于叔夜因赌气去了。那文豹便发科浑道："你赌气去了，恰好今日正月十五，荣国府中老祖宗家宴，待我骑了这马赶进去，讨些果子吃是要紧的。"说毕，引的贾母等都笑了。薛姨妈等都说："好个鬼头孩子！可怜见的！"凤姐便说："这孩子才九岁了。"贾母笑说："难为他说的巧。"便说了一个"赏"字。早有三个媳妇，已经手下预备下簸箩，听见一个"赏"字，走上去向桌上的散钱堆内，每人便撮了一簸箩，走出来向戏台说："老祖宗、姨太太、亲家太太赏文豹买果子吃的。"说着，向台上便一撒。只听豁啷啷满台的钱响。贾珍、贾琏已命小厮们抬了大簸箩的钱来，暗暗的预备在那里。听见贾母一赏……要知端的——

第五十四回　史太君破陈腐旧套　王熙凤效戏彩斑衣

却说贾珍、贾琏暗暗预备下大簸箩的钱，听见贾母说“赏”，他也忙命小厮们快撒钱。自听满台钱响，贾母大悦。

二人随起身，小厮们忙将一把新暖银壶捧在贾琏手内，随了贾珍，趋至里面。贾珍先至李婶席上，躬身取下杯来，回身，贾琏忙斟了一盏；然后便至薛姨妈席上，也斟了；二人忙起身，笑说：“二位爷请坐着罢了，何必多礼？”于是，除邢、王二夫人，满席都离了席，俱垂手傍侍。贾珍等至贾母榻前，因榻矮，二人便屈膝跪了。贾珍在先捧杯，贾琏在后捧壶，虽止二人奉酒，那贾环弟兄等，却也是排班按序，一溜随着他二人进来。见他二人跪下，也都一溜跪下。宝玉也忙跪下了。史湘云悄推他，笑道：“你这会又帮着跪下作什么？有这样，你也去斟一巡酒，岂不好？”宝玉悄笑道：“再等一会子再斟去。”说着，等他二人斟完起来，方起来。又与邢夫人、王夫人斟过来。贾珍笑道：“妹妹们怎么样呢？”贾母等都说：“你们去罢！他们到便宜些。”说了，贾珍等方退出。当下天未二鼓，戏演的是《八义》中《观灯》八出。正在热闹之际，宝玉因下席往外走。贾母因说：“你往那里去？外头爆竹利害，仔细天上掉下火纸来烧了。”宝玉回说：“不往远去，只出去就来。”贾母命婆子们：“好生跟着。”于是宝玉出来。只有麝月、秋纹并几个小丫头随着。贾母因说：“袭人怎么不见？他如今也有些拿大了。单支使小女孩子出来。”王夫人忙起身，笑回道：“他妈前日没了，因有热孝，不便前头来。”贾母听了点头，又笑道：“跟主子却讲不起这‘孝’与‘不孝’。若是他还跟我，难到这会子也不在这里不成？皆因我们太宽了，有人使，不查这些，竟成了例了。”凤姐儿忙过来，笑回道：“今儿晚上，他便没孝，那园子里也须得他看着。灯烛花炮最是耽险的，这里一唱戏，园子里的人谁不偷着来瞧瞧？他还细心，各处照看照看。况且这一散后，宝兄弟回去睡觉，各色都是齐全的。若他再来了,众人又不经心,散了回去,铺盖也是冷的,茶水也不齐备,各色都不便宜。所以我叫他不用来,只看屋子。散了,又齐备。我们这里也不耽心,又可以全他的礼。岂不三处有益?老祖宗要叫他,就叫他来就是了。"贾母听了这话,忙说:"你这话很是,比我想的周到,快别叫他了。但只他妈几时没了?我怎么不知道?"凤姐笑道:"前儿袭人去亲自回老太太的。怎么到忘了?"贾母想了一想,笑说:"想起来了。我的记性竟平常了。"众人都笑说:"老太太那里记得这些事!"贾母因又叹道:"我想着他从小儿伏侍了我一场,又伏侍了云儿一场,末后给了一个魔王宝玉,亏他魔了这几年,他又不是咱们家的根生土长的奴才,没受过咱们什么大恩典,他妈没了,我想着要给他几两银子发送,也就忘了。"凤姐儿道:"前儿太太赏了他四十两银子,也就是了。"贾母听说,点头道:"这还罢了。正好鸳鸯的娘前儿也死了,我想他老子娘都在南边,我也没叫他家去走走守孝。如今叫他两个一处作伴儿去。"又命婆子将些果子、菜馔、点心之类与他两个吃去。琥珀笑说:"还等这会子呢!他早就去了。"说着,大家又吃酒、看戏。

且说宝玉一径来至园中,众婆子见他回房,便不跟去,只坐在园门里茶房里烤火,和管茶的女人偷空饮酒斗牌。宝玉至园中,虽是灯光灿烂,却无人声。麝月道:"他们都睡了不成?咱们悄悄的进去,唬他们一跳。"于是大家蹑足潜踪的进了镜壁一看,只见袭人和一人,二人对面都歪在地炕上。那一头有两三个老嬷嬷打盹。宝玉只当他两个睡着了,才要进去。忽听鸳鸯叹了一声,说道:"可知天下事难定。论理,你单身在这里,父母在外头。每年他们东去西来,没个定准。想来你是不能送终的了。偏生今年就死在这里。你到出去送了终。"袭人道:"正是。我也想不到能彀看父母回首。太太又赏了四十两银子。这到也算不罔养我一场。我也不敢妄想了。"宝玉听了,忙转身,悄向麝月等道:"谁知他也来了。我这一进去,他又赌气走了,不如咱们回去罢。让他两个清清静静的说一回。袭人正一个人闷的慌,幸而他来的好。"说着,仍悄悄的出来。

宝玉便走过山石之后,去站着撩衣。麝月、秋纹皆站住,背过脸去，口内笑说："蹲下再解小衣。仔细风吹了肚子。"后面两个小丫头子知是小解，忙先出去茶房预备去了。这里宝玉刚转过来，只见两个媳妇子走来，问是谁，秋纹道："宝玉在这里。你大呼小叫，仔细唬着罢！"那媳妇们忙笑道："我们不知道二爷下来了，惹祸了。姑娘们可连日辛苦了。"说着，已到了跟前。麝月等问："手里拿的是什么？"媳妇们道："是老太太赏金、花二位姑娘吃的。"秋纹笑道："外头唱的是《八义》，没唱《混元盒》，那里又跑出金花娘娘来了。"宝玉笑命："揭起来，我瞧瞧！"秋纹、麝月忙上去将两个盒子揭开，两个媳妇忙蹲下身子。宝玉看了，两盒内都是席上所有的上等果品、菜蔬，点了一点头，迈步就走。麝月二人忙胡乱掷了盒盖，跟上来。宝玉笑道："这两个女人到和气，会说话。他们天天乏了，到说你们连日辛苦。到不是那矜功自伐的。"麝月道："这好的也很好，那不知礼的也太不知礼。"宝玉笑道："你们是明白人，耽代他们是粗笨可怜的人就完了。"一面说，一面来至园门。那几个婆子虽吃酒斗牌，却不住出来打探。见宝玉来了，也都跟上了。

来至花厅后廊上，只见那两个小丫头，一个捧着小沐盆，一个搭着手巾，又拿着沤子壶，在那里久等。秋纹先忙伸手向盆内试了一试，说道："你越大越粗心了！那里弄的这冷水。"小丫头笑道："姑娘瞧瞧这个天。我怕水冷，巴巴的倒的还是滚水。这还冷了。"正说着，可巧见一个老婆子提着一壶滚水走来。小丫头便说："好奶奶！过来给我倒上些。"那婆子道："哥哥儿！这是太太泡茶的。劝你走了舀去罢，那里就走大了脚了。"秋纹道："凭你是谁的，你不给？我管把老太太茶盅子倒了洗手。"那婆子回头见是秋纹，忙提起壶来就倒。秋纹道："彀了！你这么大年纪，也没个见识。谁不知是老太太的水，要不着的人，就敢要了？"婆子笑道："我眼花了，没认出姑娘来。"宝玉洗了手，那小丫头子拿小壶倒了些沤子在他手内，宝玉沤了。秋纹、麝月也趁热水洗了一回，沤了，跟进宝玉来。

宝玉便要了一壶暖酒，也从李婶斟起，二人也让坐。贾母便说："他小，让他斟去。大家到要干过这杯。"说着，便自已干了。邢、王二夫人也忙干了。让他二人，薛、李也只得干了。贾母又命宝玉道：

"连你姐姐、妹妹,一齐斟上。不许乱斟,都要叫他干了。"宝玉听说,答应着,一一按次斟了。至黛玉前,偏他不饮,拿起杯来,放在宝玉唇上边,宝玉一气饮干。黛玉笑说:"多谢。"宝玉替他斟上一杯。凤姐儿便笑道:"宝玉,别喝冷酒,仔细手打颤儿,明儿写不得字,拉不得弓。"宝玉忙道:"没有吃冷酒。"凤姐儿笑道:"我知道没有,不过白嘱咐你。"然后宝玉将里面斟完,只除贾蓉之妻是丫头们斟的。复出至廊上,又与贾珍等斟了,坐了一回,方进来,仍归旧坐。一时,上汤后,又接献元宵来。贾母便命:"将戏暂歇歇。小孩子们可怜见的,也给他们些滚汤滚菜的,吃了,再唱。"又命将各色果子、元宵等物,拿些与他们吃去。

一时歇了戏,便有婆子带了两个门下常走的女先生儿进来,放两张杌子在那一边。命他坐了,将弦子、琵琶递过去。贾母便问李、薛听何书,他二人都回说:"不拘什么都好。"贾母便问:"近来可又添了些什么新书?"那两个女先儿回说道:"倒有一段新书,是残唐五代的故事。"贾母问是何名,女先儿道:"叫做凤求鸾。"贾母道:"这一个名字到好,不知因什么起的,先大概说说原故。若好,再说。"女先道:"这书上乃说,残唐之时,有一位乡绅,本是金陵人氏,名唤王忠。曾做过两朝宰辅。后来,告老还家,膝下只有一位公子,名唤王熙凤。"众人听了,笑将起来。贾母笑道:"这重了我们凤丫头了。"媳妇忙上去推他:"这是二奶奶的名字,少混说!"贾母笑道:"你说,你说。"女先生忙笑着站起来,说:"我们该死了。不知是奶奶的讳。"凤姐儿笑道:"怕什么!你们只管说罢。重名重姓的多着呢。"女先生又说道:"这年,王老爷打发了王公子上京赶考。那日遇见大雨,进到一个庄上避雨。谁知这庄上也有个乡绅,姓李。与王老爷是世交,便留下这公子住在书房里。这李乡绅膝下无儿,只有一位千金小姐。这小姐芳名叫作雏鸾。琴、棋、书、画,无所不通。"

贾母忙道:"怪道叫作'凤求鸾'。不用说,我猜着了。自然是这王熙凤要求这雏鸾小姐为妻。"女先儿笑道:"老祖宗原来听过这一回书。"众人都道:"老太太什么没听过?便没听过也猜着了。"贾母笑道:"这些书都是一个套子,左不过是些佳人才子,最没趣儿。把人家女儿说的那样坏，还说是佳人。编的连影儿也没有了，开口都是书香门第，父亲不是尚书，就是宰相；生一个小姐，必是爱如珍宝；这小姐必是通文知礼，无所不晓，竟是个绝代佳人。只一见了一个清俊的男人，不管是亲是友，便想起终身大事来了。父母也忘了书礼，也忘了鬼不成鬼、贼不成贼，那一点儿是佳人？便是满腹文章，做出这些事来，也算不得是佳人了。比如男人，满腹文章去作贼，难道那王法就说他是才子，就不入贼情一案不成？可知那编书的，是自己塞了自己的嘴。上手既说是世宦书香、大家小姐都知礼读书，连夫人都知书识礼，便是告老还家，自然这样。大家子的人口不少，奶母、丫嬛伏侍小姐的人也不少，怎么这些书上，凡有这样的事，就只小姐和紧跟的一个丫嬛？你们白想想：那些人都是管什么的？可是前言不答后语。"众人听了，都笑说："老太太这一说，是谎都批出来了。"贾母笑道："这有个原故。编这样书的有一等妒人家富贵，或有求不遂心。所以编出来污秽人家。再一等，他自己看了这些书，着魔了，他也想一个佳人。所以编了出来取乐，他何尝知道那世宦读书大家的道理？别说他那书上那些世宦书礼大家，如今眼下真的拿我们这中等人家说起，也没有这样的事，别说是那些大家子。可知是诌掉了下巴的话。所以我们从不许说这些书，丫头们也不懂这些话。这几年我老了，他们姊妹们住的远，我偶然闷了，说几句听听，他们一来就忙歇了。"李、薛二人都笑说："这正是大家的规矩，连我们家也没这些杂话给孩子们听见。"

凤姐儿走上来斟酒，笑道："罢，罢，酒冷了，老祖宗喝一口，润润嗓子再掰谎。这一回就叫作'掰谎记'。就出在本朝本地本年本月本日本时。老祖宗一张口，难说两家话，花开两朵，各表一枝。是真是谎且不表，再整那观灯看戏的人。老祖宗，且让这二位亲戚吃一杯酒、看两出戏之后，再从昨朝话言掰起，如何？"他一面斟酒，一面笑说，未曾说完，众人俱已笑倒。两个女先生也笑个不住，都说："奶奶好刚口！奶奶要一说书，真连我们吃饭的地方也没了。"薛姨妈笑道："你少兴头些。外头有人，比不得往常。"凤姐儿笑道："外头的只有一位珍大爷，我们还是论哥哥、妹妹，从小儿在一处淘气到这么大。

这几年,因做了亲,我如今立了多少规矩了。便不是从小儿的兄妹,便以伯叔论,那二十四孝上‘斑衣戏彩’,他们不长来‘戏彩’,引老祖宗笑一笑,我这里好容易引的老祖宗笑了一笑,多吃了一点儿东西,大家喜欢,都该谢我才是,难道反笑话我不成?”贾母笑道:“可是,这两日我竟没有痛痛的笑一场。到是亏他,才一路笑的我心里痛快了些。我再吃一钟酒。”吃着酒,又命宝玉:“也敬你姐姐一杯。”凤姐儿笑道:“不用他敬我,讨老祖宗的寿罢!”说着,便将贾母的酒拿起来,将半杯剩酒吃了,将杯递给丫嬛。另将温水浸的杯,换了一个上来。于是,各席上的杯都撤去,另将温水浸着待换的杯斟了新酒上来。然后归坐。

女先生回说:“老祖宗不听这书,或者弹一套曲子听听罢。”贾母便说道:“你们两个对一套《将军令》罢。”二人听说,忙和弦按调拨弄起来。贾母因问:“天有几更了?”众婆子忙回:“三更了。”贾母道:“怪道寒浸浸的起来。”早有众丫嬛拿了添换的衣裳送来。王夫人起身笑说道:“老太太不如挪进暖阁里地炕上倒也罢了。这二位亲戚也不是外人,我们陪着就是了。”贾母听说,笑道:“既这样说,不如大家都挪进去,岂不暖和?”王夫人道:“恐里间坐不下。”贾母笑道:“我有道理。如今也不用这些桌子,只用两三张并起来。大家坐在一处挤着,又亲香又暖和。”众人都道:“这才有趣。”说着,便起了席。众媳妇忙撤去残席,里面直顺着并了三张大桌。另有添换的果馔摆好。贾母便说:“这都不要拘礼,只听我分派你们就坐才好。”说着,便让薛、李正面上坐,自己西向坐了,叫宝琴、黛玉、湘云三人皆紧依左右坐下,向宝玉说:“你挨着你太太!”于是,邢夫人、王夫人之中夹着宝玉。宝钗等姊妹在西边,挨次下去便是娄氏带着贾菌,尤氏、李纨夹着贾兰。下面横头便是贾蓉之妻。

贾母便说:“珍哥儿,带着你兄弟们去罢!我也就睡了。”贾珍忙答应,又都进来。贾母道:“快去罢!不用进来,才坐好了,又都起来。你快歇着,明日还有大事呢。”贾珍忙答应了。又笑说:“留下蓉儿斟酒才是。”贾母笑道:“正是,忘了他。”贾珍答应了一个“是”,便转身带领贾琏等出来,二人自是欢喜。便令人将贾琮、贾璜各自送回家去,便邀了贾琏去追欢买笑。不在话下。

这里贾母笑道:“我正想着,虽然这些人取乐,竟没一对双全的,就忘了蓉儿。这可全了。蓉儿,就和你媳妇坐在一处,到也团圆了。”因有媳妇回说开戏,贾母笑道:“我们娘儿们正说的兴头,又要吵起来。况且那孩子们熬夜,怪冷的,也罢了。叫他们且歇歇去罢。把咱们的女孩子们叫了来,就在这台上唱两出,给他们瞧瞧。”媳妇听了,答应了出来。忙的一面着人往大观园去传人,一面二门口去传小厮们伺候。小厮们忙至戏房,将班中所有的大人一概带出,只留下小孩子们。

一时,梨香院的教习带了文官等十二个人,从游廊角门出来。婆子们抱着几个软包。因不及抬厢,故料着贾母爱听的三五出戏的彩衣包了来。婆子们带了文官等进去见过,只垂手站着。贾母笑道:“大正月里,你师父也不放你们出来逛逛!你等唱什么?刚才八出《八义》闹得我头疼,咱们清淡些好。你瞧瞧,薛姨太太、这李亲家太太,都是有戏的人家,不知听过多少好戏的。这些姑娘都比咱们家的姑娘见过好戏,听过好曲子。如今这小戏子又是那有名顽戏家的班子,虽是小孩儿们,却比大班子还强。咱们好歹别落了褒贬,少不得弄个新样儿的,叫芳官唱一出《寻梦》。只要提琴,至于管箫合笙笛,一概不用。”文官笑道:“这也使得。我们的戏,自然不入姨太太和亲家太太、姑娘们的眼。不过听我们一个发脱口齿,再听一个喉咙罢了。”贾母笑道:“正是这话了。”李婶、薛姨妈喜的都笑道:“好个灵透孩子!他也跟着老太太打趣我们。”贾母笑道:“我们这原是随便的顽意儿。又不出去做买卖,所以竟不大合时。”说着,又道:“叫葵官唱一出《惠明下书》,也不用抹脸。只用这两出,叫他们听个嗓音罢了。若省一点力,我可不依。”

文官等答应了出来,忙去扮演上台,先是《寻梦》,次是《下书》。众人都鸦雀无闻。薛姨妈因笑道:“实在亏他。我也看过几百班戏,从没见不用箫管的。”贾母道:“也有。只是像方才《西楼楚江晴》一支,多有小生吹箫和的。这大套的实在少。这也在主人讲究不讲究罢了。这算什么出奇!”指湘云道:“我像他这么大的时节,他爷爷有一班小戏,偏有一个弹琴的凑了来,即如《西厢记》的《听琴》,《玉簪记》的《琴挑》,《续琵琶》的《胡笳十八拍》,竟成了真的了。比这个更如何?”众人都道:“这更难得了。”贾母便命个媳妇来:“分付文官等,叫他们吹一套《灯月圆》。”媳妇领命而去。

当下贾蓉夫妻二人捧酒一巡。凤姐儿因见贾母十分高兴,便笑道:“趁着女先儿们在这里,不如叫他们击鼓,咱们传梅,行一个‘春喜上眉梢’的酒令,如何?”贾母笑道:“这是个好令。正对时对景。”忙命人取了一面黑漆铜钉花腔令鼓来,与女先儿们击着。席上取了一枝红梅。贾母笑道:“若到谁手里住了,吃一杯,也要说个什么才好。”凤姐儿笑道:“依我说,像老祖宗要什么有什么呢。我们这不会的,岂不没意思?依我说,也要雅俗共赏,不如谁输了,谁说个笑话罢。”众人听了,都知道他素日善说笑话,最是他肚内有无限的新鲜趣谈。今儿如此说,不但在席的诸人喜欢,连地下伏侍的老小人等无不欢喜。那小丫头子们都忙出去找姐唤妹的,告诉他们:“快来听!二奶奶又说笑话儿了。”众丫头子们便挤了一屋子。

于是戏完乐罢。贾母命将些汤点、果菜与文官等吃去,便命响鼓。那女先儿们皆是惯的,或紧或慢,或如残漏之滴,或如迸豆之疾,或如惊马之乱驰,或如疾电之光而忽暗。其鼓声慢,传梅亦慢;鼓声急,传梅亦急。恰恰至贾母手中,鼓声忽住。大家呵呵一笑。贾母也笑了,贾蓉忙上来斟了一杯。众人都笑道:“自然该老太太先喜了。我们才托赖些喜。”贾母笑道:“这酒也罢了。只是这笑话到有些个难说。”众人都说:“老太太的比凤姐儿的还好还多。赏一个,我们也笑一笑儿。”贾母笑道:“并没什么新鲜发笑的。少不得老脸皮子厚的,说一个罢了。”因说道:“一家子养了十个儿子,娶了十房媳妇。惟有第十个媳妇,聪明伶俐,心巧嘴乖,公婆最疼,成日家说那九个不孝顺。这九个媳妇委屈,便商议说:‘咱们九个心里孝顺,只是不像那小蹄子嘴巧,所以,公公婆婆老了,只说他好。这委屈向谁诉去?’大媳妇有主意,便说道:‘咱们明儿到阎王庙去烧香,和阎王爷说去。问他一问,叫我们托生人,为什么单单的给那小蹄子一张乖嘴,我们都是笨的。’众人听了,都喜欢,说:‘这主意不错。’第二日,便都到阎王庙里来，烧了香，九个人都在供桌底下睡着了。九个魂专等阎王驾到。左等不来，右等也不到，正着急，只见孙行者驾着筋斗云来了。看见九个魂，便要拿金箍棒打，唬得九个魂忙跪下，央求孙行者。问原故，九个人忙细细的告诉了他。孙行者听了，把脚一跺，叹了一口气，道：'这原故幸亏遇见我，等着阎王来了，他也不得知道的。'九个人听了，就求说：'大圣发个慈悲！我们就好了。'孙行者笑道：'这却不难。那日你们妯娌十个那日托生时，可巧我到阎王那里去的。因为撒了泡尿在地下，你那小婶子便吃了。你们如今要伶俐嘴乖，有的是尿，再撒泡，你们吃了就是了。'"说毕，大家都笑起来。凤姐儿笑道："好的。幸而我们都笨嘴笨腮的。不然，也就吃了猴儿尿了。"尤氏、娄氏都笑向李纨道："咱们这里谁是吃过猴儿尿的，别妆没事人儿！"薛姨妈笑道："笑话儿不在好歹，只要对景就发笑。"说着，又击起鼓来。

小丫头子们只要听凤姐儿的笑话，便悄悄的和女先儿说明，以咳嗽为暗号。须臾传至两遍，刚到了凤姐儿手里，小丫头子们故意咳嗽，女先儿便住了。众人齐笑道："这可拿住他了！快吃了酒，说一个好的。别太逗的人笑的肠子疼。"凤姐儿想了一想，笑道："一家子，也是过正月半，合家赏灯吃酒，真真的热闹非常。祖婆婆、太婆婆、婆婆、媳妇、孙子媳妇、重孙子媳妇、亲孙子、侄孙子、重孙子、灰孙子、滴滴搭搭的孙子，孙女儿、外孙女儿、姨表孙女儿、姑表孙女儿，嗳哟哟！真好热闹。"众人听他说着，已经笑了，都说："听数贫嘴，又不知编派那一个呢？"尤氏笑道："你要招我，我可撕你的嘴。"凤姐儿起身，拍手笑道："人家费力说，你们混我，我就不说了。"贾母笑道："你说，你说，底下怎么样？"凤姐儿想了一想，笑道："底下就团团的坐了一屋子，吃了一夜酒，就散了。"众人见他正言厉色的说了，别无他话，都怔怔的，还等他往下说。只觉冰冷无味。史湘云看了他半日，凤姐儿笑道："再说一个过正月半的。几个人抬着个房子大的炮仗，往城外放去。引了上万的人跟着瞧去。有一个性急的人，等不得，便偷着拿香点着了。只听'噗哧'一声，众人哄然一笑，都散了。这抬炮仗的人抱怨卖炮仗的捍的不结实，没等放就散了。"湘云道："难道他本人没听见响?”凤姐儿道:“这本人原是聋子。”众人听说,一回想,不觉一齐失声,都大笑起来。又想着先前那一个没完的,问他:“先一个怎么样? 也该说完。”凤姐儿将桌子一拍,说道:“好啰唆! 到了第二日,是十六日。年也完了,节也完了,我看着人忙着收东西还闹不清,那里还知道底下的事了。”众人听说,复又笑将起来。凤姐儿笑道:“外头已经四更。依我说,老祖宗也乏了,咱们也该‘聋子放炮仗——散了’罢!”尤氏等用手帕子握着嘴,笑的前仰后合,指他说道:“这个东西,真会数贫嘴。”贾母笑道:“真真这凤丫头越发贫嘴了。”一面说,一面分付道:“他提炮仗来,咱们也把烟火放了,解解酒。”

贾蓉听了,忙出去带着小厮们,就在院内安下屏架,将烟火设吊齐备。这烟火皆系各处进贡之物,虽不甚大,却极精巧。各色故事俱全,夹着各样花炮。林黛玉禀气柔弱,不禁毕驳之声,贾母便搂他在怀中。薛姨妈搂着湘云,湘云笑道:“我不怕!”宝钗等笑道:“他专爱自己放大炮仗,还怕这个呢!”王夫人便将宝玉搂入怀内。凤姐儿笑道:“我们是没有人疼的了。”尤氏笑道:“有我呢! 我搂着你,也不怕臊! 你这孩子,又撒娇了。听见放炮仗,吃了蜜蜂儿屎的,今儿又轻狂起来。”凤姐儿笑道:“等散了,咱们园子里放去。我比小厮们还放的好呢。”说话之间,外面一色一色的放了又放。又有许多的满天星、九龙入云、一声雷、飞天十响之类的零碎小爆竹。放罢,然后又命小戏子打了一回莲花落,撒了满台钱,命那孩子们满台抢钱取乐。

又上汤时,贾母说道:“夜长,觉的有些饿了。”凤姐儿忙回说:“有预备的鸭子肉粥。”贾母道:“我吃些清淡的罢。”凤姐儿忙道:“也有枣儿熬的粳米粥。预备太太们吃斋的。”贾母笑道:“不是油腻腻的,就是甜的。”凤姐儿又忙道:“还有杏仁茶。只怕也甜。”贾母道:“到是这个还罢了。”说着,又命人撤去残席,外面另设上各种精致小菜。大家随便随意吃了些,用过漱口茶,方散。

十六日一早,又过宁府行礼,伺候掩了祖宗祠,收过影像,方回来。此日便是薛姨妈请吃年酒。十八日便是赖大家,十九日便是宁府赖昇家,二十日便是林之孝家,二十一日便是单大良,二十二日便是吴新登家。这几家贾母也有去的,也有不去的,也有高兴直待众人散方回来的,也有兴尽,半日一时就来的。凡诸亲友来请,或来赴席的,贾母一概怕拘束不会。自有邢夫人、王夫人、凤姐儿三人料理。连宝玉只除王子腾家去了,馀者亦皆不会,只说贾母留下解闷。所以倒是家下人家来请,贾母可以自便之处,方高兴去逛逛。闲言不提,且说当下,元宵已过……

第五十五回 辱亲女愚妾争闲气 欺幼主刁奴蓄险心

且说元宵已过。只因当今以孝治天下,目下宫中有一位太妃欠安,故各嫔妃皆为之减膳谢妆,不独不能省亲,亦且将宴乐俱免。故荣府今岁元宵亦无灯谜之集。

刚将年事忙过,凤姐儿便小月了,在家一月不能理事,天天两三个太医用药。凤姐儿自恃强壮,虽不出门,然筹画计算,想起什么事来,便命平儿去回王夫人。任人谏劝,他只不听。王夫人便觉失了膀背,一人能有许多的精神?凡有了大事,自己主张。将家中琐碎之事,一应都暂令李纨协理。李纨是个尚德不尚才的,未免逞纵了下人。王夫人便命探春合同李纨裁处,只说过了一月,凤姐将息好了,仍交与他。谁知凤姐禀赋气血不足,兼年幼不知保养,平生争强斗志,心力更亏,故虽系小月,竟着实亏虚下来。一月之后,复添了下红之症。他虽不肯说出来,众人看他面目黄瘦,便知失于调养。王夫人只令他好生服养,不令他操心。他自己也怕成了大症,遗笑于人,便想偷空调养,恨不得一时复旧如常。谁知一直服药调养,到八九月间,才渐渐的起复过来,下红也渐渐止了。此是后话。

如今且说目今王夫人见他如此,探春与李纨暂难谢事。园中人多,又恐失于照管。因又特请了宝钗来,托他各处小心:“老婆子们不中用,得空儿吃酒斗牌。白日里睡觉,夜里斗牌,我都知道的。凤丫头在外头,他们还有个惧怕;如今他们又该取便了。好孩子,你还是个妥当人。你兄弟、妹妹们又小,我又没工夫,你替我辛苦两天,照看照看。凡有想不到的事,你来告诉我。别等老太太问出来,我没话回。那些人有不好,你只管说。他们不听,你来回我。别弄出大事来才好。”宝钗听说,只得答应了。

时届孟春,黛玉又犯了嗽疾。湘云亦因时气所感,亦卧病于蘅芜苑,一天医药不断。探春同李纨相住间隔,二人近日同事,不比往年,来往回话人等亦不便,故二人议定:每日早晨皆到园门口南边的三间小花厅上去,会齐办事。吃过早饭,于午错方回房。这三间厅,原系预备省亲之时,众执事太监起坐之处。故省亲之后也用不着了,每日只有婆子们上夜。如今天已和暖,不用十分修饰,只不过略略的铺陈了,便可他二人起坐。这厅上也有一匾,题着"补仁谕德"四字。家下俗呼皆只叫"议事厅"儿。如今他二人每日卯正至此,午正方散,凡一应执事媳妇等来往回话者,络绎不绝。

众人先听见李纨独办,各各心中暗喜,以为李纨素日原是个厚道多恩无罚的,自然比凤姐儿好搪塞;便添了一个探春,也却想着不过是个未出闺阁的轻年小姐,且素日也最平和、恬淡。因此都不在意,比凤姐儿前更懈怠了许多。只三四日后,几件事过手,渐觉探春精细处不让凤姐,只不过言语沉静,性情和顺而已。可巧连日有王公侯伯世袭官员十几处,皆系荣、宁非亲即友,或世交之家,或有升迁,或有黜降,或有婚丧红白等事,王夫人贺吊迎送,应酬不暇。前边更无人。他二人便一日皆在厅上起坐;宝钗便一日在上房监察,至王夫人回方散。每于夜间针线暇时,临寝之先,坐了小轿,带领园中上夜人等,各处巡察一次。他三人如此一理,更觉比凤姐儿当差时到更谨慎了些。因而里外下人都暗中抱怨,说:"刚刚的倒了一个巡海夜叉,又添了三个镇山太岁。越性连夜里偷着吃酒顽的工夫都没了。"

这日,王夫人正是往锦乡侯府去赴席。李纨与探春早已梳洗伺候,出门去后,回至厅上坐了。刚吃茶时,只见吴新登的媳妇进来,回说:"赵姨娘的兄弟赵国基昨日死了。昨日回过太太,太太说知道了,叫回姑娘、奶奶来。"说毕,便垂手旁侍,再不言语。彼时来回话者不少,都打听他二人办事如何?若办得妥当,大家则安个畏惧之心;若少有嫌隙、不当之处,不但不畏伏,出二门还要编出许多笑话来取笑。吴新登的媳妇心中已有主意:若是凤姐前,他便早已献勤,说出许多主意;又查出许多旧例来,任凤姐儿拣择施行。如今他藐视李纨老实,探春是青年的姑娘,所以只说出这一句话,来试他二人有何主见。探春便问李纨。李纨想了一想,便道:"前儿袭人的妈死了,听见说赏银四十两,这也赏他四十两罢了。"吴新登家的听了,忙答应了“是”,接了对牌就走。探春道:“你且回来!”吴新登家的只得回来。探春道:“你且别支银子。我且问你:那几年,老太太屋里的几位老姨奶奶,也有家里的,也有外头的,这两样必有个分别。家里的若死了人,是赏多少?外头的死了人,是赏多少?你且说两个,我们听听。”一问,吴新登家的便都忘了,忙陪笑回说:“这也不是什么大事!赏多少,谁还敢争不成?”探春笑道:“这话胡闹!依我说,赏一百到好。若不按例,别说你们笑话,明儿也难见你二奶奶。”吴新登家的笑道:“既这么说,我查旧账去。此时却记不得。”探春笑道:“你办事办老了的,还记不得?到来难我们!你素日回你二奶奶,也说现查去?若有这道理,凤姐姐还不算利害,也就是算宽厚了。还不快找了来我瞧!再迟一日,不说你们粗心,反说我们没主意了。”吴新登家的满面通红,忙转身出来。众媳妇们都伸舌头。这里又回别的事。一时吴家的取了旧账来。探春看时,两个家里的赏过,皆二十四两;两个外头的,皆赏过四十两;外还有两个外头的,一个赏过一百两,一个赏过六十两。这两笔底下,皆有原故:一个是隔省迁父母之柩,外赏六十两;一个是现买葬地,外赏二十两。探春便递与李纨看了。探春便说:“给他二十两银子。把这账留下,我们细看看。”吴新登家的去了。

忽见赵姨娘进来,李纨、探春忙让坐。赵姨娘开口便说道:“这屋里的人都踩下我的头去还罢了,姑娘你也想一想,该替我出气才是。”一面说,一面眼泪、鼻涕哭起来。探春忙道:“姨娘这话说谁?我竟不解?谁踩姨娘的头,说出来,我替姨娘出气。”赵姨娘道:“姑娘现踩我,我告诉谁?”探春听说,忙站起来,说道:“我并不敢。”李纨也站起来劝。赵姨娘道:“你们请坐下,听我说。我这屋里熬油似的,熬了这么大年纪;又有你和你兄弟,这会子连袭人都不如了。我还有什么脸!连你也没脸面!倒说我了。”探春笑道:“原来为这个。我说我并不敢犯法违理。”一面便坐了,拿账番与赵姨娘看,又念与他听。又说道:“这是祖宗手里旧规矩,人人都依着,偏我改了不成?也不但袭人,将来环儿收了外头的,自然也是同袭人一样。这原不是什么争大争小的事,讲不到有脸没脸的话上。他是太太的奴才,我是按着旧规矩办。说办的好,领祖宗的恩典,太太的恩典;若说办的不均,那是他糊涂,不知福,也只好凭他抱怨去。太太连房子赏了人,我有什么有脸之处?一文不赏,我也没什么没脸之处。依我说,太太不在家,姨娘安静些养神罢了。何苦只要操心?太太满心疼我,因姨娘每每生事,几次寒心。我但凡是个男人,可以出得去,我必早走了,立一番事业,那时自有我一番道理。偏我是女孩儿家,一句多话也没有我乱说的。太太满心里都知道。如今因看重我,才叫我照管家务。还没有做一件好事,姨娘到先来作践我。倘或太太知道了,怕我为难,不叫我管,那才正经没脸,连姨娘也真没脸。"一面说,一面不禁滚泪下来。

赵姨娘没了别话答对,便说道:"太太疼你,你越发拉扯拉扯我们,你只雇讨太太的疼,就把我们忘了。"探春道:"我怎么忘了?叫我怎么拉扯?这也问你们各人!那一个主子不疼出力得用的人?那一个好人用人拉扯的?"李纨在傍,只管劝说:"姨娘别生气,也怨不得姑娘。他满心里要拉扯,口里怎么说的出来。"探春忙道:"这大嫂子也糊涂了。我拉扯谁?谁家姑娘们拉扯奴才了?他们的好歹你们该知道,与我什么相干?"赵姨娘气的问道:"谁叫你拉扯别人去了?你不当家,我也不来问你。你如今现说一是一,说二是二。如今你舅舅死了,你多给了二三十两银子,难道太太就不依你?分明太太是好太太,都是你们尖酸克薄!可惜太太有恩无处使。姑娘放心,这也使不着你的银子,明儿等你出了阁,我还想你额外照看赵家呢。如今没有长羽毛,就忘了根本。只拣高枝儿飞去了。"探春没听完,已气的脸白气噎,抽抽咽咽的一面哭,一面问道:"谁是我舅舅?我舅舅年下才升了九省检点。那里又跑出一个舅舅来?我素习按理尊敬,越发敬出这些亲戚来了。既这么说,环儿出去,为什么赵国基又站起来?又跟他上学?为什么不拿出舅舅的款来?何苦来!谁不知道我是姨娘养的,必要过两三个月,寻出由头来,彻底来番腾一阵,生怕人不知道,故意的表白表白。也不知谁给谁没脸。幸亏我还明白,但凡糊涂、不知理的,早急了。"李纨急的只管劝,赵姨娘只管还唠叨。

忽听有人说:"二奶奶叫平姑娘说话来了。"赵姨娘听说,方把口止住。只见平儿进来，赵姨娘忙陪笑让坐，又忙问："你奶奶好些？我正要瞧去，就只没得空儿。"李纨见平儿进来，因问道："你来做什么？"平儿笑道："奶奶说赵姨奶奶的兄弟没了，恐怕奶奶和姑娘不知有旧例。若照常例，只得二十两；如今请姑娘裁夺着，再添些也使得。"探春早已拭去泪痕，忙说道："又好好的添什么？谁又是二十四个月养下来的？不然也是那出兵放马、背着主子逃出命来过的人不成？你主子真个倒巧，叫我开了例，他做好人！拿着太太不心疼的钱，乐得的做人情！你告诉他，我不敢添减，混出主意；他添他施恩，等他好了出来，爱怎么添，添去。"平儿一来时，已明白了对半，今听这一番话，越发会意。见探春有怒色，便不敢以往日喜乐之时相待。只一边垂手默侍。

时值宝钗也从上房中来，探春等忙起身让坐。未及开言，又有一个媳妇进来回事。因探春才哭了，便有三四个小丫嬛捧了沐盆、巾帕、靶镜等物来。此时探春因盘膝坐在矮板榻上，那捧盆的丫环走至跟前，便双膝跪下，高捧沐盆；那两个小丫环，也都在傍屈膝捧着巾帕并靶镜、脂粉之饰。平儿见侍书不在这里，便忙上来与探春挽袖、卸镯，又接过一条大手巾来，将探春面前衣襟掩了。探春方伸手向面盆中盥沐。那媳妇便回道："回奶奶、姑娘，家学里支环爷和兰哥儿的一年公费。"平儿先道："你忙什么！你睁着眼看见姑娘洗脸，你不出去伺候着，先说话来！二奶奶跟前你也这么没眼色来着！姑娘虽然恩宽，我去回了二奶奶，只说你们眼里都没姑娘，你们都吃了亏，可别怨我。"唬的那个媳妇忙陪笑道："我粗心了。"一面说，一面忙退出去。

探春一面匀脸，一面向平儿冷笑道："你迟了一步，还有可笑的，连吴姐姐这么个办老了事的，也不查清楚了就来混我们。幸亏我们问他，他竟有脸说忘了。我说他回你主子事，也忘了再找去？我料着你那主子，未必有耐性儿等他去找。"平儿忙笑道："他有这一次，管包腿上的筋早折了两根。姑娘别信他们，那是他们瞅着大奶奶是个菩萨，姑娘又是个腼腆小姐，固然是托懒来混说。"又向门外说道："你们只管撒野，等奶奶大安了，咱们再说。"门外的众媳妇都笑道：

"姑娘你是个最明白的人,俗语说,'一人作罪一人当'。我们并不敢欺弊小姐。如今小姐是娇客,若认真惹恼了,死无葬身之地。"平儿冷笑道:"你们明白就好了。"又陪笑向探春道:"姑娘知道,二奶奶本来事多,那里照看的这些?保不住不忽略。俗语说,'傍观者清'。这几年,姑娘冷眼看着,或有该添该减的去处,二奶奶没行到,姑娘竟一添减。头一件,于太太的事有益;第二件,也不枉姑娘待我们奶奶的情义了。"

话未说完,宝钗、李纨皆笑道:"好丫头!真怨不得凤丫头偏疼他。本来无可添减的事,如今听你一说,到要找出两件来斟酌斟酌,不辜负你这话。"探春笑道:"我一肚子气,没人煞性子。正要拿他奶奶出气去,偏他碰了来。说了这些话,叫我也没了主意了。"一面说,一面叫进方才那媳妇来,问:"环爷和兰哥儿家学里,这一年的银子是做那一项用的?"那媳妇便回说:"一年学里吃点心,或者买纸笔。每位有八两银子的使用。"探春道:"凡爷们的使用,都是各屋领了月钱的。环哥的是姨娘领二两,宝玉的是老太太屋里袭人领二两,兰哥儿的是大奶奶屋里领。怎么学里每人又多这八两?原来上学去的,是为这八两银子?从今儿起,把这一项蠲了。平儿回去告诉你奶奶我的话,把这一条务必免了。"平儿笑道:"早就该免。旧年奶奶原说要免的,因年下忙,就忘了。"那个媳妇只得答应着去了。

就有大观园中媳妇捧了饭盒来。侍书、素云早已抬过一张小饭桌来。平儿也忙着上菜。探春笑道:"你说完了话,干你的去罢。在这里忙什么?"平儿笑道:"我原没事的,二奶奶打发了我来,一则说话;二则恐这里人不方便,原是叫我帮着妹妹们伏侍奶奶、姑娘的。"探春因问:"宝姑娘的饭怎么不端来一处吃?"丫环们听说,忙出至帘外,命媳妇去说:"宝姑娘如今在厅上一处吃。叫他们把饭送了这里来。"探春听说,便高声说道:"你别混支使人!那都是办大事的管家娘子们。你们支使他要饭要茶的,连个高低都不知道!平儿这里站着,你叫叫去!"

平儿忙答应了一声,出来。那些媳妇们都忙悄悄的拉住,笑道:"那里用姑娘去叫!我们已有人叫去了。"一面说,一面用手帕掸石矶上,说:“姑娘站了半天乏了,这太阳影里且歇歇。”平儿便坐下。又有茶房里的两个婆子,拿了个坐褥铺下,说:“石头冷。这里极干净的,姑娘将就坐一坐儿罢。”平儿忙陪笑道:“多谢!”一个又捧了一碗精致新茶出来,也悄悄笑说:“这不是我们的常用茶。原是伺候姑娘们的。姑娘且润一润罢。”平儿忙欠身接了,因指众媳妇,悄悄说道:“你们太闹的不像了!他是个姑娘家,不肯发威动怒,这是他尊重。你们就藐视欺负他,果然招他动了大气,不过说他个粗糙就完了,你们就吃不了的亏。他要撒娇,太太也得让他一二分,二奶奶也不敢怎样。你们就这么大胆子,小看他?可是‘鸡蛋往石头上碰’。”众人都忙道:“我们何尝敢大胆了?都是赵姨奶奶闹的。”平儿也悄悄的说:“罢了,好奶奶们!‘墙倒众人推’。那赵姨奶奶原有些倒三不着两,有了事都就赖他。你们素日那眼里没人,心术利害,我这几年难道还不知道?二奶奶若是略差一点儿的,早被你们这些奶奶治倒了。饶这么着,得一点空儿,还要难他一难。好几次没落了你们的口声。众人都道他利害,你们都怕他;惟我知道,他心里也就不算不怕你们呢!前儿我们还议论到这里,再不能依头顺尾,必有两场气生。那三姑娘虽是个姑娘,你们都小看了他。二奶奶这些大姑子、小姑子里头,也就只单畏他五分。你们这会子到不把他放在眼里了。”

正说着,只见秋纹走来。众媳妇忙赶着问好,又说:“姑娘也且歇一歇,里头摆饭呢。等撤下饭桌子再回话去。”秋纹笑道:“我比不得你们,我那里等得。”说着,便直要上厅去。平儿忙叫:“快回来!”秋纹回头,见了平儿,笑道:“你又在这里充什么外围的防护?”一面回身便坐在平儿褥上。平儿悄问:“回什么?”秋纹道:“问一问宝玉的月银、我们的月钱,多早晚才领?”平儿道:“这什么大事!你快回去告诉袭人,说我的话:凭有什么事,今儿都别回。若回一件,管驳一件;回一百件,管驳一百件。”秋纹听了,忙问:“这是为什么了?”平儿与众媳妇等都忙告诉他原故,又说:“正要找几件利害事与有体面的人,开例作法子,镇压与众人作榜样呢!何苦你们先来碰在这钉子上。你这一去说了,他们若拿你们也作一二件榜样,又碍着老太太、太太;若不拿着你们作一二件,人家又说偏一个,向一个,仗着老太太、太太威势的就怕,也不敢动;只拿着软的作鼻子头。你听听罢,二奶奶的事,他还要驳两件才压的众人口声呢。”秋纹听了,伸舌笑道:“幸而平姐姐在这里,没的燥一鼻子灰。我趁早知会他们去。”说着,便起身走了。

接着,宝钗的饭至。平儿忙进来伏侍。那时赵姨娘已去。三人在板床上吃饭。宝钗面南,探春面西,李纨面东。众媳妇皆在廊下静候。里头只有他们紧跟常侍的丫嬛伺候,别人一概不敢擅入。这些媳妇们都悄悄的议论说:“大家省事罢。别安着没良心的主意,连吴大娘才都讨了没意思,咱们又是什么有脸的?”他们一边悄议,等饭完回事。只觉里面鸦雀无声,并不闻碗箸之声。一时,只见一个丫嬛将帘拢高揭,又有两个将桌抬出。茶房内早有三个丫头,捧着三沐盆水。见饭桌已出,三人便进去了。一回,又捧出沐盆并漱盂来,方有侍书、素云、莺儿三个,每人用茶盘捧了三盖碗茶进去。一时等他三人出来,侍书命小丫头子:“好生伺候着,我们吃饭来换你们,别又偷坐着去。”众媳妇们方慢慢的,一个一个的安分回事,不敢如先前轻慢疏忽了。

探春气方渐平,因向平儿道:“我有一件大事,早要和你奶奶商议。如今可巧想起来,你吃了饭快来。宝姑娘也在这里,咱们四个人商议了,再细细问你奶奶可行可止。”平儿答应,回去。

凤姐因问:“为何去这一日?”平儿便笑着将方才的原故细细说与他听了。凤姐儿笑道:“好,好,好。好个三姑娘。我说他不错,只可惜他命薄,没托生在太太肚里。”平儿笑道:“奶奶也说糊涂话了。他便不是太太养的,难道谁敢小看他,不与别的一样看了?”凤姐儿叹道:“你那里知道!虽然庶出一样,女儿却比不得男人。将来攀亲时,如今有一种轻狂人,先要打听姑娘是正出庶出,多有为庶出不要的。殊不知,别说庶出,便是我们的丫头,比人家的小姐还强呢。将来不知那个没造化的挑庶正误了事呢;也不知那个有造化的,不挑庶正的得了去。”

说着,又向平儿笑道:“我这几年,生了多少省俭的法子,一家子大约也没个不背地里恨我的。我如今也是骑上老虎了,虽然看破些,无奈一时也难宽放；二则家里出去的多，进来的少。凡百大小事仍是照着老祖宗手里的规矩，却一年进的产业又不及先时多，省俭了，外人又笑话，老太太、太太也受委屈，家下人也抱怨克薄；若不趁早儿料理省俭之计，再几年就都赔尽了。”平儿道：“可不是这话！将来还有三四位姑娘，还有两三个小爷，一位老太太，这几件大事未完呢。”凤姐儿笑道：“我也虑到这里，到也勾了：宝玉和林妹妹，他两个一娶一嫁，可以使不着官中的钱，老太太自有梯己拿出来；二姑娘是大老爷那边的，也不算；剩了三四个，满破着每人花上一万银子；环哥娶亲有限，花上三千两银子，不拘那里省一抿子，也就勾了；老太太事出来，一应都是全有了的，不过零星杂项使费，也满破三五千两。如今再俭省些，陆续也就勾了。只怕如今平空又生出一两件事来，可就了不得了。咱们且别虑后事，你且吃了饭，快听他商议什么。这正碰了我的机会，我正愁没个膀臂。虽有个宝玉，他又不是这里头的货，纵收伏了他，也不中用；大奶奶是个佛爷，也不中用；二姑娘更不中用，亦且不是这屋里的人；四姑娘小呢；兰小子更小；环儿更是个燎了毛的小冻猫子，只等有热灶火坑让他钻去罢。真真一个娘肚子里，跑出这个天悬地隔的两个人来。我想到这里，就不伏。再者林丫头和宝姑娘，他两个到好，偏又都是亲戚，又不好管咱家务事。况且一个是美人灯儿，风吹吹就坏了；一个是拿定了主意，不干己事不张口，一问摇头三不知，也难十分去问他。到只剩了三姑娘一个，心里、嘴里都也来的，又是咱家的人，太太又疼他，虽然面上淡淡的，皆因是赵姨娘那老东西闹的，心里却是和宝玉一样呢。比不得环儿，实在令人难疼。要依我的性，早撵出去了。如今他既有这主意，正该和他协同，大家做个膀背，我也不孤不独了。按正理，天理良心上论，咱们有他这个人帮着，咱们也省些心，于太太的事，也有些益。若按私心藏奸上论，我也太行毒了，也该抽头退步，回头看了看，再要穷追苦克，人恨极了，暗地里笑里藏刀，咱们两个才四个眼睛两个心，一时不防，到弄坏了。趁着紧溜之中，他出头一料理，众人就把往日咱们的恨，暂可解了。还有一件，我虽知你极明白，恐怕你心里挽不过来。如今嘱咐你：他虽是姑娘家，心里却事事明白，不过是言语谨慎；他又比我知书识字，更利害一层了。如今俗语‘擒贼必先擒王’，他如今要作法开端，一定是先拿我开端。倘或他要驳我的事，你可别分辨，你只越恭敬，越说驳的是才好，千万别想着怕我没脸，和他一犟，就不好了。”

平儿不等说完，便笑道：“你太把人看糊涂了。我才已经行在先，这会子又反嘱咐我。”凤姐儿笑道：“我是恐怕你心里眼里只有了我，一概没有别人之故，不得不嘱咐。既已行在先，更比我明白了。你又急了，满口里‘你’、‘我’起来。”平儿道：“偏说‘你’。你不依，这不是嘴巴子，再打一顿？难道这脸上还没尝过的不成？”凤姐儿笑道：“你这小蹄子！要掂多少过子才罢。看我病的这样，还来怄我！过来坐下！横竖没人来，咱们一处吃饭是正经。”

说着，丰儿等三四个小丫头子进来，放小炕桌。凤姐只吃燕窝粥、两碟子精致小菜，每日分例菜已暂减去。丰儿便将平儿的四样分例菜，端至桌上，与平儿盛了饭来。平儿屈一膝于炕沿之上，半身犹立于炕下，陪着凤姐儿吃了饭，伏侍漱盥。漱毕，嘱咐了丰儿些话，方往探春处来。只见院中寂静，人已散出，要知端的——

第五十六回 敏探春兴利除宿弊 时宝钗小惠全大体

话说平儿陪着凤姐儿吃了饭,伏侍盥漱毕,方往探春处来。只见院中寂静,只有丫环、婆子、园内执事人,在窗外听候。

平儿进入厅中,他姊妹三人正议论些家务,说的便是年内赖大家请吃酒,他家花园中事故。见他来了,探春便命他脚踏上坐了,因说道:"我想的事,不为别的,因想着我们一月有二两月银外,丫头们又另有月钱。前儿又有人回要我们一月所用的头油、脂粉,每人又是二两。这又同才刚学里的八两一样,重重叠叠。事虽小,钱有限,看起来也不妥当。你奶奶怎么就没想到这个?"平儿笑道:"这有个原故。姑娘们所用的这些东西,自然是该有分例。每月买办买了,令女人们各房交与我们收管,不过预备姑娘们使用就罢了。没有一个姑娘们天天各人拿钱找人买头油,又是脂粉去的理。所以外头买办总领了去,按月使女人按房交去。姑娘们的每月这二两,原不是为买这些的,原为的是一时当家的奶奶、太太或不在家,或不得闲,姑娘们偶然一时可巧要几个钱使,省得找人去。这原是恐怕姑娘们受委屈。可知这个钱并不是买这个才有的。如今我冷眼看着,各房里的我们的姊妹,都是现拿钱买这些东西的,竟有一半。我就疑惑,不是买办脱了空,迟下日子;就是买的不是正经货,弄些使不得的东西来搪塞。"探春、李纨都笑道:"你也留心看出来了?脱空是没有的,也不敢。只是迟些日子,催急了,不知那里弄些来。不过是个名儿,其实使不得。依然得现买。就用这二两银子,另叫别人的奶妈子的,或是弟兄、哥哥的儿子买了来,才使得。若使了官中的人,依然是那一样的。不知他们是什么法子?是铺子里坏了,不要的,他们都弄了来,单预备给我们?"平儿笑道:"买办买的是那样的,他买了好的来,买办岂肯和他善开交?又说他安坏心,要夺这买办了。所以,他们也只得如此,能可得罪了里头,不肯得罪了外头办事的人。姑娘们只能可使奶妈妈们,他们也就不敢有闲话了。”

探春道:“因此,我心中不自在。钱费两起,东西又白丢一半。通算起来,反费了两折子。不如竟把买办的每月蠲了为是。此是一件事。第二件,年里往赖大家去,你也去的,你看他那小园子,比咱们这个如何?”平儿笑道:“还没有咱们这一半大。树木花草也少多了。”探春道:“我因和他家女儿说闲话儿,谁知那么个园子,除他们带的花、吃的笋菜鱼虾之外,一年还有人包了去,年终足有二百两银子剩。从那日,我才知道:一个破荷叶,一根枯草根子,都是值钱的。”宝钗笑道:“真真膏粱纨袴之谈。虽是千金小姐,原不知这事,但你们都念过书识字的,竟没看见朱夫子有一篇《不自弃文》不成?”探春笑道:“虽看过,那不过是勉人自励,虚比浮词,那里都真有的?”宝钗道:“朱子都有‘虚比浮词’?那句句都是有的!你才办了两天事,就利欲熏心,把朱子都看虚浮了。你再出去见了那些利弊大事,越发把孔子也看虚了。”探春笑道:“你这样一个通人,竟没看见姬子书?当日姬子有云:‘登利禄之场,处运筹之界者,窃尧舜之词,背孔孟之道。’”宝钗笑道:“底下一句呢?”探春笑道:“如今只断章取意。念出底下一句,我自己骂我自己不成?”宝钗道:“天下没有不可用的东西。既可用,便值钱。难为你是个聪敏人,这些正事、大节目事竟没经历,也可惜迟了。”李纨笑道:“叫了人家来,不说正事,且你们对讲学问。”宝钗道:“学问中便是正事。此刻于小事上用‘学问’一提,那小事越发作高一层了。不拿‘学问’提着,便都流入世俗去了。”三人只是取笑之谈。说了笑了一回,便仍谈正事。探春因又接说道:“咱们这园子,只算比他们的多一半,加一倍算,一年就有四百银子的利息。若此时也出脱生发银子,自然小器,不是咱们这样人家的事;若不派出两个一定的人来,既有许多值钱之物,一味任人作践,也似乎暴殄天物。不如在园子里所有的老妈妈中,拣出几个本分老诚、能知园圃的事,派准他们收什料理,也不必要他们交租纳税,只问他们一年可以孝敬些什么。一则园子有专定之人修理,花木自有一年好似一年的,也不用临时忙乱;二则也不至作践,白辜负了东西;三则老妈妈们也可借此小补,不枉年日在园中辛苦;四则亦可以省了这些花儿匠、山子匠、打扫人等的工费。将此有馀,以补不足,未为不可。”

宝钗正在地下看壁上的字画,听如此说一句,便点一回头,说完,便笑道:“善哉!三年之内,无饥馑矣。”李纨笑道:“好主意!这果一行,太太必喜欢。省钱事小,第一有人打扫,专司其职;又许他去卖钱,使之以权,动之以利,再无不尽职的了。”平儿道:“这件事须得姑娘说出来。我们奶奶虽有此心,也未必好出口。此刻姑娘们在园里住着,不能多弄些顽意儿添上,反叫人去监管、修理,图省钱,这话断不好出口。”

宝钗忙走过来,摸着他的脸,笑道:“你张开嘴我瞧瞧,你的牙齿舌头是什么作的?从早起来到这会子,你说这些话,一套一个样子,也不奉承三姑娘,也没见你说奶奶才短,想不到,也并没有三姑娘说一句,你就说一句‘是’。横竖三姑娘一套说出,你就有一套话进去。总是三姑娘想的到的,你奶奶也想到了,只是必有个不可办的原故。这会子又是因姑娘们住在园子里,不好因省钱令人去监管。你们想想这话,若果真交与人弄钱去的时候,人家自然是一枝花也不许掐,一个果子也不许动了。姑娘们分中自然不敢,天天与小姑娘们就吵不清。他这远愁近虑,不亢不卑,他奶奶便不是和咱们好,听他这一番话,也必要自愧的变好了,不和也变和了。”探春笑道:“我早起一肚子气,听他来了,忽然想起他主子来。素日当家使出来的好撒野的人,我见了他,便生了气。谁知他来了,避猫鼠儿是的站了半日,怪可怜的。接着又说了那么些话,不说他主子待我好,到说‘不枉姑娘待我们奶奶素日的情意了’这一句,不但没了气,我到愧了,又伤起心来。我细想,我一个女孩儿家,自己还闹得没人疼、没人顾的,我那里还有好处待人?”口内说到这里,不免流下泪来。李纨等见他说的恳切,又想他素日因赵姨娘每生诽谤,在王夫人跟前亦为赵姨娘所累,都不免流下泪来,都忙劝道:“趁今日清净,大家商议两件兴利剔弊的事,也不枉太太委托一场。又提这没要紧的事做什么!”平儿忙道:“我已明白了。姑娘竟说谁好,竟一派人就完了。”探春道:“虽如此说,也须得回你奶奶一声。我们这里搜剔小过,已经不当,皆因你奶奶是个明白人，我才这样行；若是糊涂多蛊多妒的，我也不肯。倒像抓他的乖一般。岂可不商议了行？”平儿笑道：“既这样，我去告诉一声。”说着去了，半日方回来，笑说：“我说是白走一趟。这样好事，奶奶岂有不依的。”探春听了，便和李纨命人将园中所有婆子的名单要来。大家参度，大概定了几个。又将他们一齐传来。李纨大概告诉与他们。众人听了，无不愿意，也有说：“那一片竹子单交给我，一年工夫，明年又是一片。除了家里吃的笋，一年还可交些钱粮。”这一个说：“那一片稻地交给我，一年这些顽的大小雀鸟的粮食，不必动官中钱粮，我还可以交钱粮。”

探春才要说话，人回大夫来了，进园瞧姑娘。众婆子只得去接大夫。平儿忙说：“单你们有一百个也不成个体统。难道没有两个管事的头脑带进大夫来？”回事的那人说：“有吴大娘和单大娘他两个在西南角上聚锦门等着呢。”平儿听说方罢了。众婆子去后，探春问宝钗如何？宝钗笑答道：“幸于始者怠于终，缮其辞者嗜其利。”探春听了，点头称赞，便向册上指出几人来与他三人看。平儿忙去取笔砚来。他三人说道：“这一个老祝妈是个妥当的，况他老头子和他儿子代代都是管打扫竹子，如今竟把这所有的竹子交与他。这一个老田妈本是种庄家的，稻香村一带，凡有菜蔬稻稗之类，虽是顽意儿，不必认真大治大耕，也须得他去，再一按时加些培埴，岂不更好？”

探春又笑道：“可惜蘅芜苑和怡红院这两处大地方，竟没有出利息之物。”李纨忙笑道：“蘅芜苑更利害。如今香料铺并大市大庙卖的各处香料、香草儿都不是这些东西？算起来比别的利息更大。怡红院别说别的，单只说春夏天一季玫瑰花共下多少花？还有一带篱笆上蔷薇、月季、宝相、金银藤，单这没要紧的草花干了，卖到茶叶铺、药铺去，也值几个钱。”探春笑道：“原来如此。只是弄香草的没有在行的人。”平儿忙笑道：“跟宝姑娘的莺儿他妈就是会弄这个的。上回他还采了些，晒干了瓣成花蓝葫芦给我顽的。姑娘到忘了不成？”宝钗笑道：“我才赞你，你到来捉弄我了。”三人都诧异，都问：“这是为何？”宝钗道：“断断使不得！你们这里多少得用的人，一个一个闲着没事办。这会子我又弄个人来，叫那起人连我也看小了。我到替你们想出一个人来，怡红院有个老叶妈，他就是茗烟的娘。那是个诚实老人家，他又和我们莺儿的娘极好，不如把这事交与叶妈。他有不知的，不必咱们说，他就找莺儿的娘去商议了。那怕叶妈全不管，竟交与那一个，那是他们私情儿，有人说闲话也就怨不到咱们身上了。如此一行，你们办的又至公道，事又甚妥。”李纨、平儿都道：“是极！”探春笑道：“虽如此，只怕他们见利忘义。”平儿笑道：“不相干。前儿莺儿还认了叶妈做干娘，请吃饭吃酒，两家和厚，好的很呢。”探春听了，方罢了。又共同斟酌出几人来，俱是他四人素昔冷眼取中的，用笔圈出。

一时婆子们来回：“大夫已去！”将药方送上去。三人看了，一面遣人送出去，取药监派调服；一面探春与李纨明示诸人：某人管某处，按四季除家中定例用多少外，馀者任凭你们采取了去，到年终算账。

探春笑道：“我又想起一件事来，若年终算账归钱时，自然归到账房，仍是上头又添一层管主，还在他们手心里，又剥一层皮。这如今我们兴出这事来，派了你们，已是跨过他们的头去了，心里有气，只说不出来。你们年终去归账，他们还不捉弄你们等什么！再者，这一年间，管什么的，主子有一全分，他们就得半分。这是家里的旧例，人所共知的；别的偷着的在外。如今这园子里是我的新创，竟别入他们手。到年终归账，竟归到里头来才好。”宝钗笑道：“依我说，里头也不用归账。这个多了，那个少了，到多事。不如问他们谁领这一分的，他就揽一宗事去，不过是园里的人的动用。我替你们算出来了。有限的几宗事：不过是头油、胭粉、香纸，每一位姑娘几个丫头，都是有定例的；再者，各处笤帚、撮簸、掸子，并大小禽鸟、鹿、兔吃的粮食，不过这几样，都是他们包了去，不用账房去领钱。你算算，就省下多少来？”平儿笑道：“这几宗虽小，一年通共算了，也省的下四百两银子。”宝钗笑道：“却又来！一年四百，二年八百两，取租钱的房子也能看得了几间，薄地也可添几亩。虽然还有富馀的，但他们既辛苦闹一年，也要叫他们剩些，粘补粘补自家。虽是兴利节用为纲，然亦不可太啬。纵再省上二三百银子，失了大体统，也不像。所以，如此一行，外头账房里一年少出四五百银子，也不觉得很艰啬了，他们里头却也得些小补。这些没营生的妈妈们,也宽裕了;园子里花木也可以每年滋长蕃盛;你们也得了可使之物,这庶几不失大体。若一味要省时,那里不搜寻出几个钱来?凡有些馀利的,一概入了官中,那时里外怨声载道,岂不失了你们这样人家的大体?如今这园里几十个老妈妈们,若只给了这个,那剩的也必抱怨不公。我才说的,他们只供给这个几样,也未免太宽裕了。一年竟除这个之外,他每人不论有馀无馀,只叫他拿出若干贯钱来,大家凑齐,单散与园中这些妈妈们。他们虽不料理这些,却日夜也是在园中照看当差之人,关门闭户,起早睡晚,大雨大雪,姑娘们出入,抬轿子、撑船、拉冰床,一应粗糙活计,都是他们的差使。一年在园里辛苦到头,这园内既有出息,也是分内该均沾些的。还有一句至小气的话,越发说破了,你们只管了自己宽裕,不分与他们些,他们虽不敢明怨,心里却都不服。只用假公借私的,多摘你们几个果子,多掐几枝花儿,你们有冤还没处诉。他们也沾补了些利息,你们有照顾不到,他们就替你照顾了。"

众婆子听了这个议论,又去了账房受辖制,又不与凤姐儿去算账,一年不过多拿出若干贯钱来,各各欢喜异常,都齐说:"愿意。强如出去被他揉搓着,还得拿出钱来呢。"那不得管的也听见,每年终又无故得分钱,也都喜欢起来,口内说:"他们辛苦收拾是该剩些钱粘补的,我们怎么好'稳坐吃三注'的?"宝钗笑道:"妈妈们也别推辞了。这原是分内应当的。你们只要日夜辛苦些,别躲懒,纵放人吃酒赌钱就是了。不然我也不该管这事。你们一般听见姨娘亲口嘱托我三五回,说:大奶奶如今又不得闲儿,别的姑娘又小,托我照看照看。我若不依,分明是叫姨娘操心。我们奶奶又多病多痛,家务也忙,我原是个闲人,便是个街坊邻居也要帮着些,何况是亲姨娘托我?我免不得去小就大,讲不起众人嫌我。倘或我只顾了小分,沽名钓誉,那时醉酒、赌博,生出事来,我怎么见姨娘?你们那时后悔也迟了。就连你们素日的老脸也都丢了。这些姑娘小姐们,这么一所大花园,都是你们照看,皆因看得你们是三四代的老妈妈,最是循规导矩的。原该大家齐心,顾些体面。你们反纵放别人任意吃酒、赌博,姨娘听见了,教训一场犹可;倘若被那几个管家娘子听见了,他们也不用回姨娘,竟教导你们一番,你们这年老的反受了年小的教训,虽是他们是管家,管的着你们,何如自己存些体面,他们如何得来作践?所以,我如今替你们想出这个额外的进益来,也为大家齐心把这园里周全得谨谨慎慎,使那些有权执事的,看见这般严肃谨慎,且不用他们操心,他们心里岂不敬服?也不枉替你们筹画进益,既能夺他们之权,生你们之利,又可以省无益之费,分他们之忧。你们去细想想这话!"家人都欢声鼎沸,说:"姑娘说的很是。从此姑娘、奶奶只管放心。姑娘、奶奶这样疼顾我们,我们再要不体上情,天地也不容了。"

刚说着,只见林之孝家的进来说:"江南甄府里家眷昨日到京,今日进宫朝贺,此刻先遣人来送礼、请安。"说着,便将礼单送上去。探春接了,看道是:上用的妆缎蟒缎十二匹,上用杂色缎十二匹,上用各色纱十二匹,上用宫绸十二匹,官用各色缎纱绸绫二十四匹。李纨也看过,说:"用上等封儿赏他。"因又命人回了贾母。贾母便命人叫李纨、探春、宝钗等也都过来,将礼物看了,李纨收过一边,分付内库上人说:"等太太回来看了再收。"贾母因说:"这甄家又不与别家相同,上等赏封赏男人,只怕展眼又打发女人来请安。预备下尺头。"一语未完,果然人回:"甄府四个女人来请安。"贾母听了,忙命人带进来。

那四个人都是四十往上的年纪,穿带之物皆比主子不甚差别。请安问好毕,贾母命拿了四个脚踏来,他四人谢了坐,待宝钗等坐了,方都坐下。贾母便问:"多早晚进京的?"四人忙起身,回说:"昨日进的京,今日太太带了姑娘进宫请安去了。故令女人们来请安,问候姑娘们。"贾母问道:"这些年没进京,也不想到今年来。"四人也都笑回道:"正是,今年是奉旨进京的。"贾母问道:"家眷都来了?"四人回说:"老太太和哥儿、两位小姐并别位太太都没来,就只太太带了三姑娘来了。"贾母道:"有了人家没有?"四人道:"尚没有呢。"贾母笑道:"你们大姑娘和二姑娘这两家,都和我们家甚好。"四人笑道:"正是,每年姑娘们有信回去,说全亏府上照看。"贾母笑道:"什么照看。原是世交,又是老亲,原应当的。你们二姑娘更好,更不自尊自大。所以我们才走的亲密。"四人笑道:"这是老太太过谦了。"贾母又问:

“你这哥儿也跟着你们老太太?”四人回说:“也是跟着老太太。”贾母道:“几岁了?”又问:“上学不曾?”四人笑说:“今年十三岁,因长得齐整,老太太很疼。自幼淘气异常,天天逃学,老爷、太太也不便十分管教。”贾母笑道:“这不成了我们家的了?你这哥儿叫什么名字?”四人道:“因老太太当作宝贝一样,他又生的白,老太太便叫他作‘宝玉’。”贾母便向李纨等道:“偏也叫作个‘宝玉’。”李纨忙欠身笑道:“从古至今,同时隔代,重名的很多。”四人也笑道:“起了这小名儿之后,我们上下都疑惑,不知那位亲友家也倒似曾有一个的,只是这十来年没进京来,却记得不真了。”贾母笑道:“岂敢!就是我的孙子。——人来!”众媳妇、丫头答应了一声,走近几步。贾母笑道:“园里把咱们的宝玉叫了来。给这四个管家娘子瞧瞧,比他们的宝玉如何?”

众媳妇听了,忙去了。半刻围了宝玉进来。四人一见,忙起身笑道:“唬了我们一跳。若是我们不进府来,倘若别处遇见,还只道我们的宝玉后赶着也进了京了呢。”一面说,一面都上来拉他的手,问长问短。宝玉忙也笑问好。贾母笑道:“比你们的长的如何?”李纨等笑道:“四位妈妈才一说,可知是模样相仿了。”贾母笑道:“那有这样巧事?大家子孩子们养的娇嫩,除了脸上有残疾、十分黑丑的,大概看去都是一样的齐整。这也没有什么怪处。”四人笑道:“如今看来,模样是一样。据老太太说淘气也一样。我们看来这位哥儿性情却比我们的好些。”贾母忙问:“怎见得?”四人笑道:“方才我们拉哥儿的手说话便知。我们说话,我们那一个只说我们糊涂。别说拉手,他的东西,我们略动一动,也不依。所使唤的人,都是女孩子们。”

四人未说完,李纨姊妹等禁不住都失声笑出来。贾母也笑道:“我们这会子也打发人去见了你们宝玉,若拉他的手,他也自然免强忍耐一时。可知你我这样人家的孩子们,凭他们有什么刁钻古怪的毛病儿,见了外人,必是要还出正经礼数来的。若他不还正经礼数,也断不容他刁钻去了。就是大人溺爱的是他一则生的得人意儿,二则见人礼数竟比大人行出来的不错,使人见了可爱可怜,背地里所以才纵他一点子。若一味他只管没里没外,不与大人争光,凭他生的怎样,也是该打死的。”四人听了,都笑说:“老太太这话正是!虽然我们宝玉淘气古怪,有时见了人客,规矩礼数更比大人有礼。所以,无人见了不爱。只说为什么还打他?殊不知他在家里无法无天,大人想不到的话偏会说,想不到的事他偏要行。所以老爷、太太恨的无法。就是弄性,也是小孩子的常情;胡乱花费,这也是公子哥儿的常情;怕上学也是小孩子的常情,都还治的过来。第一天生下来这一种刁钻古怪的脾气,如何使得?”一语未了,人回:“太太回来了。”王夫人进来,问过安。他四人请了安。大概说了两句,贾母便命歇歇去。王夫人亲捧过茶,方退出。四人告辞了,贾母便往王夫人处来,说了一会家务,打发他们回去,不必细说。

这里贾母喜的逢人便告诉,也有一个宝玉,也却一般行景。众人都为天下之大,世宦之多,同名者也甚多,祖母溺爱孙者也古今所有常事耳,不是什么罕事,故皆不介意。独宝玉是个迂阔呆公子的性情,自为是那四人承悦贾母之词。后至蘅芜苑看湘云病去,将这话告诉,湘云说:“你放心闹罢!先是‘单丝不成线,独树不成林’。如今有了个对子,闹急了,再打狠了,你逃走到南京找那一个去。”宝玉道:“那里的谎话?你也信了。偏又有个宝玉了。”湘云道:“怎么列国有个蔺相如,汉朝又有个司马相如呢?”宝玉笑道:“这也罢了。偏又模样儿也一样。这是没有的事。”湘云道:“怎么匡人看见孔子,只当是阳虎呢?”宝玉笑道:“孔子、阳虎虽同貌,却不同名;蔺相如与司马相如,虽同名而又不同貌。偏我和他就两样俱同不成?”湘云没了话答对,因笑道:“你只会胡搅,我也不和你分证。有也罢,没也罢,与我无干。”说着,便睡下了。

宝玉心中便又疑惑起来:若说必无,然亦似必有;若说必有,又并未目睹。心中闷了,回至房中,榻上默默盘算,不觉就忽忽的睡去。不觉竟到了一座花园之内。宝玉诧异道:“除了我们大观园,更又有这一个园子?”正疑惑间,从那边来了几个女儿,都是丫嬛。宝玉又诧异道:“除了鸳鸯、袭人、平儿之外,也竟还有这一干人?”只见那些丫嬛笑道:“宝玉,怎么跑到这里来了?”宝玉只当是说他自己,忙来陪笑说道:“因我偶步到此,不知是那位世交的花园?好姐姐们!带我逛逛。”众丫嬛都笑道:“原来不是咱家的宝玉！他生的到也还干净。嘴儿也到乖觉。”宝玉听了,忙道:“姐姐们！这里也更还有个宝玉?”丫环们忙道:“‘宝玉’二字,我们是奉老太太、太太之命,为保佑他延寿、消灾的。我们叫他,他听见喜欢;你是那里远方来的臭小厮,也乱叫起他来。仔细你的臭肉！打不烂你的！”又一个丫环笑道:“咱们快走罢！别叫宝玉看见,又说同这臭小厮说了话,把咱薰臭了。”说着,一径去了。

宝玉纳闷道:“从来没有人如此涂毒我。看他们如何更这样?真亦有我这样一个人不成?”一面想,一面顺步早到了一所院内。宝玉又诧异道:“除了怡红院,也更还有这么一个院落?”忽上了台矶,进入屋内,只见榻上那个少年,叹了一声。一个丫嬛笑问道:“宝玉,你不睡又叹什么?想必为你妹妹病了,你又胡愁乱恨呢?”宝玉听说,心下也便吃惊。只见榻上有一个人卧着,那边有几个女孩儿做针线,也有嘻笑顽耍的。只见榻上那个少年说道:“我听见老太太说,长安都中也有个宝玉,和我一样的性情,我只不信。我才作了一个梦,竟梦中到了都中一个花园子里头,遇见几个姐姐,都叫我‘臭小厮’,不理我。好容易找到他房里头,偏他睡觉,空有皮囊,真性不知那去了。”宝玉听说,忙说道:“我因找宝玉来到这里来。你就是宝玉?”榻上的忙下来拉住:“原来你就是宝玉?这可不是梦里了?”宝玉道:“这如何是梦?真而又真了。”一语未了,只见人来说:“老爷叫宝玉。”唬得二人皆慌了。一个宝玉就走,一个宝玉便忙叫:“宝玉快回来！快回来！”

袭人在傍听他梦中自唤,忙推醒他,笑问道:“宝玉在那里?”此时宝玉虽醒,神意尚恍惚,因向门外指说:“才出去了。”袭人笑道:“那是你梦迷了。你揉眼细瞧,是镜子里照的你影儿。”宝玉向前瞧了一瞧,原是那嵌的大镜对面相照,自己也笑了。早有人捧过漱盂、茶卤来,漱了口。麝月道:“怪道老太太常嘱咐说,‘小人屋里不可多有镜子。小人魂不全,有镜子照多了,睡觉惊恐作胡梦。’如今到在大镜子那里安了一张床,有时放下镜套还好;往前去,天热,困倦不定,那里想的到放他?比如方才,就忘了。自然是先躺下照着影儿顽的，一时合上眼，自然是胡梦颠倒。不然如何得看着自己，叫着自己的名字？不如明儿挪进床来是正经。”一语未了，只见王夫人遣人来叫宝玉。不知有何话说？

第五十七回　慧紫鹃情辞试忙玉　慈姨妈爱语慰痴颦

话说宝玉听王夫人唤他,忙至前边来。原来是王夫人要带他拜甄夫人去。宝玉自是欢喜,忙去换衣服。跟了王夫人到那里,见其家中形影,自与荣、宁不甚差别,或有一二稍盛者。细问果有一宝玉。甄夫人留席,竟日方回。宝玉方信。因晚间回家来,王夫人又分付预备上等的席面,定名班大戏,请过甄夫人母女。后二日,他母女便不作辞,回任去了。无话。

这日,宝玉因见湘云渐愈,然后去看黛玉。正值黛玉才歇午觉,宝玉不敢惊动,因紫鹃正在回廊上,手里做针黹,便来问他:“昨日夜里咳嗽可好了?”紫鹃道:“好些了。”宝玉笑道:“阿弥陀佛！宁可好了罢。”紫鹃笑道:“你也念起佛来?真是新闻。”宝玉笑道:“所谓‘病笃乱投医’了。”一面说,一面见他穿着弹墨绫薄绵袄,外面只穿着青缎夹背心。宝玉便伸手向他身上摸了一摸,说:“穿这样单薄,还在风口里坐着,看天风馋,时气又不好,你再病了,越发难了。”紫鹃便说道:“从此咱们只可说话,别动手动脚的。一年大,二年小的,叫人看着不尊重。打紧的那起混帐行子们背地里说你。你总不留心,还只管和小时一般行为,如何使得?姑娘常常分付我们,不叫和你说笑。你近来瞧他远着你,还恐远不及呢。”说着,便起身携了针线,进别房去了。

宝玉见了这般景况,心中像浇了一盆冷水一般。只瞅着竹子发了一回呆,因祝妈正来挖竹、修竿,便怔怔的走出来。一时魂魄失守,心无所知,随便坐在一块山石上出神,不觉滴下泪来,直呆了五六顿饭的工夫。千思万想,总不知如何是好。

偶值雪雁从王夫人房中取了人参来,从此经过。忽扭项看见桃花树下石上,一人手托着腮颊出神,不是别人,却是宝玉。雪雁疑惑道:“怪冷的！他一个坐在这里作什么?春天凡有残疾的人,都犯病。敢是他犯了呆病了。”一边想,一边便走过来,蹲下笑道:“你在这里作什么呢?”宝玉忽见了雪雁,便说道:“你又作什么来找我?你难道不是女孩儿?他既防嫌,不许你们理我,你又来寻我。倘被人看见,岂不又生口舌?你快家去罢了!”雪雁听了,只当是他又受了黛玉的委屈,只得回至房中。黛玉未醒,将人参交与紫鹃。紫鹃因问他:“太太做什么呢?”雪雁道:“也歇中觉,所以等了这半日。姐姐你听笑话儿:我因等太太的工夫,和玉钏儿姐姐坐在下房里说话儿。谁知赵姨奶奶招手儿叫我,我只当有什么话说。原来他和太太告了假,出去给他兄弟伴宿坐夜,明儿送殡去。跟他的小丫头子小吉祥儿没衣裳,要借我的月白缎子袄儿。我想他们一般也有两件子衣裳,往赃地方儿去,恐怕弄赃了,自己的舍不得穿,故此借别人的。借我的弄赃了,也是小事。只是我想他素日有些什么好处到咱们跟前?所以,我说了,‘我的衣裳、簪环都是姑娘叫紫鹃姐姐收着呢。如今先得去告诉他,还得回姑娘呢。姑娘身上又病着,更费了大事,误了你老出门,不如再转借罢’。”紫鹃笑道:“你这个小东西子到也巧。你不借给他,你往我和姑娘身上推,叫人怨不着你。他这会子就下去了,还是等明日一早才去?”雪雁道:“这会子就去的。只怕此时已去了。”紫鹃点点头。雪雁道:“姑娘还没醒呢?是谁给了宝玉气受?坐在那里哭呢。”

紫鹃听了,忙问:“在那里?”雪雁道:“在沁芳亭后头桃花底下呢。”紫鹃听说,忙放下针线,又嘱咐雪雁:“好生听叫。若问我,答应我就来。”说着,便出了潇湘馆,一径来寻宝玉。走至宝玉跟前,含笑说道:“我不过说了那两句话,为的是大家好。你就赌气跑了这风地里来哭,作出病来唬我!”宝玉忙笑道:“谁赌气了?我因为听你说的有理,我想你们既这样说,自然别人也是这样说,将来渐渐的都不理我了。我所以想着,自己伤心。”紫鹃也便挨他坐着。宝玉笑道:“方才对面说话,你尚走开;这会子如何又来挨着我坐着?”紫鹃道:“你都忘了?几日前你们兄妹两个正说话,赵姨娘一头走了进来。我才听见他不在家,所以我来问你。正是前日,你和他才说了一句‘燕窝’就歇住了,总没提起。我正想着问你。”宝玉道:“也没什么要紧。

不过我想着，宝姐姐也是客中，既吃燕窝，又不可间断。若只管和他要，太也托实。虽不便和太太要，我已经在老太太跟前略露了个风声，只怕老太太和凤姐姐说了。我告诉他的，竟没告诉完了他。如今我听见，一日给你们一两燕窝，这也就完了。”紫鹃道：“原来是你说了！这又多谢你费心。我们正疑惑：老太太怎么忽然想起来，叫人每一日送一两燕窝来呢？这就是了。”宝玉笑道：“这要天天吃惯了，吃上三二年就好了。”紫鹃道：“在这里吃惯了，明年家去，那里有这些闲钱吃这个？”宝玉听了，吃了一惊，忙问：“谁？往那个家去？”紫鹃道：“你妹妹回苏州家去。”宝玉笑道：“你又说白话。苏州虽是原籍，因没了姑父、姑母，无人照看才来的。明年回去找谁？可见是扯谎。”紫鹃冷笑道：“你太看小了人！单你们贾家是大族，人口多的？除了你家，别人只得一父一母，房族中真个再无人了不成？我们姑娘来时，原是老太太心疼他年小，虽有叔伯，不如亲父母。故此接来住几年。大了，该出阁时，自然要送还林家的。终不成林家的女儿，在你贾家一世不成？林家虽贫到没饭吃，也是世代书宦之家，断不肯将他家的人丢在亲戚家，落人的耻笑。所以，早则明年春天，迟则秋天。这里纵不送去，林家亦必有人来接的。前日夜里，姑娘和我说了，叫我告诉你，将从前小时顽的东西，有他送你的，叫你都打点出来还他；他也将你送他的，打叠了在那里呢。”

宝玉听了，便如头顶上响了一个焦雷一般。紫鹃看他怎样回答，只不作声。忽见晴雯找来，说：“老太太叫你呢！谁知道在这里。”紫鹃笑道：“他这里问姑娘的病症，我告诉了他半日，他只不信。你到拉他去罢。”说着，自己便走回房去了。晴雯见他呆呆的，一头热汗，满脸紫胀，忙拉他的手，一直到怡红院中。袭人见了这般，慌起来，只说时气所感，热汗被风扑了。无奈宝玉发热事犹小可，更觉两个眼珠儿直直的起来，口角边津液流出，皆不知觉。给他个枕头，他便睡下；扶他起来，他便坐着。到了茶来，他便吃茶。众人见他这般，一时忙起来。又不敢造次去回贾母，先便差人出去请李嬷嬷。

一时，李嬷嬷来了，看了半日，问他几句话，也无回答。用手向他脉门摸了摸，嘴唇人中上边着力掐了两下，掐的指甲印如许来深，竟也不觉疼。李嬷嬷只说了一声:“可了不得了!”“呀”的一声便搂着放声大哭起来。急的袭人忙拉他说:“你老人家瞧瞧可怕不怕,且告诉我们,去回老太太、太太去,你老人家怎么先哭起来!”李嬷嬷捶床捣枕说:“这可不中用了!我白操了一世心了。”袭人等以他年老多知,所以请他来看,如今见他这般一说,都信以为实,也都哭起来。

晴雯便告诉袭人,方才如此这般。袭人听了,便忙到潇湘馆来。见紫鹃正伏侍黛玉吃药,也顾不得什么,便走上来问紫鹃道:“你才和我们宝玉说了些什么?你瞧他去!你回老太太去!我也不管了。”说着,便坐在椅上。黛玉忽见袭人满面急怒,又有泪痕,举止大变,便不免也慌了。忙问:“怎么了?”袭人定了一回,哭道:“不知紫鹃姑奶奶说了些什么话,那个呆子眼睛也直了,手脚也冷了,话也不说了,李妈妈掐着也不疼了,已死了大半个了。连李妈妈都说不中用了,那里放声大哭。只怕这会子都死了。”黛玉一听此言,李妈妈乃是经过的老妪,说不中用了,可知必不中用了。“哇”的一声,将腹中之药一概呛出,抖肠搜肺、炽胃扇肝的痛声大嗽了几阵。一时面红发乱,目肿筋浮,喘的抬不起头来。紫鹃忙上来捶背,黛玉伏枕喘息半晌,推紫鹃道:“你不用捶!你径拿绳子来勒死我是正经!”紫鹃哭道:“我并没说什么!不过是说了几句顽话,他就认真了。”袭人道:“你还不知道他那傻子!每每顽话都要认真的。”黛玉道:“你说了什么话,趁早儿去解说。他只怕就醒过来了。”紫鹃听说,忙下了床,同袭人到了怡红院。

谁知贾母、王夫人等已都在那里了。贾母一见了紫鹃,眼内出火,骂道:“你这小蹄子,和他说了什么?”紫鹃忙道:“并没说什么,不过说了几句顽话。”谁知宝玉见了紫鹃,方“嗳呀”了一声,哭出来了。众人一见,方都放下心来。贾母便拉住紫鹃,只当他得罪了宝玉,所以拉紫鹃命他打。谁知宝玉一把拉住紫鹃,死也不放,说:“要去连我也带了去。”众人不解,细问起来,方知紫鹃说要回苏州去,一句顽话引出来的。贾母流泪道:“我当有什么要紧大事。原来是这句顽话。”又向紫鹃道:“你这孩子,素日最是个伶俐聪敏的。你又知道他有个呆病。平白的哄他作什么!”薛姨妈劝道:“宝玉本来心实,可巧林姑娘又是从小儿来的,他姊妹两个一处长了这么大,比别的姊妹更不同。这会子热剌剌的说一个去,别说他是个实心的孩子,便是冷心肠的大人,也要伤心。这并不是什么大病,老太太和姨太太只管万安,吃一两剂药就好了。"

正说着,人回"林之孝家的、单大娘家的都来瞧哥儿来了"。贾母道:"难为他们想着,叫他们来瞧瞧。"宝玉听了一个"林"字,便满床闹起来,说:"了不得了,林家的人接他们来了。快打出去罢!"贾母听了,也忙说:"打出去罢!"又忙安慰说:"那不是林家的人,林家的人都死绝了,没人来接他的。你只放心罢。"宝玉哭道:"凭他是谁,除了林妹妹,都不许姓林的。"贾母道:"没姓林的来。凡姓林的我都打走了。"一面分付众人,"以后别叫林之孝家的进园来。你们也别说'林'字。好孩子们,你们听我这句话罢"。众人忙答应,又不敢笑。一时,宝玉又一眼看见了十锦格子上陈设的一只金西洋自行船,便指着乱叫,说:"那不是接他们来的船来了!弯在那里呢!"贾母忙命拿下来。袭人忙拿下来。宝玉伸手要,袭人递过,宝玉便掖在被中,笑道:"可去不成了。"一面说,一面死拉着紫鹃不放。

一时人回大夫来了。贾母忙命快进来。王夫人、薛姨妈、宝钗等暂避在里间。贾母便端坐在宝玉身傍。王太医进来,见许多的人,忙上去请了贾母的安。拿了宝玉的手,诊了一回脉。那紫鹃少不得低了头。王大夫也不解何意,起身说道:"世兄这症,乃是急痛迷心。古人曾云:'痰迷有别,有气血亏柔,饮食不能熔化痰迷者;有怒恼中痰里而迷者;有急痛壅塞者。'此亦痰迷之症,系急痛所致,不过一时壅敝,较诸痰迷似轻。"贾母道:"你只说怕不怕,谁同你背药书呢。"王太医忙躬身,笑说:"不妨,不妨。"贾母道:"果真不妨?"王太医道:"实在不妨。都在晚生身上。"贾母道:"既如此,请到外面坐,开药方。若吃好了,我另外预备好谢礼,叫他亲自捧来送去磕头;若耽误了,我打发人去拆了太医院大堂。"王太医只躬身,笑说:"不敢,不敢。"他原听了说,"另具上等谢礼,命宝玉去磕头",故满口说:"不敢",竟未听见贾母后来说"拆太医院"之戏语,犹说"不敢"。贾母与众人反倒笑了。一时,按方煎了药来,服下。果觉比先安静。无奈宝玉只不肯放紫鹃。只说:“他去了,便是要回苏州去了。”贾母、王夫人无法,只得命紫鹃守着他,另将琥珀去伏侍黛玉。

黛玉不时遣雪雁来探消息,这边事务尽知,自己心中暗叹。幸喜众人都知宝玉原有些呆气,自幼是他二人亲密,如今紫鹃之戏语亦是常情。宝玉之病,亦非罕事,因不疑到别事上去。

晚间宝玉稍安。贾母、王夫人等方回房去。一夜还遣人来问询几次。李奶母带领宋嬷嬷等几个年老人,用心看守;紫鹃、袭人、晴雯等日夜相伴。有时宝玉睡去,必从梦中惊醒,不是哭了说“黛玉已去”,便是“有人来接”。每一惊时,必得紫鹃安慰一番方罢。彼时贾母又命将祛邪守灵丹及开窍通神散各样上方秘制诸药,按方饮服。次日,又服了王太医药,渐次好起来。宝玉心下明白,因恐紫鹃回去,故有时或作佯狂之态。紫鹃自那日也着实后悔,如今日夜辛苦并没有怨意。袭人等皆心安神定。因向紫鹃笑道:“都是你闹的!还得你来治。也没见我们这呆子,听见了风,就是雨。往后怎么好?”暂且按下。

因此时湘云之症已愈,天天过来瞧着。见宝玉明白了,便将他病中狂态形容了与他瞧。到瞧的宝玉自己也伏枕而笑。原来他起先那样,竟是不知道的。如今听人说,还不信。无人时,紫鹃在侧,宝玉又拉他的手,问道:“你为什么唬我?”紫鹃道:“不过是哄你顽的,你就认真了。”宝玉道:“你说的那样有情有理,如何是顽话?”紫鹃笑道:“那些顽话都是我编的,林家实在没了人口。纵有,也是极远的。族中也都不在苏州住,各省流寓不定。纵有人来接,老太太必不放去的。”宝玉道:“便老太太放去,我也不依。”紫鹃笑道:“果真的你不依?只怕是口里的话。你如今也大了,连亲也定下了。过二三年再娶了亲,你眼里还有谁了?”宝玉听了,又惊问:“谁定了亲?定了谁?”紫鹃笑道:“年里我听见老太太说,要定下琴姑娘呢。不然那么疼他?”宝玉笑道:“人人只说我傻,你比我更傻!不过是句顽话,他已经许了梅翰林家了。果然定下了他,我还是这个形景了。先是我发誓赌咒砸这劳什子,你都没劝过,说我疯了。刚刚的这几日才好了,你又来怄我。”一面说,一面咬牙切齿的又说道:“我只愿这会子立刻我死了,把心迸出来,你们瞧见了。然后连皮带骨,一概都化成一股灰。灰还有形迹,不如再化一股烟,烟还可凝聚,人还看见。须得一阵大乱风,吹的四面八方,都登时散了,这才好。”一面说,一面又滚下泪来。紫鹃忙上来握他的嘴,替他擦眼泪,又忙笑解说道:“你不用着急！这原是我心里着急,故来试你。”宝玉听了,更又诧异,问道:“你又着什么急?”紫鹃笑道:“你知道我并不是林家的人,我也和袭人、鸳鸯是一伙的。偏把我给了林姑娘使,偏生他又和我极好,比他苏州带来的还好十倍,一时一刻我们两个离不开。我如今心里却愁:他倘或要去了,我必要跟了他去的。我是合家在这里,我若不去,辜负了我们素日的情常;若去,又弃了本家。所以我疑惑。故设出这谎话来问你。谁知你就傻闹起来。”宝玉笑道:“原来是愁这个,所以你是傻子。从此后再别提了。我只告诉你一句打趸的话:活着,咱们一处活着;不活着,咱们一处化灰化烟。如何?”紫鹃听了,心下暗暗筹画。忽有人回:“环爷、兰哥儿问候。”宝玉道:“就说难为他们。我才睡了,不必进来。”婆子答应去了。紫鹃笑道:“你也好了,该放我回去瞧瞧我们那一个去了。”宝玉道:“正是这话。我昨日就要叫你去的,偏又忘了。我已经大好了,你就去罢。”紫鹃听说,方打叠铺盖、妆奁之类。宝玉笑道:“我看见你文具里头有三两面镜子,你把那面小菱花的给我留下罢。我搁在枕头傍边,睡着好照;明儿出门,带着也轻巧。”紫鹃听说,只得与他留下,先命手下人将东西送过去,然后别了众人,自回潇湘馆来。

林黛玉近日闻得宝玉如此形景,未免又添些病症,多哭几场。今见紫鹃来了,问其原故,已知大愈,仍遣琥珀去伏侍贾母。夜间人定后,紫鹃已宽衣卧下之时,悄向黛玉笑道:“宝玉的心到实在,听见咱们去,就那样起来。”黛玉不答。紫鹃停了半晌,自言自语的说道:“一动不如一静。我们这里就算好人家。别的都容易,最难得的是从小儿一处长大,脾气情性都彼此知道的了。”黛玉啐道:“你这几天还不乏！这会子也该歇一歇。还嚼什么蛆！”紫鹃笑道:“到不是白嚼蛆。我到是一片真心为姑娘,替你愁了这几年了。上无父母,下无兄弟,谁是知疼着热的人？趁早儿,老太太还明白硬朗的时节,作定了大事要紧。俗语说:‘老健春寒秋后热。’倘或老太太一时有个好歹,那时虽也完事,只怕耽误了时光,还不得趁心如意呢!公子王孙虽多,那一个不是三房五妾?今儿朝东,明儿朝西。要一个天仙来,也不过三夜五夕,也丢在脖子后头了。甚至于为妾、为丫头反目成仇的。若娘家有人有势的还好些;若是姑娘这样的人,有老太太一日还好一日,若没了老太太,也只是凭人去欺负了。所以说,早拿主意要紧。姑娘是个明白人,岂不闻俗语说:'万两黄金容易得,知心一个也难求?'"黛玉听了,便说道:"这丫头!今儿可疯了!怎么去了几日,忽然变了一个人?我明儿必回老太太,退回去。我不敢要你了。"紫鹃笑道:"我说的是好话,不过叫你心里留神,并不叫你去为非作歹,何苦回老太太,叫我吃了亏,又有何好处?"说着,竟自睡了。黛玉听了这话,口内虽如此说,心内未尝不伤感。待他睡了,便直泣了一夜。至天明方打了一个盹儿。次日勉强盥漱了,吃了些燕窝粥,便有贾母等亲来看视了。又嘱咐了许多话。

目今是薛姨妈的生日,自贾母起诸人皆有祝贺之礼。黛玉亦早备了两色针线送去。是日,也定了一本小戏,请贾母、王夫人等。独有宝玉与黛玉二人不曾去得。至散时,贾母等顺路又瞧他二人一遍,方回房去。次日薛姨妈家又命薛蝌陪诸伙计吃了一天酒,连忙了三四天方完了。

因薛姨妈看见邢岫烟生得端雅稳重,且家道贫寒,是个钗荆裙布的女儿,便欲说与薛蟠为妻。因薛蟠素习行止浮奢,又恐遭遢人家的女儿。正在踌躇之际,忽想起薛蝌未娶。看他二人恰是一对天生地设的夫妻。因谋之于凤姐儿。凤姐儿叹道:"姑妈素知我们太太有些左性的。这事等我慢谋。"因贾母去瞧凤姐儿时,凤姐儿便和贾母说:"薛姑妈有件事求老祖宗,只是不好启齿的。"贾母忙问何事。凤姐便将求亲一事说了。贾母笑道:"这有什么不好启齿!这是极好的事。等我和你婆婆说了,怕他不依。"因回房来,即刻就命人来请邢夫人过来,硬作保山。邢夫人想了一想,薛家根基不错,且现今大富;薛蝌生得又好,且贾母硬作保山,将机就计,便应了。贾母十分喜欢,忙命人请了薛姨妈来。二人见了,自然有许多谦辞。邢夫人即刻命人去告诉邢忠夫妇。他夫妇原是此来投靠邢夫人的,如何不依?

早极口的说妙极。贾母笑道:“我爱管个闲事。今儿又管成了一件事。不知得多少谢媒钱?”薛姨妈笑道:“这是自然的。纵抬了十万银子来,只怕不希罕。但只一件,老太太既是主亲,还得一位才好。”贾母笑道:“别的没有,我们家折腿烂手的人还有两个子。”就着,便命人去叫过尤氏婆媳二人来。贾母告诉他原故,彼此忙都道喜。贾母分付道:“咱们家的规矩你是尽知的,从没有两亲家争礼争面的。如今你替我在当中料理,也不可太啬,也不可太费。把他两家的事周全了,回我。”尤氏忙答应了。薛姨妈喜之不尽,回家来忙命写了请帖补送过宁府。尤氏深知邢夫人情性,本不欲管,无奈贾母亲嘱咐,只得应了。惟有忖度邢夫人之意行事。薛姨妈是个无可无不可的人,到还易说。这且不在话下。

如今薛姨妈既定了邢岫烟为媳,合宅皆知。邢夫人本欲接出岫烟去住,贾母因说:“这又何妨?两个孩子又不能见面。就是姨太太和他一个大姑子、一个小姑子又有何妨?况且都是女儿,正好亲香呢。”邢夫人方罢。

蝌、岫二人,前次途中皆曾有一面之遇,大约二人心中也皆如意。只是邢岫烟未免比先时拘泥了些,不好与宝钗姊妹共处闲语;又兼湘云是个爱取笑的,更觉不好意思。幸他是个知书达礼的,虽有女儿身分,还不是那种佯羞诈愧,一味轻薄造作之辈。宝钗自见他时,见他家业贫寒;二则别人之父母皆年高有德之人,独他父母偏是酒糟透之人,于女儿分中平常;邢夫人也不过是脸面之情,亦非真心疼爱;且岫烟为人雅重,迎春是个老实人,连他自己尚未照管齐全,如何能照管到他身上?凡闺阁中,家常一应需用之物,或有亏乏,无人照管。他又不与人张口,宝钗到暗中每相体贴接济,也不敢与邢夫人知道,亦恐多心闲话之故耳。如今却出人意料之外,奇缘作成这门亲事。岫烟心中先取中宝钗,然后方取薛蝌。有时岫烟仍与宝钗闲话。宝钗仍以姊妹相呼。

这日宝钗因来瞧黛玉,恰值岫烟也来瞧黛玉,二人在半路相遇。宝钗含笑唤他到跟前,二人同走至一块石壁后,宝钗笑问他:“这天还冷的很,你怎么到全换了夹的?”岫烟见问,低头不答。宝钗便知道又有了原故。因又笑问道:“必定是这个月的月钱又没得?凤丫头如今也这样没心没计了。”岫烟道:“他到想着,不错日子给。因姑妈打发人和我说,一个月用不了二两银子,叫我省一两给爹妈送出去。要使什么,横竖有二姐姐的东西,能着些儿,搭着就使了。姐姐想,二姐姐也是个老实人,也不大留心,我使他的东西,他虽不说什么,他那些妈妈、丫头,那一个是省事的?那一个是嘴里不尖的?我虽在那屋里,却不敢狠使他们。过三天五天,我到得拿出钱来,给他们打酒、买点心吃才好。因一月二两银子还不彀使,如今又去了一两。前儿我悄悄的把绵衣服叫人当了几吊钱盘缠了。”宝钗听了,愁眉叹道:“偏梅家又合家在任上,后年才进来。若是在这里,琴儿过去了,好再商议你这事。离了这里就完了。如今不先定了他妹妹的事,也断不敢先娶亲的。如今到是一件难事。再迟两年,又怕你熬煎出病来。等我和妈再商议。有人欺负你,你只管耐些烦儿,千万别自己熬煎出病来。不如把那一两银子明儿也越性给了他们,到都歇心。你以后也不用白给那些人东西吃,他尖刺让他们去尖刺,很听不过了,各人走开。倘或短了什么,你别学那小家子儿女气,只管找我去。并不是作亲后方如此,你一来时咱们就好的。便怕人闲话,你打发小丫头悄悄的和我说去就是了。”岫烟低头答应了。

宝钗又指他裙上一个碧玉佩,问道:“这是谁给你的?”岫烟道:“这是三姐姐给的。”宝钗点头笑道:“他见人人皆有,独你一个没有,怕人笑话,故此送你一个。这是他聪明细致之处。但还有一句话,你也要知道,这些妆饰原出于大官富贵之家的小姐,你看我从头至脚可有这些富丽闲妆?然七八年之先,我也是这样来的。如今一时比不得一时了,所以我都自己该省的就省了,将来你这一到了我们家,这些没有用的东西,只怕还有一箱子。咱们如今比不得他们了,总要一色从实守分为主,不比他们才是。”岫烟笑道:“姐姐既这样说,我回去摘了就是了。”宝钗忙笑道:“你也太听说了。这是他好意送你,你不佩着,他岂不疑心?我不过是偶然提到这里,以后知道就是了。”岫烟忙又答应,又问:“姐姐此时那里去?”宝钗道:“我到潇湘馆去。你且回去,把那当票叫丫头送来,我那里悄悄的取出来,晚上再悄悄的送给你去,早晚好穿。不然风扇了事大。但不知当在那里了?”岫烟道:“叫作‘恒舒典’。是鼓楼西大街的。”宝钗笑道:“这闹在一家去了。伙计们倘或知道了,好说‘人没过来,衣裳先过来了’。”岫烟听说,便知是他家的本钱,也不觉红了脸,一笑。二人走开。

宝钗就往潇湘馆来。正值他母亲也来瞧黛玉,正说闲话呢。宝钗笑道:“妈多早晚来的?我竟不知道。”薛姨妈道:“我这几天连日忙,总没来瞧瞧宝玉和他。所以今儿瞧瞧他两个,都也好了。”黛玉忙让宝钗坐了,因向宝钗道:“天下的事真是人想不到的!怎么想的到姨妈和大舅母又作一门亲家。”薛姨妈道:“我的儿!你们女孩家那里知道,自古道:‘千里姻缘一线牵。’管姻缘的有一位月下老人,预先注定,暗里只用一根红丝,把这两个人的脚绊住。凭你两家隔着海,隔着国,有世仇的,也终久有机会作了夫妇。这一件事都是出人意料之外,凭父母本人都愿意了,或是年年在一处的,以为是定了的亲事。若月下老人不用红线拴的,再不能到一处。比如你姐妹两个的婚姻,此刻也不知在眼前,也不知在山南海北呢。”

宝钗道:“惟有妈说动话就拉上我们。”一面说,一面伏着他母亲怀里笑说:“咱们走罢!”黛玉笑道:“你瞧这么大了,离了姨妈,他就是个最老道的;见了姨妈,他就撒娇儿。”薛姨妈用手摩弄着宝钗,叹向黛玉道:“你这姐姐,就和凤哥儿在老太太跟前一样。有了正经事,就和他商量;没了事,幸亏他开开我的心。我见了他这样,有多少愁不散的?”黛玉听说,流泪叹道:“他偏在这里这样,分明是气我没娘的人,故意来刺我的眼。”宝钗笑道:“妈瞧他轻狂!到说我撒娇儿。”薛姨妈道:“也怨不得他伤心,可怜没父母,到底没个亲人。”又摩娑黛玉,笑道:“好孩子!别哭!你见我疼你姐姐,你伤心了。你不知我心里更疼你呢!你姐姐虽没了父亲,到底有我有亲哥哥,这就比你强了。我每每和你姐姐说,心里很疼你,只是外头不好带出来的。你这里人多口杂,说好话的人少,说歹话的人多。不说你无依无靠,为人作人可配人疼;只说我们看老太太疼你了,我们也赴上水去了。”黛玉笑道:“姨妈既这么说,我明日就认姨妈做娘。姨妈若是弃嫌不认,便是假意疼我了。”薛姨妈道:“你不厌,我就认了。很好。”

宝钗忙道："认不得的！"黛玉道："怎么认不得？"宝钗笑问道："我且问你：我哥哥还没定亲事，为什么反将邢妹妹先说与我兄弟了？是什么道理？"黛玉道："他不在家，或是属相、生日不对。所以先说与兄弟了。"宝钗笑道："非也！我哥哥已经相准了，只等来家就下定了。也不必提出人来，我方才说你认不得娘，你细想去。"说着，便和他母亲挤眼儿发笑。

黛玉听了，便也一头伏在薛姨妈身上，说道："姨妈不打他我不依。"薛姨妈忙也搂他笑道："你别信你姐姐的话。他是顽你呢。"宝钗笑道："真个的，妈明儿和老太太求了他作媳妇，岂不比外头寻的好？"黛玉便够上来要抓他，口内笑说："你越发疯了！"薛姨妈忙也笑劝，用手分开，方罢。因又向宝钗道："连邢女儿我还怕你哥哥遭遢了他，所以给你兄弟说了。别说这孩子！我也断不肯给他。前儿老太太因要把你妹妹说给宝玉，偏生又有了人家。不然到是一门好亲。前儿我说定了邢女儿，老太太还取笑说：'我原要说他的人，谁知他的人没到手，倒被他说了我们的一个去了。'虽是顽话，细想来到有些意思。我想宝琴虽有了人家，我虽没人可给，难到一句话也不说？我想着你宝兄弟，老太太那样疼他，他又生的那样，若要外头说去，老太太断不中意。不如竟把你妹妹定与他，岂不四角俱全？"

林黛玉先还怔怔的听，后来见说到自己身上，便啐了宝钗一口，红了脸，拉着宝钗笑道："我只打你！你为什么招出姨妈这些老没正经的话来？"宝钗笑道："这可奇了！妈说你，为什么打我？"紫鹃忙也跑来，笑道："姨太太既有这主意，为什么不和太太早些说去？"薛姨妈哈哈笑道："你这孩子急什么！想必催着你姑娘出了阁，你也要早些寻一个小女婿去了？"紫鹃听了，也红了脸，笑道："姨太太真个倚老卖老的起来！"说着，便转身去了。黛玉先骂："又与你这蹄子什么相干！"后来见了这样，也笑起来，说："阿弥陀佛！该，该，该。也燥了一鼻子灰去了。"薛姨妈母女及屋内婆子、丫嬛都笑起来。婆子们因也笑道："姨太太虽是顽话，却到也不差呢。到闲了时，和老太太一商议，太太竟做媒，保成这门亲事，是千妥万妥的。"薛姨妈道："我一出这主意，老太太必喜欢的。"

一语未了,忽见湘云走来,手里拿着一张当票,口内笑道:“这是个账篇子?”黛玉瞧了,也不认得,地下婆子们都笑道:“这可是一件奇货,这个乖可不是白教人的。”宝钗忙一把接了,看时就知是岫烟才说的当票。忙折了起来。薛姨妈忙说:“那必定是那个妈妈的当票子失落了,回来该急的他们找了。那里得的?”湘云道:“什么是当票子?”众人都笑道:“真真是个呆子!连个当票子也不知道。”薛姨妈叹道:“怨不得他。真真是侯门千金,而且又小,那里知道这个?那里去有这个?便是家下人有这个,他如何见过!别笑他呆子。若给你们家的小姐们看了,也都成了呆子。”众婆子笑道:“林姑娘方才也不认得。别说姑娘们,此刻宝玉他倒是外头常走出去的,只怕也还没见过呢。”薛姨妈忙将原故讲明。湘云、黛玉二人听了,方笑道:“原来为此,人也太会想钱了。姨妈家的当铺也有这个不成?”众人笑道:“这又呆了。‘天下老鸹一般黑’。岂有两样的?”薛姨妈因又问是那里拾的。湘云方欲说时,宝钗忙说:“是一张死了没用的,不知那年勾了账的,香菱拿着哄他们顽的。”薛姨妈听了此话是真,也就不问了。一时,人来回“那府里大奶奶过来,请姨太太说话呢”。薛姨妈起身去了。

这里屋内无人时,宝钗方问湘云:“何处拾的?”湘云笑道:“我见你令弟媳的丫头篆儿悄悄的递与莺儿,莺儿便随手夹在书里,只当我没看见。我等他们出去了,我偷看着,竟不认得。知道你们都在这里,所以拿来大家认认。”黛玉忙问:“怎么他也当衣裳不成?既当了,怎么又给你去?”宝钗见问,不好隐瞒他两个,遂将方才之事都告诉了他二人。黛玉便有“兔死狐悲、物伤其类”,不免感叹起来。史湘云便动了气,说:“等我问着二姐姐去。我骂那起老婆子、丫头一顿,给你们出气,何如?”说着便要走。宝钗忙一把拉住,笑道:“你又发疯了!还不给我坐着呢。”黛玉笑道:“你要是个男人,出去打一个报不平儿。你又充什么荆轲、聂政,真真好笑。”湘云道:“既不叫我问他去,明儿也把他叫在咱们园里,一处住去,岂不好?”宝钗笑道:“明日再商量。”说着,人报“三姑娘、四姑娘来了”。三人听了,忙掩了口,不提此事。要知端的,且听下回分解。

第五十八回 杏子阴假凤泣虚凰 茜纱窗真情揆痴理

话说他三人因见探春等进来,忙将此话掩住不提。探春等问候过,大家说笑了一会,方散。

谁知上回所表的那位老太妃已薨,凡诰命等皆入朝随班,按爵守制,敕谕天下,凡有爵之家,一年内不得筵宴音乐,庶民皆三月不得婚嫁。贾母、邢、王、尤、许婆媳祖孙等,皆每日入朝随祭。至未正已后方回。在大内偏宫二十一日后,方请灵入先陵,地名曰孝慈县。这陵离都来往得十来日的工夫。如今请灵至此,还要安放数日,方入地宫,故得一月光景。宁府贾珍夫妻二人,也少不得是要去的。

两府无人,因此大家计议,家内无主,便报了尤氏产育,将他腾挪出来,协理荣、宁两处事体。因又托了薛姨妈,在园内照管他姊妹、丫环。薛姨妈只得也挪进园来。因宝钗处有湘云、香菱;李纨处目今李婶母女虽去,然有时亦来住三五日不定,贾母又将宝琴送与他去照管;迎春处有岫烟;探春因家务冗杂,且不时有赵姨娘与贾环来嘈聒,甚不方便;惜春处房屋狭小;况贾母又千叮咛、万嘱咐,托他照管林黛玉,薛姨妈素习也最怜爱他的,今既巧遇这事,便挪至潇湘馆来,和黛玉同房。一应药饵饮食,十分经心。黛玉感之不尽。以后便亦如宝钗之呼。连宝钗前亦直以“姐姐”呼之,宝琴前直以“妹妹”呼之,俨似同胞共出,较诸人更似亲切。贾母见如此,也十分喜悦,放心。薛姨妈只不过照管姊妹,禁约得丫头辈。一应家中大小事务,也不肯多口。尤氏虽天天过来,也不过应名点卯,亦不肯乱作威福;且他家内上下,也只剩他一个料理;再者每日还要照管贾母、王夫人的下处一应所需饮馔铺设之物,照料奔忙应接不暇。

当下荣、宁两处主人既如此不暇,并两处执事人等,或有人跟随入朝的,或有朝外照理下处事务的,又有先踩蹈下处去的,也都各各忙乱。因此两处下人无了正经头绪,也都偷安,或乘隙结党,与暂権执事者窃弄威福。荣府只留得赖大并几个管事照管外务。这赖大手下,常用几个人已去,虽另委人,都是些生的,只觉不顺手;且他们无知,或赚骗无节,或呈告无据,或举荐无因,种种不善,在在生事,也难备述。又见各官宦家,凡养优伶男女者,一概蠲免遣发。尤氏等便议定:待王夫人回家回明,也欲遣发那十二个女孩子。又说:"这些人原是买的,如今虽不学唱,尽可留着使唤。令其教习们自去也罢了。"王夫人因说:"这学戏的,到比不得使唤的。他们也是好人家的儿女,因无能卖了,做这事,妆丑弄鬼的几年。如今有这机会,不如给他们几两银子盘费,令他们各自去罢。当日祖宗手里都是有这个例的。咱们如今损阴坏德,而且还小器。如今虽有几个老的还在,那是他们各有原故,不肯回去的。所以才留下使唤;大了,配了咱们家的小厮们了。"尤氏道:"如今我们也去问他十二个,有愿意回去的,就带了信儿,叫上他们的父母来,亲自来领回去,给他们几两银子盘缠方妥当;若不叫上他们的父母亲人来,只怕有混账人顶名冒领出去,又转卖了,岂不辜负了这恩典?若有不愿意回去的,就留下。"王夫人笑道:"这话妥当。"

尤氏等又遣人告诉了凤姐儿。一面说与总理房中,每教习给银八两,令其自便。凡梨香院一应物件,查清、注册、收明,派人上夜。将十二个女孩子叫来面问,到有一多半不愿意回家的。也有说父母虽有,他只以卖我们为事,这一去还被他卖了;也有父母已亡,或被叔伯、兄弟所卖的,也有竟无人可投的,也有说恋恩不舍的,所愿去者止四五人。王夫人听了,只得留下。将愿去的四五人,皆令其干娘领回家去。单等他亲父母来领去;不愿去者,分散在园中使唤。贾母便留下文官自使,将正旦芳官指与宝玉,将小旦蕊官送了宝钗,将小生藕官指与了黛玉,将大花面葵官送了湘云,将小花面豆官送了宝琴,将老外艾官送了探春,尤氏便讨了老旦茄官去。当下各得其所,就如倦鸟出笼,每日园中游戏。众人皆知他们不能针黹,不惯使用,皆不大责备。其中或有一二个知事的,愁将来无应时之技,亦将本技丢开,便学起针黹、纺绩女工诸务。

一日正是朝中大祭。贾母等五更天便去了。先到下处用些点心、小食,然后入朝。早膳已毕,方退至下处,用过早饭,略歇片刻,复又入朝。待中、晚二祭完毕,方出至下处歇息。用过晚饭方回家。可巧这下处乃是一个大官的家庙里,乃比丘尼焚修房舍极多、极净,东西二院。荣府便赁了东院,北静王府便赁了西院。太妃、少妃每日宴息,见贾母等在东院,彼此同出同入,都有照应。外面细事,不消细述。

且说大观园中,因贾母、王夫人天天不在家内,又送灵去一月方回。各丫环、婆子皆有闲空,多在园中游玩,更又将梨香园内伏侍的众婆子一概撤回,并散在园内听使,更觉园内多添了几十个人。因文官等一干人,或心性高傲,或倚势凌下,或拣衣挑食,或口角蜂芒,大概不安分守理者多,因此众婆子无不含怨。只是口中不敢与他们分争。如今散了学,大家称了愿。也有丢开手的,也有心地狭窄、犹怀旧怨的,因将众人皆分在各房名下,不敢来厮侵。

可巧这日乃是清明之日,贾琏已备下年例祭祀,带领贾环、贾琮、贾兰三人去往铁槛寺祭柩烧纸。宁府贾蓉也同族中几人各办祭祀,前往。因宝玉病未大愈,故不曾去得。饭后发倦,袭人因说:“天气甚好,你且出去逛逛。省得丢下粥碗就睡,存在心里。”宝玉听说,只得拄了一支拐杖,靸着鞋,步出院处。

因近日将园中分与众婆子料理,各司各业,皆在忙时。也有修竹的,也有剁树的,也有栽花的,也有种豆的。池中又有驾娘们行着船,夹泥、种藕。香菱、湘云、宝琴与丫环等都坐在山石上瞧他们取乐。宝玉也慢慢行来。湘云见了他来,忙笑说:“快把这船打出去!他们是接林妹妹的!”众人都笑起来。宝玉红了脸,也笑道:“人家的病,谁是好意的?你也形容着取笑儿。”湘云笑道:“病也比人家另一样。原招笑儿,反说起人来。”说着,宝玉便也坐下,看着众人忙乱了一回。湘云因说:“这里有风,石头上又冷,坐坐去罢。”宝玉便也正要去瞧林黛玉,便起身、拄拐,辞了他们,从沁芳桥一带堤上走来。只见柳垂金线,桃吐丹霞;山石之后,一株大杏树,花已全落,叶稠阴翠,上面已结了豆子大小的许多小杏。宝玉因想道:“能病了几天?竟把杏花辜负了。不觉到‘绿叶成阴子满枝’了。”因此仰望杏子不舍;又想起邢岫烟已择了夫婿一事,虽说是男女大事,不可不行。但未免又少了一个好女儿,不过两年便也要'绿叶成阴子满枝'了。再过几日,这杏树,子落枝空;再几年,岫烟未免乌发如银,红颜似槁了。因此不免伤心。只管对杏流泪,叹息。正悲叹时,忽有一个雀儿飞来,落于枝上乱啼。宝玉又发了呆性,心下想道:"这雀儿必定是杏花正开时,他曾来过;今见无花空有叶,故也乱啼。这声韵必是啼哭之声,可恨公冶长不在眼前,不能问他。但不知明年再发时,这个雀儿可还记得飞到这里来,与杏花一会了。"

正胡思间,忽见一股火光从山石那边发出,将雀儿惊飞。宝玉吃一大惊,又听那边有人喊道:"藕官!你要死!怎弄些纸钱进来烧!我回去回奶奶们去,仔细你的肉!"宝玉听了,益发疑惑起来。忙转过山石看时,只见藕官满面泪痕,蹲在那里。手里还拿着火,守着些纸钱灰作悲。宝玉忙问道:"你与谁烧纸钱?快不要在这里烧。你或是为父母兄弟,你告诉我姓名,外头去叫小厮们打了包袱,写上名姓去烧。"藕官见了宝玉,只不作一声。宝玉数问不答,忽见一婆子恶恨恨走来,拉藕官,口内说道:"我已经回了奶奶们了,奶奶气的了不得。"藕官听了,终是孩气,怕辱没了没脸,便不肯去。婆子道:"我说你们别太兴头过馀了!如今还比你们在外头随心乱闹呢?这是尺寸地方儿。"指宝玉道:"连我们的爷还守规矩呢。你是什么阿物儿,跑来胡闹。怕也不中用,跟我快走罢!"

宝玉忙道:"他并没烧纸钱,原是林妹妹叫他来烧那烂字纸的。你没看真,反错告了他。"藕官正没了主意,见了宝玉也正添了畏惧。忽听他反掩饰,心内转忧成喜,也便硬着口,说道:"你狠看真是纸钱了么?我烧的是林姑娘写坏了的字纸。"那婆子听如此,亦发恨起来,便弯腰向纸灰中拣那不曾化尽的遗纸,拣了两点在手内,说道:"你还嘴硬!有据有证在这里,我只和你厅上讲去。"说着,拉了袖子就拽着要走。

宝玉忙把藕官拉住,用拄杖敲开那婆子的手,说道:"你只管拿了那个回去。实告诉你:我昨夜作了一个梦,梦见杏花神和我要一挂白纸钱,不可叫本房人烧,要一个生人替我烧了,我的病就好的快。

所以我请了这白纸钱,巴巴儿的和林姑娘说,烦了他来,替我烧了祝赞。原不许一个人知道的。所以我今日才能起来。偏你看见了,我这会子又不好了,都是你冲了,你还要告他去？藕官,只管去！见了他们,你就照依我这话说。等老太太回来,我就说他故意来冲神衹,保佑我早死。”藕官听了,亦发得了主意,反到拉着婆子要走。那婆子听了这话,忙丢下纸钱,陪笑央告宝玉道:“我原不知道。二爷若回了老太太,我这老婆子岂不完了？我如今回奶奶们去,就说是二爷祭神,我看错了。”宝玉道:“你也不许再回去了。我便不说。”婆子道:“我已经回了,叫我来带他。我怎好不回去的,也罢,就说我已经叫到了他,林姑娘叫了出了。”宝玉想一想,方点头应允。那婆子只得去了。这里宝玉问他:“到底是为谁烧纸？我想来,若是为父母兄弟,你们皆烦人外头烧过了。这里烧这几张,必有私自的情理。”藕官因方才护庇之情,感激于衷,便知他是自己一流的人物,便含泪说道:“我这事除了你屋里的芳官并宝姑娘的蕊官,并没第三个人知道。今日被你遇见,又有这段意思,少不得也告诉了你。只不许再对人言讲。”又哭道:“我也不便和你面说,你只回去背人悄问芳官就知道了。”说毕,佯常而去。

宝玉听了,心下纳闷。只得踱到潇湘馆瞧黛玉,亦发瘦的可怜。问起来比往日已算大愈了。黛玉见他也比先大瘦了,想起往日之事,不免流下泪来。些微谈了谈,便催宝玉去歇息调养。宝玉只得回来。因记挂着要问芳官那原委,偏有湘云、香菱来了,正和袭人、芳官说笑,不好叫他,恐人又盘诘。只得耐着。

一时,芳官又跟了他干娘去洗头。他干娘偏又先叫了他亲女儿洗过了后,才叫芳官洗。芳官见了这般,便说他偏心:“把你女儿剩水给我洗。我一个月的月钱都是你拿着,沾我的光不算,反到给我剩东剩西的。”他干娘羞愧变成恼,便骂他:“不识抬举的东西,怪不得人人说戏子没一个好缠的！凭你甚么好人,入了这一行,都弄坏了。这一点子屄崽子,也挑么挑六、咸屄淡话,咬群的骡子似的！”娘儿两个吵起来。

袭人忙打发人去说:“少乱嚷！瞅着老太太不在家,一个个连句安静话也不说。”晴雯因说:“都是芳官不省事,不知狂的什么！也不是会两出戏,到像杀了贼王、擒了反叛来的。”袭人道:“一个巴掌拍不响,老的也太不公些,小的也太可恶些。”宝玉道:“怨不得芳官。自古说,‘物不平则鸣’。他少亲失眷的在这里,没人照看。赚了他的钱,又要作践他,如何怪得?”因又向袭人道:“他一个月多少钱?以后不如你收了过来照管他,岂不省事?”袭人道:“我要照看他,那里不照看了？又要他那几个钱才照看他！没的讨人骂去了。”说着,便起身至那屋里,取了一瓶花露油并些鸡卵、香皂、头绳之类,叫一个婆子来,送给芳官去。叫他另要水自洗,不要吵闹了。他干娘亦发羞愧,便说芳官:“没良心！花掰我克扣你的钱。”便向他身上拍了几把,芳官便哭起来。

宝玉便走出来。袭人忙劝:“作什么？我去说他。”晴雯忙先过来,指他干娘说道:“你老人家太不省事！你不给他洗头的东西,我们饶给他东西。你不自己臊,还有脸打他?他要还在学里学艺,你也敢打他不成?”那婆子便说:“一日叫娘,终身是母。他排场我,我就打得他。”

袭人唤麝月道:“我不会和人辩嘴,晴雯性子太急,你快过去震吓他两句。”麝月听了,忙过来,说道:“你且别嚷！我且问你！别说我们这一处,你看满园子里,谁在主子屋里教道过女儿的？便是你的亲女儿,既分了房,有了主子,自有主子打得骂得;再者,大些的姑娘、姐姐们打得骂得,谁许老子娘又半中间管闲事了？都这样管,又要叫他们跟着我们学什么？越老越没了规矩！你见前儿坠儿的娘来吵,你也来跟他学！你们放心,因连日这个病、那个病,老太太又不得闲,所以我没回。等两日消闲了,咱们痛回一回,大家把威风煞一煞儿才好。宝玉才好了些,连我们不敢大声说话,你反打的人狼嚎鬼叫的。上头能出了几日门,你们就无法无天的？眼睛里没了我们？再两天,你们就该打我们了！他不要你这干娘,怕粪草埋了他不成?”宝玉恨的用拄杖敲着门槛子,说道:“这些老婆子,都是些铁心石头肠子,也是件大奇的事。不能照看,反到折挫。天长地久,如何是好?”晴雯道:“什么‘如何是好?’都撵了出去,不要这些中看不中吃的。”那婆子羞愧难当,一言不发。

那芳官只穿着海棠红的小棉袄,底下丝绸撒花袷裤,敞着裤腿,一头乌油似的头发披在脑后,哭的泪人一般。麝月笑道:"把一个莺莺小姐,反弄成拷打红娘了。这会子又不妆扮了,还是这么松呿唧唧的。"宝玉道:"他这本来面目极好,到别弄紧衬了。"晴雯过去,拉了他,替他洗净了发,用手巾拧干,松松的挽了一个慵妆髻,命他穿了衣服过这边来了。接着,司内厨的婆子来问:"晚饭有了。可送不送?"小丫头听了,进来问袭人。袭人笑道:"方才胡吵了一阵,也没留心听钟几下了。"晴雯道:"那捞什子又不知怎么了?又得去收什了。"说着,便拿过表来,瞧了一瞧,说:"略等半钟茶的工夫,就是了。"小丫头去了。麝月笑道:"提起淘气,芳官也该打几下。昨儿是他摆弄了那坠子半日,就坏了。"说话之间,便将食具打点现成。一时,小丫头子捧了盒子进来,站住。晴雯、麝月揭开看时,还是只四样小菜。晴雯笑道:"已经好了,还不给两样清淡菜吃。这稀饭、咸菜,闹到多早晚。"一面摆好,一面又看那盒中,却有一碗火腿鲜笋汤,忙端了放在宝玉跟前。宝玉便就桌上喝了一口,说:"好荡!"袭人笑道:"菩萨!能几日不见荤?馋的就这样起来。"一面说,一面忙端起,轻轻用口吹。因见芳官在侧,便递与芳官,笑道:"你也学着些伏侍,别一味呆憨呆睡。口劲轻着,别吹上唾沫星儿。"芳官依言,果吹了几口,甚妥。他干娘也忙端饭在门外伺候。

向日芳官等一到时,原从外边认的,就同往梨香院去了。这干婆子,原系荣府三等人物,不过令其与他们浆洗,皆不曾入内答应,故此不知内帏规矩。今亦托赖他们,方入园中,随女归房。这婆子先领过麝月的排场,方知了一二分,生恐不令芳官认他做干娘,便有许多失利之处。故心中只要买转他们,今见芳官吹汤,便忙跑进来,笑道:"他不老实,仔细打了碗,让我吹罢。"一面说,一面就接。晴雯忙喊:"出去!你让他砸了碗,也轮不到你吹。你什么空儿跑在这槅子里来了。还不出去!"一面又骂小丫头们:"瞎了心的!他不知道,你们也不说给他?"小丫头们都说:"我们撵他,他不出去;说他,他又不信。如今带累我们受气。你可信了?我们到的地方,有你到的一半,还有你一半到不去的呢。何况又跑到我们到不去的地方,还不算,又去伸手动嘴的了。”一面说,一面推他出去。阶下几个等空盒家伙的婆子见他出来,都笑道:“嫂子也没用镜子照一照,就进去了。”羞的那婆子,又恨又气,只得忍耐下去。

芳官吹了几口,宝玉笑道:“好了,仔细伤了气。你尝一口,可好了没有?”芳官只当是顽话,只是笑看着袭人等。袭人道:“你就尝一口何妨?”晴雯笑道:“你瞧我尝。”说着,就喝了一口。芳官见如此,自己也便尝了一口,说:“好了。”递与宝玉。宝玉喝了半碗,吃了几片笋,又吃了几匙粥就罢了。众人拣收出去了。小丫头捧了沐盆,盥漱已毕。袭人等出去吃饭。宝玉使个眼色与芳官,芳官本自伶俐,又学几年戏,何事不知?便妆说头疼,不吃饭了。袭人道:“既不吃饭,你就在屋里作伴儿。把这粥给你留着。一会儿饿了,再吃。”说着,都去了。

这里宝玉和他只二人。宝玉便将方才从火光发起,如何见了藕官,又如何谎言护庇,又如何藕官叫我问你,从头至尾,细细的告诉他一遍。又问:“他祭的果系何人?”芳官听了,满面含笑,又叹一口气,说道:“这事说来,可笑又可叹。”宝玉听了,忙问:“如何?”芳官笑道:“你说他祭的是谁?祭的是死了的药官。”宝玉道:“这是友谊,也应当的。”芳官笑道:“那里是友谊?他竟是疯傻的想头。说他自己是小生,药官是小旦,常做夫妻,虽说是假的,每日那些曲文排场,皆是真正温存体贴之事。故此二人就疯了:虽不做戏,寻常饮食起坐,两个人竟是你恩我爱。药官一死,他哭的死去活来,至今不忘,所以每节烧纸。后来补了蕊官,我们见他一般的温柔体贴,我也曾问过他得新弃旧的。他说:‘这又有个大道理。比如男子丧了妻,或有必当续弦者,也必要续弦为是。便只是不把死的丢过不提,便是情深意重了;若一味因死的不续,孤守一世,妨了大节,也不是理。死者反不安了。’你说可是又疯又呆?说来可是可笑?”

宝玉听说了这篇呆话,独合了他的呆性。不觉又是欢喜,又是悲叹,又称奇道绝。说:“天既生这样人,又何用我这须眉浊物玷辱世界?”因又忙拉芳官,嘱道:“既如此说,我也有一句话嘱咐他:我若亲自对面与他讲,未免不便。须得你告诉他。”芳官问何事。宝玉道:“以后断不可烧纸钱。这纸钱原是后人异端,不是孔子的遗训。以后逢时按节,只备一个炉。到日随便焚香,一心诚虔,就可感格了。愚人原不知,无论神佛死人,必要分出等例,各式各样的。殊不知只一‘诚心’二字为主。即值苍皇流离之日,虽连香亦无,随便有土、有草,只以洁净便可为祭。不独死者享祭,便是神佛也来享的。你瞧瞧我那案上,只设一个炉。不论日期,时常焚香。他们皆不知原故,我心里却各有所因;随便有新茶,便供一钟茶;有新水,就供一盏水;或有鲜花,或有鲜果,甚至于荤羹、腥菜,只要‘心诚意洁’,便是佛也都可以来享。所以说,只在敬,不在虚名。以后快命他不可再烧纸。”芳官听了,便答应着。一时,吃过饭,便有人回:“老太太、太太回来了。”

第五十九回　柳叶渚边嗔莺咤燕　绛云轩里召将飞符

话说宝玉多添了一件衣服，拄着拐杖往前边来，都见过了。贾母等因每日辛苦，都要早些歇息。一宿无话。次日五鼓，又往朝中去。

离送灵日不远，鸳鸯、琥珀、翡翠、玻璃四人，都忙着打点贾母之物；玉钏、彩云、彩霞等，皆打叠王夫人之物。当面查点与跟随的管事的媳妇子们。跟随的一共大小六个丫嬛，十个老婆子媳妇子，男人不算。连日收拾驮轿器械。鸳鸯与玉钏儿皆不随去，只看屋子。一面先几日预先打发帐幔铺陈之物，先有四五个媳妇并几个男人领了出来，坐了几辆车，绕道先至下处，铺陈安插等候。

临日，贾母带着蓉妻坐一乘驮轿；王夫人在后，亦坐一乘驮轿；贾珍骑马，率了众家丁护卫。又有几辆大车，与婆子、丫嬛等坐，并放些随换的衣包等件。是日，薛姨妈、尤氏率领诸人，直送至大门外方回。贾琏恐路上不便，一面打发了他父母起身，赶上贾母、王夫人驮轿，自己也随后带领家丁押后跟来。荣府内，赖大添派人丁上夜，将两处厅院都关了。一应出入人等，皆走西边小角门。日落时，便命关了仪门，不放人出入。园中前后、东西角门，亦皆关锁。只留王夫人大房之后常系他姊妹出入之门，东边通薛姨妈的角门，这两门因在内院，不必关锁。里面鸳鸯和玉钏儿也各将上房关了，自领丫鬟、婆子下房去安歇。每日林之孝之妻进来，带领十来个婆子上夜。穿堂内，又添了许多小厮们坐更、打梆子。已安插得十分妥当。

一日清晓，宝钗春困已醒，搴帷下榻，微觉轻寒，启户视之，见园中土润苔青，原来五更时落了几点微雨。于是唤起湘云等人来，一面梳洗，湘云因说两腮作痒，恐又犯了杏癍癣。因问宝钗要些蔷薇硝来。宝钗道："前儿剩的都给了妹子。"因说："颦儿配了许多，我正要和他要些，因今年竟没发痒，就忘了。"因命莺儿去取些来。莺儿应了，才去时，蕊官便说："我同你去，顺便瞧瞧藕官。"说着，一径同莺儿出了蘅芜苑。

二人你言我语,一面行走,一面说笑,不觉到了柳叶渚。顺着柳堤走来,因见柳叶才吐浅碧,丝若垂金。莺儿便笑道:“你会拿着柳条子编东西不会?”蕊官笑道:“编什么东西?”莺儿道:“什么编不得?顽的、使的,都可。等我摘些下来,带着这叶子,编个花篮儿,采了各色花放在里头,才是好顽呢。”说着,且不去取硝,且伸手挽翠披金,采了许多的嫩条,命蕊官拿着。莺儿却一行走,一行编花篮,随路见花便采一二枝。编出一个玲珑过梁的篮子,枝上自有本来翠叶满布,将花放上却也别致有趣。喜的蕊官笑道:“姐姐给了我罢!”莺儿道:“这一个咱们送林姑娘,回来咱们再多采些,编几个,大家顽。”说着,来至潇湘馆中。

黛玉也正晨妆。见了篮子,便笑说:“这个新鲜花篮是谁编的?”莺儿笑说:“我编了送姑娘顽的。”黛玉接了,笑道:“怪道人赞你的手巧。这顽意儿却也别致。”一面瞧了,一面便命紫鹃挂在那里。莺儿又问候了薛姨妈。方和黛玉要硝。黛玉忙命紫鹃包了一包,递与莺儿。黛玉又道:“我好了。今日要出去逛逛。你回去说与姐姐:不用过来问候妈了,也不敢劳他来瞧。我梳了头,同妈往你们那里去,连饭也端了那里去吃。大家热闹些。”莺儿答应了出来。便到紫鹃房中找蕊官。只见藕官与蕊官二人正说得高兴,不能相舍,因说:“姑娘也去呢。藕官先同我们去等着,岂不好?”紫鹃听如此说,便也说道:“这话到是。他这里淘气的也可厌。”一面说,一面便将黛玉的匙箸,用一块洋巾包了,交与藕官道:“你先带了这个去,也算一荡差使了。”藕官接了,笑嘻嘻同他二人出来,一径顺着柳堤走来。莺儿便又采些柳条,越性坐在山石上编起来。又命蕊官先送了硝去,再来。他二人只顾爱看他编,那里舍得去?莺儿只顾催说:“你们再不去,我也不编了。”藕官便说:“我同你去了,再快回来。”二人方去了。

这里莺儿正编,只见何婆的小女春燕走来,笑问:“姐姐织什么呢?”正说着,蕊、藕二人也到了。春燕便向藕官道:“前儿你到底烧什么纸?被我姨妈看见了,要告你没告成,到被宝玉赖了他一大些不是,气的他一五一十告诉我妈。你们在外头这二三年,积了些什么仇恨？如今还解不开？”藕官冷笑道：“有什么仇恨？他们不知足，反怨恨我们。在外头这两年，别的东西不算，只算我们的米菜，不知赚了多少家去？合家子吃不了，还有每日买东买西赚的钱在外。逢我们使他们一使儿，就怨天怨地的。你说说，可有良心？”春燕笑道：“他是我的姨妈，也不好向着外人，反说他的。怨不得宝玉说：‘女孩儿未出嫁是颗无价之宝珠；出了嫁，不知怎么就变出许多的不好的毛病来，虽是颗珠子，却没有光彩宝色，是颗死珠了；再老了，更变的不是珠子，竟是鱼眼睛了。分明一个人，怎么变出三样来？’这话虽是混话，到也有些不差。别人不知道，只说我妈和我姨妈。他老姊妹两个，如今越老了，越把钱看的真了。先时老姐儿两个在家抱怨没个差使，没个进益，幸亏有了这园子，把我挑进来。可巧把我分到怡红院。家里省了我一个人的费用不算外，每月还有四五百钱的馀剩，这也还说不彀。”后来老姊妹二人都派到梨香院去照看他们，藕官认了我姨妈，芳官认了我妈。这几年着实宽裕了，如今挪进来，也算散开手了，还只无厌。你说好笑不好笑？我姨妈刚和藕官吵了，接着我妈为洗头就和芳官吵。芳官连要洗头也不给他洗，昨日得月钱，推不去了，买了东西，先叫我洗。我想了一想，我自有钱，就没钱，要洗时，不管袭人、晴雯、麝月，那一个跟前和他们说一声，也都容易，何必借这个光儿？好没意思。所以我不洗。他又叫我妹妹小鸠儿洗了，才叫芳官。果然就吵起来。接着又要给宝玉吹汤。你说可笑死了人！我见他一进来，我就告诉那些规矩。他只不信，只要强做知道的，一定讨个没趣儿。幸亏园里的人到没人记的清楚谁是谁的亲故。若有人记得，只有我们一家人吵，什么意思呢？你这会子又跑来弄这个，这一带，地上的东西都是我姑娘管着，一得了这地方，比得了永远基业还利害，每日早起晚睡，自己辛苦了还不算，每日逼着我们来照看，生恐有人遭遢。又怕误了我的差使。如今进来了，老姑嫂两个照看得谨谨慎慎，一根草也不许人动。你还掐这些花儿，又折他的嫩树，他们即刻就来，仔细他们抱怨。”莺儿道：“别人乱折乱掐使不得，独我使得。自从分了地基之后，每日里各处皆有分例。吃的不用算，单管花草顽意儿，谁管什么，每日谁就把各房里姑娘、丫头戴的，必要各色送些折枝的去,还有插瓶的;惟有我们说了'一概不用送,等要什么再和你们要'。究竟没有要过一次。我今便掐些,他们也不好意思说的。"

一语未了,他姑娘果然拄了拐棍走来。莺儿、春燕等忙让坐。那婆子见采了许多嫩柳,又见藕官等都采了许多鲜花,心内便不受用;看着莺儿编,又不好说什么。便说春燕道:"我叫你来照看照看,你就贪住顽,不去了。倘或叫起你来,你又说我使你了。拿我做隐身符儿,你来乐?"春燕道:"你老又使我,又怕。这会子反说我?难道把我劈做八瓣子不成?"莺儿笑道:"姑妈你别信小燕的话。这都是他摘下来的,烦我给他编。我撵他,他不去。"春燕笑道:"你可少顽儿!你只顾顽儿,他老人家就认真了。"那婆子本是愚顽之辈,兼之年近昏眊,惟利是命,一概情面不管,正心疼肝断,无计可施,听莺儿如此说,便以老卖老,拿起拄杖来,向春燕身上击上几下,骂道:"小蹄子!我说着你,你还和我强嘴儿呢。你妈恨的牙根痒痒,要撕你的肉吃呢。你还来和我强嘴,梆子似的。"打的春燕又愧又急,哭道:"莺儿姐姐顽话,你老就认真打我。我妈为什么恨我?我又没有烧胡了洗脸水?有什么不是?"

莺儿本是顽话,忽见婆子认真动了气,忙上去拉住,笑道:"我才是顽话。你老人家打他,我岂不愧?"那婆子道:"姑娘,你别管我们的事!难道为姑娘在这里,不许我管孩子不成?"莺儿听见这般蠢话,便堵气红了脸,撒了手,冷笑道:"你老人家要管,那一刻管不得,偏我说了一句顽话,就管他了。我看你老管去。"说着,便坐下仍编柳篮子。

偏又有春燕的娘出来找他,喊道:"你不来舀水,在那里做什么呢?"那婆子便接声儿道:"你来瞧瞧你的女儿!连我也不服了。在这里排揎我呢。"那婆子一面走过来,说:"姑奶奶又怎么了?我们丫头眼里没娘罢了,连姑妈也没了不成?"莺儿见他娘来了,只得又说原故。他姑娘那里容人说话,便将石上的花柳与他娘瞧道:"你瞧瞧!你女儿这么大孩儿顽的。他先领着人遭遢我,我怎么说人?"他娘也正为芳官之气未平,又恨春燕不遂他的心,便走上来打耳刮子,骂道："小娼妇！你能上来了几年？你也跟那起轻狂浪小妇学？怎么就管不得你们了？干的我管不得，你是我屄里吊出来的，难道也不敢管你不成？既是你们这起蹄子到的去的地方，我到不去，你就该死在那里伺候，又跑出来浪汉！"一面又抓起柳条子来，直送到他脸上，问道："你这作什么？这编的是你娘的屄！"莺儿忙道："那是我们编的，你老别指桑骂槐！"那婆子深妒袭人、晴雯一干人，亦知凡房中大些的丫鬟，都比他们有些体统权势。凡见了这一干人，心中又畏又让，未免又气又恨，亦且迁怒于众；复又看见了藕官，又是他令姊的冤家，四处凑成一股怒气。

那春燕啼哭着往怡红院去了。他娘又恐问他为何哭，怕他又说出自己打他，又要受晴雯等之气，不免着起急来，又忙喊道："你回来！我告诉你再去！"春燕那里肯回来？急的他娘跑了去又拉他。他回头看见，便也往前飞跑。他娘只顾赶他，不防脚下青苔滑倒，引的莺儿三个人反都笑了。莺儿便赌气将花柳皆掷于河中，自回房去。这里把个婆子心疼的只念佛，又骂："促狭小蹄子！遭遢了花儿，雷也是要打的。"自己且掐花与各房送去，不提。

却说春燕一直跑入院中，顶头遇见袭人往黛玉处去问安。春燕便一把抱住袭人，说："姑娘救我！我娘又打我呢！"袭人见他娘来了，不免生气，便说道："三日两头儿，打了干的，打亲的，还是买弄你女儿多，还是认真不知王法？"这婆子虽来了几日，见袭人不言不语，是好性的，便说道："姑娘你不知道，别管我们闲事！都是你们纵的，这会子还管什么！"说着，便又赶着打。袭人气的转身进来，见麝月正在海棠下晾手巾，听得如此喊闹，便说："姐姐别管！看他怎样。"一面使眼色与春燕。春燕会意，便直奔了宝玉去。众人都笑说："这可是没有的事都闹出来了。"麝月向婆子道："你再略煞一煞气儿，难道这些人的脸面和你讨一个情，还讨不下来不成？"那婆子见他女儿奔到宝玉身边去，又见宝玉拉了春燕的手，说："别怕！有我呢。"春燕又一行哭，又一行说，把方才莺儿等事都说出来。宝玉越发急起来，说："你只在这里闹也罢了，怎么连亲戚也都得罪起来！"

麝月又向婆子及众人道："怨不得这嫂子说我们管不着他们的

事,我们虽无知,错管了;如今请出一个管得着的人来管一管,嫂子就心服口服,也知道规矩了。”便回头叫小丫头子:“去把平儿给我们叫来!平儿不得闲,就把林大娘叫了来。”那小丫头应了就走。众媳妇上来,笑说:“嫂子!快求姑娘们叫回那孩子来罢。平姑娘来了,可就不好了。”那婆子说道:“凭你那个平姑娘来,也凭个理,没有娘管女儿,大家管着娘的。”众人笑道:“你当是那个平姑娘?是二奶奶屋里的平姑娘。他有情呢,说你两句;他一翻脸,嫂子你吃不了兜着走。”

说话之间,只见小丫头子回来,说:“平姑娘正有事,问我作什么。我告诉了他,他说:‘既这样,且撵他出去,告诉了林大娘,在角门外打他四十板子就是了。’”那婆子听如此说,自不舍得出去,便又泪流满面,央告袭人等说:“好容易我进来了。况且我是寡妇,家里没人,正好一心无挂的在里头伏侍姑娘们。姑娘们也便宜,我家里又省些搅过。我这一去,又要去自己生火过活,将来不免又没了过活。”袭人见他如此,早又心软了,便说:“你既要在这里,又不守规矩,又不听说,又乱打人,那里弄你这个不晓事的来天天斗口。也叫人笑话,失了体统。”晴雯道:“理他呢!打发去了是正经。谁和他去对嘴对舌的。”那婆子又央众人道:“我虽错了,姑娘们分付了,我以后改过。姑娘们那不是行好积德?”一面又央春燕道:“原是我为打你起的,究竟没打成你,我如今反受了罪,你也替我说说。”宝玉见如此可怜,只得留下,分付他不可再闹。那婆子走来一一的谢过了,下去。

只见平儿走来,问系何事?袭人等忙说:“已完了,不必再提。”平儿笑道:“得饶人处且饶人,得省的将就省些事也罢了。能去了几日,只听各处大小人儿都作起反来了。一处不了,又一处。叫我不知管那一处的是。”袭人笑道:“我只说我们这里反了,原来还有几处。”平儿笑道:“这算什么?正和珍大奶奶算呢,这三四日的工夫,一共大小出来了八九件了。你这里是极小的,算不起数儿来,还有大的可气可笑之事。”不知袭人问他果系何事,且听下回分解。

第六十回　茉莉粉替去蔷薇硝　玫瑰露引来茯苓霜

话说袭人因问平儿:“何事这等忙乱?”平儿笑道:“都是世人想不到的,说来也好笑。等几日告诉你。如今没头绪呢,且也不得闲儿。”一语未了,只见李纨的丫鬟来了,说:“平姐姐可在这里?奶奶等你,你怎么不去了?”平儿忙转身出来,口内笑说:“来了,来了。”袭人等笑道:“他奶奶病了,他又成了香饽饽了。都抢不到手。”平儿去了,不提。

宝玉便叫春燕:“你跟了你妈去,到宝姑娘房里,给莺儿几句好话听听,也不可白得罪了他。”春燕答应了,和他妈出去。宝玉又隔窗说道:“不可当着宝姑娘说,仔细反叫莺儿受教导。”娘儿两个应了出来。一壁走着,一面说闲话儿。春燕因向他娘道:“我素日劝你老人家再不信,何苦闹出没趣来才罢?”他娘笑道:“小蹄子!你走罢!俗语道:‘不经一事,不长一智。’我如今知道了,你又该来问着我。”春燕笑道:“妈,你若安分守己,在这屋里长久了,自有许多的好处呢。且告诉你句话,宝玉常说:‘将来这屋里的人,无论家里、外头的,一应我们这些人,他都要回太太,全放出去,与本人父母自便呢。你只说这一件,可好不好?”他娘听说,喜的忙问:“这话果真?”春燕道:“谁可扯这谎做什么?”婆子听了,便念佛不绝。

当下来至蘅芜苑中,正值宝钗、黛玉、薛姨妈等吃饭。莺儿自去泡茶,春燕便和他妈一径到莺儿前,陪笑说“方才言语冒撞了,姑娘莫嗔莫怪,特来陪罪”等语。莺儿忙笑让坐,又到茶。他娘儿两个说有事,便作辞回来。忽见蕊官赶出叫:“妈妈!姐姐!略站一站。”一面走上来,递了一个纸包与他们,说是蔷薇硝,带与芳官去擦脸。春燕笑道:“你们也太小气了,还怕那里没这个与他?巴巴的,你又弄一包给他去。”蕊官道:“他是他的,我送的是我的。好姐姐,千万带回去罢。”春燕只得接了,娘儿两个回来。

正值贾环、贾琮二人来问候宝玉,也才进去。春燕便向他娘说:“只我进去罢。你老不用去。”他娘听了,自此便百依百随的,不敢倔强了。春燕进来,宝玉知道回复,便先点头。春燕知意,便不再说一语,略站了一站,便转身出来,使眼色与芳官。芳官出来,春燕方悄悄的说与他蕊官之事,并与了他硝。宝玉并无与琮、环可谈之语,因笑问芳官:“手里是什么?”芳官便忙递与宝玉瞧,又说:“是擦春癣的蔷薇硝。”宝玉笑道:“亏他想得到。”贾环听了,便伸着头,瞧了一瞧;又闻得一股清香,便弯着腰,向靴桶内掏出一张纸来拿着,笑说:“好哥哥!给我一半儿。”宝玉只得要与他。芳官心中因是蕊官之赠,不肯与别人。连忙拦住,笑说道:“别动这个。我另拿些来。”宝玉会意,忙笑包上,说道:“快取来。”芳官接了这个,自去收好,便从奁中去寻自己常使的。启奁看时,盒内已空,心中疑惑:“早间还剩了些,如何没了?”因问人时,都说不知。麝月便说:“这会子且忙着问这个!不过是这屋里人,一时短了使了。你不管拿些什么给他们,他们那里看得出来?快打发他们去了,咱们好吃饭。”芳官听了,便将些茉莉粉包了一包拿来。贾环见了,就伸手来接。芳官便忙向炕上一掷,贾环只得向炕上拾了,揣在怀内,方作辞而去。

原来贾政不在家,且王夫人等又不在家,贾环连日也便妆病逃学。如今得了硝,兴兴头头来找彩云。正值彩云和赵姨娘闲谈。贾环笑嘻嘻向彩云道:“我也得了一包好的,送你擦脸。你常说蔷薇硝擦癣比外头的银硝强,你且看看,可是这个?”彩云打开一看,嗤的一声笑了,说道:“你是合谁要来的?”贾环便将方才之事说了。彩云笑道:“这是他们哄你这乡老呢!这不是硝,这是茉莉粉。”贾环看了一看,果然比先的带些红色,闻闻也是喷香。因笑道:“这也是好的,硝、粉一样,留着擦罢。自是比外头买的高便好。”彩云只得收了。赵姨娘便说:“有好的给你?谁叫你要去了?怎怨他们要你!依我拿了去,照脸摔给他去。趁着这回子撞尸的撞尸去了,挺床的便挺床,吵一出子,大家别心净,也算是报仇。莫不是两个月之后,还找出这个渣儿,来问你不成?便问你,你也有话说。宝玉是哥哥,不敢冲撞他罢了。难道他屋里的猫儿、狗儿,也不敢去问问不成?”

贾环听说,便低了头;彩云忙说:“这又何苦生事!不管怎样,忍耐些罢了。”赵姨娘道:“你快休管!横竖与你无干。乘着抓住了理,骂给那些浪淫妇们一顿,也是好的。”又指贾环道:“呸!你这下流没刚性的,也只好受这些毛崽子的气!平白我说你一句儿,或无心中错拿了一件东西给你,你到会扭头暴筋,瞪着眼蹾摔娘。这会子被那起屄崽子耍弄,也罢了;你明儿还想这些家里人怕你呢!你没有屄本事,我也替你羞!”贾环听了,不免又愧又急,又不敢去,只摔手说道:“你这么会说,你也不敢去,指使了我去闹。倘或往学里告去,捱了打,你敢自不疼呢?遭遭儿调唆了我闹去,闹出事来,我捱了打骂,你一般也低了头。这会子又调唆我去闹。你不怕三姐姐,你敢去,我就服你!”只这一句话,便戳了他娘的肺,便喊说:“我肠子爬出来的,我再怕不成?这屋里越发有个活头儿了。”一面说,一面拿了那包子,便飞也似往园中去。彩云死劝不住,只得躲入别房;贾环便也躲出仪门,自去顽耍。

赵姨娘直进园子。正是一头火,顶头正遇见藕官的干娘夏婆子走来,见赵姨娘恨恨的走来,因问:“姨奶奶那去?”赵姨娘又说:“你瞧瞧!这屋里连三日两日进来的唱戏的小粉头们都三般两样,掂人分两,放小菜碟儿了。若是别一个,我还不恼;若叫这些小娼妇捉弄了,还成个什么?”夏婆子听了,正中己怀,忙问因何。赵姨娘悉将芳官以粉作硝,轻侮贾环之事说了。夏婆子道:“我的奶奶!你今日才知道!这算什么事?连昨日这个地方,他们私自烧纸钱,宝玉还拦到头里。人家还没拿进个什么儿来,就说使不得,不干不净的忌讳。这烧纸到不忌讳?你老想一想,这屋里,除了太太,谁还大似你?你老自己掌不起来。但凡掌起来的,谁还不怕你老人家?如今我想,乘着这几个小粉头儿恰不是正头货,得罪了他们也有限的,快把这两件事抓着理,扎个筏子。我在傍作个证见,你老把威风抖一抖,以后也好争别的礼。便是奶奶、姑娘们,也不好为那起小粉头子说你老的。”赵姨娘听了这话,亦发有理,便说:“烧纸的事,不知道。你却细细的告诉我。”夏婆子便将前事一一的说了,又说:“你只管说去,倘或闹起,还有我们帮着你呢。”赵姨娘听了,越发得了意,仗着胆子,便一径到了怡红院中。可巧宝玉听见黛玉在那里,便往那里去了。芳官正与袭人等吃饭,见赵姨娘来了,便都起身笑让:“姨奶奶吃饭,有什么事这么忙?”赵姨娘也不答话,走上来,便将粉照着芳官脸上撒来,指着芳官骂道:“小淫妇!你是我银子钱买来学戏的!不过娼妇、粉头之流,我家里下三等奴才也比你高贵些的。你都会看人下菜碟儿!宝玉要给东西,你拦在头里,莫不是要了你的了?拿这个哄他?你只当他不认得呢!好不好,他们是手足,都是一样的主子,那里有你小看他的?”芳官那里禁得住这话,一行哭,一行说:“没了硝,我才把这个给他的。若说没了,又恐他不信。难道这不是好的?我便学戏,也没往外头去唱。我一个女孩儿家,知道什么是‘粉头’‘面头’的?姨奶奶犯不着来骂我,我又不是姨奶奶家买的,‘梅香拜把子——都是奴儿呢’!”袭人忙拉他,说:“休胡说!”赵姨娘气的便上来打了两个耳刮子。袭人等忙上来拉劝,说:“姨奶奶别和他小孩子一般见识。等我们说他。”芳官捱了两下打,那里肯依?便拾头打滚、泼哭泼闹起来,口内便说:“你打得起我么?你照照那模样儿,再动手!我叫你打了去,我还活着!”便撞在他怀里,叫他打。众人一面劝,一面拉他。晴雯悄拉袭人说:“别管他们。让他们闹去,看怎么开交。如今乱为王了,什么你也来打,我也来打,都这样起来还了得呢!”

外面跟着赵姨娘来的一干的人,听见如此,心中各各称愿,都念佛说:“也有今日!”又有那一干怀怨的老婆子,见打了芳官,也都称愿。

当下藕官、蕊官等正在一处作耍,湘云的大花面葵官、宝琴的豆官,两个闻了此信,慌忙找着他两个说:“芳官被人欺侮,咱们也没趣。须得大家破着大闹一场,方争过这口气来。”四人终是小孩子心性,只顾他们情分上义愤,便不顾别的,一齐跑入怡红院中。豆官先便一头,几乎不曾将赵姨娘撞了一跌。那三个也便拥上来,放声大哭,手撕头撞,把个赵姨娘裹住。晴雯等一面笑,一面假意去拉。急的袭人拉起这个,又跑了那个。口内只说:“你们要死!有委曲只好说,这没理的事,如何使得?”赵姨娘反没了主意,只好乱骂。蕊官、藕官两个,一边一个抱住左右手;葵官、豆官,前后头顶住。四人只说:"你只打死我们四个就罢!"芳官直挺挺躺在地下,哭得死过去。

正没开交,谁知晴雯早遣春燕回了探春。当下尤氏、李纨、探春三人带着平儿与众媳妇走来,将四个喝住。问起原故,赵姨娘便气的瞪着眼,粗了筋,一五一十说个不清。尤、李两个不答言,只是吆喝他四人。探春便叹气,说:"这是什么大事?姨娘也太肯动气了。我正有一句话要请姨娘商议。怪道丫头说不知在那里,原来在这里生气呢。快同我来。"尤氏、李氏都笑说:"姨娘请到厅上来,咱们商量。"赵姨娘无法,只得同他三人出来,口内犹说长说短。探春便说:"那些小丫头子们,原是些顽意。喜欢呢,和他说说笑笑;不喜欢,便可以不理他。便他不好了,也如同猫儿狗儿抓咬了一下子,可恕就恕;不恕时,也只该叫了管家媳妇们去,说给他去责罚。何苦自己不尊重,大吆小喝,失了体统。你瞧周姨娘,怎不见人欺负他?他也不寻人去。我劝姨娘且回房去,煞煞性儿,别听那些混帐人的调唆,没的惹人笑话;自己呆,白给人作粗活。心里有二十分的气,也忍耐这几天,等太太回来,自然料理。"一席话,说得赵姨娘闭口无言,只得回房去了。

这里探春气的和尤氏、李纨说:"这么大年纪,行出来的事,总不叫人敬伏。这是什么意思?值得吵一吵,并不留体统,耳朵又软,心里又没有计算。这又是那起没脸面的奴才们的调停,作弄出个呆人替他们出气。"越想越气,因命人查是谁调唆的。媳妇们只得答应着出来,相视而笑,都说是"大海里那里寻针去"。只得将赵姨娘的人并园中人唤来盘诘,都说不知道。众人没法,只得回探春:"一时难查,慢慢访查。凡有口舌不妥的,一总来回了责罚。"探春气渐渐平服方罢。

可巧艾官便悄悄的回探春说:"都是夏妈和我们素日不对,每每的造言生事。前儿赖藕官烧纸,幸亏是宝玉叫他烧的,宝玉自己应了,他才没话说。今儿我与姑娘送手帕去,看见他和姨奶奶在一处说了半天,嘁嘁喳喳的。见了我,才走开了。"探春听了,虽知情弊,亦料定他们皆是一党。本皆淘气异常,便只答应,也不肯据此为实。

谁知夏婆子的外孙女儿蝉姐儿,便是探春处当差的。时常与房中丫鬟们买东西、呼唤人,众女孩儿都和他好。这日饭后,探春正上厅理事。翠墨在家看屋子,因命蝉姐儿出去叫小幺儿买糕去。蝉姐儿便说:“我才扫了个大园子,腰腿生疼的。你叫个别的人去罢!”翠墨笑说:“我又叫谁去?你趁早儿去!我告诉你一句好话。你到后门,顺路告诉你老娘,防着些儿。”说着,便将艾官告他老娘的话告诉了他。蝉姐儿听了,忙接了钱,道:“这个小蹄子,也要捉弄人。等我告诉去。”说着,便起身出来,至后门边。只见厨房内此刻手闲之时,都坐在阶砌上说闲话呢,他老娘亦在内。蝉姐儿便命一个婆子出去买糕,他且一行骂,一行说,将方才之话告诉与夏婆子。夏婆子听了,又气又怕,便欲去找艾官问他,又欲往探春前去诉冤。蝉姐儿忙拦住,说:“你老人家去怎么说呢?这话怎得知道的?可又叨登不好了。说给你老,防着就是了。那里忙到这一时儿。”

正说着,忽见芳官走来,扒着院门,笑向厨房中柳家媳妇说道:“柳嫂子!宝二爷说了,晚饭的素菜,要一样凉凉的、酸酸的东西,只别搁上香油弄腻了。”柳家的笑道:“知道了!今儿怎么遣你来了,告诉这么一句要紧的话。你不嫌脏,进来逛逛儿不是?”芳官才进来,忽有一个婆子手里托了些糕来。芳官便戏道:“谁买的热糕?我先尝一块儿。”蝉姐儿一手接了,道:“这是人家买的,你们还稀罕这个?”柳家的见了,忙笑道:“芳姑娘,你喜吃这个?我这里有才买下给你姐姐吃的,他不曾吃,还收在那里,干干净净没动呢。”说着,便拿了一碟子出来,递与芳官。又说:“你等我进去,替你顿口好茶来。”一面进去,现通开火顿茶。芳官便拿着热糕,问到婵姐儿脸上,说:“希罕吃你那糕?这个不是糕不成?我不过说着顽罢了,你给我磕个头,我也不吃。”说着,便将手内的糕,一块一块的掰了,掷着打雀儿顽,口内笑说:“柳嫂子!你别心疼,我回来买二斤给你。”婵姐儿气的怔怔的,瞅着冷笑道:“雷公老爷也有眼睛,怎不打这作孽的!他还气我呢!我可拿什么比你们,又有人进贡,又有人作干奴才,溜你们上好儿,为的帮衬着说句话儿。”众媳妇都说:“姑娘们,罢呀!天天见了就咕唧。”有几个伶透的,见了他们对了口,怕又生事,都拿起脚来,各自走开了。当下蝉姐儿也不敢十分说他,一面咕嘟着嘴,去了。

这里柳家的见人散了,忙出来和芳官说:“前儿那个话说了不曾?”芳官道:“说了,等一二日再提这事。偏那赵不死的又和我闹了一场。前儿那玫瑰露姐姐吃了不曾?他到底可好些了?”柳家的道:“可不都吃了。他爱的什么是的。又不好问你再要的。”芳官道:“不值什么!等我再要些来,给他就是了。”

原来这柳家的有个女儿,今年才十六岁。虽是厨役之女,却生的人物与平、袭、紫、鸳皆类。因他排行第五,因叫他是“五儿”。因素有弱疾,故没得差使。近因柳家的见宝玉房中的丫鬟差轻人多,且又闻得宝玉将来都要放他们,故如今要送他到那里应个名儿。正无头路,可巧这柳家的是梨香院的差役,他最小意殷勤,伏侍得芳官一干人,比别的干娘还好,芳官等亦待他们极好。如今便和芳官说了,央芳官去与宝玉说。宝玉虽是依允,只是近日病着,又见事多,尚未说得。

前言少述。且说当下,芳官回至怡红院中,回复了宝玉。宝玉正在听见赵姨娘厮吵,心中自是不悦。说又不是,不说又不是,只得等吵完了,打听着探春劝了他去后,方从蘅芜苑回来,劝了芳官一阵,方大家安静。今见他回来,又说还要些玫瑰露与柳五儿吃去,宝玉忙道:“还有呢。我又不大吃,你都给他去罢。”说着,命袭人取了出来。见瓶中亦不多,遂连瓶与了他。芳官便自携了瓶与他去。

正值柳家的带进他女儿来散闷,在那边畸角子上一带地方儿逛了一回,便回到厨房内。正吃茶歇脚儿,芳官拿了一个五寸来高的小玻璃瓶来,迎亮照看里面,小半瓶胭脂一般的汁子,还道是宝玉吃的西洋葡萄酒。母女两个忙说:“快拿镟子荡滚水,你且坐下。”芳官笑道:“就剩了这些,连瓶子都给你们罢。”五儿听了,方知是玫瑰露。忙接了,谢了又谢。芳官又问他好些,五儿道:“今儿精神些,进来逛逛。这后边一带也没什么意思,不过见些大石头、大树和房子,后墙正经好景致也没看见。”芳官道:“你为什么不往前头去?”柳家的道:“我没叫他往前去。姑娘们也不认得他。倘有不对眼的人看见了,又是一番口舌。明儿托你携带他有了房头,怕没有人带着他逛呢,只怕逛腻了的日子还有呢。”芳官听了,笑道:“怕什么！有我呢。”柳家的忙道:“嗳哟哟！我的姑娘。我们的头皮儿薄,比不得你们。”说着,又到了茶来。芳官那里吃这茶,只漱了一口,就走了。柳家的说道:“我这里占着手,五丫头送送。”

五儿便送出来,因见无人,又拉着芳官说道:“我的话到底说了没有?”芳官笑道:“难道哄你不成?我听见屋里正经还少两个人的窝儿,并没补上。一个是红玉的,琏二奶奶要去,还没给人来;一个是坠儿的,也还没补。如今要你一个,也不算过分。皆因平儿每每的和袭人说,凡有动人、动钱的事,得挨的且挨一日更好。如今三姑娘正要拿人扎筏子呢。连他屋里的事都驳了两三件。如今正要寻我们屋里的事没寻着,何苦来往网里碰去?倘或说些话驳了,那时老了,到难回转。不如等冷一冷,老太太、太太心闲了,凭是天大的事,先和老的一说,没有不成的。”五儿道:“虽如此说,我却性急,等不得了。趁如今挑上来了,一则给我妈争口气,也不枉养我一场;二则添上月钱,家里又从容些;三则我的心开一开,只怕这病就好了,便是请大夫吃药,也省了家里的钱。”芳官道:“我都知道了。你只放心。”二人别过,芳官自去,不提。

单表五儿回来,与他娘深感芳官之情,他娘因说:“再不承望得了这些东西。虽然是个珍贵物儿,却是吃多了也最动热。竟把这个到些送个人去,也是个大情。”五儿问:“送谁?”他娘道:“送你舅舅的儿子。昨日热病,也想这些东西吃。如今我到半盏与他去。”五儿听了,半日没言语,随他妈倒了半盏子去,将剩的连瓶便放在家伙厨内。五儿冷笑道:“依我说,竟不给他,也罢了。倘或有人盘问起来,到又是一场事了。”他娘道:“那里怕起这些来?还了得了。我们辛辛苦苦的,里头赚些东西,也是应当的。难道是贼偷的不成?”说着,一径去了。直至外边他哥哥家中。他侄子正躺着。一见了这个,他哥嫂侄男无不欢喜。现从井上取了凉水,和吃了一碗,心中一畅,头目清凉,剩的半盏,用纸覆着,放在桌上。

可巧又有家中几个小厮,同他侄儿素日相好的,走来问候他的病。内中有一小伙,名唤钱槐者,乃系赵姨娘之内侄。他父母现在库上管账,他本身又派跟贾环上学。因他有些钱势,尚未娶亲,素日看上了柳家的五儿标致,和父母说了,欲娶他为妻;也曾央中保媒人,再四求告。柳家父母却也情愿,争奈五儿执意不从。虽未明言,却行止中已带出。父母未敢应允。近日又想往园内去,越发将此事丢开,只等三五年后放出来,自向外边择婿了。钱家见他如此,也就罢了。怎奈钱槐不得五儿,心中又气又愧,发恨定要弄取成配,方了此愿。今也同人来瞧望柳侄,不期柳家的在内。

柳家的忽见一群人来了,内中有钱槐,便推说不得闲,起身便走了。他哥嫂忙说:“姑妈怎么不吃茶就走?到难为姑妈记挂。”柳家的因笑道:“只怕里面传饭。再闲了,出来瞧侄子罢。”他嫂子因向抽屉内取了一个纸包出来,拿在手内,送了柳家的出来。至墙角边,递与柳家的,又笑道:“这是你哥哥昨儿在门上该班儿,谁知这五日一班,竟偏冷淡,一个外财没发。只有昨儿有粤东的官儿来拜,送了上头两小篓子‘茯苓霜’。馀外给了门上人一篓,作门礼。你哥哥分了这些。这地方千年松柏最多,所以单取了这茯苓的精液和了药,不知怎么弄出这怪俊的白霜儿来。说第一用人乳和着,每日早起吃一钟,最补人的;第二用牛奶子;万不得滚白水也好。我们想着正宜外甥女儿吃。原是上半日打发小丫头子送了家去的。他说锁着门,连外甥女儿也进去了。本来我要瞧瞧他去,给他带了去的,又想主子们不在家,各处严紧,我又没甚么差使,有要没紧,跑些什么?况且这两日风声,闻得里头家反宅乱的。倘或沾带了,倒值多的。姑娘来的正好,亲自带去罢。”柳氏道了生受,作别回来。

刚到了角门前,只见一个小么儿笑道:“你老人家那里去了?里头三次两趟叫人传呢。我们三四个人都找你老去了,还没来。你老人家却从那里来了?这条路又不是家去的路。我到疑心起来。”那柳家的笑骂道:“好猴儿崽子……”要知端的,且听下回分解。

第六十一回 投鼠忌器宝玉瞒赃 判冤决狱平儿行权

那柳家的笑道："好猴儿崽子！你亲婶子找野老儿去了，你岂不多得一个叔叔？有什么疑的？别讨我把你头上的杩子盖似的几根屄毛挦下来！还不开门，让我进去呢。"这小厮且不开门，且拉着笑说："好婶子！你这一进去，好歹偷些杏子出来赏我吃。我这里老等。你若忘了时，日后半夜三更打酒、买油的，我不给你老人家开门，也不答应，随你干叫去。"柳氏啐道："发了昏的！今年不比往年，把这些东西都分给了众奶奶了。一个个的，不像抓破了脸的。人打树底下一过，两眼就像那黧鸡似的，不许动他的果子。昨儿我从李子树下一走，偏有一个蜜蜂儿往脸上一过，我一招手儿，偏你那好舅母就看见了。他离的远，看不真，只当我摘李子呢。就屄声浪嗓喊起来，又是说'还没供佛呢'，又是'老太太、太太不在家，还没进鲜呢。等进了上头，嫂子们都有分的'。到像谁害了馋痨，等李子出汗呢。叫我也没好话说，抢白了他一顿。可是你舅母、姨娘，两三个亲戚都管着，怎不和他们要的，到和我来要？这可是'仓老鼠和老鸹去借粮，守着的没有，飞着的有'。"小厮笑道："嗳哟哟！没有罢了，说上这些闲话！我看你老以后就用不着我了。就便是姐姐有了好地方，将来便呼唤着我们的日子也多，只要我们多答应他些，就有了。"柳氏听了，笑道："你这个小猴精，又捣鬼吊白的。你姐姐有什么好地方了？"那小厮笑道："别哄我了，早已知道了。单是你们有内牵，难道我们就没有内牵不成？我虽在这里听哈，里头却也有两个姊妹成个体统的，什么事瞒了我们！"

正说着，只听门内又有老婆子向外叫："小猴儿们！快传你柳婶子去罢。再不来可就误了。"柳家的听了，不顾和小厮说话，忙推门进去，笑说："不必忙。我来了。"一面来至厨房。——虽有几个同伴的人，他们都不敢自专，单等他来调停分派，——一面问众人："五丫头那去了？”众人都说：“才往茶房里找他们姊妹去了。”柳家听了，便将茯苓霜搁起，且按着房头分派菜馔。

忽见迎春房里小丫头莲花儿走来，说：“司棋姐姐说了，‘要碗鸡蛋，顿的嫩嫩的’。”柳家道：“就是这样尊贵。不知怎的，今年这鸡蛋短的很，十个钱一个，还找不出来。昨儿上头给亲戚家送粥米去，四五个买办出去，好容易才凑了二千个来。我那里找去？你说给他，改日吃罢。”莲花儿道：“前儿要吃豆腐，你弄了些馊的，叫他说了我一顿。今儿要鸡蛋，又没有了。什么好东西！我就不信，连鸡蛋都没有了？别叫我翻出来。”

一面说，一面真个走来，揭起菜箱一看，只见里面果有十来个鸡蛋。说道：“这不是？你就这么利害！吃的是主子的，我们的分例，你为什么心疼？又不是你下的蛋，怕人吃了。”柳家的忙丢了手里的活计，便上来说道：“你少满嘴里混唚！你娘才下蛋呢！通共留下这几个，预备菜上的浇头。姑娘们不要，还不肯做上去呢。预备接急的。你们吃了，倘或一声要起来，没有好的，连鸡蛋都没了。你们深宅大院，水来伸手，饭来张口，只知鸡蛋是平常物件，那里知道外头买卖的行市呢？别说这个。有一年连草根子还没了的日子还有呢。我劝他们细米、白饭，每日肥鸡、大鸭子，将就些儿也罢了，吃腻了膈，天天又闹起故事来了。鸡蛋、豆腐，又是什么面觔、酱萝卜炸儿，敢自到换口味。只是我又不是答应你们的，一处要一样，就是十来样。我到别伺候头层主子，只预备你们二层主子罢。”

莲花儿听了，便红了脸，喊道：“谁天天要你什么来？你说上这两骡车话！叫你来，不是为便宜，却为什么？前儿小燕来说，‘晴雯姐姐要吃芦蒿’。你怎么忙的还问‘肉炒、鸡炒’？小燕说‘荤的因不好，才另叫你炒个面筋的，少搁油才好’。你忙的到说‘自己发昏’，赶着洗手炒了，狗颠儿似的亲捧了去。今儿反到拿我扎筏子，说我给众人听。”柳家的忙道：“阿弥陀佛！这些人眼见的。别说前儿一次，就从旧年一立厨房以来，凡各房里偶然间，不论姑娘、姐儿们，要添一样半样，谁不是先拿了钱来，另买另添。有的没的，名声好听。说我单管姑娘厨房省事，又有剩头儿，算起账来，惹人恶心：连姑娘带姐儿们,四五十人。一日也只光要两只鸡、两只鸭子、十来斤肉、一吊钱的菜蔬。你们算算,勾作什么的?连本项两顿饭还撑持不住,还搁的住这个点这样,那个点那样?买来的又不吃,又买别的去。既这样,不如回了太太,多添些分例,也像大厨房里预备老太太的饭,把天下所有的菜蔬,用水牌写了,天天转着吃。吃到一个月,现算道好。连前儿三姑娘和宝姑娘,偶然商议了,要吃个'油盐炒枸杞芽儿'来,现打发个姐儿,拿着五百钱来给我。我到笑起来了,说:'二位姑娘就是大肚子弥勒佛,也吃不了五百钱的。这三二十个钱的事,我还预备的起。'赶着我送回钱去,姑娘们到底不收,说赏我打酒吃。又说:'如今厨房在里头,保不住屋里的人不去叨登。一盐、一酱,那不是钱买的?你不给,又不好;给了,你又没的赔。你拿着这个钱,全当还了他们素日叨登的东西窝儿。'这就是明白体下的姑娘。我们心里只替他念佛。没的赵姨奶奶听了,又气不忿,又说太便宜了我。隔不了十天,也打发个小丫头子来寻这样、寻那样,我到好笑起来。你们竟成了例,不是这个,就是那个。我那里有这些赔的。"

正乱时,只见司棋又打发人来催莲花儿,说他:"死在这里了,怎么就不回去?"莲花儿赌气回来,便添了一篇话,告诉了司棋。司棋听了,不免心头起火。此刻伺候迎春饭罢,带了小丫头们走来,见了许多人正吃饭,见他来的势头不好,都忙起身,陪笑让坐。司棋便喝命小丫头子动手:"凡箱柜所有的菜蔬,只管丢出来喂狗。大家赚不成。"小丫头子们巴不得一声,七手八脚抢上去,一顿乱翻乱掷的。众人一面拉劝,一面央告司棋说:"姑娘别误听了小孩子的话。柳嫂子有八个头,也不敢得罪姑娘。说鸡蛋难买是真,我们才也说他不知好歹。凭是什么东西,也少不得变法儿去。他已经悟过来了,连忙蒸上了。姑娘不信,瞧那火上!"司棋被众人一顿好言,方将气劝的渐平。小丫头们也没得摔完东西,便拉开了。司棋连说带骂,闹了一回,方被众人劝去。柳家的只好摔碗丢盘,自己咕嘟了一回,蒸了一碗鸡蛋令人送去。司棋全泼了地下了,那人回来,也不敢说,恐又生事。

柳家的打发他女儿喝了一回汤,吃了半碗粥,又将茯苓霜一节说了。五儿听罢,便心下要分些赠芳官。遂用纸另包了一半,趁黄昏人稀之时,自己花遮柳隐的来找芳官。且喜无人盘问,一径到了怡红院门前,不好进去,只在一簇玫瑰花前站立,远远的望着。有一盏茶时,可巧小燕出来,忙上前叫住。小燕不知是那一个,至跟前方看真切,因问:"作什么?"五儿笑道:"你叫出芳官来,我和他说话。"小燕悄笑道:"姐姐太性急了。横竖等十来日就来了。只管找他做什么?方才使了他往前头去了。你且等他一等。不然有什么话,告诉我,等我告诉他。恐怕你等不得,只怕关园门了。"五儿便将茯苓霜递与了小燕,又说:"这是茯苓霜,如何吃、如何补益。我得了些,送他的。转烦你递与他就是了。"说毕,作辞回来。

正走蓼溆一带,忽见迎头林之孝家的带着几个婆子走来。五儿藏躲不及,只得上来问好。林之孝家的问道:"我听见你病了,怎么跑到这里来?"五儿陪笑道:"因这两日好些,跟我妈进来散散闷。才因我妈使我到怡红院送家伙去。"林之孝家的说道:"这话岔了。方才我见你妈出来,我才关门。既是你妈使了你去,他如何不告诉我,说你在这里呢,竟出去让我关门?是何主意?可知是你扯谎。"五儿听了,没话回答,只说:"原是我妈一早教我取去的,我忘了,挨到这时我才想起来了。只怕我妈错当我先出去了,所以没和大娘说得。"林之孝家的听他辞钝色虚,又因近日玉钏儿说那边正房内失落了东西,几个丫头对赖,没主儿,心下便起了疑。

可巧小蝉、莲花儿并几个媳妇子走来,见了这事,便说道:"林奶奶到要审审他。这两日他往这里头跑的不像,鬼鬼唧唧的,不知干些什么事?"小蝉又道:"正是。昨儿玉钏姐姐说,太太耳房里的柜子开了,少了好些零碎东西。琏二奶奶打发平姑娘和玉钏姐姐要些玫瑰露,谁知也少了一罐子。若不是寻露,还不知道呢!"莲花儿笑道:"这话我没听见,今儿我到看见一个露瓶子。"林之孝家的正因这些事没主儿,每日凤姐儿使平儿催逼他。一听此言,忙问:"在那里?"莲花儿便说:"在他们厨房里呢。"林之孝家的听了,忙命打了灯笼,带着众人来寻。五儿急的便说:"那原是宝二爷屋里的芳官给我的。"林之孝家的便说:"不管你方官、圆官,现有了赃证,我只呈报了。凭你主子前辩去。”一面说，一面进入厨房。莲花儿带着取出露瓶；恐还有偷的别物，又细细搜了一遍，又得了一包茯苓霜，一并拿了，带了五儿，来回李纨与探春。

那时李纨正因兰哥儿病了，不理事务，只命去见探春。探春已归房。人回进去，丫嬛们都在院内纳凉，探春在内盥沐。只有侍书回进去。半日出来说："姑娘知道了。叫你们找平儿，回二奶奶去。”林之孝家的只得领出来，到凤姐儿那边，先找着了平儿，平儿进去，回了凤姐。凤姐方才歇下，听见此事，便分付："将他娘打四十板子，撵出去，永不许进二门；把五儿打四十板子，立刻交给庄子上；或卖或配人。”平儿听了，出来依言分付了林之孝家。五儿唬的哭哭啼啼，给平儿跪着，细诉芳官之事。平儿道："这也不难。等明日问了芳官，便知真假。但这茯苓霜，前日人送了来，还等老太太、太太回来看了，才敢打动，这不该偷了去。”五儿见问，忙又将他舅舅送的一节说了出来。平儿听了，笑道："这样说，你竟是个平白无辜之人，拿你来顶缸。此时天晚，奶奶才进了药歇下，不便为这点子小事去絮叨。如今且将他交给上夜的人看守一夜，等明儿我回了奶奶，再做道理。”林之孝家的不敢违拗，只得带了出来，交与上夜的媳妇们看守，自便去了。

这里五儿被人软禁起来，一步不敢多走；又兼众媳妇也有劝他说："不该做这没行止之事”；也有报怨说："正经更还坐不上来，又弄个贼来给我们看。倘或眼不见寻了死、逃走了，都是我们不是。”于是，又有素日一干与柳家不睦的人，见了这般，十分趁愿，都来奚落、嘲戏他。这五儿心内又气又委屈，竟无处可诉；且本来怯弱有病，这一夜思茶无茶，思水无水，思睡无睡，呜呜咽咽，直哭了一夜。

谁知和他母女不和的那些人，巴不得一时撵出他们去，惟恐次日有变，大家先起了个清早，都悄悄的来买转平儿。一面送些东西，一面又奉承他办事简断，一面又讲述他母亲素日许多不好。平儿一一的都应着，打发他们去了。却悄悄的来访袭人，问他可果真芳官给他露了。袭人便说："露却是给芳官，芳官转给何人，我却不知。”袭人于是又问芳官。芳官听了，唬天跳地，忙应是自己送他的。芳官便又告诉了宝玉,宝玉也慌了,说:“露虽有了,若勾起茯苓霜来,他自然也实供。若听见了是他舅舅门上得的,他舅舅又有了不是,岂不是人家的好意,反被咱们陷害了?”因忙和平儿计议:“露的事虽完,然这霜也是有不是的。好姐姐,你叫他说也是芳官给他的就完了。”平儿笑道:“虽如此,只是他昨晚已经同人说是他舅舅给的了。如何又说你给的?况且那边所丢的露,也是无主儿,如今有赃证的白放了,又去找谁?谁还肯认?众人也未必心服。”晴雯走来,笑道:“太太那边的露,再无别人,分明是彩云偷了给环哥儿去了。你们可瞎乱说。”平儿笑道:“谁不知是这个原故?但今玉钏儿急的哭,悄悄问着他,他应了,玉钏也罢了,大家也就混着不问了。难道我们好意兜揽这事不成?可恨彩云,不但不应,他还挤玉钏儿,说他偷了去了。两个人窝里发炮,先吵的合府皆知,我们如何装没事人?少不得要查的。殊不知,告失盗的就是贼。又没赃证,怎么说他?”

宝玉道:“也罢!这件事我也应起来。就说是我合他们顽的,悄悄的偷了太太的来了。两件事都完了。”袭人道:“也到是件阴骘险事,保全人的贼名儿。只是太太听见,又说你小孩子气,不知好歹了。”平儿笑道:“这也到是小事。如今便从赵姨娘屋里起了赃来,也容易。我只怕又伤着一个好人的体面。别人都别管,这一个人岂不又生气!我可怜的是他,不肯为打老鼠伤了玉瓶。”说着,把三个指头一伸。袭人等听说,便知他说的是探春。大家都忙说:“可是这话!竟是我们这里应了起来的为是。”平儿又笑道:“也须得把彩云和玉钏儿两个叶障叫了来,问准了他,方好;不然,他们得了益,不说为这个,到像我没了本事,问不出来,烦出这里来完事。他们以后越发偷的偷,不管的不管了。”袭人等笑道:“正是,也要你留个地步。”

平儿便命人叫了他两个来,说道:“不用慌,贼已有了。”玉钏儿先问:“贼在那里?”平儿道:“现在二奶奶屋里。你问他什么,应什么。我心里明知不是他偷的,可怜他害怕,都承认。这里宝二爷不过意,要替他认一半。我待要说出来,但只是这做贼的,意思又是素日和我好的一个姊妹。窝主却是平常,里面又伤着一个好人的体面。因此为难,少不得央求宝二爷应了,大家无事。如今反要问你们两个,还是怎样?若从此以后,大家小心存体面,这便求宝二爷应了;若不然,我就回了二奶奶,别冤屈了好人。”彩云听了,不觉红了脸,一时羞恶之心感发,便说道:“姐姐放心!也别冤了好人,也别带累了无辜之人伤体面。偷东西原是赵姨奶奶央告我再三,我拿了些与环哥是情真。连太太在家,我们还拿过,各人去送人,也是常事。我原说嚷过两天就罢了。如今既冤屈了好人,我心也不忍。姐姐竟带了我回二奶奶去,我一概应了完事。”

众人听了这话,一个个都诧异,他竟这样有肝胆。宝玉忙笑道:“彩云姐姐果然是个正经人。如今也不用你应,我只说是我悄悄的偷的,唬你们顽。如今闹出事来,我原该承认;只求姐姐们,以后省些事,大家就好了。”彩云道:“我干的事,为什么叫你应?死活我该去受。”平儿、袭人忙道:“不是这样说。你一应了,未免又叨登出赵姨奶奶来,那时三姑娘听了,岂不生气?竟不如宝二爷应了,大家无事,且除这几个人,皆不得知道这事。何等的干净?但只以后千万大家小心些,就是了。要拿什么,好歹奈到太太到家。那怕连这房子给了人,我们就没干系了。”彩云听了,低头想了一想,方依允。

于是大家商议妥贴,平儿带了他两个,并芳官,往前边来。至上夜房中,叫了五儿,将茯苓霜一节也悄悄的教他说系芳官所赠,五儿感谢不尽。平儿带他们来至自己这边,已见林之孝家的带领了几个媳妇,押解着柳家的,等勾多时。林之孝家的又向平儿说:“今儿一早押了他来,恐园里没人伺候姑娘们的饭,我暂且将秦显的女人派了去伺候。姑娘一并回明奶奶:他到干净谨慎,以后就派他常伺候罢。”平儿道:“秦显的女人是谁?我不大相熟。”林之孝家的道:“他是园里南角子上夜的。白日里没什么事,所以姑娘不大相识。高高孤拐,大大的眼睛,最干净爽利的。”玉钏儿道:“是了,姐姐你怎么忘了?他是跟二姑娘的司棋的婶娘。司棋的父母虽是大老爷那边的人,他这叔叔却是咱们这边的。”平儿听了,方想起来,笑道:“哦,你早说是他,我就明白了。”又笑道:“也太派急了些。如今这事,八下里水落石出了,连前儿太太屋里丢的,也有了主儿。是宝玉那日过来,和这两个业障要什么的,偏这两个业障沤他顽,说:‘太太不在家,不敢拿。'宝玉便瞅他两个不堤防的时节,自己进去拿了些什么出来。这两个业障不知道,就唬慌了。如今宝玉听见带累了别人,方告诉了我,拿出东西来。我瞧一件不差。那茯苓霜是宝玉外头得了的,也曾赏过许多人,不独园内人有,连妈妈子们讨了出去给亲戚们吃,又转送人。袭人也曾给过芳官之流的人,他们私情各相来往,也是常事。前儿那两篓还摆在议事厅上,好好的原封没动。怎么就混赖起人来?等我回了奶奶再说。"说毕,抽身进了卧房。将此事照前言回了凤姐儿一遍。

凤姐儿道:"虽如此说,但宝玉为人,不管青红皂白,爱兜揽事情。别人再求求他去,他又搁不住人两句好话;给他个炭篓子带上,什么事他不应承?咱们若信了,将来若大事也如此,如何使人?还要细细的追求才是。依我的主意,把太太屋里的丫头都拿来。虽不便擅加拷打,只叫他们垫着磁瓦子,跪在太阳地下,茶饭也别给吃。一日不说,跪一日,便是铁打的,一日也管招了。又道是'苍蝇不抱没缝的蛋。虽然这柳家的没偷,到底有些影儿,人才说他。虽不加贼刑,也革出不用。朝廷家原有挂误的,到也不算委屈了他。"平儿道:"何苦来操这心!得放手时须放手。什么大不了的事,乐得不施恩呢?依我说,纵在这屋里操上一百分的心,终久咱们是那边屋里去的。没的结些小人仇恨,使人含怨。况且自己又三灾八难的,好容易怀了一个哥儿,到了六七个月还掉了,焉知不是素日操劳太过、气恼伤着的?如今乘早儿见一半不见一半的,也到罢了。"一席话,说的凤姐儿到笑了,说道:"凭你这小蹄子发放去罢。我才精爽些了,没的淘气。"平儿笑道:"这不是正经!"说毕,转身出来,一一发放。要知端的,且听下回分解。

第六十二回 憨湘云醉眠芍药裀 呆香菱情解石榴裙

话说平儿出来,分付林之孝家的道:"大事化为小事,小事化为没事,方是兴旺之家。若得不了一点子小事,便扬铃打鼓的乱折腾起来,不成道理。如今将他母女带回,照旧去当差。将秦显家的仍旧退回。再不必提此事。只是每日小心巡察要紧。"说毕,起身走了。柳家的母女忙朝上磕头。林家的带回园中,回了李纨、探春二人,皆说:"知道了,能可无事。很好。"

司棋等人空兴头了一阵。那秦显家的,好容易等了这个空子钻了来,只兴头上半天。在厨房内正乱着:接收家伙、米粮、煤炭等物;又查出许多亏空来,说:"粳米短了两石,常用米又多支了一个月的,炭也欠着额数";一面又打点送林之孝家的礼,悄悄的备了一篓炭、五百斤木柴、一担粳米在外边,就遣了子侄送入林家去了;又打点送账房的礼;又预备几样菜蔬,请几位同事的人,说:"我来了,全仗列位扶持。自今以后,都是一家人了。我有照顾不到的,好歹大家照顾些。"正乱着,忽有人来说与他:"伺候过这早饭就出去罢。柳嫂子原无事,如今还交与他管了。"秦显家的听了,轰去魂魄,垂头丧气,登时掩旗息鼓,卷包而出。送人之物,白丢了许多。自己到要折变了赔补亏空;连司棋都气了个倒仰,无计挽回,只得罢了。

赵姨娘正因彩云私赠了许多东西,被玉钏儿吵出,生恐查考出来,每日捏一把汗,打听信儿。忽见彩云来告诉说:"都是宝玉应了,从此无事。"赵姨娘方把心放下来。谁知贾环听如此说,便起了疑心,将彩云凡私赠之物,都拿了出来,照着彩云的脸摔了去,说:"这两面三刀的东西!我不稀罕!你不和宝玉好,他如何肯替你应?你既有担当给了我,原该不与一个人知道。如今你既然告诉他,如今我再要这个也没趣儿。"彩云见如此,急的以身赌誓,至于哭了,百般解说,贾环执意不信,说:"不看你素日之情,去告诉二嫂子,就说,'你偷来给我,我不敢要。'你细想去。"说毕,摔手出去了。急的赵姨娘骂:"没造化的种子!蛆心业障!"气的彩云哭个泪干肠断。赵姨娘百般的安慰他:"好孩子!他辜负了你的心,我看的真。让我收起来,过两日他自然回转过来了。"说着,便要收东西。彩云赌气一顿包起来,乘人不见时,来至园中,都撇在河内,顺水沉的沉、漂的漂。自己气的夜间在被内暗哭。

当下又值宝玉生日已到。原来宝琴也是这日,二人相同。因王夫人不在家,也不曾像往年闹热。只有张道士送了四样礼,换的寄名符儿。还有几处僧尼庙的和尚、姑子送了供尖儿,并寿星、纸马、疏头,并本命星官、值年太岁、周年换的锁儿。家中常走的男女先儿来上寿。王子腾那边,仍是一套衣服、一双鞋袜、一百寿桃、一百束上用银丝挂面。薛姨娘处减一等。其馀家中人,尤氏仍是一双鞋袜,凤姐儿是一个宫制四面和合荷包,里面装一个金寿星,一件波斯国所制玩器。各庙中遣人去放堂舍钱。又另有宝琴之礼,不能备述。姊妹中皆随便,或有一扇的,或有一字的,或有一画的,或有一诗,聊复应景而已。

这日宝玉清晨起来,梳洗已毕,冠带出来。至前厅院中,已有李贵等四五个人在那里,设下天地香烛。宝玉炷了香,行毕礼,奠茶、焚纸后,便至宁府中宗祀祖先堂两处行毕礼;出至月台上,又朝上遥拜过贾母、贾政、王夫人等;一顺到尤氏上房,行过礼,坐了一回,方回荣府。先至薛姨妈处,薛姨妈再三拉着,然后又遇见薛蝌,让一回,方进园来。晴雯、麝月二人跟随,小丫头夹着毡子。从李氏起,一一挨着比他长的房中到过。复出二门,至李、赵、张、王四个奶妈家,让了一回,方进来。虽众人要行礼,也不曾受。回至房中,袭人等只都来说一声就是了。王夫人有言,不令年轻人受礼,恐折了福寿,故皆不磕头。

歇一时,贾环、贾兰等来了。袭人连忙拉住,坐了一坐,便去了。宝玉笑说走乏了,便歪在床上,方吃了半盏茶。只听外面咭咭呱呱,一群丫头笑进来,原来是翠墨、小螺、翠缕、入画、邢岫烟的丫头篆儿,并奶子抱巧姐儿,彩鸾、绣鸾八九个人,都抱着红毡,笑着走来说:

“拜寿的挤破了门了，快拿面来我们吃。”刚进来时，探春、湘云、宝琴、岫烟、惜春也都来了。宝玉忙迎出来，笑说：“不敢起动！快预备好茶！”进入房中，不免推让一回，大家归坐。袭人等捧过茶来，才吃了一口，平儿也打扮的花枝招展的来了。宝玉忙迎出来，笑说：“我方才到凤姐姐门上，回了进去，不能见我。又打发人进去，让姐姐的。”平儿笑道：“我正打发你姐姐梳头，不得出来回你。后来听见又说让我，我那里禁当的起？所以特赶来磕头。”宝玉笑道：“我也禁当不起。”袭人早在外间安了坐，让他坐。平儿便福下去，宝玉作揖不迭；平儿便跪下去，宝玉也忙还跪下。袭人连忙搀起来，又下了一福，宝玉又还了一揖。袭人笑推宝玉：“你再作揖！”宝玉道：“已经完了，怎么又作揖？”袭人笑道：“这是他来给你拜寿，今儿也是他的生日，你也该给他拜寿。”宝玉听了，忙又作下揖去，说：“原来今儿也是姐姐的芳诞。”平儿还福不迭。

湘云拉宝琴、岫烟说：“你们四个人对拜寿，直拜一天才是。”探春忙问：“原来邢妹妹也是今儿？我怎么就忘了！”忙命丫头：“去告诉二奶奶，赶着补了一分礼，与琴姑娘的一样，送到二姑娘屋里去。”丫头答应着去了。岫烟见湘云直口说出来，少不得要到各房去让让。探春笑道：“到有些意思。一年十二个月，月月有几个生日，人多了，便这等巧。也有三个一日、两个一日的。大年初一日也不白过，大姐姐占了去。怨不得他福大，生日比别人就占先。又是太祖、太爷的生日。过了灯节，就是老太太和宝姐姐，他们娘儿两个遇的巧；三月初一日是太太，初九日是琏二哥哥。二月没人。”袭人道：“二月十二是林姑娘，怎么没人？就只不是咱家的人。”探春笑道：“我这个记性是怎么了？”宝玉笑指袭人道：“他和林妹妹是一日，所以他记的。”探春笑：“原来你两个到是一日。每年连头也不给我们磕一个。平儿的生日，我们也不知道。这也是才知道。”平儿笑道：“我们是那牌儿名上的人？生日也没拜寿的福！又没寿礼职分，可吵闹什么？可不悄悄的过去。今儿他又偏吵出来了。等姑娘们回房，我再行礼去罢。”探春笑道：“也不敢惊动。只是今儿到要替你过个生日，我心里才过得去。”宝玉、湘云等一齐都说：“很是。”探春便分付了丫头：“去告诉他奶奶，就说我们大家说了，今儿一日不放平儿出去。我们也大家凑了分子过生日呢。”丫头笑着去了。半日回来，说：“二奶奶说了，‘多谢姑娘们给他脸。不知过生日给他些什么吃，只别忘了二奶奶，就不来絮聒他了。’”众人都笑了。

探春回说道：“可巧今儿里头厨房不预备饭，一应下面弄菜都是外头收拾。咱们就凑了钱，就叫柳家的来揽了去。只在咱们里头收拾到好。”众人都说是极。探春一面遣人去问李纨、宝钗、黛玉，一面遣人去传柳家的进来，分付他内厨房中快收拾两棹酒席。柳家的不知何意，因说：“外厨房都预备了。”探春笑道：“你原来不知道？今儿是平姑娘的华诞。外头预备的是上头的，这如今我们私下又凑了分子，单为平姑娘预备两棹请他。你只管拣新巧的菜蔬预备了来，开了账到我那里领钱。”柳家的笑道：“原来今日也是平姑娘的千秋，我竟不知道。”说着，便向平儿磕下头去，慌的平儿拉起他来。柳家的忙去预备酒。这里探春又邀了宝玉同到厅上去吃面。等到李纨、宝钗一齐来全，又遣人去请薛姨妈与黛玉。因天气和暖，黛玉之疾渐愈，故也来了。花团锦簇，挤了一厅的人。

谁知薛蝌又送了巾、扇、香、帛四色寿礼与宝玉。宝玉于是过去陪他吃面。两家皆治了寿酒，互相酬送，彼此同领。至午间，宝玉又陪薛蝌吃了两杯酒，宝钗带了宝琴过来，与薛蝌行礼。把盏毕，宝钗因嘱薛蝌：“家里的酒也不用送过那边去，这虚套竟可收了。你只请伙计们吃罢。我们和宝兄弟进去，还要待人去呢，也不能陪你了。”薛蝌忙说：“姐姐、兄弟只管请，只怕伙计们也就好来了。”宝玉忙又告过罪，方同他姊妹回来。

一进角门，宝钗便命婆子：“将门锁上！”把钥匙要了，自己拿着。宝玉忙说：“这一道门何必关？又没多的人走。况且姨娘、姐姐、妹妹都在里头，倘或家去取什么，岂不费事？”宝钗笑道：“小心没过逆的。你瞧你们那边，这几日七事八事，竟没有我们这边的人，可知是这门关的有功效了。若是开着，保不住那起人图顺脚、抄近路，从这里走，拦谁的是？不如锁了，连妈和我也禁着些，大家别走了，总有事就赖不着这边人了。”宝玉笑道：“原来姐姐也知道我们那边近日丢了东西?”宝钗笑道:“你只知道玫瑰露和茯苓霜两件,乃因人而及物。若非因人,你连这两件还不知道呢!殊不知还有几件比这两件大的呢!若以后叨登不出来,是大家的造化;若叨登出来,不知里头连累多少人呢。你也是不管事的人,我才告诉你;平儿是个明白人,我前儿也告诉了他。皆因他奶奶不在外头,所以使他明白了。若不闹出来,大家乐得丢开手;若犯出来,他心里已有稿子,自有头绪,就冤屈不着平人了。你只听我说,以后留神,小心就是了。这话也不可对第二个人讲。”说着,来到沁芳亭边。只见袭人、香菱、侍书、素云、晴雯、麝月、芳官、蕊官、藕官等十来个人,都在那里看鱼作耍。见他们来了,都说:“芍药栏里预备下了,快去上席罢。”宝钗等随携了他们同到了芍药栏中红香圃三间小敞厅内,连尤氏已请过来了,诸人都在那里,只没平儿。

原来平儿出去,有赖、林诸家送了礼来,连三接四,上中下三等家人来拜寿、送礼的不少。平儿忙着打发赏钱、道谢,一面又色色的回明凤姐儿。不过留下几样,也有不收的,也有收下即刻赏与人的。忙了一回,又直待凤姐儿吃过面,方换了衣裳,往园里来。

刚进了园,就有几个丫环来请他。一同到了红香圃中,只见筵开玳瑁,褥设芙蓉,众人都笑:“寿星全了。”上面四座,定要让他四个人坐。四人皆不肯。薛姨妈说:“我老天拔地,又不合你们的群儿,我到觉拘束的慌。不如我到厅上随便躺躺去到好。我又吃不下什么去,又不大吃酒,这里让他们到便宜。”尤氏等执意不从。宝钗道:“这也罢了。到是让妈在厅上歪着自如些。有爱吃的送些过去,到自在罢哩。且前头没人在那里,又可照看了。”探春等笑道:“既这样,恭敬不如从命”。因大家送了他到议事厅上,眼看着命丫头们铺了一个锦褥并靠背、引枕之类,又嘱咐:“好生给姨妈捶腿,要茶要水,别推三扯四的。回来送了东西,姨妈吃了,就赏你们吃。只别离了这里出去。”小丫头们都答应了。探春等方回来。

终久让宝琴、岫烟二人在上,平儿面西坐,宝玉面东坐。探春又接了鸳鸯来,二人并肩对面相陪。西边一桌,宝钗、黛玉、湘云、迎春、惜春,一面又拉了香菱、玉钏儿二人打横。三桌上尤氏、李纨,又拉了袭人、彩云陪坐。四桌上便是紫鹃、莺儿、晴雯、小螺、司棋等人围坐。当下探春等还要把盏。宝琴等四人都说："这一闹，一日都坐不成了。"方才罢了。两个女先儿要弹词上寿，众人都说："我们没人要听那些野话，你厅上去说给姨太太解闷儿去罢。"一面又将各色吃食拣了，命人送与薛姨妈去。

宝玉便说："雅座无趣。须要行令才好。"众人有的说行这个令好，那个又说行那个令好，黛玉道："依我说，拿了笔砚，将各色全都写了。拈成阄儿，咱们抓出那个来，就是那个。"众人都道妙。即拿了一付笔砚、花笺。香菱近日学了诗，又天天学写字。见了笔、砚，便图不得，连忙起来，说："我写。"大家想了一回，共得了十来个，念着，香菱一一的写了，搓成阄儿，掷在一个瓶中间。探春便命平儿拣。平儿向内搅了一搅，用箸拈了一个出来，打开看，上写着"射覆"二字。宝钗笑道："把个酒令的祖宗拈出来。'射覆'从古有的，如今失了传，这是后人纂的，比一切的令都难。这里头到有一半是不会的。不如毁了，另拈一个雅俗共赏的。"探春笑道："既拈了出来，如何又毁？如今再拈一个，若是雅俗的，便叫他们行去。咱们行这个。"说着，又着袭人拈了一个，却是"拇战"。史湘云笑着说："这个简断爽利，合了我的脾气。我不行这个射覆，没的垂头丧气，闷人。我只划拳去了。"探春道："惟有他乱令。宝姐姐快罚他一钟。"宝钗不容分说，便灌了湘云一杯。

探春道："我吃一杯，我是令官。也不用宣，只听我分派。"命取了令骰、令盆来。"从琴妹掷起，挨下掷去，对了点的二人射覆。"宝琴一掷，是个三。岫烟、宝玉等皆掷的不对，直到香菱方掷了个三。宝琴笑道："只好室内生春。若说到外头去，就太没头绪了。"探春道："自然。三次不中者，罚一杯。你覆他射。"宝琴想了一想，说了个"老"字。香菱原生于这令，一时想不到。满座满席都不见有与老字相连的成语。湘云先听了，便也乱看。忽见门斗上贴着"红香圃"三个字，便知宝琴覆的是"吾不如老圃"的"圃"字。见香菱射不着，众人击鼓又催，便悄悄的拉香菱，教他说"药"字。黛玉偏看见了，说："快罚他！又在那里私相传递呢。"哄的众人都知道了，忙又罚了一杯。恨的湘云拿筷子敲黛玉的手。于是罚了香菱一杯。下则宝钗和探春对了点子。探春便覆了一个“人”字,宝钗笑道:“这个‘人’字泛的很。”探春笑道:“添一字两覆一射,也不泛了。”说着,便又说了一个“窗”字。宝钗一想,因见席上有鸡肉,便射着他是用“鸡窗”、“鸡人”二典。因射了一个“埘”字。探春知他射着,用了“鸡栖于埘”的典。二人一笑,各饮一口门杯。

湘云等不得,早和宝玉“三”“五”乱叫,划起拳来;那边尤氏和鸳鸯隔着席,也“七”“八”乱叫,划起来;平儿、袭人也作了一对划拳。叮叮噹噹,只听得腕上的镯子响。一时,湘云赢了宝玉,袭人赢了平儿,尤氏赢了鸳鸯,三个人限酒底、酒面。湘云便说:“酒面要一句古文,一句旧诗,一句骨牌名,一句曲牌名,还要一句时宪书上的话,共总凑成一句话。酒底要关人事的果菜名。”众人听了,都笑说:“惟有他的令也比人唠叨,到也有意思。”便催宝玉快说。宝玉笑道:“谁说过这个?也等想一想。”黛玉便道:“你多喝一钟,我替你说。”宝玉真个喝了酒,听黛玉说道:“落霞与孤鹜齐飞,风急江天过雁哀,却是一只折足雁,叫的人九回肠。这是鸿雁来宾。”说的大家笑了,说这一串子到有些意思。黛玉又拈了一个榛穰,说酒底道:

榛子非关隔院砧,何来万户捣衣声?

令完,鸳鸯、袭人等皆说的是一句俗语,都带一个“寿”字的,不能多赘。

大家轮流乱划了一阵。这上面湘云又和宝琴对了点子,李纨和岫烟对了点子。李纨便覆了一个“瓢”字,岫烟便射了一个“绿”字。二人会意,各饮一口。湘云的拳却输了,请酒面、酒底。宝琴笑道:“请君入瓮。”大家笑起来,说:“这个典用的当!”湘云便说道:

奔腾砰湃,江间波浪兼天涌,须要铁锁缆孤舟。既遇着一江风,不宜出行。

说的众人都笑了,说:“好个诌断了肠子的。怪道他出这个令,故意惹人笑。”又听他说酒底。湘云吃了酒,拣了一块鸭肉呷口。忽见碗内有半个鸭头,遂拣了出来吃脑子。众人催他:“别只顾吃,到底快说了。”湘云便用箸子举着,说道:

这鸭头不是那丫头，头上那讨桂花油？

众人越发笑起来。引的晴雯、翠螺、莺儿等一干人都走过来，说："云姑娘会开心儿，拿着我们取笑儿。快罚一杯才罢！怎见得我们就该擦桂花油的？到得每人给一瓶子桂花油擦擦。"黛玉笑道："他到有心给你们一瓶子油，又怕挂误着打窃盗的官司。"众人不理论，宝玉却明白，忙低了头。彩云有心病，不觉的红了脸。宝钗忙暗暗的瞅了黛玉一眼，黛玉自悔失言，原是趣宝玉的，就忘了趣着彩云，自悔不及。忙一顿行令，划拳，岔开了。底下宝玉可巧和宝钗对了点子。宝钗覆了一个"宝"字，宝玉想了一想，便知是宝钗作戏，指自己所佩通灵玉。便笑道："姐姐拿我作雅谑，我却射着了。说出来，姐姐别恼，就是姐姐的讳：'钗'字就是了。"众人道："怎么解？"宝玉道："他说'宝'，底下自然是'玉'了；我射'钗'字。旧诗曾有'敲断玉钗红烛冷'。岂不射着了！"湘云说道："这用时事，却使不得。两个人都该罚！"香菱忙道："不止时事，这也有出处。"湘云道："'宝玉'二字并无出处，不过是春联上或有之，诗书纪载并无，等不得。"香菱道："前日我读岑嘉州五言律，现有一句，说'此乡多宝玉'。怎么你到忘了？后来又读李义山七言绝句，又有一句'宝钗无日不生尘'。我还笑说，'他两个名字都原来在唐诗上呢'！"众人笑说："这可问住了。快罚一杯。"湘云无语，只得饮了。大家又该对点的对点，划拳的划拳。

这些人因贾母、王夫人不在家，没了管束，便任意取乐，呼三喝四，喊七叫八，满厅中红飞翠舞，玉动珠摇，真是十分热闹。顽了一回，大家方起席散了一散，倏然不见了湘云。只想他外头自便，去了就来。谁知越等越没了影响，使人各处去找，那里找得着？

接着，林之孝家的同着几个老婆子来，生恐有正事呼唤；二者，恐丫嬛们年青，乘王夫人不在家，不服探春等约束，姿意痛饮，失了体统。故来请问有事无事。探春见他们来了，便知其意，忙笑道："你们又不放心，来查我们来了！我们没有多吃酒，不过是大家顽笑，将酒作个引子。妈妈们别耽心。"李纨、尤氏都也笑说："你们歇着去罢！我们也不敢叫他们多吃了。"林之孝家的等人笑说："我们知道，连老太太还叫姑娘们吃酒，姑娘们还不肯吃；何况太太们不在家，自然顽罢了。我们怕有事,来打听打听。二则天长了,姑娘们顽一回子,还该点补些小食儿。素日又不大吃杂东西,如今吃一两杯酒,若不多吃些东西,怕受伤。"探春笑道:"妈妈们说的是,我们也正要吃呢。"因回头命取点心来。两傍丫嬛们答应了,忙去传点心。探春又笑让:"你们歇着去罢。或是姨妈那里说话儿去。我们即刻打发人送酒你们吃去。"林之孝家的等人笑回:"不敢领了。"又站了一回,方退了出来。平儿摸着脸,笑道:"我的脸都热了,也不好意思见他们。依我说,竟收了罢。别惹他们再来,到没意思了。"探春笑道:"不相干,横竖咱们不认真喝酒就罢了。"

正说着,只见一个小丫头笑嘻嘻的走来:"姑娘们,快瞧云姑娘去!吃醉了,图凉快,在山子后头一块青板石凳上睡着了。"众人听说,都笑道:"快别吵嚷!"说着,都走来看时,果见湘云卧于山石僻处一个石凳子上,业经香梦沉酣,四面芍药花飞了一身,满头脸、衣襟上,皆是红香散乱,手里的扇子在地下,也半被落花埋了。一群蜂蝶闹穰穰的围着。他又用鲛鮹帕包了一包芍药花瓣枕着。众人看了,又是爱,又是笑,忙上来推唤挽扶。湘云口内犹作睡语,说酒令,嘟嘟囔囔说:泉香而酒洌,玉盏盛来琥珀光,直饮到梅稍月上,醉扶归,却为宜会亲友。众人笑推他,说道:"快醒醒儿!吃饭去。这潮凳上还睡出病来呢。"湘云慢起秋波,见了众人,低头看了一看,自己方知是醉了。原是来纳凉避静的,不觉的因多罚了两杯酒,姣娜不胜,便睡着了。心中反觉自愧,连忙起身,扎挣着同人来至红香圃中,漱过口,又吃了两盏浓茶。探春忙命将醒酒石拿来,给他衔在口内;一时又命他喝了一些酸汤,方才觉得好了些。

当下又选了几样果菜,与凤姐送去,凤姐儿也送了几样来。宝钗等吃过点心,大家也有坐的,也有立的,也有在外撷花的,也有扶栏观鱼的,各自取便,说笑不一。探春便和宝琴下棋,宝钗、岫烟观局。林黛玉和宝玉在一簇花下,唧唧哝哝,不知说些什么。

只见林之孝家的和一群女人,带了一个媳妇进来。那媳妇愁眉苦脸,也不敢进厅,只到了阶下,便朝上跪下了,磞头有声。探春因一块棋受了敌,算来算去,纵得了两个眼,便折了官着,两眼只瞅着棋枰，一只手却伸在盒内，只管抓弄棋子作想。林之孝家的站了半天，因回头要茶时，才看见，问："什么事？"林之孝家的便指那媳妇说："这是四姑娘屋里的小丫头彩儿的娘，现是园内伺候的人。嘴很不好，才是我听见了，问着他。他说的话，也不敢回姑娘。当撵出去才是。"探春道："怎么不回大奶奶？"林之孝家的道："方才大奶奶都往厅上姨太太处去了，顶头看见，我已回明白了，叫回姑娘来。"探春道："怎么不回二奶奶？"平儿道："不回去也罢。我回去说一声就是了。"探春点点头，道："既这么着，就撵出他去。等太太来了，再回明了，再定夺。"说毕，仍又下棋。这林之孝家的带了那人去，不提。

黛玉和宝玉二人站在花下，遥遥知意。黛玉便说道："你家三丫头，到是个乖人。虽然叫他管些事，到底一点儿不肯多事，差不多的人，就早作起威福来了。"宝玉道："你不知道呢！你病着时，他干了好几件事。这园子也分了人管，如今多[illegible]一草，也不能了。又蠲了几件事，单拿我和凤姐姐扎筏子，禁止别人，最是心里有算计的人。岂只乖而已！"黛玉道："要这样才好。咱们家里也太花费了。我虽不管事，心里每常闲了，替你们一算计，出的多，进的少。如今若不省俭，必致后手不接。"宝玉笑道："凭他怎么后手不接，也短不了咱们两个人的。"黛玉听了，转身就往厅上寻宝钗说笑去了。

宝玉正欲走时，只见袭人走来，手内捧着一个小连环洋漆茶盘，里面可式放着两钟新茶。因问："他往那去了？我见你们两个半日没吃茶，巴巴的倒了两钟来，他又走了！"宝玉道："那不是他？你给他送去。"说着，自拿了一钟。袭人便送了那钟去，他偏和宝钗在一处，只得一钟茶。便说："那位渴了，那位先接了。我再倒去。"宝钗笑道："我却不渴，只要一口漱一漱，就勾了。"说着，先拿起来喝了一口，剩了半杯，递在黛玉手内。袭人笑说："我再倒去。"黛玉笑道："你知道我这病，大夫不许我多吃茶，这半钟尽勾了。难为你想的到。"说毕，饮干，将杯放下。袭人又来接宝玉的。

宝玉因问："这半日没见芳官。他在那里呢？"袭人四顾一瞧，说："才在这里几个人斗草的，这会子不见了。"宝玉听说，便忙回至房中。果见芳官面向里，睡在床上。宝玉推他，说道："快别睡觉！

咱们外头顽去,一回儿好吃饭的。”芳官道:“你们吃酒不理我,教我闷了半日,可不来睡觉罢了。”宝玉拉了他起来,笑道:“咱们晚上家里再吃,回来我叫你袭人姐姐带了你棹上吃饭,何如?”芳官道:“藕官、蕊官都不上去,单我在那里,也不好。我也不惯吃那个面条子,早饭也没好生吃,才刚饿了。我已告诉了柳嫂子,先给我做一碗汤,盛半碗粳米饭送来。我这里吃了就完事。若是晚上吃酒,不许教人管着我,我要尽力吃勾了才罢。我先在家里,吃二三斤好惠泉酒呢。如今学了这劳什子,他们说怕坏嗓子,这几年也没闻见。乘今儿我是要开斋了。”宝玉道:“这个容易。”

说着,只见柳家的果遣了人送了一个盒子来。小燕接着,揭开,里面是一碗虾丸鸡皮汤,又是一碗酒酿清蒸鸭子,一碟腌的胭脂鹅脯,还有一碟四个奶油松饷卷酥,并一大碗热腾腾、碧荧荧蒸的绿畦香稻粳米饭。小燕放在案上,走去拿了小菜并碗箸过来,拨了一碗饭。芳官便说:“油腻腻,谁吃这些东西!”只将汤泡饭,吃了一碗,拣了两块腌鹅,就不吃了。宝玉闻着,到觉比往常之味有胜些似的,遂吃了一个卷酥,又命小燕也拨了半碗饭,泡汤一吃,十分香甜可口。小燕和芳官都笑了。

吃毕,小燕便将剩的要交回。宝玉道:“你吃了罢。若不勾,再要些来。”小燕道:“不用要,这就勾了。方才麝月姐姐拿了两盘子点心给我们吃了。我再吃了这个,尽不用再吃了。”说着,便站在棹傍,一顿吃了。又留下两个卷酥,说:“这个留着给我妈吃。晚上要吃酒,给我两碗酒吃就是了。”宝玉笑道:“你也爱吃酒?等着咱们晚上痛喝一阵。你袭人姐姐和晴雯姐姐量也好,也要喝。只是每日不好意思。今儿大家开斋。还有一件事,想着嘱咐你,我竟忘了,此刻才想起来:以后芳官全要你照看他。他或有不到的去处,你提他。袭人照顾不过这些人来。”小燕道:“我都知道,都不用操心。但只这五儿怎么样?”宝玉道:“你和柳家的说去,明儿直叫他进来罢。等我告诉他们一声就完了。”芳官听了,笑道:“这到是正经。”小燕又叫两个小丫头进来,伏侍洗手、到茶,自己收了家伙,交与婆子,也洗了手,便去找柳家的。不在话下。

宝玉便出来,仍往红香圃寻众姊妹。芳官在后,拿着巾扇。刚出了院门,只见袭人、晴雯二人携手回来。宝玉问:“你们做什么?”袭人道:“摆下饭了。等你吃饭呢。”宝玉便笑着将方才吃的饭一节告诉了他两个。袭人笑道:“我说你是馋猫儿捱了饿,闻见了隔锅饭儿也是香的。虽然如此,也该上去陪他们吃,多少应个景儿。”晴雯用手指戳在芳官额上,说道:“你就是个狐媚子!什么空儿了去吃饭?两个人怎么就约下了?也不告诉我们一声儿?”袭人笑道:“不过是误打误撞的遇见了,说约下了,可是没有的事。”晴雯道:“既这么着,要我们无用。明儿我们都走了,让芳官一个人就彀使了。”袭人笑道:“我们都去了使得,你却去不得。”晴雯道:“惟有我是第一个要去,又懒又笨,性子又不好,又没用。”袭人笑道:“倘或那孔雀褂子再烧个窟窿,你去了,谁可会补呢?你到别和我拿三撇四的,我烦你做个什么,把你懒的!横针不拈,竖线不动。一般也不是我的私活烦你,横竖都是他的,就都不肯做。怎么我去了几天,你病的七死八活,一夜连命也不顾,给他做了出来?这又是什么原故?你到底说话呀!别这么妆憨儿和我笑,也当不了什么!”大家说着,来至厅上。薛姨妈也来了,大家依序坐下吃饭。宝玉只用茶泡了半碗饭,应景而已。一时吃毕,大家吃茶闲话,又随便顽笑。

外面小螺和香菱、芳官、蕊官、藕官、豆官等四五个人,都满园中顽了一回。大家采了些花草来兜着,坐在花草堆中斗草。这一个说:“我有观音柳。”那一个说:“我有罗汉松。”那一个又说:“我有君子竹。”这一个又说:“我有美人蕉。”这个又说:“我有星星翠。”那个又说:“我有月月红。”这个又说:“我有《牡丹亭》上的牡丹花。”那个又说:“我有《琵琶记》里的枇杷果。”豆官便说:“我有姊妹花。”众人没了,香菱便说:“我有夫妻蕙。”豆官说:“从没听见有个‘夫妻蕙’。”香菱道:“一箭一花为兰,一箭数花为蕙。凡蕙有两枝,上下结花者,为‘兄弟蕙’;有并头结花者,为‘夫妻蕙’。我这枝并头的,怎么不是?”豆官没的说了,便起身笑道:“依你说,若是这两枝一大一小,就是‘老子儿子蕙’了?若两枝背面开的,就是‘仇人蕙’了?你汉子去了大半年,你想着夫妻,便扯上蕙也有‘夫妻’。好不害羞!”香菱听了，红了脸，忙要起身拧他，笑骂道："我把你这个烂了嘴的小蹄子！满嘴里汗敝的胡说了！等我起来，打不死你这小蹄子！"豆官见他要勾来，怎容他起来，便连忙起身将他压倒。回头笑着央告蕊官等："你们来，帮着我拧他这谄嘴。"两个人滚在草地下。众人拍手笑说："了不得了！那是一洼子水，可惜污了他的新裙子了。"豆官回头看了一看，果见傍边有一汪积雨，香菱的半扇裙子都污湿了。自己不好意思，忙夺了手跑了。众人笑个不住，怕香菱拿他们出气，也都哄笑一散。

香菱起身，低头一瞧，那裙上犹滴滴点点流下绿水来。正恨骂不绝，可巧宝玉见他们斗草，也寻了些花草来凑戏。忽见众人跑了，只剩了香菱一个低头弄裙，因问："怎么散了？"香菱便说："我有一枝夫妻蕙，他们不知道，反说我谄。因此闹起来，把我的新裙子也赃了。"宝玉笑道："你有夫妻蕙，我这里到有一枝并蒂菱。"口内说，手内却真个拈着一枝并蒂菱花，又拈了那枝夫妻蕙在手内。香菱道："什么夫妻不夫妻，并蒂不并蒂！你瞧瞧这裙子！"宝玉方低头一瞧，便"嗳呀"了一声，说："怎么就拖在泥里了？可惜这石榴红绫子最不禁染。"香菱道："这是前儿琴姑娘带了来的。姑娘做了一条，我做了一条，今儿才上身。"宝玉跌脚叹道："若你们家一日遭塌这一百件，也不值什么。只是头一件，既系琴姑娘带来的，你和宝姐姐每人才一件，他的尚好，你的先赃了。岂不辜负他的心？二则姨妈老人家嘴碎，饶这么样，我还听见常说你们'不知过日子，只会遭塌东西，不知惜福'呢。这叫姨妈看见了，又说一个不清。"香菱听了，这些话却磞在心坎儿上，反到喜欢起来了，因笑道："就是这话了。我虽有几条新裙子，都不合这一样。若有一样的，赶着换了，也就好了。过后再说。"宝玉道："你快休动！只站着方好。不然，连小衣儿、膝裤、鞋面都要拖赃。我有个主意：袭人上月做了一条和这个一模一样的，他因有孝，如今也不穿。竟送了你，换下这个来，如何？"香菱笑着摇头说："不好。他们倘或听见了，到不好。"宝玉道："这怕什么？等他们孝满了，他爱什么，难道不许你送他别的不成？你若这样，还是你素日为人了吗？况且不是瞒人的事，只管告诉宝姐姐也可，只不过怕姨妈老人家生气罢了。”香菱想了一想有理,便点头笑道:“就是这样罢了,别辜负了你的心。我等着你,千万叫他亲自送来才好。”

宝玉听了,喜欢非常,答应了,忙忙的回来。一壁里低头心下暗算:“可惜这么一个人,没父母,连自己的本姓都不知道,被人拐出来,偏又卖给了这个霸王。”因又想起上日,平儿也是意外想不到的,今日更是意外之意外的事了。一壁胡思乱想,来至房中,拉了袭人,细细告诉了他原故。香菱之为人,没人不怜爱的。袭人又本是个手中撒漫的,况与香菱素相交好,一闻此言,忙就开箱子取了出来折好,随了宝玉来寻着香菱。他还站在那里等呢!袭人笑道:“我说你太淘气了!一定淘出个故事来才罢。”香菱红了脸,笑说:“多谢姐姐了。谁知那起促狎鬼,使黑心。”说着,接了裙子。展开一看,果然同自己的一样。又命宝玉背过脸去,自己叉手向内解下来,将这条系上。袭人道:“把这赃了的交与我,拿回去收拾好了,再给你送去。你若拿回去,看见了也是问的。”香菱道:“好姐姐!你拿去,不拘给那个妹妹罢。我有了这个,不要他了。”袭人道:“你到大方的好!”香菱忙又万福道谢。袭人拿了赃裙便走。

香菱见宝玉蹲在地下,将方才的夫妻蕙与并蒂菱用树枝儿抠了一个坑,先抓些落花来铺垫了,将这菱、蕙安放好了;又将些落花来掩了,方撮土掩埋平服。香菱拉他的手,笑道:“这又叫做什么?怪道人人说你惯会鬼鬼祟祟使人肉麻的事!你瞧瞧你!这手弄的泥乌苔滑的,还不快洗去呢!”宝玉笑着,方起身走了,去洗手。香菱也自走开。二人已走远了数步,香菱复转身回来,叫住宝玉。宝玉不知有何话,扎着两只泥手,笑嘻嘻的转来,问:“什么?”香菱只顾笑,还没说出来,那边他的小丫头臻儿走来说:“二姑娘等着你说话呢。”香菱方向宝玉道:“裙子的事可别向你哥哥说才好。”说毕,即转身走了。宝玉笑道:“可不我疯了?往虎口里探头儿去呢。”说着,也回去洗手去了。不知端详。且听下回分解。

第六十三回 寿怡红群芳开夜宴 死金丹独艳理亲丧

话说宝玉回至房中洗手,因与袭人商议:“晚间吃酒,大家取乐,不可拘泥。如今吃什么好,早些说给他们备办去。”袭人笑道:“你放心!我和晴雯、麝月、秋纹四个人,每人五钱银子,共是二两;芳官、碧痕、小燕、四儿四个人,每人三钱银子;他们有假的不算,共是三两二钱银子,早已交给了柳嫂子,预备四十碟果子。我和平儿说了,已经抬了一坛好绍兴酒,藏在那边了。我们八个人单替你过生日。”宝玉听了,喜的忙说:“他们是那里的钱?不该叫他们出才是。”晴雯道:“他们没钱,难道我们是有钱的?这原是各人的心。那怕他偷的呢!只管领他们的情就是了。”宝玉听了,笑说:“你说的是。”袭人笑道:“你一天不挨他两句硬话撞你,你再过不去。”晴雯笑道:“你如今也学坏了,专会架桥拨火儿。”说着,大家都笑了。宝玉说:“关院门罢。”袭人笑道:“怪不得人说你是‘无事忙’。这会子关了门,人到疑惑起来。再等一等。”

宝玉点头,因说:“我出去走走,四儿舀水去,小燕一个跟我来罢。”说着,走至外边。因见无人,便问五儿的事。小燕道:“我才告诉了柳嫂子。他到喜欢的很,只是五儿那夜受了委屈、烦恼,回家去又气病了。那里来得?只得等好了罢。”宝玉听了,不免后悔长叹,因又问:“这事袭人知道不知道?”小燕道:“我没告诉。不知芳官可说了不曾?”宝玉道:“我却没告诉过他。也罢,等我告诉他就是了。”说毕,复走进来,故意洗手。

已是掌灯时分,听得院门前有一群人进来。大家隔窗悄视,果见林之孝家的和几个管事的女人走来,前头一个人提着大灯笼。晴雯悄笑道:“他们查上夜的人来了。这一出去,咱们好关门了。”只见怡红院凡上夜的人都迎了出去,林之孝家的看了不少,林之孝家的又分付:“不要耍钱吃酒,放倒头睡到大天亮。我听见是不依的。”众人都笑说:“那里有这么大胆子的人?”林之孝家的又问:“宝二爷睡下了没有?”众人都回不知道。袭人忙推宝玉,宝玉靸了鞋便迎出来,笑道:“我还没睡呢。妈妈进来歇歇。”又叫:“袭人,倒茶来!”林之孝家的忙进来,笑说:“还没睡?如今天长夜短了,该早些睡,明儿起的方早。不然,到了明日起迟了,人笑话,说不是个读书上学的公子了,到像那起挑脚汉了。”说毕,又笑。宝玉忙笑道:“妈妈说的是。我每日都睡的早。妈妈每日进来,可都是我不知道的,已经睡了。今儿因吃了面,怕停住食,所以多顽一会子。”林之孝家的又向袭人等笑说:“该熬些普洱茶吃。”袭人、晴雯二人忙笑说:“熬了一盄子女儿茶,已经吃过两碗了。大娘也尝一碗?都是现成的。”说着,晴雯便倒了一碗来。

林之孝家的又笑道:“这些时我听见二爷嘴里都换了字眼,赶着这几位大姑娘们竟叫起名字来了。虽然在这屋里,到底是老太太、太太的人,还该嘴里尊重些才是。若一时半刻,偶然叫一声使得,若只管叫起来,怕以后兄弟、侄儿照样,便惹人笑话。说‘这家子的人眼里没有长辈’。”宝玉笑道:“妈妈说的是。我原不过是一时半刻的。”袭人、晴雯都笑说:“这可别委屈了他。直到如今,他可‘姐姐’没离了口。不过顽的时候叫一声半声名字。若当着人,却是和先一样。”林之孝家的笑道:“这才好呢。这才是读书知礼。越自己谦,越尊重。别说是三五代的陈人,现从老太太、太太屋里拨过来的,便是老太太、太太屋里的猫儿、狗儿,轻易也伤他不的。这才是受过调教的公子行事。”说毕,吃了茶,便说:“请安歇罢。我们走了。”宝玉还说:“再歇歇。”那林之孝家的已带了众人,又查别处去了。

这里晴雯等忙命关了门。进来笑说:“这位奶奶!那里吃了一杯来了,唠三叨四的!又排场了我们一顿去了。”麝月笑道:“他也不是好意的,少不得也要常提着些儿,也提防着怕走了大褶儿的意思。”说着,一面摆上酒果。袭人道:“不用围桌,咱们把那张花梨圆炕桌子放在炕上坐,又宽绰又便宜。”说着,大家果然抬来。麝月和四儿那边去搬果子,用两个大茶盘,做四五次方搬运了来。两个老婆子蹲在外面火盆上筛酒。

宝玉说："天热，咱们都脱了大衣裳才好。"众人笑道："你要脱你脱，我们还要轮流安席呢。"宝玉笑道："这一安就安到五更天了。知道我最怕这些俗套子，在外人跟前不得已的。这会子还沤我，就不好了。"众人听了，都说："依你。"于是，先不上坐，且忙着卸妆、宽衣。一时正装卸去，头上只随便挽着个鬓儿，身上皆是长裙、短袄。宝玉只穿着大红棉纱小袄子，下面绿绫弹墨袷裤，散着裤脚，倚着一个各色玫瑰芍药花瓣装的玉色袷纱新枕头，和芳官两个先划拳。当时芳官满口嚷热，只穿着一件玉色红青酡绒三色缎子斗的水田小夹袄，束着一条柳绿汗巾，底下是水红撒花夹裤，也散着裤腿。头上眉额编着一圈儿小辫，总归至顶心，结一根鹅卵粗的总辫，拖在脑后。右耳眼内只塞着米粒大小的一个小玉塞子，左耳上单带着一个白果大小的硬红厢金大坠子，越显的面如满月犹白，眼如秋水还清，引的众人笑说："他两个到像是双生的弟兄两个。"

袭人等一一的斟了酒来，说："且等等再划拳。虽不安席，每人在手里吃我们一口罢了。"于是，袭人为先，端在唇上吃了一口，馀皆依次下去，一一吃过。大家方团圆坐定。小燕、四儿因炕沿上坐不下，便端了两张椅子，近炕放下。那四十个碟子，皆是一色白粉定窑的，不过只有小茶碟大，里面不过是山南海北、中原外国，或干或鲜，或水或陆，天下所有的酒馔果菜。

宝玉因说："咱们也该行个令才好！"袭人道："斯文些的才好。别大呼小叫，惹人听见；二则我们不识字，可不要那些文的。"麝月笑道："拿骰子，咱们抢红罢。"宝玉道："没趣，不好。咱们占花名儿好。"晴雯笑道："正是。早已想弄这个顽意儿。"袭人道："这个顽意虽好，人少了没趣。"小燕笑道："依我说，咱们竟悄悄的把宝姑娘、林姑娘请了来，顽一回子，到二更天再睡不迟。"袭人道："又开门喝户的闹！倘或遇见巡夜的问呢？"宝玉道："怕什么！咱们三姑娘也吃酒，再请他一声才好。还有琴姑娘。"众人都道："琴姑娘罢了。他在大奶奶屋里，叨登的大发了。"宝玉道："怕什么！你们就快请去。"小燕、四儿都得不得一声，二人忙命开了门，分头去请。晴雯、麝月、袭人三人又说："他两个去请，只怕宝、林两个不肯来。须得我们请去，死活拉他来。”于是袭人、晴雯忙又命老婆子打个灯笼，二人也去。果然宝钗说：“夜深了。”黛玉说：“身上不好。”他二人再三央求，说：“好歹给我们一点体面，略坐坐再来。”探春听了，却也欢喜，因想不请李纨，倘或被他知道了到不好，便命翠墨同了小燕，也再三的请了李纨和宝琴二人。会齐，先后都到了怡红院中。袭人又死活拉了香菱来。炕上又并了一张棹子，方坐开了。

宝玉忙说：“林妹妹怕冷，过这边靠板壁坐。”又拿个靠背垫着些。袭人等都端了椅子在炕沿下一陪。黛玉却离着棹子远远的靠着靠背，因笑向宝钗、李纨、探春等道：“你们日日说人夜聚赌饮，今儿我们自已也如此。以后怎么说人？”李纨笑道：“这有何妨？一年之中，不过生日、节间如此，并无夜夜如此。这到也不怕。”

说着，晴雯拿了一个竹雕的签筒来，里面装着象牙花名签子，摇了一摇，放在当中。又取过骰子来，盛在盒内，摇了一摇，揭开一看，里面是五点，数至宝钗。宝钗便笑道：“我先抓，不知抓出个什么来。”说着，将筒子摇了一摇，伸手掣出一根。大家一看，只见签上画着一支牡丹，题着“艳贯群芳”四字，下面又有镌的小字，一句唐诗，道是：

任是无情也动人。

又注着：“在席共贺一杯。此为群芳之贯，随意命人，不拘诗词雅谑，道一则以优酒。”众人看了，都笑说：“巧的很，你也原配牡丹花。”说着，大家共贺了一杯。宝钗吃过，便笑说：“芳官唱一枝我们听罢。”芳官道：“既这样，大家吃门杯，好听的。”于是大家吃酒。芳官便唱：“寿筵开处风光好。”众人都道：“快打回去，这会子很不用你来上寿。拣你极好的唱来。”芳官只得细细的唱了一枝《赏花时》：

翠凤毛翎扎帚叉，闲为仙人扫落花。您看那风起玉尘沙。猛可的那一层云霞，抵多少门外即天涯。您再休要剑斩黄龙一线儿差，再休向东老贫穷卖酒家。您与俺眼向云霞。您得了人可便早些儿回话；错教人留恨碧桃花。

才罢。宝玉却只管拿着那签，口内颠来倒去念：“任是无情也动人。”听了这曲子，眼看着芳官不语。湘云忙一手夺了，掷与宝钗。宝钗又掷了一个十六点,数到探春。

探春笑道:“我还不知得个什么呢!”伸手掣了一根出来,自己一瞧,便掷在地下,红了脸笑道:“这东西不好,不该行这令。这原是外头男人们行的令,许多混话在上头。”众人不解。袭人等忙拾了起来,众人看上面是一枝杏花。那红字写着“瑶池仙品”四字,诗云:

日边红杏倚云栽。

注云:“得此签者,必得贵婿。大家恭贺一杯,共同饮一杯。”众人笑道:“我说是什么呢!这签原是闺阁中取戏的,除了这两三根有这话的,并无杂话。这有何妨?我们家已有了个王妃,难道你也是王妃不成?大喜!大喜!”说着,大家来敬,探春那里肯饮?却被史湘云、香菱、李纨等三四个人死活灌了下去。探春只命蠲了这个,再行别的。众人断不肯依。湘云拿着他的手,强掷了个九点出来,便该李氏掣。

李氏摇了一摇,掣出一根来一看,笑道:“好极!你们瞧瞧这劳什子,竟有些意思。”众人瞧那签上,画着一枝老梅,是写着“霜晓寒姿”四字,那一面旧诗是:

竹篱茅舍自甘心。

注云:“自饮一杯,下家掷骰。”李纨笑道:“真有趣!你们掷去罢。我只自吃一杯。不问你们的废与兴。”说着,便吃酒,将骰过与黛玉。黛玉一掷,是个十八点,便该湘云掣。

湘云笑着,揎拳掳袖的伸手掣了一根出来。大家看时,一面画着一枝海棠,题着“香梦沉酣”四字,那面诗道是:

只恐夜深花睡去。

黛玉笑道:“‘夜深’两个字,改‘石凉’两个字。”众人便知他趣白日间湘云醉卧的事,都笑倒了。湘云笑指那自行船与黛玉看,又说:“快坐上那船家去罢,别多话了。”众人都笑了。因看注云:“既云‘香梦沉酣’,掣此签者,不便饮酒。只令上下二家各饮一杯。”湘云拍手笑道:“阿弥陀佛!真真好签!”恰好黛玉是上家,宝玉是下家。给二人斟了两杯,只得要饮。宝玉先饮了半杯,瞅人不见,递与芳官,端起来,便一扬脖;黛玉只管和人说话,将酒全折在漱盂内了。湘云便绰起骰子来,一掷,掷个九点,数去该麝月。

麝月便掣了一根出来。大家看时,这面上一枝荼蘼花,题着“韶华胜极”四字,那边写着一句旧诗,道是:

开到荼蘼花事了。

注云:“在席各饮三杯送春。”麝月问:“怎么讲?”宝玉愁眉,忙将签藏了,说:“咱们且喝酒。”说着,大家吃了三口,以充三杯之数。麝月一掷,掷了个十九点,该香菱。

香菱便掣了一根并蒂花,题着“联春绕瑞”。那面写着一句诗,道是:

连理枝头花正开。

注云:“共贺掣者三杯,大家陪饮一杯。”香菱便又掷了个六点,该黛玉掣。

黛玉默默的想道:“不知还有什么好的?被我掣着方好。”一面伸手取了一根。只见上面画着一枝芙蓉,题着“风露清愁”四字。那面一句旧诗,道是:

莫怨东风当自嗟。

注云:“自饮一杯,牡丹陪饮一杯。”众人笑说:“这个好极!除了他,别人不配作芙蓉。”黛玉也自笑了,于是饮了酒。便掷了个二十点。该着袭人。

袭人也伸手取了一支出来。却是一枝桃花,题着“武陵别景”四字。那一面旧诗写着道是:

桃红又是一年春。

注云:“杏花陪一盏,坐中同庚者陪一盏,同辰者陪一盏,同姓者陪一盏。”众人笑道:“这一回热闹有趣。”大家算来:香菱、晴雯、宝钗三人皆与他同庚,黛玉与他同辰,只无同姓者。芳官忙道:“我也姓花,我也陪他一钟。”于是大家斟了酒,黛玉因向探春笑道:“命中该着招贵婿的,你是杏花,快喝了,我们好喝。”探春笑道:“这是个什么!大嫂子顺手给他一下子。”李纨笑道:“人家不得贵婿,反挨打,我也不忍的。”说的众人都笑了。

袭人才要掷,只听有人叫门。老婆子忙出去问时,原来是薛姨妈打发人来了接黛玉的。众人因问:“几更了?”人回:“二更以后了,钟打过十一下了。”宝玉犹不信，要过表来，瞧了一瞧，已是子初初刻十分了。黛玉便起身说：“我可掌不住了。回去还要吃药呢。”众人说：“也都该散了。”袭人、宝玉等还要留着众人。李纨、宝钗等都说：“夜太深了，不像。这已是破格了。”袭人道：“既如此，每位再吃一杯再走。”说着，晴雯等已都斟满了酒，每人吃了，都命点灯。袭人等直送过沁芳亭河那边方回来。

关了门，大家复又行起令来。袭人等又用大钟斟了几钟，用盘攒了各样果菜与地下的老嬷嬷们吃。彼此有了三分酒，便猜拳赢唱小曲儿。那天已四更时分，老嬷嬷们一面明吃，一面暗偷，酒坛已罄。众人听了纳罕，方收什盥漱睡觉。芳官吃的两腮胭脂一般，眉梢眼角越添了许多丰韵，身子图不得，便睡在袭人身上，说：“好姐姐，我心跳的很。”袭人笑道：“谁许你尽力灌起来。”小燕、四儿也图不得，早睡了。晴雯还只管叫。宝玉道：“不用叫了。咱们且胡乱歇一歇罢。”自己便枕了那红香枕，身子一歪，便也睡着了。袭人见芳官醉的很，恐闹他唾酒，只得轻轻起来，就将芳官扶在宝玉之侧，由他睡了。自己却在对面榻上倒下。

大家黑甜一觉，不知所之。及至天明，袭人睁眼一看，只见天色晶明，忙说：“可迟了。”向对面床上瞧了一瞧，只见芳官头枕着炕沿上，睡犹未醒，连忙起来叫他。宝玉已翻身醒了，笑道：“可迟了。”因又推芳官起身。那芳官坐起来，犹发怔，揉眼睛。袭人笑道：“不害羞！你吃醉了，怎么也不拣地方儿，乱挺下了。”芳官听了，瞧了一瞧，方知道和宝玉同榻，忙笑的下地来，说：“我怎么吃的不知道了。”宝玉笑道：“我竟也不知道了。若知道，给你脸上抹些黑墨。”说着，丫头进来，伺候梳洗。宝玉笑道：“昨儿有扰，今儿晚上我还席。”袭人笑道：“罢，罢，罢。今儿可别闹了。再闹就有人说话了。”宝玉道：“怕什么！不过才两次罢了。咱们也算是会吃酒了，那一坛子酒，怎么就吃光了？正是有趣，偏又没了。”袭人笑道：“原要这样才有趣。必至兴尽了，反无后味了。昨儿都好上来了，晴雯连臊也忘了。我记得他还唱了一个。”四儿笑道：“姐姐忘了？连姐姐还唱了一个呢。在席的谁没唱过？”众人听了，俱红了脸，用两手握着，笑个不住。

忽见平儿笑嘻嘻的走来，说："亲自来请昨日在席的人。今儿我还东，短一个也使不得。"众人忙让坐吃茶。晴雯笑道："可惜昨夜没他。"平儿忙问："你们夜里做什么来?"袭人便说："告诉不得你！昨儿夜里热闹非常。连往日老太太、太太带着众人顽，也不及昨儿这一顽。一坛酒我们都鼓捣光了。一个个吃的把臊都丢了，三不知的又都唱起来。四更多天才横三竖四的打了一个盹儿。"平儿笑道："好！白和我要了酒来，也不请我，还说着给我听，气我！"晴雯道："今儿他还席，必来请你的。等着罢！"平儿笑问道："他是谁？谁是他?"晴雯听了，赶着笑打，说道："偏你这耳朵尖！听得真！"平儿笑道："这会子有事，不合你说。我干事去了。一回再打发人来请。一个不到，我是打上门来的。"宝玉等忙留他，已经去了。

这里宝玉梳洗了正吃茶。忽然一眼看见砚台底下压着一张纸，因说道："你们这随便混压东西也不好。"袭人、晴雯等忙问："又怎么了？谁又有不是了?"宝玉指道："砚台下是什么？一定又是那位的样子，忘记了收的。"晴雯忙启砚，拿了出来。却是一张字帖儿。递与宝玉看时，原来是一张粉签子，上面写着："槛外人妙玉恭肃遥叩芳辰。"宝玉看毕，直跳了起来。忙问："这是谁接了来的？也不告诉！"袭人、晴雯等见了这般，不知当是那个要紧的人送来的帖子，忙一齐问："昨儿谁接下了一个帖子?"四儿忙飞跑进来，笑说："昨儿妙玉并没亲来，只打发个妈妈送来。我就搁在那里。谁知一顿酒就忘了。"众人听了，道："我当谁的！这样大惊小怪！这也不值的。"宝玉忙命："快拿纸来！"当时拿了纸，研了墨，看他下着"槛外人"三字，自己竟不知回帖上回个什么字样才相敌。只管提笔出神，半天仍没主意。因又想："若问宝钗去，他必又批评怪诞，不如问黛玉去。"想罢，袖了帖儿，径来寻黛玉。

刚过了沁芳亭，忽见岫烟颤颤巍巍的迎面走来。宝玉忙问："姐姐那里去?"岫烟笑道："我找妙玉说话。"宝玉听了，诧异说道："他为人孤癖，不合时宜，万人不入他的眼的。原来他推重姐姐？竟知姐姐不是我们一流的俗人。"岫烟笑道："他也未必真心重我，但我和他做过十年的邻居，只一墙之隔。他在蟠香寺修炼，我家原寒素，赁的是他庙里的房子。住了十年,无事到他庙里去作伴,我所认的字都是承他所授。我和他又是贫贱之交,又有半师之分。因我们投亲去了,闻得他因不合时宜,权势不容,竟投到这里来。如今又天缘凑合,我们得遇。旧情竟未改易,承他青目,更胜当日。”宝玉听了,恍如听了焦雷一般,喜的笑道:“怪道姐姐举止言谈,超然如野鹤闲云,原来有本而来。正因他的一件事,我为难,要请教别人去。如今遇见姐姐,真是天缘巧合。求姐姐指教。”说着,便将帖取与岫烟看。岫烟笑道:“他这脾气竟不能改,竟是生成这等妄诞诡僻了。从来没见拜帖上下别号的,这可是俗语说的,‘僧不僧、俗不俗、女不女、男不男’,成个什么道理?”宝玉听说,忙笑道:“姐姐不知道,他原不在这些人中算,他原是世人意外之人,因取我是个些微有知识的,方给我这帖子。我因不知回什么字样才好,竟没了主意,正要去问林妹妹,可巧遇见了姐姐。”岫烟听了宝玉这话,且只顾用眼上下细细的打谅了半日,方笑道:“怪道俗语说的,‘闻名不如见面’,又怪不得妙玉竟下这帖子给你,又怪不得上年竟给你那些梅花。既连他这样,少不得我告诉你原故。他常说:‘古人中,自汉、晋、五代、唐、宋以来,皆无好诗,只有两句好,说道,‘纵有千年铁门槛,终须一个土馒头’。所以他自称‘槛外之人’。又常赞文是庄子的好,故又或称为‘畸人’。他若帖子上是自称‘畸人’的,你就还他个‘世人’。‘畸人’者,他自称是‘畸零之人’;你谦自己乃‘世中扰扰之人’,他便喜了。如今他自称‘槛外之人’,是自谓蹈于铁槛之外了;你如今只下‘槛内人’,便合了他的心了。”宝玉听了,如醍醐灌顶,“嗳哟”了一声,方笑道:“怪道我们家庙说是‘铁槛寺’呢!原来有这一说。姐姐就请让我去写回帖。”岫烟听了,便自往栊翠庵来。宝玉回房,写了帖子,上面只写“槛内人宝玉薰沐谨拜”几字,亲自拿了,到栊翠庵,只樀门缝儿投进去,便回来了。

因又见芳官梳了头,挽起纂来,带了些花翠,忙命他改妆;又命将周围的短发剃了去,露出碧青头皮来,当中分大顶。又说:“冬天作大貂鼠卧兔儿带。脚上穿虎头盘云五彩小战靴,或散着裤腿,只用净袜厚底厢鞋。”又说:“芳官之名不好,竟改了男名才别致。”因又改作

"雄奴"。芳官十分称心,又说:"既如此,你出门也带我出去。有人问,只说我和茗烟一样的小厮就是了。"宝玉笑道:"到底人看的出来。"芳官笑道:"我说你是无才的。咱家现有几家土番。你就说我是个小土番儿。况且人人说我打联垂好看,你想这话可妙?"

宝玉听了,喜出意外,忙笑道:"这却很好。我亦常见官员人等,多有跟从外国献俘之种,图其不畏风霜,鞍马便捷。既这等,再起个番名,叫作'耶律雄奴'。雄奴二音,又与'匈奴'相通,都是犬戎名性。况且这两种人,自尧、舜时,便为中华之患;晋、唐诸朝,深受其害,幸得咱们有福,生在当今之世,大舜之正裔,圣虞之功德仁孝,赫赫格天,同天地日月亿兆不朽。所以凡历朝中跳梁猖獗之小丑,到了如今,竟不用一干一戈,皆天使其拱手俛头,缘远来降。我们正该作践他们,为君父生色。"芳官笑道:"既这样着,你该去操习弓马,学些武艺,挺身出去,拿几个反叛来,岂不进忠效力了?何必借我们,你鼓唇摇舌的!自己开心作戏,却说是称功颂德呢!"宝玉笑道:"所以你不明白。如今四海宾服,八方宁静,千载百载不用武备。咱们虽一戏一笑,也该称颂,方不负坐享升平了。"芳官听了有理,二人自为妥贴甚宜。宝玉便叫他"耶律雄奴"。

究竟贾府二宅,皆有先人当年所获之囚,赐为奴隶,只不过令其饲养马匹,皆不堪大用。湘云素习憨戏异常,他也最喜武扮的,每每自己束銮带、穿折袖。近见宝玉将芳官扮成男子,他便将葵官也扮了个小子。那葵官本是常刮剔短发,好便于面上粉墨油彩,手脚又伶便,打扮了又省一层手。李纨、探春见了,也爱。便将宝琴的豆官也就命他打扮了一个小童:头上两个丫髻,短袄、红鞋,只差了涂脸,便俨是戏上的一个琴童。湘云将"葵官"改了,换作"大英"。因他姓韦,便叫他作"韦大英",方合自己的意思,暗有"惟大英雄能本色"之语,何必涂朱抹粉才是男子?豆官身量、年纪皆极小,又极鬼灵。故曰"豆官",园中人也有唤他作"阿豆"的,也有唤作"炒豆子"的。宝琴反说"琴童""书童"等名太熟了,竟是"豆"字别致,便换作"豆童"。

因饭后平儿还席,说红香圃太热。便在榆荫堂中摆了几席新酒佳肴。可喜尤氏又带了佩凤、偕鸳二妾过来游玩。这二妾亦是青年姣憨女子,不常过来的。今既入了这园,再遇见湘云、香菱、芳、蕊一干女子,所谓"方以类聚,物以群分"二语不错。只见他们说笑不了,也不管尤氏在那里,只凭丫嬛们去伏侍,且同众人一一的游玩。一时到了怡红院,忽听宝玉叫"耶律雄奴",把佩凤、偕鸳、香菱三个人笑在一处。问是什么话。大家也学着叫这名字,又叫错了音韵,或忘了字眼,甚至于叫出"野驴子"来,引的合园中人,凡听见无不笑倒。宝玉又见人人取笑,恐作践了他,忙又说:"海西福朗思牙,闻有金星玻璃宝石,他本国番语以'金星玻璃'名为'温都里纳'。如今将你比作他,就改名唤叫'温都里纳'可好?"芳官听了,更喜,说:"就是这样罢。"因此又唤了这名。众人嫌拗口,仍番汉名,就唤"玻璃"。

闲言少述。且说当下众人都在榆荫堂中,以酒为名,大家顽笑。命女先儿击鼓,平儿采了一枝芍药,大家约二十来人传花为令,热闹了一回。因人回说:"甄家有两个女人送东西来了。"探春和李纨、尤氏三人出去议事厅相见。这里众人且出来散一散,佩凤、偕鸳两个去打秋千顽耍。宝玉便说:"你两个上去,让我送。"慌的佩凤说:"罢了,别替我们闹乱子。到是叫'野驴子'来送送使得。"宝玉忙笑道:"好姐姐们!别顽了,没的叫人看着你们学着骂他。"偕鸳又说:"笑软了,怎么打呢?掉下来,栽出你的黄子来。"佩凤便赶着他打。

正顽笑不绝,忽见东府中几个人慌慌张张跑来,说:"老爷殡天了。"众人听了,唬了一大跳,忙都说:"好好的,并无疾病,怎么就没了?"家下人说:"老爷天天修炼,定是功行图满,升仙去了。"尤氏一闻此言,又见贾珍父子并贾琏等皆不在家,一时竟没个着己的男子来,未免忙了。只得忙卸了妆饰,命人先到玄真观,将所有的道士都锁了起来,等大爷来家审问。一面忙忙坐车,带了赖升一干家人媳妇出城。又请太医看视,到底系何病?大夫们见人已死,何处诊脉来?素知贾敬导气之术,总属虚诞,更至参星礼斗,守庚申、服灵砂,妄作虚为,过于劳神费力,反因此伤了性命的。如今虽死,肚中坚硬似铁,面皮、嘴唇烧的紫绛皱裂,便向媳妇回说:"系玄教中吞金服砂,烧胀而殁。"众道士慌的回说:"原是老爷秘法新制的丹砂吃坏事,小道们也曾劝说，‘功行未到，且服不得。’不承望老爷于今夜守庚申时，悄悄的服了下去，便升仙了。这恐是虔心得道，已出苦海，脱去皮囊，自了去也。”

尤氏也不听，只命锁着，等贾珍来发放。且命人去飞马报信。一面看视这里窄狭，不能停放。横竖也不能进城的，忙装裹好了，用软轿抬至铁槛寺来停放。掐指算来，至早也得半月的工夫，贾珍方能来到。目今天气炎热，实不可相待，遂自行主持，命天文生择了日期入殓。寿木已系早年备下，寄在此庙的，甚是便宜。三日后，便开丧破孝。一面且做起道场来等贾珍。

荣府中凤姐儿出不来，李纨又照顾姊妹，宝玉不识事体，只得将外头之事，暂托了几个家中二等管事人。贾㻞、贾珖、贾珩、贾璎、贾菖、贾菱等各有执事。尤氏不能回家，便将他继母接来，在宁府看家。他这继母，只得将两个未出嫁的小女带来，一并起居，才放心。

且说贾珍闻了此信，即忙告假，并贾蓉是有职之品，礼部见当今隆敦孝弟，不敢自专，具本请旨。原来天子极是仁孝过天的，且更隆重功臣之裔。一见此本，便诏问贾敬何职？礼部代奏：“系进士出身，祖职已荫其子贾珍。贾敬因年迈多疾，常养静于都城之外玄真观。今因疾殁于寺中。其子珍、其孙蓉，现因国丧随驾在此，故乞假归殓。”天子听了，忙下额外恩旨，曰：“贾敬虽白衣，无功于国。念彼祖父之功，追赐五品之职。令其子孙扶柩，由北下之门进都，入彼私第殡殓。任其子孙尽丧礼毕扶柩回籍外，着光录寺按上例赐祭。朝中自王公以下，准其祭吊。钦此。”此旨一下，不但贾府中人谢恩，连朝中所有大臣皆嵩呼称颂不绝。

贾珍父子星夜驰回。半路中，又见贾㻞、贾珖二人，领家里小子飞骑而来，看见贾珍，一齐滚鞍下马请安。贾珍忙问：“作什么？”贾㻞回说：“嫂子恐哥哥和侄儿来了，老太太路上无人，叫我们两个来护送老太太的。”贾珍听了，称赞不绝。又问家中如何料理。贾㻞等便将如何拿了道士；如何挪至家庙；怕家内无人，接了亲家母和两个姨娘在上房住着。贾蓉当下也下了马，听见两个姨娘来了，便和贾珍一笑。贾珍忙说了几声妥当，加鞭便走。店也不投，连夜换马飞驰。

一日到了都门，先奔入铁槛寺。那天已是四更天气，坐更的闻知，忙喝起众人来。贾珍下了马，和贾蓉放声大哭，从大门外便跪爬进来，至棺前稽颡泣血，直哭到天亮，喉咙都哑了方住。尤氏等都一齐见过。贾珍父子忙按礼换了凶服，在棺前俯伏。无奈自己要理事，竟不能目不视物、耳不闻声，少不得减些悲戚，好指挥众人。因将恩旨备述与众亲友听了。一面先打发贾蓉家中料理停灵之事。

贾蓉得不得一声儿，先骑马飞来。至家，忙命前厅收桌椅、下槅扇、挂孝幔子，门前起鼓手棚、牌楼等事；又忙着进来看外祖母、两个姨娘。原来尤老安人年高喜睡，常歪着；他二姨娘、三姨娘都和丫头们作活计，他来了，都道烦恼。贾蓉且嘻嘻的望他二姨娘笑说："二姨娘，你又来了。我们父亲正想你呢。"尤二姐便红了脸，骂道："蓉小子！我过两日不骂你几句，你就过不得了，越发连个体统都没了。还亏你是大家公子哥儿，每日念书、学礼的，越发连那小家子瓢坎的也跟不上。"说着，顺手拿起一个熨斗来，搂头就打，吓的贾蓉抱着头滚到怀里告饶。尤三姐便上来撕嘴，又说："等姐姐来家，咱们告诉他。"贾蓉忙笑着跪在炕上求饶。他两个又笑了。贾蓉又和二姨抢砂仁吃。尤二姐嚼了一嘴渣子，吐了他一脸，贾蓉用舌头都舔着吃了。众丫头看不过，都笑说："热孝在身上，老娘才睡了觉，他两个虽小，到底是姨娘家。你太眼里没有奶奶了。回来告诉爷，你吃不了兜着走。"贾蓉撇下他姨娘，便抱着丫头们亲嘴。"我的心肝！你说的是。咱们馋他两个。"丫头们忙推他，恨的骂："短命鬼儿！你一般有老婆、丫头，只和我们闹。知道的说是顽，不知道的人，再遇见那脏心烂肺的、爱多管闲事嚼舌头的人，吵嚷的那府里谁不知道？谁不背地里嚼舌根？说咱们这边乱账。"贾蓉笑道："各门另户，谁管谁的事？都彀使的了。从古至今，连汉朝和唐朝，人还说'脏唐'、'臭汉'。何况咱们这宗人家？谁家没风流事？别讨我说出来，连那边大老爷这么利害，琏二叔还和那小姨娘不干净呢。凤姑娘那样刚强，瑞大叔还想他的账。那一件瞒了我？"

贾蓉只管信口开合、胡言乱道之间，只见他老娘醒了。请安问好，又说："难为老祖宗劳心！又难为两位姨娘受委屈！我们爷儿们感戴不尽,惟有等事完了,我们合家大小登门去磕头。”尤老安人点头道:“我的儿,到是你们会说话。亲戚们原是该的。”又问:“你父亲好?几时得了信赶到的?”贾蓉笑道:“才刚赶到的。先打发我瞧你老人家来了。好歹求你老人家事完了再去。”说着又和他二姨挤眼。那尤二姐便悄悄咬牙含笑,骂:“很会咬舌头的猴儿崽子,留下我们给你爹作娘不成?”贾蓉又戏他老娘道:“放心罢。我父亲每日为两位姨娘操心,要寻两个又有根基,又富贵,又年青,又俏皮的两位姨爹,好聘嫁这二位姨娘的。这几年总没拣得。可巧前日路上才相准了一个。”尤老只当真话,忙问:“是谁家的?”两个姊妹丢了活计,一头笑,一头赶着打,说:“妈别信这雷打的!”连丫头们都说:“天老爷有眼,仔细雷要紧!”又值人来回话:“事已完了。请哥儿出去看了,回爷的话去。”那贾蓉方笑嘻嘻的去了。不知如何,且听下回分解。

第六十四回　幽淑女悲题五美吟　浪荡子情遗九龙佩

话说贾蓉见家中诸事已妥,连忙赶至寺中,回明贾珍。于是连夜分派各项执事人役,并预备一切应用幡扛等物。择于初四日卯时请灵柩进城。一面使人知会诸位亲友。

是日,其丧仪炫耀,宾客如云,自铁槛寺至宁府,夹路而观者,何啻万数!也有嗟叹的,也有羡慕的;又有一等半瓶醋的读书人,说是"丧礼与其奢易,莫若俭戚"的,一路纷纷议论不一。至未、申时方到,将灵柩停放正室之内。供奠举哀已毕。亲友渐次散回,只剩族中人分理迎宾送客等事。近亲只有邢大舅等相伴未去。贾珍、贾蓉此时为理法所拘,不免在灵傍藉草枕块,恨苦居丧。人散后,仍乘空寻他小姨厮混。宝玉亦每日在宁府穿孝,至晚人散,方回园里。凤姐身体未愈,虽不能时常在此,或遇开坛、诵经,亲友行祭之日,亦扎挣过来,相帮尤氏料理料理。

一日,供毕早饭。因此时天气尚长,贾珍等连日劳倦,不免在灵傍假寐。宝玉见无客到,遂欲回家,看视黛玉。因先回至怡红院中。进入门来,只见院中寂静,悄无人声。有几个老婆子与小丫头们在回廊下取便乘凉,也有睡觉的,也有坐着打盹的。宝玉也不去惊动,只有四儿看见,连忙上前打帘子。将掀起时,只见芳官自内带笑跑出,几乎与宝玉撞个满怀。一见宝玉,方含着笑,站着说道:"你怎么来了?你快与我拦住晴雯,他要打我呢。"一语未了,只听得屋内咭溜咕噜的乱响,不知是何物撒了一地。随后晴雯赶来,骂道:"我看你这小蹄子往那里去?输了不叫打。宝玉不在家,我看着谁来救你!"宝玉连忙带笑拦住,说道:"你妹子小,不知怎么得罪了你,看我的分上,饶了他罢!"晴雯也不想宝玉此时回来,乍一见,不觉好笑,遂笑说道:"芳官竟是个狐狸精变的,就是会拘神遣将的符咒,也没有这样快!"又笑道:"就是你请了神来,我也不怕。"遂夺手仍要捉拿芳官。芳官早已藏在宝玉身后。

宝玉遂一手拖了晴雯，一手携了芳官，进入屋内。看时，只见两边床上，麝月、秋纹、碧痕、紫绡等，正在那里抓子儿赢瓜子呢。却是芳官输与晴雯，芳官不肯叫打，跑了出去；晴雯因赶芳官，将怀内的子儿撒了一地。宝玉欢喜道："如此长天，我不在家，正恐你们寂寞，吃了睡觉，睡出病来。大家寻一件事，顽笑消遣甚好。"因不见袭人，又问道："你袭人姐姐呢？"晴雯道："他么？越发道学了。独自一个在屋里面壁呢。这好一会我们没进去，不知他作什么呢。一些声气也听不见，你快瞧瞧去罢，或者此时参悟了，也未定。"

宝玉听说，一面笑，一面走至里间。只见袭人坐在近窗的床上，手中拿着一根灰色绦子，正在那里打结子呢。见宝玉进来，连忙站起，笑道："晴雯这东西编派我什么呢？我因要赶着打完这结子，没工夫和他们瞎闹。因哄他们道：'你们顽去罢，趁着二爷不在家，我要在这里静坐一坐，养养神。'他就编派了我这些混话。什么'面壁了'，'参禅了'的。等一会我不撕他那嘴。"宝玉笑着，挨近袭人坐下。瞧他所打的结子，问道："这么长天，你也该歇息，或和他们顽笑，要不瞧瞧林妹妹去也好，怪热的打这个那里使？"袭人道："我见你带的扇套，还是那年东府里蓉大奶奶的事情上作的。因那个青东西，除族中或亲友家夏月有丧事，方带的着。一年遇着带一两遭，平常又不犯作。如今那府里有事，这是要过去天天带的。所以，我赶着另作了一个。等打完了，给你换下那旧的来。你虽然不讲究这个，若叫老太太回来看见，又该说我们躲懒，连你的穿带之物都不经心了。"宝玉笑道："这真难为你想的到，只是也不可过于赶，热着了倒是大事。"说着，芳官早托了一杯凉水内新湃的茶来。因宝玉素昔秉赋柔脆，虽暑月不敢用冰，只以新汲井水，将茶连壶浸在盆内，不时更换，取其凉意而已。宝玉就芳官手内吃了半盏，遂向袭人道："我来时已分付了茗烟，若珍大哥那边有要紧人客来时，令彼即来通禀；若无甚要事，我就不过去了。"说毕，遂出了房门，又回头向碧痕等道："如有事，往林姑娘处来找我。"于是一径往潇湘馆来看黛玉。

将过了沁芳桥，只见雪雁领着两个老婆子，手中都拿着菱、藕、瓜、果之类。宝玉忙问雪雁道:“你们姑娘从不大吃这些凉东西的,拿这些瓜果何用?莫非要请那位姑娘、奶奶么?”雪雁笑道:“我告诉你,可不许你对姑娘说去。”宝玉点头应允。雪雁便命那两个婆子:“先将瓜果送去,交与紫鹃姐姐。他要问我,你就说我作什么呢,就来。”那婆子答应着去了。雪雁方说:“我们姑娘这两日方觉身上好些了。今日饭后,三姑娘会着要瞧二奶奶去,姑娘也没去。又不知想起了什么来,自己伤感了一回,提笔写了好些,不知是诗啊,词啊。叫我拿瓜果去时,又听得叫紫鹃将屋内摆着的小琴棹的陈设搬了下来,将棹子挪在外间当地,又叫将那龙文鼐,放在棹上,等瓜果来时听用。若说是请人呢,不犯先忙着把个炉摆出来;若说是点香呢,我们姑娘素日屋内除摆新鲜花果木瓜之类,又不大喜熏衣服;就是点香,亦当点在常坐卧之处。难道是老婆子们把屋子熏臭了,要拿香熏熏不成?究竟连我也不知何故。”说毕,便连忙的去了。宝玉这里不由的低头细想,心内道:“据雪雁说来,必有原故。若是同那一位姊妹们闲坐,亦不必如此先设馔具;或者是姑爹、姑妈的忌日,但我记得每年到此日期,老太太都分付另外整理肴馔,送去与林妹妹私祭,此时已过;大约必是七月因为瓜果之节,家家都上秋祭的坟,林妹妹有感于心,所以在私室自己奠祭,取《礼记》上的‘春秋荐其时食’之意,也未可定。但我此刻走去,见林妹妹伤感,必极力劝解,又怕他烦恼郁结于心;若竟不去,又恐他过于伤感,无人劝止。两件皆是致疾。莫若先到凤姐姐处一看,在彼稍坐即回。如若见林妹妹伤感,再设法开解,既不致使其过悲;而哀痛稍伸,亦不至抑郁致病。”想毕,遂出了园门,一直到凤姐处来。

正有许多执事婆娘们因回事毕,纷纷散出。凤姐儿正倚着门和平儿说话呢。一见宝玉,笑道:“你回来了么?我才分付了林之孝家的,使人告诉跟你的小厮:若没甚事,趁便请你回来,歇息歇息。再者,彼处人多,你那里禁得住那些气味。不想恰好你回来了。”宝玉笑道:“多谢姐姐记挂。我也因今日没事,又见姐姐这两日没往那府里去,不知身上可大愈否。所以,回来看视看视。”凤姐道:“左右也不过是这样。三日好,两日不好的。老太太、太太不在家,这些大娘们！嗳，那一个是安分的？每日不是打架，就辨嘴，连赌博偷盗之事已出来了两三件了。虽有三姑娘相帮办理，他又是个未出阁的姑娘，也有好叫他知道的，也有对他说不得的事。也只好强扎挣着罢了。总不得心静一会，别说想病好，求其不添也罢了。”宝玉道：“虽如此说，姐姐还要保重身体，少操些心才是。”说毕，又说了些闲话，别过凤姐，一直往园中走来。

进了潇湘馆门看时，只见炉袅残烟，奠馀玉醴。紫鹃正看着人往里收棹子、搬陈设呢。宝玉便知已经祭完了。走入屋内，只见黛玉面向里歪着，病体恹恹，大有不胜之态。紫鹃忙说道：“宝二爷来了。”黛玉方慢慢的起来，含笑让坐。宝玉道：“妹妹这两日可大好些了？气色到觉比先静些。只是为何又伤心了？”黛玉道：“可是你没的说了，好好的我多早晚又伤心了？”宝玉道：“妹妹脸上现有哭泣之状，如何还哄我呢？只是我想，妹妹素日本来多病，凡事当各自宽解，不可过作无益之悲。若作践坏了身子，将来使我……”说到这里，觉得以下话有些难说，连忙咽住。只因他虽说与黛玉一处长大，情投意和，愿同生死，却只是心中领会，从来未曾当面说出。况兼黛玉心多，每每说话间，怕造次得罪了黛玉，致彼哭泣。今日原为的是来劝解黛玉，不想把话又说造次了，接不下去，心中一急；又怕黛玉恼他，又想一想自己的心，实在的是为好，因而转念为悲，早已滚下泪来。黛玉起先原恼宝玉说话不论轻重，如今见此光景，心有所感，本来素习爱哭，此时亦不免无言对泣。却说紫鹃端了茶来，打谅他二人不知又为何事角口，因说道：“姑娘才身上好些，宝二爷又来怄气来了。到底是怎么样？”宝玉一面拭泪，笑道：“谁敢怄妹妹了？”一面搭讪着起来闲步。只见砚台底下，微露一纸角。不禁伸手拿起，黛玉忙要起身来夺，已被宝玉揣在怀内，笑说道：“好妹妹！赏我看看罢。”黛玉道：“不管什么，来了就混翻。”

一语未了，只见宝钗走来，笑道：“宝兄弟要看什么？”宝玉因未见上面是何言词，不知黛玉心中如何，未敢造次回答，却望着黛玉笑。黛玉一面让宝钗坐，一面笑说道：“我曾见古史中有才色的女子，终身遭际令人可欣、可羡、可悲、可叹者甚多，今日饭后无事，因欲择出数人胡乱凑几首诗,以寄感慨。可巧探丫头来会我瞧凤姐姐去,我也身上懒懒的,没同他去。适才将作了五六首。一时困倦起来,撂在那里。不想二爷来了,就瞧见了。其实给他看也到没有什么,但只我嫌他是不是的写了给人看去。"宝玉忙道:"我多早晚给人看了呢?昨日那把扇子,原是我爱那几首白海棠诗。所以我自己用小楷写了,不过为的是拿在手中看着便易。我岂不知闺阁中诗词、字迹是轻易往外传诵不得的?自从你说了,我总没拿出园子去。"宝钗道:"林妹妹这虑的也是。既写在扇子上,偶然忘记了,拿在书房里去,被相公看见了,岂有不问是谁作的呢?倘或传扬开去,反为不美。自古道:'女子无才便是德'。总以贞静为主,女工次之,其馀诗词之类,不过闺阁中游戏。原可以会,可以不会,咱们这样人家的姑娘,到不要这些才华的名誉。"因又笑向黛玉道:"拿出来给我看看无妨,只不叫宝兄弟拿去就是了。"黛玉笑道:"既如此说,连你也可以不必看了。"又指宝玉笑道:"他早已抢了去了。"宝玉听了,方自怀内取出,凑至宝钗身傍,一同细看。只见写道是:

一代倾城逐浪花,吴宫空自忆儿家。
效颦莫笑东邻女,头白溪边尚浣沙。——西 施
肠断乌骓夜啸风,虞兮幽恨对重瞳。
黥彭甘受他年醢,饮剑何如楚帐中。——虞 姬
绝艳惊人出汉宫,红颜薄命古今同。
君王纵使轻颜色,予夺权何畀画工?——明 妃
瓦砾明珠一例抛,何曾石尉重娇娆。
都缘顽福前王造,更有同归慰寂寥。——绿 珠
长揖雄谈态自殊,美人巨眼识穷途。
尸居馀气扬公幕,岂得羁縻女丈夫。——红 拂

宝玉看了,赞不绝口。又说道:"妹妹这诗,恰好只作了五首,何不就命名曰《五美吟》?"于是,不容分说,便提笔写在后面。宝钗亦说道:"作诗不论何题,只要善翻古人之意,若要随人脚踪走去,纵使字句精工,已落第二义,究竟算不得好诗。即如前人所咏昭君之诗甚多,有悲挽昭君的,有怨恨延寿的,又有讥汉帝不能使画工图貌贤臣而画

美人的，纷纷不一。后来王荆公复有‘意态由来画不成，当时枉杀毛延寿’；永叔又有‘耳目所见尚如此，万里安能制夷狄’。二诗各能俱出己见，不袭前人。今日林妹妹这五首诗，亦可谓命意新奇，别开生面了。”

仍欲往下说时，只见有人回道：“琏二爷回来了。适才外间传说往东府里去了好一会了，想必就回来的。”宝玉听了，连忙起身，迎至大门以内等待。恰好贾琏自外下马进来，于是宝玉先迎着贾琏跪下，口中给贾母、王夫人等请了安，又给贾琏请了安，二人携手走了进来。只见李纨、凤姐、宝钗、黛玉、迎、探、惜等早在中堂等候，俱相见已毕。因听贾琏说道：“老太太明日一早到家，一路身体甚好。今日先打发我来回家先看视，明日五更仍要出城迎接。”说毕，众人又问了些路途的光景，因贾琏远路适归，遂大家别过，让贾琏回房歇息。一宿晚景，不必细述。

至次日饭时前后，果见贾母、王夫人等到来。众人接见已毕，略坐了一坐，吃了一杯茶，便领了王夫人等人过宁府中来。只听见里面哭声震天，却是贾赦、贾琏送贾母到家，即过这边来了。当下贾母进入里面，早有贾赦、贾琏率领族中人哭着迎了出来。赦、琏一边一个，挽了贾母走至灵前，又有贾珍、贾蓉跪着扑入贾母怀中痛哭。贾母暮年之人，见此光景，亦搂了珍、蓉等痛哭不已。贾赦、贾琏在傍苦劝，方略略止住。又转至灵右，见了尤氏婆媳，不免又相持大痛一场。哭毕，众人方上前一一请安问好。贾珍因贾母才回家来，未得歇息，坐在此间，看着未免要伤心。遂再三求贾母回家。王夫人等亦再三相劝。贾母不得已，方回来了。果然年迈的人，禁不住风霜伤感，至夜间便觉头闷、身酸、鼻塞、声重，连忙请了医生来诊脉下药，足足的忙乱了半夜一日。幸而发散的快，未曾传经，至三更天，些须发了点汗，脉静身凉，大家方才放心。至次日，仍服药调理。

又过了数日，乃贾敬送殡之期。贾母犹未大愈，遂留宝玉在家侍奉。凤姐因未曾甚好，亦未去。其馀贾赦、贾琏、邢夫人、王夫人等率领家人仆妇，都送至铁槛寺。至晚方回。贾珍、尤氏并贾蓉，仍在寺中守灵。等过百日后，方扶柩回籍。家中仍托尤老娘并二姐、三姐照管。

却说贾琏素日既闻尤氏姐妹之名,恨无缘得见。近因贾敬停灵在家,每日与二姐、三姐相认已熟,不禁动了垂涎之意。况知与贾珍、蓉等素日有聚麀之诮,因而乘机百般撩拨,眉目传情。尤三姐却只是淡淡相对,只有二姐也十分有意。但只是眼目众多,无从下手。贾琏又怕贾珍吃醋,不敢轻动,只好二人心领神会而已。此时出殡以后,贾珍家下人少,除尤老娘带领二姐、三姐并几个粗使丫环、老婆子在正室居住外,其馀婢妾,都随在寺中。外面仆妇,不过晚间巡更,日间看守门户。白日无事,亦不进里面去。所以贾琏便欲趁此下手。遂托相伴贾珍为名,亦在寺中住宿。又时常借着替贾珍料理家务,不时至宁府中来,勾搭二姐。

一日有小管家俞禄来回贾珍道:“前者所用棚杠孝布,并请扛人青衣,共使银一千两,除给银五百两外,仍欠五百两。昨日两处买卖人俱来催讨,小的特来讨爷示下。”贾珍道:“你且向库上去领就是了。这又何必来回我?”俞禄道:“昨日已曾向库上去领。但只是老爷仙游以后,各处支领甚多,所剩还要预备百日道场及寺中用度,此时竟不能发给。所以,小的今日特来回爷。或是爷内库里暂且发给,或者挪借何项。分付了,小的好办。”贾珍笑道:“尔还当是先呢!有银子放着不使。你无论那里且借了给他罢。”俞禄笑回道:“若说一二百,小的还可以挪借;这四五百,小的一时那里办得来!”贾珍想了一想,向贾蓉道:“你问你娘去。昨日出殡以后,有江南甄家送来打祭银五百两,未曾交到库上去。你先要了来,给他去罢。”贾蓉答应了,忙过这边来。回了尤氏,复转来回他父亲道:“昨日那项银子,已使了二百两;下剩的三百两,令人送至家中。交与老娘收了。”贾珍道:“既然如此,你就带了他去,向你老娘要了出来,交给他。再也瞧瞧家中有事无事。问你两个姨娘好。下剩的俞禄先借了添上罢。”

贾蓉与俞禄答应了,方欲退出。只见贾琏走了进来。俞禄忙上前请了安。贾琏便问何事,贾珍一一告诉了。贾琏心中想道:“趁此机会,正可至宁府寻二姐。”一面遂说道:“这有多大事!何必向人借去?昨日我方得了一项银子,还没使呢。莫若给他添上,岂不省事?”贾珍道:“如此甚好。你就分付了蓉儿,一并令他取去。”贾琏忙道:“这必得我亲身取去。再我这几日没回家了,还要给老太太、老爷、太太们请请安去。到哥哥那边查查家人们有无生事,再也给亲家太太请请安。”贾珍笑道:“只是又劳动老二,我心不安。”贾琏也笑道:“自家兄弟,这有何妨呢?”贾珍又分付贾蓉道:“你跟了你叔叔去,也到那边给老太太、老爷、太太们请安。说我和你娘都请安。打听打听老太太身上可大安了?还服药呢没有?”贾蓉一一答应了,跟随贾琏出来,带了几个小厮,骑上马一同进城。

在路间,叔侄闲话。贾琏有心,便提到尤二姐,因夸说如何标致,如何作人好,举止大方,言语温柔,无一处不令人可敬、可爱,“人人都说你婶子好,据我看,那里及你二姨一零”。贾蓉揣知其意,便笑道:“叔叔既这样爱他,我给叔叔作媒,说了作二房如何?”贾琏笑道:“敢是好呢!只是怕你婶子不依。再也怕你老娘不愿意。况且我听见说,你二姨已有了人家了?”贾蓉笑道:“这都无妨。我二姨、三姨都不是我老爷养的,原是我老娘带了来的。听见说,我老娘在那一家时,就把我二姨许与皇庄张家,指腹为婚。后来张家遭了官司,败落了。我老娘又自那家嫁了出来。如今这十数年,两家音信不通。我老娘时常抱怨,要与他家退婚。我父亲也要将二姨转聘,只等有了好人家,不过令人找着张家,给他十数两银子,写上一张退婚字儿。想张家穷极了的人,见了十数两银子,有什么不依的?再他也知道,咱们这样的人家,也不怕他不依。又是叔叔这样人说了作二房,我管保我老娘和我父亲都愿意。到只是婶子那里却难。”贾琏听到这里,心花都开了。那里还有什么话说。只是一味呆笑而已。

贾蓉又想了一想,笑道:“叔叔若有胆量,依我主意行去,管保无妨。不过多花上几个钱。”贾琏忙道:“有何主意?快些说来。我没有不依的。”贾蓉道:“叔叔回家,一点声色也别露。等我回明了我父亲,向我老娘说妥,然后在咱们府后方近左右,买上一所房子及应用家伙什物,再拨两窝子家人过去服侍。择了日子,人不知鬼不觉娶了过去。嘱咐家下人,不许走漏风声。婶子在里住着,深宅大院,那里就得知道了。叔叔两下里住着,过个一年半载,即或闹出来,不过挨上老爷一顿骂,叔叔只说婶子总不生育,原是为子嗣起见,所以私自在外面作成此事。就是婶子见生米做成熟饭,也只得罢了。再求一求老太太,没有不完的事。”自古道“欲令智昏”,贾琏只顾贪图二姐美色,听了贾蓉一篇话,遂为计出万全。将现今身上有服,并停妻再娶,严父妒妻,种种不妥之处,皆置之度外了。却不知贾蓉亦非好意。素日因同他两个姨娘有情,只因贾珍在内,不能畅意。如今若是贾琏娶了,少不得在外居住。趁贾琏不在时,好去鬼混之意。贾琏那里意想及此。遂向贾蓉致谢道:“好侄儿,果然能彀说成了,我再买两个绝色的丫头谢你。”

说着,已至宁府门首。贾蓉说道:“叔叔进去向我老娘要出银子来,就交给俞禄罢。我先给老太太请安去。”贾琏含笑点头道:“老太太跟前别提我和你一同来的。”贾蓉道:“知道。”又附耳向贾琏道:“今日要遇见二姨,可别性急了。闹出事来,往后到难办了。”贾琏笑道:“少胡说!你快去罢。我在这里等你。”于是贾蓉自去给贾母请安。

贾琏进入宁府,早有家人头儿率领家人等请安,一路围随,至厅上。贾琏一一问了些话,不过塞责而已,便命家人散去。独自往里面走来。——原来贾琏、贾珍素日亲密,又是弟兄,本无可避忌之人,自来是不等通报的。——于是走至上房,早有廊下伺候的老婆子打起帘子,让贾琏进去。贾琏进入房中一看,只见南边床上,只有尤二姐带着两个丫环一处做活,却不见尤老娘与三姐。贾琏忙上前问好相见。尤二姐亦含笑让坐,贾琏便靠东边板壁坐了,仍将上首让与二姐。寒温毕,贾琏笑问道:“亲家太太同三妹妹那去了?怎么不见?”尤二姐笑道:“才有事往后面去了,也就来的。”

此时伺候的丫嬛,因倒茶去,无人在跟前。贾琏睨视二姐一笑,二姐亦低了头,只含笑不理。贾琏又不敢造次动手动脚,因见二姐手中拿一条拴着荷包的手巾摆弄,便搭讪着往腰内摸了一摸,说道:“槟榔荷包也忘了带来了。妹妹有槟榔,赏我一口吃。”二姐道:“槟榔到有。只是我的槟榔,从来不给人吃。”贾琏便笑着,欲近身来拿。二姐怕人看见不雅,便连忙一笑撂了过来。贾琏接在手中,都倒了出来,拣了半块吃剩下的,撂在口中吃了。又将剩下的都揣了起来,将欲把荷包亲身送过去,只见两个丫嬛端了茶来。贾琏一面接了茶吃着,一面暗将自己带的一个汉玉九龙佩解了下来,拴在手巾上,趁丫嬛回头时,仍撂了过去。二姐也不去拿,只妆看不见,坐着吃茶。只听后面一阵帘子响,却是尤老娘、三姐带着两个小丫头,自后面走来。贾琏送目与二姐,令其拾取,这尤二姐只是不理。贾琏不知二姐何意,甚是着急,只得迎上来与尤老娘、三姐相见。一面又回头看二姐时,只见二姐笑着,没事人似的;再又看一看手巾,不知那里去了。贾琏方放了心。

于是大家归坐,叙了些闲话。贾琏说道:"大嫂子说,前日有一包银子交给亲家太太收起来了。今日因要还人,珍大哥令我来取。再也看看家里有事无事?"尤老娘听了,连忙使二姐拿钥匙去取银子。这里贾琏又说道:"我也要给亲家太太请请安,瞧瞧二位妹妹。亲家太太脸面到好,只是二位妹妹在我们家里受委屈。"尤老娘笑道:"咱们都是至亲骨肉,说那里的话?在家里也是住着,在这里也是住着,不瞒二爷说,我们家里自从先夫去世,家计也着实艰难了。全亏了这里姑爷帮助。如今姑爷家里有了这样大事,我们不能别的出力,白看一看家,还有什么屈了的呢?"正说着,二姐已取了银子来,交与尤老娘。老娘便递与贾琏。贾琏又命一个小丫头,叫了一个老婆子来分付他道:"你把这个交给俞禄,叫他拿过那边去等我。"婆子答应了,出去。

只听得院内是贾蓉声音说话。须臾进来,给他老娘、姨娘请了安。又向贾琏笑道:"才将老爷还问叔叔呢。说是什么事情,要使唤叔叔去。原要使人到庙里去叫,我回老爷说'叔叔就来',老爷还分付我:路上遇着叔叔,叫快去呢。"贾琏听了,忙要起身。又听贾蓉和他老娘说道:"那一次我和老太太说的,我父亲要给二姨说的姨爹,就和我这叔叔的面貌、身量差不多儿。老太太说好不好?"一面说着,又悄悄用手指着贾琏,和他二姨努嘴。二姐到不好意思说什么,只见三姐笑骂道:"坏透了的小猴儿崽子!没了你娘的说了!等我撕他那嘴。"一面说着,便赶了过来。贾蓉早笑着跑了出去。贾琏也笑着辞了出去。至厅上，又分付了家人们“不可耍钱、吃酒”等语。又悄悄的央贾蓉，回去急速和他父亲说，一面便带了俞禄过来，将银子添足，交彼拿去。自己见他父亲，给贾母去请安，不题。

却说贾蓉见俞禄跟了贾琏去取银子，自己无事，便仍回至里面，和他姨娘嘲戏了一回，方起身。至晚到寺，见了贾珍，回道：“银子已经交给俞禄了。老太太已大愈了，如今已经不服药了。”说毕，又趁便将路上贾琏要娶尤二姐作二房之意说了。又说如何在外头置房子住，不使凤姐知道：“此时总不过为的是子嗣艰难起见，为的是二姨是见过的，亲上作亲，比别处不知道的人家说了来的好。所以，二叔再三央我对父亲说。”只不说是他自己的主意。贾珍想了一想，笑道：“其实倒也罢了。只不知你二姨心中愿意不愿意。明日你先去和你老娘商量，叫你老娘问准了你二姨，再作定夺。”于是又教了贾蓉一篇话，便走过来，将此事告诉了尤氏。尤氏却知此事不妥，因而极力劝止。无奈贾珍主意已定，素日又是顺从惯了的，况且他与二姐本非一母，不便深管。因而也只得由他们闹去。

至次日一早，果然贾蓉复进城来，见他老娘。将他父亲之意说了，又添上许多话说：贾琏作人如何好；目今凤姐身子有病，已是不能好的了；暂且买了房子在外面住着，过个一年半载，只等凤姐一死，便接了二姨进去作正室；又说他父亲此时如何聘，贾琏那边如何娶，如何接了你老人家养老，往后三姨也是那边应了替聘。说得天花乱坠，不由得尤老娘不肯。况素日全亏贾珍周济，此时又是贾珍作主替聘，而且妆奁不用自己置买，贾琏又是青年公子，比张华胜强十倍，遂连忙过来和二姐商议。二姐又是水性的人，在先和姐夫不妥，又常怨恨当时错许张华，致使后来终身失所。今见贾琏有情，况是姐夫将他聘嫁，有何不肯？亦便点头依允。当下回复了贾蓉。贾蓉回了他父亲。

次日命人请了贾琏到寺中来，贾珍当面告诉了他尤老娘应允了之事。贾琏自是喜出望外，又感谢贾珍、贾蓉父子不尽。于是二人商议着，使人看房子、打首饰，给二姐置买妆奁，及新房中应用床帐等物。不多几日，早将诸事办妥。已于宁荣街后二里远近小花巷内，买定一所房子，共二十馀间。又买了两个小丫头。贾珍又给了一房家人,名叫鲍二,夫妻两口,以备二姐过去时服役。又使人将张华父子叫来,逼劝着与尤老娘写退婚书。

却说张华之祖,原当皇庄,后来死去。至张华父亲时,仍充此役。因与尤老娘前夫相好,所以将张华与二姐指腹为婚。后来不料遭了官司,败落了家产,弄得衣食不周,那里还娶得起媳妇呢?尤老娘又自那家嫁了出来,两家有十数年音信不通。今被贾府家人唤至,逼他与二姐退婚。心中虽不愿意,无奈惧怕贾珍等势焰,不敢不依。只得写了一张退婚文约。尤老娘与银十两,两家退亲,不题了。

这里贾琏等见诸事已妥,遂择了初三黄道吉日,娶二姐过门。下回便见。正是:

只为同枝贪色欲,致叫连理起戈矛。

第六十五回　贾二舍偷娶尤二姨　尤三姐思嫁柳二郎

话说贾琏、贾珍、贾蓉等三人商议，事事妥贴。至初二日，先将尤老和三姐送入新房。尤老一看，虽不似贾蓉口内之言，也十分齐备，母女二人已称了心。鲍二夫妇见了，如一盆火，赶着尤老一口一声唤"老娘"，又或是"老太太"；赶着三姐唤"三姨"，或是"姨娘"。至次日五更天，一乘素轿，将二姐抬来。各色香烛、纸马，并铺盖，以及酒饭，早已备得十分妥当。一时贾琏素服坐了小轿而来，拜过天地，焚了纸马，那尤老见二姐身上、头上焕然一新，不是在家模样，十分得意。搀入洞房。

是夜，贾琏同他颠鸾倒凤，百般恩爱，不消细说。那贾琏越看越爱，越瞧越喜，不知怎生奉承这二姐。乃命鲍二等人不许提三说二的，直以"奶奶"称之，自己也称"奶奶"，竟将凤姐一笔勾倒。有时回家中，只说在东府有事羁伴。凤姐辈因知他和贾珍相得，自然是有事商议，也不疑心；再家下人虽多，都不管这些事。便有那游手好闲、专打听小事的人，也都去奉承贾琏，乘机讨些便宜，谁肯去露风？于是贾琏深感贾珍不尽。贾琏一月出五两银子，做天天的供给。若不来时，他母女三人一处吃饭；若贾琏来了，他夫妻二人一处吃，他母女便回房自吃。贾琏又将自己积年所有的梯己，一并搬了与二姐收着，又将凤姐素日之为人、行事，枕边、衾内，尽情告诉了他；只等一死，便接他进去。二姐听了，自是愿意。当下十来个人，到也过起日子来，十分丰足。

眼见已是两个月光景。这日，贾珍在铁槛寺作完佛事，晚间回家时，因与他姊妹久别，竟要去探望探望。先命小厮去打听贾琏在与不在，小厮回来说不在。贾珍欢喜，将左右一概先遣回去，只留两个心腹小童牵马。一时，到了新房，已是掌灯时分，悄悄入去。两个小厮将马拴在圈内，自往下房去听候。贾珍进来，屋内才点灯。先看过了尤氏母女,然后二姐出见。贾珍仍唤"二姨"。大家吃茶,说了一回闲话。贾珍因笑说:"我作的这保山如何?若错过了,打着灯笼还没处寻!过日你姐姐还备了礼来瞧你们呢。"说话之间,尤二姐已命人预备下酒,关起门来,都是一家人,原无避讳。那鲍二来请安。贾珍便说:"你还是个有良心的小子,所以叫你来伏侍。日后自有大用你之处。不可在外头吃酒生事,我自然赏你。倘或这里短了什么,你琏二爷事多,那里人杂,你只管去回我。我们弟兄不比别人。"鲍二答应道:"是,小的知道。若小的不尽心,除非不要这脑袋了。"贾珍点头,说:"要你知道。"当下四人一处吃酒。尤二姐知局,便邀他母亲说:"我怪怕的,妈同我到那边走走来。"尤老也会意,便真个同他出来。只剩小丫头们。贾珍便和三姐挨肩擦脸,百般轻薄起来。小丫头子们看不过,也都躲了出去,凭他两个自在取乐。不知作些什么勾当。

跟的两个小厮,都在厨下和鲍二饮酒。鲍二的女人上灶。忽见两个丫头也走了来嘲笑,要吃酒。鲍二因说:"姐儿们不在上头伏侍,也偷来了。一时叫起来没人,又是事。"他女人骂道:"胡涂浑呛了的忘八!你撞丧那黄汤罢!撞丧醉了,夹着你那膫子,挺你的尸去!叫不叫与你毬相干?一应有我承当风雨,横竖洒不到你头上来。"这鲍二原因妻子发迹的,近日越发亏他。自己除赚钱吃酒之外,一概不管。贾琏等也不肯责备他。故他视妻如母,百依百随,且吃勾了便去睡觉。这里鲍二家的,陪着这些丫嬛、小厮吃酒,讨他们的好,准备在贾珍前上好。四人正吃的高兴,忽听扣门之声。鲍二家的忙出来开门,看见是贾琏下马,问有事无事。鲍二女人便悄悄告他说:"大爷在这里西院里呢。"贾琏听了,便回至卧房。只见尤二姐和他母亲都在房中。见他来了,二人面上便有些赸赸的。贾琏反推不知,只命:"快拿酒来!咱们吃两杯,好睡觉。我今日很乏了。"尤二姐忙上来陪笑,接衣奉茶,问长问短。贾琏喜的心痒难受。一时鲍二家的端上酒来,二人对饮。他丈母不吃,自回房中睡去了。两个小丫头,分了一个过来伏侍。

贾琏的心腹小童隆儿拴马去,见已有了一匹马。细瞧一瞧,知是贾珍的,心下会意,也来厨下。只见喜儿、寿儿两个,正在那里坐着吃酒。见他来了,也都会意,故笑道:“你这会子来的巧,我们因赶不上爷的马,恐怕犯夜,往这里来借宿一宵的。”隆儿便笑道:“有的是炕,只管睡。我是二爷使我送月银来的,交给了奶奶,我也不回去了。”喜儿便说:“我们吃多了,你来吃一钟。”隆儿才坐下,端起杯来,忽听马棚内闹将起来。原来二马同槽,不能相容,互相蹶踶起来。隆儿等慌的忙放下酒杯,出来喝马。好容易喝住,另拴好了,方进来。鲍二家的笑说:“你三人就在这里罢。茶也现成了,我可去了。”说着,带门出去。这里喜儿喝了几杯,已是楞子眼了。隆儿、寿儿关了门,回头见喜儿直挺挺的仰卧炕上,二人便推他说:“好兄弟!起来好生睡。只顾你一个人,我们就苦了。”那喜儿便说道:“咱们今儿可要公公道道的贴一炉子烧饼。要有一个充正经的人,我痛把他妈一肏。”隆儿、寿儿见他醉了,也不必多说,只得吹了灯,将就睡下。

尤二姐听见马闹,心下便不自安,只管用言语混乱贾琏。那贾琏吃了几杯,春兴发作,便命收了酒果,掩门宽衣。尤二姐只穿着大红小袄,散挽乌云,满脸春色,比白日更增了颜色。贾琏搂着他笑道:“人人都说我们那夜叉婆齐整,如今我看来,给你拾鞋也不要。”尤二姐道:“我虽标致,却无品行。看来到底是不标致的好。”贾琏忙问道:“这话如何说?我却不解。”尤二姐滴泪说道:“你们拿我作愚人待,什么事我不知?我如今和你作了两个月夫妻,日子虽浅,我也知你不是愚人。我生是你的人,死是你的鬼。如今既作了夫妻,我终身靠你,岂敢瞒藏一字?我算是有靠,将来我妹子却如何结果?据我看来,这个形景恐非长策,要作长久之计方可。”贾琏听了,笑道:“你且放心!我不是拈酸吃醋之辈。前事我已尽知,你也不必惊慌。你因妹夫倒是作兄的,自然不好意思,不如我去破了这例。”说着,走了,便往西院中来。

只见窗内灯烛辉煌,二人正吃酒取乐。贾琏便推门进去,笑说:“大爷在这里,兄弟来请安。”贾珍羞的无话,只得起身让坐。贾琏忙笑道:“何必又作如此景象?咱们弟兄从前是如何样来?大哥为我操心,我今日粉身碎骨,感激不尽。大哥若多心,我意何安?从此以后，还求大哥如昔方好。不然，兄弟能可绝后，再不敢到此处来了。”说着，便要跪下，慌的贾珍连忙搀起，只说：“兄弟怎么说，我无不领命。”贾琏忙命人看酒来，“我和大哥吃两杯。”又拉尤三姐说：“你过来，陪小叔子一杯。”贾珍说笑着说：“老二，到底是你！哥哥必要吃干这钟。”说着，一扬脖。

尤三姐站在炕上，指贾琏笑道：“你不用和我花马吊嘴的！‘清水下杂面，你吃我看’。‘见提着影戏人子上场，好歹别戳破这层纸儿’。你别油蒙了心，打谅我们不知道你府上的事。这会子花了几个臭钱，你们哥儿俩拿着我们姐儿两个，权当粉头来取乐儿，你们就打错了算盘了！我也知道你那老婆太难缠，如今把我姐姐拐了来做二房，偷的锣儿敲不得。我也要会会那凤奶奶去，看他是几个脑袋，几只手。若大家好，取和便罢；倘若有一点叫人过不去，我有本事不先把你两个的牛黄狗宝掏了出来，再和那泼妇拚了这命，也不算是尤三姑奶奶！喝酒怕什么？咱们就喝！”说着，自己绰起壶来，斟了一杯，自己先喝了半杯，搂过贾琏的脖子来就灌，说：“我和你哥哥已经吃过了，咱们来亲香亲香。”唬的贾琏酒都醒了，贾珍也不承望尤三姐这等无耻老辣。弟兄两个本是风月场中耍惯的，不想今日反被这闺女一席话说住。尤三姐一叠声又叫：“将姐姐请来！要乐咱们四个一处同乐。俗话说‘便宜不过当家’。他们是弟兄，咱们是姊妹，又不是外人，只管上来。”尤二姐反不好意思起来。贾珍得便就要一溜，尤三姐那里肯放。贾珍此时方后悔，不承望他是这种为人，与贾琏反不好轻薄起来。

这尤三姐松松挽着头发，大红袄子半掩半开，露着葱绿抹胸，一痕雪脯。底下绿裤红鞋，一对金莲或敲或并，没半刻斯文。两个坠子，却似打秋千一般。灯光之下，越显得柳眉笼翠露檀口点丹砂。本是一双秋水眼，再吃了酒，又添了饧涩、淫浪。不独将他二姊压倒，据珍、琏评去，所见过的上下贵贱若干女子，皆未有此绰约风流者。二人已酥麻如醉，不禁去招他一招；他那淫态风情，反将二人禁住。那尤三姐放出手眼来，略试了一试，他弟兄两个竟全然无一点别识别见，连口中一句响亮话都没了，不过是“酒色”二字而已。自己高谈阔论,任意挥霍,洒落一阵,拿他弟兄二人嘲笑取乐,竟真是他嫖了男人,并非男人淫了他。一时,他的酒足兴尽,也不容他弟兄多坐,撵了出去,自己关门睡去了。

自此后,或略有丫嬛、婆娘不到之处,便将贾琏、贾珍、贾蓉三个泼声厉言痛骂,说他爷儿三个诓骗了他寡妇孤女。贾珍回去之后,以后亦不敢轻易再来。有时尤三姐自己高了兴,悄命小厮来请,方敢去一会。到了这里,也只好随他的便。谁知这尤三姐天生脾气不堪,仗着自己风流标致,偏要打扮的出色另式,作出许多万人不及的淫情浪态来,哄的男子们垂涎落魄,欲近不能,欲远不舍,迷离颠倒。他以为乐。他母姊二人也十分相劝,他反说:“姐姐糊涂!咱们金玉一般的人,白叫这两个现世宝沾污了去,也算无能。而且他家有一个极利害的女人,如今瞒着呢。他不知道一日,咱们方安静一日。倘或一日他知道了,岂有干休之理?势必有一场大闹。不知谁生谁死。趁如今,我不拿他们取乐作践,准折到那时,白落个臭名,后悔不及。”因此一说,他母女见不听劝,也只得罢了。那尤三姐天天挑拣穿吃,打了银的,又要金的;有珠子,又要宝石;吃的肥鹅,又宰肥鸭;或不趁心,连棹一推;衣裳不如意,不论绫缎新整,便用剪子铰碎了,撒一条,骂一句。

究竟贾珍等何曾随意了一日?反花了许多昧心钱。贾琏来了,只在二姐房内。心中也悔上来。无奈二姐到是个多情人,以为贾琏是终身之主了。凡事到还知疼着痒。若论起温柔和顺,凡事必商必议,不敢恃才自专,实较凤姐高十倍;若论标致,言谈行事,也胜五分。虽然如今改过,但已经失了脚,有了一个“淫”字,凭他有甚好处,也不算了。偏这贾琏又说:“谁人无错?知过必改就好。”故不提以往之淫,只取现今之善,便如胶授漆,似水如鱼,一心一计,誓同生死,那里还有凤、平二人在意了。二姐在枕边、衾内,也常劝贾琏说:“你和珍大哥商议商议,拣个熟的人,把三丫头聘了罢。留着他不是常法子,终久要生出事来,怎么处?”贾琏道:“前日我曾回过大哥的,他只是舍不得。我说‘是块肥羊肉,只是烫的慌’。‘玫瑰花儿可爱,刺大扎手’。咱们未必降的住。正经拣个人,聘了罢。他只意意思思,就丢开手了。你叫我有何法?”二姐道:“你放心!咱们明日先劝三丫头,他肯了,才好;不肯,让他自己闹去。闹的无法,少不得聘他。”贾琏听了,说:“这话极是!”

至次日,二姐另备了酒,贾琏也不出门。至午间,特请他小妹过来,与他母亲上坐。尤三姐便知其意,酒过三巡,不用姐姐开口,先便滴泪泣道:“姐姐今日请我,自然有一翻大礼要说。但妹子不是那愚人,也不用絮絮叨叨提那从前丑事。我已尽知,说也无益。既如今姐姐也得了好处安身,妈也有了安身之处,我也要自寻个归结,方是正礼。但终身大事,一生至一死,非同儿戏。我如今改过守分。只要我拣一个素日可心如意的人,方跟他去;若凭你们拣择,虽是富比石崇,才过子建,貌比潘安的,我心里进不去,也白过了一世。”贾琏笑道:“这也容易。凭你说是谁就是谁。一应彩礼,都有我们置办,母亲也不用操心。”尤三姐泣道:“姐姐知道,不用我说。”贾琏笑问二姐是谁,二姐一时也想不起来,大家想来,贾琏便道:“定是此人无移了。”便拍手笑道:“我知道了。这人原不差,果然好眼力!”二姐笑问是谁,贾琏笑道:“别人他如何进得去?一定是宝玉。”二姐与尤老听了,亦以为然。尤三姐便啐了一口,道:“我们有姊妹十个,也嫁你弟兄十个不成?难道除了你家,天下就没了好男子了不成?”众人听了,都诧异:“除了他,还有那一个?”尤三姐笑道:“别只在眼前想。姐姐只在五年前想,就是了。”

正说着,忽见跟贾琏的心腹小子兴儿走来,请贾琏说:“老爷那边紧等着,叫爷呢!小的答应往舅老爷那边去了。小的连忙来请。”贾琏又忙问:“昨日家里没人问?”兴儿道:“小的回奶奶说:‘爷在家庙里同珍大爷商议作百日的事,只怕不能来家。’”贾琏忙命拉马。隆儿跟随去了。留下兴儿答应人来事务。

尤二姐拿了两碟菜,命拿大杯斟了酒,就命兴儿在炕沿下蹲着吃。一长一短向他说话儿。问他:“家里奶奶多大年纪,怎么个利害的样子?老太太多大年纪?太太多大年纪?姑娘几个?”各样家常等语。兴儿笑嘻嘻的在炕沿下,一头吃,一头将荣府之事,备细告诉他母女。又说:“我是二门上该班的人。我们共是两班,一班四个,共是八个。这八个人,有几个是奶奶的心腹,有几个是爷的心腹。奶奶的心腹,我们不敢惹;爷的心腹,奶奶的人就敢惹。提起我们奶奶来,心里歹毒,口里尖快。我们二爷也算是个好的,那里见得他?到是二爷跟前的平姑娘,为人很好,虽然和奶奶一气,他到背着奶奶常作些个好事。小的们凡有了不是,奶奶是容不过的,只求求他去,就完了。如今合家大小,除了老太太、太太两个人,没有不恨他的。只不过面子情儿怕他。皆因他一时看的人都不及他,只一味哄着老太太、太太两个人喜欢。他说一是一,说二是二,没人敢拦他。又恨不得把银子钱省下来,堆成山,好叫老太太、太太说他会过日子。殊不知苦了下人,他讨好儿。遇着有好事,他就不等别人去说,他先抓尖儿;或有了不好事,或他自己错了,他便一缩头,推到别人身上来,他还在傍边拨火儿。如今连他正经婆婆大太太都嫌了他,说他'雀儿拣着旺处飞,黑母鸡一窝儿。自家的事不管,倒替人家去瞎张罗'。若不是老太太在头里,早叫过他去了。"尤二姐笑道:"你背着他这等说他,将来你又不知怎么说我呢!我又差他一层儿,越发有的说了。"兴儿忙跪下,说道:"奶奶要这样说,小的不怕雷打?但凡小的们有造化,起先娶奶奶时,若得了奶奶这样的人,小的们也少挨些打骂,也少提心吊胆的。如今跟爷的这几个人,谁不背前背后的赞扬奶奶圣德怜下?我们商量着,叫二爷要出来,情愿来答应奶奶呢。"

尤二姐笑道:"猴儿肏的,还不起来呢!说句顽话,就唬的那样起来。你们作甚么来呢?我还要找了你奶奶去呢!"兴儿连忙摇手,说:"奶奶千万不要去!我告诉奶奶,一辈子别见他才好。嘴甜心苦,两面三刀;上头一脸笑,脚下使绊子;明是一盆火,暗是一把刀。都占全了。只怕三姨的这张嘴,还说他不过。像奶奶这样斯文、良善人,那里是他的对手?"尤氏笑道:"我只以礼待他,他敢怎么样?"兴儿道:"不是小的吃了酒放肆胡说,奶奶便有礼让,他看见奶奶比他标致,又比他得人心,他怎肯干休善罢!人家是醋罐子,他是醋缸、醋瓮。凡丫头们,二爷多看一眼,他有本事当着二爷打个烂羊头。虽然平姑娘在屋里,大约一年、二年之间,两个有一次到一处,他还要口里掂几个过子呢。气的平姑娘性子发了,哭闹一阵,说:'又不是我自己寻来的，你又浪着劝我；我原不依，你反说我反了。这会子又这样！'他一般的也罢了，到央告平姑娘。"尤二姐笑道："可是扯谎！这样一个夜叉，怎么反怕屋里的人呢？"兴儿道："这就是俗语说的，'天下跳不过礼字去'了。这平儿是他自幼的丫头，陪了过来。一共四个，嫁人的嫁人，死的死了，只剩了这个心腹。他原为收了屋里，一则显他贤良名儿；二则又叫拴爷的心，好不外头走邪道。又还有一段因果。我们家的规矩：凡爷们大了，未娶亲之先，都先放两个人伏侍的。二爷原有两个，谁知他来了，没半年，都寻出不是来，都打发出去了。别人虽不好说，自己脸上过不去，所以强逼着平姑娘作了房里人。那平姑娘又是个正经人，从不把这一件事放在心上，也不会挑妻窝夫的，到一味忠心赤胆，伏侍他，所以才容下了。"

尤二姐笑道："原来如此。但我听见你们家还有一位寡妇奶奶和几位姑娘。他这样利害，这些人如何依得？"兴儿拍手笑道："原来奶奶不知道。我们家这位寡妇奶奶，他的浑名叫作'大菩萨'。第一个善德人。我们家的规矩又大，寡妇奶奶们不管事，只宜清净守节。妙在姑娘又多，只把姑娘们交给他，看书、写字、学针线、学道理，这是他的责任。除此，问事不知，说事不管。只因这一向他病了，事多，这大奶奶暂管几日。究竟也无可管，不过是按例而行，不像他多事逞才。我们大姑娘不用说，但凡不好，也没这段大福了。二姑娘的浑名是'二木头'。戳一针也不知'嗳哟'一声。三姑娘的浑名是'玫瑰花'。"尤氏姊妹忙笑问："何意？"兴儿笑道："玫瑰花又红又香，无人不爱的。只是有刺扎手。也是一位神道。可惜不是太太养的，'老鸹窝里出凤凰'。四姑娘小，他正经是珍大爷亲妹子。因自幼无母，老太太命太太抱过来，养了这么大，也是一位不管事的。奶奶不知道，我们家的姑娘不算，另外有两个姑娘，真是天上少有，地下无双。一个是咱们姑太太的女儿，姓林，小名儿叫什么黛玉。面庞、身段和三姨不差什么，一肚子文章，只是一身多病。这样的天，还穿夹的。出来风儿一吹，就倒了。我们这起没王法的嘴，都叫他'多病西施'。还有一位，姨太太的女儿，姓薛，叫什么宝钗，竟是雪堆出来的。每常出门，或上车，或一时院子里磞见了，我们鬼使神差，见了他两个，不敢出气儿。”尤二姐笑道：“你们大家规矩。虽然你们小孩子进的去，然遇见小姐们，原该远远藏开。”兴儿摇手道：“不是，不是，那正经大礼，自然远远的藏开，自不必说，就藏开了。自己不敢出气，是生怕这气大了，吹倒了姓林的；气暖了，吹化了姓薛的。”说的满屋里都笑起来了。不知端详，且听下回分解。

第六十六回　情小妹耻情归地府　冷二郎一冷入空门

话说鲍二家的打他一下子,笑道:“原有些真的,叫你又编了这些混话,越发没了捆儿了。你到不像跟二爷的人,这些混话到像是宝玉那边的了。”尤二姐才要又问,忽见尤三姐笑问道:“可是你们家那宝玉,除了上学,他作些什么?”兴儿笑道:“姨娘别问他。说起来姨娘也未必信。他长了这么大,独他没有上过正经学堂。我们家从祖宗直到二爷,谁不是寒窗十载?偏他不喜读书。老太太的宝贝,老爷先还管,如今也不敢管了。成天家疯疯癫癫,说的话,人也不懂;干的事,人也不知。外头人看着好个清俊模样儿,心里自然是聪明的,谁知是外清而内浊。见了人,一句话也没有。所有的好处,虽没上过学,到难为他认得几个字。每日也不习文,也不学武,又怕见人,只爱在丫头群里闹。再者,也没刚柔。有时见了我们,喜欢时,没上没下,大家乱顽一阵;不喜欢,各自走了,他也不理人。我们坐着、卧着,见了他,也不理,他也不责备。因此没人怕他。只管随便,都过的去。”

尤三姐笑道:“主子宽了,你们又这样;严了,又抱怨。可知难缠。”尤二姐道:“我们看他到好。原来这样!可惜了一个好胎子。”尤三姐道:“姐姐信他胡说!咱们也不是见了一面两面的。他行事、言谈、吃喝,原有些女儿气。那是只在里头惯了的。若说糊涂,那些儿糊涂?姐姐记得穿孝时,咱们同在一处。那日正是和尚们进来绕棺,咱们都在那里站着,他只站在头里挡着人。人说他不知礼,又没眼色。过后他没悄悄的告诉咱们说:‘姐姐不知道。我并不是没眼色,我想和尚们赃,恐怕气味薰了姐姐们。’接着,他吃茶。姐姐又要茶,那个老婆子就拿了他的碗倒。他赶忙说:‘我吃赃了的,另洗了再拿来。’这两件上,我冷眼看去,原来他在女孩子们前,不管怎样都过的去,只不大合外人的式。所以,他们不知道。”尤二姐听说,笑道:“依你说,你两个已是情投意合了。竟把你许了他,岂不好?”三姐儿有兴儿,不便说话,只低头磕瓜子。兴儿笑道:“若论模样儿,行事为人,到是一对好的。只是他已有了,只未露形。将来准是林姑娘定了的。因林姑娘多病,二则都还小,故尚未及此。再过三二年,老太太便一开言,那是再无不准的了。”

大家正说话,只见隆儿又来了,说:“老爷有事,是件机密大事,要遣二爷往平安州去。不过三五日就起身,来回也得半月工夫。今日不能来了。请老奶奶早和二姨定了那事。明日爷来,好作定夺。”说着,带了兴儿回去了。这里尤二姐命掩了门早睡,盘问他妹子一夜。

至次日午后,贾琏方来了。尤二姐因劝他说:“既有正事,何必忙忙又来?千万别为我误事。”贾琏道:“也没甚事。只是偏偏的又出来了一件远差。出了月就起身,得半月工夫才来。”尤二姐道:“既如此,你只管放心前去。这里一应不用你记挂。三妹子他从不会朝更暮改的。他已说了改悔,必是改悔的。他已择定了人,你只要依他就是了。”贾琏问是谁。尤二姐笑道:“这人此刻不在这里,不知多早才来。也难为他眼力。自己说了:‘这人一年不来,他等一年;十年不来,等十年;若这人死了,再不来了,他情愿剃了头,当姑子去,吃长斋念佛,以了今生。’”贾琏问:“到底是谁?这样动他的心。”二姐笑道:“说来话长。五年前,我们老娘家里做生日。妈和我们到那里与老娘拜寿。他家请了一起串客,里头有个作小生的,叫作柳湘莲,他看上了。如今要是他才嫁。旧年我们闻得柳湘莲惹了一个祸,逃走了,不知可有下落没有?”贾琏听了,说:“怪道呢!我说是个什么样人,原来是他!果然眼力不错。你不知道这柳二郎,那样一个标致人,最是冷面冷心的。差不多的人,他都无情无义。他最和宝玉合的来。去年因打了薛呆子,他不好意思见我们的,不知那里去了一向。后来听见有人说来了,不知是真是假。一问宝玉的小子们就知道了。倘或不来,他萍踪浪迹,知道几年才来。岂不白耽搁了?”尤二姐道:“我们这三丫头,说的出来,干的出来!他怎样说,只依他便了。”

二人正说之间,只见尤三姐走来,说道:“姐夫,你只放心。我们不是那心口两样的人,说什么是什么。若有了姓柳的来,我便嫁他。从今日起,我吃斋念佛,只伏侍母亲。等他来了,嫁了他去。若一百年不来，我自己修行去了。"说着，将一根玉簪击作两段："一句不真，就如这簪子。"说着，回房去了。真个竟非礼不动，非礼不言起来。贾琏无了法，只得和二姐商议了一回家务。复回家与凤姐商议起身之事。一面着人问茗烟。茗烟说："竟不知道。大约没来。若来了，必是我知道的。"一面又问他的街坊，也说没来。贾琏只得回复了二姐。至起身之日已近，前两天便说起身，却先往二姐这边来住两夜，从这里再悄悄长行。果见小妹竟又换了一个人，又见二姐持家勤慎，自是不消记挂。

是日一早出城，就奔平安州大道，晓行夜住，渴饮饥餐，方走了三日。那日正走之间，顶头来了一群驮子，内中一伙，主仆十来骑马。走的近来一看，不是别人，竟是薛蟠和柳湘莲来了。贾琏深为奇怪，忙伸马迎了上来。大家一齐相见，说些别后寒温。大家便入酒店，歇下叙谈叙谈。贾琏因笑说："闹过之后，我们忙着请你两个和解，谁知柳兄踪迹全无，怎么你两个今日到在一处了？"薛蟠笑道："天下竟有这样奇事！我同伙计贩了货物，自春天起身，往回里走，一路平安。谁知前日到了平安州界，遇一伙强盗，已将东西劫去。不想柳二弟从那边来了，方把贼人赶散，夺回货物，还救了我们的性命。我谢他，又不受。所以我们结拜了生死弟兄。如今一路进京。从此后我们是亲弟亲兄一般。到前面岔口上分路，他就分路往南二百里，有他一个姑妈，他去望候望候；我先进京，去安置了我的事，然后给他寻一所宅子，寻一门好亲事，大家过起来。"贾琏听了道："原来如此。到教我们悬了几日心。"因又听道寻亲，又忙说道："我正有一门好亲事，堪配二弟。"说着，便将自己娶尤氏，如今又要发嫁小姨一节说了出来，只不说尤三姐自择之语。又嘱薛蟠："且不可告诉家里，等生了儿子，自然是知道的。"

薛蟠听了，大喜，说："早该如此。这都是舍表妹之过。"湘莲忙笑说："你又忘情了。还不住口。"薛蟠忙止住不语。便说："既是这等，这门亲事定要做的。"湘莲道："我本有愿，定要一个绝色的女子。如今既是贵昆仲高情，顾不得许多了，任凭裁夺，我无不从命。"贾琏笑道："如今口说无凭，等柳兄一见，便知我这内娣的品貌，是古今有一无二的了。”湘莲听了大喜,说:“既如此说,等弟探过姑娘,不过月中就进京的。那时再定,如何?”贾琏笑道:“你我一言为定。只是我信不过柳兄。你乃是萍踪浪迹,倘然淹滞不归,岂不误了人家?须得留一定礼。”湘莲道:“大丈夫岂有失信之理?小弟素系寒贫,况且客中,何能有定礼?”薛蟠道:“我这里现成,就备一分,二哥带去。”贾琏笑道:“也不用金帛之礼,须是柳兄亲身自有之物。不论物之贵贱,不过我带去取信耳。”湘莲道:“既如此说,弟无别物,此剑防身,不能解下。囊中尚有一把鸳鸯剑,乃吾家传代之宝。弟也不敢擅用,只随身收藏而已。贾兄请拿去为定。弟纵系水流花落之性,然亦断不舍此剑者。”说毕,大家又饮了几杯,方各自上马,作别起程。正是:将军不下马,各自奔前程。

且说贾琏一日到了平安州,见了节度,完了公事。因又嘱他十月前后务要还来一次,贾琏领命。次日连忙取路回家。先到尤二姐处探望。谁知贾琏出门之后,尤二姐操持家务,十分谨肃,每日关门合户,一点外事不闻。他小妹子果是个斩丁截铁之人,每日侍奉母姊之馀,只安分守己,随分过活。虽是夜晚间孤衾独枕,不惯寂寞,奈一心丢了众人,只念柳湘莲早早回来,完了终身大事。

这日贾琏进门,见了这般景况,喜之不尽,深念二姐之德。大家叙些寒温之后,贾琏便将路上相遇湘莲一事说了出来。又将鸳鸯剑取出,递与三姐。三姐看时,上面龙吞夔护,珠宝晶荧,将靶一掣,里面却是两把合体的。一把上面錾着一“鸳”字,一把上面錾着一“鸯”字。冷飕飕,明亮亮,如两痕秋水一般。三姐喜出望外,连忙收了,挂在自己绣房床上,每日望着剑,自笑终身有靠。贾琏住了两天,回去复了父命,回家合家相见。那时凤姐已大愈,出来理事行走了。贾琏又将此事告诉了贾珍。贾珍因近日又遇了新友,将这事丢过,不在心上,任凭贾琏裁夺。只怕贾琏独力不加,少不得又给了他三十两银子。贾琏拿来,交与二姐,预备妆奁。

谁知八月内湘莲方进了京。先来拜见薛姨妈,又遇见薛蝌,方知薛蟠不惯风霜,不服水土,一进京时,便病倒在家,请医调治。听见湘莲来了,请入卧室相见。薛姨妈也不念旧事,只感新恩,母子们十分称谢，又说起亲事一节，凡一应东西皆已妥当，只等择日。柳湘莲也感激不尽。

次日，又来见宝玉。二人相会，如鱼得水。湘莲因问贾琏偷娶二房之事。宝玉笑道："我听一干人说，我却未见。我也不敢多管。我又听见茗烟说，琏二哥哥着实问你，不知有何话说。"湘莲就将路上所有之事，一概告诉宝玉。宝玉笑道："大喜！大喜！难得这个标致人。果然是个古今绝色，堪配你之为人。"湘莲道："既是这样，他那里少了人物，如何只想到我？况且我又素日不甚和他相厚，他关切不至此。路上工夫忙忙的，就那样再三要来定礼？难道女家反赶着男家不成？我自已疑惑起来，后悔不该留下这剑作定。所以后来想起你来，可以细细问个底里才好。"宝玉道："你原是个精细人，如何既许了定礼，又疑惑起来？你原说只要一个绝色便罢了，何必再疑？"湘莲道："你既不知他娶，如何又知是绝色？"宝玉道："他是珍大嫂子的继母带来的两位小姨。我在那里和他们混了一个月，怎么不知？真真一对尤物。他又姓尤。"湘莲听了，跌足道："这事不好，断乎做不得了！你们东府里，除了那两个石头狮子干净，只怕连猫儿、狗儿都不干净。我不做这剩忘八。"宝玉听说，红了脸。湘莲自惭失言，连忙作揖，说："我该死！胡说！你好歹告诉我他品行如何？"宝玉笑道："你既深知，又来问我作甚么？连我也未必干净了。"湘莲笑道："原是我自己一时忘情，好歹别多心！"宝玉笑道："何必再提！这倒是有心了。"湘莲作揖，告辞出来。若去找薛蟠，一则他现卧病，二则他又浮燥，不如去索回定礼。主意已定，便一直的来找贾琏。

贾琏正在新房中，闻得湘莲来了，喜之不禁，忙迎了出来，让到内室与尤老相见。湘莲只作揖，称老伯母，自称晚生。贾琏听了诧异。吃茶之间，湘莲便说："客中偶然忙促，谁知姑母于四月间订了弟妇，使弟无言可回。若从了老兄，背了姑母，似非合理。若系金帛之订，弟不敢索取，但此剑系祖父所遗，请仍赐回为幸。"贾琏听了，便不自在，还说："定者，定也。原怕反悔，所以为定。岂有婚姻之事，出入随意的？还要斟酌！"湘莲笑道："虽如此说，弟愿领责、领罚，然此事断不敢从命。"贾琏还要饶舌。湘莲便起身，说："请兄外坐一叙，此处不便。”

那尤三姐在房明明听见，好容易等了他来，今忽见反悔，便知他在贾府中得了消息，自然是嫌自己淫奔无耻之流，不屑为妻。今若容他出去，和贾琏说退亲，料那贾琏无法可处，自己岂不无趣？一听贾琏要同他出去，连忙摘下剑来，将一股雌锋隐在肘内，出来便说：“你们不必出去再议，还你的定礼。”一面泪如雨下，左手将剑并鞘送与湘莲，右手回肘，只往项上一横，可怜：揉碎桃花红满地，玉山倾倒再难扶。芳灵蕙性，渺渺实实，不知那边去了。当下唬的众人急救不迭。尤老一面嚎哭，一面又骂湘莲。贾琏忙揪住湘莲，命人捆了送官。

尤二姐忙止泪，反劝贾琏：“你太多事！人家并没威逼他死，是他自寻短见。你便送他到官，又有何益？反觉生事出丑。不如放他去罢。岂不省事？”贾琏此时也没了主意，便放了手，命湘莲快去。湘莲反不动身，泣道：“我并不知是这等刚烈贤妻，可敬！可敬！”湘莲反扶尸大哭一场，等买了棺木，眼见入殓，又俯棺大哭一场，方告辞而去。

出门无所之，昏昏默默，自想方才之事。原来尤三姐这样标致，又这等刚烈，自悔不及。正走之间，只见薛蟠的小子寻他家去，那湘莲只管出神，那小子带他到新房之中，十分齐整。忽听环珮叮当，尤三姐从外而入，一手捧着鸳鸯剑，一手捧着一卷册子，向柳湘莲泣道：“妾痴情待君五年矣。不期君果冷心冷面，妾以死报此痴情。妾今奉警幻之命，前往太虚幻境修注案中所有一干情鬼。妾不忍一别，故来一会，从此再不能相见矣。”说着，便走。湘莲不舍，忙欲上来拉住问时，那尤三姐便说：“来自情天，去由情地，前生误被情惑，今既耻情而觉，与君两无干涉。”说毕，一阵香风，无踪无影去了。

湘莲警觉，似梦非梦，睁眼看时，那里有薛家小童，也非新室，竟是一座破庙，傍边坐着一个跏腿道士捕虱。湘莲便起身，稽首相问：“此系何方？仙师仙名法号？”道士笑道：“连我也不知道此系何方，我系何人，不过暂来歇足而已。”柳湘莲听了，不觉冷然如寒冰侵骨，掣出那股雄剑，将万根烦恼丝一挥而尽，便随那道士不知往那里去了。后回便见。

第六十七回　见土仪颦卿思故里　闻秘事凤姐讯家童

话说尤三姐自尽之后，尤老娘和二姐儿、贾珍、贾琏等俱不胜悲痛，自不必说，忙令人盛殓，送往城外埋葬。柳湘莲见尤三姐身亡，痴情眷恋，却被道人数句冷言打破迷关，竟自截发出家，跟随疯道人飘然而去，不知何往。暂且不表。

且说薛姨妈闻知湘莲已说定了尤三姐为妻，心中甚喜，正是高高兴兴要打算替他买房子，治家伙，择吉迎妻，以报他救命之恩。忽有家中小厮吵嚷"三姐儿自尽了"，被小丫头们听见，告知薛姨妈。薛姨妈不知为何，心甚叹息。正在猜疑，宝钗从园里过来。薛姨妈便对宝钗说道："我的儿！你听见了没有？你珍大嫂子的妹妹三姑娘，他不是已经许定给你哥哥的义弟柳湘莲了么？不知为什么自刎了。那柳湘莲也不知往那里去了。真正奇怪的事，叫人意想不到。"

宝钗听了，并不在意，便说道："俗语说的好，'天有不测风云，人有旦夕祸福'。这也是他们前生命定的。前儿妈妈为他救了哥哥，商量着替他料理，如今已经死的死了，走的走了，依我说，也只好由他罢了。妈妈也不必为他们伤感了。倒是自从哥哥打江南回来了一二十日，贩了来的货物，想来也该发完了。那同伴的伙计们，辛辛苦苦的来回几个月，妈妈和哥商议商议，也该请一请，酬谢酬谢才是。别叫人家看着无理似的。"

母女正说话间，见薛蟠自外而入，眼中尚有泪痕。一进门来，便向他母亲拍手说道："妈妈可知道柳二哥、尤三姐的事么？"薛姨妈说："我才听见，正在这里和你妹说这件公案呢。"薛蟠道："妈妈可听见说，湘莲跟着一个道士出了家了么？"薛姨妈道："这越发奇了。怎么柳相公那样年轻的一个聪明人，一时糊涂，就跟着道士去了呢？我想你们好了一场，他又无父母兄弟，只身一人在此。你该各处找找他才是。靠那道士能往那里远去？左不过是在这方近左右的庙里、寺里罢了。”薛蟠说：“何尝不是呢？我一听见这个信儿，就连忙带小厮们在各处寻找，连一个影儿也没有。又去问人，都说没看见。”薛姨妈说道：“你既找寻过没有，也算把你待朋友的心尽了。焉知他这一出家，不是得了好处去呢。只是你如今也该张罗张罗买卖，二则把你自己娶媳妇应办的事情倒早些料理料理。咱们家没人，俗语说的，‘夯雀儿先飞’。省得临时丢三落四的不齐全，令人笑话。再者，你妹妹才说，你也回家半个多月了，想货物也该发完了，同你去的伙计们，也该摆桌酒儿给他们道道乏才是。人家陪着你走了二三千里的路程，受了五、六个月的辛苦，而且在路上又替你担了多少惊怕、沉重。”薛蟠听说，便道：“妈妈说的很是。倒是妹妹想的周到。我也这样想着，只因这些日子为各处发货，脑袋都大了。又为柳二哥的事忙了这几日，反到落了一个空，白张罗了一会子。倒把正经事都误了。要不然，定了明儿、后儿下帖请罢！”薛姨妈道：“由你办去罢。”

话犹未了，外面小厮进来回说：“管总的张大爷差人送了两箱子东西来，说这是爷各自买的，不在货帐里面。本要早送来，因货物箱子压着，没得拿。昨儿货物发完了，所以今日才送来了。”一面说，一面又见两个小厮搬进了两个夹板来夹的大棕箱。薛蟠一见，说：“嗳哟！可是我就怎么糊涂到这田地了！特特给妈和妹妹带来的东西，都忘了，没拿了家里来，还是伙计送了来了。”宝钗说：“亏你还是特特带来的，才放了一二十天；若不是特特带来的，要放到年底下才送来呢。我看你也诸事太不留心了。”薛蟠笑道：“想是在路上叫人把魂灵吓掉了，还没归窍呢。”说着，大家笑了一回。便向小丫头说：“出去告诉小厮们，东西收下，叫他们回去吧！”

薛姨妈同宝钗因问：“到底是什么东西，这样捆着绑着的？”薛蟠便命叫两个小厮进来，解了绳子，去了夹板，开了锁看时，这一箱都是绸缎、绫锦、洋货等家常应用之物。薛蟠笑着道：“那一箱是给妹妹带的。”亲自来开。母女二人看时，却是些笔墨、纸研、各色笺纸、香袋、香珠、扇子、扇坠、花粉、胭脂等物，外有虎邱带来的自行人，酒令儿，水银灌的打金斗小小子，沙子灯，一出一出的泥人儿的戏，用青纱罩的匣子装着，又在虎邱山上泥捏的薛蟠小像，与薛蟠毫无差错。宝钗见了别的都不理论，倒是薛蟠的小像，拿着细细的看了一看，又看他哥哥，不禁笑起来了。因叫莺儿带几个老婆子，“将这些东西连箱子送到园里去”！又和母亲、哥哥说了回闲话，才回园里去了。这里薛姨妈将箱子里的东西取出，一分一分的打点清楚，叫同喜送给贾母并王夫人等处，不提。

且说宝钗到了自己房中，将那些顽意儿，一件一件的过了目，除了自己留用之外，一分一分配合妥当，也有送笔、墨、纸、砚的，也有送香袋、扇子的，也有送脂粉、头油的，有单送顽意儿的；只有黛玉比别人不同，且又加厚一倍。一一打点完毕，使莺儿同着一个老婆子跟着，送往各处。

这边姊妹诸人都收了东西，赏赐来使，说见面再谢。惟有林黛玉，看见他家乡之物，反自触物伤情，想起父母双亡，又无兄弟，寄居亲戚家中，那里有人也给我带些土物？想到这里，不觉又伤起心来了。紫鹃深知黛玉心肠，但也不敢说破。只在一旁劝道：“姑娘的身子多病，早晚服药。这两日看看，比那些日子略好些。虽说精神长了一点儿，还算不得十分大好。今儿宝姑娘送来的东西，可见宝姑娘素日看得姑娘很重，姑娘看着该喜欢才是，为什么反到伤起心来？这不是宝姑娘送东西来倒叫姑娘烦恼了不成？就是宝姑娘听见，反觉脸上不好看。再者，这里老太太们为姑娘的病体，千方百计请好大夫配药胗脉，也为是姑娘的病好。这如今才好些，又这样哭哭啼啼，岂不是自己糟蹋了自己的身子？叫老太太看着，添了愁烦了么？况且姑娘这病，原是素日忧虑过度，伤了血气。姑娘的千金贵体，也别自己看轻了。”紫鹃正在这里劝解，只听见小丫头子在院内说：“宝二爷来了。”紫鹃忙说：“请二爷进来罢。”

只见宝玉进房来了，黛玉让坐毕。宝玉见黛玉泪痕满面，便问：“妹妹，又是谁气着你了？”黛玉勉强笑道：“谁生什么气？”旁边紫鹃将嘴向床后桌上一努，宝玉会意，往那里一瞧，见堆着许多东西。就知道是宝钗送来的，便取笑说道：“那里这些东西！不是妹妹要开杂货铺呵？”黛玉也不答言。紫鹃笑着道：“二爷还提东西呢！因宝姑娘送了些东西来，姑娘一看，就伤起心来了。我正在这里劝解，恰好二爷来的很巧,替我们劝劝。"宝玉明知黛玉是这个缘故,却也不敢提头儿,只得笑说道:"你们姑娘的缘故,想来不为别的,必是宝姑娘送来的东西少,所以生气、伤心。妹妹你放心,等我明年叫人往江南去,与你多多带两船来,省得你淌眼抹泪的。"黛玉听了这话,也知宝玉是为自己开心,也不推,也不认,因说道:"我任凭怎么没见世面,也到不了这步田地。因送的东西少,就生气、伤心。我又不是两三岁的小孩子,你也忒把人看得小气了。我有我的缘故,你那里知道!"说着,眼泪又流下来了。宝玉忙走到床前,挨着黛玉坐下,将那些东西一件一件拿起来,摆弄着细瞧,故意问:"这是什么?叫什么名字?""那是什么?做的这样齐整。""这是什么?要他做什么使用?"又说:"这一件可以摆在面前",又说"那一件可以放在条桌上,当古董儿到好呢"。一味将些没要紧的话来厮混。

黛玉见宝玉如此,自己心里倒过不去,便说:"你不在这里混搅了,咱们到宝姐姐那边去罢。"宝玉巴不得黛玉出去散散闷儿,解了悲痛,便道:"宝姐姐送咱们东西,咱们原该谢谢去。"黛玉道:"自家姊妹,这倒不必。只是到他那边,薛大哥回来了,必然告诉他些南边的古迹,我去听听,只当回了家乡一趟的。"说着,眼儿又红了。宝玉便站着等他。黛玉只得同他出来,往宝钗那里去了。

且说薛蟠听了母亲之言,急下了请帖,办一席酒。次日,请了四位伙计,俱已到齐,不免说些贩卖、账目、发货之事。不一时,上席让坐。薛蟠挨次斟了酒。薛姨妈又使人出来致意。大家喝着酒儿说闲话。内中一个道:"今日这席上,短两个好朋友。"众人问是谁。那人道:"就是贾府上的琏二爷和大爷的盟弟柳二爷。"大家果然都想起来,问着薛蟠道:"怎么不请琏二爷和柳二爷来?"薛蟠闻言,把眉一皱,叹口气道:"琏二爷又往平安州去了。头两天就起了身的;那柳二爷,竟别提起,真是天下头一件奇事。什么是柳二爷,如今不知那里作柳道爷去了!"众人都诧异道:"这是怎么说?"薛蟠便把湘莲前后事体说了一遍。众人听了,越发骇异。因说道:"怪不的!前日我们在店里仿仿佛佛也听见人吵嚷,说有一个道士三言两语把一个人度去了;又说一阵风刮了去了,只不知是谁。我们正发货,那里有闲工夫打听这事去？到如今还是似信不信的。谁知道就是柳二爷呢？早知是他，我们大家劝他劝才是，任他怎么着，也不叫他去。”内中一个道：“别是这么着罢！”众人问：“怎么样？”那人道：“那样个伶俐人，未必是真跟了道士去罢。他原会些武艺，又有力量，或看破那道士的妖术邪法，特意跟他去，在背地里摆布他也未可知。”薛蟠道：“果然如此，倒也罢了。世上这样妖言惑众的人，怎么没人治他一下子？”众人道：“那时难道你知道了，也没找寻他去？”薛蟠说：“城里城外，那里没有找到？不怕你们笑话，我找不着他，还哭了一场呢！”言毕，只是长吁短叹，无精打彩的，不像往日高兴。众伙计见他这样光景，自然不便久坐，不过随便喝了几杯酒，吃了饭，大家散去。

且说宝玉同着黛玉到宝钗处来。宝玉见了宝钗，便说道：“大哥辛辛苦苦的带了东西来，姐姐留着使罢，又送我们。”宝钗笑道：“原不是甚么好东西，不过是远路带来的土物儿。大家看着新鲜些就是了。”黛玉道：“这些东西，我们小时节倒不理会他，如今看见，真是新鲜物儿了。”宝钗因笑道：“妹妹知道，这就是俗语说的，‘物随乡贵’，其实可算什么呢？”宝玉听了这话，正对了黛玉方才的心事，连忙拿话岔道：“明年好歹大哥哥再去时，替我们多带些来。”黛玉瞅了他一眼，便道：“你要你只管说，不必拉扯各人。姐姐你瞧，不是宝哥来给姐姐来道谢，竟又要定明年的东西来了。”说的宝钗、宝玉都笑了。三个人又闲话了一回，因提起黛玉的病来，宝钗劝了一回，因说道：“妹妹若觉着身子不爽快，倒要自己勉强作挣着出来，各处走走逛逛，散散心，比在屋里闷坐着倒底好些。我那两日不是觉着发懒，浑身发热，只是要歪着，也因为时气不好，怕病，因此寻些事情，自己混着。这两日才觉着好些了。”黛玉道：“姐姐说的何尝不是？我也是这么想着呢。”大家又坐了一会，方散。宝玉仍把黛玉送至潇湘馆门首，才各自回去了。

且说赵姨娘因见宝钗送了贾环些东西，心中甚是喜欢，想道：“怨不得别人都说那宝丫头好，会做人，很大方。如今看起来，果然不差。他哥哥能带了多少东西来，他挨门儿送，并不遗漏一处，也不露出谁薄谁厚，连我们这样没时运的，也都想到了。若是个林丫头，他把我们娘儿们正眼也不瞧,那里还肯送我们东西。”一面想,一面把那些东西翻来复去的摆弄。瞧看一回,忽然想起宝钗系王夫人的亲戚,为何不到王夫人跟前卖个好儿呢?自己便蝎蝎螫螫的拿着东西,走至王夫人房中,站在旁边,陪笑说道:“这是宝姑娘才刚给环哥儿的,难为宝姑娘这么年轻的人,想的这么周到。真是大户人家的姑娘,又展样,又大方,怎么叫人不敬服呢?怪不得老太太和太太成日家都夸他,疼他。我也不敢自专就收起来,特拿来给太太瞧瞧,太太也喜欢喜欢。”王夫人听了,早知道来意了,又见他说的不伦不类,也便不理他,说道:“你自管收了去给环哥顽罢。”赵姨娘来时兴兴头头,谁知抹了一鼻子灰,满心生气,又不敢露出来,只得讪讪的出来了。到了自己房中,将东西丢在一边,嘴里咕咕哝哝、自言自语道:“这个又算个什么儿呢?”一面就坐着各自生了一回气。

却说莺儿带着老婆们送东西回来,回覆了宝钗,将众人道谢的话,并赏赐的银钱都回完了。那老婆子便出去了。莺儿走近前一步,挨着宝钗,悄悄的说道:“刚才我到琏奶奶那边,看见二奶奶一脸的怒气,送下东西出来时,悄悄的问小红,说刚才二奶奶从老太太屋里回来,不是往日欢天喜地的,叫了平儿去,唧唧咕咕的不知说了些什么。看那个光景,倒像有什么大事的似的。姑娘没听见那边老太太有什么?”宝钗听了,也自己纳闷,想不出凤姐是为什么有气,便道:“各人家有各人家的事。咱们那里管得!你去倒茶去罢。”莺儿于是出来,自去倒茶不提。

且说宝玉送了黛玉回来,想着黛玉的孤苦,不免也替他伤感起来。因要将这话告诉袭人,进来时却只有麝月、秋纹在房中。因问:“你袭人姐姐那里去了?”麝月道:“不过在这几个院里,就丢了他?一时不见,就这样找!”宝玉道:“不是怕丢了他。因我方才到林姑娘那边,见林姑娘又正伤心呢。问起来,却是为宝姐姐送了他东西,他见是他家乡的土物,不免对景伤情。我要告诉你袭人姐姐,叫他闲时过去劝劝。”正说着,晴雯进来了,因问宝玉道:“你回来了!你又要劝谁?”宝玉将方才的话说了一遍。晴雯道:“袭人姐姐才出去,听见他说要到琏二奶奶那边去,保不住还到林姑娘那里。”宝玉听了,便不言语。秋纹倒了茶来，宝玉漱了口，递给小丫头子，心中着实不自在，就便歪在床上。

却说袭人因宝玉出门，自己作了回活计。忽想起凤姐身上不好，这几日也没有过去看看；况闻贾琏出门，正好大家说说话儿，便告诉晴雯道："好生在屋里，别都出去了，叫宝玉回来抓不着人。"晴雯道："嗳哟！这屋里单你一个人记挂着他！我们都是白闲着混饭吃的？"袭人笑着，也不答言，就走了。刚来到沁芳桥畔，那时正是夏末秋初，池中莲藕新残相间，红绿离披。袭人走着，沿堤看玩了一回。猛抬起头，看见那边葡萄架底下，有人拿着掸子在那里掸什么呢。走到跟前，却是老祝妈。那老婆子见了袭人，便笑嘻嘻的迎上来，说道："姑娘怎么今日得工夫，出来逛逛？"袭人道："可不是。我要到琏二奶奶家瞧瞧去。你在这里做什么呢？"那婆子道："我在这里赶蜜蜂儿。今年三伏里雨水少，这果子树上都有虫子，把果子吃的疤痣流星的掉了好些下来。姑娘还不知道呢，这蜂儿最可恶的，一嘟噜上只咬破两三个儿，那破的水滴到好的头上，连这一嘟噜都要烂的。姑娘你瞧瞧，咱们说话的空儿没赶，就落了许多了。"袭人道："你就是不住手的赶，也赶不了许多。你倒告诉买办，叫他多多做些小冷布口袋儿，一嘟噜套上一个，又透风又不遭塌。"婆子笑道："倒是姑娘说的是。我今年才管上，那里知道这个巧法儿呢？"因又笑着说道："今年果子虽遭塌了些，味儿倒好，不信摘个姑娘尝尝？"袭人正色道："这那里使得！不但没熟吃不得，就是熟了，上头还没有供鲜，咱们倒先吃了？你是府里使老了的，难道连些个规矩都不懂了？"老祝妈忙笑道："姑娘说得是。我见姑娘很喜欢，我才敢这么说，可就把规矩错了。我可是老糊涂了。"袭人道："这也没有什么。只是有年纪的老奶奶们，别先领着头儿这么着就好了。"说着，遂一径出了园门。

来到凤姐这边，一到院里，只听见凤姐说道："天理良心！我在这里熬的越发成了贼了。"袭人听闻这话，知道有缘故了。又不好回来，又不好进去，遂把脚儿放重些，隔着窗子问道："平姐姐在家里呢么？"平儿忙答应着，迎出来。袭人便问："二奶奶也在家里呢么？身上可大安了？"说着，已走进来。凤姐妆着在床上歪着呢，见袭人进来，也笑着站起来，说：“好些了。叫你惦着！怎么这几日不过我们这边坐坐？”袭人道：“奶奶身上欠安，本该天天过来请安才是。但只怕奶奶身上不爽快，倒要静静儿的歇歇儿。我们来，倒吵的奶奶烦。”凤姐笑道：“烦是没的话。倒是宝兄弟屋里，虽然人多，也就靠着你一个照看他，也实在的离不开。我常听见平儿告诉我，说你背地里惦着我，常常问我。这就是你尽心了。”一面说着，叫平儿挪了张杌子，放在床旁，让袭人坐下。丰儿端进茶来，袭人欠身道：“妹妹坐着罢。”一面说闲话儿。只见一个小丫头子在外间屋里，悄悄的和平儿说：“旺儿来了，在二门上伺候着呢。”又听见平儿也悄悄的道：“知道了。叫他先去，回来再来。别在门口站着。”袭人知他们有事，又说了两句话，便起身要走。凤姐道：“闲来坐坐，说说话儿，我倒开心。”因命平儿：“送送你妹妹。”平儿答应着，送出来。只见两三个小丫头子，都在那里屏声息气，齐齐的伺候着。袭人不知何事，便自去了。

却说平儿送出袭人，进来回道：“旺儿才来了，因袭人在这里，我叫他先到外头等等儿。这会子还是立刻叫他呢，还是等着。请奶奶示下。”凤姐道：“叫他来！”平儿忙叫小丫头去传旺儿进来。这里凤姐又问平儿：“你到底是怎么听见说的？”平儿道：“就是头里那小丫头子的话。他说在二门里头，听见外头两个小厮说：‘这个新二奶奶比咱们旧二奶奶还俊呢，脾气儿也好。’不知是旺儿是谁，吆喝了两个一顿，说：‘什么新奶奶的旧奶奶的！还不快悄悄儿的呢。叫里头知道了，把你的舌头还割了呢。’”平儿正说着，只见一个小丫头进来回说：“旺儿在外头伺候着呢。”凤姐听了，冷笑了一声，说：“叫他进来！”那小丫头出来，说：“奶奶叫呢。”旺儿连忙答应着进来。旺儿请了安，在外间门口垂手侍立。凤姐儿道：“你过来，我问你话。”旺儿才走到里间门旁站立着。凤姐儿道：“你二爷在外头弄了人，你知道不知道？”旺儿又打着千儿回道：“奴才天天在二门上听差事，如何能知道二爷外头的事呢！”凤姐冷笑道：“你自然不知道，你要知道，你怎么拦人呢？”旺儿见这话，知道刚才的话已经走了风了，料着瞒不过，便跪回道：“奴才实在不知。就是里头兴儿和喜儿两个人在那里混说,奴才吆喝了他们两句。内中深情底里,奴才不知道,不敢妄回。求奶奶问兴儿。他是长跟二爷出门的。”

凤姐儿听了,下死劲啐了一口,骂道:“你们这一起没良心的混账忘八崽子,都是一条籐儿。打量我不知道呢！先去给我把兴儿那个忘八崽子叫了来,你也不许走开。问明白了他,回来再问你。好！好！好！这才是我使出来的好人呢！”那旺儿只得连声答应几个“是”,磕了个头,爬起来,出去叫兴儿。

却说兴儿正在账房里和小厮们顽呢,听见说“二奶奶叫”,先吓了一跳,却是想不到这件事发作了,连忙跟着旺儿进来。旺儿先进去,回说:“兴儿来了。”凤姐厉声道:“叫他！”那兴儿听见这个声音,早已没了主意了,只得乍着胆进来。凤姐一见,便说:“好小子呵！你和你爷办的好事呵！你只实说罢！”兴儿一闻此言,又看见凤姐气色及两边丫头们的光景,早唬软了,不觉跪下,只是磕头。凤姐儿道:“论起这事来,我也听见说不与你相干。只你不早来回我知道,这就是你的不是了。你要实说了,我还饶你;再有一字虚言,你先摸摸你腔子上几个脑袋瓜子。”兴儿战兢兢的朝上磕头,道:“奶奶问的是什么事？奴才同爷办坏了？”凤姐听了,一腔火都发作起来,喝命打嘴巴。旺儿过来,才要打时,凤姐儿骂道:“什么糊涂忘八崽子！叫他自己打,用你打吗？一会子你再各人打你那嘴巴子还不迟呢！”那兴儿真个自己左右开弓,打了自己十几个嘴巴。凤姐喝声:“站住！”问道:“你二爷外头娶了什么新奶奶、旧奶奶的事,你大概不知道呵？”

兴儿见说出这件事来,越发着了慌,连忙把帽子抓下来,在砖地咕咚咕咚嗑的头山响,口里说道:“只求奶奶超生！奴才再不敢撒一字儿的谎。”凤姐道:“快说！”兴儿直蹶蹶的跪起来,回道:“这事头里奴才也不知道,就是这一天,东府里大老爷送了殡,俞禄往珍大爷府里去领银子,二爷同着蓉哥儿到了东府里,道儿上爷儿两个说起珍大奶奶那边的二位姨奶奶来。二爷夸他好,蓉哥儿哄着二爷说,把二姨奶奶说给二爷。”凤姐听到这里,使劲啐道:“呸！没脸的忘八蛋！他是你那一门子的姨奶奶！”兴儿忙又磕头,说:“奴才该死！”往上瞅着,不敢言语。凤姐儿道:“完了吗？怎么不说了？”兴儿又回道:“奶奶恕奴才,奴才才敢回。”凤姐啐道:“放你妈的屁!这还什么恕不恕了!你好生给我往下说,好多着呢。”兴儿又回道:“二爷听见这个话,就喜欢了。后来奴才也不知道怎么就弄真了。”凤姐微微冷笑道:“这个自然么,你可那里知道呢?你知道的只怕都烦了呢!是了,说底下的罢!”兴儿回道:“后来,就是蓉哥儿给二爷找房子。”凤姐忙问道:“如今房子在那里?”兴儿道:“就在府后头。”凤姐儿道:“哦!”回头瞅着平儿道:“咱们都是死人哪。你听听!”平儿也不敢作声。

兴儿又回道:“珍大爷那边给了张家不知多少银子,那张家就不问了。”凤姐道:“这里头怎么拉扯上甚么张家李家咧呢?”兴儿回道:“奶奶不知道,这二奶奶……”刚说到这里,又自己打了个嘴巴,把凤姐儿到怄笑了,两边的丫头也都抿着嘴儿笑。兴儿想想,说道:“那珍大奶奶的妹子……”凤姐接着道:“怎么样?快说!”兴儿道:“那珍大奶奶的妹子,原来从小儿有人家的。姓张,叫什么张华。如今穷的待讨饭。珍大爷许了他银子,他就退了亲了。”凤姐儿听到这里,点了点头儿,回头便望丫头们,说道:“你们都听见了?小忘八崽子头里他还说他不知道呢!”

兴儿又回道:“后来二爷才叫人裱糊了房子,娶过来了。”凤姐道:“打那里娶过来的?”兴儿回道:“就在他老娘家抬过来的。”凤姐道:“好罢咧!”又问:“没人送亲么?”兴儿道:“就是蓉哥儿,还有几个丫头、老婆子们。没别人。”凤姐道:“大奶奶没来吗?”兴儿道:“过了两天,大奶奶才拿些东西来瞧的。”凤姐儿笑了一笑,回头向平儿道:“怪道那两天,二爷称赞大奶奶不离嘴呢。”掉过脸来,又问兴儿:“谁伏侍呢?自然是你了?”兴儿赶着磕头,不言语。凤姐又问:“前头那些日子,说给那府里办事,想来就是办的这个了?”兴儿回道:“也有办事的时候,也有往新房子里去的时候。”凤姐又问道:“谁和他住着呢?”兴儿道:“他母亲和他妹子。昨日他妹子各人抹了脖子。”凤姐道:“这又为了什么?”兴儿随将柳湘莲的事说了一遍。凤姐道:“这个人还算造化呢!省了当那出名儿的忘八。”因又问道:“没了别的事了么?”兴儿道:“别的事奴才不知道。奴才刚才说的事事真,字字实。"凤姐低一回头，便又指着兴儿道："你这个猴儿崽子，就该打死！这有甚么瞒我的？你想着瞒了我，就在那糊涂爷跟前讨了好儿了？你新奶奶好疼你？你这么着，我不看你刚才还有点怕惧儿，不敢撒谎，我把你的腿不给你砸折了呢。"说着，喝声："起去！"兴儿磕了个头，才爬起来，退到外间门口，不敢就走。凤姐道："过来！我还有话呢。"兴儿赶忙垂手敬听。凤姐道："你忙什么？新奶奶等着赏你什么呢？"兴儿也不敢抬头。凤姐道："你从今日，不许过去！我什么时候叫你，你什么时候到。迟了一步儿，你试试！出去罢！"兴儿忙答应几个"是的"，退出门来。凤姐又叫道："兴儿！"兴儿赶忙答应回来。凤姐道："快叫你出去告诉你二爷去，是不是呵？"兴儿回道："奴才不敢。"凤姐道："你出去提一个字儿，堤防你的皮！"兴儿连忙答应着，才出去了。

凤姐又叫："旺儿！"旺儿连忙答应着过来。凤姐把眼直瞅瞅的瞅了两三句话的工夫，才说道："好旺儿，很好！去罢！外头有人提一个字儿，全在你身上。"旺儿答应着，也出去了。

凤姐便叫倒茶。几个小丫头子会意，都出去了。这里凤姐才和平儿说："你都听见了？这才好呢！"平儿也不敢答言，只好陪笑儿。凤姐越想越气，歪在枕上，只好出神。忽然眉头一皱，计上心来，便叫："平儿来！"平儿连忙答应过来。凤姐道："我想这件事，竟该这么着才好。也不必等你二爷回来再商量了。"未知凤姐如何？且看下回分解。

第六十八回　苦尤娘赚入大观园　酸凤姐大闹宁国府

话说贾琏起身去后，偏值平安节度巡边在外，约一个月方回。贾琏未得确信，只得住在下处等候。及至回来相见，将事办妥，回程已是将两个月的限了。

谁知凤姐心下早已算定，只待贾琏前脚走了，回来便传各色匠役，收拾东厢房三间，照依自己正室一样妆饰陈设。至十四日，便回明贾母、王夫人说："十五日一早，要到姑子庙进香去。"只带了平儿、丰儿、周瑞媳妇、旺儿媳妇四人，未曾上车，便将原故告诉了众人。又分付众男人，素衣、素盖，一径前来。

兴儿引路，一直到了二姐门前扣门。鲍二家的开了，兴儿笑说："快回二奶奶去，大奶奶来了！"鲍二家的听了这句，顶梁骨走了真魂，忙飞进报与尤二姐。尤二姐虽也一惊，但已来了，只得以礼相见。于是忙整衣，迎了出来。至门前，凤姐方下车进来。尤二姐一看，只见头上皆是素白银器，身上月白缎袄，青缎披风，白绫素裙。眉弯柳叶，高吊两稍，目横丹凤，神凝三角。俏丽若三春之桃，清洁若九秋之菊。周瑞、旺儿二女人搀入院来。尤二姐陪笑，忙迎上来万福，张口便叫："姐姐下降，不曾远接，望恕仓促之罪。"说着，便福了下来。凤姐忙陪笑还礼不迭。

二人携手同入室中。凤姐上座，尤二姐命丫环拿褥子来，便行礼，说："奴家年轻，一从到了这里之事，皆系家母和家姐商议主张。今日有幸相会，若姐姐不弃奴家寒微，凡事求姐姐的指示教训。奴亦倾心吐胆，只伏侍姐姐。"说着，便行下礼去。凤姐儿忙下座，以礼相还，口内忙说："皆因奴家妇人之见，一味劝夫慎重，不可在外眠花卧柳，恐惹父母担忧。此皆是你我之痴心，怎奈二爷错会奴意。眠花宿柳之事瞒奴或可，今娶姐姐二房之大事，亦人家大礼，亦不曾对奴说。奴亦曾劝二爷早行此事，以备生育。不想二爷反以奴为那等忌妒之妇,私自行此大事,并不说知,使奴有冤难诉,惟天地可表。前于十日之先,奴已风闻。恐二爷不乐,遂不敢先说。今可巧远行在外,故奴家亲自拜见过,还求姐姐下体奴心,起动大驾,挪至家中。你我姊妹,同居同处,彼此合心,谏劝二爷慎重世务,保养身体,方是大礼。若姐姐在外,奴在内,虽愚贱不堪相伴,奴心又何安?再者,使外人闻知,亦甚不雅观,二爷之名也要紧。到是谈论奴家,奴亦不怨。所以,今生今世,奴之名节,全在姐姐身上。那起下人、小人之言,未免见我素日持家太严,背后加减些言语,自是常情,姐姐乃何等样人物,岂可信真?若我实有不好之处,上头三层公婆,中有无数姊妹、妯娌,况贾府世代名家,岂容我到今日?今日二爷私娶姐姐在外,若别人则怒,我则以为幸。正是天地神佛不忍我被小人们诽谤,故生此事。我今来求姐姐进去,和我一样,同居、同处,同分、同例,同侍公婆,同谏丈夫。喜则同喜,悲则同悲,情似亲妹,和比骨肉。不但那起小人见了自悔从前错认了我,就是二爷来家一见,他作丈夫之人,心中也未免暗悔。所以姐姐竟是我的大恩人,使我从前之名一洗无馀了。若姐姐不随奴去,奴亦情愿在此相陪。奴愿作妹子,每日伏侍姐姐梳头、洗面,只求姐姐在二爷跟前替我好言方便方便,容我一席之地安身,奴死也愿意。”说着,便呜呜咽咽,哭将起来。尤二姐见了这般,也不免滴下泪来。

二人对见了礼,分序坐下。平儿忙也上来要见礼。尤二姐见他打扮不凡,举止品貌不俗,料定是平儿。连忙亲身挽住,只叫:“妹子快休如此。你我是一样的人。”凤姐忙也起身,笑说:“折死他了!妹子只管受礼,他原是咱们的丫头,以后快别如此。”说着,又命周家的从包袱里取出四匹上色尺头,四对金珠簪环为拜礼。尤二姐忙拜受了。

二人吃茶对诉以往之事。凤姐口内全是自怨自错,“怨不得别人,如今只求姐姐疼我”等语。尤二姐见了这般,便认他作是个极好的人。小人不遂心,诽谤主子,亦是常理。故倾心吐胆,叙了一回,竟把凤姐认为知己。又见周瑞等媳妇在傍边称扬凤姐素日许多善政,只是吃亏心太痴了,惹人怨。又说:“已经预备了房屋,奶奶进去一看便知。”尤氏心中早已要进去同住方好。今又见如此,岂有不允之理?便说:“原该跟了姐姐去,只是这里怎么样?”凤姐儿道:“这有何难!姐姐的箱笼细软,只管着小厮搬了进去。这些粗笨货,要他无用。还叫人看着。姐姐说谁妥当,就叫谁在这里。”尤二姐忙说:“今日既遇见姐姐,这一进去,凡事只凭姐姐料理。我也来的日子浅,也不曾当过家,世事不明白,如何敢作主?这几件箱笼拿进去罢。我也没有什么东西。那也不过是二爷的。”凤姐听了,便命周瑞家的记清。好生看管着,抬到东厢房去。

于是催着尤二姐穿带了,二人携手上车,又同坐一处,又悄悄的告诉他:“我们家的规矩大。这事老太太一概不知。倘或知二爷孝中娶你,管把他打死了。如今且别见老太太、太太。我们有一个花园子,极大。姊妹住着,容易没人去的。你这一去,且在园里住两天,等我设个法子回明白了,那时再见方妥。”尤二姐道:“任凭姐姐裁处。”

那些跟车的小厮们,皆是预先说明的,如今不去大门,只奔后门而来。下了车,赶散众人,凤姐便带尤氏进了大观园的后门,来到李纨处。相见了,彼时大观园中,十停人已有九停人知道了。今忽见凤姐带了进来,引动多人来看问。尤二姐一一见过。众人见他标致和悦,无不称扬。凤姐一一的分付了众人,“都不许在外走了风声,若老太太、太太知道,我先叫你们死”。园中婆子、丫环都素惧凤姐的,又系贾琏国孝、家孝中所行之事,知道关系非常,都不管这事。凤姐悄悄的求李纨收养几日,“等回明了,我们自然过去的”。李纨见凤姐那边已收拾房屋;况在服中,不好倡扬,自是正理,只得收下权住。凤姐又变法将他的丫头一概退出,又将自己的一个丫头送他使唤。暗暗分付园中媳妇们:“好生照看着他!若有走失逃亡,一概和你们算账。”自己又去暗中行事。合家之人都暗暗纳罕的说:“看他如何这等贤惠起来了?”

那尤二姐得了这个所在,又见园中姊妹各各相好,到也安心乐业的,自为得其所矣。谁知三日之后,丫头善姐便有些不服使唤起来。尤二姐因说:“没了头油了,你去回声大奶奶,拿些来。”善姐道:“二奶奶!你怎么不知好歹,没眼色?我们奶奶天天承应了老太太,又要承应这边太太,那边太太,这些妯娌、姊妹、上下几百男女,天天起来都等他的话。一日少说,大事也有一二十件,小事还有三五十件;外头的从娘娘算起,以及王公、侯伯家,多少人情、客礼?家里又有这些亲友的调度,银子上千、钱上万,一日都从他一个手、一个心、一个口里调度。那里为这点子小事去烦琐他?我劝你能着些儿罢。咱们又不是明媒正娶来的。这是他亘古少有一个贤良人,才这样待你;若差些儿的人听见了这话,吵嚷起来,把你丢在外,死不死,生不生,你又敢怎样呢?"一席话说的尤氏垂了头,自为有这一说,少不得将就些罢了。

那善姐渐渐连饭也怕端来与他吃。或早一顿,或晚一顿,所拿来之物,皆是剩的。尤二姐说过两次,他反先乱叫起来。尤二姐又怕人笑他不安分,少不得忍着。隔上五日、八日,见凤姐一面。那凤姐却是和容悦色,满嘴里"姐姐"不离口。又说:"倘有下人不到之处,你降不住他们,只管告诉我。我打他们。"又骂丫头、媳妇说:"我深知你们软的欺,硬的怕,背开我的眼,还怕谁?倘或二奶奶告诉我一个不字,我要你们的命!"尤氏见他这般的好心,想到:"既有他,何必我又多事?下人不知好歹,也是常情。我若告了他们,受了委屈,反叫人说我不贤良。"因此,反替他们遮掩。

凤姐一面使旺儿在外打听细事,这尤二姐之事皆已深知。原来已有了婆家的。女婿现在才十九岁,成日在外嫖赌,不理生业,家私花尽,父亲撵他出来。现在赌钱厂存身。父亲得了尤婆十两银子,退了亲的。这女婿尚不知道。原来这小伙子名叫张华。凤姐都一一尽知原委,便封了二十两银子与旺儿,悄悄命他将张华勾来养活,着他写一张状子,只管往有司衙门中告去。就告琏二爷国孝、家孝之中,背旨、瞒亲,仗财、依势,强逼退亲,停妻再娶等语。这张华也深知利害,先不敢造次,旺儿回了凤姐。凤姐气的骂:"癞狗扶不上墙的种子!你细细的说给他,便告我们家谋反,也没事的。不过是借他一闹,大家没脸。若告大了,我这里自然能勾平息的。"旺儿领命,只得细说与张华。凤姐又分付旺儿:"他若告了你,你就和他对词去。"如此如此,这般这般,"我自有道理"。旺儿听了有他做主,便又命张华状子上添上自己，说："你只告我来往过付，一应调唆二爷做的。"张华便得了主意，和旺儿商议定了，写了一纸状子。次日，便往都察院喊了冤。

察院坐堂看状，见是告贾琏的事。上面有家人旺儿一人，只得遣人去贾府传旺儿来对词。青衣不敢擅入，只命人带信。那旺儿正等着此事，不用人带信，早在这条街上等候。见了青衣，反迎上去，笑道："起动众位兄弟。必是兄弟的事犯了。说不得，快来套上。"众青衣不敢，只说："你老去罢！别闹了！"于是来至堂前跪了。察院命将状子与他看。旺儿故意看了一遍，磞头说道："这事小的尽知。小的主人实有此事。但这张华素与小的有仇，故意攀折小的在内。其中还有别人，求老爷再问。"张华磞头说："虽还有人，小的不敢告他。所以只告他下人。"旺儿故意急的说："糊涂东西！还不快说出来。这是朝廷公堂之上，凭是主子，也要说出来。"张华便说出贾蓉来。察院听了，无法，只得去传贾蓉。凤姐又差了庆儿暗中打听告了起来。便忙将王信唤来，告诉他此事，命他托察院只虚张声势，警唬而已。又拿了三百银子与他去打点。是夜，王信到了察院私第，安了银子。那察院深知原委，收了赃银。次日回堂，只说张华无赖，因拖欠了贾府银两，枉捏虚词，诬赖良人。都察院又素与王子腾相好，王信也只到家说了一声，况是贾府之人，巴不得了事，便也不提此事，且都收下，只传贾蓉对词。

且说贾蓉等正忙着贾珍之事。忽有人来报信，说："有人告你们。"如此如此，这般这般，"快作道理"！贾蓉慌了，忙来回贾珍。贾珍说："我防了这一着。只亏他好大胆子。"即刻封了二百银子，着人去打点察院。又命家人去对词。

正商议之间，人报："西府二奶奶来了！"贾珍听了这个，到吃了一惊，忙要同贾蓉藏躲。不想凤姐进来了，说："好大哥哥，带着兄弟们干的好事！"贾蓉忙请安。凤姐拉了他就进来，贾珍还笑说："好生伺候你姑娘。分付他们杀牲口，预备饭。"说了，忙命备马，躲往别处去了。这里凤姐儿带着贾蓉走到上房。尤氏正迎了出来，见凤姐气色不善，忙笑说："什么事情？这等忙？"凤姐照脸一口吐沫，啐道：

"你尤家的丫头没人要了？偷着只往贾家送？难道贾家的人都是好的？普天下死绝了男人了！你就愿意给，也要三媒六证，大家说明，成个体统才是。你痰迷了心，脂油蒙了窍！国孝、家孝两重在身，就把个人送来了？这会子被人家告我们，我又是个没脚蟹，连官场中都知道我利害吃醋。如今指名提我，要休我。我来了你家，干错了什么不是，你这等害我！或是老太太、太太有了话在你心里，使你们做这圈套要挤我出去？如今咱们两个一同去见官，分证明白，回来咱们公同请了合族中人，大家觌面说个明白，给我休书，我就走路。"一面说，一面大哭，拉着尤氏，只要去见官。急的贾蓉跪在地下磞头，"只求姑娘婶子息怒"！凤姐儿一面又骂贾蓉："天雷劈脑子、五鬼分尸的没良心的种子！不知天有多高，地有多厚。成日家调三窝四，干出这些没脸面没王法败家破业的营生！你死了的娘，阴灵也不容你，祖宗也不容，还敢来劝我！"哭骂着，扬手就打。贾蓉忙磕头有声，说："婶子别动气，仔细手，让我自己打。婶子别生气。"说着，自己举手左右开弓，自己打了一顿嘴巴子。又自己问着自己说："以后可还顾三不顾四的混管闲事了？以后还单听叔叔的话，不听婶子的话了？"众人又是劝，又要笑，又不敢笑。

凤姐儿滚到尤氏怀里，嚎天动地，大放悲声，只说："给你兄弟娶亲我不恼，为什么使他违旨、背亲，将混账名儿给我背着？咱们只去见官，省得捕快、皂隶拿来。再者咱们只过去见了老太太、太太和众族人，大家公议了。我既不贤良，又不容丈夫娶亲买妾，只给我一纸休书，我就走。你妹妹我也亲身接来家，生怕老太太、太太生气，也不敢回。现在三茶六饭，金奴银婢的住在园里。我这里赶着收拾房子，一样和我的道理，只等老太太知道了，原说接过来，大家安分守已的，我也不提旧事了。谁知又是有了人家的，不知你们干的什么事！我一概又不知道，如今告我。我昨日急了，纵然我出去见官，也丢的是你贾家的脸，少不得偷着把太太的五百银子去打点。如今把我的人还锁在那里。"说了，又哭；哭了，又骂。后来放声又哭起祖宗爹妈来，又要寻死撞头，把个尤氏揉搓成一个面团，衣服上全是眼泪、鼻涕，并无别话。只骂贾蓉："孽障种子！和你老子作的好事！我就说不好的。”凤姐儿听说,哭着两手搬着尤氏的脸,紧对着问道:“你发昏了！你的嘴里难到有茄子塞着？不然,他们给你嚼子衔上？为什么你不告诉我去？你若告诉了我,这会子不平安了？怎得经官动府,闹到这步田地！你这会子还怨他们？自古说:‘妻贤夫祸少’,‘表壮不如里壮’。你但凡是个好的,他们怎得闹出这些事来？你又没才干,又没口齿,锯了嘴子的葫芦,就只会一味瞎小心,图贤良的名儿。总是他也不怕你,也不劝。”说着,啐了几口。

尤氏也哭道:“何曾不是这样！你不信,问问跟的人。我何曾不劝的？也得他们听！叫我怎么样呢？怨不得妹妹生气,我只好听着罢了。”众姬妾、丫环、媳妇已是乌鸦跪了一地,陪笑求说:“二奶奶最圣明的,虽是我们奶奶的不是,奶奶也作践的勾了。当着奴才们,奶奶们素日何等的好来？如今还求奶奶给留脸。”说着,捧上茶来,凤姐也摔了。一面止了哭,挽头发。又哭骂贾蓉:“出去请大哥哥来！我对面问他:亲大爷的孝才五七,侄儿娶亲,这个礼我竟不知道！我问问,也好学着日后教导子侄的。”贾蓉只跪着磕头,说:“这事原不与父母相干,都是儿子一时吃了屎,调唆叔叔作的。我父亲也并不知道。如今,我父亲正要出去送殡,婶子若闹起来,儿子也是个死。只求婶子责罚儿子,儿子谨领。这官司,还求婶子料理,儿子竟不能干这大事。婶子是何等样人？岂不知俗语说的‘胳膊只折在袖子里’。儿子糊涂死了,既作了不肖的事,就同那猫儿、狗儿一般,婶子既教训,就不和儿子一般见识的,少不得还要婶子费心、费力,将外头的压住了才好。原是婶子有这个不肖的儿子,既惹了祸,少不得委屈,还要疼儿子。”说着,又磕头不绝。

凤姐见他母子这般,也再难往前施展了。只得又转过了一副形容言谈来。与尤氏反陪礼说:“我是年轻不知事的人,一听见有人告诉了,把我吓昏了,不知方才怎么样得罪了嫂子,可是蓉儿说的,‘胳膊折了往袖子里藏’,少不得嫂子要体谅我,还要嫂子转替哥哥说了,先把这官司按下去才好。”尤氏、贾蓉一齐都说:“婶子放心！横竖一点儿连累不着叔叔、婶子。方才说用过了五百两银子,少不得我娘儿们打点五百两银子与婶子送过去补上的。不然岂有反教婶子又添上亏空之名，越发我们该死了。但还有一件，老太太、太太们跟前，婶子还要周全方便，别提这些话方好。”凤姐儿又冷笑道：“你们饶压着我的头，干了事，这会子反哄着我替你们周全。我虽然是个呆子，也呆不到如此。嫂子的兄弟，是我的丈夫。嫂子既怕他绝后，我岂不更比嫂子更怕绝后？嫂子的令妹，就是我的妹子一样，我一听见这话，连夜喜欢的连觉也睡不成，赶着传人收拾了屋子，就要接进来同住。到是奴才小人的见识，他们到说：‘奶奶太好性了。若是我们的意见，先回了老太太、太太，看是怎样。再收拾房子，去接他不迟。’我听了这话，教我要打要骂的，才不言语了。谁知偏不称我的意，偏打我的嘴，半空里又跑出一个张华来告了。只得求人去打听这张华是什么人，这样大胆。打听了两日，谁知是个无赖的花子，我年轻不知事，反笑了，说：‘他告什么？’倒是小子们说：‘原是二奶奶许了他的，他如今正是急了，冻死饿死也是一个死。现在有这个理他抓着，他纵然死了，死的倒比冻饿死的值些。怎么怨的他告呢？这事原是爷作的太急了，两重孝在身，就是两重罪；背着父母一重罪，停妻再娶一重罪，俗语说：“拚着一身剐，敢把皇帝拉下马。”他穷疯了的人，什么事作不出来？况且他又拿着这满礼，不告等请不成？’嫂子说我便是个韩信、张良，听了这话，也把智谋吓回去了。你兄弟又不在家，又没个商量，少不得拿钱去垫补。谁知越使钱，越被人拿住了刀靶，越发来讹。我是‘耗子尾上长疮，多少脓血儿呢’。所以又急又气，少不得来找嫂子。”

尤氏、贾蓉不等说完，都说：“不必操心！自然要料理的。”贾蓉又道：“那张华不过是穷急，故舍了命才告咱们。如今我想了一个法子，竟许他银子，只叫他应了枉告不实的罪。咱们替他打点完了官司，他出来时，再给他些银子，就完了。”凤姐笑道：“好孩子！怨不得你顾一不顾二的作这些事出来。原来你竟糊涂！若你说的这话，他暂且依了。且打出官司来，又得了银子，眼前自然了事。这些人既是无赖之徒，银子到手，一旦光了，他又寻事故讹诈。倘又叨登出事来，这可怎么样？虽不怕他，也终耽心。拦不住他说：‘既没毛病，为什么反给银子？’终又是不了之局。”贾蓉原是个明白人，听如此一说，便笑道："我还有个主意。来是是非人，去是是非者。我的事，还得我了才好。如今我竟去问张华个主意，或是他定要人，或是愿意了事，得钱再娶。他若说一定要人，少不得我去劝我二姨，叫他出来仍嫁他去；若说要钱，我们这里少不得给他。"凤姐儿忙道："虽如此说，我断舍不得你姨娘出去，我也断不肯使他去。好侄儿，你若疼我，只能可多给他钱为是。"贾蓉深知凤姐，口虽如此，心却是巴不得只要本人出来，他却做贤良人。如今怎么说怎么依。

凤姐儿欢喜了，又说："外头好处了，家里终久怎么样？你也同我过去回明了才是。"尤氏又慌了，拉凤姐讨主意，如何撒谎才好。凤姐冷笑道："既没这本事，谁叫你干这个事了？这会子又这么个腔儿！我又看不上。待要不出个主意，我又是个心慈面软的人。凭人撮弄我，我还是一片痴心。说不得，让我应起来。如今你们只别露面，我只领了你妹妹去与老太太、太太们磕头，只说原系你妹妹我看上了，很好。正因我不大生长，原说买两个人放在屋里的。今既见你妹妹很好，而且又是亲上做亲的。我愿意娶来做二房。皆因家中父母、姊妹新近一概死了，日子又艰难，不能度日。若等孝满之后，他无家无业，实难等得，我的主意接了进来，已经厢房收拾出来暂且住着，等满了服，再圆房。仗着我不怕臊的脸，死活赖去。有了不是，也寻不着你们了。你们母子想想，可使得？"尤氏、贾蓉一齐笑说："到底是婶子宽洪大量，足智多谋。等事妥了，少不得我们娘儿们过去拜谢。"尤氏忙命丫环们伏侍凤姐梳妆、洗脸，又留酒饭，亲自递酒、拣菜。

凤姐也不多坐，执意就走了。进园中将此事告诉与尤二姐，又说："我怎么操心、打听，又怎么设法子，须得如此如此，方救下众人无罪，少不得我去拆这个鱼头，大家才好。"不知端详，且听下回分解。

第六十九回　弄小巧用借剑杀人　觉大限吞生金自逝

话说尤二姐听了,又感谢不尽,只得跟了他过去。尤氏那边怎好不过来的,少不得也过来,跟着凤姐去回,方是大礼。凤姐笑说:"你只别说话。等我去说。"尤氏道:"这个自然!但一有个不是,是往你身上推的。"说着,大家先来至贾母房中。

正值贾母和园中姊妹们说笑解闷。忽见凤姐带了一个标致小媳妇进来,忙觑着眼看,说:"这是谁家的孩子,好可怜见的。"凤姐上来笑道:"老祖宗到细细的看看,好不好!"说着,忙拉二姐说:"这是太婆婆。快磕头。"二姐忙行了大礼,展拜起来。又指着众姊妹说:"这是某人某人,你先认了,太太瞧过了,再见礼。"二姐听了,一一又从新故意的问过,垂头站在傍边。贾母上下瞧了一遍,因又笑问:"你姓什么?今年十几了?"凤姐忙又笑说:"老祖宗且别问,只说比我俊不俊?"贾母又带了眼镜,叫鸳鸯、琥珀:"把那孩子拉过来我瞧瞧肉皮儿。"众人都抿嘴儿笑着,只得推他上去。贾母细瞧了一遍,又命琥珀:"拿出他的手来,我瞧瞧!"鸳鸯又揭起裙子来,贾母瞧毕,摘下眼镜来,笑说:"到是个齐全孩子。我看比你俊些。"凤姐听说,笑着忙跪下,将尤氏那边所编之话,一五一十,细细的说了一遍,"少不得老祖宗发慈心,先许他进来住,一年后再圆房。"贾母听了道:"这有什么不是?你既这么贤良,很好。只是一年后方可圆得房"。凤姐听了,叩头起来。又求贾母着两个女人一同带去见太太们,说是老祖宗的主意。贾母依允,遂使两个人带去见了邢夫人等。王夫人正因他风声不雅,深为忧虑,见他今行此事,岂有不乐之理?于是尤二姐自此见了天日,挪到厢房住居。

凤姐一面使人暗暗调唆张华,只叫他要原妻,这里还有许多赔送外,还给他银子安家这话。张华原无胆无心告贾家的,后来又见贾蓉打发人来对词,那人原说的:"张华先退了亲,我们皆是亲戚,接到家里住着是真,并无偷娶之说。皆因张华拖欠了我们的债务,追索不与,方诬赖小的主人那些个。”察院都和贾王两处有瓜葛,况又受了贿,只说张华无赖,以穷讹诈。状子也不收,打了一顿,赶出来。庆儿在外替他打点,也没打重,又调唆张华:“亲原是你家定的,你只要成这亲事,官必还断给你。”于是又告。王信那边又透了消息与察院,察院便批:“张华所欠贾宅之银,令其限内按数交还;其所定之亲,仍令其有力时娶回。”又传了他父亲来,当堂批准。他父亲亦系庆儿说明,乐得人财两进,便去贾家领人。

凤姐儿一面吓的来回贾母,说如此这般,都是珍大嫂子干事不明,并没和那家退准,惹人告了,如此官断。贾母听了,忙唤了尤氏过来,说他作事不妥,“既是你妹子从小曾与人指腹为婚,又没退断,使人混告了”。尤氏听了,只得说:“他连银子都收了,怎么没准?”凤姐在傍又说:“张华的口供上现说不曾见银子,也没见人去。他老子说:‘原是亲家母说过一次,并没应准。亲家母死了,你们就接进去作二房。’如此没有对证,只好由他去混说。幸而琏二爷不在家,没曾圆房,这还无妨。只是人已来了,怎好送回去,岂不伤脸?”贾母道:“又没圆房,没的强占人家有夫之妇,名声也不好,不如送给他去。那里寻不出好人来?”尤二姐听了,又回贾母说:“我母亲实于某年月日给了他十两银子退准的。他因穷急了告,又翻了口。我姐姐原没错辨。”贾母听了,便说:“可见刁民难惹。既这样,凤丫头去料理料理。”

凤姐听了,无法,只得应着回来。只命人去找贾蓉。贾蓉深知凤姐之意,若要使张华领回,成何体统?便回了贾珍,暗暗遣人去说张华:“你如今既有许多银子,何必定要原人?若只管执定主意,不怕爷们一怒,寻出个由头,你死无葬身之地。你有了银子,回家去什么好人寻不出来?你若走时,还赏你些路费。”张华听了,心中想了一想,这到是好主意,和父亲商议已定,共总也得了有百金。他父子次日起个五更,回原籍去了。

贾蓉打听得真了,来回了贾母、凤姐,说:“张华父子妄告不实,惧罪逃走,官府亦知此情,也不追究,大事完毕。”凤姐听了,心中一想，若必定着张华带回二姐去，未免贾琏回来再花几个钱包占住，不怕张华不依。还是二姐不去，自己相伴着，还妥当，且再作道理。只是张华此去不知何往，他倘或再将此事告诉了别人，或日后再寻出这由头来翻案，岂不是自己害了自己？原先不该如此将刀靶付与外人去的，因此悔之不迭。复又想了一条主意出来，悄命旺儿遣人寻着了他，或说他作贼，和他打官司，将他治死；或暗中使人算计，务将张华治死，方剪草除根，保住自己的名誉。

旺儿领命出来，回家细想，人已走了完事，何必如此大作？人命关天，非同儿戏，我且哄过他去，再作道理。因此在外躲了几日，回来告诉凤姐，只说："张华是有了几两银子在身上逃去，第三日在京口地界五更天已被截路人打闷棍打死了，他老子唬死在店房，在那里验尸掩埋。"凤姐听了不信，说："你要扯谎，我再使人打听出来，敲你的牙！"自此方丢过，不题。

凤姐和尤二姐和美非常，更比亲姊亲妹还胜十倍。

那贾琏一日事毕，回来先到了新房中。已竟悄悄的封锁，只有一个看房子的老头儿。贾琏问他原故，老头子细说原委。贾琏只在镫中跌足，少不得来见贾赦与邢夫人。将所完之事回明，贾赦十分欢喜，说他中用，赏了他一百两银子，又将房中一个十七岁的丫嬛，名唤秋桐者赏他为妾。贾琏叩头领去，喜之不尽。见了贾母和家中人，回来见凤姐，未免脸上有些愧色。谁知凤姐儿他反不似往日容颜，同尤二姐一同出迎，叙了寒温。贾琏将秋桐之事说了，未免脸上有些得意之色，骄矜之容。凤姐听了，忙命两个媳妇坐车到那边，接了来。心中一刺未除，又平空添了一刺，说不得且吞声忍气，将好颜面拉出来遮掩。一面又命摆酒接风，一面带了秋桐来见贾母与王夫人等。贾琏心中也暗暗的纳罕。

那日已是腊月十二日。贾珍起身，先拜了宗祠，然后过来辞拜贾母等人和族中人，直送到洒泪亭方回。独贾琏、贾蓉二人，送出三日三夜方回。一路上贾珍命他好生收心治家等语，二人口内答应，也说些大礼套话，不必烦叙。

且说凤姐在家，外面待尤二姐自不必说得，只是心中又怀别意。

无人处只和尤二姐说:“妹妹的声名很不好听,连老太太、太太们都知道了,说妹妹在家做女孩儿就不干净,又和姐夫有些首尾,没人要的了,你拣了来。还不休了,再寻好的。我听见这话,气得倒仰。查是谁说的,又查不出来。这日久天长,这些个奴才们跟前怎样说嘴?我反弄了个鱼头来拆。”说了两遍,自己又气病了,茶饭也不吃。除了平儿,众丫头、媳妇,无不言三语四,指桑说槐,暗来讥刺。

秋桐自为系贾赦之赐,无人僭他的,连凤姐、平儿皆不放在眼里,岂肯容他?张口是:“先奸后娶,没汉子要的娼妇,也来要我的强!”凤姐听了,暗乐;尤二姐听了,暗愧、暗怒、暗气。凤姐既妆病,便不和尤二姐吃饭了。每日只命人端了菜饭到他房中去吃。那茶饭都系不堪之物。平儿看不过,自拿了钱出来,弄菜与他吃,或是有时只说和他园中去顽,在园中厨内另做了汤水与他吃,也无人敢回凤姐。只有秋桐一时撞见了,便去传舌,告诉凤姐,说:“奶奶的名声,生是平儿弄坏了的。这样好菜好饭,浪着不吃,却往园里去偷吃。”凤姐听了,骂平儿说:“人家养猫拿耗子,我的猫只到咬鸡。”平儿不敢多说,自此也要远着了。又暗恨秋桐,难以出口。

园中姊妹和李纨、迎春、惜春等人,皆为凤姐是好意;然宝、黛一干人,暗为二姐担心,虽都不便多事,惟见二姐可怜,时常来了,到还都悯恤他。每日常无人处说起话来,尤二姐便淌眼抹泪,又不敢抱怨。凤姐儿又并无露出一点坏形来。

贾琏来家时,见了凤姐贤良,也便不留心。况素习已来,因贾赦姬妾、丫环最多,贾琏每怀不轨之心,只未敢下手。如这秋桐辈等人,皆是恨老爷年迈昏愦,贪多嚼不烂的,留下这些人作什么?因此除了几个知礼有耻的,馀者或有与二门上小幺儿们嘲戏的,甚至于与贾琏眉来眼去私相偷期的,只惧贾赦之威,未曾到手。这秋桐便和贾琏有旧,从未来过一次。今日天缘凑巧,竟赏了他,真是一对烈火干柴,如胶投漆,燕尔新婚,连日那里拆的开。那贾琏在二姐身上之心,也渐渐淡了,只有秋桐一人是命。

凤姐虽恨秋桐,且喜借他先可发脱二姐,自己且抽头,用借剑杀人之法,坐山观虎斗。等秋桐杀了尤二姐,自己再杀秋桐。主意已定,没人处常又私劝秋桐说:“你年轻不知事,他现是二房奶奶,你爷心坎儿上的人。我还让他三分,你去硬碰他,岂不是自寻其死?”那秋桐听了这话,越发恼了。天天大口乱骂,说:“奶奶是软弱人,那等贤惠,我却做不来。奶奶把素日的威风怎都没了?奶奶宽洪大量,我却眼里揉不下沙子去。让我和他这淫妇做一回,他才知道呢!”凤姐儿在屋里,只妆不敢出声儿,气的尤二姐在房里哭泣,饭也不吃,又不敢告诉贾琏。次日贾母见他眼红红的肿了,问他,又不敢说。秋桐正是抓乖卖俏之时,他便悄悄的告诉贾母、王夫人等说:“专会作死,好好的成天家啼丧。背地里咒二奶奶和我早死了,他好和二爷一心一计的过。”贾母便说:“人太生趑俏了,可知心就嫉妒。凤丫头到好意待他,他到这样争风吃醋的,可是个贱骨头。”因此渐次便不大欢喜。众人见贾母不喜,不免又往下踏践起来,弄得这尤二姐,要死不能,要生不得,还是亏了平儿,时常背着凤姐,看他这般,与他排解排解。

那尤二姐原是个花为肠肚雪作肌肤的人,如何经得这般磨折?不过受了一个月的暗气,便恹恹得了一病,四肢懒动,茶饭不进,渐次黄瘦下去。夜来合上眼,只见他小妹子手捧鸳鸯宝剑前来,说:“姐姐!你一生为人心痴意软,终久吃了这亏。休信那妒妇花言巧语,外作贤良,内藏奸狡。他发恨定要弄你一死方罢。若妹子在世,断不肯令你进来;即进来时,亦不容他这样!此亦系理数,应然你我生前淫奔不才,使人家丧伦败行,故有此报。你依我将此剑斩了那妒妇,一同归至警幻案下,听其发落。不然,你则白白的丧命,且无人怜惜。”尤二姐泣道:“妹妹!我一生品行既亏,今日之报,既系当然,何必又生杀戮之冤?随我去忍耐。若天见怜,使我好了,岂不两全?”小妹笑道:“姐姐,你终是个痴人!自古‘天网恢恢,疏而不漏’,天道好还。你虽悔过自新,然已将人父子兄弟致于麀聚之乱,天怎容你安生?”尤二姐泣道:“既不得安生,亦是理之当然。奴亦无怨。”小妹听了,长叹而去。尤二姐惊醒,却是一梦。等贾琏来看时,因无人在侧,便泣说:“我这病便不能好了,我来了半年,腹中也有身孕,但不能预知男女。倘天见怜,生了下来,还可;若不然,我这命就不保,何况于他?”贾琏亦泣说:“你只放心!我请名人来医治。”出去即刻请医生。

谁知王太医亦谋干了军前效力,回来好讨荫封的。小厮们走去,便请了个姓胡的太医,名叫君荣,进来诊脉。看了说是“经水不调,全要大补”。贾琏便说:“已是三月庚信不行,又常作呕酸,恐是胎气。”胡君荣听了,复又命老婆子们请出手来,再看看。尤二姐少不得又从帐内伸出手来。胡君荣又诊了半日,说:“若论胎气,肝脉自应洪大,然木盛则生火,经水不调,亦皆因由肝木所致。医生要大胆,须得请奶奶将金面略露露,医生观观气色,方敢下药。”贾琏无法,只得命将帐子掀起一缝。尤二姐露出脸来。胡君荣一见,魂魄如飞上九天,通身麻木,一无所知。一时,掩了帐子,就陪他出来,问是如何。胡太医道:“不是胎气,只是迂血凝结,如今只以下迂血、通经脉要紧。”于是写了一方,作辞而去。

贾琏命人送了药礼,抓了药来,调服下去。只半夜,尤二姐腹痛不止,谁知竟将一个已成形的男胎打了下来。于是血行不止,二姐就昏迷过去。贾琏闻知,大骂胡君荣。一面再遣人去请医调治,一面命人去打告胡君荣。胡君荣听了,早已卷包逃走。这里太医院太医便说:“本来气血生成亏弱,受胎以来想是着了些气恼,郁结于中。这位先生擅用虎狼之剂,如今大人元气十分伤其八九,一时难保就愈。煎、丸二药并行,还要一些闲言闲事不闻,庶可望好。”说毕而去。急的贾琏查是谁请了姓胡的来的,一时查了出来,便打了个半死。

凤姐比贾琏更急十倍。只说:“咱们命中无子,好容易有了一个,又遇见这样没本事的大夫。”于是天地前烧香礼拜,自己通陈祷告,说:“我或有病,只求尤氏妹子身体大愈,再得怀胎生一男子,我愿吃长斋念佛。”贾琏众人见了,无不称赞。贾琏与秋桐在一处时,凤姐又做汤做水的着人送与二姐,又骂平儿不是个有福的:“也和我一样,我因多病,你却无病也不见怀胎。如今二奶奶这样,都因咱们无福,或犯了什么冲的他这样。”因又叫人出去算命、打卦。偏算命的回来,又说系属兔的阴人冲犯。大家算将起来,只有秋桐一人属兔,说他冲的。

秋桐近见贾琏请医治药,打人骂狗,为尤二姐十分尽心。他心中早浸了一缸醋在内了。今又听见如此说他冲了,凤姐儿又劝他说:

"你暂且别处去躲几个月再来。"秋桐便气的哭骂道:"理那起瞎肏的混咬舌根！我和他井水不犯河水,怎么就冲了他？好个爱八哥儿,在外头什么人不见,偏来了,就有人冲了？白眉赤脸,那里来的孩子？他不过指着哄我们那个绵花耳朵的爷罢了！总有孩子,也不知姓张、姓王。奶奶希罕那杂种羔子,我不喜欢。老了谁不成？谁不会养？一年半载养一个,到还是一点搀杂没有的呢!"骂的众人又要笑,又不敢笑。可巧邢夫人过来请安。秋桐便哭告邢夫人说:"二爷、奶奶要撵我回去,我没了安身之处。太太好歹开恩。"邢夫人听说,慌的数落凤姐儿一阵,又骂贾琏:"不知好歹的种子！凭他怎么不好,是你父亲给的,为个外头投了来的到眼里连老子都没了？你要撵他,你不如还你父亲去到好!"说着,赌气去了。秋桐更又得意,越性走到他窗户根底下,大哭大骂起来。

尤二姐不免更添烦恼。晚间贾琏在秋桐房中歇了。凤姐已睡,平儿过来瞧他,又悄悄劝他:"好生养病,不要理那畜生。"尤二姐拉他哭道:"姐姐！我从到了这里,多亏姐姐照应。为我,姐姐也不知受了多少闲气。我若逃的出命来,我必答报姐姐的恩德。只怕我逃不出命来,也只好等来生罢。"平儿也不禁滴泪,说道:"想来都是我坑了你。我原是一片痴心,从没瞒他的话。既听见你在外头,岂有不告诉他的？谁知生出这些个事来。"尤二姐忙道:"姐姐这话错了！若姐姐便不告诉他,他岂有打听不出来的？不过是姐姐说的在先,况且我也一心要进来方成个体统。与姐姐何干？"二人哭了一回,平儿又嘱咐了几句。夜已深了,方去安息。

这里尤二姐心下自思:"病已成势,日无所养,反有所伤,料定必不能好。况胎已打下,无可悬心,何必受这些零碎气？不如一死,到还干净。常听见人说,生金子可以坠死。岂不比上吊、自刎又干净？"想毕,挣挣起来,打开箱子,找出一块生金子,也不知多重,狠命含泪,便吞入口中,几次狠命直脖子,方咽了下去。于是赶忙将衣服首饰穿带齐整,上炕躺下了。当下人不知,鬼不觉。

到第二日早辰,丫嬛、媳妇们见他不叫人,乐得且自己去梳洗。凤姐便和秋桐都上去了。平儿看不过,说丫头们:"你们就只配那没人心的打着骂着使也罢了。一个病人,也不知可怜可怜。他虽好性儿,你们也该拿出个样儿来,别太过馀了。'墙倒众人推。'"丫嬛听了,急推房门进来,看时却穿带的齐齐整整,死在炕上了。于是方吓慌了,喊叫起来。平儿进来看了,不禁大哭。众人虽素习惧怕凤姐,然想尤二姐实在温和怜下,比凤姐原强。如今死去,谁不伤心落泪?只不敢与凤姐看见。

当下合宅皆知。贾琏进来,搂尸大哭不止。凤姐也假意哭:"狠心的妹妹!你怎么丢下我去了,辜负了我的心!"尤氏、贾蓉等也来哭了一场,劝住贾琏。贾琏便回了王夫人,讨了梨香院停放五日,挪到铁槛寺去。王夫人依允。贾琏忙命人去开了梨香院的门,收拾出正房来停灵。贾琏嫌后门出灵不像,便对着梨香院的正墙上通街现开了一个大门,两边搭棚,安坛场,做佛事。用软榻铺了锦缎、衾褥,将二姐抬上榻去,用衾单盖了,八个小厮和几个媳妇围随,从内子墙一带抬往梨香院来。那里已请下天文生预备,揭起衾单一看,只见这尤二姐面色如生,比活着还美貌。贾琏又搂着大哭,只叫:"奶奶!你死的不明,都是我坑了你!"贾蓉忙上来劝:"叔叔解着些儿。我这个姨娘自己没福。"说着,又向南指大观园的界墙,贾琏会意,只悄悄跌脚,说:"我忽略了,终久对出来,我替你报仇。"天文生回说:"奶奶卒于今日正卯时,五日出不得。或是三日,或是七日方可。明日寅时入殓大吉。"贾琏道:"三日断乎使不得。竟是七日。因家叔、家兄皆在外,小丧不敢多停。等到外头,还放五七做大道场才掩灵。明年往南去下葬。"天文生应诺,写了殃榜而去。宝玉已早过来,陪哭一场。众族中人,也都来了。贾琏忙进去找凤姐要银子,治办棺椁丧礼。

凤姐见抬了出去,推有病,回老太太、太太说:"我病着,忌三房,不许我去。"因此也不出来穿孝,且往大观园中来。绕过群山,至北界墙根下,往外听,隐隐绰绰听了一半言语,回来又回贾母说:如此这般。贾母道:"信他胡说!谁家痨病死的,不烧了一撒。也认真的开丧、破土起来。既是二房一场,也是夫妻之分,停五七日,抬出来,或一烧,或乱葬地上,埋了完事。"凤姐笑道:"可是这话!我又不敢劝他。"正说着,丫嬛来请凤姐,说:"二爷等着奶奶拿银子呢。"凤姐只得来了，便问他："什么银子？家里近来艰难，你还不知道？咱们的月例，一月赶不上一月，鸡儿吃了过年粮。昨儿我把两个金项圈当了三百银子，你还做梦呢。这里还有二三十两银子，你要就拿去。"说着，命平儿拿了出来，递与贾琏。指着贾母有话，又去了。恨的贾琏没话可说，只得开了尤氏箱柜去拿自己的梯己。及开了箱柜，一滴无存，只有些折簪子，坏了的花儿并几件半新不旧的绸绢衣裳，都是尤二姐素习所穿的。不禁又伤心，哭了起来。自己用个包袱一齐包了，也不命小厮、丫嬛来拿，便自己提着来烧。

平儿又是伤心，又是好笑。忙将二百两一包的碎银子偷了出来，到厢房拉住贾琏，悄递与他，说："你只别作声才好。你要哭，外头多少哭不得，又跑了这里来点眼。"贾琏听说，便说："你说的是。"接了银子，又将一条裙子递与平儿，说："这是他家常穿的。你好生替我收着，作个念心儿。"平儿只得掩了，自己收去。贾琏拿了银子，与众人走来，命人先去买板。好的，又贵；中的，又不要。贾琏骑马自去要瞧。至晚间，果抬了一副好板进来，价银五百两赊着，连夜赶造。一面分派了人口，穿孝守灵。晚上也不进去，只在这里伴宿。正是——

第七十回　林黛玉重建桃花社　史湘云偶填柳絮词

话说贾琏自在梨香院伴宿七日夜，天天僧道不断做佛事。贾母唤了他去，分付不许送往家庙中。贾琏无法，只得又和时觉说了，就在尤三姐之上，点了一个穴，破土埋葬。那日送殡，只不过族中人与王信夫妇、尤氏婆媳而已。凤姐一应不管，只凭他自去办理。

因又年近岁逼，诸务猬集不算外，又有林之孝开了一个人名单子来，共有八个二十五岁的单身小厮应该娶妻成房，等里面有该放的丫头们，好求指配。凤姐看了，先来问贾母和王夫人。大家商议，虽有几个应该发配的，奈各人皆有原故。第一个鸳鸯发誓不去。自那日之后，一向未和宝玉说话，也不盛妆浓饰。众人见他志坚，也不好相强；第二个琥珀，又有病，这次不能了；彩云因近日和贾环分崩，也染了无医之症。只有凤姐儿和李纨房中粗使的大丫嬛出去了，其馀年纪未足，令他们外头自娶去了。

原来这一向因凤姐病了，李纨、探春料理家务，不得闲暇；接着过年过节，出来许多杂事，竟将诗社搁起。如今仲春天气，虽得了工夫，争奈宝玉因冷遁了柳湘莲，剑刎了尤小妹，金逝了尤二姐，气病了柳五儿，连连接接，闲愁胡恨，一重不了一重，添弄得情色若痴，语言常乱，似染怔忡之疾。慌的袭人等又不敢回贾母，只百般逗他顽笑。

这日清辰方醒，只听外间房内咭咭呱呱，笑声不断。袭人因笑说："你快出去解救，晴雯和麝月两个人按住温都里那隔肢呢。"宝玉听了，忙披上灰鼠袄子，出来一瞧，只见他三人被褥尚未叠起，大衣也未穿，那晴雯只穿葱绿苑绸小袄，红小衣，红睡鞋，披着头发，骑在雄奴身上；麝月是红绫抹胸，披着一身旧衣，在那里抓雄奴的肋肢。雄奴却仰在炕上，穿着撒花紧身儿，红裤绿袜，两脚乱蹬，笑的喘不过气来。宝玉忙上前笑说："两个大的欺负一个小的。等我助力。"说着，也上床来膈肢晴雯。晴雯触痒，笑的忙丢下雄奴，和宝玉对抓。雄奴趁势又将晴雯按倒,向他肋下抓动。袭人笑说:“仔细冻着了。”看他四人裹在一处,到好笑。

忽有李纨打发碧月来说:“昨儿晚上,奶奶在这里把块手帕子忘了,不知可在这里?”小燕说:“有,有,有。我在地下拾了起来,不知是那一位的,才洗了出来,晾着还未干呢。”碧月见他四人乱滚,因笑道:“到是这里热闹,大清早起就咭咭呱呱的顽到一处。”宝玉笑道:“你们那里人也不少,怎么不顽?”碧月道:“我们奶奶不顽,把两个姨娘和琴姑娘也宾住了。如今琴姑娘又跟了老太太前头去了,更寂寞了。两个姨娘今年过了,到明年冬天都去了,又更寂寞呢。你瞧宝姑娘那里,出去了一个香菱,就冷清了多少?把个云姑娘落了单。”

正说着,只见湘云又打发了翠缕来说,“请二爷快出去瞧好诗”!宝玉听了,忙问:“那里的好诗?”翠缕笑道:“姑娘们都在沁芳亭上,你去了便知。”

宝玉听了,忙梳洗了出来。果见黛玉、宝钗、湘云、宝琴、探春都在那里,手里拿着一篇诗看。见他来时,都笑说:“这会子还不起来。咱们的诗社散了一年,也没有人作兴。如今正是初春时节,万物更新,正该鼓舞另立起来才好。”湘云笑道:“一起诗社时,是秋天,就不应发达。如今却好,万物逢春,皆主生盛。况这首《桃花诗》又好,就把‘海棠社’改作‘桃花社’。”宝玉听着点头,说:“很好!”且忙着要诗看。众人都又说:“咱们此时就访稻香老农去。大家议定好起的。”说着,一齐起来,都往稻香村来。

宝玉一壁走,一壁看。那纸上写着《桃花行》一篇,曰:

桃花帘外东风软,桃花帘内晨妆懒。帘外桃花帘内人,人与桃花隔不远。东风有意揭帘栊,花欲窥人帘不卷。桃花帘外开仍旧,帘中人比桃花瘦。花解怜人花也愁,隔帘消息风吹透。风透湘帘花满庭,庭前春色倍伤情。闲苔院落门空掩,斜日栏杆人自凭。凭栏人向东风泣,茜裙偷傍桃花立。桃花桃叶乱纷纷,花绽新红叶凝碧。雾裹烟封一万株,烘楼照壁红模糊。天机烧破鸳鸯锦,春酣欲醒移珊枕。侍女金盆进水来,香泉影蘸胭脂冷。胭脂鲜艳何相类,花之颜色人之泪。若将人泪比桃花,泪自长流

花自媚。泪眼观花泪易干，泪干春尽花憔悴。憔悴花遮憔悴人，

花飞人倦易黄昏。一声杜宇春归尽，寂寞帘栊空月痕。

宝玉看了，并不称赞，却滚下泪来。便知出自黛玉，因此落下泪来。又怕众人看见，又忙自己擦了。因问："你们怎么得来？"宝琴笑道："你猜是谁作的？"宝玉笑道："自然是潇湘子稿。"宝琴笑道："现是我作的呢。"宝玉笑道："我不信。这声调、口气，迥乎不像蘅芜之体。所以不信。"宝琴笑道："所以你不通。难道杜工部首首只作'丛菊两开他日泪'之句不成？一般的也有'红锭雨肥梅''水荇牵风翠带长'之媚语。"宝玉笑道："固然如此说。但我知道，姐姐断不许妹妹有此伤悼语句。妹妹虽有此才，是断不肯作的。比不得林妹妹，曾经离丧，作此哀音。"众人听说，都笑了。

已至稻香村中，将诗与李纨看了，自不必说，称赏不已。说起诗社，大家议定：明日乃三月初二日，就起社，便改'海棠社'为'桃花社'。林黛玉就为社主。明日饭后齐集潇湘馆。因又大家拟题。黛玉便说："大家就要桃花诗一百韵。"宝钗道："使不得！从来桃花诗最多，纵作了必落套。比不得你这一首古风，须得再拟。"正说着，人回舅太太来了，姑娘们出去请安罢。因此大家都往前头来见王子腾的夫人，陪着说话。吃饭毕，又陪入园中来各处游玩一遍。至晚饭后掌灯方去。

次日乃是探春的寿日。元春早打发了两个小太监送了几件玩器，合家皆有寿仪，自不必说。饭后，探春换了礼服，各处行礼。黛玉笑向众人道："我这一社开的又不巧了。偏忘了这两日是他的生日，虽不摆酒、唱戏的，少不得都要陪他在老太太、太太跟前顽笑一日。如何能得闲空儿？"因此改至初五。

这日，众姊妹皆在房中侍早膳毕，便有贾政书信到了。宝玉请安，将请贾母的安禀拆开，念与贾母听。上面不过是请安的话，说"六月中准进京"等语。其馀家信事务之帖，自有贾琏和王夫人开读。众人听说六七月回京，都喜之不尽。偏生近日王子腾之女许与保宁侯之子为妻，择日于五月初十日过门。凤姐儿又忙着张罗，常三五日不在家。这日王子腾的夫人又来接凤姐儿，一并请众甥男、甥女

闲乐一日。贾母和王夫人命宝玉、探春、林黛玉、宝钗四人同凤姐去。众人不敢违拗，只得回房，另妆饰了起来。五人作辞，去了一日，掌灯方回。

宝玉进入怡红院，歇了半刻。袭人便乘机见景劝他收一收心，闲时把书理一理，预备着。宝玉屈指算一算，说："还早呢！"袭人道："书是第一件，字是第二件。到那时，你总有了书，你的字写的在那里呢？"宝玉笑道："我时常也有写的好些，难道都没收着？"袭人道："何曾没收着！你昨儿不在家，我就拿出来，共总数了一数，才有五六十篇。这三四年的工夫，难道只有这几张字不成？依我说，从明日起，把别的心全收了起来，天天快临几张字补上。虽不能按日都有，也要大概看得过去。"宝玉听了，忙的自己又亲检了一遍，实在塘塞不去，便说："明日为始，一天写一百才好。"说话时，大家安下。至次日起来，梳洗了，便在窗下研墨，恭楷临帖。

贾母因不见他，只当病了，忙使人来问，宝玉方去请安。便说写字之故，先将早起清晨的工夫尽了出来，再作别的。因此出来迟了。贾母听了，便十分欢喜，分付他："以后只管写字、念书，不用出来也使得，你去回你太太去。"宝玉听说，便往王夫人房中来说明。王夫人便说："临阵磨枪也中用？有这会子着急的，天天写写念念，有多少完不了的？这一赶，又赶出病来才罢。"宝玉回说："不妨事！"这里贾母也说怕急出病来。探春、宝钗等都笑说："老太太不用急。书虽替他不得，字却替得的。我们每人每日临一篇给他，塘塞过这一步就完了。一则老爷到家不生气，二则他也急不出病来。"贾母听说，喜之不尽。

原来林黛玉闻得贾政回家，必问宝玉的工课，宝玉肯分心，恐临期吃了亏。因此自己只妆作不耐烦，把诗社便不起，也不以外事去勾引他。探春、宝钗二人每日也临一篇楷书字与宝玉，宝玉自己每日也加工，或写二百、三百不拘。至三月下旬，便将字又集凑出许多来。这日正算再得五十篇，也就混的过了，谁知紫鹃走来，送了一卷东西与宝玉，拆开看时，却是一色老油竹纸上临的钟王蝇头小楷，字迹且与自己十分相似。喜的宝玉和紫鹃作了一个揖，又亲自来道谢。史湘云、宝琴二人亦皆临了几篇相送。凑成虽不足工课,亦足塘塞了。宝玉放了心。于是将所有应读之书又温理过几遍。正是天天用功。可巧近海一带海啸,又遭遢了几处生民。地方官题本奏闻,奉旨就着贾政顺路查看赈饥回来。如此算去,至冬底方回。宝玉听了,便把书、字又搁过一边,仍是照旧游荡。

时值暮春之际,史湘云无聊,因见柳花飘舞,便偶成一小令,调寄《如梦令》,其词曰:

岂是绣绒残吐,卷起半帘香雾。纤手自拈来,空使鹃啼燕妒。且住!且住!莫使春光别去。

自己作了,心中得意,便用一条纸写好,与宝钗看了,又来找黛玉。黛玉看毕,笑道:"好!也新鲜有趣。我却不能。"湘云笑道:"咱们这几社总没有填词,你明日何不起社填词,改个样儿,岂不新鲜些?"黛玉听了,偶然兴动,便说:"这话说的极是。我如今便请他们去。"说着,一面分付预备了几色果点之类,一面就打发人分头去请众人。这里他二人便拟了柳絮之题,又限出几个调来,写了绾在壁上。

众人来看时,以柳絮为题,限各色小调。又都看了史湘云的,称赏了一回。宝玉笑道:"这词上我们平常,少不得也要胡诌起来。"于是大家拈阄。宝钗便拈得了《临江仙》,宝琴拈得《西江月》,探春拈得了《南柯子》,黛玉拈得了《唐多令》,宝玉拈得了《蝶恋花》。紫鹃炷了一支梦甜香。大家思索起来。一时,黛玉有了,写完。接着,宝琴、宝钗都有了,他三人写完,互相看时,宝钗便笑道:"我先瞧完了你们的,再看我的。"探春笑道:"嗳呀!今儿这香怎么这样快!已剩了三分了,我才有了半首。"因又问宝玉:"可有了?"宝玉虽作了些,只是自己嫌不好,又都抹了,要另作,回头看香已将烬了。李纨笑道:"这算输了。蕉丫头的半首,且写出来。"探春听说,忙写了出来。众人看时,上面却只半首《南柯子》,写道是:

空挂纤纤缕,徒垂络络丝。也难绾系也难羁,一任东西南北各分离。

李纨笑道:"这也却好作!何不续上?"宝玉见香没了,情愿认负,不肯勉强塞责,将笔搁下,来瞧这半首,见没完时,反到动了兴,开了机,乃提笔续道是：

落去君休惜，飞来我自知。莺愁蝶倦晚芳时，纵是明春再见隔年期。

众人笑道："正经你分内的又不能。这却偏有了。纵然好，也不算得。"说着，看黛玉的《唐多令》：

粉堕百花洲，香残燕子楼。一团团逐对成球。飘泊亦如人命薄，空缱绻，说风流。 草木也知愁，韶华竟白头。叹今生谁拾谁收？嫁与东风春不管，凭你去，忍淹留。

众人看见，俱点头感叹，说："太作悲了。好是固然好的。"因又看宝琴的是《西江月》：

汉苑零星有限，隋堤点缀无穷。三春事业付东风，明月梅花一梦。 几处落红庭院，谁家香雪帘栊？江南江北一般同，偏是离人恨重！

众人都笑说："到底是他的这调壮。'几处''谁家'两句最妙。"宝钗笑道："终不免过于丧败。我想柳絮原是一件无根无绊的东西，然依我的主意，偏要把他说好了，才不落套。所以我诌了一首来，未必合你们的意思。"众人笑道："不要太谦。我们且赏鉴，自然是好的。"因看这一首《临江仙》，道是：

白玉堂前春解舞，东风卷得均匀。

湘云先笑道："好一个'东风卷得均匀'！这一句就出人之上了。"又看底下道：

蜂团蝶阵乱纷纷。几曾随逝水，岂必委芳尘。万缕千丝终不改，任他随聚随分。韶华休笑本无根。好风频借力，送我上青云！

众人拍案叫绝，都说："果然翻得好气力！自然是这首为尊。缠绵悲戚，让潇湘妃子；柔情妩媚，却是枕霞。小薛与蕉客，今日落第，要受罚的。"宝琴笑道："我们自然受罚，但不知付白卷子的又怎么罚？"李纨道："不要忙！这定要重重罚他。下次为例。"

一语未了，只听窗外竹子上一声响，恰似窗屉子倒了一般。众人唬了一跳。丫嬛们出去瞧时，帘外丫嬛嚷道："一个大蝴蝶风筝挂在竹梢上了。”众丫嬛笑道：“好一个齐整风筝！不知是谁家放断了线的。拿下他来。”宝玉等听了，也都出来看时，宝玉笑道：“我认得这风筝，这是大老爷那院里娇红姑娘放的。拿下来，给他送过去罢。”紫鹃笑道：“难道天下没有一样的风筝？单他有这个不成？我不管，我且拿起来。”探春道：“紫鹃也学小气了。你们一般的也有，这会子拾人走了的，也不怕忌讳。”黛玉笑道：“可是呢。知道是谁放晦气的，快拿出去罢。把咱们的拿出来，咱们也放晦气。”紫鹃听了，赶忙命小丫头们：“将这风筝送出去与园门上值日的婆子去了，倘有人来找，好与他们去的。”

这里小丫头们听见放风筝，巴不得，七手八脚都忙着拿出个美人风筝来，也有搬高凳去的，也有捆剪子股的，也有拨籰子的。宝钗等都立在院门前，命丫头们在院外厂地下放去。宝琴笑道：“你这个不大好看。不如三姐姐的那一个软翅子大凤凰好。”宝钗笑道：“果然。”因回头向翠墨笑道：“你把你们的拿来，也放放。”翠墨笑嘻嘻的果然也取去了。

宝玉又兴头起来，也打发个小丫头子家去，说：“把昨儿赖大娘送我的那个大鱼取来。”小丫头子去了半天，空手回来，笑道：“晴姑娘昨儿放走了。”宝玉道：“我还没放一遭儿呢。”探春笑道：“横竖是给你放晦气罢了。”宝玉道：“也罢！再把那个大螃蟹拿来罢。”丫头去了，同了几个人，扛了一个美人并籰子来，说道：“袭姑娘说，昨儿把螃蟹给了三爷了。这一个是林大娘才送来的。放这一个罢。”宝玉细看了一回，只见这美人做的十分精致，心中欢喜，便命叫放起来。

此时探春的也取了来，翠墨带着几个小丫头子们在那边山坡上已放了起来；宝琴也命人将自己的一个大红蝙蝠也取来；宝钗也高兴，也取了一个来，却是一连七个大雁的，都放起来。独有宝玉的美人放不起去。宝玉说丫头们不会放，自己放了半天，只起房高，便落下来了。急的宝玉头上出汗，众人又笑。宝玉恨的掷在地下，指着风筝道：“若不是个美人，我一顿脚跺踏个希烂。”黛玉笑道：“那是顶线不好，拿出去另使人打了顶线就好了。”宝玉一面使人拿去打顶线，一面又取一个来放。大家都仰面而看。天上这几个风筝都起在半空中去了。

一时丫嬛们又拿了许多各式各样的来，顽了一回。紫鹃笑道："这一回的劲大。姑娘来放罢。"黛玉听说，用手帕垫着手，顿了一顿，果然风紧力大，接过籰子来，随着风筝的势，将籰子一松，只听一阵豁剌剌响，登时籰子线尽。黛玉因让众人来放。众人都笑道："各人都有，你先请罢。"黛玉笑道："这一放，虽有趣，只是不忍。"李纨道："放风筝图的是这一乐，所以又说放晦气。你更该多放些，把你这病根儿都带了去，就好了。"紫鹃笑道："我们姑娘越发小气了。那一年不放几个子？今忽然又心疼了。姑娘不放，等我放。"说着，便向雪雁手中接过一把西洋小银剪子来，齐籰子根下寸系不留，"咯噔"一声，铰断，笑道："这一去，把病根儿可都带了去了。"那风筝飘飘飖飖，只管往后退了去，一时只有鸡蛋大小，展眼只剩了一点黑星，再展眼便不见了。众人皆仰面瞧看，说："有趣！有趣！"宝玉道："可惜！不知落在那里去了？若落在有人烟处，被小孩子得了，还好；若落在荒郊野外，无人烟处，我替他寂寞。想起来把我这个放去，教他两个作伴儿罢。"于是，也用剪子剪断，照先放去。

探春正要剪自己凤凰，见天上也有一个凤凰，因道："这也不知是谁家的？"众人皆笑说："且别剪你的，看他到像要来绞的样儿。"说着，只见那凤凰渐逼近来，遂与这凤凰绞在一处。众人方要往下收线，那一家也要收线，正不开交，又见一个门扇大的玲珑喜字，带响鞭在半天如钟鸣一般，也逼近来。众人笑道："这一个也来绞了。且别收，让他三个绞在一处到有趣呢。"说着，那喜字果然与这两个凤凰绞在一处。三下齐收乱顿，谁知线都断了，那三个风筝飘飘飖飖都去了。众人拍手，哄然一笑，说："到有趣。可不知那喜字是谁家的？忒促狭了些。"黛玉说："我的风筝也放去了，我也乏了。我也要歇歇去了。"宝钗说："且等我们放了去，大家好散。"说着，看他姊妹都放去了。大家方散。黛玉回房，歪着养乏。要知端的，下回便见。

第七十一回 嫌隙人有心生嫌隙 鸳鸯女无意遇鸳鸯

话说贾政回京之后，诸事完毕，赐假一月，在家歇息。因年景渐老，事重身衰，又近因在外几年，骨肉离异，今得晏然复聚于庭室，自觉欣喜不尽。一应大小事务，一概益发付于度外。只是看书，闷了便与清客们下棋、吃酒，或日间在里面母子、夫妻，共叙天伦庭闱之乐。

因今岁八月初三日乃贾母八旬之庆，又因亲友全来，恐筵宴排设不开，便早同贾赦及贾珍、贾琏等商议，议定于七月二十八日起，至八月初五日止，荣、宁两处齐开筵宴。宁国府中单请官客，荣国府中单请堂客。大观园中收拾出缀锦阁并嘉荫堂等几处大地方来，作退居。二十八日，请皇亲、驸马、王公、诸公主、郡主、王妃、国君、太君、夫人等；二十九日，便是阁下、都府、督镇及诰命等；三十日，便是诸官长及诰命，并远近亲友及堂客；初一日是贾赦的家宴；初二日是贾政；初三日是贾珍、贾琏；初四日是贾府中合族长幼大小共凑的家宴；初五日是赖大、林之孝等家下管事人等共凑一日。

自七月上旬，送寿礼者，便络绎不绝：礼部奉旨钦赐金玉如意一柄，彩缎四端，金玉环四个，帑银五百两；元春又命太监送出金寿星一尊，沉香拐一只，伽楠珠一串，福寿香一盒，金锭一对，银锭四对，彩缎十二匹，玉杯四只；馀者自亲王、驸马以及大小文武官员之家，凡所来往者，莫不有礼。不能胜记。堂屋内设下大桌案，铺了红毡，将凡所有精细之物，都摆在上，请贾母过目。贾母先一二日还高兴过来瞧瞧，后来烦了，也不过目，只说叫凤丫头收了，改日闷了再瞧。

至二十八日，两府中俱悬灯结彩，屏开鸾凤，褥设芙蓉，笙箫鼓乐之音，通衢越巷。宁府中，本日只有北静王、南安郡王、永昌驸马、乐善郡王，并几个世交公侯应袭。荣府中，南安王太妃、北静王妃、并几位世交公侯诰命。贾母等皆是按品大妆迎接，大家厮见。先请入大观园内嘉荫堂，茶毕更衣，方出至荣庆堂上拜寿入席。大家谦逊半日,方才入席。上面两席是南北王妃,下面依叙便是众公侯诰命,左边下手一席,陪客是锦乡侯诰命与临昌伯诰命,右手下手一席方是贾母主位。邢夫人、王夫人带领尤氏、凤姐儿并族中几个媳妇,两溜雁翅站在贾母身后侍立。林之孝、赖大家的带领众媳妇都在竹帘外面,伺候上菜、上酒,周瑞家的带领几个丫环在园屏后,伺候呼唤。凡跟来的人,早又有人别处管待去了。一时,台上参了场,台下一色十二个未留发的小厮伺候。须臾,一小厮捧了戏单,至阶下先递与回事的媳妇。这媳妇接了,才递与林之孝家的。用一小茶盘托上,挨身入帘来,递与尤氏的侍妾配凤。配凤接了,才奉与尤氏。尤氏托着,走至上席,南安太妃谦让了一回,点了一出吉庆戏文;然后又谦让了一回,北静王妃也点了一出;众人又让了一回,命随便捡好的唱罢了。少时,菜已四献,汤始一道,跟来各家的放了赏,大家便更衣,复入园来,另献好茶。

南安太妃因问宝玉,贾母笑道:“今日几处庙里念‘保安延寿经’,他跪经去了。”又问众小姐们,贾母笑道:“他们姊妹们病弱的病弱,见人腼腆,所以叫他们给我看屋子去了。有的是小戏子,传了一班在那边厅上,陪着他姨娘家姊妹们,也看戏呢。”南安太妃笑道:“既这样,叫人请来。”贾母回头命凤姐儿去把史、薛、林带来,“再只叫你三妹妹陪着来罢”!凤姐答应了,来至贾母这边。只见他姊妹们正吃果子看戏,宝玉也才从庙里跪经回来。凤姐儿说了话,宝钗姊妹与黛玉、探春、湘云五人来至园中。

大家见了,不过请安问好让坐等事。众人中也有见过的,还有一两家不曾见过的,都齐声夸赞不绝。其中湘云最熟,南安太妃因笑道:“你在这里,听见我来了,还不出来,还只等请去?我明儿和你叔叔算账。”因一手拉着探春,一手拉着宝钗,问:“几岁了?”又连声夸赞;因又松了他两个,又拉着黛玉、宝琴,也着实细看,极夸一回。又笑道:“都是好的!你可叫我夸那一个的是呢?”早有人将备用礼物打点出五分来:金玉戒指各五个,腕香珠五串。南安太妃笑道:“你姊妹们别笑话,留着赏丫头们罢。”五人忙拜谢过。北静王妃也有五样礼物。馀者不必细说。

吃了茶，园中略逛了一逛。贾母等因又让入席。南安太妃便告辞说：“身上不爽快，今日若不来，实在使不得。因此恕我竟先要告别了。”贾母等听说，也不便强留，大家又让了一回，送至园门，坐轿而去。接着北静王妃略坐一坐，也就告辞了。馀者也有终席的，也有不终席的。贾母劳乏了一日，次日便不会人，一应都是邢夫人、王夫人管待。有那些世家子弟拜寿的，只到厅上行礼。贾赦、贾政、贾珍等还礼管待，至宁府坐席，不在话下。

这几日，尤氏晚间也不回那府里去。白日间待客，晚间陪贾母顽笑，又帮凤姐料理出入大小器皿，以及收放赏礼事务。晚间在园内李氏房中歇宿。这日晚间，伏侍过贾母晚饭后，贾母因说：“你们也乏了，我也乏了，早寻一点子吃的歇歇去。明儿还要起早闹呢。”尤氏答应着，退了出来，到凤姐儿房里来吃饭。凤姐儿在楼上看着人收送礼的新围屏，只有平儿在房里与凤姐儿叠衣服。尤氏因问：“你们奶奶吃了饭了没有？”平儿笑道：“吃饭岂不请奶奶去的？”尤氏笑道：“既这样，我别处找吃的去。饿的我受不得了。”说着，就走。平儿忙笑道：“奶奶请回来。这里有点心，且点补一点儿。回来再吃饭。”尤氏笑道：“你们忙的这样，我园里和他姊妹们闹去。”一面说，一面就走。平儿留不住，只得罢了。

且说尤氏一径来至园中，只见园中正门与各处角门仍未关，犹吊着各色彩灯。因回头命小丫头叫该班的女人。那丫嬛走入班房中，竟没一个人影，回来回了尤氏。尤氏便命传管家的女人。这丫头应了，便出去到二门外鹿顶内，乃是管事的女人议事取齐之所。到了这里，只有两个婆子分菜果呢。因问：“那一位奶奶在这里？东府奶奶立等一位奶奶，有话分付。”

这两个婆子只顾分菜果，又听见是东府里的奶奶，不大在心上，因就回说：“管家奶奶们才散了。”小丫头道：“散了，你们家里传他去。”婆子道：“我们只管看屋子，不管传人。姑娘要传人，再派传人的去。”小丫头听了道：“嗳呀！嗳呀！这可反了！怎么你们不传去？你哄那新来了的？怎么哄起我来了！素日你们不传谁传去？这会子打听了梯己信儿，或是赏了那位管家奶奶的东西，你们争着狗颠儿似的传去的，不知谁是谁呢。琏二奶奶要传人，你们可也这么回吗？”这两个婆子一则吃了酒，二则被这丫头揭挑着弊病，便羞激怒了，因回口道：“扯你的臊！我们的事，传不传不与你相干。你未曾挑我们，你想想你那老子娘，在那边管家爷们跟前比我们还更会溜呢。什么‘清水下杂面，你吃我也见’的事。各家门，另家户。你有本事排场你们那边人去，我们这边你们还早些呢！”丫头听了，气白了脸，因说道：“好！好！这话说的好！”一面转身进来回话。

尤氏已早入园来，因遇见袭人、宝琴、湘云三人，同着地藏庵的两个姑子正说故事顽笑。尤氏因说饿了，先到怡红院，袭人妆了几样荤素点心出来与尤氏吃。两个姑子、宝琴、湘云等都吃茶，仍说故事。那小丫头子一径找了来，气狠狠的把方才的话都说了出来。尤氏听了，冷笑道：“这是两个什么人？”两个姑子并宝琴、湘云等听了，生怕尤氏生气，忙劝说：“没有的事，必是这一个听错了。”两个姑子笑推这丫头道：“你这孩子，好性气！不好那糊涂老嬷嬷们的话，你也不该来回才是。咱们奶奶万金之躯，劳乏了几日，黄汤辣水没吃，咱们哄他欢喜一会还不得一半儿，说这些话做什么？”袭人也忙笑拉出他去，说：“好妹子，你且出去歇歇。我打发人叫他们去。”尤氏道：“你不要叫人。你去，就叫这两个婆子来。到那边把他们家的凤儿叫来。”袭人笑道：“我请去。”尤氏说：“偏不要你去。”两个姑子忙立起身来，笑说：“奶奶素日宽洪大量，今日老祖宗千秋，奶奶生气，岂不惹人谈论？”宝琴、湘云二人也都笑劝。尤氏道：“不是为老太太的千秋，我断不依。且放着就是了。”

说话之间，袭人早又遣了一个丫头去到园门外找人。可巧遇见周瑞家的。这小丫头子就把这话告诉周瑞家的，周瑞家的虽不管事，因着他素日仗着是王夫人的陪房，原有些体面，心性乖滑，专管各处献勤、讨好。所以，各处房里的主人都喜欢他。他今日听了这话，忙的便跑入怡红院来。一面飞走，一面口内说：“气坏了奶奶了，可了不得。我们家里如今惯的太不堪了。偏生我不在跟前，若在跟前，且打给他们几个耳刮子，再等过了这几日算账。”尤氏见了他，也便笑道：“周姐姐，你来，有这个理你说说。这早晚门还大开着，明灯蜡烛,出入的人又杂。倘有不防的事,如何使得呢!因此叫该班的人吹灯关门。谁知一个人牙儿也没有。”周瑞家的道:“这还了得!前儿二奶奶还分付了他们说,这几日事多人杂,一晚就关门吹灯,不是园里人,不许放进去。今就没了人,这事过了这几日,必要打几个才好。”尤氏又说小丫头子的话。周瑞家的道:“奶奶不要生气,等过了这几日,等我告诉管事的,打他个臭死,只问他们谁叫他们说这‘各家门、各家户’的话。我已经叫他们吹了灯,关上正门和角门子。”正乱着,只见凤姐儿打发人来请吃饭。尤氏道:“我也不饿了,才吃了几个饽饽。请你奶奶自己吃罢。”

一时,周瑞家的得便出去,便把方才的事回了凤姐。又说:“这两个婆子就是管家奶奶。时常我们和他说话,都似狠虫一般。奶奶若不戒饰,大奶奶脸上过不去。”凤姐道:“既这么着,记上两个人的名字,等过了这几日,捆了,送到那府里,凭大嫂子开发。或是打几下子,或是他开恩饶了他们,随他去就是了。什么大事!”周瑞家的听了,得不的一声,——素日旧与这几个人不睦。——出来了,便命一个小厮到林之孝家传凤姐的话,立刻叫林之孝家的进来见大奶奶;一面又传人,立刻捆起这两个婆子来,交到马圈里,派人看守。林之孝家的不知有什么事,此时已经点灯,忙坐车进来。先见凤姐。至二门上传进话去,丫头们出来说:“奶奶才歇了,大奶奶在园里,叫大娘见了大奶奶就是了。”林之孝家的只得进园,来到稻香村。丫嬛们回进去,尤氏听了,反过意不去,忙唤进他来,因笑问他道:“我不过为找人找不着,因问你,你既去了,也不是什么大事。谁又把你叫进来,到要你白跑一遭。不大的事,已经撂开手了。”林之孝家的也笑道:“二奶奶打发人传我,说奶奶有话分付。”尤氏笑道:“这是那里的话?只当你没去,白问你。这是谁又多事,告诉了凤丫头。大约是周姐姐说的。家去歇着罢。没有什么大事。”李纨又要说原故,尤氏反拦住了。

林之孝家的见如此,只得回身出园去。可巧遇见赵姨娘,姨娘因笑道:“嗳哟哟!我的嫂子!这会子还不家去歇歇?还跑些什么!”林之孝家的便笑说:“何曾不家去的?”如此这般进来了,“又是个齐头故事”。赵姨娘原是好察听这些事的,且素日又与管事的女人们拉扯,互相连络,好作首尾。方才之事,已竟听见八九,又听林之孝家的如此说,便这般如此告诉了林之孝家的一遍。林之孝家的听了,笑道:“原来是这个事,也值一个屁!开恩呢,就不理论;心窄些儿,也不过打几下子就完了。”赵姨娘道:“我的嫂子,事虽不大,可见他们太张狂了些。巴巴的传进你来,明明戏弄你顽呢。你快歇歇去,明儿还有事呢。也不留你吃茶了。”说毕,林之孝家的出来。

到了侧门前,就有方才两个婆子的女儿上来哭着求情。林之孝家的笑道:“你这孩子好糊涂!谁叫你娘吃酒混说了?惹出事来,连我也不知道。二奶奶打发人捆他们,连我还有不是呢。我替谁讨情去?”这两个小丫头子才七八岁,原不识事,只管哭啼求告。缠的林之孝家的没法,因说道:“糊涂东西!你放着门路不去,却缠我来。你姐姐现给了那边太太作陪房费大娘的儿子,你走过去告诉你姐姐,叫亲家娘和太太一说,什么完不了的事?”一语提醒了一个,那个还求。林之孝家的啐道:“糊涂攮的!他过去一说,自然都完了。没有个单放了他妈,又只打你妈的理!”说毕,上车去了。

这一个小丫头,果然过来告诉了他姐姐,和费婆子说了。这费婆子原是邢夫人的陪房。起先也曾兴过时,只因贾母近来不大作兴邢夫人,所以连这边的人也减了威势。凡贾政这边有些体面的人,那边各各皆虎视眈眈。这费婆子常倚老卖老,仗着邢夫人,常吃些酒,嘴里胡骂乱怨的出气。如今贾母庆寿这样大事,干看着人家逞才卖技办事,呼么喝六弄手脚,心中早已不自在,指鸡骂狗,闲言闲语的乱闹。这边的人,也不和他较量。如今听了周瑞家的捆了他亲家,越发火上浇油,仗着酒兴,指着隔断的墙,大骂了一阵,便走上来求邢夫人,说他亲家并没什么不是,不过和那府里的大奶奶的小丫头白斗了两句话,“周瑞家的便调唆了咱们家二奶奶,捆到马圈里,等过了这两日,还要打。求太太——我那亲家也是七八十岁的老婆子——和二奶奶说声,饶他这一次罢。”

邢夫人自为要鸳鸯之后,讨了没意思;后来见贾母越发冷淡了他,凤姐的体面反胜自己;且前日南安太妃来了,要见他姊妹,贾母又只叫探春出来,迎春竟似有如无。自己心内早已怨忿不乐,只是使不出来。又值这一干小人在侧,他们心内嫉妒挟怨之事不敢施展,便背地里造言生事,调拨主人,先不过是告那边的奴才,后来渐次告到凤姐,“只哄着老太太喜欢了,他好就中作威作福,辖治着琏二爷,调唆二太太,把这边的正经太太倒不放在心上”。后来又告到王夫人,说:“老太太不喜欢太太,都是二太太和琏二奶奶调唆的。”邢夫人纵是铁心铜胆的人,妇女家终不免生些嫌隙之心。近日因此着实厌恶凤姐。今听了如此一篇话,也不说长短。

至次日一早,见过贾母。众族中人到齐,坐席,开戏。贾母高兴,又见今日无远亲,都是自己族中子侄辈,只便衣常妆出来,堂上受礼。当中独设一榻,引枕、靠背、脚踏俱全,自己歪在榻上,榻之前后左右皆是一色的小矮凳。宝钗、宝琴、黛玉、湘云、迎春、探春、惜春姊妹等围绕。因贾瑞之母也带了女儿喜鸾、贾琼之母也带了女儿四姐儿,还有几房的孙女儿,大小共有二十来个。贾母独见喜鸾和四姐儿生得又好,说话行事与众不同,心中喜欢。便命他两个也过来,榻前同坐。宝玉却在榻上脚下,与贾母捶腿。首席便是薛姨妈,下边两溜皆顺着房头、辈数下去。帘外两廊都是族中男客,也依次而坐。先是那女客一起一起的行礼,次方是男客行礼。贾母歪在榻上,只命人说:“免了罢!”早已都行完了。然后赖大等带领众人,从仪门直跪至大厅上,磕头礼毕。又是众家下媳妇,然后各房的丫环,足闹有两三顿饭的工夫。然后又抬了许多雀笼来,在当院中放了生。贾赦等焚过了天地寿星纸,方开戏饮酒。直到歇了中台,贾母方进来歇息,命他们取便。因叫凤姐儿留下喜鸾、四姐儿顽两日再去。凤姐儿出来便找他母亲来说,他两个母亲素日都承凤姐的照顾,也巴不得一声儿,他两个也愿意在园内顽耍,至晚便不回家了。

邢夫人直至晚间散时,当着许多人,陪笑和凤姐求情说:“我听见昨儿晚上二奶奶生气,打发周管家的娘子捆了两个老婆子,可也不知犯了什么罪?论理我不该讨情。我想老太太的好日子,发狠的还舍钱舍米,周贫济老。咱们家先到折磨起人来了。不看我的脸,权且看老太太,竟放了他们罢。”说毕,上车去了。

凤姐听了这话,又当着许多人,又羞又气,一时抓寻不着头脑,鳖得脸上紫涨,回头向赖大等笑道:"这是那里的话?昨儿因为这里的人得罪了那府里的大嫂子,我怕他多心,所以尽让他发放,并不是得罪了我。这又是谁的耳报神,这么快!"王夫人因问说:"什么事?"凤姐儿笑将昨日的事说了,尤氏也笑道:"连我并不知道的,原也太多事了。"凤姐儿道:"我怕你脸上过不去,所以等你开发。不过是个理!就如我在你那里,有人得罪了我,你自然送了来,尽我。凭他是什么好奴才,到底错不过这个礼去。这又不知谁过去没的献勤儿,这也当作一件事情去说。"王夫人道:"你太太说的是,就是珍哥儿媳妇,也不是外人,也不用这些虚礼。老太太的千秋要紧,放了他们为是。"说着,回头便命人去放了那两个婆子。凤姐由不得越想越气、越愧,不觉的灰心转悲,滚下泪来,因赌气回房哭泣,又不使人知觉。偏是贾母打发了琥珀来叫,立等说话。琥珀见了,诧异道:"好好的,这是什么原故?那里立等你呢。"凤姐听了,忙擦干了泪,洗面另施了脂粉,方同琥珀过来。

贾母因问道:"前儿这些人家送礼来的,共有几家有围屏?"凤姐儿道:"共有十六家有围屏,十二架大的,四架小的炕屏。内中只有江南甄家,一架大屏,十二扇大红缎子缂丝'满床笏',一面是泥金'百寿图'的是头等的。还有粤海将军邬家一架玻璃的还罢了。"贾母道:"既这样,这两架好生搁着,我要送人呢。"凤姐儿答应了。鸳鸯忽过来向凤姐儿面上只管瞧,引的贾母问说:"你不认得他?只管瞧什么?"鸳鸯笑道:"怎么他的眼肿肿的?所以我诧异,只管看。"贾母听说,便叫进前来,也觑着眼看。凤姐笑道:"才觉的一阵痒痒,揉肿了些。"鸳鸯笑道:"别又是受了谁的气了不成?"凤姐道:"谁敢给我气受?就是受了气,老太太好日子,我也不敢哭。"贾母道:"正是呢!我正要吃晚饭,你在这里打发我吃,剩下的,你就和珍儿媳妇吃了。你两个在这里帮着两个师傅替我拣佛豆儿,你们也积积寿。前儿你姊妹们和宝玉都拣了,如今也叫你们拣拣,别说我偏心。"

说话时,先摆上一桌素的来,两个姑子吃了。然后才摆上荤的,贾母吃毕。抬出外间,尤氏、凤姐儿二人正吃,贾母又叫把喜鸾、四姐儿二人也叫来跟他二人吃。吃毕,洗了手,点上香,捧过一升豆子来。两个姑子先念了佛偈,然后一个一个的拣在一个簸箩内。每拣一个,念一声佛,煮熟了令人在十字街结寿缘。贾母歪着,听两个姑子又说些佛家的因果善事。鸳鸯早已听见琥珀说凤儿哭之事,又和平儿前打听得原故。

晚间人散时,便回说:“二奶奶还是哭的。那边大太太当着人给二奶奶没脸。”贾母因问为什么原故。鸳鸯便将原故说了。贾母道:“这才是凤丫头知礼处。难道为我的生日,由着奴才们把一族中的主子都得罪了也不管罢?这是太太素日没好气,不敢发作,所以今儿拿着这个扎筏子。明是当着众人给凤姐没脸罢了。”

正说着,只见宝琴等进来,也就不说了。贾母因问:“你在那里来?”宝琴道:“在园里林姐姐屋里,大家说话的。”贾母忽想起一事来,忙唤一个老婆子来分付他:“到园里各处女人们跟前嘱咐嘱咐,留下的喜姐儿和四姐儿虽然穷,也和家里的姑娘们是一样。大家照看经心些,我知道咱们家的男男女女,都是一个富贵心,两支体面眼,未必把他两个放在眼里,有人小看了他们,我听见可不依。”婆子应了,方要走时,鸳鸯道:“我说去罢。他们那里听他的话!”说着,便一径往园子来。

先到稻香村中,李纨与尤氏都不在这里,问丫嬛们,说:“都在三姑娘那里呢。”鸳鸯回身又来至晓翠堂,果见那园中人都在那里说笑。见他来了,都笑道:“你这会子又跑来做什么?”又让他坐。鸳鸯笑道:“不许我也逛逛么?”于是,把方才的话说了一遍。李纨忙起身听了,就叫人把各处的头儿唤了几个来,令他们传与诸人知道。不在话下。

这里尤氏笑道:“老太太也太想的到,实在我们年轻力壮的人,捆上十个也赶不上。”李纨道:“凤丫头仗着鬼聪明,还离脚踪不远。咱们是不能的了。”鸳鸯道:“罢哟!还提凤丫头、虎丫头呢,他也可怜见儿的。虽然这几年没有在老太太、太太跟前有个错缝儿,暗里也不知得罪了多少人。总而言之,为人是难作的。若太老实了,没有个机变,公婆又嫌太老实了,家里人也不怕;若有些机变,未免又治一经损一经。如今咱们家里更好，新出来的这些底下奴字号的奶奶们，一个个心满意足，都不知要怎么样才好。稍有不得意，不是背地里咬舌根，就是挑三窝四的。我怕老太太生气，一点儿也不肯说。不然，我告诉出来，大家别过太平日子。这不是我当着三姑娘说，老太太偏疼宝玉，有人背地怨言还罢了，算是偏心；如今老太太偏疼你，我听着也是不好，这可笑不可笑？”探春笑道：“糊涂人多！那里较量得许多。我说到不如小人家人少，虽然寒素些，到是欢天喜地，大家快乐。我们这样人家，外头看着我们不知千金万金小姐，何等快乐？殊不知我们这里说不出来的烦难，更利害。”宝玉道：“谁都像三妹妹好多心，事事我常劝你，总别听那些俗语，想那俗事，只管安富尊荣才是。比不得我们没这清福，是应该受的。”

尤氏道：“谁都像你？真是一心无挂碍，只知道和姊妹们顽笑，饿了吃，困了睡，再过几年，不过还是这样，一点后事也不虑。”宝玉笑道：“我能彀和姊妹们过一日是一日，死了就完了。什么后事不后事！”李纨等都笑道：“这可又是胡说！就算你是个没出息的，终久老在这里，难道他姊妹们都不出阁么？”尤氏笑道：“怨不得人都说他是假长了一个胎子，究竟是个又傻又呆的。”宝玉笑道：“人事莫定，知道谁死谁活？倘或我在今日、明日，今年、明年死了，也算是随心一辈子了。”众人不等他说完，都说：“可是又疯了！别和他说话才好。若和他说话，不是呆话就是疯话。”喜鸾走过来，因笑道：“二哥哥，你别这样说。等这里姐姐妹妹们果然都出了阁，横竖老太太、太太也寂寞。我来和你作伴儿。”李纨、尤氏等都笑道：“姑娘也别说呆话。难道你是不出嫁的？你这话哄谁呢！”喜鸾低了头。当下已是起更时分，大家各自归房安歇。众人都且不提。

且说鸳鸯一径回来，刚至园门前，只见角门虚掩，犹未上闩。此时园内无人来往，只有该班的房里，灯光掩映，微月半天。鸳鸯又不曾有个作伴的，也不曾拿个灯笼，独自一个，脚步又轻，所以该班的人皆不理会。偏生又要小解，因下了甬路，寻微草处，行至一湖山石后，大桂树阴下来。刚转过石后，只听一阵衣裳响。吓了一惊不小。定睛一看，只见是两个人在那里。见他来了，便想往石后树丛藏躲。鸳鸯眼尖,趁月色瞧准是一个穿红裙子、梳鬅头、高大丰壮身材的,是迎春房里的司棋。鸳鸯只当他和别的女孩子也在此方便,见自己来了,故意藏躲恐吓着耍。因便笑叫道:“司棋!你不快出来,吓着我,我就叫喊起来,当贼拿了。这么大丫头了,没个黑家白日的,只是顽不够。”这本是鸳鸯的戏语,叫他出来。谁知他贼人胆虚,只当鸳鸯已看见他的首尾了,生恐叫喊起来,使众人知觉,更不好。且素日鸳鸯又和自己亲好,原不比别人,便从树后跑出来,一把拉住鸳鸯,便双膝跪下,只说:“好姐姐,千万别嚷!”鸳鸯反不知因何,忙拉他起来笑问道:“这是怎么说?”司棋满脸红胀,又流下泪来,鸳鸯再一回想,那一个人影恍惚像个小厮,心下便猜疑了八九,自己反羞的面红耳赤,又怕起来。因定了一会,忙悄问:“那个是谁?”司棋复跪下道:“是我姑舅兄弟。”鸳鸯啐了一口,道:“该死!该死!”司棋又回头悄道:“你不用藏着,姐姐已看见了,快出来磕头!”那小厮听得,只得也从树后爬出来,磕头如捣蒜。鸳鸯忙要回身,司棋拉住苦求,哭道:“我们的性命都在姐姐身上,只是姐姐超生要紧!”鸳鸯道:“你放心!我横竖不告诉一个人就是了。”一语未了,只听角门上有人说道:“金姑娘已出去了,角门子上锁罢。”鸳鸯正被司棋拉住,不得脱身。听见如此说,便接声道:“我在这里有事,且略等一等。我出来了。”司棋听了,只得松手,让他去了。

第七十二回　王熙凤恃强羞说病　来旺妇倚势霸成亲

且说鸳鸯出了角门子,脸上犹红,心内突突的跳,真是意外之事。因想这事非常,若说出来,奸盗相连,关系人命,还保不住带累了傍人。横竖与自己无干,且藏在心内,不说与一人知道。回房复了贾母的命,大家安息。从此凡晚间便不大往园中来。因思园中尚有这样奇事,何况别处?因此连别处也不大轻易走动了。

原来那司棋因从小儿和他姑表兄弟在一处顽笑起住时,小儿戏言,便都订下将来不娶不嫁。近年大了,彼此又出落的品貌风流,常时司棋回家时,二人眉来眼去,旧情不忘,只不能入手。又彼此生怕父母不从,二人便设法彼此里外买嘱园内老婆子们,留门看道。今日趁乱,方初次入港,虽未成双,却也海誓山盟,私传表记,已有无限风情了。忽被鸳鸯惊散,那小厮早穿花度柳,从角门出去了。司棋一夜不曾睡着,又后悔不来。至次日,见了鸳鸯,自是脸上一红一白的,百般过不去。心内怀着鬼胎,茶饭无心,起坐恍惚。挨了两日,竟不听见有动静,方略放下了心。这日晚间,忽有个婆子来悄告诉他道:"你兄弟竟逃走了,三四天没归家。如今打发人四处找他呢。"司棋听了,气了倒仰,因思道:"纵是闹了出来,也该死在一处。他又是男人,先就走了,可见是个没情意的。"因此,又添了一层气。次日便觉心内不快,百般支持不住,一头睡倒,恹恹的成了大病。

鸳鸯闻知那边无故走了一个小厮,园内司棋病重,要往外挪。心下料定是二人惧罪之故,"生怕我说出来,方吓到这样"。因此,自己反过意不去,指着来望候司棋,支出人去,反自己立身发誓,与司棋说:"我告诉一个人,立刻现死现报!你只管放心养病,别白遭塌了小命儿。"司棋一把拉住,哭道:"我的姐姐!咱们从小儿耳鬓厮磨的,不曾拿我当外人待,我也不敢待慢了你。如今我虽一着走错,你若果然不告诉一个人,你就是我的亲娘一样。从此后,我活一日,是你给我一日。我的病好之后,把你立个牌位,我天天焚香礼拜,保佑你一生福寿双全;我若死了时,变驴变狗,报答你。再俗语说:'千里搭长棚,没有不散的筵席。'再过三二年,咱们都要离这里的。俗语又说:'浮萍尚有相逢日,人岂全无见面时。'倘或日后咱们遇见了,那时我又当怎么报你的德行呢!"一面说,一面哭。这一席话,反把鸳鸯说的心酸,也哭起来了。因点头道:"正是这话!我又不是管事的人,何苦我坏你的声名?我白去献勤!况且,这事我自己也不便开口向人说,你只放心!从此养好了,可要安分守己,再不许胡行乱作了。"司棋在枕上点首不已。

鸳鸯又安慰了他一番,方出来。因知贾琏不在家中,又因这两日凤姐儿声色怠惰了好些,不似往日一样,因顺路来也要望候。因进了凤姐的院门。二门上的人见是他来,便立身待他进去。鸳鸯刚至堂屋中,只见平儿从里间出来,见了他来,忙上来悄声笑道:"才吃了一口饭,歇了午睡。你且这屋里略坐坐。"鸳鸯听了,只得同平儿到这边房里来。小丫头到了茶来,鸳鸯因悄问:"你奶奶这两日是怎么了?我看他懒懒的。"平儿见问,因房内无人,便叹道:"他这懒懒的,也不止今日了。这有一个月多,便是这样;又兼这几日忙乱了几天,又受了些闲气,从新又勾起来。这两日比先又添了些病。所以支持不住,便露出马脚来了。"鸳鸯忙道:"既这样,怎么不早些请大夫来治?"平儿叹道:"我的姐姐,你还不知道他的脾气的?别说请大夫来吃药,我看不过,白问了一声'身上觉怎么样?'他就动了气,反说我咒他病了。饶这样,天天还是察三访四,自己再不肯看破些,且养身子。"鸳鸯道:"虽然如此,到底该请大夫来瞧瞧是什么病,也都好放心。"平儿道:"我的姐姐,说起病来,据我看,也不是什么小症候。"鸳鸯忙道:"是什么病呢?"平儿见问,又往前凑了一凑,向他耳边说道:"只从上月行了经之后,这一个月竟沥沥淅淅的没有止住。这可是大病不是?"鸳鸯听了,忙说道:"嗳哟!依你这话,这可不成了血山崩了吗?"平儿忙啐了他一口,又悄笑道:"你女孩儿家,这是怎么说的?到会咒人的!"鸳鸯见说,不禁红了脸,又悄笑道:"究竟我也不知什么是崩不崩的,你倒忘了不成?先前我姐姐不是害这病死了的?

我也不知是什么病因,无心听见妈和亲家妈说,我还纳闷。后来是听见妈细说原故,才明白了一二分。”平儿笑道:“你该知道的。我竟也忘了。”

二人正说着,只见小丫头进来,向平儿道:“方才朱大娘又来了。我们回了他奶奶才歇午觉,他往太太上头去了。”平儿听了,点头。鸳鸯问:“那一个朱大娘?”平儿道:“就是官媒婆那朱嫂子。因有什么孙大人家来和咱们求亲,所以他这两日天天弄个帖子来赖死赖活。”一语未了,小丫头跑来说:“二爷进来了!”说话之间,贾琏已走至堂屋门,口内唤平儿,平儿答应着,才迎出去,贾琏已找至这间房内来。至门前,忽见鸳鸯坐在炕上,便煞住脚步,道:“鸳鸯姐姐,今儿贵脚踏贱地。”鸳鸯只坐着笑道:“来请爷、奶奶的安。偏又不在家的不在家,睡觉的睡觉。”贾琏笑道:“姐姐一年到头,辛苦伏侍老太太。我还没看你去,那里还敢劳动来看我们。正是巧的很,我才要找姐姐去,因为穿着棉袍子热,先来换了夹袍子,再过去找姐姐。不想天可怜,省我走这一趟。姐姐先在这里等我了。”一面说,一面在椅上坐下。鸳鸯问道:“又有什么说的?”贾琏未语先笑,道:“因有一件事我竟忘了,只怕姐姐还记得。上年老太太生日,曾有一个外路和尚来孝敬一个腊油冻的佛手,因老太太爱,就即刻拿过来摆着。因前日老太太生日要摆,我将古董账一查,还有这一笔,却不知此时这件东西着落何方?古董房里的人也回过我两次,等我问准了好注上这一笔。所以我问姐姐,如今还是老太太摆着呢,还是交到谁手里去了呢?”鸳鸯听说,便道:“老太太摆了几日,厌烦了,就给了你们奶奶。你这会子又问我来了。我连日子还记得呢!还是我打发了老王家的送来的。你忘了,倒是问你们奶奶和平儿罢。”

平儿正拿衣服,听见如此说,忙出来回说:“交过来了,现在楼上放着呢。奶奶已经打发人告诉过他们说给了这屋里。他们发昏,没记上,又来叨登这些没要紧的事。”贾琏笑道:“既然给了你奶奶,我怎么不知道?你们就昧下了?”平儿道:“奶奶告诉二爷,二爷还说要送人,奶奶不肯,好容易留下的。这会子自己忘了,到说我们昧下。那是什么好东西?什么没有的物件?比那强十倍的东西,也没昧下一遭,这会子爱上那不值钱的?”贾琏垂头含笑,想了一想,拍手道:“我如今竟糊涂了,丢三忘四,惹人抱怨,竟大不像先了。”鸳鸯笑道:“也怨不得。事情又多,口舌又杂,你再吃两杯酒,那里清楚的许多?”一面说着,就起身要去。

贾琏忙也立身回道:“好姐姐!再坐一坐,兄弟还有事相求。”说着,便骂小丫头:“怎么不沏好茶来!快拿干净盖碗,把昨儿进上的新茶沏一碗来。”说着,向鸳鸯道:“这前日因老太太过秋千,所有的几千两银子都使了。几处房租、地税,通在九月才得呢。这会子竟接不上。明儿还要送南安府里的礼,又要预备娘娘的重阳节礼,还有几家红白大礼。至少还得三二千两银子用。别处难去支借,俗语说:‘求人不如求己。’说不得姐姐担个不是,暂且把老太太查不着的金银两样家伙,偷着运出一箱子来,暂押千数两银子,腾挪过去。不上半年的光景,银子来了,我就赎了交还。断不能叫姐姐落下不是。”鸳鸯听了,笑道:“你到会变法儿,亏你怎么想了!”贾琏笑道:“不是我扯谎。若论除了姐姐,也还有人手里管的起千数两银子的。只是他们为人,都不如姐姐明白有胆量。我若和他们一说,反吓住了他们。所以我宁撞金钟一下,不打破鼓三千。”一语未了,忽有贾母那边的小丫头子,忙忙走来找鸳鸯,说:“老太太找姐姐半日,我们那里没找到?却在这里。”鸳鸯听说,忙的且去见贾母。

贾琏见他去了,只得回来瞧凤姐。谁知凤姐已醒了,听他和鸳鸯借当,自己不便答话,只躺在榻上听。见鸳鸯去了,贾琏进来,凤姐因问道:“他可应准了吗?”贾琏笑道:“虽然未应准,却有几分成手。须得你晚上再和他一说,就十成了。”凤姐笑道:“我不管这事。倘或说准了,这会子说得好听,到有了钱的时节,你就丢在脖子后头。谁去和你打饥荒去?倘或老太太知道了,到把我这几年的脸面都丢了。”贾琏笑道:“好奶奶,你若说定了,我谢你如何?”凤姐笑道:“你说,谢我什么?”贾琏笑道:“你说要什么,就给你什么。”平儿一傍笑道:“奶奶到不要谢的。昨儿正说要作一件什么事,恰少一二百银子使。不如借了来,奶奶拿一二百银子,岂不两全其美?”凤姐笑道:“幸亏提起我来,就是这样也罢。”贾琏笑道:“你们也太狠了!你们这会子,别说一千两的当头,就是现银子要三五千,只怕也难不倒。我不和你们借就罢了。这会子烦你说一句话,还要个利钱,真真了不得!”凤姐听了,翻身起来,说:“我有三千五万,不是赚的你的!如今里里外外,上上下下,背着我嚼说我的不少,就差你来说了。可知没家亲引不出外鬼来。我们王家可那里来的钱?都是你们贾家赚的。别叫我恶心了。你们看着这个家,什么石崇、邓通的。把我王家的地缝子扫一扫,还勾你们过一辈子呢!说出来的话,也不怕臊!现有对证:把太太和我的嫁妆细看看,比一比你们的,那一样是配不上你们的?”贾琏笑道:“说句顽话就急了。这有什么?就这样的!要使一二百两银子,值什么。多的没有,这还有。先拿进来,你使了再说,如何?”凤姐道:“我又不等着衔口垫背,忙了什么。”贾琏道:“何苦来!不犯着这样肝火盛。”凤姐听了,又自笑起来,“不是我着急,你说的话戳人的心!我因为我想着后日是尤二姐的周年,我们好了一场,虽不能别的,到底给他上个坟,烧张纸,也是姊妹一场。他虽没留下个男女,也要‘前人撒土,迷了后人的眼’才是”。一语倒把贾琏说没了话,低头打算了半晌,方道:“难为你想的周全。我竟忘了。既是后日才用,若明日得了这个,你随便使多少就是了。”

一语未了,只见旺儿媳妇走进来。凤姐便问:“可成了没有?”旺儿媳妇道:“竟不中用。我说须得奶奶作主就成了。”贾琏便问:“又是什么事?”凤姐儿见问,便说道:“不是什么大事。旺儿有个小子,今年十七岁了,还没说得女人。因要求太太房里的彩霞,不知太太心里怎么样,也总没有说。前日太太见彩霞大了,二则又多病多灾的,因此开恩打发他出去了,给他老子娘随便自己拣女婿去罢。因此旺儿媳妇来求我,我想他两家也就算门当户对的,一说去自然成的。谁知他这会子来了,说不中用。”贾琏道:“这是什么大事!比彩霞好的多着呢。”旺儿家的陪笑道:“爷虽如此说,连他家还看不起我们,别人越发看不起我们了。好容易相看准一个媳妇,我只说求爷、奶奶的恩典,替作成了。奶奶还说他必肯的,我就烦了人,走过去试一试,谁知白讨了没趣。若论那孩子到好,据我素日私意儿试他,他心里倒没有甚么说的,只是他老子娘两个老东西,太心高了些。”一语戳动了凤姐和贾琏。凤姐因见贾琏在此,且不作一声,只看贾琏的光景。贾琏心中有事,那里把这点子事放在心里,待要不管,只是看着他是凤姐儿的陪房,且又素日出过力的,脸上实在过不去。因说道:“什么大事?只管咕咕唧唧的,你放心且去。我明儿作媒,打发两个有体面的人,一面说,一面带着定礼去。就说我的主意,他十分不依,叫他来见我。”旺儿家的看着凤姐。凤姐便扭嘴儿,旺儿家的会意,忙爬下就给贾琏磕头谢恩。贾琏忙道:“你只给你姑娘磕头,我虽如此说了这样行,到底也得你姑娘打发个人叫他女人上来,和他好说更好些。虽然他们必依,然这事也不可霸道了。”

凤姐忙道:“连你还这样开恩操心呢,我到反袖手傍观不成?旺儿家的,你听见说了这事,你也忙忙的给我完了事来。说给你男人,外头所有的账,一概赶今年年底下都收了进来。少一个钱我也不依的。我的名声不好,再放一年都要生吃了我呢。”旺儿媳妇笑道:“奶奶也太胆小了。谁敢议论奶奶!若收了时,公道说,我们到还省些事,不大得罪人。”凤姐笑道:“我也是一场痴心白使了。我真个的还等钱作什么?不过为的是日用出的多,进的少。这屋里有的没的,我和你姑爷一月的月钱,再连上四个丫头的月钱,通共一二十两银子,还不勾三五天的使用呢。若不是我千凑万挪的,早不知道到什么破窑里去了。如今到落了一个放账破落户的名声。既这样,我就收了回来。我比谁不会花钱?咱们从今以后,坐着花,到多早晚是多早晚,这不是样儿?老太太生日,太太急了,两个月想不出法儿来。还是我提了一句,后楼上现有些没要紧的大铜锡家伙四五箱子,拿去弄了三百银子,才把太太遮羞礼儿搪过去了。我的是你们知道的,那一个金自鸣钟,卖了五百六十两银子。半月的工夫,大事小事没有十件?白填在里头。今儿外头也短住了,不知是谁的主意,搜寻上老太太了。明儿再过一年,各人搜寻到头面、衣服,可就好了。”旺儿媳妇笑道:“那一位太太、奶奶的头面、衣服,折变了不勾过一辈子的?只是不肯罢了。”凤姐道:“不是我说没了能奈的话,要像这样,我竟不能了。昨晚上忽然作了一个梦,说来也可笑。梦见一个人,虽然面善,却又不知名姓。找我。问他作什么?他说娘娘打发他来要一百匹锦。我问他是那一位娘娘,他说的又不是咱们家的娘娘。我就不肯给他,他就上来夺,正夺着,就醒了。”旺儿家的说道:“这是奶奶的日间操心,常应候宫里的事。”

一语未了,人回夏太府打发了一个小内监来说话。贾琏听了,忙皱眉道:“又是什么话?一年他们也搬勾了。”凤姐道:“你藏起来!等我见他,若是小事罢了,若是大事,我自有话回他。”贾琏便躲入内套间去。这里凤姐命人带进小太监来,让他椅子上坐,吃了茶。因问:“何事?”那小太监便说:“夏爷爷因今年偶见一所房子,如今竟短二百两银子,打发我来问舅奶奶家,说:‘有现成的银子,暂借一二百。过一两日就送过来。’”凤姐儿听了,笑道:“什么是送过来?有的是银子,只管先兑了去,改日等我们短了,再借去,也是一样。”小太监道:“夏爷爷还说了,上两回还有一千二百两银子没送来,等今年年底下,自然一齐都送过来。”凤姐笑道:“你夏爷爷好小气!这也值得提在心上?我说一句话,不怕他多心!若都这样记清了还我们,不知还了多少了?只怕没有,若有只管拿去。”因叫旺儿媳妇来:“出去不管那里先支二百两银子来。”旺儿媳妇会意,因笑道:“我才因别处支不动,才来和奶奶支的。”凤姐道:“你们只会里头来要钱。叫你们外头算去,就不能了。”说着,叫平儿,“把我那两个金项圈拿出去,暂且押四百两银子”。

平儿答应了,去半日,果然拿了一个锦盒子来,里面两个锦袱包着。打开时,一个金累丝攒珠的项圈,那珠子都有莲子大小;一个点翠嵌宝石的,两个都与宫中之物不离上下。一时拿去,果然拿了四百两银子来。凤姐命与小太监打叠起一半来,那一半命人与了旺儿媳妇,命他拿去办八月中秋节。那小太监便告辞。凤姐命人替他拿着银子,送出大门去了。这里贾琏出来,笑道:“这一起外祟,何日是了?”凤姐笑道:“刚说着,就来了一股子。”贾琏道:“昨儿周太监来,张口一千两。我略慢了些,他就不自在起来。将来得罪人之处不少。这会子再发上个三二百万的财,就好了。”一面说,一面平儿伏侍凤姐另洗了面,更衣往贾母处去伺候晚饭。

这里贾琏出来,刚至外书房,忽见林之孝走来。贾琏因问何事。

林之孝说道："方才听得雨村黜降，却不知因何事。只怕未必真。"贾琏道："真不真，他那官儿也未必保得长，将来必有事的。咱们宁可远着他些好。"林之孝道："何尝不是？只是一时难以疏远。如今东府大爷和他更好。老爷又喜欢他，时常来往。那个不知？"贾琏道："横竖不和他谋事，也不相干。你去再打听真了，是为什么。"

林之孝答应了，却不去，回身坐在下面椅子上，且说些闲话。因又说起家道艰难，便趁势又说："人口太重了。不如拣个日子，回明老太太、老爷：把这些出过力的老家人，用不着的，开恩放几家出去。一则他们各有营运，二则家里一年也省些口粮、月钱。再者里头的姑娘太多，俗语说，'一时比不得一时'。如今说不得先的例了，少不得大家委屈些。该使八个的使六个，该使四个的，便使两个。若各房算起来，一年也可以省得许多月米、月钱。况且里头的女孩子们，一半都太大了，也该配人的配人。成了房，岂不又孳生出人来。"贾琏道："我也这样想着，只是老爷才回家来，多少大事未回，那里议到这个上头。前儿官煤拿了个庚帖来求亲，太太还说老爷才来家，每日欢天喜地的说骨肉完聚。忽然就提起这事，恐老爷又伤心。所以且不叫提这事。"林之孝道："这也是正理。太太想的周道。"

贾琏道："正是提起这话，我想了一件事。我们旺儿的小子要说太太房里彩霞，他昨儿求我，我想什么大事，不管谁去说一声去。这会子有谁闲着，我打发个人去说一声，就说我的话。"林之孝听了，只得应着。半晌，笑道："依我说，二爷竟别管这件事。旺儿的那小儿子，虽然年轻，在外头吃酒赌钱，无所不至。虽然都是奴才们，到底是一辈子的事。彩霞那孩子，这几年我虽没见，听得越发出条的好了。何苦来白遭遢一个人？"贾琏道："他小儿子原来吃酒不成人？"林之孝的冷笑道："岂只吃酒赌钱，在外头无所不为。我们看他是奶奶的人，也只见一半不见一半罢了。"贾琏道："我竟不知道这些事。既这样，那里还给他老婆，且给他一顿棍，锁起来，再问他老子娘。"林之孝笑道："也不在这一时。等他再生事，我们自然回爷处置。如今且随他。"贾琏不语。一时林之孝去了。晚间，凤姐已命人唤了彩霞之母来说媒。那彩霞之母满心纵不愿意，见凤姐亲自和他说，何等体面？便心不由意的满口应了出去。今凤姐问贾琏可说了没有。贾琏因说："我原要说的，打听得他小儿子大不成人，故还不曾说。若果然不成人，且管教他两日，再给他老婆不迟。"凤姐听说，便说："你听见谁说他不成人？"贾琏道："不过是家里的人，还有谁？"凤姐笑道："我们王家的人，连我还不中你们的意，何况奴才呢？我才已经和他母亲说了，他娘已经欢天喜地应了。难道又叫进他来，不要了不成？"贾琏道："既你说了，又何必退！明儿说给他老子，好生管他就是了。"这里说话，不提。

且说彩霞因前日出去，等父母择人，心中虽是与贾环有旧，尚未作准。今日又见旺儿每每来求亲，早闻得旺儿之子酗酒赌博，而且容颜丑陋，一技不知。自此心中越发懊恼，生恐旺儿使凤姐之势一时作成，终身为累，不免心中急躁。遂至晚间，悄命他妹子小霞进二门来找赵姨娘，问个端的。赵姨娘素日深与彩霞契合，巴不得与了贾环，方有个膀背。不承望王夫人放出去了。每叫贾环去讨，一则贾环羞口难开，二则贾环也不大甚在意，不过是个丫头，他去了，将来自然还有。遂迁延住不说，意思便丢开。无奈赵姨娘又不舍，又见他妹子来问，是晚，得空便先求了贾政。贾政因说道："且忙什么？等他们再念一二年书，再放人不迟；我已经看中了两个丫头，一个与宝玉，一个给环儿。只是年纪还小，又怕他们误了书。所以再等一二年。"赵姨娘道："宝玉已有了二年了，老爷还不知道呢？"贾政听了，忙问道："谁给的？"赵姨娘方欲说话，只听外面一声响，不知何物，大家吃了一惊不小。要知端的，且听下回分解。

第七十三回 痴丫头误拾绣春囊 懦小姐不问累金凤

话说那赵姨娘和贾政说话,忽听外面一声响。不知何物,忙问时,原来是外间窗户不曾扣好,榻了屈戌了,吊下来。赵姨娘骂了丫头几句,自己带领丫嬛上好,方进来,打发贾政安歇。不在话下。

却说怡红院中宝玉正才睡下,丫嬛们正欲各散安歇。忽听有人击院门,老婆子开了,见是赵姨娘房内的丫嬛,名唤小鹊的,问他什么事,小鹊不言语,直往房内来找宝玉。只见宝玉才睡下,晴雯等犹在床边坐着,大家顽笑。见他来了,都问:“什么事?这时候又跑了来作什么?”小鹊笑向宝玉道:“我来告诉你一个信儿,才刚我们奶奶这般如此在老爷跟前说了。你仔细明儿老爷问你话。”说着,回身就去了。袭人命留他吃茶,因怕关门,遂一直去了。

这里宝玉听了,便如孙大圣听见了紧箍咒一般:登时四肢五内一齐都不自在起来,想来想去,别无主意,就只念熟了书,预备着明儿盘考。口内不舛错,没有他事,也可搪塞一半。想罢,忙披衣起来,要读书。心中又自后悔,这些日子只说不提了,偏又把书丢生了。早知该天天好歹温习些的,如今打算打算,肚子内现可背诵的不过只有“学”“庸”“二论”是带注背得出的。至上本《孟子》就有一半是夹生的,若凭空提一句,断不能接背的;至“下孟”就有一大半忘了。算起《五经》来,因近来作诗,常把《诗经》读些。虽不甚精阐,还可塞责。别的虽不记得,素日贾政也幸未分付过叫读的,纵不知道,也还不妨。至于古文,这是那几年所读过的几篇,连《左传》《国策》《公羊》《谷梁》、汉、唐等文,不过几十篇。这几年竟未曾温得半篇片语,虽闲时也曾遍阅,不过一时之兴,随看随忘,未下苦工夫,如何记得?这是断难塞责的。更有时文八股一道,因素日恶此道,原非圣贤孔子制撰,焉能阐发圣贤之微奥,不过作后人饵名钓禄之阶,虽贾政当日起身的时节,选了百十篇命他读的,不过偶因见其中或一二股内,或起承之中,有作的或精警、或流荡、或戏谑、或悲感,稍能适性者,偶然一读。不过供一时之兴趣,究竟何曾成篇潜心玩索?如今若温习这个,又恐明日盘结那个;若温习那个,又恐盘驳这个。况一夜的工夫,亦不能全然温习。因此越添了焦燥。自己读书,不致紧要,却带累着一房的丫环们皆不能睡。袭人、麝月、晴雯等几个大的是不用说,在傍剪烛、斟茶;那些小的,都困眼朦胧,前仰后合起来。晴雯因骂道:"什么蹄子们!一个个黑日白夜挺尸挺不勾,偶然一次睡迟了些,就妆出这个腔调儿来了。再这样,我拿针戳给你们两下子。"

话犹未了,只听外间咕咚一声,急忙看时,原来是一个小丫头子坐着打盹,一头撞到壁上了,从梦中惊醒,恰正是晴雯说这话之时,他怔怔的只当晴雯打了他一下,遂哭着说:"好姐姐!我再不敢了。"众人都发起笑来。宝玉忙劝道:"饶他去罢!原该叫他们都睡去才是的。就是你们,也该替换着睡去。"袭人忙道:"小祖宗!你只顾你罢!通共这一夜的工夫,你把心暂且用在这几本书上。等过了这一关,由你再张罗别的人,也不算误了什么?"宝玉听他说的恳切,只得又念。才念了没有几句,麝月又斟了一杯茶来润舌。宝玉接茶吃了,因见麝月只穿着短袄,解了裙子。宝玉道:"夜静了,冷。到底穿一件大衣裳才是。"麝月笑指着书道:"你暂且把我们忘了罢!把心且略对着他些罢。"

话犹未了,只听金星玻璃从后房门跑进来,口内喊说:"不好了!一个人从墙上跳下来了。"众人听说,忙问:"在那里?"即忙起身,叫人来各处寻找。晴雯因见宝玉读书苦恼,空费一夜神思,明日也未必妥当,心下正要替宝玉想出一个主意来脱此难。正好忽然逢此一惊,即便生计,向宝玉道:"趁这个机会,快妆病。只说唬着了。"此话正中宝玉心怀,遂传起上夜人等来,打着灯笼各处搜寻,并无踪迹,都说:"小姑娘们想是睡花了眼出去,风摇的树枝儿错认作人了。"晴雯便道:"别放屁!你们查的不严,怕得不是,还拿这话来支吾?才刚并不是一个人看见的,宝玉和我们出去有事,大家亲眼看见的。如今宝玉唬的颜色都变了,满身发热。我如今还要上房里去取安魂丸药去。太太问起来,是要回明白的。难道依你说,就罢了不成?"众人听了,吓的不敢则声,只得又各处找。晴雯和玻璃二人,果然出去要药,故意闹的众人皆知宝玉吓着了。王夫人听了,忙命人来看,又给药,又分付各处上夜的人仔细搜查,又叫查二门外花园墙外上夜的小厮们。于是园内灯笼火把,整闹了一夜。至五更天,就传管家男女,命仔细查一查,拷问内外上夜男女等人。

贾母闻知宝玉被吓,细问原由,不敢再隐,只得回明。贾母道:“我必料道有此事。如今各处上夜,都不小心还是小事,只怕他们就是贼,也未可知。”当下邢夫人并尤氏等都过来请安。凤姐及李纨姊妹等皆陪侍。听贾母如此说,都点头无所答。独探春出位笑道:“近因凤姐姐身子不好了几日,园内的人竟放肆了许多。先前不过是大家偷着一时半刻,或夜里坐更时,三四个人凑在一处,或掷骰或斗牌,小小的顽意,不过为熬困。近来渐次放诞,竟开了赌局,甚至有头家局主,或三十吊、五十吊、三百吊的大输赢。半月前,竟有争斗相打之事。”贾母听了,忙说:“你既知道,为何不早回我们来?”探春道:“我因想着太太事多,且连日的心不净。所以没回。只告诉了大嫂子和管事的人们,戒饬过几次,近日好些。”贾母忙道:“你姑娘家如何知道这里头的利害!你自为耍钱常事,不过怕起争端。殊不知夜间既耍钱,就保不住不吃酒;既吃酒,就免不得门户任意开锁。或买东西,寻张找李。其中夜静人稀,趁便藏贼、引奸、引盗,何等事作不出来?况且园内的姊妹们,起居所伴者皆系丫头、媳妇们,贤愚混杂,贼盗事小,再有别事,倘略沾染些,关系不小。这事岂可轻恕?”探春听说,便默然归坐。

凤姐虽未大愈,精神因此比常稍减,今见贾母如此说,便忙道:“偏偏的我又病了。”遂回头命人连传林之孝家的等总理家事四个媳妇来,当着贾母痛说了一顿。贾母命即刻查了头家赌家来,有人出首者,赏;隐情不告者,罚。

林之孝家的等见贾母动怒,跪在院内磕响头。谁敢徇私?忙至园内传齐人,又一一盘查。虽不免大家赖一回,终不免水落石出:查得大头家三人,小头家八人,聚赌者通共二十多人。都带来见贾母。跪在院内磕响头求饶。贾母先问大头家名姓和钱之多少。原来这三个大头家,一个就是林之孝的两姨亲家,一个就是园内厨房内柳家媳妇之妹,一个就是迎春之乳母。这是三个为首的,馀者不能多记。贾母便命将骰子、牌一并烧毁,所有的钱入官,分散与众人。将为首者,每人四十大板,撵出,总不许再入;从者每人二十大板,革去三月月钱,拨入圊厕行内。又将林之孝家的申饬了一番。林之孝家的见他的亲戚又与他打嘴,自己也觉没趣。迎春在坐,也觉没意思。黛玉、宝钗、探春等见迎春的乳母如此,也是物伤其类的意思,遂都起身,笑向贾母讨情,说:"这个妈妈素日原不顽的,不知怎么也偶然高兴。求看二姐姐面上,饶他这次罢。"贾母道:"你们不知,大约这些奶子们一个个仗着奶过哥儿、姐儿,原比别人有些体面,他们就生事,比别人更可恶,专管调唆主子护短偏向。我都是经过的。况且要拿一个作法,恰好果然就遇见了一个。你们别管,我自有道理。"宝钗等听说,只得罢了。

一时,贾母歇晌,大家散出。都见贾母今日生气,皆不敢各散回家,只得在此暂候。尤氏往凤姐儿处来,闲话了一回,因他也不自在,只得往园内寻众姑嫂闲谈。邢夫人在王夫人处坐了一回,也就往园内散散心来。刚至园门前,只见贾母房内的小丫头子,名唤傻大姐的,笑嘻嘻走来,手内拿着个花红柳绿的东西,低头一壁瞧着,一壁只管走,不妨迎头撞见邢夫人,抬头看见,方才站住。邢夫人因问:"这痴丫头,又是个什么狗不识儿,这么欢喜?拿来我瞧瞧。"原来这傻大姐年方十四五岁,是新挑上来的,与贾母这边提水桶、扫院子,专作粗活的一个丫头。只因他生得体肥面阔,两只大脚,作粗活简捷爽利,且心性愚顽,一无知识,行事出言,常在规矩之外。贾母因喜欢他爽利、便捷,又喜他出言可以发笑,便起名为"呆大姐",常闷来便叫他来取笑一回,毫无避忌。因此又叫他作"痴丫头"。他总有越礼之处,见贾母喜欢他,众人也就不去苛责。这丫头了得了这个力,若贾母不唤他,他便入园内来顽耍。

今日正在园内掏促织,忽在山石背后得了一个五彩绣香囊,其华丽精致,固是可爱;但上面绣的,并非花鸟等物,一面却是两个人赤条条的盘踞相抱,一面是几个字。这痴丫头原不认得是春意,便心下盘算:"敢是两个妖精打架?不然必是两口子相打!"左右猜解不来,正要拿去与贾母看。笑嘻嘻一壁里正走。忽见了邢夫人如此说,便笑道:"太太真个说的巧,真个是个狗不识呢! 太太请瞧一瞧。"说着,便送过去。邢夫人接来一看,吓得连忙死紧攥住,忙问:"你是那里得的?"傻大姐道:"我掏捉织儿,在山子石土后拣的。"邢夫人道:"快休告诉一人! 这不是好东西,连你也该打死。皆因你素日是傻子,以后再别提起了。"这傻大姐听了,反吓的黄了脸,说:"再不敢了。"磕了个头,呆呆而去。邢夫人回头看时,都是些女孩儿们,不便递与,自己便塞在袖内,心内十分罕异,揣摩此物,从何而至,且不形于声色。来至迎春室中。

迎春正因他乳母获罪,面上觉得无趣,心中不自在。忽报母亲来了,遂接入内室,奉茶毕。邢夫人因说道:"你这么大了,由着你奶子行此事,你也不说说他。如今别人都好好的,偏咱们的人做出这事来,什么意思?"迎春低着头弄衣带,半晌方道:"我说过他两次,他不听,也无法。况且,他是妈妈,只有他说我的,没有我说他的。"邢夫人道:"胡说! 你不好了,他原该说;如今他犯了法,你就该拿出小姐的身分来,他敢不从,你就回我去才是。如今直等外人共知,是什么意思? 再者,只他去放头儿,还恐怕他巧言花语的和你借贷些簪环衣履作本钱。你这心活面软,未必不周济他些。若被他骗去,我是一个不再给的,看你明日怎么过节!"迎春不语,只低头弄衣带。

邢夫人见他这般,因冷笑道:"总是你好哥哥、好嫂子,一对儿赫赫扬扬,琏二爷、凤奶奶,两口子遮天盖日,百事周到。竟通共这们一个妹子,全不在意。但凡是我身上掉下来的,又有一话说,只好凭他们罢了。况且你又不是我养的。你虽然不是同他一娘所生,到底是同出一父,也该彼此瞻顾些,也免别人笑话。我想天下的事,也难较定。你是大老爷跟前人养的,这里探丫头也是二老爷跟前人养的,出身一样,如今你娘死了,从前看来,你两个的娘,只有你娘比如今赵姨娘强十倍的,你该比探丫头强才是,怎么反不及他一半? 谁知竟不然。这可不是异事? 到是我一生无儿无女的,一生干净,不能落人的笑话议论为高。"傍边伺侯的媳妇们便趁机道:"我们的姑娘老实仁德,那里像他们三姑娘伶牙俐齿,会要妹妹们的强！他们明知姐姐这样,他竟不顾恤一点儿。"邢夫人道:"连他哥哥、嫂子还是这么着,别人又作什么呢?"一言未了,人回琏二奶奶来了。邢夫人听了,冷笑两声,命人出去说:"请他去养病,我这里不用他伺候。"接着,又有探事的小丫头来报说:"老太太醒了。"邢夫人方起身前边来,迎春送至院外,方回。

绣橘因说道:"如何？前儿我回姑娘,那一个攒珠累丝金凤竟不知那里去了。回了姑娘,姑娘竟不问一声儿。我说别是老奶奶拿去典了银子放头儿的,姑娘不信,只说司棋收着呢。问司棋,司棋虽病着,心里却明白。我去问他,他说没有收起来,还在书架上匣内暂放着,预备八月十五日恐怕要带呢。姑娘就该问老奶奶一声,只是脸软怕人恼。如今自怕没了。看明儿要带时,独咱们不带,是什么意思呢?"迎春道:"何用问,自然是他拿去暂时借一肩了。我只说他悄悄的拿了出去,不过一时半晌,仍旧悄悄的送来就完了。谁知他就忘了。今日偏又闹出来,问他想也无益。"绣橘道:"何曾是忘记了,他是试准了姑娘的性格,所以才这样。如今我有个主意,我竟走到二奶奶房里,将此事回了他,或他着人去要,或他要省事,拿几吊钱来替他陪补如何?"迎春忙道:"罢！罢！罢！省些事罢！宁可没有了,又何必生事?"绣橘道:"姑娘怎么这样软弱？都要省起事来,将来连姑娘还骗了去呢！我竟去的是。"说着,便走。迎春便不言语,只好由他。

谁知迎春乳母子媳王住儿媳妇,正因他婆婆得了不是,来求迎春去讨情。听他们正说金凤一事,且不进去,也因素日迎春懦弱,他们都不放在心上。如今见绣橘立意要去回凤姐,估量着这事脱不去的。况且又有求迎春之事,只得进来陪笑,先向绣橘说:"姑娘你别去生事！姑娘的金丝凤,原是我们老奶奶老糊涂了,输了几个钱,没的捞稍,所以暂借了去。原说一日半晌就赎的。因总未捞过本,就迟住了。可巧今儿又不知是谁走了风声,弄出事来。虽然这样,到底主子的东西,我们不敢迟误下,终久是要赎的。如今还要求姑娘看自小儿吃奶的情常,往老太太那边去讨个情,救出他老人家来才好。"迎春先便说道:"好嫂子！你趁早儿打了这个妄想。要等我去说情儿,等到明年也不中用。方才连宝姐姐、林妹妹,大伙儿说情,老太太还不依,何况是我一个人?我自己愧还愧不来,反去讨臊去?”绣橘便说:“赎金凤是一件事,说情是一件事,别绞在一处说。难道姑娘不去说情,你就不赎了不成?嫂子且去赎了金凤来,再说。”

王住儿家的听见迎春如此拒绝他,绣橘的话又锋利,无可回答。一时脸上下不来,也明欺迎春素日好性儿,乃向绣橘发话道:“姑娘你别太张势了!你把合家子算一算,谁的妈妈、奶子不仗着主子哥儿多得些便益?偏咱们就这样丁是丁,卯是卯的?只许你们偷偷摸摸的哄骗了去?自从邢姑娘来了,太太分付一个月俭省出一两银子来与舅太太去,这里饶添了邢姑娘的使费,反少了一两银子,常时短了这个,少了那个。那不是我们供给?谁又要去?不过大家将就些罢了。算到今日,少说些,也有三十两了。我们这一项岂不白填了限呢?”绣橘不待说完,便啐了一口,道:“作什么的白填了三十两?我且和你算算账!姑娘要了些什么东西?”迎春听见这媳妇说出邢夫人之私意,忙止他道:“罢,罢,罢!你不能拿了金凤来,不必拉三扯四的乱嚷。我也不要那凤了。便是太太们问时,我只说丢了,也妨碍不着你什么的。出去歇息歇息到好。”一面叫绣橘倒茶来。绣橘又气又急,因说道:“姑娘虽不怕,我们是作什么的?把姑娘的东西丢了,他到来说姑娘使了他们的钱!这如今竟要准折起来。倘或太太问姑娘为什么使了这些钱,敢是我们就中取势了?这还了得!”一行说,一行就哭了。司棋听不过,只得勉强过来,帮着绣橘问着那媳妇。迎春劝止不住,自拿了一本《太上感应篇》来看。

三人正没开交,可巧宝钗、黛玉、宝琴、探春等因恐迎春今日不自在,都约来安慰他。走至院中,听得两三个人角口。探春从纱窗内一看,只见迎春倚在床上看书,若有不闻之状。探春也笑了。小丫嬛们忙打起帘子,报道:“姑娘们来了!”迎春方放下书,起身。那媳妇见有人来,且又有探春在内,不劝而自止了,遂趁便要去。

探春坐下,便问:“才刚谁在这里说话,到像拌嘴似的。”迎春笑道:“没有说什么。左不过是他们小题大作罢了。何必问他。”探春笑道:“我才听见说什么金凤,又是什么‘没有钱使,只和我们奴才要’。谁和奴才要钱了？难道姐姐和奴才要钱了不成？难道姐姐不是和我们一样有月钱的，一样有用度不成？”司棋、绣橘道：“姑娘说的是了。姑娘们都是一样的，那一位姑娘的钱不由着奶奶、妈妈们使？连我们也不知道怎样是算账。不过要东西，只说得一声儿，如今他偏要说姑娘使过了头儿，他赔出许多来了。究竟姑娘何曾和他要什么了！”探春笑道：“姐姐既没有和他要，必定是我们或者和他们要了什么不成？你叫他进来，我到要问问他。”

迎春笑道：“这话又可笑了！你们又无沾碍，有何带累于他？”探春笑道：“这到不然！我和姐姐一样，姐姐的事和我的也是一般，他说姐姐就是说我。我那边的人有怨我的，姐姐听见也即同怨姐姐是一理。咱们是主子，自然不理论那些钱财小事。只知想起什么要什么。他们是用钱的人也别委屈了他们，但不知金累丝凤因何又夹在这里头？”那王住儿媳妇生恐绣橘等告出他来，遂忙进来用话掩饰。探春深知其意，因笑道：“你们所以糊涂。如今你奶奶已得了不是，趁此求求二奶奶把方才的钱尚未散人的，拿出些来赎取了就完了，比不得没闹出来，大家都藏着，留脸面。如今既是没了脸，趁此时纵有十个罪，也只一人受罚，没有砍两颗头的理。依着我，竟是和二奶奶说说，在这里大声小气如何使得？”这媳妇被探春说出真病，也无可赖了，只不敢往凤姐处自首。探春笑道：“我不听见便罢，既听见，少不得替你们分解，分解。”谁知探春早使个眼色与侍书出去了。

这里正说话，忽见平儿进来。宝琴拍手笑说道：“三姐姐敢是有驱神召将的符术。”黛玉笑道：“这到不是道家玄术，到是用兵最精的。所谓‘守如处女，脱如狡兔’，‘出其不备’之妙策也。”二人取笑，宝钗便使眼色与他们，令其不可。遂以别话岔开。

探春见平儿来了，遂问：“你奶奶可好些了？真是病糊涂了。事事都不在心上，叫我们受这样的委曲。”平儿忙道：“姑娘怎么委曲？谁敢给姑娘气受？姑娘快分付我。”

当时王住儿媳妇儿方慌了手脚，遂上来赶着平儿叫：“姑娘坐下，让我说原故姑娘听。”平儿正色道：“姑娘这里说话，也有你我就插口的礼？你但凡知礼，你只该在外头伺候。不叫你，进不来的地方,儿曾有外头的媳妇子们无故到姑娘们房里来的?”绣橘道:“你不知我们这屋里,是没礼的!谁爱来就来。”平儿道:“都是你们的不是!姑娘好性儿,你们就该打出去,然后再回太太去才是。”王住儿媳妇见平儿出了言,红了脸,方退出去。

探春接着道:“我且告诉你,若是别人得罪了我,到还罢了。如今那住儿媳妇和他婆婆,仗着是妈妈,又瞅着二姐姐好性儿。如此这般,私自拿了首饰去赌钱,而且又捏造假账,妙算威逼着还要去讨情,和这两个丫头在卧房里大嚷大叫。二姐姐竟不能辖治,所以我看不过,才请你来问一声,还是他原是天外的人,不知道理?还是谁主使他如此先把二姐姐制伏,然后就要治我和四姑娘了?”平儿忙陪笑道:“姑娘怎么今日说这话出来?我们奶奶如何当得起?”

探春冷笑道:“俗语说的,‘物伤其类’‘唇亡齿寒’。我自然有些惊心。”平儿问迎春道:“若论此事,还不是大事,极好处置。但他现是姑娘的奶嫂,据姑娘怎么样为是?”当下迎春只和宝钗阅《感应篇》故事,究竟连探春之语亦不曾听见。忽见平儿如此说,仍笑道:“问我?我也没什么法子。他们的不是,自作自受,我也不能讨情,我也不去苛责就是了。至于私自拿去的东西,送来我收下;不送来我也不要了。太太们要问我,可以隐瞒遮饰过去,是他的造化;若瞒不住,我也没法。没有个为他们反欺枉太太们的理。少不得直说。你们若说我好性儿,没个决断,竟有好主意,可以使此事周全,不使太太们生气,任凭你们处治,我总不知道。”众人听了,都好笑起来。黛玉笑道:“真是‘虎狼屯于阶壁,尚谈因果’。若使二姐姐是个男人,这一家上下若许人,又如何裁治?”迎春笑道:“正是。多少男人尚如此,何况我哉?”一语未了,只见又有一人到来。正不知道是那个?且听下回分解。

第七十四回　惑奸谗抄拣大观园　矢孤介杜绝宁国府

话说平儿听迎春说了,正自好笑。忽见宝玉也来了。原来管厨房柳家媳妇之妹,也因放头开赌得了不是。这园中有素与柳家不睦的,便又告出柳家来,说他和他妹子是伙计,虽然他妹子出名,其实赚了钱两个人平分。因此凤姐要治柳家之罪。那柳家的因得此信,便慌了手脚。因思素与怡红院人最为深厚,故走来悄悄的央求晴雯、金星玻璃等人。金星玻璃告诉了宝玉。宝玉因思内中迎春之乳母也现有此罪,不若来约同迎春去讨情,比自己独去单为柳家的说情又更妥当,故此前来。忽见许多人在此,见他来时,都问:"你的病可好了?跑来作什么?"宝玉不便说出讨情一事,只说来看二姐姐。当下众人也不在意。且说些闲话。

平儿便出去办累丝金凤一事。那王住儿媳妇紧跟在后,口内百般央求,只说:"姑娘好歹口内超生,我横竖去赎了来。"平儿笑道:"你迟也是赎,早也是赎。既有今日,何必当初?你的意思得过去就要过去了。既是这样,我也不好意思告人,趁早去赎了来,交给我送去,我一字不提。"王住儿媳妇听说,方放下心来,就拜谢。又说:"姑娘自去贵干。我赶着拿了来,先回了姑娘,再送去如何?"平儿道:"赶晚不来,可别怨我。"说毕,二人方分路,各自散了。

平儿来家里,凤姐问他:"三姑娘叫你作什么?"平儿笑道:"三姑娘怕奶奶生气,叫我劝着奶奶些。问奶奶这两天可吃些什么?"凤姐笑道:"到是他还记挂着我。刚才又出来了一件事。有人来告柳二媳妇和他妹子通同开局,凡妹子所为,都是他作主。我想:家人、媳妇如此,也是常事;况且,你素日又劝我,'多一事不如省一事'。并可以闲一闲心,自己保养保养,也是好的。我因听不进去,果然应了此话。先把太太得罪了,而且自己反赚了一场病。如今我也看破了,随他们闹去罢。横竖还有许多人呢。我白操一会子心,到惹的万人咒骂。我且养病要紧。便是好了,我也作个好好先生,得乐且乐,得笑且笑,一概是非,都凭他们去罢。所以我只答应着知道了,也不在我心上。”平儿笑道:“奶奶果然如此,便是我们的造化。”

一语未了,只见贾琏进来,拍着手叹气道:“好好的,又生事!前儿我和鸳鸯借当,那边太太又怎么知道了?才刚太太叫过我去,叫我不管那里先迁挪二百银子,做八月十五日节间的使用。我回没处迁挪,太太就说:‘你没有钱就有地方迁挪。我白和你商量,你就搪塞我,你就说没地方!前儿一千银子的当,是那里的?连老太太的东西,你都有神通弄出来。这会子二百银子你就这样!幸亏我没和别人说去。’我就总没有言语,但我想太太分明不短,何苦来要寻事奈何人?”凤姐儿道:“那日并没一个外人。但晚上送过来时有谁在这里来着?”平儿听了,也细想那日有谁在此。想了半日,笑道:“是了。那日说话时没一个外人;但晚上送东西来的时节,老太太那边傻大姐的娘,也可巧来送浆洗衣服。他在下房里坐了一会子,见一大箱子东西,自然要问。必是小丫头们不知道,说了出来了,也未可知。”因此便唤了几个小丫头来问,那日是谁告诉呆大姐的娘的?众小丫头慌了,都跪下,赌咒发誓说:“自来也不敢多说一句话。有人凡问什么,都答应不知道。这事如何敢多说。”凤姐向贾琏道:“到别委屈了他们,如今且把这事靠后。且把太太打发了去要紧。宁可咱们短些,又别讨没意思。”因叫平儿:“把我的金项圈拿来,且去暂押二百银子来,送去完事。”贾琏道:“越性多押二百,咱们也要使呢。”凤姐道:“很不必。我没去处使钱。这一去还不知指着那一项赎呢。”平儿拿去,分付一个人,唤了旺儿媳妇来领去。不一时拿了银子来。贾琏亲自送去。不在话下。

这里凤姐和平儿猜疑终是谁人走的风声,竟拟不出人来。凤姐儿又道:“知道这事还是小事,怕的是小人越说越得意,从此妄造非言,又生出别的事来。就算都不打紧,那边正和鸳鸯有仇,如今听得他私自借给琏二爷东西,那起小人眼馋肚饱,连没缝儿的鸡蛋还要下蛆呢。如今有了这个因由,恐怕又造出些没天理的话来,也定不得。在你琏二爷还无妨,只是鸳鸯正经女孩儿,带累了他受屈,岂不是咱们的原故?”说着,平儿笑道:“这也无妨。鸳鸯借东西,看的是奶奶,并不为的是二爷。一则鸳鸯虽应名是他私情,其实他也是回过老太太的。老太太因怕孙女孙子多,这个也借,那个也要,到跟前撒个娇儿,和谁要去?因此只妆不知道。总闹了出来,究竟那也无碍。”凤姐儿道:“理固如此,只是你我是知道的。那不知道的,焉得不生疑呢?”

一语未了,人报:“太太来了!”凤姐听了诧异,不知为什么事情。平儿等忙迎出来,只见王夫人气色更变,只扶着一个贴己的小丫头走来,一语不发,走至里间坐下。凤姐忙奉茶,因陪笑说:“太太今日高兴,到这里逛逛?”王夫人喝命:“平儿出去!”平儿见了这般,着慌不知怎么样了,忙应了一声,带着众小丫头一齐出去,在房门外站住。越性将房门掩了,自己坐在台矶上,所有的人一个不许进去。

凤姐也着了慌,不知有何等事。只见王夫人含着泪,从袖内掷出一个香袋子来,说:“你瞧!”凤姐忙拾起一看,见是十锦春意香袋,也吓了一跳。忙问:“太太这是那里得来的?”王夫人见问,越发泪如雨下,颤声说道:“我从那里得来?我天天坐在井里呢。把你当个细心人,所以我才偷个空儿。谁知你也和我一样。这样的东西,大天白日,摆在园里山石上,被老太太的丫头拾着。不亏你的婆婆遇见,早已送到老太太跟前去了。我且问你:这个东西必是你的掉遗在那里来着?”

凤姐听了,也更了颜色,忙问:“太太怎知是我的?”王夫人又哭又叹,说道:“你反问我?你想,一家子除了你们小夫小妻,馀者老婆子们要这个何用?侄女孙子们是从那里得来?自然是那琏儿不长进下流种子,那里弄来。你们又和气,当作一件顽意儿,年轻人儿女闺房私意是有的,你还和我赖!幸而园内上下人还不解事,尚未拣得。倘或丫头们拣着,你姊妹看见,这还了得!不然有那小丫头们拣着,出去说是园内拣着的。外人知道,这性命脸面要也不要?”

凤姐听说,又急又愧,登时紫涨了面皮,便依炕沿双膝跪下,也含泪诉道:“太太说的固然有理。我也不敢辨我并无这样的东西。但其中还要求太太细详其理:那香袋是外头雇工仿着内工绣的,带这穗子一概是市中卖货。我便年轻,不尊重些,也不要这捞什子。自然都是好些的。此其一。二者,这东西也不是常带着的。我纵有,也只好在家里带,焉肯带在身上往各处去?况且又往园子里去?个个姊妹,我们都肯拉拉扯扯,倘或露出来,不但在姊妹前,就是奴才看见,我有什么意思?我就年轻,不尊重,亦不能糊涂至此。三则,论主子里头,我是年轻媳妇;算起奴才们来,比我更年轻的又不止一个人。况且他们也常进园里去,晚间各人家去,焉知不是他们身上的。四则,除我常在园里之外,还有那边太太,常带过几个小姨娘来。比如嫣红、翠云等人,皆系年轻侍妾,他们更该有这个了。还有那边珍大嫂子,他不算甚老,他也常带过佩凤等人来,焉知又不是他们的?五则,园内丫头太多,保的住个个都是正经的不成?也有年纪大些的,知道了人事的。或者一时半刻人查问不到,偷着出去或借着因由同二门上小么儿们打牙犯嘴,外头得了来的,也未可知。如今不但我没此事,就连平儿,我也可以下保的。太太请细想。"

王夫人听了这一席话,大近情理,因叹道:"你起来!我也知道你是大家小姐出身,焉得轻薄至此。不过我气急了,拿了话激你。但如今却怎么处?你婆婆才打发人封了这个给我瞧,说是前日从傻大姐手里得的。把我气了个死。"凤姐道:"太太快别生气。若被众人觉察了,保不定老太太不知道。且平心静气,暗暗访察,才得确实。纵然访不着,外人也不能知道。这叫作'胳膊折在袖内'。如今惟有趁着赌钱的因由,革了许多的人这空儿,把周瑞媳妇、旺儿媳妇等四五个贴近不能走话的人,安插在园里,以查赌为由。再如今各处的丫头也太多了,保不住人大心大,生事作耗,等闹出事来,反悔之不及。如今若无故裁革,不但姑娘们委屈烦恼,就连太太和我也过不去。不如趁此机会,以后凡年纪大些的,或有些咬牙难缠的,拿个错儿,撵出去配了人。一则保得住没有别的事;二则也可省些用度。太太想,我这话如何?"王夫人叹道:"你说的何尝不是!但从公细想,我想他们几个姊妹,也甚可怜了。也不用远比,只说如今你林妹妹的母亲。未出阁时,是何等的娇生惯养,是何等的金尊玉贵,那才像个千金小姐的体统!如今这几个姊妹,不过比别人家的丫头略强些罢了。通共每人只有两三个丫头像个人样,馀者总有四五个小丫头子,竟是庙里的小鬼。如今还要裁革了去,不但于我心不忍,只怕老太太未必就依。虽然艰难,难不至此。我虽没受过大荣华富贵,比你们是强的。如今我宁可自己省些,别委屈了他们。以后要省俭,先从我来到使的。如今且叫人传了周瑞家的等人进来,就分付他们快快暗地访拿这事要紧。"

凤姐听了,即唤平儿进来,分付出去。一时,周瑞家的与吴兴家的、郑华家的、来旺家的、来喜家的现在五家陪房进来,馀者皆在南方,各有执事。王夫人正嫌人少,不能详细勘察,忽见邢夫人的陪房王善保家的走来,——方才正是他送香囊来的。王夫人向来看视邢夫人之得力心服人等原无二意。今见他来打听此事,十分关切。便向他说:"你去回了太太,也进园内照管照管。不比别人又强些?"这王善保家正因素日进园去,那些丫嬛们不大侍奉他,他心里大不自在,要寻他们的故事,又寻不着。恰好生出这事来,以为抓住把柄,又听王夫人委托,正撞在心坎上,连忙应道:"这个容易。不是奴才多话,论理这是该早如此的。太太也不大往园里去。这些女孩子们,一个个到像受了封诰是的,他们就成了千金小姐了。闹下天来,谁敢哼一声儿?不然就调唆姑娘的丫头们,说欺负了姑娘们了。谁还耽得起?"王夫人道:"这也有的常情。跟姑娘的丫头,原比别的娇贵些。你们该劝他们。连主子们的姑娘不教导尚且不堪,何况他们?"王善保家的道:"别的都还罢了。太太不知道,一个宝玉屋里的晴雯。那丫头仗着他生的模样儿比别人标致些,又生了一张巧嘴,天天打扮的像个西施的样子,在人跟前能说惯道,抓尖要强。一句话不投机,他就立起两个骚眼睛来骂人。妖妖趫趫,大不成个体统。

王夫人听了这话,猛然触动往事,便问凤姐道:"上次我们跟了老太太进园逛去,有一个水蛇腰,削肩膀,眉眼又有些像你林妹妹的,正在那里骂小丫头。我的心里很看不上那狂样子。因同老太太走,我不曾说得。后来要问是谁,又偏忘了。今日对了坎儿。这丫头想必就是他了。"凤姐道:"若论这些丫头们,共总比起来,却是晴雯生得好。若论举止言语,他原有些轻薄。方才太太说的到很像他。我也忘了那日的事，不敢乱说。”王善保家的便道：“不用这样。此刻不难叫了来给太太瞧瞧。”王夫人道：“宝主房里常见我的，只有袭人、麝月这两个。笨笨的到好；若有这个，他自然不敢来见我的。我一生最嫌这样人，况且又生出这个事来。好好的一个宝玉，倘或叫这蹄子勾引坏了，那还了得。”因叫自己的丫头来分付他道：“到园里去。只说我说有话问他们，留下袭人、麝月伏侍宝玉，不必来。有一个晴雯，最伶俐，叫他即刻快来的。不许和他们说什么。”

小丫头子答应了，走入怡红院。正值晴雯心上不自在，睡中觉才起来，正发闷。听如此说，只得答应了他们。素日这些丫嬛皆知王夫人最嫌趫妆艳服，语薄言轻。故晴雯素日不敢出头。因连日并没十分妆饰，自为无碍。及到了凤姐房中，王夫人一见他，钗亸鬓松，衫垂带褪，有春睡捧心之遗风。而且形容面貌恰是上次见的那人，不觉勾起方才的火来。王夫人原是天真烂漫之人，喜怒出于心臆，不比那些饰词掩意之人。今既真怒攻心，又勾起往事，便冷笑道：“好个美人！真像个病西施了！你天天作这轻狂样儿给谁看？你干的事，打量我不知道呢？我且放着你，自然明儿揭你的皮！宝玉今日可好些？”晴雯一听如此说，心内大异，便知有人暗算了他。虽然着恼，只不敢作声。他本是个聪敏过人的人，见问“宝玉可好些”，他便不肯以实话对，只说：“我不大到宝玉房里去，又不常和宝玉在一处。好歹我不能知道，只问袭人、麝月两个。”王夫人道：“这就该打嘴巴。难道你是死人！要你们作什么？”

晴雯道：“我原是跟老太太的人。因老太太说园里空大人少，宝玉害怕。所以拨了我去外间屋里上夜，不过看屋子。我原回过我笨，不能去伏侍。老太太骂了我一顿，说又不叫你管他的事，要伶俐作什么？我听了这话才去的。不过十天半个月之内，宝玉闷了，大家顽一会子，就散了。至于宝玉饮食起坐，上一层有老奶奶、老妈妈们，下一层又有袭人、麝月、秋纹几个人，我闲着还要作老太太屋里的针线。所以宝玉的事，竟不曾留心。太太既怪，从此后我留心就是了。”王夫人信以为真实了，忙说：“阿弥陀佛！你不近宝玉是我的造化！竟不劳你费心。既是老太太给宝玉的，我明儿回了老太太，再撵你。”

因向王善保家的道:“你们进去,好生防他几日。不许他在宝玉房里睡觉。等我回过老太太,再处治他。”喝声:“去!站在这里,我看不上这浪样儿!谁许你这样花红柳绿的妆扮!”晴雯只得出来。这一惊一气,非同小可,一出门,便拿手帕子握着脸,一头走,一头哭,直哭到园门内去。

这里王夫人向凤姐等自怨道:“这几年我越发精神短了,照顾不到。这样妖精似的东西,竟没有看见,只怕这样的还有。明日倒得查查。”凤姐见王夫人盛怒之际,又因王善保家的是邢夫人的耳目,常调唆着邢夫人生事。纵有千百样言词,此刻也不敢说,只低头答应着。王善保家的道:“太太请养息心体要紧。这些小事,只交与奴才们。如今就要查这个主儿,也极容易。等到晚上,园门关了的时节,内外不通风,我们竟给他们个猛不防,带着人到各处丫头们房里搜寻搜寻。想来谁有这个,断不单只有这个,自然还有别的东西。那时翻出别的来,自然这个也是他的。”王夫人道:“这话到是。若不如此,断不能清的清,白的白。”因问凤姐如何。凤姐只得答应说:“太太说的是,就行罢了。”王夫人道:“这主意很是。不然一年也查不出来。”于是大家商议已定。

至晚饭后,待贾母安寝了,宝钗等入园时,王善保家的便请了凤姐,一并入园,喝命将角门上锁,便从上夜的老婆子屋内抄拣起。不过是拣出些多馀攒下的蜡烛、灯油等物。王善保家的道:“这也是赃,不许动。等明儿回过太太再动。”于是,先就到怡红院中,喝命关门。当下宝玉正因晴雯有了不是,心里不舒服。忽见这一干人进来,不知为何,直扑了丫头们的房门去。因迎出凤姐来,问是何故。凤姐道:“丢了一件要紧的东西,因大家混赖,恐怕有丫头们偷了。所以大家都查一查,去去疑。”一面说,一面坐下吃茶。王善保家的等搜了一回,又细问:“这几个箱子是谁的?”都叫本人来亲自打开。袭人因见晴雯这样,知道必有异事;又见这番抄拣,只得自己先出来,打开了箱子并匣子,任其搜检一番。不过是日常动用之物,随即放下,又搜别人的。挨次都一一搜过,到了晴雯的箱子,因问:“这一个是谁的?怎么不开开让搜。”袭人等方欲代晴雯开时,只见晴雯挽着头发,闯进来,“豁”一声,将箱子掀开,两手端着底子,朝天往地下尽情一倒,将所有之物,尽都倒出。王善保家的也觉没趣,看了一看,也没有什么私弊之物,回了凤姐,往别处去。凤姐儿道:“你们可细细的查。若这一番查不出来,难回话的。”众人都道:“都细细翻看了,没什么差错东西。虽有几样男人物件,都是小孩子的东西,想是宝玉的旧物件,没甚关系的。”凤姐听了,笑道:“既如此,咱们就走,再瞧别处去。”

说着,一径出来。因向王善保家的道:“我有一句话,不知是不是。要抄拣的原是咱们家的人,薛大姑娘屋里,断乎拣抄不得的。”王善保家的笑道:“这个自然!岂有抄起亲戚家来?”凤姐点头,道:“我也这样说呢。”一头说,一头到了潇湘馆内。黛玉已睡了。忽报这些人来,也不知为甚事,才要起来,只见凤姐已走进来,忙按住他,不许起来。只说:“你睡着罢!我们就走。”这边且说些闲话。那个王善保家的带了众人,到丫嬛房中,也一一的开箱倒笼,抄拣了一番,因从紫鹃房中抄出宝玉换下来的寄名符儿,一副束带上的披带,两个荷包并扇套,套内有扇子,看时皆是宝玉往年夏天手内曾拿过的。王善保家的以为得了意。遂忙请凤姐过来验视,又说:“这些东西从那里来的?”凤姐笑道:“宝玉和他们从小儿在一处,混了几年。这自然是宝玉的旧东西。这也不算什么罕事。撂下再往别处去是正经。”紫鹃笑道:“直到如今,我们两下里的东西也记不清。要问这一个,连我也忘了是那年月日有的。”王善保家的又听见凤姐如此说,也只得罢了。

又到探春院内,谁知早有人报与探春了。探春也就猜着必有原故,所以引出这些丑态来。遂命众丫嬛剪烛开门而待。一时众人来了。探春故意问有何事。凤姐笑道:“因丢了一件东西,连日访察不出人来,恐怕傍人赖这些女孩子们,所以爽利大家搜一搜,使人去疑。到也干净。”探春冷笑道:“我们的丫头自然都是些贼,我就是头一个窝主。既如此,先来搜我的箱柜。他们所有偷了来的,都交给我藏着呢。”说着,便命两个丫嬛们把箱柜一齐打开,将镜奁、妆盒、衾袱之包,若大若小之物,一齐打开,请凤姐去抄阅。凤姐陪笑道:“我不过是奉太太的命来,妹妹别错怪我。何必生气?”因命丫嬛们:“快快关上!”平儿、丰儿等忙着替侍书等关的关、收的收。

探春道:“我的东西到许你们搜阅,要想搜我的丫头,这却不能。我原比众人歹毒,凡丫头所有的东西,我都知道,都在我这里间收着,一针一线他们也没的收藏。要搜,你们只管来搜我。你们不依,只管去回太太。只说我违背了太太,该怎么处治,我自领。你们别忙,往后自然连你们一齐抄的日子还有呢。你们今日早起不曾议论甄家?自己家里好好的抄家,果然今日真抄了。咱们家也渐渐的来了。可知这样大族人家,若从外头杀来,一时是杀不死这些的。古人曾说的:‘百足之虫,死而不僵。’必须先从家里自杀自灭起来,才能一败涂地。”说着,不觉留下泪来。

凤姐只看着众媳妇们。周瑞家的便道:“既是女孩子的东西全在这里,奶奶且请到别处去罢。也让姑娘好安寝。”凤姐便起身告辞。探春道:“可细细的搜明白了。若明日再来,我就不依了。”凤姐笑道:“既然丫头们的东西都在这里,就不必搜了。”探春冷笑道:“你果然到乖。连我的包袱都打开了,还说没翻。明日该说我护着丫头们,不许你们翻了。你趁早说明,若还要翻,不妨再翻一遍。”凤姐知道探春素日与众不同的,只得陪笑道:“我已经连你的东西都搜察明白了。”探春又问众人:“你们也都搜明白了不曾?”周瑞家的都陪笑说:“都翻明白了。”

那王善保家的不过是个心内没成算的人,素日虽闻探春的名,他自为众人没眼力、没胆量罢了。那里一个姑娘家,就这样起来?况且又是庶出,他敢怎么?他自恃是邢夫人陪房,连王夫人尚另眼相看,何况别个?今见探春如此,他只当是探春认真单恼凤姐,与他们无干。他便要越显势作脸献好,因越众向前拉起探春的衣襟,故意一掀,嘻笑道:“连姑娘身上我都翻了,果然没有什么。”凤姐见他这样,忙说:“妈妈走罢!别疯疯颠颠的。”一语未了,只听啪的一声,王家脸上早着了探春一掌。探春登时大怒,指王家的问道:“你是什么东西?敢来拉扯我的衣裳!我不过看着太太的面上,你又有年纪,叫你一声妈妈。你就狗仗人势,天天作耗,专管生事!如今越性了不得了！你打谅我是同你们姑娘一样好性儿！由着你们欺负？你可就错了主意了。你搜拣东西，我不恼；你不该拿我取笑。”说着，便亲自解衣、卸裙，拉着凤姐儿，细细的翻。“省得叫奴才来翻我身上。”凤姐儿、平儿等忙与探春束裙整衣，口内喝着王善保家的说：“妈妈吃两口酒，就疯疯颠颠起来！前儿把太太也冲撞了，快出去！不要提起了。”又劝探春：“休得生气。”探春冷笑道：“我但凡有气，早一头碰死了。不然就许奴才来我身上翻贼赃来了？明儿一早，我先回过老太太、太太，然后过去给大娘赔礼。该怎么着我就领。”那王善保家的讨了没意思，在窗外只说：“罢了，罢了，这也是头一遭挨打。”心里气忿说：“我明儿回了太太，仍回老娘家去罢。这个老命还要他做什么！”探春喝命丫嬛道：“你们没听他说话？还等我和他对嘴去不成？”侍书等听说，便出去道：“你果然回老娘家去，到是我们的造化了。只怕舍不得去。”凤姐笑道：“好丫头！真是有其主，必有其仆。”探春冷笑道：“我们作贼的人，嘴里都有三言两语。他还算笨的。背地里就只不会调唆主子。”平儿忙也陪笑，解劝。一回又拉了侍书进来。周瑞家的等人劝了一番。凤姐直待伏侍探春睡下，方带着人往对过暖春坞来。

彼时李纨犹病在床上，他与惜春是紧邻，又与探春相近。故顺路先到这两处。因李纨才吃了药睡着，不好惊动。只到丫嬛们房中，一一的搜了一遍，也没有搜出什么东西来。

遂到惜春房中来。因惜春年少，尚未识事，吓的不知当有什么事。故凤姐也少不得安慰他。谁知竟在入画箱中搜出一大包金银锞子来，约共三四十个。为察奸情，反得贼赃。又有一付玉带板子，并一包男人的靴袜等物。入画也黄了脸。因问：“这是那里来的？”入画只得跪下，哭诉真情，说：“这是珍大爷赏我哥哥的。因我们老子娘都在南方，如今只跟着叔叔过日子。我叔叔、婶子只要吃酒赌钱。我哥哥怕交给他们又花了。所以每常得了，悄悄的烦了老妈妈带进来，叫我收着的。”惜春胆小，见了这个，也害怕，说：“我竟不知道。这还了得！二嫂子，你要打他带他出去打罢。我听不惯的。”凤姐笑道：“你的话若果真呢，也倒可恕；只是不该私自传送进来。这个可以传得,什么不可以传得？这到是传的人不是了。若你的话不真,倘是偷来的,你可就别想活了。”入画跪着哭道:“我不敢撒谎。奶奶只管明日问我们奶奶和大爷去。若说不是赏的,就拿我和我哥哥一同打死无怨。”凤姐道:“这个自然要问的。只是真赏的,也有不是。谁许你私自传送东西的？你且说是谁作接应,我便饶你。下次万万不可。”惜春道:“嫂子别饶他！这次既可,下次这里人多,若不拿这些人作法,那些大的听见了,又不知要怎样呢。嫂子若饶他,我也不依。”凤姐道:“素日我看他还好。谁没一个错？只这一次,第二次犯了,二罪俱罚。但不知传进来的是谁?”惜春道:“若说这传进来的人,再无别个,必是二门上的张妈。他常肯和这些丫头们鬼鬼祟祟的。这些丫头们也都肯照顾他。”凤姐听说,便命人记下。将东西且交给周瑞家的暂拿着,等明日对明再议。于是别了惜春,方往迎春房内来。

迎春已经睡着了。丫嬛们也才要睡。众人扣门,半日才开。凤姐分付不必惊动小姐,遂往丫嬛们房里来。因司棋是王善保的外孙女儿,凤姐到要看王家的可藏私不藏,遂留心看他搜捡。先从别人箱子搜起,皆无别物,及到了司棋箱子中,搜了一回,王善保家的说:“也没有什么东西。”才要盖箱子,周瑞家的道:“且住！这是没有什么?”说着,便伸手掣出一双男人的锦带袜,并一双缎鞋来。又有一个小包袱,打开一看,里面有一个同心如意,并一个字帖儿。一总递与凤姐。凤姐因管理家事,每每看开帖并账目,也颇识得几个字了。便看那帖子是大红双喜笺帖,上面写道:“上月你来家后,父母已觉察你我之意。但姑娘未出阁,尚不能完你我之心愿。若园内可以相见,你可托张妈给一信息。我等在园内一见,到比来家得说话。千万！千万！再:所赐香袋二个,今已查收。外特寄香珠一串,略表我心。千万收好！表弟潘又安拜具。”凤姐看罢,不怒而反乐。别人并不识字,王家的素日并不知道姑表姊弟有这一节风流故事,见了这鞋袜,心内已是有些毛病;又见有一红帖,凤姐又看着笑。他便说道:“想是他们自己写的账目,不成个字,所以奶奶见笑。”凤姐笑道:“正是这个账竟算不过来。你是司棋的老娘,他的表弟也该姓王,怎么又姓潘呢?"王善保家的见问的奇怪,只得勉强告道:"司棋的姑妈给了潘家,所以他姑表兄弟姓潘。上次逃走了的潘又安,就是他表弟。"凤姐笑道:"这就是了。"因道:"我念给你听。"说着,从头念了一遍。大家都唬了一跳。

这王家的一心只要拿人的错儿,不想反拿住了他外孙女儿,又气又臊。周瑞家的四人又都问着他:"你老可瞧见了?明明白白,再没的话说了。如今据你老人家该怎么样?"这王家的只臊的没有地缝儿钻进去。凤姐只瞅着他嘻嘻的笑。向周瑞家的笑道:"这到也好。不用你们作老娘的操一点儿心,他鸦雀不闻的给你们弄了一个好女婿来。大家到省心。"周瑞家的也笑着凑趣儿。王家的又气又愧,自己用手打自己的脸,骂道:"老不死的娼妇,怎么造下孽了!说嘴打嘴,现世现报在人眼里。"众人见这般,俱笑个不住。又半劝半讽的。

凤姐见司棋低头不语。他并无畏惧惭愧之意,到觉可异。料此时夜深且不必盘问此事,又怕他夜间自愧去寻拙志,遂唤两个婆子监守起他来。带了人,拿了赃证回来,且自安歇,等明日料理。谁知到夜里,又连起来几次,下面淋血不止。至次日,便觉身体十分软弱,起来发晕,遂掌不住,请太医来胗脉毕,遂立药案云:"看得奶奶系心气不足,虚火乘脾。皆由忧劳所伤,以致嗜卧好眠,胃虚土弱,不思饮食。今聊用升阳养荣之剂。"写毕,遂开了几样药名,不过是人参、当归、黄芪等类之剂。一时,退去。有老嬷嬷们拿了方子,回过王夫人。王夫人不免又添一番愁闷,遂将司棋等事暂未理。

可巧这日尤氏来看凤姐,坐了一回,到园中去,又看过李纨,就要望后姊妹去。忽见惜春遣人来请。尤氏遂到他房中来。惜春便将昨晚一事,细细告诉与尤氏。又命人将入画的东西一概要来,与尤氏过目。尤氏道:"实是你哥哥赏他哥哥的,只不该私自传送。如今官盐竟成了私盐了。"因骂入画:"胡涂脂油蒙了心的!"惜春道:"你们管教不严,反骂丫头。这些姊妹,独我的丫头这样没脸,我如何去见人?昨儿我立逼着凤姐姐带了他去,他只不肯。我想他原是那边的人,凤姐姐不带他去,也原有理。我今日正要送过去,嫂子来的恰好,快带了他去。或打,或杀,或卖,一概不管。"入画听说,又跪下哭求,说:

“奴才再不敢了。只求姑娘看从小儿服侍的情常,好歹生死在一处罢。”尤氏和奶娘等人,也都十分分解,说:“他不过一时糊涂了,下次再不敢的。你看他从小儿伏侍你一场,到底留着他为是。”

谁知惜春虽然年幼,却天生的一种百折不回的廉介孤独僻性,任人怎么说,他只以为丢了他的体面,咬定牙断乎不肯。便又说道:“不但不要人画,如今我也大了,连我也不往你们那边去了。况且,近日我每每风闻得有人背地里议论什么,多少不堪的闲话。我若再去,连我也编上了。”尤氏道:“谁议论什么?又有什么可议论的?姑娘是谁?我们是谁?姑娘既听见人议论我们,就该问着他才是。”惜春冷笑道:“你这话问着我到好!我一个姑娘家,只有躲是非的,我反去寻是非?成个什么人了?还有一句话,我不怕你恼。好歹自有公论,又何必去问人?古人说得好,‘善恶生死,父子不能有所勖助’。何况你我二人之间!我只知道保得住我就勾了,不管你们。自此以后,你们有事,也别累我。”

尤氏听了,又气又好笑,因向地下众人道:“怪道人人都说这四丫头年轻糊涂,我只不信。你们听才一篇话,无原无故,又不知好歹,又没个轻重。虽然是小孩子的话,却又能寒人的心!”众嬷嬷笑道:“姑娘年轻,奶奶自然要吃些亏的。”惜春冷笑道:“我虽年轻,这话却不年轻。你们不看书,不识几个字,所以都是些呆子。看着明白人,到说我年轻糊涂。”尤氏道:“你是状元、榜眼、探花,古今第一个才子。我们是糊涂人,不如你明白,何如?”惜春道:“状元、榜眼难道就没有糊涂的不成?可知他们也有不能了悟的。”尤氏笑道:“你到好,才是才子!这会子又作大和尚了。又讲起了性命的话来说。”惜春道:“我不了悟,也舍不得入画了。”尤氏道:“可知你是个心冷口冷,心狠意狠的人。”惜春道:“古人曾也说的,‘不作狠心人,难得自了汉’。我清清白白的一个人,为什么教你们带累坏了我!”

尤氏心内原有病,怕说这些话,听说有人议论,已是心中羞恼激怒。只是在惜春分上不好发作。忍耐了大半。又听这些话,不免说:“那里就带累了你了。你的丫头有了不是,无故说我,我到忍了这半日,你到越发得了意,只管说这些话。你是千金万金的小姐,我们以后就不亲近,仔细带累了小姐的美名。”即刻就叫人将入画带了过去,说着,便赌气起身去了。惜春道:“若果然不来,到也省了口舌是非。大家到还清净。”尤氏也不答话,一径往前边去了。不知后事如何。

第七十五回　开夜宴异兆发悲音　赏中秋新词得佳谶

话说尤氏从惜春处赌气出来,正欲往王夫人处去。跟从的老嬷嬷们因悄悄的回道:“奶奶且别往上房去。才有甄家的几个人来,还有些东西,不知是作什么机密事。奶奶这一去,反恐不便。”尤氏听了,道:“昨日听见你爷说,看邸报:甄家犯了罪。现今抄没了家私,调取进京治罪。怎么又有人来?”老嬷嬷道:“正是呢。才来了几个女人,气色不成气色,慌慌张张的,想必有什么瞒人的事情,也是有的。”尤氏听了,便不往前去,仍往李氏这边来了。

恰好太医才诊了脉去,李纨近日也略觉精爽了些,拥衾倚枕,坐在床上,正欲有一二人来,说些闲话。因见尤氏进来,不似往日和霭可亲,只呆呆的坐着。李纨因问道:“你过来了这半日,你可在别人屋里吃些东西没有?只怕饿了。”即命素云瞧有什么新鲜点心,拣了来。尤氏忙止道:“不必,不必。你这一向病着,那里有什么新鲜东西?况且我也不饿。”李纨道:“昨日他姨娘家送来的好茶面子,到是对一碗来你喝罢。”说毕,便分付人去对茶。

尤氏出神无语。跟来的丫头、媳妇们因问:“奶奶今日中晌尚未洗脸,这会子趁便可净一净罢。”尤氏点头。李纨忙命素云来取自己妆奁。素云一面取来,一面将自己的胭粉拿来,笑道:“我们奶奶就只没粉合胭脂。奶奶不嫌赃,这是我没有用过的。”李纨道:“我虽没有,你就该往姑娘们那里取去,怎么公然拿出你的来?幸而是他,若是别人,岂不恼呢?”尤氏笑道:“这有何妨?我凡过来,谁的没使过?今日忽然又嫌赃了。”一面说,一面盘膝坐在炕沿上。银蝶上来,忙代为卸去腕镯戒指,又将一大袱手巾盖住下半截,将衣裳护严。小丫嬛炒豆儿捧了一大盆温水,走至尤氏跟前,只弯腰捧着。李纨道:“怎么这样没规矩!”银蝶笑道:“说一个个惯的都使不得了。说一个葫芦就是一个瓢。奶奶不过待咱们宽些,在家里你不管怎样罢了,你就得了益。不管在家、出外，当着亲戚，也只随你的便了！”尤氏道：“你随他去罢！横竖洗了就完事了。”炒豆儿忙赶着跪下。尤氏笑道：“你们家下大小的人，只会讲外面见的虚礼、假体面，究竟作出来的事，都勾使的了。”李纨听如此说，便知他已知道昨夜的事，因笑道：“你这话有因。谁作事究竟勾使的了？”尤氏道：“你到问我？敢是你病的死过去了。”

一语未了，只见人说：“宝姑娘来了！”忙说快请时，宝钗已走进来。尤氏忙擦脸，起身让坐，因问：“怎么一个人忽然走来？别的姊妹都怎么不见？”宝钗道：“正是！我也没有见他们。只因今日我们奶奶身上不好，再家里的两个女人也都因时症病着，没下炕呢。别人靠不得，我今儿要出去伴着老人家夜里作伴儿。要去回老太太、太太，我想又不是什么大事，且不用提，等好了我横竖进来的。所以，告诉大嫂子一声。”李纨听说，只看着尤氏笑。尤氏也只看着李纨笑。一时尤氏盥沐已毕。大家吃面茶。李纨因笑道：“既这样，且打发人去请姨娘的安。问是何病。我也病着，不能亲自来请安。好妹妹，你去只管去，我自打发人去到你那里去看屋子。你好歹住一两天，还进来。别叫我落不是。”宝钗笑道：“落什么不是呢！这也是通共常情。你又不曾卖放了贼。依我的主意，也不必添人过去，竟把云丫头请了来，你和他住一两日，岂不省事？”尤氏道：“可是呢！史大妹妹往那里去了？”宝钗道：“我才打发他们找你们探丫头去了。叫他同到这里来，我也明白告诉他。”

正说着，果然报“云姑娘和三姑娘来了”。大家让坐已毕，宝钗便说要出去一事。探春道：“很好！不但姨妈好了，还来的；就便好了，不来也使得。”尤氏笑道：“这话奇怪！今日怎么撵起亲戚来了？”探春冷笑道：“正是呢。有别人撵的，不如我先撵。亲戚们好，也不在必要死住着才算是好。咱们到是一家子亲骨肉呢，一个个不像乌眼鸡？恨不得你吃了我，我吃了你！”尤氏忙笑道：“我今儿是那里来的晦气！偏都碰着你姊妹们的气头儿上！”探春道：“谁叫你赶热灶火来了？”因问：“谁又得罪了你呢？”因又寻思道：“惜丫头不犯啰唣你，却是谁呢？”尤氏只含糊答应。探春知他畏事，不肯多言，因笑道："你别妆老实了。除了朝廷治罪，没有砍头的。不必畏头畏尾。实告诉你罢！我昨日把王善保的老婆子打了。我还顶着个罪呢。他也不过背地里说我些闲话，难道他还打我一顿不成？"宝钗忙问："因何又打他？"探春就把昨夜怎的抄拣，怎的打他，一一说了出来。尤氏见探春已经说了出来，便把惜春方才之事也说了出来。探春道："这是他的僻性，孤介太过。我们再傲不过他。"因又告诉他们说："今日一早，不见动静。打听凤辣子又病了。我就打发我妈妈出去打听王善保家的是怎样。他回来告诉我说，王善保家的挨了一顿打，大太太嗔着他多事。"尤氏、李纨道："这到也是正理。"探春冷笑道："这种掩饰谁不会作？且再瞧就是了。"尤氏、李纨皆点头不语。一时，估着前头用饭。湘云和宝钗回房打点衣衫，不在话下。尤氏等遂辞了李纨，往贾母这边来。

贾母歪在榻上，王夫人说甄家因何获罪，如今抄没了家产，回京治罪等语。贾母听了心里不自在。恰好见他姊妹来了，因问："从那里来的？可知凤姐妯娌两个的病今日怎样？"尤氏等忙回道："今日都好些。"贾母点头叹道："咱们别管人家的事。且商量咱们八月十五日赏月是正经。"王夫人笑道："都已预备下了。不知老太太拣那里好？就只是园里空，夜晚风冷。"贾母笑道："多穿两件衣服，何妨？那里正是赏月的地方。岂可倒不去的？"

说话之间，早有媳妇、丫嬛们抬过饭桌来。王夫人、尤氏等忙上来放筷子，捧饭。贾母见自己的几色菜已摆完，另有两大捧盒内捧了几色菜来，便知是各房另外孝敬的旧规矩。贾母因问："都是些什么？上几次我就分付，如今可以把这些免了罢！你们还不听。如今比不得在先辐辏的时光了。"鸳鸯忙道："我说过好几次，都不听，也只罢了。"王夫人笑道："不过都是家常东西。今日我吃斋，没有别的，不过是些面筋豆腐，老太太又不大甚爱吃。只拣了一样椒油纯齑酱来。"贾母笑道："这样正好。我正想这个吃。"鸳鸯听说，便将碟子挪在跟前。宝琴一一的让了，方归坐。贾母便命探春来同吃。探春也都让过了，便和宝琴对面坐下。侍书忙去取了碗来。鸳鸯又指着几样菜道："这两样看不出是什么东西来，大老爷送来的。这一碗是鸡髓笋，是外头老爷送上来的。”一面说，一面就只将这碗笋送至棹上。贾母略尝了两点，便命：“将那两样叫人送回去，就说我吃了。以后不必天天送。我想吃，自然来要。”媳妇们答应着，仍送过去。不在话下。贾母因问：“有稀饭盛些来罢。”尤氏早捧过一碗来，说是红香稻米粥。贾母接来，吃了半碗，便分付：“将这粥送给凤哥儿吃去。”又指着这一碗笋和这一盘风腌果子狸：“给颦儿、宝玉两个吃去。那一碗肉给兰小子吃去。”又向尤氏道：“我吃了，你就在这里吃了罢。”尤氏答应。待贾母漱口、洗手毕，贾母便下地和王夫人说闲话，行食。尤氏告坐。探春、宝琴二人也起来了，笑道：“失陪，失陪。”尤氏笑道：“剩我一个人，大摆棹的吃不贯。”贾母笑道：“鸳鸯、琥珀来趁势也吃些，又作了陪客。”尤氏笑道：“好，好，好。我正要说呢。”贾母笑道：“看着多多的人吃饭，最有趣的。”又指银蝶道：“这孩子也好，也来同你主子一块来吃。等你们离了我，再立规矩去。”尤氏道：“快过来！不必妆假。”

贾母负手看着取乐。因见伺候添饭的人手内捧着一碗下人的米饭，尤氏吃的仍是白粳米饭。贾母问道：“你怎么昏了？盛这个饭来给你奶奶？”那人道：“老太太的饭吃完了。今日添了一位姑娘，所以短了些。”鸳鸯道：“如今都是可着头做帽子了，要一点儿富裕也不能的。”王夫人忙回道：“这一二年旱涝不定，田上的米都不能按数交上来。这几样细米，更艰难了。所以都可着吃的多少关出去，生恐一时短了，买的不顺口。”贾母笑道：“这正是巧媳妇做不出没米的粥来。”众人都笑起来。鸳鸯道：“既这样的，就去把三姑娘的饭拿来添，也是一样。就这样笨！”尤氏笑道：“我吃这个就勾了。也不用取去。”鸳鸯道：“你勾了，我不会吃？”地下的媳妇们听说，方忙着取去了。一时，王夫人也去用饭。这里，尤氏直陪贾母说话取笑。

到起更的时候，贾母说：“黑了，你过去罢。”尤氏方告辞出来。走至大门前，上了车，银蝶坐在车沿上。众媳妇放下帘子来，便带着小丫头们先直走过那边大门口等着去了。东西二府之门相樀没有一箭之路，每日家常来往，不必定要坐车。况天黑夜晚之间，回来的遭数更多，所以老嬷嬷带着小丫头，只几步便走了过来。两边大门上的人都到东西街口，早把行人断住。尤氏大车上也不用牲口，只用七八个小厮挽环拽轮，轻轻的便推拽过这边阶矶上来。于是众小厮退过狮子以外，众嬷嬷打起帘子，银蝶先下来，然后众人搀下尤氏来。大小七八个灯笼，照的十分真切。

尤氏回头见两边狮子下放着四五辆大车，便知是来赴赌之人所乘的。遂向银蝶众人道："你看，坐车的是这样，骑马的还不知有几个呢！马自然在圈里拴着，咱们看不见，不知道他们的娘老子挣下多少钱，与他们这么开心儿。"一面说，一面已到了厅上。贾蓉之妻带领家下媳妇、丫头们也都秉烛接了出来。尤氏笑道："成日家我要偷着瞧瞧他们，也总没得瞧。今儿到巧，就顺便打他们窗户跟前走过去。"众媳妇答应着，提灯引路。又有一个先去悄悄的知会伏侍的小厮们，不要失惊打怪。于是尤氏一行人悄悄的来至窗下，只听里面称三赞四，耍笑之音虽多，又兼有恨五骂六忿怨之声亦复不少。

原来贾珍近因居丧，既不得游玩逛荡，又不得观优闻乐作遣。无聊之极，便生了个破闷之法：日间以习射为由，请了各世家的弟兄，及诸富贵亲友来较射。因说："白白的只管乱射，终无裨益，不但不能长进，而且坏了式样，必须立个罚约，赌个利物，大家才有勉力之心。"因此在天香楼下箭道内，立了鹄子，说定了每日早饭后来射鹄子。贾珍不肯出名，便命贾蓉作局家。这些来的人，皆系世袭公子，人人家道丰富，且都在少年，正是斗鸡走狗、问柳评花的一干游荡纨绔。因此大家议定，每日轮流作晚饭之主，——每日来射，不便独扰贾蓉一人之意。于是天天宰猪割羊、屠鹅戮鸭，好似临潼斗宝的一般，都要卖弄自己家的好厨役、好烹炮。不到半月工夫，贾赦、贾政听见这般，不知就里，反说这才是正理。文既误矣，武事亦该习，况在武荫属。两处遂也命贾环、贾琮、宝玉、贾兰等四人于饭后过来，跟着贾珍习射一回，方许回去。

贾珍之志不在此。再过一二日，便渐次以歇背、养力为由，晚上或抹抹骨牌，赌个酒东而已，至后渐次至钱。如今三四月的光景，竟一日一日赌胜于射了，公然斗叶掷骰，放头开局，夜赌起来。家下人借此各有些益，巴不得的如此，所以竟成了势了。外人皆不知就里。

近日邢夫人之胞弟邢德全也酷好如此,故也在其中。又有薛蟠头一个惯喜送钱与人的,见此岂不快乐?邢德全虽系邢夫人之胞弟,却居心行事大不相同。这个邢德全,只知吃酒赌钱、眠花宿柳为乐,手中滥漫使钱,待人无二心,尤喜与好酒之人亲近,无论上下主仆,皆出自一意,并无贵贱之分,因此都唤他"傻大舅"。薛蟠早已出名的呆大爷。

今日二人皆凑在一处,都爱"抢新快"爽利,便又同了两家,在外间炕上"抢新快"。别的又有几家在当地下大桌子上打公番,里间屋里又一起斯文些的抹骨牌,打天九。此间伏侍的小厮都是十五岁已下的孩子,若成丁男子就到不了这里了。故尤氏方潜至窗外偷看。其中有两个十六七岁娈童,以备奉酒的,都打扮的粉妆玉琢。今日薛蟠又输了一张,正没好气,幸而掷第二张完了,算来除番过本儿来到反赢了,心中只是兴头起来。贾珍道:"且打住!吃了东西再来。"因问那两处怎么样了。里头打天九的也作了账,等吃饭;打公番的未清账,且不肯吃。这是不能催他们的。先摆下一大桌,贾珍陪着吃,命贾蓉落后陪那一起。

薛蟠此时兴头了,便搂着一个娈童吃酒,又命将酒去敬那傻大舅。傻大舅是输家,没心绪,吃了两碗,便有些醉意,嗔着两个娈童只赶着赢家,不理输家了。因骂道:"你们这起兔子,就是这样专洑上水。天天在一处,谁的恩你们不沾?只不过我这一会子输了几两银子,你们就三六九等了?难道从此以后你再没有求着我们的事了?"众人见他带酒,忙说:"很是!很是!果然他们风俗不好。"因喝命:"快敬酒赔罪!"两个娈童都是演就的局套,忙都跪下奉酒,说:"我们这行人,师父教的,不论远近厚薄,只看一日有钱有势,就亲敬,便是活佛神仙;一日没了钱势了,就不去理他。况且我们又年轻,又居这个行次,求舅太爷体恕些,我们就过去了。"说着,便举着酒,双膝跪下。邢大舅心内虽软了,只还故作怒意,不理。众人又劝道:"这孩子说的是实情话。老舅是久惯怜香惜玉的,如何今日反这样起来?若不吃这酒,叫他两个怎样起来?"邢大舅已掌不住了,便说道:"若不是众位说,我再不理。"说着,方接过来,一气喝干了。又斟一碗来。

邢大舅便酒勾往事，醉露真情起来。乃拍案对贾珍叹道："怨不的他们把钱当命。多少世官大家出身的，若提起'钱势'二字，连骨肉都不认了。老贤甥，昨日我和你那边的令伯母都赌气，你可知道否？"贾珍道："不曾听见。"邢大舅叹道："就为钱这件混账东西。利害！利害！"贾珍深知他与邢夫人不睦，每遭邢夫人弃恶，扳出怨言，因劝道："老舅，你也太散漫些。若只管花去，有多少给老舅花的？"邢大舅道："老贤甥，你不知我邢家底理。我母亲去世时，我那时尚小，世事不知。他姊妹三个人，只有你令伯母年长。出阁时，一分家私都是他把持带来。如今二家姐虽也出阁，他家里也很艰难；三家姐尚在家里，一应用度，都是这里陪房王善保家的掌管。我便来要钱，也非要了你贾府的，就是我邢家家私，也就勾我花的了。无奈竟不得到手。所以有冤无处诉。"贾珍见他酒后叨叨，恐人听见不雅，连忙用话解劝。

外面尤氏等听得十分真切，乃悄向银蝶笑道："你听见了？这是北院里大太太的兄弟抱怨他呢。可怜他亲兄弟还这样说，这就怨不得别人了。"因还要听听，正值打公番的也歇住了，要吃酒。因有一个问道："方才是谁得罪了老舅？我们竟不曾听明白，且告诉我们评评理！"邢德全见问，便把两个娈童不理论自己输家，只赶赢家的话说了一遍。这一个年少的纨绔道："这样说，原可恼的，怨不得舅太爷生气。我且问你两个：舅太爷虽然今日输了，输的不过是银子钱，并没有输丢了毬毟，怎就不理他了？"说着，众人大笑起来，连邢德全也喷了一地饭。尤氏在外面悄悄的啐了一口，骂道："你听听这一起子没廉耻的小挨刀的，才丢了脑袋骨子，就混嚼嚼毛了。再肏攮下黄汤去，还不知嚼出些什么来呢！"一面说，一面便进去，卸妆安歇。至四更时，贾珍方散了，往佩凤房里去了。

次日起来，就有人回："西瓜、月饼都全了，只待分派送人。"贾珍分付佩凤道："你请你奶奶看着送罢。我还有别的事呢。"佩凤答应去了，回了尤氏。尤氏只得一一分派，遣人送去。一时，佩凤又来说："爷问奶奶今儿出门不出门？说咱们是孝家，明儿十五过不得节。

今儿晚上到好，可以大家应个景儿，吃些瓜饼酒。”尤氏道：“我到不愿意出门呢！那边珠大奶奶又病了，凤丫头又睡倒了，我再不过去，越发无个人了。我不得闲，应什么景儿？”佩凤说道：“爷说了，今儿已辞了众人，直等十六才来呢。好歹定要请奶奶吃酒的。”尤氏笑道：“请我？我没的还席。”佩凤笑着去了。一时又来，笑道：“爷说连晚饭也请奶奶吃，好歹早些回来。叫我跟了奶奶去呢。”尤氏道：“既然这样，把饭快些吃了，我好走。”佩凤道：“爷说早饭在外头吃，请奶奶自己吃罢。”尤氏问道：“今日外头有谁？”佩凤道：“听见说外头有两个南京新来的，到不知是谁。”说话之间，贾蓉之妻也梳妆了上来见过。少时，摆上饭来，尤氏在上，贾蓉之妻在外相陪，婆媳二人吃毕饭，尤氏便换了衣服，仍过荣府来，至晚方回去。

果然贾珍煮了一口猪，烧了一腔羊，馀者桌菜及果品之类不可胜记，就在汇芳园丛绿堂中，屏开孔雀，褥设芙蓉，带领妻子姬妾，先饭后酒，开怀赏月作乐。将一更时分，真是风清月朗，上下如银。贾珍因要行令，尤氏便叫佩凤等四个人也都入席，下面一溜坐下，猜枚划拳，饮了一回。贾珍有了几分酒，亦发高兴，便命取了一枝紫竹箫来，命佩凤吹箫，文化唱曲，喉清嗓嫩，真令人魄醉魂飞。唱罢，复又行令。

那天将有三更时分，贾珍酒已八分，大家正在添衣饮茶、换盏更酌之际，忽听那边墙下，有人长叹之声。大家明明听见，都悚然疑畏起来。贾珍忙厉声叱咤，问：“谁在那里？”连问几声，没有人答应。尤氏道：“必是墙外边家里人也未可知。”贾珍道：“胡说！这墙四面皆无下人的房子，况且那边又紧靠着祠堂，焉得有人。”一语未了，只听得一阵风声，竟过墙去了。恍惚闻得祠堂内槅扇开合之声。只觉得风气森森，比先更觉凉飒起来；月色惨淡，也不似先明朗。众女妇人都觉毛发倒竖，贾珍酒已醒了一半，只比别人支撑得住些，心下也十分疑畏，便大没兴头起来，勉强又坐了一会子，就归房安歇去了。次日一早起来，乃是十五日，带领众子侄开祠堂、行朔望之礼。细察祠堂内，都仍是照旧好好的，并无怪异之迹。贾珍自为醉后异怪，也不足理论。礼毕，仍闭上门，看着关锁起来。

贾珍夫妻至晚饭后方过荣府来。只见贾赦、贾政都在贾母房内坐着,说闲话与贾母取笑。贾琏、宝玉、贾环、贾兰皆在地下侍立。贾珍来了,都一一见过,说了两句话后,贾母命坐。贾珍方才近门小杌子上告了坐,侧着身子坐下。贾母笑问道:"这两日你宝兄弟的箭射的如何?"贾珍忙起身道:"大长进了。不但样式好,而且弓也长了一个力气。"贾母道:"这也勾了,且别贪力,仔细努着。"贾珍忙答应几个"是"。贾母又道:"你昨日送来的月饼好;西瓜看着好,打开却也罢了。"贾珍笑道:"月饼是新来的一个专做点心的厨子,我试了试,果然好才敢孝敬。西瓜往年都还可以,不知今年怎么就不好了。"贾政道:"大约今年雨水太勤之故。"贾母笑道:"此时月已上了,咱们且去上香。"说着,便起身,扶着宝玉的肩膀,带领众人齐往园中来。

当下园里正门俱已大开,吊着羊角大灯。嘉荫堂前月台上,焚着斗香,秉着几烛,陈献着瓜饼及各色果品。邢夫人等一干女客,先在里面久候。真是:月明灯彩,人气香烟,晶艳氤氲,不可形容。地下铺着拜毯、锦褥,贾母盥手上香,拜毕。于是大家皆拜过。贾母便说:"赏月在山上最好。"因命在那山脊上的大厅上去。众人听说,就忙着在那里去铺设。贾母且在嘉荫堂中吃茶少歇,说些闲话。

一时人回"都齐备了"。贾母方扶着人上山来。王夫人等因说:"恐石上苔滑,还是做竹椅子上去。"贾母道:"天天有人打扫,况且极平稳的宽路,何必不疏散疏散筋骨?"于是,贾赦、贾政等在前导引,又是两个老婆子秉着两把羊角手罩灯,鸳鸯、琥珀、尤氏等贴近搀扶,邢夫人等在后围随。从下逶迤而上,不过百馀步,至山之峰脊上,便是这座敞厅。因在山之高脊上,故名曰凸碧山庄。于厅前平台上,列下棹椅;又用一架大围屏,隔作两间。凡棹椅形式,皆是圆的,特取团圆之意。上面居中,贾母坐下。左垂首贾赦、贾珍、贾琏、贾蓉,右垂首贾政、宝玉、贾环、贾兰,团团围坐,只坐了半壁。下面还有半壁馀空。贾母笑道:"往常到还不觉人少,今日看来,还是咱们的人也甚少,算不得甚么。想当年遇见这个日子,到此时男女三四十个,何等热闹!今日就这样,太少了。待要再叫几个来,他们都是有父母的,家里去应景了,不好来的。如今叫女孩们来坐那边罢。"于是令人将迎春、探春、惜春三个请出来。贾琏、宝玉等一齐出坐,先尽他姊妹坐了。然后在下面依次坐定。

贾母便命折一枝桂花来。令一媳妇在屏后击鼓传花。若花到谁手中,饮酒一杯,罚说笑话一个。于是先从贾母起,次贾赦,一一接过。鼓声两转,恰恰在贾政手中住了。只得饮了酒。众姊妹、弟兄皆悄悄的你扯我一下,暗暗的我又捏你一把,都含笑到要听是何笑话。贾政见贾母喜悦,只得承欢。方欲说时,贾母又笑道:“若说的不笑了,还要罚。”贾政笑道:“只得一个,说来不笑,也只好受罚了。”因笑道:“一家子一个男人最怕老婆的。”才说了一句,大家都笑了。因从不曾见贾政说过笑话,所以才笑。贾母笑道:“这必是个好的。”贾政笑道:“若好,老太太多吃一杯。”贾母笑道:“自然!”贾政又说道:“这个怕老婆的人,从不敢混走一步。偏是那日是八月十五,到街上买东西,便遇见了几个朋友,死活拉到家里去吃酒。不想吃醉了,便在朋友家睡着了,第二日才醒。后悔不及,只得来家陪罪。他老婆正洗脚,说:‘既是这样,你替我舔舔我就饶你。’这男人只得给他舔。未免恶心要吐,他老婆便恼了,要打,说:‘你这样轻狂!’唬得他男人忙跪下,求说:‘并不是奶奶的脚赃,只因昨晚吃多了黄酒,又吃了几块月饼馅子,所以今日有些作酸呢。’”说的贾母与众人都笑了。贾政忙斟了一杯,送与贾母。贾母笑道:“既这样,快自叫人取烧酒来,别叫你们受累。”众人又都笑起来。于是,又击鼓。便从贾政传起,可巧传至宝玉鼓止。

宝玉因贾政在坐,自是踧踖不安。花偏又在他手内。因想:“说笑话,倘或不发笑,又说没口才,连一笑话不能说,何况别的?这有不是;若说好了,又说正经的不会,只惯油嘴贫舌,更有不是。不如不说的好。”乃起身辞道:“我不能说笑话,求再限别的罢了。”贾政道:“既这样,限一个‘秋’字,就即景作一首诗。若好便赏你,若不好明日仔细。”贾母忙道:“好好的行令,如何又要作诗了?”贾政道:“他能的。”贾母听说,“既这样,就作。”命人取了纸笔来。贾政道:“只不许用那些冰、玉、晶、银、彩、光、明、素、练等样堆砌字眼,要另出已见,试试你这几年的情思。”宝玉听了,碓在心坎里上,遂立想了四句,向纸上写了,呈与贾政看。道是……

贾政看了,点头不语。贾母见这般,知无甚大不好,便问:“怎么样?”贾政因欲贾母喜悦,便说:“难为他。只是不肯念书,到底词句不雅。”贾母道:“这就罢了。他能多大?定要他做才子不成?这就该奖励。他以后越发上心了。”贾政道:“正是。”因回头命个老嬷嬷,“出去分付书房内的小厮,把我海南带来的扇子取两把给他”。宝玉忙拜谢,仍复归座,行令。当下贾兰见奖励宝玉,他便出席,也做一首,递与贾政。看时,写道是:……

贾政看了,喜不自胜,遂并讲与贾母听时,贾母也十分欢喜,也忙令贾政赏了。一时,大家归坐,复行起令来。这次在贾赦手内住了。只得吃了酒,说笑话。因说道:“一家子一个儿子,最孝顺。偏生母亲病了,各处求医不得,便请了一个会针灸的婆子来。婆子原不知道脉理,说是心火,如今用针灸之法,针灸针灸就好了的。儿子慌了,便问:‘心见针即死,如何针得?’婆子道:‘不用针心,只针肋条就是了。’儿子道:‘肋条离心甚远,怎么就好?’婆子道:‘不妨事,你不知道,天下父母心偏的多着呢!’”众人听说都笑起来。贾母也只得吃半杯酒,半日笑道:“我也得这个婆子针一针才好。”贾赦听说,便知自己出言冒撞,贾母动疑,忙起身,笑与贾母把盏,以别言解释。贾母亦不好再提,且行起令来。

不料这次花却在贾环手里。贾环近日读书稍进,其脾味亦不好务正,也与宝玉一样。故每常也好看些诗词,专好奇诡仙鬼一格。今见宝玉作诗受奖,他便技痒,只当着贾政不敢造次。如今可巧花在手中,便也索纸笔来,立成一绝与贾政……贾政看了,亦觉罕异。只是词句终带着不乐读书之意,遂不悦道:“可见是弟兄了。发言吐气,总属邪派。都是不由规矩准绳,一起下流品性。妙在古人中有‘二难’,你两个也可以称‘二难’了。但是你两个的‘难’字,却是作‘难以教训’之‘难’字讲才好。哥哥是公然以温飞卿自居,如今兄弟又自为曹唐再世了。”说的贾赦等都笑了。

贾赦乃要诗瞧了一遍,连声赞好,道:“这诗据我看,甚是有骨气!想来咱们这样人家中,原不比那起寒酸,定要雪窗萤火,一日蟾宫折桂方得扬眉吐气。咱们的子弟,都原该读些书,不过比别人略明白些,可以做得官时,就跑不了一个官的,何必多费了工夫,反弄出书呆子气像来?所以我爱他这诗,竟不失咱们侯门的气概。”因回头分付人去取了自己的许多玩物来,赏赐与他。因又拍着贾环的头笑道:“以后你就这么做去,方是咱们的口气,将来这世袭的前程定跑不了你袭呢。”贾政听说,忙劝说:“不过他胡诌如此,那里就论到后事了。”

说着,便斟上酒,又行了一回令。贾母便说:“你们去罢!自然外头还有相公们候着,你们也不可轻忽了他们。况且二更多了,你们散了,再让我和姑娘们多乐一回,好歇着了。”贾赦等听了,方止了令。又大家公进了一杯酒,方带着子侄们出去了。要知端的,再听下回。

第七十六回　凸碧堂品笛感凄情　凹晶馆联诗悲寂寞

话说贾赦、贾政带领贾珍等散去,不提。且说贾母这里命将围屏撤去,两席并而为一席。众媳妇另行擦棹整果,更杯洗箸,陈设一番。贾母等也都添衣,盥漱吃茶,方又入坐,团团围绕。贾母看时,宝钗姊妹二人不在坐内,已知他们家去圆月去了。且李纨、凤姐二人又病着,少了四个人,便觉冷清了好些。贾母因笑道:"往年你老爷们不在家,咱们越性请过姨太太来,大家赏月,却十分热闹。忽一时想起你老爷来,又不免想到母子、夫妻、儿女不能一处,也都没兴。及至今年你老爷来了,正该大家团圆取乐,又不便请他们娘儿们来说说笑笑。况且他们今年又添了两口人,也难丢了他们跑到这里来。偏又把凤丫头病了,有他一个人来说说笑笑,还抵得十个人的空儿。可见天下事总难十全。"说毕,不觉长叹一声,遂命拿大杯来,斟热酒。王夫人笑道:"今日得母子团圆,自比往年有趣。往年娘儿虽多,终不如今年都是自己骨肉齐全的好。"贾母笑道:"正是为此。所以才高兴拿大杯来吃酒。你们也换大杯才是。"邢夫人等只得换上大杯来。因夜深体乏,且不能胜酒,未免都有些倦意,无奈贾母兴犹未阑,只得陪饮。

贾母又命将洋毡铺于阶上,命将月饼、西瓜、果品等类都叫搬下去,令丫头、媳妇们也都团团围坐赏月。贾母因见月至中天,比先越发精彩、可爱,因说:"如此好月,不可不闻笛。"因命人将十番上女孩子传来。贾母道:"音乐多了,反失雅致。只用吹笛的,远远的吹起来,就彀了。"说毕,刚才去说时,只见跟邢夫人的媳妇走来,向邢夫人前说了两句话。贾母便问:"说什么事?"那媳妇便回说:"方才大老爷出去,被石头跸了一下,歪了腿。"贾母听说,忙命两个婆子:"快看去!"又命邢夫人快去。

邢夫人遂告辞起身。贾母便又说:"珍哥媳妇也随着便就家去罢。我也就要睡了。”尤氏笑道：“我今日不回去了，定要和老祖宗吃一夜。”贾母笑道：“使不得！使不得！你们小夫妻家，今夜不要团圆团圆，如何为我担搁了？”尤氏红了脸，笑道：“老祖宗说的我们太不堪了。我们虽然年轻，已经是十来年的夫妻，也奔四十岁的人了。况且孝服未满，陪着老太太顽一夜，还罢了，岂有自去团圆的理？”贾母听说，笑道：“这话很是。我到也忘了孝未满。可怜你公公已是二年多了。可是我到忘了，该罚我一大杯。既这样，你就索性别送，陪着我罢了。你叫蓉儿媳妇送去，就顺便回去罢。”尤氏说了，蓉妻答应着，送出邢夫人，一同至大门，各自上车回去。不在话下。

这里贾母仍带领众人赏了一回桂花，又命换暖酒来。正说着闲话，猛不妨只听那壁厢桂花树下呜呜咽咽悠悠扬扬吹出笛声来，越显的这明月清风，天空地净，真令人烦心顿解，万虑齐除，都肃然危坐，点头相赏。约两盏茶时，方才止住。大家称赞不已。于是，遂又斟上暖酒来。贾母笑道：“果然可听么？”众人笑道：“实在可听。我们也想不到这样。须得老太太带领着，我们也得开些心胸。”贾母道：“这还不大好，须得拣那曲谱越慢的吹来越好。”说着，便将自己吃的一个内造瓜仁油松穰月饼，又命斟一大杯热酒，送给谱笛之人，慢慢的吃了，再细细的吹一套来。媳妇们答应了，方送去。只见方才瞧贾赦的两个婆子回来了，说右脚面上白肿了些，如今调服了药，疼的好些了，也不甚大关系。贾母点头叹道：“我也太操心！打紧说我偏心，我反这样。”因就将方才贾赦的笑话，说与王夫人、尤氏等听。王夫人等因笑劝道：“这原是酒后大家说笑，不留心也是有的。岂有敢说老太太之理？老太太自当解释才是。”只见鸳鸯拿了软巾兜与大斗蓬来说：“夜深了，恐怕露水下来，风吹了头。须要添了这个。坐坐也该歇了。”贾母道：“偏今儿高兴，你又来催。难道我醉了不成？偏到天亮。”因命再斟酒来，一面带上兜巾，披了斗蓬。大家陪着又说了些笑话。

只听桂花阴里，呜呜咽咽，袅袅悠悠，又发出一缕笛音来。果真比先越发凄凉。大家都寂然而坐，夜静月明，且笛声悲怨，众人彼此都不禁有凄凉寂寞之意。半日，方知贾母伤感，才忙转身陪笑，发语解释。又命斟暖酒,且住了笛。

尤氏笑道:"我也就学一个笑话,说与老太太解解闷。"贾母勉强笑道:"这样更好,快说来我听。"尤氏乃说道:"一家子养了四个儿子,大儿子只一个眼睛,二儿子只一个耳朵,三儿子只一个鼻子,四儿子到都齐全,偏又是个哑叭。"正说到这里,只见贾母已朦胧双眼,已有睡去之态。尤氏方住了,忙和王夫人轻轻的请醒。贾母睁眼笑道:"我不困,白闭闭眼,养神。你们只管说,我听着呢。"王夫人等笑道:"夜已四更了,风露也太清冷。老太太歇着罢。明日再赏十六,也不辜负这月色。"贾母道:"那里就四更了?"王夫人笑道:"实已四更天了。他们姊妹们熬不过,都去睡了。"贾母听说,细看了一看,果然都散了,只有探春在此。贾母笑道:"也罢!你们也熬不惯。况且弱的弱、病的病,去了到省心。只是三丫头为何还等着?你也去罢。我们散了。"说着,便起身,吃了一口清茶。便有预备下的竹椅小轿,便围着斗蓬,坐上。两个婆子搭起,众人围随,出园去了。不在话下。

这里众媳妇收什杯盘碗盏时,却少了个细茶杯。各处寻觅不见,又问众人:"必是谁失手打了?撂在那里?告诉我,拿了磁瓦子去交收,是证见。不然,又说偷起来。"众人都说:"没有打了。只怕跟姑娘的人使了去,未可知。你细想想罢。问问他们去。"一语提醒了这管家伙的媳妇,因笑道:"是了,那一会儿记得是翠缕拿着的,我去问他。"说着,便去找时,刚下了甬路,就遇见了紫鹃和翠缕来了。翠缕便问道:"老太太散了?可知我们姑娘那去了?"这媳妇道:"我来问那一个茶钟往那里去了,你们到问我要姑娘!"翠缕笑道:"我们到茶给姑娘吃的,展眼回头就连姑娘也没了。"那媳妇道:"太太才说都睡觉去了。你却不知那里顽去了,还不知道呢。"翠缕向紫鹃道:"断乎没有悄悄的睡去之理。只怕在那里走走呢。如今见老太太散了,赶过前边送去,也未可知。我们且往前边找找去。有了姑娘,自然你的茶钟也有了。你明日一早再找,有什么忙的?"媳妇笑道:"有了下落,就不必忙了。明儿就和你要罢。"说毕,回去查收家火。这里紫鹃和翠缕便往贾母处来,不在话下。

原来黛玉和湘云二人并未去睡觉,只因黛玉见贾府中许多人赏月，贾母犹叹人少，不像当年热闹；又提宝钗姊妹家去，母女、弟兄自去赏月等语。不觉对景感怀，自去俯栏垂泪。宝玉近因晴雯病势甚重，诸务无心，王夫人再遣他去睡觉，他就去了。探春又因近日家事烦恼，无暇游玩。虽有迎春、惜春二人，偏又素日不大甚合，所以只剩了湘云一人宽慰他，因说："你是个明白人！何必作此形像自苦？我也和你一样，我就不似你这样心窄。何况你又多病，还不自己保养。可恨宝姐姐和他妹妹，天天说亲道热，早已说今年中秋要大家一处赏月，必要起诗社，大家联句，到今日便弃了咱们，自己赏月去了。社也散了，诗也不作了，到是他们父子、叔侄纵横起来。你可知宋太祖说的好：'卧榻之侧岂许他人酣睡?'他们不作，咱们两个竟联起句来，明日羞他们一羞。"黛玉见他这般劝慰，不肯负他的豪兴，因笑道："你看这里这等人声嘈杂，有何诗兴?"湘云笑道："这山上赏月虽好，终不及近水赏月更妙。你知道，这山坡底下就是池沿，山坳里近水一个所在，就是凹晶馆。可知当日盖这园子时，就有学问。这山之高处，就叫凸碧；山之低洼近水处，就叫作凹晶。这'凸''凹'二字，历来用的人最少。如今直用作轩、馆之名，更觉新鲜，不落俗套。可知这两处，一上一下，一明一暗，一高一矮，一山一水，竟特是因玩月而设此处。有爱那山高月小的，便在这里；有爱那皓月清波的，便往那里去。只是这两个字念作'洼''拱'二音，便说俗了，不大见用。只陆放翁用了一个凹字，说'古砚微凹聚墨多'，还有人批他俗。岂不可笑?"林黛玉道："也不只放翁才用，古人中用者太多。如江淹《青苔赋》、东方朔《神异经》，以致《画记》上云张僧繇画一乘寺的故事，不可胜举。只是今人不知，误作俗字用了。实和你说罢，这两个字还是我拟的呢。因那年试宝玉，因他拟了几处，也有存的，也有删改的，也有尚未拟的。这是后来我们大家把这有名色的也都拟出来了，注了出处，写了这房屋的坐落，一并带进去与大姐姐瞧了，他又带出来命给舅舅瞧过。谁知舅舅到喜欢起来，又说：'早知这样，那日该就叫他姊妹一并拟了。岂不有趣！'所以凡我拟的，一字不改，都用了。如今就往凹晶馆去罢了。"

说着，二人便一同下了山坡，只一转弯，就是池沿。沿上一带，竹栏相接,直通着那边藕香榭的路径。因这几间房子在此山怀抱之中,乃凸碧山庄之退步,因洼而近水,故颜其额凹晶溪馆。因此处房子不多,且又矮小,故只有两个老婆子上夜。今日打听得凸碧山庄的人应差,与他们无干,这两个老婆子关了月饼、果品并犒赏的酒食来,二人吃得既醉且饱,早已息灯睡了。

黛玉、湘云见息了灯,湘云笑道:"到是他们睡了好。咱们就在这卷棚底下近水赏月,如何?"二人遂在两个湘妃竹墩子上坐下。只见天上一轮皓月,池中一轮水月,上下争辉,如置身于水晶宫鲛绡室之内。微风一过,粼粼然池面皱碧铺纹,真令人神清气净。湘云笑道:"怎得这会子坐上船吃酒到好,这要是我家里这样,我就立刻坐船了。"黛玉笑道:"正是古人常说的好,'事若求全,何所乐?'据我说这也罢了。偏要坐船起来。"湘云笑道:"'得陇望蜀',人之常情。可知那些老人家说的不错,说贫穷人家自为富贵之家事事趁心,告诉他说竟不能随心,他们不肯信。不得亲历其境,他也不知是如何。即如咱们两个,虽父母不在了,然却也忝在富贵之乡,只你我竟有许多不遂心的事。"黛玉笑道:"不但你我不能趁心,就连老太太、太太,以至宝玉、探丫头等人,无论事大事小,有理无理,其不能各遂其心者,同一理也。何况你我旅居客寄之人哉!"湘云听说,恐怕黛玉又伤感起来,忙道:"休说这些闲话。咱们且联诗。"

正说间,只听笛韵悠扬起来。黛玉笑道:"今日老太太、太太高兴的很。这笛子吹的有趣,到是助咱们的兴趣了。咱两个都爱五言,就还是五言排律罢。"湘云道:"限何韵?"黛玉笑道:"咱们数这个栏杆的直棍,这头到那头为止。他是第几根,就用第几韵。若是十六根,便是'一先'起。这可新鲜么?"湘云笑道:"这到别致。"于是二人起身,便从头数至尽头,止得十三根。湘云道:"偏又是十三元的韵。这个韵很少,作排律只怕牵强,不能压韵呢。少不得你先起一句罢了。"黛玉笑道:"到要试试咱们谁强谁弱。只是没有纸笔记下。"湘云道:"不妨。明儿再写。只怕这一点聪明还有。"黛玉道:"我先起一句现成的俗语罢。因念道:

三五中秋夕,

湘云想了一想,道:

清游拟上元。撒天箕斗灿,

林黛玉笑道:

匝地管弦繁。几处狂飞盏,

湘云笑道:"这一句'几处狂飞盏'有些意思。这到要对的好呢。"想了一想,笑道:

谁家不启轩?轻寒风剪剪,

黛玉道:"对的比我的却好。只是底下这句又说熟话了,就该加劲说了去才是。"湘云道:"诗多韵险,也要铺陈些才是。纵有好的,且留在后头。"黛玉笑道:"到后头没有好的,我看你羞不羞。"因联道:

良夜景暄暄。争饼嘲黄发,

湘云笑道:"下句不好,是你杜撰,用俗事来难我了。"黛玉笑道:"我说你不曾见过书呢。'吃饼'是旧典。《唐书》、《唐志》,你看了来再说。"湘云笑道:"这也难不倒我。我也有了。"因联道:

分瓜笑绿媛。香新荣玉桂,

黛玉笑道:"'分瓜'二字可是实实是你的杜撰了。"湘云笑道:"明日咱们对查了出来,大家看看。这会子别耽误工夫。"黛玉笑道:"虽如此,下句也不好。不犯着又用'玉桂''金兰'等字样来塞责。"因联道:

色健茂金萱。蜡烛辉琼宴,

湘云笑道:"'金萱'二字便宜了你,省着多少力?这样现成的韵偏被你得了。只是不犯着替他们送圣去。况且下句你也是塞责了。"黛玉笑道:"你不说'玉桂',我难到强对了'金萱'么?再也要铺陈些富丽,方才是即景之实事。"湘云只得又联道:

觥筹乱绮园。分曹尊一令,

黛玉笑道:"下句好。只难对些。"因想了一想,联道:

射覆听三宣。骰彩红成点,

湘云笑道:"'三宣'有趣,竟化俗成雅了。只是下句又说上骰子。"少不得联道:

传花鼓滥喧。晴光摇院宇,

黛玉笑道:"对的却好。下句又溜了。只管拿这风月来塞责。"湘云道:"究竟没说到月上,也要点缀点缀,方不落题。"黛玉道:"且姑存之。明日再斟酌。"因联道:

素彩接乾坤。赏罚无宾主,

湘云道:"又说他们作什么?不如说咱们。"只得联道:

吟诗序仲昆。构思时倚槛,

黛玉道:"这可以入上你我了。"因联道:

拟景或依门。酒尽情犹在,

湘云说道:"是时候了。"乃联道:

更残乐已谖。渐闻语笑近,

黛玉说道:"这时候可知一步难似一步了。"因联道:

空剩雪霜痕。阶露团朝菌,

湘云笑道:"这一句怎么押韵?让我想想。"因起身负手,想了一想,笑道:"够了!幸而想出一个字来。几乎败了。"因联道:

庭烟敛夕棔。秋湍泻石髓,

黛玉听了,不禁也起身叫妙,说:"这促狭鬼果然留下好的。这会子才说'棔'字。亏你想得出。"湘云道:"幸而昨日看历朝文选,见了这个字,我不知是何树,因要查一查。宝姐姐说,'不用查,这就是如今俗语叫作明开夜合的'。我信不及,到底查了一查,果然不错。看来宝姐姐知道的竟多。"黛玉笑道:"'棔'字用在此时,更恰。也还罢了,只是'秋湍'一句,亏你好想头。只这一句,把别的都要抹倒。我少不得打起精神来对一句,只是再不能似这一句了。"因想了一想,道:

风叶聚云根。宝婺情孤洁,

湘云道:"这对的也还好。只是下一句你也溜了些。幸而是景中情,不是用'宝婺'来塞责。"因联道:

银蟾气吐吞。药经灵兔捣,

黛玉不语点头,半日随念道:

人向广寒奔。犯斗邀牛女,

湘云也望月点首,联道:

乘槎访帝孙。虚盈轮莫定，

黛玉笑道："又用比兴了。"因联道：

晦朔魄空存。壶漏声将涸，

湘云方欲联时，黛玉指池中黑影与湘云看道："你看那河里，怎么像个人往黑影里去了？敢是个鬼罢！"湘云笑道："可是你又见鬼了。我是不怕鬼的，等我打他一下。"因弯腰拾了一块小石片，向那池中打去。只听打得水响，一个大圆圈将月影荡散，后复聚而散者几次。只听那黑影里嘎然一声，却飞起一个白鹤来，直往藕香榭去了。黛玉笑道："原来是他！猛然想不到，反吓了一跳。"湘云笑道："这个鹤有趣，到助了我了。"因联道：

窗灯焰已昏。寒塘渡鹤影，

林黛玉听了，又叫好，又跺足，说："了不得！这鹤真是助他的兴了。这一句更比'秋湍'不同，叫我对什么才好？'影'字只有一个'魂'字可对，况且'寒塘渡鹤'，何等自然！何等现成！何等有景且又新鲜！我竟要搁笔了。"湘云笑道："大家细想就有了。不然就放着明日再联，也可。"黛玉只看天，不理他。半日猛然笑道："你不必说嘴，我也有了。你听。"因对道：

冷月葬花魂。

湘云拍手赞道："果然好极！非此不能对。好个'葬花魂'。"因又叹道："诗故新奇，只是太颓丧了些。你现病着，不该作此过于清奇诡谲之语。"黛玉笑道："不如此，如何压倒你？下句竟还未做，只为用工在这一句了。"

一语未了，只见栏杆外山石后转出一个人来，笑道："好诗！好诗！果然太悲凉了。不必再往下联了。若底下只是这样去，反不显这两句的好处，到显的堆砌牵强了。"二人不防，到唬了一跳。细看时，不是别人，却是妙玉。二人皆诧异，因问："你如何到了这里？"妙玉笑道："我听见你们大家赏月，又吹的好笛，我也出来玩赏这清池皓月，顺脚走到这里，忽听见你两个联诗，更觉清雅异常。故此听住了。只是方才我听见这一首诗中，有几句虽好，只是过于颓败凄楚。此亦关人之气数，所以我出来止住。如今老太太都已早散了，满园的人想俱已睡熟了。你两个的丫头还不知在那里找你们呢。你们也不怕冷了，快同我来，到我那里去吃杯茶，只怕就天亮了。”黛玉笑道：“谁知道就这个时候了。”

三人遂一同来至栊翠庵中。只见龛焰犹青，炉香未烬，几个老嬷嬷也都睡了，只有小丫嬛在蒲团上头打盹呢。妙玉唤他起来，现去烹茶。忽听叩门之声。小丫嬛忙去开门。看时，却是紫鹃、翠缕与几个老嬷嬷来找他姊妹两个。进来见他们正吃茶，因都笑道：“要我们好找！一个园里走遍了，连姨太太那里都找到了，才到了那山坡底下小庭里找时，可巧那里上夜的人正睡醒了，我们问他们，他们说方才庭外头棚下两个人说话，后来又添了一个，听见说大家往庵里去。我们就知是这里了。”

妙玉忙命小丫嬛引他们到那边去坐着，歇息吃茶。自取了笔砚纸墨出来，将方才的诗，命他二人念着，遂从头写出来。黛玉见他今日十分高兴，便笑道：“从来没见你这样高兴。我也不敢唐突，请教这还可以见教否？若不堪时，便就烧了；若或可以教政，即请改正改正。”妙玉笑道：“也不敢忘加评赞，只是这才有了二十二韵。我意思想着你二位警句已有，若续时，恐后力不加。我竟要续貂，又恐有玷。”

黛玉从没见妙玉作过诗，今见他高兴如此，忙说：“果然如此，我们的虽不好，亦可以带好了。”妙玉道：“如今收拾字句外该归到本来面目上去。若只管丢了真情真事，且去搜奇揽怪，一则失了咱们闺阁的面目；二则也与题目无涉了。”二人皆道极是。妙玉遂提笔一挥而就，递与他二人，道：“休要见笑。依我必须如此，方番转的过来。虽前头有凄楚之句，亦无甚碍了。”二人接了来看，只见他续道：

香篆锁金鼎，脂冰腻玉盆。箫增嫠妇泣，衾倩侍儿温。空帐悬文凤，闲屏掩彩鸳。露浓苔更滑，霜重竹难扪。犹步萦纡沼，还登寂历原。石奇神鬼抟，木怪虎狼蹲。赑(音避)屃(音戏)朝光透，罘罳晓露屯。振林千树鸟，啼谷一声猿。岐熟焉忘径，泉知不问源。钟鸣栊翠寺，鸡唱稻香村。有兴悲何继，无愁意岂烦。芳情只自遣，雅趣向谁言？彻旦休云倦，烹茶更细论。

后书:右中秋夜大观园即景联句三十五韵。黛玉、湘云二人皆赞赏不已,说:"可见我们天天是舍近而求远。现有这样诗仙在此,却天天去纸上谈兵。"妙玉笑道:"明日再润色。此时想是天亮了,到底要歇息歇息才是。"黛玉二人听说,便起身告辞,带领丫嬛出寺。妙玉送至门外,看他们去远,方掩门进来。不在话下。

这里翠缕向湘云道:"大奶奶那里还有人等着咱们睡去呢。如今还是那里去好。"湘云笑道:"你顺路告诉他们,叫他们睡罢。这一去,未免惊动病人,不如闹林姑娘半夜去罢。"说着,大家走至潇湘馆中,有一半人已睡去。二人进去,方才卸妆宽衣,盥漱已毕,方上床安歇。紫鹃放下绡帐,移灯掩门出去。

谁知湘云有择席之病,虽在枕上,只是睡不着;黛玉又是个心血不足,常常失眠的。今日又错过了困头,自然也是睡不着。二人在枕上番来复去。黛玉因问道:"怎么你还没睡着?"湘云微笑道:"我有择席的病。况且走了困,只好躺躺罢。你怎么也睡不着?"黛玉叹道:"我这睡不着,也并非今日。大约一年之中,通共也只好睡几夜满足的觉。"湘云道:"却是因你病的原故,所以……"不知下文什么?

第七十七回　俏丫嬛抱屈夭风流　美优伶斩情归水月

话说王夫人见中秋已过，凤姐病已比先减了，虽未大愈，可以出入行走得了，仍命大夫每日诊脉服药，又开了丸药方来配调经养荣丸。因用上等人参二两，王夫人取时，翻寻了半日，只在小匣内寻了几枝簪挺粗细的。王夫人看了，嫌不好，命再找去。又找了一大包须沫出来。王夫人焦燥道："用不着偏有，但用着了，再找不着。成日家我说叫你们查一查，都归拢在一处，你们总不听，就随手混搁。你们不知他的好处，用起来得多少换买来还不中使呢。"彩云道："想是没了。就只有这个。上次那边的太太来，寻了些去，太太都给过去了。"王夫人道："没有的话，你再细找找。"彩云只得又去找。一会子拿了几包药来，说："我们不认得这个，请太太自己看。除这个再没有了。"王夫人打开看时，也都忘了，不知都是什么药，并没有一枝人参。一面遣人问凤姐有无，凤姐来说："也只有些参膏、芦须，虽有几枝，也不是上好的。每日还要煎药里用呢。"王夫人听了，只得向邢夫人那里问去。邢夫人说："因上次没了，才往这里来寻，早已用完了。"王夫人没法，只得亲身过来，请问贾母。贾母忙命鸳鸯取出当日所馀的来，竟还有一大包，皆有手指头粗细的，遂称二两与王夫人。王夫人出来，交与周瑞家的拿去，令小厮送与医生家去。又命将那几包不认得的药，也带了去，命医生认了，各记号上来。

一时，周瑞家的又拿了进来，说："这一包都各包好，记上名字了。但那一包人参，固然是上好的，就连三十换也不能得这样的了。但年代太陈了。这东西比别的不同，凭他是怎样好的，只过一百年后，便自己就成了灰了。如今这个虽未成灰，然已成了朽槽烂木，也无性力的了。请太太收了这个，到不拘粗细，好歹再换些新的才好。"王夫人听了，低头不语，半日才说："这可没法儿了。只好去买二两来罢。"也无心看那些，只命："都收了罢。"因向周瑞家的说："你就去说给外头人们，拣好的换二两来。倘一时老太太问，你们只说用的是老太太的。不必多说。”

周瑞家的方才要去时，宝钗因在坐，乃笑道：“姨娘且住。如今外头卖的人参，都没有好的。虽有一枝全的，他们也必截做两三段，厢嵌上芦泡须枝，掺匀了好卖，看不得粗细。我们铺子的人常和参行交易，如今我去和妈说了，叫哥哥去托了伙计过去，和参行里商议说明，叫他把未作的原枝好参兑二两来。不妨咱们多使几两银子，也得了好的。”王夫人笑道：“到是你明白。就难为你亲自走一趟，还明白些。”于是，宝钗去了，半日回来说：“已遣人去，赶晚就有回信的。明日一早去配也不迟。”王夫人自是喜悦，因说道：“‘卖油的娘子水梳头。’自来家里有的，好坏不知给了人多少，这会子轮到自已用，反到各处求人去了。”说毕，长叹。宝钗笑道：“这东西虽然值钱，究竟不过是药，原该给人救急才是。咱们比不得那没见世面的人家，得了这个，就珍藏密敛的。”王夫人点头道：“这说的极是。”

一时，宝钗去后，因见无别人在坐，遂唤周瑞家的来，问前日园中搜捡的事情可得了下落没有。周瑞家的是已和凤姐等人商议妥当，一字不隐，遂回明王夫人。王夫人听了，既惊且怒，却又作难，因思司棋系迎春之人，皆系那边的人，只得令人去回邢夫人。周瑞家的回道：“前日那边太太嗔着王善保家的多事，打了他几个嘴巴子，如今他也妆病在家，不肯出头了。况且又是他外孙女儿，自已打了嘴，他只好妆个忘了，日久平服了再说。如今我们过去回时，恐怕那边太太又多心，到像似咱们多事是的。不如直把司棋带过去，一并连赃证与那边太太瞧了，不过打一顿，配了人，再指个丫头过来，岂不省事？如今白告诉去，那边太太再推三阻四的，又说：‘既这样，你太太就该料理，又来说什么？’岂不反耽搁了。倘那丫头瞅空儿寻了死，就不好了。如今看了他两三天，人都有个偷懒的时候，倘一时不到，岂不到弄出事来？”王夫人想了一想，说：“这也到是。快办了这一件，再办咱们家的那些妖精。”

周瑞家的听说，会齐了那几个媳妇，先到迎春房里，回迎春道：“太太们说了，司棋大了，近日他娘求了太太，太太已赏了他，叫他自己配人。今日叫他出去,另挑好的与姑娘使。”说着,便命司棋打点走路。迎春听了,含泪似有不舍之意。因前日夜里,别的丫嬛悄悄的说了原故,虽数年之情难舍,但事关风化,亦无可如何了。那司棋亦曾求了迎春,实指望迎春能死保赦下的。只是迎春语言迟慢,耳软心活,是不能作主的。司棋见了这般,知不能免。因哭道:“姑娘好狠心!哄了我这两日。如今怎么连一句话也没有了?”周瑞家的等说道:“你还要姑娘留下你不成?便留下你,也难见园里这些人了。依我们的话,快快的收了这个样子,到是人不知、鬼不觉的去罢。大家还体面些。”迎春含泪道:“我知道你干了什么大不是,我还十分说情留下你,岂不连我也完了?你瞧入画,也是几年的人,怎么说去就去了?自然不止你两个,想来这园里几个大的,都要去呢。依我说,将来终有一散,不如你各人去罢。”周瑞家的道:“所以到底是姑娘明白。明儿还有打发的人呢。你放心罢。”司棋无法,只得含泪与迎春磕头,和众姊妹告别。又向迎春耳根说:“好歹打听我要受罪,替我说个情儿,就是主仆一场。”迎春亦含泪答应:“放心。”

于是周瑞家的等人,带了司棋出了院门。又命两个婆子,将司棋所有的东西都与他拿着。走了没几步,只见后头绣橘赶来,一面也擦着眼泪,一面递与司棋一个绢包儿。说:“这是姑娘给你的。主仆一场,如今一旦分离,这个与你作个想念罢。”司棋接了,不觉更哭起来了。又和绣橘哭了一回。周瑞家的不耐烦,只管催促,他二人只得散了。司棋因又哭告道:“婶子大娘们,好歹略徇个情儿。如今且歇一歇,让我到相好的姊妹跟前辞一辞,也是我们这几年好了一场。”周瑞家的等人皆各有事务,作这些事便是不得已了。况且又深恨他们素日大样,如今那里有工夫听他的话?因冷笑道:“我劝你罢呀!别拉拉扯扯的了。我们还有正经事呢。谁是你一个衣包里爬出来的,辞他们作什么?他们看你的笑声还看不了呢。你不过是挨一会子是一会罢了。难道就算了不成?依我说,快走罢。”一面说,一面总不住脚,直送出角门子去了。司棋无奈,又不敢再说,只得跟了出来。

可巧,正值宝玉从外而入,一见带了司棋出去,又见后面包着些东西,料着此去再不能来了。因闻得上夜之事,又兼晴雯之病亦因那日加重，细问晴雯又不说是为何。上日又见人画已去，今日又见司棋亦走，不觉如丧魂魄一般，因忙拦住，问道："那里去？"周瑞家的等皆知宝玉素习行为，又恐劳叨误事，微笑道："不干你事，快念书去罢。"宝玉笑道："好姐姐们！且站一站！我有道理。"周瑞家的便道："太太不许少捱一刻。你又有什么道理？我们只知尊太太的话，管不得许多！"司棋见了宝玉，因拉住哭道："他们做不得主，你好歹求求太太去。"宝玉不禁也伤心含泪，说道："我不知你作了什么大事，晴雯也病了，如今你又去，都要去了，这却怎么是好？"周瑞家的发燥，向司棋道："你如今不是二号小姐了，若不听话，我就打得你！别想着往日姑娘护着，任你们作耗。越说着你，还不好好的快走。如今和小爷们拉拉扯扯，成个什么体统？"那几个媳妇，不由分说，拉着司棋便出去了。

宝玉又恐他们去告舌，恨的只瞪着他们，看已去远，方指着恨道："奇怪！奇怪！怎么这些人只一嫁了汉子，染了男人的气味，就这样混帐起来。比男人更可杀了！"守园门的婆子听了，也不禁好笑起来，因问道："这样说，凡女儿各各是好的了，女人各各是坏的了。"宝玉点头道："不错，不错。"婆子们笑道："还有一句话，我们糊涂不解，到要请问。"方欲说时，只见几个老婆子走来，忙说道："你们小心，传齐了人伺候着。此刻太太亲自来园里，在那里查人呢。只怕还查到这里来呢。"又分付："快叫怡红院的晴雯姑娘的哥嫂来在这里等着，领出他妹妹去。"因笑道："阿弥陀佛！今日天睁了眼睛了。把这一个祸害妖精退送了，大家清净些。"

宝玉一闻得王夫人进来查人，便料定晴雯也保不住了，早飞也似赶了去。所以这后来趁愿之语，竟未得听见。宝玉及到了怡红院，只一见好些人在那里，王夫人在屋里坐着，一脸怒色，见宝玉也不理。晴雯四五日水米不曾沾牙，恹恹弱息，如今现从炕上拉了下来，蓬头垢面，两个女人才架起来去了。王夫人分付："只许把他贴身的衣服撂出去，馀者好衣服留下给好丫头们穿。"又命把这里所有的丫头们都叫来，一一过目。

原来王夫人自那日着恼之后，王善保家的就趁势告倒了晴雯，本处有人和园中不睦的,也就随机趁便下了些话。王夫人皆记在心中,因节间有碍,故忍了两日,故今日特来亲自阅人。一则为晴雯犹可,二则因竟有人指宝玉为由,说他大了,已解人事,都由屋里的丫头们不长进,教习坏了。因这事,更比晴雯一人较盛。乃从袭人起,以至于极小作粗活的小丫头们,个个亲自看了一遍。

因问:"谁是和宝玉一日的生日?"本人不敢说,老嬷嬷指道:"这一个蕙香,又叫作四儿的,是同宝玉一日生日的。"王夫人细看了一看,虽比不上晴雯一半,却有几分水秀,见其行止,聪明皆露在外,且也打扮的不同。王夫人冷笑道:"这也是个不怕臊的。他背地里说的,同日生日就是夫妻。这可是你说的?打量我隔的远,都不知道呢!可知道我身子虽不大来,我的心耳神意时时都在这里。难道我通共一个宝玉,就这么放心凭你们勾引坏了不成?"这个四儿见王夫人说着他素日和宝玉的私语,不禁红了脸,低头垂泪。王夫人即命也快把他家的人叫来,领出去配人。

又问:"谁是耶律雄奴?"老嬷嬷们便将芳官指出。王夫人道:"唱戏的女孩子,自然是狐狸精了。上次放你们,你们又懒待出去,可就该安分守己才是。你就成精鼓捣起来,调唆着宝玉无所不为。"芳官笑辩道:"并不敢调唆什么。"王夫人笑道:"你还犟嘴!我且问你,前年因我们往皇陵上去,是谁调唆宝玉要柳家的丫头五儿了,幸而那个丫头短命死了。不然进来了,你们又连伙聚党,不知又做出什么事来呢!你连你的干娘都欺负倒了,岂止别人?"因喝命:"唤他干娘来领去!就赏他外头自己寻个女婿去罢。把他的东西一概给他。"又分付:"上次几个姑娘都分了唱戏的女孩子们,一概不许留在园里。都令其各人干娘带出,自行聘嫁。"一语传出,这些作干娘的皆感恩趁愿不尽,都约齐了与王夫人领去磕头。

王夫人又满屋里搜捡宝玉之物。凡略有眼生之物,一并命收的收,卷的卷,着人拿到自己房里去了。因说:"没这些也干净,省得傍人口舌。"因又分付袭人、麝月等人:"你们小心!往后再有一点分外之事,我一概不饶!因叫人查看了,今年不宜迁挪,暂且挨过今年一年,明年给我仍旧搬出去心净。"说毕,茶也不吃,遂带领众人又往别去处查人。

暂且说不到后文。如今且说宝玉，只当王夫人不过来搜检搜检，无甚大事。谁知竟这样雷嗔电怒的来了。所责之事，皆系平日之语，一字不爽，料必不能挽回的。虽心下恨不能一死，但王夫人盛怒之际，又不敢多言一句，多动一步，一直跟送王夫人到沁芳亭。王夫人命："回去好生念念那书！仔细明儿问你。才已发下狠了。"宝玉听如此说，回来一路打算：谁这样犯舌？况这里事也无人知道，如何就都说着了？一面想，一面进来，只见袭人在那里垂泪。且去了第一等的人，岂不伤心？便倒在床上也哭起来。袭人知他心内别的还犹可，独有晴雯去了是第一件大事，乃推他说道："哭也不中用了。你起来，我告诉你。晴雯已经好了，他这一家去，到心净。养几天，你果然舍不得，等太太气消了，你再求老太太，慢慢的叫进来，也不难。不过太太偶然信了人的谗言，一时气头上如此罢了。"宝玉哭道："我究竟不知晴雯犯了何等滔天大罪！"袭人道："太太只嫌他生的太好，未免轻佻些。在太太是深知这样美人似的人不能安净，所以恨嫌他。像我们这粗粗笨笨的，到好。"宝玉道："这也罢了！咱们私自顽话，怎么也都知道了？又没外人走风的，这可奇怪！"袭人道："你有甚么忌晦？你一时高兴了，就不管有人无人了。我也曾和你使过眼色，也曾递过暗号，到被别人已知道了。你反不觉。"宝玉道："怎么人人的不是，太太都知道？单不说，又单不挑出你和麝月、秋纹来？"

袭人听了这话，心内一动，低头半日，无可回答，因便笑道："正是呢！若论我们，也有顽笑不留心的猛浪去处，怎么太太竟忘了？想是还有主意，等完了，再发放我们，也未可知。"宝玉笑道："你是头一个出了名的至善至贤的人。他两个又有你陶冶、教育，那里还有孟浪该罚之处！只是芳官尚小，过于伶俐些，未免倚强压倒了人；若说四儿是我误了他。还是那年我和你办嘴的那日起，叫上他来作些细活，未免夺占了地位，讨人嫌，致有今日。只是晴雯也是和你一样，从小儿在老太太屋里过来的。虽然他生得比人强，也没有妨碍着谁。就是他的性情爽利，口角锋芒些，究竟也没有得罪你们。想是他过于生得好了，反被这好所误。"说毕，复又哭起来。

袭人细揣此话，好似宝玉有疑他之意，竟不好再劝。因叹道："天知道罢了。此时也查不出人来了。白哭一会子也无益。到是养着精神，等老太太喜欢时，回明白了再要他进来是正理。"宝玉冷笑道："你不必虚宽我的心。等到太太平服了，再瞧势头去要，他到那时知他的病等得等不得！他自幼上来，娇生惯养，何尝受过一日的委屈。连我知道他的性格，还时常冲撞了他。他这一下去，就如同一盆才抽出嫩箭来的兰花，送到猪窝里去一般。况又是一身的重病，里头一肚子的闷气，他又没有亲爷、熟娘，只有一个醉泥鳅姑舅哥哥。他这一去，一时也不惯，那里还等得几日？知道还能见他一面两面不能了？"说着，又越发心酸起来。

袭人笑道："可是呢。你自'许州官放火，不许那百姓点灯'。我们偶然说一句略妨碍些的话，就说不利之谈。你如今好好的咒他，是该的吗？他便比别人姣些，也不至于这样起来。"宝玉道："不是我妄口咒他。今年春天已有兆头的。"袭人忙问："何兆？"宝玉道："这阶下好好的一株海棠花，竟无故死了半边。我就知有异事。果然应在他身上。"袭人听了，又笑起来，因笑道："我待不说，又掌不住。你太也婆婆妈妈的了。这样的话，岂是你读书的男人说出来的？草木怎又关系起人来了？若不婆婆妈妈的，真也成了个呆子了。"宝玉叹道："你们那里知道！不但草木，凡天下之物，皆是有情有理的，也和人一样。得了知己，便极有灵验的。若用大题目比，就有孔子庙前之桧、坟前之蓍，诸葛祠前之柏，岳武穆坟前之松。这都是堂堂正大，随人之正气，千古不磨之物。世乱则萎，世治则荣，几千百年来，枯而复生者几次。这岂不是兆应？小题目比，就是杨太真沉香亭之木芍药，端正楼之相思树，王昭君冢上之草，岂不也有灵验？所以这海棠亦应其人欲亡，故先就死了半边。"

袭人听了这篇痴话，又可笑，又可叹，因笑道："真真的你这话越发说上我的气来了。那晴雯是个什么东西，就费这样心思，比出这些正经人来！还有一说，他纵好，也灭不过我的次序去。便是这海棠，也该先让我，也还轮不到他！想我必是要死了。"宝玉听说，忙握他的嘴，劝道："这是何苦！一个未清，你又这样起来！罢了，再别提这事,别弄的去了三个,还要饶上一个。”袭人听说,心下暗喜道:“若不如此,你也不能了局。”宝玉乃道:“从此休提起,全当他们三个死了。不过如此。况且死了的也曾有过,也没见我怎么样,此一理也。如今且说现在的罢。倒是你把他的东西,作瞒上不瞒下,悄悄的打发人送出去与了他。再或者咱们常时积下的钱,拿几吊出去,给他养病,也是你们姊妹好了一场。”袭人听了,笑道:“你太把我们看的又小器、又没人心了。这话还等你说!我才已将他素日所有的衣裳以至各什各物,共总打点下了,都放在那里呢。如今白日里人多眼杂,又恐生事,且等到晚上,悄悄的叫宋妈给他拿出去。我还有攒下的几吊钱,也给他罢。”宝玉听了,感谢不尽。袭人笑道:“我原是久已出了名的贤人,连这一点子好名儿还不会买来不成?”宝玉听他点方才的话,忙陪笑抚慰一回。晚间,果密遣宋妈送去。

宝玉将一切人稳住,便独自得便出了后角门,央一个老婆子带他到晴雯家去瞧瞧。先是这婆子百般不肯,只说:“怕人知道,回了太太,我还吃饭不吃饭?”无奈宝玉死活央告,又许他些钱,那婆子方带了他来。

这晴雯当日系赖大家用银子买的,那时晴雯才得十岁,尚未留头,因常跟赖嬷嬷进来,贾母见他生得伶俐标致,十分喜爱,故此赖嬷嬷就孝敬了贾母使唤。后来所以到了宝玉房里。这晴雯进来时,也不记得家乡、父母,只知有个姑舅哥哥,专能庖宰,也沦落在外,故又求了赖家的收买进来吃工食。赖家的见晴雯虽在贾母跟前,千伶百俐,嘴尖性大,却到还不忘旧,故又将他姑舅哥哥收买进来,家里一个女孩子配了他。成了房后,谁知他姑舅哥哥一朝身安泰,就忘却当年流落时,任意吃死酒,家小也不顾。偏又娶了个多情美色之妻,见他不顾身命,不知风月,一味死吃酒,便不免有蒹葭倚玉之叹,红颜寂寞之悲。又见他器量宽宏,并无嫉衾妒枕之意。这媳妇遂恣情重欲,满宅内便延揽英雄,收纳材俊,上上下下竟一半是他考试过的。若问他夫妻姓甚名谁?便是上回贾琏所接见的多浑虫灯姑娘儿的便是了。目今晴雯只有这一门亲戚,所以出来就在他家。

此时多浑虫外头去了。那灯姑娘吃了饭去串门子。只剩下晴雯一人在外间房内爬着。宝玉命那婆子在院门瞭哨，他独自掀起草帘进来，一眼就看见晴雯睡在芦席土炕上，在外间房内爬着。幸而衾褥还是旧日铺的。心内不知自己怎么才好，因上来含泪伸手轻轻拉他，悄唤两声。当下晴雯又因着了风，又受了他哥嫂的歹话，病上加病，嗽了一日，才朦胧睡了。忽闻有人唤他，强展星眸，一见是宝玉，又惊又喜，又悲又痛，忙一把死攥住他的手，哽咽了半日，方说出半句话来："我只当不得见你了！"接着，便嗽个不住。宝玉也只有哽咽之分。晴雯道："阿弥陀佛！你来的好！且把那茶到半碗我喝，渴了这半日，叫半个人也叫不着。"宝玉听说，忙拭泪，问："茶在那里？"晴雯道："那炉台子上就是。"

宝玉看时，虽有个黑沙吊子，却不像个茶壶。只得棹上去拿了一个碗，也甚大甚粗，不像个茶碗，未到手内，先就闻得有油膻之气。宝玉只得拿了来，先拿些水洗了两次，复又用水汕过，方提起沙壶，斟了半碗。看时，绛红的，也太不成茶。晴雯扶枕道："快给我喝一口罢！这就是茶了。那里比得咱们的茶。"宝玉听说，自己尝了一尝，并无清香，且无茶味，只一味苦涩，略有茶意而已。尝毕，方递与晴雯。只见晴雯如得了甘露一般，一气都灌下去了。宝玉心下暗道："往常那样好茶，他尚有不如意之处。今日这样看来，可知古人说的'饱饫烹宰，饥厌糟糠'。又道是'饭饱弄粥'，可见都不错的了。"一面想，一面流泪，问道："你有什么说的？趁着没人告诉我。"晴雯呜咽道："有什么可说的！不过挨一刻是一刻，挨一日是一日。我也知横竖不过三五日的光景，就好回去了。只是一件，我死了也不甘心的！我虽生的比别人略好些，并没有私情密意勾引你怎样，如何一口死咬定了我是个狐狸精？我太不服！今日既已耽了虚名，而且临死，不是我说一句后悔的话，早知如此，当日也另有个道理。不料痴心傻意，只说大家横竖是在一处。不想平空里生出这一节话来，有冤无处诉。"说毕，又哭。

宝玉拉着他的手，只觉瘦如枯柴。腕上犹带着四个银镯，因拉道："且卸下这个来，等好了再带上罢。"因与他卸下来，塞在枕下。又说："可惜这两个指甲，好容易长了二寸长了。这一病好了，又损好些。”晴雯拭泪,就伸手取了剪刀,将左指上两根葱管一般的指甲,齐根铰下;又伸手向被内将贴身穿着的一件旧红绫袄脱下,连指甲都与宝玉道:“这个你收了。以后就如见我的一般。快把你穿的袄儿脱下来,我穿。我将来在棺材内独自倘着,也就像还在怡红院的一样了。论理不该如此,只是耽了虚名,我可也是无可如何了。”宝玉听说,忙宽衣换上,藏了指甲。晴雯又哭:“回去他们看见了要问,不必撒谎,就说是我的。既耽了虚名,索性如此,也不过是这样。”

一语未了,只见他嫂子笑嘻嘻掀帘子进来,道:“好呀!你两个的话,我也都听见了。”又向宝玉道:“你一个作主子的,跑到下人房里作什么?看我年轻又俊,敢是来调戏我么?”宝玉听说,吓的忙陪笑央告道:“好姐姐!快别大声!他扶侍我一场,我私自来瞧瞧他。”灯姑娘便一手拉了宝玉,进里面来,笑道:“你不叫嚷,也容易。只是依我一件事。”说着,便坐在炕沿上,却紧紧的将宝玉搂入怀中。

宝玉如何见过这个?心内早突突的跳起来了,急的满面红涨,又羞又怕,只说:“好姐姐!别闹!”灯姑娘乜斜醉眼,笑道:“呸!成日家听见你风月场中惯作工夫的,怎么今日就反趔起来?”宝玉红了脸,笑道:“姐姐放手!有话咱们好说。外头有老妈妈听见,是什么意思?”灯姑娘笑道:“我早进来了,却叫婆子去园门那里等着呢。我等什么似的,今儿等着了你。虽然闻名,不如见面。空长了一个好模样儿,竟是没药性炮[illegible],只好妆幌子罢了。到比我还发赸怕羞。可知人的嘴,一概听不得的。就比如方才我们姑娘下来,我也料定你们素日偷鸡盗狗的。我进来一会,在窗下细听,屋内只你二人,若有偷鸡盗狗的事,岂有不谈及于此?谁知你两个竟还是各不相扰,可知天下委屈事也不少。如今我反后悔错怪了你们。既然如此,你但放心,以后你只管来,我也不罗皂你!”

宝玉听说,才放下心来,方起身整衣,央告道:“好姐姐!你千万照看他两天,我如今去了。”说毕,出来,又告诉晴雯。二人自是依依不舍,也少不得一别。晴雯知宝玉难行,遂用被蒙头,总不理他。宝玉方出来。意欲到芳官、四儿两处去,无奈天黑了。出来了半日,恐里面人找他不见,又恐生事。遂进园来,明日再作计较。因乃入后角门。小厮们正抱铺盖,里边嬷嬷们正查人。若再迟一步,也就关了。

宝玉进入园中,且喜无人知道。到了自己房内,告诉袭人,只说在薛姨妈家去的,也就罢了。一时铺床。袭人不得不问:“今日怎么睡?”宝玉道:“不管怎么睡罢了。”

原来这一二年间,袭人因王夫人看重了他了,越发自己要尊重。凡背人之处,或夜晚之间,总不与宝玉狎昵,较先幼时,反到疏远了。况虽无大事办理,然一应针线,并宝玉及诸小丫头们里外出入等银钱、衣履、什物等事,也甚烦琐。且有吐血旧症,虽愈,然每因劳碌、风寒所感,即嗽中带血,故迩来夜间总不与宝玉同房。宝玉夜间常醒,又极胆小,每醒必唤人。因晴雯睡卧惊醒,且举动轻便,故夜晚一应茶水、起坐、呼唤之任,皆悉委他一人。所以宝玉的外床只是他睡。今他去了,袭人只得要问。因思此任比日间紧要,宝玉既答不管怎样,袭人只得还依旧年之例,遂仍将自己的铺盖搬来,设于床外。

宝玉发了一晚上呆。及催他睡下,袭人等也都在外,听着宝玉在枕上长吁短叹,复去翻来,直至三更以后,方渐渐的安顿了,略有鼾声。袭人方放心,也就朦胧睡着。没半盏茶时,只听宝玉叫“晴雯”。袭人忙睁开眼,连声答应,问:“作什么?”宝玉因要吃茶,袭人忙下去向盆内洗过手,从暖壶内到了半盏茶来,吃过。宝玉乃笑道:“我近来叫惯了他,却忘了是你。”袭人笑道:“他一乍来时,你也曾睡梦中总叫我。半年后,才改了。我知道,这晴雯人虽去了,这两个字只怕是不能去的。”说着,大家又睡下。宝玉又翻转了一个更次,至五更方睡去。只见晴雯从外头走来,仍是往日形景,进来笑向宝玉道:“你们好生过罢!我从此就别过了。”说毕,番身便走。宝玉忙叫时,又将袭人叫醒。袭人还只当他惯了口,乱叫。却见宝玉哭了,说道:“晴雯死了!”袭人笑道:“这是那里的话?你就知道胡闹!被人听见什么意思?”宝玉那里肯听,恨不得一时亮了,就遣人去问。

及至天亮时,就有王夫人房里小丫头立等着叫开前角门,传王夫人的话:“‘即时叫起宝玉,快洗脸,换了衣裳,快来!因今儿有人请老爷寻秋赏桂花。老爷因喜欢他前儿作的诗好,故此要带他们去。’这都是太太的话。一句别错了。你们快飞跑告诉他去。立刻叫他快来。老爷在上屋里还等他吃面茶呢。环哥儿已来了，快跑！快跑！再着一个人去叫兰哥儿，也要这等说。”里面的婆子听一句，应一句。一面扣扭子，一面开门，一面早有两三个人，一行扣衣，一行分头去了。

袭人听得叩院门，便知有事，忙一面命人问时，自己已起来了。听得这些话，赶着叫人来舀了面汤，催宝玉起来盥漱。他自己去取衣裳。因思跟贾政出门，便不肯拿出十分出色的新鲜衣履来，只拿那二等颜色的出来。宝玉此时亦无法，只得忙忙的前来。果然贾政在那里吃茶，十分喜悦。宝玉忙行了晨省之礼。贾环、贾兰二人，也都见过宝玉。贾政命坐下吃茶，向环、兰二人道：“宝玉读书不如你们两个，若论题联和诗这种聪明，你们皆不及他。今日此去，未免要作诗词的。宝玉我倒放心，他是能的，你们两个不要给我丢丑。”王夫人等自来不曾听见这等考语，真是意外之喜。一时候他父子二人等去了，方过贾母这边来。就有芳官等三个的干娘走来，回说：“芳官自前日蒙太太的恩典，赏了出去，他就疯了是的，茶也不吃，饭也不用，勾引上藕官、蕊官三个人，寻死觅活，只要铰了头发作尼姑去。我只当是小孩子家，一时出去不惯是有的，不过隔两日就好了。谁知越闹越凶，打骂着也不怕。实在没法，所以来求太太，或是就依他们做尼姑去，或教导他们一顿，赏给别人作女儿去罢。我们竟没这福分。”王夫人听了，道：“胡说！那里依得他们起来！佛门也是轻易人进去的？每人打一顿，看他们还闹不闹了！”

当下因八月十五日各庙内上供去，皆有各庙内的尼姑来送供尖之例。王夫人曾于十五日就留下水月庵的智通与地藏庵的圆心住两日。今日闻听得此信，巴不得又可以拐两个女孩子去作活使唤。因都向王夫人道：“咱们府上到底是善人家。因太太好善，所以感应得这些小姑娘们皆如此。虽说佛门轻易难入，也要知道佛法平等。我佛立愿，原是一切众生，无论鸡犬，皆要度他。无奈迷人不醒；若果有善根，能醒悟，即可以超脱轮回。所以，经上现有虎狼蛇虫得道者不少。如今这两三个姑娘，既然无父无母，家乡又远，他们既经了这样富贵，又想他从小儿命苦，入了这风流行，将来知道终身怎么样？所以苦海回头是岸，愿意出家修修来世，也是他们的高意。太太到不要限了善念。”

王夫人原是个好善的，先听彼等干娘之语，不肯听其自由者，因思芳官等不过皆系小儿女一时不遂心，故有此意。但恐将来熬不得清净，反致获罪。今听这两个拐子的话大近情理，且近日家中多故，又有邢夫人差人来知会明日接迎春家去住两日，以备人家相看。且又有官媒婆来求说探春等事，心绪如麻，那里着意在这些小事上。既听此言，便笑答道：“你两人既这等说，你们就带了作徒弟去如何？”两个姑子听了，念一声佛，道：“善哉！善哉！若如此，可是你老人家阴德不小。”说毕，便稽首拜谢。王夫人道：“既这样，你们问他们去。若果真心，即上来当着我，拜了师父去罢。”这三个女人听了出去，果然将他三人带了来。

王夫人问之再三，他三人已是立定主意，遂与两个姑子叩了头，又拜辞了王夫人。王夫人见他们意皆决断，知不可强了，反倒伤心可怜，忙命人取了些东西来赍赏了他们，又送了两个姑子些礼物。从此芳官跟了水月庵的智通，蕊官、藕官二人跟了地藏庵的圆心，各自出家去了。再听下回分解。

第七十八回 老学士闲征姽婳词 痴公子杜撰芙蓉诔

话说两个尼姑领了芳官等去后,王夫人便往贾母处来晨省。见贾母喜欢,便趁便回道:“宝玉屋里有个晴雯,那个丫头也大了,而且一年之间,病不离身。我常见他比别人分外淘气,也懒;前日又病倒了十几天,叫大夫瞧,说是‘女儿痨’。所以我就赶着叫他下去了。若养好了,也不用叫他进来,就赏他家配人去也罢了。再那几个学戏的女孩子,我也作了主意放出去了,头一则他们都会戏,口里没轻没重,只会混说,女孩儿们听了,如何使得?二则他们既唱了会子戏,白放了他们也是应该的。况丫头们也太多,若说不彀使,再挑上几个来,也是一样。”贾母听了,点头道:“这倒是正理。我也正想着如此呢。但晴雯那丫头我看他甚好,怎么就这样起来?我的意思,这些丫头们那模样儿、爽利言谈、针线,多不及他。将来只他还可以给宝玉使唤得,谁知变了。”

王夫人笑道:“老太太挑中的人原不错,只怕他命理没造化,所以得了这个病。俗语又说,‘女大十八变’。况且是有本事的人,未免就有些调歪。老太太还有什么不曾经过的?三年前,我也就留心这件事。先只取中了他,我便留心冷眼看去,他色色虽比人强,只是不大沉重。若说沉重、知大礼,莫若袭人第一。虽说贤妻美妾,然也要性情和顺,举止沉重的更好些。就是袭人模样虽比晴雯略次一等,然放在房里也算得一二等的了。况且行事大方,心地老实,这几年来,从未逢迎着宝玉淘气。宝玉十分胡闹的事,他只有死劝的。因此品择了二年,一点不错了。我就早以悄悄的把他丫头的月分钱止住,我的月分银子里批出二两银子来给他。不过使他自己知道,越发小心要好之意。且不明说者,一则宝玉年纪尚小,老爷知道了,又恐说耽误了书;二则宝玉再自为已是跟前的人,不敢劝他说他,反倒纵性起来。所以直到今日,才回明老太太。”贾母听了,笑道:“原来这样。

如此更好了。袭人本来从小儿不言不语，我只说他是没嘴的葫芦。既是你深知，岂有大错误的？而且，你这不与宝玉的主意便好，且大家别提这事，只是心里知道罢了。我深知，宝玉将来也是个不听妻妾劝的，我也解不过来，也从未见过这样的孩子。别的淘气都是应该，只他这种和丫头们好，更叫人难懂。我为此也耽心。每每的冷眼查看，他只和丫头们顽闹，必是人大心大，知道男女的事了？所以爱亲近他们？及至细细查试，究竟不是为此，岂不奇怪？想必原是个丫头，错投了胎不成？”说着，大家笑了。王夫人又回今日贾政如何夸奖，又如何打发他们逛去。贾母听了，更加喜悦。

一时，只见迎春妆扮了前来告辞过去。凤姐也来省晨，伺候过早饭。又说笑了一回。贾母歇晌后，王夫人便唤了凤姐，问他：“丸药可曾配来？”凤姐儿道：“还不曾呢。如今还是吃汤药呢。太太只管放心，我已大好了。”王夫人见他精神复初，也就信了。因告诉撵逐晴雯等事。又说：“怎么宝丫头私自回家去了，你们都不知道？我前儿顺路都查了一查，谁知兰小子这一个新进来的奶子，也十分的妖乔。我也不喜欢他，我也说与你嫂子了，好不好叫他各自去罢。况且，兰小子也大了，用不着奶子了。我因问你大嫂子：‘宝丫头出去，难道你也不知道不成？’他说是告诉了他的，不过住两三日，等的姨妈好了，就进来。姨妈究竟没甚大病，不过还是咳嗽、腰疼，年年是如此的，他这去，必有原故。敢是有人得罪了他不成？那孩子心重，亲戚们住一场，别得罪了人，反不好了。”凤姐笑道：“可好好的，谁得罪着他？况且他天天在园里，左不过是他们一群人。”王夫人道：“别是宝玉有嘴无心，傻子是的，从没个忌讳。高了兴，信嘴胡说也是有的。”凤姐笑道：“这可是太太过于操心了。若说他出去干正经事、说正经话去，却像个傻子；若只叫进来，在这些姊妹跟前，以至于大小的丫头们跟前，他最有尽让，还恐怕得罪了人，那是再不得有人恼他的。我想，薛大妹妹此去，想必为着前时搜检众丫头的东西的原故。他自然为信不及园里的人，才搜检。他又是亲戚，现也有丫头、老婆在内。我们又不好去搜检了，恐我们疑他，所以多了这个心，自已回避了，也是应该避嫌疑的。”

王夫人听了这话不错,自己遂低头想了一想,便命人请了宝钗来,分晰前日的事,以解他疑心;又仍命他将来照旧进园里居住。宝钗陪笑道:“我原要早出去的,只是姨娘有许多的大事,所以不便来说。可巧前日妈又不好了,家里两个靠得的女人又病着,我所以没得回姨娘知道先出去了。姨娘今日既已知道了,我正好明讲出情理来,就从今日辞了,好搬东西的。”王夫人、凤姐都笑道:“你太固执了!正经再搬进来住的为是!休为那没要紧的事,反疏远了亲戚。”宝钗笑道:“这话说的太不解了。并没为什么事。我出去,我为的是妈近来神思比先大减,而且夜间晚上没有得靠的人,通共只我一个;二则如今我哥哥眼看要娶嫂子,多少针线活计并家里一切动用的器皿,尚有未齐备的,我也须得帮着妈去料理料理。姨妈和凤姐姐都知道我们家的事,不是我撒谎;三则要是我在园里住,东南上小角门子就常开着,原是我走的,保不住出入的人就图省路,也从那里走,又没人盘查。设若从那里生出一件事来,岂不两碍脸面?而且我进园里来住,原不是什么大事。因前几年年纪皆小,且家里没事,有在外头的,不如进来姊妹相共,或作针线,或顽笑,总比在外头闷坐着好。如今彼此也都大了,彼此皆有事。况姨娘这边历年皆遇不随心的事故,那园子也太大,一时照顾不到,皆有关系。惟有少几个人,就可以少操些心。所以今日不但我执意辞去,此外还要劝姨娘,如今该减些的就减些,也不为失了大家的体统。据我看,园里这一项费用也竟可以免的,说不得当日的话。姨娘深知我们家的,难道我们当日也是这样冷落来着不成?”凤姐听了这篇话,便向王夫人笑道:“这话竟是不必强了。”王夫人点头:“我也无可回答,只好随你便罢了。”

说话之间,只见宝玉等已回来,因说他父亲还未散,恐天黑了,所以先叫我们回来了。王夫人忙问:“今日可又丢了丑?”宝玉笑道:“不但不丢丑,且拐了许多东西来。”接着,就有老婆子们从二门上小厮手内接了东西来。王夫人一看时,只见扇子三把,扇坠三个,笔墨共六匣,香珠三串,玉绦环三个。宝玉说道:“这是梅翰林送的,那是杨侍郎送的,这是李员外送的,每人一分。”说着,又向怀中取出一个旃檀香小护身佛来,说:“这是庆国公单给我的。”王夫人又问在席何人，作何诗词等语毕，只将宝玉一分令人拿着，同宝玉、兰、环前来见过贾母。贾母看了，喜欢不尽，不免又问些闲话。无奈宝玉一心垫记着晴雯，答应完了话时，便说骑马颠了骨头疼。贾母便说："快回房去，换了衣服，疏散疏散就好了。不许睡倒。"宝玉听了，便忙入园来。当下麝月、秋纹已带了两个丫头来等候，见宝玉辞了贾母出来，秋纹便将笔墨拿起来，一同随宝玉进园来。宝玉满口里说好热，一壁便摘冠带，将外面的大衣服都脱下来。麝月拿着，只穿着一件松花绫子夹袄，袄内露出血点般大红裤子来。秋纹见这条红裤是晴雯手内针线，因叹道："这条裤子以后收了罢，真是物在人亡了。"麝月忙也笑道："这是晴雯的针线。"也叹道："真真物在人亡了。"秋纹将麝月拉了一把，笑道："这裤子配着松花色袄儿，石青靴子，越显出这靛青的头，雪白的脸来了。"宝玉在前，只妆听不见。又走了两步，便止步道："我要走一走，这怎么好？"麝月道："大白日里，还怕什么？还怕丢了你不成？"因命两个小丫头跟着，"我们送了这些东西去再来。"宝玉道："好姐姐！等一等我再去。"麝月道："我们去了就来。两个人手里都有东西，到像摆执事的，一个捧着文房四宝，一个捧着冠袍带履，成个什么样子！"宝玉听见，正中心怀，便让他两个去了。

他便带了两个小丫头到墙后，也不怎么样，只问他二人道："自我去了，你袭人姐姐打发人瞧晴雯姐姐去了不曾？"这一个答道："打发宋妈去来着。"宝玉道："回来说了些什么？"小丫头道："回来说晴雯姐姐来直着脖子叫喊了一夜，今日早起就闭了眼，住了口，世事不知，也出不得一声儿，只有倒气的分儿了。"宝玉忙道："一夜叫的是谁？"小丫头子说："一夜只叫他娘。"宝玉拭泪道："他还叫谁？"小丫头子道："没有听见叫别人了。"宝玉道："你糊涂，想必没有听真！"

旁边那一个小丫头最伶俐，听宝玉如此说，便上来说："真个他糊涂！"又向宝玉道："不但我听得真切，我还亲自偷着看去的。"宝玉听说，忙问："你怎么又亲自看去的？"小丫头道："我因想晴雯姐姐素日与别人不同，带我们极好。如今他虽受了委屈出去，我们不能别的法子救他，只亲去瞧瞧，也不枉素日疼了我们一场。就是人知道了，回了太太,打我们一顿,也是愿意受的。所以,我拚着挨一顿打,偷着下去瞧了一瞧。谁知他平生为人聪明,至死不变。他想着那起俗人不可说话,所以只闭着眼养神。见我去了,便睁开眼,拉我的手,问:'宝玉那去了?'我告诉他实情。他叹了一口气,说:'不能见了。'我就说:'姐姐何不等一等!他回来见一面,岂不两完心愿?'他就笑道:'你们还不知道!我不是死,如今天上少了一位花神。玉皇敕命我去司掌。我如今在未正二刻到任去司花。宝玉须待未正三刻才到家,只少得一刻的工夫,不能见面。世上凡该死之人,阎王勾取了过去,只差些小鬼来捉人的魂魄。若要迟延一时半刻,不过烧些纸钱,烧些浆饭,那些鬼只雇抢钱去了,该死的人就可以多待些个工夫。我这如今是有天上的神仙来召请,岂可捱得时刻?'我听了这话,竟不大信。及进来到房里留神看时辰表时,果然是未正二刻他咽了气,正三刻上就有人来叫我们说你来了。这时候到都对合。"

宝玉忙道:"你不识字看书,所以不知道。这原是有的。不但花有一个神,各样花各有一位神之外,还有总花神。但他不知是作总花神去了,还是单管一样花的神呢?"这丫头听了,一时诌不出来。恰好这是八月时节,园中池上芙蓉正开。这丫头便见景生情,忙答道:"我也曾问他是管什么花的神,告诉我们,日后也好供养的。他说:'天机不可泄漏,你既这样虔诚,我只告诉你,你只可告诉宝玉一人,除他之外,若泄漏了天机,五雷就来轰顶的。'他就告诉我说,他就是专管这芙蓉花的花神。"宝玉听了这话,不但不以为怪,亦且去悲而生喜,仍指芙蓉笑道:"此花也须得这样一个人去司掌。我早料定了他那样的人,必有一番事业做的。"虽然超出苦海,彼此不能相见,也免不得伤感思念。因又想:"虽然临终未见,如今且去灵前一拜,也算尽五六年的情常。"

想毕,忙至房中,又另穿带了,只说去看黛玉。遂一人出园来,往前次之处来,意为停柩在内。谁知他哥嫂见他一咽气,便回了进去,希图早些得几两发送例银。王夫人闻知,便命赏了十两烧埋银子,又命"即刻送到外头焚化了罢!女儿痨死的,断不可留"。他哥嫂听了这话,一面得银,一面就雇了人来入殓,抬往城外化人场上去化了。

剩的衣履簪环，约有三四百金之数，他兄嫂自收了，为后日之计。二人将门锁上，一同送殡去未回。宝玉走来扑了个空。

宝玉自立了半天。别无法术，只得转身进入园中。待回至房中，甚觉无味，因顺路来找黛玉。偏黛玉不在房中，问其何往，丫嬛们回说："往宝姑娘那里去了。"宝玉又至蘅芜苑中，只见寂静无人，房内搬的空空落落的，不觉吃一大惊。忽见个老婆子走来，宝玉忙问这是什么原故呢。老婆子道："宝姑娘出去了。这里交我们看着呢。还没有搬清楚，我们帮着送了些东西去，这也就完了。你老人家请出去罢，让我们扫扫灰尘。也好，从此你老人家省了跑这一处的腿子了。"宝玉听了，怔了半天，因看着那院中的香藤异蔓，仍是翠翠青青，忽比昨日好像是改作凄凉了一般，更又添了伤感。默默出来，又见门外的一条翠樾埭上，也半日无人来往，不似当日各处房中丫嬛不约而来者络绎不绝。又俯身看那埭下之水，仍是溶溶脉脉的流将过去。心下因想："天地间竟有这样无情的事！"悲感一番，忽又想到："去了司棋、入画、芳官等几个；死了晴雯；今又去了宝钗等一处；迎春虽无去，然连日也不见回来，且接连有媒人来求亲。大约园中之人，不久都要散的了。纵生烦恼，也无济于事。不如还是找黛玉去相伴一日，回来家里还是和袭人厮混，只这两三个人，只怕还是同死同归的。"想毕，仍往潇湘馆来。偏黛玉尚未回家。宝玉想亦当出去候送才是，无奈不忍悲感，还是不去的是。遂又垂头丧气的回来。

正在不知所以之际，忽见王夫人的丫头进来找他，说："老爷回来了，找你呢。又得了好题目来了。快走！快走！"宝玉听得，只得跟了他出来。到王夫人房中，他父亲已出去了。王夫人命人送宝玉至书房中。

彼时贾政正与众幕友们谈论寻秋之胜，又说："快散时，忽然谈及一事，最是千古佳谈，'风流俊逸，忠义感慨'八字皆备。到是一个好题目，大家要作一首挽词。"众幕宾听了，都忙请教系何等妙事。贾政乃道："当日曾有一位王，封曰'恒王'。出镇青州。这恒王最喜女色，且公馀好武，因选了许多美女，日习武事。每公馀辄开宴连日，令众美女习战斗攻取之事。其姬中有姓林行四者，姿色既冠，且武艺更精,皆呼为‘林四娘’。恒王最得意,遂超拔林四娘统辖诸姬,又呼为‘姽婳将军’。”众清客都称:“妙极!妙极!神奇之至。竟以‘姽婳’下加‘将军’二字,反更觉妩媚风流,真绝世奇文也。想这恒王也是千古第一风流人物了。”贾政笑道:“这话自然是如此。但更有可奇、可叹之事。”众清客都愕然惊问道:“不知底下有何奇事?”贾政道:“谁知次年便有黄巾、赤眉一干流贼馀党,复又乌合,抢掠山左一带。恒王意为犬羊之恶,不足大举。因轻骑前剿。不意贼众颇有诡谲智术,两战不胜,恒王遂为众贼所戮。于是青州城内文武官员,各各皆谓‘王尚不胜,你我何为?’遂将有献城之举。林四娘得闻凶报,遂集聚女将,发令说道:‘你我皆向蒙王恩,戴天履地,不能报其万一。今王既殒身国事,我等亦当捐身以报王。你等有愿随者,即时同我前往;有不愿者,亦早各散。’众女将听他这样,都一齐说愿意。于是林四娘带领众人,连夜出城,直杀至贼营里头。众贼不防,也被斩戮了几员首贼;然后大家见是不过几个女人,料不能济事,遂回戈倒兵,奋力一阵,把林四娘等一个不曾留下,倒作成了这林四娘的一片忠义之志。后来报至中都,自天子以及百官,无不惊骇。想其朝中自然又有人去剿灭,天兵一到,化为乌有,不必深论。只就林四娘一节,众位听了,可羡不可羡呢?”众幕友都叹道:“实在可奇!实是个妙题。原该大家挽一挽才是。”早有人取了笔砚,按贾政口中之言,稍加改易了几个字,便成了一篇短序。递与贾政看了,贾政道:“不过如此。他们那里已有原序。昨日因又奉恩旨,着察核前代以来应加褒奖而遗漏、未经请奏各项人等,无论僧尼、乞丐、女妇人等,有一事可嘉,即行投送履历至礼部,备请恩奖。所以他这原序也送往礼部去了。大家听见这新闻,所以都要作一首《姽婳词》,以志其忠义。”众人听了,都又笑道:“这原该如此。只是更可羡者,本朝皆系千古未有之旷典隆恩,实历代所不及处者,可谓‘圣朝无阙事’,唐朝人预先竟说了,竟应在本朝。如今年代,方不虚此一句。”贾政点头道:“正是。”

说话间,贾环叔侄亦来了。贾政命他们看了题目。他两个虽能诗,较腹中之虚实,虽也去宝玉不远,但第一件,他两个终是别路,若论举业一道，似高过宝玉；若论杂学，则远不能及。第二件，他二人才思滞钝，不及宝玉空灵涓逸，每作诗亦如八股之法，未免拘板庸涩。那宝玉虽不算是个读书人，然亏他天性聪敏，且素喜好些杂书，他自为古人中也有误失之处，拘较不得许多；若只管怕前怕后起来，总堆砌成一篇，也觉得甚无趣味。因心里怀着这个念头，每见一题，不拘难易，他便毫无费力之处，就如世人流嘴滑舌之人，捕风捉影，信着伶口俐舌，长篇大论，胡扳乱扯，敷演出一篇话来。虽无稽考，却都说的四座春风。虽有正言厉语之人，亦不得压倒这一种风流去。

近日贾政年迈，名利大灰。起初天性，也是个诗酒放诞之人，因在子侄辈中，少不得规以正路。近见宝玉虽不读书，竟颇能解此。细评起来，也还不算十分玷辱了祖宗。就思及祖宗们，各各亦皆如此。虽有深精举业的，也不曾发迹过一个。看来此亦贾门之数。况母亲溺爱，遂也不强以举业逼他了。所以，近日是这等待他。又要环、兰二人举业之馀，怎得亦能同宝玉才好。所以每欲作诗，必将三人一齐唤来对作。闲言少述。

且说贾政又命他三人各吊一首，谁先成者赏，佳者额外加赏。贾环、贾兰二人近日当着多人皆作过几首了，胆量愈壮，今看了题目，遂自去思索。一时，贾兰先有了，贾环生恐落后，也就有了。二人皆已录出，宝玉尚出神。贾政与众人且看他二人的二首。贾兰的是一首七言绝句。写道是：

姽婳将军林四娘，玉为肌骨铁为肠。
捐躯自报恒王后，此日青州土亦香。

众幕宾看了，便皆大赞：“小哥儿十三岁的人，就如此。可知家学渊渊，真不诬矣。”贾政笑道：“稚子口角，也还难为他。”又看贾环的。这首是五言律。写道是：

红粉不知愁，将军意未休。掩啼离绣幕，怉恨出青州。自谓酬王德，讵能复寇仇。谁题忠义墓，千古独风流。

众人道：“更佳！倒底是大几岁年纪。立意又自不同。”贾政道：“还不甚大错，终不恳切。”众人道：“这也就罢了。三爷才大不多两岁，在未冠之时，如此用了工夫，再过几年，怕不是大阮、小阮了？”贾政笑道:“过奖了。只是不肯读书的过失。”

因又问宝玉的怎么样了。众人道:“二爷细心镂刻,定又是风流悲感,不同此等的了。”宝玉笑道:“这个题目,似不称近体,须得古体,或竟是长篇一首,方能恳切。”众人听了,都立身点头拍手道:“我说他立意不同,每一题到手,必先度其体格宜与不宜,这便是老手妙法。就如裁衣一般,未下剪时,须度其身量。这题目,名曰《姽婳词》,且既有了序,必当是篇歌行方合体的,或拟白乐天《长恨歌》,或拟等古词,半叙半咏,流利飘逸,始能尽妙。”

贾政听说,也合了主意,遂自提笔,向纸上要写。又向宝玉笑道:“如此,你念我写。若不好了,我捶你那肉!谁许你先大言不惭了?”宝玉只得念了一句,道是:

恒王好武兼好色,

贾政写了看时,摇头道:“粗鄙。”一幕宾道:“要这样方古,究竟不粗。且看他底下的。”贾政道:“姑存之。”宝玉又道:

遂教美女习骑射。秾歌艳舞不成欢,列阵挽戈为自得。

贾政写出,众人都道:“只这第三句便古朴、老健,极妙!这四句平叙出也最得体。”贾政道:“休谬加奖誉。且看转的如何?”宝玉念道:

眼前不见尘沙起,将军俏影红灯里。

众人听了这两句,便都叫妙:“好个‘不见尘沙起’!又承了一句‘俏影红灯里’。用事用句皆入神化了。”宝玉道:

叱咤时闻口舌香,霜矛雪剑娇难举。

众人听了,便拍手笑道:“亦发画出来了。当日敢是宝公也在座,见其娇且闻其香否?不然,何体贴至此?”宝玉笑道:“闺阁习武,任其勇悍,怎似男人?不待问可想而知娇怯之形的了。”贾政道:“还不快续!这又有你说嘴的了。”宝玉只得又想了一想,念道:

灯香结子芙蓉绦,

众人都道:“转‘绦’,‘萧’韵更妙。这才流利飘荡。而且这一句也绮靡秀媚的妙。”贾政写了,看道:“这一句不好。已写过‘口舌香’‘娇难举’,何必又如此?这是力量不加,故又用这些堆砌货来搪塞。”宝玉笑道:“长歌也须得要些词藻点缀点缀,不然便觉萧索。”贾政道:

"你只顾用这些,但这一句底下如何能转至武事？若再多说两句,岂不蛇足了？"宝玉道:"如此,底下一句转煞住,想亦可矣。"贾政冷笑道:"你有多大本领？上头说了一句大开门的散话,如今又要一句连转带煞。岂不心有馀而力不足些!"宝玉听了,垂头想了一想,说了一句,道:

　　不系明珠系宝刀。

忙问:"这一句可还使得？"众人拍案叫绝。贾政写了,看着笑道:"且放着！再续。"宝玉道:"若使得,我便要一气下去了;若使不得,越性涂了,我再想别的意思出来,再另措词。"贾政听了,便喝道:"多话!不好了,再作！便作十篇、百篇,还怕辛苦了不成!"宝玉听说,只得想了一会,便念道:

　　战罢夜阑心力怯,脂痕粉渍污鲛鮹。

贾政道:"又一段。底下怎么样呢？"宝玉道:

　　明年流寇走山东,强吞虎豹势如蜂。

众人道:"好个'走'字！便见得高低了。且通转的也不板。"宝玉又念道:

　　王率天兵思剿灭,一战再战不成功。腥风吹折陇头麦,日照旌旗虎帐空。青山寂寂水澌澌,正是恒王战死时。雨淋白骨血染草,月冷黄沙鬼守尸。

众人都道:"妙极！妙极！布置,叙事,词藻,无不尽美。且看如何至四娘,必另有妙转奇句。"宝玉又念道:

　　纷纷将士只保身,青州眼见皆灰尘。

　　不期忠义明闺阁,愤起恒王得意人。

众人都道:"铺叙得委婉。"贾政道:"太多了。底下只怕累赘呢。"宝玉乃又念道:

　　恒王得意数谁行？姽婳将军林四娘。号令秦姬驱赵女,艳李秾桃临战场。绣鞍有泪春愁种,铁甲无声夜气凉。胜负自然难预定,誓盟生死报前王。贼势猖獗不可敌,柳折花残实可伤。魂依城郭家乡近,马践胭脂骨髓香。星驰时报入京师,谁家儿女不伤悲！天子惊慌恨失守,此时文武皆垂首。何事文武立朝纲,不及闺中林四娘。我为四娘长太息,歌成馀意尚彷徨!

念毕,众人都大赞不止,又都从头看了一遍。贾政笑道:“虽然说了几句,到底不大恳切。”因说:“去罢!”三人如得了赦的一般,一齐出来,各自回房。

众人皆无别话,不过自去安歇而已。独有宝玉,一心凄楚,回至园中,猛然见池上芙蓉,想起小丫嬛说晴雯作了芙蓉花之神,不觉又喜欢起来,乃看着芙蓉嗟叹了一会。忽又想起死后并未到他灵前一祭,如今何不在芙蓉前一祭,岂不尽了礼?比俗人去灵前祭吊又更觉别致些。想毕,便欲行礼,忽又止住,道:“虽如此,亦不可太草率。也须得衣冠整齐,奠仪周备,方为诚敬。”想了一想:“如今若学那世俗之奠礼,断然不可。竟也还别开生面,另立排场,风流奇异,于世无涉,方不负我二人之为人。况且,古人有云:‘潢污行潦,蘋蘩蕴藻之贱,可以羞王公,荐鬼神’。原不在物之贵贱,全在心之诚敬而已。此其一也。二则,诔文挽词,也须另出已见,自放手眼,亦不可蹈袭前人的套头,填几字搪塞耳目之文,亦必须洒泪泣血,一字一咽,一句一啼,宁使文不足、悲有馀,万不可尚文藻而反失悲感。况且古人多有微词,非自我今作俑也。奈今人全惑于‘功名’二字,将尚古之风一洗皆尽,恐不合时宜,于功名有碍之故。我又不希罕那功名,不为世人观阅称赞,何必不远师楚人之《大言》《招魂》《离骚》《九辩》《枯树》《问难》《秋水》《大人先生传》等法,或杂参单句,或偶成短联,或用实典,或设譬寓,随意所之,信笔而去,喜则以文为戏,悲则以言志痛,辞穷意尽为止,何必效世俗之拘拘于方寸之间哉?”

本来宝玉是个不读书之人,再心中有了这篇歪意,怎得有好诗、好文作出来?他自己却任意纂著,并不为人知慕。所以大肆妄诞,竟杜撰成一篇长文,用晴雯素日所喜之冰鲛縠一幅,楷字写成,名曰《芙蓉女儿诔》,前序、后歌,又备了四样晴雯所喜之物。于是,夜月下,命那小丫头捧至芙蓉花前,先行礼毕,将那诔文即挂于芙蓉枝上,乃泣涕念曰:

维太平不易之元,蓉桂竞芳之月,无可奈何之日,怡红院浊玉,谨以群花之蕊、冰鲛之縠、沁芳之泉、枫露之茗,四者虽微,聊以达诚申信，乃致祭于白帝宫中抚司秋艳芙蓉女儿之前。曰：窃思女儿自临浊世，迄今凡十有六载，其先之乡籍姓氏，湮沦而莫能考者久矣。而玉得于衾枕栉沐之间，栖息宴游之夕，亲昵狎亵，相与共处者，仅五年八月有畸。

噫！女儿曩生之昔，其为质，则金玉不足喻其贵；其为性，则冰雪不足喻其洁；其为神，则星日不足喻其精；其为貌，则花月不足喻其色。姊妹悉慕媖娴，姬媪咸仰惠德。孰料鸠鸩恶其高，鹰鸷翻遭罦罬；薋葹妒其臭，茝兰竟被芟钼！花原自怯，岂奈狂飙；柳本多愁，何禁骤雨！偶遭蛊虿之谗，遂抱膏肓之疚。故尔樱唇红褪，韵吐呻吟；杏脸香枯，色陈颇颔。诼谣謑诟，出自屏帏；荆棘蓬榛，蔓延户牖。岂招尤则替，实攘诟而终。既忳幽沉于不尽，复含罔屈于无穷。高标见嫉，闺帏恨比长沙；直烈遭危，巾帼惨于羽野。

自蓄辛酸，谁怜夭折！仙云既散，芳趾难寻。洲迷聚窟，何来却死之香？海失灵槎，不护回生之药。眉黛烟青，昨犹我画；指环玉冷，今倩谁温？鼎炉之剩药犹存，襟泪之馀痕尚渍。镜分鸾别，愁开麝月之奁；梳化龙飞，哀折檀云之齿。委金钿于草莽，拾翠盒于尘埃。楼空鳷鹊，徒悬七夕之针；带断鸳鸯，谁续五丝之缕？况乃金天属节，白帝司时，孤衾有梦，空室无人。桐阶月暗，芳魂与倩影同销；蓉帐香残，娇喘共细言皆绝。连天衰草，岂独蒹葭；匝地悲声，无非蟋蟀。露苔晚砌，穿帘不度寒砧；雨荔秋垣，隔院希闻怨笛。芳名未泯，檐前鹦鹉犹呼；艳质将亡，槛外海棠预老。捉迷屏后，莲瓣无声；斗草庭前，兰芽枉待。抛残绣线，银笺彩缕谁裁？折断冰丝，金斗御香未熨。

昨承严命，既趋车而远涉芳园；今犯慈威，复拄杖而抛孤匶。及闻槥棺被燹，惭违共穴之盟；石椁成灾，愧迨同灰之诮。尔乃西风古寺，淹滞青燐；落日荒丘，零星白骨。楸榆飒飒，蓬艾萧萧。隔雾圹以啼猿，绕烟塍而泣鬼。自为红绡帐里，公子情深；始信黄土陇中，女儿命薄！汝南泪血，班班洒向西风；梓泽馀衷，默默诉凭冷月。

呜呼！固鬼蜮之为灾，岂神灵而亦妒。箝诐奴之口，讨岂从宽；剖悍妇之心，忿犹未释。在君之尘缘虽浅，然玉之鄙意岂终。因蓄卷卷之思，不禁谆谆之问。始知上帝垂旌，花宫待诏，生侪兰蕙，死辖芙蓉。听小婢之言，似涉无稽；据浊玉之思，则深为有据。何也？昔业法善摄魂以撰碑，李长吉被诏而为记，事虽殊，其理则一也。故相物以配才，苟非其人，恶乃滥乎？始信上帝委托权衡，可谓至洽至协，庶不负所秉赋也。因希其不昧之灵，或陟降于兹。特不揣鄙俗之词，有污慧听。乃歌而招之曰：

天何如是之苍苍兮，乘玉虬以游乎穹窿耶？地何如是之忙忙兮，驾瑶象以降乎泉壤耶？望伞盖之陆离兮，抑箕尾之光耶？列羽葆而为前导兮，卫危虚于傍耶？驱丰隆以为比从兮，望舒月以离耶？听车轨而伊轧兮，御鸾鹥以征耶？闻馥郁而薆然兮，纫蘅杜以为纕耶？炫裙裾之烁烁兮，镂明月以为珰耶？籍葳蕤而成坛畤兮，檠莲焰以烛银膏耶？文爮匏以为觯斝兮，漉醽醁以浮桂醑耶？瞻云气而凝盼兮，仿佛有所觇耶？俯窈窕而属耳兮，恍惚有所闻耶？期汗漫而无夭阏兮，忍捐弃余于尘埃耶？倩风廉之为余驱车兮，冀联辔而携归耶？余中心为之慨然兮，徒嗷嗷而何为耶？君偃然而长寝兮，岂天运之变于斯耶？既窀穸且安稳兮，反其真而复奚化耶？余犹桎梏而悬附兮，灵格余以嗟来耶？来兮止兮，君其来耶？

若夫鸿濛而居，寂静以处，虽临于兹，余亦莫睹。搴烟罗而为步幛，列枪蒲而森行伍。警柳眼之贪眠，释莲心之味苦。素女约于桂岩，宓妃迎于兰渚。弄玉吹笙，寒簧击敔。征嵩岳之妃，启骊山之姥。龟呈洛浦之灵，兽作咸池之舞。潜赤水兮龙吟，集珠林兮凤翥。爰格爰诚，匪簠匪筥。发轫乎霞城，返旌乎去圃。既显微而若通，复氤氲而倏阻。离合兮烟云，空濛兮雾雨。尘霾敛兮星高，溪山丽兮月午。何心意之忡忡，若寤寐之栩栩。余乃欷歔怅望，泣涕徬徨。人语兮寂历，天籁兮筼筜。鸟惊散而飞，鱼唼喋以响。志哀兮是祷，成礼兮期祥。呜呼哀哉！尚飨！

读毕，遂焚帛奠茗，犹依依不舍。小嬛催至再四，方才回身。忽听山石之后,有一人笑道:“且请留步。”二人听了,不免一惊,那小嬛回头一看,却是个人影从芙蓉花中走出来,他便大叫:“不好！有鬼！晴雯真来显魂了。”唬得宝玉也忙看时……且听下回分解。

第七十九回　薛文龙悔娶河东狮　贾迎春误嫁中山狼

话说宝玉祭完了晴雯，只听花影中有人声，到唬了一跳。既走出来细看，不是别人，却是林黛玉。满面含笑，口内说道："好奇的祭文！可与曹娥碑并传的了。"宝玉听了，不觉红了脸，笑答道："我想着世上这些祭文都熟滥的很，所以改个新样，原不过是我一时的顽意，谁知又被你听见了。有什么大使不得的，何不改削改削？"黛玉道："原稿在那里？到要细细一读。长篇大论不知说的是什么。我听中间有两句什么'红绡帐里，公子多情；黄土陇中，女儿薄命'。这一联意思却好，只是'红绡帐里'未免熟滥些，放着现成真事，为什么不用？"宝玉忙问："什么现成的真事？"黛玉笑道："咱们如今都系霞影纱糊的窗隔，何不说'茜纱窗下，公子多情'呢？"

宝玉听了，不禁跌足，笑道："好极！好极！到底是你想的出，说的出。可知天下古今，现成的好景妙事尽多，只是愚人蠢子说不出、想不出罢了。但只一件，虽然这一句新妙之极，但你居此则可，在我实不敢当。"说着，又接连说了一二百句"不敢"。黛玉笑道："何妨？我的窗即可作为你之窗，何必分晰得如此生疏？古人异姓陌路者，尚然同肥马，衣轻裘，敝之而无憾，何况咱们？"宝玉笑道："论交之道，不在肥马轻裘，即黄金白璧，亦不当锱铢较量。倒是这唐突闺阁，万万使不得的。如今我越性将'公子''女儿'改去，竟算是你诔他倒妙。况且素日你又待他甚厚，故今宁可弃此大文，万不可弃此'茜纱'新句，竟莫若改作'茜纱窗下，小姐多情；黄土陇中，丫嬛薄命'。如此一改，虽于我无涉，我也是惬怀的。"黛玉笑道："他又不是我的丫头，何用作此语？况且小姐、丫嬛亦不典雅，等我的紫鹃死了，我再如此说，还不算迟！"宝玉听了，忙笑道："这是何苦？又咒他！"黛玉笑道："是你要咒的，并不是我说的。"宝玉道："又有了，这一改可妥当了。莫若说'茜纱窗下，我本无缘；黄土陇中，卿何薄命'。"

黛玉听了，忡然变色，心中虽有无限的狐疑乱拟，外面却不肯露出，反连忙笑着点头，称说："果改的好。再不必乱改了。快去干正经事去罢。才刚太太打发人叫你明儿一早快过大舅母那边去，你二姐姐已有人家求准了，想是明儿那家人来拜允。所以叫你们过去呢。"宝玉拍手道："何必又如此忙！我身上也不大好，明儿还未必能去呢。"黛玉道："又来了！我劝你把这脾气改改罢。一年大二年小……"一面说话，一面咳嗽起来。宝玉忙道："这里风冷，咱们只顾呆站在这里，快回去罢。"黛玉道："我也家去歇息了。明儿再见罢。"说着，便自取路去了。宝玉只得闷闷的转步，又忽想起来黛玉无人跟随，忙命小丫头子跟了送回去。自己到了怡红院中，果有王夫人打发老嬷嬷来分付他，明日一早过贾赦这边来，与方才黛玉之言相对。

原来贾赦将迎春许与孙家了。这孙家乃是大同府人氏，祖上系军官出身，乃当日宁、荣府中之门生，算来亦系世交。如今孙家只有一人在京，现袭指挥之职。此人名唤孙绍祖，生得相貌魁伟，体格健壮，弓马娴熟，应酬权便。年纪未满三十，且又家资饶富。现在兵部候缺提升。因来求亲，贾赦见是世交之孙，且人品、家当都相称合，遂青目择为东床佳婿。亦曾回明贾母。贾母心中却不十分趁意，想来拦阻，亦恐不听。况儿女之事，自有天意。况且他是亲父主张，何必出头多事。为此，只说"知道了"三字，馀不多及。

贾政又深恶孙家。虽是世交，当年不过是彼祖希慕荣、宁之势，有不能了结之事，才拜在门下的。并非诗礼名族之裔，因此到劝谏过两次。无奈贾赦不听，也只得罢了。

宝玉却从未会过这孙绍祖一面的。次日只得过去了，聊一塞责。只听见说娶亲的日子很急，不过今年就要过门的。又见邢夫人等回了贾母，将迎春接出大观园去等事。越发扫去了兴头，每日痴痴呆呆的，不知作何消遣。又听得说陪四个丫头过去，更又跌足自叹，道："从今后，这世上又少了五个青洁人了。"因此天天到紫菱洲一带地方，徘徊瞻顾，见其轩窗寂寞，屏帐倏然，不过有几个该班上夜的老妪。再看那岸上的蓼花、苇叶，池内的翠荇、香菱，也都觉摇摇落落，似有追忆故人之态，迥非素常逞妍斗色之可比。既领略得如此寥落

凄惨之景,是以情不自禁,乃信口吟成一律曰:

池塘一夜秋风冷,吹散芰荷红玉影。蓼花菱叶不胜愁,重露繁霜压纤梗。不闻永昼敲棋声,燕泥点点污棋枰。古人惜别怜朋友,况我今当手足情!

宝玉方才吟罢,忽闻背后有人笑道:“你又发什么呆呢!”宝玉回头,忙看是谁,原来是香菱。宝玉便转身笑问道:“我的姐姐,你这会子跑到这里来做什么?许多日子也不进来逛逛?”香菱拍手笑嘻嘻的说道:“我何曾不想来!如今你哥哥回来了,那里比先时自由自在的了?才刚我们奶奶使人找你凤姐姐的,竟没找着。说他往园子里来了。我听见了这个信,我就讨了这件差,进来找他。果见他的丫头说在稻香村呢。如今我往稻香村去,谁知又遇见了你。我且问你,袭人姐姐这几日可好?怎么忽然把个晴雯姐姐也没了?到底是什么病?二姑娘搬出去的好快!你瞧瞧,这地方好空落落的。”宝玉应之不迭,又让他同到怡红院去吃茶。香菱道:“此刻竟不能。等我找着琏二奶奶,说完了正经事再来。”宝玉道:“什么正经事?这么忙!”香菱道:“你哥哥娶嫂子的事。所以要紧。”宝玉道:“正是,说的到底是那一家的?只听见吵嚷了这半年,今儿又说张家的好,明儿又要李家的,后儿又嚷论王家的,这些人家的女儿,也不知道造了什么罪了,白叫人家好端端议论。”香菱道:“这如今定了,可以不用搬扯别家了。”

宝玉忙问:“定了谁家的?”香菱道:“因你哥哥上次出门贸易时,在顺路到了个亲戚家去。这门亲原是老亲,且又和我们是同任户部挂名行商的,也是数一数二的大门户。前日说起来,你们两府里都也知道的。合长安城中,上至王侯,下至买卖人,都称他家是‘桂花夏家’。”宝玉笑问道:“如何又称为‘桂花夏家’?”香菱道:“他本姓夏,非常的富贵。其馀田地不用说,单有几十顷地,独种桂花。凡这长安城里城外桂花局子,俱是他家的,连宫里一应陈设盆景亦是他家贡奉。因此才有这个浑号儿。如今太爷也没了,只有老奶奶带着一个亲生的姑娘过活,也并没有哥儿兄弟,可惜他这一门竟绝了。”宝玉忙道:“咱们也别管他绝后不绝后,只是这姑娘可好吗?你们大爷怎么就中意了?”香菱笑道:“一则是天缘,二则是‘情人眼里出西施’。

当年本是通家来往,从小儿都在一处厮混过,叙亲是姑舅兄妹,又没嫌疑。虽离开了这几年,前儿一到他家,——夏奶奶又是没儿子的,一见了你哥哥出落的这样,又是哭、又是笑,竟比见了儿子的还胜。又令他兄妹相见。谁知这姑娘出落得花朵似的了。在家里也读书写字,所以你哥哥当时就一心相准了。连当铺里老朝奉伙计们,一群人遭扰了人家三四日,他们还要留多住几日,好容易苦辞才放回家。你哥哥一进门,就咕咕唧唧求我们奶奶去求亲。我们奶奶原也是见过这姑娘的,且又门当户对,也就依了。和这里姨太太、凤姑娘商议了,打发人去,一说就成了。只是娶的日子太急,所以我们忙乱的很。我也巴不得早些过来,又添一个作诗的人了。"宝玉冷笑道:"虽如此说,但只我听这话,不知怎么到替你耽心虑后呢?"香菱听了,不觉红了脸,正色道:"这是什么话?素日咱们都是斯抬斯敬的,今日忽然说起这些话!这是什么意思?怪不得人人都说你是个亲近不得的人。"一面说,一面转身走了。

宝玉见他这样,便怅然如有所失,呆呆的站了半天,思前想后,不觉滴下泪来。只得无精打彩,还入怡红院来。一夜不曾安稳,睡梦之中,犹唤晴雯。若魇魔惊怖,种种不宁。次日便懒进饮食,身体作热,此皆近日抄拣大观园,逐司棋、别迎春、悲晴雯等羞辱惊恐悲凄之所至。兼之风寒外感,故酿成一疾,卧床不起。贾母听得如此,天天亲来看视。王夫人心中暗悔不该因晴雯过于逼责了他。心中虽如此,脸上却不露出,只分付众奶娘等好生伏侍看守。一日两次带进医生来诊脉下药。一月之后方才渐渐的痊愈。贾母命好生保养,一百日后方许动荤腥油面等物,方可出门行走。这一百日内,连院门前皆不许到,只在房中顽笑。四五十日后,就把他拘束的火星乱迸,那里忍耐得住!虽百般设法,无奈贾母、王夫人执意不从,也只得罢了。因此和些丫嬛们无所不至,姿意要笑作戏。又听得薛蟠摆酒、唱戏,热闹非常,已娶亲入门。闻得这夏家小姐十分俊俏,也略通文翰。宝玉恨不得就过去一见才好。再过些时,又闻得迎春出了阁。宝玉思及当时姊妹们一处,耳鬓厮磨,从今一别,纵得相逢,也必不似先前那等亲密了。眼前又不能去一望,真令人凄惶迫切之至。少不得潜心忍耐,暂同这些丫嬛们厮闹释闷,幸免贾政责备逼迫读书之难。这百日内,只不曾拆毁了怡红院,和这些丫头们无法无天,凡世上所无之事,都顽耍出来。如今且不消细说。

且说香菱自那日抢白了宝玉之后,心中自为宝玉有意唐突他:“怨不得我们宝姑娘不敢亲近,可见我不如宝姑娘远矣;怨不得林姑娘日常和他角口,气的痛哭,自然唐突他也是有的了。从此到要远而避之才好。”因此以后连大观园也不轻易进来。日日忙乱着,薛蟠娶过亲,自为得了护身符,自己身上分去责任,到底比这样安宁些;二则又闻得是个有才有貌的佳人,自然是典雅和平的。因此,他心中盼过门的日子,比薛蟠还急十倍。好容易盼得一日娶过了门,他便十分殷勤,小心伏侍。

原来这夏家小姐今年方十七岁,生得亦颇有姿色,亦颇识得几个字。若论心中的邱壑经纬,颇步熙凤之后尘。只吃亏了一件,从小时父亲去世的早,又无同胞弟兄,寡母独守此女,娇养溺爱,不啻珍宝。凡女儿一举一动,他母亲皆百依百随,因此未免娇养太过,竟酿成个盗妒的性气。爱自己尊若菩萨,窥他人秽如粪土;外具花柳之姿,内秉风雷之性。在家中,时常就和丫嬛们使性弄气,轻骂重打的。今日出了阁,自为要作当家的奶奶,比不得作女儿时腼腆温柔,须要拿出些威来才弹压得住人。况且见薛蟠气质刚硬,举止骄奢,若不趁热灶一气炮制熟滥,将来必不得能自竖旗帜矣。又见有香菱这等一个才貌俱全的爱妾在室,越发添了“宋太祖灭南唐”之意,“卧榻之侧,岂容他人酣睡”之心。因他家多桂花,他小名就唤做“金桂”,他在家是不许人口中带出“金桂”二字来。凡有不留心误道一字者,他便定要苦打重罚才罢。他因想“桂花”二字是禁止不住的,须另换一名。因想桂花曾有广寒嫦娥之说,便将桂花改为“嫦娥花”,又寓自己的身分如此。

薛蟠本是个得新弃旧的人,且是有酒胆无饭力的,如今得了这样一个妻子,正在新鲜兴头上,凡事未免尽让他些。那夏金桂见了这般形景,便也试着一步紧似一步。一月之中,二人气概还都相平,至两月之后,便觉薛蟠的气概渐次低矮了下去。一日,薛蟠酒后,不知要行何事,先与金桂商议。金桂执意不从。薛蟠忍不住便发了几句话,赌气自行了。这金桂便气的哭如醉人一般,茶汤不进,妆起病来。请医疗治,医生又说"气血相逆,当进宽胸顺气之剂"。

薛姨妈恨的骂了薛蟠一顿,说:"如今娶了亲,眼前抱儿子了,还是这样胡闹。人家养凤凰似的好容易养了一个女儿,比花朵儿还轻巧。原看的你是个人物,才给你作老婆。你不说收了心,安分守己,一心一计,和和气气的过日子,还是这样胡闹。噇了黄汤,折磨人家,这会子花钱吃药,白遭心。"一席话说的薛蟠后悔不迭,反来安慰金桂。金桂见婆婆如此说丈夫,越发得了意,便妆出些张致来,总不理薛蟠。薛蟠没了主意,惟自怨而已。好容易十天半个月之后,才渐渐的哄转过金桂的心来。自此便加一倍小心,不免气概又矮了半截下来。

那金桂见丈夫旗纛渐倒,婆婆良善,也就渐渐的持戈试马起来。先时不过挟制薛蟠,后来倚娇作媚,将及薛姨妈,后将及薛宝钗。宝钗久察其不轨之心,每随机应变,暗以言语弹压其志。金桂知其不可犯,每欲寻隙,又无隙可乘,只得曲意俯就。一日金桂无事,因和香菱闲谈。问香菱家乡父母,香菱皆答忘记。金桂便不悦,说有意欺瞒了他。因问他"香菱"二字是谁起的名字,香菱便答道是姑娘起的。金桂冷笑道:"人人都说姑娘通,只这一个名字就不通。"香菱忙笑道:"嗳哟!奶奶不知道,我们姑娘的学问,连我们姨老爷时常还夸呢。"欲明后事,且见下回。

第八十回 美香菱屈受贪夫棒 王道士胡诌妒妇方

话说金桂听了,将脖项一扭,嘴唇一撇,鼻孔里哼了两声,拍着掌冷笑道:“菱角花谁闻见香来着?若说菱角也香了,正经那些香花儿放在那里呢?可是不通之极。”香菱道:“不独菱角花,就连荷叶、莲蓬都是有一股清香的。但他那原不是花香可比。若静日静夜,或清早半夜,细领略了去,那一股香,比是花儿都好闻呢。就连菱角鸡头、苇叶、芦根,得了风露,那一股清香,就令人心神爽快的。”金桂道:“依你说,那兰花、桂花,到香的不好了?”香菱说到热闹头上,忘了忌讳,便接口道:“兰花、桂花的香,又非别花之香可比。”一句话未完,金桂的丫嬛名唤宝蟾者,忙指着香菱的脸儿说道:“要死!要死!你怎么真叫起姑娘的名字来了?”香菱猛省了,反不好意思,忙陪笑赔罪说:“一时说顺了嘴,奶奶别计较。”金桂笑道:“这有什么?你也太小心了!但只是我想,这个‘香’字到底不妥,意思要换一个字,不知你服不服?”香菱忙笑道:“奶奶说那里话?此刻连一身一体俱属奶奶,何得换一名字反问我服不服,叫我如何当得起。奶奶说那一个字好,就用那一个。”金桂笑道:“你虽说的是,只怕姑娘多心,说:‘我起的名字,反不如你!你能来了几日,就驳我的回了。’”香菱笑道:“奶奶有所不知。当先买了我来,原是给奶奶使唤的,故此姑娘起得名字。后来我自伏侍了爷,就与姑娘无涉了。如今又有了奶奶,亦发不与姑娘相干。况且姑娘又是极明白的人,如何恼得这些呢?”金桂道:“既这样说,‘香’字竟不如‘秋’字妥当。菱角、菱花皆盛于秋,岂不比‘香’字有来历些?”香菱道:“就依奶奶这样罢了。”自此后遂改了“秋菱”。宝钗亦不在意。

只因薛蟠天性是“得陇望蜀”的。如今得娶了金桂,又见金桂的丫嬛宝蟾有三分姿色,举止轻浮可爱。便时常要茶要水的时节撩逗他。宝蟾虽亦解事,只是怕着金桂,不敢造次,且看金桂的眼色。金桂亦颇觉察其意,想着:“正要摆布香菱,无处寻隙。如此他既看上了宝蟾,如今且舍出宝蟾去与他,他一定就和香菱疏远了。我且乘他疏远之时,摆布了香菱。那时,宝蟾原是我的人,也就好处了。”打定了这个主意,伺机而发。

这日薛蟠晚间微醺,又命宝蟾到茶来吃。薛蟠接碗时,故意捏他的手。宝蟾又乔妆躲闪,连忙缩手,两下失误,“豁啷”一声,茶碗落地,泼了一身一地的茶。薛蟠不好意思,佯说宝蟾不好生递,宝蟾说:“姑爷不好生接。”金桂冷笑道:“两个人的腔调儿都勾使得的了,都打谅谁是傻子。”薛蟠低头,微笑不语。宝蟾红了脸出去。一时安歇之时,金桂便故意的撵薛蟠别处去睡,“省得你馋痨饿眼”。薛蟠只是笑。金桂道:“要作什么和我说,别偷偷摸摸的不中用。”薛蟠听了,仗着酒盖着脸,便趁势儿跪在被上,勾着金桂笑道:“好姐姐!你若要把宝蟾赏了我,你要怎样就怎样!你要人脑子,我也弄来给你。”金桂笑道:“这话好不通!你爱谁,说明了就收在房里,省得别人看着不雅。我可要什么呢?”薛蟠得了这话,喜的称谢不尽。是夜曲尽丈夫之道,奉承金桂。次日也不出门,只在家中厮奈,越发放大了胆子。

至午后,金桂故意的出去,让个空儿与他二人。薛蟠便和他拉拉扯扯的起来。宝蟾心里也知八九了,也就半推半就的,正要入港。谁知金桂是有心等候的,料必在难分之际,便叫丫头小舍儿过来。——原来这小丫头也是金桂从小儿在家里使唤的,因他自幼父母双亡,无人看管,便大家叫他作小舍儿,专作些粗笨的生活。金桂如今有意独唤他来,分付道:“你去告诉秋菱,到我屋里,将手帕子取来。不必说我说的。”小舍儿听了,一径寻着香菱,说:“菱姑娘,奶奶的手帕子忘记在屋里了,你去取来送上去,岂不好?”

香菱正因金桂近日每每的折挫他,不知何意,百般竭力挽回不暇。听了这话,忙往房里来取,不防正遇见他二人推就之际,一头撞了进去。自己到羞的满面飞红,忙抽身回避不迭。那薛蟠为是过了明路的,除了金桂无人可怕,所以连门也不掩。今儿香菱撞来,故也略有些惭愧,还不十分在意。无奈宝蟾素日最是说嘴要强的,今遇见了香菱，便自恨无地缝儿可入，忙推开薛蟠，一径跑了。口内还恨怨不迭，说他强奸、力逼等语。

薛蟠好容易圈哄的要上手，却被香菱打散，不免一腔兴头，变作了一腔恶怒，都挪在香菱身上。不容分说，赶出来，啐了两口，骂道："死娼妇！你这会子作什么来撞尸游魂！"香菱料事不好，三步两步早已跑了。薛蟠再来找宝蟾，已无踪迹了。于是恨的只骂香菱。至晚饭后，已吃得醺醺然。洗澡时，不防水略热了些，烫了脚，便说香菱有意害他，赤条精光赶着香菱踢打了两下。香菱虽没受过这气苦，既到此时，也说不得了。只好自悲自怨，各自走开。

彼时金桂已暗和宝蟾说明，今夜令薛蟠和宝蟾在香菱房中去成亲，命香菱过来陪自己先睡。先是香菱不肯，金桂说他嫌赃了；再必是图安逸，怕夜里劳动伏侍；又骂说："你那没见世面的主子，见一个爱一个，把我的人霸占了去，又不叫你来。到底是什么主意？想必是逼我死罢了。"薛蟠听了这话，又怕闹黄了宝蟾之事。忙又赶来骂香菱："不识抬举，再不去睡，便要打了。"香菱无奈，只得抱了铺盖来。金桂命他在地下铺睡，香菱无奈，只得依命。刚睡下，便叫到茶，一时又叫捶腿。如是一夜七八次，总不使其安逸稳卧片刻。那薛蟠得了宝蟾，如获珍宝，一概都置之不顾。恨的金桂暗暗的发恨道："只叫你乐这几天，等我慢慢的摆布了来，那时可别怨我。"一面隐忍，一面设计摆布香菱。

半月光景，忽又妆起病来。只说心疼难忍，四肢不能转动。请医疗治不效，众人都说是香菱气的。闹了两日，忽又从金桂的枕头内抖出些纸人来。上面写着金桂的年庚八字，有五根针钉在心窝并四肢骨节等处。于是众人反乱起来，当作新闻，先报与薛姨妈。

薛姨妈先忙手忙脚的，薛蟠自然更乱起来，立刻要拷打众人。金桂笑道："何必冤枉众人。大约是宝蟾的镇魇法儿。"薛蟠道："他这些时并没多馀的空儿在你房里，何苦赖好人！"金桂冷笑道："除了他，还有谁？莫不是我自己不成？虽有别人，谁可敢进我的屋子呢。"薛蟠道："香菱如今是天天跟着你。他自然知道。先拷问他，就知道了。"金桂冷笑道："拷问谁？谁肯认？依我说，竟妆个不知道。

大家丢开手罢了。横竖治死我也没什么要紧,乐得再娶好的。若据良心上说,左不过你们三个多嫌着我一个。”说着,一面痛哭起来。薛蟠更被这一席话激怒,顺手抓起一根门闩来,一径抢步找着香菱,不容分说便劈头劈面打起来。一口咬定是香菱所施。香菱叫屈。薛姨妈跑来镇喝他说:“不问明白,你就打起人来了!这丫头伏侍了你这几年,那一点不周到,不尽心?他岂肯如今倒作这没良心的事!你且问个清浑皂白,再动粗卤!”金桂听见他婆婆如此说着,怕薛蟠耳软心活,便益发嚎啕痛哭起来。一面又哭喊说:“这半个多月,把我的宝蟾霸占了去,不容进我的房,惟有秋菱跟着我睡。我要拷问宝蟾,你又护到头里。你这会子又赌气打他,不过要治死我,再拣富贵的、标致的娶来就是了。何苦作出这些把戏来!”薛蟠听了这些话,越发着了急。

薛姨妈听见金桂句句挟制着儿子,百般恶赖的样子,十分可恨。无奈儿子偏不硬气,已是被他挟持,软惯了。如今又见薛蟠没脸,勾搭他的丫头,被他说霸占了去。他自己反要占温柔让夫之礼。这魇魔法究竟不知谁作的,实是俗语说的,“清官难断家务事”。此事正是“公婆难断房帏事”了。因此无法,只赌气喝骂薛蟠说:“不争气的孽障!骚狗也比你体面些。谁知你三不知就把陪房丫头也摸索上了。叫老婆说嘴,占了他的丫头!什么脸出去见人?也不知谁使的法子,也不问青红皂白,好歹就打人!我知道你是个得新弃旧的东西,白辜负了我当日的心。他既不好,你也不许打!我即刻叫人牙子来卖了他,你就心净了。”说着命香菱:“收拾了东西,跟我来。”一面叫人去:“快叫个人牙子来,多少卖几两银子,拔去肉中刺,眼中钉。大家过太平日子。”

薛蟠见母亲动了气,早也低下头了。金桂听了这话,便隔着窗户向外哭说道:“你老人家只管卖人,不必说着一个,扯着一个的。我们很是那吃醋拈酸、容不下人的不成?怎么拔出肉中刺、眼中钉?是谁的钉?谁的刺?但凡多嫌着他,也不肯把我的丫头叫他收在房里了。”薛姨妈听说,气的身战气咽道:“这是谁家的规矩!婆婆这里说话,媳妇隔着窗户拌嘴!亏你是旧家子人家的女孩儿,满嘴里大呼小叫,说的是些什么?”

薛蟠急的跺脚,说:“罢哟!罢哟!看人听见笑话!”金桂意谓一不作,二不休,越发发泼喊起来了,说:“我不怕人笑话!你的小老婆治我,害我,我到怕人笑话了?再不然留着他,就卖了我。谁还不知道你薛家有钱,行动就拿钱垫人。又有好亲戚挟制着别人。你不趁早施为,还等什么?嫌我不好,谁叫你们瞎了眼,三求四告的,跑了我们家作什么去了?这会子人也来了,金的银的也陪了,略有个眼睛、鼻子的,也霸占去了。该挤发我了。”一面哭喊,一面滚揉,自己拍打。

薛蟠急的,说又不好,劝又不好,打又不好,央告又不好,只自己出入咳声叹气,抱怨说运气不好。

当下薛姨妈早被薛宝钗劝进去了,只命人来卖香菱。宝钗笑道:“咱们家从来只知道买人,并不知有卖人之说。妈可是气的胡涂了。倘或叫人听见,岂不笑话?哥哥、嫂子嫌他不好,留下我使唤,我正也没人使呢。”薛姨妈道:“留下他,还是淘气。不如打发了他,倒干净。”宝钗笑道:“他跟着我也是一样。横竖不叫他到前头去。从此断绝了他那里,也如卖了一般。”香菱早已跑到薛姨妈跟前,痛哭哀求,只不愿出去,情愿跟着姑娘。薛姨妈也只得罢了。从此后,香菱果跟宝钗在屋里去,把前面路径竟一心断绝。虽然如此,终不免对月伤悲,挑灯自叹。本来怯弱,虽在薛蟠房中几年,皆由血分中有病,是以并无胎孕。今复加以气怒伤感,内外折挫不堪,竟酿成干血之症,日渐羸瘦作烧,饮食懒进,请医诊视服药,亦不效验。

那时金桂又吵闹了数次,气的薛姨妈母女每暗中垂泪,怨命而已。薛蟠虽曾仗着酒胆挺撞过他两三次,持棍欲打,那金桂便递与他身子,随意打;这里持刀欲杀时,便伸给他脖项。薛蟠也实不能下手,只得乱闹一会子罢了。如今习惯成自然,反使金桂越发长了威风。薛蟠反软了气骨。虽是香菱犹在,却亦如不在的一般。总不能十分畅快了,也就不觉的碍眼了。且姑置不究,如此又渐次寻趁宝蟾。

宝蟾却不比香菱的情性,最是个烈火干柴。既和薛蟠情投意合,便把金桂忘在脑后。近见金桂又作践他,他便不肯低服容让半点。

先是一冲一撞的拌嘴，次后来，金桂急了，甚至于骂，再至于厮打。他虽不敢还言、还手，便大撒泼性，拾头打滚，寻死觅活，昼则刀剪，夜则绳索，无所不闹。薛蟠此时一身难以两顾，惟徘徊观望于二者之间，十分闹的无法，便出门躲在外厢。

金桂不发作性气，有时欢喜，便纠聚人来斗牌掷骰行乐。又生平最喜啃骨头，每日务要杀鸡鸭，将肉赏人吃，自己只以油炸焦骨头下酒。吃的不奈烦，或动了气，便肆行海骂，说："有别的忘八粉头乐的，我为什么不乐！"薛家母女总不去理他。薛蟠亦无别法，惟日夜悔恨，不该娶这绞家星罢了。都是一时没了主意。于是宁、荣二宅之人，上上下下，无有不知，无有不叹者。

此时宝玉已过了百日，出门行走。亦曾过来见过金桂，"举止形容也不怪厉，一般是鲜花嫩柳，与众姊妹不差上下的，焉得这等样情性？可为奇怪之至"！因此心下纳闷。这日与王夫人请安去，又正遇见迎春奶娘来家请安，说起孙绍祖甚属不端，"姑娘惟有在背地里倘眼抹泪的。只叫接了来家散诞两日"。王夫人因说："我正要这两日接他去。只因七事八事的都不遂心，所以就忘了。前儿宝玉去了，回来也曾说过的。明日是个好日子，就接去。"正说着，贾母打发人来找宝玉，说明儿一早往天齐庙还愿去。宝玉如今巴不得各处去逛逛。听见如此，喜的一夜不曾合眼，盼明不明的。

次日一早，梳洗穿戴已毕，随了两三个老嬷嬷坐车，出西城门外天齐庙来烧香还愿。这庙里已是昨日预备停妥的。宝玉天性胆怯，不敢看狰狞神鬼之像。这天齐庙本系前朝所修，极其雄壮。又因年深岁久，又极其荒凉。里面泥胎塑像，皆极其凶恶，是以忙忙的焚过纸马、钱粮，便退至道院歇息。一时吃过饭，众嬷嬷和李贵等人围随，宝玉到处散诞顽耍了一回。宝玉困倦，复回至静室安歇。众嬷嬷生恐他睡着了，便请当众的老王道士来陪他说话儿。这老王道士专意在江湖上卖药，弄些海上方儿治人射利。这庙外现挂着招牌，丸散膏丹，色色俱备。亦长在宁、荣两宅走动熟惯，都与他起了浑号，唤他作"王一贴"。言他的膏药最效验，只一贴，百病皆除之意。

当下王一贴进来，都笑道："来的好！来的好！王师父，你极会说古迹的，说一个与我们小爷听。”王一贴笑道：“正是呢。哥儿别睡，仔细肚里面觔作怪。”说着，满屋里人都笑了。宝玉也笑着，起身整衣。王一贴喝命徒弟们：“快泡好釅茶来！”茗烟道：“我们爷不吃你的茶，连这屋里坐着还嫌膏药气息呢。”王一贴笑道：“没当家花花的。膏药从不拿进这屋里来的。知道哥儿今日必来，头三五天就拿香熏了又熏的。”

宝玉道：“可是呢。天天只听见你的膏药好，到底治些什么病？”王一贴道：“哥儿若问我的膏药，说来话长。其中细理，一言难尽，共药一百二十味，君臣相际，宾客得宜，温凉兼用，贵贱殊方。内则调元补气，开胃口，养荣卫，宁神安志，去寒去暑，化食化痰；外则和血脉，舒筋络，出死肌，生新肉，去风散毒。其效如神，贴过的便知。”宝玉道：“我不信！一张膏药就治这些病？我且问你，到有一种病，可也贴的好么？”王一贴道：“百病千灾，无不立效。若不见效，哥儿只管揪着胡子打我这老脸，拆我这庙，何如？只说出病源来。”宝玉笑道：“你猜！或你猜的着，便贴的好了。”王一贴听了，寻思一会，笑道：“这到难猜。只怕膏药有些不灵了。”

宝玉命李贵等：“你们且出去散散。这屋里人多，越发蒸臭了。”李贵等听说，且都出去自便。只留下茗烟一人。这茗烟手内点着了一枝梦甜香，宝玉命他坐在身傍，却倚在他身上。王一贴心有所动，便笑嘻嘻走近前来，悄悄的说道：“我可猜着了。想是哥儿如今有了房中的事情，要滋助的药，可是不是？”话犹未完，茗烟先喝道：“该死！打嘴！”宝玉犹未解，忙问他说什么。茗烟道：“信他胡说！”唬的王一贴不敢再问。只说：“哥儿明说了罢！”

宝玉道：“我问你，可有贴女人的妒病方子？”王一贴听了，拍手笑道：“这可罢了，不但没有方子，就是听也没有听见过。”宝玉笑道：“这样还算不得什么。”王一贴又忙道：“贴妒病的膏药到没径过，到有一种汤药，或者可医。只是慢些儿，不能立竿见影的效验。”宝玉问：“什么汤药？怎么吃法？”王一贴道：“这叫做‘疗妒汤’。用极好的秋梨一个，二钱冰塘，一钱陈皮，水三碗，梨熟为度。每日清早吃这么一个梨。吃来吃去，就好了。”宝玉道：“这也不值什么。只怕未必见效。”王一贴道:“一剂不效,吃十剂;今日不效,明日再吃;今年不效,吃到明年。横竖这三味药,都是润肺开胃,不伤人的,甜丝丝的,又止咳嗽,又好吃。吃过一百岁,人横竖是要死的。死了还妒什么?那时就见效了。”说着,宝玉、茗烟都大笑不止。骂:“油嘴的牛鼻子!”王一贴笑道:“不过是闲着解午困罢了。有什么关系?说笑了你们,就值钱。实告你们说,连膏药也是假的,我有真药,我还吃了作神仙呢!有真的,跑到这里来混?”

正说着,吉时已到,请宝玉出去焚化钱粮,散福。功课完毕,方进城回家。

那时迎春已来家好半日了。孙家的婆娘、媳妇等人,已待过晚饭,打发回家去了。迎春方哭哭啼啼的在王夫人房中诉委曲,说:“孙绍祖一味好色、好赌、酗酒,家中所有的媳妇、丫头,将及淫遍。略劝过两三次,便骂我是醋汁子老婆拧出来的。又说老爷曾收着他五千银子,不该使了他的,如今他来要了两三次不得,他便指着我的脸,说道:‘你别和我充夫人、娘子。你老子使了我五千银子,把你准折卖给我的。好不好,打一顿撵在下房里睡去。当日有你爷爷在时,希图上我们的富贵,赶着相与的。论理我和你父亲是一辈儿,如今强压着我的头长了一辈。又不该作了这门亲,到没的叫人看着赶势利似的。’”一行说,一行哭的呜呜咽咽。连王夫人并众姊妹,无不落泪。王夫人只得用言语解劝,说:“已是遇见这不晓事的人,可怎么样呢?想当日你叔叔也曾劝过大老爷,不叫作这门亲的。大老爷执意不听,一心情愿,到底作不好了。我的儿,这也是你的命!”迎春哭道:“我不信我的命就这么不好!从小儿没了娘,幸儿过婶子这边,过了几年心净日子。如今偏又是这么个结果!”

王夫人一面解劝,一面问他随意要在那里安歇。迎春道:“乍乍的离了姊妹们,只是眠思梦想;二则还记挂着我的屋子。还得在园里旧房子里,住得三五天,死也甘心了。不知下次还可能住得住不得了呢。”王夫人忙劝道:“快休乱说!不过年轻的夫妻们闲牙斗齿,亦是万万人之常事,何必说这丧话!”仍命人忙忙的收拾紫菱洲房屋,命姊妹们陪伴着解释。又分付宝玉:“不许在老太太跟前走漏一些风声。倘或老太太知道了这些事,都是你说的。”宝玉唯唯的听命。

迎春是夕仍在旧馆安歇。众姊妹等更加亲热异常。一连住了三日,才往邢夫人那边去。先辞过贾母及王夫人,然后与众姊妹分别,更皆悲伤不舍。还是王夫人、薛姨妈等安慰劝释,方止住了,过那边去。又在邢夫人处住了两日,就有孙绍祖的人来接去。迎春虽不愿去,无奈惧孙绍祖之恶,只得免强忍奈,作辞了。邢夫人不在意,也不问其夫妻和睦,家务烦难,只面子情,塞责而已。终不知端的,且听下回分解。